本书为江苏省社科基金项目（13ZWB007）、
国家社科基金后期资助项目（19FZWB084）阶段性成果

元代组诗论稿：

以历史文化为视角的考察

李正春 著

凤凰出版社

图书在版编目（CIP）数据

元代组诗论稿 : 以历史文化为视角的考察 / 李正春著. -- 南京 : 凤凰出版社, 2019.12
ISBN 978-7-5506-3067-3

Ⅰ. ①元… Ⅱ. ①李… Ⅲ. ①古典诗歌－组诗－诗歌研究－中国－元代 Ⅳ. ①I207.22

中国版本图书馆CIP数据核字(2019)第277676号

书　　名	元代组诗论稿:以历史文化为视角的考察
著　　者	李正春
责任编辑	尤丹丹
装帧设计	陈贵子
出版发行	凤凰出版社(原江苏古籍出版社) 发行部电话025-83223462
出版社地址	南京市中央路165号,邮编:210009
出版社网址	http://www.fhcbs.com
照　　排	南京凯建文化发展有限公司
印　　刷	江苏凤凰通达印刷有限公司 南京市六合区冶山镇,邮编:211523
开　　本	787×1092毫米　1/16
印　　张	36.5
字　　数	656千字
版　　次	2019年12月第1版　2019年12月第1次印刷
标准书号	ISBN 978-7-5506-3067-3
定　　价	90.00元

(本书凡印装错误可向承印厂调换,电话:025-57572508)

序

罗时进

在中国诗歌史的研究中，长期以来学者们对元诗关注不够。这与“一代有一代之文学”的观念影响有关，也与文学研究者对元代社会历史的了解不深有关。因此，当人们谈“宋金元”诗史的时候，“元”仿佛是一个“后缀”；而谈“元明清”诗史时，“元”又似乎只具备“前缀”的意义。给予元诗以一代诗史的地位，是近十多年的事，它显示出学术发展的良好征候。

元代是中国古代历史上游牧与农耕文化、蒙汉文化碰撞剧烈、交流频繁的时代。这决定了元诗有其区别于其他朝代诗歌的一系列特点：蒙汉诗人或保持着各自的民族立场与情感，有相当程度的自我言说；蒙古族作家接受中原传统文化的影响，汉族作家也受到元蒙文化的陶染，又有一定的相近表达，元代诗史呈现出鲜明的民族交融性。元代诗坛的作者，仍然以汉族作家为主体，他们有深度的创伤记忆，也经历了由痛苦愤懑到散澹自放的心理演变过程；其中入仕者与出世者有所不同，不同社会阶层的作者更趋于分化，元代诗人的情感世界表现出纷繁复杂的状态。从诗史发展角度而言，如果以唐代至清代作为一个大的段落的话，元代可谓处于数代之“中”。诗体由雅向俗发生某种转变，以蒙元为一重要关捩；诗作受辞曲、戏曲影响而发生一定变化，也以蒙元较为突出。凡此皆表明，元代诗歌有不可忽视的独特地位，有重要的研究价值。

对于元诗，那个时代的诗人是有自信的，杨维桢在《玩斋集序》即言：“本朝古文，殊逊前代，而诗则过之。”[①]当今学者也逐步深化理解，认为诗歌“仍然是元代影响广泛的文学体裁，存世作品众多，内容深入到社会的不同领域。诗人是元代活跃的文化群体，由皇廷到民间，诗成为社会普遍的认知、交流渠道”[②]。杨镰先生在2003年出版《元诗史》之际，据《元诗选癸集》统计作者已近1900人，在此基础上进一步考补，“可推定今存作品的元诗人超出4000之数”[③]。而

① ［清］顾嗣立：《元诗选》初集中，中华书局1987年版，第1394页。

② 杨镰：《全元诗》前言，中华书局2013年版，第2页。

③ 杨镰：《元诗史》，人民文学出版社2003年版，第45页。

至2013年他主编的《全元诗》出版,收入的作家近5000位,作品约14万首,更为新人耳目了。

元诗史应该如何研究?总体来看与其他朝代的文史研究具有共同性。法国年鉴学派倡导者吕西安·费弗尔(Lucien Febvre)在《历史学与心理学》中提示:“首先是清查细节,然后就所研究的时代,把关于这一时代的人所有的心智的材料重新组织起来,以充分的学识、渊博的努力,再加上想象的努力,重建世界,重建形质的、智力的、道德的全部世界。”①但正如历史学研究者并非都要承担建立历史性的“全部世界”一样,文学研究者也无须全都投入到“全部世界”的建构中去。每个学者其实一般都是,甚至也只能是“全部世界”某个侧面的叙述者、阐述者;能够解决的一般都是,甚至也只能是“全部世界”中的部分问题。当然在路径上他应该以“清查细节”为起点,而在视野上则应该有“全部世界”的考量。这对文学研究者来说,就要求充分掌握文献史料,并具有对时代背景的全面理解。至于以何种方法、从哪一个侧面切入问题,则无疑要根据各自对研究对象的理解、发挥各自学术个性、利用各自专业特长了。

对研究对象的理解,就诗歌而言,自然包括采取何种形式、表现何种内容、取得何种效果等问题。组诗,是一种既普遍又特殊的形式。普遍,是说从先秦时代的歌咏中我们已经能够见到组诗的雏形,而自阮籍《咏怀八十二首》面世,组诗便逐渐成为后代诗人相当爱好且熟练采用的形式了;特殊,是说在诗歌诸多次级文体(如近体、古体等)中具有“准体式”特征,往往是绝句、律诗、古体的叠合延展,虽非独称一式,但自有轨范、自成风格,亦有某种体式之特具意义。在诗史从中古向近古发展的过程中,组诗的“增量”极大,对诗人言志、抒情、叙事、论理,发挥了相当重要的作用:怀志雄阔,当重叠言之,则用组诗;积情郁深,需多层抒发,则用组诗;事端繁复,应屡数历叙,则用组诗;思理邃奥,必擘肌条析,则用组诗;组诗之作用大矣!其或如层峰错出之山峦,或如纷涌荡漾之碧水,或如渐次可闻之莺啼,成规模,有气象,富美感,在中古以还的诗歌发展史上应用广泛,完全可以成为专题研究对象。

我的学术研究范围,虽说以治唐宋元明清诗文为主,其实于元代诗歌着力较少,近年来才有所关注,也稍有一些体会。记得几年前的一个冬天,我到内蒙古大学参加有关元代诗歌的博士论文答辩,结束后请内大学者联系,希望参访位于锡林郭勒盟正蓝旗境内的元上都博物馆,考察一下相关遗址。后知因天气原因博物馆不开放,且天寒地冻确实道路不便,未能成行,至今有些遗憾。在元代近百年间,大都到滦京之间形成了一条“元诗之路”,蒙汉诗人的纪行诗

---

① 田汝康、金重远编:《现代西方史学流派文选》,上海人民出版社1982年版,第62页。

写作何等之盛！其中一些作品流传至今，已成为考察元代历史、社会、文化的重要文献，对研究元诗史也是极其珍贵的文学史料。这方面海内外学者已有较多探讨，成果屡见。以此一端，可见元诗研究有很大的空间，我力不能至，很希望有人对之关注，投入精力。正因为如此，我对李正春教授研究元代组诗颇为欣赏和支持。

正春是我的老学生了，记得很多年前攻读硕士学位时他即以古代组诗为研究对象，颇有心得。2010 年出版了《唐代组诗研究》，我曾为之作序。近年来，他潜心于元代组诗研究，从发掘文献史料工作做起，孜孜矻矻，不辞劬劳；认真思考内在学理，达理致知。初稿、修改稿我都抽空阅过，也在观点和结构方面提出过一些参考意见，而数稿之中颇能见出他对元代组诗的思考逐步走向深入。一个学者能于世俗喧嚣之中将心灵安顿于案头，不歧不骛，已属不易；而专心思考某个特定的学术问题，探求奥窔，更为难得。如此才能够在这个专题研究上真正有所收获，取得成就。

正春从《全元诗》中共收录 821 位诗人的 41488 首组诗（约占《全元诗》总数三分之一），对之分类考察，将全稿析为八章：一曰宗教文化与理释道组诗；二曰"海宇混一"与奉使组诗；三曰地域文化与八景组诗的同频共振；四曰元代农事组诗对农耕文明的诗性阐释；五曰重史传统与元代咏史组诗；六曰宫廷与市井组诗的文化差异；七曰遗民群体与纪实组诗创作；八曰民族融合视阈下的"双语"组诗。作者显然是基于文化视野，力求切入元代文人生活情境，体现"探究元代组诗的表达功能、文化内涵及美感意蕴"的主旨。作者认为"元代开放、包容、多元一体的文化形态，为组诗的规模化、系统化表达找到了合适的载体。以历史文化为视角，找出其对元代组诗影响的内容、途径与方式；以不同文化形态的阐释为着力点，强化对组诗个案的剖析，寻找历史与文化留下的'深度记忆'——这是本书写作的逻辑起点"（《绪论》）。我颇赞成这一看法，相信这不仅对研究元代组诗，对全元诗研究也有一定启发意义。

《论稿》自有未尽之义，部分论证亦有可进一步斟酌完善之处。就我所知，这只是作者研究元代组诗成果的一个部分，他尚有对元代组诗内部结构和外部结构的研究正在进行中，那份成果将可与本书合璧。然仅就这一特定历史文化视角的考察来看，已属元诗研究的一个突破，是一份可喜的成果。其书出版在即，正春征序于我，出于师生之义不能辞，出于学术之衷不能辞。聊书以上，姑为引喤。

已亥年立冬日书于吴门石湖之畔

目　录

绪 论

有关元代诗歌的文学地位，学界一直有不同的看法。清人宋荦为顾嗣立《元诗选·初集》作序时说："论者谓元诗不如宋，其实不然，宋诗多沉僿，近少陵；元诗多轻扬，近太白。以晚唐论，则宋人学韩、白为多，元人学温、李为多，要亦娣姒耳。间浏览是编，遗山、静修导其先，虞、杨、范、揭诸君鸣其盛，铁崖、云林持其乱。沨沨乎亦各一代之音，讵可阙哉！"[①]这种争议延续到现在。徐子方先生认为，元代诗文已让位于元曲，居于"非主流"位置[②]。杨镰先生则认为"作为一代之诗，元诗同样有其发生、发展的规律，有其时代赋予的亮点，有其引以为荣的诗人与诗作。就这一意义而言，元诗史与唐宋诗史并无不同之处，研究本身也并无高下之分"[③]。台湾学者包根弟在《元诗研究》自序中指出，元代虽未满百年，而其诗在蒙人汉化政策及学术之自由等政治环境中，亦盛极一时，毫不逊色。[④] 毋庸讳言，对元诗地位的不同认知，影响了学术研究的深入，相对元曲这门"显学"，元诗的研究显得有些落寞、冷清。

元诗研究在20世纪80年代后有了可喜的变化。以邓绍基、李修生、杨镰、查洪德、黄仁生诸先生为代表的学者，对元诗研究作出了卓越的贡献。综合性成果方面，邓绍基的《元代文学史》，杨镰的《元代文学编年史》《元诗史》，李修生主编的《全元文》，李修生、查洪德的《辽金元文学研究》等力作，为元代诗文研究奠定了坚实的基础。专题性成果方面，杨镰的《元西域诗人群体研究》从历史文化角度，对少数民族诗人群体的社会活动、诗歌创作等诸多方面

---

① [清]顾嗣立：《元诗选》，中华书局1987年版，第5页。

② 徐子方认为："翻开一部中国文学史，即不难感受到，一直处于正宗主流地位的诗歌散文，到了元代即一下子失掉了无可争议的优势，其黄金时代是一去不复返了……而且不仅在元代，即使这以后的明、清两朝，尽管还有不少作家作品产生，但诗歌、散文的衰落已是无可挽回，作为文学发展中的主流地位它是永远地丧失了，取代它的古代戏曲一下子由过去被鄙视、一直处于非正统世俗地位而跃居传统诗文之上，成为时代文学之主流。"(《元代文化转型与古典文学》，《文艺研究》2007年第2期)

③ 杨镰：《元诗史》，人民文学出版社2003年版，第28页。

④ 包根弟：《元诗研究》自序，台湾幼狮文化事业公司1978年版。

进行了考察,是元诗群体研究的拓荒之作。云峰的《元代蒙汉文学关系研究》、扎拉嘎的《中国各民族文学关系研究》等,从蒙汉民族融合与互动对文学的影响层面立言,拓展了元诗文化学研究的视野。查洪德的《理学背景下的元代文论与诗文》对理学背景下的元代文论发展与诗文创作做了全面的梳理,并对其绍宋启明的承传作用给予深刻地展示。其《元代诗学通论》一书更是高屋建瓴地将诗学观念史、诗歌发展史融为一体,通过对元诗现象的考察,揭示了元代诗学的发展历程,具有重要的学术价值。张晶的《辽金元诗歌史论》是一部视角独特的诗歌断代史,将辽、金、元合论,不仅是因为它们时间相连,更主要的是"它向我们昭示着民族文化的融合,乃是诗歌发展生机的源头所在"①的学术理念。么书仪的《元代文人心态》、徐子方的《挑战与抉择——元代文人心态史》二书,是元人心态史研究的扛鼎之作。前者"以人物的心灵史和个案分析入手,注重对人物心理倾向的开掘和精神世界的探寻"②;后者分析了在草原文明与农耕文明冲突的背景下,元代文人所面临的"挑战与抉择",通过诗文分析来窥见文人心态演变历程及阶段特征。二者为元代文人心态研究提供了新的路径与范本。方勇的《南宋遗民诗人群体研究》、李瑄的《明遗民群体文学思想研究》在前者基础上,以宋末元初、元末明初的遗民群体为对象,揭示了遗民心态对文学创作的影响。潘清的《元代江南民族重组与文化交融》,从文学地理学角度,分析了江南民族重组过程与文化的融合,视角独特,颇有新意。黄仁生的《杨维桢与元末明初文学思潮》从社会思潮角度,探讨了杨维桢诗歌独特个性形成的原因。杨光辉的《萨都剌生平及著作实证研究》,从实证角度探讨萨都剌诗歌文化内涵,具有方法论的启迪意义。王毅等主编的《元人传记资料索引》、查洪德的《元代文学文献学》、王树林的《金元诗文与文献研究》、陆俊岭的《元人文集篇目分类索引》、陈高华辑校的《辽金元宫词》、傅乐淑的《元代宫词百章笺注》等,从不同侧面整理了元代文学文献,或辑校,或笺注,或索引,或考证,强化了元诗研究文献根基。台湾学者包根弟的《元诗研究》、萧启庆的《元代史新探》《内北国而外中国——蒙元史研究》《元代的族群文化与科举》《九州岛四海风雅同:元代多族士人圈的形成与发展》等力作,对元代汉文化之延续、影响及多族士人文化活动的研究给予极大关注,尤其是对多族士人文化圈及文化互动情况作了深入探讨,在方法论和研究领域上有了新的突破。这些研究成果沾溉后学,极大地推动了元代诗文研究的深入发展。

近十年来,元诗研究又有新的突破,新方法、新理论、新材料,被应用于元

① 张晶:《辽金元诗歌史论》绪论,吉林文史出版社1995年版,第3页。
② 葛琦:《三十年来元代文人心态研究综述》,《语文学刊》2012年第3期。

诗研究，拓展了元诗研究的空间，并诞生了一批优秀的成果。杨镰先生主编的《全元诗》出版是元诗研究一件里程碑意义的事件，它“拓展了研究者的视野，证明元代文学诸体中，诗是社会基础广博、拥有众多读者与信从者的文体，诗人则是人数多、涵盖范围宽的作家群体。由皇廷到民间，诗成为社会普遍的认知、交流渠道。它的成书，必将会推动元代文学研究、中国诗歌史研究的进展”①。云峰的《民族文化交融与元代诗歌研究》，陈垣的《元西域人华化考》，郑杭生、李亦园的《游牧文化与农耕文化》，李瑄的《明遗民群体文学思想研究》等，从民族融合、“华化”进程、遗民群体文化特征等角度，分析了元诗发展的文化环境，彰显了学术界“重建元代文学史叙述的理论自觉，为重新书写和建构元代文学史提供了有益的启示”②。杨亮的《宋末元初四明文士与诗文研究》、刘嘉伟的《元代多族士人圈的文学活动与元诗风貌》、王韶华的《元代题画诗研究》等，深入探讨了元诗的地域特色、民族特色及诗画交融的时代特征，颇具借鉴意义。邱江宁的《奎章阁文人群体与元代中期文学研究》、欧阳光的《宋元诗社研究丛稿》、何宗美的《文人结社与明代文学的演进》、邹艳的《月泉吟社研究》、曾莹的《文人雅集与诗歌风尚研究初探——从玉山雅集看元末诗风的衍变》、牛贵琥的《玉山雅集与文士独立品格之形成——金元文士雅集的典型解析》等成果，从族群身份、文学社团、地域群体、文会雅集等角度，推动元诗研究的多元化，并从文学机制层面揭示了元诗兴盛的内在动因。张静的《元好问诗歌接受史》运用传播学理论，“从读者接受的角度、以自觉的学术史意识对丰富的元好问诗歌接受资料进行归纳总结”③，为元诗的传播研究带来启发。扎拉嘎的《游牧文化影响下中国文学在元代的历史变迁——兼论接受群体之结构变化与文学发展的关系》一文“从接受群体之结构变化与文学发展关系的角度，探讨了游牧文化对元代文学发生的多重影响”④，具有方法论的引领作用。邱江宁的《元代馆阁文人活动系年》、罗鹭的《〈元诗选〉与元诗文献研究》、黄仁生的《钱惟善生平、事迹若干问题献疑》、薛瑞兆对《全元诗》中误收金人诗作及金元交叉部分的问题校订，从文献考辨角度，进一步夯实了元诗的研究根基。这些研究将宏观研究与微观研究相结合，在文本细读、文献考辨与理论阐释诸方面成效显著，为元诗研究的全面、深入提供了有益的启示，也为本书的写作提供了很好的参考。

---

① 杨镰：《元诗与元代历史文化》，《文史知识》2013 年第 6 期。

② 黄二宁：《2016 年全国元代文学研讨会综述》，《文学遗产》2017 年第 1 期。

③ 张静：《元好问诗歌接受史》绪论，中国社会科学出版社 2010 年版，第 1 页。

④ 扎拉嘎：《游牧文化影响下中国文学在元代的历史变迁——兼论接受群体之结构变化与文学发展的关系》，《文学遗产》2002 年第 5 期。

关于元代诗的研究,可选择的途径有很多。就目前元诗研究现状看,主要体现为个体研究、群体研究、跨文化研究、诗文理论研究、特色题材研究、跨学科的交叉研究、诗文史研究、元诗文献考辨。这些研究的全面铺开,为目前的元代诗文研究提供了非常广泛的基础。本书从组诗这一独特的诗歌形态着手,以历史文化为视角,探究元代组诗的表达功能、文化内涵及美感意蕴。

《全元诗》的出版是元诗整理工作中一次具有里程碑意义的事件,是对顾嗣立《元诗选》的有益补充,极大地提升了元诗的数量空间。作为断代诗总集,它的出现打通了自《全唐诗》《全宋诗》向元明清过渡的通道,成为元代文学研究新的交汇点和增长点。元代组诗规模空前,体量巨大,是一个值得关注的文学现象。无论是参与人数,还是组诗的数量,在中国组诗史上都是驾轶前朝,罕有匹敌的。

元代组诗的兴盛是多种文化共同作用的结果。元代宗教多元并重,彼此融合,推动了释道组诗的繁荣。儒学复兴,导致了大量忠孝节烈组诗的出现。元初遗民群体对故国刻骨铭心的记忆,引发了纪实组诗的创作热潮。两都巡幸制度,深刻地影响着扈从文臣的心态及上京题材组诗的创作。重史传统与复古思潮,极大地推动了咏史组诗的发展。园林景观与地方文化的结合,促使"八景"组诗遍地开花,红遍大江南北。频繁的雅集活动催生了数量庞大的集会组诗,也促进了诗画艺术的同频共振。民族融合促进了"双语"组诗的兴起,导致了"本土化"与"原乡"思潮杂糅并处的格局。东南沿海文化个性化、世俗化特征在竹枝词酬唱中得到集中体现,并与宫词共构了元代"雅俗"文化的两极。海宇混一的盛世格局,使奉使组诗随着使臣的足迹遍及全境。总之,元代开放、包容、多元一体的文化形态,为组诗的规模化、系统化表达找到了合适的载体。以历史文化为视角,找出其对元代组诗影响的内容、途径与方式;以不同文化形态的阐释为着力点,强化对组诗个案的剖析,寻找历史与文化留下的"深度记忆"——这是本书写作的逻辑起点。

文人钟情于组诗,与组诗形态独特的表达功能有关。作为一种极富民族特色的诗歌形态,组诗是题目相同、内容互联的诗歌集合体。它突破了单体诗歌凝固于特定时空的局限,具有了大气磅礴的格局。"从结构上说,组诗的次第展开,多元显现以及反复吟唱,都构成一种音乐的旋律美,引起欣赏者情感的回旋激荡和想象的驰骋飞越。""每一首诗的'子题'都从属于组诗的'母题',每个'子题'又在诠释着'母题'。组诗以其独特体制,演绎着诗人丰富复杂的内心世界。"[①]组诗形态的系统性、多元性,迎合了文人炫博的心态;其连类无穷

① 李正春:《论组诗文体特征与表达功能》,《学术交流》2007年第10期。

的表达方式，往往可导向典雅和奥博，二者都与文人生活方式与审美趣味相关，是文人逞才使气、制造“惊奇”的审美效果的合适载体。从某种意义上讲，组诗是极富文化底蕴和技巧性的诗歌形态，是文人雅化生活不可分割的组成部分。

元代大量组诗的出现，更与元人政治境遇相关。政治上“边缘化”的处境，使元人（特别是汉人、南人）将全部心思与精力放在了“竞技”上。一题多作，或同作一题的组诗，是其与他（古）人争优劣、论短长，直至获得荣誉的重要手段。虽然汉人处于元代社会的底层，但身为知识分子，其内心深处的文化优越感依然存在着，这使得他们会时不时借此来向游牧文化的主人表达他们的“力量”。胸中的学问是他们唯一可以傲视蒙元皇权的资本，这种“炫耀”就其实质乃是其政治地位下降的一种无奈表达。

从组诗生成方式上看，元代组诗主要有“对话”与“独白”两种不同的形态[①]。“独白”是诗人的自我书写，具有明显的个体性。“对话”便是诗人群体性书写，具有鲜明的互动性或群体指向性特征。文会雅集以“对话”方式创作诗歌，打破了传统诗歌“自说自话”的局限，使诗歌成为一种互动、交流的载体。

从元代组诗创作的整体情况看，“对话”类组诗多于“独白”类组诗，这反映了文会雅集对组诗创作格局的深远影响。文会雅集是元代文人群体雅化生活方式的集中体现，既包括以文学创作为主题的文会，也包括诸如节日宴饮、山水游集、饯别、友人间谈谑相乐等主题下的雅集。元代多族士人圈的形成，强化了这种唱和活动[②]。集会场合采用探题联吟、分韵题咏、限韵赋诗、次韵赓和、同题唱和、联句酬唱等方式创作，以实现同声相应。组诗以其包容性、系统性功能，契合了雅集背景下文人间“对话”的需要。有研究者指出，“唱和诗集是元代文人群体活动的真实记录，也是元代诗人群体、诗歌流派的重要标志”[③]。

在中国组诗发展史上，元代是唐宋后的又一次辉煌，处于承前启后的位置。无论是诗人队伍、组诗数量，抑或是组合艺术、体式特点、题材领域、表达方式等，都取得了跨越式的发展，并达到了一个崭新的高度。其与宋、金组诗互为关联，形成了一个文学整体，不仅对本时期诗歌的繁荣与发展起着重要作用，而且还对明、清组诗产生着直接的影响。

毋庸置疑，近年来，元代诗歌研究有了很大的进展，但组诗研究仍较为薄

---

① 参见：杨矗《对话诗学》，人民出版社 2009 年版。

② 参见：萧启庆《九州岛四海风雅同：元代多族士人圈的形成与发展》，联经出版公司 2008 年版。

③ 唐朝晖：《元代唱和诗集与诗人群简论》，《求索》2009 年第 6 期。

弱。学术界对元代组诗的研究成果非常有限,且多集中于"上京纪行"[①]、《湖州歌》《醉歌》《越州歌》[②]等个案上,系统研究元代组诗创作与传播的学术成果,暂付阙如。查洪德先生为本书评价道:"(组诗)到了元代,已经成为整个元诗的重要且独特的部分。但专门研究元代组诗的著作,还没有出现。"这影响了人们对元代组诗的整体认知,也影响了元诗研究的深化。有鉴于此,作者不揣浅陋,基于对《全元诗》《元诗选》及元人专集的搜集整理,结合《元史》《元典章》《道藏要籍选刊》《禅宗全书》《元诗纪事》《方舆胜览》《宋遗民录》《皕宋楼藏书志》《国朝名臣事录》《书林清话》《西湖游览志》等各类文献资料,参校互证,并吸收学术界现有的研究成果,找出历史文化对元代组诗影响的内容、途径与方式,并作出学理性的概括与总结。以期对元诗研究提供不一样的思考,推进元诗研究的多元化进程。

---

① 这方面以刘宏英博士的学位论文《元代上京纪行诗研究》尤为着力,徐国荣博士论文《元代咏物诗研究》也有相关研究。

② 参见:周鹏《汪元量〈醉歌〉〈湖州歌〉〈越州歌〉叙事研究》,宁夏大学 2014 年硕士学位论文。

第一章 宗教文化与理释道组诗

宗教是元代多元文化中的一个重要的板块。“在人类创造的各种文化形式中，宗教和文学恐怕是历史上最能潜移默化大众心灵的两种形式。”[①]宗教信仰可以安抚人们的思想与感情，文学创作则是人们寄托思想与情感的手段，两者之间有了内在的相通。

蒙古族统治者入主中原后，为了强化对汉族的统治，采取联络回族、女真、契丹、藏族而抑制汉族的民族政策，推行等级制管理。这一措施激起了广泛的社会矛盾，身处底层的“南人”极为不满，社会群体撕裂。为了安抚社会对立的情结，蒙元统治者制定了对各种宗教宽容优待的政策。自成吉思汗伊始，历代蒙古族统治者就对宗教实行来者不拒、免去差税的优待和宽容政策。《重阳宫圣旨碑》载：“成吉思汗帝圣旨道与诸处官员每：丘神仙应有底修行底院舍等，系逐日念诵经文，告天底人每与皇帝祝寿万万岁者，所据大小差发税赋，都休教著者。据丘神仙底应系出家门人等随处院舍都教免了差发税赋者。”[②]《元史·释老传》载：“元起朔方，固已崇尚释教。及得西域，世祖以其地广而险远，民犷而好斗，思有以因其俗而柔其人，乃郡县土番之地，设官分职，而领之于帝师。”[③]蒙古汗国及元朝时期佛教、道教、基督教、伊斯兰教等不同民族、不同地域的教派呈现出异常活跃的格局。从这个层面讲，元代多元化宗教政策是为其民族政策服务的。

在开放、宽容的文化环境中，文人与宗教的关系尤为密切。任红敏认为“元代文人对宗教观念的接受和认同，各宗教并行且彼此融合，三教为一，文人禅道化、释道文人化达到了前所未有的程度”[④]。对于佛道思想文人能普遍认同并接受，“孔释之道，为教虽异，而欲安上治民、崇善闭邪则同”[⑤]（程钜夫《秦

---

① 何光沪：《天人之际》，中国社会科学出版社 2003 年版，第 233 页。

② 陈垣：《道家金石略》，文物出版社 1998 年版，第 445 页。

③ [明]宋濂等：《元史》卷 202《释老传》，中华书局 1997 年版，第 4520 页。

④ 任红敏：《元代宗教与元代文坛格局》，《殷都学刊》2016 年第 3 期。

⑤ [元]程钜夫：《雪楼集》卷 9，《丛书集成续编》第 135 册，新文丰出版公司 1988 年版。

国文靖公神道碑》），认为佛道思想在安民治国层面，其作用与儒学并无区别。南怀瑾先生也认为"所谓全真教的内容，是因袭宋、元以来禅宗的心性，配合丹道家主张清静专修的办法，它虽属于道教的门派，实是融会了儒、佛、道三家精神的新兴道术"[①]。始于宋代的理学在元仁宗朝正式成为官学，深深影响了时人价值观。多元宗教并存共荣，推动了释道及忠义节孝题材组诗的兴盛。

杨镰先生的《元代僧诗全集》共编入181位僧人的2991篇诗作。其主编的《全元诗》收入僧人更多达300多人，存诗7000首以上[②]。邓绍基先生在《元代僧诗现象平议》一文提要中指出："在35首元代诗歌中，就有一首僧诗。元代诗坛发生的重要潮流、倾向和事件，诗僧都有介入。元代著名文士普遍与诗僧们交往结缘，与在这以前坚守儒家门户、力排佛老的唐宋文学大家有明显差异。"[③]然而因种种原因，元代僧诗和诗僧研究并未引起足够的重视："对元僧诗关注不够，一方面是受到上述特点屏蔽：诗僧之中没有出现萨都剌、马祖常那样档次的诗人；另一方面则是元僧诗文献（特别是文本）散失严重。"[④]从这个意义上讲，"诗僧"与"僧诗"现象应该为元诗研究者所关注。

《全元诗》中诗僧组诗统计表

姓名	五言			七言			杂言	总数	卷数
	绝句	律诗	古诗	绝句	律诗	古诗			
释行海	2			34	54			90	4
释觉恩				5				5	8
释盘谷	3		1	7				11	8
释去岫				8				8	11
释行端		6		4	4			14	18
释德净	3	2		62	3			70	20
释明本				120	130			250	20
释道惠		8		2	2			12	20
释　益					40			40	24
释清珙		19	12	94	56	2	14	194	27
释善住	11	58		175	33			277	29

---

① 南怀瑾：《禅宗与道家》，复旦大学出版社1991年版，第296页。

② 王君莉：《元代诗僧评价之我见》，《西北师大学报（社会科学版）》2011年第2期。

③ 邓绍基：《元代僧诗现象平议》，《中国社会科学院研究生院学报》2005年第3期。

④ 杨镰、张颐青：《元僧诗与僧诗文献研究》，《北京工业大学学报（社会科学版）》2003年第1期。

续表

姓名	五言			七言			杂言	总数	卷数
	绝句	律诗	古诗	绝句	律诗	古诗			
释祖铭			6	2				8	30
释大欣	4	9		22	20			55	32
释惟则			3	35	12		2	52	33
释必才					4			4	36
释悟光				7	9			16	36
释梵琦		54		76	45			175	38
释大圭		12	8	26				46	41
释善学		8		12				20	46
释若允					4			4	46
释妙声	15	8	6	31	14		3	77	47
释景芳		1			8			9	47
释良琦		14		10	18			42	47
释至奂					5			5	47
释至恢			5	2				7	47
释行蔚					2			2	47
释超珍				2				2	47
释至仁	9	5		6	5			25	47
释琮衍	14	25	17	11				67	47
释子贤		2			2			4	50
释福报				2				2	51
释观通				4				4	51
释文静					2			2	51
释守行					5			5	51
释智宽					2			2	51
释义元				3				3	51
释行雅				2				2	51
释守仁	8							8	51
释寿宁		8						8	51
释净圭				10				10	53

续表

姓名	五言			七言			杂言	总数	卷数
	绝句	律诗	古诗	绝句	律诗	古诗			
释彝简		10						10	53
释守诚					2			2	53
释怀渭			2					2	58
释宗泐	8	29	16	19	25		2	99	58
释来复	23	28	17	72	218			358	60
释克新	1	1		29	15			46	62
释万金		4						4	63
释觉先		2						2	67

从上表统计可见,共有 48 位诗僧,留下了 1986 首诗歌。纵贯元代,分布甚广。有关元代诗僧地域分布、宗派构成情况,李舜臣、欧阳江琳在《元代诗僧的地域分布、宗派构成及其对僧诗创作之影响》①一文中有详细分析。在诗僧留下的组诗中,超过百首以上者,依次是释来复 358 首,释善住 277 首,释明本 255 首,释清珙 194 首,释梵琦 175 首。元代僧人所写的组诗中有大量禅悟体验和佛理内容,其反映僧俗交往题材,折射出元代广阔的社会生活画面和深厚的文化底蕴。

佛教在元代自始至终备受统治者的推崇,而道教则随统治者的好恶而起伏不定。正如《元史·释老传》所云:"释、老之教,行乎中国也,千数百年,而其盛衰,每系乎时君之好恶。"②统治者的好恶,成为制约宗教兴衰的重要因素。从元太祖成吉思汗开始,元蒙统治者就注重通过道教领袖丘处机,来达到拉拢并控制中原汉人思想的目的。元太宗窝阔台重视道教,大力资助宫观兴修。元宪宗蒙哥在元廷设置专门管理道教的中央与地方机构,使一些政治化的道士在朝中参政议政。元世祖忽必烈统一全国后,弘扬以道治国之法,诏赠全真道著名道士咨询羽流道法,厚待原来南方流传的正一天师道。此后的成宗、武宗、仁宗、英宗、泰定帝、天顺帝、文宗、明宗、宁宗、惠宗都继续奉行扶植道教的政策,这些在元代诗文及道教碑记里有大量记载。虽然宪宗蒙哥当政时期,出现过"老子化胡"事件(1255)③;朝廷组织的僧道大辩论,又以道士的惨败、道教

① 李舜臣、欧阳江琳:《元代诗僧的地域分布、宗派构成及其对僧诗创作之影响》,《武汉大学学报(人文科学版)》2010 年第 5 期。

② [明]宋濂等:《元史》卷 202《释老传》,中华书局 1997 年版,第 4517 页。

③ 参见:程佩《蒙元时期佛道四次辩论之真相探寻》,《云南社会科学》2013 年第 2 期。

受到重创而告终(1258);忽必烈当政时期,又发生了"焚毁《道藏》伪妄经文及板"①事件。但总体而言,元代自由、宽松的宗教政策给道教的传播与发展留下了广阔的空间,元代也因此成为道教发展史上的全盛时期。"靖康之乱,黉舍为墟,士流星散,残留者或竟为新朝利用,三教祖乃别树新义,聚徒训众,非力不食,其始与明季孙夏峰李二曲颜习斋之伦讲学相类,不属以前道教也。迨儒门收拾不住,遂为道家扳去。"②金末元初是由儒入道的高潮,元代末期又出现了隐逸之风,大量士人入道或隐居,促进了道教题材组诗的繁荣。

《全元诗》中道士组诗统计表③

姓名	五言			七言			杂言	总数	卷数
	绝句	律诗	古诗	绝句	律诗	古诗			
丘处机	30	1	41	119	11			202	1
尹志平				89				89	1
孟宗宝							16	16	8
洪师中				3				3	8
孙　晋				4				4	8
汪元量						9		9	12
陈义高		2						2	18
马　臻	14	21	2	253	27		12	329	17
吴全节		2	1	8				11	23
朱思本	6	3	7	3	15			34	27
王鍊师			19	2				21	24
张　雨	32	26	53	77	19			207	31
张　简	12			10				22	46
张嗣成				4				4	32
余　善				10				10	50

从表中统计可见,《全元诗》中署名道士诗人数量不及诗僧多,涉道诗歌总量也远不及僧诗,这客观地反映出道教与佛教地位的差别。《元史·释老传》云:"元兴,崇尚释氏,而帝师之盛,尤不可与古昔同语。维道家方士之流,假祷

---

① [明]宋濂等:《元史》卷11《世祖八》,中华书局1997年版,第222页。

② 陈垣:《明季滇黔佛教考·南宋初河北新道教考》,河北教育出版社2000年版,第617页。

③ 表中所统计的只是道士所作,不包括文人所写的道教题材诗歌。

祠之说,乘时以起,曾不及其什一焉。"[①]因为道教的影响力不如佛教,道士数量与不及僧尼数量,其结果是道教诗也没有僧诗那样繁荣昌盛。

从上表统计看,元代道士诗人中以由金入元的丘处机、马臻和张雨三人,留下的组诗最多,也最有代表性。丘处机是全真道的代表,而马臻和张雨则属于天师道正一派,三人分别代表了元代道教的两大门派。在灭南宋之前,北方的全真道受到了元代王室大力拉拢和推崇。此后,元室将重点转为争取南宋统治区内最有影响的天师道。虽然两派教义不同,且元代统治者厚薄先后有别,但二者在关心现实政治的倾向上是一致的。"全真道有其宗教组织形式和信仰方式,但它本质上依然是一种入世而非出世的宗教,或者说是一种以出世的个人生活完成入世功德的宗教。"[②]天师道也极重视人伦道德,天师道天师之位世袭,教徒事亲行孝,父子之道、君臣之义、夫妇之伦悉备。最有影响力的掌教张留孙德高才备,留在世祖身边为"帝王师",以备咨询。此道发展老子"无为"之说,奉行"以清静无为为本,慈俭不敢为天下先"与"虚心正身、崇俭爱民以保天下"[③]。二派都体现了元代道教"儒道互补"的时代特征。道家的"无为而治"一方面使大批有志有才之士隐居避世,然而从另一角度看,道家外圆内方,知足常乐,使人与世无争,同样也可以为统治者所利用。

道教对士人阶层有着深远的影响,士人受道教的熏染,拜师学道、归隐山林。在《全元诗》中,元诗人名号里冠以"道人""道士"或类似称号的比比皆是,如杨奂号"紫阳宫道士",赵孟頫号"水晶宫道人"(又号"松雪道人"),冯子振号"怪怪道人",胡助号"纯白道人",钱惟善号"心白道人",贯云石号"芦花道人",何正号"云壑道人",钱云号"泰窝道人",吴镇号"梅花道人",杨谦号"清溪道士",陈继善号"甫里道人",李庸号"用中道人",黄公望号"大痴道人"(又号"一峰道人"),刘永之号"山阴道士",曹文晦号"新山道人",熊梦祥号"松云道人",杨维桢号"铁笛道人"(又号"铁心道人""铁冠道人""铁龙道人""梅花道人"),等等。虽然他们中绝大多数都并不皈依道教,只是在一定程度上理解或信奉道教,其接触道教人物或道教山水名胜的过程中写下的酬赠诗、游宫观山水诗和慕道诗,同样成为元代涉道诗的重要组成部分。道教为诗歌提供了许多神奇、诡谲、瑰丽的意象以及常写不衰的创作母题。

在元代,道教斋醮科仪的公开举行,道徒的大量扩充,尤其是道教宫观的

---

① [明]宋濂等:《元史》卷202《释老传》,中华书局1997年版,第4517页。

② 卢国龙:《道教哲学》,华夏出版社1990年版,第13页。

③ [元]虞集:《上卿真人张留孙碑》,陈垣编纂《道家金石略》,文物出版社1988年版,第910页。

大批兴修对那些隐居和学道的诗人有重要意义。遗民诗人中由宋入元者，如于石、吕起尤、刘辰翁、陈普、虞德观、刘诜、熊禾一等，皆隐居不仕。其原因往往是“逸民对政治、社会的黑暗混乱所作的消极而彻底地由人生价值、人格尊严所发出的反抗”[①]。有人对《元诗选》中号为“山人”“处士”者作了统计，共有47位诗人[②]，事实上远不止这些。如元末的杨维桢即是典型。元末道教盛行，他虽曾批评过道家崇尚虚无、灭绝礼乐的思想倾向，但道家自然理论对他的影响是显而易见的。仕途的坎坷，使他对现实世界失望，在一定程度上把理想寄情于非现实世界中，企图营造一个神仙世界作为其精神世界的依托。其游仙诗营造了一个个扑朔迷离、摇曳多姿的神仙境界，正与此心态相关。翁方纲《石洲诗话》卷5云：“小游仙以廉夫之艳彩为之，自有奇情，迥非唐人之滥可比。”[③]再如以虞集、杨载、范梈、揭傒斯为代表的元诗四大家均与道教有或亲或疏的联系，仅题记宫观、题赠道人、吟咏道教名山胜水的诗篇，“据粗略统计，揭傒斯六百多首诗歌中就有不下一百首。范梈和杨载也分别有六七十首。虞集在四人中作品数量最多，有一千多首诗歌，其中就有两百多首与道教有关，直接题赠玄教领袖吴全节的诗歌就有十六首之多，更不用说四人的集子中那些间接涉及道教的作品”[④]。他们或寄情宫观，或赞咏山水，或缅怀先圣，或酬赠友人，或慨叹人生，或释道情，全面反映了道教文化对元代诗歌影响程度。士大夫与道士来往而作的酬唱诗并不仅仅是附庸风雅的附会教义，常常也流露出对道教旨意的认同与理解，有时这种认同与理解甚至超过了道士。

第一节　明本组诗的佛教情缘

明本号中峰，法号智觉，钱塘人，生于南宋景定四年(1263)，卒于元至治三年(1323)。自幼倾心佛教，诵经不止。15岁时，礼佛燃臂以示供养，坚守五戒，决心出家。24岁时赴天目山禅宗寺，在高峰原妙禅师座下习禅。原妙圆寂后，明本离开天目山，开始了行脚生活，往来长江、黄河两岸，常以船为居，先后在弁山、皖山、吴山、雁荡山等地结庵，聚众说法。其庵名“幻住庵”，自号为“幻住道人”。延祐五年(1318)，经僧众的迎请，明本再度返回天目山，结束其大半生的草栖浪宿生涯。明本禅师毕生清苦自持，严格奉行居无定处、衣食随处而乞

① 徐复观：《中国艺术精神》，春风文艺出版社1987年版，第276页。

② 杨丽静：《从杨维桢看元代道教与元诗》，南京师范大学2003年硕士学位论文，第15页。

③ [清]翁方纲：《石洲诗话》卷5，人民文学出版社1981年版，第179页。

④ 郭顺玉：《试论元诗“四大家”与道教的关系》，《宗教学研究》1998年第3期。

的头陀行,一扫宋代禅宗的富贵和文弱之气,令天下丛林耳目一新。

元代佛教诸宗中最具影响的当属禅宗,禅宗中最重要的两个派别分别是临济宗和曹洞宗。临济宗临杨歧派这一法系在宋时分为两大禅系,即天目山齐禅师的法系和圆悟克勤禅师的法系。圆悟克勤禅师上承五祖法演,下启大慧宗杲,他终结了“文字禅”,启开了“看话禅”,是禅宗史上的划时代人物。明本禅师属圆悟克勤中的虎丘绍隆法系(雪岩祖钦—高峰原妙—中峰明本—千岩元长)这一支,是虎丘法系中流传时间最长和最有影响的法系。

明本禅师继承了五祖法演、大慧宗杲和高峰原妙禅师以来的“看话禅”,并加以发扬光大。所谓“看话禅”,是通过直观参究公案中禅师的话头而获得证悟的禅法。明本在许多方面继承和发展了宗杲的禅学思想,驳斥了某些僧人对“看话禅”的种种责难,深入论述了如何选择话头和参究话头、参究话头时的心理体验、参究话头与坐禅的关系等问题。明本对禅门中的各种弊端加以警策与诃责,以正禅门风气。他站在“唯心净土,自性弥陀”的立场上,提出禅净双修的修学理念,主张“识心见性”或“明心见性”“见性成佛”。在话头的选用上灵活而多元,能以生动具体的譬喻说明参究话头的过程及结果,便于学人顿悟。其著述、语录、法语、诗偈等,对佛性与般若、修行与禅法、教禅关系、禅宗与净土法门的关系乃至儒佛关系等都有详尽的论述。

明本禅师以其苦行和学识深受时人的尊崇,江南佛教界无人出其右。为了积极鼓励世人修学“看话禅”法和净土法门,他还将禅净思想融于他的诗歌中,以通俗明快、朗朗上口的诗句,阐释禅净义理。深厚的诗歌素养使他成为元代诗僧中造诣最高者之一。明本禅师存诗近千首,其中组诗达598首,数量超半①。《拟寒山诗百首》《天目中峰和尚怀净土诗一百八首》《梅花百咏(七绝、七律各一百首)》《颂古七首》《船居十首》《山居十首》《水居十首》《廛居十首》《天目四时(春夏秋冬)》《示喜禅人十二首》《示头陀苦行十首》《山舟十首》《山中四首》《幻海五首》《教禅律总颂四首》《题云海亭四首》《示一禅人五首》《示妙上人五首》《次韵酬冯海粟待制四首》《寄玄滥首座四首》《偶成十首》《即事十首》《次鲁庵怀净土十首》《怀净土十首》《寄同参十首》《警世廿二首》等组诗,涉及佛理禅悟、游方颂古、山居禅修及僧俗交往等主题,反映了佛教文化的多个层面。②

---

① 据《禅宗全书》中《天目中峰和尚广录》30卷和《天目明本禅师杂录》3卷(含附录)统计。

② 目前,学术界对明本诗歌的研究成果只有少数文章。如孙昌武《元代的僧诗:中峰明本的僧风与诗作》,《中华文史论丛》2012年第4期;罗鹭《释明本〈梅花百咏〉考辨》,《新国学》2015年第1期;李正春:《论明本禅师的组诗创作及影响》,《苏州科技大学学报(社会科学版)》2017年第1期;韦德强《元代中后期诗僧研究》,中南大学2010年硕士学位论文。

一、明本组诗中的佛教思想

周裕锴先生在《中国禅宗与诗歌》中曾指出："唐僧诗的风格，大致可划分两大类，一是以王梵志、寒山、拾得为代表的通俗派，二是以皎然、灵澈等人为代表的清境派。""通俗派的诗深受偈颂形式的影响，比较拙朴浅易，主要内容是虔诚的宗教说教以及道德训戒，也有些是利用佛教思想批判现实人生，或表现任运随缘、无所挂碍的人生情趣……清境派的诗歌更接近唐诗正统的、传统的审美特征，语言典雅，格律精严，诗风清幽淡远，注意意境创造。"①按此分类，释明本的组诗两种风格都有。佛理禅悟类属于前者，山居修行类则属于后者。

（一）阐释佛理与修佛悟道体验

明本禅师受法于高峰原妙，一生都在弘扬临济"看话禅"，同时站在"唯心净土，自性弥陀"的立场上提倡念佛。长期的精进用功，使他在禅宗和净土宗修学方面都取得了很高的成就，成为当时最有影响的高僧。为启发僧众习法禅修，他将参禅习佛时的心得化为生动的文字，创作了《拟寒山诗百首》《天目中峰和尚怀净土诗一百八首》等佛理禅悟类组诗。袁行霈先生认为："诗和禅的沟通，表面上看来似乎是双向的，其实主要是禅对诗的单向渗透，诗赋予禅的不过是一种形式而已。"②周裕锴先生也认为，禅师作"诗偈"是为了示法启悟，着眼点在宗教，并不在诗歌本身，"早期的偈颂偏重于直接阐述教义，宗教意味很强。后期的诗偈偏重于用日常生活经验来作象征譬喻，直接取材于日常生活，带着世俗人的各种复杂感情"③。

唐诗僧寒山的佛理诗情景交融，"信手拈弄"，"机趣横溢"④，对明本影响甚大。其《拟寒山诗百首》便是以此为榜样，以通俗易懂的诗歌来弘道说法。"《拟寒山》百首，以寓参禅之旨。"（《一花五叶序》）⑤组诗以"参禅"二字领起，分"莫""宜""要""为""无""非""绝""最"和"不"九个层面，将参禅者应该具备的素质、遵守的规则、习禅的终极目标、禅宗与其他术数的区别、习禅的最高境界等，或正面提示，或反面告诫，或侧面烘托，为习禅者指点迷津，开启智慧。明

① 周裕锴：《中国禅宗与诗歌》，上海人民出版社 1992 年版，第 40—41 页。

② 袁行霈：《诗与禅》，《文史知识》1986 年第 10 期。

③ 周裕锴：《中国禅宗与诗歌》，上海人民出版社 1992 年版，第 31 页。

④ ［清］永瑢、纪昀等：《寒山诗集》，《四库全书总目提要》卷 149，中华书局 1965 年版，第 1277 页。

⑤ 蓝吉富：《中峰明本和尚广录》卷 24，《禅宗全书》第 48 册，北京图书馆出版社 2004 年版，第 245 页。

本禅师认为,参禅没有“古今”“贵贱”之别,也没有“僧俗”“智愚”“阶级”之分,参禅者应“不求胜”“不求名”,为了“求悟”“圆顿”,应忍得住“枯淡”和“寂寞”,方能“成道”和“超越”凡尘,进入“朴实”而“高古”的境界。如“莫”字诗:

参禅莫执坐,坐忘而易过。疊足取轻安,垂头寻怠惰。若不凭空沉,定应随想做。心华无日开,徒使蒲团破。(一)

参禅莫知解,解多成捏怪。公案播唇牙,经书塞皮袋。举起尽合头,说来无缝罅。撞着生死魔,漆桶还不快。(二)①

前一首强调参禅莫要“执坐”,坐禅只是形式,觉悟才是目的。要“凭空”“随想”,只有这样才能进入“心华”顿开的境界,否则蒲团坐破,也难成正果。后一首强调参禅不要执着于公案教义,关键是要解开“生死魔”,方能参破禅机。

再如“宜”字诗:

参禅宜努力,真心血滴滴。如登千仞高,似与万人敌。有死不暇顾,无身似堪惜。冷地或抬头,何曾离空寂。(十四)

参禅宜及早,迟疑堕荒草。隙阴诚易迁,幻躯那可保。当处不承当,转身何处讨。寄语玄学人,莫待算个倒。(十六)②

以上两首诗的前一首是告诫习禅之人要专心致志,不可心猿意马,否则白忙一场。明本在《坐禅箴并序》中也说:“夫非禅不坐,非坐不禅。惟禅惟坐,而坐而禅。禅即坐之异名,坐乃禅之别称。盖一念不动为坐,万法归源为禅。或云戒定是坐意,智慧即禅意,非情妄之可诠。”③后一首是提示习禅之人早作决断,切莫迟疑,否则坐视时光流逝,玄学无成,后悔莫及。

又如“要”字诗:

参禅要脱略,何须苦斟酌。道理要便行,事物从教却。岂是学无情,自然都不著。更起一丝头,茫茫且行脚。(二十三)

参禅要识破,万般皆自做。荣辱与安危,存亡并祸福。元是现行招,等因前业堕。如是了了知,世间无罪过。(二十六)④

前者告诉参禅者不要拘泥于佛门公案,勿要拘束于“文字禅”,须知“道理要便

---

① 蓝吉富:《中峰明本和尚广录》卷17,《禅宗全书》第48册,北京图书馆出版社2004年版,第187页。

② 同上,第188页。

③ 蓝吉富:《中峰明本和尚广录》卷27之上,《禅宗全书》第48册,北京图书馆出版社2004年版,第264页。

④ 蓝吉富:《中峰明本和尚广录》卷17,《禅宗全书》第48册,北京图书馆出版社2004年版,第189页。

行”，鼓励习禅者云游四方，在亲征实证中慢慢体悟禅机。后者劝诫参禅之人要识破一切世间憎爱是非缘境，不使一尘为障为惑。其《自做得歌》云：“佛法混融无间隔，四圣六凡同一脉。良由迷悟瞥然兴，升与沉皆自做得……自做得，要你知，快须识破贪嗔痴。三界无根无主宰，生死轮回怨阿谁。”[①]只要破除“迷悟”，“识破贪嗔痴”，便会由凡入圣。

其他如“为”“无”“非”“绝”“最”“不”等诗，也分别从不同层面对参禅者作了开示，告诉习禅之人应该做什么，不应该做什么及注意事项。《拟寒山诗百首》最后十首是总结、强调习禅的要义。“参禅第一义，全超真俗谛”，说明参禅的关键在于能否超越“俗谛”和“真谛”。“参禅欲悟心，该古复该今”，强调“悟心”的重要性，要“直欲契灵知”，等到悟通禅旨，就会进入“旨悟亦无禅”的境界。参禅方式也因人而异，“参禅无样子，样子在当人”，“切忌口喃喃”，反对“历县更游州”“东去又西驰”的急功近利。整组诗歌语言通俗，形象生动，便于世人了解佛法精髓及禅修规则。

明本禅师提倡“禅净合一”，认为禅是净土之禅，净土是禅之净土。其《次鲁庵怀净土十首》序云：“或谓禅即净土，净土即禅，离禅外安有净土可归？离净土岂有禅门可入？”其一又云：“惟禅惟净土，非下亦非高。”[②]这里的净土，除了指西方极乐世界外，更指通过精进修持明见自性净土，见到自性弥陀，妙悟本心。在教义与禅观上，他态度圆通，对当时丛林卖弄语句、棒喝交加等法林弊端表示不满。“法久成弊，生出异端。”（《示众下》）[③]为了积极鼓励世人修学净土法门，明本创作了《天目中峰和尚怀净土诗一百八首》，数量正暗合佛珠的数量，隐含佛道精神贯穿始终之意，同时告诫修净土法门的人，应当认识到人生虚幻，轮回痛苦，从而珍惜光阴，精进修道，最后圆成佛道。《天目中峰和尚怀净土诗一百八首》其一云：

> 尘沙劫又尘沙劫，数尽尘沙劫未休。当念只因情未撇，无边生死自羁留。[④]

在禅师看来，世人所以在尘沙劫中长时间辗转，只因贪嗔痴而起惑造业，然后

---

① 蓝吉富：《天目明本杂录》卷上，《禅宗全书》第48册，北京图书馆出版社2004年版，第316页。

② 蓝吉富：《中峰明本和尚广录》卷28，《禅宗全书》第48册，北京图书馆出版社2004年版，第269页。

③ 蓝吉富：《中峰明本和尚广录》卷1之下，《禅宗全书》第48册，北京图书馆出版社2004年版，第15页。

④ 蓝吉富：《中峰明本和尚杂录》卷下，《禅宗全书》第48册，北京图书馆出版社2004年版，第354页。

因业受报,六道轮回,流转不止。“茫茫三界辊埃尘,一念贪生是苦因。”(《怀净土十首》其二)[①]作为修行之人,若能将人生看淡、世情看淡,超越世间的苦乐等感受,才能精进修道,进入“无住”的境界。“人间五欲事无涯,利锁名缰割不开”[②],每个人都有一尊自性佛,然世人常为“五欲”所羁绊,被各种名利所缠绕,它遮蔽了人的佛性。为了满足私欲,常将自己折磨得疲惫不堪。修行之人只有参透生死,抛开“五欲”的束缚,才能见自本性。《天目中峰和尚怀净土诗一百八首》其四十九云:

腊尽时穷事可怜,东村王老夜烧钱。即心自性弥陀佛,满面尘埃又一年。[③]

明本禅师继承了“即心即佛”的观点,劝化参禅之人从观照自心中明见本性。他以“东村王老”烧纸祈福的故事为喻,告诉人们,福是祈不来的,唯有内心清净,才能见到自性弥陀,摆脱世间贫苦。《天目中峰和尚怀净土诗一百八首》其一百云:

念佛不曾妨日用,人于日用自相妨。百年幻影谁能保,莫负西天老愿王。[④]

在如何悟佛的问题上,禅宗主张“日用是道”,认为搬柴运水无非妙道,吃饭穿衣皆是佛法。《小参》中的“大道只在目前,要且目前难睹,欲识大道真体,不离声色言语”[⑤],就是要认清人生的虚幻苦短,在日常生活中精进念佛,求生西方。其一百一、一百二、一百三、一百四、一百五云:

富贵之人宜念佛,黄金满库谷盈仓。世间受用无亏缺,只欠临终见愿王。(一百一)

贫乏之人念佛时,且无家事涉思维。赤条条地空双手,直上莲台占一枝。(一百二)

老来念佛正相当,去日无多莫暂忘。南无阿弥陀六字,是名越苦海慈航。(一百三)

---

① 蓝吉富:《天目明本杂录》卷上,《禅宗全书》第48册,北京图书馆出版社2004年版,第303页。

② 蓝吉富:《中峰明本和尚杂录》卷下,《禅宗全书》第48册,北京图书馆出版社2004年版,第357页。

③ 蓝吉富:《中峰明本和尚广录》卷2,《禅宗全书》第48册,北京图书馆出版社2004年版,第356页。

④ 蓝吉富:《中峰明本和尚杂录》卷下,《禅宗全书》第48册,北京图书馆出版社2004年版,第359页。

⑤ 蓝吉富:《中峰明本和尚广录》卷2,《禅宗全书》第48册,北京图书馆出版社2004年版,第29页。

尽道少年难念佛，我云年少正相当。看她八岁龙王女，掌上神珠放宝光。（一百四）

身膺宰辅与朝廊，盖世功名世莫量。自性弥陀如不念，未知何以敌无常。（一百五）[①]

明本禅师认为，净土法门简便易行，众生平等，都可以修持。“一般平等惟心土，贵贱贤愚没两途。”[②]无论是富贵之人抑或是贫乏之人，又或者是少年、朝廷宰辅，只要认真念佛修行，皆可往生净土。

（二）推崇行脚游方，借颂古诗偈开启慧根

佛教中自古就有以行脚游方的形式来参学问道的优良传统。《禅门秘要诀》云：“游江海，涉山川，寻师访道为参禅。”[③]僧侣们居无定所，或为寻访名师，或为自我修持，或为教化他人而广游四方。明本禅师虽以“识心见性”或“明心见性”“见性成佛”为宗旨，以“以心传心，不立文字”为传法手段，却十分重视行脚游方并长期践行。

再现游方生活的漂泊与艰辛，是此类组诗的主要内容。高峰原妙圆寂后，明本禅师就开始了游方生活。大德元年（1297），明本禅师离开了天目山，在皖山、金陵等地游历，并且先后在湖州弁山、庐州六安山及平江雁荡山等地结庵而居。延祐五年（1318），明本经僧众的再三迎请再度回到天目山，结束了大半生的草栖幻住生涯。期间创作了《船居十首》《山居十首》《水居十首》《廛居十首》“四居”诗，真实记录了明本禅师行走四方的经历和不求名利、淡泊致远的价值取向。

《船居十首》题下注：“己酉舟中作。”[④]己酉即指至大二年（1309），明本在此（江苏仪征）生活了近一年时间。“世情何事百羁縻，做个船居任所之”（其一），“一瓶一钵寓溪舟，溪北溪南去自留”（其六），明本抛开所有的名利牵绊，任情随性，漂泊江河。唯有对自由的向往，方能使其具有如此开阔的眼界与胸怀。“鱼影暗随篷影动，雁声遥与橹声齐”（其二），“随情系缆招明月，取性推篷看远山”（其四），“烟蓑带雨和船重，云衲动寒似纸轻”（其七），鱼影、篷影、雁声、橹声、明月、远山、烟蓑带雨等意象，无不昭示着船居生活的宁静、安逸和美好。

---

① 蓝吉富：《中峰明本和尚杂录》卷下，《禅宗全书》第 48 册，北京图书馆出版社 2004 年版，第 359—360 页。

② 同上，第 360 页。

③ ［日］田中良昭：《敦煌禅宗文献力研究》，大东出版社 1983 年版，第 303 页。

④ 蓝吉富：《中峰明本和尚广录》卷 29，《禅宗全书》第 48 册，北京图书馆出版社 2004 年版，第 273 页。

船居期间,明本禅师渡江北上,游历少林,在汴梁城隅租屋隐居。此间明本声望日隆,僧俗争相瞻礼,尊为"江南古佛"。《廛居十首》便是此种生活的记载,其三云:

足迹无端遍海崖,现成山水不堪夸。市崖既可藏吾锡,城郭何妨著吾家。[1]

明本认为,山居可以参禅,廛居照样能成佛,关键在内心。"道在一切处,道亦不在一切处。但是你为生死大事不退,城市山林独居众聚,皆是进道之时。你一个为生死大事之心不谛当不坚密,城市则被闹夺,山林则被静障。"(《示山居徒》)[2]"古称大隐为居廛,柳陌华衢间管弦"(其一),在禅师看来,藏身之处即是修心之处。清静之所可以无牵无挂,闹境之中也可参破红尘。"锦街破晓鸣金镫,绣巷迎猿拥翠钿"(其一),"月印前街连后巷,茶呼连舍与西邻"(其二),"山居何似我廛居,对镜无心体自如"(其四),"刁月楼高门巷永,卖花声密市桥多"(其五)。[3] 大俗方能大雅,"大道只在目前,要且目前难睹,欲识大道真体,不离声色言语"(《小参》)[4]。市井的日常生活及环境,成了明本体认大道的"声色言语"。

《水居十首》题下注:"东海州中作。"[5]元皇庆元年(1312),明本结庵于庐州六安山不久,江浙宰相奉书访问,再逃东海州(江苏连云港),故有此作。《水居十首》其九云:"水国庵居最寂寥,世途何事苦相招。去村十里无行路,隔岸三家有断桥。数点鸦声迎暮雨,一行鱼影涨春潮。陈年佛法从教烂,岂是头陀懒折腰。"诗中反映出明本禅师对于世俗的抗拒,他不愿为世事"折腰",故有"何事苦相招"之叹。《水居十首》其一云:"道人孤寂任栖迟,迹寄湖村白水西。四壁烟昏茅屋窄,一天霜重板桥低。"明本力避干扰而栖身偏僻,足见明本禅师避世之意的坚定。"按中峰《四居》诗,皆避时作。"[6]元代社会局势动荡不安,到处充满危险与杀戮,浪迹天涯、游迹于山林成为明本避世的理想选择。

---

① 蓝吉富:《中峰明本和尚广录》卷29,《禅宗全书》第48册,北京图书馆出版社2004年版,第276页。

② 蓝吉富:《天目明本杂录》卷上,《禅宗全书》第48册,北京图书馆出版社2004年版,第296页。

③ 蓝吉富:《中峰明本和尚广录》卷29,《禅宗全书》第48册,北京图书馆出版社2004年版,第276—277页。

④ 蓝吉富:《中峰明本和尚广录》卷2,《禅宗全书》第48册,北京图书馆出版社2004年版,第29页。

⑤ 蓝吉富:《中峰明本和尚广录》卷29,《禅宗全书》第48册,北京图书馆出版社2004年版,第275—276页。

⑥ [清]顾嗣立:《元诗选》二集下,中华书局1987年版,第1374页。

赞美头陀苦行，推崇实征亲验的禅修方式，是游方诗的又一内容。其《行脚歌》云："行脚来，行脚去，业识茫茫无本据。行脚东，行脚西，路在胸中孰共知。""七尺乌藤铸生铁，几向山中拗不折。横拈倒用二十年，从来触处无途辙。""真实头陀行苦行，不修苦行非头陀。若有真心为道者，试听苦行头陀歌。"头陀（行脚）的生活很艰辛，"无度用""面不洗""没家舍""无忌讳"，但头陀的修行却"最勇猛""百件做""最堪惜"①，诗歌将头陀苦修的艰辛与坚韧展示得深刻透彻，令人印象深刻。又如《示头陀苦行十首》其二、三、五、十云：

> 头陀即是比丘名，苦行何时得暂停。坏色衣穿荷叶补，自从霜后日竛竮。（二）
>
> 头陀独让老迦叶，两眼空来彻骨穷。传得破伽梨一顶，至今枯坐在鸡峰。（三）
>
> 蓬松短发盖眉毛，住处惟甘守寂寥。脱却陈年乌布衲，展开双手赤条条。（五）
>
> 世间惟有头陀好，苦行之余又若为。三界眼空忘取舍，便如斯去更由谁。（十）②

佛教中有"头陀苦行法"，明本《示头陀苦行十首》以自身的经历为基础，围绕头陀衣、食、住、行等方面，刻画了头陀的生活艰辛，意志坚韧。无论是"坏色衣穿荷叶补""破伽梨一顶"的粪扫衣，还是"青茆屋住千岩底""至今枯坐在鸡峰"简陋住处，抑或"两眼空来彻骨穷""展开双手赤条条"的窘迫，都不能改变头陀对佛法的信仰。他们清心寡欲，"甘守寂寥"，"头陀之外百无求"，矢志不渝，最终圆满，进入"闻见觉知穷外穷"的胜境。

明本禅师在幻住说法时创作了大量的颂古诗偈，如《颂古七首》《颂古二十七首》《拟古德十可行十首》《教禅律总颂四首》等，咏颂禅门公案的体会、感悟。如《颂古二十七首》其三"即心是佛"云：

> 硬是纯钢烂似泥，甜如崖蜜毒如砒。浑仑吞又浑仑吐，赚杀江西马簸箕。③

"马簸箕"指唐代佛教禅宗大寂禅师马祖，曾在江西抚州的西护山和虔州（今赣县）的龚公山传教弘道，开创了佛教的丛林制度。马祖认为"即心是佛——非

---

① 蓝吉富：《天目明本杂录》卷上，《禅宗全书》第48册，北京图书馆出版社2004年版，第314—316页。

② 同上，第304页。

③ 蓝吉富：《中峰明本和尚广录》卷3，《禅宗全书》第48册，北京图书馆出版社2004年版，第36页。

心非佛——平常心是道”,又主张“道不用修”“任心为修”,用手势、隐语、动作、符号、道具等开悟学人,形成了一种自由活泼的禅风。此公案告诉我们,“明心见性”才是禅修的根本。再如《颂古二十七首》其十二“临济四喝”云:

小厮儿偏爱弄娇,丝毫不挂赤条条。劣狮筋头重翻掷,拶得蟾蜍下碧霄。①

“临济四喝”是禅宗公案名,指唐代临济义玄禅师以“喝”接引徒众之四种方法。第一喝为“发大机之喝”,以“金刚王宝剑”喻示斩断知解情识;第二喝,以“踞地狮子”喻示震醒烦恼困惑;第三喝,以“探竿影草”喻方便利人,破除有见无见;第四喝,即“向上之一喝”,指绝对与相对,喝即不喝,不喝即喝,运行无碍。临济义玄的“棒喝”应机法,有时只喝不打,有时只打不喝,有时先打后喝,有时先喝后打,有时喝打并行。在“劣狮筋头重翻掷”的惊吓之下,连天宫中的“蟾蜍”也掉落人间,更何况“赤条条”无知的“小厮儿”!禅师以此喻临济棒喝对学人的“开窍”之用。又如《颂古二十七首》其二十“丹霞烧木佛”云:

火烧木佛丹霞罪,脱落须眉院主灾。一阵东风回暖律,几多春色上梅腮。②

“丹霞烧佛”是《五灯会元》卷五记载的一段在禅宗史上非常特殊的公案。丹霞游方到洛阳慧林寺,因天气大寒,便烧佛取暖,遭住持呵斥。丹霞认为,拜佛供佛是形式,真正的佛在心内坐,在自性中。如果相信心外有佛那就有佛,但不能认为偶像就是佛。“丹霞烧佛”公案以烧佛作为手段和方便,破除人们的执着,了断烦恼,见自性,明佛性。

周裕锴先生在《绕路说禅:从禅的诠释到诗的表达》一文中指出:“佛学对经典教义的诠释有两种方式:一曰表诠,一曰遮诠。表诠是指从事物的正面作肯定的解释,而遮诠则是指从事物的反面作否定的解释。”③颂古诗就是“遮诠”,其最大特点是“绕路说禅”,不直接说明悟境,而是用否定的、比喻的、借代的,甚至矛盾的方式去暗示读者,启迪悟性。

尽管佛教经典、祖师语录反复申说“心行处灭,言语道断”,“无有文字语言,是真入不二法门”(《维摩诘经·入不二法门》),强调语言文字的局限性和“道”的不可言说性,但是,禅宗从一开始就没有放弃语言文字,而且随着偈颂

① 蓝吉富:《中峰明本和尚广录》卷3,《禅宗全书》第48册,北京图书馆出版社2004年版,第37页。

② 同上。

③ 周裕锴:《绕路说禅:从禅的诠释到诗的表达》,《文艺研究》2000年第3期。

的诗化、僧诗的泛滥，“文字禅”在北宋后期走向顶峰。明代达观禅师在《石门文字禅》的序中对“文字禅”作了精辟的阐述。他认为“禅如春也，文字如花”。抽象的、普遍的春，蕴含着具体的、特殊的花，文字与禅存在着同一性。

（三）山居禅修，随缘任运

在山林中修禅的习俗自古有之。选择僻静之所独处，摒除外缘，一心参禅，山林就成了最适宜的修行场所。“余初心出家，志在草衣垢面，习头陀行……平昔惟慕退休，非矫世绝俗，使坐膺信施，乃岌岌不自安也。”（《东语西话》下）[①]明本禅师远离尘俗，酷爱庵居修行。先后在天目山、湖州弁山、平江雁荡山、庐州六安山等地结庵而居，创作了大量的山居诗，间接地传达出对自我价值的认可和对生存方式的选择。“诗与禅的沟通，特别是禅宗思维方式对诗歌创作的渗透，诗僧起了重要的催化作用。和那些禅宗大师、士大夫们相比，诗僧兼有两方面的优点：一方面他们通晓佛理，在不同程度上有寂照了悟的体验，为一般士大夫所缺欠；另一方面多具深情，且有诗歌创作的经验，为心身皆空的地道出家者所少有。这种兼二者所长的特点，使他们比较自然地将宗教转化为审美，成为沟通诗与禅的重要中介。”[②]佛教诗歌中大量的山居题材作品存在正是这种诗与禅结合的产物。

描绘山居美景是山居诗的主要内容。山居所见之处皆是青松翠柏、绿叶红花，纯净自然的环境陶冶出纯净平和的心境，这与明本禅师内心所向往的隐逸生活一拍即合。如《山中四首》主要描写春夏秋冬四时之景，其诗云：

春到山中也太奇，浅深红紫缀花枝。东君不管茆茨窄，逼塞阳和十二时。（一）

夏日山居味更长，苍松翠竹绕柴床。南薰带雨来天岸，整日惟闻白雪香。（二）

道人山舍颇宜秋，索索西风响树头。千嶂月寒清露滴，不知深夜湿缁裘。（三）

山深茆屋畏冬寒，雪老冰枯只自看。就地掘炉浑没底，夜深谁共拨灰残。（四）[③]

---

① 蓝吉富：《中峰明本和尚广录》卷18下，《禅宗全书》第48册，北京图书馆出版社2004年版，第211页。

② 周裕锴：《中国禅宗与诗歌》，上海人民出版社1992年版，第44页。

③ 蓝吉富：《天目明本杂录》卷上，《禅宗全书》第48册，北京图书馆出版社2004年版，第307页。

诗分春、夏、秋、冬四时,来写山中不同季节的美景。“浅深红紫”“苍松翠竹”“南薰带雨”“千嶂月寒”“雪老冰枯”“白雪香”“清露滴”等所勾勒出的清幽寂静的环境,正是诗人禅修的理想所在。“奇”“味”“宜”“畏”等,是作者对山居环境的不同感受。即便是寒冬天来临,独处“茆屋”,面对“雪老枯冰”“自看”时,诗人亦能心境平和。如《长阿含经》卷二载:“佛告比丘,复有七法,令法增长,无有损耗。一者乐于少事,不好多为,则法增长,无有损耗。二者乐于静默,不好多言。……七者乐于山林闲静独处。如是比丘,则法增长,无有损耗。”①明本法师大半生隐居山林,除谨遵佛祖训诫外,山林的孤寂也提升了他的法力。

《天目四时》将天目山春夏秋冬四时景致与诗人禅修体验揉合一处,如“道韵”“真趣”“话头”“头陀”“禅外”“尘俗”“禅心”“戒体”“参玄者”等,以即景会心的方式渗透着诗人对佛理的体认与禅修的开悟。

再现山居生活和修行方式,突出随缘任运的生活态度和对禅机佛法的领悟,是山居诗的又一内容。如《山居十首》其一云:

> 胸中何爱复何憎,自愧人前百不能。旋拾断云修破衲,高攀危磴阁枯藤。千峰环绕半间屋,万境空闲一个僧。除此现成公案外,且无佛法继传灯。②

诗中描写了山居“修破衲”“阁枯藤”“半间屋”的简陋生活,及禅师将屋被峰绕、独处空境的山居生活当作“现成公案”来参悟情感体验,表现出作者对山居行为的深刻认知。明本看话禅极具特色的禅修方式就是借助公案,集中自己的全部念头,不依一切修证所得,不依一切见闻所解,不依一切门路所入,转向内心的直观禅修,一旦打破疑团,则豁然开悟。诗中“万境空闲一个僧”正是诗人无自无他、专心致志的精神状态生动写照!其三、九、十云:

> 行脚年来事转多,争如缚屋住岩阿。有禅可悟投尘网,无法堪传逐世波。偷果黄猿摇绿树,衔花白鹿卧青莎。道人唤作山中境,已坠清虚物外魔。(三)
>
> 头陀真趣在山林,世上谁人识此心。火宿篆盘烟寂寂,云开窗槛月沉沉。崖悬有轴长生画,瀑响无弦太古琴。不假修治常具足,未知归者谩追寻。(九)
>
> 千岩万壑冷相看,不用安心心自安。识马乍教离欲厩,情猿难使去玄

① [后秦]佛陀耶舍共竺佛含译:《长阿含经》,[日]高楠顺次郎《大正藏》卷1,宗教文化出版社1995年版,第11页。

② 蓝吉富:《中峰明本和尚广录》卷29,《禅宗全书》第48册,北京图书馆出版社2004年版,第274页。

坛。竹烟透屋蒲龛密，松露沉空毳衲寒。此意山居人未委，未居山者更无端。(十)[①]

三首诗集中展示了诗人徜徉山林的潇洒情怀和解脱束缚后的自由自在。“行脚年来事转多，争如缚屋住岩阿”“头陀真趣在山林，世上谁人识此心”“此意山居人未委，未居山者更无端”等句，透露出对世间的荣华富贵、名利纷争的鄙弃和内心深处的孤独。“不假修治常具足”是指佛性本来具足，不需外求。这里的环境朴野浑厚，充满着机锋禅语。作者以崖为画，以瀑为琴，在山林清冷的环境中，体察着内心的自然平静。山居生活只是手段，顿悟禅机，心达禅境才是最终归宿。

《山舟十首》同样表达了诗人独享山居生活的真趣。《山舟十首》其八云：“道人住处绝安排，白昼扃门自懒开。风引竹声穿壁破，雨拖云影透山来。倚松石为谁撑拄，铺地花应自剪裁。说与景疏庵主道，得忘情处且忘怀。”[②]可见，明本所认定的禅修，强调自性清净的真心，而非烦恼染污的妄心，这一清净的真心，才是明本所要追求的终极目标。明本又在《示英禅人》中说“心本澄湛，元无污染，工夫亦无做不做之异，一切施为，只要悟明自心耳”[③]。山居的“竹声”“云影”“松石”“铺地花”等清幽之景，使人进入“得忘情处且忘怀”的圣境，是“明心见性”的现成公案。

(四) 普度众生、悲天悯人的慈悲情怀

作为元代中期的高僧，明本禅师交往对象十分广泛。除去与佛门中人的交往唱和外，还与世俗诗人相唱和，借此表达普度众生、悲天悯人的慈悲情怀。《次韵酬李仲思宰相四首》是明本酬赠元代宰相李仲思而作。其一、其二写道：

晴云万叠裹群山，崖瀑千寻落树间。定里惊传玉驾至，只应来夺老僧闲。(一)

归鞭未举且婆娑，平地须知险处多。休把世间名字相，累他岩穴病头陀。(二)[④]

---

① 蓝吉富：《中峰明本和尚广录》卷29，《禅宗全书》第48册，北京图书馆出版社2004年版，第275页。

② 蓝吉富：《天目明本杂录》卷上，《禅宗全书》第48册，北京图书馆出版社2004年版，第305页。

③ 蓝吉富：《中峰明本和尚杂录》卷中，《禅宗全书》第48册，北京图书馆出版社2004年版，第340页。

④ 蓝吉富：《中峰明本和尚广录》卷29，《禅宗全书》第48册，北京图书馆出版社2004年版，第278页。

《元史·百官志序》云:“其长则蒙古人为之,而汉人、南人贰焉。”[①]元朝是蒙古人建立的朝代,汉人宰相非常少,且存在着政治风险。李仲思是元代少数汉人宰相者之一,仰明本禅师,折节相交,曾赴天目山探视。其一写天目山晴云万叠,云海泛波,群峰如岛。悬崖之上,千寻瀑布飞落树间,水雾弥漫。良辰美景,老友相访,本是赏心乐事,想到“只应来夺老僧闲”,难免有些落寞。其二写宰相在山中盘桓数日,本想为国举贤,却遭明本婉拒。相送下山时,反复叮嘱,世情险恶,要小心为上。“休把世间名字相,累他岩穴病头陀”,借机向老友表明不愿为世俗名利所累的心迹。

《别友人十首》中送别时间、地点及对象均不详,但从诗中的语气及意思来看,应是针对士大夫开示的偈颂。“千里路行千里马,一重山隐一重人”(其四),明写送别朋友,暗写僧俗迥异的人生境况。世人被“色空明暗遮双眼”,因妄念过多而心生烦恼。“八万四千间妄想,江南江北几多人?”(其一)这既是禅师对世人顽冥不化的感叹,更是对友人的劝慰与归化——只有参透生死,破除执着,才能冲破“白日青天没路行”(其三)[②]的窘局,进入“大自在”境界。

与明本交结唱和最多的诗人是冯子振,著名《梅花百咏》[③]即是冯子振与明本的唱和诗集。“元冯子振与释明本唱和诗也。子振字海粟,攸州人,官承事郎集贤待制。明本姓孙氏,号中峰,钱塘人,居吴山圣水寺,工于吟咏,与赵孟頫友善。子振方以文章名一世,意颇轻之,偶孟頫偕明本访子振,子振出示《梅花百韵诗》,明本一览,走笔和成;复出所作《九字梅花歌》以示子振,遂与定交。是编所载七言绝句一百首,即当时所立和者是也。后又附‘春’字韵七律一百首,则仅有明本和章,而子振原唱,已不可复见矣。”[④]这一段文字交待了两人从不相关到惺惺相惜的过程,及《梅花百咏》的形成背景。

梅花卓尔不群的品格,凌霜傲雪的精神,深受诗人的推崇。明本的咏梅组诗,传神写照,涉及梅花的多个层面。按姿态分,有古梅、老梅、疏梅、孤梅、瘦梅、矮梅、蟠梅、鸳鸯梅;按时间分,有新梅、早梅、寒梅、腊梅、十月梅、二月梅;按色彩分,有绿萼梅、红梅、胭脂梅、粉梅、青梅、黄梅、盐梅;按形状分,有未开

---

① [明]宋濂等:《元史》卷85《百官一》,中华书局1976年版,第2021页。

② 蓝吉富:《中峰明本和尚广录》卷29,《禅宗全书》第48册,北京图书馆出版社2004年版,第279页。

③ 杨镰:《全元诗》第44册,中华书局2013年版,第435页。“冯子振、释明本以《梅花百咏》唱和,与韦珪《梅花百咏》,是元诗坛典实,今存韦珪《梅花百咏》有至正五年杨维桢序。但韦珪《梅花百咏》有八十四首已见于明本和冯子振《梅花百咏》。以上重出诗两存待考。”

④ [清]永瑢、纪昀等:《梅花百咏》一卷,《四库全书总目提要》卷188,中华书局1965年版,第1707页。

梅、乍开梅、半开梅、全开梅、落梅；按赏梅分，有忆梅、探梅、寻梅、问梅、索梅、观梅、赏梅、评梅、歌梅、友梅、寄梅、惜梅、梦梅；按地域分，有罗浮梅、庾岭梅、孤山梅、西湖梅、东阁梅、江梅、山中梅、清江梅、溪梅、野梅、远梅、前村梅、汉宫梅、宫梅、官梅、廨舍梅、柳营梅、城头梅、庭梅、书窗梅、琴屋梅、棋墅梅、僧舍梅、道院梅、茅舍梅、檐梅、钓矶梅、樵径梅、蔬圃梅、药畦梅、盆梅等，它们遍布山间野地、水边溪畔、庭前檐下、茅舍窗前，各具情态。梅花的清澄、内外俱净，引发了明本洁身净心的自觉意识。梅花的格调幽婉，气质高洁，意境空灵，更令明本一往情深。

借梅表达对高尚品格和坚贞操守的追求。"独抱冰霜岁月深，旧交松竹隔山林。英姿孑立谁堪托，惟有程婴识此心。"(《孤梅》)①"之子深能保贞固，中含天地发生仁。"(《青梅》)②青松的端正、竹子的节操、梅花的品格，"岁寒三友"象征着君子之道。诗人以梅花的孤高清冷自况，具有忠烈气节和独特风骨。

借梅表达安贫乐道的人生态度和悠然自得的隐逸情怀。"烟泊水昏江路迷，香寒树冷雪垂垂。玉堂梦寐无心到，绝似遗贤遁迹时。"(《野梅》)③将绝世出尘和清高超逸的梅比作怀才不遇而避世隐居的贤才，来寄托自己的隐逸情怀。

借梅表达皈依佛门的情怀和禅学意趣。"紫竹林中艾衲寒，净瓶晓折供金仙。三生石上精魂在，清夜静参花月禅。"(《僧舍梅》)④这里的"净瓶"是佛教之物，而"金仙"指的是佛陀。"三生石上精魂在"提到了佛教中的人世轮回思想，意思是说精神魂魄依旧停留在三生石上。"清夜静参花月禅"意思是说在清朗的夜晚静静地坐在花前月下来参悟佛禅，充满禅意。

借梅表达知音难觅的感慨，以及对君子之交的渴求。"三益堂前世外人，岁寒谁是旧雷陈。知心千古惟松竹，冷淡相交始见真。"(《友梅》)⑤"三益堂前世外人"句是在说在三益堂前有世外高人。"岁寒谁是旧雷陈"句中的"雷陈"是东汉雷义与陈重的并称，比喻交谊深厚的朋友。第三句"知心千古惟松竹"是在说松竹和梅花是至交，只有松竹才能真正了解梅花。末句"冷淡相交始见真"是说梅花和松竹是贤者之交，平淡如水。

除七绝《梅花百咏》"和章"外，释明本还另有一百首咏梅七言律诗，《四库全书》以"梅花百咏附录"的形式，将其附于冯子振《梅花百咏》之后。每首诗的韵脚都固定押"神""真""人""尘""春"五字，难度极大。冯子振的咏梅诗及明

---

① [元]中峰禅师：《梅花百咏》，中华书局 1985 年版，第 2 页。
② 同上，第 31 页。
③ 同上，第 20 页。
④ 同上，第 24 页。
⑤ 同上，第 12 页。

本的和诗各有千秋，正如四库馆臣所言“子振才思奔放，一题衍至百篇，往往能出奇制胜。而明本所和，亦颇雕镂尽致，足以壁垒相当”[①]。

此外，《次韵酬冯海粟待制四首》是明本禅师与冯子振酬唱的另一组诗歌。诗云：

无言童子拂香台，报道长沙学士来。烂煮橘皮砂罐冷，几年生意喜潜回。（一）

雄谈博辩扼玄音，莫把黄铜唤作金。脱略语言文字外，方知佛祖始传心。（二）

西天目顶望钱塘，佛与众生共一航。六月火云飞白雪，是谁触热是谁凉。（三）

瓦炉烧尽柏根香，笔债何须苦用偿。幸有顿空文字在，披衣终日坐茅堂。（四）[②]

其一写童子打扫香台，报说长沙学士造访。一个“喜”字，传达了彼此的情谊。其二写学士与明本机锋对决，探讨参玄之法，直陈佛法禅理超越“文字”，只能以心传心。其三写明本禅师遥望钱塘，对家乡遭遇的动乱与灾难（“六月飞雪”）深表忧虑，表达“佛与众生共一航”的普度情怀。末一首写焚香独坐，始终不变对佛法的追求。从“笔债何须苦用偿”一句看，此组诗是诗人在接到冯子振赠诗后为“还债”而作，诗中回忆了当年与冯子振交往的往事。

二、明本禅师组诗的影响

明本禅师继承并发扬了高峰原妙禅师一路的“话头禅”，再经天如惟则、千岩元长、石屋清珙、万峰时蔚禅师弘道，成为明清时期中国禅宗的主流。在明本圆寂以后，惟则禅师离开了天目山，随遇而安，有时住在草屋，有时住在山间，居无定所，“或追踪船子，或寄迹华亭，或托鹤荒滩，或屏遁孤峰……诸方公选私举，他一概以德薄才疏而谦辞之，韬光养晦、临深履薄达三十余年”[③]。惟则禅师效仿恩师明本禅师，行脚多地，屡拒世俗职务，并坚持不住持任何寺庙。

明本禅师有诗偈多达千余首，表现出他的灵异、风骨和清淡的佛门“隐士”

---

① ［清］永瑢、纪昀等：《梅花百咏》一卷，《四库全书总目提要》卷188，中华书局1965年版，第1707页。

② 蓝吉富：《中峰明本和尚广录》卷4之上，《禅宗全书》第48册，北京图书馆出版社2004年版，第278页。

③ ［明］南石文琇：《增集续传灯录》卷6，《新纂续藏经》第83册，台北中华电子佛典协会2004年版，第284页。

情怀。其佛理禅修之道，多是对僧俗的开示之语；其远离尘俗游方诗和游迹山林的山居诗，无不反映着禅师挣脱名缰利锁而追求自由人格的洒脱情怀。

在明本看来，世人为名利所缚，挣扎于苦海之中，解救之法只有诚心向陀佛，抛弃名与利的牵绊才能得到解脱。这是禅师给身处动荡时局世人的一味救世良药。明本一派禅师在开示众人时，无一不借助形象、生动的诗偈来现身说法。其开示众生、传播禅修之道的佛理禅悟类组诗，便是一篇篇机锋妙语的集锦，开创了僧诗创作的新境界，影响了后代僧诗的创作。其《天目中峰和尚怀净土诗一百八首》《拟寒山诗百首》等，直接启发了元末楚石禅师《怀净土诗》110 首、明代僧隐元隆的《拟寒山诗》101 首和居士张守约《拟寒山诗》一卷（300 首）创作。清代省庵大师著《净土诗》108 首、普能嵩禅师著《净土诗》一卷（108 首），亦受明本影响，圆融禅净，宣扬净土禅法。

明本的山居组诗，在元明之际也起着承上启下的作用。据祁伟博士考证，元代山居诗诗僧多半与元王朝关系疏远[①]。“他们或山居不出达数十年，或草栖浪宿、结庵而居，同行端辈结交权贵、住持大寺以至参与官场，形成鲜明的封照。先睹所居天台华顶，‘其地高寒幽僻，人莫能久处，惟禅师一坐四十年，足未尝辄阅户限’。高峰原妙也居山隐修数十年。明本及其弟子天如惟则和千岩元长，或隐居一山，或长期行脚，居无定处。石屋清珙‘四十余年独隐居，不知尘世几荣枯’。是这一系的骄傲，世称‘庵居知识’。”[②]明本禅师的弟子天如惟则、千岩元长及同门石屋清珙禅师等，都留下了大量的山居组诗。

受明本祖师影响最大的当属其弟子天如惟则、千岩元长及同门石屋清珙禅师，他们继承发扬了明本禅师一生所坚持的高尚品德，拒任名山大寺，坚持隐居山林，写下了大量的山居诗。天如惟则有七绝《山居杂言十首》其一、其二写道：

> 拈得尖头小屋儿，诸方公举两无疑。有时地黑天昏去，也被云来夺住持。（一）
>
> 佛法文章一字无，柴床对客嘴庐都。胸中流出盖天地，老倒崖头牙齿疏。（二）[③]

第一首将天昏地暗想象成云来夺住持之位，充满想象力。第二首刻画一老僧不求佛法、不著文章、牙齿疏落、嘴巴鼓着、潦倒柴床的形象，其胸中自然之气

---

① 祁伟：《佛教山居诗研究》，四川大学 2007 年博士学位论文。

② 杜继文，魏道儒：《中国禅宗通史》，江苏古籍出版社 1993 年版，第 491 页。

③ 蓝吉富：《狮子林天如惟则和尚语录》卷 4，《禅宗全书》第 49 册，北京图书馆出版社 2004 年版，第 79 页。

却可充溢天地之间。全诗语言自由，思维活跃，颇有几分俏皮。

又如千岩元长的《山中偶作十四上首》其一、二云：

青山堆里结茅庐，随分生涯自有余。松带雨栽根易活，草无人划蔓难图。清泉白石柴床座，紫芋黄精瓦钵盂。道者家风只如此，不消更做别工夫。（一）

过得一日是一日，谁管明年复后年。恍惚大千俱坏后，分明父母未生前。青山叠叠茅庵外，黄叶飘飘松径边。有客过门休问话，老僧不会祖师禅。（二）[①]

两首描写了山居环境的清幽、生活的简陋及禅修之人的清修。"有余"点出了山居生活的惬意，而"分明父母未生前"则点明"看话禅"与众不同的禅修方法。千岩元长禅师主张视参学之人的不同根器及因缘而令参不同的话头（如"父母未生前，哪个是你本来面目？""万法归一，一归何处？""狗子无佛性""不是心，不是佛，不是物"，等等），全面继承了中峰明本禅师的禅学思想。

石屋清珙的山居诗数量更多，其《山居诗五十六首》序云："余山林多暇，瞌睡之余，偶成偈语自娱。纸墨少便不欲纪之，云衲禅人请书，盖欲知我山中趣向。于是静思随意走笔，不觉盈帙，故掩而归之。复嘱慎勿以此为歌咏之助，当须参意，则有激焉。"[②]其二十三云：

优游静坐野僧家，饮啄随缘度岁华。翠竹黄花闲意思，白云流水淡生涯。石头莫认山中虎，弓影休疑盏里蛇。林下不知尘世事，夕阳常见送归鸦。[③]

诗中除了描述山居环境的清幽外，主要是劝谏世人放下功名利禄去修行。这与他轻浮华名利、崇仰山林的思想一致。世间的浊嚣与山间的清逸的反差使他清志弥坚，进而向世人发出召唤，有着浓郁的悲悯情怀。其诗歌内容与风格与明本禅师一脉相承，表述晓畅而简达，文字平实而富有佛理。

祁伟认为，诗僧在山居诗寄寓了强烈的"主体表现意识"，具体来说有四个方面："一是僧人的角色进入诗歌画面，并成为其中的主角，自然景物只是烘托淡泊生活的一种手段，而不是诗歌观照的对象；二是僧人对世界、对人生的理解与认识成为山居诗表达的主题之一，自然描写就成为一种生活方式的代表；

---

① 蓝吉富：《狮子林天如惟则和尚语录》卷4，《禅宗全书》第49册，北京图书馆出版社2004年版，第79页。

② 蓝吉富：《石屋清珙禅师语录》卷下，《禅宗全书》第48册，北京图书馆出版社2004年版，第768页。

③ 同上，第770页。

三是僧人参禅体验及禅悟境界成为山居诗表达的一个重点，自然万象是禅者眼中的‘公案’或佛性的展现，不再作为客观景物而存在；四是僧人抒写山中修道的逍遥自适，而山林景色成为僧人内心情感的陪衬。”[①]这对我们把握佛教山居诗颇具启发意义。

到了明代，“明本派”诗僧，如憨山德清有《山居示众二十五首》《南岳山居五首》《山居十首》《忆山居六首》《山居十三首》《山居二十六首》《山居二十八首》计 133 首（见《憨山老人梦游集》）；天隐禅师有《山居诗》80 首（见《天隐禅师语录》）；汉月法藏著有《山居诗四十首》；呆庵普庄有《山居诗十首》；雪山法杲有《山居诗十六首》，形成了山居组诗的创作热潮，进一步奠定了山居组诗在佛教文学中的地位。

胡应麟在《诗薮》外编卷 6 云：“元方外鲜能诗者，道则句曲张雨，释者来复见心。张以雅游，故声称籍籍，其诗实不如复然复入本朝矣。”[②]将张雨与来复惟心视为元代佛教与道教的诗歌成就最高代表显然有些与事实不符。杨镰在《元诗史》中则指出：“长期以来，在元诗文献中作为一个诗人，张雨诗的成就在一定程度上被拔高了；但他确实是元代最具典型性、最有影响的道士诗人。”[③]释来复是元末明初的临济宗名僧，其 900 余首诗歌中以山居诗最具文学价值。无论是禅学思想还是诗歌创作都深受中峰明本的影响，胡氏于元释标举来复见心与其后期入明朝，受朱元璋褒美，仕宦争从其学的社会影响力有关。

明本禅师组诗对后世影响最为深远的是其与冯子振的《梅花百咏》，在宋代大型咏梅组诗与明代大型咏梅组诗之间搭起了一座桥梁。这从当时及其后诸多大型梅花组诗的问世，即略可获知。“从元末至明末的二三百年间，唱和《中峰和尚梅花百咏》七言律诗者至少有二十人次……由此可见，释明本《梅花百咏》七言律诗对明代诗坛的影响非常巨大。”[④]如明代诗人王达善“和”释明本所“和”冯子振《梅花百咏》而成之《梅花百咏》，即为一例；而另一位明代诗人周履靖既“和”冯子振《梅花百咏》，又有将其与之合刊的事实。则表明了“和章”之作在明代已成为了一种风气，而这种风气，正是受冯子振与释明本唱和梅花诗的影响所致[⑤]。明代唱和明本禅师的《梅花百咏》人数之多、质量之高，史所罕见。正如罗鹭所言“从诗歌接受史的角度来看，明代唱和释明本《梅花百咏》七言律诗人数之多、质量之高，是值得关注的文学史现象。虽然释明本并不是

① 祁伟：《佛教山居诗研究》，四川大学 2007 年博士学位论文，第 176 页。

② ［明］胡应麟：《诗薮》外编卷 6，中华书局 1958 年版，第 233 页。

③ 杨镰：《元诗史》，人民文学出版社 2003 年版，第 719 页。

④ 罗鹭：《释明本〈梅花百咏〉考辨》，《新国学》2015 年第 1 期。

⑤ 杨镰：《元诗史》，人民文学出版社 2003 年版，第 651 页。

元代的一流诗人,但他创立了《梅花百咏》七言律诗'百篇同韵'的基本范式,使之成为中国诗歌史上长盛不衰的主题"[①],仅此一点,就足以在诗歌发展史上享有崇高的地位。其所创立的《梅花百咏》"百篇同韵"的写作范式,也成为中国诗歌史一道独特的风景。

第二节　马臻道教组诗的承传作用

在中国诗歌史上,道教文化对诗歌创作和发展的影响是深远的。在道教盛行的元代,一批缁衣黄冠诗人,留下了一批珍贵的诗文作品。元代南方道教正一道派玄教一门中的马臻、陈义高、吴全节、薛玄卿、朱思本、张雨等便是其中的代表。任红敏在《元代宗教与元代文坛格局》一文中指出:"元代很多道士能诗、善文,而且工书法兼绘画,如丘处机、马钰、谭处端、马臻、陈义高、吴全节、朱思本、张雨、陈日新、薛玄曦等,其中以元初马臻和元末的张雨成就最高。"[②]其言信然。

一、马臻组诗的情感内涵

元代南方道教正一派道士诗人马臻,字志道,号虚中,钱塘(今杭州市)人,正史无传,生卒年已无从考究[③]。生平事迹散见于龚开、仇远、黄石翁《霞外诗集序》,《元诗选》初集小传,《武林玄妙观志》及《霞外诗集》中。

《元史·释老传》载:"元贞元年,弟(张)与材嗣,为三十八代,袭掌道教。……大德五年,召见于上都幄殿。八年,授正一教主,主领三山符箓。"[④]元成宗大德五年辛丑(1301)春,马臻应正一道领袖天师张与材邀至燕京参加内醮大典。三月离家,直到五月中旬才抵上都。这年冬天,内醮大典结束。马臻因未授道秩,内心颇为失望,遂有南归之意。马臻的《客夜不寐偶成短句十首》记录了当时的心迹:"缟素制野服,误染京华尘"(其三),"男儿不得志,壮心惜徂年"(其四),"此身如断蓬,飘萧随北风"(其七)[⑤]。元武宗至大二年(1309),天师命为佑圣观虚白斋高士,亦不就。《至大己酉春天师教主大真人俾予佑圣观虚白斋高士谨裁七言律诗一首辞谢》中,"驽马断无千里志""容得闲身老林

① 罗鹭:《释明本〈梅花百咏〉考辨》,《新国学》2015 年第 1 期。
② 任红敏:《元代宗教与元代文坛格局》,《殷都学刊》2016 年第 3 期。
③ 王树林:《元初道士诗人马臻生平事迹考辨》,《江苏大学学报》2013 年第 6 期。
④ [明]宋濂等:《元史》卷 202《释老传》,中华书局 1997 年版,第 4526 页。
⑤ 杨镰:《全元诗》第 17 册,中华书局 2013 年版,第 51 页。

壑”等诗句表明了辞世隐居的意志。南宋亡开始，马臻弃捐功名，慕陶弘景，着道士服，拜在当时著名道教高士褚伯秀门下，隐于西湖之滨，过起了平淡生活。晚年肆力吟咏，“古心终不变，诗癖死才休”（《酬知己》），与仇远等南宋遗民相唱酬。“其资也粹，其学也正，其言也文，其居家笃于孝弟，清勤恬雅，动以古人，自饬暨出家，着道士服，隐约西湖之滨。士大夫慕与之交，不过习清虚、谈淡泊，无一言及势力声利。……噫，君子哉！”[①]从好友的评价中不难看出对其人格的推崇与敬重。

马臻出生于南宋末年，国家的灭亡，家道的沦落，使他沦为贫民。“南宋的衰败对具有忧国忧民之心的文人学士来说不能不说是一种极大的刺激，而它的覆灭更给这些文人造成了强烈的心灵震撼。历史的责任感使他们痛心疾首，但却无法力挽狂澜。或许是心灵慰藉的需要，或者是鼓舞自己杀身成仁的勇气，许多文人在为自己曾经效忠的祖国而讴歌的时候也迈进了老庄道教的思想殿堂。”[②]蒙元王朝是少数民族政权，这对有着根深蒂固的“华夷之辨”认知的汉人而言，思想观念所面临的冲击是极大的。萧启庆在《内北国而外中国》一书中指出，元廷对各民族文化采取一视同仁的态度，对各种宗教同尊并荣。儒家思想遂由“道”转为“教”，儒士成为受到优崇的群体。[③] 这种改变使得文人在“士志于道”的框架下，对儒、道价值有了新的认识，加之南人社会地位很低，入仕困难且不得志，于是乎不少文人选择遁入道门，以表达对于异族统治的反抗。王重阳、丘长春等的选择很有代表性。诸多饱学之士寄身道门，提升了道士群体的文化水平。

元代后期正一道派的兴盛与元朝统治者的扶持有着紧密的联系。正一道的形成，以成宗大德八年（1304）敕封张与材为“正一教主”为标志。元代皇帝以张留孙为掌玄教院，形成了一个以玄教道宫直接布道的龙虎宗的支派。朝廷不断地从龙虎山挑选道士至京师，有的被委任在京师道职，有的被派往各地各级做道官。这样就以他们这些人为骨干，慢慢地组织成一个规模庞大的玄教道派。而马臻就属于正一道派中的玄教一门。

《霞外诗集》是马臻 40 岁以后诗歌创作的汇集，对研究道教文化有重要的价值。根据《霞外诗集》和《全元诗》统计，马臻的组诗共计 316 首。从诗体上看，七言体是其组诗创作的主体，其中七言律诗共 29 首，占总数的 0.92%，七言绝句共 239 首，占总数的 75.6%，七言体的组诗就占了组诗总数的 84.8%。

---

① ［元］仇远：《霞外诗集序》，台湾学生书局 1973 年版，第 5 页。

② 詹石窗：《南宋金元道教文学研究》，上海文化出版社 2001 年版，第 192 页。

③ 参见：萧启庆《内北国而外中国》，中华书局 2007 年版，第 145 页。

马臻诗歌神骨秀骞,豪逸俊迈,在元道流诗人中,成就颇高。从诗歌风格言,其诗深受晚唐格律诗的影响,呈现出"宗唐"的特征。仇远《霞外诗集序》云:"(马臻)大抵以平夷恬淡为体,清新圆美为用,陶衷于空,合道于趣,浑然天成,不止于烟云、花草、鱼鸟而已。"[①]以"平淡""合道于趣"论之,切中肯綮。《四库全书总目》评价其诗云:"所作皆神骨秀骞,风力遒上,琅琅有金石之音。虽不能具金鸡擘海,香象渡河之力,而亦不类酸寒细碎,虫吟草间。观其《述怀》一诗,殆宋末遗老寄托黄冠,而其豪逸俊迈之气,无所不可,政不以枯寂恬淡为高耳。"[②]以"豪逸俊迈"概括其诗特质,可谓不易之论。

(一) 托物言志与黍离之悲

借景物来寓意人生事理,往往给人以无限的启迪。马臻写作此类组诗的初衷多半是一时兴起,借助事物自身的特点,展开联想,进而寄寓自己的身世之感,抒发对国家兴衰的感慨。如《二禽篇二首》写道:

> 杜鹃杜鹃,闻尔曾为蜀天子,一自城荒尔身死。当年御极日万几,何苦今朝自如此。恭闻太上垂玄言,治大国兮烹小鲜。流情纵逸不追悔,无端却恨春山烟。毛衣鉴缕满身黑,万里岷峨归不得。六合茫茫啼一声,春风为尔无颜色。(一)
>
> 鹧鸪鹧鸪,不知春色何负汝,每到春来声更苦。百年不得此身安,尚忆当时在行旅。尔不学大鹏一举,培风两翼如云垂。又不学篱边斥鷃,翱翔飞跃蓬蒿枝。黄陵庙前几春草,空遗怨恨传新诗。江南二月烟花乱,子子孙孙自呼唤。说尽人间行路难,凄风苦雨心肠断。(二)[③]

这是一组禽言体寓言诗,作者借助"禽言"表达了对现实的感慨。其一,借杜鹃的处境寓意昔日的锦绣山河已不复存在。"杜鹃"又名子规、杜宇等,在古代神话中,蜀王杜宇(即望帝)在让位于他的臣子后隐居山林,死后灵魂化为杜鹃,杜鹃叫声如"不如归去",杜鹃就成为凄凉、哀伤的象征。杜宇也曾贵为蜀王,也曾日理万机,不想今朝却落得如此境地。马臻引用了杜鹃为蜀帝这一典故,正是为了讽刺偏安一隅的南宋小朝廷。当权者声色犬马,不思进取,这让马臻倍感心寒。"恭问太上垂玄言,治大国兮烹小鲜",语出《道德经》第六十章中"治大国,若烹小鲜"。其寓意就是治理国家,不要大刀阔斧地进行,其治理是一个过程,体现了老子修道修德的一贯主张。只有道布天下,为官才能"以百

---

① [元]马臻:《霞外诗集》,台湾学生书局1973年版,第5—6页。
② [清]永瑢、纪昀等:《四库全书总目提要》卷167,中华书局1965年版,第1436页。
③ 杨镰:《全元诗》第17册,中华书局2013年版,第5—6页。

姓之心为心”，为民者不为私利而争斗，和睦相处，国家才有可能治理好。“流情纵逸不追悔，无端却恨春山烟”一句批评统治者不去反思失败的原因，却推卸责任，委罪他人，最终落得“万里岷峨归不得”的下场。其二，借鹧鸪凄切的音声传达了对南宋沦陷的伤悼之情。鹧鸪是产于我国南方的一种珍禽，它的叫声好像“行不得也哥哥”，成为文人墨客所歌咏的对象。诗中鹧鸪叫声凄切悲惋，衬托出诗人处境的艰难和心情的惆怅。此诗是马臻参加龙虎山张天师的内醮大典而作。当时他的家乡杭州已被攻陷，家道随之中落，这一翻天覆地的变化使他陷入巨大的痛苦之中。“不知春色何负汝，每到春来声更苦”，诗人在质疑人们为什么要把传递春天信息的使命赋予鹧鸪？春天来临时鹧鸪的叫声更加凄苦，这进一步加重了诗人内心的悲凉情绪。“说尽人间行路难，凄风苦雨心肠断”，前路多艰，未来迷茫，诗人的内心凄苦不堪。全诗把个人的身世感慨和国家的兴衰结合在了一起，表现出一种浓郁的怀旧情绪。

有学者考证，在马臻26岁时，家乡（京师杭州）陷落，南宋灭亡，其一家也随之沦为贫民。作为一名由南宋入元的遗民，目睹了故国的沦丧，元人的入侵。国破家亡的惨变一直在他脑海中映现。现实生活的巨大变化使得马臻发出重重感慨，诗中流露故国之思也就不足为怪了。《二禽篇二首》借物喻意，正是表达了自己对故国的眷恋之情。再如《题青松白鹤图二首》云：

道人手中五色笔，青山拂起秋云飞。秋云飞去青山在，白鹤一双来翠微。（一）

万里天风下玉京，瑶池宴罢碧桃春。归来城郭还依旧，只有青松是故人。（二）[①]

这两首题画诗，赞颂了青松的傲然风骨及与白鹤的脱俗雅韵。沧海桑田，物是人非，在“只有青松是故人”的感慨中我们不难感受到其内心深处的旧臣意识和心系故国的眷恋之情。顾嗣立《元诗选》马臻小传云：“当是时，江南甫定，兵革偃息，遗民故老如周草窗、汪水云之徒，往往托于黄冠以晦迹，虚中殆其流亚欤！”[②]隐于缁衣黄冠，是南宋亡后，南方文士的普遍选择。虽然马臻诗远没有郑思肖、汪元量等黄冠诗人故国之感强烈，但其诗将身世感慨与国家兴衰掺杂在一起，表现一种怀旧哀情却是不争的事实。另一组《咏雪二首》借雪景抒情，将“红炉画阁正笙歌”的生活与“冷坐孤吟”的窘境作了对照，传达出“林下多牢落”的怨情，同属此类。

《题画杂诗十九首》是一组典型的写景组诗，作者题画来抒发隐逸林泉之

---

① 杨镰：《全元诗》第17册，中华书局2013年版，第128页。

② ［清］顾嗣立：《元诗选》初集，中华书局1987年版，第2371页。

趣,其五、十一、十二、十四、十七、十九分别吟道:

岸水依痕钓艇闲,炊烟几处出芦湾。西窗正是斜阳好,一带泥金抹远山。(五)

月华如水天如空,苍烟远树涵秋容。笔头墨尽意不尽,参错云山三四重。(十一)

数点寒鸦水绕村,几家茅屋掩柴门。白头溪叟归来晚,自把渔舟系柳根。(十二)

轻云漠漠天影空,江村雨过生微风。似嫌野外春淡薄,故点桃花深浅红。(十四)

春阴淡荡归帆急,迭嶂层峦凝空碧。知是夜来风雨深,村外野桥低二尺。(十七)

采菱渡头秋日晚,孤楼隔岸知谁家?参差远树杂云气,灭没渔舟侵浪花。(十九)①

在这组题画诗中,作者借画境来抒发真情:傍晚时分,从窗外看去,夕阳无限美好。远处的河边停泊着钓船,寻常百姓家里飘来的袅袅炊烟。苍烟,远树,参错的远山,虽然寥寥数笔,却给人一种笔断意连、回味无穷的感受。村里的人家虚掩着柴门,捕鱼的老叟迟迟归来,将船系在柳树上。微风阵阵,春色淡薄,桃花点缀其中,点染出勃勃生机。钓艇,炊烟,斜阳,远山,苍烟,云山,寒鸦,茅屋,渔船,桃花,野桥构成了一幅幅美丽的画卷,充满了田园生活气息,折射着诗人的隐逸情怀。作者正是通过一组组画面,传达了淡泊宁静的心态,表达了对闲适惬意生活的向往。

另一组《画意二十二首》同样反映出作者归隐林泉的志趣。组诗以“幽人”生活为核心,通过“桃花”“苍翠”“古林”“溪桥”“飞泉”“丘壑”“草屋”“暮钟”的景色渲染,刻画了山居环境的清幽,衬托了“幽人”乐得其趣的自在。“道法自然”,崇尚自然,珍视自然,这是道教尊崇的至美。庄子就曾优游于自然之中,“就薮泽,处闲旷,钓鱼闲处,无为而已矣;此江海之士,避世之人,闲暇者之所好也”(《庄子·外篇·刻意第十五》)②。

自然界中的山水云壑乃是造化杰作,亲近自然,寄情山水,才能体道适性,进而拥有无为、无欲的自然理念。这种超越尘世的生活方式,为后世文人留下了深刻的烙印,文人士大夫大多以山林为乐土。谢灵运《游名山志序》云:“夫

① 杨镰:《全元诗》第17册,中华书局2013年版,第127—128页。
② [清]王先谦:《庄子集解》,中华书局1987年版,第132页。

衣食，生之所资；山水，性之所适。今滞所资之累，拥其所适之性耳。……岂以名利之场，贤于清旷之域耶！”[①]优游于山水之中，欣赏着大自然的山川草木、烟霞明晦等美景，既可以摆脱尘俗的羁绊，仕途的不顺，心性上的烦恼，也是文人感悟人生、抒发情感的主要载体，借山水来“澄怀观道”。人生的理想，自己的胸襟，混入山水之中，与老庄的“自然之道”融为一体，或借吟咏山水以排遣心中的苦闷烦忧，或在山水自然中寻到人生的哲理与乐趣，或借赏心悦目的自然风光以娱情遣意、抒摅怀抱，满足了文人生命体验多元化表达的需要。

（二）壮志未酬与兴亡之感

隐于缁衣黄冠，是南宋亡后，元代南方文士的普遍选择。这就使得即便是道士身份，依然难以掩盖其“士志于道”的初心。马臻的黍离之悲有两层含义：一是将身世之感与家国兴衰之感结合在一起；二是抒发自己的壮志未酬的惆怅之感。如《杂咏四首》便流露出壮志未酬的惆怅之感：

幽芳泣露质，好鸟饮春声。尽向东风里，悲欢各有情。（一）
荣贵如风花，安得长美好。冯唐不解事，却恨发白早。（二）
老翁似童稚，丰欠总不知。曝日聚檐下，闲说小年时。（三）
凉露老荷叶，莲房亦已空。可怜红蓼花，摇摇受西风。（四）[②]

组诗感叹美好年华易逝，壮志未酬，基调充溢着凄凉。第一首中“幽芳泣露质”的形象，正是诗人对南宋灭亡的追忆。“尽向东风里，悲欢各有情”，春风带来的不全是喜悦，更有“悲凉”的讯息。第二首中感叹荣华富贵就像花一样，不能长久。冯唐经历汉代三世，到武帝朝才被举贤良，可惜他年近九旬，只恨“发白早”了。借冯唐之典，感慨时光易逝，壮志未酬。第三首在“老翁”与“小年时”的对照中，表达了往事不堪回首的痛苦。第四首通过荷叶已“老”，莲房已“空”，及红蓼花在“西风”中摇摆的意象，渲染着国破家亡后作者孤单与凄苦的心境。

《大德辛丑五月十六日滦都棕殿朝见谨赋绝句三首》记载了作者赴上都参加道教典礼的过程及怀才不遇的心情：

黄道无尘帐殿深，集贤引见羽衣人。步虚奏彻天颜喜，万岁声浮玉座春。（一）

殿中赐宴列诸王，羽褐分班近御床。特旨向前观妓乐，满身雨露湿天

① 郁沅、张明高：《魏晋南北朝文论选》，人民文学出版社1996年版，第251页。
② 杨镰：《全元诗》第17册，中华书局2013年版，第103页。

香。(二)

清晓传宣入殿门,箫韶九奏进金樽。教坊齐扮群仙会,知是天师朝至尊。(三)[①]

第一首诗描写元朝皇帝在宫殿接见朝觐的张天师、马臻等道徒的热闹场面。第二首写朝廷文武大臣与道徒们一起观赏妓乐,深蒙龙恩。第三首是“教坊齐扮群仙会”的道仪表演。从听宣入宫,觐见皇帝的热闹场面描写中,深切体验了道教在元代宫廷里享有的种种殊荣。《元史·释老传》载,道教的太一教派首领李居寿深受忽必烈宠信,至元十六年(1279),太子参与朝政之议就是由他提出而被忽必烈采纳的。这不仅是一个重大的朝政问题,而且事涉异常敏感的皇族内务,非一般关系所能筹划,其受信任程度可见一斑。元成宗大德五年(1301),马臻从正一道领袖天师张与材至燕京行内醮。直到这年冬,内醮礼成,未授道秩,颇为失望,逐起南归之志。由于此行并未得到预想的结果,马臻在《滦都旅夜二首》中表达了深深的失望之情:

不语登高楼,徘徊日将夕。凉风吹秋来,万叶谢深碧。悠悠念远道,坐见山月出。下听城廓中,歌笑杂啼泣。物理不可穷,令人长太息。(一)

黄鹄垂两翼,徒怀四海心。游子中夜起,揽衣步前庭。萧条行天云,惨淡西风砧。客愁结肺腑,气咽不能吟。不吟亦不寐,历历寒更深。(二)[②]

从组诗中“黄鹄垂两翼,徒怀四海心”“令人长太息”“客愁结肺腑,气咽不能吟”等诗句,可见其深深的失望之情。这里的“客愁”,不只是客游他乡的愁闷,更是壮志难酬的苦闷,黄鹄垂翼的形象生动地揭示了其怀才难展的窘境。

《客夜不寐偶成短句十首用渭北春天树江东日暮云为韵》又进一步强化了“客北”情怀:

丈夫慎出处,功成乃身退。古人夫如何?八十钓清渭。(一)
四时循化机,万物随动息。众星纷荧荧,天运齐拱北。(二)
缟素制野服,误染京华尘。旧业在何处?梅花江上春。(三)
男儿不得志,壮心惜徂年。长空起雕鹗,目送入寥天。(四)
布衾生凄寒,夜夜梦归去。心恐秋风深,摧残紫荆树。(五)
吟苦不成寐,寒窗凝夜釭。千古谁知心?遥遥贯长江。(六)
此身如断蓬,飘萧随北风。钱塘一望地,家住西湖东。(七)

① 杨镰:《全元诗》第17册,中华书局2013年版,第45页。
② 同上,第47页。

> 客虑千万端，长吁愁不出。谁能事低眉，挥杯送白日。（八）
> 几欲膏吾车，老眼不识路。弟妹今何之？萧萧齿发暮。（九）
> 昨日家书至，慰我久离群。游子眼欲断，日日望白云。（十）[①]

组诗以杜甫《春日忆李白》诗句“渭北春天树，江东日暮云”为韵，借杜甫在渭北独对春树，李白在江东远望暮云的意象，表达天各一方、遥相思念的情愫。其一，强调士人“出处”应需谨慎，要功成身退，留下美名。时机不到，更须等待，要像姜子牙垂钓渭水等待周文王相召一样。其二，指出四时更替、万物演进自有其自在的规律。其三，写诗人对此次北上之行感到非常后悔，想离开尘俗，归隐江上。其四，写自己壮志未酬，深感时不我与。其五，写其归心似箭，期盼归隐于西湖之畔。其六，借贾岛“苦吟”典故，表达壮志未酬的苦闷。其七，写生命如“断蓬”般随风飘零，进一步表达对故乡的思念。其八，表达诗人对两都上流社会严格的等级礼仪制度的厌恶。其九，写身处北国，心系家人。其十，写收到家书后的喜悦之情，突出游子萍踪天涯之意。从这首组诗中可以清晰地感受到诗人命运的坎坷和内心的苦闷。

《回南二首》是诗人南归之时所作，其诗云：

> 家在钱塘江上春，京华投老独漂零。玉泉山外雪犹白，金水河边柳又青。帽底流尘春冉冉，花间行李发星星。分明记得经游处，一路吟诗写驿亭。（一）
>
> 回望京城在九霄，西山晴暖雪才消。人行短草春容与，马拂香尘柳动摇。老鹤心情终忆海，浮云富贵谩题桥。尚怜归去身强健，历历松风寄一瓢。（二）[②]

组诗以从上都纪行为线索，将赴上都时的满怀期待和最终失望的情怀衬托出来。在“家在钱塘江上春，京华投老独漂零”的对比中，表达了对上都之行的失望及对世俗荣华富贵的鄙视。而“老鹤心情终忆海，浮云富贵谩题桥”句，则清晰传达出隐逸出世的渴望。而《渡御河用少陵日转东方白风来北斗昏为韵十首》则记载了从大都还故园的经历与渴望回归的喜悦之情：“行行计故里，未觉道路长”（其四），“湖山无变质，吟咏足晨昏”（其十）[③]。

这种故国之思还表现在其对昔日故国太平生活的回忆上。《至节即事十首》序云：“癸酉岁长至节，效王建体偶成绝句十首。余年始二十，即一时之事，

---

① 杨镰：《全元诗》第 17 册，中华书局 2013 年版，第 51 页。
② 同上，第 53 页。
③ 同上，第 54 页。

寓一时之意,故沦落不复收。今于故箧中得其旧稿,青灯三复,如对故人。乐天云:'欲留年少待富贵,富贵不来年少去。'乃知年少承平之乐,诚不易逢。三十余年,恍一梦寐。吁,予老矣!满簪华发,投迹空林,情之所来,不觉涕下。故录于卷末,以重感慨云。"[①]从诗序可知,诗人历经国破家亡的剧痛后,于晚年间整理诗篇发现年轻时所作,勾起了尘封的往事,流露出深沉的故国之思。《至节即事十首》其一、二、九首云:

观台云物已书黄,预卜丰年喜倍常。万姓只知行乐处,更无余事可思量。(一)

天街晓色瑞烟浓,名纸相传尽贺冬。绣幕家家浑不卷,呼卢笑语自从容。(二)

店舍喧哗彻夜开,荧煌灯火映楼台。欢游未晓不归去,早有元宵气象来。(九)

第一首写冬至前后,京城内外喜气洋洋,准备欢度新年的场景。第二首写冬至节当天,京城中天刚拂晓,便香烟弥漫了,人们烧着纸钱,祭奠先人。家家户户,笑声不绝,人们互致节日问候。第九首写京城夜色阑珊,店铺生意繁忙,欢乐的人群不愿归去。诗歌以冬至节为背景,写出百姓过节的热闹景象。整组先从大处着手,总揽全景(远景),接着突出细节(近景),捕捉一个又一个特写镜头。这种大小结合,远近统一的写法,极富层次感和画面感。这组"效王建体"诗歌,以日常生活中的细碎琐事或具体情态为切入口,纯用白描手法如实铺陈,极尽朴实自然之态,有着浓郁的乡土气息。

又如《因话金陀遗编奉呈复斋岳仙尉就叙别怀四首》,诗云:

宋家王气久凋零,奸桧元来当彗星。陷得忠良冤渍骨,路人空唾牧牛亭。(一)

一篑功成触祸根,忠名还与此山存。寺田废尽谁能复,武穆王家六代孙。(二)

王孙德业是真儒,楚楚衣冠六十余。渐觉令人不好武,传家惟只用诗书。(三)

相逢倾盖即相知,醺罢星坛只说诗。今日河桥还怆别,柳花飞雪未多时。(四)[②]

这是一组七绝叙别诗。第一首写宋王朝的衰败,奸人当道,害得忠臣岳飞蒙冤

---

① 杨镰:《全元诗》第17册,中华书局2013年版,第70—71页。

② 同上,第68页。

受难。第二首感叹武穆王功亏一篑，招致祸害，但忠名永存。能振兴家族荣光重任的，只能是武穆王家六代孙岳仙尉了。第三首赞美岳仙尉是“真儒”，以诗书传家。第四首是表达作者与岳仙尉的相知相惜及河桥边的怆别。组诗以朋友相访为线索，在咏叹前朝岳飞抗金史事，对奸臣误国行为表达了由衷的愤慨的同时，字里行间透露出来的依然是对故国的一往情深。

（三）悟道体验与斋醮礼仪

著名学者卿希泰指出：“宗教与文学艺术属于不同的意识形态，两者间存在区别是不言而喻的。不过，意识形态各个分支之间在一定条件下可以相互渗透和影响……宗教以它的玄想刺激了人们的浪漫思维；而文字艺术的表达方式则可以为宗教的目的服务。”[①]马臻作为一名道教诗人，其诗有着浓郁的悟道体验及出世色彩。

《客夜不寐偶成短句十首用渭北春天树江东日暮云为韵》其二云：“四时循化机，万物随动息。众星纷荧荧，天运齐拱北。”诗歌围绕道家“道生万物”的理念来阐发，认为万事万物都处在不同的运动变化发展之中，有生长、发展、衰竭、死亡、消失等过程，作为产生事物的“道”而言，却没有这些过程，但是它处于一个永恒的状态之中。正如道教始祖李耳所言：“道生一，一生二，二生三，三生万物。”[②]万事万物是由“道”产生的，而道又产生了“气”。马臻深受道教“元气论”思想的影响，表现对道教本体论的领悟和感受。

反映道徒交往活动，是其道教组诗的重要组成部分。褚伯秀是南宋末西湖边天庆观（元元贞间改玄妙观）著名道士，仇远《霞外诗集序》云：“乡有雪巘褚先生者，博学卓行之士也。执古刀尺裁量晚后，虚中从之学，尽得其微妙。”[③]马臻有《赠句曲山李方外高士》诗，诗序中不仅介绍了诗作的起因，反映了马臻与道友茅山道士李高士的深情厚谊。《追和南谷杜真人山居四时诗寄升元主席桂庵姚提点四首》是一组追和南谷杜真人的《山居四时诗》之作，诗云：

> 沧海云迷鹤信稀，地偏无客款柴扉。碧桃开尽春狼藉，日暮采芝人独归。（一）
>
> 石底幽兰隔涧香，新篁楚楚出林长。道人无语倚松坐，羽扇不摇心自凉。（二）
>
> 风瓢历历挂松梢，惭愧心难继许巢。昨夜朝真衣露冷，殿阴斜月转螭

---

① 卿希泰：《道教与中国传统文化》，福建人民出版社 1992 年版，第 222 页。

② 朱谦之：《老子校释》，《新编诸子集成》第 1 辑，中华书局 1984 年版，第 174 页。

③ [元]仇远：《霞外诗集序》，台湾学生书局 1973 年版，第 5 页。

坳。(三)

笑看功名蚁战酣,饥来自挹晓霞餐。无端静里生吟兴,一夜猿声雪岭寒。(四)①

组诗以描写山居生活为内容。第一首写山中春景。道士居处偏僻,无人造访。柴扉常开,山花烂漫,道人日暮方归。第二首写夏景。这里幽兰茂盛,新篁楚楚,泉水叮咚,充满生机。"道人无语倚松坐,羽扇不摇心自凉"一句,刻画出远离尘嚣的清远意境。第三首写秋景,写晚间殿中朝真活动的感悟,以许由和巢父的典故安慰自己。第四首以蚂蚁争斗的故事,表达诗人对世俗功名的鄙弃。组诗围绕南谷杜真人山居生活的环境、心境展开描写,道出了发自内心的认同。《再和四首》是对杜真人《山居四时诗》再次追和所作,诗歌所描绘的景象与表达的情感与前组一致,韵脚也完全相同,强化了对山居生活欣赏之情。

作为南宋古都的杭州,也是江南政治文化经济中心,有不少衣冠士族聚集于此。进入蒙元王朝后,杭州成为江浙一带的总府,聚集了一批在京师谋职的江南文士,其中也包括道家高士、隐者,形成了一个次于京师的"文道交游圈"。著名道士主要有黄石翁、马臻等,文士主要有刘将孙、邓文原、李存、张伯淳等,他们交游唱和,优游岁月。

黄石翁在住持杭州龙翔宫期间,与邓文原居住较近,过从甚密,关系非同寻常。后黄石翁回龙虎山,杭州文士作诗赠别,并汇集成册。《送黄可玉炼师还龙虎山燕集序》云:"夫交道贵心知,岂复计形迹之异哉?而世徒以形迹分尔汝者,此交道之所以薄也。……而余方宦游北南,莫获邂逅与交,乃今还杭,得交黄君可玉甫。其学典丽该洽,贯儒、名、老而同归;其文章由古训,诚若拟金石而奏韶濩。钱塘固多胜士,而余居甚迩,情义尤款密。一日,语余曰:'吾将暂还龙虎山,以七月复来。'于是吾党暨方外之士凡十有六人,釃酒而与之别。"②邓文原曾任杭州路儒学正、江浙儒学提举等官职,常居住于杭州,是杭州交游圈的文士领军人物,与道士黄石翁、马臻、赵嗣琪等交游唱和频繁。名儒文士与道士如黄溍、郑元祐、张雨等到杭州后,自然也会加入这个交游圈,过着诗酒风流的生活。

参与聚会饯行的成员共十六人,马臻《霞外诗集》中收录了此次集会的唱和组诗十余首,足见二人感情之深。如《送黄瀑翁回龙虎福地三教名流饮饯分韵得醉字又得大字二首》诗云:

---

① 杨镰:《全元诗》第17册,中华书局2013年版,第152页。

② [元]邓文原:《送黄可玉炼师还龙虎山燕集序》,李修生主编《全元文》第21册,江苏古籍出版社1999年版,第25—26页。

春来几何时，草色泛空翠。如何百年中，聚散若交臂。众宾罗高堂，把酒叙别意。别意不在酒，已为六经醉。后会定何时，更待秋风至。(一)

幽独一寸心，闭户学懒堕。自非檐雀乳，讵识青春过。每怀弥明师，文墨日牵课。一朝动归兴，我亦北窗卧。远意不可将，花落风雨大。(二)[①]

诗题揭示了送别性质。黄瀑翁回江西龙虎山洞天福地，三教名流设宴饯行，席间大家分韵赋诗，马臻得"醉"和"大"，赋诗二首以言其情。其一，交待春天的离别，引得席间名流伤感，大家把酒言别，期待了秋天的相逢。其二，"一朝动归兴，我亦北窗卧"，表明自己也将步黄瀑翁后尘，皈依道门。

如果说马臻参加邓文原雅集活动台即席赋诗，送黄瀑翁回龙虎福地，表达了彼此间深情厚谊，那么《黄瀑翁远寄佳篇就韵奉和四首》则是马臻接到黄瀑翁远寄佳篇后的再次和作，其诗云：

去帆张别恨，极浦引余情。千里故人远，尺书又眼明。乾坤随阖辟，云物偶逢迎。几欲传回信，黄梅雨未晴。(一)

饮饯莺花日，怀归鸡黍情。园蒿怜仲蔚，石鼎忆弥明。乡老吟诗别，篙师倚楫迎。秋风正相待，不必问阴晴。(二)

风江尘漠漠，野日草离离。云隔吴山外，春归楚水湄。庞公惟避俗，墨子谩悲丝。人事多翻覆，长怀招隐诗。(三)

初月照远意，向人光陆离。夜华沉木杪，河影薄天湄。习静存丹火，谋生理约丝。思君望不极，翻读赠行诗。(四)[②]

其一以"去帆张别恨，极浦引余情"句承前，忆别离之情及离别后的思念。借"千里故人远，尺书又眼明"句，指出收到故人赠诗的喜悦心情。其二，"园蒿怜仲蔚，石鼎忆弥明"，借用张仲蔚和石鼎联句典故，表达对隐居生活的渴望及与友人吟诗唱和日子的怀念。据晋皇甫谧《高士传》载，张仲蔚隐身不仕。善属文，好赋诗，常居穷素，所处蓬蒿没人，闭门养性，不治荣名，时人莫识。李白《鲁城北郭曲腰桑下送张子还嵩阳》："谁念张仲蔚，还依蒿与蓬。""石鼎联句"出自韩愈《石鼎联句诗》序，衡山道士轩辕弥明，与进士刘师服相识，路过京城夜宿刘家，与校书郎侯喜三人联句。其三，"庞公惟避俗，墨子谩悲丝"，借有庞德公避俗之举与墨子之言，揭示对"人事多翻覆"的时局的忧虑，再次表明"长怀招隐诗"的夙愿。末首，"思君望不极，翻读赠行诗"，结出题意，传递着对友

① 杨镰：《全元诗》第17册，中华书局2013年版，第86页。

② 同上，第89—90页。

人深厚的情谊。组诗对“别恨”与“思情”作了阐述,并表达了归隐田园的意向。

除同道外,马臻诗中也有与佛门朋友交往的内容。64岁那年夏天,其寄诗云门寺断江长老释觉恩诗十首,可见其晚年交游生活之一斑。《延祐丁巳夏偶成七言二韵诗十首奉寄云门断江长老聊述近况就叙别怀》写道:

云门寺里断江老,向来远寄十首诗。我欲报之无好句,到今梦想成差池。(一)

忆昨读诗五六辈,小集净慈西隐楼。莺声终日绕乔木,南屏正在屋山头。(二)

晦机八十似古佛,胸中盎盎浮阳春。仰山极力负之去,今也湖上无其人。(三)

我家瀑翁庐山秀,文行绰绰堪吾宗。一住南真向十载,不意岁晚凋孤松。(四)

钱塘耆旧不可数,譬彼长风吹断云。赖有白头仇博士,斯文一脉张吾军。(五)

非若司业乡党敬,有似荆玉杨文章。新除待制翰林院,此别动是三年强。(六)

开元宫中邓荪壁,身居职守心虚无。近来世事不入意,要凿混沌求玄珠。(七)

玄洲高士张伯熙,妙年藻思长于诗。孤清不受俗物累,掉臂看云也太奇。(八)

幽居背郭人事少,况乃竹户滨湖开。相望净慈隔一水,蒙堂高僧时往来。(九)

断江放下钝斧柄,杯视江湖双眼空。如今宴坐白云里,千岩万壑生秋风。(十)①

第一首交待创作缘起。延祐丁巳(1317)夏天,云门寺里断江长老寄诗以叙友情,马臻受赠唱和。第二首言昔日在西湖之滨净慈寺西隐楼诗会盛况,“忆昨读诗五六辈,小集净慈西隐楼”。从第三首至第八首,言“五六辈”诗友近况,第三首叙时为净慈寺住持,今已主仰山寺的释元熙晦机长老。第四首说道士黄石翁,字可玉,号松瀑,马臻与之最善,时石翁刚过世。第五、六首讲西湖诗友仇远和邓文原。仇远是马臻同乡至交,晚年交往唱酬颇多。邓文原号匪石,新除翰林院待制将赴任。第七、八、九三首则言杭州开元宫主持邓荪壁、茅山道

① 杨镰:《全元诗》第17册,中华书局2013年版,第119—120页。

士张雨和净慈寺蒙堂中的几位高僧。蒙堂高僧当指释如一溪、释畅文溪、释粲云谷等，道友陈渭叟来访，三上人曾相偕湖山之游。第十首表达对断江长老的思念之情。组诗共十首，是马臻寄赠云门寺里断江长老所作，回忆了此前共同游历的生活，充溢着温馨与美好。

马臻道教组诗的另一重要内容就是再现道教斋醮科仪、符箓咒术等宗教活动。其笔下的道士身着道袍，手持法器，唱着古老的曲调，在坛场里翩翩起舞，这便是道教斋醮科仪活动的记录。“为了强化宗教意识和弘扬教义，道士们常要举行郑重的法事活动。这是道士作为道教的神职人员，在神与人之间沟通所担负的神圣职责。”[①]道教除了日常的早晚功课，还有大型的功德法事，统称为“斋醮”。“斋”就是齐，祭祀之前，整洁身心；“醮”就是设坛修建祈禳法事。道教斋醮又可区分三类：黄箓、金箓、玉箓。黄箓，专用于超度亡灵；金箓，除了超度外，还包含延寿受生的内容；玉箓，专用于消灾祈福，祈求国泰民安。《元典章·礼部卷之六·典章三十三》载：“龙虎山有的汉天师的法箓元坛里，每年正月十五、七月十五、十月十五，三遍做好事、传法箓行有来。”[②]道场以天为计，有一、三、七、四十九天不等。

在道教宗派之中，正一派向以“济世度人”为宗旨，经常为百姓举行斋醮活动，俗称做道场。这里的“道场”由一系列科仪组成，不同的内容有不同的科仪。其目的就是通过道士诵经礼忏，唱赞吟偈，祈祷神灵莅临，实现消灾除难、升仙度亡、赐福延龄等目的。

干旱对元代农业生产造成了极大的伤害，是导致元人祷神求雨的根本普遍原因。“旱暵为灾，天无定数，吁嗟求雨，古有常仪。”[③]无论是朝廷官员还是地方官员，祈雨文请求诸神施以恩赐，都不厌其烦地在向神祇诉说着干旱给农业生产带来的危害等，祈求上苍可怜天下苍生，降下甘泽。如《龙虎山彭法师祷雨感应六首》便是记载龙虎山彭法师祷雨的场景，其诗云：

一夏经秋亢旱灾，稻苗田上尽枯荄。生民莫谩心荼毒，真士新从福地来。（一）

海岳崇深祷不神，宿逢箕毕也难凭。道傍暍死嗟何及，赤脚徒思可踏冰。（二）

真士能推济物仁，夜通封事格天临。扶摇九万谁云远，乡答惟存一寸

① 党圣元、李继凯：《中国古代的道士生活》，商务印书馆国际有限公司1997年版，第125页。

② 陈高华等点校：《元典章》，中华书局·天津古籍出版社2011年版，第1138页。

③ 曾枣庄、刘琳等编：《全宋文》第162册，上海辞书出版社·安徽教育出版社2006年版，第338—339页。

心。(三)

载展玄旗结昼阴,令牌三击鬼神听。木郎不待商羊舞,雨脚浪浪似建瓴。(四)

雨势翻空走迅霆,万人回首沸欢声。秋风会待登场日,比屋炊烟乐太平。(五)

教行正一阐真风,雷令初传出巽宫。一滴天瓢苏万物,可怜真宰不言功。(六)[①]

组诗交待了彭法师祷雨的背景、天降甘霖的过程及民众对法师的赞美。其一,写从夏到秋,旱灾严重,“稻苗田上尽枯荄”,“道傍暍死”者甚众,人们请来彭法师祈雨。其二、三言彭法师仁济天下,历尽艰辛,赤脚祷雨情形。其四,描写“载展玄旗结昼阴,令牌三击鬼神听”的仪式和天空感应骤降大雨的情景。其五,写众人对法师的神功报以热烈的掌声,盼望金秋有个好收成。末一首讴歌法师“不言功”的崇高品德。

(四)避世隐居与林泉之趣

元代文人士大夫政治地位的“边缘化”,是造成元代隐逸成风的诱因之一。元代实行界限森严的等级制度,阻塞了“汉人”与“南人”的仕进之路。据谢枋得《送方伯载归三山序》记载:“我大元制典,人有十等,一官二吏,先之者贵之也,贵之者谓有益于国也。七匠八娼九儒十丐,后之者贱之也。贱之者谓无益于国也。”[②]原来倍受尊敬、被委以重任的读书人沦落到与“娼”“丐”为伍的地位,斯文扫地,无地自容,这使他们不约而同地选择了隐逸。元末社会动荡,战乱频仍,“苟全性命于乱世,不求闻达于诸侯”已成为多数士人的共识,他们失去了用世热情与动力,结队走向山林、草泽之中。

元统治者对隐逸的宽容,也导致了此风的蔓延。《元史·隐逸》载:“元之隐士亦多矣……盖其得时则行,可隐而隐,颇有古君子之风。而世主亦不强之使起,可谓两得也已。自是以隐逸称者,盖往往而有。”[③]此外,道教的兴盛也是文人士大夫归隐的重要原因。如丘处机得到了成吉思汗的赏识,其弟子可享受朝廷免除赋税、徭役的待遇,产生的“蝴蝶效应”是大量文人士大夫纷至沓来,投身至全真门下。文人既能保住精神的纯洁,又能得到一定的物质“实惠”,可谓两全其美。

---

① 杨镰:《全元诗》第17册,中华书局2013年版,第158页。

② [南宋]谢枋得:《叠山集》卷6,四部丛刊续编,上海书店1984年版。

③ [明]宋濂等:《元史》卷199《隐逸》,中华书局1976年版,第4473页。

道教崇尚自然美学，这种“自然”是指一种自然而然、清静无为的精神境界和理想状态。庄子《知北游》云：“山林与，皋壤与，使我欣欣然而乐与！”[①]这种状态须经后天的修炼而成，因此，选择一个合适的修炼场地就显得十分必要。大自然中，可以怡人性情、宁人心境，是道家实现“乐道”的重要场所，故而道士们往往选择身处山林，炼形养气，聚精会神。《遣兴二首》是一组描写隐居环境之幽和诗人内心之静的诗歌，其诗云：

长日闭门坐，轩车谁与亲。莺花欺白首，鲑菜足青春。今古斯文在，江湖旧业贫。丹心不可道，风雨夜来频。（一）

老木苍苍合，幽禽琐琐喧。坐长楼转影，静极客忘言。云物何时定，亭台几处存。虚怀推至理，随意且芳樽。（二）[②]

其一写诗人在隐居之处长日闭门而坐，没有世俗交往，没有奢华的生活。清幽的环境，涵养着平静的“丹心”。“鲑菜”典出“自愧无鲑菜，空烦卸马鞍”（杜甫《王竟携酒高亦同过共用寒字》）和“粗餐岂复须鲑菜，蓬户何曾设扊扅”（陆游《北窗即事》）。其二写诗人在寂静的环境中体验着静谧之美和“淡泊明志”之坚，在“云物何时定，亭台几处存”的变化中感受着超然尘外的淡定及“与道逍遥”的胜境。“静极客忘言”句与陶渊明“此中有真意，欲辩已忘言”神似。诗人从自然美景中领悟到了人生境界，恬美安闲的田园生活才是自己所需。“忘言”，指这种人生的乐趣，只能意会，不可言传，也无须细说。展现了诗远离世俗、人安贫乐道的高洁品格。

《村中书事四首》以隐居处农村生活为对象，刻画了幽美的田园环境和村民生活，流露出作者对这种纯朴生活的喜爱之情。其诗云：

桑条渐绿雨晴初，二月风光似画图。茅店酒香欣过客，腰边悬出草葫芦。（一）

饷留儿女自喧呼，指点春禽又引雏。村妇相逢还笑问，把蚕今岁是三姑。（二）

轧轧缫车草屋低，新篁带箨出檐齐。莺雏未省逢人避，直向路旁花上啼。（三）

神旗社鼓簇林烟，野老村童满路喧。但得秋成官役少，免教儿女卖田园。（四）[③]

---

① ［清］王先谦：《庄子集解》，中华书局 1987 年版，第 194—195 页。

② 杨镰：《全元诗》第 17 册，中华书局 2013 年版，第 2 页。

③ 同上，第 72 页。

这是一组反映田居生活的组诗。其一,写春二月田园风光,一场春雨过后,万物复苏,桑条渐绿,展现出新的希望。道旁小店酒香四溢,引得行人纷纷打尖歇脚,饮酒划拳,其乐陶陶。其二,写村姑采桑养蚕的事。“三姑”是传说中的管蚕女神,借指养蚕的村姑。其三,写村姑在春夏之交,抽茧出丝、织布染色的农事劳动。其四,写农村的庙会人声鼎沸、热闹非凡的场景。这里不仅有“神旗”“社鼓”的仪式,更有民间工艺和民间表演艺术的展示。末句,“但得秋成官役少,免教儿女卖田园”是作者愿望。整组诗歌描绘了农村景物、风俗人情和农民生活,风格清新明快,优美流畅,富有韵味,有民歌之特色,深受宋代范成大田园诗的影响。

《春日幽思二首》更是将诗人闲逸的情趣突现了出来。“闲看儿童斗草归,三三五五自相随。老翁也趁阶前坐,笑指飞蓬满鬓垂。”(其一)斗草,又称斗百草,古代游戏,竞采花草,比赛多寡优劣,多见端午行之。儿童斗草,老翁坐看,一老一少,一动一静,极富画面感,诗人的闲适之趣也跃然纸上。“溶溶池水夜来添,一雨生寒似去年。飞尽柳花无好句,却移诗思在荷钱。”(其二)①诗从春夏之交的一场春雨写起,写池水溶溶,柳絮飞尽,荷钱出水,作者触景生情。荷钱,指荷叶之嫩者,状如铜钱。李渔《闲情偶寄·草本第三·芙蕖》云:“自荷钱出水之日,便为点缀绿波。及其茎叶既生,则又日高日上,日上日妍。有风既作飘摇之态,无风亦呈袅娜之姿。是我于花之未开,先享无穷逸致矣。”②莲之姿倾倒无数文人墨客,莲之韵更是感动天下芸芸众生。诗人爱莲,不仅是爱其美的姿态,更是爱其出淤泥不染的品格。

《谩成四十二首绝句》是马臻创作的大型组诗,描写了农村春季的景色和农民的生活以及作者生活此间的感悟。此组诗歌是作者晚年闲居西湖时陆续创作。作者以风景画与风俗画相融的笔法,细腻而又真切地描写了江南农村一年间的劳动与生活,透露出渐入老境的作者的闲适心情。虽然作者过着“西邻张乐通宵饮,野老耽吟尽日诗”(其四十二)的诗酒生活,潇洒惬意,但其内心深处并未完全忘怀世事。“心绪晚来禁不得,半身斜日倚江楼”(其十二)、“仙游梦觉苍华冷,犹听鹤声来杳冥”(其二十五)、“千古湖山百年事,倚栏分付落花风”(其三十七)③等诗句中“黄昏独倚楼”的意象,令人回味。其《春日闲居杂兴十首》也是一组春日感悟诗,从“杜鹃啼得百花尽,却向绿阴深处愁”(其一)、“因见刺桐花满树,等闲忆得故园时”(其六)④等“伤春”的诗句中,同样能感受

① 杨镰:《全元诗》第 17 册,中华书局 2013 年版,第 93 页。

② [清]李渔:《闲情偶寄》,上海古籍出版社 2000 年版,第 318 页。

③ 杨镰:《全元诗》第 17 册,中华书局 2013 年版,第 137—140 页。

④ 同上,第 123 页。

到诗人对故国的牵挂。

元代末期，现实的苦难最为深重，这在客观上激发了隐士群体需要有所作为，去追求内在精神的超越和解脱，以实现与外界的和谐统一。马臻《杂咏六言五首》诗云："半村半郭幽隐，不羁不束闲身。无利无名到念，有诗有酒酬春。"(其二)"烟外幽人独立，落日正照平台。野鹭联翩飞去，山云断续归来。"(其三)[①]元代的多数隐者依然守护着隐居以求其志的精神，马臻诗中的"幽人"形象正是其人生理想的缩影。"幽人"意象传达出这样的讯息：隐逸可助隐士获得精神上的自由，隐居生活中的修身养性，是隐士获得人格提升的必经之路。与世俗人士相比，这是他们实现人生价值的独特方式。

（五）士道交往与唱和赠答

元代江南文士与道士交往频繁，一方面是因为文士对于道学的兴趣。自南宋以来，衣冠士族偏居于江南，而江西、浙江恰是历来道教气息浓厚之地。江南三大道教圣地龙虎山、阁皂山、茅山都在这一地区，文人士族受到了当地的道教文化的长久熏陶，自然对道教文化感兴趣。另一方面是道士的文士化。江南道士因着很多儒士的加入，整体文化水平提高，呈现出文士化的倾向。因而道士与文士相交无文化阻隔，具有相同的兴趣爱好，交往中也更容易志趣相投。从某种意义上讲，文士所以乐于与道士交往，并保持长久的交情，不仅源于政治上的互助，更重要的是精神层面的交流与心性的契合。

马臻隐于杭州西湖，文人士大夫因仰慕其为人而乐与之交。《霞外诗集》中保留了不少作者与仇远、龚开、赵孟頫、阎复、程钜夫、卢挚、袁桷、黄溍等人唱和的诗作。这其中以仇远、龚开、邓文原等，交往最为密切，留下的唱和诗文作品颇多。

唱和往往是出于诗人之间情感交流的需要，创作的初衷是因为作者与友人的社会遭遇相同，或者是与自身的生活经历相近，创作此类作品，往往能引起彼此思想的共鸣。马臻常与好友仇远、陈渭叟唱和，如《陪葛元白仇仁近访南竺诗僧分韵得影字》诗云："花开空山春，穷幽到绝顶。入寺逢远公，顿觉尘虑屏。遂作莲社游，把酒酹龙井。万生各有态，得意还自领。此乐殊未极，落日倒林影。明朝下山去，笑别风篁岭。"[②]此诗是马臻陪好友葛元白、仇远拜访南竺诗僧时所作。三人分韵作诗，共分"顶""屏""井""领""影""岭"字，马臻拈得"影"字。寺内景色幽静，进入寺内，顿感远离尘世的喧嚣，三人"遂作莲社

① 杨镰：《全元诗》第17册，中华书局2013年版，第74—75页。

② 同上，第38页。

游”，以龙井茶代酒，祭奠逝去的高僧。三人诗兴正浓，无奈天色已晚，遂结束了唱和活动。“分韵”唱和，有助于组诗结构的艺术化，使组诗更完整、紧凑，对叙事抒情的系统性、包容性有积极的意义，强化了诗歌的表现力与趣味性，也深化了诗人间的友谊。

又如《集句和陈渭叟见寄诗韵五首》，这是组诗创作一种新形态——“集句组诗”，其二、三云：

寒食离家麦熟还，不应空老道途间。会须伐竹开荒径，剩着溪南几尺山。（二）

池边月影间婆娑，卧听行云一曲歌。闲忆昔年为客处，囊中无物只诗多。（三）①

这两首是分别从八首不同的诗文中“集句”而成。其二中首句“寒食离家麦熟还”引用了王建的《江陵使至汝州》。寒食离家，郊原还是一片嫩绿，回家的时候，田间垄上却已是一片金黄了。次句“不应空老道途间”引用了元好问的《东平送张圣与北行》。张圣与曾为元好问的《高白松》故事题诗，后来在张圣与北上之前，元好问作此诗以赠答好友，鼓励其建立功业。第三句“会须伐竹开荒径”引用了唐代杜甫的诗《中丞严公雨中垂寄见忆一绝奉答二绝》。其中“中丞严公”即严武。严武一生曾多次驻守四川，杜甫这首诗创作于严武第一次镇蜀期间，严武对杜甫的劝仕之意大约曾表达过多次。这是客气话，是对严武的邀请，也是对严武劝仕好意的谢绝。末句“剩着溪南几尺山”引用了唐代韩偓的《寄邻庄道侣》，表达出徜徉自然的愿望。其三中“池边月影间婆娑”引用了罗隐的《宫词秋夕》。“卧听行云一曲歌”引用了唐代许浑的《闻州中有宴寄崔大夫兼简邢群评事》。“闲忆昔年为客处”引用了唐代李建勋的《春雨两首》。“囊中无物只诗多”引用了元好问的《示怀祖》。从上述诗句的简单分析中看出，此组诗截取的诗句，都是反映作者送别或者酬赠谢答好友题材的。经马臻的巧妙组合，形成一首新的赠答诗。在诗中先是描绘了送别时的场景，然后是在途中的种种想象叙述，最后期待朋友的再一次的到来，以及对未来的一些憧憬，别有一番意境之美。马臻和陈渭叟这两名道友，个人遭遇与思想主张比较接近，在交往中易于产生共鸣。

《寄筹峰林芝岩十首》中，马臻向好友描述了自己隐逸生活和对时局的态度。“小院回廊日正长，绿阴幽草自生香。春风老矣犹多事，时送飞花出短墙。”（其六）主要描绘了诗人幽静恬淡的生活；“市声不到野人居，满院花阴昼

① 杨镰：《全元诗》第17册，中华书局2013年版，第121页。

睡余。偶忆新城罗给事，枉将心力著《谗书》。”（其八）表明了远离尘俗的生活姿态，通过罗隐《谗书》典故，喻新城罗给事寻找“太平匡济术”的枉然。“青鞋布袜厌趑趄，肯向何门学曳裾。错为黄金换词赋，一生惆怅马相如。”（其九）[①]表明自己的生活态度，引《汉书》中邹阳典故，表明自己宁甘于清贫生活，不会曳裾王门，如司马相如般在王侯权贵门下做食客。

仇远《霞外诗集序》云：“钱塘有隐君子曰马虚中，其资也粹，其学也正，其言也文，其居家笃于孝弟，清勤恬雅，动以古人自饬。暨出家，着道士服，隐于西湖之滨。士大夫慕与之交，不过习清虚、谈淡泊，无一言及势力声利。而世之能寒热人者，尔尔我我进退语嘿之间，一言不少屈。盖内重而简外，信已而不求人知，而人之知者，诚心说服焉。噫！君子哉！”[②]仇远认为马臻之所以能得到士大夫的“诚心说服”，有非常高的地位，主要原因有如下几方面：一是天资聪慧，即“资粹”；二是师从名家，尽得真传，即“学正”；三是为人淡泊，不及声利，即“言文”；四是胸次宏豁，洞悉世情；其五是品德高尚，令人佩服。马臻凭借自身的才华与高洁品性赢得了文士由衷的尊重敬佩。其大量的唱和、寄赠组诗正是这种“朋友圈”交往生活的写照。

二、马臻道教组诗在诗史上的地位

元代的道教诗歌发展分为前后两个时期。总体来说，前期道教诗人创作的诗歌大致是反映道教教义教理，表现神仙理想，或者借助道教的神仙意向来抒发超凡脱俗的诗歌。后期道教诗人的创作与前期相比，呈现出截然不同的“世俗化”特点。“从元末释道诗人与世俗文人的交游唱和之中，我们发现，元末释道诗人明显地呈现出世俗、颓废甚至是放荡的一面，这在唐宋及元前期，几乎是惊世骇俗的，而这也正是元末文学发生胚变的一种征象。”[③]马臻正处在两者的交汇点上，起到了承上启下的作用。

在元代道教诗歌的发展史上，元初的丘处机是一个重要的人物。丘处机（1148—1227），字通密，道号长春子，是金代全真道道士，开创了全真道龙门派。据《元史·释老传》载：“丘处机，登州栖霞人，自号长春子。儿时，有相者谓其异日当为神仙宗伯。年十九，为全真学于宁海之昆仑山，与马钰、谭处端、刘处玄、王处一、郝大通、孙不二同师重阳王真人。重阳一见处机，大器之。金、宋之季，俱遣使来召，不赴。……其徒尹志平等世奉玺书袭掌其教，至大间

① 杨镰：《全元诗》第17册，中华书局2013年版，第100—101页。

② ［元］马臻：《霞外诗集》，台湾学生书局1973年版，第5—6页。

③ 彭茵：《元末释道诗人与释道诗初探》，《南京社会科学》2006年第10期。

加赐金印。"[①]

丘处机的创作以西行觐见成吉思汗为界,分为前、后两期。前期主要活动在秦川和山东,为苦修和传教期,前期诗作收在《磻溪集》,有诗 325 首;后期奉命西征,为弘道、发展全真教时期,其诗保存在《长春真人西游记》中,共 70 余首。杨镰先生指出:"元诗,特别是元代的道诗,始于丘处机师徒的西行谒见成吉思汗。这个时期,要比江南平定早半个多世纪。丘处机是元诗之始,更是元代道诗之始。"[②]其诗记录了他修道、体道、悟道、证道的一生。

直接阐述教义、记录修道的体验,是其组诗创作的重要主题,以《示众三十七首》《修道二十首》《赞道十首》《步虚词二首》等为代表。如《赞道十首》其一云:"大道元无极,长生岂有涯。劫终权返实,时运复开花。"[③]主要内容不外乎歌咏玄元大道生成,赞美它非凡磅礴的气象,及其亘古不变的本质。《修道二十首》详细写了修道的整个过程。"眼耳离声色,身心却有无。自然通造化,何必论精粗。"(其一)谈及修道,首先必须做到眼耳远离声色,使身心修炼清虚之境。"炼气清心士,干云拔俗标。心如山不动,气似海常潮。"(其二)经过反复不断地清心炼气,见性明心,最终都会体验到"浮云收静境,慧日照禅天"(其六)和"寂灭无心地,光明耀太虚。琉璃含宝月,网路贯天珠"[④](其十)的美妙境界。《示众三十七首》是告诫修道之人一些"注意事项"。总之,这些释道、赞道、修道诗更多的是道教义理的阐释、修道人的体悟,审美价值不高。正如清人顾嗣立所言:"按长春子,西游诗最多奇句,如《陇阳观度真》云'碧落云峰天景致,沧波海市雨生涯'。《望大雪山》云'南横玉峤连峰峻,北厌金沙带野平'。《寒食晶春游》云'岛外更无清绝地,人间惟有广寒天'。惜全首多涉道家语。"[⑤]其西游诗中的"道家语",正是其弘道、传道行为的集中展示。

丘处机道教诗重在表现修炼后空寂虚静的心理状态。据元全真道士李道谦《甘水仙源录》卷 2 载:明昌二年,丘处机东归栖霞,在太平山下建琳宫,金章宗皇帝赐匾额曰"太虚观"(平山堂)。"三竿红日眠犹在,十里青山坐对闲。不觉人来幽圃外,时惊犬吠白云间。无心自得成长往,了一何须问大还。只恐逡巡下天诏,悠扬无计乐平山。"(《平山堂四首》其四)诗人与青山对坐,在与自然的冥晤中,进入"物我合一"的至高境界。其二中"青鸟有时来顾盼,白云终日

① [明]宋濂等:《元史》卷 202《释老传》,中华书局 1976 年版,第 4524—4525 页。
② 杨镰:《元诗史》,人民文学出版社 2003 年版,第 703 页。
③ 杨镰:《全元诗》第 1 册,中华书局 2013 年版,第 47 页。
④ 同上,第 45—47 页。
⑤ [清]顾嗣立:《元诗选》二集下,中华书局 1987 年版,第 1343 页。

自飞扬”[①]，终日飞逸的“白云”象征着永恒存在的道，启人心智。又如《述怀四首》其四云：“野鹤孤云闲活计，清风明月道生涯。千山磊落收云气，四海光明耀日华。”[②]作者将隐居苦修的经总结为“野鹤孤云闲活计，清风明月道生涯”。经过10年潜心修炼，诗人终于明心见性，进入到“与道逍遥”的境界。诗人以“有形释无形”，用“千山收云气”“四海耀光华”这种自然景象来象征修道的宗教体验，令人印象深刻。《次韵银张八秀才》中将修炼的“冥虚”体验和满谷“烟霞”融合在一起，使枯燥的修炼充满了诗意。

丘处机的道教诗歌将宗教体验和诗歌审美完美地融合在一起。其一生有长期隐居的经历，早年隐居磻溪，后来隐居龙门，前后达13年之久。描写隐居修道内容的诗，不仅刻画了自然环境的优美，更清晰地再现了其修道、体悟的心理体验。如《山居三首》其一云：

> 龙门峡水净滔滔，南激朱崖雪浪高。万壑泉源争涌凑，千岩石壁竞呼号。周流截断红尘境，宛转翻开白玉膏。胜境无穷言不尽，临风时顾一挥毫。[③]

龙门峡水汹涌激荡，奔流不息，阻隔“红尘”，是龙门山远离尘世的天然屏障，清旷幽静。作者既写出了峡水急流涌进，又展现了龙门山的清净无垢。身处风景优美、清净幽僻的龙门胜境，修心炼性，惬意之极。

另一组《烟霞洞四首》也属此类。烟霞洞位于昆仑之烟霞山上，烟霞山在昆仑山西北岩，风景秀丽，静雅清幽，实为修道栖真之胜地。其诗云：

> 山云勃勃涌惊涛，海水漫漫浸巨鳌。极目下观千万里，扶桑依约见蟠桃。(一)
>
> 白石磷磷绕洞泉，苍松郁郁锁寒烟。碧桃花发朱樱秀，别是人间一洞天。(二)
>
> 海上群山培塿多，姑余高峻出陂陀。太平直与稽天翠，五岳高标未见过。(三)
>
> 海曲山河洞府低，蓬壶阆苑海东西。仙人玉女时游集，不许桃源过客迷。(四)[④]

组诗描绘了烟霞洞的景色，仿佛把我们带入了仙境一般。其一，描写烟霞洞外

① 杨镰：《全元诗》第1册，中华书局2013年版，第8页。
② 同上，第17页。
③ 同上，第6页。
④ [清]顾嗣立：《元诗选》二集壬集，中华书局1975年版，第1336页。

景色。从洞内向外看去,洞外海水漫漫,白云滚滚,扶桑树上依稀可以看到蟠桃。其二,刻画洞中景观。洞中的泉水顺着磷磷白石缓缓流下,苍松、桃花、朱樱花,色彩缤纷,构成了一幅美丽画卷。其三,着重再现烟霞山周围环境。海中群山分布,姑余峰、太平峰,苍翠欲滴,高耸入云,试与五岳比高。其四,写烟霞洞因景色太美,就连仙人们也常来游览。相传丘处机的师父王重阳即是在烟霞洞中修道成功,发展出全真教的。在烟霞洞开凿的过程中,有巨石落下,人人都惊吓不已,王重阳镇定自若,振威大喝,石头停止下落,周围人都对他的这种神力,敬佩不已。整组诗歌表达了作者对烟霞洞景色的审美观照和对全真道策源地崇敬、缅怀之情。

再如《题天坛二首》云:

> 峨峨峻岭接云衢,古柏参差数万株。瑞草不容凡眼见,灵禽只傍道人呼。凿开洞府群仙降,炼就丹砂百怪除。福地名山何处有?长春即是小蓬壶。(一)
>
> 四面诸山若附庸,突然中起最高峰。每看晴日移坛影,常说寒潭卧黑龙。沆瀣要和千岁药,茯苓先断万年松。拟寻活计参真趣,又隔烟萝第几重。(二)①

其一,再现了天坛山的环境之幽。天坛隐于崇山峻岭之中,漫山遍野古柏参差,散落着灵草瑞禽。这里可得神水甘露,能采千年茯苓,不但风景优美宜人,更是难得的清修之所。"长春即是小蓬壶"意即长春观和三神山一样,是潜心修道的洞天福地。其二,彰显了道教悲天悯人的人文关怀。道教向以消极避世、炼命修身、得道成仙为宗旨,不涉尘世。然而在中国道教的发展史上,从来都不乏参与国事、救济苍生的高道。"拟寻活计参真趣,又隔烟萝第几重"一句,道出了全真道人修行的真正目的。"活计"指谋求生存的方式方法,可以理解为追求个人长生不老,也可以理解为胸怀国计民生,即佛家的普度众生。"烟萝"并非指草木茂密,烟聚萝缠,而是谐音指"燕罗子"。道学典籍记载,燕罗子是后晋王屋山人,曾在阳台宫前得一异参,归后煮参汤阖家共饮,全家人连同竹篱茅舍、磨道碾房、所养鸡犬等一齐升天成仙。全真道人修炼传道是为了度人救世,和燕罗子得道成仙的追求有着很大差别。丘处机师从王重阳,不但深受其思想影响,更继承与发展了其中积极入世的一面,潜心研究治国养生之道,并得到成吉思汗的重视和推崇。"拟寻活计参真趣,又隔烟萝第几重",正是丘处机这种思想和抱负的直接表达。

---

① [元]丘处机:《磻溪集》,《道藏》第25册,文物出版社·上海书店·天津古籍出版社1988年版,第1336—1337页。

丘处机还创作了大量道观游览诗，写景喻道，因景论道。如《平山堂四首》（平山堂即栖霞太虚观）、《大安己巳胶西醮罢道众相邀再游鳌山复留题二十首》（上清宫十首、太清宫十首）、《八月十日自昌乐县还潍州城北玉清观作十五首》、《八月初应宣德州元帅移刺公请遂居朝元观中秋夜有贺圣朝二曲》、《甲申之春二月朔醮于缙山之秋阳观观在大翮山之阳山水明秀松萝烟月道家之地也以诗题其概二首》、《神清观十六绝》、《闲吟二十首》（即墨之牢山永真观）等，都是诗人游览道观所作。这些组诗无一例外地都再现了道观所在环境之美、之奇和诗人悟道之验。《平山堂四首》以炎夏上平山避暑为线索，把山景、游兴、体道水乳般交融在一起，表现出一位高道置身林峦、性闲自然、体道了一的情怀。《神清观十六绝》序云："姑余之西，苍山之东，全道庵者，形势之地也。气象恢宏，峰峦巉绝，大石长松，莫知其数，盖贞祐元年东牟彭城先生首创也。大定六年，予自栖霞而来，洎八年，重阳寻至，后因西迈，偶历关中。二十余年重游此地，睹其嵚岩突兀，千变万状，不可名目。选其磊落孤高出群者，标以名耳。全道庵北，东西横岗曰长松岭，岭之东角曰望海台，台之下一大石曰葆真岩，岩之西曰海潮岩，岩之西南有石曰升仙台，台之西南曰风云石，石之西南曰云阳洞，洞之前绝顶曰连云峰，洞之西北隅嵯峨大石曰落霞石，洞之背曰瑞烟岩，洞之东半里许有一大石，曰狮子石，庵之东横岗曰卧龙坪，庵之前横岗曰仙游岭，大涧之东，半峰并起，曰天门山。其余群峰深秀，不能尽举。"①神清观所在，气象恢宏，峰峦巉绝，大石长松，莫知其数，令其折服。20 年后重游，更让他感叹不已。作者以澄怀观道的角度欣赏名山胜境，感于物而游于道，表现出一种道我融合、天人和谐、高度自由的精神境界。

丘处机诗歌写景论道、因景悟道、借景传道，悟道与审美相结合的特色，引领了道教诗歌的创作风气。其山水景物诗是他修道的心路历程的诗化表现，有研究者指出"修道是宗教体验，作诗是审美活动，二者结合的契机主要在于丘处机的心性修炼走着一条感物体道的途径，具有古代传统思维天人合一、观物取象的特征，而这也正与古代诗歌'感兴'创作思维相一致"②。其弟子尹志平的道教诗，李志常编撰的《长春真人西游记》，就在很大程度上受到了丘处机的影响。

张雨（1283—1350），字伯雨，一字天雨，后名雨，号嗣真，又号贞居子、句曲外史等，钱塘（今杭州）人。有关张雨生平，《元史》不载。《新元史》卷 238《张宪传》附张雨云："同时杭州人张雨，亦隐于黄冠者。从虞集受学，诗才清丽，著有

① 杨镰：《全元诗》第 1 册，中华书局 2013 年版，第 61 页。

② 徐翠先：《谈丘处机山水景物诗的审美特征》，《忻州师范学院学报》2005 年第 6 期。

《句曲外史集》。"[①]刘基《句曲外史张伯雨墓志铭》云:"(雨)性狷介,常藐视流俗,悒悒思古道,知弗能与人俯仰,遂挺身戴黄冠为道士,登茅山受大洞经箓,豁有所悟。"[②]早年以儒者身份抽簪入道,属于天师道正一派。过着"亦道亦儒、半居半隐"的生活。

张雨的人生颇具传奇色彩,他20多岁时弃家戴黄冠为道士,在京时曾荣受玺书,被仁宗赐号"清容玄一文度法师",赐驿传,住持杭州福真观。后入茅山、出茅山,60岁时脱去道袍、葬冠剑、辞宫事、还儒身并隐居杭州,经历很特殊。历代对张雨的评价几乎都是赞誉之词,清人卞永誉《式古堂书画汇考》云:"张贞居高逸振世,文绝诗清"[③],"贞居真人诗文字画本朝道品第一"[④]。明人陶宗仪《书史会要》曰:"(张雨)博闻多识,善谈名理,作诗自成一家。"[⑤]《四库全书》称:"雨诗文豪迈洒落,体格遒上。"[⑥]杨镰《元诗史》认为张雨"确实是元代最具典型性,最有影响力的道士诗人"[⑦]。明人胡应麟指出"元方外鲜能诗者,道则句曲张雨,释则来复见心"[⑧],强调了张雨在道士诗歌史上的地位。

张雨一生作诗不少,张谊编、徐达左校正的《句曲外史贞居先生诗集》收入张雨各类诗作300余首。其"亦道亦儒、半居半隐"的生活使其诗既有浓郁的"方外色彩",也充满了世俗的生活气息。

反映道士生活,渲染仙境色彩,是其组诗的重要内容。"贞居先生清诗妙墨,飘飘然自有一种仙气,信非尘俗中人语也。"[⑨]20岁时勇而入道,在茅山修道的生活,无疑是他人生经历的一个重要标志。茅山作为著名的道教圣地,有"第八洞天、第一福地"之称,是上清派道教的发源地,不仅自然风景优美,人文景观也有着深厚的文化底蕴,且多和道教有关。赞咏山水,寄情宫观,也是张雨道教诗歌常见的主题。《玄洲唱和十首》序云:"茅山玄洲精舍,左右真仙古

---

① [元]柯劭忞、屠寄撰:《新元史》,上海古籍出版社2012年版,第920页。

② [元]刘基:《句曲外史张伯雨墓志铭》,《句曲外史贞居先生诗集》卷2,台湾学生书局1971年版,第560页。

③ [清]卞永誉:《式古堂书画汇考》,《中国书画全书》第7册,上海书画出版社2000年版,第121页。

④ [清]卞永誉:《式古堂书画汇考》,《中国书画全书》第6册,上海书画出版社2000年版,第475页。

⑤ [明]陶宗仪:《书史会要》,上海书店1984年版,第343页。

⑥ [元]张雨:《句曲外史集》卷上,《四库全书》第1216分册,上海古籍出版社1987年版,第351页。

⑦ 杨镰:《元诗史》,人民文学出版社2003年版,第718页。

⑧ [明]胡应麟:《诗薮》外编卷6,中华书局1958年版,第233页。

⑨ [元]张雨:《跋张伯雨杂书诗后》,《句曲外史贞居先生诗集》卷2,台湾学生书局1971年版,第589页。

迹曰：菌山、罗姑洞、霞架海、鹤台、桐华源、玄洲精舍、紫轩、火浣坛、隐居松、玉像龛。至治二年壬戌岁，道吴兴溪上，与松雪学士唱和十绝以记其处。仍书刻石山中。”[①]这些记录着道门历史的组诗，将人们带进那些有别于世俗生活的洞天福地中去，让人一睹茅山道士祈风求雨的斋醮科仪，及清逸平和、澄怀观道的内心世界。

《东汉高士咏十四首》是一组以咏史面貌出现的道教人物赞美诗。其序云：“八月十五夜，风雨凄其，慨念东汉诸逸民，取大苏公‘中秋冷坐’一联，赋小诗十四首，韵其下。”[②]组诗分别咏赞了刘翊、封君达、梁鸿、严光、左慈、向长、费长房、范丹、庞公、苏子训、王乔、韩康、乔慎、法真竺 14 位东汉逸民，宣扬道教出世的思想，也暗示了自己的人生理想。如《左慈》云：

老瞒实雄猜，乃忌仙者徒。鲈鱼既可脍，蜀姜不可无。

《后汉书》卷 82 下《方术列传》第 72 下“左慈”条载：“左慈，字符放，庐江人也。少有神道。尝在司空曹操坐，操从容顾众宾曰：‘今日高会，珍羞略备，所少吴松江鲈鱼耳。’放于下坐应曰：‘此可得也。’因求铜盘贮水，以竹竿饵钓于盘中，须臾引一鲈鱼出。操大拊掌笑，会者皆惊。操曰：‘一鱼不周坐席，可更得乎？’放乃更饵钩沉之，须臾复引出，皆长三尺余，生鲜可爱。操使目前会之，周浃会者。操又谓曰：‘既已得鱼，恨无蜀中生姜耳。’放曰：‘亦可得也。’操恐其近即所取，因曰：‘吾前遣人到蜀买锦，可过敕使者，增市二端。’语顷，即得姜还，并获操使报命。后操使蜀反，验问增锦之状及时日早晚，若符契焉。”[③]诗中叙述了左慈的种种神异之事，其能在乱世中去危图安，全身远祸，深受张雨的仰慕与钦佩。

再如《王乔》云：

吹笙古仙人，政要玉棺埋。借问双飞凫，何时离县斋。

王乔也是道教中的神仙，《洞仙传》载：“汉法，内长吏节朔还朝，每见子乔先生至，不见有车马迹而怪之，明帝使星官占候，辄见双凫从东南飞来，乃罗得一只履，时人异之。”[④]张雨选取这些充满离奇色彩的人物作为咏叹对象，将那些光怪陆离的成仙故事入诗，展现了张雨的仙风道骨。

对道家“无待”境界的追寻，是张雨道教组诗的又一主题。“道”是道教中

---

① 杨镰：《全元诗》第 31 册，中华书局 2013 年版，第 320 页。

② 同上，第 321—322 页。

③ [宋]范晔撰，[唐]李贤等注：《后汉书》卷 82 下，中华书局 1965 年版，第 2747 页。

④ 《洞仙传》卷 1，《道藏》第 2 册，文物出版社・上海书店・天津古籍出版社 1988 年版，第 579 页。

最高的美学范畴,“与道逍遥”是道徒们毕生追求的目标,而这又是以“无所待”为前提。在张雨看来,悟道过程与审美过程是相通的,“体道”需要虚静、玄览,审美也应超越功利目的,唯有如此,才能进入“道境”,才能得到美的享受。如《赠惠山僧天泽二首》其一云:

吴下多名淄,上人特贞素。粤从西滨涧,遂枉南山步。秋澹水容寂,岑迮岚光注。悬知露草深,及门方易屦。何必有待游,一往自成趣。[①]

这是一首赠友诗。“吴下多名淄,上人特贞素”,突出了友人天泽在吴中僧侣中的不凡地位。“何必有待游,一往自成趣”一句,对友人抛弃世俗名利,过着一种自由无碍的生活表示敬仰。作者借赞美天泽的生活姿态,表达了自己的人生理想。“这里的‘待’,作者有时把它理解成一种物质条件,有时又把它当作一种妨碍精神自由的束缚条件。不管作何种理解,这种有所束缚、有所依赖的生活方式都不是一种审美的生活方式。要想达到精神的自由,必须破除这种桎梏,包括对审美感官的过分依赖也是应当破除的。”[②]这种摆脱客观条件的限制,只追求精神上的审美境界,在张雨的诗文中占据着重要的位置。因为这种方式与魏晋时期的隐士生活非常接近,因此,追求隐士超然心态,赞扬隐士生活就成了张雨诗文中的一种精神。

张雨一生多次来往于吴兴与钱塘之间,对吴兴风景甚是喜爱。其记游组诗或记山水游历,或叙节序时令,别具韵味。其《吴兴道中四首》便是这方面的代表,其诗云:

晴港阴塍乳犊眠,凉风丝鬓扬缫烟。埋名惭愧芦中老,坐阅江湖逆顺船。(一)

风转湾埼半折蒲,意行弄水不嫌迂。笔床政掠鹅群过,疑杀山阴染翰图。(二)

眠溪大树不见日,牧鹅小儿兼卖鱼。南风相送玉湖口,舟子饭时吾读书。(三)

扁舟偶趁采樵风,题扇书裙莫恼公。何处人间无六月,碧澜堂上雨声中。(四)[③]

第一首,再现了吴兴风光和仄身其间的心境。在春色骀荡中,诗人坐在江边,看着往来的船只,充满着悠闲与惬意。第二首,展现了吴兴风景之美和作者洒

① 杨镰:《全元诗》第31册,中华书局2013年版,第286页。

② 申喜萍:《南宋金元时期的道教美学思想》,巴蜀书社2009年版,第167—168页。

③ 杨镰:《全元诗》第31册,中华书局2013年版,第334页。

脱随性的感受。熏风半折蒲草，鹅群玩水自娱，一静一动，相得益彰。第三首，感受田园生活之趣。在草木葱茏、绿荫匝地的池塘边，牧鹅小儿，兴致勃勃地钓着鱼儿。南风吹拂的湖面上，忙碌的渔家正准备吃饭。画面静谧安详，充满着田园牧歌式的情调。末一首用“作书于裙”的典故，喻好友过访，突出了其与好友间的笃厚情谊。寻常的江南水乡之景、朴实的农村生活，刻画出清晰自然的品格，没有半点道教诗人的“仙气”。

“世俗化”已然成为晚年张雨人生的标签，“（雨）虽托寄黄冠，而谈艺之家位置于文士之列，不复以异教视之”①。投身道门，他身上有着浓厚的文人气息。清人徐良夫对此多有赞誉，认为“虽出处不同，其为词章之宗匠一也。夫以方外诗人而与馆阁词臣相颉颃，宁非一代之盛欤”②。与丘处机相较，张雨的“亦道亦儒、半居半隐”的生活，是其道士身份生活世俗化的主要标志。张雨逃离世俗生活而托身黄冠，固然有宗教情感因素，恐怕更关键的是被隐逸思潮所裹挟，而作出的无奈之选。与其说是隐逸，还不如说是“被隐逸”，托寄黄冠也好，遁入空门也罢，没有本质上的不同。张雨虽然有志于道，但入世之心未泯，其真正向往的“山中宰相”陶弘景那样闲逸的生活，“句曲外史”字号正寓此意。其身份集道士、隐士、文士于一体，过着“非隐非俗”的生活，其晚年更是一改虚静寡欲作派，与杨维桢狎妓同游，走上了一条庸俗的享乐之路。

元代社会出现了诸多“半隐半仕”“半隐半俗”事件，其实质正是文人进退失据内心在行为上的折射。作为元代隐逸的“新形态”，它被元代文人赋予了理想生活的标签。正如赵孟頫隐于官，倪元镇隐于画，张伯雨隐于道，顾仲瑛隐于醉，从表面上看，大家好像都在恪守儒家文士的思想、生活信条，其实，都不过是在混世罢了。一向热衷于进取功名的儒生们，或者逃禅逃道，隐匿于宗教；或者退藏于山林，追求心迹俱超，抛却人间爱憎喜怒休戚之感和是非荣辱得失之役，寻求自我保护；或者挣脱那种种道德说教的束缚，摘掉儒生规行步矩的假面具，任情使性、醉生梦死，潜心于诗酒，专意于耳目声色之乐。从历史上看，道教发展到元代，儒道合一的趋势更为明显。对此，杨军指出“正一道的道士可以不住宫观，由原先的住观道士演变为‘火居道士’，即可以娶妻生子，这些火居道士脱离宫观修持，而从事服务于民间庙宇的宗教活动，使正一道更大程度上表现出民间化、世俗化的特点”③。结合元代历史可见，张雨亦儒亦道、半儒半道的人生，与道教正一派的教旨教规甚是吻合，其实是正一派道教

① ［清］永瑢、纪昀等：《四库全书总目提要》卷168，中华书局1965年版，第1454页。

② ［清］徐良夫：《句曲外史原序》，《句曲外史集》卷上，《四库全书》本，上海古籍出版社2003年版，第35页。

③ 杨军：《宋元三教融合与道教发展研究》，四川大学2007年博士论文，第171页。

的儒学化与世俗化表现。对那些追求精神宁静，又不想遁入山林的文人而言，托身黄冠，是实现“鱼和熊掌兼得”可行之选。

马臻处于“两极”之间，他既不似丘处机般以纯粹的道教徒自居，也不似张雨道士身份彻底的“世俗化”。其最终走向道教，不是纯粹的宗教信仰，而是一种存生的手段。“入道，对于以入世精神为主，以治国平天下为己任的儒士来说，是身处乱世的一种无可奈何的选择。”[①]正如宋元交替之际，江南士人群体性托身黄冠一样，马臻入道的原因有二：一是国家被攻占，家道中落，对他的打击之大，使他的心理处于厌世、避世的状态；二是出于寻找精神慰藉的需要。“元统一后南方文人的烦恼，也正是由于他们长期依托的汉族政权的败亡，一直适用的生活观念突然遭遇挑战，而他们又没有做好这方面的心理准备，命运却一下子将他们抛到不容易思考却又必须马上抉择的地步，而仓促的人生选择在进入新环境后逐渐显出诸多不适应，但重新回头已不可能，于是夹杂着后悔的矛盾和痛苦即构成了他们烦恼心态的主要内容。甚至，与之相关的心理焦虑也产生了。”[②]道教给马臻提供了一个精神和身体的归宿之处。他在那里找到了心灵的寄托，借以消除内心的苦闷和抑郁。

马臻组诗风格也深受道教文化的影响。其道教诗歌中淡拙的特点与道教思想中的天然、平淡等是一致的。仇远认为，其诗“以平夷恬淡为体，清新圆美为用。陶衷于空，合道于趣，浑然天成，不止于烟云花草鱼鸟而已”(《霞外诗集序》)[③]。在他看来，只有在诗歌创作中追求那种天然的感觉，才能进入“道境”，才能创作出好的作品来。

其诗中经常出现的“幽人”意象，上承丘处机的“白云”意象，深刻地诠释着道教的“出世”精神。这里的“幽人”既是隐士，也是道士，二者很难区分。

首先，是二者的生活方式、心灵解脱方式上具有同质性。他们都竭力躲避世俗琐事，追求静雅清幽的生活环境和平静安宁的心灵状态，诗境呈现出来的往往是闲适、幽雅、静谧、清冷或寒苦之风。二者都追求生活上的超尘脱俗和心灵上的宁静高远。周裕锴先生说：“在僧诗里，我们仿佛可以看到他们正静坐在幽静的山涧里，深邃的峡谷中或恬静的月夜下，倾听松风鸟语，凝视溪流山泉，心与万物冥契，时空界限消失，物我关系混同。真所谓‘真风含素发，秋色入灵台’(贯休《诗》)，所谓‘禅心混沌生，诗思云霞际’(文兆《赠天柱山昕禅

① 赵琦：《金元之际的儒士与汉文化》，人民出版社 2004 年版，第 23 页。

② 徐子方：《挑战与抉择——元代文人心态史》，河北教育出版社 2001 年版，第 174 页。

③ [元]马臻：《霞外诗集》，台湾学生书局 1973 年版，第 5—6 页。

老》），物境也是心境，禅心也是诗思。”[①]葛兆光先生也说：“当我们读中国文人诗，看中国文人画的时候，我们常常能感觉到这样一种士大夫的情趣，仿佛他们时时都在向往着与静谧恬美的山川溪石融为一体，在松风明月之中，人与大自然在静静地进行着心灵的交流，在这种荣辱俱忘，心随景化的时刻，啸吟歌咏，一觞一饮，与闲云清风一样，轻盈闲适，任意东西，与山鹿野鹤一样，自由自在，无拘无束。”[②]僧人的山居诗和道士隐居诗，与隐士笔下隐居生活呈现着相同或相似的审美品格。

其次，是二者的避世目的相似。隐士所以挂冠林泉，是为了求得解脱。道教的训诫，在很大程度上也是为了消除道士内心的痛苦。到了元代，道教则更为关注个体生命，一是关注少私寡欲、自然恬淡的生活情趣；二是关注无思无成、洁净虚明的心理境界；三是关注以养气守神的方法，获得良好的生理状态。道教对人生的关照与隐士以求放逸身心的目的，同样存在着深度契合。

从“道士”到“幽人”，其间的宗教色彩淡了，而世俗特征明显了。沿着这条路继续向前，我们便看到了完全“世俗化”了的道士张雨。

第三节　忠孝节烈题材组诗

元代为少数民族政权，统治者以武力征服中原之后，如何安抚汉族士人，进而管控主流意识形态成为他们必须面对的问题。南宋时程朱理学已经被南方士人普遍认同，成为当时社会的主流思想，这为它成为元代官方哲学奠定了基础。以理学价值观为核心的旌表制度，自然为元蒙统治者所接受。

元代对于个人孝行的旌表，有详细记录者是历代最多的。据《元史·百官八》载：“旌表孝子顺孙、义夫节妇、高年耆德，常令有司存恤鳏寡孤独。”[③]另据《元史·刑法一》载：“诸义夫、节妇、孝子、顺孙，其节行卓异，应旌表者，从所属有司举之，监察御史廉访司察之，但有冒滥，罪及元举。”[④]从旌表对象看，主要有贤臣良将、孝子顺孙、贞女节妇、累世同居、隐逸之士等不同类型。对他们行为的旌表有移风易俗的功效，是巩固政权、维护社会秩序的重要手段。李丰春说：“旌表是国家权力话语的民间基层表达，主要表现为通过旌表这一权威评

---

① 周裕楷：《中国禅宗与诗歌》，上海文艺出版社 1992 年版，第 50 页。

② 葛兆光：《道教与中国文化》，上海人民出版社 1987 年版，第 316 页。

③ [明]宋濂等：《元史》卷 92《百官八》，中华书局 1976 年版，第 2344 页。

④ [明]宋濂等：《元史》卷 102《刑法一》，中华书局 1976 年版，第 2621 页。

价活动,使民众在不知不觉中自觉自愿地认同国家的主流意识形态,并为这一意识形态的建构贡献自己的一份力量。"[①]其言信然。

在理学成为社会化思潮的前提下,以理学价值观为指导进行诗歌创作成为士子的必然选择。"理学与文学的两相浸润","形成了具有鲜明时代特色的诗风文风"[②]。文人创作了大量的忠孝节义题材组诗,扩大了理学价值观对社会民众的影响,同时也带来了元代文坛创作风气的转变。

一、颂赞贞女节妇题材的组诗

蒙古族入主中原后,为了敦厚风俗,统治者接受了儒家的"三纲五常"道德伦理观念,奖劝贞行节义。忽必烈时期对节烈女性下诏旌表:"郡县孝子节妇,按实旌植是谨"[③],开启了元代节烈旌表之制。

据《元史·列女一》记载:"元受命百余年,女妇之能以行闻于朝者多矣,不能尽书,采其尤卓异者,具载于篇。其间有不忍夫死,感慨自杀以从之者,虽或失于过中,然较于苟生受辱与更适而不知愧者,有间矣。故特著之,以示劝励之义云。"[④]《元史·列女传》中记载的节妇共187人,其中161人为贞节烈女。董家遵从《古今图书集成》中统计的元代节妇烈女则达到742人[⑤]。她们中有为亡夫殉节(或为守节)而采取极端手段的烈妇,有为夫守节、拒绝再嫁的节妇,有为守节或为拒辱而采取极端手段的烈女,也有一生未嫁的女子贞女(或侍亲不嫁,或未婚夫死不嫁)等不同类型[⑥]。

《全元诗》中反映节妇题材的组诗,主要代表有刘敏中的《于节妇二首》《刘节妇诗二首》、王旭的《节妇赵氏二首》、浦道源的《节妇刘氏挽章二首》《题节妇冯氏卷二首》、袁桷的《节妇二首》、揭傒斯的《滦城范节妇诗三首》、马祖常的《节妇马氏二首》、吴当的《李节妇田氏五首》、赵偕的《南山三章》、刘仁本的《俞节妇四首》、王逢的《经杨节妇故居二首》、乌斯道的《蔡节妇诗二首》等,这些贞女节妇组诗的内容主要有三:

一是歌颂节妇之贞节义烈的行为。"贞节"是节妇最根本的道德品质,这

---

① 李丰春:《社会评价论视野中的旌表制度》,《河南大学学报(社会科学版)》2007年第5期。

② 查洪德:《元代理学"流而为文"与理学文学的两相浸润》,《文学评论》2002年第5期。

③ [元]袁桷:《郓城马节妇诗序》,李修生主编《全元文》第23册,江苏古籍出版社2001年版,第252页。

④ [明]宋濂等:《元史》卷200《列女一》,中华书局1976年版,第4484页。

⑤ 张丽萍:《元代旌表制度研究》,山东大学2014年硕士学位论文,第15页。

⑥ 参见:杨阳《元代旌表的对象及其特点》,《北京教育学院学报》2014年第4期。

是贞女节妇诗最主要的内容。《元史·志第五十》载："诸义夫、节妇、孝子、顺孙，其节行卓异，应旌表者，从所属有司举之。"[①]女子贞节的旌表在春秋战国时代已开始，刘向的《列女传》卷4《贞顺传》中记载了楚国两位守节妇女，受楚王赠封号为"贞姜""贞姬"的事[②]。诗人们将大量笔墨放在了歌咏节妇的贞节上，是元代崇尚理学价值观最直观的体现。

刘敏中《于节妇诗二首》赞颂了于节妇的贞节。于节妇何人不详，《元史》无传。组诗序云："于氏，保定人。年十九，夫赵季登浮图坠死，后九日而子福始生。贞节自守，始终不移，今已七十矣。国子助教同郡赵居仁安之，序其行实，为书二绝句。"从序中可知，于节妇在19岁那年，丈夫坠楼而死，独自抚育遗腹子成人，终身不再嫁。其诗云：

藐然遗息未亡身，一节崎岖五十春。忠孝共知男子事，岁寒松柏定何人。（一）

悠悠末俗凯风诗，此媪何期见此时。大节一明天理复，更看纯孝在孤儿。（二）[③]

夫死矢志守节成为古代社会里女性保持贞节的最常见、最主要的方式。其一，回忆于氏丈夫赵季登浮图坠死，不久生子，历经50余年守节，其贞洁与松柏同在。其二，借《诗经·邶风·凯风》诗，赞美于节妇的孝道和誓不再醮的"大节"。"壹与之齐，终身不改，故夫死不嫁"的观念是中国古代伦理道德的核心内容之一，于节妇的行为深刻地诠释了这种"贞洁"观念。

《刘节妇诗二首》吟咏的对象是刘节妇。从序中可知，"节妇刘氏，保定人。未笄，以裕皇命妻真定路达鲁花赤乞台不花嘉议。数岁，嘉议卒，其叔踵故事，有治栖之迫。刘氏矢死弗从，诉于储闱而免。时其子黠剌生八月。今有二孙矣"。其诗云：

名通鹤禁早知贤，往俪高门失所天。雀角鼠牙非我病，此心已死在重泉。（一）

八月儿为反哺鸦，两雏又见茁兰芽。萱堂会捧金花诰，光彩人夸节妇家。（二）[④]

诗中歌颂了刘节妇，在夫死之后决不再嫁，承担起养育幼儿、孝敬长辈的责任。

---

① ［明］宋濂等：《元史》卷102《刑法一》，中华书局1976年版，第2621页。

② ［汉］刘向：《列女传》卷4《贞顺传》，山东大学出版社1990年版，第151、153页。

③ 杨镰：《全元诗》第11册，中华书局2013年版，第293—294页。

④ 同上，第393页。

从"此心已死在重泉"的表述和"萱堂会捧金花诰"的期盼中,能清晰地看到刘节妇在"失所天"后的坚贞守节。"为妇为母,顺姑敬夫慈子,中表可法"成为元代妇女不可改移的道德规范和日常行为规范,也是元时一般人观念中妇德的基本准则。在夫亡后为舅姑养老送终、抚育子女成人也是元代许多女性不再嫁的重要原因之一。

在理学思想的影响下,"妇义无再醮""誓志守节",已成为元代节妇自觉选择。《元史》中这种守节事例俯拾皆是,对于此种情形朝廷也是大力倡导和褒扬。当环境逼迫她们放弃操守时,她们常常选择激烈的方式来坚守节操。

安熙的《高节妇诗》序云:"九原高氏女,嫁为丰州郭叔文妻,年少无子,叔文蚤世病且死,属高氏以供养其母,高诺之。叔文既死,即断发为信。居丧三年,其父母怜其少执义也,将取而嫁之。高闻,即复刺墨自刑其面,以死自誓,今十余年矣。州上其行。礼部令旌表之。叔文之友天山元君子文为予言其行实如此,且请诗而叙之。呜呼哀哉,予读欧阳修《五代史》,观其叙死节死事,及序王凝妻于杂传之中,未尝不废书而叹也。今观高氏之行,又有以信之。夫天理民彝,真不可泯灭,而重叹夫士不知学之害,流于后世而未已矣。呜呼,使百世之下,闻高氏之风,其必有深感于斯者也。"①从序中可见,虽然郭叔文早逝,且二人无子,只因夫死前的一句"供养其母"嘱托,高氏即"断发为信""复刺墨自刑其面,以死自誓",可见其意坚决。其诗云:

> 学绝道丧今几年,善俗如灰不复燃。士知苟禄为得计,偷生忍耻不自怜。嗟嗟此妇乃尔贤,不本教育由天全。信兹秉彝不可灭,直与无地相后先。太行西北黄云边,平芜落日生寒烟。高节懔懔谁当传,后人歌我节妇篇。

高氏为守节"断发"而"刺面",源于元代社会的多元化对女性贞节要求并不高,可女性自身又因为爱情而坚守所产生的矛盾。安熙在诗中大赞"此妇乃尔贤",作诗讴歌其"高节",令"后人歌我节妇篇",揄扬之迹甚明。

表达同样主题的,还有刘仁本的《俞节妇四首》和王逢的《经杨节妇故居二首》。前者序云:"猗嗟孝节也。勾稽俞妇闻氏励节克孝,人皆贤之。故作是诗也。"②后者序云:"龙华焚雨晴,刘松屋老人同野步,道经一故第,谓'杨节妇家'也。丁丑夏,彗星现,天下童男女,讹惑皆成配。时杨年十三,赘张都水子裕。十五生一女,十七裕早世,杨誓守节。今几五十矣。昔苏文忠有林氏媪诗,请

---

① 杨镰:《全元诗》第 23 册,中华书局 2013 年版,第 338—339 页。

② 杨镰:《全元诗》第 49 册,中华书局 2013 年版,第 177 页。

继后响。"[①]从上述记录中可知，无论是于节妇，或是俞节妇，或是杨节妇，或高节妇，她们的事迹无一不是"贞节自守，始终不移"的典范。

元代对女子的贞节道德要求并不严格，宗族对夫亡改嫁并不反对，尤其是对年少而寡的女子改嫁更持支持的态度。这就使得"贞节自守"更带一种主动性而非被动性，也更令人敬重。《元史·列女传》载："周氏，泽州人，嫁为安西张兴祖妻。年二十四，兴祖殁，舅姑欲使再适，周氏弗从，曰：'妾家祖、父皆早世，妾祖母、妾母并以贞操闻，妾或中道易节，是忘故夫而辱先人也。夫忘故夫不义，辱先人不孝，不孝不义，妾不为也。'遂居嫠三十年，奉舅姑，生事死葬无违礼。"[②]周氏年少而寡，但在祖母以及母亲的守节榜样下，其对自身的贞节道德便有了更高的要求。周氏将改嫁视为"不孝不义"之为，孝义是古代最基本的道德准则，可见妇女对守节行为的自我认可。又，"至元间，尹氏夫耀卿殁，姑命其更嫁，尹氏曰：'妇之行一节而已，再嫁而失节，妾不忍为也。'姑曰：'世之妇皆然，人未尝以为非，汝独何耻之有？'尹氏曰：'人之志不同，妾知守妾志尔。'姑不能强。杨氏夫显卿继殁，虑姑欲其嫁，即先白姑曰：'妾闻娣姒犹兄弟也，宜相好焉。今姒既留，妾可独去乎，愿与共修妇道，以终事吾姑。'姑曰：'汝果能若是，吾何言哉！'"[③]尹氏的矢志不渝，成为一种道德标杆，妯娌杨氏在夫亡之后同样坚守贞节不二适。她们的事例，在理学背景下的元代，都极具典范意义。

二是表现节妇生活的悲苦。"青灯败帷，不易其操"是对节妇生活最真实、最准确的概括。在文人的笔下似乎越苦则越节，越苦则节得越壮烈，越值得赞颂。"苦"与"节"能够画上等号正是因为这种"苦"是对理学贞节观最好的执行，而诗人对此的大加赞赏正是源于对理学价值观的极度推崇。

吴当《李节妇田氏五首》中"绿鬓飞蓬四岁儿，寒机对月夜眠迟"（其二）、"自从破镜留孤影，锦瑟无声落燕尘"（其三）、"贻谋曾授三迁教，断缕犹存旧织机"（其四）、"世情无限伤心地，惆怅琵琶掩面时"（其五）[④]全面呈现了节妇生活的艰辛与凄苦。戴表元《浴蚕沙溪水一首为上饶陈烈妇作》中是这样描写节妇生活的："浴蚕沙溪水，采桑玉山巅。丝成白棱棱，胶作烈妇弦。烈妇何所言，弦中意缠绵。一说鸾影孤，二诉雏巢穿。巢穿尚可葺，影孤恨终天……黄檗谁谓苦，铁石谁谓坚。"[⑤]浴蚕浣纱，采桑种麻，身体劳累尚可忍受，可心灵的孤独

① 杨镰：《全元诗》第59册，中华书局2013年版，第270页。

② ［明］宋濂等：《元史》卷196《列女一》，中华书局1976年版，第4487页。

③ 同上，第4488页。

④ 杨镰：《全元诗》第40册，中华书局2013年版，第181页。

⑤ 杨镰：《全元诗》第12册，中华书局2013年版，第80页。

无法向人倾诉,内心的悲苦无法排解。柳贯《天台张节妇吟》云:“缣缃缝衣破谁补,涑弦组瑟声凄楚。瑟声凄楚还自悲,妇昔红颜画眉妩。罗襦未绽变苴衰,嫠姑在养儿在乳。家贫百需丛一身,恶笄我是未亡人。”[①]诗中浸透着的是节妇的辛酸眼泪。揭傒斯《二贞诗》中“宁与枯瘁没,不为欢乐存”之句更直言节妇的生活绝不曾有过一丝欢乐。旁人的诉说道不全节妇的凄苦,只有节妇自己才能深刻感知其中的艰难不易。

盛贞一《梅花树诗》中以梅自喻:“古枝点点类璚瑰,不假天工为剪裁。月夜孤标怜晚景,冰溪瘦骨绝尘埃。寒香泣雨魂难返,贞节凌霜志莫回。桃李未曾争艳冶,半窗疏影自徘徊。”[②]梅花高节,不与百花争艳,如同节妇之贞,可谁曾想过这外表的高节经历了多少寒霜冰雪?节妇的苦楚不仅仅源于自己孤独的生活,更源于家中的顶梁柱倒塌后,维持全家生计的负担。“竭力舅姑养,不致无儿叹”“妾身固有死,岂不有舅姑”,家中上有老下有小,孝养公婆子女已使节妇劳苦不堪,可节妇的苦难远没有结束。“兵尘方浩荡,孤身越河关”“盗似浮云起,家如病叶吹”,社会的动乱不安使得节妇的生活更是雪上加霜。

即使受过旌表的节妇也无法逃脱悲苦的生活命运,宋褧就曾作《拟古辞寡妇叹》诗:“哀哀欲谁诉?只苦内心割裂,欲死无缘。赖是县官旌宅里,里中称孝且贤。”[③]刘敏中《蒙节妇诗》直言:“昔未三十今头白,名声外闻人莫识,蒙氏蒙氏可为则。”[④]即使受到旌表,人们关心的也只是节妇坚守贞节的好名声,而名声背后现实生活的种种无奈与辛酸根本无人在意。刘敏中的另一首节妇诗《美李仁甫母赵氏守节辞旌表》更发出这样的感叹:“谁知所天重,敢以此身轻。苦节终完节,辞名更有名。青灯耿虚室,白首会佳城。”[⑤]在名节大于一切的社会观念下,他们对坚守贞节妇女的悲苦生活极少同情,甚至极力鼓励推崇坚守贞节。郭翼在《小姑谣》中就曾写过这样的诗句:“宁为守义泉下鬼,如何失节须臾生。”[⑥]这正源于“饿死事小,失节事大”的理学道德观念。

那不做贞女节妇便能免于悲苦的生活吗?“答道,也很苦。社会公意,不节烈的女人,既然是下品;他在这社会里,是容不住的。”[⑦]白珽在《河南妇》中更不惜制造出妇女不能坚守贞节就会遭到上天报应的故事:“从军古云乐,获罪

① 杨镰:《全元诗》第25册,中华书局2013年版,第139页。
② 杨镰:《全元诗》第52册,中华书局2013年版,第603页。
③ 杨镰:《全元诗》第37册,中华书局2013年版,第220—221页。
④ 杨镰:《全元诗》第11册,中华书局2013年版,第348页。
⑤ 同上,第402页。
⑥ 杨镰:《全元诗》第45册,中华书局2013年版,第465页。
⑦ 鲁迅:《坟·我之节烈观》,东方出版社2007年版,第275页。

祷应难。母望明珠复，夫求破镜完。押衙逢义士，公主奉春官。为报河南妇，天刑不可干。”[①]可见在理学贞节观被普遍接受的社会里，对妇女贞节的要求已经不是妇女的自我选择，更多的是一种强制的社会道德约束。

三是抗暴不从、宁死不辱。这是节妇诗中最突出的主题。因社会祸乱而形成的节妇中，义烈的行为最为突出，妇女常常以自杀的形式来坚守自己的贞节，大有宁死不受辱的气概。如郝经的《武昌词三首》《巴陵女子行三首》、林景熙的《妾薄命六首》等，歌颂的就是在战乱之下迫于无奈的妇女舍身取义的壮举，而这种壮举能得到诗人的关注与社会对理学的推崇息息相关。

这些抗暴不从、宁死不辱的节妇正是遗民诗人表达“不二之心”和民族气节的重要工具，更是易代之际诗人理学价值观和忠贞爱国心态的集中体现。有研究者指出“节妇贞女实际替代了忠贞爱国的英雄义士形象，成为诗人意识中壮烈气节的代表意象”[②]。如林景熙在《妾薄命六首》序云：“取古者烈女不更二夫之义，以寄吾忠臣不事二君之心。不然则王昭君、蔡文姬非不薄命也，而其所以舍此取彼者，其意盖有攸在。”[③]作者借咏古代贞节烈妇的故事，来表达自己的忠君思想。汪元量的《妾薄命呈文山道人》中有这样的诗句：“誓以守贞洁，与君生死同。君当立高节，杀身以为忠。岂无春秋笔，为君纪其功。”[④]全诗讲述了远嫁之妇新婚几日便与丈夫分别，丈夫出征生死未卜，而妇之节与夫之忠也恰恰在儿女私情难顾及之中表现出来。贞节与忠义并列，贞女与烈士并重，被当作一种至高无上的价值观念与政治伦常。节妇的守节与臣子忠国一样，都是值得付出生命的。

郝经的《巴陵女子行序》中就写出了自己对这种民族气节的认同，其序云：“己未秋九月，王师渡江，大帅拔都及万户解成等自鄂渚以一军觇上流，遂围岳。岳溃，入于洞庭，俘其遗民以归。节妇巴陵女子韩希孟，誓不辱于兵，书诗衣帛以见意，赴江流以死。其诗悲婉激切，辞意壮烈，有古义士未到者。今并其诗录于左方。呜呼！宋有天下，文治三百年，其德泽庞厚，膏于肌肤，藏于骨髓。民知以义为守，不为偷生一时计。其培植也厚，故其持藉也坚，乃知以义为国者，人必以义归之。故希孟一女子，而义烈如是。彼振缨束发，曳裾峨冠，名曰丈夫，而诵书学道，以天下自任。一旦临死生之际，操履云为必大有以异

① 杨镰：《全元诗》第14册，中华书局2013年版，第157页。

② 丁国祥：《节妇贞女：元代诗人特殊的心灵意象》，《苏州科技学院学报（社会科学版）》2015年第5期。

③ 杨镰：《全元诗》第10册，中华书局2013年版，第399—400页。

④ 杨镰：《全元诗》第12册，中华书局2013年版，第18页。

于希孟矣。余既高希孟之节,且悲其志,作《巴陵女子行》,以申其志云。"[①]知节义,不苟且偷生,抵抗到底,绝不屈服。韩希孟的壮举与所留下的"衣帛诗",使当时身为蒙元江淮宣抚司副使的郝经,从中看到了南宋人民一种气壮山河的民族精神,并因此而受到了强烈的心灵震撼。

在蒙古铁骑南下进程中,南宋民众气节类似于韩希孟者,也并非少数,如殉难于武昌的"梅溪主人张素英""武昌恭人""汉阳教授之妻"三人,即为典型。《武昌词三首》序云:"王师围鄂,游骑于金牛镇得一妇人。欲侵之,厉声曰:'我夫婿翁姑皆死,目前未即死,又可受辱邪!速与我死。'遂置之。自称梅溪主人张素英,作歌诗数篇以见志。寻以疾卒。于湖中得一路分妻,一日,以无夫选赐有功军人。即以掌批其颊,对今上大呼曰:'妾夫将千五百人扼敌沅洲,妾命妇也,岂可辱于是!乞速赐死。'上矜其志,赐之衣粮,使有司存恤之,以俟其夫,亦寻以疾卒。又有汉阳教授之妻,为一兵所掠,义不受辱,投于沙湖。三人者,仆亲见之,皆可附希孟之义,各为赋词,以寓意云。"[②]其诗云:

巴陵女子韩希孟,梅溪主人张素英。解作歌诗还死节,不论倾国与倾城。(一)

乌鬼山头闹鼓鼙,武昌恭人携孺儿。黄须回鹘便批颊,义感万乘真英奇。(二)

汉阳宣教是妾夫,妾身未死缘事姑。骑士朝来强拥去,抱石半夜投沙湖。(三)

郝经的《武昌词三首》便记录了三位贞烈的女子,她们都以死捍卫着自己的贞节,以义烈的行为坚守着气节。这些"吾宋家"节妇,在国难当头之际,皆"义不受辱",用生命捍卫了贞节与尊严,其刚烈气节,是华夏民族之魂最具体的体现。作为蒙元政权中一分子,郝经从她们身上感受到了一股坚不可摧的民族力量——华夏民族以死卫国的决心!柔弱女子尚能如此刚烈,何况男子乎?

元代理学背景下贞女节妇的事件屡屡发生,为文人的"同题共作"提供了机缘,众多文人共咏的"胡烈妇杀虎救夫"故事,即是其中的典型。《元史·列女一》载:"胡烈妇,渤海刘平妻也。至元七年,平当戍枣阳,车载其家以行。夜宿沙河傍,有虎至,衔平去。胡觉起追及之,持虎足,顾呼车中儿,取刀杀虎,虎死,扶平还至季阳城求医,以伤卒。县官言状,命恤其母子,仍旌异之。"[③]故事讲述了刘平夜宿沙河边时遇见猛虎被虎叼走,妻胡氏在面对丈夫遇险时,临危

① 杨镰:《全元诗》第4册,中华书局2013年版,第263页。

② 同上,第264页。

③ [明]宋濂等:《元史》卷200《列女一》,中华书局1976年版,第4485页。

不乱敢与虎搏斗救夫,可见其"烈"。即使丈夫最终因伤重死去,胡烈妇也不曾改嫁,坚守着对丈夫的"节"。胡氏的贞烈行为吸引了许多文人题诗作画写文章,以弘扬其节烈行为。

元世祖时翰林侍讲学士徐世隆是最早关注"胡氏杀虎"的诗人,有《胡氏杀虎歌》,开启了当代及后世同题共作的先河。

> 滨州渤海县,兵籍有刘平。其妻曰胡氏,艰险常同经。起赴零阳戍,仍挈两儿行。暮宿沙河岸,忽闻啸风声。一虎蹲其间,视平若孩婴。吞臂曳之去,胡氏跃且惊。走逐十余步,掣足与虎争。急呼儿取刀,屠虎肝肠倾。虎毙平脱口,扶归季阳城。一支骨已碎,三日目乃瞑。夫殁入黄泉,妇哭入青冥。风云变黯淡,禽鸟为悲鸣。帅府取皋比,列状达省庭。省庭状其义,复户仍免征。旌表见国政,激劝通人情。大哉夫妇恩,直与生死并。死同葬虎腹,生同食虎羹。谁谓荆钗辈,乃有如此英。班班古列女,好事多丹青。宜将杀虎传,题遍家家屏。①

贡奎以《题刘氏搏虎图》表彰其事:

> 北风吹沙塞草萋,沙河道上行人稀。驱车出门赴古戍,牵妻背子情依违。日斜村远倦欲宿,霜露满地沾征衣。车前忽惊猛虎攫,目光射杀寒无威。妻奔掣尾子挟刃,一时性命争毫微。起来魂魄俱已丧,虎虽可搏人难归。皇天茫茫九土厚,悲号洒泪凝寒霏。当时苛政猛于此,丈夫束手堪嘲讥。新图已成谁立传,千年妇节生光辉。②

咏胡氏杀虎救夫的诗篇,徐世隆与贡奎两诗的共同点:一是主题高度集中,对义烈进行歌颂。"旌表见国政,激劝通人情。大哉夫妇恩,直与生死并"及"新图已成谁立传,千年妇节生光辉"句,弘扬胡氏的"节义",为刘平妻立言。对胡氏合乎儒家伦理正义的行为予以记载歌颂,对其勇气予以赞赏,无不体现出诗人们对理学价值观的推崇。二是注重主要情节,主要情节一个是胡氏搏虎,一个是呼儿取刀。二者以人物遭际为刻画对象,生动逼真,如临现场。杨镰先生认为,元代有关杀虎救夫的故事,"流传至今的诗篇全部是纪实体叙事诗,'集咏'立意是表彰胡氏,叙述事件过程,描绘夫妻生死,给予南北诗人们发挥才情的契机"③。"杀虎救夫"的故事人人在传,而事件本身的教益因人而异。贡奎所咏重点在于咏"苛政猛于虎",其主旨与徐世隆所提倡的"节义"便有着

① 杨镰:《全元诗》第3册,中华书局2013年版,第35页。
② 杨镰:《全元诗》第23册,中华书局2013年版,第127页。
③ 杨镰:《元诗叙事纪实特征研究》,《文学评论》2012年第2期。

区别。

除上述二人外,元代咏“胡氏杀虎”的还有王恽、赵孟頫、龚璛、张之翰、刘敏中、钱鼒、叶懋、陈旅、刘诜、吴莱、黄镇成、吴师道等元代著名诗人,以及不可胜数的民间同题共作者。据李文胜《元诗同题集咏中的诗文图共存及其文学史意义》①一文考证,包括徐世隆在内,元、明、清三朝有27位文人同题集咏此事,其中21人题诗,得诗23首,7人撰文,其中王恽一人既写诗又撰文。文人们题咏主题高度一致,都是对胡氏义烈的歌颂,对其勇气予以赞赏。

元代理学观念对社会的影响逐渐加深,一方面,越来越多的女子接受了理学对女子伦理道德的要求,在面对夫亡时选择守节,导致元代的贞节烈妇数量增多;另一方面,节妇的事迹符合人们对理学伦理观的要求,这使节妇诗的产生成为必然。对“苦节”“贞烈”的赞咏也成了节妇诗的主旋律。节妇的“不二之心”往往与诗人的“忠心”相契合,尤其是在宋元朝代更替之际,大量的前朝遗民诗人对新朝的抗拒心理使得“忠”变得尤为突出。对节妇贞节的赞咏背后其实是诗人对理学忠义价值观念的推崇。

二、赞美孝行主题的组诗

“孝”是中国家庭伦理架构的核心,是中国文化最突出的特色,也是君子修身、齐家、治国、平天下必备的道德素质。孝乃百行之原,万善之首,上足以感天,下足以感地,明足以感人,幽足以感鬼神。传统的中国不仅是以农立国,而且是以孝立国,明确指出了孝在治国安邦中的崇高地位。

中国传统文化把“孝”放在最重要的位置,且重视人们的孝行教育。孝行旌表一直都是传统社会教化民众、治理国家的重要工具。自汉朝起,封建统治者多标榜以孝治国,对孝悌显著者予以物质赏赐或精神褒扬,以提高其社会地位。据杨阳《元代旌表的对象及其特点》②一文统计,元代旌表的孝子顺孙人数,是历代以来最多的,共有75人。

《全元诗》中收录了大量的歌颂孝道主题的组诗,如刘敏中《宋孝妇二绝》、谭景星《万侯松轩子继先登云山为母夫人祷病竟不可得故次之以美其孝也二首》、宋褧《赠长安孝义张周卿三首》、余诠《春草美陈孝子也老子筑室海上以养母以春草名丰城余诠故作是诗也六章》、周伯琦《赠鹤斋诗三首》、郭居敬《全相二十四孝诗选》、李孝光《岐山三首》等,全面反映了孝文化在元代社会与政治

① 李文胜:《元诗同题集咏中的诗文图共存及其文学史意义》,《江西社会科学》2017年第7期。

② 杨阳:《元代旌表的对象及其特点》,《北京教育学院学报》2014年第4期。

中的重要地位。

刘敏中《宋孝妇二绝》写的是北京宋子正女侍疾婆婆的事。序云："北京宋子正女，幼有才行，能诗，适同郡张氏。其姑寝疾，衣不解带者四十余日。姑死，攀柩长号，一恸而绝。明日，与姑并葬焉。时年十九岁也。北京士人为作《孝妇传》云。"[①]诗云：

才如蔡琰诗尤雅，学若班昭义更深。一恸从姑九泉下，世人方识向来心。（一）

私心既启不复公，区区节义同一聋。朝来忽见孝妇传，洒若执热濯清风。（二）

组诗据所见《孝妇传》而写，不仅赞美了宋孝妇才学堪比蔡琰与班昭，更称赞了其品德。其真诚侍疾、恸哭而亡的场景令人深感震撼，其事迹与"二十四孝"中的"亲尝汤药""鹿乳奉亲""行佣供母""怀橘遗亲"等孝行并无二致。

杨翮《金溪县孝女庙乐歌三章》是一组骚体诗，讲的是唐代孝女葛氏舍身救父的感人故事。序中交待了写作背景："有元至正元年，抚州路金溪县新作二孝女庙成。按二孝女姓葛氏，在唐宝历间以官责其父佑亏炼白金事，不胜暴酷，皆发恚投冶中焚死。父因获免，并其邑除坑冶之害，以迄于今。是宜血食其土矣。国子博士吴君师道既文之石，而祀神之诗阙焉。上元杨翮撰为乐歌三章，俾金溪之民岁时歌之，以祠孝女。"其辞曰：

灵之来兮两旗张，导旌幢兮锵琳琅。缤晻暧兮相颉颃，并辎軿兮归故乡。归故乡兮民所望，昭肸蚃兮曶洋洋。庭燎辉兮夜未央，椒兰发兮郁芬芳。民报祀兮弗敢忘，心屏营兮咸肃将，灵格思兮民乐康。（一）

灵之留兮澹容与，云凝凝兮翳堂宇。琼筵陈兮合箫鼓，列尊罍兮酌清酤。牲肥腯兮承雕俎，女巫进兮傞屡舞。诵神德兮歌颂举，孰捐躯兮悟时主。齐英英兮惟孝女，继兹今兮飨终古，灵醉饱兮民乐胥。（二）

灵之去兮将安之，俨欲旋兮猋上驰。互招摇兮烂祈祈，遵云路兮眷威迟。金有赋兮地不遗，竭赀产兮民力罢。我邑井兮咸熙熙，赖神惠兮独弗罹。千万禩兮神是稽，荐苹藻兮答神厘，灵遄逝兮民聿思。（三）[②]

组诗借金溪孝女庙的落成，传播孝女的事迹，抒发了民众对孝女的思念和感恩之情。从序中可知，唐代宝历间金溪银户葛佑铸银不足遭受监官击打"垂死"，葛氏二女投冶中焚死，化银二锭，凑足税赋，父因获免。事传遍朝野，金溪百姓

---

① 杨镰：《全元诗》第11册，中华书局2013年版，第410页。

② 杨镰：《全元诗》第46册，中华书局2013年版，第167—168页。

于此免“坑冶之害，以迄于今”。作者赋诗三章歌颂葛氏女牺牲自己以救其父的孝行，更是将其作为地方的保护神加之祭祀。其一，写孝女神灵在民众的期盼下回归故乡的情形。“灵之来兮两旗张，导旌幢兮锵琳琅”“归故乡兮民所望”句，渲染孝女回乡的热闹场景和金溪民众内心祈盼“乐康”的愿望。其二，写孝女庙中享受祭祀的场景。“灵之留兮澹容与，云凝凝兮翳堂宇”，极孝女神灵莅临时云雾升腾之状，充满着神秘的色彩和威严氛围。通过女巫“诵神德兮歌颂举”及“琼筵陈兮合箫鼓，列尊罍兮酌清酤。牲肥腯兮承雕俎”场景的描绘，表达了民众对孝女的无比崇敬心情。其三，写孝女神灵的离去。“灵之去兮将安之，俨欲旋兮猋上驰”，言孝女神灵升腾而去。“我邑井兮咸熙熙，赖神惠兮独弗罹”，面对孝女神带给故乡的福祉，民众充满感激。组诗以“迎神—享神—送神”的祭祀顺序为线索，歌颂葛氏二女的孝顺和造福乡邻的事迹。对祭祀场景的描写，充满着浪漫的气息。

元末，杨维桢也有一首《金溪孝女歌》，其序写道：“唐敬宗时，抚之金溪有金银场户葛佑者输银不足，监官黄慷搒佑垂死。佑二女投银冶中，化银二锭。事闻，遂罢银场。金溪为二女立庙，至今血食。危太朴有卷，求余诗，为赋《孝女歌》云。”危素，字太朴，江西金溪县黄通高桥人，自然有义务宣传故乡的孝行。此诗虽是好友危素相求，但旌表善人，也是杨氏乐为之事。其诗云：“金溪石，石生银。凿石石有尽，银令无时磷。昨夜银官下，山头点银户。葛家父，无丁惟二女，葛家父楚苦。苦楚与死邻，二女痛父关一身，骈首跳冶裂焰暗。裂焰焚身，不焚二女心。天惨惨，神森森，化作双白金。双白金，盛龙锦，愿作万寿卮，以奉天子饮。一饮银鬼泣，再饮银令寝。”[①]无论是序，还是诗，都围绕孝女救父的故事展开，情节、内容与前者并无二致，只是在表达的方式上不同罢了。

周伯琦《赠鹤斋诗三首》与李孝光的《岐山三首》都是赞美友人孝顺母亲的故事。前序云：“鹤斋隐居浮海至京师，为其母夫人请铭于中书参政危君。既得之，复来吴谒予，求篆题。并以翰林承旨张君所作《藏经铭》求予古篆，恐难其书，赋三绝句以请。予嘉其笃孝，即书以贻之，仍次韵为答。时至正癸卯季春上吉也。老友鄱阳周伯琦。”诗云：

> 蓼莪报德自难忘，浮海飘然一苇航。万里得铭如见母，何惭蛇蚓助余光。（一）
>
> 陕郊古句人争诵，义训犹知教一经。慈范堂堂传百世，故应玉树长阶庭。（二）

---

① 杨镰：《全元诗》第39册，中华书局2013年版，第46页。

共望江东日暮云，吴门六载对残春。论文何日同樽酒，但恐诗成泣鬼神。（三）[①]

诗末注云："是日，书于寓馆之交翠亭。明朱存理《珊瑚木难》卷七。"《全元诗》按："诗后注，据清卞永誉《式古堂书画江汇考》卷十九补。"这组诗歌是作者应朋友之求而作。薛毅夫，字鹤斋，元代著名的书法家。此序作于至正二十二年(1362)，当时南北交通只能通过海路。在这样的情形下，薛毅夫来到大都请危素为其母作《墓志铭》的同时，请张翥作《藏经铭》，请周伯琦题"古篆"，"予嘉其笃孝，即书以贻之，仍次韵为答"。其一，引用《诗经》中《蓼莪》之典故，抒发友人感激父母的恩德，以"蛇蚓"自谦书法拙陋，表达愿助友人完成夙愿的心理。其二，言危素所撰《墓志铭》和张翥的《藏经铭》文采斐然，人们争相诵读。赞美薛母慈范堂堂，沾溉后人，养育出毅夫这样的"玉树"。其孝行流芳百世、感天动地。其三，写对好友望中的思念。二人同为书法界的好友，一在江南，一在大都，远隔万水千山，彼此都渴望着相聚之日，谈诗论文，把酒言欢。整组诗歌以郭毅夫为满足母亲的生前愿望，辗转千里，历尽千辛万苦来到大都，遍寻好友，求铭求诗求书为背景，嘉奖郭毅夫的纯孝之心。

李孝光《岐山三首》也是一组赞美孝顺母亲的诗歌。序云："《岐山小隐图》，杨善卿追图其先人所居之里宅也。善卿独事母夫人，宦游江南将二十年，归而未得，因作是图，以示不忘其先人第宅丘墓之故。其意亦可悲矣。他日，予往至善卿所，见是图于壁间，予为之怃然。而又以知善卿之仁也，为作岐山之诗以慰之。嗟呼，以善卿之善事其母，奚必岐之宅而后为养哉。孝子之心，亦曰如是而后尽焉耳。"诗云：

我思岐山，无日不思。彼岐出云，亦返于岐。（一）

思胡不归，孰言岐远。舟则在川，车则在坂。（二）

维岐之阳，有枣有桑。予归不遑，予心之伤。（三）[②]

杨氏画图目的就是"以示不忘其先人第宅丘墓之故"，作者有感于杨善卿所画《岐山小隐图》而作诗三首。其一，借"云"出没于岐的意象，表达无日不在思念故乡。其二，是责备自己有家不归。杨氏"宦游江南将二十年，归而未得"，原因是多方面的，但作者却是十分自责。有"舟"有"车"，却无法回归，其中的酸楚难以言说。其三，写故乡的印象及杨氏思归不得的伤感。杨氏"独事母夫人"，漂泊江南多年，对故乡的思念难以忘怀，其背后深藏着的正是令人感动的

① 杨镰：《全元诗》第40册，中华书局2013年版，第400页。

② 杨镰：《全元诗》第32册，中华书局2013年版，第274页。

纯孝之心。正如序中所言,“嗟呼,以善卿之善事其母,奚必岐之宅而后为养哉。孝子之心,亦曰如是而后尽焉耳”。

对于父母的孝顺会带来对于其他人的尊敬,整个社会因此变得和谐而美好。正如《孝经·天子章》所云:“爱亲者,不敢恶于人;敬亲者,不敢慢于人。爱敬尽于事亲,而德教加于百姓,刑于四海。盖天子之孝也。”[①]不仅如此,孝也成为封建官员选拔的重要标准。原始父系氏族社会在选拔继承人时就格外注重个人品德,其中就有对孝德的高度重视。朱翔非在《孝里有道》[②]中指出,舜帝生活的父系氏族时代,孝已经作为社会中的一种美德在传承。到了“以孝治天下”的汉代,以“孝”入官,便以制度的形式确定下来。

在元代,随着理学的发展,孝道与政治融合,统治者所提倡的“臣明”和“子孝”兼得的观念大行天下。理学家所提出的治国之道,就是要从整顿伦理纲常入手,大力提倡忠孝节义,借以维持世教,扶植人心。孝道自从被统治者高度重视之后,从一种维持家庭伦理的孝道转变成为维持国家的封建伦理制度。

崇尚孝顺方面最典型的组诗,当属郭居敬《全相二十四孝诗选》(一说是其弟郭守正撰,一说是郭居业撰)。由历代 24 个孝子从不同角度、不同环境、不同遭遇行孝的故事汇集而成。因之印本大都配以图画,故又称《二十四孝图》。“二十四孝”的故事大都取材于西汉经学家、目录学家、文学家刘向编辑的《孝子传》,也有一些故事取材于《艺文类聚》《太平御览》等书籍。

郭居敬开了用组诗传播“二十四孝”故事的先河。他并没有以现成的“二十四孝”人物故事来直接改编,也不是给现成的“二十四孝图”作配图诗。而是对“二十四孝”故事作了认真的甄选,剔除不适宜的孝行故事,增补了一些值得宣传的行孝人物,再进行排序,最后再给每个孝行故事创作一首诗,所谓“序而诗之”[③],“以诗人的创造力,弥补了孝题材诗歌这种体裁的缺失,且从诗体选择、诗境营造及诗化语言等方面进行加工、融合,达到了诗性创造的目的”[④]。郭居敬的诗性创造,使“二十四孝”人物更加完善,弥补了诗歌体裁的缺失,丰富了“二十四孝”的传播方式。

“二十四孝”的说法早已有之,“其起源则更可以上推到唐代或更早时期”[⑤],在北宋时已经广泛地于民间流行开来,但“二十四孝”的人物系列处于不断变化中。《新刊全相二十四孝诗选》(日本龙谷大学图书馆藏)多了“张孝张

① 胡平生:《孝经译注》,中华书局 1996 年版,第 4 页。
② 参见:肖波《中国孝文化概论》,人民出版社 2012 年版,第 9 页。
③ 程毅中:《关于“二十四孝”的两点补充》,《中国典籍与文化》1988 年第 4 期。
④ 刘建朝:《〈全相二十四孝诗选〉的诗性解读》,《湖北工程学院学报》2016 年第 1 期。
⑤ 赵超:《“二十四孝”在何时形成(上)》,《中国典籍与文化》1988 年第 1 期。

礼”“田真”“伯俞”的故事，缺少了“仲由百里负米”“江革行佣供母”的故事。由此可推测，郭氏的《全相二十四孝诗选》被后代稍作了改动①，但“二十四孝”人物系列已基本固定下来②。

《全相二十四孝诗选》选择了虞舜以下至宋代24位孝子的感人故事，编成一本宣扬中华文化精神核心——孝道的书。有几点值得关注：第一，恭敬长辈，这是人人都必须遵循的孝道规范。作为一代帝王的汉武帝以仁孝闻名，对母亲也是极其恭顺：“仁孝临天下，巍巍冠百王。汉廷事贤母，汤药必亲尝。”③正是他如此重视德行，孝顺母亲，所以在治国方面也带来了社会稳定、经济发展的繁盛景象。唐夫人孝敬婆婆，“孝敬崔家妇，乳姑晨盥梳。此恩无以报，愿得子孙如”④。其无微不至的照顾，使婆婆身体健康，婆婆期望子孙们也一样孝敬唐夫人。儿童蔡顺年岁虽小，却是孝行的楷模：“黑葚奉萱闱，啼饥泪满衣。赤眉知孝顺，牛米赠君归。”⑤在荒年之际，蔡顺都懂得要孝顺母亲。将桑葚分开，将美味的黑色的桑葚留给母亲，自己吃并不甘甜的红桑葚。赤眉军为其孝心所感动，馈赠其牛米。其他如“孝感动天”的虞舜、“啮齿心痛”的曾参、“怀桔遗亲”的陆绩、“行佣供母”的江革和“亲涤溺器”的黄庭坚等，孝子的身份虽异，但都敬重长辈，怀抱孝心。第二，牺牲自我以行孝道。这类故事占比最大。“戏舞学娇痴，春风动彩衣。双亲开口笑，喜色满庭闱。”⑥老莱子虽然年高70岁，但为了逗父母一笑，在为双亲送水的过程中假装摔倒，躺在地上学小孩子哭泣，为的是博得母亲一笑。“冬月温衾暖，炎天扇枕凉。儿童知子职，知古一黄香。”⑦黄香9岁时就懂得尽孝，不管炎夏酷暑还是寒冬腊月都牺牲自己的舒适，为父亲准备好床铺，赤诚之心令人感动。“深山逢白额，努力搏腥风。父子俱无恙，脱身馋口中。”⑧杨香14岁时随父亲到田间割稻，遇见猛虎将父亲扑倒叼走。杨香手无寸铁，为救父亲，全然不顾自己的安危，急忙跳上前去，用尽全身气力扼住猛虎的咽喉，猛虎终于放下父亲跑掉了。“闵氏有贤郎，何曾怨晚

---

① 按：郭居敬《全相二十四孝诗选》所咏“二十四孝”与民间流传者先后与具体人物均有异同，而且只有二十首诗。因无别本校勘，故从之。其中，《田真》《张孝张礼》等与民间版不同。且这二十首孝诗也并未有统一的诗题。《全元诗》第24册，中华书局2013年版，第76页。

② 赵文坦：《关于郭居敬“二十四孝”的几个问题》，《齐鲁文化研究》2008年第7期。

③ 杨镰：《全元诗》第24册，中华书局2013年版，第71页。

④ 同上，第74页。

⑤ 同上。

⑥ 同上，第72页。

⑦ 同上，第73页。

⑧ 同上，第76页。

娘。尊前留母在,三子免风霜。”[①]闵损对多次虐待自己的后母也格外孝顺,不惜牺牲自己,以换取后母对她两个孩子的温饱。“继母人间有,王祥天下无。至今河水上,一片卧冰模。”[②]晋代的王祥,为了满足后母想吃鱼的愿望,不惜在冬天牺牲自己的身体,躺在冰面上以求得鲤鱼,并偿所愿。此外,“埋儿奉母”的郭巨、“卖身葬父”的董永、“刻木事亲”的丁兰、“恣蚊饱血”的吴猛、“尝粪心忧”的庾黔娄、“弃官寻母”的朱寿昌等,在尽孝的过程中无不是以牺牲自己(孩子、妻子)来尽孝的。第三,满足长辈需求。周朝的剡子为了给父母治眼疾,“衣鹿皮入群鹿之中,以取鹿乳”[③],险些被猎人刺杀。汉代的姜诗“事母至孝”,为了满足母亲爱喝江水,爱吃鱼的需求,不惜远行,行汲打鱼。孝行感动上苍,“舍侧忽有涌泉,味如江水,每日辄出双鲤鱼”[④],得尝宿愿。晋代的孟宗,“母年老病笃,冬月思笋食”,无计可施只得往竹林抱竹哭泣,“有顷,地上出笋数茎”[⑤],孝行感动了上天,母亲得到了鲜竹笋,他也官至司空。

三、弘扬忠义贤能品德的组诗

忠君是传统文化的重要组成部分,更是封建社会政治的核心和灵魂。“自殷以前,天子、诸侯君臣之分未定也……盖诸侯之于天子,犹后世诸侯之于盟主,未有君臣之分也。”[⑥]“忠”作为政治道德准则,是在封建制度确立以后产生的。为了满足封建专制主义中央集权的统治需要,忠君已经成为封建统治者对臣民的一种绝对要求,“自秦皇一统之后,君臣之义无所逃于天地之间,忠君的观念大盛”[⑦]。朝廷对伏节死义、用心王事、政绩突出的文臣武将给予旌表和鼓励,成为朝廷整治吏治的重要推手。

对忠君爱国、伏节死义之臣颂赞体现出理学的价值观和统治者治国安邦的现实需要,这也奠定了元廷旌表官员的基调。“天地有大经,亘万世而不泯者,忠义是也”,元代统治者对那些“务存至公”之人,“不责其抗而录其节”,相反,对于那些“倒戈迎降、开门输款”之人,“虽赏之爵之,而未尝不疑其心、薄其行”[⑧]。据统计,《元史·忠义传》共收录85名忠义人士。能得到皇帝“旌其忠”

① 杨镰:《全元诗》第24册,中华书局2013年版,第72页。

② 同上。

③ 同上,第75页。

④ 同上,第74页。

⑤ 同上,第73页。

⑥ 王国维:《殷周制度论》,《观堂集林》卷10,河北教育出版社2001年版,第238页。

⑦ 顾颉刚:《古史辨自序》,河北教育出版社2000年版,第81页。

⑧ [元]危素:《昭先小录序(丙戌)》,李修生主编《全元文》第48册,凤凰出版社2004年版,第199页。

的臣子，不仅能获得封赏，其事迹也被广为传播。在宋元、元明政权更替之际，对忠义之行的认同导致了忠义组诗的大量出现。

元代初期，诸多遗民文人表达了对忠烈之臣的追思。如郝经《金源十节士歌十首》就是一组对蒙元灭金之际“死事死国”忠义之臣壮举的赞歌。其序云：“金源氏播迁以来，至于国亡，得节义之士王刚忠公等十人，皆死事死国，有古烈士之风。可以兴起末俗，振作贪懦。其名字官阶，始终行业，自有良史。其大节之岳岳磊磊，在人耳目，虽耕夫贩妇，牛童马走，共能称道者。作歌以歌之，庶几揄扬激烈，由其音节，见其风采云。天兴诸臣，国亡无史，不能具官。故皆只以当世所称者，如郭虾蟆、仲德行院等书之。俟国史之出，当为厘正云。”①组诗分别对王子明、移剌都、郭虾蟆、合答平章、陈和尚马、乌古孙道原、仲德行院、绛山奉御、李丰亭、李伯渊 10 人进行了讴歌。在这些诗中，作者详细地记载和评论了他们的事迹，具有一定的史料价值。如《陈和尚马》诗云：

> 陈侯胆勇世所无，也曾深入身陷敌。一夕跃马却南归，追骑畏威不敢及。入朝复使为大将，铃阁萧然见襟量。征南素有《春秋》癖，礼接士夫尤退让。深知敌情屡献策，常谈不用心怏怏。忧国密坐时拊髀，挥泪无言重惆怅。三峰失利还被执，植立不拜尤愤激。彼此皆帅败则死，椎碎两胫终不屈。临终大呼邈吉列，豹死留皮在今日。壮哉国士当代无，一死又胜移剌都。②

作者以无比崇敬的心情刻画了完颜陈和尚宁死不屈的形象。据《金史》本传载，完颜陈和尚是金末著名将领，“九年正月，三峰山之败，走钧州。城破，大兵入，即纵军巷战。陈和尚趋避隐处，杀掠稍定乃出……时欲其降，斫足胫折不为屈，豁口吻至耳，噀血而呼，至死不绝”③。金哀宗在得知陈和尚壮烈牺牲的消息之后，甚为悲痛。为表彰其忠烈，诏赠镇南军节度使，塑像立褒忠庙，刻石立碑纪其事迹。在《赠镇南军节度使良佐死节碑》上，金哀宗对其大加赞许道：“中国百余年唯养得一陈和尚耳。”能赢得敌人的钦佩，这就是真正的忠肝义胆。这才是豪气冲云天。

又《仲德行院》诗云：

> 士穷见节义，国乱出忠勇。仲德帝室胄，虎文将家种。俨俨静且深，办事不赖宠。帝闻彭城有逆节，诏公密取不敢泄。临行斩首挂马鞍，万众

① 杨镰：《全元诗》第 4 册，中华书局 2013 年版，第 271 页。

② 同上，第 274 页。

③ [元]脱脱等：《金史》卷 123《完颜陈和尚传》，中华书局 1975 年版，第 2680 页。

不欢皆妥帖。仗钺东南当一面,寇去看书寇来战。中枢大府无人声,儒将威名满淮甸。甫临秦鞏遮长安,大军失利三峰山。径穿敌垒数千里,乘舆已出空泪潸。过门不入急赴难,犯围直向黄河岸。照壁堂空幸汝南,贼臣新诛卫士散。自古未有降天子,君臣血视赴一死。夫人徒步自拔来,命妇般炮自我始。夫妇死国无与侔,至今闻者涕泗流。①

仲德,即完颜仲德。行院,指官职。据《金史》本传载:"完颜仲德,本名忽斜虎,合懒路人。少颖悟不群,读书习策论,有文武才。……虽在军旅,手不释卷,门生故吏每以名分教之。家素贫,敝衣粝食,终其身晏如也。雅好宾客,及荐举人材,人有寸长,极口称道。其掌军务,赏罚明信,号令严整,故所至军民为用,至危急死生之际,无一士有异志者。南渡以后,将相文武,忠亮始终无瑕,仲德一人而已。"②诗歌以"士穷见节义,国乱出忠勇"开篇,渲染悲壮的氛围。接着围绕完颜仲德的出身不凡和为人气派展开叙述,重点描述平叛"彭城有逆节",强化完颜仲德的"忠勇"品格。"寇去看书寇来战"一句,集中显现了完颜仲德与众不同的大将风范。面对三峰山战役失利,作者不仅突出其"径穿敌垒数千里"的勇猛,更有"自古未有降天子,君臣血视赴一死"的大义凛然。《金史》本传赞曰:"金之亡,不可谓无人才也。若完颜仲德、张天纲,岂非将相之器乎。昔者智伯死又无后,其臣豫让不忘国士之报,君子谓其无所为而为之,真义士也。金亡矣,仲德、天纲诸臣不变所守,岂愧古义士哉!"③

作为宋遗民的谢翱,在元代过着15年左右不甘亡国的漂泊生涯④。其诗对那些不甘屈服、奋起抗争的志士仁人充满着敬意。如《续琴操哀江南四首》便是一组凭吊汪元量、文天祥等忠义之臣的组诗。序云:"宋季有以善鼓琴见上者,出入宫掖间,汪姓,忘其名。临安不守,太后嫔御北,汪从之,留蓟门数年。而文丞相被执在狱,汪上谒且勉丞相:'必以忠孝白天下,予将归死江南。'及归,旧宫人会者十八人,酾酒城隅,与之别。援琴鼓再行,泪雨下,悲不自胜,后竟不知所在。嘻!汪盖死矣!客有感之者,为续琴操曰《哀江南》,凡四章。"⑤题为:《我赴蓟门四之一》《瞻彼江南四之二》《我操南音四之三》《兴言自

① 杨镰:《全元诗》第4册,中华书局2013年版,第275页。

② [元]脱脱等:《金史》卷119《完颜仲德传》,中华书局1975年版,第2610—2613页。

③ 同上,第2613页。

④ 虽然谢翱在更多时候被称为"宋遗民",但邓绍基先生认为:"按照文学发展的实际情况,元代文学史的起讫时间大致可定为蒙古王朝灭金到统一的元王朝灭亡。"即1234年到1368年。按照邓先生的看法,谢翱应属于元人。见邓绍基《元代文学史》,人民出版社1991年版,第1页。

⑤ 杨镰:《全元诗》第14册,中华书局2013年版,第392—393页。

古四之四》，凡四言十六句。从题中“哀江南”可知，这是一组遗民眷念故国的诗歌，如其二云：

瞻彼江汉，截淮及楚。起兵海隈，亡命无所。枕戈待旦，愤不顾身。我视王室，谁非国人。噫嘻昊天，使汝缧绁。奸党心寒，健儿胆裂。黄河万里，冰雪峨峨。尔死得死，我生谓何。(《瞻彼江南四之二》)

本诗歌颂了文天祥奋不顾身地投入到解救民族危亡斗争的伟大精神，同时也反映了诗人亲身参与这场斗争的经历和思想感情。也正因文天祥为民族慷慨就义的壮举，故有谢翱哭英雄之感人绝唱。四库馆臣评曰：“元量以一供奉琴士，不预士大夫之列，而眷怀故主，终始不渝，宋季公卿实视之有愧，其节概亦不可及。”[①]汪元量虽然只是一位宫廷琴师，然在谢翱的心中，其地位与文天祥一样崇高。

郑思肖的《五忠咏》也是一组赞美忠臣之诗，分咏了制置李公芾、丞相李公庭芝、察史姜公才、都统王公安节、随驾内嫔某氏等 5 人的忠烈行为，表达了作者由衷的敬意。

举家自杀尽忠臣，面仰青天哭断声。听得北人歌里唱，潭州城是铁州城。(《制置李公芾》)

大驾迢迢已北行，淮南犹守九州城。只谋渡海南归国，不意忘躯博得名。(《丞相李公庭芝》)

杀气盘空白昼阴，始终不变似精金。直疑碧落三更月，来作将军一片心。(《察使姜公才》)

健儿三百陷胡尘，匹马孤胜勇过人。至死执刀唯骂贼，自言不作两朝臣。(《都统王公安节》)

玉殿辞春陷马尘，忍将羶秽污贞身。能行男子难行事，羞杀朝中投阁人。(《随驾内嫔某氏》)[②]

题下有注，或述忠义大节，或纪抗元业绩，与诗中内容相互补充，弥补诗中叙事的不足。《制置李公芾》注云：“公之忠义最烈，古之未有之。所闻未及其详，故未敢书。今虏也祠祀之矣。”《丞相李公庭芝》注云：“公受刑后，书吏夏徽冒险白于虏酋阿术，丐公之尸，敛棺葬于扬州堡城司空庙后，人皆危之，徽亦义士也。”《察使姜公才》注云：“公至死，骂贼不绝口，且剧口骂夏贵。李公庭芝为淮

① [清]永瑢、纪昀等：《四库全书总目》卷 165《湖山类稿》，中华书局 1965 年版，第 1413 页。

② 傅璇琮等：《全宋诗》第 69 册，北京大学出版社 1998 年版，第 43420—43421 页。

东制置,姜公为制置府都拨发官。凡李公得坚守淮东死为忠臣者,皆姜公之力也。"《都统王公安节》注云:"节使王坚之子。在常州与贼战,所部三百军皆陷。公双刀孤战,杀贼不计数。贼尝掷示十万户金牌与之,不受,口则骂,手则杀,以马失利而死。虏贼咸称其能死战也。"《随驾内嫔某氏》注云:"随驾北狩内嫔某氏,虏酋屡欲犯之,以其吐语贞烈,竟不可得。乃书于裙带上曰:'誓不辱国,誓不辱身!'遂自经于虏馆。死后为虏人分脔其肉食之。"后代读者读此诗时,可从注中概览这一历史事件的全貌及部分细节。其慷慨激昂、拳拳报国之情,跃然纸上,这也是郑思肖咏史诗的创作个性。

赞颂忠义主题的组诗还有浦道源的《读宋四将传》、王逢的《感宋遗事二首》、陈孚的《承旨野庄董公殊勋清节孚闻之缙绅纪以八诗》、刘埙的《补史十忠诗》、刘麟瑞的《昭忠逸咏五十六首》等。浦道源的《读宋四将传》歌颂了刘锜、李显、魏胜和岳飞四位民族英雄,序云:"余读宋四将传,刘锜、李显忠死皆得正命。魏胜战没,亦可无憾。独岳飞功业于诸将中尤卓然者,竟毙于秦桧、张俊之手。重作二诗以哀之。"①王逢的《感宋遗事二首》则赞美了朱夫人、陈夫人以死殉节、义不受辱的忠烈品格。有引云:"至元十三年正月,伯颜丞相入杭。二月起宋三宫赴上都,五月见世祖皇帝。寻命幼主为检校大司徒,封瀛国公。十二日,内人安康朱夫人,安定陈夫人,二侍儿失其姓,浴罢肃襟,闭门焚香于地,并雉经死。衣中有清江纸书云:'不免辱国,幸免辱身。不辱父母,免辱六亲。艺祖受命,立国以仁。中兴南渡,逾三百春。躬受宋禄,羞为北臣。大难既至,守于一贞。焚香设誓,代书诸绅。忠臣义士,期以自新。丙子五月吉日泣血书。'"②刘埙《补史十忠诗》,述宋末李芾、赵昂发、文天祥、陆秀夫、江万里、密佑、李庭芝、陈文龙、张世杰、张珏抗元事迹,旌表英烈的用心天地可鉴。后文有详论,此不赘述。

元朝皇帝对大臣的旌表,除军功外,还有对履职德行的表彰。对那些廉干有为、政绩卓著官员的褒表,也是朝廷十分重视之事。至正八年(1348),"三月丁酉,诏以束帛旌郡县守令之廉勤者"③。类似的记载《元史》中屡有出现,这也是统治者"激扬风化、敦率人伦"的重要工具。《全元诗》中保存了不少歌颂地方官员美德风范的组诗。

王恽《雅歌一十五首》是一组歌颂丞相武公的七言绝句,赞美了其"以众人之责为己责,以天下之忧为己忧"的高尚品格。序云:"雅歌者,为丞相武公作

---

① 杨镰:《全元诗》第19册,中华书局2013年版,第310—311页。

② 杨镰:《全元诗》第59册,中华书局2013年版,第38页。

③ [明]宋濂等:《元史》卷41《顺帝四》,中华书局1976年版,第881页。

也。公经略河南之三年，有诏上计行台。时权臣承制，威震中外，拭吻磨牙，娄娄横噬，凡可以中伤群辟者，靡不毕至。公以大忠至谨，乃心王室。敛众人之责为己责，以天下之忧为己忧。虽困于跋疐，一身利害，略不为恤也。盖欲俾朝廷上存公恕，下不失民心为重，其大节如有此者。竟能感格帝心，恩终简在，自非精忠贯日，其孰能与于此哉？所谓临大事处大变，而后见其真将真相之度焉。因追作雅歌一十五章，庶几流播斯美，使后人颂而歌之，顾望欲神人然。”①

王昭德《江西宪使郭文卿德政诗二首》《又绝句十二首》是两组赞美江西宪使郭郁（字文卿）德政的组诗，其序云：“谨皇昭德，一介庸愚，不知老至。忝在耆儒之列，只受中书礼部札付，荐以秀溪居士之名。切见太和州自泰定元年立春以来，气候不齐，阴阳失序，淫雨连绵，昼夜不息。及至于夏，顿然而止，日色高亢，天旱惔焚，山泽焦枯，禾苗槁死。虽蒙州官各捐俸钞，修建善事，诸庙行香，龙潭请水，于延真观建坛为民祈祷，随扰感通，终未沾足。间有水可救之处，而恶风东来，又生蟊贼。昭德犬马之齿七十有三，自前未尝目睹旱蝗有如此事者。实闵利害，岂忍缄默。本州六乡之间，往岁交夏以来，田畴缺雨，旱稻含胎。毓秀之时，遭以亢旱，禾苗枯槁，所收十无一二。农民惶惶，已有朝不保暮之忧，犹望晚稻麻黍杂子登场，得以少延残喘。何意秋旱八十余日，田垄龟拆，州地尘飞，晚种诸种，多见绝穗。即今上等富室，仓廪枵虚；薄有田产之家，自赡不给；村落小民，唯有待毙。诚恐流移，后忧方大。已尝具呈本州备录，转申上司赈济外，今幸遇廉访分司按临小郡，谨陈小诗，少敷民情，伏乞电览。”②序中详细介绍了郭文卿德政的内容，为组诗的展开作了铺垫。如其一、二云：

> 一道澄清仰景光，福星移次照西昌。威名震动摇山丘，风采凝严凛雪霜。禁戢奸邪明国法，纠弹官吏正台纲。从今囹圄无冤滞，元恶潜消化善良。（一）
>
> 有民有土有斯财，尽是农家力作来。去岁旱伤惟独甚，今年饥馑可怜哉。间阎不见覆盆日，衙署难为业镜台。四者已蒙收养济，道旁无数可胜哀。（二）

其一，通过对郭郁的官仪、政绩的描述，突出了其在民众心中的“福星”地位，也表达了作者的景仰之情。其二，结合当时民众历经的旱灾、蝗灾之苦难描述，体现了郭郁体察民情民瘼的为官之道。顺帝时，“己卯，蝗自河北飞渡汴梁，食

① 杨镰：《全元诗》第5册，中华书局2013年版，第496—497页。

② 杨镰：《全元诗》第22册，中华书局2013年版，第81—83页。

田禾一空。诏以察罕帖木儿为河南行省平章政事,兼同知河南行枢密院事、陕西行台御史中丞,依前便宜行事,仍赐御衣、七宝腰带,以旌其功"[①]。负责治理蝗灾的察罕帖木儿,能够"依前便宜行事",于是就获得了"赐御衣、七宝腰带,以旌其功"的赏赐。如郭郁般治旱、治蝗,其行政惠及乡里,深受人们的爱戴,受到朝廷旌表,当属常理中事。《全元诗》王昭德小传云:"王昭德,太和州(江西泰和)人。泰定二年,方君畴为即将离任的郭郁(文卿)作《任江西宪德政序》,邑人赋诗相送。王德昭以'泰和州耆儒'身份作二首七律,十二首七绝为饯。"[②]除去王德昭赞美郭郁德政诗外,戴熙也有《江西宪佥郭德政诗七首》表达同样的题旨。此外,苗子方、刘伯寿、郭余庆、许炎、万士元、铙拯、虞尧臣、赵良倜、熊文渊、黎庶、樊炫、陈榉、晏咏通、连元寿、夏玘、陈景常、黄约、黄润、黄文海、黄极立、刘开孙、汪允文、郑尧心、倪洪、宜起霖、邓茂生、岳天佑、李守中、艾天瑞、王辰、方仁卿等人,均有《江西宪佥郭德政诗》同题诗歌,可见郭文卿德政之深入人心。

姚畴《昌江百咏诗》将歌颂郭郁善政之风推向极致。其序云:"《淇奥》之美武公,《泮水》之美颂僖公,皆邦人歌其君之善也。有善则歌,有过则规。言之者无罪,而闻之者足以戒,诗之义也。皇庆壬子,复斋郭侯来尹吾州,公明廉惠之政,洋溢乎耳目,铭镂乎心肝。同僚和衷以治,邦人乐而歌之,纪善政为民谣,目曰《昌江百咏》。辞不尚文,事纪其实,以俟观民风者得焉。"[③]据《全元诗》诗人小传载:"姚畴,浮梁州(江西景德镇)人。作《昌江百咏诗》歌颂郭郁善政,并作诗寿郭郁父七十。诗及事均见《编类运使复斋郭公敏行录》。"[④]如其一、三云:

> 下车先政辟儒官,不但张夸栋宇雄。次第更徭加勉励,吾身亲见汉文翁。(一)
>
> 抑强扶弱凛秋霜,落胆奸豪走欲僵。金石可销山可动,毫端未易转炎凉。(三)

其一注云:"公初至,谒文庙。见殿宇损漏,即劝诱儒生随力乐助,或修或造,栋宇一新。"诗赞美郭郁主政期间鼓励儒生出资修缮文庙,办学兴教,被作者誉为

---

① [明]宋濂等:《元史》卷45《顺帝八》,中华书局1976年版,第948页。
② 杨镰:《全元诗》第22册,中华书局2013年版,第81页。
③ 杨镰:《全元诗》第27册,中华书局2013年版,第147—150页。
④ 同上,第147页。

“汉文翁”[①]。其三注云：“公廉知豪强侵渔小弱，故因事痛惩之。虽关节百端不为动，于是豪强敛迹。”诗中赞美了郭郁在打击豪强，保护弱小，维护公平正义的社会风气方面的业绩。“公（郭郁）明廉惠之政，洋溢乎耳目，铭镂乎心肝”，是作者创作这组大型颂德政组诗的直接原因。组诗采用“诗事相连”的方式，借助民谣的形式，以事诠诗，以诗证事，诗事互证，将郭郁善政全方位地展现出来，令人过目不忘。《全元诗》诗后按：“《昌江百咏诗》以民谣形式写成，未明署作者，诗亦仅有 45 首。诗前《知州郭侯德政序》为姚畴作，暂归其名下。”[②]

谭景星《与田推官十首》是一组赞美田推官政绩的组诗。推官，官名，掌治刑狱。题下注云：田官“名泽，字君泽，居延人，宗理学”。序云：“习斋阁下，心潜理窟，萃拔文林，贰政潭湘。允矣。尚宽为而治，一诚濂洛，居然以习而名斋，有能声于其邦。以使事至吾郡，曰：廉而正，惟又是图。当为政以德之时，自然教化；于折民惟刑之际，罔不哀矜。辄修声律之十章，莫补治功之一效。”[③]从注、序可知，田推官崇尚理学，爱民如子，为官清廉，“有能声于其邦”。

陶安《咏当涂张县尹善政五首》是一组歌颂当涂张县尹德政诗，其序：“古者为政，躬行率民，不待刑罚威令，而所感自孚，以天理在心，人所同也。况县令于民最亲，寄命百里，苟善其治，虽当俗降政乖之后，岂遂不可复乎古。观于张君，可知矣。君之治当涂也，凡宿弊梗民，及民所欲而弗遂，咸除而举之。廷诉者，诲以婉辞，辄释讼去。然法所宜直，强诳莫能投其诈，穷弱得以伸其郁，故人无觖望焉。县负郭带江，当南北要冲，供亿繁侈，不立威而事集，人免于扰。宪台新令，核诡寄田，君适病不视事，吏署案设罘罟欲掩，民入无虑数千户，众惶骇。君出，焚案易吏，令民自实，类田于籍，赋役用均，民甚安之。其操守廉洁，内无纤介私挠，弊服羸马，意常充如。闭户燕处，澹静坚苦，人所难堪而居之自裕。自莅事，连岁大穰，水旱不为灾，蝗飞不入境，务以德化下，用是皆耻犯法，斗竞者寡。部使者考视，案牍寥寂无几。父老贺曰：吾邑入职方氏七十年，未尝见此贤宰。郊野间无少长，闻称县令，每额掌敬叹。及代，相与赍咨弗释。以是观之，张君为县，能得匹夫之心，盖由躬行率民，无愧古之贤大夫矣。君名兑，字文说，湖南人，登进士第。余性介直，弗阿见，其官三载，表里始终常一致也。故序其概，颂以诗。”诗序详细概述了当涂张县尹善政桩桩件件，

---

① 据《汉书》卷 89《循吏传》载，文翁为汉庐江舒人，景帝末，任蜀郡守，于成都市中起官学，招属县子弟入学。入学者免除徭役，成绩优者以补郡县吏。武帝时，令天下郡国立学校官，自文翁为之始。由于文翁之教化，巴蜀好文雅。后因以“文翁”称颂办学兴教之循吏。

② 杨镰：《全元诗》第 27 册，中华书局 2013 年版，第 150 页。

③ 杨镰：《全元诗》第 22 册，中华书局 2013 年版，第 171—174 页。

作者借民众之口发出了“七十年,未尝见此贤宰”的感慨。诗曰:

有美君子,尝观国光。贤书载登,赤绂斯煌。再命升爵,来于荆湘。尹兹百里,编甿乐康。(一)

理涵于心,道积于身。克施有政,民德亦新。耕桑被野,雨旸屡匀。众庶而丰,侯俭而贫。(二)

民有鸡豚,我盘蔬茹。民有纨帛,我衣布素。闵厥士女,疮痍是抚。疮痍既瘳,我体完固。(三)

公绰不欲,滕薛非长。子产惠爱,刑书靡良。侯兼其德,政有纪纲。三年化行,嘉猷孔彰。(四)

英英白云,远瞻是恻。遄归于南,承颜有怿。愿为时雨,均此下国。维兹邑人,永思无斁。(五)[①]

这组四言古诗,共五章,章八句。其一,交待了张县尹来自荆湘之地,到数百里外的当涂县任县尹,给百姓带来了安康。其二,赞美张县尹的高尚道德品质和卓越的施政能力。“理涵于心,道积于身”言其德,“克施有政,民德亦新”言其政。其三,赞美张县尹克勤克俭,操守廉洁,有君子风范。其四,言自张君莅事,连岁大穰,这都是以德化下的结果。以子产“惠人”之典,言县尹之德于民,甚有恩惠。正如序中所说“能得匹夫之心,盖由躬行率民,无愧古之贤大夫矣”。其五,赞美张县尹为官三载,造福一方。虽然南归,但当涂百姓永思不忘。田赋的《德风诗十首》是歌颂太守德政的诗,与前者主题大体相似。

四、嘉奖义门同居题材的组诗

义门同居是古代社会的一种特殊的家庭结构。同宗族的直系、旁系的成员几代甚至十几代共同生活在一起,同居共财,同爨合食,形成一稳定而富于秩序的社会单元。家族管理尚义重礼,以孝为先,兄弟雍睦,深乎封建纲常礼教,倍受历代统治者器重。《元史》卷197《孝友一》云:“元有天下,其教化未必古若也,而民以孝义闻者,盖不乏焉。岂非天理民彝之存于人心者,终不可泯欤。上之人,苟能因其所不泯者,复加劝奖而兴起之,则三代之治,亦可以渐复矣。”[②]可见,义门同居体现了“孝”“义”等儒家纲常礼教,是统治者所倡导的封建道德标准和规范的楷模,值得朝廷褒奖。

对累世同居的旌表,在宋代达到顶峰。元代因战乱等原因,呈现衰弱趋势。据《元史》卷197《孝友传》统计,元朝因累世同居受到政府旌表家族主要

① 杨镰:《全元诗》第56册,中华书局2013年版,第314—315页。

② [明]宋濂等:《元史》卷197《孝友一》,中华书局1976年版,第4439页。

有：十世同居的浦江郑氏、芜湖芮氏；八世同居的延安张氏、峡州向氏和汴梁丁氏。此外，“其累世同居者，则有休宁朱震雷，池州方时发，河南李福，真定杜良，华州王显政，建宁王贵甫，句容王荣、周成，鄢陵夏全，保定成珪，开平温义，大同王瑞之，平江汤文英，鄜州员从政，江州范士奇，泾州李子才，宿州王珍”[①]也在旌表之列。影响所至，引发了“咏义门”题材诗歌的创作热潮。据统计，《全元诗》中“咏义门”组诗，主要有王恽《义门任氏诗二首》、陈士元《义门曲二首》、张伯淳《题宋氏义门记二首》、傅野《咏郑氏义门五首》、杨俊民《咏郑氏义门六首》、赵必菘《咏郑氏义门三首》等，全面反映了文学创作与社会政治之间的互动格局。

王恽《义门任氏诗二首》序云：“燕云风土雄硕，故其俗纯厚，多以孝友称。御史蔺君宝臣屡谈于余，吾乡有任著飞卿者，乐读书，其家义风尤为昭著，至三世同爨，乡邻化而慕之。愿得一言，发越其美。因赋二诗，于以见蒸蒸所自，且勉夫锡类不匮之心焉。”诗云：

燕云任氏世同居，和气薰然乐有余。春在紫荆庭树底，绿荫初不见扶疏。（一）

一门高义冠乡邻，累叶相承棣萼春。不学张公书忍训，友于源自孝心纯。（二）[②]

其一，赞美任飞卿家族是燕云一代义门同居的典范。族人乐读诗书，同爨合食，尚义重礼，远近闻名。“燕云”泛指华北地区。其二，引孝友传和张公之典，赞美任氏一门高义满门，兄弟和睦，根源于彼此内心深处的“纯孝”之心。棣萼，比喻兄弟。《晋书·孝友传序》云：“夫天伦之重，共气分形，心睽则叶悴荆枝，性合则华承棣萼。”[③]张公艺，本名艺，字千禄，唐代郓州寿张古贤村人。以忍修身，礼让齐家。在他的主持下，张氏家族出现了“九世聚族同居，眷属九百口，住房四百区，依然合产共爨，每旦鸣鼓会食，群座广堂，髫髦未冠，列入别席，内外礼让，上下仁和”（《张氏族谱》）的格局，其“百忍”治家思想和“百忍歌”，千百年为世人所推崇。

浙江金华浦江县的郑氏家族是“孝义之门”的典型[④]。据《元史·孝友传一》载：“郑文嗣，婺州浦江人。其家十世同居，凡二百四十余年，一钱尺帛无敢

① ［明］宋濂等：《元史》卷197《孝友一》，中华书局1976年版，第4440页。
② 杨镰：《全元诗》第5册，中华书局2013年版，第511页。
③ ［唐］房玄龄：《晋书》卷88《孝友传》，中华书局1974年版，第2273页。
④ 参见：毛策《孝义传家：浦江郑氏家族研究》，浙江大学出版社2009年版。

私。至大间表其门。"[①]又，"文嗣殁，从弟大和继主家事，益严而有恩，家庭中凛如公府，子弟稍有过，颁白者犹鞭之。每遇岁时，大和坐堂上，群从子皆盛衣冠，雁行立左序下，以次进。拜跪奉觞上寿毕，皆肃容拱手，自右趋出，足武相衔，无敢参差者。见者嗟慕。谓有三代遗风。状闻，复其家。部使者余阙为书'东浙第一家'以褒之"[②]。《浦江志略》称其家族"自宋建炎到明初，合族而居十三世"，"阖族殆千余指，合族聚食而雍睦恭谨，不殊乎父子兄弟之至亲，宋元国朝屡旌其门"[③]。郑氏因其十世同居、一门孝义的治家事迹，曾受朝廷的两度旌表。

《全元诗》中收"咏郑氏义门"同题诗有很多[④]，组诗主要有傅野《咏郑氏义门五首》、黄景昌《我行其野四首》、杨俊民《咏郑氏义门六首》、赵必菘《咏郑氏义门三首》等。如傅野《咏郑氏义门五首》诗云：

南山有佳树，逢春发华滋。本根既已固，枝叶巧相扶。只缘一气生，何处有盈亏。春秋虽代序，同荣复同枯。如何兄弟间，休戚遽尔殊。功缌且不保，遑恤到本初。（一）

所以孝义家，旌门正渠渠。浉河尽东垂，中有郑公乡。北阙赐旌书，高门何煌煌。煌煌定何如，白璧饰明珰。曷以能致之，六世共一堂。不知燕雀中，见此朱凤翔。（二）

人生百年中，奄忽若尘飞。朝闻金谷歌，暮闻薤露悲。既有令兄弟，中堂共徘徊。何不日鼓瑟，何不日高歌。彼哉惛惛徒，割户各骋私。骋私纵有得，奈此大义乖。（三）

遥遥汉星光，鸿雁忽南翔。鸣声一何悲，万里有凝霜。凝霜虽苦寒，顾影自成行。感物有如此，中心如沸羹。愿为双飞龙，勿作参与商。兄弟同一身，此语安可忘。（四）

海水黑沉沉，白石白如脂。白石不可移，海水无竭时。愿此旌义家，千载以为期。不比春园花，飘摇随尘泥。我恨无羽翮，莫逐晨风来。仙山有神药，翠实方蕤蕤。（五）[⑤]

---

① ［明］宋濂等：《元史》卷197《孝友一》，中华书局1976年版，第4451页。

② 同上，第4452页。

③ ［明］毛凤韶：《浦江志略》，上海古籍书店1966年影印天一阁藏明嘉靖刻本。

④ "咏梅，咏百花，题跋法书绘画，送别友人，官员赴任、离任，赠答友人，集会，咏史，咏物诗，宫词，上京纪行诗，西湖竹枝词，佛郎贡马，月氏王头饮器，题咏岳飞墓与岳庙，咏郑氏义门，咏余姚海堤，静安八咏，白燕诗，咏地方风物……题目广泛。"杨镰《元诗史》，人民文学出版社2003年版，第624页。

⑤ 杨镰：《全元诗》第24册，中华书局2013年版，第207—208页。

据《李觏集》中《直讲李先生门人录》记载:“傅野学于先生,其先上饶人,父垂范,先生为志其墓。野学于先生,蚤有立操,与陈次公俱为门人称首。熙宁中,郡以高材淹滞闻,旨赐粟帛充军学教授,历明州定海尉,归隐于沙溪之东岩,有文集,名通稿。先生后集,乃野所辑也。”[①]傅野是一个很有品德节操的人,作为宋代理学传人李觏的学生,对郑氏义门的“孝义”有感而发也在情理之中。其一,借南山佳树“本根既已固,枝叶巧相扶”,喻赞郑氏兄弟孝义相随、休戚与共。其二,赞美郑氏孝义持家,“六世共一堂”,深受以孝义传家的傅野的欣赏。据《同治新城县志》载,傅野之父傅垂范入地方志“孝友”[②]中,是当地孝友品行的典范。傅野生活在这样的家庭,自小便受到熏陶,为人注重孝悌友善。其三,感慨人生百年,生命短暂。兄弟间要彼此珍惜,共享孝悌,共度欢乐。不可“割户骋私”,乖违“大义”。其四,感时叹物,触景生情。“愿为双飞龙,勿作参与商”,告诫世人“兄弟同一身”,此语不“可忘”。其五,以海水不竭、磐石不移为喻,赞美郑门所代表“孝义”美德永存。

黄景昌,字明远,晚号田居子,浦江人。至元二十三年(1286),月泉吟社以《春日田园》征诗,黄景昌以槐窗居士之名应征,入选为第二十五名。作为浦江著名学者,其与浦江郑氏后裔的交往颇为频繁,宋濂《浦江人物志》将其列入“文学篇”。其咏郑氏义门的乐府组诗《我行其野四首》,堪为代表。诗云:

我行其野,瓜瓞何累累。我行其野,瓜瓞何累累。君子有庐,君子居之。谁无裳衣,我则共施。谁无飧糜,我则同炊。歌以言之,瓜瓞何累累。(一)

雝雝将将,八世莫与京。雝雝将将,八世莫与京。厥声大以长,覃及四方。帝曰嘉只,我国之祥。旌命自天,为龙为光。歌以言之,八世莫与京。(二)

世教沦胥,百事非良图。世教沦胥,百事非良图。我体我肤,即亲之躯。我服我羞,敢遂吾私。如何德色,生忧耰锄。借曰不知,不见慈乌。歌以言之,百事非良图。(三)

河水可竭,岩石可倾。河水可竭,岩石可倾。惟明德之宗,可缵可承。长合尔疏,愧比弟昆。弟昆愧矣,聿莫不兴。歌以言之,子孙当

① [宋]李觏撰,王国轩点校:《李觏集》,中华书局 2011 年版,第 508 页。

② “傅垂范,野之父也。李觏为志其墓曰:君少笃学,见称其侪……君之事母,室为便户。夜再三起,即讯安否。君之事兄,兄尝病苦,医需人肉,爰割其股……闻善己若,见恶愀然。教子与孙,居如师门,维孝维悌,于君罔愆。”《同治新城县志》,清同治九年(1870)刊本,《中国方志丛书·华中地方志第 256 号》,成文出版社有限公司印行,第 1557—1558 页。

薨薨。(四)[1]

其一,引用《诗·小雅·我行其野》和《诗·大雅·緜》起兴,以"瓜瓞何累累"比喻郑氏义门子孙枝繁叶茂,以"谁无裳衣,我则共施。谁无飧糜,我则同炊"句赞美郑氏义门同居共财,同爨合食,尚义重礼的优良传统。其二,引《诗·邶风·匏有苦叶》和《诗·周颂·清庙之什》之句,形容朝廷旌表郑氏义门热闹非凡,声名远扬,成为国家的祥瑞。其家族荣光传承八世,没有什么家族可与之相比。字里行间透露出作者的敬意。其三,引《诗·小雅·雨无正》和《汉书·叙传上》之语,表明当世的正统思想、正统礼教沦丧,诸多事情都还能妥善谋划。以"慈乌反哺"之典,来赞颂郑氏义门对长辈的纯孝。其四,以"河水可竭,岩石可倾"的意象,表明郑氏义门的孝义传统将千载传承。引"螽斯羽,薨薨兮"(《诗·周南·螽斯》)和"虫飞薨薨,甘与子同梦"(《诗·齐风·鸡鸣》),来形容郑氏义门将枝繁叶茂,兴旺发达。黄景昌的这组诗歌,以乐府古风的形式,配以《诗经》式的古奥语言,反复吟咏郑氏家族,以呼唤郑氏家族这个"三代遗风"在元代社会重现。组诗每章开始处的"我行其野,瓜瓞何累累""雝雝将将,八世莫与京""世教沦胥,百事非良图""河水可竭,岩石可倾"等的重叠,也强化了诗歌的主题。有学者指出:"作者以'出入经史'的视角,咏叹郑氏的古风古貌,乃其学术专攻在诗作上的反映。而郑氏之先人即从浦江经学开山人朱临、朱栓学,黄氏之学正是朱氏之后继人。"[2]毛策所评不谬。

再如杨俊民的《咏郑氏义门六首》,诗曰:

往年承诏侍宣文,滦水秋风始识君。顾我山人多鄙野,禁林趋步赖陶熏。(一)

共历经筵侍冕旒,每蒙陪食太官羞。一时相契唯君厚,分手那堪作恶愁。(二)

身衣手线念尊慈,唯恐升堂定省迟。鹤发鱼轩正康健,春风吹喜入瑶卮。(三)

彩衣辞别绣衣归,寸草恩承万丈晖。浙水东西尽繁庶,一门佳庆似君稀。(四)

东南富庶冠坤舆,倥偬劻勷十九虚。毕竟乱基果何在,救时无惜万言书。(五)

暂出神京按浙西,奇书妙曲向谁稽。明年四月南薰便,定望文星北聚

① 杨镰:《全元诗》第20册,中华书局2013年版,第39—40页。

② 毛策:《孝义传家:浦江郑氏家族研究》,浙江大学出版社2009年版,第195页。

奎。(六)[①]

据王德毅等人编《元人传记资料索引》载，杨俊民，字士杰，真定人。与苏天爵同门学习，都是元初著名理学家刘因的再传弟子。从组诗的内容上看，作者与郑氏族人(姓名不详)有较深的交往，彼此结下了深厚友谊。其一，回忆当年作者与友人相遇于大都宣文阁中的情形，并以“山人”自谦，表达了对友人的敬重。其二，回忆在京城中共同的经筵侍讲经历，二人从相知到相契，情同手足，短暂的离别也令彼此满怀思念。其三，歌颂友人对待慈母做到昏定而晨省，老人身体康健，精神愉悦，褒扬了郑氏家族的孝义。其四，赞美友人仕途顺利，功名有成，然总觉得父母恩情深重，难以报答。其五，江南虽富冠天下，但天下却战乱不宁。为救天下民众，友人向朝廷进万言书，将一门之孝推向天下。其六，交待作者将要离开京城赴浙西按察，期待四月回京后再与友人切磋学问、交流诗艺。整组诗歌从与友人的交往着手，间接地表达了对郑氏义门的敬重与颂扬之意。

“郑氏义门”组诗的主题都集中在赞美郑氏子孙的“孝”与“义”上。“既以孝义表门，所习所行，无非积善之事，子孙皆当体此。不得妄肆威福，图胁人财，侵凌人产以为祖宗植德之累。”[②]郑氏义门的孝义行为，在当时确有典范的意义。元朝廷倡导和支持同居共财，旌表义门，起到了政府法令无法替代的熏染作用。这对社会伦理教化与风俗习惯的影响，维护封建社会的长治久安不无裨益。

① 杨镰:《全元诗》第 42 册，中华书局 2013 年版，第 324 页。

② 毛策:《孝义传家:浦江郑氏家族研究》，浙江大学出版社 2009 年版，第 15 页。

第二章 “海宇混一”与奉使组诗

元代“海宇混一”，华夷一统，其疆域之辽阔，超越此前的任何一代。据《元史·地理志》载：“若元，则起朔漠，并西域，平西夏，灭女真，臣高丽，定南诏，遂下江南，而天下为一。故其地北逾阴山，西极流沙，东尽辽左，南越海表。”①元人将全国的舆地总志更名为“大一统志”，展现出俯视古今的信心和君临天下的胸怀。《大元大一统志》许有壬序云：

> 春秋所以大一统者，六合同风，九州共贯也。然三代而下，统之一者，可考焉：汉拓地虽远，而攻取有正谲，叛服有通塞，况师异道，人异论，百家殊方，指意不同，亡以持一统，议者病之。唐腹心地为异域而不能一者，动数十年。若夫宋之画于白沟，金之局于中土，又无以议为也。我元四极之远，载籍之所未闻，振古之所未属者，莫不涣其群而混于一。则是古之一统，皆名浮于实；而我则实协于名矣！②

元以前，虽亦有少数民族入主中原，却从未统治整个中国。蒙古族经过几十年的军事征伐，形成了疆域空前辽阔的蒙元帝国，并实现了中国的统一。其版图横跨欧亚，北方西起今额尔齐斯河，东至鄂霍次克海。在西南，包括今克什米尔地区以及喜马拉雅山南麓的不丹、锡金等地，南至今缅甸东北部和泰国北部。

与汉唐相比，元帝国不仅在疆域上大大超越前者，而且在控制程度上也有过之而无不及。除设置行省驾驭监控地方外，朝廷还通过派遣使臣巡视地方，替朝廷布宣政令、体察民情、监察巡视、访贤征聘、考察风俗、宗教祭祀、赈灾救荒等，加强对地方的掌制。《经世大典·礼典总序·遣使》载：

> 昔我国家之临万方也，未来朝者，遣使喻而服之，不服则从而征伐之，事在《政典》，此记使事而已。天下既定，郡县既立，有所询问考察则遣使，

---

① [明]宋濂等：《元史》卷58《地理志一》，中华书局1976年版，第1345页。

② [元]许有壬：《至正集》卷35《大一统志序》，《四库全书》本。

致命遐远则遣使,皆事已而罢。[①]

在长期的对外征服战争中,使臣来往于诸国,在劝降招谕等方面发挥了重要作用。即便是承平之际,使臣的出访也有宣示天威、抚慰民心的作用。由此可见,使臣在元代国家政治生活中发挥了重要作用。正如有研究者指出的那样:“元代使臣活动非常频繁,身份地位较高,被赋予了较大的权力,承担了多种出使任务,出使活动覆盖了包括亚欧大陆在内的广阔地域。元代使臣在政治、军事、社会诸方面都发挥着自己独特的作用,是历史舞台上不可忽视的一个重要角色。”[②]随着开疆拓边战争的进行和对外交往的频繁,元代的奉使活动渐渐制度化,随着负有各种使命的使节来往内地与边疆,也带来了奉使纪行题材诗歌的兴盛。

第一节 耶律楚材父子的西征组诗

成吉思汗十四年(1219),耶律楚材扈从征西,行程数万里。开始了一生“地理跨度最大、历时最久、创作欲最旺盛的时期”[③]。留下《过阴山和人韵四首》《过闾居河四首》《壬午西域河中游春十首》《西域河中十咏》《赠蒲察元帅七首》《和景贤十首》《游河中西园和王君玉韵四首》《河中游西园四首》《河中春游有感五首》《过闾居河四首》《西域从王君玉乞茶因其韵七首》《西域各王君玉诗二十首》《西域寄中州禅老士大夫一十五首》《除戎堂二首》等 130 余首西域诗,其中大部分是组诗。这些组诗或叙写西域奇特的自然风光,或展示边境的独特民俗和人文景观,或写征人的思乡之情及人生感慨,真实而全面地记录了作者的西征历程和情感体验。

在西域 10 年,耶律楚材走遍了阿尔泰山、天山、寻思干、伊犁、吐鲁番、鄯善等地,自谓“扈从銮舆三万里”,“行尽天涯万里山”,足迹遍及西域和中亚地区,所到之处留下了大量的纪行诗篇。如《过阴山和人韵四首》展示了阴山横空的险势和行军的艰辛。其一云:

阴山千里横东西,秋声浩浩鸣秋溪。猿猱鸿鹄不能过,天兵百万驰霜蹄。万顷松风落松子,郁郁苍苍映流水。天丁何事夸神威,天台罗浮移到此。云霞掩翳山重重,峰峦突兀何雄雄。古来天险阻西域,人烟不与中原

---

① [元]苏天爵:《国朝文类》卷 41,《四部丛刊》本。

② 苗冬:《元代使臣研究》,南开大学 2010 年博士学位论文,第 1 页。

③ 杨镰:《元诗史》,人民文学出版社 2003 年版,第 244 页。

通。细路萦纡斜复直,山角摩天不盈尺。西风萧萧溪水寒,花落空山人影寂。四十八桥横雁行,胜游奇观真非常。临高俯视千万仞,令人凛凛生恐惶。百里镜湖山顶上,旦暮云烟浮气象。山南山北多幽绝,几派飞泉练千丈。大河西注波无穷,千沟万壑皆会同。君成绮语壮奇诞,造物缩手神无功。山高四更才吐月,八月山峰半埋雪。遥思山外屯边兵,西风冷彻征衣铁。(一)[①]

1219年9月,作者扈从西征过阴山时依韵和全真教祖丘处机《自金山至阴山纪行》诗而作。据《西游录》载:"不剌之南有阴山,东西千里,南北二百里。其山之顶有圆池,周围七八十里许。既过圆池,南下皆林檎木,树荫蓊翳,不露日色。"[②]诗歌运用白描手法,描绘了阴山雄伟奇丽的景色,也渲染出西征的艰难险阻。末尾由写景转向写人,"遥思山外屯边兵,西风冷彻征衣铁"一句,歌颂了征西大军的威武精神和钢铁般的意志。整组诗歌写得雄奇飘逸,挥洒自如。在西域风光奇绝中,展示了诗人博大深邃的主体精神,令人振奋。

《除戎堂二首》是一组赞颂贾塔剌浑元帅的诗歌。序中写道:"王师西征,贤帅贾公留后,于云内筑除戎堂于城之西阿,以练戎事。御武折冲,高出前古。予道过青冢,公召予宴于是堂。鸿笔大手,题诗洒墨,错落于楹栋间,皆赞扬公之盛德。予因作二诗,以陈其梗概。"从序中可知,在成吉思汗征西时,贾塔剌浑元帅留守大本营,"以练戎事",作者有感而作。

除戎堂主震威名,一扫妖氛消未萌。不出户庭成庙算,折冲樽俎有奇兵。何须公瑾长江险,安用蒙恬万里城。坐镇大河兵偃息,居延不复塞尘惊。(一)

除戎厅事筑城阿,烽火平安师旅和。远胜长城欺李勣,徒标铜柱笑伏波。服心不用七擒策,御侮何劳三箭歌。高枕幽窗无一事,西人不敢牧长河。(二)[③]

诗写于公元1226年,耶律楚材路过青冢时。作者引用周瑜、蒙恬、李勣和诸葛亮等能征善战、用兵如神的典故,来称赞贾塔剌浑元帅西征的威风八面。《元史》列传三十八载:"贾塔剌浑,冀州人。太祖用兵中原,募能用炮者籍为兵,授塔剌浑四路总押,佩金符以将之。……岁己丑,将所部及契丹、女直、唐兀、汉兵,攻斡脱剌儿城。塔剌浑督诸军,穴城先入,破之,即军中拜元帅,改银青荣

---

① 杨镰:《全元诗》第1册,中华书局2013年版,第200页。

② [元]耶律楚材著,向达校注:《西游录》,中华书局2000年版,第2页。

③ 杨镰:《全元诗》第1册,中华书局2013年版,第259页。

禄大夫。从睿宗入散关，略关外四州，经兴元，渡汉江，略唐、邓、申、裕诸州，鼓行而东，河南平。升金紫光禄大夫、总领都元帅。”①从史传可知，贾塔剌浑随王征西中屡立战功，威名卓著。“坐镇大河兵偃息，居延不复塞尘惊”“高枕幽窗无一事，西人不敢牧长河”，既是对其征战功绩的赞颂，更是对元廷征西拓边的期待。

《赠蒲察元帅七首》是另一组反映征西生活的组诗，也是耶律楚材《河中府记事诗》中的代表作之一。蒲察七斤，女真人，原为金代右副元帅，1215 年在通州降元。后官复原职，随成吉思汗大军西征。诗作于 1220 年，此时蒲察七斤元帅正镇守蒲华城(今乌兹别克斯坦布哈拉)。其一、三、五、七云：

> 闲骑白马思无穷，来访西城绿发翁。元老规模妙天下，锦城风景压河中。花开杷榄芙蕖淡，酒泛葡萄琥珀浓。痛饮且图容易醉，欲凭春梦到卢龙。(一)
>
> 主人知我怯金觞，特为先生一改堂。细切黄橙调蜜煎，重罗白饼糁糖霜。几盘绿橘分金缕，一碗清茶点玉香。明日辞君向东去，这些风味几时忘。(三)
>
> 筵前且尽主人心，明烛厌厌饮夜深。素袖佳人学汉舞，碧髯官妓拨胡琴。轻分茶浪飞香雪，旋擘橙杯破软金。五夜欢心犹未已，从教斜月下疏林。(五)
>
> 闲乘羸马过蒲华，又到西阳太守家。玛瑙瓶中簪乱锦，琉璃钟里泛流霞。品尝春色批金桔，受用秋香割木瓜。此日幽欢非易得，何妨终老住流沙。(七)②

组诗以过访蒲察元帅为线索，再现了西域风情及作者对蒲察元帅的感激之情。其一，写过访蒲察元帅，受到盛情款待，二人把酒言欢。时耶律楚材驻于寻思干城，不花剌在寻思干之西，故称之为“西城”。从“元老规模妙天下”一句看，蒲察元帅虽然身为武官，却兼任治理民政的文职，与塔兀沙八思哈共同管辖着不花剌。“妙”字突出了其治理有方、深孚民望的政绩。其三，写主客二人相知甚深，元帅得知楚材不胜酒量之后，特意准备了丰盛的美食，沏上浓郁的香茶，温馨感人。其五，西域少数民族向来能歌善舞，尤其当友人相聚时，音乐和舞蹈更是不可缺少。“素袖佳人学汉舞，碧髯官妓拨胡琴”一句，再现了西域女子学习汉族舞蹈，弹奏西域胡琴的情形。刻画了各民族兄弟亲如一家，其乐融融的场景。其七，写作者再次赴蒲华城拜访蒲察元帅，品尝着西域特色瓜果，感

① [明]宋濂：《元史》卷 151《贾塔剌浑》，中华书局 1965 年版，第 3577 页。

② 杨镰：《全元诗》第 1 册，中华书局 2013 年版，第 234—235 页。

受着好友的热情，内心十分惬意，滋生“终老住流沙”之意。

耶律楚材留居西域时，在河中住的时间最久，留下的诗作也最多。河中府，又称“寻思干”，今指乌兹别克斯坦撒马尔罕区域。《西游录》载：“讹打剌之西千里余有大城曰寻思干。寻思干者，西人云肥也，以地土肥饶故名之。西辽名是城曰河中府，以濒河故也。寻思干甚富庶。用金铜钱，无孔郭。百物皆以权平之。环郭数十里皆园林也。家必有园，园必成趣，率飞渠走泉，方池圆沼，柏柳相接，桃李连延，亦一时之胜概也。”①耶律楚材有关河中的诗歌以及《西游录》河中的记述，是研究13世纪初期撒马尔罕历史的珍贵资料。

纪录河中美景是耶氏河中之作的主旋律。耶律楚材常去河中游玩观赏，留下《壬午西域河中游春十首》《游河中西园和王君玉韵四首》《河中游西园四首》《西域河中十咏》等著名组诗。诗人笔下的河中之景，充满着神奇与秀美，毫无萧条荒凉之气。如《壬午西域河中游春十首》云：

> 幽人呼我出东城，信马寻芳莫问程。春色未如华藏富，湖光不似道心明。土床设馔谈玄旨，石鼎烹茶唱道情。世路崎岖太尖险，随高逐下坦然平。（一）
>
> 三年春色过边城，萍迹东归未有程。细细和风红杏落，涓涓流水碧湖明。花林啜茗添幽兴，绿野观耕称野情。何日要荒同入贡，普天钟鼓乐清平。（二）
>
> 春雁楼边三两声，东天回首望归程。山青水碧伤心切，李白桃红照眼明。几树绿杨摇客恨，一川芳草惹羁情。天兵几日归东阙，万国欢声贺太平。（三）
>
> 河中二月好踏青，且莫临风叹客程。溪畔数枝繁杏浅，墙头千点小桃明。谁知西域逢佳景，始信东君不世情。圆沼方池三百所，澄澄春水一时平。（四）
>
> 二月河中草木青，芳菲次第有期程。花藏径畔春泉碧，云散林梢晚照明。含笑山桃还似识，相亲水鸟自忘情。遐方且喜丰年兆，万顷青青麦浪平。（五）
>
> 异域春郊草又青，故园东望远千程。临池嫩柳千丝碧，倚槛妖桃几点明。丹杏笑风真有意，白云送雨太无情。归来不识河中道，春水潺潺满路平。（六）
>
> 四海从来皆弟兄，西行谁复叹行程。既蒙倾盖心相许，得遇知音眼便明。金玉满堂违素志，云霞千顷适高情。庙堂自有夔龙在，安用微生措治

① [元]耶律楚材：《西游录》(上卷)，中华书局1981年版，第3页。

平。(七)

寓迹尘埃且乐生,垂天六翮敛鹏程。无缘未得风云会,有幸能瞻日月明。出处随时全道用,穷通逐势叹人情。凭谁为发丰城剑,一扫妖氛四海平。(八)

不如归去乐余龄,百岁光阴有几程。文史三冬输曼倩,田园二顷忆渊明。宾朋冷落绝交分,亲戚团栾说话情。植杖耘耔聊自适,笑观南亩绿云平。(九)

哀翁老矣倦功名,繁简行军笑李程。牛粪火熟石炕暖,蛾连纸破瓦窗明。水中漉月消三毒,火里生莲屏六情。野老不知天子力,讴歌鼓腹庆升平。(十)[①]

壬午,即作于公元1222年。组诗是作者与丘处机同游河中的唱和之作,展现了河中春游美景和二人深厚的情谊。其一,交待了河中之游的缘由和二人谈佛论道的场景。“幽人呼我出东城,信马寻芳莫问程”,诗人同友人一起步入河中,游春踏青。“土床设馔谈玄旨,石鼎烹茶唱道情”,则写出二人或谈佛理,或论道情,相得甚欢。其二,河中芳草萋萋,鸟语花香,令诗人流连忘返。作者来到边塞已然三年,渐起东归之心。“何日要荒同入贡,普天钟鼓乐清平”,则表明诗人希望早日停止战争,共享太平盛世的美好期待。其三,写春游河中引发的思归之情。梁园虽好终非久留之地,诗中“归程”“伤心”“客恨”“羁情”等意象无不与西征漫漫相关。面对无止境的征战杀戮,耶氏常感到心力交瘁。“天兵几日归东阙,万国欢声贺太平”一句,表达了渴望和平、文治天下的愿望。其四,反映出了西域民众喜爱踏青的风俗。红杏、小桃、春水,装点着西域“佳景”,冠以“数枝”“千点”“三百所”“一时”等量词,将河中之景再现得栩栩如生。其五,写早春二月,芳菲次第开放,碧水悠悠,鸟儿鸣啭,一派生机。“万顷青青麦浪平”,更传达出对河中安宁富庶生活的无比热爱之情。其六,诗人从林园中走出,站在池畔边,柳枝轻拂,桃花点点,随风隐现。“有意”与“无情”的交流中,富有情感和生机。“故园东望远千程”一句,含情远眺,思归之人呼之欲出。其七,歌颂民族融合,“四海从来皆弟兄”,流露出四海归一、国家统一的思想。其八,河中虽好,却地处西陲,远离政治中心,这与其志向存在着很大的差距。“寓迹尘埃且乐生,垂天六翮敛鹏程”“凭谁为发丰城剑,一扫妖氛四海平”,诗句中隐含着怀才不遇之感。其九,诗用东方朔、陶渊明典故,表达断绝与世间的交往、回归田园的意愿,过耕读自娱的闲适生活。其十,对社会的动荡不安,百姓的颠沛流离感触很深,坚信只有国家统一,社会才会安定发展,百姓才能

① 杨镰:《全元诗》第1册,中华书局2013年版,第236—238页。

安居乐业。“野老不知天子力,讴歌鼓腹庆升平”,表现出渴望国家早日统一,天下太平的美好愿望。组诗以“游”为线索,次第展示了河中明媚春光和诗人复杂的心境。

描写西域独特的民俗风情是耶律楚材西域诗的又一主题。《西域河中十咏》以记事的方式,为我们还原了13世纪前期西域河中地区的真实生活场景,保存了大量的西域民俗风情史料。这里有美味的葡萄酒、遍布山野的枇杷橄榄、大如马首的西瓜,还有新鲜的马乳和牛酥等珍奇异产。西域人民的生产生活方式也与中原迥异:人们用风力磨盘来碾压小麦,用高悬的木杵来捶打稻米,人们书写惯用的工具则是桑皮纸和芦苇秆笔。各民族文化在这里融合,形成了西域独具特色的民族风情。作者生活其间,其乐陶陶。“一从西到此,更不忆吾乡”“优游聊卒岁,更不望归程”“天涯获此乐,终老又何妨”等诗句,形象地表达出作者对河中甜美生活的赞美和留恋。诗人从久经战乱的中原来到相对平稳的西域,怀着惊喜之情再现了西域生活的方方面面,给人以新奇之感。

值得注意的是,本组诗歌每篇以“寂寞河中府”始,奠定了孤独的情感基调,寄寓着作者深深的苦衷。诗人为何一方面享受了河中美好的生活,另一方面却感受了扑面而来的“寂寞”? 对此,徐子方认为那是耶律楚材内心的“寂寞”源于作为汉法和文治先驱者,遭排挤之后的孤独感。[①] 笔者认为,那是在西域10年生活结束后,耶律楚材奉诏回和林担任中书令时的情感。此时的“寂寞”当指诗人留驻河中时对现状的反思及由此而生的孤独。这首先表现在对成吉思汗征西行为的不解上:“寂寞河中府,生民屡有灾。避兵开邃穴,防水筑高台。”(其四)记录和反映了战争带给人民的苦难,写当地居民为了躲避战乱,修建藏身之处,具有强烈的时代感和现实精神。“西行万余里,谁谓乃良图?”(其三)[②]更是对成吉思汗西征的疑问。其次,他感觉到自己的才华在此无法得到施展,人生理想无法实现。耶律楚材投到成吉思汗麾下,是借此实现其“致主泽民”的理想。孰料蒙古西征,耶律楚材扈从成吉思汗来到西域,灭花剌子模之后,被命留驻撒麻耳干。其地远离政治中心,这与其志向差距甚大。进而滋生了焦虑、疑惑乃至消沉的情绪,“寂寞”之感便由此而生。

耶律楚材的西域诗中呈现出鲜明的“华夷混一”、天下一统的基调,这在此前的西域诗中极为罕见。由于耶律楚材本身是契丹族人,生在金朝,效力于蒙古国,这种特殊的背景使耶律楚材对少数民族有种特别的亲和力,其笔下的塞

---

① 参见:徐子方《从先驱者到孤独者——耶律楚材心态剖析》,《南京师大学报》1998年第3期。

② 杨镰:《全元诗》第1册,中华书局2013年版,第245页。

外风光风俗与前人比较起来又有着很大的不同,很少看到西域的荒凉、战争的残酷,而更多是西域的美丽与和平。“泾渭同流无间断,华夷一统太平秋。而今水陆舟车混,何碍冰人跨火牛。”(《洞山五位颂·兼中至》)[①]“定远奇功正今日,车书混一华夷通。”(《用前韵送王君玉西征二首》其二)[②]诗中折射出的正是作者“华夷一统,共享太平”的博大胸襟。他非常强调正统王朝在政治上的大一统,在他看来,这种“大一统”是没有华夷之别的。这些都体现出耶律楚材西域诗的独特性和创造性。

耶律铸(1221—1285),字成仲,耶律楚材次子。自幼聪敏,崇尚儒学,能诗善文,更擅长骑射。1258 年,宪宗征蜀,他奉诏率领侍卫从征,攻克城邑,屡建奇功。“中统元年(1260),世祖即位,阿里不哥反,遣使召主将军浑都海。铸说浑都海等入朝,皆不从,则弃其妻子,挺身来归(忽必烈)。”[③]中统二年六月,被忽必烈拜为中书左丞相。

耶律铸生活年代,正是蒙古政权由强大渐趋统一的历史时期。耶律铸一生戎马倥偬,侍从定宗、宪宗和世祖三位皇帝南征北战、东征西讨,过雪岭、穿沙漠,纵横驰骋于新疆、甘肃、青海、宁夏、内蒙古、陕西等地,更深入至吉尔吉斯斯坦、乌兹别克斯坦、塔吉克斯坦、哈萨克斯坦等国。现存的征战诗约有 120 首,以反映西北部和南部的战事为主,歌颂了蒙元帝国的赫赫武功,赞美了蒙古军的强大军威和元世祖忽必烈安边定边的丰功伟绩,表达出对元朝江山统一的热望,有较强的纪实性。

和谈在论及耶律铸乐府诗时说:“在契丹文学史上,耶律铸是唯一一个大量创作乐府诗的作家。”[④]耶律铸精通音乐,以左丞相的身份主持制成元代宫廷乐舞《大成乐》,现存乐府诗 77 首,多数能入乐歌唱,堪称元初乐府诗的代表。其征战题材的乐府组诗主要有《凯歌凯乐词九首》《后凯歌词九首》《凯乐歌词曲九首》《后凯歌词九首》《骑吹曲辞九首》《后骑吹曲辞九首》《前突厥三台》《后突厥三台》及《婆罗门曲六首》等。其中《后凯歌词九首》《凯乐歌词曲九首》《后凯歌词九首》《骑吹曲辞九首》《后骑吹曲辞九首》是因平定西北藩王叛乱而作,《凯歌凯乐词九首》反映元军南征攻取南宋之事。“在这些诗中,诗人站在战胜者的立场上,对蒙元与南宋的战争、世祖平定诸王叛乱的战争,都予以热情的歌颂。”[⑤]这些以征战为题材的组诗,均表现出车书混同、江山一统的思想倾向。

① 杨镰:《全元诗》第 1 册,中华书局 2013 年版,第 271 页。

② 同上,第 202 页。

③ [明]宋濂:《元史》卷 180《耶律希亮传》,中华书局 1965 年版,第 4159 页。

④ 和谈:《论耶律铸的乐府诗创作》,《民族文学研究》2015 年第 2 期。

⑤ 李军:《论耶律铸和他的〈双溪醉隐集〉》,《民族文学研究》2004 年第 2 期。

在元代,朝廷与西北四个汗国存在名义上的隶属关系,但实质上西北汗国是四个独立的政权实体,与大元王朝划疆而治。从元世祖到元成宗,西北与北方边地战乱不已,蒙古宗王不断发动叛乱,如海都及昔里吉之乱、乃颜之乱、海都与笃哇作乱等,直到元武宗时才平服下去。耶律铸所生活的时代正赶上海都和昔里吉发动的边乱,其“凯歌”“凯乐词”和“骑吹曲辞”,就是为歌咏平叛战争而创作。

《后凯歌词九首》序云:“至元丙子冬,西北藩王弄边。明年春,诏大将征之。”[①]至元丙子年即至元十三年(1276),发生了昔里吉叛乱事件。昔里吉,孛儿只斤氏,元宪宗蒙哥第四子。昔里吉的叛乱使得忽必烈派驻西北的元朝军队陷入了绝境,为挽回局势,元廷不得不急忙抽调中原平南宋的军队迅速北上平叛。《元史·世祖纪六》载:“秋七月……癸卯,诸王昔里吉劫北平王于阿力麻里之地,械系右丞相安童,诱胁诸王以叛,使通好于海都。海都弗纳。东道诸王亦弗从。遂率西道诸王至和林城北。诏右丞相伯颜帅军往御之。”[②]从《凯乐歌词曲九首》中《著国华》《京华》等篇以及《后凯歌词九首》题下自注可以判定,这些作品约写于1277年以后。

一旅奇兵出禁宸,略时弹压定惊尘。萧条万里无遗寇,信道天家又得人。(《奇兵》)

金节煌煌下玉京,鱼丽三十六屯兵。一军电激穿沙幕,万燧云繁战野营。(《沙幕》)

枭骑云腾自北征,领军枭将最驰声。横穿外壁风前阵,直捣中坚月下营。(《枭将》)

蜂屯蚕簇乱山窝,蚁动鹑居乱草坡。沾体露形千万指,恳祈天语许降和。(《翕科》)

叛敌休矜战骑多,纷罗区落遍山坡。那知未鼓投戈地,待阅前徒竞倒戈。(《崲岙》)

控黄龙戍争雄地,登白龙堆抟战场。奇正相生神算在,粪除勍敌献降王。(《降王》)

初若疾雷威似虎,复如脱兔速于神。想当持节为飞将,只是今如着翅人。(《科尔结》)

露布突驰争逐日,电鞭搀递斗追风。只自向时龙尾道,群来云集万宁

① 汉文史料对脱脱木儿、昔里吉等人叛乱的时间有至元十二年(1275)、十三年、十四年等诸种不同记载。据耶律铸《双溪醉隐集》卷2《后凯歌词》自序,以十三年为是。

② [明]宋濂:《元史》卷9《世祖六》,中华书局1976年版,第191页。

官。(《露布》)

封略谁容限烛龙,终将天地入牢笼。云兴飙起威名将,也好先收第一功。(《烛龙》)①

组诗以至元十四年(1277)春,元廷命右丞相伯颜帅军征西,平叛昔里吉之乱为背景,歌颂了征西将军神威,斥责了叛军的叛国行径。《骑兵》极言元廷平叛军队的所向披靡,使贼寇望风而溃。《沙幕》诗后注云:“时大将北讨,偏师云繁,敌于大漠。”诗歌正面描写了元军与叛军在沙漠中的激战场面。《枭将》题下注云:“《张良传》:诸将皆与上定天下,枭将也。《汉高纪》:燕人来致枭骑助汉。应劭曰:‘枭,健也。’张勇曰:‘枭,勇也,若六博之枭也。’愚以为六博得枭者胜,故以枭将命篇。”作者在这里引用了古人对“枭将”一词的注释,并说明此诗以“枭将”名篇的原因。歌颂了右丞相伯颜、博罗欢、苫彻拔都儿、脱欢、俊奇、臣牙忽都、元臣等平叛将军的骁勇善战,威名卓著。前两句写勇猛的元军骑兵自北如云般奔腾而来,领军更是骁勇善战、声名远播。后两句则进入具体的战事描写,以夜晚横穿敌阵,直捣敌军精锐的营帐这一幕,展现元军将领的机智神勇。《翁科》交待了叛军在元军的压迫下“蜂屯蚕簇乱山窝,蚁动鹑居乱草坡”,乞求投降以保性命的狼狈之状。《嵲嵍》题下注云:“我军与敌陈于嵲嵍,未鼓敌溃,投降者什五六。《冯奉世传》将军有叛敌之名。注曰:不敢当敌攻战,为叛敌也。嵲嵍地名在和林之西南。”清人李文田案:“今案嵲嵍与斡端二字系双声,以《元史》合之,当即斡端惟西北地附录,又作忽炭即今和阗也。”②诗歌交待了元军与叛军在和阗交战的结果:叛军投降,元军大获全胜。《降王》言元军大败叛军,生擒叛军首领,重挫叛军锐气。史载至元十四年,昔里吉、脱脱木儿、药木忽儿、撒里蛮等集结部众,分道东进,扬言海都、蒙哥帖木儿与之联兵而来。以伯答儿、土土哈为首的元军于土兀剌河畔打败了药木忽儿和脱脱木儿后,与伯颜统帅的大军相会于斡耳寒河畔。《科尔结》题下注云:“我军轻骑取敌辎重于科尔结,盖河南地也。后周韩果北征,敌人惮其劲勇趫捷,号为着翅人。”写元军骑兵轻取叛军辎重部队。地点在今俄国亚速海西北,有地名格烈吉,疑即科尔结。“河南”即斡耳寒河南。据李文田案:“今俄国亚速海西北,有地名格烈吉疑即科尔结。”③《露布》交待平叛战争取得节节胜利,众将齐集大都万宁宫领赏受封。《烛龙》诗后注云:“遣敌出奔西北大荒,唐烛龙军之边地

---

① 杨镰:《全元诗》第4册,中华书局2013年版,第4—6页。

② [元]耶律铸撰,[清]李文田笺:《双溪醉隐集》卷2,《辽海丛书》,辽沈书社1984年版,第1891页。

③ 同上。

也。”李文田案云:“唐《地理志》:北庭大都护府,本庭州,贞观十四年平高昌,以西突厥泥伏沙钵罗叶护阿史那贺鲁部落置,长安二年,为北庭大都护府。有瀚海军,本烛龙军。长安二年置,三年更名。”[①]诗以唐代烛龙军之典来喻指元朝平叛的军队,赞美其克敌制胜的赫赫战功。史载,至元十五年(1278),岭北元军继续乘胜追击。正月,土土哈军越过按台山西,擒获叛军集团的将领扎忽台。五月,别乞列迷失将兵由和林向西北,击败外剌、宽彻哥思两部联军。同年底从征宋前线调回的大批汉军,已云集和林一带,岭北地区形势转危为安。

《凯乐歌词曲九首》是另一组著名的征战诗,其序写道:“《周礼·大司乐》曰:王师大献,则令奏凯乐。《大司马》曰:师有功,则凯乐献于社。《司马法》曰:得意则凯乐、凯歌以示喜也。崔豹《古今注》引《周礼》:王大捷,则令凯乐。军大捷,则令凯歌。与其所引不同,《周礼》无凯乐、凯歌之别。然则豹之辨君臣尊卑之说,于理为得,不无所据。郭茂倩编次《乐府诗集》,有晋《凯歌二首》,隋《凯乐歌辞三首》,唐《凯乐歌辞四首》《凯歌六首》,咏其君臣殊勋异绩。圣上恭行天讨,北服不庭,命将问罪,南举江表。国家盛事不可不述,拟唐《凯歌》体,敢作凯乐凯歌云。”从序中可知,耶律铸《凯乐歌词曲九首》连同《后凯歌词九首》两组诗歌主要是学习唐代边塞诗人岑参的,这或许与二人均有西域征战和生活经历有关,用于歌颂“国家盛事”。诗云:

天下英雄入彀中,得无威震折遐冲。会须六幕氛霾了,化日常明照九重。(《征不庭》)

龙飞天府玉滦春,德水清流复旧痕。自非电断光前烈,谁得重沾雨露恩。(《取和林》)

翠华一动下龙庭,生意还从一气生。乐国得非为寿域,圣人须自有金城。(《下龙庭》)

金莲川上水云间,营卫清沈探骑闲。镇西虎旅临青海,追北龙骧过黑山。(《金莲川》)

辟易天威与胜风,一场摧折尽奇锋。西北龙荒三万里,并随驱策入提封。(《析木台》)

辕门鼓角扬边雪,营幕旌旗掣朔风。相与山河雄帝宅,威稜尤壮受降官。(《驻跸山》)

睿算筹边势万全,益屯貔虎在雄边。东连王塞西通海,南接金山北到天。(《益屯戍》)

---

① [元]耶律铸撰,[清]李文田笺:《双溪醉隐集》卷2,《辽海丛书》,辽沈书社1984年版,第1891页。

一新污俗浴恩波，天地间人感慨多。我泽如春民似草，圣元天子布阳和。（《恤降附》）

四海承风著国华，更无龙虎缦纷拏。际天所覆人间地，今日都须是一家。（《著国华》）①

《征不庭》注：“大驾北征也。”不庭指那些不按时朝贡、不驯服的藩国。“征不庭”指的是忽必烈北征阿里不哥之事。“天下英雄入彀中”语出《唐摭言·述进士上篇》：“天下英雄入吾彀中矣”②，意为天下英雄都投到了天子的麾下。诗歌赞美大元帝国人才济济、威慑遐迩，皇帝善用将帅，出奇制胜，平定边乱如驱遮日之云。

《取和林》注：“恢复皇居也。”“和林”即苾伽可汗故地（今蒙古国乌兰巴托西190公里）。李文田案：“元张德辉《边堠纪行》：和林城之西又有契丹小故城，此当即注中所谓苾伽可汗宫城也。”③诗写元军收复故都和林之地，礼赞太祖太宗皇帝立国创业的恩德业绩。

《下龙庭》注：“平定北方也。”“龙庭”地点在和林西北。《元史·太祖本纪》载：三年“夏，避暑龙庭”④。诗后注云：“《东汉书》燕然铭：凌高阙，下鸡鹿，经碛卤，绝大汉。逾涿邪，跨安侯，乘燕然，至龙庭。以前后诸传事迹考之，又以出塞三千余里校之，龙庭和林西北地也。”此诗歌颂元廷平定北方之叛。

《金莲川》注：“驾还幸所也。”金莲川，今内蒙古锡林郭勒盟南端的正蓝旗。李文田案：“《金史·地理志》：桓州曷里浒东川，更名金莲川。世宗曰：‘莲者，连也，取金枝玉叶相连之义。’”诗中注：“子史所载黑山不一。北中黑山，又多皆非子史中所见者。”作者通过驾幸之地金莲川上水清云静、探骑悠闲场面与青海边地的镇西虎旅、追北龙骧的紧张声势的对比，歌颂了圣元天子运筹帷幄、决胜千里的雄才大略。

《析木台》注：“兵取败之战所也。”诗后注曰：“上亲击败西北弄兵藩王于上都之地北，析木台之西。”李文田案：“《元史·世祖本纪》：中统二年十一月，大兵与阿里不哥遇于昔木土之地。至元元年七月，阿里不哥自昔木土之败，不复能军。云云。他传有作昔木秃或失木土者，皆与此集析木台一地。《元史·铁迈赤传》：世祖即位，命征叛王于失木土之地。”⑤析木台在元上都北地。此诗赞

① 杨镰：《全元诗》第4册，中华书局2013年版，第6—8页。

② ［五代］王定保：《唐摭言》卷1，中华书局1959年版，第3页。

③ ［元］耶律铸撰，［清］李文田笺：《双溪醉隐集》卷2，《辽海丛书》，辽沈书社1984年版，第1892页。

④ ［明］宋濂：《元史》卷1《太祖》，中华书局1976年版，第14页。

⑤ ［元］耶律铸撰，［清］李文田笺：《双溪醉隐集》卷2，《辽海丛书》，辽沈书社1984年版，第1892页。

颂了析木台战役的重大意义。中统元年(1260)十一月,忽必烈在析木台再次与阿里不哥进行了激烈的交战并取得胜利。从阿里不哥称汗,耶律铸“弃妻子,挺身自朔方来归”,到击败阿里不哥于析木台,耶律铸对这场战争自然深有体会,故写下这首诗以抒发感慨。在天子的威严下,敌人望风退避,敌人经过这一场沉重的打击先锐尽失。经过这场战役,元军不但消灭了阿里不哥的先锋部队,使敌人元气大伤,还使西北地区广阔的土地再次划入了元朝的版图。

《驻跸山》注:“驻跸所也。”李文田案:“《唐书·夷传》:高丽高延寿势穷,举众降,诛靺鞨三千余人,帝号所幸山为驻跸山。”诗歌通过旌旗漫卷、鼓角震天的宏大场景的描绘,渲染了天子驻跸受降的雄伟气势,写得壮伟豪迈。

《益屯戍》注:“诏诸王益戍兵也。”此诗题目为“益屯戍”,歌咏了元世祖忽必烈下令加强边疆地区军事防御之事。在赞美天子睿算筹边制定增益屯戍防边的万全策略时,不无自豪地列数着大元王朝东南西北所至的辽阔疆域。

《恤降附》注:“优诏存恤降附也。”恤降附,意指优待俘虏。诗歌从存恤降附、恩加草民角度歌颂了“圣元天子”的恩泽。

《著国华》注:“西北诸王称藩,继有平南之捷也。”著国华,国家的光荣。指平南之捷后,全国都接受了元廷的教化。“际天所覆人间地,今日都须是一家”,赞美了元朝的统一给天下百姓带来了福祉。

这组诗歌完整地再现征战的行程,金莲川在元上都之南,析木台在上都北,再北是卢朐,嵢峹在蒙古第一个都城和林西南,龙庭在和林西北,而达兰河、金莲花甸分别在和林北、西各百余里处。耶律铸充分运用“注”的形式,揭示了诗歌的背景和主题,并将特定的历史事件固化于特定的空间,增强了诗歌的纪实特征。其形式对清代边塞组诗影响甚大。①

《后凯歌词九首》题下注云:“诏发诸军,有事于朔方也。”②这是一组平叛“朔方”战争诗,由《战卢朐》《区脱》《克夷门》《高阙》《战焉支》《涿邪山》《金满城》《金水道》《京华》组成,勾勒了征战的进程,交待了战争结果。从诗中涉及的地点看:卢朐,肯特山附近,今克鲁伦河;区脱,指汉时与匈奴连界的边塞所立的土堡哨所。诗后注云:“国朝以出征游猎,帐幕之无辎重者皆谓之区脱。

---

① 清代边塞诗多为遣戍诗,其主体是边塞风俗诗,如纪昀的《乌鲁木齐杂诗一百六首》,纪实性很强,展示了一幅幅清代前期乌鲁木齐地区风景民情的画面。洪亮吉的《伊犁纪事诗四十二首》,记录了作者在伊犁期间的见闻感受,同时也记述了作者流放伊犁的生活。张光藻的《龙江纪事七绝一百二十首》对黑龙江的舆地、沿革、典籍、方言、物产、名胜、风土人情等方面进行了描绘,保存了珍贵的历史文化资料。林则徐的《回疆竹枝词三十首》是林则徐被贬谪新疆之后的作品,主要记录其在新疆南、北疆巡视工作时的见闻感受,颇具地域性。皆用七绝组诗加注形式,说明其意。

② 杨镰:《全元诗》第4册,中华书局2013年版,第8—10页。

凡军一车一灶，并皆谓之区脱。”[①]夷门，开封的别称。高阙，今内蒙古乌拉特后旗呼和温都尔镇那仁乌博。焉支又称燕支山、胭脂山（今甘肃省永昌县西，山丹县东南）尔嘎查北的达巴图沟口。涿邪山一作涿涂山，在古代高阙塞北千余里（今蒙古国境内满达勒戈壁附近一带）。金满城，北庭都护府附近。题下注云：“元取北庭都护府，府境都鄙，有城曰金满城。《后汉书》云：金满城此其西域之门户也。”[②]玉门关，元代以前西北边防要塞。作者通过空间环境的转换，记录了元军平叛与统一征战的历程。浓墨重彩地渲染出元军能征善战、无往不胜的军威。透过这些地点，当年那场战争的风烟历历在目。同样，《骑吹曲辞九首》和《后骑吹曲词九首》也通过地点转换，来记录征战的历史，具有鲜明的纪实特征。

公元1274年（至元十一年），忽必烈命丞相伯颜、大将阿术水陆并进攻打南宋。《凯乐歌词九首》分以南征捷、拨武昌、战芜湖、下江东、定三吴、克临安、江南平、制胜乐辞、圣统乐辞为题，记录了南征的进程。序云：“列圣尤宋食言弃好。皇帝命将出师问罪，奏捷献凯，乃作《南征捷》等曲云。昔我太祖皇帝出师问罪西域。辛巳岁夏，驻跸铁门关。宋主宁宗，遣国信使苟梦玉通好乞和。太祖皇帝许之。敕宣差噶哈，护送苟梦玉还其国。辛卯冬，我太宗皇帝南征女真。诏睿宗皇帝，遣信使绰布干等使宋，宋人杀之。睿宗皇帝谓诸王大臣曰：彼自食言弃好，辄害我使。今日之事，曲直有归，可下令诸军分攻城堡关隘。由是，长驰入汉中。此其伐宋之端也。《宁宗实录》第四百六十一：都干苟梦玉衔命使彼。《宋四朝国史列传》第七十七《贾陟传》：苟梦玉使北还宋。阆州谯庆茂所编《蜀边事略》：绍定元年戊子，制置使郑损与所代官四川制置使桂如渊，会于顺庆，使以时相所喻和议密指告之，且畀以朝廷所授《苟梦玉使北录》二册。《理宗实录》第八十三：绍定四年辛卯，北使苏巴尔罕来，以假道合兵为辞。青野原沔州统制张宣诱苏巴尔罕杀之。《理宗日历》第三百九十五：十月二十一日，沔州统制张宣诱苏巴尔罕，使曹万户剿杀。《理宗日历》第百五十一：宝庆三年，丁亥五月十一日辛酉，姚翀朝辞进对，次奏通好北朝事。上曰：‘以我朝与北朝本无纤隙，不必言和，只云通好足矣。’寻食其言，敢杀信使。孰曲孰直明矣。故详而疏之。”[③]长序罗列了元廷“尤宋食言弃好”的事实，阐明了南征不得不发的背景。组诗除后二首属于歌功颂德外，其余将“出师问罪，奏捷献凯”的南征行程交待得清清楚楚。“拨”“战”“下”“定”“克”“平”等动词，更

① 杨镰：《全元诗》第4册，中华书局2013年版，第8页。

② 同上，第10页。

③ 同上，第2—4页。

加渲染出元军势如破竹、所向披靡的气势，彰显了作者以一腔热血报效国家、实现江山一统的理想。如《战芜湖》《江南平》二诗：

舳舻千里蔽江湖，擿挑楼船为骚除。先直前锋三千万，一通严鼓尽为鱼。(《战芜湖》)

横野万艘金翅舰，总戎一册玉钤篇。长江岂限天南北，万劫坤灵戴一天。(《江南平》)

《战芜湖》一诗描写了丁家洲战役的盛况。据李治安《忽必烈传》记载："至元十二年(1275)二月十八日，丁家洲战役正式开始。贾似道以步军指挥使孙虎臣为先锋，淮西置制使夏桂率战舰2500艘布列长江中，军队总数13万，略占优势。……伯颜命令左、右万户率骑兵夹江岸而进，又在两岸树起火炮，轰击宋阵营中坚，炮声震动百里。见到宋军阵内有所摇动，伯颜又指挥水军猛烈冲击宋军船队。宋军孙虎臣部率先败北。……伯颜和阿术分别带领水军、骑兵乘胜追击150里，擂鼓大震，声动天地，杀伤溺水的死尸，遮蔽江面，流血染红了江水。元军缴获战舰2000艘及大量军资器械。"[①]丁家洲战役是元军渡江以后与宋军主力之间进行的一场决战。元朝大将伯颜采取疲而攻之、水陆合击的战术，击败了来自宋军水陆两方面的阻击，并以少胜多，取得了全歼宋军13万精锐的重大胜利。诗中"舳舻千里蔽江湖，擿挑楼船为骚除"描写宋军船只布列千里遮蔽了江水，元军冲击战船是为将其彻底扫除。"先直前锋三千万，一通严鼓尽为鱼"说明即使宋军前锋有三千万众，一阵战鼓过后皆招致惨败。诗歌准确地概括了丁家洲战役宏大壮阔的场面，形象地展示了元军的强大威势。

《江南平》记录了元军南征中的一场关键性战役——阳罗堡战役，这是元军南下灭宋的一次决定性战役。至元十一年(1274)"十二月丙午，伯颜大军次汉口。宋淮西制置使夏贵，高文明、刘仪以战船万艘，分据诸隘，都统王达守阳罗堡，荆湖宣抚朱祀孙以游击军扼中流，师不得进。用千户马福言，自汉口开坝，引船会沦河口，径趋沙芜，遂入大江"[②]。当时，宋淮西制置使夏贵率领战舰万余艘镇守大江中流，宋元两军形成对峙局面。元丞相伯颜亲自指挥战斗，先遣兵佯攻汉阳，将夏贵的兵力吸引在汉口一带。随后，派遣数万步兵对阳罗堡展开猛烈攻击，又令数万水军与宋将夏贵在江中展开激战。阳罗堡的守军听闻元军已渡江成功，军心瓦解。夏贵弃城东逃，所率数十万宋军死伤殆尽。此次战役意义重大，使长江南岸重镇鄂州的防御形同虚设，让元军轻而易举地攻克。"横野万艘金翅舰，总戎一册玉钤篇"写将军率领万艘战舰，展示了阿术和

① 李治安：《忽必烈传》，人民出版社2004年版，第239页。

② [明]宋濂：《元史》卷8《世祖本纪》，中华书局1976年版，第158页。

伯颜两位将军熟知兵法、从容指挥全局的英姿和风采。“长江岂限天南北，万劫坤灵戴一天”指出南宋王朝凭借长江并不能阻碍统一的步伐，天下终将归于大元。诗中充满了胜利的喜悦，表达了作者盼望早日统一、坚信元朝必会一统天下的信心。

耶律铸的征战诗较少写景记俗，更多的是攻城掠寨，与其父征西诗存在着明显的差异。《婆罗门六首》应朋友约而作，反映了西域的风光与民俗风情。序中写道：“有索赋《婆罗门辞》者，时西北诸王弄边，余方阅《西域传》，因为赋此。‘回乐峰前沙似雪，受降城外月如霜。不知何处吹芦管，一夜征人尽望乡。’唐《婆罗门词》也。《乐苑》曰：‘《婆罗门》，商调曲。开元中，西凉府节度杨敬述进。’《会要》曰：‘天宝十三载，改《婆罗门》为《霓裳羽衣》。’”诗云：

> 热海气蒸为喜雨，冻城寒结就愁阴。中心甚欲期真宰，教使人知造物心。（一）
>
> 青岭亘如颓碧落，赤河长似浸红霞。是天柱折天倾处，龙战重渊尚攫拿。（二）
>
> 雪海迤延穷地界，雪山迢递际天涯。但为日月光临处，终一曾偏照一家。（三）
>
> 黄草泊围青草甸，白杨河绕绿杨堤。依然名是参天道，谁使唯闻战马嘶。（四）
>
> 弓月山风长似箭，烛龙军火乱如星。只除尽挽天河水，可洗兵尘战地腥。（五）
>
> 黑水且谁为翠水，白山元自是冰山。得非烟客乘龙火，为煽洪炉到世间。（六）①

其一注：“安西都护境内有热海，去热海四十里有冻城。《唐新史》同。”其二注：“安西都护境内，有青岭与赤河。《唐新史》同。”其三注：“雪海，在安西都护境。《唐新史》同。雪山，在其东鄙。”其四注：“北庭都护境内，有白杨及黄草泊，《唐新史》同。国朝所设驿传，东临三韩，西抵濛汜。黄草泊、白杨河皆正驿路也。”其五注：“北庭都护府有瀚海军，本烛龙军也。府境有弓月城、弓月山，是谓弓月道，出兵路也。唐梁建方尝为弓月道总管。”其六注：“天山军在西州交河郡，夏绝无雨，其热甚于炎方。《唐旧史》：北庭都护府，自永徽至天宝，管瀚海、天山、伊吾三军。天山，一名白山，以其四时冰雪不消，因以名之。《唐新史》：北庭都护府境内，有黑水及黑水守捉。”组诗描写的对象均为西域一带的山川美

---

① 杨镰：《全元诗》第 4 册，中华书局 2013 年版，第 15—16 页。

景,从诗后"注"可知,这些景物都集中在安西都护府和北庭都护府境内。其一写热海与冻城奇异的气候特征;其二写青岭与赤河崇高与绝色;其三言雪海与雪山绵延不绝;其四写白杨及黄草泊周边的驿传,战马嘶鸣;其五咏弓月城与弓月山的来历非凡;其六极言交河郡的炎热无雨。耶律铸运用丰富的"颜色"来渲染西域的自然美景,如青岭、碧落、赤河、红霞、黄草坡、青草甸、白杨河、绿杨堤、黑水、翠水、白山等,打破了以往边塞诗中所营造的萧瑟景象,取而代之的是美轮美奂的异域风情。

耶律铸的乐府征战组诗,是作者奉使而为,全面反映了元初平叛与统一的战争史实。诗中既有对战争场面的描绘,对蒙古大军声威的渲染,对大元天子的煌煌武功、雄才大略的生动刻画;也有对蒙古将帅的机智勇猛的赞美,对大元帝国疆域辽阔、人才济济的歌颂,以及希望国家江山统一的壮志豪情的抒发,有很强的纪实性和时代感。其诗中保存了大量的史料,是元诗中"以诗存史"的又一经典,值得我们关注。

第二节 扈跸上京的扈从组诗

从语义学角度言,"扈从"所指有三层意思:一指皇帝出巡时的护卫侍从人员。如司马相如《上林赋》:"于是乎背秋涉冬,天子校猎。……孙叔奉辔,卫公参乘,扈从横行,出乎四校之中。"①二指随从皇帝出巡的官员。《北齐书·杨愔传》:"侃虽奉迎车驾北渡,而潜欲南奔,愔固谏止之,遂相与扈从达建州。"②《封氏闻见记》卷5《卤簿》:"百官从驾谓之'扈从',盖臣下侍从至尊,各供所职,犹仆御扈养以从上,故谓之'扈从'耳。"③宋代叶适《息虚论·亲征》:"寇准决策,扈从渡河,六师欢动用命。"④《明史·何文辉传》:"会车驾幸汴梁,召文辉扈从,因命为河南卫指挥使,定汝州余寇。"⑤三指跟随、陪从。《宋书》卷93《隐逸传》"王弘之"条:"时琅邪殷仲文还姑孰,祖送倾朝,谦要弘之同行,答曰'凡祖离送别,必在有情,下官与殷风马不接,无缘扈从'谦贵其言。"⑥本文所指第二种,以

---

① [西汉]司马相如撰,金国永校注:《司马相如集校注》,上海古籍出版社1993年版,第65页。

② [唐]李百药:《北齐书》,中华书局1987年版,第454页。

③ [唐]封演:《封氏闻见记校注》,中华书局2005年版,第37页。

④ [宋]叶适撰,刘公纯、王孝鱼、李哲夫点校:《叶适集》,中华书局2010年版,第764页。

⑤ [清]张廷玉:《明史》卷134《何文辉传》,中华书局1974年版,第3898页。

⑥ [梁]沈约:《宋书》,中华书局1974年版,第2281页。

翰林文人为主体。

元中统四年(1263),元世祖忽必烈升开平府为上都(位于今内蒙古自治区正蓝旗),次年诏改燕京为中都,至元九年(1272)改中都为大都(今北京),由此正式确立了两都巡幸制度。每年夏季皇帝都要从大都远赴上都,后宫诸闱、宗藩戚畹、宰执从寮、百司庶府,皆扈从以行。除了联络诸王商议国事、联络政治事宜之外,还会举行相当丰富的文化活动,诸如祭祀、游猎、宴饮等。这种具有鲜明民族和时代特色的巡幸制度,使得元代翰院文人能更加真实接触到统治者的生活。扈从经历拓展了他们的视野,从而积累了独特的人生体验。他们以切身体会染翰挥墨,创作了大量的上京扈从诗(纪行诗),成为元代文化极富特色的部分。其中,袁桷《开平四集》、周伯琦《扈从诗》、杨允孚《滦京百咏》三部扈从诗集,代表了扈从组诗的最高水平。

一、扈从文臣的群体结构

扈跸的文人多来自翰林国史院等文化机构,有着不同的身份,如金莲川幕僚、西域文人、前朝遗民、馆阁重臣、宗教人士等。从现有资料来看,袁桷在延祐、至治间(1314—1323)曾四次扈从赴上都,虞集、马祖常、周伯琦、贡师泰、王士熙、郝经、王恽、张养浩、黄溍、柳贯、王沂、张翥、陈孚、柯九思、胡助、杨允孚等数十人,也多次随驾扈从。“几乎所有馆阁文人都有扈从经历,绝大多数馆阁文人在扈从中都有诗歌作品……馆阁文臣的社会地位和文化水平较高,是文坛的上流,也是文坛的主流,他们的诗歌代表了上京纪行诗的最高水平。”①扈从文人留下的上京纪行诗,成为元代诗坛一道标志性景观。

元代扈从文臣身份汇总表

类别 序号	翰林国史院	集贤院	奎章阁	国子监	宗教人士	其他	民族
1	刘秉忠					金莲川幕僚	
2	郝经					金莲川幕僚	
3	王恽						
4		刘敏中					
5						汪元量(遗)	
6						白珽(遗)	
7	吴澄						

① 刘宏英:《元代上京纪行诗研究》,北京师范大学 2009 年博士论文,第 14 页。

续表

类别 序号	翰林 国史院	集贤院	奎章阁	国子监	宗教人士	其他	民族
8						高克恭	回族
9						王逢	
10					马臻(道)		
11		赵孟頫	赵孟頫			赵孟頫(遗)	
12		曹伯启					
13						不忽木	回族
14					陈义高(道)		
15	陈孚					陈孚(遗)	
16	邓文原	邓文原		邓文原			
17	赵世延		赵世延				雍古族
18	王士熙						
19	袁桷	袁桷	袁桷				
20	元明善						
21	贡奎						
22	张养浩						
23	柳贯						
24	杨载						
25	虞集	虞集	虞集				
26	范梈						
27	李泂		李泂				
28	揭傒斯	揭傒斯	揭傒斯				
29	黄溍						
30	胡助						
31	马祖常						雍古族
32	萨都剌						色目人
33						叶衡(遗)	
34	宋本		宋本				
35	欧阳玄		欧阳玄				
36					张雨(道)		
37				吴师道			
38	王沂					王沂	

续表

类别 序号	翰林 国史院	集贤院	奎章阁	国子监	宗教人士	其他	民族
39	张起岩	张起岩					
40	贯云石						畏吾尔
41	张翥						
42		许有壬	许有壬				
43	陈旅						
44					薛玄羲(道)		
45	柯九思		柯九思				
46	李好文	李好文					
47			甘立				
48	宋褧						
49	苏天爵	苏天爵	苏天爵				
50			雅琥		雅琥(基督)		
51					张嗣德(道)		
52			王守诚				
53					梵琦(释)		
54	吴当				吴当(道)		
55	贡师泰	贡师泰					
56	周伯琦	周伯琦	周伯琦				
57						张昱	
58						余阙	
59	危素						
60		泰不华	泰不华				色目人
61	迺贤						葛逻禄氏
62						胡奎	
63						郑潜	
64						杨允孚	
65					康里巎巎		色目人
66					王翰		色目人
67					丁鹤年		回族

根据上表统计，可将扈从文人群体分成以下几类：

一是金莲川幕僚。扈从队伍中最早的一批人士是金莲川幕僚。早在蒙古时期,蒙哥汗即位,忽必烈以太弟之尊,开府金莲川,思“大有为于天下”,广延藩府旧臣与四方文学之士,形成了一个有着相同政治目标和生活环境的特殊文人群体,即金莲川藩府文人群体。金莲川藩府文人群体是一个由政治因素促成的特殊文人群体,其成员大多为旧金士大夫和山东、山西、陕西、河北等地的名士,代表了由金入元(蒙)文士的精英。刘秉忠、郝经、许衡、姚枢等可为代表①。

二是西域文人群体。在元代帝王巡幸两都的队伍中有不少西域文人扈从,其中著名的有马祖常、萨都剌、余阙、高克恭、迺贤、王翰、丁鹤年、贯云石、不忽木、赵世延、康里巎巎、泰不华等。王士禛《池北偶谈》说:“元名臣文士,如移剌楚才,东丹王突欲孙也;廉希宪、贯云石,畏吾人也;赵世延、马祖常,雍古部人也;孛术鲁翀,女直人也;迺贤,葛逻禄人也;萨都剌,色目人也;郝天挺,朵鲁别族也;余阙,唐兀氏人也;颜宗道,哈喇鲁氏人也;瞻思,大食国人也;辛文房,西域人也。事功、节义、文章,彬彬极盛,虽齐、鲁、吴、越衣冠士胄,何以过之?”②在元代的社会阶层中,蒙古、色目处于社会的上层,把持着朝政大权,其影响直接导致了西域文人群体性地、成批地涌现在元代历史、文学的舞台上,成为这个时期非常重要而特殊的社会现象。

三是遗民文人群体。宋景炎元年丙子(1276),元兵攻破临安,宋帝后被掳北上,南宋王朝覆灭。在这一特殊的历史时期,产生了中国历史上规模空前的遗民群体,遗民文人群体也应运而生。随着蒙元政权的逐渐巩固,经历了国破家亡的巨大社会变故后的遗民文人们,渐渐感到复国无望和报国无门,他们纷纷远离政治,归隐山野著书立说。避世归隐是这一时期遗民文人创作的一大主题。赵孟頫、汪元量、白珽、叶衡、陈孚、陈普、王奕、蒲寿宬、彭九万、连文凤等是这一时期遗民文人的代表③。

四是馆阁之臣。元代翰林国史院、集贤院、奎文阁、国子监等便成为汉族与少数民族上层文人雅士聚集之地。这里集中了全元几乎所有的诗文大家,如赵孟頫、程钜夫、虞集、欧阳玄、马祖常、黄溍、揭傒斯、吴澄、袁桷、邓文原、范梈、柳贯、陈旅、贡师泰、张起岩、李好文、王沂、宋褧、余阙、张翥、危素等。在翰林国史院里,馆阁文臣们翰墨往复,更相酬唱,成为元代文坛的佳话。

五是宗教人士。元代统治者在对待各种宗教的宗教政策上,基本上采取了持正、公允的态度,这给各种宗教的生存、发展提供了相对公平的政策与社会环

---

① 参见:任红敏《金莲川藩府文人群体之文学研究》,南开大学 2010 年博士学位论文。

② [清]王士禛:《池北偶谈》卷 7,中华书局 1982 年版,第 165 页。

③ 参见:[明]程敏政辑《宋遗民录》,文海出版社 1981 年版;阳崇雪《遗民的江南》,学林出版社 2008 年版;谢正光,范金民《明遗民录汇辑》,南京大学出版社 1995 年版。

境。据《元史·释老传》记载，道教领袖丘处机就曾受成吉思汗召请远赴漠北，历尽艰难，转道遥远的阿富汗一带才见到成吉思汗，受到成吉思汗的热情款待且被成吉思汗尊称为“神仙”；对于佛教尤其是藏传佛教，元廷更是礼遇有加，中统、至元年间(1260—1294)藏传佛教领袖八思巴就被封为“帝师”。至于对伊斯兰教、基督教及其各个流派，基本都采取了一种开放、中立的态度，任其传播、发展。

皇帝每次巡幸上都均要求僧侣、道士扈从，诗人�(释)、梵琦(释)、张嗣德(道)、马臻(道)、雅琥(基督)就分别是扈从队伍中的著名的宗教人物，也是佛教、道教在元代政治生活中拥有重要影响的表现。虞集、袁桷、揭傒斯、迺贤等当时著名文人都有与道士、诗僧相唱和的诗歌作品流传。①

以上五类人群中以馆阁之臣留下的扈从组诗最多②。他们在扈从皇帝北行过程中，目睹了巡幸仪式之隆重、规模之宏大及沿途的山川风物之奇特迥异，他们挥翰染墨，将这些独特的感受纪录于诗歌，掀起了扈从诗歌的创作热潮。

二、上京扈从组诗的典范之作

袁桷《开平四集》、杨允孚《滦京杂咏》、周伯琦《近光扈从集》是扈从组诗中最有代表性的三部诗集。清人陶翰、陶玉禾评曰：“袁伯长(桷)《开平四集》，杨允孚《滦京杂咏》，及周伯温(伯琦)《扈从诗》，如欲征风景、考土物，记载颇详。然论诗法，则工拙互见。”③作为选家，顾奎光博学多识，曾选编《元诗选》七辑，对宋元诗优劣论眼光独到：“宋人本领大，元人不及，然元人修饰琢磨之工，则胜宋也。论气格，则宋诗辣，元诗近甜；宋诗苍，元诗近嫩，论情韵，则元为优。”④可见，在顾氏的眼中，袁桷《开平四集》、杨允孚《滦京杂咏》、周伯琦《近光扈从集》是作为扈从诗的标杆来论述的。陶翰、陶玉禾指出了这三部扈从诗集于“征风景、考土物，记载颇详”，突出了其纪实的特征。

三部扈从诗集，集中展现了上京路途中的风光、民俗、上京城内的生活及扈从文人的种种经历和体验，形象再现了草原文化的独特风貌。兹将其内容归类论述如下：

---

① 参见：杨富有《元上都扈从诗与上都多元宗教文化》，《山西师大学报(社会科学版)》2013年第1期。

② 对元代上京纪行组诗进行过认真统计的研究者是刘宏英博士，其博士论文中专门有一附录一：《元代诗人上京纪行诗组诗表27》，对上京组诗作了梳理，认为元代上京题材组诗共有27人次，计466首诗。由于其依据是清人顾嗣立的《元诗选》及补编，尚有相当一部分组诗未能计入。

③ [清]顾奎光辑，陶翰、陶玉禾评：《元诗选》卷首语，中华书局1981年版。

④ 同上。

(一) 记载巡幸行程及沿途风物

元代扈从诗将两都巡幸的路程、时间、仪仗、随行人员,以及途中的所见、所闻、所感,包括地理、风物、气候、民俗、飨宴、宗教活动等记录下来,可补史料的不足,具有文献价值。

元帝巡幸上都,其往返均有固定的路线:一般从东道辇路赴上都,经西道返回大都。《元史》卷35载:"丙申(五月),大驾幸上都"①,非常简略。至顺二年辛未(1331),黄溍扈从大驾至上都,期间创作了用七言古诗《上京道中杂诗十二首》,记录了沿途经历的刘贲祠堂、居庸关、榆林、枪杆岭、李老谷、赤城、龙门、独石、檐子洼、李陵台等场景,有很强的纪实性。正如吴师道所说:"居庸北上一千里,供奉南归十二诗,纪实全依太史法,怀亲仍写使臣悲。"(《题黄溍卿应奉上京纪行诗后》)②

周伯琦《扈从集》前序云:"至正十二年,岁次壬辰,四月,予由翰林直学士、兵部侍郎拜监察御史,视事之第三日,实四月二十六日,大驾北巡上京,例当扈从。"③《扈从集》共34首诗,前24首为五言律诗,分别描写了缙云山、十八盘岭、龙门、沙岭、牛群头、察罕诺尔、明安驿、李陵台、桓州、南坡等驿站,重点再现了巡幸行踪及各驿站风光。后10首五言古诗,详细地记载了陪同皇帝从上都出发,返回大都所经过西道的情况,何日出发,行程多长时间到何地,载录得清清楚楚。"既赋五言古诗十首以纪其实,复为后序,以著其概,不惟使观者得以扩闻见,抑以志吾生之多幸也欤。"④如《过居庸关二首》云:

> 崇关天险控幽燕,万叠青山百道泉。绝壁云霞龛佛像,连廛鸡黍聚人烟。炎凉顷刻成殊候,华夏于今共一天。我欲登临穷胜概,西风五月倍凄然。(一)
>
> 关南关北四十里,玉垒珠闳限两京。列队龙旗明辇路,重屯虎卫肃天兵。桑麻旆旆村无警,榆柳青青塞有程。却笑燕然空勒石,万方今日尽升平。(二)⑤

居庸关是从中原通往漠北草原最重要的大门,世传秦始皇时筑造。"居庸关,

---

① [明]宋濂等:《元史》卷35《文宗四》,中华书局1976年版,第785页。
② [元]吴师道:《礼部集》卷7,《四库全书》本,第1212册,第68页。
③ [元]周伯琦:《扈从集》前序,《四库全书》本,第1214册,第521页。
④ [元]周伯琦:《扈从集》后序,《四库全书》本,第1214册,第546—547页。
⑤ [元]周伯琦:《近光集》卷1,《四库全书》本,第1214册,第508页。

东连卢龙、碣石，西属太行、常山，实天下之险。”[①]在军事史上具有举足轻重的地位，这里悬崖绝壁，一夫当关，万夫莫开。对中原汉地来说，这里是天然的军事保护屏障。“盖其地……西北有居庸关，中国恃此以为界限。自十六州既割之后，山险皆为敌有。而河北尽在平地，无险可以拒守矣。”[②]公元 936 年，石敬唐为了篡位称帝，割让幽云十六州给契丹，以换取契丹出兵灭唐。契丹长驱直入，从此，居庸关就为北方民族所把持。组诗第一首描述了居庸关的地势险要，抒发如今天下一统，“华夏于今共一天”的豪情。第二首交待居庸关“列队龙旗明辇路，重屯虎卫肃天兵”的扈从阵势，诗人抚今追昔，讴歌“万方今日尽升平”的盛世太平。

《九月一日还自上京途中纪事十首》则描写了从上京回来时滦阳道中的景象，其诗云：

九月滦阳道，寒烟暗远坰。有山皆积雪，无水不成冰。猎犬高于鹿，鸣鸦大似鹰。欲为风土记，问俗果谁凭。（一）

驿程无里数，洼阜峻还低。落日明驼背，晴沙响马蹄。草枯人少聚，地冻路无泥。近市闻喧笑，邮亭又旅栖。（二）

行宫临白海，金碧出微茫。饲豹仍分署，鞲鹰亦有房。射熊名鄙汉，祝网德怀汤。乾豆遵彝典，人瞻日月光。（三）

牛羊群蚁聚，车帐乱星移。刍牧因硗沃，迁留顺岁时。宛驹驰不乏，芦酒醉难支。使客皆儒服，寒风莫向吹。（四）

侵晨度偏岭，凛凛气何偏。独石出平地，青山半似燕。近郊初见树，夹道更流泉。向晚衣频减，羁怀始豁然。（五）

龙门天下壮，只尺异寒暄。云气东西接，泉声日夜喧。柳榆环岸堑，瓜瓞拥篱樊。颇似燕南道，农家各有村。（六）

高岭号枪竿，危亭揭岭颠。四山皆培塿，万里尽平川。草树秋犹秀，冰霜石半坚。全燕归眼底，佳气郁中天。（七）

洪赞地何高，居人汲井劳。二钱博斗水，百丈曳修绹。石乱山余骨，沙深溪不毛。岂知江海上，终日厌波涛。（八）

怀来虽小县，城郭颇周严。野市严兵骑，溪桥扬酒帘。唐碑文未泯，汉候吏无觇。山色青堪缀，冈头为少淹。（九）

北口七十二，居庸第一关。峭崖屏列翠，急涧玉鸣环。佛阁腾云雾，

---

① [清]英廉：《钦定日下旧闻考》卷 154，北京古籍出版社 1981 年版，第 8 册，第 2471—2472 页。

② [清]厉鹗：《上京道》，《辽史拾遗》卷 13，《四库全书》本，第 289 册，第 937 页。

人家结市阛。马前军吏候,使节几时还。(十)[①]

组诗以"还"为线索,再现了从上都返回大都的行程经历,着重描写了滦阳道、白海行宫、偏岭、龙门、枪杆岭、洪赞、怀来和居庸关等沿途必经的驿站。如第一首,先交待返回大都的时间是九月份,扈从车队踏上遥远的郊野。次写滦京九月的气候特征,"有山皆积雪,无水不成冰"二句写出草原早寒。接着写期间狩猎的场景,最后表达"欲为风土记"的心愿。组诗描绘了落日、寒烟、雪山、水谷、闹市、邮亭、车帐、猎犬、牛羊、宛驹、饲豹、鞲鹰,构成了一幅秋阳归京图。这里有穿着儒服的扈从官员,在寒风中行走的场景,如"使客皆儒服,寒风莫向吹",也有"牛羊群蚁聚,车帐乱星移"的塞外风光描绘;既有"驿程无里数,洼阜峻还低""岂知江海上,终日厌波涛""向晚衣频减,羁怀始豁然"行程艰辛的刻画,也有亲人"马前军吏候,使节几时还"的焦虑与期待,更有"欲为风土记,问俗果谁凭",载录北地风光与民俗豪情的抒发。

袁桷《上京杂咏十首》是一组反映扈从经历的五言律诗,记录了塞外奇异的风光和边地的民俗风情,其诗云:

云护中街日,风开北户天。千沟凝白雪,万灶起青烟。午溽曾持扇,朝寒却衣绵。松林空有界,剪伐不知年。(一)

土屋层层绿,沙坡簇簇黄。马鸣知雹急,雁过识天凉。墨菊清秋色,金莲细雨香。内园通阆苑,千树压群芳。(二)

天阙虚无里,城低纳远山。白榆迷雁塞,青草补龙湾。市簇家家近,官清日日闲。重游深问俗,渐恨鬓毛斑。(三)

旧岁寒冬恶,霏霏土雨迷。门荒悬马革,草净绝牛蹄。列帐烟光惨,空营月色低,县官捐粟帛,岁晚得扶携。(四)

上国饶为客,天凉眼倍青。白鱼沙际网,黄鼠草间翎。芍药围红斗,摩姑缀玉钉。渐知尘骨换,振佩接青冥。(五)

天锡清凉国,晴霞绽雪峰。月低疑堕兔,云近得攀龙。宝鉴颁冰撤,筠笼赐果封。白头貂帽客,为我话深冬。(六)

驼鼓村村应,传更趣进程。草肥凉露白,树薄晓风清。帐殿横金屋,毡房簇锦城。属车流水度,细点侍臣名。(七)

伏日琼林宴,名王总内朝。帽尖花压翠,衣角锦团貂。炙熟牛酥笔,醅深马乳浇。柘枝旋舞急,宛转称纤腰。(八)

市狭难驰马,泥深易没车。冻蝇争日聚,新燕掠风斜。晚汲喧沙井,

---

① 杨镰:《全元诗》第40册,中华书局2013年版,第352—353页。

晨炊断木槎。闾阎通茗酪，俗简未全奢。（九）

长夏崇真馆，疏帘洒静便。支颐推万古，止息契重玄。月窟窗如雪，天瓢酒似泉。主人怜老客，下榻不曾悬。（十）[①]

第一首以“云护中街日，风开北户天”来写扈从队伍的壮观场景和北地气候变化多端。第二首描写金莲川草原的春天景象。第三首写作者在上都的清闲生活和重游上都的感慨。第四首刻画了草原寒冬的气候及傍晚醉归的场景。第五首展示了上都丰富的物产、优美的环境和作者生活的体验。第六首着重写在上都月夜与友人聊天的情形。第七首再现了上都朝会时“驼鼓”“传更”“细点侍臣名”等场景。第八首写伏日琼林宴饮歌舞场面。第九首写草原的市井生活状态。第十首写夏日到访崇真馆与老道谈玄论道的场面。作者运用了各种意象，如千沟、万灶、白雪、青烟、墨菊、金莲、白榆、青草、白鱼、黄鼠、芍药、摩姑、冻蝇、新燕、晴霞、月色、雪峰、驼鼓、�笼、帐殿、街道、毡房、牛酥、马乳、柘枝舞等，全方位展现了上京风光，再现了上京独特的市民生活。在塞外，最常见的动物就是牛、羊、马、骆驼，“皮囊乳酒锣锅肉，奴视山阴对角羊”（杨允孚《滦京杂咏》），它们不仅仅是人们的代步工具，也是游牧民族重要的肉食之一，马奶酒更是其非常重要的饮品，而且蕴含了祭祀、飨宴等文化内涵。周伯琦在《纪行诗》中有“群牧缘山放，行营散野屯”“鸡犬知归路，牛羊认暮荆”。缘山放牧，可见牛羊之多，之寻常。对于游牧民族来说，牛、羊、马、骆驼已经融入了他们的生活，是构成和谐游牧风光必不可少的一部分，成为上都居民的伙伴。

《再次韵十首》是承前组诗韵创作的另一组上京生活作品，诗云：

帝京环陆海，平野接冰天。龙吐青林火，狼沉紫塞烟。风花秋黯淡，云叶雨连绵。昔日君臣意，深符卜洛年。（一）

宝阁凌空涌，金壶映日黄。梵音通朔漠，法曲广伊凉。御榻惟经帙，官炉独篆香。吾皇清净德，银管愿垂芳。（二）

高下云中树，疏明雪外山。坡凹茅结屋，岭转水回湾。禁路分驰道，沙场当内闲。通明风露冷，时许侍清班。（三）

晨起仪台立，烟青望眼迷。草低鹰侧目，车逼马回蹄。风劲弓弦直，泥融柱础低。蚊蝇深敛迹，麈尾不须携。（四）

紫极中天正，森森接帝青。雁归传帛信，雉落舞红翎。宝所金千顷，朱门带万钉。瀛洲清浅处，高坐纳空冥。（五）

昔年曾扈跸，宿直对鳌峰。锦掣兰苕翠，波翻墨沼龙。起居青简注，

① 杨镰：《全元诗》第21册，中华书局2013年版，第313—314页。

除拜紫泥封。共说先皇日,千官总住冬。(六)

土驿高低置,苍茫七日程。马通分熠耀,牛酪注深清。残云明珠阙,繁星列火城。前山黄白处,草药不知名。(七)

千堞蜂腰凸,群山马首朝。沙场调俊鹘,草窟射丰貂。闹舞花频簇,狂歌酒恣浇。今年春事减,土舍雪齐腰。(八)

箭落惊游骑,翎传督运车。土风殊楚越,驿道仿褒斜。细雨三更枕,清秋八月槎。夜听繁管急,渐习五陵奢。(九)

长斋孤馆静,捧腹睡便便。酒断眸凝碧,尘深鬓返玄。冻蜂粘暖草,乳雁啄冰泉。过翼时频数,乡心日夜悬。(十)①

其一,描绘了上京"帝京环陆海,平野接冰天"的地理位置和君出臣随的巡幸生活。其二,写在上都的崇天门、庆寿寺举行盛大的迎佛仪式和游行,为民祈福。蒙古人非常重视祭天活动,这些祭祀活动逐步演变成习俗。其三,写扈从皇帝巡幸,行走在辇道所见景色。狩猎在古代蒙古人社会中占有非常重要的地位。元朝建立后,集体围猎逐渐成为带有军事演习性质的娱乐活动。其四,"草低鹰侧目""风劲弓弦直",写草原狩猎的情景。蒙古民族是马上的民族,地广人稀的自然风貌,使游牧民族形成了行猎的活动和风俗。蒙古的围场设在漠北草原。忽必烈以来,天子每年的两都巡幸,在大都、上都周围猎场都会开展围猎活动。大都的行猎地点在柳林,上都的行猎地点一般在东、西凉亭。"上京之东五十里有东凉亭,西百五十里有西凉亭,其地皆饶水草,有禽鱼山兽,置离宫巡狩至此,岁必猎校焉。"②其五,描绘的是皇宫建筑气宇轩昂,直插苍穹。其六,回忆当年扈跸时在翰林院生活,独对鳌峰的情形。其七,写扈从途中的艰辛生活和草原美景。其八,写草原雪后,牧民狩猎、载歌载舞,饮酒狂欢的场景。其九,写北国游牧生活与南方的差异,"土风殊楚越",展现不同的民情风俗。其十,写扈从途中的乡思之情和孤独之感。

两组诗歌反映了北方奇异的风光和独特的民众风情,不仅有对路程、驿站的记叙,更有对都城活动、宫廷飨宴记叙,生动形象,无论写景、叙事、写人,都使人产生身临其境之感。无怪作者自豪地说:"开平四集诗百首,不是故歌行路难。竹簟暑风茅屋下,它年拟作画图看。"(《戏题开平四集》)

杨允孚《滦京杂咏》也记叙了前往滦京途中之景。如"北顾宫廷暑气清,神尧圣禹继升平。今朝建德门前马,千里滦京第一程"(其一)③,交待了暑气中扈

① 杨镰:《全元诗》第21册,中华书局2013年版,第314—316页。

② [元]周伯琦著,贾敬颜疏证:《扈从诗前后序》,中华书局2004年版,第163页。

③ 杨镰:《全元诗》第60册,中华书局2013年版,第402页。

从队伍从大都建德门出发，前往上都巡幸的场景。接下来作者选取了龙虎台、昌平、居庸关、南口、北口、居庸双塔、弹琴峡、枪杆岭、李老谷、尖帽山、龙门、偏岭、李陵台、鸳鸯坡等途中驿站或景观，辄咏成诗，记录了当时的场景。塞外所特有的风物：坚冰、怪石、残月、疏星、朔风、芳草、黄云、紫菊花、地椒、白沙、毡房，穹庐、边鸿、白翎、燕姬、番语……都成为诗料，呈现在作者的笔下。

扈从文臣跟随皇上从大都至上都，一路上免不了游览名胜古迹，留下大量的咏怀古迹的组诗。处于元朝盛世的馆阁文臣，其庙堂身份使其诗歌以歌功颂德、赞扬当今皇上英明神武为主题，展现出积极乐观，渴望建功立业，对未来充满着憧憬的心态。如袁桷《登侯台》写道：“明良佐神运，目力穷坡陁。曾垣睥睨雄，宝构通义娥。”①作者跟随皇帝巡幸，路过登侯台，借古咏今，由明良辅君治理朝政，抒发自己的建国之志。周伯琦的《怀来县》中“吾皇仁圣君，动必循彝章”②，将当今圣上与李唐相比，歌咏当今圣上的贤明仁德，其赞扬之情溢于言表。

与袁桷和周伯琦不同，杨允孚是布衣身份，其《滦京杂咏》是在元朝覆灭后所写，同样的古迹就有着不同的感情：“李陵台畔野云低，月白风清狼夜啼。健卒五千归未得，至今芳草绿萋萋。”野云、月白、狼啼、夜，这些意象奠定了悲凉苍茫之感，李陵台依旧，李陵依旧没有回归中原，芳草已然萋萋，更体现出一种物是人非、今非昔比之情。

（二）再现上京建筑及都市活动

元代扈从诗中，有许多组诗冠以上京、上京即事、上京杂咏等，如宋本《上京杂诗十七首》、王沂《上京十首》、叶衡《上京杂咏十首》、马祖常《丁卯上京四首》、萨都剌《上京即事十首》、郑潜《上京行幸词六首》等，不胜枚举。这些组诗将上京城的建筑、百姓聚落、生活习俗、劳动情况，上京的气候、特产、甚至戏曲的演出情况、宫廷的宴乐、祭祀等等，都包含在组诗当中，全面展现了上京的都市风光和生活。

首先，再现了上都宫殿及御苑行宫。周伯琦的《是年五月扈从上京学官纪事绝句十首》可作为代表。除末二首描述的“宫学”外，其余八首描绘了大安阁、洪禧殿、水晶殿、睿思香殿、宣文阁等宫殿。

大安阁是上都的主要宫殿，是元朝皇帝每年四至八月办理朝政的场所。皇帝经常在这里与诸王、大臣聚会，接见外国使者，重大国事都在大安阁办理。

① 杨镰：《全元诗》第21册，中华书局2013年版，第312页。
② 杨镰：《全元诗》第40册，中华书局2013年版，第395页。

《马可·波罗游记》“大汗在上都的豪华宫殿和大殿上的礼仪”条中记载：忽必烈汗在都城用大理石和(其他)石头建造了一主座宏大的宫殿，大厅和层间涂上了黄金，然后用各种各样的鸟兽和花卉图案加以装饰，精美绝伦，巧夺天工，让人叹为观止。[①]《是年五月扈从上京学官纪事绝句十首》其二、三云：

曾甍复阁接青冥，金色浮图七宝楹。当日熙春今避暑，滦河不比汉昆明。(二)

五色灵芝宝鼎中，珠幢翠盖舞双龙。玉衣高设皆神御，功德巍巍说祖宗。(三)[②]

诗注：“右咏大安阁，故宋汴熙春阁也，迁建上京。”这里明确说明大安阁是把北宋汴京的熙春阁迁到元上都重新修建的建筑，虞集在《大安阁图的跋文》中也有同样记载。熙春阁本是北宋汴京龙德宫的主要建筑，为木构多层建筑。王恽的《熙春阁遗制记》对元人复制大安阁有直接的启发。杨允孚《滦京杂咏》也赞道：“大安阁下晚风收，海月团团照上头”，“大安御阁势岩亭，华阙中天壮上京”。从这些诗句的描写中，可知大安阁是一座宏伟壮丽的高大建筑，在元上都有着不可替代的地位。

再如描写水晶殿的，其十一云：

冰华雪翼眩西东，玉座生寒八面风。巧思曾经修月手，通明元在五云中。[③]

诗后注：“右咏水晶殿。”杨允孚《滦京杂咏》诗注：“大安阁，上京大内也。别有水晶殿。”[④]元人把水晶殿列为上都五座宫殿之首，可见地位不凡。萨都剌诗《上京杂咏五首》其一云：“一派箫韶起半空，水晶行殿玉屏风。诸王舞蹈千官贺，高捧葡萄寿两宫。”[⑤]再现了水晶殿里宴饮歌舞的场景。元人把水晶殿称为“水精凉殿”，杨允孚《滦京杂咏》诗云：“谁道人间三伏节，水晶宫里十分秋。”作为宫城内主要建筑，内外装饰的华美自不待言。“冰华雪翼眩西东，玉座生寒八面风”，作者将其比作天上冰清玉洁的仙宫。由于水晶宫凉爽之极，故也成为扈从文臣为元帝讲经之所，周伯琦有《水晶殿进讲周易二首》。

元朝虽以藏传佛教为国教，帝王对佛教都很崇尚。上都城里的香殿即佛

---

① [意]马可·波罗著，肖民译：《马可·波罗游记》，陕西人民出版社2012年版。

② 杨镰：《全元诗》第40册，中华书局2013年版，第357页。

③ 同上。

④ 杨镰：《全元诗》第60册，中华书局2013年版，第404页。

⑤ [元]萨都剌撰，殷孟伦、朱广祁校注：《雁门集》卷6，上海古籍出版社1982年版，第161页。

殿,是元朝帝王礼佛之处。元泰定二年(1325)"八月戊子,修上都香殿"(《元史·泰定帝本纪二》)①。其十二云:

鹧斑百和作坚材,翥凤翔龙四壁开。宝地晓张香积界,始知天子是如来。②

诗后注:"右咏香殿。"诗歌的前两句描述了香殿装饰,后两句是盛赞元帝虔诚侍佛,是佛国如来普度众生。元世祖忽必烈带头崇佛,他于"万机之暇,自持数珠,课诵、施食"③。这为元后各代皇帝礼佛提供了范例。有研究者指出"元帝室上下虔诚地认为佛教藏经有着神秘的庇护功力。供奉诵念藏经,不但能够保佑自身,还可佑护国祚绵长。当时的元大都,数十个寺院的僧侣们经常举行诵经祈福等佛事,大都城笼罩在香烟缭绕的神秘气氛中,犹如为大元皇帝笼罩了神圣的灵光"。④ 可见,在众多佛事中,众僧聚集诵经的场面最具震撼力。其十五、十六云:

幄殿重檐藻帘低,花阴柳色御阶迷。氍毹铺地香风度,碧鉴清冰白昼凄。(十五)

延阁图书取次陈,讲帷日日集儒臣。墨池云合天光绚,东壁由来近北辰。(十六)⑤

诗后注:"右咏宣文阁。"宣文阁即奎章阁。元文宗天历二年(1329)三月"建奎章阁于大内",陈列珍玩,储藏书籍,是上都皇城的重要宫殿。后改为学士院,汇集著名学者文士,成为学术艺术的殿堂。史载,"奎章阁学士院,秩正二品。天历二年,立于兴圣殿西,命儒臣进经史之书,考帝王之治"⑥。阁内收藏古器物及图书甚多。元顺帝至元六年(1340)罢,1341年改为宣文阁,后又改为端本堂。杨允孚亦有咏奎章阁诗:"太平天子重文曹,阁建奎章选俊髦。一自六龙天上去,至今黄帕御床高。"(《滦京杂咏》)诗后注道:"昔文宗建奎章阁于大内,年深洒扫,睹御榻之岿然,感而赋此。"⑦

据元人王士点《禁扁》卷二"本朝"条载:睿思殿、洪禧殿、穆清殿、沼宁殿、

---

① [明]宋濂:《元史》卷29《泰定帝一》,中华书局1976年版,第659页。

② 杨镰:《全元诗》第40册,中华书局2013年版,第358页。

③ [南宋]志磐:《佛祖统纪》卷48《法运通塞纪十七之十四》,上海古籍出版社2012年版,第1155页。

④ 姚永霞:《〈圣旨看念藏经之记〉碑刻文化内涵探析》,《济源职业技术学院学报》2015年第1期。

⑤ 杨镰:《全元诗》第40册,中华书局2013年版,第358页。

⑥ [明]宋濂:《元史》卷86《百官四》,中华书局1976年版,第2222—2223页。

⑦ 杨镰:《全元诗》第60册,中华书局2013年版,第406页。

水晶殿,"已上五殿并在上都"[①],这五座宫殿是上都宫殿的主体建筑。如描写洪禧殿的,其四、十曰:

镂花香案错琳璆,金瓮葡萄大白浮。群玉诸山环御榻,瑶池只在殿西头。(四)

颇黎瓶中白马酒,酌以碧玉莲花杯。帝觞余沥得沾丐,洪禧殿上因裴回。(十)[②]

诗后有注云:"右二首咏洪禧殿。"至元二年二月修上都洪禧殿、崇寿殿。两首诗交待了洪禧殿建筑与装饰的富丽堂皇以及君臣宴饮的热闹场景。

元代的上都已消失在历史深处,有关宫廷建筑资料在《元典章》《元史》中均无记载。这些描写元上都宫廷建筑的诗歌为我们保存了那段历史,在某种意义上起到了"以诗存史"或"以诗补史"的作用。

其次,是反映馆阁文人经筵侍讲生活的。元代从泰定帝始开设经筵,据《元史·泰定帝纪》载:"(泰定元年二月)甲戌,江浙行省左丞赵简,请开经筵及择师傅,令太子及诸王大臣子孙受学。遂命平章政事张珪、翰林学士承旨忽都鲁都儿迷失、学士吴澄、集贤直学士邓文原,以《帝范》《资治通鉴》《大学衍义》《贞观政要》等书进讲,复敕右丞相也先帖木儿领之。"[③]《元史》卷181《虞集传》载:"泰定初……天子幸上都,以讲臣多高年,命集与集贤侍读学士王结执经以从。自是岁尝在行。"[④]经筵制度的实施,表明了元廷对儒家思想的重视,程朱理学得以弘扬。正如张帆先生所言,古代经筵的意义,原是对皇帝进行儒家思想熏陶。然而对少数民族皇帝来说,经筵又是他们学习、了解汉文化的课堂,关乎自身的汉化和儒化。[⑤]

周伯琦历官翰林修撰、宣文阁鉴书博士兼经筵官进讲,擢御史中丞,其诗记录了担任经筵侍讲的经历。《五月八日升除崇文少监兼经筵官拜觐行殿二首》云:

诏移闽节入䌷书,凡例森严愧学疏。执简七旬陈薄技,循墙三命拜新除。南熏歌蔼无为治,东壁光遥太乙居。身际承平恩遇渥,敢将经术赞华胥。(一)

① [元]王士点:《禁扁》卷2,《四库全书》本,第68卷。

② 杨镰:《全元诗》第40册,中华书局2013年版,第357—358页。

③ [明]宋濂:《元史》卷29《泰定帝一》,中华书局1976年版,第644页。

④ [明]宋濂:《元史》卷181《虞集传》,中华书局1976年版,第4176—4177页。

⑤ 参见:张帆《元代经筵述论》,《元史论丛》第5辑,中国社会科学出版社1993年版,第136—150页。

内阁重叨侍从班，侵晨幄殿觐天颜。丝纶垂问怜疏远，樗栎无遗激钝顽。华盖云容笼阁道，居庸御气绕燕山。都俞不减唐虞盛，舆颂中原沸九关。（二）[①]

组诗描述了周伯琦升任经筵官并接受皇帝召见的场景。“执简七旬陈薄技，循墙三命拜新除”，“新除”，谓新拜官职，指升任经筵官。“内阁重叨侍从班，侵晨幄殿觐天颜”，交待了升任经筵官位侍从班，接受天颜眷顾的经历。诗末“身际承平恩遇渥，敢将经术赞华胥”“都俞不减唐虞盛，舆颂中原沸九关”句，则表达了作者由衷的感恩之情。

再如《水晶殿进讲周易二首》，诗云：

水殿菲菲绿雾浮，貂蝉济济讲筵优。影摇蠹简三千字，光烛龙章十二旒。琐闼洞门天不夜，珠帘澄彻气长秋。宝箴拟献狂心切，冰柱何庸险语锼。（一）

玉栋璇题竦阊风，牙签锦标彻宸聪。天临宝鉴虚空上，人在冰壶皎洁中。列圣皇明齐日月，百年文物烂云虹。抱经莫讶儒冠冷，映雪谁能禁籍通。（二）[②]

经筵所讲的内容除了汉族史籍《资治通鉴》《贞观政要》等外，儒家经典《尚书》及理学家真德秀的《大学衍义》，都是朝廷关注的内容。这二首诗介绍了自己赴水晶殿为皇帝讲《周易》的过程和对皇帝圣明的歌颂。“影摇蠹简三千字，光烛龙章十二旒”，极言《易经》之艰涩难懂。“列圣皇明齐日月，百年文物烂云虹”，则表达了对元帝对经学、儒学的重视，并积极践行儒家之道的赞扬。

周伯琦《上京杂诗十首》从元初建造上都城说起，谈及对两都巡幸的看法，记录了作为扈从之臣的馆阁生活。“盛业超前古，侯王作干桢”（其一），“省方绳祖武，清暑顺天时”（其二），从这些诗句中，可以鲜明地看出作者对建造两都及实行两都巡幸制度由衷地赞美。从历史上看，至正年间，农民起义已经呈燎原之势，元廷政权像一棵被蛀空了的大树，倾斜倒塌已经是指日可待了。但是，周伯琦作为一个受朝廷恩遇的大臣，其上京扈从诗依然是充满歌功颂德的旋律。其诗曰：

皇图基正统，朔易建神京。地厚南坡暖，天低北斗明。禁垣金耸阁，朝市石为城。盛业超前古，侯王作干桢。（一）

省方绳祖武，清暑顺天时。法从严番直，周庐肃羽仪。氍毹驼背展，

① 杨镰：《全元诗》第40册，中华书局2013年版，第376页。

② 同上，第359页。

匼匝马头垂。惟有都人士,长望雨露私。(二)

西内西城外,周围十里中。草阴迷辇路,山色护离宫。翠殿光凝雾,璇题影曳虹。鸣銮时一幸,草木尽祥风。(三)

吉日开名宴,崇班列上公。马鸣金腰衮,冠耀玉玲珑。合乐华夷混,群羞水陆丰。林林应述职,能继古人风。(四)

官曹多合署,贾肆不常居。事简惟供亿,秋归幸羡余。有人磨铁砚,何日佩金鱼。直欲排阊阖,犹疑畏简书。(五)

水味分咸淡,岚氛集暮朝。烹炊心每厌,冲冒疾偏饶。斥卤元因海,涂泥半是潮。万形皆幻寓,随分得逍遥。(六)

卑湿如吴楚,雄严轶汉唐。土床长伏火,板屋颇通凉。菌出沙中美,椒升地上香。忘归江海客,直欲比家乡。(七)

水草饶刍牧,生涯富远氓。旃帘联雪屋,马湩溢琼罂。烂醉无怀氏,狂歌太古声。后车倾国色,艳服更珠缨。(八)

闻说开都日,双龙据海中。良何方献策,精卫竟成功。灵去为云雨,皇居焕电虹。黄图三辅右,载笔纪昭融。(九)

扈从多余暇,优游视草堂。特书兼左右,染翰侍明光。简峻程休父,雄深马子长。微才无一技,素食愧鹓行。(十)①

其一歌颂元朝"盛业超前古",赞美之情溢于言表。"皇图基正统,朔易建神京",既记载了上都建造的作用,也反映出汉代知识分子面对少数民族政权由"非我族类"到"华夷一家"的转变。其二刻画了出巡时场面壮观及上都人对皇帝巡幸的期待。其三描写上都的位置及周围环境。其四再现京城"诈马宴"盛况空前,文武大臣盛装赴宴,鼓乐齐鸣。其五描述翰林官员合署办公情形。以铁砚磨穿,形容立志不移,用"何日佩金鱼"陈述对未来的梦想。其六极言北方环境气候与南方差异巨大,作者深感不适。其七写北地饮食的美味绝伦及乐不思蜀。其八写草原水草丰茂,牧民安居乐业,饶有太古之风。扈从车队的后宫佳丽更为草原增添了一道美丽的风景。其九回忆上都开工建造的历史。其十中"扈从多余暇,优游视草堂",则反映出翰林院日常生活和诗人位列朝臣的谦逊。整组诗歌,反映了馆阁文人扈从上都生活的方方面面,与大都生活同中有异。

再次,反映蒙古族生活习俗。按照元朝制度,国有朝会庆典,宗王大臣来朝,岁时行幸皆有燕飨之礼。这种宴飨,称作"质孙宴",俗呼"诈马宴"。《元史》卷78《舆服一》载:"质孙,汉言一色服也,内廷大宴则服之。冬夏之服不同,

① 杨镰:《全元诗》第40册,中华书局2013年版,第343—344页。

然无定制。凡勋戚大臣近侍,赐则服之。下至于乐工卫士,皆有其服。精粗之制,上下之别,虽不同,总谓之质孙云。”①由于与会者都穿“质孙”服,所以这种宴会便称为“质孙宴”。周伯琦《近光集》卷1《诈马行并序》云:“国家之制,乘舆北幸上京,岁以六月吉日,命宿卫大臣及近侍服所赐只孙(质孙),珠翠金宝、衣冠腰带、盛饰名马。清晨,自城外各持彩杖,列队驰入禁中。于是,上盛服御殿临观,乃大张宴为乐。”②诈马宴举办的时间一般在阴历六月,时值漠南水草丰美、羊马肥壮,地点多在失剌斡耳朵(设在上都南坡或西郊,又有棕毛殿、水晶殿之称)举行。

杨允孚《滦京杂咏》第四十二对官员参加诈马宴的场景作了生动描绘:

> 千官万骑到山椒,个个金鞍雉尾高。下马一齐催入宴,玉阑干外换官袍。③

从“千官万骑”的描写就可以知道,棕毛殿是一座可容纳数千人的超大型宫殿。参加诈马宴的人数每次亦当在上千人,甚至更多。诗下注解:“每年六月三日诈马筵席,所以喻其盛事也,千官以雉尾饰马入宴。”诈马宴要连续开三天,与宴者每天换一次衣服。这在豪华之外又增加了诈马宴的庄严氛围和视觉上的美感,当然也增加了来自各地、身份不同的赴宴者的彼此认同感。与宴者除了要盛装自己,还要盛装自己的马。

入宫后,各人按照品级,坐在规定席位上。“凡大宴,世臣掌金匮之书者,必陈祖宗大札撒以为训。”④一切就绪后,大臣依制宣读祖训。《滦京杂咏》第四十三曰:

> 锦衣行处狻猊习,诈马筵开虎豹良。特敕云和罢弦管,君王有意听尧纲。

诗后自注:“诈马筵开,盛陈奇兽,宴享既具,必一二大臣称吉斯札撒,皇帝于是而后礼有文,饮有节矣。云和署,隶仪凤,司乐,掌天下乐工。”大汗下达圣旨,鼓乐暂停,君臣聆听“尧纲”。“尧纲”即为大札撒,意为“大法令”,是成吉思汗时依照蒙古习惯法颁布的法律和成吉思汗的“训言”。其主要内容是:“宗藩、勋贵要同心同德拥戴大汗,发扬列祖列宗的功德,永保祖宗基业;恪守君臣、尊

---

① [明]宋濂:《元史》卷78《舆服一》,中华书局1976年版,第1938页。

② 杨镰:《全元诗》第40册,中华书局2013年版,第345页。

③ 杨镰:《全元诗》第60册,中华书局2013年版,第401—410页。后一首同此。

④ [元]柯九思:《宫词一十五首》,[元]顾瑛辑,杨镰等整理:《草堂雅集》上册,中华书局2008年版,第2页。

卑、长幼之序；举止言谈，礼貌文雅，宴饮娱乐要适度有节，不可放纵沉溺。”①这是诈马宴开始时一道隆重的敬祖礼节。

诈马宴上充斥着全国各地搜括来的奇珍异品，“九州水陆千官供”，“大宴三日酣群悰，万羊脔炙万瓮醲”（周伯琦《诈马行并序》）。每次宴会要吃掉上万只羊，数匹马，喝掉万瓮美酒。《滦京杂咏》第四十七曰：

嘉鱼贡自黑龙江，西域葡萄酒更良。南土至奇夸凤髓，北陲异品是黄羊。

诈马宴主打食品牛羊马肉，是将牲畜宰杀后用开水退毛除去脏腑后的烤制或煮制品。主要饮品有万瓮葡萄酒、马奶酒。“嘉鱼”，指黑龙江的哈八都鱼；“凤髓”，指南方的名茶；还有盛产于新疆的葡萄酒和草原的黄羊。著名的“迤北八珍”（又称蒙古八珍或北八珍），分别指醍醐、沆、野驼蹄、鹿唇、驼乳麋、天鹅炙、紫玉浆和玄玉浆，也是诈马宴中常见的食品。见于元末陶宗仪《辍耕录》。

每次举行宴会，教坊美女必定花冠锦绣，以备供奉，同时还要表演歌舞百戏。“诸坊奏大乐，陈百戏”，“曼延角抵呈巧雄”，“紫衣妙舞腰细蜂，钧天合奏春融融。师狞虎啸跳豹熊，山呼鳌抃万姓同”（周伯琦《诈马行并序》）。歌舞表演要欢快，同时还要带有吉祥祝愿之意，如《滦京杂咏》第三十三曰：

又是官车入御天，丽姝歌舞太平年。侍臣称贺天颜喜，寿酒诸王次第传。

诗后注：“千官至御天门，俱下马徒行。独至尊骑马直入，前有教坊舞女引导，且歌且舞，舞出‘天下太平’字样，至玉阶乃止。”

再如《滦京杂咏》第四十四曰：

仪凤伶官乐既成，仙风吹送下蓬瀛。花冠簇簇停歌舞，独喜箫韶奏太平。

蒙古族自古能歌善舞，诈马宴上要有许多富有民族特色的歌舞音乐表演。诗后注云：“每宴，教坊美女必花冠锦簇，以备供奉。”宴饮的同时，舞姿曼妙，歌声如潮，急管繁弦，催促狂饮。“一曲霓裳才舞罢，天香浮动翠云袍”，宴会上的音乐舞蹈表演将宴会推向了高潮，整个皇宫变成了沸腾的海洋，热闹而快乐。

元上都的“诈马宴”既是蒙古族生活习俗使然，也被元统治者赋予了政治内涵。正如有学者指出，“元代皇帝通过每年举行的‘诈马宴’赏赐大臣，加强

---

① 参见：邢洁晨《古代蒙古族诈马宴研究》，《内蒙古大学学报（哲学社会科学版）》1994年第1期。

与漠北蒙古诸王的联系，沟通感情，树立权威；同时也接待藩属及外国使节来朝，以此展示元王朝的强盛和恢弘的气度”①。杨允孚以尚食供奉之官参与其中，对整个过程、每个细节都非常熟悉，其《滦京杂咏》为我们留下了非常翔实的文献资料。

游皇城是上都城里一项很隆重的宗教文化活动。每年六月中旬，佛教的帝师在上都做佛事，之后就要举行盛大的游皇城的活动。元朝的皇帝、后妃、公主等贵臣近侍，都穿着华丽的衣服，坐在彩楼上观看。袁桷的《皇城曲》、张昱的《辇下曲》中对此均有描写。如《滦京杂咏》第七十二曰：

> 百戏游城又及时，西方佛子阅宏规。彩云隐隐旌旗过，翠阁深深玉笛吹。

这样的场景足以说明元统治者对于佛教的重视。诗后注：“每年六月望日，帝师以百戏入内，从西华门入，然后登城设宴，谓之游皇城是也。”关于元代统治者举办游皇城活动的原因，元世祖曾说“与众生袚除不祥，导迎福祉”。游皇城是上都政治文化生活的大事，规模宏大，场面壮观：“教坊司云和署掌大乐鼓、板杖鼓、筚篥、龙笛、琵琶、筝、绣七色，凡四百人。兴和署掌妓女杂扮队戏一百五十人，祥和署掌杂把戏男女一百五十人，仪凤司掌汉人、回回、河西三色细乐，每色各三队，凡三百二十四人。”②至正十四年(1354)丁丑，顺帝也对大臣脱脱说：“朕尝作朵思哥儿好事，迎白伞盖游皇城，实为天下生灵之故。”(《顺帝本纪》)③有关游皇城的过程，《元史》卷77《祭祀六》载：“至十五日，恭请伞盖于御座，奉置宝舆，诸仪卫队仗列于殿前，诸色社直暨诸坛面列于崇天门外，迎引出宫。至庆寿寺，具素食，食罢起行，从西宫门外垣海子南岸，入厚载红门，由东华门过延春门而西。帝及后妃公主，于玉德殿门外，搭金脊五殿彩楼而观览焉。及诸队仗社直送金伞还宫，复恭置御榻上。帝师僧众作佛事，至十六日罢散。岁以为常，谓之游皇城。或有因事而辍，寻复举行。夏六月中，上京亦如此。”④这段文字详细记录了上都游皇城的路线及各色人等的活动情况。

上都都城的主要设计者刘秉忠是一个虔诚的佛教徒，因此上都城内的佛寺就成了整个上都布局的一个重要组成部分。扈从组诗中有不少反映上都宗教信仰及宗教活动的诗歌。《滦京杂咏》第六十六中有做佛事的描述：

---

① 高建新：《元代诗人笔下的“诈马宴”略说》，《内蒙古大学学报(哲学社会科学版)》2016年第2期。

② [明]宋濂：《元史》卷77《祭祀六》，中华书局1976年版，第1926页。

③ [明]宋濂：《元史》卷43《顺帝六》，中华书局1976年版，第913页。

④ [明]宋濂：《元史》卷77《祭祀六》，中华书局1976年版，第1927页。

雍容环佩肃千官,空设番僧止雨坛。自是半晴天气好,螺声吹起宿云寒。

诗后注云:"西番种类不一,每即殊礼,燕享大会,则设止雨坛于殿隅。时因所见,以发一哂。"诗歌再现了官员们穿着华丽的服装,在震天的螺声中,设立雨坛,祭神拜佛的情景。

再如袁桷《上京杂咏再次韵十首》其二云:

宝阁凌空涌,金壶映日黄。梵音通朔漠,法曲广伊凉。御榻惟经帙,官炉独篆香。吾皇清净德,银管愿垂芳。①

就从皇帝平时阅读习惯养成、爱好等角度说明了佛教对元代最高统治者影响程度之深。《元史·祭祀六》载,每年正月十五日,上都宣政院所辖三百六十官寺增多举力参与游皇城活动:"掌供应佛像、坛面、幢幡、宝盖、车鼓、头旗三百六十坛,每坛擎执抬舁二十六人,钹鼓僧一十二人。"②

除佛教外,上都的道教也极具影响力,许多馆阁文臣如虞集、袁桷、揭傒斯、迺贤等当都有与崇真观道士相唱和或者以崇真宫为题材的组诗作品流传。元代文人与道士把崇真观作为活动的场所,诗文唱和,雅相友善,一时间文道互动成了潮流。

(三) 记录馆阁生活

扈从上都的文人大多是翰林院馆阁文人,两都巡幸为他们交游聚集、联诗赋词提供了一个绝好场合。对赵孟頫、程钜夫、虞集、欧阳玄、马祖常、黄溍、揭傒斯、吴澄、袁桷、邓文原、范梈、柳贯、陈旅、贡师泰、张起岩、李好文、王沂、虞集、宋褧、余阙、张翥、危素等馆阁文臣来说,在同往上都的过程中,彼此间翰墨往复,更相酬唱,结下了深厚的友谊。袁桷在《开平四集》中,有很多诗篇写同行的友谊,以及对朋友们的怀念。张伯雨曾辑当时著名文士唱和诗作成集,出于对其中诸多翰林学士的尊重,命名为《师友集》,并请翰林侍讲学士黄溍为之序。

苏天爵在《元故翰林侍讲学士知制诰同修国史赠江浙行中书省参知政事袁文清公墓志铭》中说:"公为文辞,奥雅奇严。日与虞公集、马公祖常、王公士熙作为古文,论议迭相师友,间为歌诗倡酬,遂以文章名海内。"③《送王继学修

① 杨镰:《全元诗》第21册,中华书局2013年版,第315页。

② [明]宋濂:《元史》卷77《祭祀六》,中华书局1976年版,第1926页。

③ [元]苏天爵著,陈高华、孟繁清校点:《滋溪文稿》,中华书局1997年版,第137页。

撰马伯庸应奉分院上都二首》即是袁桷送王士熙、马祖常扈从上都供职翰林分院时所作，诗曰：

玉京高处雪流脂，连插鸡翘绿鬓垂。蹀躞有泥歌独漉，琵琶无梦说相思。黑河旧乐催填谱，白海名花拟进词。羽猎上林俱罢赋，卿云何以报明时。（一）

浅坡平迭碛漫漫，拂岭青帘罨画看。毡屋起营羊胛熟，土房催顿马通乾。挏官走驿传金碗，冰正分奁贮玉盘。莫上乡台望南北，白云微处是枪竿。（二）①

作者身在南方，友人扈从北上。“莫上乡台望南北，白云微处是枪竿”，一南一北，诗中表达了诗人与扈从上都的友人之间的挂念之情。诗中既展现了北方风俗风光的奇特，也传递了对友人在“羽猎上林俱罢赋，卿云何以报明时”背景下的忧虑。

周伯琦《越五日别翰林诸友二首》是一组离别诗，诗曰：

分班扈跸到滦京，侍从官闲暑气清。圣主素知吾道重，颁香特遣孔林行。中原庙貌山川古，万代纲常日月明。虔祀归时迎大驾，共陈经术赞承平。（一）

上京两月得从容，视草堂前花影重。黄阁宣麻书数纸，大官尚酝日千钟。题名已愧联群玉，善颂惟知疑华封。王事期程行有日，从今夜夜梦鳌峰。（二）②

与苏天爵诗基调不同的是，周伯琦诗洋溢着幸福和喜悦之情。其一对“分班扈跸到滦京”的翰林旧友及赐予恩宠的元朝皇帝给予了热情的讴歌：“万代纲常日月明”“共陈经术赞承平”。其二写旧友扈从上都两月有余，作者想象他们在玉堂日理万机的情形。“王事期程行有日，从今夜夜梦鳌峰”一句，传达了作者对旧友深切的思念之情。

在上都翰林国史院里，馆臣题咏最多的是鳌峰和视草堂。“玉堂视草屋三间，尽日鳌峰相对闲”③，“比至上都，官署寓于视草堂之西偏，文翰闲暇，吟哦亦不废”④。在视草堂，翰苑文臣们奉命撰修辽、金、宋史和元典章实录，选拔推荐人才，兴国学，开科考取士。“扈从多余暇，优游视草堂。特书兼左右，染翰侍

---

① 杨镰：《全元诗》第21册，中华书局2013年版，第212—213页。
② 杨镰：《全元诗》第40册，中华书局2013年版，第346页。
③ [元]胡助：《滦阳杂咏十首》，《纯白斋类稿》卷14，《丛书集成初编》本，第127页。
④ [元]胡助：《上京纪行诗序》，《纯白斋类稿》卷20，《丛书集成初编》本，第188页。

明光"[①]，"上京两月得从容，视草堂前华影重。黄阁宣麻书数纸，大官尚酝日千钟。题名已愧联群玉，善颂惟知假华封。王事期程行有日，从今夜夜梦鳌峰"[②]。视草堂是翰苑文人的主要办公地点，整日在这里活动，群臣们对视草堂有了深厚的感情。

袁桷《视草堂四咏》典型地再现了翰林文臣的闲暇生活，诗云：

视草堂前月，凄清十倍秋。银河斜处响，玉斧暗中修。隐约娑罗见，微茫顾兔流。霓裳端可补，顾入广寒游。（一）

视草堂前雪，飞花具四时。老疑潘鬓重，舞觉沈腰羸。妙合丝纶巧，功调鼎鼐奇。虚皇瞻咫尺，顾赋玉京诗。（二）

视草堂前雨，飞空万象新。随龙下膏泽，涤颖布阳春。脉霖能生物，沾濡不受尘。巫山空有赋，难作楚王臣。（三）

视草堂前日，传宣趣制词。稿裁初刻上，朝罢八砖移。乌御行黄道，龙光映玉墀。熏风生殿阁，小立独多时。（四）[③]

组诗分咏了上京的月、雪、雨和日，切入点是上京的"视草堂"。每年扈跸滦阳，作为翰林国史院的文臣，都要在视草堂办公。站在自己的工作场所，遥望着日月，感受着"紫驼银瓮出蒲萄"。视草堂连同堂前之月、雪、雨、日，在诗人的笔下，都变得那么亲切而富有诗意。苏天爵在《元故翰林侍讲学士知制诰同修国史赠江浙行中书省参知政事袁文清公墓志铭》中说："公为文辞，奥雅奇严。日与虞公集、马公祖常、王公士熙作为古文，论议迭相师友，间为歌诗唱酬，遂以文章名海内。"[④]

鳌峰石位于上都翰林国史庭院中，其独特的形状及在翰苑中特殊的地理位置，吸引了翰苑馆臣的目光，成为大家闲暇之余集体赋咏的对象。"鳌峰者，国史院庭中石名也。伯宁御史为仆言，自其先公时，与诸老名胜赋诗者，盖数百篇。"[⑤]"翰苑视草堂前阶有石，号鳌峰。"[⑥]馆阁文臣们以鳌峰为韵，互相唱和，活跃了翰林院的文化氛围。不少文臣背井离乡孤身独居上京，生活清闲孤独。鳌峰石寄托了久经宦海浮沉的文臣们太多的感情。虞集曾以鳌峰石为题，作《戏作试问堂前石五首》《代石答五首》，自问自答，以石喻人，描写了自己

① 杨镰：《全元诗》第40册，中华书局2013年版，第346页。

② 同上，第344页。

③ 杨镰：《全元诗》第21册，中华书局2013年版，第334—335页。

④ [元]苏天爵著，陈高华、孟繁清校点：《滋溪文稿》，中华书局1997年版，第137页。

⑤ [元]虞集：《道园学古录》卷3，《四部丛刊初编》本。

⑥ [元]刘敏中：《次韵郑潜庵应奉鳌峰石往还十首》，《中庵先生刘文简公文集》卷23，《北京图书馆古籍珍本丛刊》本，第92册，第500页。

作为一个南人，为仕途北上大都、上都，在元廷官场上坎坎坷坷的经历。

然而，随着时间的推移，这一切变得陌生了，袁桷《视草堂岁久倾圮述怀二首》所呈现的却是衰飒之景。昔日“寿俊佩蹁跹”的视草堂，“人物于今似眇然”。如今雨透墙坏，蜗生墙角，旧灶泥深，菌露钉生，就像一个历经沧桑的老游宦，俨然一副晚暮景象。

《元史·曹元用传》载：“至治三年八月，铁失之变，贼党赤斤铁木儿遽至京师，收百司印，趣召两院学士北上。”①这就是历史上著名的“南坡之变”。这场统治阶层内部的权力之争的政变，波及了翰林国史院、集贤院的文士，袁桷等翰林院官员都被迫迁至上京，等候发落。袁桷曾得到英宗和拜住的信任，极为恐惧，感到了扑面而来的危险，故而在泰定元年(1324)，便辞官归隐了。因其南士身份，使他对政治既参与而又远离，这正是一种畏祸的心理。袁桷的《客舍书事八首》所反映的情感正是在此背景下产生的。诗云：

客景真愁绝，凄凉倍旧年。草穿沙觜缩，云住屋头偏。灶冷厨烟湿，窗低檐溜悬。畏寒难出户，尽日得高眠。(一)

日永空庭静，清斋罢煮茶。无羊谁阅市，有客共思家。巷近逢归马，门闲数过车。衰年行六十，那得老风沙。(二)

愁极吟肩耸，尘深望眼迷。屋随冰上下，山趁雪高低。干酪瓶争挈，生盐斗可提。日斜看不足，蹋舞共扶携。(三)

蟾影穿窗直，龙光拂席流。凄凉三伏暑，淅沥九天秋。水恶停泥井，冰坚宿瓦沟。年年游上国，那识望乡愁。(四)

问俗过闾里，凄凉说住冬。冻瓶粘在手，暖扇缚当胸。雪急籧篨响，风高榾柮松。寒更传警夜，飞骑急憧憧。(五)

禁堞防危石，官衢漾浅沙。犬能搜兔窟，马解避驼车。童剪青蔬甲，僧分墨菊芽。飘零堪慰藉，小雨垫乌沙。(六)

宿雾成疏雨，寒蓬卷细尘。云飞疑到地，草长不知春。香几蜂喧密，寒房燕语真。白头关塞外，犹作未归人。(七)

灯影微微焰，钟声隐隐清。归鸿天际度，去骑月边行。久客心无着，微醺梦易成。揽表中夜起，北斗正南横。(八)②

据《析津志》载：“至顺二年(1331)七月十九日，奉旨以天师宫(即崇真观)为翰林国史院，盖为三朝御容在内，岁时以家国礼致祭。而翰林院除修纂、应奉外，

---

① [明]宋濂：《元史》卷172《列传第五十九》，中华书局1976年版，第4027页。

② 杨镰：《全元诗》第21册，中华书局2013年版，第333—334页。

至于修理一事又付之有司。今公字日废,孰肯为己任言于弼谐者乎?”[①]衰老、孤独与乡愁,终于在这旅程中无限蔓延,弥漫在袁桷的《开平四集》中。《客舍书事八首》主要记录了作者在至治二年三月甲戌间扈跸,滞留上都生发的思乡之情。这是诗人第五次,也是最后一次扈从上都。年事已高的他,感受到了繁华褪尽后的萧条。曾经热闹非凡的雅集之所——上都崇真观更加呈现出衰败之相。其一,以“客景真愁绝,凄凉倍旧年”道出了此番扈从上都非同寻常的凄凉体验,为组诗定下了情感基调。《开平四集》序云:“至治二年(1322)三月甲戌,改除翰林直学士。四月乙丑,出建德门,买小车卧行。八日,至开平,舍于崇真宫。有旨:道士免扈从。宫中阒无人声。车驾五月中旬始至,书诏简绝,仅为祝文十三道(已入内制)。悲愉感发,一寓于诗。而同院亦寡唱和,率意为题,得一百篇。”[②]从其自述中我们大体可以了解作者有此感受的真正原因。在一片寒冷的背景中,作为南方人的袁桷内心充满着思乡之愁。其二,以“日永空庭静,清斋罢煮茶”极写翰林分院的寂静。身居闹市却心如止水,在“思家”情绪引领下,抒发了“衰年行六十,那得老风沙”的倦怠与沮丧。此时的袁桷是以衰暮老朽的身体经历着他的上京之旅。大都与上京之间的路途是充满着颠簸之苦,亦多为环山绕岭、四下无人之地。他甚至不乘鞍马,而是“买小车卧行,八日至开平,舍于崇真宫”,故有此慨叹。其三,用“冰上下”“雪高低”极写塞外苦寒之地的环境特征,以“干酪”“生盐”“蹋舞”等极富游牧民族特色的生活方式为背景,集中展示诗人的因思乡而不得无奈。“愁极”“望眼”是本诗的灵魂。其四,头二句“蟾影穿窗直,龙光拂席流”写客舍月色。中四句写北国之秋,阴雨绵绵,连三伏天也特别凄凉。最后集中到“年年游上国,那识望乡愁”上,将诗人羁旅他乡,思归不得的乡愁浓烈展示了出来。其五、其六两首,极写北地的严寒和戍卫将士的警觉,再现了扈从途中的经历。从“问俗过闾里,凄凉说住冬”“飘零堪慰藉”等诗句中同样感受到作者漂泊他乡的凄凉。其七,首二句从客舍外的自然景观写起,以凄冷昏暗的画面引发愁思。中间四句透过视觉、听觉来点出“江南春色”,以衬托诗人身处遥远的关塞之地。“白头关塞外,犹作未归人”二句直截泪点。虽未直言乡愁,但乡愁却已深刻透显。其八,写客舍中孤灯相伴,无比寂寞,只得借酒浇愁。推窗远望,繁星闪烁,归鸿点点。远处传来的钟声,敲击诗人敏感的弦,令作者辗转反侧,难以入眠。整组诗歌除了第五、第六首诗写北地严寒和扈从途中见闻外,其余六首诗的重心都集中在思归之情的表达上。

---

① 熊梦祥:《析津志辑佚》,北京古籍出版社 1983 年版,第 33 页。

② 杨镰:《全元诗》第 21 册,中华书局 2013 年版,第 328 页。

总之，在玉堂，汉人儒士、蒙古族儒士和其他少数民族儒士相互往来，经常在一起作画鉴画，题诗和诗，交流感情，互诉情怀。这些活动，在促进各民族文士之间的团结和友谊方面，发挥着重要的作用。

第三节 陈孚《交州稿》与安南纪行组诗

如果说耶律楚材、耶律铸等创作的西域诗开拓了元诗的西极，扈从上都的文人们创作的上京纪行诗开拓了元诗的北极，那么，元廷奉使安南的使臣所作的安南纪行诗则开拓了元诗的南极。随着元代奉使文人的足迹所至，在以往朝代属于异域的很多地方开始进入元人的视野和元诗题材范围。

安南与交趾，都是越南的古称。蒙古人兴起建立元朝，安南与中国的关系进入一个新的历史时期。蒙古人最初试图用武力征服安南，因此在元成宗之前是征伐与安抚交替进行。成宗即位后，元朝与安南陈朝确定藩属关系，虽然之后就安南国王是否入朝觐见等事存在纠纷，但双方基本上进入和平阶段，频繁互派使者。有研究者指出：“元朝与安南陈朝之间时战时和，直接影响了两国间的政治交往。使臣的使命也因两国关系的变化而不同，或为谕旨停战，或为宣谕入觐，或为绥抚安定。‘安南纪行诗’的诗人群体即为出使安南的使臣，出使的政治任务使他们能够有机会走出国门，见识域外风光。不同的使命与任务对使臣的心态产生不同的影响，直接影响了诗人的创作。”①据马明达先生统计，元朝派出使者共计 27 次②，留下 8 部可考的使越文集：张立道的《安南录》、李克忠的《移安南书》、徐明善的《安南行纪（记）》、陈孚的《交州稿》、萧泰登的《使交录》、文矩的《安南行纪》、智熙善的《越南行稿》、傅若金的《南征稿》。其中以陈孚的《交州稿》和傅若金的《南征稿》最为著名。

据《元史·世祖本纪十四》载：至元二十九年（1292）九月“辛酉，诏谕安南国陈日燇，使亲入朝。选湖南道宣慰副使梁曾，授吏部尚书佩三珠虎符，翰林国史院编修官陈孚，授礼部郎中佩金符同使安南”③。至元二十九年，陈孚在翰林院编修任上以副使身份出使安南，次年全节以还，除翰林待制。从《元史》记载看，陈孚等人此次使越的主要任务是诏谕安南国王陈日燇入朝觐，即《交州稿》后记中说是“奉玺书问罪于交趾”。自元代中越宗藩关系建立以来，元朝曾

① 陈巧灵：《元代安南纪行诗研究》，浙江师范大学 2016 年硕士学位论文，第 5 页。

② 马明达：《元代出使安南考》，载于《专门史论集》，暨南大学出版社 2002 年版，第 156—183 页。

③ ［明］宋濂等撰：《元史》卷 17《世祖本纪十四》，中华书局 1976 年版，第 366 页。

屡次遣使诏谕安南国王入觐，安南国王都会借故推脱。所以陈孚言“问罪于交趾”的原因正在于此。

诗人从大都路(今北京)出发，途经中书省、河南江北行省、湖广行省等三省，最后从广西进入安南境内。陈玉龙《历代中越交通道里考》绘制了其从大都赴安南及返回的行程路线：

> 顺承门(北京)、卢沟桥、良乡县(河北省)、涿州、易州(易县)、保定府、中山府、真定(真定县)、滹沱河(河北)、赵州(赵县)、望台、都南、临洺驿、邯郸、磁州、彰德(河南省安阳县)、淇县(淇县之西北)、卫州(汲县)、黄河、汴梁、朱仙驿、鄢陵、上蔡县、蔡州(汝南县)、黄州(湖北省黄冈县)、鄂渚(武昌县之西)、鹦鹉州(武昌县之西)，潭州(湖北省长沙县)、衡州、永州(零陵县)、全州(广西全县)、灵川县、永福县、马平、宾州(宾阳县)、群舸江(贵州)、邕州、江州(在溪洞、崇善之南南东)、思明州(宁明县)、恩陵州(宁明县南方之恩陵)、禄州(越境)、丘温县、支陵驿、朝地驿、桥市驿(桥市驿之西)、安南(河内)、老鼠关、柳州(广西马平县)、浯溪(祁阳县之西南)、衡山县(湖南省)、湘阴县、安庆府(安徽省)、采石(当涂县之北方)。①

《交州稿》是陈孚奉使安南途中所作，“其山川、城邑、风俗为图一卷，谕以顺福逆祸，为书八篇，悉以上于史馆，兹不敢述。姑即道中所得诗一百余首，目之曰《交州稿》，以示同志云。癸巳除夕，孚敬书”②。四库馆臣也云：“《交州稿》为至元二十九年世祖命梁曾以吏部尚书再使安南，孚以翰林国史院编修官摄礼部郎中为副使，往来道中之作”，“纪道路所经山川、古迹，盖仿范成大使北诸诗，而大致亦复相埒”。③ 顾嗣立在陈孚小传中说：“其于安南道途往返纪行诸诗，山川草木虫鱼人物诡异之状，靡不具载，又若图经前陈，险易远近，按之可悉数也。”④这组奉使诗共107首诗歌，按照奉使行程可分成三部分：一是从大都到安南境奉使途中纪行叙事诗，共有77首；二是出使安南境内的纪行叙事诗，诗共有19首；三是从安南回京途中的纪行叙事诗，共有11首。兹仅对安南境内的纪行叙事组诗作简要论述。

---

① 参见：陈玉龙《历代中越交通道里考》，载于中国东南亚研究会编《东南亚史论文集》，河南人民出版社1987年版，第111页。陈巧灵《元代安南纪行诗研究》对于陈孚的出使线路有更详细描述，浙江师范大学2016年硕士学位论文，第19—24页。

② 杨镰：《全元诗》第18册，中华书局2013年版，第395—396页。

③ [清]永瑢等撰：《四库全书总目》卷166，中华书局1965年版，第1434页。

④ [清]顾嗣立：《元诗选》二集，中华书局1987年版，第212页。

（一）再现安南独特的风光与风土人情

安南地处偏远南方，在地貌、生活方式与民俗上有着独特个性。这种视觉上的反差使得诗人对安南的异域景观、风土人情格外关注，从而为其诗歌创作带来了新奇之感。

据《安南志原》载，安南位于元朝西南，其地东距海，西抵云南老挝宣慰司，南抵占城，北抵广西思明凭祥。安南地区气候湿热，瘴气弥漫，环境恶劣，常令途经此地的诗人倍感艰辛。

> 六辔南驱下宝台，交州正月已青梅。富良江涌瘴云湿，安化桥昏蛮雨来。蝙蝠穿林红似焰，蜈蚣浮海黑如堆。（《交趾支陵驿即事》）
>
> 一雨随车洗瘴烟，大鹏还击水三千。南来未了维摩病，北渡空思达磨禅。（《交趾伪少保国相丁公文以诗饯行因次韵》其二）[①]

前诗交待了至元二十九年(1292)正月抵达安南的感受。诗中对安南环境的描述令人惊异，其意象阴森恐怖，不亚于诗鬼李贺。“富良江涌瘴云湿，安化桥昏蛮雨来。蝙蝠穿林红似焰，蜈蚣浮海黑如堆”，看到江面上弥漫的瘴云、红色的蝙蝠与海中的类似蜈蚣的怪物，让作者想起古代的巨人部落防风氏，认为这些怪异会给人带来灾难。后诗为归国临别之际，与安南人的赠答唱和之作。大雨将随行车驾上的瘴烟之气全都洗净，自己终于可以像大鹏那样展翅高飞，击水三千了，洋溢着洒脱豪迈之情。两诗的相同之处，便是“瘴云”“瘴烟”意象，它们既展现出当地恶劣的气候环境，也成了诗人舟车劳顿的代名词，具有了超越本身的象征意义。

除了“瘴气”“瘴烟”“瘴云”等意象外，诗人也会通过南北气温的对比及周围景物的变化来展示安南炎热的气候，显示出南北的气候差异。《交趾境丘温县》写道：“九月出蓟门，北风吹雪衣裘温。正月至交趾，赤日烧空汗如水。天涯海角茫茫路，马蹄声里光阴度。”[②]诗人九月刚出大都之时，天气寒冷，北风呼啸，雪花飘落，裘衣裹身。次年正月到了安南，却是赤日炎炎，挥汗如雨。前后对比，突出了安南气候的炎热带给作者的不适。

安南不仅气候炎热，暴风骤雨更是吓人，如《禄州遇大风》写道：“岩壑惊摇木树摧，满空苦雾卷尘埃。黑风鬼国漂流去，赤县神州梦寐回。病马不嘶毛似猬，征夫相对面如灰。夜深不解征衣睡，况有翻盆急雨来。”[③]禄州在今越南境

---

① 杨镰：《全元诗》第18册，中华书局2013年版，第382、394页。

② 同上，第381页。

③ 同上。

内。唐置羁縻州禄州,在今越南谅山西,属安南大都护府,治今越南高谅省禄平县。宋为邕州羁縻州,元末明初地入越南。这里既有"岩壑惊摇木树摧,满空苦雾卷尘埃"的"黑风",更有"翻盆"的"急雨",环境极其险恶,给人的感觉是"鬼国漂流去",致使"病马不嘶毛似猬,征夫相对面如灰",将出使安南的艰辛与恐惧极其形象地展示出来。

《二月三日宿丘温驿见新月正在天心众各惊异因诗以记之》则记录了途经丘温驿,夜宿驿站时所见的奇异星象,令作者惊异不已。诗云:"至元癸巳春,二月三日夕。陈子使交州,弭节丘温驿。云开林影明,出门看月色。但见天中间,弯弯贴半璧。同行二三子,相顾各太息。中原月初生,去地才数尺。今胡翘首望,月乃在东北。神禹奠九州,维此实异域。玄象尚尔殊,礼义何由识。太息不能寐,风动松露滴。乱星不知名,累累拥南极。"①诗中"至元癸巳春,二月三日夕",即至元三十年(1293)二月初三。诗中记录了宿丘温县驿时所见"新月正在天心"和"乱星不知名,累累拥南极"的奇异景象,使作者鲜明地感受到异域与中原的迥异,从而发出"神禹奠九州,维此实异域"的感叹!

五言排律《安南即事》是一首全面反映安南地理、生活、民俗的诗歌。诗中写到安南的山川百态、风土人情、衣食住行,面面俱到,内容涵盖了安南的历史、宗教、婚姻习俗、服饰、语言行为、交通、祭祀、军事、官僚系统、刑罚、税收、饮食、居住、商贸、山川地形、驻军、农植物、水果、建筑等,涵盖安南文化的方方面面。诗中每两句之后都有自注,呈现出纪实与志异相杂糅的特点,为现在研究越南古史和中越关系提供了丰富的史料。前人多有研究,兹不展开。

《安南即事》记载了安南的山川地理、军事信息、政治状况等,具有明显的"情报"特征。如"突兀山分腊,汪茫浪注泸"后注云:"其国西面皆山,惟寄狼、宝台、佛迹、马鞍于境内为高。西南善汝县有赤土山,万仞插天,将数百。南栅江以筏渡,行四十里至富良江,水湍急,不甚阔。江之南名桥市,居民颇众。又四十四里曰归化江,一曰泸江,阔与漠鄂等。江自大理西下,东南入于海,即诸葛武侯渡泸之下流也。有四津,潮汐不常。"又如"水弩含沙掷,山獠出穴巃"后注云:"水弩,一曰含沙射工,以气射三十步,射中其影,但觉红痒。即以刀抉去肉,不尔必死。大率毒虫毒药,广以南多有之。中州人至此,不善宝护,必为所害。山獠一曰山都,多在大木为巢,或居岩穴,独足跳踯,能眩惑人,盖山鬼水怪类云。"②从诗、注中内容可知,这些记载多与军事有关,这与使臣肩负探听对方军事秘密的责任密不可分。检视元军征讨安南的战史可见,令元军战斗力

① 杨镰:《全元诗》第18册,中华书局2013年版,第381—382页。

② 同上,第380页。

大减的便是安南毒箭。镇南王脱欢脚部中毒箭受伤，而元将李恒、来阿八赤均因中毒箭身亡，教训惨痛。此处对水弩伤人原理及应对措施的介绍，显然极具军事价值。这正是安南纪行诗迥异于一般纪行诗之处。

（二）展示“海宇混一”的盛世豪情

在元人看来，大元疆域辽阔，国力强盛，威服四夷，前所未有。唯独安南“形服而心犹未化”，因此，出使安南的意义就显得特别重大。

“紫衣新命渥，金节远威宣”[①]，在使臣看来乃是极为荣耀之事。“少年偶此请长缨，命落南州一羽轻”（《交趾使还》），诗人奉使安南，心中洋溢着“海宇混一”所带来的盛世豪情。在使臣看来，与堂堂大元相比，安南不过只是蛮夷小邦，不足为患。如《交趾伪少保国相丁公文以诗饯行因次韵二首》云：

> 使星飞下拥祥烟，不惮崎岖路九千。双袖拂开南海瘴，一声喝破下乘禅。妙龄已出终军上，英论高居陆贾前。归到朝端须为说，远氓日夜祝尧年。（一）
>
> 一雨随车洗瘴烟，大鹏还击水三千。南来未了维摩病，北渡空思达磨禅。使节寻常铜柱外，天威咫尺玉阶前。临岐握手无他祝，留取忠贞照暮年。（二）[②]

组诗气势壮大而又得体，彰显出元朝天子的威仪。其一，交待出使安南的经过及与友人的交往。“妙龄已出终军上，英论高居陆贾前”是称赞丁公文的文学才华，不亚于中原文魁。“双袖拂开南海瘴，一声喝破下乘禅”一句，写得举重若轻，气势非凡，尽显大国风采。结尾的“归到朝端须为说，远氓日夜祝尧年”则具有安抚之意。其二，互道珍重，传递友谊，表达了期许。“忠贞”二字，点出元廷与安南的宗主国与附属国的关系。“使节寻常铜柱外，天威咫尺玉阶前”，恩威并施，极显其不辱使命的气节。正如黄二宁所言：“安南纪行诗以其作者的使臣身份、超远的空间距离、丰富奇异的见闻、昂扬的主体精神，成为元诗世界中一个独特的部分。”[③]这种昂扬的主体精神让其克服了出使途中的种种艰难险阻，在与安南国看不见刀光剑影的角力中，出色地完成使命。

元朝使臣出使安南，其使命就是促使陈朝安心归顺，核心就是所谓“六

---

① ［元］周伯琦：《题李奉使诗卷》，《近光集》卷 1，文渊阁《四库全书》影印本。

② 杨镰：《全元诗》第 18 册，中华书局 2013 年版，第 393—394 页。

③ 黄二宁：《论元代安南纪行诗的书写特征与诗史意义》，《南开学报（哲学社会科学版）》2016 年第 5 期。

事”[①]:一是君长亲朝;二是子弟入质;三是汇编民数;四是提供出军役人数;五是输纳税赋;六是仍置达鲁花赤统治之。元廷诏谕安南执行“六事”,为的是进一步加强对安南的政治控制。有学者指出:“蒙元统治者一心想把安南纳入自己世界帝国的征服体系之内,一个最重要的表现,就是要安南严格履行内属国六条。”[②]在“六条”之中,最让安南国主感到芒刺在背、难以忍受的就是“君长亲朝”。君长能否按时依礼入朝亲觐,往往被视为是否真心归顺的标志。由于安南国地处偏远,其主不能从命,常遭到元朝遣使的严厉斥责。这也是陈孚此行的主要原因。

作为使节,陈孚身在南蛮,却心系元廷,每每以忠诚之心来激励自己,砥砺前行。《交趾境丘温县》云:“天涯海角茫茫路,马蹄声里光阴度。万里长空一飞絮,飘飘知复堕何处。夜瞻天极思郁结,臣身南峤心北阙。愿颂圣皇如天福,早见涂山班万玉。”[③]前四句写出了出使安南途中的艰难险阻。“万里长空一飞絮,飘飘知复堕何处”,其以“飞絮”自喻,形象地刻画出漂泊天涯的行踪及对未来的担忧。鉴于当时的元廷与安南关系的格局,能否“使命必达”,心中无底,陷入“思郁结”的迷茫之中。即便如此,他坚信“怀远以德”的目标终将实现。祝福圣皇洪福齐天,唯愿涂山早早归顺,言语之中尽显对朝廷的赤胆忠心。

由于使臣身处两国交锋的最前沿,激烈的论辩乃至针锋相对,以不辱使命,维护国家的尊严,在所难免。《元史》本传载:“二十九年……曾与孚回馆,致书诘日燇以不庭之罪,且责日燇当出郊迎诏,及讲新朝尚右之礼,往复三书,宣布天子威德,辞直气壮,皆孚笔也。”[④]在涉及元朝国体的大是大非上,陈孚的态度非常鲜明,决不含糊。

尽管陈孚藐视安南,斥其“下俗浇浮甚,中华礼乐无”(《安南即事》),充满着宗主国的文化优越感。但是,作为使节宣扬和平相处的理念,竭力维护和平安宁的大局是其职责所在。如《交趾朝地驿山名即事》诗云:“帝德尧同大,山河共一天。玺书行万里,铜柱又千年。赤帜明云际,乌衣拜马前。舞阶干羽在,未必赖楼船。”[⑤]在陈孚看来,元朝与陈朝同顶一片蓝天,元朝皇帝如同帝尧一样包容周边民族。只要安南能够以礼相待,遵守元廷“六事”所约,朝廷可以不必用兵,而施以文德教化。“玺书行万里”,意指其带着元廷的旨意不远万里

① [明]宋濂等撰:《元史》卷209《安南传》,中华书局1976年版,第4635页。
② 苗冬:《元代使臣研究》,南开大学2010年博士学位论文,第204页。
③ 杨镰:《全元诗》第18册,中华书局2013年版,第381页。
④ [明]宋濂等撰:《元史》卷190《陈孚传》,中华书局1976年版,第4339页。
⑤ 杨镰:《全元诗》第18册,中华书局2013年版,第382页。

而来。“铜柱又千年”指东汉马援平定岭南后，立铜柱为边界的标志。[①] “赤帜明云际，乌衣拜马前”，再现了陈朝官员前来迎接元朝使者。“干羽”出自《尚书·大禹谟》：“帝乃诞敷文德，舞干羽于两阶”，指文德教化。“楼船”出自西晋时益州刺史王濬造大楼船灭东吴之典，指武力攻取。二者相联，表明战争并非不可避免，一切全看选择。全诗表达了自己为天子使万里驱驰的心情和希望安南方面能够顺应形势、安心归附之意。

元朝使臣与安南君臣都需要维护各自的政治利益，致使彼此关系不尽和谐融洽。斗而不破，既要做好宣示工作，也要保持有效沟通，这需要使臣的智慧。元朝所以选派饱读诗书、仪容端庄的儒士充作使臣，主要是因其更有文化优势。从历史上看，安南虽是偏邦小国，但长期浸染中原文化，喜儒术，崇衣冠，“安南虽小文章在，未可轻谈井底蛙”[②]。大致相同的价值观念和文化背景，为双方有效的沟通奠定了基础。《入安南以官事未了绝不作诗清明日感事因集句成十绝奉呈贡父尚书并示世子及诸大夫篇篇见寒食》其一、二、三诗云：

> 拜扫归来走钿车（杜牧），二年寒食住京华（胡曾）。自怜惯识金莲烛（欧阳修），奉使虚随八月槎（杜甫）。（一）
>
> 回首扶桑铜柱标（胡曾），芙蓉帐暖度春宵（白居易）。清明寒食谁家哭（白居易），折戟沉沙铁未销（杜牧）。（二）
>
> 关山迢递古交州（李郢），物换星移几度秋（王勃）。微雨微风寒食节（裴廷裕），夷歌铜鼓不胜愁（陈羽）。（三）[③]

从诗题中所标“入安南以官事未了绝不作诗”来看，作者写此诗时当属完成了“任务”，准备回朝复命之际，当在至元三十年（1293）的清明节。“寒食节”源于春秋时期“介之推绵山焚身”的故事。作者借用此典，除祭奠亲人，表达思念外，也意在说明元廷对有功人是决不会忘记的，其目的同样在于劝安南君臣归顺朝廷。

作为使臣的政治身份，诗人以国家大义为先，表现出一种民族优越感与使命感。组诗唱和的对象主要是安南世子及诸大夫，这表明安南君臣熟悉中国“寒食”节文化内涵，既述私情，兼表公理。其一引用古人清明游春的诗句，围

---

① ［南朝］范晔：《后汉书》卷54《马援传》：“援将楼船大小二千余艘，战士二万余人，进击九真贼徵侧余党都羊等，自无功至居风，斩获五千余人，峤南悉平。”唐李贤注引《广州记》曰：“援到交阯，立铜柱，为汉之极界也。”

② ［越］黎崱撰，武尚清点校：《安南志略》卷70《尚书张显卿》，中华书局2000年版，第393页。

③ 杨镰：《全元诗》第18册，中华书局2013年版，第382—383页。

绕“奉使”活动展开。借助“八月槎”之典表明此番奉使安南成效不及预期,有“虚随”之感。其二重点在“回首扶桑铜柱标”句。“扶桑”泛指南海一带,唐时岭南道有扶桑县。“铜柱”为东汉马援所立,以为汉之极界。玄宗时,何履光以兵定南诏,曾复立马援铜柱。所谓“回首”指殷鉴不远,暗示安南世子与诸大夫,历史教训值得借鉴。其三言奉使安南,路途遥远,备尝艰辛,经年历月,乡愁难遣。“夷歌铜鼓不胜愁”句,既点出了安南的生活方式带来的不适感,也表达了对安南世子游离元廷的忧虑,有敲山震虎之意。整组诗歌以“寒食”切入,通过对清明时节景色的描写,夹杂着历史与文化典故。既写出长期离家的乡愁,也表达了对元廷与安南关系的隐忧。特别是第十首中“虎牙铜柱皆倾侧,水尽天南不见云”句,以“铜柱”的倾倒,喻元廷与安南关系基石的崩塌,令人警觉。

(三)书写使臣的家国情感

陈孚《交州稿》后记云:“至元壬辰秋九月朔,诏命吏部尚书臣梁曾、礼部郎中臣陈孚,奉玺书问罪于交趾。越翼日,召至便殿,赐金符、袭衣、乘马、弓矢、器币,谕遣之。明年正月二十有四日,至其国。三月望日,世子陈日燇,遣陪臣明字、陶子奇奉旨,梁文藻等奉表请命,以九月至京师,行李之往来及期,凡驻伪境五十有二日。”①从后记中可知,陈孚于至元二十九年(1292)九月朔(初一)受诏命,翼日(翌日,次日,初二)受赐封,至元三十年正月二十四日至安南,三月望日(十五)踏上返程,九月至京师,前后整整一年。

离乡背井,历月经年,置身一个陌生的文化之中,内心充满着对家乡及亲人的思念。陈孚在出使安南回京后,曾写下《交州使还感事二首》(一作《交趾使还》),回忆当年为朝廷尽忠而无法在母亲身边尽孝的遗憾。诗云:

> 少年偶此请长缨,命落南州一羽轻。万里上林无雁到,三更函谷有鸡鸣。金戈影里丹心苦,铜鼓声中白发生。已幸归来身复在,梦回犹觉瘴魂惊。(一)
>
> 宝剑金符笑此身,灞陵今是旧将军。榻前未上征辽疏,囊底空留谕蜀文。七十亲闱双鬓雪,八千客路一鞭云。何时归棹烟江上,闲对沙鸥洗瘴氛。(二)②

前诗中有注云:“孚年三十五,已克二毛矣。”言其未老先衰,而出使安南加重了这一进程。后一首感怀出使的诗中,陈孚似乎仍然念念不忘自己甘冒使途中

---

① [元]陈孚:《陈刚中诗集》卷2《交州稿》,《四库全书》本。

② 杨镰:《全元诗》第18册,中华书局2013年版,第396页。

种种危险，而无法在母亲身边尽孝的遗憾。“七十亲闱双鬓雪，八千客路一鞭云”，极言老母年事已高，自己本应堂前尽孝，却不得不为国尽忠，出使安南，内心充满着愧疚。陈孚自幼丧父，多年来与老母相依为命，其特定的家庭环境，令其倍感“吾生百年浪自苦”[①]。在受命出使安南之后，此种感情的冲突也就更加强烈地凸显出来。那份真切的相思与愧疚之情，读之令人恻然。

自古以来，忠孝难以两全，出使安南，长途奔波、气候恶劣、前途难料等特殊境遇，又使其与普通的宦游有很大的不同，形成了安南纪行诗独特情感内涵。这种情感在《清明日感事因集句成十绝》[②]中有集中的体现：“独在异乡为异客，无花无酒过清明”（其五）；“慈母年高鹤发垂，乡书无雁到家迟。初过寒食一百六，一日思亲十二时”（其六）；“共藉梨花作寒食，孟光举案与眉齐”（其七）；“八千里外飘零客，起向朱樱树下行”（其八）；“一百五日寒食雨，风光别我苦吟身。尚书气与秋天杳，同是天涯沦落人”（其九）。诗中的“异客”“飘零客”“苦吟身”“沦落人”等意象，是奉使南行诗人的真实写照，这里既有对母亲的思念，也有对妻子和朋友的思念。于是，回归故乡便成为诗人魂牵梦绕的期待。

《交趾桥市驿戏作药名诗》云：“长空青茫茫，大泽泻月色。使君子何来，山椒远于役。虎狼毒草丛，泪如铅水滴。更苦参与商，骨肉桂海隔。问天何当归，天南星汉白。”[③]题目虽作“戏作”，借“药名”形象再现了陈孚奉使安南，历经千难万险，饱受亲人离别之苦，渴望早日结束征程的意愿。“问天何当归”则巧借“当归”药名，表达了身在“天南”仰望星空，寄托了对故乡的无穷思念。

至元三十年（1293）三月望日（十五），作者踏上返程，经过老鼠关时，在回顾出使的甘苦之后，留下了这样的诗句：

> 春风又送使旌还，笑掬清波洗瘴颜。从此定知身不死，生前先过鬼门关。（《老鼠关》）[④]

“春风又送使旌还”交待了诗人完成使命，带着无比轻松喜悦的心情踏上回归和征途。“笑掬清波洗瘴颜”“从此定知身不死”等句，则集中显现了奉使安南

① 《陈刚中诗集》卷1《景州》；又卷1《甓社湖遇大风》：“彼物何悠悠，吾生浪自苦。”
② 杨镰：《全元诗》第18册，中华书局2013年版，第382—383页。
③ 同上，第382页。
④ 同上，第394页。

的种种艰险和诗人侥幸避祸的解脱感[①]。命运多舛是元代使臣的整体特征,而非单独、孤立的个案,即使是重要的使臣也难以幸免。蒙元帝国每一次重大的军事征伐活动,都同使臣的命运密切相关。蒙元王朝发动的几次大规模的对外战争,都是以出使的使臣被囚被杀为开端的。

出使安南的距离之遥、路途之险、旅途之孤独、任务之重大、前途之渺茫均远远超出上京之行。其诗中所反映出来的士人主体精神和昂扬风貌,迥异于上京纪行诗中旁观者身份的乡愁。其使命与责任,也绝非扈从文臣可相提并论。安南纪行诗中的"忠君""思亲"的家国情怀,与作者们诗人、使臣的双重身份一样,是元代安南诗歌中最有魅力也最值得玩味之处。

第四节　奉使组诗与文人心态

元代奉使纪行组诗因使命不同而存在差异,但都具有很强的纪实性。在为后人留下了一批弥足珍贵的史料的同时,也展示了扈从文人复杂的情感活动与多元创作心态。苏天爵曾对比南宋士大夫与元代士人征行中的不同气概,前者是"起居服食,率骄逸华靡。北视淮甸,已为极边。及当使远方,则有憔悴可怜之色",而后者即使扈从上京,"殊无依依离别之情也"[②],以说明元代士风之振作。"窃为诗一二,以赋物写景,然抒吾怀之耿耿,而闵吾生之孑孑,情在其中矣。"(《题北还诸诗卷后》)[③]"扈从上京,凡志有所不得施,言有所不得行,忧愁感愤,一寓之于酬倡。"[④]柳贯的感悟、揭傒斯对许有壬的评论对我们研究使臣心态极具启示性。

一、"华夷一统"观与知恩图报心理

"夷夏之大防"的观念在传统士人心目中根深蒂固。长期以来,汉族经济文化的发达,使得汉族中心主义思想异常突出。少数民族因其不同的长相、服

---

① 据苗冬《元代使臣研究》(南开大学 2010 年博士学位论文)统计,在元代使臣对外出使的 242 个行次中,被杀有 23 个行次,占 9.5%;另被囚 4 次,受辱 3 次;明确记载出使成功的为 85 个行次,出使成功率为 35.12%;使命未达成的有 43 个行次,占 17.77%。更需要注意的是,使臣中有许多是显赫的朝廷官员,具有很高的官阶品级。他们在朝中担任高官要职,但出使仍然难逃悲惨的境遇。

② [元]苏天爵著,陈高华、孟繁清点校:《滋溪文稿》卷 28《跋胡编修上京纪行诗后》,中华书局 1997 年版,第 470 页。

③ [元]柳贯:《待制集》卷 16,《四库全书》本。

④ [清]顾嗣立:《元诗选》,中华书局 1987 年版,第 790 页。

饰、语言、风俗特点、生活习惯等，往往被视为另类而遭轻视。当汉民族被落后的少数民族征服时，作为先进文化代表的知识分子不臣之心是相当强烈的。

蒙元政权正是由少数民族建立，当忽必烈灭南宋建元时，汉族文人“华夷之辨”的价值观受到了空前的挑战，其痛苦可想而知。随着忽必烈推行汉化政策，特别是郝经“道统论”与许衡的“君统论”的出现，实现了华夷观念的新突破，也消弭了汉族文人仕元的障碍，从理论上为蒙古族接受华夏文化，提供了合理、合法的根据，促使传统的“夷夏之大防”的观念渐趋淡薄，“华夷之辨”为“华夷一统”所取替。这从根本上消除了汉族文人仕元的心理障碍，也为汉族士大夫服务于蒙元政权提供了理论支持。

元初华夷一统观念的确立，帮助汉族士大夫解决了仕元的思想障碍，为蒙汉文化的融合带来了契机。汉族文人的“正统观”及“华夷”界限被消解后，其对蒙元的态度就有了很大的变化。面对元代统治者的赏识，他们充满着感激，并乐意为之效劳：一方面自觉地为新朝歌功颂德，弘扬帝国声威；另一方面表现出对“治国平天下”人生理想的渴望，积极为新朝进言献策。众所周知，蒙古人在进入中原之前，实行残暴的屠杀政策，如以此手段对付中原内地，势必激起被征服者的反抗。出于对新王朝长治久安的考虑，刘秉忠、姚枢、许衡等金莲川幕僚，劝忽必烈戒杀，这对忽必烈收敛杀戮以致主动戒杀产生了积极的影响。当皇帝展现出开明与睿智时，文人颂赞便是情理之中的事了。郝经在《开平新宫五十韵》中“遇主得知己，逢时合舍躯”“治平须化日，杀伐岂良图”的真情表白，可视为文人知恩图报心理的具体表现。

周伯琦在《扈从集》后序中记录了“蒙被恩遇之盛”，以监察御史身份扈从的经历与感慨。“每岁扈从，皆国族大臣及环卫有执事者，若文臣仕至白首，或终身不能至其地也。”“非我元统一之大，治平之久，则吾党逢掖章甫之流，安得传轺建节，拥侍乘舆，优游上下于其间哉！……不惟使观者得以扩闻见，抑以志吾生之多幸也欤。”①作为一个受朝廷恩遇的大臣，他对能有幸扈跸深感自豪。“盛业超前古，侯王作干桢”“省方绳祖武，清暑顺天时”（《上京杂诗十首》）诗中对元朝建造两都、实行两都巡幸制度的赞美皆源于他的感恩之心。

以扈跸上都，既是一种经历，更是一种政治上的待遇。在扈从期间，翰林文人们不仅留下很多有分量的纪行诗，而且抒发了渴望建功立业的自豪感。马祖常《驾发上京》中“赫奕汉家人物盛，马卿有赋在文园”，借司马相如和汉室的典故，讴歌了元室对文人的浩浩皇恩。胡助扈从诗中心主题也是歌颂大一统与国家的长治久安：“帝业龙兴复古初，穹窿帐幄倚空虚。年年清暑大安阁，

① ［元］周伯琦：《扈从诗前后序》，贾敬颜疏证，中华书局2004年版，第365页。

巡笔山川太史书。"(其一)"九州四海服训诰,万年天子固皇图。"(其六)"扈圣从邹枚,纪行富诗史……何如风雅编,歌咏太平世。"(胡助《题上京纪行》)苏天爵评价道:"予友胡君……适有上京之役,雍容闲暇,作为歌诗。所以美混一之治功,宣承平之盛德,余于是知国家作兴士气之为大也。"(《跋胡编修上京纪行诗后》)[①]"美混一之治功,宣承平之盛德"正是其忠君报国的情结的集中写照。虞集的忠君颂圣思想更加直接而突出:"最忆御前催草诏,承恩回首几星周"(《八月十五日伤感》);"好得公田多稼地,长年歌咏圣恩中"(《送张仲华县臣调官京师》);"深红重碧长千斛,细咏清歌奉太平"(《春云亭诗》);"书阁暮年偏感遇,但歌天保答皇仁"(《玉堂读卷》)。诗中对元文宗重用文人、励精图治的行为,表达出无限敬仰之情和感恩戴德之心。

胡助生活在元代后期,和大多数同时期文人一样,他也喜欢歌颂太平盛世。苏天爵在《跋胡编修上京纪行诗后》中言:"予友胡君古愚生长东南,蔚以文采,身形瘦削,若不胜衣。及官词林,适有上京之役,雍容闲暇,作为歌诗。所以美混一之治功,宣承平之盛德,余于是知国家作兴士气之为大也。后之览其诗者,与太史公疑留侯为魁梧奇伟者何以异。"(《跋胡编修上京纪行诗后》)[②]看来,苏天爵已经透过诗篇看到了胡助"美混一之治功,宣承平之盛德"的情结。在胡助的上京纪行诗中,《滦阳杂咏》这10首组诗在这方面可为代表。"九州四海服训诰,万年天子固皇图",歌颂大一统,希望国家长治久安,这就是胡助上京纪行诗的中心主题。

士人们是很讲求报答知遇之恩的,而他们对国君的报效程度又取决于国君对士的认可程度。豫让曾慷慨陈词:"臣事范、中行氏,范、中行氏以众人遇我,我故众人报之。至于智伯,国士遇我,我故国士报之。"[③]这种"士为知己者死,女为悦己者容"的道理中深深体现着一种平等观念,不承认已有固存的贵贱等级,一切以你待我如何而定。这种平等和自尊是后世文人们所没有的,因而也是他们所由衷向往、梦寐以求的。

众所周知,蒙古统治者在进入中原之前,实行的是残暴的屠杀政策,然而,对于民丰物阜的中原内地如果实行这样的政策,只会增加被征服地区的反抗,刘秉忠、姚枢、许衡和金莲川藩府儒臣这一批金莲川幕僚们,为了蒙汉共荣,劝忽必烈戒杀,这对忽必烈收敛杀掠以致主动戒滥杀产生了很大的影响。他们不仅希望能够不采取暴力手段获得胜利,而且希望南北在各方面可以达成一

---

① [元]苏天爵著,陈高华、孟繁清校点:《滋溪文稿》卷28,中华书局1997年版,第470页。

② 同上。

③ 张常清、王延栋:《战国策笺注》,南开大学出版社1993年版,第427页。

致,保卫统一的国家。陈孚在《开平即事二首》中写道:

> 百万貔貅拥御闲,滦江如带绿回环。势超大地山河上,人在中天日月间。金阙觚棱龙虎气,玉阶阊阖鹭鸳班。微臣亦有河汾策,愿叩刚风上帝关。(一)
>
> 天开地辟帝王州,河朔风云拱上游。雕影远盘青海月,雁声斜送黑山秋。龙冈势绕三千陌,月殿香飘十二楼。莫笑青衫穷太史,御炉曾见衮龙浮。(二)[①]

这两首诗是诗人内心的独白:愿意投笔从戎,置身军营之中,保家卫国,驰骋沙场,表现自己政治、军事的治国方略,这是满腔热血的一种抒发,也表现了自己热爱国家,想要建设国家的心情。郝经《开平新宫五十韵》也是诗人“遇主得知己,逢时合舍躯”报国豪情的抒发。诗中作者向统治者发出了“治平须化日,杀伐岂良图”的号召,希望统治者行“仁义”,效“尧典”“禹谟”,做“仁君”,以德服人,以仁治国,以达到共同繁荣的目标。

元代统一天下后,文人们表达了对“治国平天下”的渴望,歌功颂德的主题不绝如缕。周伯琦《扈从集》“后序”的末尾,作者极力抒发自己“蒙被恩遇之盛”的幸运,“惟监察御史扈从,与国人、世臣、环卫者同,东西之行,得兼历而悉览焉。昔司马迁游齐、鲁、吴、越、梁、楚之间,周遍山川,遂奋发于文章,煜耀后世。今予所历,又在上谷、渔阳、重关大漠之北千余里,皆古时骑置之所不至,辙迹之罕及者。非我元统一之大,治平之久,则吾党逢掖章甫之流,安得传轺建节,拥侍乘舆,优游上下于其间哉!既赋五言古诗十首以纪其实,复为后序,以著其概,不惟使观者得以扩闻见,抑以志吾生之多幸也欤。”[②]作者对昔日司马迁“周遍山川”满怀向往之情,现如今“我元统一之大,治平之久”,躬逢盛世,当“吾党逢掖章甫之流,安得传轺建节,拥侍乘舆,优游上下于其间”并能“煜耀后世”时,喜悦之情溢于言表。作者满怀知恩图报心理对元代统治者给予了热情讴歌。在“盛业超前古,侯王作干桢”“省方绳祖武,清暑顺天时”(《上京杂诗十首》)的表述中,可以鲜明地看出作者对建造两都及实行两都巡幸制度由衷地赞美。即便在至正年间,农民起义已经呈燎原之势,元廷政权已摇摇欲坠,但周伯琦作为一个受朝廷恩遇的大臣,其笔下的扈从组诗依然是充满了歌功颂德之情。如无论是以馆阁文臣扈从时所写的《过居庸关二首》,还是作为监察御史而跟随皇帝走辇路时所作的《纪行诗》,“列队龙旗明辇路,重屯虎卫肃天兵”“六龙扶日御,万骑拥云旌。游豫诸侯度,欢歌兆姓迎”。极写皇帝一行

---

① 杨镰:《全元诗》第18册,中华书局2013年版,第411页。

② [元]周伯琦:《扈从诗》后序,《四库全书》本,第1214册,第546—547页。

的仪仗威严以及所受到的热烈欢迎，目的是赞美今日的“万方尽升平”气象，歌颂的色彩依然明显。

二、远游情结与对精神家园的追寻

远游是文人根深蒂固的情结，具有身体远游和精神远行的双重含义。“衣上征尘杂酒痕，远游无处不销魂”（陆游《剑门道中遇微雨》）讲的便是远游的美妙。古人一直信奉“读万卷书，行万里路”信条，作为自我修炼的力量之源。文人远游的目的，或是名山大川，或是通都大邑，或是边塞幕府。优美的自然风光吸引文人前往，通都大邑则更多是游学和游宦的目的地，边塞幕府更是文人结交权贵、跻身仕途的终南捷径。无论是游赏，还是游学、游宦或是游幕，均需借助远游的步伐方可实现心中的目标。文人对远游的书写是他们自己经历或理想的表现，也是人类现实需要得不到满足的补偿。

在元代，文人眷恋远游的原因还有宗教的情怀和政治因素。孔、孟都有周游列国的经历，其他文人借“游学”来实现远游情结。孔子“智者乐水，仁者乐山”的“比德”观使士人为提高修养而亲近山水自然。孔子的远游虽然本意不是为了山水而游，而是通过游历来修身养性，提高君子的德行和品味，但在客观上提高了“游”的审美趣味。“智者乐水，仁者乐山”的观念，深刻地影响了中国人对山水的认识，而由此发展而来的“比德”说更是影响深远。儒家“入世”的心态指引着文人士子踏上游学、游宦、游说之旅。“天下无道”时，“出世”思想又为士人游于山川大泽、寺庙道观，找到了合理的借口。道家对自然的崇尚，更强化了士人山水之游及对自然的审美意识。其“畅神”思想与儒家的“比德”一样，引领着文人走向名山大川。庄子提倡的“逍遥游”，引领士人在远游中体会一种“忘我”的自由快乐之境，将远游提升到了“悟道”的境界，使“远游”有了身体远游和精神远行的双重含义。人们“从赏玩山水之象中直觉地把握自然，把握如自然一样的人生的生命律动，从而悟解天地人生之道，达到自我实现、自我满足”①。道教的“寻仙”求丹与远游也有关联，这种宗教式远游是对道家自由精神追求的一种神秘化。此外，佛教普度众生的愿望和“西天取经”的意象，也助长了文人云游他乡的兴致。由此可知，人们在逃离现实之境、追寻理想的远游中，体现出的正是对宗教精神的皈依。

与宗教式远游不同，远游还具有政治功能和文化功能。在秦始皇封禅之游前，先秦时期的帝王就已经开始了出游。帝王出游其原因主要有二：一是作

---

① 孔令宏：《论道家与道教文化旅游》，《浙江大学学报（人文社会科学版）》2005 年第 6 期。

为帝王的身份，游览自己的帝国疆土，观赏疆土的广阔辽远、高山之雄峻险奇，满足作为帝王的虚荣之心，享受逸豫之乐；二是到名山大川封禅，朝拜天地神灵，希冀上天护佑自己的王国。“帝王之游客观上促进了人对自然山水的认识，在与自然的不断接触当中，山水对人的精神熏陶和审美意识的锻炼，使得山水游历之风逐渐为当时士人所接收。帝王的封禅之游使得中国先秦以来登高的传统得到了强化，而登名山大川就更成为中国文人的传统。”①从历史上看，秦始皇封禅之游为后代封建帝王巡幸出游树立了榜样。北方少数民族建立的王朝，如契丹族建立的辽、女真建立的金，都采取了多都巡幸制度，来巩固政权、平衡文化冲突。元代的两都巡幸制持续时间更长，规模更大，影响更远。在整个元代历史发展进程中实施的帝王巡幸制以制度的形式使“远游”的传统得以光大。文人远游情结借助扈跸的机会得到了空前的释放，文人扈从远游也得以以制度形式被确定下来。文人在对异域他乡进行了一次次“惊艳”之旅时，也带动了整个社会不同文化的融合和“海宇混一”意识的强化。

楚石梵琦因上都征召北游。至治三年（1323）二月，元英宗下诏征擅书高僧至大都书写藏经，楚石因赵孟頫、邓文原交荐，而预列其中。“世祖皇帝混一天下，崇重佛教，古所未有。泥金染碧，书佛菩萨罗汉之语满一大藏。由是圣子神孙，世世尊之，甚盛事也。赵孟頫、邓文原闻入选仔肩。皇帝即位之三年，诏改五花观为寿安山寺，选东南善书者书经以镇之。三百余人，余亦与焉。”（《初入经筵呈诸友三首并序》）②是岁，他从杭州出发，沿京杭大运河北上，将路途中初台驿、扬州、清口、圮桥、沛县、鲁桥、任城、荆门、临清、通州等地，其《北游诗》是一部用诗写成的有头有尾的完整游记，记录了他两年时间内北游大都和上都及路途的所见所闻。“兹游真远大，吾志本腾骞”（《开平书事》第十一首）。“兹游”不仅让他完成了传道活动，更让他在异域风光与民俗体验中感受到了“腾骞”的快感。

对江南文人而言，此前从未涉足北方草原，因此沿途奇特的景观给他们留下了深刻的印象。“沙苑射柳追风驹，古来北地为名区”（马祖常《上京书怀》）。无论是山川河流、植物动物、塞外气候都迥异于内地，令人激动不已。正如柳贯所言：“自夏涉秋，更二时，乃复计其观途览历之雄，宫籞物遗之盛，凡接之于前者，皆足以使人心动神竦！”③面对“览历之雄”的环境，扈从文人在近乎贪婪的心理驱使下，对沿途及上都风光作了全景式地呈现。袁桷《开平一集》、黄溍

① 杨昱：《“游”：魏晋山水审美内涵研究》，西南大学2014年博士学位论文，第93页。

② [元]楚石梵琦：《初入经筵呈诸友三首并序》《楚石北游诗》，浙江古籍出版社2011年版，第10页。

③ [元]柳贯：《上京纪行诗并序》，《待制集》卷18，《四库全书》本。

《上京道中杂诗》、柳贯《上京纪行诗》、周伯琦《纪行诗》、许有壬《上京十咏》、胡助《上京纪行》、张嗣德《滦京八景》、贡师泰《和胡恭滦阳纳钵即事韵五首》、杨载《塞上曲五首》等，无不如此。正如袁桷《戏题开平四集》所云："开平四集诗百首，不是故歌行路难。竹簟暑风茅屋下，它年拟作画图看。"这种集中对特定空间的山川之美的全景式展示正是扈从远游所带来的文学现象和社会效应。

与壮丽风光一样，蒙古族的草原文化同样也令南方文人大开眼界。袁桷的《开平二集》《开平三集》集中记载了从大都到上都的驿站风土人情及少数民族的生活习俗。杨允孚在《滦京杂咏》描绘了上京与南方在生产方式上的差异："塞边羝牧长儿孙，水草全枯乳酪存。不识江南有阡陌，一犁烟雨自黄昏。"上京以羝牧为主，南方以耕种阡陌为生。"白白毡房撒万星，名王酣宴惜娉婷。李陵台北连天草，直到开平县里青。"毡房不仅是草原的景观，更是蒙古族独特的风俗和精神的象征。柯九思《宫词十五首》云："万国贡珍罗玉陛，九宝传赞卷珠帘。大明前殿筵所秩，勋贵先陈祖训严。"(其一)诗中描绘列国进贡珍宝，元朝皇帝赐宴百官的情形。张昱《辇下曲》对上都的宗教祭祀活动有大量描写："龙虎山中有道家，上清剑履绚晴霞。依然进谒棕毛殿，坐赐金瓶数十茶。""太祖雄姿自圣神，一时睿断出天真。要将儒释同尊奉，宣谕黄金塑圣人。"前者再现了棕毛大殿里给道士赐酒茶的情形，后者则记录了元太祖成吉思汗尊奉儒、释，并为其塑造金身的盛况。"杨君以布衣濮被，岁走万里，穷西北之胜，凡山川物产、典章风俗，无不以咏歌记之……诗中所记元一代避暑行幸之典，多史所未详。"[①]"《近光集》中述朝廷典制为多，可以备掌故。《扈从诗》中记边塞闻见为详，可以考风土……溯元季之遗闻者，此二集与杨允孚《滦京百咏》，亦略具其梗概矣。"[②]《四库全书总目》从"以诗存史"角度来评价杨允孚《滦京杂咏》、周伯琦《近光集》和《扈从诗》的纪实性，足以说明南方士人对草原文化的好奇程度。

不管是出于何种原因，元代文人因奉使而实现"远游"活动，开拓了他们的视野。当他们痴迷于异域风光、草原文化时，远游便成为他们愉悦感官、放松心情的一种重要的手段，其所反映出的心理企向是寻找一种与他们自身所代表的现代性不同的"传统文化"，而对"传统文化"的追求表达了人类渴望回到过去的愿望，是人类的怀旧心理最集中的显现。

---

① [清]永瑢、纪昀等：《四库全书总目提要》卷158《滦京杂咏提要》，中华书局1965年版，第1458页。

② [清]永瑢、纪昀等：《四库全书总目提要》卷167《近光集提要》，中华书局1965年版，第1448页。

三、“安土重迁”意识与家国之思

农耕文化传统、宗法社会养成了中国人安土重迁的心理性格。游子思归、落叶归根、衣锦还乡永远是中国人骨子里最深切、最浓郁、最执着的情结。生于斯，长于斯的家园，具有地域性和精神性双重特征。从这个意义上讲，“家园”具有双重含义：一是指具体的居住生活空间，二是指抽象的、主观的、虚幻的、文化的人性空间，即一般所说的精神家园。潘利峰在《自然：中西方文人的精神家园》中认为，中西方文人的精神家园是“自然”，游历于高山大川之间，实质上是对精神家园的寻求。如果说“远游”体现出的是一种对精神家园的追寻，那么，在扈跸途中对现实中故乡的思念就成了他们家园意识中的主体。它不仅指具体的居住生活环境，更是指主观的、文化的人性空间。农耕文化传统、宗法社会养成了中国人“安土重迁”的心理性格。客居他乡的游子，一旦受到了生活或精神上的挫折，思归的念头就油然而生。

文人的精神家园是“自然”，他们游历于高山大川之间，实质上是对精神家园的寻求，是对宗教精神的回归。如果说文人“远游”体现出的是一种对精神家园的追寻，那么，奉使途中的乡愁就成了对地域性家园的眷恋。文人因舟车劳顿，仕途受挫，心情难免沮丧，思乡成了他们共同的情感诉求。正如刘若愚所言：“中国诗人似乎永远悲叹流浪和希望还乡。对于西洋读者，这可能显得太伤感，但是，请不要忘记中国的广大，从前交通的困难，在主要城市中高度文明的生活和远乡僻壤的恶劣环境之间的尖锐对照，以及在传统中国社会家庭的重要性与其结果对祖先的家根深蒂固地爱着。进而，由于是个农耕的民族且住惯陆地，中国人大体上显然缺少流浪癖。因此，乡愁之成为中国诗中一个常有的因而是因袭的主题，并不足奇。”[①]刘先生在中西对比中剖析传统文人乡愁生成原因，颇有见地。

元代诗人扈从皇帝北迁，一般来说，行程需 20 天至 25 天。其他的奉使出行，如征西、使安南、使高丽等，时间则更加漫长。由于当时所凭借的舟车速度较慢，旅途中固有饱览美景的快意，却也困顿辛劳，如求宦受挫，心情难免沮丧，更增强了乡土之恋与故国之思。由于元代政治的特殊性，被元朝消灭的金、宋朝均有大量的文人官员随从皇帝北行，长期的鞍马劳顿自然不免会勾起沉静在内心深处的思乡之情。“乡愁感是在政治乡愁、文化乡愁和地理乡愁三个层面上展开的。”[②]政治上的歧视、文化上的冲突、地理环境的差异都直接导

---

① 刘若愚：《中国诗学》，台湾幼狮文化事业公司 1979 年版，第 89 页。

② 邱江宁：《元代上京纪行诗论》，《文学评论》2011 年第 2 期。

致了扈从文人的思乡情结。

对故乡的怀念,通常表现为对过去的生活、久违的桑梓的深深思恋。许有壬对多年奔走于异域他乡的扈从生活颇多感叹,其在《分台上京往来宿洪赞徐千户家爱其雅洁留诗于壁》写道:"树阴清入小窗幽,洗尽风沙出塞愁。桑下本无三日夏,尊前忍负一庭秋。山含晴霭青未了,花谢夕阳红欲流。迹印雪泥聊复尔,雁程明日又神州。"扈从的荣光并未带给他喜悦和满足,反而增添了不少乡愁。"望望龙冈树,行人欲解骖。百年蜗角战,三仕凤池参。富贵人虽欲,驱驰老岂堪。预知今夕梦,的的到江南。"(《次上京》)①诗人在描绘北国风光的同时,依然不能忘怀魂牵梦绕的"江南",乡愁的忧郁掩盖扈从的荣耀。

胡助扈从上都,刚走到李老谷,就开始思乡了:"人言桑乾北,六月少炎热。我行李老谷,流汗还病暍。疲马鞭不进,况复碍车辙。翠岩石幽幽,久晴涧泉竭。牛羊放山椒,穹庐补林缺。投宿山店小,子规夜啼血。南归空有怀,闻之愧刚决。顾方上滦阳,玉堂看秋月。更阑不成寐,声声山竹裂。期是明年春,相闻在吴越。"(《李老谷》)人困马乏,彻夜难眠,他渴望早日能回到家乡吴越。京师30年的生活,让他无时无刻不在思念着家乡,思念着亲人:"梦回酒醒衾絮薄,不知此身在滦阳。群雁飞鸣向南去,问君何时还故乡。"(《秋夜长》)当他得遂心愿南返时,"回时四骑如飞驰"(《上都回》)②,激动之情难以抑制。

当乡愁与不同种族、不同文化相掺杂时,便有了政治色彩和文化寻根的意味。色目诗人迺贤的先祖是西域人,长期居住在中原地区。在元末至顺年间三次扈从大都及上都之行,使他终于有机会踏上了寻根之旅,沿着祖辈的足迹,寻找那熟悉而又陌生的生活。其《还京道中二首》其一写道:

> 客游倦缁尘,梦寐想山水。停骖眺远岑,悠然心自喜。晨霞发暝林,夕溜洄清沚。出峡凉风驰,入谷塞云起。霜清卉木疏,日落峰峦紫。迢递越关河,参差望宫雉。家童指归路,居人念游子。各嗟行路难,深垂摄生理。终期返南山,高揖谢城市。(一)③

诗歌的开头就点明了作者长期"客游"的疲惫,连做梦都在思念着故乡。在行将结束客游生活时,作者"悠然心自喜",充满着期待。一个"驰"字,写尽了回归故里行动的迅捷和心情的迫切。故乡向这位漂泊多年的游子张开了热情的双臂,满足了他"回家"的愿望。

在儒家文化传统中"家国"是一体,有国才有家。当对家乡故土的挚爱而

① 杨镰:《全元诗》第34册,中华书局2013年版,第336、393页。

② 杨镰:《全元诗》第29册,中华书局2013年版,第6、30、40页。

③ 杨镰:《全元诗》第48册,中华书局2013年版,第37页。

升华为一种强烈国家情结时，乡愁便有了更深层的政治内含。“年年游上国，那识望乡愁。”（其四）“白头关塞外，犹作未归人。”（其七）“归鸿天际度，去骑月边行。久客心无着，微醺梦易成。揽衣中夜起，北斗正南横。”（其八）[①]袁桷《客舍书事八首》中将思乡之情与对故国的眷恋联系在一起，正反映了汉族文人的边缘化处境。汪元量以乐师身份随少帝至上都，所见之景物和江南迥然不同，增加了其思乡之情。而作为俘虏被拘押北迁，又使他倍感断肠，幽忧沉痛。“下马登斯台，台荒草如雪。妖氛蔼冥濛，六合何恍惚。”（《李陵台》）“移时风扬沙，人马俱失路。踌躇默在声，聊歌《远游》赋。”（《出居庸关》）“孤儿可怜人，哀哀泪流血。书生不忍啼，尸坐愁欲绝。”（《寰州道中》）“月落泪纵横，凄然肠断裂”（《李陵台》）[②]李陵兵败、昭君和亲、苏武出使，这些历史人物，都有一个共同点，那就是被迫羁留异国他乡、深怀故园。诗人借古抒怀，托古言志，抒发了自己的亡国哀痛和思乡愁苦。

宋元易代的社会现实击碎了遗民文人们曾经的安逸生活，曾经的宴饮游乐、交游酬唱，转瞬间变为过眼烟云。故园不再，蛮夷强权替代了曾经的故主旧朝，遗民文人陷入了极度的精神苦痛之中。他们不能跻身于仕林，只能在山林书院、茶坊书斋相互应酬唱答，或通过咏物来抒情言志，以诗词相互安慰共勉，寄托故人故国之思。故国在他们的心中留下了终生难忘的深刻印象。

在元代，政治上的歧视、文化上的冲突、地理环境的差异都触发了奉使文人的“乡愁”，扈从活动的特殊性使这种感受被成倍地放大了。

四、“士志于道”的使命与边缘化处境

古代文人经常面临的问题是“出”与“处”的选择。“出者，仕进也；处者，隐退也。人类社会需要政治组织来维系，需要为这个政治组织服务的官员。以孔孟为代表的儒家思想就是主张积极用世的。孔子心目中的理想人格是‘博施于民而能济众’（《论语·雍也》），儒家讲‘内圣外王’，讲‘修身、齐家、治国、平天下’（《大学》），就是不光自身要有优秀的人格修养，还要将这种内在的修养形之于外，来实现宏道以治天下的社会理想，这也就是所谓‘士志于道’。”[③]

“士志于道”的责任心和深沉博大的忧患意识，使元代文人往往能从大局出发，关注时局，进言献策。元初，汉族文人满怀“士志于道”的愿望，向统治者宣讲和推行汉法，以实现治国安邦的理想。姚枢“为书数千言，首陈二帝三王

---

① 杨镰：《全元诗》第 21 册，中华书局 2013 年版，第 333—334 页。

② 杨镰：《全元诗》第 12 册，中华书局 2013 年版，第 21 页。

③ 李正春：《传统文化下的特殊群体》，《深圳大学学报（人文社会科学版）》2007 年第 6 期。

之道,以治国平天下之大经,汇为八目……次及救时之弊为条三十……"[①](《姚枢传》)。王恽"与议政事,凡预庭议,知无不言"[②](《大元故翰林学士中奉大夫知制诰同修国史赠学士承旨资善大夫追封太原郡公谥文定王公神道碑铭并序》)。二人直陈时弊,其远见与勇气,丝毫不逊于汉初的贾谊。然而随着政治歧视与种族歧视的加剧,汉族文人"士志于道"的环境日益恶化,士大夫的政治热情开始消退。即便是在元仁宗时期,恢复了中断80多年的科举取士制度,但钳制汉人的政策并未有丝毫改变。元朝特殊的政治结构使汉族士人的梦想和逐梦的努力终成泡影,他们只能在痛苦的挣扎中寻找消解之道。

蒙元王朝的民族政策和科举政策,堵住了当时汉族知识分子的仕进之门,迫使许多有才华和抱负的知识分子沉沦下僚。皇庆二年(1313)十一月,仁宗颁布诏书,宣布"行科举",重新燃起了文人的希望。他们中的很多人都开始了积极地尝试:一方面始终遵循着食君之禄、忠君之事的传统信仰,恪守着作为臣子的本分,自觉不自觉地为元王朝的统治和发展而贡献自己的心智。另一方面,他们处在社会的最末等级上,在他们进入官场便陷入了被压制的境况中,让他们感到无力却又无可奈何。现实的境况是,汉族文人们虽已接受新朝,但他们内心与蒙古贵族仍有疏离感。忽必烈实行了汉法后,汉族文人得以入仕,但始终处于边缘化状态。元代后期,科举得以恢复,然却分两榜取士,对汉族士人十分不利,让众多汉族文人从心理上彻底地远离元朝政治核心,进而表现出置身圈外的旁观者心态。

扈从文人多集中于翰林国史院等清要机构,此地号称"储才之地",只不过是元代统治者缓和社会矛盾、装点文治门面的道具罢了,并无政治实权,影响力有限。"今者,犹以翰林、史馆为高选,是工谀誉,而善缘饰者为高选也,吾恐识者羞之。"[③](苏天爵《元朝名臣事略·内翰李文正公》)"惟词臣独无它,为从容载笔,给轺传,道路续食,持书数囊。吏空牍,旬日不一署文书。夙夜虽欲求细劳微勤以自效,而亦无有。然后知上之人不欲役其心,使之精研于思虑,而专以文字为职业,非如众有司,务以集事为贤者也。"[④](马祖常《上都翰林分院记》)上述记载足以说明一切,若非自欺欺人,"识者羞之"应是文人们共同的感受。但若定位不准,希图在政治上有所作为,便会招致权臣们的猜忌与排挤。

终元一代,南方文人备受压抑,"自世祖以后,省台之职,南人斥不用"(《贡

① [明]宋濂等:《元史》卷158《许衡》,中华书局1976年版,第3711—3712页。

② [元]王恽著,杨亮、钟彦飞点校:《王恽全集汇校》第10册,中华书局2013年版,第4445页。

③ [元]苏天爵:《元朝名臣事略》卷13,中华书局1985年版,第217页。

④ [元]马祖常:《石田集》,《四库全书》本,第1206册,第580页。

师泰传》)①。汉族文人们一方面遵循着食君之禄、忠君之事的传统,恪守着为臣的本分,为王朝的统治贡献着自己的心智;另一方面,身处在社会的末层,让他们感到备受歧视却又无可奈何。盛世南官虞集的“二重性”心态很有代表性:“一方面是对‘盛世’的赞叹和自觉归向,另一方面在‘盛世’官场中产生巨大的失落感。”②失落感源于不受重用,而不受重用正源于蒙元政权对汉人的猜忌与提防。其《泰定甲子上京有感次韵马伯庸待制》云:“翰音迎日毂,仪羽集云路。寂寞就书阁,老大长郎署。为山望成岑,织锦待盈度。我行起视夜,星汉非故处。”③诗中反复出现的寂寞扬雄形象寄寓了诗人未真正受重用的落寞。从虞集的遭遇不难看出,汉族官员终究没有政治实权,即便入主奎章阁后,其政治待遇也未得到根本改变。

种族与政治歧视带来的隔膜,使汉族文人缺乏归属感,致使他们或置身事外或归隐田园。黄溍在《送胡古愚兼简道传博士》诗中云:“此行未可轻投笔,随处犹须小曳据。”④他以过来人口气劝诫其友,形象地说明了汉族文士与蒙元统治者的隔阂。也正因为如此,其“儒服俎豆”的热情、汲汲救世的愿望迅速冷却,进而萌生了归隐的念头。持同样心态的,再如揭傒斯的《秋夜》,作者通过“落叶”“疏钟”等衰飒之景,来写自己的“衰年”,表达退隐之意。汉族文士因民族歧视与压迫,政治地位与社会地位不高,即使入仕显达了,也不免受排挤,常有如履薄冰之虑,萌生故国离情,归隐之思在所难免。

当“士志于道”的使命感在充满歧视的政体内无法施展时,文人的内心常饱受痛苦的煎熬。王士熙云:“玉京长夏里,画省五云边。终日身无事,清时职是仙。”(《省中书事》)胡助云:“玉堂视草屋三间,尽日鳌峰相对闲。”(《滦阳杂咏十首》)周伯琦云:“扈从多余暇,优游视草堂。特书兼左右,染翰侍明光。”(《上京杂诗十首》)苏天爵在袁桷的墓志铭中说:“公为文辞,奥雅奇严。日与虞公集、马公祖常、王公士熙作为古文,论议迭相师友,间为歌诗唱酬,遂以文章名海内。”(《元故翰林侍讲学士知制诰同修国史赠江浙行中书省参知政事袁文清公墓志铭》)⑤咏叹的主题只有一个“闲”字,一种被束之高阁的闲置!文人们怀抱佐主兴邦的梦想,却只能碌碌无为,酬唱中充满着自嘲的色彩。

除了在玉堂酬唱以遣无聊外,宗教场所也成为馆阁文人精神的逋逃薮。

---

① [明]宋濂等:《元史》卷187《贡师泰》,中华书局1976年版,第4295页。

② 徐子方:《元代文人心态史》,河北教育出版社2001年版,第226页。

③ 杨镰:《全元诗》第26册,中华书局2013年版,第12页。

④ 杨镰:《全元诗》第28册,中华书局2013年版,第276页。

⑤ [元]苏天爵著,陈高华、孟繁清校点:《滋溪文稿》卷9,中华书局1997年版,第137页。

上都的大乾元寺、帝师寺、开元寺、黄梅寺、庆安寺等佛寺和长春宫、万寿宫、寿宁宫、太一宫等道观，常有集会酬唱活动。文人与道士、僧人"雅相友善"，联诗唱和，互相砥砺。张伯雨曾辑当时著名文士唱和诗作成集，命名为《师友集》。迺贤《次上都崇真宫呈同游诸君子》道出了他们真实的内心："生时属承平，幸此帝乡乐"，"愿言崇令德，相期保天爵"。他们一方面享受着承平生活之乐，另一方面也想借此麻醉自己，消解因"士志于道"无法实现而带来的苦闷。正如有学者指出的那样，"终元之世，一直都存在着实施汉法与履行蒙古旧政的矛盾，汉族知识分子极尽全力，试图推行汉法，却收效甚微"[①]。政治歧视与种族族隔膜，使扈从群体出现裂变，最终导致汉族文人由希望走向幻灭。

综上所述，奉使出行，扈跸巡幸，纪风物民情，歌天朝盛德，畅远游快意，抒家国之思，传不遇之情，凡此种种，其背后折射出的是传统文化的深刻影响。"作为进入官场的士大夫，食君之禄，忠君之事，竭尽臣子的本分，即使是面临种种特权、民族歧视的不公亦任劳任怨。"[②]然而，元代社会君臣关系的主奴化，使得以天子家奴身份出现的文臣再难有前朝翰林官员的人格尊严和自觉。蒙古统治者顽固维护民族特权、坚持等级制度，使扈从文人经历了从充满希望，到迷惘失望，直至幻想破灭的心路历程。当传统的价值观受到空前挑战时，出仕与归隐、依附与疏离，便成为困扰扈从文人的两难选择：要么选择默默忍受，要么选择放弃传统价值观而走向离经叛道之路，其行为背后无不隐藏着深深的苦痛与无奈。

---

① 邱江宁：《元代上京纪行诗论》，《文学评论》2011 年第 2 期。

② 徐子方：《元代文人心态史》，河北教育出版社 2001 年版，第 213 页。

第三章　地域文化与八景组诗的同频共振

众多艺术都起源于农耕文化，园林景观艺术也不例外。有研究者指出“古代传统农耕文化背景下的生产方式和方法，以及传统农村生活及消费方式，恰好符合造园者‘回归自然’‘返璞归真’的心理需求”，从这个意义上说，“中国古代园林是农耕文化的浓缩、再现和升华”①。兴起于宋，发展于元，繁盛于明清的“八景”文化热正植根于这种文化传统，并导致了大量景观组诗的出现。

第一节　“八景”文化的生成与演变

有关“八景”起源的最早记录，始于宋沈括的《梦溪笔谈》。“度支员外郎宋迪工画，尤善为平远山水，其得意者有平沙雁落、远浦归帆、山市晴岚、江天暮雪、洞庭秋月、潇湘夜雨、烟寺晚钟、渔村夕照，谓之八景。好事者多传之。”②这种说法一直以来都被学界所质疑③。马艺军认为“李营丘因画‘八景’图故应定

---

① 任耀飞等：《中国农耕文化与园林艺术风格初探》，《西北林学院学报》2007 年第 3 期。

② ［宋］沈括：《梦溪笔谈》，延边人民出版社 1997 年版，第 391 页。

③ 归纳起来有五说：一是沈约说。朱靖宇、周琼、本人持此说。从南朝齐代沈约登玄畅楼作《八咏诗》八首，分咏“登台望秋月”“会圃临东风”“岁暮愍衰草”“霜来悲落桐”“夕行闻夜鹤”“晨征听晓鸿”“解佩去朝市”“被褐守山东”八景，其与后代八景诗其形态、内涵并无二致。只是标题为五字，与宋代八景诗四字为题仍不相同。诗体上一为杂言，一为七律。但这是诗歌发展历程所决定，不能因题目不是四字、诗体不是七律，就否认沈氏《八咏诗》为景观组诗的性质。唐代诸多景观组诗正是受此启发。二是宋迪说。这是目前学界多数认可的观点。谢柳青、何林福、赵夏、刘金柱等认为，受宋迪“潇湘八景图”的影响，宋代八景诗兴盛了起来。谢柳青认为米芾作“潇湘八景”的“定名诗”；何林福认为米芾是“影响最大的人”；刘金柱认为“惠洪或为以诗歌咏《潇湘八景》最早之人”。三是李营丘说。有关李营丘创作《八景图》的说法，见于吴水田、周琼等人的文章。周琼认为，“八景”之名源于李成的“八景图”，此后才有宋迪的“潇湘八景图”及米芾等人为的题诗。四是苏轼说。持论者有李森、李海根、吴水田等人。吴水田等“从史学记载考究”，认为苏轼最早为《南康八境图》题诗，所以苏轼说最早。五是庞籍说。刘向斌、李红岩认为北宋庞籍驻守延州时，创作了《延州城南八咏》，且有司马光、宋祁等人的和作，“庞籍应是北宋最早创作八景诗者”。

为始作者”。李成是五代末北宋初的画家,绘制了《潇湘八景图》,此图被著名书画家米芾于麓山寺观摹“麓山寺碑”时无意购得,并为其写成了《潇湘八景图诗序》,使“潇湘八景”名扬天下[①]。还有一种说法认为,苏轼为《虔州八境图》题诗作序,使“虔州八景”得以确立。据《赣州府志》记载,北宋嘉祐年间,虔州(今赣州)知军孔宗瀚在虔州五代后梁的城基上修葺城墙并建城楼多座,被称为“八境台”。孔宗瀚据此绘成《虔州八境图》。元丰元年初,他离任返乡并在山东胶州拜会知州苏轼,邀其共赏《虔州八境图》并请题诗。苏轼欣然提笔,赋就《虔州八境图八首并序》。从此,虔州“八景”声名鹊起,名扬天下[②]。

笔者认为,以宋迪“潇湘八景图”来作为“八景”文化的起源是最合理的。沈约所做《八咏诗》更多是无意而为之,并未确切提到“八景”概念;而李成的《潇湘八景图》更是失传,无法考证。苏轼所作的序偏重于对沈约的模仿,内容多为抒情。只有宋迪的“潇湘八景图”使“八景”从局限于文人和地区性的闲情雅致,转变为全民性与全国性的文化现象,并闻名海外,逐渐形成一种独立的“八景”文化热潮。

从性质上看,目前所知最早的八景诗当是南朝沈约的《八咏诗》。时沈约任东阳郡太守,在郡城东南临婺江处建了一座“玄畅楼”。作者登楼远眺,作《八咏诗》,描绘了玄畅楼所见的“金华八景”:登楼望秋月、会圃临春风、岁暮憨衰草、霜来悲落桐、夕行闻夜鹤、晨征听晓鸿、解佩去朝市、被褐守山东等,借以表达对前途的忧虑与哀愁。其“总题分咏”的形态与宋代“八景”诗体式完全一致。《八咏诗》在后来流传甚广,“玄畅楼”也因此被称为“八咏楼”。

到了唐朝,描写八景的诗文越来越多。王维、裴迪的《辋川集》,分以辋川别业内 20 个景点赋诗作画,已具“八景”意味。李白的“姑苏十咏”、柳宗元的“永州八记”、刘禹锡的“海阳十咏”“金陵五题”等广义上的八景诗的出现,进一步推动了唐人对自然景观的关注程度,也加快了地域文化的审美进程。特别是刘长卿的“龙门八咏”已然是标准八景诗,与后代并无二致。

在宋代,宋迪的《潇湘八景图》一经问世,便产生了十分积极的影响。著名的书画家米芾《潇湘八景图》每幅画题诗写序,扩大了“八景”的影响。据北宋惠洪著《石门文字禅》记载:“宋迪作八景绝妙,人谓之无声句,演上人戏余曰‘道人能做有声画乎?’因为之各赋一首。”[③]李营邱的“八景图”、宋迪的“八景图”、孔宗翰的“南康八境图”、庞籍的“延州城南八咏”、苏轼的“虔州八境图八

① 李森:《赣州“八景”》,《中国地名》2000 年第 5 期。

② 邓颖贤、刘业:《“八景”文化起源与发展研究》,《广东园林》2012 年第 2 期。

③ [宋]惠洪:《石门文字禅》,《禅门逸书初编》第 4 册,台湾明文书局 1981 年版,第 97 页。

首”与“凤翔八观”等以描绘地方八景为主的绘画作品，一方面带动了各地“八景”文化的勃然而兴，另一方面也进一步激发了时人创作“八景”组诗的兴趣。

元朝是“八景”文化的发展期，出现了“昆明八景”“桂林八景”“黄岩八景”等作品。值得注意的是，元中期，“潇湘八景”概念开始出现。欧阳玄登上长沙大西门外的八景台，写了《登八景台》。揭傒斯也写了“潇湘八景”的五言绝句。鲜于必仁的《中吕・普天乐》，吟咏了洞庭秋月、烟寺晚钟、江天暮雪、潇湘夜雨、平沙雁落、远浦帆归、山市晴岚、渔村落照八景，而且明确标明是“潇湘八景”。这为明清“潇湘八景”文化的定型起到了重要作用①。

明朝是“八景”文化普及并走向繁荣的重要阶段。“明万历年间，统治者为了粉饰盛世，令各地选出当地的‘八景’上报朝廷。受其影响，八景之风越刮越盛，大到一个地域，小到一个市镇、一处山寺甚至一个家族都有‘八景’。各地地方史志几乎都有八景的记载。”②自此之后，“八景”文化被打上了官方印记，这也是全国各地“八景”文化盛行的主要原因。各地官员纷纷组织本地文人走遍当地山水名胜，根据“潇湘八景”模式评选八景，一些带有浓厚地域特色的地方八景开始出现，如重庆“渝城八景”、天津“津门八景”等。

清朝康乾时期是“八景”文化的繁荣时期，正如《洞庭湖志》所说的“各郡均有八景，处处皆然”，以至“十里之邑，三里之城，五亩之园以及琳宫梵宇，靡不有八景（诗）”③。八景内容也从“潇湘八景”模式的自然山水景观发展到风雨雷电、日月星辰、花草树木、名人遗迹、宗教建筑、农耕渔樵等。八景诗、八景图的创作数量上远胜于前代，“倘如细细收集起来，是不下百万首的。这个数字相当于《全唐诗》《全宋词》《全元曲》的十数倍。而且，这个数字绝对是个保守数字”④。虽然这些八景诗画良莠不齐，但所反映的“八景”文化热潮却是显见的。

所谓“八景”一开始只是集称概念，根据地域环境和特点勾勒出来，使景观关联化了，整体化了，成为一个景观序列。在传统文化中，“八”是一个吉祥的数字，它蕴含着浓郁的民俗文化心理。儒家有“八端”，道教有“八仙”，佛教有“八吉祥”。“八景”正是借用了道教术语，它是文人心理体验与空间景观相结合的产物。“八景”文化指的正是这种景观序列被受众以“文化的方式”接纳，

---

① 参见：陈蒲清《八景何时属潇湘——“潇湘八景”考》，《长沙大学学报》2008年第1期。

② 徐赣丽、朱国佳：《八景文化空间与八景诗画的文化遗产价值》，《广西师范大学学报（哲学社会科学版）》2012年第5期。

③ ［清］赵吉士：《寄园寄所寄》，大达图书供应社1935年版。

④ 谢柳青：《诗心高下各千秋——“八景诗”文化价值浅估》，《长沙水电学院学报：社会科学版》1989年第3期。

具体而言，有如下几个方面：

一是崇尚自然的山水文化传统。中国传统文化中浓厚的山水情结，滋养了一代又一代中国文人，成为传统文化心理的一个深刻印记。我国古代文化传统中对自然的挚爱，为"八景"文化的形成奠定了情感基础。"我国有悠久的山水文化传统，无论是早期的名山祭祀、孔子的'山水比德'、道家的'道法自然'，还是魏晋山水审美和游观的兴起，以及隋唐山水诗歌的兴盛，都表现了对自然山水的崇拜和歌咏。在传统文化中，山水文化具有相当重要的地位，自然山水不只是观赏、游览的物质空间，而且还往往带有一定的感情色彩，甚至隐含着人的精神、道德、情操，正所谓'山水有深情'，从而成为人们寄托情感和理想的精神空间。"①

文人们在游玩山水的过程中，借助诗歌、绘画等形式，将丰富的人文思想赋予自然景观，将纯自然景观变为具有思想性、充满生命活力的"个体"。赋予自然山水以智仁的道德意义和悟道的途径，将自然内化为人的精神世界，以此实现人与自然的和谐统一，促进了"八景"文化的产生。

二是地方文化的历史记忆。有学者指出，"八景从产生之日起，就不可避免地具有十分浓厚的文化创造意味与心理想象色彩"②。虽然"八景"源于文学艺术的创造，但作为对地方文化的认同，它一方面成为地方生活、观赏、游乐的重要空间，另一方面也成为表现地方美景、愉悦生活和大众情感的平常而又重要的一种方式，表现出极大的鲜活力和持久性。各地的"八景"无一不与地方历史文化记忆相关，积淀为集体无意识和浓郁乡情，构成"家乡记忆"的重要组成部分。"地方八景的特指意象及文化积淀正是在这样的发展演变及世代相传之中，得到不断深化和丰富。八景从最初的精英（文人墨客、乡绅仕宦）审美逐渐演化为一种集体意识，这在客观上又充当了地方认同和情感纽带的重要媒介，并酝酿和培育了以此为依托的深入人心的地方记忆。"③这种文化记忆，又往往与一定的时间、空间及主观感受相关联，带有强烈的"地方意识"，并强化和赋予地方某种相对稳定的景观意象。

很多"八景"本身就是各地的历史遗迹，寄托着对历史人物的缅怀与景仰之情，也宣扬了地方的民风民情。"青州八景"之"范井甘泉"，会让我们想起范仲淹亲自汲水制药，缓解民间疫情一事。其名饱含着青州人民对这位伟大的政治家和文学家的深深敬意。"西湖十景"之"三潭印月""苏堤春晓"与美丽的西湖

---

① 赵夏：《我国的"八景"传统及其文化意义》，《规划师》2006 年第 12 期。

② 张廷银：《传统家谱中"八景"的文化意义》，《广州大学学报（社会科学版）》2004 年第 4 期。

③ 赵夏：《我国的"八景"传统及其文化意义》，《规划师》2006 年第 12 期。

传说及人文轶事，“关中八景”之“咸阳古渡”“灞桥风雪”与关中往事及古人惜别的声景，“越州十景”之“兰亭修禊”与王羲之等人的文会雅集等，无不如此。

明代金文徵在《鄜州八景诗·序》中称：“予与万物皆寓于天地，而天地亦大寓也。能适所遇不为其驰以骤，则天地万物且寓于予心，随其寓乐矣。予官鄜州，去家五千里而强，大石穷谷，非有予江南之乐也。然予适而乐之，知寓之为寓也。州父老相传其地有八景之胜，披署颇暇，聊与之观焉。夫寓不期于寓而至寓，无借乐不期于乐而真乐从之。天地一水也，予与万物一舟也，水与舟相拍浮，浩乎不知所终拍，奚所往非寓也？奚所寓非乐也？予故又曰：至人无累，作八景诗咏。”[①]在序文中，我们能明显感受到这位南方籍官员极其浓郁的客寓心态和思乡情结。尽管他身处穷山僻壤之中，但其心中却处处皆有山水之乐。他所在乎者，已不是客观之景，而是久存心间的主观之景。正如苏轼在《虔州八境图八首并引》中所言：“此南康之一境也，何从而八乎？所自观之者异也。且子不见夫日乎，其旦如盘，其中如珠，其夕如破璧，此岂三日也哉？苟知夫境之为八也，则凡寒暑、朝夕、雨旸、晦冥之异，坐作、行立、哀乐、喜怒之变，接于吾目而感于吾心者，有不可胜数者矣，岂特八乎？”[②]与其说是自然美景激发了作者的创作灵感，毋宁说是心中的美景与自然之景间实现了某种转化。

三是文人生活方式的曲折映现。文人在官场失意或仕途不达时，便把思想情感寄托于山水之中，归隐是文人们的一种生活方式和审美标准。这也推动了文人与对自然的亲近，进而创作出八景诗，并使八景诗中的意象呈现出隐逸文化精神。在“潇湘八景”诗画中，烟寺、归帆、山市、落雁、渔村等山水人文主题的描写，便渗透着隐逸文化的精髓。如“渔村夕照”中，文人们把自己当成渔夫，把流放者的形象描绘为隐士，表现出他们对世俗的淡漠。他们一方面渴望着自己能够被重新征召、回归家园，但又享受着“隐逸”之乐；另一方面又羡慕渔民们能够远离世俗，淳朴的生活。[③]

文人士大夫往往选取有典型意义的自然景观、人文胜迹等来表达情感、生活理想与价值观念，像晓月、夕照，夜雨、秋风，残雪、春云，烟树、寒林，断桥、古渡，古寺、晚钟，渔帆、落雁等，这些景观是“中国传统文化（尤其是文学与绘画）中常用于营造审美意境的典型，所营造的意境多具有淡雅、朦胧，或寂寥、凄切，或幽远、疏阔，或宁静、祥和的美学特征，多用来表达孤独、犹豫、失落、哀婉

---

① 张北琳校注：《鄜州志校注》，三秦出版社 2009 年版，第 493—494 页。

② ［宋］苏轼著，王文诰辑注，孔凡礼点校：《苏轼诗集》，中华书局 1987 年版，第 791—792 页。

③ 参见：雷芳《“潇湘八景”文化形象塑造研究》，中南大学 2011 年硕士学位论文。

与淡泊的心境,折射文人士大夫田园牧歌的生活理想与自在隐逸的处世观念”[①]。这一切与传统文人的崇尚隐逸、寄情山水不无关联。王毅《中国园林文化史》指出:“明白了隐逸文化在中国封建社会结构中的作用,也就可以知道中国古典园林发达的原因。因为园林(亦即充满自然气息的居住环境)既是士大夫隐逸的基本条件,也是隐逸文化全面发展的基础。就前一点来说,园林艺术的成熟与士大夫隐逸之风的发展是互为表里的,在刘安《招隐士》描写的那种晦冥阴惨的环境中,隐逸文化绝不可能达到社会机制所需要的发达程度;反过来,没有士大夫阶层对自己相对独立地位的追求,中古以后园林艺术的发展也就失去了最主要的动因。”[②]换言之,自然美中孕育着社会美,对传统文化的接受也成为士人亲近自然、赞美自然的根本原因。

儒家的比德观、道家的自然观、佛教的禅悟学等,构成了各地“八景”文化的“底色”,而八景诗则是展示这种文化魅力的“窗口”。从表现形态言,“八景诗的创作总是以连章组诗的形式构成,对某一地域的风景名胜群落加以题咏讴歌。其内容主要展现出山川草木之奇,风土人情之变”[③]。其容量与厚重感非一般单体景观诗歌所可比拟。

第二节　元代景观组诗的兴盛

分布在元代各地、诞生于不同时期的八景诗,是元代景观组诗的典型代表。不仅仅是自然景观集群,也是古迹名胜所在,其中蕴含着所在地丰富的人文底蕴,是地方文化独特的符号。

一、元代八景诗创作概况

笔者根据《全元诗》统计,元代共有 146 人创作了 217 组八景诗(见下表)。元代的八景诗,上承宋代,下启明清,其诗史价值和文化地位主要表现在两方面:一是将江南地区八景基本上定格在湖南湘江流域,形成了地理景观的秩序性和空间结构;二是金元之际八景成为城市的重要特征,这是八景在历史上一次重要的转型。明清之际,城市八景成为主角,自然八景退居次席。明清地方

---

① 任唤麟:《八景文化的旅游学分析》,《旅游学刊》2012 年第 7 期。

② 王毅:《中国园林文化史》,上海人民出版社 2014 年版,第 263 页。

③ 徐赣丽、朱国佳:《八景文化空间与八景诗画的文化遗产价值》,《广西师范大学学报(哲学社会科学版)》2012 年第 5 期。

志中，有大量的八景记载和诗文歌咏，已成为中国城市的一大特色。如“燕京八景”，最早见于元代《一统志》所载的“燕山八景”，但在元、明、清各朝，所指八景虽然有细微区别，都是首都城市文化的代表。

元代八景诗汇总表

作者	名　称	属地	内容/体裁	册—页
李俊民	平水八景	山西临汾	陶唐春色、广胜晴岚、平湖飞絮、锦滩落花、汾水孤帆、姑山晚照、晋桥梅月、西蓝夜雨/七绝	1—328
元好问	方城八景（裕州八景）	河南方城	松陂烟雨、大乘夕照、莲塘夜月、炼真春暮、仙翁雪霁、落川云望、罗汉晴岚、堵阳钓矶/七绝	2—249
陈赓	蒲中八咏为师邑卿赋	陕西蒲城	蒲津晚渡、虞坂晓行、舜殿熏风、首阳晴雪、东林夜雨、西岩迭巘、妫汭夕阳、王屋飞湍/五绝	2—262
陈庚	题师邑卿蒲中八咏	陕西蒲城	蒲津晚渡、虞坂晓行、舜殿熏风、首阳晴雪、东林夜雨、西岩迭巘、妫汭夕阳、王屋飞湍/五绝	2—270
段成己	龙门八景	山西河津	禹门雪浪、云中暮雨、疏属晴岚、双峰并秀、神谷藏春、仙掌擎月、姑山夕照、汾水秋风/七绝	2—348
	蒲州八景	山西永济	蒲津晚渡、虞坂晓行、舜殿熏风、首阳晴雪、东林夜雨、西岩叠巘、妫汭夕阳、王官飞湍/七绝	2—350
家铉翁	鲸川八景	河北沧州	冰岸水灯、东城春早、客船晚烟、莲塘雨声、沙堤风柳、戍楼残照、西园秋暮、市桥月色/七绝	3/102
郝经	苏门八咏	河南辉县	百泉、涌金、梅溪、卓水、啸台、仙人迹、安乐窝、月台/七绝	4—321
王恽	东皋八咏为赵参谋题	浙江永嘉	匏瓜亭、李斋、东皋村、耘轩、遐观台、清斯池、流栖园、归云台/七绝	5—410
	蒲中十咏为严卿师君赋	陕西蒲城	蒲津晚渡、舜殿熏风、虞坂晓以、首阳晴雪、鹳鹊波声、东林夜雨、林亭夜月、王官飞湍、西岩叠巘、妫汭夕阳/七绝	5—421
杨公远	潇湘八景	湖南潇湘	远浦归帆、烟寺晚钟、平沙起雁、江天暮雪、潇湘夜雨、洞庭秋月、山市晴岚、渔村夕照/七绝	6—233
金履祥	洞山十咏	浙江金华	高石岩、朝真洞、冰壶洞、双龙洞、椒庭、中涧、小龙门、五叠泉、老梅岩、中峰/七绝	7—343
吕同老	九锁山十咏	浙江杭州	大涤洞、栖真洞、鸣凤洞、蜕龙洞、来贤崖、仙迹崖、翠蛟亭、丹泉、石壁、云根石/五古	8—250

续表

作者	名　称	属地	内容/体裁	册—页
方凤	八景胜概	浙江浦江	华柱丹光、仙坛灵草、中峰啸月、深穴嘘风、剑峡迟鸾、卦尖望鼎、药壶闪影、龙门飞瀑/五绝	8—328
	怀古题雪十首	不详	韩王堂雪、伊川门雪、苏武窖雪、长安落雪、李佊郊雪、韩愈关雪、陶穀茶雪、孙康书雪、李朔怀雪/七律	8—337
林景熙	陶山十咏和邓牧心	浙江绍兴	若耶溪、任公子钓石、集仙桥、陶宴岭、古广、石船、舜田、葛仙翁石床、上下二镬、附子岗/七绝	9—418
	游九锁山十一首	浙江杭州	入九锁山门、松间、凤洞、龙洞、翠蛟亭、洞宵宫、大涤洞天、栖真洞、天柱峰、神仙隐迹、过石壁丹泉二亭/七绝五、七律二、五律一、五排三	9—440
刘敏中	野亭十咏	不详	杏崖、柳岸、佳禽、游鱼、绿野、山屏、野亭、野翁、野酌、野歌/五律	11—271
戴表元	四明山中十绝	浙江宁波	枫树坑、茶焙、大小横山、北溪、韩采岩、莽广溪、木兰、仙山、羊额岭、白水/七绝	12—168
张经	潇湘八景	湖南潇湘	湘夜雨、洞庭秋月、远浦归帆、平沙落雁、烟寺晚钟、渔村夕照、山市晴岚、江天暮雪/五绝	13—434
尹廷高	西湖十咏	浙江杭州	平湖秋月、苏堤春晓、断桥残雪、雷峰落照、柳浪闻莺、花港观鱼、曲院荷风、南屏晚钟、三潭印月、两峰插云/七绝	14—7
程钜夫	题仲经家江贯道潇湘八景图	湖南潇湘	平沙落雁、烟寺晚钟、洞庭秋月、潇湘夜雨、渔村夕照、山市晴岚、江天暮雪、远浦帆归/五绝	15—222
	桦阳谷十韵	不详	桦阳谷、养浩堂、向日亭、招隐亭、贮月亭、静芳池、代竹园、比德泉、斗槲轩、肆射平/七绝	15—253
	白云八咏	不详	白云隐岫、绿野方春、古塔标峰、憨泉灌圃、楚山秋霁、石人晚照、棠店霜晴、菟村夜雪/五绝	15—291
胡炳文	星源八景	江西婺源	锦屏春色、绣水秋波、龙井晚云、仙岩夜月、北寺昏钟、西湖水榭、廖坞鹤烟、朱塘鸥雨/七律	15—330
韩信同	石堂八景	福建宁德	翠屏霁雪、石屋朝云、狮子笑天、蛟潭浸月、蓬莱飞峰、文峰卓笔、棋盘仙迹、双柱擎天/七古	16—163
熊钚	赫曦台四景	湖南长沙	薄暮明霞、中宵皓月、中夜白云、鸡鸣日出/七律	16—245
徐瑞	次韵月湾东湖十咏	江西鄱阳	两堤柳色、双塔铃音、孔庙松风、颜亭荷雨、湖中孤寺、洲上百花、荐福茶烟、新桥酒旗、江城暮角、芝峤晴云/七绝	16—349

续表

作者	名　称	属地	内容/体裁	册—页
赵孟頫	天冠山题咏二十八	江西贵溪	龙口岩、洗药池、炼丹井、长廊岩、金沙岭、升仙台、逍遥台、灵湫、寒月泉、玉帘泉、长征池、道人岩、雷公岩、学堂岩、石人峰、老人峰、月岩、凤山、仙足岩、鬼谷石、风洞、钩台、礤潭、一线天、馨香岭、三山石、五面石、小隐岩/五绝	17—260
	玄洲十咏寄张贞居	江苏句容	茵山、罗姑山、霞架海、桐花源、鹤台、玄洲精舍、紫轩、火浣坛、玉像龛、隐居松/五绝	17—263
吴存	东湖十咏	江西鄱阳	两堤柳色、双塔铃音、孔庙松风、颜亭荷雨、湖中孤寺、洲上百花、荐福茶烟、新桥酒旗、江城暮角、芝峤晴云/七绝	18—137
陈孚	神京八景	北京	太液秋风、琼岛春阴、居庸叠翠、卢沟晓月、西山晴雪、蓟门飞雨、玉泉垂虹、金台夕照/七律	18—365
	潇湘八景	湖南潇湘	洞庭秋月、烟寺晚钟、江天暮雪、潇湘夜雨、平沙落雁、远浦归帆、山市晴岚、渔村返照/五律	18—375
浦道源	题八景	不详	古塔摽峰、憨泉灌园、棠店霜晴、石门晚照、白云归岫、绿野方春、菟村夜雪、野山秋霁 /五律	19—308
汪炎昶	次韵补柳子厚八愚诗	湖南永州	愚溪、愚丘、愚泉、愚沟、愚池、愚岛、愚堂、愚亭/五律	20—2
王士熙	天冠山二十八首	江西贵溪	龙口岩、丹井、洗药池、玉帘泉、长廊岩、金沙岭、升仙台、逍遥岩、灵湫、寒月泉、长生池、道人岩、雷公岩、老人峰、月岩、仙足岩、鬼谷岩、风洞、石人峰、学堂岩、凤山、馨香岩、钓台、礤潭、三山石、五面石、小隐岩、一线天/五绝	21—13
袁桷	信州招真观二十八首	江西贵溪	小隐岩、馨香岩、学堂岩、鬼谷岩、升仙台、钓台、一线天、五面石、寒月泉、金沙岭、长生池、老人峰、三山石、礤潭、玉帘泉、石人峰、仙足岩、月岩、雷公岩、道人岩、丹井、洗药池、凤山、风洞、逍遥岩、长廊岩、龙口岩、灵湫/五绝	21—279
	新安郡岭南十咏	安徽徽州	清江钓月、空谷耕云、苍峰卓笔、碧巘舒屏、枫林巢鹤、雪涧浮龟、峻岭扶车、圆岗揭斗、古寺垂虹、双溪合璧/五绝	21—284
董寿民	题张月潭栖亭十二景	不详	岁寒松柏、聚望云烟、西山暮雨、碧潭秋月、寒江钓雪、南田耕云、山市楼台、天门泉石、远寺疏钟、斜阳归棹、竹外芹宫、葛坛丹灶/七绝	22—33

续表

作者	名称	属地	内容/体裁	册—页
刘诜	庐陵十景同萧克有孚有诸公作	江西吉安	青原春嶂、神冈晚桥、螺峰残雪、鹭渚断烟、石砻飞瀑、西峰卧松、古城秋酿、小洲暮渔、平园衰柳、凤墅斜阳/七律	22—286
	丙辰岁晏无营友人有赋十题者援笔戏效其体	江西吉安	冰港叉渔、雪林猎虎、竹外梅梢、水边柳影、侯邸春盘、山村腊酒、雪鼎烹茶、地炉拨芋,城角春声、江帆雪影/七律	22—299
唐元	咏和塾池亭景三十六首	不详	登山、秀野堂、渐入佳境、半山吟所、倚山书堂、路通修竹、苍雪阑干、远开图画、极高、梅边竹外、蔬圃、桃李溪、桃李园、春色茅檐、成趣亭、红翠亭、百花头上、整屐、万玉、嘉庆庄、晚翠庄、樵径、桃源路上、锦绣乡中、向阳花木、修景、晚香、攀桂、耐久交、好景、平安道中、春草池塘、弄月池、益清池、千里池/五律	23—234
安熙	封龙十咏	河北石家庄	龙首峰、熊耳峰、白雪洞、修真道馆、中溪书院、西溪书院废址、蒙泉、李相读书台、吟台、敬斋祠/五古	23—335
林傅	天冠山二十八咏	江西贵溪	龙口岩、洗药池、炼丹井、长廊岩、金沙岭、飞仙台、雷公岩、石人峰、堂岩、老人峰、月岩、凤山、逍遥岩、灵湫、寒月泉、玉帘洞、长生池、道人岩、仙足岩、鬼谷岩、风洞、钓台、礤潭、馨香岩、三山石、五面石、小隐岩、一线天/五绝	24—304
叶可权	遂昌八景	浙江遂昌	东阆晓云、西明夕照、清华秋月、妙高晴岚、洗马寒泉、钓鱼清风、后墅春耕、长安晚渡/七律	24—340
	月山草堂四咏	浙江遂昌	松屋卧云、竹窗延月、荷亭酌酒、竹院烹茶/七律	24—343
柳贯	草堂琳藏主得往年黄晋卿吴正传张子长北山纪游八诗装演成卷要予继作因追叙旧游为次其韵增诸卷轴	不详	灵源、草堂、三洞、鹿田、宝峰、潜岳、山桥、宝石/五古	25—112
	赋黄氏新安岭南山居十咏	不详	清江钓月、空谷耕云、苍峰卓笔、碧巘开屏、松林巢鹤、雪涧浮龟、峻岭扶车、圆岗揭斗、双溪合璧、古寺垂虹/五绝	25—164
	浦阳十咏	浙江浦阳	仙华岩雪、白石湫云、龙峰孤塔、宝掌冷泉、月泉春诵、潮溪夜渔、南江夕照、东岭秋阴、深袅江源、照灵仙迹/七律	25—187

续表

作者	名　称	属地	内容/体裁	册—页
杨载	东阳十题	浙江东阳	焦桐、蠹简、破砚、残画、旧剑、鹿镜、废檠、败裘、断碑、卧钟/五律	25—233
虞集	天冠山诗	江西贵溪	龙口岩、洗药池、丹井、玉帘泉、长廊岩、金沙岭、飞升台、逍遥岩、灵湫、寒月泉、长生池、道人岩、老人峰、雷公岩、月岩、仙足岩、鬼谷岩、风洞、石人峰、学堂岩、凤山、馨香岩、钓台、礤潭、三山石、五面石、小隐岩、一线天/五绝	26—329
朱思本	元洞丈室六咏	不详	瑞香、绿萼梅、红梅、幽梅、黄木香、百结/五绝	27—68
揭傒斯	题王山仲所藏潇湘八景图卷走笔作	湖南	潇湘夜雨、洞庭秋月、远浦归帆、平沙落雁、山市晴岚、江天暮雪、烟寺晚钟、渔村晚照/五绝	27—177
	太平山杂咏十九首	江苏苏州	极高明亭、北极山、龙井、龟山、鹤亭、枯槎溪、云旗峰、雷岩、三仙坡、杨梅、义栎、鹿泡泉、五雷峰、龙门、孟姥潭、狮子岩、梧桐岗、葫芦石、虎迹石/五绝	27—349
杜本	天冠山二十八首同诸学士为祝丹阳赋	江西贵溪	龙口井、洗药池、炼丹井、长廊岩、金砂岭、升仙台、逍遥岩、灵湫、寒月泉、玉帘泉、长生池、道人岩、雷公岩、石人峰、学堂岩、老人峰、月岩、凤山、仙足岩、鬼谷岩、风洞、钓台、礤潭、一线天、馨香岩、三山石、五面石、小隐岩/五绝	28—158
黄溍	金华北山纪游八首	浙江金华	灵源、草堂、三洞、鹿田、宝峰、潜岳、山桥、宝石/五古	28—237
胡助	和佳坡李宅仁甫山园八咏小引	不详	草台春意、竹径秋声、冰壶避暑、雪峤寻春、石坛夜月、花嶂夕阳、翠屏微露、土�茶烟/五律	29—7
	拔宝彦卿监宪四咏轩	不详	红药香风、苍松皓月、怪石博云、绿筠擎雪/五律	29—15
	和黄晋卿北山纪游八首	江西婺源	灵源、草堂、三洞、鹿田、宝峰、潜岳、山桥、宝石/五古	29—20
	黄秋江耕金库山房十咏	不详	清江钓月、空谷耕云、苍峰卓笔、碧巘开屏、枫林巢鹤、雪涧浮龟、骏岭扶车、圆岗揭斗、双溪合璧、古寺垂虹/五绝	29—95
	越上宝林寺八景	浙江绍兴	飞来峰、应天塔、灵鳗井、大布衲、罗汉泉、古铁钵、深竹堂、盘翠轩/五绝	29—99
	隐趣园八咏	浙江东阳	君子池、待月坛、蜀锦屏、天香台、香雪壁、晚香径、竹涧亭、岁寒亭/五绝	29—102
	东湖十咏	浙江嘉兴	东湖秋月、岩山苍翠、南浦春流、禅悦白云、陈庄水亭、葛圃花竹、秋堂湖石、秀野沙洲、西丘夕照、五度朝晖/七绝	29—120

续表

作者	名　称	属地	内容/体裁	册—页
王艮	追和唐询华亭十咏	上海	顾亭林、寒穴泉、吴王猎场、柘湖、秦皇驰道、陆瑁养鱼池、华亭谷、陆机宅、昆山、三女岗/五律	29—276
马祖常	天冠山二十八咏	江西贵溪	龙口岩、洗药池、炼丹井、长廊岩、金沙岭、飞仙台、雷公岩、石人峰、堂岩、老人峰、月岩、凤山、逍遥岩、灵湫、寒月泉、玉帘洞、长生池、道人岩、仙足岩、鬼谷岩、风洞、钓台、礤潭、馨香岩、三山石、五面石、小隐岩、一线天/五绝	29—403
滕斌	题龛岩十咏	江西婺源	读书岩、试剑石、灵湖、石笋峰、石舫、笔架山、镓泉、铜环鲤、瀑布泉、僧寺/五绝	29—416
释祖铭	径山五峰	不详	堆珠峰、大人峰、鹏抟峰、宴坐峰、朝阳峰/五古	30—319
张雨	洞庭卧游八篇	江苏太湖	太湖、天王寺、东小湖院、华山寺三泉古、黄公泉、上方寺、毛公坛、龙洞/五古	31—294
	阳德馆幽居八咏仍用韵	不详	得月轩、浴鹄湾、来鹤亭、拜石厅、蓬庐、药井、梓树坡、黄篾楼/五古	31—296
	计筹山四咏袁安道请题用黄晋卿韵雪宝三韵	浙江湖州	东隐、雪斋、观泉轩、环翠楼台/五古	31—300
	玄洲十咏	江苏句容	菌山、罗姑洞、霞架海、鹤台、桐华源、玄洲精舍、紫轩、火浣坛、隐居松、玉像龛/五绝	31—320
	山居十咏用张率性韵	浙江杭州	登善庵、烟霞衕、玉钩桥、小龙泓、紫芝馆、开阳室、硐阿亭、半月池、凝云石、来鹄亭/五律	31—346
吴师道	追和黄晋卿北山纪游八首	浙江金华	灵源、草堂、三洞、鹿田、宝峰、潜岳、山桥、宝石/五古	32—7
杨瑀	静安八咏	上海静安	赤乌碑、陈桧、虾子禅、讲经台、沪渎垒、涌泉、芦子渡、绿云洞/五绝	32—234
李孝光	灵隐十咏	浙江杭州	灵隐寺、冷泉亭、莲花峰、飞来峰、炼丹井、呼猿洞、水台盘、翻经台、高峰塔、龙泓潭/五律	32—277
	湖山八咏	浙江温州	沙头酒店、山顶樵居、秋江渔火、晓寺僧钟、竹引流泉、木蔽檐日、龟屿迎潮、石亭避暑/七律	32—303
	宝林八咏	浙江杭州	飞来峰、应天塔、罗汉泉、灵鳗井、大布衣、古铁钵深竹堂、盘翠轩/五绝	32—357
	箫台八景	浙江乐清	云门福地、盖竹洞天、双瀑飞泉、箫台明月、白鹤晨钟、紫芝晚磬、东塔云烟、西岑松雪/七绝	32—359

续表

作者	名　称	属地	内容/体裁	册一页
张起岩	潍县八景	山东潍坊	东园早春、南溪垂钓、西山晴雪、孤峰夕照、麓台秋月、青杨晴眺、玉清烟晓、石桥漱玉/七绝	33—159
岑安卿	洞山十咏	浙江金华	松龙、蛙石、镜池、梅沼、将军石、乌石岭、豹关、透瓶泉、琴峡、桂轩/五律	33—202
	次雷子枢知事延平八咏韵	福建南平	龙津春浪、猿洞秋风、三寺云深、九峰月朗、梅山朝旭、演仙晴霞、中峰飞瀑、黯淡雄涛/五古	33—207
	予读近时人诗有咏潇湘八景者辄用效颦以消余暇	湖南	洞庭秋月、潇湘夜雨、平沙落雁、渔村落照、山市晴岚、江天暮雪、远浦归帆、烟寺晚钟/七律	33—217
李斋贤（高丽人）	忆松都八咏	高丽	鹄岭春晴、龙山秋晚、紫洞寻僧、青郊送客、熊川禊饮、龙野寻春、南浦烟蓑、西江月艇/七绝	33—347
	和林石斋尹樗轩用银台集潇湘八景韵	湖南	平沙落雁、远浦归帆、潇湘夜雨、洞庭秋月、山市晴岚、渔村落照、江天暮雪、烟寺暮钟/五律	33—351
	和季明叔云锦楼四咏	高丽	荷洲香月、松壑翠云、渔矶晚钓、山舍朝炊/七绝	33—352
	菊斋横坡十二咏	不详	太公钓周、四皓归汉、谢傅东山、子猷剡溪、庐山三笑、竹林七贤、孟宗冬笋、黄真桃源、莺寻玉京、犬救杨生、潘阆三峰、范蠡五湖/七绝	33—353
张翥	衡山福岩寺二十三题为梓上人赋	湖南衡阳	般若寺、一生岩、二生塔、三生藏、天柱峰、掷钵峰、定心石、砖镜亭、隐身岩、三泉、岳心亭、目云亭、迎云亭、兜率桥、开虹桥、大慧塔、读书堂、煨芋岩、御书阁、退道坡、止南寮、藏雪寮、冰雪庵/五律	34—8
许有壬	上京十咏	内蒙古锡林郭勒	马酒、秋羊、黄羊、黄鼠、粣面、芦菔、白菜、沙菌、地椒、韭花/五律	34—294
	中都八景和王受益教授韵	北京	龙庭瑞霭、梵宇晨钟、天桥夜月、碑亭暮烟、闾山晚翠、兰水晴波、高崖异卉、荨川春色/七绝	34—414
陈旅	陈氏潇湘八景图	湖南	洞庭秋月、烟寺晚钟、山寺晴岚、平沙落雁、渔村夕照、远浦归帆、潇湘夜雨、江天暮雪/七律	35—15

续表

作者	名　称	属地	内容/体裁	册—页
黄镇成	三华吴宜甫桃溪十咏	不详	本原楼、旦气轩、半月池、绿玉洲、濯缨泉、白云坞、钓鱼矶、纳稼亩、艺麻圃、怀济舟/五律	35—70
	樵阳八咏用陈教和周东圃韵	福建邵武	五曲精庐、万峰梵刹、石鼓松风、丹台梅月、北桥春舫、西塔暮钟、樵岚秋稼、熙春朝阳/七绝	35—97
	杭州八景	浙江杭州	君山霁雪、仙冈暮霭、九峰晴旭、七里春涛、云岩书灯、月庵钟鼓、乌洲渔唱、龙滩棹歌/七绝	35—101
黄玠	吴兴杂咏十六首	浙江湖州	石林精舍、佑圣宫白玉蟾壁上留题、何楷读书堂、汗樽亭、碧澜堂、白苹亭、浮玉山、颜鲁公祠、墨妙亭、东坡作记、清风楼台、碧崖、蜚英塔、白鹤庙、黄龙洞、顾渚茶、栖贤里/五古	35—163
祝尧	天冠山二十八咏	江西贵溪	龙口岩、洗药池、丹井、玉帘泉、长廊崖、金沙岭、飞升台、逍遥崖、灵湫、寒月崖、长生池、道人崖、雷公崖、老人峰、月崖、仙足崖、鬼谷崖、风洞、石人峰、学堂崖、凤山、馨香崖、钓台、礤潭、三山石、五面石、小隐崖、一线天/五绝	35—347
成廷珪	静安八咏	上海静安	赤乌碑、陈桧、虾子禅、讲经台、沪渎垒、涌泉、芦子渡、绿云洞/七律	35—467
许有孚	圭塘杂咏二十四首	河南汤阴	作乐导水、携妓落成、柳下听莺、舟中对鹭、荷觞酌酒、蕉叶题诗、荷净纳凉、开窗看雨、松荫独酌、与客泛舟、日夕观山、西堤晚眺、雨中移竹、月下观梅、倚槛观鱼、尧堤种菊、竹间开径、水口听琴、独坐投壶、登台纵目、调白莲始花、调木芙蓉不花、调湖石、听筝/七绝	36—50
郑元佑	石湖十二景	江苏苏州	石湖、新郭、拜郊台、行春桥、越来溪、观音崖、治平寺、茶磨峤、楞伽塔、越公井、御书亭、紫薇村/五绝	36—348
	静安八咏	上海静安	赤乌碑、陈桧、虾子禅、讲经台、沪渎垒、涌泉、芦子渡、绿云洞/七绝	36—371
	师子林八咏	江苏苏州	师子峰、栖凤亭、飞虹桥、问梅阁、指柏轩、玉鉴池、立雪堂、卧云室/七绝	36—373
吕思诚	桂林八景	广西桂林	尧山冬雪、舜洞秋风、西峰晚照、东渡春晓、訾洲烟雨、桂岭晴岚、青碧上方、栖霞真境/七律	37—88
俞远	澄江八景	江苏江阴	蓉城晓烟、巫门夜雨、海门宾日、孤山对月、石湾春霁、扬子秋涛、沙屿晚渡、淮甸晴晓/七律	37—343

续表

作者	名　称	属地	内容/体裁	册—页
王奎	天冠山二十八咏	江西贵溪	龙口岩、洗药池、丹井、玉帘泉、长廊崖、金沙岭、飞升台、逍遥崖、灵湫、寒月崖、长生池、道人崖、雷公崖、老人峰、月崖、仙足崖、鬼谷崖、风洞、石人峰、学堂崖、凤山、馨香崖、钓台、䃔潭、三山石、五面石、小隐崖、一线天/五绝	37—347
张嗣德	滦京八首	内蒙古锡林郭勒	凤阁朝阳、龙岗晴雪、敕勒西风、乌桓夕照、滦江晓月、松林夜雨、天山秋狝、陵台晚眺/七律	37—369
段天佑	追和唐询华亭十咏	上海	顾亭林、寒穴泉、吴王猎场、柘湖、秦皇驰道、陆瑁养鱼池、华亭谷、陆机宅、昆山、三女岗/五律	37—383
曹文晦	新山别馆十景（天台十景）	浙江天台	桃源春晓、赤城栖霞、双洞观澜、华顶归云、螺溪钓艇、南山秋色、清溪落雁、琼台夜月、石梁雪瀑、寒岩夕照/七律	37—413
杨维桢	望云八景诗次韵	不详	思亭泉涌、灵岩飞雪、云谷晴曦、庐峰霁月、葛陂春雨、缑岭晚霞、东溪渔笛、古涧樵歌/七律	39—300
吴莱	浦阳十景	浙江浦江	仙华岩雪、白石湫云、龙峰孤塔、宝掌冷泉、月泉春涌、潮溪夜鱼、南江夕照、东岭秋阴、深秀江源、昭灵仙迹/七律	40—41
吴当	天台玉汉桥道院八咏	浙江台州	玉溪桥、积果堂、十二区、梅竹庄、缉云亭、招隐亭、渊泉亭、外墅/七律	40—168
贡师泰	龙虎山十咏	江西鹰潭	金鸡山、石龟渡、象山、龙井、藐姑山、双瀑泉、三石洪、白水䃔/五绝	40—310
	静安八咏	上海静安	赤乌碑、陈桧、虾子禅、讲经台、沪渎垒、涌泉、芦子渡、绿云洞/五绝	40—336
钱维善	定山十咏	浙江耀武	风水二洞、凤凰双髻、朱梁夜泊、定山早行、六和观月、五云赏雪、龙门晓雨、渔浦春潮、浮屿藏鱼/七律	41—28
	奉和太常博士柳公浦阳十咏诗	浙江浦江	仙华岩云、白石湫云、龙峰孤塔、宝掌冷泉、月泉春夜、南江夕照、潮溪夜渔、东岭秋阴、深裹江源、昭灵仙迹/七律	41—37
	静安八咏	上海	赤乌碑、陈桧、虾子禅、讲经台、沪渎垒、涌泉、芦子渡、绿云洞/五律	41—96
释大圭	南墅十二诗	不详	晦中堂、菱风桂露之乡、一川平野、水木清华、燕寝凝香、池堂春草、草堂、处士桥、山阴溪曲、总相宜船、翠香馆、啸云台/七绝	41—361

续表

作者	名称	属地	内容/体裁	册—页
黄元实	潍阳八景	福建邵武	洋背春烟、河潭秋月、东川梵宇、铙山晴雪、湖障夕阳、南廓渡船、长吉晓钟、迎厘午磬/七绝	41—426
	春江十咏	福建泰宁	午窗山色、晚桡鸣月、晚渡撑烟、沙晴睡鸭、夹堤杨柳、斜阳牧笛/七绝	41—428
叶颙	戊申岁闲中清赏十景	不详	秋江明月艇、烟岫夕阳钟、丽浦横长笛、修林策短筇、篱边餐落菊、岭上抚孤松、开径延驯鹤、登楼数去鸿、朗吟黄叶寺、长啸白云峰/五古	42—35
	冬景十绝	浙江金华	鹭立寒江、寒江独钓、霜天晓角、江路梅香、板桥霜晓、茅檐曝背、书舍寒灯、梅下清吟、纸帐梅花、烟蓑钓雪/七绝	42—128
	丁酉仲冬即景十六首	浙江金华	雪水煎茶、地炉煨芋、云巢鹤睡、月岭猿啼、玉楼吹笛、梅屋弹琴、冲寒贯酒、踏雪寻梅、梅梢月落、松径云深、雪夜乘舟、霜晨觅句、枯木寒鸦、孤松老鹤、书窗梅影、石鼎茶声/七绝	42—130
张以宁	四景山水	不详	春、夏、秋、冬/五古	42—181
姚琏	渔梁八景	安徽徽州	渔梁钓台、望仙怀古、紫阳烟雨、白水晴岚、龙井花香、鸟聊翠拥、披云峰影、碎月滩声/五古	42—283
金元素	仙风八咏为王德昌赋	不详	佛洞晴岚、仙风雨涧、竹林避暑、梅垄寻春、溪桥听泉、石台望月、香岩秋桂、烟寺晚钟/五绝	42—362
倪瓒	和赵魏公张外史咏玄洲十景	江苏句容	菌山、罗姑洞、霞驾海、鹤台、桐叶源、玄洲精舍、紫轩、隐居松、玉像龛/五绝	43—61
	东吴十咏	江苏苏州	望洞庭、泛石湖、游灵岩寺、登姑胥山、泊横塘、怀甫里、过盘门、过独墅、过车坊漾、归阖闾浦/五绝	43—67
舒頔	维扬十咏	江苏扬州	月楼、皆春楼、骑鹤楼、嘉会楼、平山堂、琼花观、太平桥(存七)/七绝	43—308
张昱	大涤栖真二洞题名九首	浙江杭州	洞天福地、九锁峰、唐碑、汉祈灵坛、驯虎岩、藏书石室、仙人影、丹泉、捣药禽/七绝	44—58
	临安访古十首	浙江杭州	石镜、婆留井、功臣塔、锦溪、化城寺、衣锦山、将军树、环翠阁、净土寺、九仙山/七绝	44—73
	静安八咏	上海	赤乌碑、陈桧、虾子禅、讲经台、沪渎垒、涌泉、芦子渡、绿云洞/七绝	44—187
陈谟	西林八景	上海西林	凤凰峰、琵琶洲、偃月岗、落星石、流虹岗、喷珠泉、藏蛟室、伏鸽冢/五绝	45—378

续表

作者	名　称	属地	内容/体裁	册—页
于立	次观镜中八咏韵八首	浙江绍兴	种山、三山、崇山、梅山、鉴湖、古城、缥碧楼、芬陀室/五律	45—402
	与客游灵岩山中杂咏六首	江苏苏州	涵空阁、响屧廊、八角井、洗砚池、琴台、西施洞/七绝二/五绝四	45—420
辛敬	嘉禾八景诗	浙江嘉兴	空翠风烟、龙潭暮云、鸳湖春晓、春波烟雨、月波秋霁、杉闸奔涛、胥山松涛、武水幽澜/五律	45—495
周闻孙	和北山宜阳归咏之什十首	河南洛阳	秀水感兴、爱棠留题、北流移家、中秋抒怀、分宜纪事、宜阳叙别、皂口得鲐、虎头沽酒、渝川对景、临江忆昨/七律	45—552
许桢	和叔圭塘杂咏二十四首	河南汤阴	作乐导水、携妓落成、柳下听莺、舟中对鹭、荷觞酌酒、蕉叶题诗、荷净纳凉、开窗看雨、松荫独酌、与客泛舟、日夕观山、西堤晚眺、雨中移竹、月下观梅、倚槛观鱼、尧堤种菊、竹间开径、水口听琴、独坐投壶、登台纵目、调白莲始花、调木芙蓉不花、调湖石、听筝/五绝	46—184
袁凯	邹园十咏	上海	钓矶、柳堤、棋墅、瀑布、桃溪、鱼渊、濯清、蓼滩、松壑、杏坞/五律	46—346
迺贤	南城咏古诗十六首	江西抚州	黄金台、悯忠阁、寿安殿、圣安寺、大悲阁、铁牛庙、云仙台、长春宫、竹林寺、龙头观、妆台、双塔、西华潭、白马庙、万寿寺、玉虚宫/五律	48—39
	宝林八咏为别峰同禅师赋	浙江绍兴	飞来峰、应天塔、大布衣、铁钵盂、罗汉泉、灵鳗井、深竹堂、盘翠轩/五绝	48—52
胡奎	海昌八咏	浙江海宁	海门洪涛、五祠古桧、紫峡秋云、顾况书台、葛洪丹井、安国禅灯、张许双庙、虹桥夜月/七律	48—191
	雩阳十景	江西于都	川江秋月、三峡暮云、龙门夜雨、溪嶂晓烟、青山瀑布、紫阳甘泉、乌石砂图、罗崖曲水、胡僧竹、梁山古桧/七绝	48—305
	宝林八咏	浙江绍兴	飞来峰、应天塔、罗汉泉、鳗井、布衣、铁钵盂、深竹堂、盘翠轩/五绝	48—358
	泰和八景	江西泰和	澧陂春涨、香炉紫烟、云源仙笛、圣容钟声、龙际晓岚、田东暮雨、甘峰飞瀑、天宝悬崖/五绝	48—377
周巽	螺川八景	江西吉安	青螺峰、白鹭洲、金牛泉、丹砂渡、诗人堂、鲁公祠、读书台、洗耳亭/五律	48—420

续表

作者	名　称	属地	内容/体裁	册—页
顾瑛	游灵岩山中杂咏诗	江苏苏州	涵空阁、乡屧廊、八角井、洗砚池、琴台、西施洞/五绝五/七绝一	49—84
	虎丘十咏	江苏苏州	千顷云、小吴轩、剑池、试剑石、五台山、生公台、塔影、致爽阁、真娘墓、陆羽井/五绝	49—85
杨铸	师林八景	江苏苏州	师子峰、栖凤亭、飞虹桥、指柏轩、问梅阁、立雪堂、卧云室、玉监池/五绝	49—152
胡布	胡永年兄弟石庄八咏八首	不详	固陂九曲、响石曾标、永兴钟梵、古印云春、湖墟岚彩、流月虹桥、枣岭樵腔、双溪盘石/五古	50—366
	会稽夏衍宜阳八咏	浙江会稽	经畲堂、硕果轩、大迁墩、丽泽池、鸣琴丘、容膝、林水/五古	50—370
顾彧	静安八咏	上海静安	赤乌碑、陈桧、虾子禅、讲经台、沪渎垒、涌泉、芦子渡、绿云洞/五古	51—228
唐奎	静安八咏	上海静安	赤乌碑、陈桧、虾子禅、讲经台、沪渎垒、涌泉、芦子渡、绿云洞/七律	51—447
吴益	静安八咏	上海静安	赤乌碑、陈桧、虾子禅、讲经台、沪渎垒、涌泉、芦子渡、绿云洞/七律	51—479
余寅	静安八咏	上海静安	赤乌碑、陈桧、虾子禅、讲经台、沪渎垒、涌泉、芦子渡、绿云洞/五绝	51—481
马弓	静安八咏	上海静安	赤乌碑、陈桧、虾子禅、讲经台、沪渎垒、涌泉、芦子渡、绿云洞/七律	51—483
陆侗	静安八咏	上海静安	赤乌碑、陈桧、虾子禅、讲经台、沪渎垒、涌泉、芦子渡、绿云洞/七律	51—482
钱岳	静安八咏	上海静安	赤乌碑、陈桧、虾子禅、讲经台、沪渎垒、涌泉、芦子渡、绿云洞/七律	51—490
韩壁	静安八咏	上海静安	赤乌碑、陈桧、虾子禅、讲经台、沪渎垒、涌泉、芦子渡、绿云洞/五绝	51—493
赵觐	静安八咏	上海静安	赤乌碑、陈桧、虾子禅、讲经台、沪渎垒、涌泉、芦子渡、绿云洞/五律	51—495
释如兰	静安八咏	上海静安	赤乌碑、陈桧、虾子禅、讲经台、沪渎垒、涌泉、芦子渡、绿云洞/五律	51—498
释守仁	静安八咏	上海静安	赤乌碑、陈桧、虾子禅、讲经台、沪渎垒、涌泉、芦子渡、绿云洞/五绝	51—501
释寿宁	静安八咏	上海静安	赤乌碑、陈桧、虾子禅、讲经台、沪渎垒、涌泉、芦子渡、绿云洞/五律	51—509

续表

作者	名　称	属地	内容/体裁	册—页
陈镒	题湖山十景	不详	翠屏晚对、绿野春畊、月浦泛舟、雪溪垂钓、竹楼清眺、松岭早行、古寺钟声、平川霁色、西山牧笛、东岸渔灯/七绝	51—592
陶琛	师子林十二咏	江苏苏州	师子峰、含晖峰、吐月峰、小飞虹、禅窝、竹谷、立雪堂、卧云室、指柏轩、问梅阁、玉监池、冰壶井/五绝	52—158
周稷	师子林五言八咏	江苏苏州	师子峰、栖凤亭、飞虹桥、指柏轩、问梅阁、立雪堂、卧云室、玉监池/五绝	52—243
黄鲁德	武塘十咏	江苏扬州	景德泉、大胜塔、慈云寺、胥山、凤凰墩、陈贤良墓、吴氏义塾、爱山花圃、吴莹竹庄、吴仲圭墓/七绝	52—404
靳荣	新田八景	湖南新田	龙庙莲潭、神陂落雁、晋城春色、济溪梅月、景明飞瀑、乔岳晴岚、照殿冰岩、绛山晚照/七律	52—490
陆颐纳	东吴十咏	江苏苏州	发吴江、泛石湖、游灵岩寺、泊横塘、过盘门、怀甫里、过独墅、过车坊漾、归阖闾浦/六绝	53—102
宋僖	秦川八咏为王景善作	陕西秦岭	桃源、柳桥、竹坡、菊径、药阑、橘圃、桐轩、芸窗/五绝	53—449
平显	寄题武当八景	湖北武当	天柱凌云、玉虚环翠、五龙披雾、九渡鸣泉、南岭削壁、紫霄层峦、雷洞发春、玉台霁晓/七律	53—515
程明远	山斗八景	安徽休宁	剑潭浸月、玉石生烟、清溪柳翠、黄浦荷香、燕谷樵歌、龙华钟韵、方塘活水、高嶂闲云/七律	54—1
	南山八景	安徽休宁	云阁、听泉亭、弥陀石、仙人池、桦径菊、柳塘莲、风林竹、雪谷梅/七律	54—3
曹志	拱和八景	浙江金华	东溪钓月、西山扫松、竹亭午梦、花浦春酣、南桥晚眺、北陇躬耕、云林樵唱、义塾书声/七律	54—37
	金华十咏	浙江金华	双溪明月、八咏清风、芙蓉晓色、积道晴岚、紫崖夕照、白沙春水、赤松羊石、智者神钟、丽泽书院、金钱佛塔/五绝	54—41
邓雅	玉笥十咏	江西玉笥	玉笥晴云、紫盖春雨、何君驾虹、石人玩月、双林莲社、孤山梅隐、绵峰瀑布、茧溪澄练、南祠梦阁、东岳行宫/七绝	54—310
沈梦麟	诚意伯刘公盘谷八景	不详	鸡鸣山晓、龟山春意、西岗稼浪、北坞松涛、双涧秋潭、三湾夜月、松矶钓石、竹径书斋/七律	55—75

续表

作者	名　称	属地	内容/体裁	册—页
王礼	霍山十二景	安徽霍山	回峦春早、介山秋色、绵岳雪晴、箭壑斜阳、龙洞白云、马迹晴岚、抱腹云梯、大岩冰柱、屏风叠嶂、玉峡飞泉、三清烟雨、禅房夜月/五古	55—323
朱善	题辽东八景	辽宁	古庙松风、手山擎月、西湖夜雨、龙湾晓雾、太河乘舟、莲池垂钓、香岩拱秀、千山积雪/七绝	55—347
李晔	橙川四咏	不详	橙峰晓云、潘陇春耕、梅航读月、桃源小境/七律	56—70
张宪	古城八咏	浙江富阳	黄公洞、黄巢寨、金鸡石、骊珠石、栖鹘崖、栖鹤峰、黄天荡、来青阁/七律	57—95
吴会	唐氏中山八景为季雍赋	江西金溪	山中云室、溪上苔桥、瑶岭朝凤、镜池夜月、崇山积雪、灵谷明霞、幕阜生云、笔峰过雨/五古	57—171
	西原十景	江西金溪	槐坞秋风、杏林春雨、日出凤岗、云生鳌水、急涧泉春、平墉雪钓、清湖琴馆、乔木书楼、古城行客、毁寺残僧/六绝	57—176
	别驾马合末公归省亲豫章以临川八景赋初唐六韵委诗为赠	江西临川	岘台春水、灵谷秋云、南湖夜月、瑶岭晴岚、金石寒泉、青云朝日、文昌丹桂、羊角蟠桃/五古	57—195
	皋山八咏	山东宁阳	三星岭、小云峰、茶园、桃坞、一泉、三谷、鹦鹉石、鸥鸪石/五古	57—213
袁华	匡山五咏	湖北黄冈	看松阁、五烟云万顷亭、在上亭、清高亭、环中亭/五古	57—299
	昆山五咏	江苏苏州	娄侯庙、王御史墓、李侍御墓、刘龙洲祠、朱节妇墓/五古	57—304
	顾玉山园池十有六咏	江苏苏州	碧梧翠竹堂、玉山佳处、钓月轩、湖光山色楼、芝云堂、渔庄、种玉亭、百花潭、小蓬莱、可诗斋、浣花溪、柳塘春、小游仙、读书舍、鸣玉洞、金粟影/五绝	57—385
戴良	和沈休文双溪八咏	浙江金华	登台望秋月、会圃临春风、秋至愍衰草、寒来悲落桐、夕行闻夜鹤、晨征听晓鸿、解佩去朝市、被褐守山东/五古	58—29
	贡尚书新祠六咏	不详	高风台、鸣凤亭、西泠泉、思玩轩、乐善斋、白云窝/五律	58—99
	题潇湘八景	湖南潇湘	洞庭秋月、潇湘夜雨、山市晴岚、渔村夕照、平沙落雁、远浦归帆、烟寺晚钟、江天暮雪/五绝	58—122

续表

作者	名　称	属地	内容/体裁	册—页
黄枢	题山口八咏	不详	剑潭浸月、犀玉生烟、清溪柳色、黄浦荷香、燕谷樵歌、龙华钟韵、方塘活水、高嶂闲云/五绝	58—244
	题四季画为王佥宪作	不详	春山烟雨、长夏云林、湖山秋霁、江天暮雪/七绝	58—283
王逢	静安招提八咏为宁无为上人作	上海静安	赤乌碑、沪渎垒、陈朝桧、虾子禅、金经台、涌泉亭、芦子渡、绿云洞/五绝	59—125
释来复	槎峰诸咏六首	安徽合肥	紫芝崖、青石祠、石屏、南涧、水西堰、三老亭、白莲沼/七律	60—166
	衡山福崖寺二十咏承命赋上并似北山禅师一笑	安徽安庆	般若寺、天柱峰、退道坡、开虹桥、兜率桥、八功德池、岳心亭、掷钵峰、目云亭、迎云亭、砖镜亭、定心石、隐身岩、煨芋岩、读书堂、御书阁、大慧塔、止南寮、藏雪寮、冰雪庵/七律	60—201
	武山十四境	江西庐陵	武姥冈、陶皮石室、云峰寺、佑仙观、龙王洞、虎鼻峰、礼斗石、望阳石、真珠泉、衣笼石、南岩石、西岩洞、丹井、石鼓/五绝	61—216
	北平十二咏	北京	胡桃、榛子、马蔺子、香水梨、红瓤瓜、御黄子、盘松、偃槐、巴丹、韭黄、慈乌、黄鼬/五律	61—403
凌云翰	潇湘八景图为镏养愚赋	湖南潇湘	潇湘夜曲、远浦归帆、烟寺晚钟、洞庭秋月、平沙落雁、渔村夕照、山市晴岚、江天暮雪/五绝	62—301
	剡西八景为开明空相寺僧华月江赋	浙江奉化	乌石卧云、南轩进月、默林逗阴、竹窗挹秀、眺白凭阑、临清涤砚、双桂秋芳、孤松晚翠/五绝	62—303
	鉴湖八景为周履常赋	浙江绍兴	柳庄、桂林、兰渚、瓜田、芙蓉港、筼筜坡、按鹤亭、放鱼池/五律	62—346
	钱塘十咏	浙江杭州	东海朝暾、西湖夜月、浙江秋涛、北关夜市、孤山霁雪、两峰白云、九里云松、六桥烟柳、灵石樵歌、冷泉猿啸/七律	62—362
	雪中八咏次睢宗吉韵	不详	雪梅、雪竹、雪柳、雪雀、雪雁、雪狮、雪水、雪灯/七律	62—398
	雪湖八景次瞿宗吉韵	浙江杭州	鹫岭雪峰、冷泉雪涧、巢古雪阁、南屏雪钟、西陵雪樵、断桥雪棹、苏堤雪柳、孤山雪梅/七律	62—400
麦澄	古藤八咏	不详	东山夜月、石壁秋风、赤峡晴岚、剑江春晓、鸭滩霜濑、龙巷务台、登崎从环、谷山列嶂/六绝	62—435
王彝	狮子林记	江苏苏州	狮子峰、含晖峰、吐月峰、立玉峰、禅窝、翻经台、小飞虹、竹谷、立雪堂、卧云室、指柏轩、问梅阁、玉鉴池、冰壶井/五绝	62—468

续表

作者	名　称	属地	内容/体裁	册—页
林弼	汶江八景	江西抚州	蕉寺晨钟、吕桥夜月、黄村晚照、阮浦春潮、球浦烟帆、浪湾雪网、棠堤春雨、橘坞秋霜/七绝	63—77
叶兰	东湖十景	江西鄱阳	孔庙松风、颜亭荷雨、双塔铃音、两堤柳色、洲上百花、湖中孤寺、荐福茶烟、新桥酒旆、松关暮雪、芝峤晴云/五律	63—147
张适	师子林十二咏	江苏苏州	师子峰、含晖峰、吐月峰、小飞虹、禅窝、竹谷、立雪堂、卧云室、指柏轩、问梅阁、玉镜池、冰壶井/五绝	64—13
韩奕	支硎山古迹十二咏	江苏苏州	南池、石室、八隅，朱池、寒泉、石门、马迹石、南峰、待月岭、碧琳泉、放鹤亭、牛头峰/五绝	64—258
潘士骥	黄岩八咏	浙江黄岩	委羽寻仙、壕头吊古、铁筛古井、利涉浮梁、东浦暮帆、西桥秋月、九峰夕照、十里早春/七律	65—435
张政	汝州八景	河南汝州	岘山叠翠、妙水春耕、春日桃园、汝水横舟、温泉晓霁、玉羊晚照、龙泉夜月、崆峒烟雨/七绝	66—347
张天锡	题岐山八景	陕西宝鸡	凤鸣朝阳、磻溪风月、太白晴雪、实相晨钟、资福烟霞、五丈秋风/七绝	66—362
释续溥	碧云十景诗	不详	环峰叠翠、碧云香霭、曲径通幽、危桥跨涧、池泉印月、洞府藏春、修竹欺霜、乔松傲雪、奇桧连路、楼台潇洒/七绝	67—85
张金寅	咏清湘八景	湖南	柳山寸月、湘峡归云、盘石冰泉、华峰霁雾、龙洞清溪、砻崖飞瀑、合江虹涨、赤壁秋灯/七律	67—163
李惠	自题石门六观图卷	不详	甑山晴雪、双溪春水、石门夕照、溪亭秋月、狮巘晴岚、龙湫飞瀑/七律	67—188
李谦亨	奉和从兄宅仁先生山园八景	浙江东阳	草堂春意、石坛夜月、花嶂夕阳、土铿茶烟(存四)/七律	67—190
凌说	赣南八景	江西赣州	天目晴雪、渚溪夕照、北庄梅花、樊坞梨园、梅溪春涨、独松冬秀、浮玉晚娇、石埭夜航/七律	67—411
王逢吉	淮阳八景	河南周口	太昊遗墟、卦台秋月、胡公铁墓、思陵暮霭、古宛晴烟、柳湖春晓/七律	68—44
易昭	潇湘八景	湖南潇湘	潇湘夜雨、洞庭秋月、远浦归帆、平沙落雁、山市晴岚、江天暮雪、烟寺晚钟、渔村晚照/七绝	68—223

分析上表，可获得两点认知：

一是关于元代八景诗的时空分布。从地理位置看，长江以北地区八景诗共 28 组，长江以南八景诗共有 158 组，地域不详有共 31 组。可见，元代八景诗的重心在江南。从时间分布看，元代八景诗的创作中心随时间推移呈现出由北向南转移的特征。查洪德先生在分析元代诗坛的特征时指出：元代诗坛前期主要表现为南北对峙，中期以后北方文坛渐趋衰弱，南方成为文坛的重心，浙东派和江右派实力强盛，至后期吴中文人集团兴起。[①] 元代八景诗的创作格局也呈现同样的趋势。

浙江、江西、吴中三地是元代八景诗重要基地。在南宋之时，江西和浙江就是当时的两大学术中心、文化中心，也是诗文繁盛地区。特别是江西，已然成为元代八景诗集中呈现的区域。

江西地区八景诗创作的繁荣与其地域文化不无密切关系。江西自然环境优美，清人刘献廷《广阳杂记》云："江西风土，与江南迥异。江南山水树木虽美丽，而有富贵闺阁气，与吾辈性情不相浃洽。江西则皆森秀竦插，有超然远举之致。吾谓目中所见山水，当以此为第一。它日纵不能卜居，亦当流寓一二载，以洗涤尘秽，开拓其心胸，死无恨矣。"[②]江西得天独厚的自然环境，使八景诗的创作有了雄厚的物质基础。此外，以程钜夫、胡炳文、虞集、揭傒斯、刘诜等为代表的江西作家群，其创作突破了理学思想，追求诗歌的审美价值——"赋诗以为娱"和自我精神世界的满足，展现出独立的精神风貌，也为江西八景诗的蓬勃发展提供了源源不断的动力。

二是八景诗创作方式。元代八景诗最常见的创作方式就是"同题共作"，如"蒲中八咏"一题，就有陈赓的《蒲中八咏为师岩卿赋》、陈庾的《题师岩卿蒲中八咏》、段成己的《蒲州八咏》、曹之谦的《蒲州八咏》、王恽的《蒲中十咏为岩卿师君赋并序》。从诗题中可以看出，陈赓、陈庾、王恽的同题八景诗都是与师岩卿交往唱和相关。王恽序云："中条山水雄秀，照映河华，予两年以事抵蒲，略获游赏。然云烟胜概，旦夕不去其怀，尝思以数语道其仿佛，心在而未暇也。至元十年秋九月，蒲人师岩卿拉王国器、李仲和、张师诸人，携酒过门，杯数行，袖出锦囊巨轴，曰：'此河中十咏也。'因征诗于不肖。逮明年甲戌正月辛巳，予以微恙，闭阁少休，隐几瞑坐，神与境会。既觉，晴日满窗，幽思发越，眷焉十题，卒然而就。顾不足发山水之清音，聊以移方寸而外形骸也，且为四老人一卢胡云。"[③]序中并未提到陈赓、陈庾兄弟二人，他们的《蒲中八咏为师岩卿赋》《题师岩卿蒲中八咏》当为"异地唱和"而成。由"蒲中八咏"到"蒲中十咏"，也足以证明这些"蒲中"为题的八景诗并非诞生于同一时间和地点。段成己、曹之谦、陈赓、陈庾等"河汾诸老"，入元后长期隐居于河汾一带，彼此之间交游频

① 查洪德：《元代学术流变与诗文流派》，《殷都学刊》2000年第3期。
② [清]刘献廷：《广阳杂记》卷4，《丛书集成初编》本，第172—173页。
③ 杨镰：《全元诗》第5册，中华书局2013年版，第421页。

繁,“蒲中八咏”正是此唱彼和的结果。地方文人群体的“同题共作”,极大地推动了地方八景诗的创作与传播。

《静安八咏集》的集结更能说明“同题共作”方式对地方八景诗兴盛的推动作用。元代静安寺住持释寿宁咏静安寺七处古迹,连同自住的“方丈室”,构成《静安八咏》,并广求当时名人和作。释寿宁将贡师泰、成廷珪、杨瑀、郑元祐、王逢、释寿宁、韩璧、唐奎、马弓、顾彧、钱岳、释如兰、赵觐、余寅、释守仁、陆侗、孙作、张昱、吴益、钱惟善、张纮 21 位诗人的和作其集结成《静安八咏集》。

元统三年(1335),赵孟頫、王士熙、虞集等赴天冠山游览,与祝丹阳等诸学士以诗唱和,留下了数组天冠山八景诗。如赵孟頫的《天冠山题咏二十八首》、王士熙的《天冠山二十八首》、虞集的《天冠山诗》、马祖常的《天冠山二十八咏》、祝尧的《天冠山二十八咏》、林傅的《天冠山二十八咏》、杜本的《天冠山二十八首同诸学士为祝丹阳赋》、郑芳叔的《天冠山二十八咏》、王奎的《天冠山二十八咏》等。虞集跋道:“余赋此诗时以小字书之。袁伯长学士、礼部王继学尚书、赵承旨先后同赋,杂书同一卷。后云失去,复得赵公如前,而求书其后。偶阅故纸,得草稿余纸漫录之。虞伯生甫。”①祝尧跋云:“元统乙亥,余自洪校文还,吾宗丹阳师出示《天冠山二十八咏》,皆朝贵手笔,余何敢下注脚。然以宗谊重,师请不能辞。它日见者必曰:何物小子,敢污此卷。则知罪矣。”②从虞集和祝丹阳的跋中可知,这些“天冠山二十八咏”都是那次雅集唱和的产物。

元代后期诗坛的唱和之风更盛,文人雅集活动空前扩展,大量的同题共作八景诗登上诗坛。柳贯《浦阳十咏》、吴莱《浦阳十景》、钱惟善《奉和太常博士柳公浦阳十咏诗》等,都是赞美浙江浦阳八景的;李孝光《宝林八咏》、迺贤《宝林八咏为别峰同禅师赋》、胡奎《宝林八咏》、胡助《越上宝林寺八景》、沈梦麟《宝林八景》等,都是描绘浙江绍兴塔山八景的;郑元佑《师子林八咏》、杨铸《师林八景》、陶琛《师子林十二咏》、周稷《师子林五言八咏》、张适《师子林十二咏》、王彝《狮子林记十四首》等,是吟咏苏州师子林八景的;杨公远《潇湘八景》、张经《潇湘八景》、陈孚《潇湘八景》、戴良《题潇湘八景》、凌云翰《潇湘八景图为镏养愚赋》、易昭《潇湘八景》等,是咏赞“潇湘八景”的八景的。它们都是以“同题共作”方式创作的,有的是异地唱和,有的是异时唱和,无不体现着“嘤其鸣矣,求其友声”的文化内涵和交际功能。

二、元代八景诗的题材类型

宋代八景诗多以自然景观为主,到了元代,八景诗不再局限于传统的山

① 杨镰:《全元诗》第 26 册,中华书局 2013 年版,第 332 页。
② 杨镰:《全元诗》第 35 册,中华书局 2013 年版,第 347 页。

水、城镇风光，开始扩展到村落、私人宅院、寺庙、社会生活等各个方面。按景观类型与属性，可分为自然山水景观、城市名胜景观、园林名胜景观和建筑名胜景观四个子系统。

（一）反映自然景观，展示地方风光的八景诗

反映自然景观，展示地方风光，是元代八景诗中数量最多的一类。元代政治格局导致隐逸之风盛行，促使文人回归自然，或隐于自然山水之中，或优游于奇山异水，大大增加了接近自然的机会，一批反映地方景观的八景诗便应运而生。

这里自然景观，“既包括山川河流、芳草花树等‘固态’的物质资源，也包括日月星辰、风雪烟雨等变化莫测的自然景象”①。如描写春天景观的，如《燕京八景》之“琼岛春荫”，《西湖十景》之“柳浪闻莺”“苏堤春晓”、《关中八景》之“灞州柳雪”、《麻纱八景》之“烟村春雨”等；描写夏天景观的，如《西湖十景》之“曲院风荷”“花港观鱼”、《燕京八景》之“居庸叠翠”；描写秋天景观的，如《燕京八景》之“太液秋风”、《西湖十景》之“平湖秋月”、《潇湘八景》之“洞庭秋月”等；描写冬天景观的，如《燕山八景》之“西山晴雪”、《西湖十景》之“断桥残雪”、《潇湘八景》之“江天暮雪”、《关中八景》之“太白积雪”等。此外，反映“晨暮”气象的八景诗也不在少数，如《燕京八景》之“卢沟晓月”、《西湖十景》之“苏堤春晓”、《关中八景》之“雁落晨钟”、《燕京八景》之“金台夕照”、《潇湘八景》之“渔村夕照”、《关中八景》之“骊山晚照”、《西湖十景》之“雷峰夕照”等，都突出不同地区景观的晨暮风情。

桂林山水是中国自然风光的典型代表。“桂林八景”的起源，相传为元朝广西廉访司佥事吕思诚。《元史》本传称其“气宇凝定，素以劲拔闻，不为势利所屈”②。其在桂期间，游览名山胜水，深为折服，在前人基础上创造性地提出了“桂林八景”。至元五年（1339），他以《桂林八景》为题，刻画了尧山冬雪、舜洞秋风、西峰晚照、东渡春澜、訾洲烟雨、桂岭晴岚、青碧上方、栖霞真境八处景观，渲染出“烟雨江南”的独特神韵，刻于桂林西山。诗云：

> 尧山绝秀岭南天，雪压林峦飘素烟。高倚暮云屏掩翠，半消晴日玉开田。驿梅逢腊岩前发，羽檄冲寒徼外传。何日楼头闲拄笏，两阶舞罢对琼筵。（《尧山冬雪》）
>
> 西风飒飒桂林秋，万叠云山舜洞幽。晓气沿崖秋色冷，凉飙吹树桂香

---

① 赵夏：《我国的“八景”传统及其文化意义》，《规划师》2006 年第 12 期。

② ［明］宋濂：《元史》卷 185《吕思诚》，中华书局 1976 年版，第 4251 页。

浮。轻摇斑竹江头恨,远送苍梧天外愁。一旦薰风随律变,露华山色满南州。(《舜洞秋风》)

西峰西向桂林西,数点晴云落照低。绝岳倚空排宝戟,斜晖转树绕雌蜺。锦纹零乱霞前映,翠影参差雨后迷。还似岘山诗酒客,醉来听唱《白铜鞮》。(《西峰晚照》)

东门东渡柳青青,雨后晴澜春水生。月影流来波影碧,浪花飞起雪花轻。涟漪忽动鱼翻藻,浩荡初开凫唼萍。终日静观还有得,层层天色一舟横。(《东渡春澜》)

分合滩头见訾洲,訾洲烟雨水云秋。空濛细縠沙头簇,散乱跳珠波面浮。鸥鹭飞翔来上立,蛟龙腾跃此中游。蓑衣箬笠垂杨外,时有渔人横钓舟。(《訾洲烟雨》)

桂岭崇崇插绛霄,晴岚浮动翠云飘。峰峦碧润轻翻縠,岩壑精荧深染绡。晚霭忽开高突兀,余辉斜抹蔚苕峣。缓行鸟径衣裳湿,莫说梅花万里遥。(《桂岭晴岚》)

献花随喜上方行,云影天光入户庭。江水远翻僧眼碧,山峰轻染佛头青。恒河莫讶沙无数,鹫岭休惊岳有灵。色界不空因相起,贝多叶上写莲经。(《青碧上方》)

七星山畔列松杉,羽服栖霞雪一龛。人自世间来世外,洞从山北出山南。日边五色迷晴霭,顶上三华粲夕岚。仙去儒游真境在,一轮明月影寒潭。(《栖霞真境》)①

《尧山冬雪》咏尧山。秦时有尧庙,故名。尧山峰峦起伏,气势磅礴,冬季山顶时有积雪,为北越一道奇观。"驿梅逢腊岩前发,羽檄冲寒徼外传"句,诠释了诗人心系塞北、渴望天下安宁的家国情怀。桂林作为元顺帝即位的龙兴"潜邸"之地,拥有了特殊的地位。以尧帝作比,既契合历史,又寄托着诗人愿望。

《舜洞秋风》咏虞山。传说舜作韶曲,巡苍梧至桂林虞山,山麓有洞,穿南通北,前临松林,后对皇泽潭。洞内风声夹杂着泉水叮咚,如舜之韶乐。传说舜帝演奏韶乐时,天上瑞雨缤纷、天花飘降;地上鸾凤和鸣、鹤舞鹿跃。"轻摇斑竹江头恨,远送苍梧天外愁",江头斑竹迎风起舞,天上云朵随风飘荡,似在叙说着离别的愁恨。诗借娥皇女英之典,歌颂舜帝鞠躬尽瘁、死而后已的崇高境界。

《西峰晚照》咏西山。每近黄昏夕阳斜挂,云林变幻,霞霭蒸腾,更添昭庆

---

① 杨镰:《全元诗》第37册,中华书局2013年版,第88—89页。

寺，钟磬缭绕，梵音不绝。诗用“岘山诗酒客”“醉”听“《白铜鞮》”来形容夕阳西下，泛起万朵红霞，把西山映托得格外壮丽的美景，既形象传神又极风趣。

《东渡春澜》咏水东门外的浮桥。每逢春江水涨，游人需从浮桥过江，走在桥上，船摇波动，有如逐波踏浪，两岸青峰倒影，变幻莫测。“月影流来波影碧，浪花飞起雪花轻”所言正是此景。

《訾洲烟雨》咏訾洲。訾洲位于象鼻山对面，旧时訾家所居，因名焉。这里地势平坦，竹木茂盛，是休闲寻幽的好去处。细雨润物的时节，这里的景物若隐若现，令人心旷神怡。“蓑衣箬笠垂杨外，时有渔人横钓舟”描绘的是一幅烟波垂钓图，透露出浓郁的闲逸气息。

《桂岭晴岚》咏桂岭。桂岭指叠彩山、宝积山、虞山等城北数座石山，但以叠彩山为主。山上奇石累累，似无数珠宝堆积。每当雨后初晴，岚露珠结，诸峰岚烟萦绕，犹似仙境。“缓行鸟径衣裳湿，莫说梅花万里遥”，末句写出了作者寻幽探奇的真实感受，令人心旷神怡。

《青碧上方》咏开元寺舍利塔。置绿珠于塔顶，致云霄晶莹欲滴，故有“青碧上方”之称。据传唐代鉴真和尚曾经礼拜过此舍利塔。“色界不空因相起，贝多叶上写莲经”句点明了开元寺的身份和作者对佛理的感悟。

《栖霞真境》咏七星岩。古称栖霞洞、仙李洞、碧虚岩。岩洞深幽，景物非凡，俨然神仙洞府。“人自世间来世外，洞从山北出山南”，即景会心，感慨此洞非凡境界。“仙去儒游真境在，一轮明月影寒潭”句则交待了栖霞洞显赫的历史，曾经在此修行的僧侣、道徒和儒者，都消失了，只留了明月照潭的遗迹，充满着沧桑感。

“桂林八景”所指景观分别是尧山、舜洞、西峰、浮桥、訾洲、宝积山、开元寺、栖霞洞；对应的气候特征分别是冬雪、秋风、晚照、春澜、烟雨、晴岚、青碧、真境。除了后两景写佛道文化遗迹外，其余六景均与四时晴雨有关。组诗将桂林的自然景观、人文景观与气候变化、历史传说相结合，揭示了桂林山水的无穷魅力，令人惊艳。此八景被称为“桂林古八景”，广为流传，直至清人朱树德的《桂林八景图说》[①]的出现，桂林八景的规模有了新的拓展。

杭州西湖，春夏秋冬、阴晴雨雪皆有其美，各擅胜场。凌云翰的《雪湖八景次瞿宗吉韵》[②]便是一组描绘西湖雪景的八景诗，分咏鹫岭雪峰、冷泉雪涧、巢居雪阁、南屏雪钟、西陵雪樵、断桥雪棹、苏堤雪柳、孤山雪梅西湖八景，令人目

---

① 参见：[清]朱树德《桂林八景图说》，清同治壬申年（1872）朱敦和堂刻本。朱氏所续八景为：叠彩和风、阳江秋月、壶山赤霞、独秀奇峰、北岫紫岚、榕城古荫、南溪新霁和五岭夏云。

② 杨镰：《全元诗》第62册，中华书局2013年版，第400—401页。

不暇接。诗云:

大地浑无一点瑕,光明都属梵王家。两峰高并疑堆玉,一道中分类剖瓜。已为岧峣知鹫岭,还因凛冽记龙沙。此时翻忆蓝关句,谁复能开顷刻花。(《鹫岭雪峰》)

下有流泉上有松,诸山罗列玉芙蓉。垆头又酿谁家酒,屐齿应嫌此处踪。汲去煮茶随瓮抱,引来刳木入厨供。涧边亭子无人宿,空使猿号昨夜峰。(《冷泉雪涧》)

人间蓬岛是孤山,高阁清虚类广寒。木处恐颠从此稳,僧居疑小较来宽。瑶花琪树缘边绕,玉宇琼楼向上安。里外湖光明似镜,有梅花处好凭栏。(《巢居雪阁》)

翠屏化作玉千层,楼近钟疏恍若凭。和雪送来清沥沥,穿云透出慢腾腾。华鲸谩意秋号月,铁马浑疑夜响冰。一百八声才击罢,雷峰又点塔中灯。(《南屏雪钟》)

湖曲风寒战齿牙,不知高树已翻鸦。远持斤斧黏冰片,旋斫柴薪带雪花。市上得钱沽斗酒,担头悬笠插山茶。路人试问归何处,笑指西陵是我家。(《西陵雪樵》)

山逗晴光玉气浮,我来乘兴似王猷。桥迷蝃蝀高高耸,船压玻璃细细流。雪后未回花外棹,雨中曾唤柳阴舟。遥思寂寞春寒夜,一舸归来起白鸥。(《断桥雪棹》)

寒梢不耐北风狂,何似东风万缕黄。西子画来螺黛浅,苏公行处马蹄香。兰同旧叶堪为珮,藕比新丝可织裳。待得春归飞絮乱,画船移近柳边傍。(《苏堤雪柳》)

啄木晨闻尾毕逋,孤山景好胜披图。翠禽巢失应难认,皓鹤笼空不受呼。已见万花开北陇,莫教一片落西湖。快晴更待黄昏月,疏影随身不用扶。(《孤山雪梅》)

从诗题看,凌云翰此诗是和瞿宗吉的同题诗,瞿宗吉当为雪湖八景更早的题诗者,遗憾的是瞿诗已经散佚。在诗人笔下,"雪湖八景"简直美得不可方物,这里的雪峰、雪涧、雪阁、雪钟、雪樵、雪棹、雪柳、雪梅,茫茫一片,姿态各异。古老的传说,优美的景观,将西湖装点得仿佛天宫,浑似仙境。作者在写实的同时,呈现出丰富想象,用典也非常精当,还不乏风趣,读来有身临其境之感。凌云翰特别喜欢雪,写过不少吟诵雪的诗,其《雪中八咏次睢宗吉韵》同样写雪景,分别写雪梅、雪竹、雪柳、雪雀、雪雁、雪狮、雪水、雪灯,形象生动,趣味盎然。王夫之说:“语有全不及情而情自无限者,心目为政,不恃外物故也。”①(《古诗评选》卷5)以情写景,以内写外,将西湖的美景演绎得令人心醉。

相对前朝,元代八景诗多了“序”“注”“引”等格式,对八景进行说明、介绍,或介绍历史,或交待位置,或释名彰义,丰富了自然景观的文化内涵。胡助《东湖十咏》是一组描写嘉兴东湖的八景诗,其题下引云:“东湖者,纯白老人世家之所居也。”“岩山者,逸老堂南望诸峰是也。地连永康,俗名十二岩,山多异迹。”“南浦者,纯白老人家前之水也。其源出大盆山,春涨弥漫,极可观也。”“禅悦者,白衣大士道场也。昔延名僧居之,今废。”“陈庄者,东阳宅仁氏仓廪也。因起小亭,临于池上,一境可观。”“葛圃者,界轩先生故居也。其孙梦贤善葺理,花竹可爱。”“秋堂者,纯白老人从诸孙寿朋之庐也。昔买乔氏太湖石,运至西园,真奇观也。”“秀野者,纯白老人旧园池也。尽坏于狂澜,近年水还故道,沙涨复洲,今开为田矣。”“西丘者,东湖之西小丘坞也。自昔农人丘氏世居,竹篱茅舍,鸡鸣犬吠相闻,有古风焉。”“五度者,逸老堂东北望见大山是也。不知五度之名何说,其下居民多富者。”②这些注释将“东湖秋月”“岩山苍翠”“南浦春流”“禅悦白云”“陈庄水亭”“葛圃花竹”“秋堂湖石”“秀野沙洲”“西丘夕照”“五度朝晖”等景观的命名、形成历史、景观特点等进行了诠释,极大地方便了读者的阅读。

钱惟善《定山十咏》分咏定山一带十处景观。定山一名狮子山,处于钱塘江岸,东南通渔浦、三江(富春江、浦阳江、钱塘江)口,自古以来都是兵家必争之地。诗云:

> 空穴来风自吸嘘,垂岩出水更渠渠。天门此际通阊阖,海眼何年泄尾闾。隐者难招应化鹤,飞仙可挟更乘鱼。留题太守怀苏白,好事今无五马车。(《风水二洞》)
>
> 凤来天目憩东南,琼树巢空百鸟惭。千仞翱翔秋绾髻,两髦髣髴暮栖岚。谁嘲风落乌纱帽,自借山为碧玉簪。仙女洗头休望岳,相期岸帻对虚谈。(《凤凰双髻》)
>
> 长虹下饮逆流浑,雪色沙寒石斗喧。晚饭钟催邻驿寺,宵渔灯映并山村。月明欲解江灵语,风横难招海贾魂。省得枫桥曾系缆,一篷烟雨梦吴门。(《朱梁夜泊》)
>
> 前峰月吐四更初,空翠沾衣积雨余。溪火夜明经略彴,闲云秋重负籧篨。筱林虎与人争畔,茅屋鸡催客趁虚。不似关山行役者,劳劳服贾远牵

① [清]王夫之:《船山全书》第14册,岳麓书社1996年版,第769页。
② 杨镰:《全元诗》第29册,中华书局2013年版,第121—123页。

车。(《定山早行》)

招提高占月轮峰,楼阁清虚十二重。秋忆天香飘古桂,冷凝岩雪落长空。池光照夜明金鲫,塔影横江卧玉龙。闻道广寒从此往,竹房开处约飞筇。(《六和观月》)

献瑞名山自昔闻,化人台殿杂金银。树灵尚吐三花秀,云冻全消五色文。鸟绝空江知棹泊,鹿迷深径待樵分。兴来更上高寒处,此境应无萧使君。(《五云赏雪》)

神劖峭壁竦双扉,雨挟腥风下翠微。黑入太阴迷爽气,白翻丛薄散朝霏。螺横杂树应藏景,蛟吐痴云未霁威。回首他山新似沐,登楼时揽女萝衣。(《龙门晓雨》)

江涨夜来高几寻,轻涛拍岸失蹄涔。迟明帆发星滩远,尽日舟横雨渡深。杜若风回赪鲤上,桃花浪起白鸥沉。楚人艇子来何处,欸乃若闻空外音。(《渔浦春潮》)

潭色空澄岛影孤,潜鳞时出迓天吴。浪吞泗磬秋浮玉,月照骊龙夜吐珠。万骑西来疑滟滪,扁舟东去想陶朱。投渊每笑穷渔者,何处烟波觅钓徒。(《浮屿藏鱼》)

年年江上习舟师,故事相传劫火池。春日楼船观晋相,秋风弓弩学吴儿。素车白马迎旗隼,紫凤玄夷畏虎貔。日暮元戎归细柳,散花洲畔凯歌时。(《浙江耀武》)①

《方舆胜览》卷一"临安府"载:"定山在钱塘南四十七里,突出浙江数百丈,潮至此辄抑声,过此则雷吼霆怒。"②《定山十咏》每一个标题下均有"引",具体介绍了景观位置、特征、历史掌故和古人题咏,丰富了组诗的内涵。

《风水二洞》引云:"洞在定山南,稚川尝炼丹于此。东坡与李节推同游唱和,见集中。方玄英、许郢州、林和靖皆有诗。"风水洞胜景为定山第一景,是杭州主城区唯一一处奇特的喀斯特岩溶洞地貌景观。诗歌赞叹风水洞"吸嘘""出水"神奇景观,记录了前人题咏的盛况。

《凤凰双髻》引云:"凤凰,山名,在定山西,其顶有两峰,俨然如髻形。"诗歌围绕"两乳""髻形",刻画了凤凰山外形及百鸟朝凤的美丽传说。

《朱梁夜泊》引云:"在定山北,江船抵暮或避风,俱泊桥下。"诗写江船夜泊朱梁滩避风场景和望月而生的思乡之情。

《定山早行》引云:"谢灵运《富春渚诗》有曰'定山缅云雾',即此也。"诗以

① 杨镰:《全元诗》第41册,中华书局2013年版,第28—31页。

② [宋]祝穆撰,祝洙增订,施和金点校:《方舆胜览》卷1,中华书局2003年版,第4页。

定山为背景，刻画出早出行贾之人的凄楚。

《六和观月》引云：“在定山北，山名月轮，寺临大江，遇月尤奇古。钱塘令张君房曾宿此寺，月中桂子下塔，如牵牛子，咀之无味。”诗从月照开化寺联想到广寒宫中的桂子和寺后池中的金鱼，营造出静谧而安详的意境。

《五云赏雪》引云：“在定山北，梁普觉禅师道场。宋故事：每岁腊前，主僧奉表以雪进，黎明城中霰犹未集，盖其地特高故寒云。”诗以普觉禅师修法行道为核心，再现了五云峰上美景和弥漫其间的佛光。

《龙门晓雨》引云：“在定山西，两峰壁立如门，上有龙潭，能兴云雨，岁旱祷之辄应。”诗写定山峰峦叠障，光照不同。龙潭云蒸霞蔚，气象万千。

《渔浦春潮》引云：“与定山相对，谢灵运《富春渚诗》有曰‘宵济渔浦潭’者是也；邱希范亦有《旦发渔浦潭作》。”诗写渔浦潭景观，再现了“楚人艇子”春季捕鱼和放歌的生活。

《浮屿藏鱼》引云：“在定山侧，浮江如盘石，下有潭，聚鱼玲珑可观。潮出海门中，分为两派，东派沿越岸向富春，西派则直抵兹山而回，谚谓之‘回头浪’。”诗写浮屿独特的环境对“聚鱼”的影响，表达了对渔樵生活的钦羡之情。

《浙江耀武》引云：“将坛在定山北，每岁春秋，万夫长分翼江上，帅士卒习水战于此。”诗写定山特殊的地理位置，刻画了水师操练的场景。

整组诗歌，以定山周边的十大景观为核心，既有优美的自然风光，也有浓郁的人文气息，令人心旷神怡。其《和太常博士柳公浦阳十咏诗》，情形与此同。

以游踪来组景，创作八景诗图，以顾瑛《虎丘十咏》为典型。序云：“至正十一年春正月七日，余与吴兴郯九成，龙门琦元璞、匡庐陈惟允泛舟过虎丘。时积雪弥旬，旭日始出，乃登小吴轩。凭高远眺，俨然白银宫阙在三山玉树间。兴不可已，遂留宿贤上人松雨轩数日，由是得历览山路清胜，乃赋小诗十首以纪斯游，陈匡庐且能一一写图，求诸作者题识。余先书诸公诗云。”[①]其诗云：

> 触石起肤寸，悠然散千顷。我来坐东轩，妙趣心独领。（《千顷云》）
> 雪没群山尽，天垂落日悬。冯虚俯城郭，隐见一丝烟。（《小吴轩》）
> 地坼重渊积，人亡宝剑藏。千年断崖月，何处照龙光。（《剑池》）
> 剑试一痕秋，崖倾水断流。如何百年后，不斩赵高头。（《试剑石》）
> 海涌如来室，清凉即五台。春风山顶雪，飞度雁门来。（《五台山》）
> 生公聚白石，麈拂天花坠。可怜尘中人，不解点头意。（《生公台》）
> 塔倚高标立，楼深一窍虚。海风吹幻影，颠倒落方诸。（《塔影》）

① 杨镰：《全元诗》第49册，中华书局2013年版，第85页。

高阁对西山,飞岚落几间。开襟致秋爽,心与白云闲。(《致爽阁》)

何处真娘墓?云霾断石根。夜深风雨急,谁唤海棠魂。(《真娘墓》)

雪霁春泉碧,苔侵石甃青。如何陆鸿渐,不入品《茶经》。(《陆羽井》)①

从序中可知,作者与友人游览了虎丘景观时,以"千顷云""小吴轩""剑池""试剑石""五台山""生公台""塔影""致爽阁""真娘墓""陆羽井"为题赋诗唱和。苏州自古以来就是吴文化发源地,作为吴王阖闾墓地所在,其每一处景观背后都有着深厚的历史底蕴。这为文人徜徉其间,即景赋诗,发思古之幽情,奠定了雄厚的基础。如"千顷云"(即千人石),原是一块天然的石坪,传说是吴王夫差为先王阖闾在地宫内埋葬了许多宝剑和财宝。为了保守秘密,在石上杀害了上千名筑墓工匠,故称为千人石。又如"剑池",是指在崖壁下有一窄如长剑的水池。传说是吴王阖闾墓所在,吴王后人曾以鱼肠剑和其他宝剑三千为吴王殉葬,故名剑池。再如"真娘墓",是唐时吴中名妓真娘的葬身处。唐范摅《云溪友议·谭生刺》载:"真娘者,吴国之佳人也,时人比于钱塘苏小小,死葬吴宫之侧,行客慕其华丽,竞为诗题于墓树,栉比鳞臻。有举子谭铢者,吴门秀逸之士也,因书一绝。后之来者,睹其题处,稍息笔矣。诗曰:'虎丘山下塚垒垒,松柏萧条尽可悲。何事世人偏重色,真娘墓上独题诗。'"②又如"陆羽井",传为唐代陆羽所挖,称为"陆羽井"。陆羽是中国第一部茶书——《茶经》的作者。据《苏州府志》记载,陆羽曾长期寓居虎丘,他一边研究茶叶,一边著作《茶经》。他发现虎丘山泉甘甜可口,评为"天下第三泉"。凡此,不一而足。

其友陈汝言(匡庐)根据诗意绘制出10幅画,并求诸作者题诗。可推测出陈氏根据每首诗的意象,绘制出相应的图画来,其情形与《潇湘八景图》的"先图后诗"相反。陈汝言所作《虎丘十景图》,未见传世,仅见于明代袁华辑《玉山纪游》中。元末明初也有十景图之类的画作,但缺乏相应的八景诗与之呼应。

吴镇的《嘉禾八景》将八景诗画结合推到一个新起点。嘉兴城历史悠久,古迹名胜众多,被列入史志、历代相传的名胜就有八处,谓之"嘉禾八景"。吴镇将"嘉禾八景"精心绘成一幅"纪游图",其卷首题跋云:

胜景者,独潇湘八景得其名,广其传,惟"洞庭秋月""潇湘夜雨",余六景,皆出于潇湘之接壤。信乎,其为真八景者矣!嘉禾吾乡也,岂独无可览可采之景欤?闲阅图经,得胜景八,亦足以梯潇湘之趣,笔而成之图,拾俚语,倚钱塘潘阆仙《酒泉子》曲子寓题云。至正四年,岁甲申冬十一月阳

① 杨镰:《全元诗》第49册,中华书局2013年版,第85—87页。

② [唐]范摅:《云溪友议》卷中,古典文学出版社1958年版,第42页。

生日，画于橡林旧隐。梅花道人镇顿首。[1]

从这段序言可见，吴镇作《嘉禾八景》图卷的是受到宋迪写潇湘风景《山水平远》八幅之影响。“嘉禾八景”则每幅画皆有嘉禾地名，“嘉禾吾乡也，岂独无可揽可采之景欤?”不仅赞叹嘉禾风光的美好，而且引以为豪。在吴镇看来，世间不只有潇湘八景广为流传，自己家乡也有风景名胜，于是“闲阅图经，得胜景八”，并绘制出了具有一定实景感的《嘉禾八景图》。[2] 此卷长达706厘米，高42.6厘米，纸本水墨。

清代安歧的《墨缘汇观》下卷名画中也说：“吴镇《嘉禾八景》图卷，纸本八景，按景题句，并前后自跋，有辛敬桐村老牧诗，题耿氏物。”[3]吴镇《嘉禾八景图》展现了空翠风烟、龙潭暮云、鸳湖春晓、春波烟雨、月波秋霁、三闸奔湍、青山松涛、武水幽澜八处景点。八个景点一字排开，每一处前，都有画家题注，由此介绍景点的方位，画后附词一首，而对于重要的景点，还有文字注出，图文并茂，一目了然。如“空翠风烟”，其注、诗云：

空翠风烟，在县西二十七里携李亭后，三过堂之北。空翠亭，四周竹可十余亩，本觉僧刹也。

其词云：万寿山前，屹立一亭名檇李。堂阴数亩竹涓涓，空翠锁风烟。骚人隐士留题咏，红尘不到苍苔径。子瞻三过见文师，壁上有题诗。

整个画面的八个景点，分布在郡城内外，有的景点彼此相邻，如鸳湖春晓与春波烟雨，有的景点则相隔很远，比如武水幽澜，按照今天的行政区划，此地已经属于嘉善县境内，只因嘉善设县是明代宣德五年(1430)的事情，所以在这里也被列入了“嘉禾八景”。《嘉禾八景》所附词，皆用“钱塘潘阆仙的《酒泉子》曲子”。每一首词围绕景观的特征与人文故事而展开，并与序文相辉映，完美地诠释了景观的底蕴和意境之美。北宋词人潘阆仙曾作《长忆孤山》与《长忆西湖》等词(故又称《忆余杭》)。吴镇用此曲，借以表达“嘉禾八景”可与钱塘相媲美之意。

宋人《潇湘八景图》不是按真实景点绘制，而是取自潇湘风景的诗意和政治隐情绘制而成。吴镇的《嘉禾八景图》对《潇湘八景》的意境作了新的拓展，据实景绘制而成，导致了元末风景名胜画的盛行，最后发展成为“纪游图类”的山水画。“这些组合景观，它们彼此间或者在时间上，或者在地点上，或者在方

---

① 沈昌桂：《吴镇的〈嘉禾八景图〉》，政协《嘉善县志》办公室编《嘉善文史资料第6辑吴镇研究论文专辑》，1991年版，第63页。

② 李德埙：《吴镇〈嘉禾八景〉图题跋考识》，《齐鲁艺苑》1989年第3期。

③ 同上。

位上，或者在形态上，都能建立起非常明显的对应与对称关系。而这种对应与对称，充分表现了中国人追求完美、追求和谐的整体意识，进一步则反映了上下俯仰、八方顾瞻的思维模式和宇宙概念。”①其组景方式深刻影响了后代八景诗的建构。

（二）反映城市名胜，呈现地方文脉的八景诗

为了满足自身的精神需要，人们在自然景观的基础上创造出更具文化意蕴的城市名胜景观。元人在创作八景诗时，自觉或不自觉地将历史文化融入其中，使得八景诗在自然属性外，拥有了更丰富的人文内涵和美学价值。

一是历史遗迹类。八景作为最能表现地域特色的景观，不可避免涉足本地区的历史人文积淀。张廷银认为，八景“从产生之日起，就不可避免地具有十分浓厚的文化创造意味与心理想象色彩”②。八景的风格符合士人的审美特征。如著名的“西湖十景”就是根据南宋时画家所画的山水题名而定型，包括马远画的柳浪闻莺、两峰插云、平湖秋月，陈清波画的断桥残雪、三潭印月、雷峰夕照、苏堤春晓等。“潇湘八景”更是千山万水的有机浓缩，是高度的艺术概括。这些城市人文景观以其典雅含蓄的情致和深厚的历史底蕴，更易触发作者的创作热情。

吴存的《东湖十景》中其三、其四就描述到了两处历史的遗迹：

范公震泽跨龙来，锁向湖滨不放回。翠鬣苍髯时一奋，孔堂白昼起云雷。（《孔庙松风》）

万斛明珠洗绿盘，鲁公亭上倚栏干。谁知倒挽银河下，天为忠臣洗肺肝。（《颜亭荷雨》）③

鄱阳县（秦称番县，东汉称鄱阳）东湖，南濒饶河（古称鄱江），东接丘岭，西邻街市，北滨农村，早在彭蠡南侵之前即已形成。鄱阳县城东有“东湖十景”，第一景便是“孔庙松风”。孔庙即鄱阳饶府文庙，紧靠东湖，为一代名臣范仲淹知饶州时所倡建。历经沧桑的孔庙是集历史、文化、教化于一身的文化建筑。北宋景祐年间，范仲淹任饶州知州，他察看东湖形胜，提出当在湖的北滨建立州学，说：“建学于此，二十年当出状元。”不久州学建立，县人彭汝砺就读其中，果然中了进士第一。与彭汝砺同时及其以后，鄱阳还出了洪皓、洪适、洪遵、洪迈、姜夔、熊本、彭大雅等一大批政治家和文化名人。加之范仲淹、王十朋等名

① 张廷银：《传统家谱中“八景”的文化意义》，《广州大学学报》2004年第4期。

② 同上。

③ 杨镰：《全元诗》第18册，中华书局2013年版，第138页。

士先后守饶，尊文重教，南宋故相江万里又在饶城以身殉国，一时鄱阳文风之盛，风气之好，声闻遐迩。置身孔庙，诗人想象着范仲淹从太湖边跨龙而来。庙旁的松树苍翠欲滴，如同披着翠色的马鬣，令人对前贤的敬佩之情油然而生。“颜亭荷雨”中的“颜亭”是颜真卿所建的亭子，里面覆盖了欧阳询所写的碑帖。颜真卿在乾元二年(759)被贬为饶州刺史，就任后勤政爱民，使饶州百姓得到广泛的教化。这里的如银河直泻而下的“荷雨”似乎也在为忠良洗刷冤情。“颜范遗风”一直为饶州人民和过往士人所津津乐道，与此相关的“孔庙松风”“颜亭荷雨”景观便有了一种超越自然景观吸引力，最终成为饶州的两大人文胜境。

周巽《螺川八景》是一组描绘江西吉安景观的八景诗。吉安城北螺子山、螺川一带，不仅景色秀丽，且历史底蕴深厚。存有颜鲁公祠、文丞相祠、灵泉寺、螺湖桥等遗址旧迹。如《读书台》序云：“读书台，一在永和凤冈之阳，乡衮周文忠公尝读书其上。松阴郁郁，盛夏常寒。盖庐陵擅山水之胜，斯台又尽揽庐陵之胜也。”据《方舆胜览》卷 20 载：“殷仲堪读书堂，《安成记》：‘仲堪为守，于城西大池上筑台读书，遗址尚存。’”[①]《白鹭洲》序云：“洲绵亘吉州六七里，江水分流，萦回此州，宛然金陵二水中分一洲之势，因以‘白鹭’名之。丞相文忠公建书院其上，种竹万竿，公卿大夫多出此焉，由是白鹭洲之名闻天下。”据《大元混一方舆胜览》卷下 37“吉水州”条载：“白鹭洲在赣江中，长数里，今有鹭州书院。徐俯诗：‘金陵与庐陵，俱出白鹭洲。相望万里江，中同二水流。’”[②]《鲁公祠》序云：“唐颜鲁公为郡别驾时，以兴起斯文为己任。益广学舍，聘贤士以淑我吉人。自此庐陵声名文物，卓为江表冠。吉人德之，建祠螺川驿东，以永去思之意焉。”[③]《方舆胜览》卷 20 载：“捣衣石，在永新县前市，相传颜真卿尝游息其上。”[④]无论是读书台、白鹭洲、鲁公祠，还是捣衣石，每个遗迹背后都有一段令人难忘的历史，无不昭示着地方文脉的绵延不绝。

左榜状元张起岩最早有《潍州八景诗》。潍坊市在元朝为潍州，明朝改为潍县。元仁宗时张起岩任安丘尹，应邻邑之请作《潍州八景诗》，题目分别为东园早春、孤峰夕照、麓台秋月、南溪垂钓、青阳晴眺、石桥漱玉、西山霁雪、玉清

---

① [宋]祝穆撰，祝洙增订，施和金点校：《方舆胜览》卷 20，中华书局 2003 年版，第 362 页。

② [元]刘应李编撰，詹有谅改编，郭声波整理：《大元混一方舆胜览》卷下 37，四川大学出版社 2003 年版，第 26 页。

③ 杨镰：《全元诗》第 48 册，中华书局 2013 年版，第 420—421 页。

④ [宋]祝穆撰，祝洙增订，施和金点校：《方舆胜览》卷 20，中华书局 2003 年版，第 362 页。

烟晓。康熙年间和乾隆二十五年(1760)的《潍县志》记载"潍县十景",在"潍洲八景"基础上,添加了"北楼晓钟""塔山望日"两景,把"孤峰夕照"改为"孤山晚照""青阳远眺"改为"青杨晴眺"。后来民国年间《潍县志稿》亦照抄清版本。其中"南溪"和"麓台"便是著名的历史遗迹:

垂柳阴阴蘸碧溪,溪边钓叟坐苔矶。是非拨置纶竿外,闲看沙头白鹭飞。(《南溪垂钓》)

银河漾漾净天街,碧月辉辉照麓台。台上读书燕太子,清光依旧向人来。(《麓台秋月》)①

"南溪"也叫渭水,相传是姜子牙避居垂钓之所。据康熙年间《潍县志》载,南溪在潍县东南50里处,姜太公避纣王,住在东海之滨,曾在此垂钓,钓鱼台的旧迹尚存。首句写景,写低柳拂水面的景色,余三句集中刻画太公钓鱼时悠然自得。"麓台"是汉公孙弘别墅和南燕太子慕容超的读书之所,在潍县西南20里处,记事的石碑犹在。每当秋月扬辉,天地澄明,银河漾漾,四野静谧,登此台者,莫不神清气爽,思绪万千。人文与自然相融,历史与现实交汇,自然景观被赋予了文化内涵,令人感慨万端,流连忘返。

作者选取自然之景和历史遗迹构成八景,往往使历史与现实交相呼应,构成了层叠多重的意蕴,增强了诗歌的审美内涵。方凤的《怀古题雪十首》,分咏"韩王堂雪""伊川门雪""苏武窖雪""长安落雪""李伋郊雪""韩愈关雪""陶毂茶雪""孙康书雪""李朔怀雪"等场景。每一雪景又与一段历史故事相结合,完美地呈现了自然景观与人文景观的深度融合。雪景成为一道主线,以"怀古"为情感基调,贯穿起不同时空中的人物与故事,使画面呈现了浓郁的人文精神,充满着浪漫气息。

至正十一年(1351)秋,迺贤与危素、梁九思、王虚斋、新科进士朱梦炎等7人出游元大都以南的金朝故都燕城,看完残垣断壁、故城遗迹后,诗人触景生情抒发慨叹,写下了《南城咏古诗十六首》。组诗围绕"古迹",记录了亭台楼阁和舞榭歌台等景观的沧桑之变,抒发了作者"以为人生出处聚散,不可常也"的沧桑之感。序云:"至正十一年秋,八月既望,太史宇文公、太常危公,偕燕人梁处士九思、临川黄君殷士、四明道士王虚斋、新进士朱梦炎与余,凡七人联辔出游燕城,览故宫之遗迹。凡其城中塔庙楼观、台榭园亭,莫不徘徊瞻眺,拭其残碑断柱,为之一读,指废兴而论之。余七人者,以为人生出处聚散不可常也。邂逅一日之乐,有足惜者,岂独感慨陈迹而已哉。各赋诗十有六

① 杨镰:《全元诗》第33册,中华书局2013年版,第179页。

首以纪其事，庶来者有所征焉。河朔外史迺贤序。”①卷首的自题诗序，记录了此次南城出游诸友人姓名、时间，及各自有感而成诗章十六首。兹选十一首如下：

落日燕城下，高台草树秋。千金何足惜，一士固难求。沧海谁青眼，空山尽白头。还怜易河水，今古只东流。（《黄金台》）

高阁秋天迥，金仙宝络齐。青山排闼见，紫气隔城迷。朱栱浮云湿，雕檐落照低。因怀百战士，惆怅立层梯。（《悯忠阁》）

梦断朝元阁，来寻卖酒楼。野花迷辇路，落叶满宫沟。风雨青城暮，河山紫塞愁。老人头雪白，扶杖话幽州。（《寿安殿》）

兰若城幽处，联镳八月来。宝华幢盖合，衮冕画图开。断碣苍苔暗，空庭落叶堆。饥鸢不避客，攫食下生台。（《圣安寺》）

阁道连天起，丹青饰井干。如何千手眼，只着一衣冠。金榜交龙挟，雕甍吻兽攒。冯高天万里，白纻不胜寒。（《大悲阁》）

燕人重东作，熔铁象牛形。角断苔华碧，蹄穿土锈腥。遗踪传野老，古庙托山灵。一酹壶中酒，穰穰黍麦青。（《铁牛庙》）

羸骖蹋秋日，迢递谒琳宫。松子花砖落，溪流板阁通。楼台非下土，环佩忆高风。草昧艰难日，神仙第一功。（《长春宫》）

废苑莺花尽，荒台燕麦生。韶华如逝水，粉黛忆倾城。野菊金钿小，秋潭玉镜清。谁怜旧时月，曾向日边明。（《妆台》）

安史开元日，千金构塔基。世尊宁妄福，天道自无私。宝铎游丝罥，铜轮碧藓滋。停骖指遗迹，含愤立多时。（《双塔》）

皇唐开宝构，历劫抵金时。绝妙青松障，清凉白玉池。长廊秋屧响，高阁夜钟迟。独有乘闲客，扶藜读旧碑。（《万寿寺》）

楼观回深巷，松枝夹路低。拾薪供早爨，抱瓮灌春畦。经向琅函读，诗从石鼎题。白须张道士，送客过桃溪。（《玉虚宫》）②

《黄金台》注云：“大悲阁东南，隗台坊内。”亦称招贤台，战国时期燕昭王筑，为燕昭王尊师郭隗之所。《大元混一方舆胜览・直隶省部五》“大都路”条载：“燕台，《史记》不载燕王黄金台之名，孔融《与曹操书》云：‘昭王筑台以礼郭隗。’《上谷旧图经》云：‘黄金台，在易水东南十八里，燕昭王轩千金与台上，以

① 杨镰：《全元诗》第48册，中华书局2013年版，第39页。

② 同上，第39—42页。

延天下士,遂以名台。'后人慕其多贤之名,故燕京亦建此台,在旧城内。"[①]黄金台遗址在今河北易县东南。自鲍照《放歌行》"岂伊白璧赐,将起黄金台"始见黄金台之名。这成为后来明主求贤之佳话,凡不遇之士均借歌咏黄金台来抒发感慨。诗写黄金台在秋风中沉寂荒废,燕昭王求贤的事迹也如易水东流一去不复返,抒发了作者怀才不遇的惆怅。

《悯忠阁》注云:"唐太宗悯征辽士卒阵亡而建。"《大元混一方舆胜览·直隶省部五》"大都路"条载:"悯忠阁,唐太宗征辽归,为阵亡士创之。"[②]唐贞观十九年(645),唐太宗李世民为纪念跨海东征中死难的将士,在幽州城内建一座寺庙。寺还没有建成,李世民去世了。后经高宗李治、武则天多次降诏后,于武后万岁通天元年(696)建成,命名为"悯忠寺"。作者描绘了悯忠阁的恢弘雄伟,并以青山紫气为衬托,突出了悯忠阁的肃穆庄严,并表达了对忠诚之士的敬重与怀念。

《寿安殿》注云:"殿基今为酒家寿安楼。"昔日的皇宫,如今却成了酒楼,"老人头雪白,扶杖话幽州"传达出浓郁的沧桑感。

《圣安寺》建于金天会年间,注云"寺有金世宗、章宗二朝像",是皇家活动的重要场所。昔日的圣安寺则成为饥鸢栖息之所,落叶成堆、饥鸢哀鸣。凋零残败与物是人非的感觉尤为深沉强烈。

《铁牛庙》中的庙"在旧城东,有土里埋铁牛露背,不知起于何时"[③]。诗中交待了燕人铸牛为的是能"镇邪",稳固其统治地位。如今时过境迁,铁牛角断蹄蚀,风光不再。借助古老的传说,给后人留下难忘的历史。

《长春宫》注云:"全真丘神仙处机之居。太祖尝召至西域之雪山讲道,屡劝上以不杀。"前身为唐代天长观,建于唐开元二十七年(739)。金明昌年间屡毁屡建,泰和三年(1203)改名太极宫。正大元年(1224)道士丘处机西游归来,住持于此,改名长春宫。诗中盛赞丘处机劝谏成吉思汗的不杀之功,体现了迺贤的仁爱情怀。"长春宫"还是上都文人雅集所在,馆阁文人们经常来这里居住或访友,诗文酬答,成为元代文坛的一道独特景观。

《妆台》注云:"李妃所筑,今在昭明观后。妃尝与章宗露坐,上曰:'二人土上。'坐妃应声曰:'一月日边明。'上大悦。"相传是金章宗完颜璟为李妃所建。诗人由妆台联想到韶华易逝,进而感叹世事多变、盛衰无常。由此生发人应该

① [元]刘应李编撰,詹有谅改编,郭声波整理:《大元混一方舆胜览》卷上 4,四川大学出版社 2003 年版,第 25—26 页。

② 同上,第 26 页。

③ 同上,第 27 页。

珍惜生命有所作为。

《双塔》注云："安禄山、史思明所建，在悯忠寺前。"砖塔左右相拥矗立，俗称为"双塔"。"世尊宁妄福，天道自无私"，作为安史叛乱的始作俑者，安禄山、史思明当年建塔目的是为彰显其功，结果是塔废人亡，面对荒芜的遗迹，作者"含愤立多时"，所为之中包含着深深的愤懑之情。

《万寿寺》注云："寺有许道宁画屏。"寺建于唐朝，原称聚瑟寺，主要收藏经卷。寺内琼楼玉宇，雕梁画栋，极其宏丽。曲栏回廊，御书碑亭，古道地宫，苍松翠柏错落有致。"独有乘闲客，扶藜读旧碑"的细节突现了今日万寿寺的颓败。

《玉虚宫》注云："大道教以供薪水之劳，为其张本。宫主张真人，其貌甚清古。"又名玉京金阙，是享有"讲动黄庭方入圣，万仙总领镇东方"之美誉的元始阐教的法脉祖庭。诗中刻画发白须张道士"貌甚清古"的形象和恬淡清静生活情趣。

从上述列举的遗迹可见，每一处建筑景观背后都有着深厚的历史积淀，作者触景生情，既传达出思古之幽情，也有借古讽今之意。

二是佛道寺观类。寺院是佛教文化最直接的载体，其历史渊源和宗教文化，成为地方八景的标志。诗人将佛寺道观的历史与周围的景观融为一体，在景观的描绘中渗透对佛道的参悟，使得元代八景诗拥有了更加深厚的宗教情怀。

"塔"是佛寺的标志性建筑，起源于古印度埋葬佛祖释迦牟尼火化后留下的舍利的一种佛教建筑。《浦阳十景》之"龙峰孤塔"，《箫台八景》之"东塔云烟"，《樵阳八咏》之"西塔暮钟"，《濉阳八景》之"长吉晓钟""东川梵宇"等，都是描绘佛教寺塔的。如钱惟善《奉和太常博士柳公浦阳十咏诗》之《龙峰孤塔》诗云：

> 峭然特立梵王宫，梯级惟容鸟道通。翠壁云绡红劫火，铁檐铃雨落秋风。高标插汉苍龙左，倒影横江白鹤东。何日扪萝寻胜迹，不愁千里目难穷。①

此塔乃浙江萧山龙峰山上的龙德寺塔。题下注云："在县东，龙峰古塔实为苍龙左角。"龙德寺塔建于北宋大中祥符九年(1016)，位于浦江县城东侧龙峰山上，峰之麓，以龙德寺而名。首联交代塔所处的龙峰高耸入云，"惟容鸟道通"句，点明佛塔位置之高和行路之险，借以暗示佛教圣境的超凡脱俗。颔联刻画

① 杨镰：《全元诗》第41册，中华书局2013年版，第37页。

了佛塔华丽图案,以塔铃在秋风秋雨中摇摆意象,展现出佛教悲悯情怀。颈联从倒影横江极言塔之“高标插汉”,突出其独立苍茫之感。尾联展开联想,梦想有朝一日能“扪萝”登塔,一穷“千里目”。诗歌紧扣佛塔之旨,表俯视芸芸众生之意。龙德寺塔是浦江县城最古老的建筑,也是“浦阳十景”之一,古今文人吟咏不绝。

除佛塔外,元代八景诗中常有“钟声”“钟鸣”“华鲸”等意象,以呼应佛教中的“晨钟暮鼓”。钟声或给迷途之人以指引,或以其悠远之特点烘托出禅意,使人有所悟悟。如李孝光《箫台八景》之“风约疏钟下窈冥,天南曙月贴飞星。驼鸣阊阖嚣声起,老鹤巢深梦未醒”(《白鹤晨钟》)[①],描绘的是晨钟开启一天的喧闹。黄镇成《杭川八景》之“雪满长空月满楼,鼓钟声里夜光浮。悬知老衲无余事,长祝皇图亿万秋”(《月庵钟鼓》)[②],写的是晚钟,烘托出夜之寂静,突出僧侣之闲逸。程钜夫《题仲经家江贯道潇湘八景图》之“僧定钟声缓,依稀听不真。渡头风正急,唤醒未归人”(《烟寺晚钟》)[③],钟声就唤醒了未归之人,诗人的怀归心理在充满禅意的钟声中,呈现出现实和精神的“双重回归”。

僧侣形象也是八景诗中的常客,分出门或归途之僧和入定之僧两类:前者主要表现僧侣的恬淡闲适,后者更多表现出其不为尘俗所扰的平静的状态。如胡炳文《星源八景》之“众鸟栖定树头云,一僧归踏松间月”(《北寺晚钟》)[④],直写僧人在月夜归途之中,给人宁静安详之感。元好问《方城八景》之“山势巍峨翠作围,楼台金碧影相辉。老僧托钵归来后,犹对斜阳补衲衣”(《大乘夕照》)[⑤],在金碧辉煌的楼台和斜阳补衣两个场景的对比中,突出了老僧淡泊名利的心境以及置身世外的超然。

寺庙中常见之物如佛灯、木鱼、贝多叶等也成为元代八景诗表现对象。“林梢一点荧荧碧,知是层楼供佛灯”(段成己《东林夜雨》)[⑥]中的佛灯,“云深不见招提镜,一声两声起林端”(胡炳文《北寺昏钟》)[⑦]中的招提镜,“画廊风静木鱼闲,青山日出华鲸吼”(黄元实《长吉晓钟》)[⑧]中的木鱼,“色界不空因相起,贝多叶上写莲经”(吕思诚《青碧上方》)[⑨]中的贝多叶,“潇潇寒雨湿觚棱,古殿长

① 杨镰:《全元诗》第32册,中华书局2013年版,第360页。
② 杨镰:《全元诗》第35册,中华书局2013年版,第101—102页。
③ [清]顾嗣立:《元诗选》初集上,中华书局1987年版,第506页。
④ 杨镰:《全元诗》第15册,中华书局2013年版,第331页。
⑤ 杨镰:《全元诗》第2册,中华书局2013年版,第250页。
⑥ 同上,第349页。
⑦ 杨镰:《全元诗》第15册,中华书局2013年版,第330页。
⑧ 杨镰:《全元诗》第41册,中华书局2013年版,第426页。
⑨ 杨镰:《全元诗》第37册,中华书局2013年版,第89页。

廊夜气增”(陈庾《东林夜雨》)①的古殿长廊,凡此等等,都为僧侣生活构筑了独特的意境。

元代影响最大的佛寺八景诗,当属《静安八咏》。静安寺是江南地区历史悠久、颇具影响的名刹之一。其历史可以追溯到公元3世纪的三国时期,初名沪渎重玄寺。唐《吴地记》“通玄寺”条记录说:“晋建兴二年(314),郡东南二百六十里有沪渎。渔人夜见海上光明,照水彻天。明日,睹二石像浮水上。众言曰:‘水神也。’以三牲日祝迎之。像背身泛流而去。时郡有信士朱应及东陵寺尼,率众,香花钟磬,入海迎之,载入郡城(即苏州)。”石像迎入苏州后,竟发生了一件奇异的事。“像至通玄寺前,诸寺竞争,数百人牵拽不动。众议云:‘像应居此寺。’言毕,数人舁试,像乃轻举。便登宝殿,神验屡彰,光明七日七夜不绝。梁简文帝制《石佛碑》。”②该神话中石佛的发现地是“沪渎”,因而与上海地域建立起联系。宋大中祥符元年(1008),重玄寺更名为静安寺。

元代释寿宁成为静安寺住持,以赤乌碑、陈桧、虾子潭、讲经台、沪渎垒、涌泉、芦子渡七处古迹,加上自号“绿云洞”之景,为“静安寺八景”,作《静安八咏》诗,并征召天下人唱和。释寿宁将收到的贡师泰、成廷珪、杨珮、郑元祐等21位诗人的咏“静安八景”组诗,编成《静安八咏集》1卷,由杨维桢作序。钱鼒《静安八咏事迹》对“静安八景”的历史渊源有详细的记载:

> 赤乌碑:孙吴赤吴中,天竺康僧会始入建业,创寺曰建初,华亭继有重玄,勒碑纪事。宋祥符间,敕名静安。至嘉定依师以址薄江,迁是地,碑未徙而水啮没之。
>
> 陈桧:桧,陈祯明中,艺寺之殿墀。唐陆龟蒙、皮日休有重玄双桧诗。宋政和间,媚臣朱勔,图以进徽庙,遣使求之。暴风雨、雷震拔其一,留其一。寺迁,复移植之,今存者是。
>
> 虾子潭:师讳智俨,性散逸,人或诞其为,弗敬。一日赴胥村大姓会。会渡江,值渔者,乃贳虾一斗,掬水啖之,约酧以施赀,弗获。渔者怒,仍吸水吐活虾还之,人皆惊异。越七日趺坐而逝,肉身不坏,齿发如生。会兵难,神变而去。世名虾子潭。
>
> 讲经台:宋嘉定间,仲依师既迁寺,筑土台,日夕趺坐,露诵梵典,裒众讲习。至淳祐,忽示寂,塔其骨于台之阴,而台址犹存。
>
> 沪渎垒:按《吴郡志》:松江东泻海,而灵怪者曰沪渎。渎有御沪垒,晋吴内史虞潭尝修之。又按《通鉴》:晋隆安四年,袁崧为郡复新之,以御孙

① 杨镰:《全元诗》第2册,中华书局2013年版,第270页。

② [唐]陆广微:《吴地记》,中华书局1985年版,第13页。

恩，地居今寺之艮方。

涌泉：泉在寺之阳，广袤者半寻，窨若温泉，突沸犹火鼎，俗呼为沸井。有亭翼然其上。初，依师将迁寺，以为龙湫，遂定厥址。凡岁旱，祷于泉辄应。

芦子渡：寺之乾维，旧有芦子二城。东城延袤万余步，有四门，尽啮于江；西城差小，遗址犹存。渡淞江者必由是取道，故名。

绿云洞：绿云洞者，宁师栖息所也。桧竹桐柏环植庐外，其层阴叠翠，落人衣帽，游者疑为华阳小有之境。赵湖州书尝颜之，提学杨会稽为志云。①

从上述"事迹"的记载中，可以鲜明地感受到佛教文化对"静安八景"形成的影响。释寿宁所造"绿云洞"，因其身份和命名寄意，同样有着浓郁的宗教色彩。杨维桢《绿云志》云："淞东北去九十里支邑为上海。邑之阴古伽蓝曰静安。建自孙吴赤乌年，古迹有七，曰吴碑、陈桧、沪垒、涌泉、虾禅、土台、芦花村。今主僧宁，治丈室，两旁杂植桧竹桐柏，积十年而所植林立，交菁错翠，如蔚蓝天，又自号曰绿云洞。洞以续古为八咏成，持以见东维叟乞一言以序其首。吾闻汉殿有三云，唐诗人有梨花云，类皆托名于云者。师之丈室，亦托于云者耶。是云也，非浮烟幻影，突立人境，而脱去劫灰寇斧，如在弱水三万外，非师之福德耶？彼引领嘘唏于嵩山之南，卒不获逭。占气于蹲狗走鹿，而讫保身。师之绿云，谓福德非耶？"②从杨维桢《绿云志》中可知，其对"绿云"的阐释非常符合静安寺佛教文化的背景。

如贡师泰《静安八咏》诗云：

落日下石壁，秋声响松枝。驻马问老僧，何谓赤乌碑。岂昔四百寺，东吴首创兹。适当黄龙际，乃系赤乌时。断碑久埋没，风月劳尔思。深惭十州牧，恢复未有时。（《赤乌碑》）

山中两桧树，峙立当左右。云回蛟龙蟠，雨暝鬼神守。枝叶多再生，质理皆左纽。秋风落苍雪，风月哀白首。嗟嗟创业人，永叹祯明后。莫说祯明事，临春正花柳。（《陈桧》）

尝观高僧传，心异虾子篇。今游静安寺，目击虾子禅。老禅真得道，迥然息万缘。聊复示幻化，遂夺造化先。秋风响幽壑，逸思凌云烟。自怜非槁木，忧世常悁悁。（《虾子禅》）

---

① ［元］释寿宁辑，［明］钱鼒撰：《静安八咏诗集一卷附事迹一卷》，齐鲁书社 1997 年版，第 396—397 页。

② 同上，第 2 页。

淞江下落日，微行讲经台。异香与灵响，飒沓松风来。人生固大梦，天地余劫灰。功名亦何物，徒使身后哀。卓然依禅师，创业何崔嵬。只今讲经处，天花满苍苔。（《讲经台》）

避难吴淞江，出游沪渎垒。世道苦变更，形势总隳圮。我怀晋外臣，孰似袁内史。深惭盛时守，无策正邦纪。日暮仰北辰，天寒一星紫。尚想白登围，无言泪如水。（《沪渎垒》）

江头石佛寺，中有涌泉亭。亭虚鸟雀聚，水古虹霓腥。元气倾地脉，汩汩不暂停。初疑蟹眼沸，复似冰花零。常闻有神龙，深卧潜炳灵。何由作霖雨，九夏清炎蒸。（《涌泉》）

我游芦子渡，步入芦花村。村深野色静，江白天光吞。鸣鸿夜呖呖，宿鹭朝纷纷。飞花乱香雪，还思费公言。东南风尘里，乃有此志存。永怜澄清志，嗒然欲销魂。（《芦子渡》）

闻道赤髭僧，深居绿云洞。被服青霞裾，朗诵金仙颂。绿云三万匝，白日光如汞。地辟给孤园，俗鄙醯鸡瓮。群仙聚百草，乃是天龙种。还知人间世，黄尘十年澒。（《绿云洞》）①

贡师泰这组《静安八咏》就地取材，因景赋诗，对静安寺中“八景”从外形到神韵，进行了细致的描绘，给人身临其境之感。既写现实，又述历史，“深惭盛时守，无策正邦纪”（《沪渎垒》）句，将个人的理想与国家的命运结合在一起，令人肃然起敬。《全元诗》于诗后评曰：“非此老无此言，忠义之气郁然动人。”②

有关《静安八咏集》的评论，杨维桢在序中说：“晋沈约筑楼东阳，有八咏。后人宗之，有潇湘八景、西湖八咏。吴淞宁师以古歌诗名东南，今老矣，承编《静安八咏》成帙，持以见东维叟曰：‘先生用汉魏乐府辞，录古史。宁不敏，先生方外友也，僭以骚人辞，成兹八咏：一曰吴碑，二曰陈桧，三曰虾禅，四曰经台，五曰沪垒，六曰涌泉，七曰芦渡，八则续以宁之绿云洞也。好事者将刻梓以传。幸先生评而述之。余于是披阅诸和章中，如贡宣城《沪垒》，成广陵《经台》，郑遂昌《云洞》，杨山居《陈桧》，王逢之《沪垒》，马弓之《虾禅》，韩壁之《沪垒》，钱岳之《陈桧》《涌泉》，唐奎之《虾禅》《经台》，余地寅之《沪垒》，顾彧之《经台》《云洞》，释兰之《陈桧》《沪垒》，陆侗、赵觐、孙作、张昱之《芦渡》《沪》《涌泉》，微辞奥旨，皆有起余者。牵连成集，孰曰不可。会稽杨维桢廉夫叙。”③序中不仅交待了“八咏”之名的由来，并对参与唱和者的八咏诗作了精要的点评。

---

① 杨镰：《全元诗》第40册，中华书局2013年版，第336—337页。

② 同上，第337页。

③ [元]释寿宁纂：《静安八咏集》序，商务印书馆1936年版，第1页。

《静安八咏》既独自成章,又成为一个整体,围绕静安寺佛教文化渊源展开,极大地拓展了静安寺的影响力。有研究者指出:“静安寺的历史文化建构一直是与‘沪渎’一词分不开的,《静安八咏集》中随处可见‘沪渎’的记录,如:‘按《吴郡志》,松江东泻海,而灵怪者曰沪渎。’①作为地名的‘沪渎’在这里甚至具有了神异色彩。清代光绪九年,静安寺在当地乡绅的支持下进行了修缮,李朝觐为此作记,曰:‘沪渎迤西行四五里,蔚然环村落闲者,曰芦浦。有古丛林居僧焉,则静安寺也。’②可见‘沪渎’与‘静安寺’是密切联系在一起的。”③静安寺所以能全国闻名,除去自身因素外,与释寿宁在全国范围内征集《静安八咏》诗不无关系,更与元末江南文坛元老杨维桢为《静安八咏集》作序有关。

道教在元代进入鼎盛期,元代八景诗中出现了不少道士形象、道教圣物等道教文化意象。李俊民《平水八咏》之“物外神仙自一家,等闲不许占烟霞。只今冰雪人何处,惆怅山前日易斜”(《姑山晚照》)④,所描写的就是姑射山神人居处——姑射山乃道教圣地。题下注云:“府西五十里有姑射山,神人居焉。”元好问《方城八景》有三景都用到道教典故:“堤上槎枒几个松,汪洋陂水映遥空。晓看烟雨连青嶂,疑是当年杖化龙。”(《松坡烟雨》)⑤“杖化龙”,用费长房事。费长房从壶公谢元学道,辞归。壶公与一竹杖,曰:“骑此任所之,则自至矣。既至,可以杖投葛陂中也。”⑥“风摆残花点药炉,东君无计可支吾。道人日诵《黄庭》罢,曳杖松林看鹤雏。”(《炼真春暮》)炼真宫城,世传汉湖阳公主所建,中为炼真宫,内塑湖阳公主像。有仙人洞、葛仙翁、指甲梁等仙踪。道人诵《黄庭》是其日常修行,“鹤”是道家长寿的象征,不少人都是骑鹤而去的。“观宇巍峨紫翠间,葛公从此炼丹还。六花舞罢难寻处,树木妆成玉笋班。”(《仙翁雪霁》)⑦直接描绘了道观和“葛玄飞升”的故事。葛玄是葛洪的从祖,三国著名高道,道教灵宝派祖师,与张道陵、许逊、萨守坚并称为道教四大天师。其事迹见于《神仙传·葛玄》。葛玄曾师从卢江左慈修习《九丹金液仙经》,常服饵术,善

① [明]钱鼒:《静安八咏集·事迹》“沪渎”,《丛书集成初编》本,商务印书馆 1936 年版,第 2 页。

② [清]李朝觐:《重建静安寺记》,《上海碑刻资料选辑》,上海人民出版社 1980 年版,第 1 页。

③ 毕旭玲:《石佛浮海神话与上海地域形象建构》,《华东师范大学学报(哲学社会科学版)》2014 年第 2 期。

④ 薛瑞兆,郭明志编:《全金诗》第 3 册,南开大学出版社 1995 年版,第 273—275 页。

⑤ 杨镰:《全元诗》第 2 册,中华书局 2013 年版,第 249 页。

⑥ [宋]范晔:《后汉书》卷 82 下《方术列传下·费长房》,中华书局 1965 年版,第 2744 页。

⑦ 杨镰:《全元诗》第 2 册,中华书局 2013 年版,第 250 页。

于神变，最终尸解的术士。

黄元实《濉阳八景》之《迎鳌午磬》则描绘了道观的日常活动，诗云：

凤山胜绝三不见，竹木苍苍隔台殿。仙宫云构接丹梯，清昼璆声袅香篆。步虚讽彻瑶草凉，朝真斋罢紫芝香。侍宸白日骑鹤去，雷符绕壁余神光。①

首联勾勒出竹木苍茫的背景和道教宫殿幽深宁静的环境。颔联着重描绘道教宫殿建筑的云蒸霞蔚，突出庄严神圣的氛围。颈联再现了道教日常生活。这里玉声璆然，香烟袅袅。道士在醮坛上讽诵旋律，宛如众仙飘渺步行虚空。“朝真”指道士修炼养性之术，犹佛教之坐禅。瑶草、紫芝都是灵丹仙药，有长生不老之意。尾联用了王文卿的典故，颂赞道士们以学法弘法为己任。王文卿为神霄派创始人，传神霄五雷法。学养甚深，道法精妙。宣和间居武夷石鼓修道，因施法驱鬼止雨有功拜为“金门羽客”，赐号冲虚通妙先生。因曾被徽宗命为侍宸，故称“王侍宸”。据虞集《道园学古录》卷 25 载：“昔侍宸在汴京居宫观，见为黄冠者多谄事权贵以自炫，恶之，故多不得其说。”②诗借王文卿之典吟咏道教圣地和修道生活，表现出诗人对道教仙境的向往，也隐含着对现实的批判。

集中展现道教活动的八景诗，最著名的当属《玄洲十咏》。元英宗至治二年(1322)，张雨闻赵孟頫归居故里，便赶往吴兴拜谒。老友相逢，分外欣喜，张雨作《玄洲十咏》(一作《玄洲唱和》)，赵孟頫遂为《玄洲十咏寄张贞居》。张雨回茅山后特意请人将赵孟頫的《玄洲十咏》书刻上石，以示永久纪念。事后倪瓒在张雨处得知此事，遂欣然作《和赵魏公张外史泳玄洲十景》，以示对赵孟頫和张雨的敬重。张雨的《玄洲十咏》及赵孟頫的《玄洲十咏寄张贞居》所咏景观虽说秩序安排有所不同，但都是以茅山为对象而作，呈现着浓郁的道教文化氛围。

张雨《玄洲十咏》序云：“茅山玄洲精舍，左右真仙古迹，曰菌山、罗姑洞、霞架海、鹤台、桐华源、玄洲精舍、紫轩、火浣坛、隐居松、玉像龛。至治二年壬戌岁，道吴兴溪上，与松雪学士唱和十绝以记其处，仍书刻石山中。”其诗云：

灵丘状三秀，紫云覆其颠。易我朝生质，阅彼大椿年。(《菌山》)
九疑得道女，受事易迁家。诗赠金条脱，人逢萼绿华。(《罗姑洞》)
日芒架金色，虹梁饮凤阿。直把天孙袂，乌鹊讵填河。(《霞架海》)

① 杨镰:《全元诗》第 41 册，中华书局 2013 年版，第 428 页。
② [元]虞集撰:《道园学古录》卷 25，《四库全书》本。

静夜飒灵风，神君语帐中。至今双白鹄，时下五云峰。（《鹤台》）
华林清散景，丹水碧凝脂。落叶秋无数，玄都懒寄诗。（《桐华源》）
李基遗故鼎，赵啸绝风云。悠悠千载下，更复属夫君。（《玄洲精舍》）
玄窗太霞气，赤书洞古文。借问轩中主，莫是紫阳君。（《紫轩》）
真火本无候，真人自出现。问扫劫灰余，几见红莲变。（《火浣坛》）
露坛栖妙荫，仙籁降灵芬。何时三易帔，重拂两梢云。（《隐居松》）
瑞仪温比德，宝帔曲流光。稽首大司命，料理住金乡。（《玉像龛》）①

茅山素有“第八洞天、第一福地”之称，是上清派道教的发源地。这里的自然景观、人文景致无不凝结着厚重的道教文化内涵。如《火浣坛》中的“火浣坛”本是道教设立的祭坛，用于举行斋醮仪式、祭祀神灵。此外“火浣坛”也与道教的“火浣布”相关，是来自仙家的灵异之物，被赋予了得道成仙的曼妙想象。《玄洲精舍》中的“精舍”，本是指儒家讲学的学社，后来也指出家人修炼的场所。据《茅山志》卷之十五载：“桓法闿，字彦舒，東海丹徒人，陶隐居高第弟子也。为梁南平王清远馆主，任事绿多绪，有废研修，乃于郁冈山右别筑玄洲精舍。周处士弘让题精舍壁云：‘李基遗故鼎，赵啸绝风云。悠悠升载下，更复属夫君。’”②《鹤台》中的“白鹄庙”也有着道教传奇故事。据传西汉时陕西咸阳人茅盈携弟茅固、茅衷来茅山，修道成仙，世人尊称三茅真君。据《茅山志》载，当年三茅真君成道后，常常化作白鹄集于茅山。后人立庙祭祀，时称“白鹄庙”。《罗姑洞》中“罗姑”指的就是罗郁，本属九疑山女仙。罗姑洞因罗姑于此修炼而得名。根据《历世真仙体道通鉴后集》卷四“罗女”条记载，罗女就是萼绿华，又叫愕绿华，云南山人。“是一女子，年可二十，着青衣，晋穆帝升平三年，降羊权家，一月中辄六过来，赠权诗一篇，末句云：‘所期岂朝华，岁暮于吾子。’并致火浣布手巾、金玉条脱各一，云‘君慎勿轻泻言’。访问此人，云是九疑山得道女罗郁也。”③张雨所谓“诗赠金条脱”之典即出于此。罗姑在上清派系中已颇受景仰，故为道门史家所津津乐道。由于张雨是《茅山志》的主要撰写者之一，其对道教上清派的历史有非常清晰的了解。正如卢仁龙说：“我们不仅指实了《茅山志》为刘大彬主事期间所修，张雨为此书主要编纂者，还要提出，与刘大彬、张雨有关的一些著名文人也参与并有功于此书。”④《玉像龛》则以茅山道教的斋醮科仪活动为中心。它通过设坛摆供、焚香祈祷、微祝赞颂、

---

① 杨镰：《全元诗》第31册，中华书局2013年版，第320—321页。

② ［元］刘大彬撰：《茅山志》卷15，《正统道藏》洞真部记传类。

③ ［元］赵道一撰：《历世真仙体道通鉴后集》，《中华道藏》第47册，华夏出版社2004年版，第617—663页。

④ 卢仁龙：《〈道藏〉本〈茅山志〉研究》，《社会科学战线》1992年第2期。

诵经上章、踏罡步斗等，同时配以灯烛、法器法物以及道教音乐来举行的。其目的是祭告神灵，祈求国泰民安，风调雨顺，同时祈求消灾赐福。[①] 总之，透过《玄洲十咏》，我们仿佛能窥见茅山道士修道的科仪斋醮，祈风求雨的日常生活，以及澄怀观道、清逸平和的心灵世界。

此外，吴当《天台玉汉桥道院八咏》所咏浙江天台山中玉溪桥、积果堂、十二区、梅竹庄、缉云亭、招隐亭、渊泉亭、外墅八景；贡师泰《龙虎山十咏》所咏江西鹰潭龙虎山中金鸡山、石龟渡、象山、龙井、藐姑山、双瀑泉、三石洪、白水砌八景；袁桷《信州招真观二十八首》描绘了江西贵溪招真观中二十八景，包括小隐岩、馨香岩、学堂岩、鬼谷岩、升仙台、钓台、一线天、五面石、寒月泉、金沙岭、长生池、老人峰、三山石、礤潭、玉帘泉、石人峰、仙足岩、月岩、雷公岩、道人岩、丹井、洗药池、凤山、风洞、逍遥岩、长廊岩、龙口岩、灵湫，其文化道教背景与八景诗属性，也与前者相同。

从历史上看，城市的发展与往往与地方“八景”文化的传播有着深厚的渊源。如“燕京八景”的诞生与少数民族入主中原后，吸纳汉族文化有着十分密切的关系。忽必烈定都北京后，最先描写北京的八景诗出现了。陈孚的《咏神京八景》（一作《咏神州八景》），分咏“太液秋风”“琼岛春阴”“居庸叠翠”“卢沟晓月”“西山晴雪”“蓟门飞雨”“玉泉垂虹”“金台夕照”八处景观，开辟了北京“八景”文化的先河。

在北京八景的演变中，元代有“燕山八景”“神京八景（神州八景）”“燕南八景”，明代有“北京八景”“京师八景”“燕台八景”“京畿八景”，清代有“燕京八景”。其中“燕山八景”出现最早，使用时间最长，而“燕京八景”流传最广。“燕京八景”的说法出现比较晚，始见于成书清顺治十七年（1660）的《春明梦余录》中。从历史上看，北京八景名称虽不尽相同，所指景观也有差异，但在传播地方文化方面的作用却是一致的。从其演变历史里程中，可见“八景”文化在城市演变中的重要性。

三是园林景观类。除历史遗迹、佛寺道观外，元人在八景诗的创作中也会将日常建筑融入其中，最典型的当属私家园林、书院精舍等。

元代“狮子林”亦作“师子林”。至正二年（1342）僧天如禅师惟则为纪念其师中峰禅师建菩提正宗寺，其弟子“相率出资，买地结屋，以居其师”。因园内“林有竹万个，竹下多怪石，状如狻猊（狮子）者”；又因中峰禅师曾倡道天目山

---

① 参见：杨世华，潘一德《茅山道教志》，华中师范大学出版社 2007 年版，第 129—130 页。

狮子岩，取佛书“狮子吼”之意，易名为狮子林。[①]

师子林园林和建筑的经营实始于元代中峰和尚明本的高足天如和尚惟则。据《师子林纪胜集》卷上欧阳玄《师子林菩提正宗寺记》：“姑苏城中有林曰师子，有寺曰菩提正宗，天如禅师惟则之门人为其师创造者也。林有竹万个，竹下多怪石，有状如狻猊者，故名师子林。且师得法普应国师中峰本公，中峰倡道天目山之师子岩，又以识其授受原也。寺名菩提正宗者，帝师法旨请以是额也。其地本前代贵家别业，至正二年壬午，师之门人相率出资买地，结屋以居其师，而择胜于斯焉。因地之隆阜者，命之曰山，因山有石而崛起者，命之曰峰。曰含晖、曰吐月、曰立玉、曰昂霄者，皆峰也，其中最高、状如狻猊，是所为(谓)师子峰。”[②]元末明初王彝《狮子林记》云：“苏城之东北，区有林若干亩，佛者居之，曰狮子。狮子者，林之一峰，如其形，故名。”[③]

描写师子林的八景诗首推释惟则的《师子林即景十四首》。惟则所作诗文，存于《吴都文粹》卷续 30 中。唱赠惟则者，以张翥《奉题师子林二十韵就简天如和尚》、王彝《师子林十四咏》为佳。王彝的“跋”云：“余既为因师作《游狮子林记》，师复求十四咏，因赋此并书记后。师字如海，高昌人，有禅学，又能喜文辞，所谓地因人而胜者也。甲寅六月二日彝书。”《狮子林十四咏》诗云：

昔年清凉山，焰焰金毛赤。来此自何年，苍然化为石。(《狮子峰》)
凿翠从阳谷，移来佛屋东。空嵌才一窦，夜与日华通。(《含晖峰》)
势作金蟆立，呀然仰太清。每当三五夕，先放半规明。(《吐月峰》)
昆冈分半股，插地四无邻。为有怀中璧，虹光夜夜春。(《立玉峰》)
古屋依青涧，袈裟半是苔。壁间僧影在，一坐九年来。(《禅窝》)
云麓最高层，依依月乍升。聊因看贝叶，带露一来登。(《翻经台》)
龙影夕连蜷，不饮吴江渚。截断涧东天，飞来涧西雨。(《小飞虹》)
几曲转逶迤，月明人迹稀。长林秋露落，一犬吠山扉。(《竹谷》)
大地寒深处，参师不自知。青天还日出，一路见来时。(《立雪堂》)
秋潭看月还，片月千山瞑。独有钵中龙，蜿蜒伴僧定。(《卧云室》)
行道出深树，空庭秋飒然。风来人不见，青子落僧前。(《指柏轩》)
窗间月色微，薄雪自风吹。谁得春消息，南枝定北枝。(《问梅阁》)
水清不生萍，况复生鱼子。僧面此中看，分明佛光里。(《玉鉴池》)

---

① 参见：王颋《元、明之际的“师子林”及相关诗、画》，《社会科学》2005 年第 9 期。

② [明]释道恂：《师子林纪胜集》卷 2，《四库全书存目丛书》影印咸丰刊本，齐鲁书社 1997 年版，第 516 页。

③ 杨镰：《全元诗》第 62 册，中华书局 2013 年版，第 468 页。

铜瓶百尺下，出甃带微霜。注入莲筒去，风吹满寺香。（《冰壶井》）[①]

狮子林景观以石山的精巧和构筑的幽胜、“自然”与“人工”结合的布局而闻名当世。反映“人工”者，主要有“禅窝”“立雪堂”“卧云室”“指柏轩”“问梅阁”“小飞虹”“冰壶井”“翻经台”八处景观。反映“自然”者，有“狮子峰”“含晖峰”“吐月峰”“玉立峰”“竹谷”“玉鉴池”六处景观。狮子林内的湖石假山多且精美，建筑分布错落有致，园中最高峰为“狮子峰”，另有“含晖”“吐月”等名峰。素有“假山王国”之美誉。园内多竹，竹间结茅的方丈禅窝，建有“冰壶进”“玉鉴池”“小飞虹（桥）”。主要建筑有立雪堂、燕誉堂、卧云室、见山楼、指柏轩、飞瀑亭、真趣亭、问梅阁等。这组五言绝句诗，分咏了狮子林中十四处景观，再现了当年文人游园的盛况。

早在元至正中，占地不甚宽广的“师子林”即已享有盛名。李祁《云阳集》卷6《师子林诗序》：“自天如师坐师子林中，地益辟、景益奇，四方之来，得于观览悟悦者益众”；“夫如是，则师子林之得名当时，亦已远矣。予尝观其地之广不过十余亩，非若名山钜刹之宏基厚址也；屋不过一二十楹，非若雄殿杰阁之壮丽焜耀也；其徒众仆役不过十数人，非若高堂聚食常数千指也？”[②]欧阳玄《师子林菩提正宗寺记》所亦云：“立玉峰之前，有旧屋遗址，容石磴，可坐六七人，即其地作栖凤亭；昂霄峰之前因地洼下浚为涧，作石梁跨之，曰小飞虹。他石或跂或蹲，状如狻猊者不一，林之名亦以其多也。寺左右前后，竹与石居地大半，故作屋不多。然而崇佛之祠、止僧之舍、延宾之馆、香积之厨、出纳之所，悉如丛林规制。外门扁旱菩提兰若，安禅之室曰卧云，传法之堂曰立雪。庭旧有柏（者）曰腾蛟，今曰指柏（之）轩；有梅（者）曰卧龙，今曰问梅（之）阁。竹间结茅曰禅窝，即方丈也。上肖七佛，下施禅坐，间列八镜，光相互摄，期以普利见闻者也。大概林之占胜，其位置虽出（乎）天成，其经营实由（乎）智巧。究其所以然，亦师之愿力所成就也。”[③]

自元至正中起，“师子林”由“八景”增为“十二景”“十四景”。杨铸的《师林八景》所绘景观有狮子峰、栖凤亭、飞虹桥、指柏轩、问梅阁、立雪堂、卧云室、玉监池[④]八处景观。郑元佑的《师子林八咏》、周稷的《师子林五言八咏》、杨铸的《师林八景》，所咏景观与前者相同。张适的《师子林十二咏》，所咏八景增加了

① 杨镰：《全元诗》第62册，中华书局2013年版，第468—470页。

② [元]李祁：《云阳集》，《北京图书馆古籍珍本丛刊》影印弘治刊本，书目文献出版社1991年版，第232页。

③ [明]释道恂：《师子林纪胜集》卷2，《四库全书存目丛书》影印咸丰刊本，齐鲁书社1997年版，第517页。

④ 杨镰：《全元诗》第49册，中华书局2013年版，第152页。

含晖峰、吐月峰、禅窝、竹谷、冰壶井五景，少了栖凤亭①。陶琛的《师子林十二咏》②与此同。王彝的《狮子林诗》共十四首，分咏狮子峰、含晖峰、吐月峰、立玉峰、禅窝、翻经台、小飞虹、竹谷、立雪堂、卧云室、指柏轩、问梅阁、玉鉴池、冰壶井，与前者相对多了立玉峰和翻经台。狮子林景观的数量增加与文人雅士的集会活动的发掘不无关系。

元代反映“师子林”的诗、画数量众多，这与园林主人与文人交往频繁不无关系。李祁《师子林诗序》云：“是以世之贤士大夫，莫不慕其为人，而乐谈其道，即其地而赋其景耳。师之上弟讵可庭，将裒之以为卷，持以示予。予复之曰：昔之佛舍僧房，托名群贤集中以传不朽者多矣。若师子林，则固无待于诗也。无待于诗，而诗以美之者，当世之士夫也。裒之为卷，以传永久者，可庭也。可庭之意，非天如师之意也。欲知师之道者，当于此卷之外求之。”③“天如”和尚之与李祁、郑元佑，“立公”之与朱德润、周伯琦，都是“教”“俗”二界的“契友”。事实上，许多作品今或存或湮，以上所列只是很小的部分。

胡助《和佳坡李宅仁甫山园八咏小引》所咏李宅仁甫山园，也是一组园林景观八景诗，分咏草台春意、竹径秋声、冰壶避暑、雪峤寻春、石坛夜月、花嶂夕阳、翠屏薇露、土锉茶烟等园中景致。序云：“仆归自京师，僵卧空山，人事殆绝。李宅仁甫，寄示《山园八咏》，句清景胜，乐意超然，高蹈之风，益可仰也。辄次严韵以谢，殊愧不工，胡助再拜。”从序中可见，其对好友“超然物外”的意趣充满着景仰之情。其诗云：

灵雨从东来，积润渍苔石。池塘梦初觉，春草连竹色。台上书带长，台阴土花碧。乾坤总生意，幽人同当识。（《草台春意》）

一径入修竹，清风在其间。主人时得句，击节书琅玕。翩翩青凤尾，肃肃群仙环。商声忽吹散，日暮碧云寒。（《竹径秋声》）

清景似冰壶，葛衣风露入。六月不知暑，翠筠森玉立。展席俯长流，歌呼羽觞急。探韵及冥搜，醉墨题偏湿。（《冰壶避暑》）

昨夜飞天花，南山白巍巍。樵径迷行迹，压折涧底梅。乾坤有春意，先向南枝回。从此露消息，日日穿屐来。（《雪峤寻春》）

明月悬中天，万古秋骨冷。石坛一片云，桂魄流清炯。良夜寂无声，露坐不知永。想见谪仙人，金樽长对影。（《石坛夜月》）

---

① 杨镰：《全元诗》第 64 册，中华书局 2013 年版，第 13 页。

② 杨镰：《全元诗》第 52 册，中华书局 2013 年版，第 158 页。

③ [元]李祁：《云阳集》，《北京图书馆古籍珍本丛刊》影印弘治刊本，书目文献出版社 1991 年版，第 232 页。

名花植无数，绰有西蜀风。一笑却嫣然，崇光泛千重。日永春睡足，斜晖映深丛。绝胜华堂上，夜烧银烛红。（《花嶂夕阳》）

葺芳以为屏，柔萼敷翠色。薇露缀明珠，香风岂自滴。朝来湿锦袍，持杯聚灵液。止渴慰文园，怡神跻寿域。（《翠屏薇露》）

东白采新茗，最宜樱笋厨。土铫烹石泉，诗肠沃云腴。轻烟避孤鹤，花暗修竹疏。依稀魏处士，写作山居图。（《土铫茶烟》）①

这组和李宅仁甫"山园"的八景诗，前四首紧扣山园的春、夏、秋、冬四时之景展开描绘，将草台、竹径、雪峤的景点不同季节之美尽揽其中。后四首则围绕"夜月""夕阳""薇露""茶烟"等意象，刻画出诗人园中生活和游园的感受，呈现了浓郁的隐逸情怀。这与李宅仁甫寄示的《山园八咏》"句清景胜，乐意超然，高蹈之风"不无关联。其另一组《隐趣园八咏》所咏对象是"隐趣园"，分咏君子池、待月坛、蜀锦屏、天香台、香雪壁、晚香径、竹涧亭、岁寒亭八景，其情感指向于题中有更明显的提示。

除此而外，元代的园林八景诗，尚有袁凯的《邹园十咏》，分咏钓矶、柳堤、棋墅、瀑布、桃溪、鱼渊、濯清、蓼滩、松壑、杏坞十景；胡布的《胡永年兄弟石庄八咏》，分咏固陂九曲、响石曾标、永兴钟梵、古印云舂、湖墟岚彩、流月虹桥、枣岭樵腔、双溪盘石八景；袁华的《顾玉山园池十有六咏》，分咏碧梧翠竹堂、玉山佳处、钓月轩、湖光山色楼、芝云堂、渔庄、种玉亭、百花潭、小蓬莱、可诗斋、浣花溪、柳塘春、小游仙、读书舍、鸣玉洞、金粟影十六景；李谦亨的《奉和从兄宅仁先生山园八景》，分咏草堂春意、石坛夜月、花嶂夕阳、土铫茶烟等八景；柳贯的《赋黄氏新安岭南山居十咏》分咏清江钓月、空谷耕云、苍峰卓笔、碧巘开屏、松林巢鹤、雪涧浮龟、峻岭扶车、圆岗揭斗、双溪合璧、古寺垂虹十景。这些园林题材的八景诗，所反映的私家园林大小不一、风景各异，但都体现了"壶中天地"的造园艺术。生活此间的文人与同好悠游其间，即景赋诗，展现园林美景和游园者怡然自乐的心境，反映了元初与元末隐逸之风对文人生活的巨大影响。

（三）反映日常生活，演绎市井风情的八景诗

对景观的观照总是离不开人的意绪，元代唱和之风、游历之风、隐逸之风的盛行，使得元人在创作八景诗时不自觉地将自身活动融入其中，使此类题材八景诗成为仅次于自然山水景观的第二大门类。

反映人们日常生活的片断是八景诗的传统，著名的宋代"潇湘八景"诗中，

---

① 杨镰：《全元诗》第29册，中华书局2013年版，第7—9页。

就有“远浦归帆”“山市晴岚”“渔村夕照”日常生活场景的描写。“远浦归帆”写的是湘阴县城江边，每当黄昏，远山含黛，岸柳似烟，归帆点点，渔歌阵阵，等待归船的渔妇和企盼宿客的青楼女子站在晚风斜阳中，衬托出一片温馨怅望的繁忙景象。“山市晴岚”刻画的是湘潭县的昭山易家湾一带，一两船只、三五行人、群聚的村舍等，再现的是一种山中集市、村市沽酒、樵夫砍柴归来以及码头人来人往等繁荣生动的生活景象。“渔村夕照”再现的是桃源武陵溪里，白天，渔人撒网洞庭；傍晚，收拾渔网，提着肥美的鲜鱼，在夕阳的晚唱中踏着渔歌回家的场景。

元代八景诗延续了这个传统，将人们日常生活中某些场景映现其中。这些日常生活场景大致有两种不同的类型：一是个人生活的写照；二是他人活动的反映。在个人生活中，“垂钓”的活动占有较大比重，如《潍县八景》之“南溪垂钓”、《新安郡岭南十咏》之“清江钓月”、《题张月潭栖亭十二景》之“寒江钓雪”、《题辽东八景》之“莲池垂钓”、《遂昌八景》之“钓鱼清风”、《澄江八景》之“孤山钓月”、《望云八景》之“螺溪钓艇”、《西原十景》之“平塘雪钓”、《拱和八咏》之“东溪钓月”、《题湖山十景》之“雪溪垂钓”等；“行客”的意象出现频率也很高，如《蒲中八咏》之“蒲津晚渡”“虞坂晓行”、《鲸川八景》之“客船晚烟”、《潇湘八景》之“远浦归帆”、《遂昌八景》之“长安晚渡”、《澄江八景》之“沙屿晚渡”、《保山八景》之“阑江晓渡”、《潍阳八景》之“南郭渡船”、《西原十景》之“古城行客”、《黄岩八景》之“东浦暮帆”、《题湖山十景》之“松岭早行”等，不胜枚举。

反映他人生活的主要集中在“渔”“樵”“耕”等生产领域以及部分商业活动中，如《浦阳十咏》之“潮溪夜渔”、《钱塘十咏》之“灵石樵歌”、《雪湖八景次瞿宗吉韵》之“西陵雪樵”、《保山八景》之“鸡村观稼”、《钱塘十咏》之“北关夜市”、《黄岩八景》之“利涉浮梁”、《雪湖八景次瞿宗吉韵》之“西陵雪樵”、《汝州八景》之“妙水春耕”、《奉和从兄宅仁先生山园八景》之“土锉茶烟”、《山斗八景》之“燕谷樵歌”、《钱塘十咏》之“北关夜市”、《题湖山十景》之“绿野春耕”等，所反映的基本上都是这个主题。

黄镇成的《杭州八景》中的其五、其六、其七、其八正是此类活动的记录，其诗云：

曾伴先生共夜阑，时留余焰在云端。自从折桂蟾宫去，剩馥残膏几岁寒。(《云岩书灯》)

雪满长空月满楼，鼓钟声里夜光浮。悬知老衲无余事，长祝皇图亿万秋。(《月庵钟鼓》)

扁舟一叶任西东，烟水微茫处处同。钓罢归来无个事，数声欸乃夕阳

中。(《乌洲渔唱》)

潺潺石滩急如弦，灵物曾从此处眠。最是短篷烟雨里，长歌一曲水连天。(《龙滩棹歌》)①

上述四诗，再现了作者对杭州生活的记忆。《云岩书灯》回忆过去美妙的读书时光，这是诗人心中永远的景致。伴随先生读书到夜晚，烛火的余焰一直燃烧，自从科举考试之后，这样的场景便不复存在，只剩下残墨留存至今。《月庵钟鼓》则由庵中钟鼓引发想象，月光似水，笼罩着万物，在这寂静的夜晚，诗人唯愿国家太平百姓安康，将个人心理与眼前之景完全融合。《乌洲渔唱》写自己钓罢归来时感受，在夕阳微茫中，哼几声高亢的欸乃曲，挥洒着满心的喜悦。《龙滩棹歌》写行舟的体验，借以表达人生态度。面对"滩急"的险境和"短篷烟雨里"窘迫，作者长歌一曲，传递出"一川烟雨任平生"的旷达与豪迈。组诗或描写自己的经历，或描绘所见所闻，虽是触景生情，却也能融情入景，使得八景诗染上浓郁的个体抒情色彩。

李孝光的《湖山八景》是一组描绘个人生活的见闻感悟诗。诗云：

陌头杨柳金虫落，雨过桃花香漠漠。沙堤小市类新丰，阿姬十五当垆謦。缕金半臂双鸳鸯，翠勺银瓶唤客尝。嘶杀门前五花马，罗敷有夫空断肠。(《沙头酒店》)

隐者避人如避虎，朴素衣冠自中古。长老嬉游类小儿，一生不识持门户。南山阿婆许嫁女，北山老翁自迎妇。野花竹叶并银钗，山中黄金贱如土。(《山顶樵居》)

八月九月风气肃，白波如山楚天绿。苍苍夜色入芦花，船泊中流燃楚竹。夜半起坐寒飕飕，遥见惊飞双白鸥。鲈鲙莼羹入我梦，扁舟去趁三吴秋。(《秋江渔火》)

大星煌煌小星落，城头呜呜吹画角。机心暮夜伏不行，钟声一鸣群动作。市人射利坐待旦，山居日晏呼不觉。嗟嗟居人未足多，钟乎钟乎奈尔何！(《晓寺僧钟》)

山头洼尊积霜雪，铜瓶持归疗饥渴。汝家阿段太怜君，斩竹来从虎豹群。传声夜落青云湿，坎中已作糟床泣。回首碧山心独苦，行逐蛟龙作云雨。(《竹引流泉》)

绿气湿湿栏干北，赤乌欲下娇无力。解衣盘礴忽倦卧，苍鼠时行坏屋壁。客子触热不自怜，此岂有意清风前。屋头夜色如霜雪，却向溪南见明

---

① 杨镰：《全元诗》第35册，中华书局2013年版，第101页。

月。(《木蔽檐日》)

玄灵吐纳日月光,轩辕大海敦其扬。海枯石烂不得死,甲闲绿发如尺长。昔年洛书荐神瑞,故龟独见收文章。天球河图在东序,岂久置汝南海傍。(《龟屿迎潮》)

南山石槛跨幽壑,有飞者翚谁所作?女娲补天或见遗,往往天阴媾冰雹。天边大火伏不流,极南草木含清秋。老夫年衰畏炎赫,朝来忽念山中客。(《石亭避暑》)①

此八景皆以人物活动为主,其中"沙头酒店""山顶樵居"主要写他人活动为主,余六则转向诗人心路历程和情感体验的描述。《沙头酒店》取材于胡姬当垆卖酒的典故。首联介绍了沙头酒店的周边景色,春天柳树新绿,雨后桃花散发出阵阵芳香。接下来三联引出了主要人物,在热闹的沙堤集市中,年轻的阿姬正在当垆卖酒,半露的手臂上装饰着一对鸳鸯的金丝,她正拿着银瓶翠勺呼唤着来往的游人品尝美酒。酒店前的五花马不停地嘶叫着,好像在为主人求而不得而断肠。此诗以酒店人物活动为主体,卖酒的阿姬才是沙头酒店的灵魂,才是湖山八景的中心。《山顶樵居》写的是樵居山中老者,他们过着简单而快乐的生活,保持着自然纯真的童心和视金钱如粪土的心态。《秋江渔火》写漂泊江上的感受。茫茫夜色之中,船上点燃楚竹,眼见芦花飘舞,顿觉衣裳单薄、身体清寒,举目遥望,一双白鸥受惊飞起,白鸥尚且成双成对,只有自己形单影只,此情此景,不由让诗人更加思念家乡。《晓寺僧钟》以钟声为主线,以鸣前之"静"与鸣后之"动"作对比,凸显了山居生活的安静与世俗生活的喧嚣。《竹引流泉》回顾山居之时缺水饥渴,阿段为自己以竹引流泉的事件。夜半时分,流水滴答声,渗进心头,回首往事,内心苦痛。《木蔽檐日》描绘诗人客居异地的窘迫生活。暑热难耐之时还有苍鼠出没,夜晚明月皎洁,照得如同白昼一般。《龟屿迎潮》运用典故,借龟屿抒发了历史感慨,表达了对国家昌盛、天下太平的渴望。《石亭避暑》刻画的是天气炎热避暑之现象,其中蕴含的诗人对过去山中生活的怀念。《湖山八景》所述并不局限于湖光山色,而是将诗人在不同时间、地点的活动及情感体验罗列一起,重点在于写诗人内心的情感活动,景物并不占据主要地位。

至正十七年(1357),许有壬"以老病,力乞致其事,久之,始得请,给俸赐以终其身"②。其以朝廷赐金购得康氏废园,砍伐园中灌莽,使废园廓然一新。据陈水根考证:"许氏在园中开凿一池塘,池塘广大,达一千余步,深达八尺。池

① 杨镰:《全元诗》第32册,中华书局2013年版,第303页。

② [明]宋濂:《元史》卷182《许有壬》,中华书局1976年版,第4203页。

塘之形状如桓圭，因此名为圭塘。池塘有双洲，有桥，池水清澈见底，水中之鱼清晰可数。许氏在池塘内，在池塘周边广栽芙蕖、杨柳、枣栗、桑榆、梅榴、桃杏、苍松、翠竹、繁花、丰草。此园中原有两株古松。园内花木葱郁，四季常青，生意盎然。”[①]许氏兄弟、父子会同宾客在此圭塘内觞咏、泛舟，彼此唱和的诗歌集名《圭塘欸乃集》。

许有孚《圭塘杂咏并序》云：“圭塘亭台浚筑之役，经始及落成，有孚实皆与闻。吾兄时一来游，虽乘兴忘返，而芳春长夏，秋晴冬燠，有孚独得赏玩竟日。不敢孤兄之赐，谨取日所为事，各成小诗，题曰《圭塘杂咏》。用发长者一笑，塘之可咏者不止此，又当别撰。拜呈。”[②]许有壬、许桢、马熙等分别唱和许有孚的《圭塘杂咏二十四首》，同题共咏作乐导水、携妓落成、柳下听莺、舟中对鹭、荷觞酌酒、蕉叶题诗、荷净纳凉、开窗看雨、松阴独钓、与客泛舟、日夕观山、西堤晚眺、雨中移竹、月下观梅、倚槛观鱼、绕堤种菊、竹间开径、水口听琴、独坐投壶、登台纵目、调木芙蓉不花、调白莲始花、听筝、调湖石二十四件事。其诗云：

一部香山池上乐，等闲谁遣到圭塘。水声更比乐声好，鸣玉漱云来未央。(《作乐导水》)

皂盖朱幡寮友随，池亭终宴不知疲。笑扶红袖山翁醉，宁问街头拍手儿。(《携妓落成》)

阴阴烟翠足潜身，其奈娇喉百啭新。却忆当年阊阖晓，恩袍光照上林春。(《柳下听莺》)

风标公子雪衣裳，来把莲池野景妆。鼓浪鸣桡不惊去，主人机事久相忘。(《舟中对鹭》)

珍珠红贮碧琉璃，故摘新荷代酒卮。看取持盈旧时手，肯教官锦笑淋漓。(《荷觞酌酒》)

绿映书窗两树蕉，兴来得句就挥毫。何时更草闲居赋，却笑街头纸价高。(《蕉叶题诗》)

晚来池上据胡床，荷叶荷花远益香。不待轻风来鼻观，一襟烦暑自清凉。(《荷净纳凉》)

白雨跳珠响翠荷，秋声刚比夜来多。天公不破为霖手，卷地狂风可奈何。(《开窗看雨》)

满地松阴草似茵，渔竿聊复乐吾真。无端凡子忽相过，便说严滩与渭滨。(《松阴独钓》)

---

① 陈水根：《圭塘欸乃集简论》，《赣南师范学院学报》2003 年第 2 期。

② 杨镰：《全元诗》第 36 册，中华书局 2013 年版，第 50 页。

青帘画舫木兰桡,佳客来游不待招。莫话济川当日事,且乘明月听吹箫。(《与客泛舟》)

晚晴台上看巉岩,万壑千峰起翠岚。恰似云间招五老,今宵有梦定江南。(《日夕观山》)

云影天光隔小桥,一亭如翼水周遭。东隅不似西堤好,日照平林古塔高。(《西堤晚眺》)

琅玕新绿满亭台,雨雨风风手自栽。玉立明年看新笋,凌云会使凤凰来。(《雨中移竹》)

月照新堤水见沙,暗香浮处影横斜。诗人同爱多成僻,不独西湖处士家。(《月下观梅》)

鱼我相忘乐可知,漆园仙老不吾欺。眼前无限濠梁兴,独咏乡贤石刻诗。(《倚槛观鱼》)

酒熟同招隐士看,饥来忍把落英餐。春风无限闲桃李,不似黄花耐岁寒。(《绕堤种菊》)

阴分老翠湿分苔,洞府通幽一径开。底用三三烦杖屦,此中风月足徘徊。(《竹间开径》)

潺潺石溜最宜琴,怅望佳人劳我心。谁识渊明琴外趣,只愁流水负知音。(《水口听琴》)

小童传箭侍投壶,胜负无争只自娱。四面芙蓉风日美,绝胜客舍夜呼卢。(《独坐投壶》)

白云飞处太行低,远近川原望眼迷。西北苍烟护乔木,佳城郁郁是洹溪。(《登台纵目》)

素娥乘月下瑶台,翠羽霓旌次第开。宴罢渚宫归去晚,玉杯遗在碧云堆。(《调白莲始花》)

堤上芙蓉池内莲,要看水月斗清妍。云舒霞卷知何在,目断秋江思黯然。(《调木芙蓉不花》)

崭然山立势巍巍,岩岫封苔碧带绯。幸免秦家鞭叱苦,从教云去笑无衣。(《调湖石》)

雁柱参差银甲轻,水亭虚敞助弦声。从知不似南熏谱,且向尊前解宿酲。(《听筝》)①

这是一组七绝八景诗,以"圭塘"为背景,结合主客游赏活动的内容次第展开。"作乐导水"写池中奏乐,云天相映,乐声水声共鸣的美景乐事。"携妓落成"写

① 杨镰:《全元诗》第36册,中华书局2013年版,第50—53页。

好友携妓随礼，道贺圭塘佳处落成。诗后注云："郡守朱舜咨治具，率寮友来贺喜，甚大醉而归。""柳下听莺"写柳荫中听着黄莺婉转的鸣叫，回忆起当年登第时闻莺的场景。诗后注云："登第日唱名，西宫密迩上林，尝闻莺也。""开窗看雨"，写久旱逢甘霖的喜悦。原诗注云："时大旱连日，雨作皆被风吹散。""倚槛观鱼"写作者在圭塘中观鱼赏字，突发濠上之兴，表达遗世之情。原诗注云："魏公有观鱼轩诗石刻。""绕堤种菊""竹间开径"二首写在圭塘周边的堤岸上种菊，在幽径间树竹，以寄托对陶公"三径就荒，松菊犹存"之高洁的凭吊与向往。"独坐投壶"写闲来无事，与小童玩投壶游戏以自娱。"水口听琴"既写流泉琴声之实，亦托陶公"但识琴中趣，何劳弦上声"意趣之雅和知音难觅的感慨。"登台纵目"寄登高远望之意。"舟中对鹭""蕉叶题诗""荷觞酌酒""荷净纳凉""听筝"数诗，或赏鹭，或题诗，或酌酒，或纳凉，或听筝，写尽诗人丰富多彩的生活和悠闲自在的心境。"调白莲始花""调木芙蓉不花""调湖石"则以戏谑的语气，对园中的白莲、木芙蓉和太湖石进行了刻画，绘开传神。整组诗歌，写景言情叙事，均围绕许有孚日常生活场景展开，"每首咏一景点或一事件，所咏景点都是圭塘的景点，所咏事件都是浚筑圭塘的事件。分开看各自独立成篇；合起来看，全景式地展示圭塘的景点和浚筑圭塘的事件"[①]。既体现了圭塘"壶中天地"的园林艺术境界，也深刻地诠释了诗人宁静安详的内心世界。四库馆臣亦评曰："其诗虽多一时适兴之什，不必尽刻意求工，而一门之中，父子、兄弟自相师友，其风流文雅之盛，犹有可以想见者焉。"[②]

加入自身经历见闻的活动是元人八景诗的一大创新。这里的"八景"已然不仅是纯粹的观赏对象，更是诗人心灵、情感的载体。自然之景、人文之景和生活场景的交融，使得元代的八景组诗在内容上具有更强的包容性，将自然景观之美丽、历史文化之厚重、诗人情感之多元，演绎得淋漓尽致。

第三节　元代八景诗的文化意蕴与审美效应

八景作为地方的名胜景观，既是文人雅士歌的对象，也是绅士名流、文人墨客饮酒、吟咏赋诗的场所。从元代八景诗的生成过程来看，其创作形态与文人的生活方式及审美趣味紧密相关。

---

① 陈水根：《圭塘欸乃集简论》，《赣南师范学院学报》2003 年第 2 期。

② ［清］永瑢、纪昀等：《四库全书总目》卷 188，中华书局 1965 年版，第 1708 页。

一、"有声画"与"无声诗"的交互作用

自然山水不仅是文人的审美对象,也是寄托精神的场所。由于对现实不满,逃避式的游山玩水便逐渐成为社会的普遍风气,隐逸亦成为文人们所向往的生活理想。徜徉在山水之中,自然景观既是他们审美的对象,也是"一种心理上的必要补充,一种情感上的回忆与追求"①。这也为历代文人八景诗、八景画的相生共振奠定了物质基础。

中国艺术精神的内在相通性使诗画一体的创作理论受到普遍的认可。周裕锴认为"所谓'潇湘八景'现象,其实包含两个向度,一个是绘画的向度,即一切以'潇湘八景'为题材的绘画作品;另一个是诗歌的向度,即一切题咏'潇湘八景图'之题画诗,以及以'潇湘八景'命名的写景诗"②。诗是"有声画",画是"无声诗"。两者之间可以互相转换:一种叫作诗意画,就是在关系上面先有诗再有了这幅画,就是根据某首诗来作这个画把它图像化;另一种就是题画诗,就是先有了画,然后再在上面题写了一段诗文,对绘画的图像进行一个画龙点睛。诗画在主题内容和艺术效果方面存在着一致的追求和向往,通过静动转换,绘画可以跨越自身的局限,诗歌可以获得更直观的展示③。

率先将景观组诗与组画结合起来的是唐人卢鸿一。开元年间,他屡受征召而不仕,归隐嵩山,经营嵩山别业。《新唐书·隐逸传》载:"拜谏议大夫,固辞。复下制,许还山,岁给米百斛,绢五十,府县为致其家,朝廷得失,具以状闻。将行,赐隐居服,官营草堂,恩礼殊渥。"④集诗人、画家、造园家于一身的卢鸿一在嵩山筑草堂时,选草堂、倒景台、樾馆、枕烟亭、云锦淙、期仙蹬、涤烦矶、幂翠庭、洞元室、金碧潭等十处景观,赋诗一首,写成《嵩山十志》十首,并画《草堂十志诗图》。"十志诗图"形象地展示了包括"草堂"在内的十处景观,及作者神游八极的"气象",实现了诗画的交相辉映。苏轼在《题卢鸿一学士堂图》诗中,对此有很高的赞赏。

王维是唐代文人画、渲淡山水画的开山之祖。其在创作《辋川集》时,也创作了《辋川图》长卷。此图"长二三丈","江乡风物,靡不毕备,精妙罕见"(张彦远《历代名画记》)。画中对辋川的"山峰盘回,竹木潇洒"进行了逼真的描绘,

---

① 李泽厚:《美的历程》,天津社科出版社2013年版,第279页。

② 周裕锴:《典范与传统:惠洪与中日禅林的"潇湘八景"书写》,《四川大学学报》2014年第1期。

③ 参见:衣若芬《"江山如画"与"画如江山"——宋元题"潇湘"山水画诗之比较》,《中央文史研究集刊》2003年第23期。

④ [宋]欧阳修、宋祁:《新唐书》卷196《隐逸传》,中华书局1975年版,第5604页。

“笔力清劲，曲尽精致”（《山水家法真迹》）。北宋秦观《书辋川图后》说：“元祐丁卯，余为汝南郡学官，夏，得肠癖之疾，卧直舍中。所善高符仲携摩诘《辋川图》示余，曰：‘阅此可以愈疾。’余本江海人，得图喜甚。即使二儿从旁引之，阅于枕上。”“恍然若与摩诘入辋川，度华子冈，经孟城坳，憩惘口庄，泊文杏馆，上斤竹岭并木兰柴，绝茱萸池，跟槐陌，窥鹿柴，返于南北垞，航欹湖，戏柳浪，濯滦家濑，酌金屑泉，过白石滩，停竹里馆，转辛夷坞，抵漆园。幅巾丈履，棋奕茗饮。或赋诗自娱，忘其身之匏系于汝南也。数日疾良愈，而符仲亦为夏侯太冲来取图，遂题其本末而归诸高氏。”[①]有关《辋川图》与《辋川集》中二十景的排列顺序，傅如一认为秦文“所记录的惘川游览路线，则与王维在序中所记相同。而这二十处景观，即为《辋川集》二十首诗的诗题，编次顺序完全相同”[②]。据朱景玄《唐朝名画录》载，“（维）复画《辋川图》，山谷幽盘，云水飞动，意出尘外，怪生笔端”[③]。王维创作《辋川集》又配以《辋川图》，将有声画、无声诗完美结合起来，自然成为诗画结合的早期经典，也奠定了宋代八景诗“诗画相生”的创作传统。

宋代山水画的兴盛，进一步激发了文人创作八景组诗的热情。宋迪“潇湘八景”组画一经出现，便以其高超的绘画艺术和意境营造赢得了历代士人的青睐。从最早产生的“潇湘八景”到此后各地“八景”的层出不穷，诗画艺术的相互生发是重要的原因。无论是“潇湘八景图”之于“潇湘八景”诗，还是“虔州八境图”之于“赣州八景”诗，“有声画”与“无声诗”关联紧密，且都是先有图再有诗。换言之，这些特定区域的“八景诗”并非作者根据实际景观创作而成，而是一组根据画面内容所做的“题画诗”。那么，这些“八景图”又是怎样形成的呢？同样也是离不开“八景”诗文的作用。冉毅在《宋迪其人及“潇湘八景图”之诗画创意》一文中认为：“‘八景图’画题与其说是宋迪为潇湘实景所触动，毋宁说是他博览了历代潇湘诗文而谙熟潇湘风情神韵，由此衍生出潇湘八景的意象所致。因此，潇湘八景图更多的是受有关潇湘文学、诗赋华章的影响而涌动的创作激情所使然。”[④]换句话说，这些八景图画也非作者即景绘形，而是画家在传统诗文基础上构思画境而成。以惠洪的《石门文字禅》的两组“潇湘八景”诗为例：其一是《宋迪作八境绝妙》那组，其诗题和先后顺序，与《梦溪笔谈》的记载丝毫不差。而另一组七绝体的《潇湘八景》的写作时间不详，可能写于为演

---

① 参见：徐培均《试论新发现的秦观〈辋川图跋〉》，《文学遗产》2011 年第 1 期。

② 傅如一：《论〈辋川集〉》，《山西大学学报》1983 年第 1 期。

③ 朱景玄：《唐朝名画录》，卢辅圣《中国书画全书》第 1 册，上海书画出版社 1993 年版，第 161 页。

④ 冉毅：《宋迪其人及“潇湘八景图”之诗画创意》，《文学评论》2011 年第 2 期。

上人作“有声画”之后。其“八景”序列与前者不同,难以断定这到底是题画诗还是写景诗。正如周裕锴先生所言:“所谓‘潇湘八景’现象,其实包含两个向度,一个是绘画的向度,即一切以‘潇湘八景’为题材的绘画作品。另一个是诗歌的向度,即一切题咏《潇湘八景图》之题画诗,以及以‘潇湘八景’命名的写景诗。”不管是否有意,“惠洪的两组诗歌,确立了‘潇湘八景’诗无论是作为题画或作为写景的基本模式”①。周先生对八景诗画同频共振状况的分析,切中肯綮,准确地揭示了宋代八景诗画的生成方式。

“诗画相生”的创作模式,突破了诗画艺术自身的局限,最大限度地发挥了诗画的审美功能。诗歌可以描述绘画的内容,增强了绘画的抒情性;绘画可提供更直观的形象,弥补了诗歌形象的不足,两者相辅相成。诗画相生共振的态势造就了后代八景画的创作热潮。如宋代马麟《西湖十景册》、张褶《湘中八景图》、喻良能《次韵陈侍郎李察院潇湘八景图》、叶茵《潇湘八景图》、宋宁宗时画院待诏作《山水十二景图》等,都是当时杰出的代表。

八景诗画共生传统——先画后诗、先诗后画、诗画结合,加强了诗画的“同频共振”。元代是文人画的兴盛时代,诗画艺术的结合更加紧密,大量的题画诗的出现即是明证。这些以“八景”为题的组诗、组画或是出于文人游赏风景后的自发总结,或是应邀而作,或是对前人诗歌题名的组合,它们在景观表达模式和主体体验方面提供的经验非常值得借鉴。宋代郭熙《林泉高致》说:“山有三远,自山下而仰山巅,谓之高远。自山前而窥山后,谓之深远。自近山而望远山,谓之平远。高远之色清明,深远之色重晦,平远之色有明有晦。”②多种视角去观照审美对象,就易于创造出整体而多变的诗歌美。景观组诗是对自然山水的直观审美,题画山水诗却是对描摹自然山水的山水绘画进行二度审美。无论是诗或画,所咏赞、所泼染的丘山溪壑、野店村居,已成为他们“一种心理上的必要补充,一种情感上的回忆与追求”,因而表现在诗画上“人与自然那种娱悦亲切和牧歌式的宁静成了基本音调”③。

明清之际,八景诗画染上了浓郁的乡土情结和宗族色彩。各地文人墨客、乡绅仕宦将家园的景观艺术化,借群体唱和方式创造出大量的“桑梓八景”(“大八景”)和宗族“小八景”。“八景从最初的精英(文人墨客、乡绅仕宦)审美逐渐演化为一种集体意识,这在客观上又充当了地方认同和情感纽带的重要

① 周裕锴:《典范与传统:惠洪与中日禅林的“潇湘八景”书写》,《四川大学学报(哲学社会科学版)》2014年第1期。

② 俞剑华:《中国画论类编》,中国古典艺术出版社1957年版,第639页。

③ 李泽厚:《美的历程》,天津社科出版社2001年版,第279页。

媒介，并酝酿和培育了以此为依托的深入人心的地方记忆。”[①]据张廷银先生考证，在扩大“地方记忆”过程中，“有相当一部分出自宦游此地的府尹县令之手”，究其原因，“除了要在这片土地上留下自己的足迹和‘政绩’外，还有一点就是这些景观在他们堆案盈几的公务生活中曾经发生了有效的调节作用，把这些景观编排入诗，就是持续和反复这种调节作用的最佳形式”[②]。

用八景诗画来赞美地方景观可以愉悦心志，显然有助消解寂寞，慰藉“乡愁”的功效。明代金文徵在《鄜州八景诗》序中称：“予官鄜州，去家五千里而强，大石穷谷，非有予江南之乐也。然予适而乐之，知寓之为寓也。州父老相传其地有八景之胜，披署颇暇，聊与之观焉……作八景诗咏。”[③]这位游宦鄜州的江南士人本有非常强烈的客居心态和思乡情结，在观赏了鄜州八景后，“与万物为一”的感叹油然而生，借以表达“直把杭州作汴州”的思乡情怀。

二、借景言情、托物寄意的审美创造

元人在构建造“八景”美学意境时，常用手法是情景交融和情景相生。清人王夫之《姜斋诗话》云：“夫景以情合，情以景生，初不相离，唯意所适。”[④]王夫之这段话强调了“意”即情感对诗歌的指引和提升作用。“八景”诗中的景物已是“主观化”了的“自然”，是一种心中之景。景物形象中，浸染了诗人的情感色彩。

在元代文人群体中有相当一部分是遗民文人，他们由金、宋入元，内心悲恋着故国，深受着国破家亡、流离失所的苦痛，个体被就这样笼罩在历史关怀的情境中。但当个体无力改变时代环境时，文人们便转向集体吟咏，在唱和集咏之中寻求科举的替代及“同是天涯沦落人”的慰藉。正是在这种特定的时代背景下，元代的审美价值和情感取向出现了转型。在诗歌方面，他们认为景物只是叙述的对象而不是情感的载体，所以元代诗人在诗歌创作方面并不像宋人那样重视情景交融，他们反而欣赏“画如江山”，讲求“以物观物”的态度。元代八景组诗创作大多是纯就景象而言的，诗人大多与所写之景保持一定的距离，将创作主体隐匿起来，以旁观者的姿态，对风景进行简单的白描，进而诉说一个时代的“共同故事”，形成一种“以景代情”的艺术效果。如家铉翁的《鲸川八景》中的《莲塘雨声》云：

---

① 赵夏：《我国的“八景”传统及其文化意义》，《规划师》2006 年第 12 期。

② 张廷银：《西北方志中的八景诗述论》，《宁夏社会科学》2005 年第 5 期。

③ 张北琳校注：《鄜州志校注》，三秦出版社 2009 年版，第 493—494 页。

④ ［清］王夫之等撰，丁福保辑：《清诗话》，中华书局 1963 年版，第 11 页。

赢得荷风伴晚凉,夜阑急雨到陂塘。茅檐似减三分暑,鼻观俄然失却香。[①]

诗中描述的是纯粹的场景,夜间急雨减去了三分暑意,但阵阵凉风带走了荷香,是一幅幅生动的动态图景,除了诗人平和的心境,我们并不能感受到其他情感,正是将景物直接代替了诗人的感情。如果不联系家铉翁的生平背景,几乎看不到其中的情感色彩。家铉翁经历了宋元两代,在宋代官至端明殿学士、签书枢密院事,元灭宋后,义不仕二君,因而被羁縻河间长达17年,但仍心怀故国,和学生谈宋故事及宋兴亡之故,都会流涕太息。所以即使是叙述闲居的悠闲生活,也总有一份怅然若失之感,这其实正表现了诗人内心的苦闷。

胡炳文的《星源八景》中的《西湖水榭》对景观的描绘也如此:

蚺城谁筑溪之涯,层楼簇簇排人家。两岸春风好杨柳,一池霁月芙蓉花。香屿清风远方觉,淤泥不染尘不着。小亭红瞰碧波心,着我中间看飞跃。[②]

蚺城的溪边筑着排排簇簇的人家,河边两岸杨柳随风飘动,一池子荷花笼罩在月色之中,"出淤泥而不染",又是"香远益清"。在小亭中间看着碧波红莲,带来清新愉悦之感。同样是一幅幅风景画,画作之中很难见到诗人的情感,但这一片祥和美景之中恰恰蕴含的是诗人对家乡美景的赞叹,诗人心情也较为喜悦。诗人身处元朝中后期,虽是一个理学家,但诗歌较有文采,写得极富情韵。

各地八景经过长时间的积淀,都有一定的历史底蕴。尤其是那些由宋、金入元的遗民诗人,往往通过对景物的描绘怀古来伤今,流露出故国之思、沧桑之感。"托物寄意",便成为八景创作的又一原则。李俊民的《平水八咏》中《陶唐春色》《汾水孤帆》即依此法则创作而成:

松柏森森护帝宫,至今和气在河东。诗人不尽当时事,八景图中见国风。(《陶唐春色》)

古渡无人鸟迹多,眼前历历旧山河。片帆不是秋风客,谁向中流发棹歌。(《汾水孤帆》)[③]

题下注云:"府西南三里有陶唐庙,每至春月,倾城出游祭享。""陶唐春色"中陶唐即尧,是中国古代传说的圣主,姓尹祁,号放勋。因封于唐,故称"唐尧",《尚书》和《史记》都说他名叫放勋。后代又传说他号陶唐,姓伊祁氏,故亦称为唐

① 杨镰《全元诗》中未收此组诗。

② 杨镰:《全元诗》第15册,中华书局2013年版,第331页。

③ 薛瑞兆、郭明志:《全金诗》第3册,南开大学出版社1995年版,第273—274页。

尧，这里指陶唐庙。诗人见到松柏森森的陶唐庙，想到过去在陶唐治理下的河东至今还有着和气。表面上是写过去政治的清明，实则是反衬现实之污浊。《汾水孤帆》题下注云："府西二三里有渡口。"首句"古渡无人鸟迹多"极其真实地写出了古渡荒芜颓败之势，而这样的古渡面前却是历历旧江山，"旧江山"也和古渡一般沧桑，而一个"旧"字用得极妙，显示了诗人对故国的无限眷恋。后面两句用了汉武帝的典故，汉武帝《秋风辞》云："萧鼓鸣兮发棹歌，欢乐极兮哀情多。"汾水中有片帆飘过，但上面却没有人发棹歌，像汉武帝这样的有着雄才大略、威强睿德的皇帝也只能消失在历史的深处。此诗与前一首一样，以对过去的贤明君主的怀念，来暗示现在政治的昏聩，表明诗人对现实不如意之感。

段成己的《龙门八题》的"云中暮雨""汾水秋风"亦如此，诗曰：

> 古垒云藏一径微，河山依旧昔人非。贪征往古兴亡事，不觉城头雨湿衣。(《云中暮雨》)
>
> 一曲刘郎发棹歌，欢情未已奈悲何。只今回首空陈迹，依旧秋风卷素波。(《汾水秋风》)[①]

《云中暮雨》描写古迹，古垒仍在，河山依旧，但已无前人，有物是人非之叹。由此想到古今兴亡，思及兴亡的原因是贪征，想得太入神，连下雨都未察觉。《汾水秋风》同样是运用了汉武帝的典故，一二句直接化用他的诗"萧鼓鸣兮发棹歌，欢乐极兮哀情多"。现在回首，当年汉武帝发棹歌的环境犹在，而武帝却不在，字里行间洋溢着浓郁的沧桑感。段成己拒绝仕元，有着深沉的故国之思，即使是隐居山野之中，依然能从古今兴亡之中反思着故国的成败得失。

在八景诗之中，景物只是诗人叙述的对象，往往不会直接蕴含诗人的情感，但是诗人却通过对比渲染，将今昔变化展现出来，用景物代替诗人情感，让读者自己领悟到一个时代的故事，感受到诗人情感的律动。

三、景观序列与构园艺术

"八景"诗体现了景观文化中的组景的"序列"意识。"这里所说的序列，不是专指空间上的，而是包含空间、诗律对位、绘画对位关系以及重要程度等各种顺序化的序列。通常一组组景不是散乱呈现的，而是通过各个景的诗化题名和按照中国律诗音韵格式顺序化后而总成的。"[②]这种序列呈现，使景观之间关联化了，形成了一个整体，从而使景观产生了"被以文化的方式接纳和欣赏"

---

① 杨镰:《全元诗》第2册，中华书局2013年版，第348页。

② 李开然，(英)央·瓦斯查:《组景序列所表现的现象学景观:中国传统景观感知体验模式的现代性》，《中国园林》2009年第5期。

的意义。

元代的“八景诗”通常会依一定的逻辑关系组合,构成一系统、完整的景观群。具体而言,有三种方式:一是按空间顺序结构。如胡助、赵孟頫、王士熙、林传、虞集、杜本、郑芳叔、王奎的《天冠山二十八咏》等,都是按照游踪的空间顺序来组合景观,题诗吟咏。作者笔下的28个景点,虽不是天冠山全貌,却被组成特定的空间,是一个由游踪编织而成的“全新的天冠山”。二是依赖于中国传统文学绘画对景观的表现形式。八景画的长卷中各个景观,一般按由左向右顺序组合。宋迪所作的“潇湘八景图”,即是按此顺序构建。陈汝言的《虎丘十景图》即是“潇湘八景图”的延续,“虎丘十景”画面组合并非按自然格局安排,其“新变”的目的是为了更好地表达作者心中的诗意。吴镇的《嘉禾八景图》更倾向于关注景点本身的实地特征,并往往以凸显当地名胜的标志性景点作为描绘对象,有着不同于前者“写意”的写实性特征。三是古人按照景观的重要程度或优美程度进行的排序。不论是“八景”还“十景”,一定不是当地自然与人文景观的全部,而只是其中最美或最有意义的部分。它们通常被按照重要程度或美丽层次的高低被文人总结出来,从前到后依次排列。“一个地方的八景如果以这种方式排序,那么前几景总是精华比较多,而所列后几景有可能是为了凑够八、十之数的充数之作。”[①]同一地域的“八景”在不同的时代往往有着不同的内涵,前文所述“燕山八景”“燕京八景”即是一例;即便是同一时代,这些景观的数量也因人而异。前文所述“师子林八景”“师子林十二景”“师子林十四景”即是明证。

组景中的序列方式反映了“文化精英”的文化感知方式对大众景观体验的深刻影响。无论是自然景观,还是园林景观,当其景观被以一定方式组合成“八景”后,其人文的属性便大大加强了,它已不再是纯粹意义上的自然景观了。

传统文化造就了以写意自然山水园林为主流的古典园林,遍布各地的“八景园”(人文景观主题)在构园时深受两种思想观念影响:“一是风水模式为代表的中国世俗文化宇宙观念。风水说的本质体现着古代中国人朴素的宇宙观——‘天人合一’的哲学”,强调人与自然的和谐;“另一是士大夫为代表的文人写意山水园林体系。孔子曰:‘知者乐水,仁者乐山。知者动,仁者静。’儒学鼻祖这一理论思想从此成为士人们写意山水园林的源头”。以尺水象征沧溟,以拳石代表万壑,呈现出尺幅千里之势,表现出一种与自然融为一体的人格力

---

① 李开然,(英)央·瓦斯查:《组景序列所表现的现象学景观:中国传统景观感知体验模式的现代性》,《中国园林》2009年第5期。

量，凸现与众不同的立意与主题。“任何一处园林景观，都有一定的立意和主题，都有一定的设计理念和表现手法，反映不同的审美情趣和文化特色。或讲究形式美，或追求意境美，或二者兼而有之。”[①]通过文字、园林建筑等外在形式渲染气氛，直截了当地表达造园主题和情感，在八景园构建中常常使用。如静安寺中的“八景碑”，提示八景的来历与内涵，强化“静安八景”的佛缘主题。

意境美是中国园林的特色，意境一直被认为是园林的灵魂。意境美也是中国园林的特色。江南园林“狮子林”，因中峰禅师曾倡道天目山狮子岩，取佛书“狮子吼”之意，足见其与佛教的关联。造园者借助楹联、匾额和碑刻来刻画意境，将植物、瀑布、山石等人格化，赋予特殊的含义，在营造园林的意境中发挥着各自不同的作用。

在中国园林发展史上，元朝无疑是一个重要的时段。文会雅集的私人花园，自然就成为早期的“八景园”典型。无锡倪瓒“清閟阁”、昆山顾瑛“玉山草堂”，正是此类“胜地”“佳处”。周南老《倪瓒墓志铭》云：“（倪瓒）所居有阁，名清閟。幽迥绝尘，中有书数千卷，悉手所较定。经史、诸子、释老、岐黄、纪胜之书，尽日成诵。古鼎彝、名琴陈列左右，松、桂、兰、竹、香菊之属，敷纡缭绕。而其外，则乔木修里，蔚然深秀，故自号云林。每雨止风收，杖屦自随，逍遥容与，咏歌以娱，望之者识其为世外人。”[②]在今浙西等地，“名垂青史”的同类构筑远非二三。

“玉山草堂”是元代昆山历史上最早建起的私家园林，初名“小桃源”，后改“玉山佳处”，后又改称“玉山草堂”。吴克恭在《玉山草堂序》中云：“玉山草堂者，昆山顾仲瑛氏为之读书弦诵之所也。昆以山得名，而山有石如玉，故州志云‘玉山’，仲瑛因是山之势筑室以居之。结茅以代瓦，俭不至陋，华不逾侈。散植墅梅幽篁于其侧，寒英夏阴，无不佳者以其合于岩，栖谷隐之制，故云‘草堂’。”[③]“玉山草堂”的景点有桃源轩、钓月轩、可诗斋、读书舍等三十二处。《玉山名胜集序》载：“中吴多游宴之胜，而顾君仲瑛（顾瑛）之玉山佳处其一也。顾氏自辟疆以来，好治园池。而仲瑛又以能诗好礼乐，与四方贤士夫游。其凉台燠馆，华轩美榭，卉木秀而云日幽，皆足以发人之才趣。故其大篇小章，曰文曰诗，间见层出。而凡气序之推迁，品汇之回薄，阴晴晦明之变幻叵测，悉牢笼摹状于赓唱迭和之顷。虽复体制不同，风格异致，然皆如文增贝锦，各出机杼，无

---

① 杜月意：《园林景观的文化内涵及表现手法》，《当代教育理论与实践》2010年第4期。前文所引同此。

② ［元］倪瓒：《清閟阁稿》卷14，《北京图书馆古籍珍本丛刊》影印弘治刊本，书目文献出版社1991年版，第708页。

③ ［元］顾瑛辑，杨镰、叶爱欣整理：《玉山名胜集》上册，中华书局2008年版，第15页。

不纯丽莹缛,酷令人爱。”[①]与“狮子林”题咏相似,“清闷阁”与“玉山草堂”也都是文学艺术萃聚的结晶。

从中国园林史看,中唐之后,“壶中天地”的境界就成了士大夫园林普遍化、最基本的艺术追求,也是他们体验精神愉悦、保持人格独立的重要载体。文人在“壶中”,建立了更丰富、更完整的园林景观体系,诸如山、石、池、泉、浮桥、涧、瀑、岛屿、船、亭、榭、堂、轩、花木等所有园林景观几乎无一不备。“八景”“十景”“二十景”,便是此种景观追求的诗歌表达。宋代园林以后,园林构景日趋工致,其中又以置石、叠山、理水、养莳花木等方面最为突出。狮子林景观便是以叠石闻名遐迩,便是对此传统的承传。王毅认为“就园林与整个士大夫文化艺术体系间的关系来说,前者的地位也是显而易见的。这不仅仅因为在古代中国,居住环境就是士大夫文化艺术活动最主要的场所,而且更因为一切士大夫文化艺术,诸如诗、画、琴、棋、茶、酒、病、懒……它们的核心都是对士大夫相对独立的人格、精神、情趣的追求,所有这些追求的具体形式无不要在与士大夫雅好山水的共鸣中才能发现和不断强化自己存在的意义。士大夫对相对独立地位的追求在雅好山水中表现得最充分、最典型,这也就决定了园林在隐逸文化中始终是其他一切分支的基础”[②]。

元代晚期江南文化的隐逸之风助长了私家园林建筑的发达,也为表现园林八景异彩纷呈的诗提供了物质保障。作为城市园林艺术典范,分布在全国各地的“八景”,如平水八景、方城八景、龙门八景、鲸川八景、神京八景、蒲州八景、钱塘八景、西湖十八景、南山八景、金华十咏、霍山十二景等,无不体现了自然资源与人文精神的高度融合,成为地方文化的标杆。元人将自然景观、园林景观与诗画紧密相连,创造了一系列的文化景观(八景园),代表了元代构园艺术的最高成就。这些主题特征鲜明的景观群,借助地方八景诗画而传播开来,扩大了其所在地的知名度,也提升了地方文化的影响力。

---

① [元]顾瑛辑,杨镰、叶爱欣整理:《玉山名胜集》上册,中华书局2008年版,第5页。

② 王毅:《中国园林文化史》,上海人民出版社2014年版,第263—264页。

第四章 元代农事组诗对农耕文明的诗性阐释

农耕文化和游牧文化属于两种不同的文化系统，由于历史和地理的原因，东亚地区形成了农耕文化与游牧文化在地区上的分立对峙，在经济上互相依存的特点。郑杭生、李亦园的《游牧文化与农耕文化》[①]一书，从人类学角度对中国境内两种文明的古今融合作了全面分析，很有见地。这对考察两种文化的渗透与影响的理解不无帮助。

在中国，地区上的分立对峙是指农耕文化与游牧文化之间总存在着一条天然地理分界线。从有历史记载开始，这两种文化区的界线就一直处在变动之中，主要趋势是向北移动，现今基本以长城为界。而黄土高原、青藏高原、塔里木盆地、河西走廊等地也属于传统意义上的游牧文化区，其南则属于农耕文化区。而经济上的相互依存是指双方都需要彼此的产品，但由于农耕文化具有封闭性和自给自足的特点，加之游牧文化对自然环境有着严重依赖，这就导致在需求方面游牧民族对于农耕文化区的依赖更大。因此，农耕区的统治者便以此为手段，通过限制开市贸易等政策，欲图借此控制游牧政权。一旦这种限制超出了游牧区人民的承受能力，或者遇到自然灾害导致牧区人民的生活缺乏保障，那么，草原牧民们便会采取激进的手段（如战争）来满足自身的这种依赖。

公元1206年，游牧民族的成吉思汗建立了大蒙古国。西夏和金都是北方少数民族建立的政权，但是其统治者大多已接受了农耕定居文化的很多因素，表现出相当程度的农耕文化特征。大蒙古国灭西夏、金的行为，正是游牧文化对农耕文化的一次强势进入，形成了两种文化共存共荣的新格局。公元1271年元朝建立，在蒙元政权中，两种文化融合趋势得到进一步加强。这与元朝统治者深受中原汉文化影响，更加注重农业的发展不无关系。一方面，元朝在漠北地区进行屯田（包括军屯和民屯），将大量汉人工匠、技师引入草原地区。草原地区城市的兴起则标志着草原文化对于农业文化的借鉴成果。另一方面，

① 郑杭生、李亦园：《游牧文化与农耕文化》，黑龙江人民出版社2010年版。

主要是在华北农耕地区,由于统治者的经济政策,很多农民养马、养羊,畜牧业得到了发展。畜牧业的发展和当地人们风俗习惯的变化(食物、语言方面),正是农耕文化对草原文化的借鉴。这种互相借鉴、共同学习,加速了整个国家民族、文化的融合进程,其最终结果是游牧文化被融入农耕文化的体系当中。

反映农耕文明的农事诗,在我国有着悠久的传统。农事诗就是指以农耕对象、过程为主要题材,再现农业生产活动和劳动者情感的诗歌,以及与农耕工具、活动相关的祭祀、劝农等涉及农业题材的作品。作为古代思想文化的载体,农事诗不仅反映了历代农业发展的历史,也真实地体现了农人的思想感情。同时,农事诗是古代农业教育的重要手段,是继承、传播、推广农业生产经验与农具制作技术最活跃的形式。诗歌的韵律和节奏,便于诵读记忆,方便扩散,是农民接受农业种植经验的重要渠道。采集农事诗也是历代农官或地方官员协助统治者实施有效管理的重要途径。劝农诗重农劝耕,引导和规范百姓思想与行为,有着移风易俗之效。

古代农事诗发展大致可分为三个阶段:先秦时期的农事诗,主要保存在《诗经》中,以周原贵族巡田、祭祀、祈求丰年内容为主,更多地传递出官方对农耕活动的信息;汉代至唐代,主要集中于田园美景的描绘,是与农业农村相关的田园题材诗歌产生、发展并在艺术上达到最高峰的时期。从宋元开始,是农具诗与田园诗共同繁荣的阶段,大量吟咏农具题材诗歌登上文坛,“表明诗歌这种上层建筑领域中的艺术形式最终面向农民,面向农业生产,成为传播、推广农业技术的工具”[①],也意味着农耕文明在诗歌中的地位由被动的从属地位上升到主动的主体地位。此后的历代封建统治者对农业都十分重视,注重搜集整理前人农事诗,并组织编写当代古农书,这些农书中常配有大量的题图诗,普及推广农具的制作,以指导农业生产。

第一节　王恽《劝农文》与《劝农诗二十首》

金元易代之际,蒙古铁骑以其强大的武力征服了中原,随之而来的是游牧文化对传统农耕文化的冲击。蒙古统治者在征服中原后很快就认识到必须尽快地适应中原原有的生产方式以恢复生产。忽必烈即位以后,“首诏天下,国以民为本,民以衣食为本,衣食以农桑为本。于是颁《农桑辑要》之书于民,俾

① 罗丽、杨亚军:《中国古代农事诗概述》,《唐都学刊》2005 年第 3 期。

民崇本抑末”[①]。随后，采取了一系列恢复和发展农业生产的措施。其中极富效果的一项措施就是设置劝农司，任命劝农使。至元七年（1270）二月，元廷“特设司农司，劝课农桑，兴举水利，凡滋养栽种者，皆附而行焉，仍分布劝农官及知水利人员，巡行劝课，举察勤惰，委所在亲民长官不妨本职，常为提点。年终通考农成否，本管上司类申司农司及户部照验，任满之，于解由内明注此年农桑勤惰，赴部照看，以为殿最。提刑按察司更为体察，期于敦本抑末，功效必成”（《圣政一・劝农桑》）[②]。司农司是元代中央最高的劝农机构，“凡农桑、水利、学校、饥荒之事，悉掌之”（《百官三》）[③]。它可以派遣劝农官到各地巡视农业生产的情况，还有权申报地方官在农事方面勤惰的材料。1288 年在江南又设立了行大司农司和营田司。司农司等机构的设立，对元初恢复和发展农业生产起了积极作用。

《元典章》圣政卷之一载：“农桑天下之本，比岁游民逐末，害本实繁，宜令所司依时用心劝课，毋得事虚文。力田农夫，常切存恤。农务未停，不得妄有差扰，以夺其时。违者重治。”劝农使负责巡行劝农，指导监督农业生产，并按时向劝农司汇报工作，“（劝农使）依时劝课，务要实效，大司农终考其殿最，以凭黜陟。孝悌力田之人，有司申明，量加旌赏；游坠废弛者，就便惩戒。肃政廉访司并行纠治”[④]。

关于劝农在国家管理中的作用，汪兴和在《元代劝农机构研究》一文指出：“劝农是我国古代农业专项管理中一项重要的工作，也是封建国家机器实现其对农业有效管理的重要途径，为历代以农业立国的封建王朝所重视。以忽必烈为代表的元朝建立者是以游牧为传统的蒙古贵族，为了实现对中原汉地的更有效统治，继承了历代中原封建王朝的重农传统，采取了一系列恢复发展农业的措施。劝农作为恢复发展农业的重要途径，在元代受到了前所未有的重视，形成一代风尚。”[⑤]在元代“重农”政策的指导下，从中央到地方的各级司农机构，在农业生产的管理中发挥了积极的作用。

劝农使的主要活动是在春耕时分下乡督促农耕。“劝农使一般要深入到最基层工作。虽然，作为形式上的表率，他们有时也要与当地百姓一起到田间

① ［明］宋濂等：《元史》卷 93《食货一・农桑》，中华书局 1976 年版，第 2354 页。

② 陈高华等点校：《元典章》圣政卷之一，中华书局・天津古籍出版社 2011 年版，第 53 页。

③ ［明］宋濂等：《元史》卷 87，中华书局 1976 年版，第 2188 页。

④ 陈高华等点校：《元典章》圣政卷之一，中华书局・天津古籍出版社 2011 年版，第 54 页。

⑤ 汪兴和：《元代劝农机构研究》，暨南大学 2004 年硕士学位论文，第 1 页。

劳动,但他们的主要任务是组织和督促生产。”[①]元世祖忽必烈朝,大臣姚枢“教使劝农,身至八州诸县,谕上重农之旨。凡今关中桑成列者,皆所训植”(《中书左丞姚文献公神道碑》)[②]。州县劝农使则往往要“亲行田里,谕以安辑”(《朝列大夫金燕南河北道肃政廉访司事赠中议大夫礼部侍郎上骑都尉追封天水郡伯赵公神道碑》)[③]。这些记录表明劝农使工作卓有成效,受到当地百姓的称赞。相关活动情况,不妨先来看看谢应芳两首劝农活动的诗,如《赠杨君济县丞》云:

我昔昆山锄白云,高轩访我麋鹿群。我今长洲钓明月,君复过此寂寞滨。感君相知式相好,与君谈笑开怀抱。坐分半席白鸥沙,满目青山净如扫。社公雨晴风作恶,村北村南花自落。劝农来往杏花村,鸡犬不惊田舍乐。君归哦松坐松阴,我舟更入菰蒲深。钓钩无饵勿语人,但说烟波无处寻。[④]

从“劝农来往杏花村,鸡犬不惊田舍乐”的景象描绘中可知,劝农使往来农村与农人相处得还是比较愉快,这与元代后期劝农使扰农有很大的不同。

元代中后期,劝农使扰农的情况开始突出,赵访在《送江浙参政楔公赴司农少卿序》中对劝农使扰农的情形有如下描述:

然承平日久,良法美意寖失其初。尝见江南郡邑每岁使者行,部县小吏先走田野,督里胥相官,道傍有墙堑篱垣类园圃者,辄树两木,大书畦桑二字揭之。使者下车,首问农桑以为常,吏前导,诣畦处,按视民长幼扶携,窃观度不解何谓,而种树之数已上之大司农矣。[⑤]

作者有感于劝农使扰民情况严重,影响了政府声誉,发出了“使职农事者皆若是所为,则国家富有四海之实何自而可充乎”的感慨。张养浩编撰的《为政忠告》之《牧民忠告》中所记关于劝农使扰农情况,即是作者所亲闻亲历:

常见世之劝农者,先期以告,鸠酒食,候郊原,将迎奔走,络绎无宁,盖数日骚然也。至则胥吏、童卒杂然而生威,赂遗征取,下及鸡豚。名为劝之,其实扰之;名为优之,其实劳之。[⑥]

---

① 汪兴和:《元代劝农机构研究》,暨南大学2004年硕士学位论文,第28页。

② [元]姚燧:《中书左丞姚文献公神道碑》,李修生主编《全元文》第9册,江苏古籍出版社1999年版,第578页。

③ [元]虞集:《道园学古录》卷42,《四库全书荟要》。

④ 杨镰:《全元诗》第38册,中华书局2013年版,第67页。

⑤ [元]赵汸:《东山存稿》卷2,《四库全书》本。

⑥ [元]张养浩:《三事忠告》,《为政忠告》卷上,《丛书集成初编》本,中华书局1985年版。

元代后期劝农使的扰农问题已经成了一个社会公害了。从以上记载中可见，这些所谓的劝农使，蜕变成“祸农使”了。鉴于劝农使的危害，社会上对劝农的必要性提出了质疑，甚至有人提出“窃尝论近世之弊。夫农不必劝也，唯在毋扰之而已”（《策略》）①。为了防止劝农使“扰民”，元代后期曾有“劝课农桑事理并入按察司”的改革举措，然而情况并未就此大为改观，“这种监察系统里的劝农官，在劝农过程中既行使了督导农业生产的职能，又参与监察百姓和部县官吏。这种行政与监察职能的混乱，成了劝农使极有可能转向腐败的一个重要条件”②。虽然劝农使在实际工作中欺上瞒下、虚报功绩，甚至腐败扰民，但从历史上看，其积极作用是不能忽视的，正如有学者指出的“客观地说，元代前期，劝农使在恢复发展农业经济方面确实作出了巨大的贡献，而后期又确实在某些地区成为农业经济继续发展的障碍”③。其言信然。

元代官员发布的劝农文数量有限，据苏力考证，分别载于王恽《秋涧先生大全文集》第六十二卷一篇，陆文圭《墙东类稿》第十卷三篇，黄溍《金华黄先生文集》第二十卷一篇，唐元《筠轩集》第十三卷一篇④。其中王恽《秋涧集》同卷还收录王恽所作《劝农诗二十首》，可与劝农文的内容相对应，集中反映了王恽的重农思想，内容浅显易懂，朗朗上口。

王恽《劝农文》的开篇，肯定了农桑生产的重要地位，提出了农桑为衣食之本的观点。“切惟民生之本在农，农之本在田；衣之本在蚕，蚕之本在桑。”（下文引用未标出处者与此同）着重强调：农民勤于耕种才会有好的收获，才可以衣食无忧。如果农民懒惰，失于耕稼，那么将是家庭苦难祸患的开始。“人之本在勤，勤之本在于尽地利。人事之勤，地利之尽，一本于官吏之劝课。夫田功既尽，纵罹水旱尚有所得，仰事俯育，乃克生，穑事不勤，虽值农穰，终无所获。赋税饥寒，将何以济？由是而观：克勤者，身之宝；自惰者，家之殃。”劝农勤劳，这是王恽劝农的基本出发点⑤。时值“春首，农事方作”⑥，劝农具有现实的紧迫性，王恽希望各州县官劝农官尽心守职，不可敷衍了事。

将农民是否勤于耕作纳入“官吏之劝课”，实施有效督促和管理，目的是为了引导农民搞好农业生产。王恽在《劝农文》中拟定十三条劝农措施，涉及水

① ［元］梁寅：《梁石门集》卷9，《四库全书》本。

② 汪兴和：《元代劝农机构研究》，暨南大学2011年硕士学位论文，第14页。

③ 王培华：《元代司农司和劝农使的建置及功过评价》，《古今农业》2005年第3期。

④ 参见：苏力《元代劝农文对农民的劝化》，《农业考古》2006年第4期。

⑤ 参见：郭晓燕《王恽著述研究》，安徽大学2012年博士学位论文，第116页。

⑥ ［元］王恽著，杨亮、钟彦飞校：《王恽全集汇校》第7册，中华书局2013年版，第1690—1692页。

利、治田、牛畜、积储、蚕桑等方面[①]:注重治田,把荒芜的田地恢复起来;如果种谷麦不能成熟,那就应改种其他作物;多进行夏翻;注重兴修水利工程,降低水旱害;注重耕牛、家畜的养护,不能随意屠杀;发展养殖业;注意粮食蓄积,设立常平仓;要求人们要好好从事农业生产,不要懒惰,败坏淳风;注重蚕桑,解决百姓穿衣问题。其对农业管理的思想很切实际,而且措施全面,与至元二十三年(1286)元政府颁布的农业条例大体相仿[②]。

《劝农文》开篇以层层递进的方式,“一方面说明农桑生产的重要性所在,另一方面也为官员的劝课农桑找到了理论及现实的立脚点”[③]。并附《劝农诗二十首》与之相呼应。其诗云:

分司劝课不辞频,汝但闻言日克勤。倘使有名无实效,到头俱是具虚文。(《总劝》)

年深莳种薄田畴,粪壤频加自昔留。田果粪余根本壮,纵遭水旱亦丰收。(《粪田》)

年年劝汝盛栽桑,相度田园土脉良。属汝一根如法种,明年要见百根长。(《种桑》)

锄头有雨润非常,此是田家耐旱方。果使锄头功绩到,结多得米更精良。(《勤锄》)

细思水利最无穷,普例灾伤独歉丰。倘有可兴须举似,已成毋得废前功。(《水利》)

田家门内事纷拿,最紧蚕缫与绩麻。主戒婢奴姑劝妇,趁时作活可成家。(《女工》)

近年田产贵于金,明见无凭恃力争。纵使一时官错向,就中不直有神明。(《讼田》)

成婚作赘结欢情,往往年深致怨争。省讼有方渠记取,始须书契两分明。(《结亲》)

孝慈和顺革嚣愚,说似儿孙自读书。纵不尽为官宦去,省心解事亦良图。(《读书》)

典田卖舍属曹司,何似无争省状词。唆汝致争原是贼,劝令和忍是良师。(《省讼》)

---

① 参见:李迪《论元代王恽的科学活动》,《内蒙古师大学报(哲学社会科学版)》1992年第1期;郭晓燕《王恽著述研究》,安徽大学2012年博士学位论文。

② 李迪、陆思贤:《忽必烈的农业政策和农业措施》,《中国农史》1982年第2期。

③ 苏力:《元代劝农文对农民的劝化》,《农业考古》2006年第4期。

禁网宽疏固不苛，慎毋轻犯被拘罗。更思有理无钱语，试估家资有几何。(《畏法》)

上司禁汝莫屠牛，间有人来告事由。岂止到官刑罪惨，怨仇相结几时休。(《屠宰》)

农家蚕务与耕田，除却耕蚕半是闲。利害不多休致斗，坏钱当罪片时间。(《斗殴》)

教唆冤报似循环，比及儿孙已被愆。若欲人生求利远，正须良善养心田。(《教唆》)

一毫非有莫萌心，窃物穿窬罪不轻。重是杖徒微刺记，枉因纤芥坏平生。(《盗贼》)

常思群饮与摊钱，此事尤须预禁栏。酗至轻生输到尽，恁时虽悔恐应难。(《饮博》)

贫须藉富富怜贫，安分惩贪德自新。积取糇粮防俭岁，慎无相率去祈神。(《安分》)

四民唯汝最纯风，天悯辛勤报已丰。试看仕途青紫客，大官多半是庄农。(《天报》)

分司劝汝事多忱，今岁诗篇意更深。切把此诗长记诵，来年比劝预关心。(《终劝》其一)

文告裁成二十诗，篇篇皆出老农辞。汝归相劝行毋怠，便是分司乐不赀。(《终劝》其二)①

对这《劝农诗二十首》主要思想内容，郭晓燕的《王恽著述研究》②一文有全面深入的梳理，兹归纳如下：

一是注重田间管理，加强粪肥的使用。包括三层意思：一要努力垦荒和粪田。“如田多荒芜者，立限垦断，以广种莳。”如果田地瘠薄，即需施粪肥以提升土壤肥力，这对庄稼也大有裨益。王祯的《农书》也认为施粪能改善土壤力：“田有良薄，土有肥硗，耕农之事，粪壤为急。粪壤者，所以变薄田为良田，化硗土为肥土也”，所以农民应该储存粪肥并用之来肥田，如此“则地力常新壮而收成不减”(《粪壤篇》第八)③。《劝农诗·粪田》云：“年深莳种薄田畴，粪壤频加自昔留。田果粪余根本壮，纵遭水旱亦丰收。”可见劝农文所述针对性较强。

---

① 杨镰：《全元诗》第5册，中华书局2013年版，第580—583页。

② 参见：郭晓燕《王恽著述研究》，安徽大学2012年博士学位论文，第117—119页。

③ [元]王祯著，缪启愉、缪桂龙译注：《农书译注·农桑通诀集》之三，齐鲁书社2009年版，第71页。

二要加强田间管理。因为“谷麦美种苟不成熟,不如梯稗”,“凡谷须锄,乃可滋茂”(《锄治篇》第七)[①],这样庄稼才能长得精壮。《劝农诗·勤锄》云:“锄头有雨润非常,此是田家耐旱方。果使锄头功绩到,结多得米更精良。”“结多得米更精良”实赖“锄头功绩”,道理浅显易懂。三要勤于耕耙以发挥地力。“一麦可敌三秋,尤当致力,以尽地宜。如夏翻之胜于秋耕,犁耙之方,数多为上。既是土壤深熟,然苗实结秀,比之功少者收获自倍。”王恽认为,用犁、耙深耕、疏松土壤,有利于作物的生长,往往收成倍增。

二是注重农田水利建设。王恽的观点与陆文圭一样,认为“堤防必筑以泄水患,陂塘必浚以通水利,修水旱之备也”(《劝农文二首》)[②]。其《劝农诗·水利》亦云:“细思水利最无穷,普例灾伤独歉丰。倘有可兴须举似,已成毋得废前功。”降低水旱灾害,兴利除害,是确保粮食丰收的重要举措:“在水利,常令修葺,毋得因循废弃。倘遇旱干,独沾丰润,是地利遍惠一方,人力可不加谨。”王恽以此号召百姓加强农田水利建设,确保农业丰收有一个好的基础。

三是推广桑麻种植。通过广泛种植桑麻来解决百姓的穿衣问题,他认为“桑麻之务,衣服所资”,务必抓紧落实。“切须多方栽种,趁时科薅,自然气脉全盛,叶厚秸长,饲蚕绩缕皆得其用”,强调栽桑务必坑坎深阔,方见实效。《劝农诗·种桑》云:“年年劝汝盛栽桑,相度田园土脉长。属汝一根如法种,明年要见百根长。”王恽认为养蚕获利“丰厚”,并举山东农民养蚕致富的例子来说服农民多从事桑蚕养殖,最终“可收倍利”。劝农文、劝农诗的相关表述都突出体现了王恽“富农”的经济思想。

四是注重耕牛、家禽的养护,保护生产力、培植副业。耕牛对于传统农业生产十分重要,“耕犁之功全藉牛畜”,自然应当勤加爱护;对耕牛应精心调养:“须管多存刍豆,牧饲得所,不致羸弱,以尽耕作。其或引重服劳,使长有余力。”王祯《农书》也指出:“牛之为物,切于农用。”(《畜养篇》第十四“养牛类”)[③]《劝农诗·屠宰》云:“上司禁汝莫屠牛,问有人来告事由。岂止到官刑罪惨,怨仇相结几时休。”即便是到了老弱之时,也不可擅自屠宰耕牛。另外,王恽提倡家禽养殖及蔬菜瓜果的栽种。在他看来,这样做“一方面可以丰富食物的来源,增加食物的营养结构,在粮食短缺时,也可以用来接济生活。另外还可以

---

① [元]王祯著,缪启愉、缪桂龙译注:《农书译注·农桑通诀集》之三,齐鲁书社 2009 年版,第 64 页。

② [元]陆文圭:《墙东类稿》,《四库全书》本。

③ [元]王祯著,缪启愉、缪桂龙译注:《农书译注·农桑通诀集》之五,齐鲁书社 2009 年版,第 120 页。

将其货卖，补贴家用，实在是非常重要的事”[①]。

在对农业生产进行指导的同时，《劝农诗》还将劝化农村社会的风俗作为重点，期望建立一种稳定的社会秩序。正如《劝农诗》所云：“分司劝汝事多忱，今岁诗篇意更深。切把此诗长记诵，来年比劝预关心。”（《终劝》其一）“文告裁成二十诗，篇篇皆出老农辞。汝归相劝行毋怠，便是分司乐不赀。”（《终劝》其二）叮嘱百姓安分守己，奉公守法。其“省讼”“畏法”“斗殴”“教唆”“盗贼”“饮博”“天报”等篇，分门别类，晓之以理，动之以情，对农村中出现的各种违法乱纪的行为给予严厉的警示。对那些惰农自安、背本趋末、打架斗殴、聚众群饮、赌博滋事、屠杀耕牛等伤风败俗之举，则切当禁治，使民不能轻犯；而对那些有孝悌力田、为众表率的人，则要举明到官，优加宽恤，如有浮泛杂役可除者，即为蠲免，以劝余人。

《劝农文》与《劝农诗二十首》之所以刻意强调社会风气的重要性，与统治者的政治考量相关。“尽管其最终目标是为了维护封建统治，但是，这种对于社会风俗以及社会秩序的劝化在一定程度上也是具有积极意义的，它不仅有利于农民生产生活的安定，同时有助于农村形成稳定的社会秩序。”[②]统治者所以反复规劝农民要孝悌力田，不事末业，就是希望农民在这种生活态度的指引下建立一种稳定的生活秩序，即人人恪守本分、勤于务本，家家孝悌忠信，没有赌博酗酒、斗狠违法、欺诈争讼、犯上作乱等事，形成一个相对和谐的农村社会。

第二节　赵孟頫《题耕织图二十四首奉懿旨撰》

如果王恽以劝农司官员的身份对元代农业生产给予了具体的政策指导，那么赵孟頫《题耕织图二十四首奉懿旨撰》则正是在此背景下以图画形式表达出对农业生产的关注。

《题耕织图二十四首奉懿旨撰》是延祐五年（1318）赵孟頫奉皇后旨意为杨叔谦的《耕织图》所题写。其在《农桑图序》交待这组诗的创作背景：“延祐五年四月二十七日，上御嘉僖殿，集贤大学士臣邦宁，大司徒臣源进呈《农桑图》。上披览再三，问：‘诗者何人？’对曰：‘翰林承旨赵孟頫。’‘作图者何人？’对曰：‘诸色人匠提举杨叔谦。’……此图衬臣建源意、令臣叔谦因大都风俗，随十有

① 苏力：《元代劝农文对农民的劝化》，《农业考古》2006 年第 4 期。
② 同上。

二月内建农桑为廿有四图。因其图像，作廿有四诗，正豳风因时纪事之义。又俾翰林承旨臣阿怜贴木儿，用畏吾儿文字译于左方，以便御览。”①延祐是元仁宗的年号，《农桑图》即《耕织图》，进呈元仁宗的《耕织图》不仅有赵孟頫的二十四首诗歌，还有杨叔谦的图画。元仁宗在看了耕织图及诗后大为赞赏，并令赵孟頫写下了这篇序言（指《农桑图序》）。

南宋楼璹《耕织图》是一组重要的耕织图诗，直接启发了赵孟頫的《题耕织图二十四首奉懿旨撰》创作。赵诗虽同样采用组诗形式来描绘耕织过程，但与楼诗有着明显的不同。赵作则采用每月一诗的形式，分别叙述了一年十二个月里农村耕田、织布的具体情况。从与耕织相关的气候变化、水土变化、农事安排到男女主人公的心态变化，月月有殊，耕织有别。该诗多以每一月份的自然气候与环境特点起始，接着续以男耕女织的农事准备或具体操作，后以作者对农村生活的感叹和思考结尾。其间夹杂着大量细致的景物描写、动作刻画和对农夫织女心理感受的推断，从而使诗歌的描述有张有弛，给人以视觉的直观感，又不乏启人感悟与思考的空间。诗人以耕织图为基础，远远地将视线延伸到图画之外，将静止的耕织图描绘成了一幅幅生动的农村生活场景。诗中饱含深情，写出了劳动人民的勤劳、辛苦。《题耕织图》的出现，与赵孟頫在吴兴德清、外任济南的生活经历是分不开的。

《耕十二首》以一年十二个月为线索，每月一首，每首八韵十六句，八十字，展现了农耕生活的内容及人们的情感体验：

> 田家重元日，置酒会邻里。小大易新衣，相戒未明起。老翁年已迈，含笑弄孙子。老妪惠且慈，白发被两耳。杯盘且罗列，饮食致甘旨。相呼团栾坐，聊慰衰暮齿。田硗藉人力，粪壤要锄理。新岁不敢闲，农事自兹始。（《正月》）②

正月为一岁之首，所谓一岁之计在于春。“新岁不敢闲，农事自兹始”，正月里农家欢庆新春之余，便开始计划一年的农事活动了。“田硗藉人力，粪壤要锄理”，那时农人已十分重视地力的培养，只要多施粪肥，便可提升土壤的肥力。重视地力是确保粮食丰产的基础，这一点也得到了时人的普遍认可。

> 东风吹原野，地冻亦已消。早觉农事动，荷锄过相招。迟迟朝日上，炊烟出林梢。土膏脉既起，良耜利若刀。高低遍翻垦，宿草不待烧。幼妇

① ［元］赵孟頫撰，钱伟强点校：《赵孟頫集》，浙江古籍出版社2012年版，第279页。

② 杨镰：《全元诗》第17册，中华书局2013年版，第201—207页。下文所引未标出处者同此。

颇能家，井臼常自操。散灰缘旧俗，门径环周遭。所冀岁有成，殷勤在今朝。（《二月》）

二月天气渐渐转暖，农事活动就要全面展开了。锄、耜等农具就要派上用场了，田家要对田地进行一遍遍翻垦。此诗表达的是重视春耕，翻垦增肥之事。从“宿草不待烧”可知，当时有焚宿草入土以增肥力之法。王祯在《农书·农桑通诀集之三粪壤篇第八》提到，“又有苗粪、草粪、火粪、泥粪之类”（《粪壤篇》第八）①。此处所写，当指草粪。同时，还有在门径周遭“散灰”的旧俗。吴中自古就有“杀草”“洒灰”之俗，而赵乃吴兴人，熟知此俗。“所冀岁有成，殷勤在今朝”，今天沤粪作肥，期待来年庄稼丰收。

良农知土性，肥瘠有不同。时至万物生，芽蘖由地中。秉耒向畎亩，忽遍西与东。举家往于田，劳瘁在尔农。春雨及时降，被野何蒙蒙。乘兹各布种，庶望西成功。培根利秋实，仰天望年丰。但使阴阳和，自然仓廪充。（《三月》）

三月气温始升，是农植物播种的季节，应“乘兹各布种”，勿失农时。播种前要松土，举家前往农田，“秉耒向畎亩，忽遍西与东”，用耒进行松土，等待一场春雨后方能播种。人们满怀希望，祈求风调雨顺，五谷丰登。

孟夏土加润，苗生无近远。漫漫冒浅陂，芃芃被长阪。嘉谷虽已植，恶草亦滋蔓。君子与小人，并处必为患。朝朝荷锄往，薅耨忘疲倦。旦随鸟雀起，归与牛羊晚。有妇念将饥，过午可无饭。一饱不易得，念此独长叹。（《四月》）

四月时值孟夏，“恶草亦滋蔓”，影响了庄稼的长势，这就需要“朝朝荷锄往”，则必须勤加薅耨。“旦随鸟雀起，归与牛羊晚”，指农人早出晚归，辛勤劳作，薅耨之间忘记了疲倦，也想起了生存的不易。用君子与小人，比喻良莠与恶草，极为形象。

仲夏苦雨干，二麦先后熟。南风吹陇亩，惠气散清淑。是为农夫庆，所望实其腹。酤酒醉比邻，语笑声满屋。纷然收获罢，高廪起相属。有周成王业，后稷播百谷。皇天贻来牟，长世自兹卜。愿言仍岁稔，四海尽蒙福。（《五月》）

五月是收获的季节，“二麦先后熟”，田家要开始收割二麦。“酤酒醉比邻，语笑

① ［元］王祯著，缪启愉、缪桂龙译注：《农书译注·农桑通诀集》之三，齐鲁书社 2009 年版，第 71 页。

声满屋”，极写农人丰收之后的喜悦。由“收获罢”到“起高察”，又念及“有周成王业，后稷播百谷”，是借古制以颂元执政后的“岁稔”“蒙福”景象。①

当昼耘水田，农夫亦良苦。赤日背欲裂，白汗洒如雨。匍匐行水中，泥淖及腰膂。新苗抽利剑，割肤何痛楚。夫耘妇当馌，奔走及亭午。无时暂休息，不得避炎暑。谁怜万民食，粒粒非易取。愿陈知稼穑，无逸传自古。（《六月》）

六月已是夏季，太阳毒辣，庄稼生长旺盛，更需农田护理。通过“赤日背欲裂，白汗洒如雨”“当昼耘水田，农夫亦良苦”“匍匐行水中，泥淖及腰膂”“无时暂休息，不得避炎暑”的描写，展示了田农劳作的辛苦，表达了作者恤悯之情，又以“谁怜万民食，粒粒非易取”婉劝统治者，勿苛征农赋，与民休息，乐民养民。作者引经据典，以《尚书·无逸》语“君子所其无逸，先知稼穑之艰难，乃逸”，告诫农人不要贪图安逸。

大火既西流，凉风日凄厉。古人重稼穑，力田在匪懈。郊行省农事，禾黍何旆旆。碾以他山石，玉粒使人爱。大祀须粢盛，一一稽古制。是为五谷长，异彼稊与稗。炊之香且美，可用享上帝。岂惟足食人，一饱有所待。（《七月》）

“七月流火”，暑热之气将散。元代观稼估岁收的官员“郊行省农事”，看到“禾黍何旆旆”，非常高兴。庄稼收割后要碾米，从“玉粒使人爱”“炊之香且美”的描述可知，元代种植的稻米品种优良，农人在享受丰收喜悦的同时，按照古制的要求，“大祀须粢盛”，举行用新谷祭祀上帝的仪式，以报答天助之功。

白露下百草，茎叶日纷委。是时禾黍登，充积遍都鄙。在郊既千庾，入邑复万轨。人言田家乐，此乐谁可比？租赋以输官，所余足储峙。不然风雪至，冻馁及妻子。优游茅檐下，庶可以卒岁。太平元有象，治世乃如此。（《八月》）

八月谷物成熟，天气渐凉，田家要把谷物收进仓库，还要“租赋以输官”，交纳应交的赋税。从“充积遍都鄙”“在郊既千庾，入邑复万轨”的表述中，可见元代征收粮食建立“常平仓”的规模浩大。王恽说“天灾莫重于凶歉，国计无先于贮储”（《劝农文》），粮食丰足，方为“太平”“有象”的“治世”。一旦出现灾年或荒年，充足的粮食储备可使百姓平安度过饥荒之年。

大家饶米面，何啻百室盈。纵复人力多，舂磨常不停。激水转大轮，

① 参见：单人耘《浅谈元代赵孟頫的题耕织图诗》，《中国农史》1988年第7期。

硙碾亦易成。古人有机智，用之可厚生。朝出连百车，暮入还满庭。勾稽数多少，必假布算精。小人好争利，昼夜心营营。君子贵知足，知足万虑轻。(《九月》)

九月主要写“舂磨常不停”的加工米面场景。“激水转大轮，硙碾亦易成”，时农村已利用水力转动的舂磨、硙碾，大大节省了人力，提高了生产效率。同时，运储粮食要精于“勾稽”“布算”。诗末以“小人好争利”与“君子贵知足”相对照，表达了知足常乐的人生态度。

孟冬农事毕，谷粟既已藏。弥望四野空，藁秸亦在场。朝廷政方理，庶事和阴阳。所以频岁登，不忧旱与蝗。置酒燕乡里，尊老列上行。肴羞不厌多，炰羔复烹羊。纵饮穷日夕，为乐殊未央。祷天祝圣人，万年长寿昌。(《十月》)

十月农事毕，郊外的农田一片空无，谷粟全部收进粮仓。田家“置酒燕乡里”，聚众庆祝丰收。“肴羞不厌多，炰羔复烹羊”，宴会场合布满着美味佳肴，人们尊老爱幼，为乐不止。祈祷上苍“万年长寿昌”。其中“朝廷政方理，庶事和阴阳”句表达了对当政者的赞美，也是谏诫。百姓不忧“旱与蝗”，却忧官征粮，体现了农民共同心声。

农家值丰年，乐事日熙熙。黑黍可酿酒，在牢羊豕肥。东邻有一女，西邻有一儿。儿年十五六，女大亦可笄。财礼不求备，多少取随宜。冬前与冬后，昏嫁利此时。但愿子孙多，门户可扶持。女当力蚕桑，男当力耘耔。(《十一月》)

十一月是农闲季节，也是农村青年男女成家的大好时间。诗咏农村嫁娶场面，农村男子十五六岁，女子满 15 岁，便可成婚。至于结婚的彩礼则“不求备”，“随宜”即可。最佳的成婚时间是立冬前后，家人盼望婚后子孙满堂，“门户可扶持”。末句“女当力蚕桑，男当力耘耔”可视为《耕织图》主旨的宣示，劝诫意味明显。

一日不力作，一日食不足。惨淡岁云暮，风雪入破屋。老农气力衰，伛偻腰背曲。索绹民事急，昼夜互相续。饭牛欲牛肥，茭藁亦预蓄。蹇驴虽劣弱，挽车致百斛。农事极劳苦，岁岂恒稔熟。能知稼穑艰，天下自蒙福。(《十二月》)

十二月是寒冬腊月，农民在家猫冬。“惨淡岁云暮，风雪入破屋”，言家居环境之简陋。老农伛偻，连夜绩绳，准备修缮草屋。同时，要储存好茭稿，给厩中羸牛赛驴勤喂饲料，保证耕牛安然过冬。“农事极劳苦，岁岂恒稔熟”是作者从图中所绘的惨淡岁暮，发出的“仁者”之言。“一日不力作，一日食不足”“能知稼穑艰，天下自蒙福”，是告诫统治者稼穑艰辛，只有恤民爱民，才能福祐百姓。

《织十二首》是一组以纺织活动为题材的组诗，每首八韵十六句，八十字，将妇女们一年间的纺织活动与情感诉求罗织在诗中：

> 正月新献岁，最先理农器。女工并时兴，蚕室临期治。初阳力未胜，早春尚寒气。窗户当奥密，勿使风雨至。田畴耕耨动，敢不修耒耜。经冬牛力弱，相戒勤饭饲。万事非预备，仓卒恐不易。田家亦良苦，舍此复何计。（《正月》）

正月“初阳力未胜，早春尚寒气”，趁着早春时光，先行修理耒耜，治好蚕室，饲好冬牛，以备一年的耕织所需。“万事非预备，仓卒恐不易”，告诫民众凡事要早作准备，不能仓卒应对。赵孟頫把耕织并提，统一安排，反映了当时农事生产的实际。

> 仲春冻初解，阳气方满盈。旭日照原野，万物皆欣荣。是时可种桑，插地易抽萌。列树遍阡陌，东西各纵横。岂惟篱落间，采叶惮远行。大哉皇元化，四海无交兵。种桑日已广，弥望绿云平。匪惟锦绮谋，只以厚民生。（《二月》）

二月“仲春冻初解，阳气方满盈”，重点工作是插条种桑。“列树遍阡陌，东西各纵横”，种桑行距相等，横竖成行。对漫山遍野的“绿云”进行了赞美，以讴歌元代“四海无交兵”的安定局面。

> 三月蚕始生，纤细如牛毛。婉娈闺中女，素手握金刀。切叶以饲之，拥纸散周遭。庭树鸣黄鸟，发声和且娇。蚕饥当采桑，何暇事游遨。田时人力少，丈夫方种苗。相将挽长条，盈筐不终朝。数口望无寒，敢辞终岁劳。（《三月》）

北方农历三月蚕生蚁，“婉娈闺中女，素手握金刀”，女人们切碎桑叶，精心饲养幼蚕。“蚕饥当采桑，何暇事游遨”，言家中妇女采桑养蚕时刻不停，非常辛劳。“田时人力少，丈夫方种苗”，写丈夫开始在田间种苗，男耕女织，各司其职。要想全家能寒有所衣，此时的辛劳是必须的。

> 四月夏气清，蚕大已属眠。高首何昂昂，蛾眉复娟娟。不忧桑叶少，遍野如绿烟。相呼携筐去，迢递立远阡。梯空伐条枚，叶上露未干。蚕饥当早归，秉心静以专。饬躬修妇事，俛勉当盛年。救忙多女伴，笑语方喧然。（《四月》）

四月蚕已“高首何昂昂，蛾眉复娟娟”，对桑叶的需求量很大。“相呼携筐去，迢递立远阡。梯空伐条枚，叶上露未干”，诗中描绘了一幅夏初妇女结伴采桑图。女伴之间，互相“救忙”，调拨桑叶救急，因蚕大属眠，一旦蚕饥待叶是很急迫的事。“秉心静以专”“饬躬修妇事，黾勉当盛年”数句，传达出妇人养蚕的专注与投入。

> 五月夏以半，谷莺先弄晨。老蚕成雪茧，吐丝乱纷纭。伐苇作薄曲，束缚齐榛榛。黄者黄如金，白者白如银。烂然满筐筥，爱此颜色新。欣欣举家喜，稍慰经时勤。有客过相问，笑声闻四邻。论功何所归，再拜谢蚕神。(《五月》)

五月“老蚕成雪茧，吐丝乱纷纭”，此首是收茧的描述。妇人伐苇作蚕箔(薄曲)，以便蚕吐丝。茧有黄白二色，如金似玉，盈筐满筥。“论功何所归，再拜谢蚕神”，面对蚕丝的丰收，人们举行仪式，感谢蚕神相助。

> 釜下烧桑柴，取茧投釜中。纤纤女儿手，抽丝疾如风。田家五六月，绿树阴相蒙。但闻缫车响，远接村西东。旬日可经绢，弗忧杼轴空。妇人能蚕桑，家道当不穷。更望时雨足，二麦亦稍丰。酤酒田家饮，醉倒妪与翁。(《六月》)

六月开始结茧，“取茧投釜中”“纤纤女儿手，抽丝疾如风”，写的是烧釜、抽丝、缫丝等活动。“但闻缫车响，远接村西东”，描述的是千家万户响缫车的情景。“妇人能蚕桑，家道当不穷”，突出妇女在家庭生活的重要地位。“酤酒田家饮，醉倒妪与翁”，言蚕丝丰收，二麦长势喜人，人们举酒相庆。

> 七月暑尚炽，长日弄机杼。头蓬不暇梳，挥手汗如雨。嘤嘤时鸟鸣，灼灼红榴吐。何心娱耳目，往来忘伛偻。织为机中素，老幼要纫补。青灯照夜梭，蟋蟀窗外语。辛勤亦何有？身体衣几缕。嫁为田家妇，终岁服劳苦。(《七月》)

七月天气“暑尚炽”，但农妇无暇休息，“长日弄机杼”，从事着繁重的织布工作。“头蓬不暇梳，挥手汗如雨”言田家妇女机织、纫补、日夜不息之苦。“辛勤亦何有？身体衣几缕”，农妇采桑养蚕，纺丝织布，为他人作嫁衣裳，却衣无几缕，处境凄惨。“嫁为田家妇，终岁服劳苦”，诗人再发出浩叹，以警示当局。

> 池水何洋洋，沤麻水中央。数日麻可取，引过两手长。织绢能几时，织布已复忙。依依小儿女，岁晚叹无裳。布襦不掩胫，念之热中肠。朝缉满一篮，暮缉满一筐。行看机中布，计日渐可量。我衣苟已成，不忧天早霜。(《八月》)

八月天气转凉，村妇们从事着沤麻、擘麻、织布事务，准备着小儿女岁晚御寒之裳。“布襦不掩胫，念之热中肠”，母亲内心悲痛，她无法用高贵的绢丝，只能以粗劣的麻布为衣，以期“不忧天早霜”。

季秋霜露降，凛凛寒气生。是月当授衣，有布织未成。天寒催刀尺，机杼可无营。教女学纺纑，举足疾且轻。舍南与舍北，嘒嘒闻车声。通都富豪家，华屋贮娉婷。被服杂罗绮，五色相间明。听说贫家女，恻然当动情。（《九月》）

九月布未织成而霜露已降，“是月当授衣，有布织未成”，教女纺纑，是传授劳动的需要。“被服杂罗绮，五色相间明”，以富豪之家被服罗绮五色鲜明来对比，为贫家织女叹息、不平。

丰年禾黍登，农心稍逸乐。小儿渐长大，终岁荷锄镢。目不识一字，每念心作恶。东邻方迎师，收拾令上学。后月日南至，相贺因旧俗。为女裁新衣，修短巧量度。龟手事塞向，庶御北风虐。人生真可叹，至老长力作。（《十月》）

十月庄稼已收割完毕，田家可以稍稍喘口气了。面对“小儿渐长大”“目不识一字”，教育问题被提上议程。裁缝在为女孩量尺码，准备添置过年的新衣。“龟手事塞向，庶御北风虐”，指冬天将至，农民们塞向御寒，准备过冬。全诗写送儿上学、为女裁衣、塞向御寒三事。

冬至阳来复，草木潜滋萌。君子重其然，吾道自此亨。父母坐堂上，子孙列前荣。再拜称上寿，所愿百福并。人生属明时，四海方太平。民无札瘥者，厚泽敷群情。衣食苟给足，礼义自此生。愿言兴学校，庶几教化成。（《十一月》）

十一月主要集中展示祝寿情况。“再拜称上寿，所愿百福并”句写父母坐于堂上，儿孙拜列堂下，奉觞祝寿的盛况。衣食足，乃知礼义，“愿言兴学校，庶几教化成”，是元代重教化、重农政之旨。

忽忽岁将尽，人事可稍休。寒风吹桑林，日夕声飕飗。墙南地不冻，垦掘为坑沟。斫桑埋其中，明年芽早抽。是月浴蚕种，自古相传流。蚕出易脱壳，丝纩亦倍收。及时不努力，知有来岁否。手冻不足惜，冀免号寒忧。（《十二月》）①

---

① 杨镰：《全元诗》第17册，中华书局2013年版，第201—207页。

十二月“寒风吹桑林，日夕声飕飗”，“墙南地不冻，垦掘为坑沟。斫桑埋其中，明年芽早抽”，介绍埋条种桑经验，为桑叶丰收打下坚实的基础。“是月浴蚕种”，说明当时已知采用这项能达到“蚕出易脱壳，丝纩亦倍收”的增产措施。“手冻不足惜，冀免号寒忧”，虽然天气寒冷，却是生活的必需。

赵孟頫的《题耕织图二十四首奉懿旨撰》，以耕、织为中心，每月各一诗，描写一年之内田家具体的农事活动。其结构形态忠实地体现了民歌“四季调”或“十二月歌”韵味，将农村耕织生活的方方面面呈现在读者的眼前。其所蕴含思想内容主要表现在三方面：

一是以农家一年当中每个月具体耕织活动为题，展开诗咏，告诫农夫蚕妇，辛勤劳作，勿误时令。农事活动最重要的一点就是要遵守时令，古人为此而创造了二十四节气，赵孟頫的《耕织图诗》采用每月一诗的形式来指出每个月的耕织活动，就是为了告诫田家要遵守时令。二是“奉懿旨”而作诗，体现统治者的重农意愿。元仁宗是一个重视农桑生产的皇帝，曾多次颁布劝课农桑的行政命令。大臣源建命画工杨叔谦绘制了耕织图，翰林学士赵孟頫结合自己对农业活动的理解作了这组《耕织图诗》。既是“奉懿旨”而作，势必在相当程度上体现了统治者的意愿：一是劝农思想，告诫田家正月就要开始准备农事活动了。二是歌颂太平盛世，希望年年风调雨顺、四海蒙福；“祷天祝圣人，万年长寿昌”，向天祷告，希望年年兴旺；“大哉皇元化，四海无交兵”，歌颂天下一统，人民安居乐业。三是悯农思想突出。赵孟頫长期在朝廷任职，远离农家生活，但他出仕之前曾有过一段相当长时间的归隐生活，所以他对民间疾苦还是比较了解的，这些在他的耕织图诗里也有所表达。慨叹田家男女终岁劳苦，往往一饱不易，提出要重稼穑，理朝政，珍惜民食，表现出一个封建文人的重农悯农思想。其诗反复地为田家喟叹：“新岁不敢闲”，“劳瘁在尔农”，“一饭不易饱”，“赤日背欲裂，白汗洒如雨……谁怜万民食，粒粒非易取”，警诫农夫们“一日不力作，一日食不足”，“不然风雪至，冻馁及妻子”！他深切地同情，发出“田家亦良苦，舍此复何取”和“人生真可叹，至老犹力作”的沉痛感慨。

重农与悯农，自古以来都是古代知识分子创作诗歌的主要题材，唐代聂夷中的《伤田家》《田家》，李绅的《古风》最为典型，赵孟頫在诗中没有能像他们那样明白地发出“四海无闲田，农夫犹饿死”的愤怒，但他还是能为百姓设身处地着想的。《元史》中有史官评论赵孟頫有经济之才，这是很有见地的[①]。

《耕织图》是将我国古代人民的食和衣两大生产系统，即耕和织按照其生产过程而绘制的一种特定图画，其主要目的是让统治者“知稼穑之艰难，及蚕

① 参见：单人耘《浅谈元代赵孟頫的题耕织图诗》，《中国农史》1988年第2期。

桑之始末”。这一形式首创于南宋绍兴年间於潜县令楼璹。据楼璹的侄子楼钥在《攻媿集》中记载:耕、织二图“耕自浸种以至入仓凡二十一事,织自浴蚕以至剪帛凡二十四事,事为之图,系以五言诗一章,章八句。农桑之务,曲尽情形,虽四方习俗间有不同,其大略不外于此”(楼钥《跋扬州伯父耕织图》)[①],由此可知,楼璹在任於潜县令期间,便绘制了《耕织图诗》45 幅。书成后不久,由近臣之荐,得以进呈,得到高宗嘉奖。南宋楼璹《耕织图诗》系统地描绘了当时江浙乃至整个江南地区耕织生产活动的各个环节,反映了南宋时期江南耕织技术的基本状况,被今人誉为我国最早完整地记录男耕女织的画卷[②]。楼诗原图虽佚,但与耕织图配套的诗歌 45 首俱存,保存了丰富的南宋农业生产以及乡村生活信息。虞集《题楼攻媿织图三首》序云:“我国家既定中原,以民久失业,置十道劝农使,总于大司农,慎择老成厚重之君子而命之,皆亲历原野,安辑而教训之。今桑麻之效遍天下,齐鲁尤盛。其后功成,省专使之任以归宪司,宪司置四佥事,其二则劝农之所分也。至今耕桑之事,宪犹上之大司农,天下守令皆以农事系衔矣。前代郡县所治,大门东西壁皆画耕织图,使民得而观之,而今罕为之者。抚图颂诗,为赋三章,章四句。”诗云:

乡里蚕桑不失时,画图劝相又题诗。当时补衮应无阙,金玉余音到茧丝。(一)

吴越蚕桑日用多,始终吟咏极婆娑。工成茧馆闲琴瑟,宜荐房中备乐歌。(二)

昔者东南杼柚空,歌咏蚕织列图穷。劝农十道先齐书,百世兴王衣被功。(三)[③]

虞集对楼璹《耕织图诗》对元代农桑的价值给予了极高的评价,认为是“百世兴王衣被功”,沾溉后人。明代耕织图诗主要有两组,一组出现在《便民图纂》中,它以民歌的形式歌咏了明代的耕织状况,另一组是叶盛的《题耕织图》诗 10 首,它是文人题咏耕织图的代表作品。处在二者之间的赵孟頫的《题耕织图二十四首奉懿旨撰》,无疑起到了承前启后的作用。

① [宋]楼钥:《攻媿先生文集》卷 76,《四部丛刊》本,第 708 页。

② 参见:史宏云《楼璹〈耕织图〉及摹本农耕科技研究》,《科学技术哲学研究》2012 年第 3 期。

③ 杨镰:《全元诗》第 26 册,中华书局 2013 年版,第 194—195 页。

第三节　王祯《农器图谱》中的农具组诗

较之汉代的《氾胜之书》、北魏的《齐民要术》、南宋的《陈旉农书》和元代的《农桑辑要》等几部农书，《王祯农书》有三个突出特点。第一，对广义的农业进行了系统论述。“农桑通诀”以“农事起本”“牛耕起本”“蚕事起本”，叙述了农事和蚕桑的起源，确立了元代在中国农业发展史当中的地位。以“顺天之时，因地之宜、存乎其人”为指导思想，对种植、畜养、蚕缫等进行阐述。以“孝悌力田”“蓄积”等为抓手，强化官员的重农思想和劝农政策。第二，兼论南北农业，分析和比较了南北农业的异同。王祯生于山东，后又长期在南方做地方官，对我国北方和南方的农业生产都比较熟悉，能全面系统地阐述农业生产。第三，有比较完备的“农器图谱”。宋代已出现了较全面论述农具的专书，如曾之瑾所撰的《农器谱》、楼璹的《耕织图》，可惜这两本书都失传了。

《王祯农书》有两种版本：一是三十七集本，包括《农桑通诀》六集、《百谷谱》十一集，《农器图谱》二十集。二是二十二卷本，包括《农桑通诀》六卷，《谷谱》四卷、《农器图谱》十二卷。“祯不揆愚陋，搜辑旧闻，为集三十有七，为目二百有七十。”①从王祯自序中可见，他只提及三十七集本，本文据此观点，参照缪启愉、缪桂龙译注的《王氏农书译注》(齐鲁书社 2009 年版)展开论述。

《农器图谱》约占全书篇幅的 4/5，有 200 多幅插图，涉及 105 种农具，称得上丰富多彩、洋洋大观和别开生面。《农书》最有特色处是运用文、图、诗合一的形式描述农具，形象地展示了农具的形制、操作和功效，以充满诗意的方式再现了元代农耕文明的各个层面，揭示了元代农具的发展趋势、推广历程及农田生态环境和农民生存状况。将科学技术与人文精神紧密结合在一起，真正实现了艺术思维与科学思维的绝妙统一，塑造了一代农学家身体力行于科技助农的真实形象。其独特的叙述系统和诗序同构表达方式代表了元代咏物组诗的最高成就。

一、王祯《农器图谱》的体例

王祯《农器图谱》对我们了解元代农业生产的状况很有参考价值。其自序云：“农，天下之大本也。‘一夫不耕，或授之饥；一女不织，或授之寒。’古先圣

① ［元］王祯著，缪启愉、缪桂龙译注：《农书译注·王祯自序》，齐鲁书社 2009 年版，第 1 页。

哲敬民事也，首重农，其教民耕、织、种植、畜养，至纤至悉。祯不揆愚陋，搜辑旧闻，为集三十有七，为目二百有七十。呜呼备矣！躬任民事者，倘有取于斯欤！”[①]王祯的自序交待了编撰农书的目的是为元代劝农使提供帮助，充分体现了元代统治者“重农”思想。

作者在阐述农具时运用“文、图、诗”三者合一形式，既直观形象，又充满韵味。《农书》所附有诗歌近200首，分20组，创农具题材组诗之最。这些农具组诗“皆能刻画模拟，曲肖情状”[②]，既综合了传统咏物诗、山水诗、田园诗的审美要素，又超越了它们各自的艺术藩篱，实现了艺术思维与科学思维的美妙结合，生动地展现了王祯本人尊农敬业、亲民实干、勇于开创的科学家形象及其丰厚的学术素养、高尚的人文精神，是中国诗苑中难得的一丛独放异彩的奇葩。[③]

《农器图谱》中农具诗赋汇总表[④]

序文 / 门类	诗	赋辞赞铭歌	无	图	总数
田制	区田；圃田；围田；柜田；架田；梯田；涂田、授时指掌活法之图	井田（赋）；籍田*（赋）；民社（辞）；沙田（赞）	太社；国社	15	12
耒耜	耒耜*；犁；耙；耖*；劳；挞；耰；磟碡；砺礋；耧车*；砘车；瓠种；耕盘；牛轭	牛*（赋）；秧马*（歌）		20	17
镢锸	镢；锸；锋；长镵；铁锨；木锨；铁刃木锨；竹扬锨；铧；壁；刬；劁	铁搭（赋）；梧桐角*（赋）	镵	18	14
钱镈	镈*；耨；耰锄*；耧锄；镫锄；铲；耘荡；耘爪；薅马	薅鼓*（歌）	钱	12	10
铚艾	铚；艾；镰；推镰；粟鉴；锲；钹；劚刀；斧*；锯	砺*（铭）	铡	15	11

---

① [元]王祯著，缪启愉、缪桂龙译注：《农书译注·王祯自序》，齐鲁书社2009年版，第1页。

② [清]顾嗣立：《元诗选》，中华书局1975年版，第903页。

③ 有关王祯《农书》的研究成果，主要有柴福珍，张法瑞《农器图谱中诗歌的农学意蕴》，《中国农史》2006年第1期；《〈王祯农书〉中附诗的特色和读者对象解读》，《古今农业》2006年第4期；《元代王祯诗歌创作缘起研究》，《天府新论》2006年第4期等，可参考。

④ [元]王祯著，缪启愉、缪桂龙译注：《农书译注》，齐鲁书社2009年版。本文相关数据均以此书为标准。

续表

序文 门类	诗	赋辞赞铭歌	无	图	总数
杷朳	大杷;谷杷;竹杷;耘杷;朳;平板;田荡;辊轴;秧弹;杈;笐;乔扦;禾钩;搭爪;禾檐;连枷*;刮板;击壤			22	18
蓑笠	蓑*;笠*;扉;屦;橇;覆壳;通簪;臂篝;牧笛*;葛灯笼			12	10
蓧蒉	蒉;筐*;筥;畚;囤;篅;䉛;谷匣;篣;篓;儋;篮;箕*;帚;筛*;蔑;簏;筛谷箉;扬篮;种箄;晒盘;掼稻簟		蓧;筐;囤;篅;篣;	26	18
杵臼	杵臼;碓*;堈碓;碾;辊辗;扬扇*磨;油榨	连磨*(赋)	砻	11	9
仓廪	仓;廪;庾;囷;京;谷盅;窖;窦	量器*(赋)	升;斗;斛;	13	9
鼎釜	箄;老瓦盆*;土鼓;稗	匏樽(赋);瓢杯*(赋);鼎(赞);釜(赞);甑(赞)		9	8
舟车	划船;野航;下泽车;拖车;守舍	农舟(赋);大车*(赋);田庐*(赋)牛室*(序)		9	9
灌溉	水栅;水闸;陂塘;水塘;翻车*;筒车*;水转翻车*自作一诗(共二诗);牛转翻车;卫转筒车;高转筒车;水转高车;连筒;架槽;戽斗;刮车;瓦窦;石笼;浚渠;阴沟;井*;水篣	桔槔*(赋);辘轳*(赋)		27	23
利用	浚铧;水排;水磨;水砻;水碾;水轮三事;水转连磨;水击面罗;槽碓;机碓;水转大纺车;缶;绠;田漏*			14	14
麰麦	麦笼;麦钐;麦绰;积苫;捃刀;拖杷;抄竿	芟麦(歌)		7	8
蚕缫	火仓;抬炉;蚕槌*;蚕椽;蚕箔*;蚕筐;蚕盘;蚕架;蚕网;蚕杓;茧瓮*;茧笼;热釜;冷盆;蚕连	茧馆(赋);先蚕坛(赞);蚕神(辞);蚕室(铭);蚕簇(歌);缫车(咏)		23	21
蚕桑	桑几*;桑梯;斫斧*;桑钩*;桑笼*;桑网;劖刀;切刀;桑碪;桑夹			10	10

续表

序文/门类	诗	赋辞赞铭歌	无	图	总数
织纴	丝籰*;络车;经架*;梭*	纬车*(赋);织机*(赋);砧杵*(赋)		12	7
纩絮	絮车;捻棉轴;绵矩;木棉搅车;木棉弹弓;木棉卷莛;木棉纺车;木棉拔车;木棉軠床;木棉线架		木绵序	11	10
麻苎	沤池;刈刀;苎刮刀;绩簟;小纺车;大纺车;蟠车;纑刷;布机;纴车;绳车;纫车;旋椎;耕索;呼鞭;牛衣*		法制灰泥;造活字印书法	18	17
				314	255

注:*为引用他文人诗赋作品。

《农器图谱》在文图后附"诗"是王祯的一大创造。"每图之末,必系以铭赞诗赋,亦风雅可颂"。自古"学者不农,农者不学"[①],王祯在《农书》中附有大量诗歌是一个值得关注的现象。《农器图谱》中附有诗赋等共255首,其中引用他人诗歌47首。引用的诗歌包括东汉王逸的《织机》、蔡邕《砺铭》各1篇;晋朝稽含《八磨赋》、孙德施《纬车赋》各1篇;南朝甄玄成《车赋》1篇;唐朝薛能《井》、李蒙《藉田赋》、杜甫《老瓦盆》、敬括《嘉量赋》、柳宗元《牛赋》、陆龟蒙《田庐赋》《牛室赋》、韦肇《瓢杯赋》、王契《桔槔赋》、仲子陵《辘轳赋》、魏璀《砧杵赋》共11篇;北宋梅圣俞《梭》《桑笼》《桑钩》《牧笛》《斫斧》《桑几》《蚕箔》《蚕槌》《田漏》《飏扇》共10首;王安石的《牛衣》《箕》《牧笛》《蓑》《笠》《斧》《耰锄》《镈》《耧车》《耒耜》共10首;苏东坡《秧马歌》《翻车》2首;南宋楼璹《丝籰》《经架》《茧翁》《碓》《柃》《连枷》《耖》共7首;张国安《筒车》、戴式之《梧桐角赋》、曾之谨《薅鼓歌》各1首。王祯自创的农具组诗共175首,赋、辞、赞、铭、歌等共33篇。

首先,前代农具组诗的创作和农书"附诗"体例的影响。从历史角度来看,唐宋农具题材诗歌的发展为元代农器组诗的创作了奠定了良好的基础。晚唐陆龟蒙作《渔具十五首》《樵人十咏》,皮日休《奉和鲁望渔具十五咏》《奉和樵人十咏十首》,这些有关渔具、采樵之事的咏物组诗,给后代农具组诗的创作带来

① 王毓瑚校:《王祯农书》附录《民国郭宝琳重刊王祯农书序》,农业出版社1981年版,第456页。

直接的影响。承此遗绪，宋代孙端叟、王安石、梅尧臣的农具组诗创作达到历史新高。北宋庆历年间，西夏侵犯宋朝，战事四起，为了应付战争，军事开支加强大，加上统治者挥霍无度，公卿王侯饱中私囊。当时浙江绍兴人孙端叟，不满此政，写诗相讥，梅尧臣与孙端叟常有来往，孙端叟创作了《农具组诗》《蚕具组诗》后，梅尧臣十分赞赏，于是作了《和孙端叟寺丞农具诗十五首》《和孙端叟蚕首十五首》进行唱和。而王安石比梅尧臣小 19 岁，算得上忘年之交，他们相识恨晚，互赠了许多农具诗。梅尧臣于嘉祐二年(1057)作了《和孙段叟寺丞农具十五首》时，王安石读到梅诗后，连连赞赏，于是也作了《和圣俞农具诗十五首》与之唱和。这些农具组诗不仅反映了农具的功能和生产过程，对发明农具人的赞扬，也反映了对劳动人民悲惨生活的同情。其中有多首被王祯《农器图谱》直接选录，可见影响之大。

农书与诗歌相联，最早可溯源至北宋的《禾谱》，这是曾安止撰写的中国第一部水稻品种专志。曾安止将该书献给苏东坡，被苏东坡誉为“文既温雅，事亦详实”，“惜其有所缺，不谱农器也”，并作《秧马歌》相赠。《禾谱》先有“文”后补“诗”，且诗、文非同一作者。《农器谱》是曾之谨为弥补《禾谱》的缺憾而作。周必大作序，苏轼题诗。[①] 该书亦采取“前序后歌”的体例，如“薅鼓”诗。可惜原本逸失，他究竟作了多少首诗，是不是与农具一一对应，已经无从查考。《耕织图》是南宋於潜县令楼璹绘制的，图 45 幅，且图诗兼备。其侄楼钥《跋扬州伯父〈耕织图〉》曰：“伯父时为於潜令，笃意民事，慨念农夫蚕妇之作苦，究访始末，为耕、织二图。耕自浸种以至入仓凡二十一事，织自浴蚕以至剪帛凡二十四事，为之图系以五言诗一章，章八句，农桑之务，曲尽情状，虽四方习俗间有不同，其大略不外于此。”[②]这是“一图一诗”的范本，王祯的《农器图谱》在序文、图谱之后附诗，正是承此影响而成。

其次，元代农具的发展为农具诗提供了素材。成吉思汗统治时期，蒙古族处于奴隶社会，还没有开始重视农业，在攻金战争中，所到之处皆是烧杀抢掠，使得大片农田变为牧场，农业生产受到严重影响。忽必烈即位后，在大臣的建议下，昭告天下：“国以民为本，民以衣食为本，衣食以农桑为本。”(《食货志一·农桑》)[③]元朝政府才开始重视农桑。“天下守令皆以劝农系衔，郡县大门两壁皆耕织图。”[④]忽必烈采取了一系列恢复和发展生产的措施，从而使元代的农业有了迅速的发展。

---

① 参见：柴福珍、张法瑞《元代王祯诗歌创作缘起研究》，《天府新论》2006 年第 4 期。

② [宋]楼钥：《攻媿集》卷 74，商务印刷馆，《四部丛刊初编》本，第 303 页。

③ [明]宋濂等：《元史》卷 93《食货志一》，中华书局 1976 年版，第 2354 页。

④ 钱穆：《国史大纲》，商务印书馆 2002 年版，第 644—645 页。

农业的发展离不开农具,同时也促进了农具的发展。在《农器图谱》中收录的耕耘器具有刈刀、铁搭、秧马、耘荡等。收割器有推镰、麦绰、捃刀等。此外,《农器图谱》对元代新创制的水转连磨、连二水磨、水轮三事、水击面罗等农产加工机械作了记载。元代的农具种类多、用处广,农器的发展使诗人们能去描述它,推广它。王祯的《农书》就起到了推广农具的作用。其农具组诗详细地说明了农具的形状及功用等,使人们更加了解农具的使用。这些诗着重强调农器形制、功用与功效,突出了劳动人民在农耕活动中的智慧。

最后,诗人与官员的身份增强了农具组诗的情感内涵。王祯的青少年时代是在山东东平度过的,名士如徐士隆、李昶、李谦、王磐等都曾在东平设帐授徒,为朝廷培养了一批人才。受其影响,王祯不但"精通经史,清介自恃"①,"铭、赞、诗、赋,亦风雅可颂"②,其诗赋水平很高,正如缪启愉所言:"一般说来,善诗者未必善农,善农者未必善诗,而王祯诗、农兼备,可谓多才多艺,非同一般。"③其农具诗就被清人顾嗣立的《元诗选》选录了近51首,可见功底不凡。

王祯除了是一位诗人之外,也是一位尽心尽责的官员。作为地方官,如果不熟悉农业生产,不懂得农业知识,就难尽到劝导农桑的责任。他搜罗以前的历代农书,孜孜研读,经常注意观察各地的农事操作和农业机具,其在旌德和永丰任职期间,政绩斐然。他把大量的精力都投入到农业中去,对禾、麻、黍等作物,从播种到收获的方法,都亲加指导;同时,王祯"以身率先于下""亲执耒耜,躬务农桑",指导农业生产。还画出各种农具图形,让百姓仿造、试制和使用。这样王祯就有了大量的耕织、种植、养畜的丰富经验。最为可贵的是,他对那些只知鱼肉百姓的贪官污吏进行了无情的抨击,字里行间充满了对穷苦人民的深切同情,体现了一位正直官员的重农意识和悯农情结。

二、王祯农具组诗的文化内涵

王祯在研究农学的过程中,深感农具的重要意义,认为"田非器不成",没有好的农具,就不能发展农业生产。其《农器图谱》详细介绍了古代的及自己创制的各种农业机械和生活用具,共达257种,绘制成图谱306幅,每幅图后都附有说明性的文字,介绍各种农具名称、结构、演变过程、使用方法和使用功效,并以诗文赞美。

王祯农具组诗分为二十门,"从籍田写到茧馆,从田制写到田器写到蚕具、

---

① 郭文韬、严火其:《贾思勰王祯评》,南京大学出版社2001年版,第287页。

② [清]永瑢、纪昀等:《四库全书总目》卷112,中华书局1965年版,第953页。

③ [元]王祯著,缪启愉、缪桂龙译注:《农书译注》前言,齐鲁书社2009年版,第8页。

桑具，从农耕写到锄草写到收获写到贮存，从农夫农妇整田工具写到劳动保护用具写到休闲用具，包括一些初看上去似乎除了破旧古老实用以外，再无可说之处的日常用品和娱乐用品一起，都写入诗歌，全方位地展示了农耕民族的生产和生活面貌。”①涵盖了农业生产、农村生活的方方面面，达到了有史以来农具类型及数量的顶峰。

王祯的《农器图谱》按主题可分为六类。第一类再现农业制度和相关规定，如后妃亲蚕祀典制度、皇帝籍田祭祀制度等。第二类介绍农器相关知识，包括它的形制、当时的应用状况、应用历史和意义，还有它的命名、材质、别称、操作、动力、功效、功用、技术要点。第三类强调以农为本、阐释改造和推广农具的意义。不仅应该“勿夺农时”，还要重视兴修水力、减税利民。第四类表达悯农之情。感叹官吏催科之凶，体恤百姓租赋之重，讥刺胥吏的箕敛无厌等。第五类赞美农民的智慧与创新，指出农器需要发展才能符合需要，提倡“见机而作”。第六类是渴望归隐田园，向往大同社会。对元代农耕文明作了诗性化的阐释，令人印象深刻②。下文所叙咏农具之诗，诗歌名称直接用农具名标出，如《磟碡》，即《磟碡诗》。

（一）再现元代“亲农重桑”的礼仪制度

成吉思汗统治时期，蒙古族处于奴隶社会，还没有开始重视农业，在攻金战争中，所到之处皆是烧杀抢掠，使得大片农田变为牧场，并一度盛行“驱口”买卖，农业生产受到严重影响。这种局面一直延续了近半个世纪，直到忽必烈即位建元，“首昭天下，国以民为本，民以衣食为本，衣食以农桑为本。于是颁《农桑辑要》之书于民，俾民崇本抑末”（《食货一·农桑》）③。忽必烈采取了一系列恢复和发展生产的措施，如颁布农书、设置劝农司、奖励农桑、屯田开荒、兴修水利、建立村社、减免赋税、抑制兼并、禁止扰民、救济灾荒，等等。与此同时，积极保护生产劳动者，把荒地给无田的农民，一再告诫官员“勿杀良民”，要“使百姓安业力农”。这些措施对恢复农业生产起了重要作用，使元代农业有了迅速的发展。

《农器田谱》中“田制诗”，是一组典型的农田生态诗，与其后的农具组诗不同，概农具所施之义。正如“田制门”序中所言：“《农器图谱》首以‘田制’命篇

① 柴福珍、张法瑞：《王祯〈农书〉中附诗的特色和读者对象解读》，《古今农业》2006 年第 4 期。

② 参见：李正春《元代农耕文明的诗性阐释——论王祯的农具组诗》，《学术交流》2013 年第 11 期。

③ ［明］宋濂等：《元史》卷 93《食货志一》，中华书局 1976 年版，第 2354 页。

者,何也?盖器非田不作,田非器不成。”[①]它以土地耕作制度为对象,以精田(皇家示范田)为引子、导入对区田、井田、围田(圩田)、梯田、沙田(滩地)、葑田(筏田)、柜田等大田作业的说明与讴歌,全面而生动地展现了一幅“生态农业”的画图。在这里,你可以看到以大田作业、园圃经营为内容的北方乡村生活,可以看到以“围田”“柜田”为代表的南方水乡面貌,还可以看到以“梯田”“区田”为特征的山乡风情画面……它再现了古代农村、农业、农人的生态状况和融注于其中的科技奥秘,透现着先民的智慧与创造。每段文字后的诗赋,均映现着作者对先民改天换地精神的赞佩之情,灌注着对耕夫织妇之命运的严肃关切。如《区田》诗云:

> 昔闻伊尹相汤日,救旱有方由圣智:限将一亩作田规,计区六百六十二;星分棋布满方畴,参错有条相列次;耕畬元不用牛犁,短锸长镵皆田器;粪腴灌溉但从宜,瘦坂穹原俱美地。举家计口各输力,男女添工到童稚;坎余种耨非重劳,日课同趋等娱戏。菽、粟、薯、芋杂数品,办作储粮接充饵;终年五口尽无饥,倍种兼收仍不啻。久知丰歉岁不常,大抵古今同一致;天灾莫御自流行,魃虐此时忧悉被。吏民百祷竟无功,庄稼一枯乏秉穗。今人空仰昔阿衡,徒法不行诚自弃。揭来学制古侯邦,承恩例署兼农事;带山田少缺食多,教不及民深可愧。故将制度写为图,庶使贫民穷地利。会须岁岁保丰穰,共享太平歌既醉。[②]

诗从伊尹相汤时制作田规写起,描述了区田“限将一亩作田规,计区六百六十二;星分棋布满方畴,参错有条相列次”的特征。接着介绍如何耕种、施肥的措施,且“坎余种耨非重劳,日课同趋等娱戏”。只要“举家计口各输力”,按照此法耕种区田,便可使“终年五口尽无饥”。再次表达了作为地方父母官的心愿。目睹“带山田少缺食多”的现状,看到旱灾给农民带来的灾难,内心非常痛苦,于是将汤有七年的旱灾,伊尹创作区田的生产经验“写为图”,以使“庶使贫民穷地利”,帮助普天之下的农民实现“会须岁岁保丰穰,共享太平歌既醉”的理想生活。

继承汉族皇室亲耕、皇后亲蚕制度对元代农业的复兴起了重要的示范作用。元世祖忽必烈即位之后,从巩固政权的角度出发,跟着汉人皇帝学习,耕起了“耤田”(亦作籍田),祭起了神农后稷。田制门序云:“其篇目特以‘耤田’

---

① [元]王祯著,缪启愉、缪桂龙译注:《农书译注·农器图谱集》之一,齐鲁书社 2009 年版,第 388 页。

② 同上,第 402 页。

为首，示劝天下农也。”[1]这也就是为什么在王祯的《农器图谱》中要将“耤田”放置篇首的原因。

耕籍礼自商周开始，每年立春之初举行的祭祀活动，皇帝亲耕，皇后亲桑，以示重农劝稼，祈盼丰年已是传统。在农耕社会中，皇帝借神农的感召力，亲劝农耕、兴农固本，通过祭祀天地祖先，从精神上维系大众的共同信仰，是一项很有象征意义的举措。“天子亲耕之田也。古者耤田千亩，天子亲耕，用供郊、庙粢盛，躬劝天下之农。”[2]（《耤田》序）皇帝“亲耕”的意义对农耕民族非常重要。元统治者重视农桑，亲耕籍田是一个很重要的象征，皇帝率先垂范，号召天下重视农业和农业生产，其目的也是为了政权的稳定，也是传统农耕文化使然。

元代对于社稷、先农的祭祀，皇帝是遣使致祭的。《元史·祭祀五》“太社太稷”条载：“至元七年十二月，有诏岁祀太社太稷。三十年正月，始用御史中丞崔彧言，于和义门内少南，得地四十亩，为壝垣，近南为二坛，坛高五丈，方广如之。社东稷西，相去五丈。”[3]又“先农”条：“先农之祀，始自至元九年二月，命祭先农如祭社之仪。十四年二月戊辰，祀先农东郊。十五年二月戊午，祀先农，以蒙古胄子代耕籍田。”[4]社指土地，稷指谷类，先农指农神。忽必烈在位期间，接受了汉族农业社会的文化，开始祭祀社稷、先农。在“田制门”中，这种祭祀分成了“太社”“国社”和“民社”等不同层次，供皇帝、诸侯和百姓祭祀社稷、先农。

“民社”在序文中将这种祭祀作了详细描述：“社坛，祭社稷神之所也。社，五土之祇；稷，五谷之神。稷非土无以生，土非谷无以成，故祭社必及稷。观先王之制，其于社稷，春有祈，歌《载芟》之诗；秋有报，歌《良耜》之诗。然自汉以来，历代之祭，虽有不同，而春秋二仲祈报，皆不废也。”其内容在《民社》祝辞中有着完整地再现：

> 社五土祇，稷五谷祖；土谷生成，利用以叙。世感载育，礼从今古。辟土壝制坛，刻石为主；封以五方所尚之土，表以三代所宜之树。北面而居，不屋其所；用达两间，阴阳寒暑；仍受四时，霜露风雨。以相田农，以穀士女；去彼螟蝗，介我稷黍。时维二仲，祀事斯举，诗歌《豳雅》，乐奏土鼓。

---

① ［元］王祯著，缪启愉、缪桂龙译注：《农书译注·农器图谱集》之一，齐鲁书社 2009 年版，第 388 页。

② 同上，第 389 页。

③ ［明］宋濂：《元史》卷 76《志第二十七上》，中华书局 1976 年版，第 1879 页。

④ 同上，第 1891 页。

有酒盈觞,有肴在俎,神其享之,愿降多祐。①

皇后亲桑,其作用和意义与皇帝亲耕一样,也是昭告天下,重视养蚕。按照周代礼制,"后妃斋戒,享先蚕而躬桑,以劝蚕事"(《茧馆》序)②。"稽之古制,后妃祭先蚕,坛、壝、牲、币如中祠,此后妃亲蚕祭神礼也。"(《蚕神》序)③据说历史上黄帝元妃西陵氏始蚕,即先蚕也。"蚕缫门"中茧馆即是"皇后亲蚕之所"。《通礼义纂》载:"后亲享先蚕,贵妃亚献,昭仪终献。"④可见,祭祀的秩序是有严格等级区分的。

茧馆所祭祀的蚕神,"天驷也。天文辰为龙,蚕辰生,又与马同气,谓天驷即蚕神也……稽之古制,后妃祭先蚕,坛、壝、牲、币如中祠,此后妃亲蚕祭神礼也"(《蚕神》序)⑤。其《茧馆赋》云:

> 惟蚕有功,于世归美,广物产之货赀,作人生之衣被。中春之月,天子诏后以躬桑;大昕之朝,内宰告期而命祀。于是诣灵坛,降宝殿,翠障夹乎道周,凤辇翔于畿甸。顺春气于东方,朝先蚕于北面。具夫青缥之服,侑以芳馨之荐。九宫倾动,蔼然陪祭以成班;三献礼成,沛矣迎祥于回眷。当其叠承宠命,适对韶光,择世妇于吉卜,受鞠衣于明堂。所以崇开禁馆,始入公桑,援条有三,听女尚书之劝止;执筐不再,受宫夫人之是将。体之以坤仪之柔顺,视之以母道之慈良。破蚁以来,庶养至于千箔;献茧之后,谅化被于多方。是以命缫治以成丝,就趋工而俟织;玄黄朱绿,染各精明;黼黻文章,参同品色。(《茧馆赋》)⑥

赋首先介绍祭祀蚕神的原因:"惟蚕有功,于世归美,广物产之货赀,作人生之衣被。"蚕之功在于给人类带来"衣被",可以御寒。接着介绍中春之月,皇后至茧馆命祀的情形,重点记述了祭祀的过程,并揭示皇后"体之以坤仪之柔顺,视之以母道之慈良",显示皇后母仪天下、心忧子民的品格。最后,简要概述了养蚕、剥丝、染色、成衣的过程。至于祭祀目的在蚕神"祈报之辞"中更为明显,其辞云:

---

① [元]王祯著,缪启愉、缪桂龙译注:《农书译注·农器图谱集》之一,齐鲁书社2009年版,第397页。

② [元]王祯著,缪启愉、缪桂龙译注:《农书译注·农器图谱集》之十六,齐鲁书社2009年版,第702页。

③ 同上,第710页。

④ 同上,第707页。

⑤ 同上,第710页。

⑥ 同上,第703—704页。

祈：惟蚕之精，天驷有星；惟蚕之神，伊昔著名。气钟于此，孕卵而生；既桑而育，既眠而兴。神之福汝，有箔皆盈；尚冀终惠，用彰厥灵；簇老献瑞，茧盆效成。敬获吉卜，愿契心盟。神宜飨之，祈祀唯馨。

报：龙精一气，功被多方。继当是岁，神降于桑。载生载育，来福来祥。赐我茧丝，制此衣裳。室家之庆，闾里之光。敬帅长幼，诘旦升香。设肴于俎，奠醴于觞。工祝致告，神德弥彰。（《蚕神》）[①]

从“神之福汝，有箔皆盈；尚冀终惠，用彰厥灵”的愿望表白，到“载生载育，来福来祥，赐我茧丝，制此衣裳”结果的获得，再到“设肴于俎，奠醴于觞”，来报答“神德弥彰”，整个过程充满着实用色彩。古人的原始祭祀活动有着显著的功利目的，《国语·鲁语》载：“祀天之三辰，民所以瞻仰也。及地之五行，所以生殖也。及九州名山川泽，所以出财用也。非是不在祭典。”[②]这表明原始宗教祭祀主要表现为对人类基本的物质生产和生活条件的需求。这也从另外一个侧面反映了农耕文化的本质。

（二）形象展示农具的形制、用途及功效

王祯农具诗中有不少描写农具形制的，如“尝见儿童喜相迓，抖擞繁缨骑竹马。今落田家薅具中，仿佛形模悬跨下。头尻微昂如据鞍，腹肋中虚深仰瓦。乘来垄上敛褰裳，借足于人宽两髁。初无鞭辔手不施，只有丛荒常满把”（《薅马》）[③]。以儿童所骑竹马来形容薅马的形状与功能，形象贴切又富情趣。“只有丛荒常满把”，指的是农民骑在秧马拔秧工作。又如“他山有奇石，镌凿烦良工。制成三尺余，簨轴旋其中。齿齿钝锷坚，就彼破块功。一转土膏润，再转春泥融。磟碡复磟碡，妙用终无穷。遄观万顷绿，粼粼漾春风”（《砺礋》）[④]。砺礋外有列齿，独用于水田。作用并不限于碾轧，同时亦兼有松土作用。在犁过后，用耙碎土块，再用砺礋碾平田面，供插秧。本诗描写了砺礋质料、形制和“妙用终无穷”的功能。砘车是以圆石为轮的碾地农具。“砘车，石砣也，以木轴架砣为轮，故名砘车……凿石为圆，径可尺许，窍其中以受机括，

---

① ［元］王祯著，缪启愉、缪桂龙译注：《农书译注·农器图谱集》之十六，齐鲁书社 2009 年版，第 710 页。

② 邬国义等撰：《国语译注》，上海古籍出版社 1994 年版，第 126—127 页。

③ ［元］王祯著，缪启愉、缪桂龙译注：《农书译注·农器图谱集》之四，齐鲁书社 2009 年版，第 484 页。

④ ［元］王祯著，缪启愉、缪桂龙译注：《农书译注·农器图谱集》之二，齐鲁书社 2009 年版，第 441 页。

畜力挽之,随耧种所过沟垄碾之,使种土相著,易为生发。”[①]其诗云:“以砘为车古未闻,字因义取石从屯。斫成璧月云根老,动殷春雷陆地喧。势借机衡圆转力,辙循种土发生原。”(《砘车》)诗对砘车名称、材质、使用原理及作用均作了形象说明。“长柄为身首阔横,似杷无齿杋为名。”(《杋》)[②]杋是无齿杷,多用于平土壤,聚谷物。“长柄”“阔横”“无齿”均精确地描绘了杋的形状,令人印象深刻。“木石非异名,大小惟一致。机括内圆转,觚棱外排峙。登场脱稃穗,入埂均块滓。物用随所宜,人兮胡不尔?”(《礋碡》)[③]礋碡是碾打器,然北方多以石,南人用木,主要用于破垡平田,压声脱粒。“机括内圆转,觚棱外排峙”,描述其形状;“登场脱稃穗,入埂均块滓”,揭示其功用;“物用随所宜,人兮胡不尔”,是作者由物而生的感慨,物尚且多用,何以不能伸屈?诗意中浸润着哲理。“休言瓠落只轮囷,一窍中藏万粒春。喙舌不辞输泻力,腹心元寓发生仁。”(《瓠种》)瓠种是下种器,“乃穿瓠两头,以木箄贯之,后用手执为柄,前用作嘴,以播其种”[④]。其诗形象地介绍了瓠种的形制和播种过程。

在农器的用途方面,很多农器都有对应的功能,有的甚至一种农器可以在多个方面使用,这在《刬》《艾》《掼稻簟》《茧笼》《木绵轩床》《木棉总具》等农器诗中都有体现。“起土与耜同,除荒过锄利。既能耕垦兼,仍取播殖易。”[⑤](《刬》)诗中交待了刬的多样化用途,既可耕作,又可垦荒。“艾也著《周诗》,一物两用备,始资芟蔓草,终赖敛秉穗。”[⑥](《艾》)艾是收割的农器,即钩镰。诗中突出了艾既可除草,又可敛穗的“两用”功能。“掼稻当凭广簟中,声如风雨露寒蓬。谁知舒卷皆能用,就贮精粮保岁丰。”(《掼稻簟》)[⑦]掼稻簟是脱粒的工具,既可用作脱粒,亦可用作贮存粮食。“回看笼也岂荃蹄,依旧人间炊饼食。”

① [元]王祯著,缪启愉、缪桂龙译注:《农书译注·农器图谱集》之二,齐鲁书社2009年版,第445页。

② [元]王祯著,缪启愉、缪桂龙译注:《农书译注·农器图谱集》之六,齐鲁书社2009年版,第505页。

③ [元]王祯著,缪启愉、缪桂龙译注:《农书译注·农器图谱集》之二,齐鲁书社2009年版,第440页。

④ 同上,第446页。

⑤ [元]王祯著,缪启愉、缪桂龙译注:《农书译注·农器图谱集》之三,齐鲁书社2009年版,第466页。

⑥ [元]王祯著,缪启愉、缪桂龙译注:《农书译注·农器图谱集》之五,齐鲁书社2009年版,第490页。

⑦ [元]王祯著,缪启愉、缪桂龙译注:《农书译注·农器图谱集》之八,齐鲁书社2009年版,第558页。

(《茧笼》)[①]茧笼是农家日常生活中的蒸笼,既可用以蒸蚕茧,也可用来蒸煮食物。“八维绵丝络一轩,巧凭坐椅作轩床。试将触类深思索,麻苎乡中用亦良。”(《木绵轩床》)[②]木绵轩床不仅可以络绵丝,而用于加工麻芒,“器用两相通”(《木棉总具》)。这些都反映了这些农业器具功用多样化。

除了可以一器多用以外,有的农器有着专门化的趋向,如推镰、田荡、刈刀、木锨就是专门因物而生的农器,其分工更为精细。“北方寒早多晚禾,赤茎乌粒连山阿。霜余日薄熟且过,脆落不耐挥刈何!因物制器用靡他,田夫已见伐长柯。一钩偃月镰新磨,置之叉头行两碢。仍加修杖双眉蛾,推用捷胜轮走坡。左捩忽若持横戈,原头积穗云长拖。秋成助敛知时和,欲充粝食无饥魔。北风卷地翻长河,此时镰也收功多,试向田翁唱此歌。”(《推镰》)[③]推镰是聚敛禾茎的刃具,在北方早寒的地区使用,专门为割荞麦用的。荞麦熟时,子粒容易脱落,故创作此农具,利于收敛,子粒既不脱落,而且比刀割快几倍。“农事方殷春已归,绿云满握春秧齐。秧马既具田成畦,尚欠有物平水泥。横木叉头手自携,荡摩泥面如排挤。人畜一过饶足蹄,却行一抹行踪迷。莹滑如展黄玻璃,插莳足使无高低。处污不染濯清溪,归来自洁从高栖。一遇诗人经品题,附名《农谱》名始跻,愿言永用同锄犁。”(《田荡》)[④]田荡是耥平田泥的农器。用前端分成两股杈的木棍作柄,柄长六尺,杈端横贯一五尺长横木。水田耕耙之后,还没有匀熟,用该器物平放水泥上匀耥,使水浑和,凹凸处都耥平,插秧就容易了。“处污不染濯清溪,归来自洁从高栖”,是点睛之笔,咏赞了田荡出污泥而不染的品格。“森森麻干覆阴浓,顷亩方期一卷空。说似吴侬初为信,中原随地有刀工。”(《刈刀》)[⑤]稻用工具刈刀是割麻的专用工具。“顷亩方期一卷空”,言其效率极高。北方种大麻很多,或者多达数百亩,则另有专割刀工,各自带着刀具,挥割根茎,削剔梢叶,极为快捷。木杴是“柄头掌木尽宽平,谷实

---

① [元]王祯著,缪启愉、缪桂龙译注:《农书译注·农器图谱集》之十六,齐鲁书社2009年版,第735页。

② [元]王祯著,缪启愉、缪桂龙译注:《农书译注·农器图谱集》之十九,齐鲁书社2009年版,第786页。

③ [元]王祯著,缪启愉、缪桂龙译注:《农书译注·农器图谱集》之五,齐鲁书社2009年版,第493页。

④ [元]王祯著,缪启愉、缪桂龙译注:《农书译注·农器图谱集》之六,齐鲁书社2009年版,第507页。

⑤ [元]王祯著,缪启愉、缪桂龙译注:《农书译注·农器图谱集》之二十,齐鲁书社2009年版,第792页。

抄来忌满盈。苗夏耰锄方用事,几回高阁待秋成。"(《木杴》)[①]杴是臿类农具,杴头比较阔。杴头用铁做的,叫铁杴,只用于挖土。杴头削木制成的,叫做木杴,可以抄取谷物。诗中所言是木杴,讲的是庄稼收上场后,用木杴翻晒的场景。

强调农具的效率是王祯农具组诗表达的重点,也是其宣传《农具图谱》的目的。筒车"像龙唤不应,竹龙起行雨。联绵十车辐,咿轧百舟橹。转此大法轮,救汝旱岁苦……老农用不知,瞬息了千亩",且使人免受"足茧腰背偻"(《筒车》)[②]之苦。"利刃由来与钹同,岂知芟麦有殊功。回看万顷黄云地,不用钩镰卷已空。"(《麦钐》)[③]麦钐是芟麦的刃具,比用镰刀收割,功效超过几倍。诗用"回看万顷黄云地,不用钩镰卷已空"极其夸张的诗句渲染出其效率极高。"摩地宁论草与禾,云随风卷一劙过。田头曾听农夫说,功比钩镰十倍多。"(《钹》)[④]钹是两边有刃的割刀,"云随风卷一劙过""功比钩镰十倍多"都是极言其效率之高,与前面的麦钐相似。水碾"日所毁米,比于陆碾,功利过倍",故而作者"好传规制遍方隅"(《水碾》)[⑤]。耧锄"朝来暮去供千垄,力少功多限一牛",动力堪比一牛,工作效率十分可观,以至于"无田甫田休尽信,骄骄惟莠并无忧"(《耧锄》)[⑥]。大纺车、丝线纺车工作效率更为可观,"可代女工兼倍省"(《大纺车》)[⑦]。筒车借助水力,"神机日夜连,甘泽高下普,老农用不知,瞬息了千亩"[⑧],辊轴则可以使稻田荒秽和稻苗,"都入机衡辊碾中",产生"一番泥滓重加熟,几倍薅耘可并功"(《辊轴》)[⑨]的效果。辊辗可以"顿教粒食从今易,别转

---

① [元]王祯著,缪启愉、缪桂龙译注:《农书译注·农器图谱集》之三,齐鲁书社 2009 年版,第 461 页。

② [元]王祯著,缪启愉、缪桂龙译注:《农书译注·农器图谱集》之十三,齐鲁书社 2009 年版,第 635 页。

③ [元]王祯著,缪启愉、缪桂龙译注:《农书译注·农器图谱集》之十五,齐鲁书社 2009 年版,第 693 页。

④ [元]王祯著,缪启愉、缪桂龙译注:《农书译注·农器图谱集》之五,齐鲁书社 2009 年版,第 496 页。

⑤ [元]王祯著,缪启愉、缪桂龙译注:《农书译注·农器图谱集》之十四,齐鲁书社 2009 年版,第 674 页。

⑥ [元]王祯著,缪启愉、缪桂龙译注:《农书译注·农器图谱集》之三,齐鲁书社 2009 年版,第 476 页。

⑦ [元]王祯著,缪启愉、缪桂龙译注:《农书译注·农器图谱集》之二十,齐鲁书社 2009 年版,第 798 页。

⑧ [元]王祯著,缪启愉、缪桂龙译注:《农书译注·农器图谱集》之十三,齐鲁书社 2009 年版,第 635 页。

⑨ [元]王祯著,缪启愉、缪桂龙译注:《农书译注·农器图谱集》之六,齐鲁书社 2009 年版,第 509 页。

上礌疾似飞”(《辊辗》)[①]。水排“熟石既不劳，熔金亦何易。国工倍常资，农用知省费”(《水排》)[②]。凡此种种，不一而足。

（三）阐释改造和推广农具的意义

王祯一直很重视农具的制造，为农器的推广和创新作出了不懈的努力。在创新的农器上，王祯做了大力宣传和推广，这对促进元代农业生产的发展起到了重要作用。“好将挑浚借奇功，劃土翻垡供万篑。为语云屯荷锸人，勿谓夙传无此器。故陈图序赞歌诗，愿播人间资水利。”(《浚铧》)[③]“拟将要法为图谱，载入《农书·利用篇》。”(《机碓》)[④]“济民有要无人识，《农谱》图中拟细陈。”(《水轮三事》)[⑤]这些诗句都反映了王祯制作《农器图谱》的应用价值。水栅是用排木障水的工具，“今特列于《图谱》，以示大小规制，庶彼方效之，俾水为有用之水，田为不旱之田，由此栅也”。其功用正如诗中所云：“余波倘使膏润同，纵有汤旱无饥凶，坐令岁岁歌时丰。富民有具今始逢，此栅功利将无穷。”(《水栅》)[⑥]“国工倍常资，农用知省费。谁无兴利心，愿言述此制。”(《水排》)[⑦]从水排序文中可知，水排的制作方式“但去古已远，失其制度”，作者“多方搜访，列为图谱”，目的是使“冶炼者得之，不惟国用充足，又使民铸多便”，对能保存这“济世之秘术”并“幸能者述焉”感到十分自豪。

王祯足迹遍布大江南北，深感南北农具的隔阂带来的不便，大力推广农具便成为其首要的任务。堈碓“始于浙人，故又名浙碓。今多于津要商旅辏集处所，可作连屋，置百余具者，以供往来稻船，货粜粳糯；及所在上农之家，用米既多，尤宜置之”。在王祯的宣传下，“近随文轨通南北，不独铿锵在楚邦”(《堈碓》)[⑧]，堈碓走出楚邦而进入全国，王祯首功一件。铁搭始见于江浙，“锐比昆吾之钩，利即莫邪之铁。举巨爪兮耙抉，具疏齿兮噬啮。凭爪牙兮汝艺是施，

① ［元］王祯著，缪启愉、缪桂龙译注：《农书译注·农器图谱集》之九，齐鲁书社 2009 年版，第 569 页。

② ［元］王祯著，缪启愉、缪桂龙译注：《农书译注·农器图谱集》之十四，齐鲁书社 2009 年版，第 668 页。

③ 同上，第 665 页。

④ 同上，第 682 页。

⑤ 同上，第 676 页。

⑥ ［元］王祯著，缪启愉、缪桂龙译注：《农书译注·农器图谱集》之十三，齐鲁书社 2009 年版，第 624—625 页。

⑦ ［元］王祯著，缪启愉、缪桂龙译注：《农书译注·农器图谱集》之十四，齐鲁书社 2009 年版，第 668 页。

⑧ ［元］王祯著，缪启愉、缪桂龙译注：《农书译注·农器图谱集》之九，齐鲁书社 2009 年版，第 563 页。

假肘臂兮我力欲竭。”(《铁搭》)[①]在王祯看来,只要朝廷给以扶持,“使贫窭者得之”,铁搭便有可能“普及于稼穑”。耘荡适于水田中耕除杂草的耕耘工具,速率极高,“速比福锄用处功”,王祯希望将这种农器“便当献送政事堂,谷禄始知从我得。愿将制度付国工,遍赐吾农资稼穑”(《耘荡》)[②],借助地方官员的力量,将这些高效的地方农具推向全国,造福天下。

为了推广农具,扩大农具的使用范围,王祯特别重视借助“农具图谱”提供可操作、可仿制的模型,推动农具革新与推广。“谁念农功苦?徒知粒食鲜。并将图谱事,编记作诗传。”(《围田》)[③]“故将制度写为图,庶使贫农穷地利。会须岁岁保丰穰,共享太平歌既醉。”(《区田》)[④]“尝见燕赵北,亦传辽地东。远近或未识,图谱容相通。”(《铲》)[⑤]“虽并载前史,然世罕有传者,今乃寻绎搜索,度其可用,述此制度,既图于前,复叙于后,庶来者效之,以广食利。”(《连磨》序)[⑥]“比用辗轴,工利数倍,今特图谱,使民易效。”(《木棉搅车》序)[⑦]“中原麻布之乡,皆用之,今特图其制度,欲使他方之民视此机括关楗,仿效成造,可为普利。”(《大纺车》序)[⑧]“可代女工兼倍省,要供布缕未征前。画图中土规模在,更欲他方得共传。”(《大纺车》)“总道于人多饱德,好将规制示民先。”(《水转连磨》)[⑨]“济民有要无人识,《农谱》图中拟细陈。”(《水轮三事》)[⑩]“一遇诗人经品题,附名《农谱》名始跻。”(《田荡》)[⑪]“总道诗人能博物,好将题咏继《臣工》。”

---

① [元]王祯著,缪启愉、缪桂龙译注:《农书译注·农器图谱集》之三,齐鲁书社2009年版,第459—460页。

② [元]王祯著,缪启愉、缪桂龙译注:《农书译注·农器图谱集》之四,齐鲁书社2009年版,第481—482页。

③ [元]王祯著,缪启愉、缪桂龙译注:《农书译注·农器图谱集》之一,齐鲁书社2009年版,第407页。

④ 同上,第402页。

⑤ [元]王祯著,缪启愉、缪桂龙译注:《农书译注·农器图谱集》之四,齐鲁书社2009年版,第480页。

⑥ [元]王祯著,缪启愉、缪桂龙译注:《农书译注·农器图谱集》之九,齐鲁书社2009年版,第573页。

⑦ [元]王祯著,缪启愉、缪桂龙译注:《农书译注·农器图谱集》之十九,齐鲁书社2009年版,第780页。

⑧ [元]王祯著,缪启愉、缪桂龙译注:《农书译注·农器图谱集》之二十,齐鲁书社2009年版,第797页。

⑨ [元]王祯著,缪启愉、缪桂龙译注:《农书译注·农器图谱集》之十四,齐鲁书社2009年版,第677页。

⑩ 同上,第676页。

⑪ [元]王祯著,缪启愉、缪桂龙译注:《农书译注·农器图谱集》之六,齐鲁书社2009年版,第507页。

(《粟鉴》)[1]"为语云囤荷锸人,勿谓夙传无此器。故陈图序赞歌诗,愿播人间资水利。"(《浚铧》)[2]"深深麻干覆阴浓,顷亩方期一卷空,说似吴侬初未信,中原随地有刀工。"(《刈刀》)[3]"湍流激碾走通渠,木石相乘有秘枢。水府暗推坤轴健,天衢圆转月轮孤。循环似假风雷迅,受纳难同杵臼拘。粒食中州易精凿,好传规制遍方隅。"(《水碾》)[4]"旋输粝谷入轻砻,役水还将与硙同。粒米精粗来有自,轮枢日复转无穷。工佣给贮何多暇,杵臼承舂只半功。仰食老农方听说,江乡新制要相通。"(《水砻》)[5]"要枢自假波涛力,哲匠谁偷造化权。总道于人多饱德,好将规制示民先。"(《水转连磨》)[6]"愿编图谱,附搭也于农书,使贫窭者得之,用普及于稼穑。"(《铁塔赋》)[7]诗句与前者一样,作者努力利用"图谱"为这些高效的农具作宣传,借机推广这些农具,以减轻劳动强度,提高劳动效率,集中呈现了作者强烈的传播兴趣和推广意识。

不仅如此,作者对农具古今用处的变化也给予了关注:"维鼎在昔,祀享多仪。三代以来,铸象剖疑。以定九州,以正四夷。国所系望,农何与知?降及后世,物变风移。取其深绰,蚕缫是宜。汤生蟹眼,绪引茧丝。妇工对向,手、箸骈持。喂端自内,轾纰由兹。'冷盆'莫并,'热釜'何裨?古今异用,彼此一时。既国而家,既食而衣。器兮不器,备用无遗。着为永法,载播声诗。"(《鼎》赞)鼎在古代本为国之神器,高不可及。然而在元代,鼎已成为农家用来煮茧缫丝的容器。盖缫丝用鼎,就其深大,煮茧既多,则缫取欲速,一致蛾出。"原夫鼎之为器,大则烹牲而供上祀,小则和羹而备五味。今用之以取茧丝而衣被斯民。则其功所及又岂止为向之食飨而已哉?"(《鼎》序)[8]王祯对鼎的功能演变给予清晰而客观的叙述。"昔圣人教民杵臼,而粒食资焉。后乃增广制度,而为碓、为硙、为砻、为辗等具,皆本于此。"(《杵臼门》)虽然杵臼的功用在历史

① [元]王祯著,缪启愉、缪桂龙译注:《农书译注·农器图谱集》之五,齐鲁书社2009年版,第494页。

② [元]王祯著,缪启愉、缪桂龙译注:《农书译注·农器图谱集》之十四,齐鲁书社2009年版,第665页。

③ [元]王祯著,缪启愉、缪桂龙译注:《农书译注·农器图谱集》之二十,齐鲁书社2009年版,第792页。

④ [元]王祯著,缪启愉、缪桂龙译注:《农书译注·农器图谱集》之十四,齐鲁书社2009年版,第674页。

⑤ 同上,第673页。

⑥ 同上,第677页。

⑦ [元]王祯著,缪启愉、缪桂龙译注:《农书译注·农器图谱集》之三,齐鲁书社2009年版,第459—460页。

⑧ [元]王祯著,缪启愉、缪桂龙译注:《农书译注·农器图谱集》之十一,齐鲁书社2009年版,第595页。

的演变中各有不同,但无不是"后世相沿袭,更变各任智。制度虽不同,由来资古意"(《杵臼》)[①]。

从上述农具诗中可见,王祯推广农具的热情极为高涨。"关于图画农器,只要寻绎原书,则为时代远隔,古器失传;为地区不同,他处未见;为同工而异器,取长补短;为减轻劳动强度和农民的辛劳;为提高工作效率和普及农家利益,王氏特为多方搜索而图画农器者,不一而足。"[②]其《农器图谱》利用图文并茂的表达形式,把浩繁的农器,分门别类,绘成图谱,对推广先进农具,的确是一件十分有意义的工作,为我们了解和研究元代农具发展情况,提供了极其珍贵的资料。

(四) 悯农之情的深切表达

作为一名官员,王祯常常怀有悲天悯人之情,这与他廉洁为官有密切的关系。其农具组诗中经常表达出对胥吏的箕敛无厌的痛恨,和对百姓辛勤劳作的体恤,有着深厚的悯农之情。

描写胥吏的箕敛无厌:"深储虑窃发,迷藏加密封。一朝催租急,肯许防饥凶?"(《窦》)[③]"自余宿负如取寄,指此有秋争蚁萃。一得岂能偿百费,终岁勤劳一歔欷!"(《芟麦歌》)[④]"岂知县吏已催科,不时揭去无余纥。迫索仍忧宿负多,车乎车乎将奈何!"(《缫车》)[⑤]"才与机头借光润,已闻催布有征胥"(《纩刷》)[⑥]等。王氏目睹农民的力瘁赋重,常自愧廪食公帑未能给农民多做有益的事,内心多有不安。如"至若执笔公署间,但仰凛支供口费。"(《耘荡》)[⑦]"竭来学制古侯邦,承恩例署兼农事;带山田少缺食多,教不及民深可愧。"(《区田》)[⑧]其悯农

---

① [元]王祯著,缪启愉、缪桂龙译注:《农书译注・农器图谱集》之九,齐鲁书社 2009 年版,第 559—560 页。

② [元]王祯著,缪启愉、缪桂龙译注:《农书译注》前言,齐鲁书社 2009 年版,第 6 页。

③ [元]王祯著,缪启愉、缪桂龙译注:《农书译注・农器图谱集》之十,齐鲁书社 2009 年版,第 586 页。

④ [元]王祯著,缪启愉、缪桂龙译注:《农书译注・农器图谱集》之十五,齐鲁书社 2009 年版,第 699 页。

⑤ [元]王祯著,缪启愉、缪桂龙译注:《农书译注・农器图谱集》之十六,齐鲁书社 2009 年版,第 738 页。

⑥ [元]王祯著,缪启愉、缪桂龙译注:《农书译注・农器图谱集》之二十,齐鲁书社 2009 年版,第 800 页。

⑦ [元]王祯著,缪启愉、缪桂龙译注:《农书译注・农器图谱集》之四,齐鲁书社 2009 年版,第 481 页。

⑧ [元]王祯著,缪启愉、缪桂龙译注:《农书译注・农器图谱集》之一,齐鲁书社 2009 年版,第 402 页。

之情天地可鉴。

自己清廉自守，自愧素餐者，必然对居官而不问民间疾苦者，予以讥刺抨击："昨日公堂宴宾贵，尊俎横陈混肴蔵。檀板珠绳按歌吹，万钱不直供一醉。庖人搓揉出精粹，尚喜食新夸饼饵。物不天来皆力致，饱食何人知所自？春祈夏荐《礼》所记，报本从来追古义。但愿斯民不畏吏，吏不扰民民自遂。"（《芟麦歌》）[①]对那些浑浑噩噩而为民上者，他给予了强烈抨击。《劝助篇第十》揭露道："今夫在上者，不知衣食之所自，惟以骄奢为事，不思己之日用，寸丝口饭，皆出于野夫田妇之手，甚者苛敛不已，朘削脂膏以肥己，宁肯勉力以劝之哉？今长官缘以'劝农'署衔，农作之事，己犹未知，安能劝人？借曰'劝农'，比及命驾出郊，先为移文，使各乡各社，预相告报，期会赍敛，只为烦耳。……又何必命驾乡都，移文期会，欺上诬下，而自徼功利，然后为定典哉？敢告于有司，请著为常法，以免亲诣烦扰之害，斯民幸甚！"[②]文中既讥官居高位者的昏聩，也对劝农使扰民的行为给予了辛辣的讽刺。

与此相关的是，一些诗歌中表达了对不劳而获的富人的不满："阿母体测衣绢单，添减火候随寒暄。谁识贵家欢饮处，红炉画阁簇婵媛。"（《火仓》）[③]"岂知罗绮辈，惟务拨琵琶。"（《蟠车》）[④]"瓦盆添水火微燃，茧绪抽来细缴全。不似贵家华屋底，空教纤手弄清泉。"（《冷盆》）[⑤]"那知富贵家，罗绮簇朱榭。"（《蚕架》）[⑥]"老农作计须夜防，结草构木安匡床。高低量置田中央，容身仅足庇雨霜。比于霜宿知犹强，所图岁晏实饥肠。世族多少居华堂，安然熟寝无更长，便腹何尝乏稻粱。敢较甘苦均闲忙，不遑宁处禾无伤。"（《守舍》）[⑦]"羡彼城府人，安居长袖手。"（《耘爪》）[⑧]

---

① ［元］王祯著，缪启愉、缪桂龙译注：《农书译注 · 农器图谱集》之十五，齐鲁书社 2009 年版，第 699 页。

② ［元］王祯著，缪启愉、缪桂龙译注：《农书译注 · 农器图谱集》之四，齐鲁书社 2009 年版，第 89 页。

③ ［元］王祯著，缪启愉、缪桂龙译注：《农书译注 · 农器图谱集》之十六，齐鲁书社 2009 年版，第 716 页。

④ ［元］王祯著，缪启愉、缪桂龙译注：《农书译注 · 农器图谱集》之二十，齐鲁书社 2009 年版，第 799 页。

⑤ ［元］王祯著，缪启愉、缪桂龙译注：《农书译注 · 农器图谱集》之十六，齐鲁书社 2009 年版，第 743 页。

⑥ 同上，第 724 页。

⑦ ［元］王祯著，缪启愉、缪桂龙译注：《农书译注 · 农器图谱集》之十二，齐鲁书社 2009 年版，第 620 页。

⑧ ［元］王祯著，缪启愉、缪桂龙译注：《农书译注 · 农器图谱集》之四，齐鲁书社 2009 年版，第 483 页。

在体恤百姓方面,书中也有多处反应,再比如诗中又对富贵和贫民对比,悯贫而刺富。悯农之情在《梯田》中有集中地展现,其诗云:

世间田制多等夷,有田世外谁名题?非水非陆何所兮,危巅峻麓无田蹊。层磴横削高为梯,举手扪之足始跻,伛偻向前防颠隮。佃作有具仍兼携,随宜垦斸或东西。知时种早无噬脐,稚苗亟耨同高低。十九畏旱思云霓,凌冒风日面且黧。四体臞瘁肌若刲,冀有薄获胜稗稊。力田至此嗟欲啼。田家贫富如云泥,贫无锥置富望迷。古称井地今可稽,一夫百亩容安栖,余夫田数犹半圭。我今岂独非黔黎,可无片壤充耕犁?佃业今欲青云齐,一饱才足及孥妻。输租有例将何赍,惭愧平地田千畦。①

《梯田》诗先是极尽耕种梯田艰难的描写,揭示百姓无地可耕的尴尬,因为平地已经无地可耕,农民只好上山上去耕种,谋取可怜的生活资料。“任是深山更深处,也应无计避征徭”(杜荀鹤《山中寡妇》),他们还要交纳沉重租税,而那些地连阡陌的权豪勋贵们却不用缴任何租税,二者相对,作者义愤填膺。诗末以“输租有例将何赍,惭愧平地田千畦”作结,表达了作者对百姓的深切同情。

《围田》中先描述了圃田的特点:“度地置围田,相兼水陆全。万夫兴力役,千顷入周旋。俯纳环城地,穹悬覆幕天。中藏仙洞秘,外绕月宫圆。蟠亘参淮甸,纡回际海堧。官民皆纪号,远近不相缘。守望将同井,宽平却类川。隰桑宜叶沃,堤柳要根骈。交往无多径,高居各一廛。偶因成土著,元不异民编。生业团乡社,嚣尘隔市廛。”接着写围田经过农民的整治和兴修水利,粮食生产获得了丰收:“沟渠通灌溉,塍埂互连延。俱乐耕耘便,犹防水旱偏。翻车能沃槁,瀽穴可抽泉。拥绿秧锄后,均黄刈获前。总沾新税籍,素表屡丰年。黍参及亿秭,仓箱累万千。”然后继续写农民的耕种之苦:“壤土常增筑,风涛每虑穿。积储趋日用,防备废宵眠。击鼓供惟急,苫庐守独专。本为凭御护,或未免灾愆。”最后,生发悯农之叹,感慨百姓生存艰辛,并作诗传寄统治者耳中:“谁念农功苦?徒知粒食鲜。并将图谱事,编记作诗传。”②

《薅鼓》序云:“曾氏《薅鼓序》薅田有鼓,自入蜀见之。始则集其来,既来则节其作,既作则防其笑语而妨务也。其声清壮,有缓急抑扬而无律吕,朝暮曾不绝响。悲夫!田家作苦,绮襦纨绔不知稼穑之艰难,因作《薅鼓歌》以告之。”其歌云:

---

① [元]王祯著,缪启愉、缪桂龙译注:《农书译注·农器图谱集》之一,齐鲁书社2009年版,第412页。

② 同上,第406—407页。

炎风灼肌汗成雨，赤日流空水如煮。稚苗森森茁方乳，田家长养过儿女。稊根稗实藏深土，得水滋萌疾机弩。老农忧煎走旁午，子汲妇炊具鸡黍。百端劝相防莽卤，尚恐偷忙贪笑语。长椌刳桐三尺许，促烈轩轰无律吕。双手俱胼折腰膂，朝走东皋夕南亩。锦堂公子调乐府，终日灵鼍缓歌舞。庖人择精挥乌羽，小槽真珠色胜琥。归来醉饱月停午，囊瓮犹嫌不胜贮。万钱弃掷在盘俎，厌饫台舆腽鼯鼠。老农此时独凄楚，长镵为命锄为伍。归见梧椌音不吐，只有呻吟满环堵。但得一瓯置龟腑，敢较人间异甘苦！吁嗟公子还知否，请听薅田一声鼓！（南宋曾之谨《薅鼓歌》）[①]

作者借用曾之谨《薅鼓序》中"田家作苦，绮襦纨绔不知稼穑艰辛，因作《薅鼓歌》以告之"，道出了引用此歌的目的，主要是要让那些不知稼穑艰辛的政府官员和绮襦纨绔们能体恤百姓之艰难，不要以所谓的"劝农"的借口去扰民损民。

其他如"但使游民聊驻脚，有产谅非为土著，县官税亩倘相容，愿此年年务农作"（《架田》）[②]，"日日车头踏万回，重劳人力亦堪哀。从今垄首浇田浪，都自乌犍领上来"（《牛转翻车》）[③]，无不描写了耕作的辛苦。"却嗟疏凿劳民力，安能鞭驱万鬼工！"（《阴沟》）[④]"岂知县吏已催科，不时揭去无余纩。迫索仍忧宿负多，车乎车乎将奈何！"（《缫车》）[⑤]"不须更问仓箱数，已验今年早得辛"（《麦笼》）[⑥]，"汗与水俱滴，身随阴屡移。谁当哀此劳，往往夺其时"（《田漏》）[⑦]，"竹龙解吐无云雨，旱魃潜消此地灾。安得临流施此技，楼居涤去暑天埃"（《水转高车》）[⑧]，"日日车头踏万回，重劳人力亦堪哀"（《牛转翻车》）[⑨]，"谁识人机盗

---

① ［元］王祯著，缪启愉、缪桂龙译注：《农书译注·农器图谱集》之四，齐鲁书社 2009 年版，第 486—487 页。

② ［元］王祯著，缪启愉、缪桂龙译注：《农书译注·农器图谱集》之一，齐鲁书社 2009 年版，第 410 页。

③ ［元］王祯著，缪启愉、缪桂龙译注：《农书译注·农器图谱集》之十三，齐鲁书社 2009 年版，第 638 页。

④ 同上，第 658 页。

⑤ ［元］王祯著，缪启愉、缪桂龙译注：《农书译注·农器图谱集》之十六，齐鲁书社 2009 年版，第 738 页。

⑥ ［元］王祯著，缪启愉、缪桂龙译注：《农书译注·农器图谱集》之十五，齐鲁书社 2009 年版，第 692 页。

⑦ ［元］王祯著，缪启愉、缪桂龙译注：《农书译注·农器图谱集》之十四，齐鲁书社 2009 年版，第 689 页。

⑧ ［元］王祯著，缪启愉、缪桂龙译注：《农书译注·农器图谱集》之十三，齐鲁书社 2009 年版，第 643 页。

⑨ ［元］王祯著，缪启愉、缪桂龙译注：《农书译注·农器图谱集》之十三，齐鲁书社 2009 年版，第 638 页。

天巧,因凭水力贷疲民"(《水转翻车》)[1],"天公不念老农泣,唤取阿香推雷车"(《翻车》)[2],"荷去应官徭,归来事田圃……但恐农隙时,又趁挑河鼓"(《臿》)[3],"休将层阈轻抽去,恐有他时旱暵忧"(《水闸》)[4]等,无不表达了作者对百姓的关爱与同情。

(五)赞美人民智慧,弘扬农具创新精神

生产工具的不断改进和创新是农业发展的动力和标志。《农书》用约五分之四的篇幅,详细记述各种生产工具的命名、来源、构造、操作与功效。对水利灌溉、蚕桑棉麻纺织等农具的叙述尤详,对元代新改制的农具描述,尤其值得我们关注。

元代新创制的耕耘器具,如铁犁、铁搭、秧马、耘荡、耘爪、耧锄、镫锄、粪耧、瓠种、砘车、耧车等。铁犁创制于战国时期,元代的铁犁有了新改进,在犁辕上安装犁箭、犁键等部件,调节耕田时入土的深浅。"惟犁之有金,犹弧之有矢。弧以矢为机,犁以金为齿。起土臿刃同,截荒剑锋比。缅怀神农学,利端从此始。"(《铧》)[5]为了适应南北各地不同土质的差异,元人又创造了各种不同形制的犁。如耕种江南水田用短小轻巧、灵活方便单牛牵引的犁;北方中原平原地区则有大型高效力的四牛拉的耕田犁。

耘荡,适于水田中耕除草的耕耘工具。"伊谁制器代爪耘,长竹柄头如木屐。底列短钉为铁齿,荡草入泥俱脓死……试将兹器示于人,由此致食就不识。便当献送政事堂,谷禄使知从我得。愿将制度付国工,遍赐吾农资稼穑。"(《耘荡》)[6]其序云:"形如木屐而实,长尺余,阔约三寸,底列短钉二十余枚,簨其上,以贯竹柄,柄长五尺余。"[7]耘田时,从其"既胜耙锄,又代手足,况所耘田数,日复兼倍"的效果看,既可免农民的辛苦,也提高生产效率。

---

① [元]王祯著,缪启愉、缪桂龙译注:《农书译注·农器图谱集》之十三,齐鲁书社2009年版,第636页。

② 同上,第631页。

③ [元]王祯著,缪启愉、缪桂龙译注:《农书译注·农器图谱集》之三,齐鲁书社2009年版,第454页。

④ [元]王祯著,缪启愉、缪桂龙译注:《农书译注·农器图谱集》之十三,齐鲁书社2009年版,第627页。

⑤ [元]王祯著,缪启愉、缪桂龙译注:《农书译注·农器图谱集》之三,齐鲁书社2009年版,第463页。

⑥ [元]王祯著,缪启愉、缪桂龙译注:《农书译注·农器图谱集》之四,齐鲁书社2009年版,第481—482页。

⑦ 同上。

镫锄是主要用于中耕除草的工具，始见于王祯《农书》，是一种元代发明的农具。“兹锄以镫称，惟镫与锄异。锄乃拟镫形，镫也取锄利。借用有实材，互名非本器。物兮多变通，执一岂云智？”（《镫锄》）[①]由于它没有两刃角，在锄草时不易伤禾苗。

耧车是很早就使用的一种播种工具，是汉朝赵过发明的，下有三个开沟器，播种时，用一头牛拉着耧车，耧角在平整好的土地上进行条播。到元朝，人们对古代耧车作了两项大的改进：一是在耧车上附加上粪耧，把播种同施种肥结合起来；二是在耧车后面配上砘车，把下种同镇压结合起来，使土和种子紧密接触，有利于保墒和种子发芽。“富家种论石，贫家种论斗。贫富同一时，倾泻应心手。行看万垄间，坐使千箱有。利物博如此，何惭牛在后。”（《耧车》）[②]在播种之时耧车后面常常配置砘车，“以砘为车古未闻，字因义取石从屯。斫成璧月云根老，动殷春雷陆地喧。势借机衡圆转力，辙循种土发生原。田头已碾农夫悦，沟垄苗深谷易蕃”（《砘车》）[③]。砘车随耧种所过沟垄碾之，使种土相着，易为生发。

耧锄是元代农民创造的用畜力牵引的中耕锄草工具。“锻金以为曲，揉木以为直。直曲相后先，心手始两得。秦人望屋食，以此当金革。君勿易耰锄，耰锄胜锋镝。”（《耧锄》）[④]这种耧锄，以驴拉人扶，其深胜过锄力三倍，日锄二十亩，效率是比较高的，是华北平原用于畜力耕耘的器具。

元代新创制的收获农具，主要有推镰、麦绰、捃刀、鉴刀等。推镰是元代新创制的收割农具，由于安上小轮推进，有点半机械化意味，比手持镰刀收割提高好几倍工效。王祯曾以“北风卷地翻长河，此时镰也收功多”（《推镰》）[⑤]来形容其功效确不为过。麦钐，也是一种收割农具，适合在较大的地块上工作。其后带着四个小轮的麦笼及拖杷。使用这种收割器，一天的收割量比用其他工具多几倍。“利刃由来与钹同，岂知芟麦有殊功。”（《麦钐》）[⑥]其他如割谷穗的鉴刀，割麦穗的捃刀等，也极大地提高了收割的工效。

---

① ［元］王祯著，缪启愉、缪桂龙译注：《农书译注・农器图谱集》之四，齐鲁书社 2009 年版，第 478 页。

② ［元］王祯著，缪启愉、缪桂龙译注：《农书译注・农器图谱集》之二，齐鲁书社 2009 年版，第 443 页。

③ 同上，第 445 页。

④ ［元］王祯著，缪启愉、缪桂龙译注：《农书译注・农器图谱集》之四，齐鲁书社 2009 年版，第 474 页。

⑤ ［元］王祯著，缪启愉、缪桂龙译注：《农书译注・农器图谱集》之五，齐鲁书社 2009 年版，第 493 页。

⑥ ［元］王祯著，缪启愉、缪桂龙译注：《农书译注・农器图谱集》十五，齐鲁书社 2009 年版，第 693 页。

元代的灌溉机具中属于新创制的主要有翻车、牛转翻车、水转翻车、筒车、卫转筒车、水转高车、高转筒车、刮车、连筒等。翻车，即龙骨车，是往高处提水的工具"翻翻联联衔尾鸦，荦荦确确蜕骨蛇。分畦翠浪走云阵，刺水绿秧抽稻芽"（《翻车》）[①]。"世间机械巧相因，水利居多用在人。可是要津难必遇，却将畜力转筒轮。"（《水转筒车》）[②]"戽车寻丈旧知名，谁料飞空效建瓴。一索缴轮升碧涧，众筒兜水上青冥。溉田农父无虞旱，负汲山人赖永宁。颠倒救时霖雨手，却从平地起清泠。"（《高转筒车》）[③]"通渠激浪走轰雷，激转筒车几万回。水械就携多水上，天池还泻半天来。竹龙解吐无云雨，旱魃潜消此地灾。安得临流施此技，楼居涤去暑天埃。"（《水转高车》）[④]"创物须凭智巧先，溯流能使迅如川。一轮随手供翻转，众辐循槽入斡旋。已藉机衡欹矮岸，顿教膏泽上枯田。桔槔戽斗虽云旧，试向车头较涌泉。"（《刮车》）[⑤]由此可见，元代利用人力、畜力以及水力进行灌溉的同时，已发展机械原理，翻车、筒车、高车或刮车等灌溉器具中，无不使用了齿轮传动原理，这极大地提高了生产效率，正如《筒车》诗中所描绘的那样："像龙唤不应，竹龙起行雨。联绵十车辐，咿轧百舟橹。转此大法轮，救汝旱岁苦。横江锁巨石，溅瀑叠城鼓。神机日夜运，甘泽高下普。老农用不知，瞬息了千亩。"（《筒车》）[⑥]

元代新创制的农产加工机械，如连二水磨、水击面罗、水转连磨、水轮三事等，在农产品加工方面体现出巨大的优越性。如水击面罗，即利用水的冲刷，促使面罗来回摆动而工作。其诗绘声绘色地再现了其工作的情景："春雷声殷雪成围，收入罗床别有机。才得水轮轻借力，方池均受玉尘飞。"（《水击面罗》）[⑦]

在创新农具上，更见其兴农的热忱。王祯做了大量的工作，改造和发明了一些农具。如"水轮三事"便是其中的典型。他在普通水磨的基础上，通过改变它的轴首装置，使它兼有磨面、砻稻、碾米三种功用。"制磨元凭一水轮，就加砻碾巧相因。轴端更置皆从省，谷物兼成岂惮频。饼食已供无匮乏，米珠重造得圆匀。济民有要无人识，《农谱》图中拟细陈。"（《水轮三事》）[⑧]其序云："夫一机三事，始终俱备，变而能通，兼而不乏，省而有要，诚便民之活法，造物之潜

① [元]王祯著，缪启愉、缪桂龙译注：《农书译注·农器图谱集》之十三，齐鲁书社 2009 年版，第 631 页。

② 同上，第 639 页。

③ 同上，第 641 页。

④ 同上，第 643 页。

⑤ 同上，第 647 页。

⑥ 同上，第 635 页。

⑦ 同上，第 679 页。

⑧ 同上，第 676 页。

机。今创制，幸识者述焉。”王祯这种一机多用的设计思想是十分可取的。连磨，“世罕有传者。今乃寻绎搜索，度其可用，述此制度，既图于前，复叙于后，庶来者效之，以广食利”(《连磨》序)[①]。水排，“去古已远，失其制度，今特多方搜访，列为图谱，庶冶炼者得之，不惟国用充足，又使民铸多便，诚济世之秘术。”(《水排》序)其诗云：“尝闻古循吏，官为铸农器。欲免力役繁，排冶资水利。轮轴既旋转，机桐互牵掣。深存橐籥功，呼吸唯一气。遂至巽离用，立见风火炽。熟石既不劳，熔金亦何易。国工倍常资，农用知省费。谁无兴利心，愿言述此制。”(《水排》)[②]《水转连磨》序云：“尝到江西等处，见此制度，俱系茶磨。所兼碓具，用捣茶叶，然后上磨。若他处地分，间有溪港大水，仿此轮磨，或作碓碾，日得谷食，可给千家，诚济世之奇术也。陆转连磨下用水轮，亦可。”作者因见到江西的茶磨茶碓，便创此连磨连碓。其诗云：“昔闻圜绕磨相连，役水今看别有传。一轴连轮方卧转，众机联体复旁旋。要枢自假风波力，哲匠谁偷造化权。总道于人多饱德，好将规制示民先。”(《水转连磨》)[③]

王氏还进一步实践制造新器，并作试验，例如水砻，“水利中未有此制，今特造立，庶临流之家，以凭仿用，可为永利”(《砻》)[④]；又如高转筒车，“此近创捷法，已经较试，庶用者述之”(《高转筒车》)[⑤]。制造新器示范，并临流装置试验，不是徒然纸上谈兵，其为民众造福的热情，令人敬佩。

《农器图谱》用图文并茂的形式，对这些新创制的农业机具进行了积极的宣传和推广，对当时的农业发展起了促进作用。

（六）赞美田园风光，向往大同社会

王祯为人澹泊、宁静，不慕世俗荣华，其思想深处有着深厚的道家思想的烙印。戴表元《王伯善农书序》云：“山斋修然，终日清坐。”[⑥]《农器图谱》中收录的一些器物简直是原始社会的老古董，如老瓦盆、饱搏、瓢杯之类，殊不足以登大雅之堂，可他倍加珍惜：“窃谓季世习俗奢僭，以金玉为饮器，鲜不败德。今

---

① [元]王祯著，缪启愉、缪桂龙译注：《农书译注・农器图谱集》之九，齐鲁书社 2009 年版，第 573 页。

② [元]王祯著，缪启愉、缪桂龙译注：《农书译注・农器图谱集》之十四，齐鲁书社 2009 年版，第 667 页。

③ 同上，第 677 页。

④ 同上，第 673 页。

⑤ 同上，第 640 页。

⑥ [元]戴表元：《王伯善农书序》，王毓瑚校《王祯农书》，农业出版社 1981 年版，第 445 页。

老瓦盆盛酒，有复古淳俭之风，其可尚也”（《老瓦盆》序）[①]；“许由一瓢自随，颜子一瓢自乐。今举匏樽，倾瓢杯，何田家之有真趣也”（《瓢杯》序）[②]；“眷然还忆古遗风，得失无非寓真意。好共农家老瓦盆，侑我田歌成一醉”（《缶》）[③]，其淳朴宁静、澹泊为怀的心境，跃然纸上。

优美的田园风光，悠然闲适的生活也令其兴趣盎然。其农具组诗中有多处写到这样的景象：“吾生口腹有成计，终焉愿依江乡氓”（《柜田》）[④]；“我亦从今事兹器，东皋甘作力田人”（《长镵》）[⑤]；“吾将挈家于此而就食，听其所止于鱼稻之乡”（《农舟》）[⑥]；“每破陌上之晨烟，几荷江边之明月”（《铁搭》）[⑦]；“沃野号称今陆海，烟波分得小江天。便当卜此成归计，鱼稻乡中好度年”（《陂塘》）[⑧]；“绿草无端倪，牛羊在平地。芊绵杳霭间，落日一横吹。超遥送逸响，澶漫写真意。岂比卖饧夫，吹箫贩童稚”（《牧笛》）[⑨]；“东皋茫茫春雨晴，前溪溶溶春水生。小桥欹仄已中断，野航一叶通人行。长日一鞭春事毕，来去溪边少人迹。雨打风牵尽日横，白鹭有时来上立”（《野航》）[⑩]；“水乡远近多歧路，谁作划船新制度？不烦梢梅与帆樯，一棹翩翩恣来去。农事方殷负载多，水陆无拘随所遇。归来闲舣古方塘，不知江海风涛怒。有时撑出柳边来，还胜断桥人不渡”（《划船》）[⑪]；“何张翰思归，独取乎莼羹鲈鲙。又龟蒙投隐，止载乎茶灶笔床。

---

① [元]王祯著，缪启愉、缪桂龙译注：《农书译注·农器图谱集》之十一，齐鲁书社2009年版，第602页。

② 同上，第605页。

③ [元]王祯著，缪启愉、缪桂龙译注：《农书译注·农器图谱集》之十四，齐鲁书社2009年版，第687页。

④ [元]王祯著，缪启愉、缪桂龙译注：《农书译注·农器图谱集》之一，齐鲁书社2009年版，第409页。

⑤ [元]王祯著，缪启愉、缪桂龙译注：《农书译注·农器图谱集》之三，齐鲁书社2009年版，第458页。

⑥ [元]王祯著，缪启愉、缪桂龙译注：《农书译注·农器图谱集》之十二，齐鲁书社2009年版，第610页。

⑦ [元]王祯著，缪启愉、缪桂龙译注：《农书译注·农器图谱集》之三，齐鲁书社2009年版，第460页。

⑧ [元]王祯著，缪启愉、缪桂龙译注：《农书译注·农器图谱集》之十三，齐鲁书社2009年版，第628页。

⑨ [元]王祯著，缪启愉、缪桂龙译注：《农书译注·农器图谱集》之七，齐鲁书社2009年版，第531—532页。

⑩ [元]王祯著，缪启愉、缪桂龙译注：《农书译注·农器图谱集》之十二，齐鲁书社2009年版，第612页。

⑪ 同上，第611页。

吾将挈家于此而就食，听其气止于鱼稻之乡”(《农舟》)[①]；“耕有春雨濡，耘有秋阳暴。二物应时需，九州同我欲。孰能生少慕，得此自云足。君思周伯阳，所愿岂华毂”(《笠》)[②]；“初若笠泽引田舍之觞，又似柴桑倒茅檐之瓢。无思虑兮适刘伶之动止；浮江湖兮游庄周之逍遥。浩浩乎无怀大庭兮，去此逾几，又奚啻等山罍于敝屣兮，侪牺象乎苏樵。”(《匏樽赋》)[③]凡此等等，不一而足。在这些诗句中，我们不仅能感受到其恬静安详的性格，更能感受到其对自由、美好生活的向往，对田园生活的眷恋。

再如《圃田》序云：“其田缭以垣墙，或限以篱、堑。负郭之间，但得十亩，足赡数口。若稍远城市，可倍添田数，至半顷而止。结庐于上，外周以桑，课之蚕利；内皆种蔬，先作长生韭一二百畦，时新菜二三十种。惟务多取粪壤，以为膏腴之本。虑有天旱，临水为上；否则量地凿井，以备灌溉。地若稍广，又可兼种麻、苎、果、谷等物。比之常田，岁利数倍。此园夫之业，可以代耕。至于养素之士，亦可托为隐所，日得供赡。又有宦游之家，若无别墅，就可栖身驻迹。如汉阴之独力灌畦，河阳之闲居鬻蔬，亦何害于助道哉？”[④]从序中所记可以见出，在这样的圃田环境中，作者适情任性，十分自在。《圃田诗》在田园生活的描写中抒发了作者的隐逸情怀：

> 二尺负郭田，尺土宁易取？数口仰成家，片产足为圃。远即加倍蓰，多仍防莽卤……随分了朝昏，无心富囷庾。高卧尽元龙，信诬从市虎。闲看穴蚁争，静听井蛙怒。

诗中不仅交待了耕作圃田的技巧，还勾画、描绘了一幅意境悠远恬淡的隐士生活图。诗人向往自由适性的生活，“进退绰有余，奔竞耻为伍。寸壤总康庄，众流独砥柱”。并引用古人事迹，“请学拟樊须，不如闻孔父，业作灌园翁，籍占输税户”，“造境到羲炎，逢时知舜禹”，传递对闲逸生活的向往。诗的末尾则表达了“以农为本”的观念，“养生诚足嘉，报本非敢侮，五土既有神，百谷岂无祖？”(《圃田》)[⑤]

---

① [元]王祯著，缪启愉、缪桂龙译注：《农书译注・农器图谱集》之十二，齐鲁书社 2009 年版，第 610 页。

② [元]王祯著，缪启愉、缪桂龙译注：《农书译注・农器图谱集》之七，齐鲁书社 2009 年版，第 524 页。

③ [元]王祯著，缪启愉、缪桂龙译注：《农书译注・农器图谱集》之十一，齐鲁书社 2009 年版，第 604 页。

④ [元]王祯著，缪启愉、缪桂龙译注：《农书译注・农器图谱集》之一，齐鲁书社 2009 年版，第 404 页。

⑤ 同上，第 404—405 页。

“大同”是中国古代对理想社会的一种称谓。《礼记·礼运》说:“大道之行也,天下为公,选贤与能,讲信修睦。故人不独亲其亲,不独子其子,使老有所终,壮有所用,幼有所长,矜寡孤独废疾者,皆有所养。男有分,女有归。货恶其弃于地也,不必藏于己;力恶其不出于身也,不必为己。是故谋闭而不兴,盗窃乱贼而不作,故外户而不闭,是谓大同。”[①]这里没有压迫、剥削,也没有战争、掳夺,人们生活在和平宁静的环境中,过着无忧无虑的生活。

王祯在《牧笛》序中说:“早暮招来群牧,犹牧马者鸣笳也。尝于村野间闻之,则知时和岁丰,寓于声也。每见模为图画,咏为歌诗,实古今太平之风物也。”[②]《耰》亦云:“坐见锋镝销,太平风物在。尧年击壤民,今闻歌圣代。”[③]这里所谓的“太平风物”即太平盛世的风景,这里是一派宜人的田园风光,这里充满着和平、丰足、恬静,人人快乐,其实质即是儒家所描绘的“大同社会”。

类似的描述在《击壤》《匏樽》《土鼓》和《蒉》中也有:“泰和民如何,戏适因块壤……徒歌足欢愉,至意自融盎。帝力既不知,大德日荡荡。尔来几千年,古俗遂长往。虽云遗制在,淳风邈难想。谁能陶真乐,返古如指掌。怀哉壤父歌,三复有遗响”(《击壤》)[④];“粤昔伊耆氏,乐制惟土苴。继自神农氏,作鼓正从瓦。蒯桴一引击,真性足陶写。当时风俗成,往往朴而野。太音能希声,调高和诚寡。迨周因用之,龡合《豳雅颂》。祈年及祭蜡,齐敬格上下。是虽器质略,名亦不徒假。花腰鸣且急,可以愧来者”(《土鼓》)[⑤];“伊昔丈人辈,荷蓧与荷蒉。蓧蒉虽若殊,知皆古农器。视彼隐者流,避世复避地。为兹身口谋,宁同圣人意?寥寥千载后,犹能睹余制。因物想遗风,怃然发三喟”(《蒉》)[⑥]。诗人乐百姓所乐,忧百姓所忧,其境界可比肩范仲淹的“先天下之忧而忧,后天下之乐而乐”。

---

① 陈戍国点校:《四书五经》上,岳麓书社2014年版,第513页。

② [元]王祯著,缪启愉、缪桂龙译注:《农书译注·农器图谱集》之七,齐鲁书社2009年版,第531页。

③ [元]王祯著,缪启愉、缪桂龙译注:《农书译注·农器图谱集》之二,齐鲁书社2009年版,第439页。

④ [元]王祯著,缪启愉、缪桂龙译注:《农书译注·农器图谱集》之六,齐鲁书社2009年版,第519页。

⑤ [元]王祯著,缪启愉、缪桂龙译注:《农书译注·农器图谱集》之十一,齐鲁书社2009年版,第607页。

⑥ [元]王祯著,缪启愉、缪桂龙译注:《农书译注·农器图谱集》之八,齐鲁书社2009年版,第537页。

第五章 重史传统与元代咏史组诗

中国是一个历史悠久的国家，中华民族是一个重视修史传统的民族。在夏代的奴隶制国家机构中，已设置了史官。据《吕氏春秋·先识》记载：夏桀荒淫无道，太史令终古“出其图法”进行劝谏，无效，即弃而奔商。其后各朝，从天子到各诸侯之国，都曾设有这样的史官。自唐代起，政府正式设立史馆，专职修史。到宋代以后，新朝为前朝修史，已然成为一种制度。这既是为了总结历史的教训，也借以确立新朝的政治正当性。中国的史书之所以能延续不断，与这种注重历史记忆的传统直接相关。

《说文解字注》对“史”这样界定：“史，记事者也。”①国人热衷于修史、重史，基于史学具有两种效用：一是属于道德批判的“褒贬”，一是属于经验教训的“资治”。因此，对前贤的追慕，对成败兴亡的感叹，成为永恒的主题。在元代这样一个“另类”政权中，人们借助“咏史”来表达自己的情感寄托，对重史传统的弘扬被赋予了执着现实的内涵。

咏史诗之“史”，不仅对后人，即使是对诗人来说，也已是前代的历史。咏史诗之体式，从诗人对历史的切入点和对史料、史实的运用来区分，有“正体”与“变体”之别。古人所论二体，已是对咏史体式的准确概括。如唐人吕向有关王粲《咏史诗》的解题曰：“谓览史书，咏其行事得失，或自寄情焉。”②不仅对“咏史”作释义，还涉及咏史诗的两种体式，即隐括本传、以史为诗的“正体”或云“传体”，和感慨寄兴、以史咏怀的“变体”或云“论体”的辨析。诗人大多是以对历史的深刻认识为基础而兴发为诗的，浸透着浓重而强烈的史学意识，多能赋成发自肺腑、感人至深的篇什。而“诗思”中那些分明的爱憎、炽热的激情，往往能更纯粹、更贴切地表达出诗人的史观及史识。在思想内容上，它涉及国家兴亡、社会治乱、君臣贤愚、功业成败，以及个体的生存状态、生活出路乃至

---

① [清]段玉裁：《说文解字注》，上海古籍出版社 1988 年版，第 116 页。

② [梁]萧统：《文选》卷 21“咏史类”，人民文学出版社影印宋刊明州本 2008 年版，第 317 页。

家庭情感等社会人伦的重要问题,吟咏的题材似乎离现实社会较远,而吟咏的主旨却处处切合社会现实。在艺术手法上,它将叙事、写景、抒情、议论等表现形式有机地融合为一,达到以古讽今、借史抒怀的目的。

第一节 宋无《啽呓集》"以诗存史"的手法

宋末元初,宋无《啽呓集》、徐钧《史咏集》、赵景良《忠义集》等咏史诗集的出现,将元代咏史诗推向了一个新的高度。正如李军所言:"在元诗史上,宋无是一个承前启后的人物。他诗中所抒发的故国情思,与元初遗民诗的主流是一致的,可以视为其余波。他的咏史组诗与诗学李贺,又明显开启了后期杨维桢诗一途,可以看作是其先导。"①

宋无,字子虚,号晞颜,又号翠寒道人,祖籍固始(今属河南)人。宋咸淳十年(1274),其父宋国珍奔吴,遂为吴(今江苏苏州)人。据明代王鏊《正德姑苏志》卷54《人物十四·文学》载:"宋无,字子虚,吴人。生宋景定间,尝习举子业科。举废,遂专攻为诗。比对精切,造语新奇,有隐居之趣。所著有《翠寒集》《啽呓集》。尝举茂异不就,年八十余卒。"②宋无除代父东征外,并未真正出仕新朝,是一个典型的遗民文人。早年曾从欧阳守道学习,欧阳为学喜评析前代治乱存亡之事,这些都为其大量写作咏史诗奠定了基础。

作为元初江南著名的诗人,宋无诗保存于《翠寒集》和《啽呓集》中。前者为别集,收诗217首,各体兼备;后者为专集,收七言绝句咏史诗101首。《翠寒集》得名于宋无隐居之翠寒山,其《自序》末署"吴病叟宋无子虚志于翠寒山隐居"可证。《啽呓集》是一部咏史诗集,由101首七言绝句组成。由邓光荐、赵孟頫、冯子振为其自编诗集作序,后有宋无《吴逸士宋无自铭》。"啽呓",梦中呓语声。以此名集,"体现诗人嗜吟状态,又带有自嘲意味"③。集中所咏,始于《禹鼎》,终于《留梦言》,上下跨度数千年,杂咏史事,每诗之后附以论断,展现出作者与众不同的史德与史识。正如毛晋所评:"凡古今朝野,褒贬雌黄,直补全史所未备,足称诗史矣。"(《啽呓集》卷末)④作为一个遗民诗人,其对南宋,特别是宋末的史事尤为关注,诗后有长篇的"自注",用以诠释诗歌的主题或写

① 李军:《元代诗人宋无诗初论》,《殷都学刊》2004年第3期。

② [明]王鏊:《正德姑苏志》卷54《人物十四·文学》,《北京图书馆古籍珍本丛刊》本,书目文献出版社1998年版,第852页。

③ 李军:《宋无诗集考略》,《文献》季刊2005年第3期。

④ [元]宋无:《啽呓集》,《元人十种诗》本,中国书店1990年版。

作背景，有明显的“以诗存史”意味。

一、《噞喁集》创作主题与作者的史学观

《噞喁集》是一部咏史诗集，邓光荐序云：“观其人渊默似不能言，然其诗则超迈有不可掩者。观其所著《翠寒》诸作，已自畏敬，又出其《噞喁集》者，览焉益加信服。盖于本学涵养既深，考据尤详，所以议论讽刺，探赜而阐幽，俱各有自。”[①]从其对“自注”的评价“考据尤详”“议论讽刺，探赜而阐幽”的论断中不难判断，作者并非泛咏史事，而以独特的视角观察历史兴衰，并传达独特的史学观点。所秉持“以诗存史”的理念，尤令人敬佩。笔者根据《全元诗》对宋无《噞喁集》中咏史组诗梳理成下表：

《噞喁集》中咏史组诗创作情况表[②]

序号	诗名	对象	朝代	题旨	结构形态
1	禹鼎	禹鼎	商周	对政权更迭的反思	先诗后注
2	讲武	礼制	商周	叹武备不修，先王之制废	先诗后注
3	鲁世家	鲁世家	春秋	叹人心不古，世风日下	先诗后注
4	闻韶	孔子	春秋	赞天下大同理想	先诗后注
5	夷齐	伯夷、叔齐	商周	赞美忠信	先诗后注
6	郑庄公	郑庄公	春秋	赞郑庄公之孝	先诗后注
7	范蠡	范蠡	春秋	叹君臣际遇	
8	豫让	豫让	春秋	赞侠士一诺千金	
9	毛遂	毛遂	战国	叹人才难得	
10	王蠋	王蠋	战国	赞忠义之心	先诗后注
11	婴臼	程婴、公孙杵臼	春秋	赞忠心为人救难解危	
12	晏子	晏子	春秋	赞晏子礼贤下士	先诗后注
13	甘罗	甘罗	战国	赞审时度势	
14	穰侯	魏冉	战国	叹强秦纵横天下	
15	须贾	须贾	战国	叹成败萧何，恩怨情仇	
16	蔺相如	蔺相如	战国	赞蔺相如宽容谦让美德	
17	壶藏	壶遂、藏固等	战国	赞魏信陵君礼贤下士	先诗后注
18	巫咸	壶子	战国	斥巫师误国误民	

---

① [元]宋无：《噞喁集》，《元人十种诗》本，中国书店 1990 年版。

② 根据杨镰《全元诗》第 19 册整理，中华书局 2013 年版，第 406—453 页。下文所引未标出处者同此。

续表

序号	诗名	对象	朝代	题旨	结构形态
19	扁鹊	扁鹊	战国	赞医者仁人，斥讳疾忌医	
20	龟策	龟策	战国	斥占卜误事	
21	秋胡妻	秋胡妻	战国	赞秋胡妻忠贞守节	
22	过秦	贾谊	西汉	斥秦失德亡国。与史家有别	先诗后注
23	关中	关中	秦朝	对史家楚强汉弱说不认同	先诗后注
24	刘媪	刘媪	西汉	赞皇权神授	先诗后注
25	发踪	萧何	西汉	斥刘邦忘恩负义	先诗后注
26	未央宫	刘邦	西汉	斥刘邦无耻与自大	先诗后注
27	陈平	陈平	西汉	赞颂陈平屡建功劳	
27	项羽	项羽	秦末	叹项羽缺乏政治智慧	
28	楚歌	项羽、刘邦	秦末	叹楚汉相争王，此消彼长	
29	娄敬	娄敬	西汉	点评汉代和亲匈奴	先诗后注
30	吕氏	吕后	西汉	讽吕氏大权独揽、临朝称制	先诗后注
31	女刑	女刑	西汉	赞美吕后与民休息之国策	先诗后注
31	周勃	周勃	西汉	赞英雄不问出处	先诗后注
32	申白	申白	西汉	讽刺楚王愚昧	先诗后注
33	朝鲜	汉文帝	西汉	赞美汉文帝仁民爱物	先诗后注
34	汉文帝	汉文帝	西汉	赞美汉文帝德治之功	
35	灌夫	灌夫	西汉	叹怀才不遇，未解太史公用意	先诗后注
36	郭吉	郭吉	西汉	讥评郭吉不善劝降，反受其辱	先诗后注
40	乐人窦公	乐人窦公	西汉	赞君子待时而动	先诗后注
41	房中乐	房中乐	西汉	叹后人耽于享乐，背离圣人初衷	先诗后注
42	韩嫣	韩嫣	西汉	叹宠臣炙手可热	先诗后注
43	夏侯胜	夏侯胜	西汉	赞忠义	先诗后注
44	李延年	李延年	西汉	引苏李诗赞其历史功绩	
45	尚书	尚书	西汉	对《左传》引今文《尚书》的不满	先诗后注
46	寿域	礼制	西汉	赞制礼作乐以导民众	先诗后注
47	司马迁	司马迁	西汉	感叹世态炎凉	先诗后注
48	马援	马援	东汉	赞其殒命疆场，为国尽忠	
49	曹瞒	曹操	东汉	叹造化弄人，曹阿瞒位极人臣	先诗后注
50	左元放	左慈	东汉	叹左慈幻术之妙	
51	壶公	壶公	东汉	赞悬壶济世之善行	

续表

序号	诗名	对象	朝代	题旨	结构形态
52	王戎	王戎	西晋	赞入世与出世兼得	
53	刘伶	刘伶	西晋	赞魏晋风流	
54	通子	陶潜子	东晋	叹潜子不喜文章	
55	绿珠	绿珠	西晋	赞绿珠义不受辱	
56	虬髯客	虬髯客	隋末	赞虬髯客之义薄云天	先诗后注
57	李三郎	唐玄宗	唐代	叹玄宗奔蜀	
58	颜真卿	颜真卿	唐代	赞颜真卿忠义	先诗后注
59	张果老	张果老	唐代	赞看破红尘纷扰	
60	徐左卿	徐左卿	唐代	感慨神奇之事	先诗后注
61	高力士	高力士	唐代	赞忠心护主，世道不古	先诗后注
62	田山叟	田山叟	唐代	赞爱情伟大，因爱重生	先诗后注
63	陆贽	陆贽	唐代	赞济国安邦	
64	阿买	阿买	唐代	赞叔侄至情	
65	张建封妾盼盼	关盼盼	唐代	赞矢志守节	先诗后注
66	泰娘	泰娘	唐代	叹泰娘委身他人，身世沉浮	先诗后注
67	王霞卿	王霞卿	唐代	赞才子佳人，浓情蜜意	先诗后注
68	胡琴婢胜儿	胡琴婢胜儿	唐代	赞婢胜儿弹琴之美	先诗后注
69	仇士良	仇士良	唐代	斥奸人当道	
70	冯道	冯道	五代	叹亡国降臣命运悲催	
71	敬新磨	敬新磨	后唐	恨戏子误国	
72	李自伦	李自伦	五代	赞义门同居	先诗后注
73	赵学究	赵韩王普	后周	赞忠义之臣	先诗后注
74	李国主	李煜	后蜀	叹国破家亡	
75	金明池龟	金明池龟	北宋	讽君王昏聩	先诗后注
76	李芳仪	李景之女	五代	思念故国	先诗后注
77	王介甫	王安石	北宋	感慨积重难返	
78	艮岳	艮岳	北宋	讽北宋昏君	先诗后注
79	西湖	西湖	金朝	讽南宋昏君	先诗后注
80	王婉容	王婉容	金朝	赞节妇忠贞	先诗后注
81	秦少游女	秦学士女	南宋	赞节妇忠贞	先诗后注
82	秦桧	秦桧	南宋	赞忠斥奸	

续表

序号	诗名	对象	朝代	题旨	结构形态
83	胡澹庵	胡铨	南宋	赞美忠信	先诗后注
84	沈持正	沈枢	南宋	赞正直忠贞,讽秦桧赵构议和	先诗后注
85	苏云卿	苏云卿	南宋	赞高逸,激贪鄙	先诗后注
86	岳武穆王	岳飞	南宋	赞忠义、视死如归	先诗后注
87	陈同甫	陈亮	南宋	赞忠义爱国	先诗后注
88	毛惜惜	毛惜惜	南宋	赞毛惜惜忠贞,斥降金官员	先诗后注
89	贾似道	贾似道	南宋	斥奸臣误国欺君	先诗后注
90	吕文焕	吕文焕	南宋	斥奸臣无节,误国误民	先诗后注
91	文文山	文天祥	南宋	悲英雄失路,无用武之地	先诗后注
92	张千载	张千载	南宋	赞生死交情	先诗后注
93	邓中甫	邓剡	南宋	赞忠义、生死契阔	先诗后注
94	张太傅	张世杰	南宋	赞精忠报国	先诗后注
95	陆君实	陆秀夫	南宋	赞义不受辱、忠心报国	先诗后注
96	谢叠山	谢枋得	南宋	赞慷慨赴死,决不失志	先诗后注
97	汪紫原	汪立信	南宋	赞忠烈,斥奸佞	先诗后注
98	赵震卿妻雍氏	赵震卿妻雍氏	南宋	赞夫妻节义成双	先诗后注
99	贾琼妻韩氏	韩希孟	南宋	赞节妇忠贞	先诗后注
100	叶李	叶李	南宋	斥奸臣无节,误国误民	先诗后注
101	留梦炎	留梦炎	南宋	斥奸臣无节,误国误民	先诗后注

从上表统计可见,宋无的《啽呓集》所咏史事,有下列特征:

一是所咏对象的属性。从总体上看,包括历史人物、历史事件或物品、历史遗迹三类。其中,对历史人物的吟咏共《鲁世家》《闻韶》《夷齐》《郑庄公》《范蠡》《豫让》等91篇,占90.1%;反映历史事件或物品的有《禹鼎》《讲武》《龟策》《房中乐》《寿域》《尚书》《金明池龟》等8篇,占7.9%;反映历史遗迹的有《西湖》《关中》2篇,占1.9%。对历史人物的功过褒贬是《啽呓集》的主体。作者通过人物的命运沉浮折射历史的发展,借助对历史人物的褒贬态度,来表达对历史的思考。这与元代"史记体"咏史诗的广泛传播有关。

二是所咏对象的时代。商周3篇,春秋7篇,战国11篇,秦汉之交3篇,西汉22篇,东汉4篇,西晋3篇,东晋1篇,隋1篇,唐五代18篇,北宋3篇,金2篇,辽1篇,南宋21篇。从吟咏对象的比例上看,以宋朝为题的诗共有27首,占了全集诗歌的四分之一多。可见作者反思宋亡,以史为鉴的用意异常明确。此外，包括《项羽》《楚歌》《未央宫》《刘媪》《吕氏》《汉文帝》《朝鲜》《王蠋》《鲁世家》《范蠡》《郑庄公》《陈平》《婴臼》《发踪》《周勃》《夷齐》《晏子》《穰侯》《吕氏》《女刑》《周勃》《申白》《灌夫》《郭吉》《乐人窦公》《房中乐》《韩嫣》《夏侯胜》《娄敬》《李延年》《司马迁》《龟策》《关中》《过秦》《郭吉》36 篇，都是取材于《史记》，属"史记体"咏史诗。"《史记》所成功塑造的大批历史人物形象，也自然成为他们或直接或间接的吟咏对象，由此而产生的咏史诗即为其接受《史记》的创作成果。这些诗歌既是反映《史记》对后世诗歌文学影响的有力证明，同时也是咏史诗中特殊的一类，于《史记》和咏史诗都有着不容小觑的研究价值。"①宋无《啽呓集》中大量来自于《史记》的咏史诗，从一个侧面呈现了元代"史记诗"繁荣的格局②。

三是"先诗后注、诗注结合"的结构形态。从表中所列可见，在总共 101 首咏史组诗中，"有诗无注"的共 35 篇，"先诗后注，诗注结合"的共 66 篇，占全集近三分之二。涉及宋金辽三代 27 首诗，"无注"的仅有《王安石》《秦桧》2 篇，诗注相属的比例远远高于相对其他朝代。尤其值得关注的是，作者对咏宋代史事的自注较长，其字数约占全集的五分之二。特别是那些和南宋灭亡息息相关的人物，如岳飞、文天祥、张世杰、陆秀夫、谢枋得、贾似道等历史人物，是作者重点介绍的对象。从《全元诗》中相关诗歌后注统计，上述人物中"自注"最长的依次是《文天祥》达 1392 多字，《岳飞》1194 字，《贾似道》943 字，《张世杰》500 多字，《陆秀夫》《谢枋得》也有 300 多字。这些"注文"以散文的形式，详细地记载了所咏人物的生平事迹，与作为韵文的诗歌构成了互补。"先诗后注，诗注结合"的结构形态使诗的内涵得到了充分开掘，有利于揭示历史人物的性格特征，也有利于展现作者鲜明的爱憎之情。

四是咏史诗的题旨。《啽呓集》的主题呈现出多元化的特征，有赞美忠贞爱国的，有讽刺背信弃义的；既有对天下大同理想的向往，也有对朝廷不修武备的担忧；有思念故国，表黍离之悲的；有叹世风日下，悲世态炎凉的；有赞爱情美好的，也有叹红颜薄命的；有赞秋女子忠贞守节，也有斥降臣卖国求荣的；有赞礼贤下士的，也有斥奸佞误国的；有赞君王德治的，也有斥帝王愚昧的；有赞义门同居的，也有斥戏子误国的；有悲英雄失路的，也有"借古之酒杯浇心中块垒"的，凡此等等。这与元代多元文化的影响所带来开放、包容的文化心态

---

① 赵望秦、蔡丹等：《史记与咏史诗》，三秦出版社 2012 年版，第 5 页。

② 元代"史记诗"，最多者为徐钧，达 72 首；其次宋无，共 36 首；杨维桢位列第三，凡 28 首。其后是王恽 24 首，侯克中 20 首，张养浩 16 首，陈孚 15 首，刘因 12 首，李 12 首，胡祗遹 12 首，郝经 11 首等。参见：阮竞泽、樊婧《元代"史记诗"的学科意义和历史地位》，《广东社会科学》2016 年第 2 期。

相关。其中,“故国之思”是最核心的主题,这与作者的遗民文化心态有着密切的关联。

蒙元统治者在开拓疆域的进程中,不断融合了各民族文化,形成了开放、多元的文化特征,宋无的《啽呓集》中史学思想也因此呈现出多元化格局。

(一)崇尚王道德治,斥责昏聩腐朽

以史为鉴,是中国传统史学的一大特点。元代虽是少数民族政权,其对鉴戒史学的重视不输任何汉族政权。元世祖忽必烈即非常重视古代治乱兴衰的历史,曾召募儒生为他陈说古史治乱。“鉴于宋亡的历史教训,元初统治者和学者都具有总结历史的强烈意识,重视史学的鉴戒功能。同时在思想方面,大多深刻反省宋末理学空谈性命,而于经世救国无济于事的教训,注意学术经世致用的求实精神。”①重视史学鉴戒教育作用的鉴戒史学思潮,强调鉴古知今,强调经世致用自然就成为《啽呓集》的突出主题。《龟策》《过秦》《金明池龟》《西湖》《关中》等咏史诗,无一不是借古讽今,鉴古知今,以总结历史兴衰存亡之道的。

作者对秦始皇暴政及国祚短暂的历史盛衰充满慨叹,反思、总结秦朝所以亡国的原因便成为其咏史诗一大主题。《过秦》诗云:

> 贾谊区区论过秦,庸材中佐复何陈。骊山役罢阿房筑,形势虽存哪得人。

《过秦》诗题直接沿袭了贾谊的《过秦论》,“过秦”只是手段,目的是在“过宋”。作者借以讽谏执政者,反思治国与亡国之道本质。自注云:“贾谊《过秦论》曰:‘藉使子婴有庸主之材,仅得中佐,山东虽乱,秦之地可全有,宗庙之祀未当绝也。’司马迁曰:‘向使子婴有庸主之材,仅得中佐,山东虽乱,秦之地可全而有也。’《三史纂言》云:‘秦之猜暴,天下土崩瓦解,虽有周吕之才,无所复陈其巧,而以责一日之孤,误哉!方赵高之弑二世也,沛公兵已至武关。婴杀赵高,即位才四十六日,而沛公至灞上矣。婴于是时能诛杀弑君之贼,已足快矣。其不能保有全秦之计,则天理人事皆于是穷矣。谊以为关中之地秦以之兴,保此犹足以自完。殊不知子婴时关中已非昔日之关中,骊山阿房,苛赋横敛,刑淫政酷,秦人被其毒,驱强壮属之章邯,暴骨巨鹿,关中为虚,虽白起、商君复生,何以施其策哉!况中佐乎?谊以形势而言,失在德之意矣。”②从注可

---

① 阮竞泽、樊婧:《元代“史记诗”的学科意义和历史地位》,《广东社会科学》2016年第2期。

② 杨镰:《全元诗》第19册,中华书局2013年版,第413—414页。

知，贾谊认为秦所以亡国，主要原因是失去了关中之地。当年秦“以区区之地，致万乘之势，序八州而朝同列”，威风八面。现如今失去关中，导致国势颓败。宋无不认同贾谊的分析，他认为导致秦亡的根本原因，不在秦子婴才能不足和辅助之人的缺乏，而在于秦之暴政丧失了民心——“失在德之意矣”。秦子婴的失位，应验了“得道者多助，失道者寡助”历史铁律。

北宋末靖康年间，金兵南下，东京沦于金人。当新的王朝在临安安定下来时，追思繁华旧都的主题弥散在大量的宋元话本中，成为一种无法排遣的时代情绪。“绍兴初，故老闲坐，必谈京师风物，且喜歌曹元宠《甚时得归京里去》十小阕，听之感慨，有流涕者。故其时西北耆旧，谈宣政故事者，为人所重。”[①]《金明池龟》一诗讽刺宋太祖时拓金明池，司天监苗光裔卜卦一事，题旨与李商隐“可怜半夜虚前席，不问苍生问鬼神”（《贾生》）同。其诗云：

> 好笑金明数万龟，凿池休咎不先知。直饶龟祖并龟父，亦向苗家卜决疑。

金明池是北宋都城的皇家园林，每年三月一日，皇帝率领群臣到此观看水上赛龙舟的热闹场面。据《东京梦华录》卷7《三月一日开金明池琼林苑》载：“（金明）池在顺天门外街北，周围约九里三十步，池西直径七里许。入池门内南岸，西去百余步，有面北临水殿，车驾临幸，观争标锡宴于此。往日旋以彩幄，政和间用土木工造成矣。又西去数百步，乃仙桥……桥尽处，五殿正在池之中心，四岸石，向背大殿，中坐各设御幄，朱漆明金龙床，河间云水，戏龙屏风，不禁游人。殿上下回廊皆关扑钱物饮食伎艺人作场，勾肆罗列左右。桥上两边用瓦盆，内掷头钱，关扑钱物、衣服、动使。游人还往，荷盖相望。”[②]

周城《宋东京考》卷10引《紫桃轩杂缀》载：“宋太祖时，或诣司天监苗光裔卜。苗为布策成兆，曰：‘将有迁徙。’曰：‘损丁乎？’曰：‘无妨也。’苗疑之，执其裾问为物，其人不得已，对曰：‘我金明池龟也。今朝廷广池，将及我穴，恐见杀，故来问耳。’苗颔之，即以奏闻。”[③]自注云：“宋太祖时，或诣司天监苗光裔卜卦。苗布策成卦曰：‘当迁徙。’其人问曰：‘损人丁否？’苗曰：‘无害。’又一人占如前，又一人占又问同。苗疑之，执其裾问为谁，其人不得已，对曰：‘我金明池龟也。前二人吾祖、父也。今朝廷广池，且及我穴，恐见杀，故来问卦。幸垂救。’苗释之，即以表闻。已而凿池，得龟数十万，下令不得伤一龟，尽辇送水中。聂心远云：‘或谓物之灵无如龟，故决嫌疑、定犹豫必问之龟。今祸福休

① ［宋］周辉：《清波杂志·别志》卷中，中华书局1984年版，第135页。
② ［宋］孟元老撰，邓之诚注：《东京梦华录》卷7，中华书局1982年版，第181—183页。
③ ［清］周城撰，单远慕点校：《宋东京考》，中华出版社1988年版，第186页。

咎,龟不自知,又决之人。人卜之龟,龟又卜之人。人谓龟灵,龟谓人灵。人灵乎?龟灵乎?龟知苗能活我,假卜以投苗,斯亦龟灵也。'"[①]对照"自注"与《宋东京考》中对金明池龟的相关记载可见,二者最大的不同是"人龟或灵"的议论。当封建帝王将国家大事交给"灵龟"来决定时,而龟却要靠"人"来决定自己的命运,整个事件极具讽刺意味。《龟策》的主题与此同。四库馆臣云:"(宋)无诗颇可观,而此集亦不免以论为诗之病。其中如《金明池》《龟胡琴》《婢胜儿》之类,旁摭小说,亦殊泛滥也。"[②]虽然这两则故事取材于话本小说,但都反映了统治阶层的治国之策,不同程度地存在着"不问苍生问鬼神"的愚昧,反思大宋江山的沦落,其讽刺意味十分鲜明。

元代史学家们常以是否实行王道德治,作为考察历史治乱兴衰的标准。这对"总结宋末理学空谈虚辞、脱离实际的弊病,积极倡导经世致用的主张,强调躬行践履,不仅给元代理学注入了鲜明的务实内容,而且对于扭转宋末以来流于空疏的学风,具有十分积极的意义"[③]。作者心目中盛世是崇尚王道德治的社会,而《闻韶》《寿域》二诗最能代表其格局。其诗云:

> 陈完逃难遂奔齐,招乐犹存大舜时。夫子奚须知肉味,不图为乐至于斯。(《闻韶》)
>
> 王制能明礼乐扬,人间和气致祯祥。域开仁寿民能济,未济还驱夭横乡。(《寿域》)

《闻韶》诗自注云:"《汉·礼乐志》曰:春秋时,陈公子完奔齐。陈,舜之后矣,招(疑为韶)乐存焉。故孔子适齐,闻奏韶乐,喜而听之,历三月之久而其声不忘,虽食肉而不知其味。春秋去舜久矣。舜之治,孔子思之而不可得。一旦得闻韶音,如在舜岩廊之下亲见凤仪兽舞之盛,其乐如此也。或者曰:齐之田氏,乃舜之子孙。舜以揖逊而有天下,而田氏乃弑其君,故孔子闻韶音而叹曰:'不意韶乐盛德之后乃至于弑夺乎?'有所感焉。"[④]《寿域》诗自注云:"《礼乐志》王吉曰:延及儒生,述旧礼,明王制,驱一世之民济仁寿之域。王吉本传亦作'济',今俗作'跻'。颜氏注:'域,界也。'若是跻字,合注登陟之义。域,平履之区,非有崇高之意,何故以登陟为文?舒子《史纂言》曰:'未济则民在夭横之乡,既济则民履仁寿之域。济字之义为长,而世俗作跻,莫知其故。'"[⑤]前者以孔子适齐

① 杨镰:《全元诗》第19册,中华书局2013年版,第433页。

② [清]永瑢、纪昀等:《四库全书提要》卷174,中华书局1965年版,第1546页。

③ 屈宁:《苏天爵与元代史学》,《史学集刊》2011年第3期。

④ 杨镰:《全元诗》第19册,中华书局2013年版,第408—409页。

⑤ 同上,第421页。

闻韶三月不知肉味来形容先王“雅乐”所浸润着仁民爱物的精神，后者以《礼乐志》之典故，意在阐明先王之制通过“礼乐”引领人们奔向仁寿之域。二者的共同之处正是“崇尚王道德治”，所以他们所处的朝代必定兴盛。

在宋无心目中，“盛世”与“德君”有关，《汉文帝》中的刘恒便是楷模。“仓粟都钱朽腐盈，文皇为治致升平。山东羸老扶听诏，愿假须臾德化成。”[①]德化天下而治升平之世，这就是作者心中的梦想。汉文帝为人宽容平和，崇尚孝道，“二十四孝”之“亲尝汤药”讲的就是其孝顺母亲的故事。在位 24 年，重德治，兴礼仪，注重发展农业，使西汉社会稳定，人丁兴旺，经济得到恢复和发展，使汉朝进入强盛安定的时期，与汉景帝并列为“文景之治”，深得作者的推崇。《朝鲜》中则歌颂了汉文帝拒绝陈武等讨伐朝鲜、南越建议，赞美汉文帝仁民爱物的胸怀。“将军建议讨朝鲜，上意忧民在息肩。吠狗鸣鸡连万里，人间斗粟十余钱。”[②]诗后注云：“汉孝文即位，将军陈武等议曰：‘南越、朝鲜自全秦时内属为臣子，后且拥兵阻阨，选蠕观望。高祖时天下新定，人民小安，未可复兴兵。今陛下仁惠，抚百姓，恩泽加海内，宜及士民，乐用征讨逆党以一封疆。’孝文曰：‘朕能任衣冠，念不到此。会吕氏之乱，功臣宗室共不羞耻，误居正位，战战栗栗，恐事之不终。且兵凶器，虽充所愿，动亦耗焉。先帝知劳民不可烦，故不为意，朕岂自谓能？今匈奴内侵，军吏无功，边民父子荷兵日久，朕尝为动心伤痛，无日忘之。今未能销距顾，且坚边设候，结和通使，休宁北陲，为功多矣，且无议军。’故文帝在位二十三年，百姓无内外之徭，得息肩于田亩，天下殷富，粟斗十余钱。是以海内富庶，兴于礼仪，断狱数百，几致刑措。呜呼仁哉！”从汉文帝“忧民在息肩”的描述中可见，其对发动战争会伤及百姓是有清醒的认知。正是这种“仁民”情怀及“与民休息”的德治举措，带来了汉王朝的盛世格局。作者用两首诗赞美汉文帝德汉，其用意不言自明，暗含着对元廷南渡屠城的不满。

（二）歌颂忠义节烈，痛斥奸佞误国

“借他人酒杯，浇心中块垒”是咏史诗的一个重要传统。借古人史事抒发内心的不平之气，表达自己对现实政治态度，使得咏史诗在重视兴衰之乱和经世致用之外，拥有了一份关注情感体验、具有浓郁抒情意味的内涵。清人张玉穀《古诗赏析》评左思《咏史八首》时云：“或先述己意，而以史事证之。或先述

---

① 杨镰：《全元诗》第 19 册，中华书局 2013 年版，第 418 页。

② 同上。

史事,而以己意断之。或止述己意,而史事暗合。或止述史事,而己意默寓。"①可见,对诗人而言,史事只不过是指斥时弊,直抒怀抱而顺手拈来的"素材"罢了。

歌颂忠义节烈,痛斥奸佞误国是《哼吃集》的重要主题,这体现在《夷齐》《婴臼》《夏侯胜》《马援》《颜真卿》《胡澹庵》《岳武穆王》《陈同甫》《文文山》《张太傅》《陆君实》《谢叠山》等篇中。重点在南宋末期那些和南宋灭亡息息相关的英雄人物,如岳飞、文天祥、张世杰、陆秀夫、谢枋得等。作者选择历史上那些忠臣义士作为表率,歌颂他们的忠烈行为,以构成对现实生活的鲜明讽刺。如《夷齐》诗云:

> 干戈爰及父君间,叩马难令木主还。乡使曾餐周粟活,千年谁说首阳山。

据《史记·伯夷列传》载:伯夷、叔齐是商朝旧臣,周武王伐纣,二人叩马谏阻。武王灭商后,伯夷、叔齐以周武王平殷不孝不忠不义,耻食周粟,采薇而食,最终饿死在首阳山。"乡使曾餐周粟活,千年谁说首阳山"一句,从反面立意,作者假设伯夷、叔齐接受了周王的俸禄,那么这段历史佳话就不复存在了。伯夷、叔齐因忠义而高洁,保持了忠臣的本色,哪怕牺牲生命也在所不惜,这与南宋末年降臣们的失节行为有天壤之别。自注云:"伯夷、叔齐,孤竹君之二子也。父欲立叔齐。及父卒,叔齐让伯夷。伯夷曰:'父命也。'遂逃去。叔齐亦逃,国人立其中子。伯夷、叔齐闻西伯善养老,曰(疑脱曰字):'盍往归焉。'及西伯卒,武王载文王木主,东伐纣。伯夷、叔齐叩马谏曰:'父死不葬,爰及干戈,可谓孝乎?以臣弑君,可谓仁乎?'左右欲兵之。太公曰:'义人也。'扶而去之。武王已平殷乱,伯夷、叔齐耻之,义不食周粟。隐于首阳山,采薇而食之。及饿且死,作歌曰:'登彼西山兮,采其薇矣。以暴易暴兮,不知其非矣。神农虞夏忽焉没兮,我安适归矣。于嗟徂兮,命之衰矣。'遂饿死于首阳山。"②他们身上所体现出的"克己复礼"精神,值得后人的沉思。对比《史记·伯夷列传》与诗人的自注,除去个别文字有些差异,基本上是直接将《伯夷列传》原文直接附在诗后。

颜真卿是唐代名臣,因得罪权臣杨国忠,被贬为平原太守,世称"颜平原"。安史之乱时,颜真卿率义军对抗叛军。兴元元年(784),被派遣晓谕叛将李希烈,凛然拒贼,终被缢杀。《颜真卿》对其正直受辱、忠勇报国、荡灭叛军、临危

---

① [清]张玉穀:《古诗赏析》,上海古籍出版社2002年版,第251页。

② 杨镰:《全元诗》第19册,中华书局2013年版,第409页。

受命、义不受辱的忠烈行径进行了讴歌。诗云：

> 搔首中原半贼尘，一朝唱义属孤臣。姓名幸达君王听，元是家贫食粥人。

自注写道："平原太守颜真卿知安禄山且反，因霖雨完城浚濠，料丁壮，实仓廪，禄山以其书生易之。及禄山反，真卿以平原、博平兵七千人防河津。真卿遣平原司兵李平间道奏之，上始闻安禄山反，河北郡县皆风靡，叹曰：'二十四郡曾无一人义士邪？'及平至，大喜曰：'朕不识颜真卿作何状乃能如是？'真卿使客密怀牒诣诸郡，繇是诸郡多应之。真卿，杲卿之从弟也。"[①]注中彰显了颜真卿作为大唐忠臣义士在乱世中的忠义行为，这与南宋守将贾似道、吕文焕、叶李、留梦炎弃城逃跑，或率众投敌者有着强烈的反差。

吟咏贞烈不屈的女性，同样也折射出作者忠义史观。《噙呓集》中所吟咏的女性人物共涉及15位女性。大体可分为两类：一是义不受辱、性情刚烈、忠贞守节的女性，如秋胡妻、绿珠、王婉容、毛惜惜、赵震卿妻雍氏、贾琼妻韩氏等人；一是辗转漂泊、流落他乡异国的人物，如张建封妾盼盼、泰娘、胡琴婢胜儿、王霞卿、李芳仪、秦少游女等。这两类女性人物的最终结局都是以悲剧收场，在乱世中不能主宰自己的命运，对自身悲惨遭遇的无可奈何，然而却贞烈不屈，以死相抗衡。如《王婉容》诗云：

> 贞烈那堪黠虏求，玉颜乾没塞垣秋。孤坟若是邻青冢，地下昭君见亦羞。

王婉容生于北宋末期，是宋徽宗的爱妃，靖康之难中，宋徽宗被金国掳去后，王婉容也跟着被虏，并被金将粘罕强行索去，王婉容为保名节在车中自刎而死。后被金帝尊为烈女，并为其立贞节牌坊。自注云："金人迁宋二圣北去，王婉容随驾。粘罕见之，求为子妇。婉容车中自刎死，虏为葬之道旁。"[②]作者将"车中自刎"而死守住名节的王婉容与当年远赴番邦，为汉朝和亲的王昭君相比，歌颂了王婉容"贞烈"的性格，令人敬佩。

再如《赵震卿妻雍氏》诗云：

> 夫死身终作宋臣，杀身更有妇成仁。男儿尽竖降旗去，女子翻为守节人。

诗歌歌颂了宋赵昂发和妻雍氏，在元兵破城，都统张林阴投降的形势下，决死

---

① 杨镰：《全元诗》第19册，中华书局2013年版，第424—425页。

② 同上，第435—436页。

不降,双缢于从容堂的一事。作者将赵昂发夫妇杀身成仁、为国尽忠与都统张林阴的"尽竖降旗",作了鲜明的对比,突出了前者的伟岸与后者的卑微。自注云:"震卿,名昂发,蜀州人也。以池州倅摄州事。时上流皆失守,赵誓死不降。沿江帅阃参议官沈圻捧檄于池,赵与饮间泣下,慷慨赋诗寄其母弟曰:'欲守则无策,欲战则无兵。今世为国死,来生为弟兄。'城将陷,谓妻雍氏曰:'尔可出避矣。'妻曰:'吾将安从?誓同死耳。尔能尽忠,吾独不能为忠臣之妇乎?'昂发大喜,具冠裳,寘守倅二印及诰命于案,大书十六字曰:'君不可负,臣不可降。夫妻俱死,节义成双。'遂俱缢死。池之学士哭其尸曰:'生为大宋人,死为大宋鬼。何以比此心,清溪一泓水。'"①有关赵震卿及妻雍氏,史书无相关记载,注中对其夫妇二人在元军破城前后的种种表现作了生动描述,增强读者对二人夫唱妇随、以死殉国的忠义之情的赞叹。

韩希孟是襄阳贾尚书子贾琼妻。南宋末,元兵至岳阳,希孟被掳,她为夫殉节,投水而死,年仅18。《贾琼妻韩氏》云:"国破家亡泣血吟,千年不与妾同沉。中流定有当时泪,滴作江声哭到今。"②诗中将贾氏的贞烈置于国破家亡的背景下展示,为夫殉节,令人敬佩。《宋史·列女传》载:"韩氏女,字希孟,巴陵人,或曰丞相琦之裔。少明慧,知读书。开庆元年,大元兵至岳阳,女年十有八,为卒所掠,将挟以献其主将。女知必不免,竟赴水死。越三日得其尸,于练裙带有诗曰:'我质本瑚琏,宗庙供苹蘩。一朝婴祸难,失身戎马间。宁当血刃死,不作衽席完。汉上有王猛,江南无谢安。长号赴洪流,激烈摧心肝。'"③诗的意思是:我本是金枝玉叶之身,不幸被敌人掳去。我宁愿死于刀刃之下,也不会做敌人的贱妾。前秦有王猛能保住江山,现在南宋却没有谢安这样的能人可保宋室。全诗表达了必死的决心,慨叹南宋朝廷昏庸无人。自注云:"巴陵女子韩氏,希孟魏公五世孙,嫁为贾尚书子琼妇。岳州破,被掳之。明日以衣帛书诗,自投于江而死。诗传人间,哀国亡身虏也。末曰:'借此清江水,葬我全首领。皇天如有知,定作血面请。愿魂化精卫,填海使成岭。'长兴州判官沈某,托亲戚刘光履求吴兴赵子昂书此诗传世,光履诺而未言。一夕,梦一妇人曰:'趣为我求书,庶因大人君子之笔发扬幽愤。'赵闻而异之,乃为写一通归之。子昂所序如此。"④这段颇具传奇色彩的记载也不见于史书,宋无是根据赵孟頫的序文记录而成,表达了对贞烈女子的崇敬之情。

此外,《毛惜惜》诗中的主角毛惜惜为高沙营妓,因不肯为叛贼沽酒而被

① 杨镰:《全元诗》第19册,中华书局2013年版,第451页。

② 同上。

③ [元]脱脱等:《宋史》卷460《列女》,中华书局1977年版,第13492页。

④ 同上。

害。《绿珠》中主角绿珠，性情刚烈，不愿主人为己所累，奋起一跃，跳楼身亡。她们身上都表现了贞烈的品格。国家破亡时，连柔弱的女子都重气节、讲道德，与那些纸醉金迷的昏庸君臣相比，实在是令人敬佩。诗人正是通过对这些贞烈女性的赞赏，来表达“不事二主”的立场和眷恋故国的遗民心态。

在《唫呓集》中，痛斥奸臣误国、投降失节的主题是与颂赞忠烈结伴而生的，这与作者对南宋政权灭亡的反思不无关联。宋代士人多“以名节相高、廉耻相尚”，这是后人的共识。《宋史·忠义传序》写道：“靖康之变，志士投袂，起而勤王，临难不屈，所在有之。及宋之亡，忠节相望，班班可书，匡直辅翼之功，概非一日养成。”[①]然而，在改朝换代之际，总有一些人臣背义失节，沦为“贰臣”，如吕文焕、叶李、留梦炎、刘正彦、汪伯彦、苗傅、黄潜善、秦桧、贾似道等奸臣逆子即是典型。清乾隆帝曾这样评价人臣：“才德兼优者，上也；其次，则以德为贵，而不论其才焉。当宋之亡也，有才如吕文焕、留梦炎、叶李辈，皆背国以降元。”[②]言语间流露出对这些失节贰臣的不满。其下诏修《贰臣传》，目的是晓谕后人，要懂得为臣的节操。这从侧面说明，贰臣所投靠的主子，内心也是看不起贰臣的，因为他们“大节有亏”。

冯道是五代之际的官场“不倒翁”。历仕后唐、后晋（契丹）、后汉、后周四朝十君，拜相20余年。作为“亡国降臣”，他没有政治操守，屡降屡仕，毫无廉耻之心。《冯道》云：

> 亡国降臣固位难，痴玩老子几朝官。朝梁暮晋浑闲事，更拾残骸事契丹。[③]

欧阳修在《新五代史》中说：“传曰：‘礼义廉耻，国之四维。四维不张，国乃灭亡。’善乎，管生之能言也！礼义，治人之大法；廉耻，立人之大节。盖不廉，则无所不取；不耻，则无所不为。人而如此，则祸乱败亡，亦无所不至，况为大臣而无所不取不为，则天下其有不乱，国家其有不亡者乎！予读冯道《长乐老叙》，见其自述以为荣，其可谓无廉耻者矣，则天下国家可从而知也。”[④]司马光在《资治通鉴》中也痛骂其为“奸臣之尤”，“为女不正，虽复华色之美，织纴之巧，不足贤矣；为臣不忠，虽复材智之多，治行之优，不足贵矣。何则？大节已亏故也。（冯）道之为相，历五朝、八姓，若逆旅之视过客，朝为仇敌，暮为君臣，

① ［元］脱脱等：《宋史》卷446《忠义一》，中华书局1977年版，第13149页。
② ［清］乾隆：《乐善堂诗文全集》卷6，《四库全书》本。
③ 杨镰：《全元诗》第19册，中华书局2013年版，第431页。
④ ［宋］欧阳修：《新五代史》卷54《杂传》第四十二，中华书局1977年版，第611页。

易面变辞,曾无惭怍,大节如此,虽有小善,庸足称乎!"[①]从诗中"亡国降臣"的称呼可见,宋无对这位贰臣的"朝梁暮晋浑闲事"行径是充满鄙视的。《仇士良》一诗的主旨与此同。这位"老嬖"曾经擅权揽政20余年的宦官,先后杀二王、一妃、四宰相,使当时朝政变得更加昏暗和混乱。

再如《留梦炎》云:

> 状首登科宰百僚,佞言误国葬南交。他朝总复司喉舌,主见分明莫解嘲。

诗后注云:"世祖问赵孟頫曰:'留尚书、叶右丞二人优劣何如?'孟頫对曰:'梦炎仕宋时臣甫数岁,莫知其详,今幸得与同事天朝。梦炎为人性重厚,笃于自信,思虑甚远,善断国事,有大人之器;李所读之书,即臣所读之书。李所知所能,臣亦无不知不能。'上曰:'卿意岂以梦炎贤于李哉?梦炎在宋,状元及第,位至丞相。贾似道怀谖误国,罔上不道,梦炎徒依阿取容,曾无一言以悟主听。李布衣之士,乃能伏阙上书,请斩贾似道。是李贤于梦炎明也。'孟頫惶悚顿首谢不敏。梦炎知之,寻乞休致云。"[②]留梦炎以宋朝状元宰相的身份降元后,当了高官,成了一只带头羊,帮助元朝统治者招降了一批宋臣,对新建立的大元帝国算得上有"功"之臣。可是,元朝官修《宋史》中却没有他的传,相反,却给文天祥立了传,赞扬他是宋进士中的"伟人"。可见,就是敌人,对那些背叛祖国的人也是看不起的。

(三)感叹沧桑之变,传达黍离之悲

故国之思是《啽呓集》中最为突出而鲜明的主题。身为南宋遗民,诗人宋无的故国之思十分浓烈。顾嗣立评曰:"《啽呓集》一卷,杂咏古人轶事,于文山、叠山、陆君实、韩氏诸作,尤有余悲焉。"(《元诗选初集·戊集》)[③]这里的"余悲"指的正是"黍离之悲",即故国之思。这在元初遗民诗人创作普遍存在而且十分强烈,即便在出仕新朝的赵孟頫、降臣身份的方回的诗中也不乏见。不同的是,宋无的故国之思,不仅是眷恋昔日的繁盛,更多的是对南宋亡国灭种的批判与反思。

正如北宋人喜到金明池游春,南宋人最喜边游西湖边赏春。作者触景生情,以西湖为题,寄托了作者对故国的追思。据吴自牧《梦粱录》卷12《西湖》

---

① [宋]司马光撰,[元]胡三省音注,"标点资治通鉴小组"校点:《资治通鉴》卷291《后周纪一》,中华书局1956年版,第9511—9512页。

② 杨镰:《全元诗》第19册,中华书局2013年版,第452—453页。

③ [清]顾嗣立:《元诗选·初集》,中华书局1987年版,第1259页。

载，西湖两岸游人如织，路旁店舍盈满，路边搭盖浮棚，卖酒食也无座处，非常繁华。[①]《西湖》诗云：

> 故都日日望回变，锦绣湖山醉里看。恋着销金窝子暖，龙沙忘了两宫寒。

“销金窝”，又叫销金锅，是时人对西湖的称呼。据周密《武林旧事》卷3“西湖游幸”条载：“西湖天下景，朝昏晴雨，四序总宜。行人亦无时而不游，而春游特盛焉。……贵珰要地，大贾豪民，买笑千金，呼卢百万，以至痴儿呆子，密约幽期，无不在焉。日縻金钱，靡有纪极，故杭谚有‘销金锅儿’之号，此语不为过也。”[②]作者的感悟基调异常沉痛，与林升的“直把杭州作汴州”同出一辙。《西湖》诗虽以杭州西湖的繁华与热闹为切入口，但主旨却是将批判的矛头指向了南宋最高统治者。斥责南宋君王“偏安江南”，耽于享乐而亡国，笔锋异常犀利。前二句咏中原父老南望霓旗，而南宋都城却“暖风熏得游人醉”，秀丽湖山下的西湖歌舞无日无休；后二句“暖”“寒”相对，更加衬托出南宋君臣的全无心肝，完全忘记了恢复大计。自注云：“孙何帅钱塘，柳永作《望海潮》词赠之，流播金国。完颜亮闻‘三秋桂子，十里荷花’，遂起投鞭渡江之心。时人诗云：‘谁把杭州曲子讴，荷香十里桂三秋。那知卉木无情物，牵动长江万里愁。’南渡驻跸，流连歌舞之场，遂忘中原。悲夫！”[③]从注可知，作者虽以孙何为例，说明其自坠其志，混迹西湖这个“销金窝”，不思报国。但作者批判的对象却不仅于此，从“南渡驻跸”语可见，流连“销金窝”的还有最高统治者。面对北中国的沦丧，丝毫没有激起君臣同仇敌忾的斗志，反而自甘沉沦，令作者痛心疾首。

又如《李芳仪》诗云：

> 破瓜年纪国除时，下嫁宁论供奉卑。女子那知如许事，大辽官又册芳仪。

自注云：“芳仪，江南国主李璟女也。纳土后住京师，初嫁供奉官孙某，为武疆都监妻。生女皆为辽中圣宗所获，封芳仪，生公主一人。赵至忠虞部自北虏归朝，尝仕辽为翰林学士修国史，著《虏庭杂记》载其事。时晁补之为北都教官，览其书而悲之，与颜复长道作《芳仪曲》云：‘金陵宫殿春菲微，江南花发鹧鸪飞。风流国主家千口，十五吹箫粉黛稀。满堂诗酒皆词客，夺锦挥毫在瑶席。后庭一曲风景改，拉泪临江悲故国。令公献籍朝未央，敕书筑第优降王。魏俘

① [宋]吴自牧：《梦粱录》卷12《西湖》，古典文学出版社1957年版，第227—230页。
② [宋]四水潜夫辑：《武林旧事》，西湖书社1981年版，第38页。
③ 杨镰：《全元诗》第19册，中华书局2013年版，第435页。

曾不输织室,供奉一官奔武疆。秦淮潮水钟山树,塞北江南易怀土。双燕清秋梦柏梁,吹落天涯犹并羽。相随未是断肠悲,黄河应有却还时。宁知翻手明朝事,咫尺河山不可期。仓皇三鼓滹沱岸,良人白马今谁见?亡国破家一身存,薄命如云信流转。芳仪加我名字新,教歌遣舞不由人。采珠拾翠衣裳好,深红暗尽惊胡尘。阴山射虎边风急,嘈杂琵琶酒栏泣。无言数遍天河星,只有南箕近乡邑。当年十指渡江来,十指不知身独衰。中原骨肉又零落,黄鹤寄意何当回。生男自有四方志,女子那知出门事。君不见,李陵椎髻泣穷边,丈夫漂泊犹堪怜。'江州庐山真风观,李主有国日施财修之,刊姓氏于石,有太宁公主、永嘉公主,皆李璟女,不知芳仪者孰是也。"[①]从注中可知,南唐被北宋灭掉后,她随家人从南京迁到开封,嫁给了姓孙的官员。其夫赴天津武强县担任都监,并在边境冲突中以身殉国,妻女均被辽圣宗耶律隆绪俘获,封作"芳仪"。

据王性之《默记》载,晁补之担任北宋国子监教授时读了赵至忠《虏庭杂记》中的相关记载后,"览其书而悲之",写下《芳仪曲》。其"本事"得之于赵至忠的《虏庭杂记》。赵至忠曾在辽国做过官,后来"自北廷归朝"的"弃暗投明",其《虏庭杂记》"示好"北宋王朝不足为奇。《芳仪怨》通篇叙写李芳仪的精神痛苦:由皇族公主变为亡国罪人,由官员妻子降格为番邦宫奴,由南国娇娘降格为北地胡妇,俨然荷载了王昭君与息夫人两个人的深哀剧痛。"抆泪临江悲故国""敕书筑第优降王""塞北江南易怀土""咫尺河山不可期""亡国破家一身存""只有南箕近乡邑""君不见,李陵椎髻泣穷边,丈夫漂泊犹堪怜"等句,字字血泪,令人唏嘘。"满堂诗酒皆词客,夺锦挥毫在瑶席",往事不堪回首;"中原骨肉又零落,黄鹤寄意何当回",面对国破家亡,充满着黍离之悲。这里的"悲"既是李陵的悲,也是李芳仪的悲,更是宋无的悲。表面上看,李芳仪悲南唐的亡国,实质上是作者悲南宋王朝的覆灭。

《李国主》是作者借以表达故国之思的又一典型。李煜以帝王之尊度过三年"日夕以泪洗面"的囚禁生活,受尽屈辱,尝尽辛酸,最后被宋太宗用药毒害而死。其诗云:

> 春花秋月满雕栏,便到江南亦梦间。近日何尝事汤沐,只将清泪洗朱颜。

诗后注云:"李煜归朝后郁郁不乐,见于词语。在赐第七夕命故妓作乐,闻于外。太宗怒,又传'小楼昨夜又东风',并坐之,遂被祸。龙衮《江南录》云:'李国主小周后随后主归朝,封郑国夫人。例随命妇入宫,每一入辄数日,出必大

---

① 杨镰:《全元诗》第19册,中华书局2013年版,第433—434页。

泣，骂后主。外闻之，主多宛转避之。’又韩玉汝家有李国主归朝后与金陵旧宫人书曰：‘此中日夕只以泪洗面’。”[①]据王铚《默记》载，李煜入宋后，宋太宗曾派徐铉拜见李煜，李煜对亡国颇有恨意，悔杀了潘佑、李平，以至“相持大哭，坐默不言”，太宗闻言不悦。太平兴国三年(978)七夕节，后主42岁生日，便在住所聚会后妃，作《虞美人》追思往事、怀念故国，并命南唐故妓咏唱，宋太宗听到后非常愤怒，诸罪并罚，遂赐牵机药鸩杀李煜。有关李煜之死学界虽有多种说法观点，宋无将宠爱小周受宋太宗辱，作为主因，不忘故国，却也符合常理。

李军认为“集(《啽呓集》)中哀惋宋亡的一些政治感怀诗写得相当出色，具有深刻的寓意。宋无是这样，相当数量的南方文士也是这样。他们的诗文记录了知识分子在江山易代的政治巨变中心理上的痛苦承担，写出了乱离时代一份独特的艺术感受，对于后人来说是非常宝贵的精神财富”[②]。同样，宋无《翠寒集》中怀念故国主题诗作也有很多，如《蕃鳌观感琼花》《武穆坟》《作德庙》《景灵宫》《建业怀古》《扬州即事》《株陵晚眺》《杭州》等诗，或咏叹宋末抗元事迹，或寄寓故国之思，或抒写黍离之悲，在对往事、古迹的唱叹中，传达出一种浓郁的历史沧桑感。

(四) 借史咏怀，抒发作者的切身感受

由于元朝统治者实行民族压迫政策，肆意杀害、压迫其他民族的仁人志士，在这种民族歧视的高压政策之下，人们有话不敢说，有怒不敢呼，有志无处伸，有才无处施。于是，咏史就成为人们曲折表述情怀最适宜的途径。他们借助咏史的形式，通过咏唱历史，抒写自己满腔的愤懑情怀。

一是通过咏赞历史人物，表达对权贵的蔑视。《沈持正》《陈同甫》《胡澹庵》《刘伶》等，就是通过对历史人物身上不凡的气质、才能的展示，表达了作者对权贵的蔑视。如《沈持正》诗云：

> 秦许和盟自虏来，党奸胶固孰能开。康王不是苏州种，错说官家也好餀。

沈枢，字持要(一作持孝、持正)，号宜休老人，宋湖州安吉(一说德清，今属浙江)人，绍兴进士。历太子詹事、光禄卿，后自湖南安抚使进宝文阁待制。诗后注云：“持正名枢，绍兴中为詹事。时和议成，语同列云：‘官家好餀’，上闻之，谪筠州。携二鬟去，数年归，嫁皆处子。安吉尉潘方寿以诗寄曰：‘昔年单骑赴

---

① 杨镰：《全元诗》第19册，中华书局2013年版，第432—433页。

② 李军：《逸士·韵人·通吏——元代诗人宋无考略》，《中国典籍与文化》2005年第3期。

�州,觅得双娥伴远游。去日但知供夜直,归时犹未识春愁。禅人尚有香囊惭,道士曾闻炭妇羞。铁石心肠延寿药,不风流处却风流。'乖厓之操,持正有焉。"①宋靖康二年(1127),汴京陷金,徽、钦二宗北狩,北宋亡。史称"靖康之变"。其后的15年间,与金始终处于交战状态。高宗缺乏勇气,既惧金放还钦宗,失去王位,又惧一旦战胜,造成武人跋扈,最终从秦桧之意,一味避战,专心媾和。此诗在此背景下所作,表达了沈枢对朝廷媾和政策的不满,一句"官家好戠"正显现出沈枢的仗义执言,哪怕因此遭受贬谪也在所不辞。这比起朝廷中那些唯唯诺诺之臣,或是蝇营狗苟的奸臣要高尚许多。同样,沈枢的正直不仅表现在面对政治迫害时的坦然,也表现在生活中的严谨。"携二鬟去,数年归,嫁皆处子"足以证明。安吉尉的一句"不风流处却风流",道出了对沈枢光明峻洁品格的敬仰之情。

《陈同甫》所咏为南宋爱国诗人陈亮,他力主抗金,曾多次上书孝宗,反对"偏安定命",痛斥秦桧奸邪,倡言恢复。诣阙上书论国事而不被采纳。《宋史》卷436《列传》第一百九十五《儒林六》载:"隆兴初,与金人约和,天下忻然幸得苏息,独亮持不可。婺州方以解头荐,因上《中兴五论》,奏入,不报。已而退修于家,学者多归之。"②陈亮后曾两次被诬入狱,但不畏强权。自注载:辛弃疾流寓江南,陈亮来访"将至门,遇小桥,马三跃而马三却。同甫怒,拔剑斩马首。推马仆地,徒步而进。稼轩适倚楼而见之,大惊异,遣人询之,则同甫已及门,遂与定交。"③将两位英豪不同寻常的相遇描绘的豪气逼人,如在目前。辛弃疾的《破阵子·为陈同甫赋壮词以寄之》通过对作者早年抗金部队豪壮的阵容和气概以及自己沙场生涯的追忆,表达了作者杀敌报国、收复失地的理想,抒发了壮志难酬、英雄迟暮的悲愤心情。从"为陈同甫赋壮词以寄之"可知,这份英雄失路、报国无门情感体验何尝又不是陈亮的!

《胡澹庵》所咏乃胡铨,南宋爱国名臣,字邦衡,号澹庵,庐陵"五忠一节"之一。《宋史·胡铨传》载:"建炎二年,高宗策士淮海,铨因御题问'治道本天,天道本民',答云:'汤、武听民而兴,桀、纣听天而亡。今陛下起干戈锋镝间,外乱内讧。而策臣数十条,皆质之天,不听于民。'又谓:'今宰相非晏殊,枢密、参政非韩琦、杜衍、范仲淹。'策万余言,高宗见而异之,将冠之多士,有忌其直者,移置第五。""(绍兴)八年,宰相秦桧决策主和,金使以'诏谕江南'为名,中外汹汹。铨抗疏言曰:'臣谨案,王伦本一狎邪小人,市井无赖,顷缘宰相无识,遂举

① 杨镰:《全元诗》第19册,中华书局2013年版,第437页。
② [元]脱脱等:《宋史》卷436《儒林六》,中华书局1977年版,第12929页。
③ 杨镰:《全元诗》第19册,中华书局2013年版,第440页。

以使虏。专务诈诞，欺罔天听，骤得美官天下之人切齿唾骂。今者无故诱致虏使，以‘诏谕江南’为名，是欲臣妾我也……况丑虏变诈百出，而伦又以奸邪济之……此膝一屈不可复伸，国势陵夷不可复振，可为痛哭流涕长太息矣！’……书既上，桧以铨狂妄凶悖，鼓众劫持，诏除名，编管昭州，仍降诏播告中外。给、舍、台谏及朝臣多救之者，桧迫于公论，乃以铨监广州盐仓。明年，改签书威武军判官。十二年，谏官罗汝楫劾铨饰非横议，诏除名，编管新州。”①胡铨闻知秦桧派王伦为计议使出使金国乞求和议，屈辱称臣，写下著名的《戊午上高宗封事》，抗颜直谏，声明“义不与桧等共戴天”，要求高宗砍下秦桧、王伦、孙近三贼的头颅，如若不然，宁赴东海而死，也决不处小朝廷苟活。其不畏强权、反对议和的态度毅然决然，其抗金爱国之心矢志不移、日月可鉴。

二是通过对历史事实的叙写，流露作者怀才不遇的思想。宋无生于南宋景定元年(1260)，活到元朝最后一个皇帝当政。“宋无一生曾两次与元朝政权发生关系，一是代父履职，东征日本；一是不就中承王公荐举。”②他入元不仕，且诗多故国之思，因此被不少人目为宋遗民。但现存的宋无诗中也曾流露出求友奖拔愉扬以出仕的念头，如“泥途淹绿辑，荆棘困黄鹏”“睍睆还求友，腾骧却避羁”(《寄翰苑所知》)，“我自哀王粲，伊谁说项斯”(《送金华黄晋卿之诸暨州判官》)，等等，即是明证。然他终究未入元廷，这既与南宋灭亡引发的深悲剧痛相关，也与新朝政治环境的险恶、令其惕然于心相关。“乙亥世变，旧业俱废。游方遐览，寸阴靡留。谷隐岩栖，暮景将迫。洟涊随时，以微吟自怡。幸保厥躬，至于耋年，不辱其先。百岁后得瘗骨先人冢旁，见曾高于地下，亦幸已夫！亦幸已夫！”③他庆幸自己“幸保厥躬”，不曾出仕元廷，耋年高龄而能够“不辱其先”！《毛惜惜》《王安石》等，通过叙写前代贤人仕途坎坷、难觅知音的历史事实，表达出作者不遇知音、怀才不遇的悲愤情怀，同时也反映了元代后期社会的黑暗和统治者的腐败。如《王介甫》诗云：

> 投老归耕白下田，青苗犹未罢民钱。半山春色多桃李，无奈花飞怨杜鹃。④

王安石，字介甫，号半山，江西临川人，北宋杰出的政治家、改革家。熙宁元年(1068)宋神宗即位，王安石出任江宁知府，旋被诏为翰林学士兼侍讲。熙宁三

---

① [元]脱脱等:《宋史》卷374《胡铨》，中华书局1977年版，第11579—11590页。

② 李军:《逸士·韵人·通吏——元代诗人宋无考略》，《中国典籍与文化》2005年第3期。

③ [元]宋元:《啽呓集》卷末《吴逸士宋无自铭》，《元人十种诗》本，中国书店1990年版。

④ 杨镰:《全元诗》第19册，中华书局2013年版，第434页。

年拜相，开始实施变法，所行新法有均输法、青苗法、市场法、免役法、方田均税法、农田水利法等。这些措施在一定程度上限制了大地主和豪商对农民的剥削，促进了农田水利事业的发展。但由于司马光等保守势力的激烈反对，新法在推行中屡遭阻碍。熙宁七年，王安石被迫辞相，再任江宁知府，次年二月复任宰相，不久又因维护新法得罪了神宗而再次罢相，退居江宁半山园。诗歌展现了王安石退居江宁，躬耕田园的优美风景和闲适生活，这对志存高远的政治家而言，面对"青苗犹未罢民钱"变法失利，革除宋朝存在的积弊，扭转积贫积弱的局势的未果，其内心充满不甘。末句"无奈花飞怨杜鹃"，以杜鹃泣血之典，传达出作者对变法未果的"无奈"与"怨恨"。对王安石变法图强，宋无内心充满着崇敬与期待。奇怪的是，宋无未能与之作"注"，其因也令人颇费思量。

再如《汪紫原》云：

> 百里兵屯一大藩，危言三策动乾坤。后来赵氏无抔土，何处楸松葬紫原。

汪立信，字诚甫，号紫原。《宋史》卷416列传第一百七十五载："淳祐元年，立信献策招安庆剧贼胡兴、刘文亮等，借补承信郎。六年，登进士第，理宗见立信状貌雄伟，顾侍臣曰：'此阃帅才也。'……初，立信通判江陵府，葵制置荆湖，尝以公事劾立信，及在沿江府，亦谋议寡谐，立信于葵盖未尝有一日之欢也。"[①]汪氏怀才不遇在赵葵制置荆湖时已现，至贾似道督制时更甚。时元兵大举南侵，襄阳被围危急，汪立信上疏献策，劝贾似道尽国中兵沿江分屯置府，联络固守，遭贾似道怒斥并罢官。诗中所谓"危言三策"指此。后元兵沿江东进，目睹建康兵溃，感慨道："吾生为宋臣，死为宋鬼，终为国一死，但徒死无益耳，以此负国。"[②]被迫转战高邮。闻贾似道兵败芜湖，江汉守将望风降遁，汪氏知大势已去，乃叹曰："吾今日犹得死于宋土。"扼吭而卒。自注云："紫原名立信，于襄危之际，以书抵贾似道，陈三策：一谓内地何所用乎多兵，宜尽抽之以过江，可得六十万，百里或二百里置一屯，设都统，七千里江面才三四十屯。设大藩府，而处以统撮运掉之援急，上下流相应，必无能破吾联络之势者。久之日益，兵虽进亦可。二谓久拘使者在京湖何益，不如遣使偕行，啖以厚利，缓其师，期年岁间，我江外之藩垣成气象，固且江南之生兵日益矣。三谓此二说不可行，惟有准备投拜。其意盖欲激贾行二策也。贾得书大怒曰：'瞎贼敢尔妄语！'讫讽台谏罢之。紫原归金陵，不数月，北兵渡江，九江以下皆失守。乃以端明招讨起公，则已无席地矣。紫原以家嘱爱将金明，而以金明子从之遇淮。时似道出

① [元]脱脱等：《宋史》卷416《汪立信》，中华书局1977年版，第12473页。
② 同上，第12476页。

督，相遇，抚汪背而哭曰：'端明端明，某不用公遂至此。'汪曰：'平章平章，瞎贼今日更说不得。'贾问汪何向，汪曰：'今日江南无一寸干净地，某去寻一片赵家土上死也，要死得分明。'后抵高邮，竟大恸而绝。时人有诗云：'厚我藩垣长彼贪，不然衔壁小邦男。庙堂从谏真如转，竟用先生策第三。'"[①]对照《宋史》本传可知，宋无在注文中重点放在"献策"上，其详细程度，远超前者。诗歌围绕汪立信上疏遭斥的情节，传达了屈居人下、怀才难展的无奈。斥责了贾平章的刚愎自用、昏聩无能致使错失良机，陷国于危难之中，传达了作者的强烈不满。《宋史》本传引吴渊语云："此君，吾地位人也，但遭时不同耳。君之识度志业，皆非其伦也，盍少下之。"[②]生不逢时、英雄失路，汪立信的悲剧是个人的悲剧，也是国家的悲剧。一句"平章平章，瞎贼今日更说不得"，其中蕴含着汪氏欲哭无泪的凄凉！面对国将不国的结局，他有心杀敌，却无力回天，只能以死报国，结局令人扼腕。

三是通过对历史人物的咏赞，表达对元代黑暗现实的反抗和对隐居生活的强烈向往。《元史》卷199列传第八十六《隐逸》云："古之君子，负经世之术，度时不可为，故高蹈以全其志。使得其时，未尝不欲仕，仕而行所学，及物之功岂少哉。后世之士，其所蕴蓄或未至，而好以迹为高，当邦有道之时，且遁世离群，谓之隐士。世主亦苟取其名而强起之，及考其实，不如所闻，则曰'是欺世钓誉者也'，上下岂不两失也哉。"[③]《苏云卿》《张果老》《壶公》等诗中的主人公即是这种理想的化身。正如韦春喜所说："由于史论诗以人物评价为核心，面对众多的历史人物，宋代士子必须进行精心择取，以更好地体现义理。在此情况下，前贤名儒、高隐大德自然很容易走进士子的史论视野，褒儒颂隐成为史论诗的一大风气。"[④]如《苏云卿》诗云：

> 遁迹园蔬野老间，何劳物色到柴关。故人尚欠中兴业，不出东湖免厚颜。

《宋史·苏云卿传》载："苏云卿，广汉人。绍兴间，来豫章东湖，结庐独居。待邻曲有恩礼，无良贱老稚皆爱敬之，称曰苏翁。……披荆畚砾为圃，艺植耘芟，灌溉培壅，皆有法度。虽隆暑极寒，土焦草冻，圃不绝蔬，滋郁畅茂，四时之品无阙者。味视他圃尤胜，又不二价，市鬻者利倍而售速，先期输直。夜织屦，坚

① 杨镰：《全元诗》第19册，中华书局2013年版，第450页。

② [元]脱脱等：《宋史》卷416《汪立信》，中华书局1977年版，第12477页。

③ [明]宋濂等：《元史》卷199《隐逸》，中华书局1976年版，第4473页。

④ 韦春喜：《宋代史学精神与史论诗》，《山东大学学报（哲学社会科学版）》2012年第3期。

韧过革舄,人争贸之以馈远。以故薪米不乏,有羡则以周急应贷,假者负偿,一不经意。溉园之隙,闭门高卧,或危坐终日,莫测识也。少与张浚为布衣交,浚为相,驰书函金币属豫章帅及漕曰:'余乡人苏云卿,管、乐流亚,遁迹湖海有年矣。近闻灌园东湖,其高风伟节,非折简能屈,幸亲造其庐,必为我致之。'"①自注云:"云卿与张浚魏公友。魏公既相,云卿隐豫章东湖,鬻蔬自给。公托帅漕聘之,微服乃得见。诘朝再至,则闭关矣。启之,惟书与金在,不启封。曾苍山作歌云:'东湖湖面波渺渺,东湖岸上春草肥。先生锄云明月晓,种来蔬甲今成畦。把茅萧萧环四壁,此身不愿人间识。乾坤清夷那复知,寸心杳缈黄尘隔。故人子房今九云,交情不断江湖滨。江西使漕却驺骑,故作敲门问字人。黄金百镒笺一幅,多谢春风到茅屋。君为使者吾邦民,见君容我更樵服。故人与我情重哉,君且归矣明当来。明朝启扉人不见,黄金不动书不开。使者持书三叹息,封书径上黄扉侧。翩翩鹤驭云冥冥,空向湖山访行迹。向来桐江严子陵,曾得故人双眼青。芒鞋却踏京华路,太史惊夸说客星。先生得书掉头去,并此湖光不回顾。梦夫嫠妇载髫鬌,亦有老大闺中女。'苍山此歌,可激贪鄙。张世南《宦游纪闻》载宋自适记苏翁本末甚详,宋得苏翁东湖遗址,面挹湖山筑庵,仰高章泉先生名曰灌园庵。"②

相对于《宋史》本传的记载,"自注"中主要借助曾苍山所作的歌来赞美苏云卿的隐逸生活与高尚品格。值得注意的是,苏翁自放田园并非为隐而隐,只是"避时",并非"避世"。其所以拒绝故人张浚的"好意",是因为张浚尚未收复中原。史载,建炎三年(1129),张浚出任川陕宣抚处置使。同年九月,在富平(今属陕西富平北)与金军会战中,由于指挥失当,致使宋军大败。"故人尚欠中兴业"即指此。可见身居田园的苏翁"位卑未敢忘忧国",所以拒见故人,意思明确,那就是勉励这位抗金宰相早日收复中原,促成大宋"中兴"之业,届时相见则不再有"厚颜"之虑了。苏翁之心焉非宋无之心?

张果老是唐代一位真实的历史人物,名张果,是当时有名的道士,也是中国古代神话传说八仙之一。《新唐书》卷240列传第一百二十九《方技》中"张果"条载:"张果者,晦乡里世系以自神,隐中条山,往来汾、晋间,世传数百岁人。武后时,遣使召之,即死,后人复见居恒州山中……果笑,固不奉诏。有诏图形集贤院,恳辞还山,诏可。擢银青光禄大夫,号通玄先生,赐帛三百匹,给扶侍二人。至恒山蒲吾县,未几卒,或言尸解。帝为立栖霞观其所。"③相传他

---

① [元]脱脱等:《宋史》卷459列传第二百一十八《隐逸下》,中华书局1977年版,第13459页。

② 杨镰:《全元诗》第19册,中华书局2013年版,第437—438页。

③ [宋]欧阳修、宋祁撰:《新唐书》卷240《方技》,中华书局1975年版,第5810页。

久隐山西中条山，往来晋汾间。唐武则天曾遣使，欲召见之，时已数百岁，即佯死。常倒骑白驴，日行数万里。曾被唐玄宗召至京师，演出种种法术，授以银青光禄大夫，赐号通玄先生。后以“年老多病”为由，隐居中条山。《张果老》诗云：“沧溟几度见扬尘，曾醉尧家丙子春。近日喜无天使逼，蹇驴留得载闲身。”①张氏“几度”目睹人间沧桑之变，感受到其间的凶险。表达出厌恶尘俗，向往悠闲自在、超然世外的生活。联系宋无在《自铭》说他40岁时原本想在句曲诛茅学道，“适亲病亟归”。如果不是因为父亲的“病痿”，需要有人照料，他早已追随仙人的步履享受自由自在去了。

壶公是东汉时期的卖药人，《壶公》诗云：“扰扰劳生不奈何，仙乡料得少差科。欲抛尘事随公去，又恐壶中事更多。”②传说他常悬一壶于市肆中出诊，市罢辄跳入壶中，常人难见。本事见《后汉书·方术列传·费长房传》。史载，“费长房者，汝南人也。曾为市掾。市中有老翁卖药，悬一壶于肆头，及市罢，辄跳入壶中。市人莫之见，唯长房于楼上睹之，异焉，因往再拜奉酒脯。翁知长房之意其神也。谓之曰：‘子可明日来。’长房旦日复诣翁，翁乃与入壶中。唯见玉堂严丽，旨酒有肴盈衍其中，共饮毕而出。翁约不听与人言之。后乃就楼台上候长房曰：‘我神仙之人，以过见责，今事毕当去，子宁能相随乎？楼下有少酒，与卿与别。’长房使人取之，不能胜，又令十人扛之，犹不能举。翁闻笑而下楼，以一指提之而上。视器如一升许，而二人饮之终日不尽。”③从史书记载看，这个“壶公”就是仙人道者。其“出壶”是为了济世救民，“入壶”则是为了躲避纷争，体现了儒家“穷达”的人生价值观。

宋无的咏史诗中歌苏去卿、张果老和壶公等历史人物，与元初江南的文化状态有关。元代江南儒士中归隐的较多，既有保持气节不仕元者，也有“入仕无门而被迫退隐者”④，形成了庞大的隐士群体和浓郁的隐逸氛围。当然，宋无并未完全遗世。其《自铭》里曾谈到邓光荐、赵孟頫、冯子振三位友人对他的定位：“邓称以逸士，冯命曰韵人，赵以通吏许。”⑤从其生平记载看，其“逸士”的身份是可信的，其《自铭》题目及落款也均以“吴逸士”自称。宋无50岁后曾北上大都，曾就馆教书近20年，以维持生计。晚年载书归乡，悠游以终。正如李军

---

① 杨镰：《全元诗》第19册，中华书局2013年版，第425页。

② 同上，第423页。

③ [宋]范晔撰，[唐]李贤等注：《后汉书》卷82下方术列传第七十二下《费长房传》，中华书局1965年版，第2743页。

④ 萧启庆：《元朝科举与江南士大夫之延续》，《元史论丛》第七集，江西教育出版社1998年版，第4页。

⑤ [元]宋无：《自铭》，《啽呓集》末，《元人十种诗》本，中国书店1990年版。

先生所言:“宋无认可邓光荐的称名,最后给自己的定位是‘逸士’,是‘恬为遁世之畸民’,虽然要打点折扣,但大体上还是符合实际的。”[①]其着意咏赞苏云卿、张果老、壶公等历史人物,正寄意焉,间接地传达出自己的生活姿态。

(四)独抒机杼,贵在翻案

重新审视、评说历史,是历代咏史诗的史论特点。元代许多咏史诗也继承和发展了咏史诗的这一史论传统,对历史人物和历史事件的重新审视、评价,表明元代人对历史的态度、观点。清人袁枚《随园诗话》卷2载:“诗贵翻案。神仙,美称也;而昔人曰:‘丈夫生命薄,不幸作神仙。’杨花,飘荡物也;而昔人云:‘我比杨花更飘荡,杨花只有一春忙。’长沙,远地也;而昔人云:‘昨夜与君思贾谊,长沙犹在洞庭南。’龙门,高境也;而昔人云:‘好去长江千万里,莫教辛苦上龙门。’白云,闲物也;而昔人云:‘白云朝出天际去,若比老僧犹未闲。’‘修到梅花’,指人也;而方子云见赠云:‘梅花也有修来福,着个神仙作主人。’皆所谓更进一层也。”[②]这段话中,通过对具体的诗歌的点评道出了诗境中,“翻案”的可贵。

在咏史怀古诗发展过程中,唐人杜牧是能够一反前人意,反说其事,标新立异的一位。清人赵翼所评价的“立议必奇僻,好作翻案语”[③]。胡仔《苕溪渔隐丛话》后集卷15“杜牧之”条亦云:“苕溪渔隐曰:牧之于题咏,好异于人,如《赤壁》云:‘东风不与周郎便,铜雀春深锁二乔。’《题商山四皓庙》云:‘南军不袒左边袖,四皓安刘是灭刘。’皆反说其事。至《题乌江亭》,则好异而叛于理,诗云:‘胜负兵家不可期,包羞忍耻是男儿,江东子弟多才俊,卷土重来未可知。’项氏以八千人渡江,败亡之余,无一还者,其失人心为甚,谁肯复附之,其不能卷土重来决矣。”[④]受宋人直接影响,元代史记诗中也多翻案诗。如《娄敬》诗云:

> 冒顿兵强以力威,和亲公主嫁为妻。单于世世为孙婿,娄敬当年策最低。

刘敬原名娄敬,因有功于汉被高祖赐姓为刘。因为给刘邦出了几条安邦定国

---

① 李军:《逸士·韵人·通吏——元代诗人宋无考略》,《中国典籍与文化》2005年第3期。

② [清]袁枚著,顾学颉校点:《随园诗话》卷2,人民文学出版社1982年版,第51页。

③ [清]赵翼著,霍松林等校点:《瓯北诗话》,人民文学出版社1998年版,第163页。

④ [宋]胡仔撰,廖德明校点:《苕溪渔隐丛话》后集,人民文学出版社1962年版,第108页。

的大计，深得赏识，从一个无名小卒平步青云地被封为侯。据《史记·刘敬叔孙通列传》载："高帝罢平城归，韩王信亡入胡。当是时，冒顿为单于，兵强，控弦三十万，数苦北边。上患之，问刘敬。刘敬曰：'天下初定，士卒罢于兵，未可以武服也。冒顿杀父代立，妻群终，以力为威，未可以仁义说也。独可以计久远子孙为臣耳，然恐陛下不能为。'上曰：'诚可，何为不能！顾为奈何？'刘敬对曰：'陛下诚能以嫡长公主妻之，厚奉遗之，彼知汉适女送厚，蛮夷必慕以为阏氏，生子必为太子，代单于。何者？贪汉重币。陛下以岁时汉所余彼所鲜数问遗，因使辩士讽喻以礼节。冒顿在，固为子婿；死，则外孙为单于。岂尝闻外孙敢与大父抗礼者哉？兵可无战以渐臣也。若陛下不能遣长公主，而令宗室及后宫诈称公主，彼亦知，不肯贵近，无益也。'高帝曰：'善。'欲遣长公主。吕后日夜泣，曰：'妾唯太子、一女，奈何弃之匈奴！'上竟不能遣长公主，而取家人子名为长公主，妻单于。使刘敬往结和亲约。"[①]这就是汉家和亲政策出笼的全过程。从这段记载中可见，刘敬劝高帝与匈奴和亲，确是"缓兵之计"，不得已而为之，在当时是明智之举。对此，宋无有不同的认知，他认为"娄敬当年策最低"。自注中写道："娄敬设和亲之谋，其言曰：'冒顿杀父代立，妻群母，以力为威，未可以仁义说，独可以计久远，子孙为臣耳。'及究其所以为臣之策，乃曰：'以汉适长公主妻单于，生子必为太子，代单于。冒顿在，固为子婿。婿死，则外孙为单于。岂尝闻外孙敢与大父抗礼者哉？'其言可资一笑。"[②]在宋无看来对一个弑父篡夺、"妻群母"的冒顿单于，娄敬"怀远以德"的和亲政策只是饮鸩止渴，极其幼稚。对北方凶悍的戎狄之邦，通过"和藩"，让匈奴的子孙都是大汉的子孙，这简直就是自欺欺人。历史的发展证明，匈奴并非如刘敬所期望的怀天汉之德而臣服，炎汉与匈奴的关系也远想象中的那般美妙。联想"绍兴和议"、元兵南下的历史，宋无对"和番"的否定，有明显的现实针对性。宋无这"一笑"，自然就带有调侃、嘲讽的意味，也逗出了"翻案"的立意。

《过秦》《关中》二首取材于《史记》的"史记诗"，同样也反映了诗人不一样的思考。《过秦》中作者认为"谊以形势而言，失在德之意矣"，不赞成贾谊亡秦在于都城位置选择有误，而是民心之失。"关中已非昔日之关中"，"虽白起、商君复生，何以施其策哉！"《关中》则从"天命所归""君权神授"角度，指出刘邦先入关中必得天下的真理。《史记》卷89《张耳陈余列传第二十九》载："甘公曰：'汉王之入关，五星聚东井。东井者，秦分也。先至必霸。楚虽强，后必属汉。'

① [汉]司马迁：《史记》卷99《刘敬叔孙通列传第三十九》，中华书局1959年版，第2715—2716页。

② 杨镰：《全元诗》第19册，中华书局2013年版，第416页。

故耳走汉。"[①]诗后自注云:"《史记·陈余传》:甘公曰:'汉王之入关,五星聚东井。东井者,秦分也。先至必霸。楚虽强,后,必属汉。'盖五星聚秦分,沛公先至,必王天下。楚虽强,而后至矣,此必属于汉也。'后'字自为句。"[②]所谓"五星"指木、火、金、水、土五大行星。"东井"指二十八宿中的井宿。"秦分"指秦国的分野。"五星聚东井"便是秦地有帝王的征兆,此时刘邦刚好入关中,这一征兆便应在他的身上。换言之,在汉、楚孰王的问题上,是"天定"而非"人为"。在改朝换代之际,常有"五星聚舍"的天文现象出现,以表示上天认可人间新政权的合法性,即"君权神授"。

除对取自《史记》中的历史人物进行反思外,对前朝旧事也有不同的认知。如《吕文焕》诗云:

> 出战兵难守亦难,不降噍类悉屠残。只将六载无消息,太后宫中一问安。

南宋降将吕文焕,在咸淳九年(1273)举襄阳城降元,后官至元朝中书左臣。诗后注云:"刘整守泸州,与曹世用有断桥之功。贾似道功赏不明,整以泸州降,上急攻缓取进围襄之策。与少保吕文德借地,开五市,因筑城置堡江心,筑台立桥,以遏南兵。乙丑、丙寅,时出兵哨掠,稍振而文德死,以文焕代守襄。戊辰,整以大兵围之。文焕在围六年,备殚其力。壬申夏,张顺等载衣薪力战,至城下死之,围不可解矣。樊城破,以城降。大兵攻郢,郢人以战艘截江,不得进。文焕知旁有湖可通大江,大集人力,陆地牵舟迂行百里至江,遂夺沙洋。文焕为前导,大军至临安,屯皋亭山。文焕与范文虎九骑入城至大内,谒宋太皇太后。"[③]作者认为导致对吕文焕降元的罪魁祸首是奸相贾似道。正是因为贾似道的"功赏不明",导致泸州守将刘整投奔了忽必烈,进一步带来了襄阳的失守。据《宋史·贾似道传》载:"时襄阳围已急,似道日坐葛岭,起楼阁亭榭,取宫人娼尼有美色者为妾,日淫乐其中。惟故博徒日至纵博,人无敢窥其第者。……自围襄阳以来,每上书请行边,而阴使台谏上章留己。"[④]一边是"战士军前半死生",一边是"美人帐下犹歌舞",将帅不睦,步调不一。"只将六载无消息",道出了襄阳被围6年来守将吕文焕的孤立无援和"备殚其力",加之不降可能会导致"噍类悉屠残"结局,权衡利弊,吕文焕不得不降。在孤立无援的

---

① [西汉]司马迁:《史记》卷89《张耳陈余列传第二十九》,中华书局1959年版,第2581页。

② 杨镰:《全元诗》第19册,中华书局2013年版,第414页。

③ 同上,第443页。

④ [元]脱脱等:《宋史》卷474,中华书局1977年版,第13784页。

情形下，面对“出战兵难守亦难”的现状和可能出现的“屠残”结局，其举城降元或许有迫不得已的“苦衷”。宋无“翻案”，绝非为吕文焕辈降元张目，而意在斥责南宋“崇文抑武”治国体制之弊。

诗人们对历史陈说的翻案，实际上都是从不同角度、不同因素的对同一历史问题进行全面、深入思考的结果，既显现出历史发展的多元化，亦能展示作者独到的史识，从而使咏史诗体现出强烈的历史反思精神。

二、《啽呓集》“以诗存史”的创作方法

宋无在《啽呓集》中自觉地继承和发展了我国悠久的“以诗存史”的优良传统。其咏史诗，可以佐史、证史、补史，其“自注”中的事件过程的描述，正可以弥补史书中的不足。通过其咏史诗，可以更清晰地触摸历史的脉搏，真切地感受诗人的心灵活动。清人吴梅村在《且朴斋诗稿序》中对诗与史的关系陈述道：“古者诗与史通，故天子采诗，其有关于世运升降、时政得失者，虽野夫游女之诗，必宣付史馆，不必其为士大夫之诗也；太史陈诗，其有关于世运升降、时政得失者，虽野夫游女之诗，必入贡天子，不必其为朝廷邦国之史也。”[①]他认为“诗与史通”，诗具有记载历史的职能，故“天子采诗”“必宣付史馆”；诗又有“知政”的功能，所以有关于世运升降、时政得失的诗“必入贡天子”，从中可以看出诗与史一样，政治目的性很明显。

在元代历史上，元好问的《中州集》开创了“以人存诗，以诗存人”的先河。邓显鹤的《沅湘耆旧集》指出：“若元遗山《中州集》合文献为一书，遂为一代史宬之本，盖著述家采拾搜讨，有功国史，关系之重如此。……集名耆旧，文献所系，以诗存人，亦以人存诗，用备一方掌故。”[②]宋无的《啽呓集》继承了《中州集》传统，其对宋亡历史的总结与批判，多是借助“以诗存史”的笔法来予以表现的。诗后以小传或史话，借以保存诗歌文本与文献史料的“以人存诗，以诗存人”之法，是《啽呓集》所具备的普遍性规律之一。这从他的《啽呓集》中大量咏叹岳飞、文天祥、陆秀夫、谢枋得、贾似道等南宋人物事迹，及对南宋朝野因享乐而亡国的沉痛谴责中可见。“先诗后注，诗注结合”的结构形态，较纯粹的咏史诗更见出“以诗存史”的功能。由于七言绝句体自身的局限，“自注”也因此成为记载历史的重要手段。

文天祥宁死不屈，从容赴义，生平事迹被后世称许，与陆秀夫、张世杰被称

① ［清］吴梅村著，李学颖集评标校：《吴梅村全集》，上海古籍出版社 1990 年版，第 1205 页。

② ［清］邓显鹤：《沅湘耆旧集》，《续修四库全书》，第 1690 册，上海古籍出版社 2013 年版，第 465 页。

为“宋末三杰”。《文文山》诗云：

伶仃海上国家亡，吟啸诗中雪窖香。一代英雄唯死耳，微君几欲绝纲常。①

公元1278年底，文天祥率军在潮州与元军激战，兵败被俘，途经零丁洋时，随后又被押解至崖山，张弘范逼迫他写信招降固守崖山的张世杰、陆秀夫等人，文天祥不从，作诗以明志，表现出视死如归的高风亮节和大义凛然的英雄气概。《文文山》即以此为背景而作，颂赞文天祥为国作战，舍生取义崇高精神境界，感慨战败被俘虏，直至流亡海上的不幸遭遇，敬佩与悲伤之情融合一处，发人深省。如不是文天祥等人的拼命相救，南宋朝廷早已纲常尽摧、分崩离析了。自注写道：

文山讳天祥，字履善，宝祐乙卯与弟璧同登廷试，理宗擢第一。会父革斋先生卒，还里。开庆己未五月，临轩策士，除承事郎、佥书宁海军节度判官。九月，江上有变，吴潜再相，都知董宋臣主议迁幸。文山上疏乞斩董宋臣，以一人心，以安社稷。建团甲、用人数事。书奏不报，还里。景定庚申，佥书镇南军节度判官，乞祠主管仙都观。辛酉，除秘书省正字。五月，殿试考官，进校书郎。董宋臣复出为都知，上疏论其恶，不报。将去，除知瑞州。甲子，除江州提刑。乙亥春，报渡江，诏诸路勤王。奉诏起兵，除右文殿修撰、枢密都承旨、江西安抚副使、知赣州兼江西提刑。四月，领兵下吉州，除擢兵部侍郎。兵发吉州，至道，除权刑部尚书。八月至阙下，除浙西江东制置使兼江西安抚大使，知平江。陛辞，乞斩某人衅鼓。不报。除端明殿学士，解围常州。朝廷以独松事急，趣入卫，进资政殿学士、浙西江东制置大使兼江西安抚大使，守独松。诣阙陈大计，不得见。伯颜至皋亭山，除枢密使、右丞相，恳辞。奉旨诣北军讲解，见伯颜，陈大谊。留营中不遣。次日，宰相吴坚、贾余庆以下以国降。文山责伯颜留使失信，骂某人逆贼引兵陷国，求死北营。北置兵守之，驱与吴坚等赴北。至京口，亡去。七日自通州遵海而南，至温州。景炎福安登极，以观文殿学士侍读诏赴行在，授通议大夫、右丞相、枢密使，都督诸路军马。章辞，改枢密使同都督诸路军马。至南剑聚兵，授银青光禄大夫。入赣，战雩都，捷，号令通于江淮。复兴国县，遣兵攻赣州，诸县皆复。前京尹吴浚以北兵说降天祥，集将吏责以大义，斩之。六月，天祥兵至吉州，战于终步，不利。战于永丰，又不利。战于空坑，大败。攻赣军，又败。天祥妻欧阳氏

① 杨镰：《全元诗》第19册，中华书局2013年版，第443—446页。

并男女、二妾皆被执，幕僚张汴等皆死。天祥与长子道生、客杜滁，以数骑免。趋永丰，收散兵。自惠州行朝入觐，授少保信国公，封母曾氏魏国夫人。引兵至潮阳，张元帅弘范以水陆兵奄至，天祥被执，服脑子二两，不死。越七日，见张元帅，天祥踊跃请剑曰："此吾死所也。"张必欲以礼见，天祥曰："吾不能跪。吾尝见伯颜、阿术，长揖而已。"或曰："何不拜？"天祥曰："吾为国死，何拜尔为？"张知不能屈，遂揖见。至崖山，张元帅令作书招张世杰。天祥曰："我不能救父母，乃教人背父母，得乎？有死而已，不能从也。"乃作诗复命云："人生自古谁无死，留取丹心照汗青。"张元帅谓天祥曰："国亡矣，政使杀身为忠，谁复书之？"天祥曰："商非不亡，夷齐自不食周粟。人臣各尽其心，何论书与不书？"张为之改容，遂拘北。船道经吉州，痛愤，八日不食。不死，乃复食。至燕，与枢密院官博罗等语，不屈。庚辰、辛巳、壬午在狱作赞，拟临终时书衣带间云："吾位居将相，不能救社稷，正天下，军败国亡，辱为囚虏，当死久矣。被执以来，欲引决而无间，今天与之机，谨南向百拜以死。"赞曰："孔曰成仁，孟云取义。惟其义尽，所以仁至。读圣贤书，所学何事？而今而后，庶几无愧。宋宰相文天祥绝笔，壬午岁十二月九日。"竟受刑于燕。友人张毅甫负公首并骨归葬之日，母夫人之柩同日自广至，人谓忠孝所感。天祥年四十七而殁，为人丰下，两目炯然，善谈论，有忠孝大节。自起兵勤王以至至皋亭引见，议论不屈，忠肝义胆出于至诚，闻之莫不兴起。驱之北行，京口脱去，间关万死，由海道还国。赤手起兵经三年，江西之举，大事几集。英雄无用武之地，卒以困败。所居对文笔峰，自号文山。为文未尝属稿，引笔滔滔不绝。尤长于诗，《指南》《吟啸》等集行于世。①

这段"自注"文字长达近1400字，对文天祥的家世经历，廷试第一，上疏责罚董宋臣，拟诏讽贾似道，起兵勤王，苦战东南，义使元营，江西抗元，战败被俘，从容殉国等主要事迹的描述几与《宋史》本传无异。其中与董宋臣的会晤及与元帅张弘范的对话，尤为详尽，在话语的交锋中，充分展示了文天祥的英雄气质和义不失节的品格。须眉毕现，传神写照，深得太史公刻画历史人物的精髓。"自注"末端，作者效仿"太史公曰"的笔法，对文天祥"忠孝大节"给予直接的颂赞，对其"英雄无用武之地，卒以困败"的结局表达了深深的同情。尤其别于正史所载，宋无对文天祥的文学地位也给予了很高的评价："为文未尝属稿，引笔滔滔不绝。尤长于诗，《指南》《吟啸》等集行于世。"这对文天祥留给后人的文韬武略、智勇双全的人物原型的形成提供了非常有力的支撑。"为文未尝属

① 杨镰：《全元诗》第19册，中华书局2013年版，第443—446页。

稿,引笔滔滔不绝。尤长于诗,《指南》《吟啸》等集行于世”的记录,则为后人保留了弥足珍贵的史料,可补正史之阙。

对照一下《宋史・文天祥传》,除去个别细节上有些出入外(如自注中对文天祥的死由其“友人张毅甫负公首并骨归葬之日,母夫人之柩同日自广至,人谓忠孝所感”;本传中则“数日,其妻欧阳氏收其尸,面如生,年四十七”),忠勇情节如出一辙。末段的议论更彰显了史书作者对其忠义大节的赞美:

> 自古志士,欲信大义于天下者,不以成败利钝动其心,君子命之曰“仁”,以其合天理之正,即人心之安尔。商之衰,周有代德,盟津之师不期而会者八百国。伯夷、叔齐以两男子欲扣马而止之,三尺童子知其不可。他日,孔子贤之,则曰:“求仁而得仁。”宋至德祐亡矣,文天祥往来兵间,初欲以口舌存之,事既无成,奉两孱王崎岖岭海,以图兴复,兵败身执。我世祖皇帝以天地有容之量,既壮其节,又惜其才,留之数年,如虎兕在柙,百计驯之,终不可得。观其从容伏质,就死如归,是其所欲有甚于生者,可不谓之“仁”哉。宋三百余年,取士之科,莫盛于进士,进士莫盛于伦魁。自天祥死,世之好为高论者,谓科目不足以得伟人,岂其然乎![1]

此段文字纯属议论,是对文天祥的忠义大节的讴歌与赞美!面对宁死不屈的文天祥,元代君主表达了由衷的敬佩和爱戴,“既壮其节,又惜其才”。倒是那些屈节投降的降臣却流露出极大的恐惧,“积翁欲合宋官谢昌元等十人请释天祥为道士,留梦炎不可,曰:‘天祥出,复号召江南,置吾十人于何地!’事遂已”[2]。宋无并未因喜爱文天祥而附会、拔高,然注文中却自始至终洋溢着对英雄气概的敬佩与赞美,有极强抒情意味!明人于谦《文山先生像赞》云:“呜呼文山,遭宋之际。殉国亡身,舍生取义。气吞寰宇,诚感天地。陵谷变迁,世殊事异。坐卧小阁,困于羁系。正色直词,久而愈厉。难欺者心,可畏者天。宁正而毙,弗苟而全。南向再拜,含笑九泉。孤忠大节,万古攸传。载瞻遗像,清风凛然。”[3]于氏对文天祥舍生取义的忠节观由衷的赞美,其秉性与文天祥相似,在危难之际都坚贞不屈,令人敬佩。

又如《岳武穆王》写道:

> 克复神州指掌间,永昌陵侧诏师还。丹心一片栖霞月,犹照中原万里山。

① [元]脱脱等:《宋史》卷418《文天祥传》,中华书局1977年版,第12542页。
② 同上。
③ [明]于谦:《忠肃集》卷12“赞”,《四库全书》本,上海古籍出版社1988年版。

岳飞的赤胆忠心日月可鉴，其光芒能够照耀中原的万里河山，字里行间充满着诗人无尽的崇拜与敬佩，对其不幸遭遇充满着深切同情。自注云：

绍兴四年五月，岳飞复襄阳府唐州，六月复随州，七月复邓州。飞为清远军节度使。绍兴十年秋，飞光复赵州，至朱仙镇，距东京四十五里，诏班师。秦桧主议和，诏飞赴行在。杨沂中、刘光世、刘锜皆还镇，自是不复出师矣。先是，岳飞言和议非计，桧恶之。班师诏下，诸将皆贺，飞表独曰："求暂安而解倒垂，犹之可矣。欲长虑而尊中国，岂其然乎？"又曰："身居将阃，迹无补于涓埃。口育诏音，面有惭于军旅。"此非誓不与虏俱存之名言也。八月，飞罢枢密副使。虏之入寇也，命飞以兵援淮西，即日就道。张俊贻飞书，以前途乏粮为言，飞不为止。及张俊自淮西归朝，反言飞逗留不进，以粮乏为辞。言飞谓山阳不可守，沮丧士气，与桧谋，令谏议大夫万俟卨交章劾飞，遂罢兵柄，有杀飞之意。十一月，兀术以书抵与桧曰："尔朝夕以和请，而岳飞方为河北图，必杀飞而后可和。"于是会与俊谋，乃訹王俊告张宪谋反，还飞兵权。执宪，使诬服，以为得飞子云手书。狱成，桧系飞父子，下大理寺万俟卨鞫治。诬飞父子致书于宪，令宪措置使飞还军，且谓其书已焚，无可证者。又以淮西事诘飞，而所赐御札与往来道途皆可考，乃收其御札，送官以灭迹。飞困于考掠，亦无辞，服罪。桧一日手书小纸付狱，即报飞死。宪、云戮于市，籍其资，徙家岭南，官属坐罪者六人。大理卿薛仁辅等皆以飞无罪，卨俱劾罢之。宗正寺士㒟布衣刘士升论飞冤，皆死之。夫朝廷欲议和，而有一大帅訚訚然不肯和，言必欲与之俱毙而后已，是可置而不问乎？故为当时计，不去飞则和议不成。当其召飞也，飞岂不知此行之必死哉？其数千里而来者，非嘉召也，直趋死如归耳。呜呼，飞不肯为儿女子之死久矣，大义明于天地，大忠著于无穷，则飞之志也。飞忠孝出于天性，初，从驾渡河，留妻养母。河北陷没，飞遣人求访，凡十八往返而获迎归母。痼疾药饵必亲尝，遇出师则戒家人谨侍养。母丧既葬，庐墓侧，御札数四强之而后起。自有狄难，飞立志慷慨，以必取中原、灭仇虏为念。自奉甚薄。少饮酒，能至数斗，上尝戒之曰："卿异时到河朔乃可饮。"遂绝不饮。吴玠尝盛饰名姝以遣之，却而不受。上欲为营居第于行都，飞辞曰："金虏未灭，何以家为？"其御军重搜选、谨训练、公赏罚、明号令、严纪律、同甘苦为要，知书而待士，济人之贫，行师秋毫无犯，有取民一缕束刍者立斩之。尤善以寡敌众。所至多以奇功，号为贤将。宋孝宗乾道中，诏鄂州建飞庙，曰忠烈。理宗宝庆中，诏故太师武胜军节度使鄂王岳飞谥忠穆，寻改忠武。庐陵刘过改之题《六州歌头》词于庙曰:"中兴诸将,谁是万人英。身草莽,气填膺,尚如生。年少起河朔,弓两石,剑三尺,定襄汉,开虢洛,洗洞庭,北望帝京。狼虎依然在,何事先烹。过旧时营垒,荆鄂有遗风。忆故将军,泪如倾。当年事,知恨苦,不奉诏,伪邪真。臣有罪,陛下圣,可鉴临,一片心。万古分茅土,终不倒、旧奸臣。人世犹,白日照,忽开明。衮珮冕珪,百拜九泉下,万感君恩。看年年三月,满地野花香,卤薄迎神。"改之,天下奇男子,平生以气义撼当世。其词激烈,读之感焉。载《金佗编》。①

这段"自注"近1200字,在《啽呓集》中仅次于《文文山》注。作为抗金名将,宋无注文对岳飞家世出身、抗金经过及因"莫须有"罪名定死罪等历史,作了翔实的记录。"自有狄难,飞立志慷慨,以必取中原、灭仇虏为念",作者集中笔墨于六郡归宋、洞庭平叛、两度北伐、力反和议、挺进中原、被污谋反、身后平反等重要历史,以突出岳飞的"忠武"的本质,其思路与可《宋史》本传相媲美。此外,"自注"还注重从"细节"上揭示其"忠孝"出于"天性"的品格。如河北陷落时,岳飞往返18次迎接母亲;母亲生病时,岳飞都会亲自尝试药材。年少时善饮酒,能至数斗,只因皇上一句"卿异时到河朔乃可饮",遂绝不饮。皇上想为岳飞安排亲事时,岳飞回答:金虏未灭,何以为家。吴玠"尝盛饰名姝以遣之",岳飞却而不受。统领"岳家军",同甘共苦,纪律严明,于百姓秋毫不犯,凡此等等。鲜明展现了岳飞的尽忠报国、事母至孝、严明军纪、廉洁自律、自强不息的精神面貌。注末引南宋著名的爱国词人刘过的《六州歌头》来颂赞岳飞的生平业绩、痛斥朝廷奸佞诬陷忠良,跌宕淋漓、悲壮激越,十分感人。

《宋史·岳飞传》赞曰:"西汉而下,若韩、彭、绛、灌之为将,代不乏人,求其文武全器、仁智并施如宋岳飞者,一代岂多见哉。史称关云长通《春秋左氏》学,然未尝见其文章。飞北伐,军至汴梁之朱仙镇,有诏班师,飞自为表答诏,忠义之言,流出肺腑,真有诸葛孔明之风,而卒死于秦桧之手。盖飞与桧势不两立,使飞得志,则金仇可复,宋耻可雪;桧得志,则飞有死而已。昔刘宋杀檀道济,道济下狱,瞋目曰:'自坏汝万里长城!'高宗忍自弃其中原,故忍杀飞,呜呼冤哉!呜呼冤哉!"②作为元人,其对岳飞的"文武全器、仁智并施"品格给予了高度的赞扬,对其蒙受冤屈给予了极大的同情,对秦桧等奸臣昏君也给予了无情的鞭笞。对照《宋史·岳飞传》,宋无的"自注",无论是从事实纪录,还是从主旨归结上,都有"以诗存史、以诗证史"之效。

对南宋的历史特别关注,除去前文所论的《文文山》外,还有《张千载》《张

① 杨镰:《全元诗》第19册,中华书局2013年版,第438—440页。

② [元]脱脱等:《宋史》卷365《岳飞传》,中华书局1977年版,第11375页。

太傅》《邓中甫》《陆君实》《谢叠山》《汪紫原》《胡澹庵》《沈持正》《陈同甫》等，赞精忠报国；《秦桧》《吕文焕》《贾似道》《叶李》《留梦炎》等篇，则斥奸佞误国。除《秦桧》一诗无注文外，几乎每篇都有长篇注文。正如李军所言："诗人的重点，不在诗而在注。换言之，《啽呓集》的写作目的，就是在以诗存史，以诗纪史。"①再如《贾似道》诗云：

汉室初兴用郦生，下齐七十有余城。贾生误宋城多少，论罪当时值一烹。

据《史记·郦生陆贾列传》载，郦生（食其）是刘邦的谋臣，曾受命出使齐国，劝齐王田广归汉，齐王乃放弃战备，以七十余城降汉。诗歌以郦生兴汉之典，来衬托贾似道的误国行径。注文将其"误宋城"的桩桩件件一一列出，以彰其恶：

似道，宋嘉熙戊戌因其姊贾贵妃，故得赴廷对。己未，北兵攻蜀，至潭州，理宗以似道为荆湖宣抚策应大使，进兵援鄂。似道在鄂，为城下之盟，阴许岁币，故鄂渚退师。事定之后，冒为己功，讳言前事。北使郝经来寻盟，似道拘留真州，竟背前盟。似道乃欺理宗，诡曰战胜。而所许岁币，又食前言。初以鄂渚功，自军中拜右相。庚申入相，躐拜平章。未几，而北使再至荆湖，似道又留之汉阳沌口。始则请盟，终则背盟，似道知之，天下知之，独朝廷不知。咸淳丙寅，刘整叛。丁卯，襄阳围，警报益急。似道虽乞巡边，然亦卒不行也。癸酉春，襄阳守吕文焕以城降，似道复陈行边之请。甲戌九月，丞相伯颜大会兵于襄樊，沿汉江而下，水陆并进，用降人为向导。吕文焕舟师袭郢州，都统赵文义战死之。大兵达于大江，下沿江诸郡。乙亥正月，似道始出师遣督，集诸路兵共十三万至芜湖，而舒、池已降矣。二月，似道遣宋京使军前请和。京与北使来要似道自往。似道遣阮思聪、耿元矗代行。及思聪回，知事不就，皇怖失据，阴备快船为走计。诸军屯丁家洲，大势直进我师，有反噬之意。似道遂许喝转官资，诸军诟曰：'要官资何用？己未、庚申，官资何在？'似道不能答。孙虎臣夜至似道舟中告急，泣曰：'追兵已迫。'夏贵亦曰：'彼众我寡，委难抵当。'垂泣而去。似道鸣锣一声，退军于珠金沙。十三万兵一时溃散，失督府印。似道奔扬州，上表自劾。太后旨令淮东帅李庭芝津遣归里，王鑰奏乞下切责。六月归绍兴，闭城不纳。王鑰并台交章言似道丧师误国之罪，方回言似道悖诈贪淫褊骄吝专忍缪十罪，乞赐死。乃降三官，婺州居住。言者不已，改送建宁。翁合奏建宁朱熹讲道阙里，此乡何罪？乞将似道远窜。有旨谪授

① 李军：《元代诗人宋无诗初论》，《殷都学刊》2004年第3期。

高州团练副使，漳州居住，下临安台州簿录其家。朝廷遣郑虎臣监抑。舟次南剑黯淡滩，虎臣曰：'水甚清，何不死于此。'似道曰：'大皇许我以不死，俟有诏即死。'十月，至漳州木棉庵，虎臣悉拘其子与妾于别馆，即厕上拉其胸杀之，殡于庵侧。或者曰：似道以宠妃之弟，不学无术，处非其据，乏休休有容之量，忌疾之恶横于胸中。好谀恶直，进佞退贤，粉饰太平，讳言边事。杀功臣以失士大夫之心，行公田以敛江浙之怨，主推排以骚动东南之民，覈士藉以钳制东南之士。茈败将则将较之心离，吝军赏则军旅之心叛。日积月累，无一非失人心之事，卒至误国，擢发不足数其罪。[①]

《宋史》本传载："似道既专恣日甚，畏人议己，务以权术驾驭，不爱官爵，牢笼一时名士，又加太学餐钱，宽科场恩例，以小利啖之。由是言路断绝，威福肆行。""襄阳围已急，似道日坐葛岭，起楼台亭榭，取宫人娼尼有美色者为妾，日淫乐其中。唯故博徒日至纵博，人无敢窥其第者。其妾有兄来，立府门，若将入者。似道见之，缚投火中。尝与群妾踞地斗蟋蟀，所狎客入，戏之曰：此军国大事耶？"[②]贾似道擅权期间劣迹斑斑，罄竹难书。《钱塘遗事・罢贾似道》云："乙亥三月三日，贾似道罢平章、都督，予祠。宣制曰：'大臣具四海之瞻，罪莫大于误国。都督行诸军之事，律尤重于丧师。'"[③]张宪《咸淳师相》中有"师臣师臣躬督兵，珠金沙头锣一声。十三万人齐解甲，寡妇孤儿俱北行"之句，无不控诉贾平章的误国误民行径，罪孽深重。作者以"一烹"惩之，可见其义愤填膺。

宋代长期坚持崇文国策取得了明显良好的社会效果。知廉耻，明礼义，士人对国家抱有"士为知己者死"的强烈感情，对家国负有强烈的责任意识。《宋史・忠义传序》云："士大夫忠义之气，至于五季，变化殆尽。宋之初兴，范质、王溥，犹有余憾，况其他哉！艺祖首褒韩通，次表卫融，足示意向。厥后西北疆场之臣，勇于死敌，往往无惧。真、仁之世，田锡、王禹偁、范仲淹、欧阳修、唐介诸贤，以直言谠论倡于朝，于是中外缙绅知以名节相高，廉耻相尚，尽去五季之陋矣。故靖康之变，志士投袂，起而勤王，临难不屈，所在有之。及宋之亡，忠节相望，班班可书，匡直辅翼之功，盖非一日之积也。"[④]岳飞、陈亮、文天祥、张世杰、陆秀夫、谢枋得等人的忠义报国、宁死不屈，正是这种崇文国策所结出的硕果。

有关《唫呓集》"以诗存史"的创作方法，四库馆臣曾评论道："是集始于《禹

---

① 杨镰：《全元诗》第19册，中华书局2013年版，第441—442页。

② [元]脱脱等：《宋史》卷474《奸臣四》，中华书局1977年版，第13784页。

③ [元]刘一清：《钱塘遗事・罢贾似道》，上海古籍出版社1985年版，第157页。

④ [元]脱脱等：《宋史》卷446《忠义一》，中华书局1977年版，第13149页。

鼎》，终于《留梦炎》，每事为七言绝句一章，凡一百一首。各叙其始末于诗后，如自注然。”[①]所谓的“叙其始末”即是交待历史事件的来龙去脉，以“注”的形式保存于诗后，构成“先诗后注，诗注同构”的形态，方便后世读者更好地理解诗歌的主旨，了解诗歌的写作背景，使短小的七绝具有了“诗史”的意味，弥补了诗体的不足。此外，作者对历史的点评而形成的“史论”也使得其笔下的咏史诗增色不少。毛晋说：“宋子虚的《啽呓集》，凡古今朝野褒贬雌黄，直补全史所未备，足称诗史矣。”（《啽呓集》卷末）“有讽有刺，有抑扬攻击，吊忠贞如未亡，诛奸侪于既灭，可谓得褒贬之大义，岂但资之以生议论也哉。”（《啽呓集》卷末张习跋）从这些评价的文字中，不难见出《啽呓集》独特风貌。宋无虽不是史学家，但其独特的史观及“以诗存史”的创作方法，给我们留下了深刻的印象。

第二节　刘麟瑞《昭忠逸咏》之昭忠情怀

刘麟瑞《昭忠逸咏》是一组著名的咏史诗，其所咏历史人物和事件都有一个共同的特点，那就是符合“忠义”二字。身为南宋遗民，作者目睹了宋元之际的沧桑巨变，感慨很深。痛定思痛之余，摭拾其间忠义英雄事迹，愤而成诗。一方面是用笔记录下他们的事迹，表彰他们的忠烈行为，以抗议朝廷对他们的漠视；另一方面是怕时过境迁，发生在这些英雄身上历史上功绩消失殆尽，后人无从知晓。于是，作者满怀深情，借助诗歌再现了那一段令人难忘的历史，表达出自己崇敬缅怀之情。

一、《忠义集》的结集

《忠义集》是元人赵景良所选编的一个专题选集。除辑录了刘埙、刘麟瑞父子的咏史诗外，还收录了宋末元初其他 26 位诗人的 68 首事迹相似的诗。其在选录诗人诗作时有着严格的辑录原则标准，即“记史论事”，通过辑录咏史诗，讽刺奸邪、祭慰英魂、痛陈国事，光大刘埙、刘麟瑞父子“搜讨遗事”的意志，彰显出一个身处异族统治的汉族知识分子对“忠义”的诠释。据清人顾嗣立《元诗选》刘麟瑞小序云：“麟瑞，字□□，号如村，埙次子。元至治年间，尝以暇日追惟宋末仗义死节之士，搜讨遗事，赋五十律，题曰《昭忠逸咏》。邑人赵景良秉善合水村《补十忠诗》为一编，附以汪水云、方虚谷诸君子伤时悼事之什若

① ［清］永瑢、纪昀等：《四库全书总目》卷 174，中华书局 1965 年版，第 1546 页。

干首。总谓之《忠义集》云。”[①]虽然集中所载之事被顾嗣立冠以“盖野史之流也”,然作者将刘埙《十忠补史诗》、刘麟瑞《昭忠逸咏》与汪元量、方回二人的诗合编为一册,作者怀着崇敬之情,爱国精神和忠义节操,令人敬重。

关于《忠义集》的成书和内容,四库馆臣评道:“元赵景良编。初,南丰刘埙作《补史十忠诗》一卷,述宋末李芾、赵卯发、文天祥、陆秀夫、江万里、密佑、李庭芝、陈文龙、张世杰、张珏之事,埙自为《序》。其子麟瑞,复取宋末节义之士,撰述遗事,赋五十律,题曰《昭忠逸咏》,凡四卷,亦自为前后《序》。又有岳天佑者《序》之。景良合二集为一编,又采宋末遗老诸作,续为二卷,而并麟瑞诗四卷为三,总名之曰《忠义集》。于时《宋史》未修,盖藉诗以存史也。其书在元不甚著,明弘治中,江右何乔新始《序》而梓之。《序言附录》中有汪元量诗,然此本实无之,未详其故。又方回背宋降元,为世僇笑,其人最不足道,而景良列之忠义中,亦所未解也。埙有《隐居通议》,已著录。麟瑞号如村,至治中人。景良字秉善,二刘之乡人也。”[②]这段话有几点意思值得关注:一是《忠义集》的构成。第一部分是第一卷,即刘埙所作《补史十忠诗》:第二部分为第二至五卷,即刘麟瑞所作《昭忠逸咏》;第三部分为第六、七两卷,即“附录诸公诗”。二是“忠义”之名的来源。《忠义集》中所咏历史人物大多是南宋将士保家卫国、战死沙场的英勇事迹,其中也不乏忠臣节士、学者妇孺,为保节于宋,舍生取义的真实记载,这便是诗集以“忠义”命名之所在。作者以“忠义”主题为主线,将集中所咏历史人物、事件贯穿在一起,形成一个整体,在内容上也可相互印证。赵景良以“忠义”名集,是受其同乡刘埙、刘麟瑞父子影响而成。三是《忠义集》的作用。《四库提要总目》指出《忠义集》“于时《宋史》未修,盖藉诗以存史也”,以诗存史,是这组诗歌最大的价值。

刘麟瑞生于世代书香之家,祖父是文学教授,父亲刘埙是延平路教授,可以说刘麟瑞从小就被浓浓的书香氛围所环绕。刘埙,字起潜,号水村,宋末元初著名学者、诗人,主要有《水云村稿》《水云村吟稿》等传世,《忠义集》所选其《补史十忠诗》亦被收入《水云村吟稿》中。其《补史十忠诗》序云:

> 诗以厚伦美化为本,非曰谐俗寄情而已,即千篇奚益?每思张、许、二颜同时死国,名芳唐史,与天长存。近代死节数公何愧往昔,顾麦秀黍离,无由仿柳州状逸事上太史,庶几不朽。窃以慨念,更后几年,遗老渐尽,旧闻销歇,将无复知有斯人者,悲夫哀哉!死,臣子职分,古人常事尔!死

① [清]顾嗣立:《元诗选》二集上,中华书局1987年版,第108页。

② [元]赵景良编:《忠义集》,《四库文学总集选刊》,上海古籍出版社1993年版,第185—186页。

矣，宁顾其传不传？乃亦不可无传者，为其系彝伦，关风教，厉后代之臣子，愧前日之不如数公也者。采清议得忠义臣十人，史不书，各赋十韵，纂其实，曰补史诗。[①]

序中明确表达了其《补史十忠诗》的目的就是要弘扬传统诗论中“厚人伦，美风化”精神，“为了突出这种政教作用不惜将‘谐俗寄情’之作称为‘千篇奚益’，这与其以‘性情’为本的主体文学思想虽有不和，但在亲历了朝代盛衰替换，面对死节诸公的大义凛然，这份偏激实乃情之所至”[②]。刘埙作《补史十忠诗》的意图，与柳宗元当年写《段太尉逸事状》一样，都是“恐尚逸坠，未集太史氏”。担心时间一久，文天祥、陆秀夫、江万里等舍身殉节之事，将会失传，“将无复知有斯人者”了。为了弘扬“忠义”之风，他以“忠义”为题，存诗 10 首，以纪史实，备他日之资。

《补史十忠诗》包括《知潭州湖南安抚使李公（芾）》《四川制置使知重庆府张公（珏）》《池州通判权州事赵公（卯发）》《少傅枢密张公（世杰）》《丞相都督信国公文公（天祥）》《枢密闽广宣抚使陈公（文龙）》《参政行丞相事陆公（秀夫）》《淮东制置使知扬州李公（庭芝）》《前左丞相文忠公江公万里弟（万顷）》《江西制置司使都统密公（佑）》。除《前左丞相文忠公江公万里弟（万顷）》等 10 首，除咏赞文天祥、江万里二人外，其余各篇，每首诗歌咏一人，共 10 人。关于选录的标准，刘埙在诗后有交待：

右襄围以来，死忠者不止此，然多所不知，知其详且显者，莫如此十公。故先赋此十诗，尚俟续书以着大节。噫，十诗存，即十忠不亡；十忠不亡，吾十诗亦永存矣。是未易与俗子言之，儿辈深蔵之。非深于诗，精于理者，勿轻示之云。[③]

史载，咸淳四年（1268）九月，“元兵筑白河城，始围襄、樊”[④]。襄、樊的战略地位极其重要，一旦襄、樊失守，则整个长江下游便岌岌可危。因此，两军围绕此二城持续攻守、鏖战近 6 年之久，然最终以宋军失败而告结束。上述 10 位忠臣义士，或战死于这场战争，或义不受辱，自尽以保节。这段历史往事，《忠义集》之“忠义”的源头，也是刘埙作诗纪事、赵景良辑《忠义集》的动力。

---

① 赵景良编：《忠义集》，《四库文学总集选刊》，上海古籍出版社 1993 年版，第 187 页。

② 闫群：《竹树晚凉，星河夜横——刘埙诗文试论》，《牡丹江师范学院学报（哲学社会科学版）》2010 年第 3 期。

③ ［元］赵景良编：《忠义集》，《四库文学总集选刊》，上海古籍出版社 1993 年版，第 189 页。

④ ［元］脱脱撰：《宋史》卷 46，中华书局 1977 年版，第 901 页。

从承传关系看成，刘埙的创作对《忠义集》有着奠基之功，而刘麟瑞的创作则是《忠义集》成书的关键。他继承父志，搜讨遗事，讽咏成诗，其创作体系更完备、规模亦更加巨大。其在元至治年间，追思宋末仗义死节之士，搜讨遗事，赋五十律，题曰《昭忠逸咏》，其序云：

子曰："志士仁人无求生以害仁，有杀身以成仁"，其是之谓乎？尝读卞侍中、颜平原，暨张、许二公死节事，未尝不潜心翻阅，若身处其间。虽历千载，犹使人兴起也，非志士仁人乎？宋末革命，岂无继踵者？顾湮郁弗彰，殊可叹也！钦惟太祖皇帝，启运朔方，肇兴大业；世祖皇帝，神圣英武，受天明命，混一区夏，兵威所向，罔不解甲投戈以迎王师，亦复有不忍遽忘君父，背城借一战者，岂违乎天命哉？为臣死忠，古有明训，则亦惟曰："臣子职分尔。"苟食禄避难，含耻易节，朝为仇敌，暮为君臣，于义何在，春秋衮斧何所逃乎？善乎！翰林侍讲学士元公明善，志集贤直学士文公升之墓，曰"宋死节臣少保右丞相兼枢密使信国公姓文氏，嗣子某，官某，书法昭昭"，则世之公论尠矣！追维仗节死义之士，事日益远，岁日益深，遗老日益凋谢，旧闻日益销泯，其不与草木同腐者，几希。暇日，搜讨遗事，赋五十律，题曰《昭忠逸咏》。惜乎材疏笔弱，无能发扬姑志，其概以彰节义，俾死封疆、死社稷者含笑九地，曰"吾名不泯矣"，宁不少慰忠魂于千载乎？宁不为明时风化之一助乎？于是乎书。至治元年辛酉日，南至丰民刘麟瑞稽首再拜谨述。①

10年后，至顺壬申(1332)中元，文学掾相台岳天佑者在序中，指出了《昭忠逸咏》中的"忠义"情怀，对刘麟瑞赞咏警策以益风教的行为、以诗"补史纪事"之功，给予了较为客观的评价。

刘埙从青年迈向壮年之时，正是南宋生死存亡之际。在师友多次举荐下，他都以母亲生病拒绝出仕，不愿接受朝廷的任命。在江万里、陈文龙等良师益友先后被罢官后，对南宋朝廷已失望至极。自元灭南宋战争开始，刘埙便选择了隐逸生活。看到父亲归隐保节，听到宋人的抗争，他对守志贞节有了深刻的体验。

有关南宋存亡的重要战役——崖山海战，丞相陆秀夫抱着幼帝赵昺投海身亡，10万人殉国，其情景惨烈悲壮，深深地刺痛了作者。宋亡之时刘麟瑞约5岁，国破家亡、满目疮痍的现实，给他造成了极大的刺激。身处于这样的时代，怎能不被忠义之精神所折服。虽然刘麟瑞一生大部分的时间生活在元朝，

① [元]赵景良编：《忠义集》，《四库文学总集选刊》，上海古籍出版社1993年版，第190—191页。

但他忘不了自己的汉人身份。目睹元军攻入宋地，杀入宋城，宋朝将士浴血奋战，宁死不屈的英雄气节，铸就了他不愿为元代统治者歌功颂德，忠诚于亡宋的昭忠情怀。

南宋亡国之后，无论是被俘虏北上的遗民，还是隐逸的流人，亡国之恨、故国之思都深深融入他们的血液之中。刘麟瑞不再是传统意义上的文人骚客，而是一位以笔为枪为宋朝将士呐喊助威的战士。强烈的民族情感与不事二族的忠诚叠合在一起，歌颂为国而死的将士，便成为其创作的突出主题。麟瑞创作歌咏"忠义"人物的《昭忠逸咏》是为了记录、赞扬"忠义"精神，弘扬爱国之情，借以表达自己的人生观和价值取向。

二、《昭忠逸咏》中的人物群像

刘麟瑞《昭忠逸咏》咏赞忠义历史人物，融叙事、抒情、议论于一体，展开历史的画卷，还原出历史的场景，寄寓了作者忧郁愤激之情和贬佞褒忠之意。

《昭忠逸咏》中的历史人物大致可归为两种类型：一类是英雄人物，主要是阵前的将士、守土一方的官员和朝廷要员，另一类是忠烈百姓。前者主要以赞美英雄人物功绩，抒发自己敬仰之情。包括《西和知州陈公（寅）守将杨公（锐）》《阶州守臣董公（鹏飞）》《都统何公（进）张公（弥）》《沔州知州杨公（起）通判王公（友仲）》《同庆知府李公（冲）偕死节诸公》《都统曹公（友闻）及大安夜战死节诸将》《天水知军时公（当可）西和总管陈公（瑀）》《制参王公（翊）》《绵汉简州诸公》《权知文州刘公（锐）通判赵公（汝向）》《都统何公（进）张公（珍）》《金州守臣和公（彦威）统制杨公（福兴）》《同庆知府李公（冲）偕死节诸公》《总统黄公（仲文）保义廉公（节）》《四川制帅陈公》《临江军守臣陈公》《都统张公（桂）金公（文德）》《观使许公（彪祖）》《援襄都统制张公》《援襄都统制张公（贵）》《守襄都统制牛公（富）范公（天顺）》《池州通判赵公（卯发，昌州人）》《沙洋堡裨将边公（居谊）等》《饶州守臣唐公》《丞相江公（万里）知府江公（万顷）》《宗室赵公（崇源）》《端明招讨使汪公（立信）》《丞相信国公文公（天祥）》《从文丞相诸公》《常州守将王公（安节）知府姚公（訔）》《知衡州尹公（谷）》《湖南安抚知潭州李公（芾）》《江东运判赵公（淮）妾（某氏）》《淮东制置使李公（庭芝）》《沙市监镇司马公（梦求）》《都统制密公（佑）》《都统制姜公（才）》《浙西提刑徐公（道隆）湖守公（良淳）》《参政高公（应松）》《蜀帅张公（珏）》《枢密丞相陈公（文龙）》《嗣秀王（与檡）瑞安守臣（方洪）》《枢密张公（世杰）》《丞相陆公（秀夫）》《广西经略马公（塈）》《江东制置使谢公（枋得）》《少主纳款》等。

刘麟瑞所赞美的英雄，能让我们能看到他们的浴血奋战的身影，听到他们的嘶吼的声音。如《广西经略马公（塈）》中的马塈，被敌人砍下头颅后，仍双手握拳，站立许久才倒下。《江东制置使谢公（枋得）》里的谢枋得，屡拒元朝，绝食而死。这些英雄均以战事为背景，都是敢于直面人生的真的勇士。如《江东运判赵公（淮）妾（某氏）》歌颂了赵淮的英勇不屈和其爱妾的坚贞高洁，诗曰：

石头城昔号金汤，岌岌孤墉战马场。西日突围逃溧水，南冠荷校说维扬。血凝汉节夸男子，身寄秦淮藉女郎。千载妾身贞更洁，仰天哭向水云乡。①

诗的开端交代了战场的严峻：石头城已非固若金汤，宋兵四望无援，石头城危在旦夕，岌岌可危。次写弃城突围、赵淮被俘。残阳如血，守军突围，杀出一条血路，据守溧水境内。由于两军相比实力悬殊，更因朝廷抗元意志懦弱，防线终于被打破，赵淮被俘虏。赵淮被俘后，英勇不屈，被戴上枷锁和强迫做说客。终因吁请扬州守将李庭芝死守城池，惹怒元兵被杀。"血凝汉节夸男子"，是刘麟瑞对赵淮的持节不屈的礼赞，而"千载妾身贞更洁"，则是对淮妾即某氏的讴歌。"千载"如同与世长存，"贞更洁"让人能永远铭记了她，"仰天哭向水云乡"。诗歌结尾由赞美赵淮转为咏赞其爱妾。全诗饱含深情，写出了赵淮的"血凝汉节"的热血与淮妾"仰天哭向水云乡"的凄凉。在国家面前，生命、爱情都是可以舍弃的，唯有浴血沙场，保家卫国才是正确之选。赵淮之选，是爱国人士的当然之选，这也正是刘麟瑞昭忠情怀所在。

再如《守襄都统牛公（富）范公（天顺）》诗云：

将军志喜竖降幡，偏将能知大义存。头触危楼轻烈焰，脰经孤馆凛忠魂。声沉刁斗摧城影，尘掩干将渗血痕。世远事殊遗老尽，更无人解说襄樊。②

《元史·世祖纪》载：至元五年（1268）秋七月，元世祖"以刘整为都元帅，与都元帅阿术同议军事"③，"整至军中，议筑白河口、鹿门山，遣使以闻，许之……九月丁巳，阿术统兵围樊城……"④历时 6 年，襄、樊之战正式拉开帷幕。以此战为背景的诗有《援襄都统张公（顺）》《援襄都统张公（贵）》和《守襄都统牛公（富）范公（天顺）》，共三首。前二首记述的是民兵部将张顺、张贵慷慨援襄之事。二张的壮举虽然拖延了元军对襄樊发动的总攻节奏，但并未改变大局。至元十年主将吕文焕举城降元，守襄的统制牛富、范天顺誓死不从，先后就义。"将

① 杨镰：《全元诗》第 23 册，中华书局 2013 年版，第 86 页。
② 同上，第 83 页。
③ ［明］宋濂：《元史》卷 6《世祖三》，中华书局 1976 年版，第 118 页。
④ 同上，第 119 页。

军志喜竖降幡，偏将能知大义存”，一边是屈膝投降的将军，一边是死战不降的偏将，一褒一贬，爱憎分明。“头触危楼轻烈焰，脰经孤馆凛忠魂”二句，刻画了牛富、范天顺的正义凛然、从容就义的伟岸形象，惊天地、泣鬼神。

《昭忠逸咏》赞美的另一类历史人物是普通百姓，主要赞美那些生活在宋元之际的普通百姓的忠烈事迹，彰显这些“平凡人物”的不平凡之处。主要作品有《大社吴公（楚才）》《儒士王公（士敏）》《建宁儒士朱公（浚）》《处士林公（同）》《美人朱氏》《孺人林氏》《死节诸公》等篇。

在元军的铁骑侵略下，人们流离失所，血腥的镇压使得满城血雨腥风，宋朝廷已经是没有回转之势，大厦将倾，栋折榱崩。屠城的恐惧使得越来越多的宗亲王侯都投降招安，但民兵起义却此起彼伏，涌现了一些可歌可泣的忠烈百姓。虽然他们处境卑微，但其精神品德令人敬仰。他们中间有被贬他乡、举旗抗元，后流亡福建的儒士谢枋得；有见主降国亡，自招乡人邻里英勇抗元，舍身成仁的江西人士吴楚材、王士敏；有因配合刘仝子抗元，遭元兵屠戮，随夫、兄效忠而卒的“孺人林氏”（刘仝子妻）林同；还有一位“从全太后赴燕”为“全节以见度宗于地下”自尽而亡的“美人朱氏”。

吴楚材，名炎，原为山野村夫。看到父老乡亲的生活处于水深火热之中，奋然起义，同儿子在家乡岭村召集村民建立一支民兵。江西制置使黄万石却是一个懦弱、阴险的官员，邵武太守黎靖德提议黄万石帮助吴楚材抗击元兵，黄万石只给吴楚材封了个权置司计议官的空头官职，并且警告他不要轻举妄动，不肯出兵抵抗元军。但是吴楚材忍受不了在元军的攻打下只能投降挨打的局面，他毅然带着义军走出岭村抗击元兵，结果兵败被擒。

吴楚材军事上的失败，和援军的缺乏、元军的诱降有关。元军趁势攻入岭村内部，吴楚材连同儿子吴应登都被俘虏。面对降元的郡录事娄南良，吴楚材直言绝不后悔，并指责娄南良身为朝廷官员不能为国尽忠出力，苟且偷生，令人不齿！其慷慨激昂，铿锵有力的话语，令娄南良无地自容，无言以对，停止了劝降。其后不久，吴楚材和儿子吴应登被元军斩首。南宋益王听说了这件事哀痛不已，下令赐吴楚材为朝奉郎，并在江西建立祠庙祭奠，谥号“忠勇”。《大社吴公（楚才）》记录了吴楚材抗击元军的事迹，诗云：

> 谁道盱江一布衣，龙韬虎略岂知蹊。锄耰列阵螳初奋，鞞鼓临风马已嘶。汉将追奔飞白刃，楚囚羁絷化红泥。宠褒已矣忠难泯，不向泉关叹噬脐。①

① 杨镰：《全元诗》第23册，中华书局2013年版，第87页。

一介布衣,整好行装,走向战场。在"鞸鼓临风马已嘶"的环境中,率领民兵们奋勇杀敌,保家卫国。由于"锄耰列阵",缺乏"龙韬虎略",寡不敌众,最终落得"楚囚"的结局。诗中再现的不是军队的将领,而是一个普普通通的百姓。虽然他并无统领三军的帅才,但为了保卫自己的国家,他毅然离开自己的家园,联合父老乡亲英勇地走上战场杀敌,其精神让那些投降派无地自容。作者以"螳初奋""忠难泯"来形容其凛然正气、忠勇之行,表达了由衷的敬意!可怜一片忠心,未能实现鸿图大业,令人哀恸不已。

你可以征服一个国家,但是你征服不了她的百姓。朱氏、林氏、林同、朱浚就是这样的典型,就连手不能提、肩不能扛的文人也加入保家卫国的行列中,如《江东制置使谢公(枋得)》诗云:

> 草履麻衣漫蔽形,十年卖卜惯零丁。愿从楚地师龚胜,欲向辽城友管宁。采石吟成期绝粒,娥碑读罢弃余龄。一门尽节均无愧,千载西山叠叠青。①

谢枋得一生充满了传奇色彩,他蔑视权贵,却为祖国山河献出了自己的生命,用生命和行动谱写了一曲爱国的壮丽诗篇。当国家遭遇外敌入侵,谢枋得从闭门讲学中走出,毅然决定组织抗战。由于对元军的恐惧,许多人纷纷投敌或逃跑,大片国土沦丧。德祐二年(1276)一月,江东地区也将保不住了。五月,谢枋得被任江东制置使,再次招集义兵,抵挡元兵的侵略。由于元军的追杀,谢枋得只能隐姓埋名,流亡福建,隐遁于建阳山中,以卜卦、织卖芒鞋或教书为生。这场战争中,谢枋得的妻子李氏、次女和两婢女,两个兄弟和三个侄子都受到元军的折磨,被残害致死。"一门尽节均无愧,千载西山叠叠青",是作者对其家族一门忠烈的赞歌。同为文人的刘麟瑞,虽不能似其笔下的那些将领,统领三军与元军对抗,但他与谢枋得一样有一颗忠诚之心。作者借着对忠烈英雄的颂赞,间接地表达了自己的爱国情感。

三、《昭忠逸咏》的"昭忠"情怀

五伦首重君亲,百行莫先忠孝。"昭忠",即彰显忠义,使忠义之人、之事名垂青史。这既是集中人物共同的特质,也是作者撰写"逸咏"组诗的动机。岳天佑《昭忠逸咏》序,揭示了此集编撰的目的。序曰:

> 士见危致命,此立身之大节。君子道穷之时,但当委致其命,以遂吾之志而已。功业系乎时,忠义存于我。于汉唐得诸葛公、狄梁公、郭令公,

① 杨镰:《全元诗》第23册,中华书局2013年版,第89页。

天下服之，社稷生民赖之，可为委质事君之法；若时与道违，当效杲卿、真卿、张巡、许远辈，庶几君臣之义尽矣。宋史未修，其季世仗节死义之臣将遂湮没，而励贤善俗，士君子之所当为也。南丰逸士刘如村，作《昭忠逸咏》，兹以见示。观其事迹具备，赞咏警策，诚有益于风教者焉。尝闻刘后村有《咏史》三百首，游清献公爱之，携入都堂。今如村之《逸咏》，实可备太史氏之采择，非特游公之赏识而已。噫，五伦之道，五常之教，周浃维持于上下，数千载之间者如一日，非人力之为，皆天理之同然也。览是篇者亦克用劝。文学掾相台岳天佑书此，以识所曾观。至顺壬申中元，如村自序。①

岳天佑的序文不但道尽《昭忠逸咏》中"士见危致命"之忠义情节，对刘麟瑞补史纪事之功、赞咏警策以益风教之力，作了客观、公允的评价，令人信服。纵观历史，发生在宋末元初，处在两军交战之际，当时无论是华夏还是欧洲都不能抵抗残忍的蒙古军队，但是宋人凭借骨子里民族骨气和高尚志向，坚持得最久，抗争得也最为激烈，涌现了诸多可歌可泣的英雄故事。"功业系乎时，忠义存于我"，"励贤善俗，士君子之所当为也"，诗人讴歌这些忠义孝节的故事，传之千秋万代，正是"士君子"的职责所在。麟瑞昭忠之心，天地可鉴。

（一）对"尽忠"的事迹展示

曹友闻是宋末名将，乃宋初名将曹彬的后代，以忠义称世。《宋史》本传载："曹友闻，字允叔，同庆栗亭人。武惠王彬十二世孙也。少有大志，与仲弟友谅不远千里寻师取友。登宝庆二年进士。授绵竹尉，改辟天水军教授。"②蒙古大汗窝阔台发动侵宋战争，带领蒙军杀入宋地，西路军直逼四川，曹友闻坐守大安，保卫蜀口。两军展开殊死搏斗，血流成河。曹友闻领军有方，蒙古人的营寨被宋军连破数十个。不料行军的路上下起了大暴雨，川军向来用绵裘代替铁甲，被雨湿透的绵裘非常沉重，不能徒步战斗。第二天元军将领汪世显率领着大批铁骑赶到，重重包围宋军，曹友闻手拿大刀，率领将士一边杀敌迎战，一边破口骂战，他甚至杀死了自己所骑的战马，表现自己决心殉国的决心。血腥的战争愈演愈烈，最后曹友闻和弟弟曹友万都战死沙场，马革裹尸，全军覆没。"秦巩人汪世显素服友闻威望，尝以名马遗友闻，还师过战地，叹曰：'蜀

① ［元］赵景良编：《忠义集》，《四库文学总集选刊》，上海古籍出版社1993年版，第189—190页。

② ［元］脱脱撰：《宋史》卷449《忠义四》，中华书局1977年版，第13233页。

将军真男儿汉也。'盛礼祭之。"[1]南宋朝廷特赠为龙图阁学士、大中大夫,赐庙"褒忠",谥曰"毅节"。《都统曹公(友闻)及大安夜战死节诸将二首》赞道:

雁塔名香本一儒,执殳几度为前驱。元戎却敌世间有,教授提兵天下无。花石峡鏖忠勇奋,水牛岭度死生殊。英风壮节谁能匹,千载人称大丈夫。(一)

勇戴兜鍪学六韬,赤心报国是英豪。遍身胆在存全蜀,盖世名高慑短曹。鸡堡出奇师旅没,龙门尽锐弟兄劳。当时制帅犹多计,独向深山远遁逃。(二)[2]

诗歌言其"本一儒""教授提兵",点明了其文官身份。其诗以详尽的笔墨叙述了曹将军弃笔从戎、身经百战、屡立战功的经历。"花石峡鏖忠勇奋,水牛岭度死生殊""鸡堡出奇师旅没,龙门尽锐弟兄劳"等句,以少总多,历数曹友闻出入生死,建立的赫赫战功。蒙古军号称骑射无敌,独友闻能与之一较高下。在蜀中平原,激战几十场,从未溃败。其"元戎却敌世间有,教授提兵天下无",既写出了元军的骁勇善战,又点明了曹友闻统兵如神,天下无双。"英风壮节谁能匹,千载人称大丈夫",令人敬仰。"当时制帅犹多计,独向深山远遁逃"句,则尖锐地抨击了四川制置使郑损,奉行逃跑主义,将四川外围的要塞轻易放弃的恶劣行径。组诗以历史人物的经历为线索,叙事抒情,表达出对曹公友闻及大安夜战死节诸将的赞美,又并对南宋朝的国防政策表达了尖锐的讽刺与不满。

又如《常州守将王公(安节)知府姚公(訔)二首》云:

守合名垂二十秋,将军今度更风流。人夸同谷英风壮,天使毗陵杀气浮。守义只知伸我膝,成仁那肯护吾头。将门出将真男子,一任模糊血髑髅。(一)

闭门高卧本无悰,起守乡城更总戎。名姓已符前代史,邦家能卫古人风。金山不长僧成谶,铁壁虽坚卒易攻。城守两回希世事,橘香不泯气如虹。(二)[3]

诗后注云:"乙亥春三月,大兵攻破常州。将军王安节被擒,不屈,死之。安节,前守合州节使坚之子也。夏四月,督府总统军马,张世杰复常州,留刘师勇守之,即家起姚訔知府事公橘州第三子也。常自十月八日被围,至十一月十八日

---

① [元]脱脱撰:《宋史》卷449《忠义四》,中华书局1977年版,第13237页。

② 杨镰:《全元诗》第23册,中华书局2013年版,第80页。

③ 同上,第85页。

城破。师勇遁，大兵愤其坚守，屠之。初，大兵苦攻常不下，城上语之曰：'若要得常州，除是金山长。'歇后语也。遂挟金山长老至，长老惧死，妄言此城乃龟形，击其首破矣。至是并兵攻南门，遂克之，訔死之，谥忠毅。唐朝睢阳亦有姚訚死节，訔古訚字也。故诗云：'名姓已符前代史。'"[①]作者对卖国求荣极尽讽刺之事，以"一任模糊血髑髅"的视死如归，映衬出投降派奴颜婢膝，对守义、成仁的"真男子"——守将王安节、知府姚訔给予了崇高的礼赞！全诗句句写战争实事，指向的却都是朝廷政策，表达了作者对统治者执行投降政策，委曲求全，甘心投降的不满。

蒙古人灭党项西夏用了不到 10 年的时间，灭强大的大金帝国用了 20 多年，而完全占领大宋却用了近 50 年时间。为什么只有宋朝抵抗得如此之顽强，能抵抗得如此之久？因为只有宋朝军民表现得最英勇最具有抗争精神。宋朝人的抵抗体现在不向武力和权势弯下自己的脊梁，刘麟瑞诗中的"忠"不是愚忠，不是封建国家的三纲五常的封建意识，而是经过思考的国与家、民族与儿女的关系，把忠君、忠国、忠于民族三者明智地结合在一起。有研究者指出，"宋史《忠义传》有二百三十一传，其中往往有一传兼收数人。这个记录超过以前任何一个朝代，可证宋朝节义风气之盛。因此宋末有文天祥、陆秀夫等精忠浩气的人物，决非偶然"[②]。台湾学者龚弘在《两宋人物》书中不无感慨道："宋人讲道学，故重气节。宋亡殉国的文天祥，可说是殉道——成仁取义，而又殉国。代表了宋代读书人的真精神。"[③]正是"读书人的真精神"，才武装起这个民族的脊梁，才使志士仁人面对异族入侵时迸发出如此坚毅的品格和不屈的斗志。

再如《儒士王公(士敏)》诗曰：

> 此行无复望生还，留取哀吟宇宙间。报国岂能恢汉土，遗民空自恋吴山。清风劲节英灵在，斜日沉辉历数悭。寂寂圜扉终不悔，忠魂莫恨左轮殷。[④]

诗后注云："士敏，吉州太和人也。至元十二年，江西诸郡既归附，明年士敏与针匠刘世超聚兵兴复，兵败，世超缢死，嚼血书石云：'生为赵民，死为赵鬼。赤心报国，一死足矣。'士敏入狱，书诗于裾云：'此行无复望生还，一死都归谈笑

---

① [元]赵景良编：《忠义集》，《四库文学总集选刊》，上海古籍出版社 1993 年版，第 203 页。

② 苏振申、李荣村：《中国历史图说宋代》，台湾商务印书馆 2006 年版，第 35 页。

③ 龚弘：《两宋人物》，齐鲁书社 2005 年版，第 63 页。

④ 杨镰：《全元诗》第 23 册，中华书局 2013 年版，第 87 页。

间。大地皆为腥血染，好收吾骨首阳山。'竟死于狱中。"[①]"报国岂能恢汉土，遗民空自恋吴山"，虽然王士敏、刘世超的起义以失败告终被俘，但作为宋臣，绝不屈膝下跪，只能以死全节，一缕"忠魂"飘向远方，诉说着无尽的遗憾。但只要"清风劲节英灵在"，国家的精魂就不会灭亡。

（二）对"履义"的行为的嘉许

面对"生"与"义"的选择，《昭忠逸咏》中的英雄告诉我们：他们的抉择是舍生取义，"天下兴亡，匹夫有责"。对他们身上这种民族"大义"，刘麟瑞以诗作歌，赞美那些义行义事，表达出敬仰之情。长歌当哭，传递着对民族之魂逝去的无限悲痛。

张世杰、陆秀夫、文天祥皆身为南宋的丞相，都慷慨就义，被后人称为"宋末三杰"。陆秀夫受命于危难之际，殚精竭虑，试图力挽狂澜，其报国忠心可歌可泣。张世杰也是宋末抗元名将，民族英雄。文天祥以忠烈名传后世，受俘期间，元世祖以高官厚禄劝降，文天祥宁死不屈，誓不降元，最终兵败崖山海战，因飓风毁船，溺死于平章山下。诗云：

> 金字牌飞出建章，郁孤万垒为勤王。驱驰岭海君臣寓，囚系燕云道路长。六籍一时光日月，孤忠万里立纲常。元归凛凛浑生气，南北人夸姓字香。（《丞相信国公文公（天祥）》）
>
> 八面兵威八面攻，冯夷飞血洗千逄。波翻水寨乾坤震，风仆墙旗社稷空。百辟散班奔鹢首，孤臣扈跸憩龙宫。茫茫南国难回首，一片丹心照海红。（《丞相陆公（秀夫）》）
>
> 曾拥貔貅奏凯歌，厓山云暝竟蹉跎。地空九有栖荒服，寨列千艘保海阿。龙跃玺沉天若此，乌鸣矿绝事如何。鲸波沃日炎光熄，凛凛英魂尚枕戈。（《枢密张公（世杰）》）[②]

"厓山之战"以宋军的失败而告终，它宣告了历时 320 年的宋朝最后灭亡。陆秀夫"负帝投海"，张世杰跃身投江，文天祥兵败被张弘范俘虏，在狱中坚持斗争，他们或壮烈殉节，或从容就义。目睹"孤臣""孤忠"的"凛凛英魂"飘零、消逝，作者泣不成声。

《丞相信国公文公（天祥）》对于历史事件的采用了片段式记录，歌颂了文天祥忠君爱国的情操。"我所以为赵氏者亦已至矣，一君亡，复立一君，今又亡

---

① [元]赵景良编：《忠义集》，《四库文学总集选刊》，上海古籍出版社 1993 年版，第 209 页。

② 杨镰：《全元诗》第 23 册，中华书局 2013 年版，第 84、88、89 页。

者。我奉皇太后走者，庶几敌兵退，别求赵氏立之，以存赵祀耳。”[①]文天祥被俘虏后，孤身一人但是不屈服的气节令敌军都动容，他放弃了荣华富贵，却表现了宁死不屈的气节，元军看他“死性”不改，终无法降服，赐文天祥最终面北而死也算成全了他的忠义。“元帅令天祥以书招世杰。天祥曰：‘我不能救父母，乃教人背父母，得乎？有死而已，不能从也。’乃作诗复命云：‘人生自古谁无死，留取丹心照汗青。忠国之心，终始弗替。’元帅又谓天祥曰：‘国亡矣，政使杀神为忠，谁复书之？’天祥曰：‘商非不亡，夷、齐自不食周粟。人臣各尽其心，何论书与不书？’元帅为之改容。”[②]

陆秀夫乃宋末名臣，宋金之乱时他坚守朝廷，在颠沛流离之中拥护卫王。《丞相陆公(秀夫)》中用饱蘸激情的笔墨叙述了陆秀夫的事迹和大义凛然的壮举。其所畏的不是死，而是生，“辱已甚”“不可再辱”，与其苟且偷生，不如以死殉国，表达了诗人对这位英雄的无限崇拜之情。诗人对史事选择也不是简单复述，而是精加剪裁，以极富想象力与画面感的描写，突现陆秀夫抱主投海的情节。“秀夫致辞，知无可奈何，乃取舟中物悉沉之，仗剑驱其妻子赴水，妻挽舟不可赴水，秀夫曰：‘尔去，怕我不来？’于是登御舟启上曰：‘国事至此，陛下当为国死。太皇后辱已甚，陛下不可以再辱。’抱宋卫王俱投水中。御舟一白鸟奋击，哀鸣良久，竟与龙俱坠水中。内翰刘鼎孙，侍郎茅湘、吏部赵樵等溺者数万。”[③]诗中“茫茫南国难回首，一片丹心照海红”一句对海面波光粼粼和落日脉脉含情的描写，使咏史诗独出机杼，情韵俱佳。

在国家存亡关头，感受到民族的危机，谢枋得从闭门讲学中走出，毅然挺身而出组织抗战。面对宋恭宗、太后全氏、太皇太后谢氏都被俘虏，国已不国，太皇太后谢氏发布诏令命令南宋臣民降元。谢枋得力拥立景炎帝为南宋皇帝，再次召集义军抗元，但在元军大兵压境下寡不敌众。元军一次次招降，谢枋得一次次严词拒绝。“采石吟成期绝粒，娥碑读罢弃余龄。一门尽节均无愧，千载西山叠叠青。”《江东制置使谢公(枋得)》[④]到大都后，元廷给谢枋得好吃好住，希望借助他的影响力，降服民心，但谢枋得却一心求死。以曹娥投江寻父的故事励志，不久便开始绝食，至死未降为元臣。刘麟瑞将笔墨集中在他的流浪生活，宁愿“草履麻衣漫蔽形”，也不愿意接受元朝的高官厚禄。“一门尽节均无愧”，既是对借谢枋得忠义品德的讴歌，也是刘氏父子及踵前贤的真

① 王瑞来：《宋季三朝政要笺注》，中华书局 2010 年版，第 505 页。
② 同上，第 492 页。
③ 同上，第 503 页。
④ 杨镰：《全元诗》第 23 册，中华书局 2013 年版，第 89 页。

情表白。

（三）对"守节"的人格的赞美

"节"作为中国传统伦理的重要范畴,在中国古代社会是修身律己、自强不息、品德高端的代名词,是古代仁人志士努力追求和保持的道德规范。生于礼乐教化之邦的古代知识分子就其整体而言是重义守节的。"'节'的概念表现为强烈的民族感情和民族意识,表现为忠君报国、爱国保种、不忘旧故等维持传统纲常体系的思想观念。在战争中多体现为舍生取义、大义凛然、宁死不屈、视死如归等行为。就内部层次而言,节是操守,是对自己所奉行的信念、思想的坚持和笃行,换句话说就是做人的原则。"[①]在改朝换代之际,一些正直文人更是视名节高于生命。无论是官员,是百姓,还是柔柔弱弱的女子,他们都在元兵南下过程中抗争殉难,宁死不降。如《美人朱氏》云:

> 给事中宫已历年,蒙恩扈从赴幽燕。名王索好缘难合,烈妇捐生节已全。日晏寝门疑锁钥,夜长驿馆泣婵娟。同来小妮犹堪诧,一样清风两地传。[②]

《美人朱氏》诗后注云:"美人从全太后赴燕,有名王悦其色欲娶之,使人喻旨。明旦寝门不启,发视之。美人已自杀,有幅纸书,向之未死者,以太后犹在,今事至此,岂复自辱?欲全节以见度宗于地下。美人有一侍婢亦自缢于其侧。""给事中宫已历年",交待了美人朱氏与宋王朝的密切关系;"烈妇捐生节已全"[③],则表现了在北上的屈辱生活中,面对可能"失节"的结局,毅然选择自缢以全节,呈现巾帼不让须眉的贞烈的性子。

又如《孺人林氏》云:

> 两家累世结婚姻,阀阅崇崇作宋臣。忠贯鸰原期报国,刑驱鸳侣誓全身。名传闽峤花如玉,血染吴钩草作茵。魂隐暗香千树里,倾城倾国愧斯人。[④]

诗后注云:"孺人公遇之女也,适刘仝子,仝子起义既败,转匿亲故家。至元十四年,捕之急,株连被祸者甚众。仝子知不免,自缢死。有司执孺人,诘仝子反

① 李正春:《传统文化下的特殊群体——论古代文人之失节》,《深圳大学学报(人文社会科学版)》2007年第6期。

② 杨镰:《全元诗》第23册,中华书局2013年版,第89页。

③ [元]赵景良撰:《忠义集》,《四库文学总集选刊》,上海古籍出版社1993年版,第214页。

④ 杨镰:《全元诗》第23册,中华书局2013年版,第89页。

状，孺人叱曰：我林家与刘氏世为宋臣，欲以忠义报国，事之不成，天也，何谓反乎？汝知去岁有以血书壁而死者乎？我与我兄一忠义心也，死且求治汝于地下可，生与汝等凌辱耶？遂遇害。”[①]作为女子，林氏面对其夫刘氏义举，她发自内心的自豪，面对敌人的“造反”诬蔑，她不仅没有丝毫的惧怕，反而以“我与我兄一忠义心也”，表白夫唱妇随的深情厚谊，宁死不屈。

《昭忠录》将刘仝子、林同、林孺人放在同一条目中[②]，很明显是由于三人之间的姻亲关系，即林同为林孺人之兄，而刘仝子为林孺人之夫。

知识分子群体中也展现出令感动的忠烈故事，如《建宁儒士朱公（浚）》等诗，便记载了他们抗争精神和报国义行。林同与朱浚皆身为儒士、不肯降元而遭屠戮，且都卒于福建。《建宁儒士朱公（浚）》诗云：

> 身披薜荔去琼琚，递递南来八使车。人隐考亭春自远，马嘶分水难谁纾。好扶名义垂千载，不把衣冠辱四书。为守彝伦先训在，洁身珍重返吾初。[③]

诗后注云：“朱浚，字深原，建宁府人，酷嗜墨刻，人号之曰朱古碑。大兵至其家，浚曰：‘岂有朱晦庵孙而失节者哉？’遂自缢死。时江西帅府遣使入闽说降。”[④]按朱浚乃朱熹之曾孙，故诗中有“好扶名义垂千载，不把衣冠辱四书”之赞。朱浚为官时，曾谄媚于贾似道，为时人所不耻，谑称为“朱万拜”，但在民族大义面前，其表现仍是令人敬佩的。

又如《死节诸公二首》云：

> 往事犹疑晓梦圆，当年扶义付飞烟。姓存名没时难问，国破家亡事不传。青史寂寥忠义传，赤心勃郁死生年。文谟武略浑无展，猿鹤沙虫亦可怜。（一）
>
> 三百年余雨露深，杭云汴雨两销沉。堪怜许远张巡节，谁识程婴杵臼心。万里关河空感慨，两京歌舞莫追寻。遗民已尽遗风远，遗事何人共细吟。（二）[⑤]

---

① ［元］赵景良撰：《忠义集》，《四库文学总集选刊》，上海古籍出版社 1993 年版，第 214 页。

② 《宋代传记资料丛刊 · 昭忠录》第 27 册，北京图书馆出版社 2006 年版，第 32—33 页。

③ 杨镰：《全元诗》第 23 册，中华书局 2013 年版，第 88 页。

④ ［元］赵景良撰：《忠义集》，《四库文学总集选刊》，上海古籍出版社 1993 年版，第 210 页。

⑤ 杨镰：《全元诗》第 23 册，中华书局 2013 年版，第 90 页。

《死节诸公》二诗,所咏叹的英灵包括临江军清江知县赵某、潮州守臣马发、前监丞刘仝子、惠州通判蓝某、大学士徐应镳、广西提刑知静江府郑得遇、殿帅苏刘义等,诸公舍身取义的时间、地点、背景各不相同,故诗歌在吟咏时,并未突出某一人的某一特征,而将其视为一个整体进行祭奠。由于资料残缺,诸公事迹不得考备完全,然若不粗粗记载下来,待时日益深,恐逝者名姓亦无人知晓了,可见刘麟瑞的良苦用心。作为南宋遗民,面对兴废存亡的历史,他以见证者视角,在《昭忠逸咏》留下了一段段历史往事。作者以五代张巡、许远的事迹类比诸公,符合"昭忠"之旨,表达着环境可变但"忠义"不可变的信念。

《昭忠逸咏》共56首,其中涉及的多是宋代忠烈名人,往往还涉及他们的家人及其他人,数量远远超过56人。"尽臣道而死节者,亦皇帝之所重。岂可弃而不录哉?其间死城郭封疆者固不能尽之。其所知者,若李沛死于潭,天祥死于北,庭芝死于兵,唐震、卯发死于群治。江万里、徐应僬、刘得遇、尹谷赴水死,谢枋得不食死,朱浚仰乐死。其他如姜才、孙虎臣、边居谊、牛皋、范大顺、张汉英、赵文义、王安节、马塈、马发、陈攒、米立、赵孟锦、司马梦求。其中儒臣死节,尤表表在人耳目间。"[①]如《权知文州刘公(锐)通判赵公(汝芗)》"五万军民同日尽,可怜巷战尚间关"[②],五万军民在巷战中为国牺牲。《广西经略马公(塈)》中,马塈率领军队勇猛地与元军厮杀,坚决不投降。城破后,普通老百姓以殉节报国,焚毁自己的房屋,携手投水自尽。在这些"英雄群像"中,我们看到了他们的共同之处:宁愿清清白白赴死,绝不苟且偷生!"奔逾后圃逃生拙,执辱中庭就死明"《饶州守臣唐公(震)》[③],作者赞扬了唐震的宁死不降,即是此种精神的写照。对那些卖主求荣、投降招安的人,作者则表达了极度的轻蔑:"将军志喜竖降幡,偏将能知大义存。"《守襄都统制牛公(富)范公(天顺)》[④]诗中对在敌军面前已经"竖降幡"的将军,给予辛辣的批判。

《昭忠逸咏》中的咏史诗,集中表达了对统治者妥协退让、国力不振的批评,对将士力战"未解围"的同情,间接地表现出强烈的民族责任感与爱国情怀。如果说"棣华相映人间瑞,节惠隆名世所稀"《丞相江公(万里)知府(江公)万顷》[⑤],表达了对爱国将士无用武之地的同情与遗憾,那么"守义只知伸我膝,成仁那肯护吾头"《常州守将王公(安节)知府姚公(訔)二首》[⑥],便是直斥朝中

① 王瑞来:《宋季三朝政要笺注》,中华书局2010年版,第468页。
② 杨镰:《全元诗》第23册,中华书局2013年版,第81页。
③ 同上,第84页。
④ 同上,第83页。
⑤ 同上,第84页。
⑥ 同上,第85页。

投降派的奴颜婢膝了。纵观《昭忠逸咏》，“不负吾君”是前提，刘麟瑞始终将宋朝皇帝作为自己的君王，满怀对国家的热爱与眷念，哀其不幸，怒其不争，表现出强烈的民族责任感与忠君爱国情怀，并经此来作为树碑立传的标准。

四、以诗证史与以史说诗

在学术史上，陈寅恪先生最早运用“以诗证史”“以史说诗”的方法来注释元白等人的诗歌。“‘以诗证史’，就是以最广义的文化史料来考证‘正史’，通过诗歌考证历史，可补史之阙和纠史之谬。”“‘以史说诗’，是将传统的文学作品放到最广大的历史文化背景中去阐释”①，通过史实考证诗歌，目的在于证明诗歌的史学特质，并以此挖掘诗歌的深层意蕴。

“以诗证史”“以史说诗”不仅表现为“史”和“诗”之间的单向联系，而且表现为“史”与其他多学科的复杂联系。“中国诗虽短，却包括时间、人事、地理三点。中国诗既有此三特点，故与历史发生关系。把所有分散的诗集合在一起，于时代人物之关系，地域之所在，按照一个观点去研究，连贯起来可以有以下的作用：说明一个时代之关系；纠正一件事之发生及经过；可以补充和纠正历史记载之不足。最重要的是否于纠正。元白诗证史即是利用中国诗之特点来研究历史的方法。”②正如王永兴所言，陈先生确是“以诗证史”的行家里手，一部《元白诗笺证稿》所达到了“以诗证史”的至高境界，为他人的研习提供了典型范例。

最早谈到“诗史”关系的是唐代的孟棨，其《本事诗》云：“毕陈于诗，推至见隐。殆无遗事，故当时号为诗史。”③强调的是诗在“纪事”功能。其后“诗史”概念并没有进一步的发展。宋人对“诗史”的理解更多了一层，“诗史”不仅可以作为历史的纪事功能，还可以具有社会功能，可以通过诗歌讽喻成章，具有讽喻性。归纳起来有三层意思：一是诗歌的纪事性从记录事件的角度来讲具备史的性质，诗歌内容与史官所记载的相比差异很小，甚至比史官所记载的还要更加具体严密；二是通过诗史和年谱相通这一性质，通过那些被称为“诗史”的诗歌的研究可大约估算出生平经历；三是那些具有讽喻精神的诗歌除了是“史”的延伸，使得“诗史”具有纪事性，还能担当史鉴，具有以史为鉴是意义，传统史书与史观相结合，这就是“诗史”的特色。④

---

① 高华平：《也谈陈寅恪先生“以诗证史、以史说诗”的治学方法——兼与万绳楠先生商榷》，《华中师范大学学报（哲学社会科学版）》1992 年第 6 期。

② 王永兴：《陈寅恪先生史学述略稿》，北京大学出版社 1998 年版，第 189—197 页。

③ 丁福保：《历代诗话续编》，中华书局 1983 年版，第 15 页。

④ 参见：孙培《诗史关系探微》，《海南师范大学学报（社会科学版）》2012 年第 7 期。

刘麟瑞的《昭忠逸咏》在体例上典型地诠释了“诗史互证”的关系。《昭忠逸咏》共50首诗,皆为七律。其体例如次:诗题以所咏之人的官爵、姓名为题,诗歌之前多半有相关地名历史沿革的注释,诗歌之后皆附有对所咏之人、事或详或略的传注,而最后这一部分便集中了其史料价值之所在。现以《忠义总管田公(燧)凤守李公(实)》为例,详细解释“注”“诗”“传”在诗歌中发挥的作用。

第一部分:诗前“注”,对“凤州”历史沿革的概括说明:

> 凤州在利州西路,汉为武都郡,固道河池县地。南齐郑州,西魏凤州,隋立河池郡。唐凤州又改河池郡复为凤州。①

此处以元代行政区划史料为本,对“凤州”的历史沿革作了交待,为历史事件的发生进行背景铺垫,增加了“史料”的客观性。

第二部分:注后“诗”,诗云:

> 天西战士竞衔枚,乘会关夷路始开。两蜀金汤随水逝,三秦烽火照天来。凤州文武浑无愧,马岭英灵只自哀。后夜魂归何处寓,陇头潇洒一枝梅。②

本部分是诗人对战士忠义行为进行咏歌,集中呈现了作者主观情绪。由于战争是在南宋朝廷对于蒙军是战是和举棋不定的情况下发生的,使得地方官员对于蒙军的侵袭更显得捉襟见肘,而奋力抵抗者则成为孤胆英雄。诗中歌颂了“凤州文武”顽强抵抗,终因寡不敌众,导致战事失利,“两蜀金汤随水逝”的结局。“只自哀”,既表达了作者对战士血染疆场的同情,也暗含对朝廷昏聩的指责。

第三部分:诗后有“传”,交待历史事件和人物,体现了刘麟瑞“备太史氏采择”的用意,方便读者对于诗歌的理解。

> 辛卯三月十三日,大兵自兴元府边面乘会关入宋界。十八日,闯凤州,至马岭堡。忠义总管田遂以兵三千驻堡,鏖战数日,援绝死之。四月二十七日陷。凤州知州李实,通判张度,教授张叔寅死之。③

此部分,往往附对所咏之人、之事或详或略的传注,最具史料其价值。本传所述,是宋蒙最初交战的情景。“辛卯”年,即宋理宗绍定四年(1231),距金朝灭

---

① [元]赵景良撰:《忠义集》,《四库文学总集选刊》,上海古籍出版社1993年版,第191页。

② 杨镰:《全元诗》第23册,中华书局2013年版,第79页。

③ [元]赵景良撰:《忠义集》,《四库文学总集选刊》,上海古籍出版社1993年版,第191页。

亡尚有3年，蒙军为灭金与宋通好，现又提出“借道入洛”之请。《宋季三朝政要》载：“（绍定四年）鞑靼自山东通好，欲假淮东以趋河南，群臣议，不许。度正奏鞑靼兵入蜀，诏诸州守臣严守备，兵退，曲赦四川军民……”[①]关于这场战役，《理宗本纪》并没有记载三月元兵入侵一事，只记载“十一月乙酉，诏：忠义总管田遂力战而殁，赠武节大夫、忠州刺史，加封立庙”[②]。查《宋季三朝政要》等其他史料，也未曾载绍定四年三月间此事，则《昭忠逸咏》补史之功显矣。

这种体例，在《昭忠逸咏》中已成为一种“程式化”布局，随处可见。再如《西和知州陈公（寅）守将杨公（锐）》，其“注”“诗”“传”如下：

第一部分诗前“注”。此处用于对“西和州”命名及历史沿革作了介绍：

> 西和州在利州西路，秦陇西郡临洮县西。魏岷州，隋唐改临洮郡。政和郡复岷州，宋以金人请和改西和州。[③]

第二部分注后“诗”，诗云：

> 阴风萧飒起黄埃，铁骑追奔动地来。石堡梯空天险壮，水门衅隙杀机开。不期溟海鹏千里，自守封疆鸩一杯。四十万民登鬼录，伊谁为使哭声哀。[④]

“不期溟海鹏千里，自守封疆鸩一杯”，诗人以“鸩一杯”表达了戍边将士坚守阵地、誓与阵地共存亡的坚定信念。对西和知州陈寅、守将杨锐战死疆场的英勇行为和不屈意志给予了热情讴歌。

第三部分诗后“传”，传云：

> 辛卯秋八月十四日，大兵陷西和州，初杨锐为摧锋统制，领千兵戍守，与陈寅率民兵凭城死战，俘杀甚多。西和削山为基，四面陡绝，独水门一路有衅，将官刘卓挟小忿逾城，以水门降。大兵乃并力攻陷，寅与其家四十口自鸩死，锐率诸将力战，死。寅先籍城中三十七万九千单八口告急制司，求援，至是，尽歼矣。[⑤]

根据《宋史・忠义传》载：“陈寅，宝谟阁待制咸之子……绍定初，知西和州。西

---

① ［清］纪昀等：《四库全书史部编年类・宋季三朝政要》，上海古籍出版社1986年版，第970页上。

② ［元］脱脱撰：《宋史》本纪第四十一《理宗本纪》，中华书局1977年版，第795页。

③ ［元］赵景良撰：《忠义集》，《四库文学总集选刊》，上海古籍出版社1993年版，第191页。

④ 杨镰：《全元诗》第23册，中华书局2013年版，第79页。

⑤ ［元］赵景良撰：《忠义集》，《四库文学总集选刊》，上海古籍出版社1993年版，第191页。

和极边重地，寅以书生义不辞难。北兵入境，属都统何进出守大安，独统制官王锐与忠义千人城守而已。寅誓与其民共守此土……”①《理宗本纪》则云“（宝庆三年）十一月……改明年为绍定元年。十二月……大元兵破关外诸隘，四川制置郑损弃三关”②。查《元史》《宋季三朝政要》等史料，均无“宝庆三年丁亥十二日”记录。诗后“传”中有着“辛卯秋八月十四日”记录，便起到了“补正史之阙”的功用。

《昭忠逸咏》在褒忠良、斥奸佞之同时，往往又能补史书之阙。在《建宁儒士朱公（浚）》一诗里，作者记录了这位正史无传的抗敌文人的“义不可辱”的气节，诗云：

> 身披薜荔去琼琚，递递南来八使车。人隐考亭春自远，马嘶春水难谁纾。好扶名义垂千载，不把衣冠辱四书。为守彝伦先训在，洁身珍重返吾初。③

朱浚虽是一介书生，他不愿屈服于元军的铁骑，不辱四书，“守彝伦先训”，深受儒家影响，富贵不淫，威武不屈。“好扶名义”“洁身珍重”两句是对朱浚的高度评价，朱浚为气节而死，他将名垂青史，流传千年，这也是作者“以诗存史”的目的。据《宋季三朝政要》载，“朱浚仰乐死按……浚与公主仰天大哭曰：君抵室王姬吾大儒士胄，义不可辱。遂饮药死。赠朝散大夫”④。通过比较，我们发现刘麟瑞笔下的朱浚，比史实中的形象更饱满。在诗里仿佛看到朱浚悲壮的一生，作者的痛惜之情溢于言表。刘麟瑞以深刻的理性去审视历史、理解历史，既符合咏史诗据实立论的原则，又绽放出浪漫主义的文采，更增强了匡时济世、崇效风范的社会意义。

《宋史》对“大安之战”，均有详细记载，刘麟瑞也为曹将军及诸将领作《都统曹公（友闻）及大安夜战死节诸将二首》诗。据《宋史》载：“（曹友闻）登宝庆二年进士。授绵竹尉，改辟天水军教授。”⑤曹将军“本一儒”“教授提兵”，后弃笔从戎，屡立战功。诗中“花石峡”即指大安之战前，曹将军率军大破蒙军“假道入洛”的战事。相较于《宋史》，《昭忠逸咏》诗后的小传详细记载了大安夜战的情形，有“诗史互证”之效。

无论是通过诗歌考证历史，补史之阙，纠史之谬的“以诗证史”，还是分析史

---

① ［元］脱脱等：《宋史》列传第二百零八，中华书局 1977 年版，第 13237 页。

② ［元］脱脱等：《宋史》本纪第四十一《理宗本纪》，中华书局 1977 年版，第 790 页。

③ 杨镰：《全元诗》第 23 册，中华书局 2013 年版，第 89 页。

④ 王瑞来：《宋季三朝政要笺注》，中华书局 2010 年版，第 467 页。

⑤ ［元］脱脱等：《宋史》卷 449《忠义四》，中华书局 1977 年版，第 13233 页。

料，阐释内容，或寻求诗句之外的史料以印证诗句中的内容的“以史证诗”，在《昭忠逸咏》中都有广泛的应用。《昭忠逸咏》中《总统黄公（仲文）保义廉公（节）》诗云：

谁刑白马誓西园，背却宸旒弃塞垣。存孝得名嗟虎噬，郦琼失节效麏奔。父天母地君知否，婢膝奴颜子勿言。骂不绝声军又散，更无人肯为招魂。①

理宗景定二年（1261），刘整为求自保，以泸州重镇降元。《宋史·理宗本纪》云：“（景定二年）秋七月甲子，蜀帅俞兴奏守泸州刘整率所部兵北降，由兴构隙致变也。至是，兴移檄讨整……”②，并未载黄仲文事。据《总统黄公（仲文）保义廉公（节）》诗后小传载，刘整降元时，“黄仲文有众三千戍泸，众欲乘未定，夺舟东走。整怵之曰：‘以俞兴兵，故投拜，与公无伤也，事定当厚礼遣公。’翌日，整乃分散其兵，诱使降。仲文大骂，不屈，整杀之。保义郎廉节奉制檄籴麦于泸，不降，遇害……”③诗中有“骂不绝声军又散，更无人肯为招魂”之说，使得刘整降元细节更加鲜活。正如有学者所言，“释诗时运用‘以史证诗’方法的关键之处，在于通过史料，考证出诗作的‘本事’。具体说来，则包括解题与释句两方面。解题时的‘以史证诗’，即分析史料，查找引发诗人创作的事因，以此解释诗篇的意旨。释句中的‘以史证诗’，即寻求诗句之外的史料以印证诗句中的内容，并补充更多的细节”④。

刘麟瑞《昭忠逸咏》中“以诗证史”的创作方法，与其“遗民”身份相关。宋帝国由盛转衰的，刘麟瑞有着切肤之痛。亡国遗民就必须面对仕、隐的抉择。改朝换代之后，是出仕还是隐逸的选择，本就是一大难题。宋元之变，因牵涉到“夷夏”之辨，不是亡于异姓，而是沦于异族。如果隐逸，空有一身抱负无处可施；如果出仕，对宋人言，又是奇耻大辱。刘麟瑞通过创作《昭忠逸咏》，来抒发他反对元朝血腥和残暴，激赏忠义之士的爱国守节的情怀，正是时代的要求使然。其咏史组诗，借古讽今，名为咏史，实乃咏怀，将诗人的沉痛与不平展现得淋漓尽致。

---

① 杨镰：《全元诗》第 23 册，中华书局 2013 年版，第 82 页。

② ［元］脱脱等：《宋史》卷 45《理宗五》，中华书局 1977 年版，第 877 页。

③ ［元］赵景良撰：《忠义集》，《四库文学总集选刊》，上海古籍出版社 1993 年版，第 197 页。

④ 何泽棠：《宋人注宋诗与“以史证诗”》，《天津社会科学》2011 年第 4 期。

第三节 徐钧《史咏集》的垂戒、资治功能

徐钧是宋末元初的一位文人，他创作的咏史组诗《史咏集》数量庞大，有1530首，标志着咏史组诗发展的新高度。从《全元诗》所载《史咏集》2卷来看，诗人主要依据《资治通鉴》所载史实，按时间先后或人物尊卑分门别类，吟咏自周至唐的历史人物，一人一咏，始于周威烈王，终于唐崔祐甫。

从人物安排的秩序言，按历代人君、人臣、后妃或其他类别依次吟咏。如“上卷”中咏“周代人物”，依次为周人君、周诸侯王、周诸儒、周诸子、周刑名、周纵横、周兵家、周人物、周节义、周刺客；“秦代人物”依次为秦人君、秦人臣；再咏西汉人君、西汉后妃、西汉人臣；后汉人君、后汉诸王、后汉人臣、后汉烈女。“下卷”又续咏后汉人君、人臣；次咏晋人君、人臣、后妃；宋人君、人臣；齐人君、后妃、人臣；梁人君、诸王、人臣；陈人君、诸王、诸臣；魏人君；西魏人君；东魏人君、诸臣；北齐人君；后周人君、人臣；再咏隋人君、隋人臣；唐人臣，等等。整个体例安排整齐有序，较为妥切。

徐钧的乡党兼后学许谦在《史咏集》序中说：“见心《史咏》始周威烈王，讫于五季，凡一千五百三十首，先师（金履祥）之执友见心先生徐公所作也。昔侍函丈间，尝闻先生学优而闻多，慨然有志于天下，取《通鉴》所载君相诸臣，疏其为人大较，相与商略，既定其得失，从而长言之，名之曰《史咏》，其义深有功于名教云。用是敬慕，欲一见不可得。今年春，先生之仲子津抱其书二三册而来，既躬览而识其概……先生讳钧，字秉国，见心其自号，隐德弗仕，婺之兰溪章林人。至顺三年（1332）正月二十九日后学金华许谦序。”①四库馆臣曰：“《史咏集》二卷，宋徐钧撰。字秉国，兰溪人，与金履祥友善。……是编卷首载许谦序，末有张枢、黄溍及其子津后序。谦并称钧取通鉴载君相事实，人为一诗，总一千五百三十首。此本所存仅三之一，止于唐而不及五季。”②这些序中有关徐钧的记载，与上文大致相同。

徐钧身处宋元之交这一历史时期，其具体生卒年代已不可考。《宋史》和南宋各类史书中并没有徐钧生平和家世的记载。《金华府志》卷16载：“（钧）字秉国，号见心，兰溪人。宋汀州使君时升之子，以父任为濠州定远尉。宋亡不仕，家故多书，曰以史籍文章自娱，与仁山先生有雅故，因款致之以教其子，

① [宋]徐钧：《史咏集》序，宛委别藏本，江苏古籍出版社1988年版。

② [清]阮元：《四库未收书目提要》，商务印书馆1955年版，第79页。

且朝夕惕厉，明修己治人之道。著《史咏》一千五百三十首。”[①]据《湖谷徐氏宗谱》判断，徐氏家族是浙江兰溪的名门望族。徐氏家族至徐钧时代已有多人考上进士。当地的百姓称赞徐氏家族是“三代登黄甲，一门无白丁”。此外，徐家的后辈们精于儒家经典，各有专攻。徐钧在一个崇尚儒学的官宦世家长大，优越的家族环境使得徐钧能够博览群书，通晓古今，有深厚的史学造诣和文学素养。宋人重视修史学史的环境，也为咏诗组诗的创作提供了条件，这一切为其创作《史咏集》奠定了基础。

一、《史咏集》所咏人物类型

《史咏集》序云：“取通鉴所载君相诸臣，疏其为人大较，相与商略，既定其得失，从而长言之名之曰《史咏》。”[②]从这段话可见，《史咏集》所咏历史人物、事件都取材于《资治通鉴》，诗歌篇目基本上都是按照历史人物的名称来命名的，少数见于其他史籍。笔者根据《全元诗》统计，《史咏集》中历史人物主要有君主、诸王、臣子、后妃、列女五类。

一是吟咏历代君主。现存的《史咏集》文本中吟咏历代君主的诗一共有 15 题 29 首。分别是“周人君”“秦人君”“西汉人君”“后汉人君”“晋人君”“宋人君”“齐人君”“梁人君”“陈人君”“隋人君”“魏人君”“西魏人君”“东魏人君”“北齐人君”“后周人君”等。在“君主”这一类中，徐钧持贬斥态度的人数要远远大于其持褒扬态度的人数。在宋元交替之际，面对南宋统治者偏安一隅，坐视江山沦陷的行为，作为一名传统的知识分子，徐钧极为气愤。深厚的爱国情感和鲜明的民族气节促使其誓死不降，在宋朝灭亡之后，便创作《史咏集》来表明心志，希望朝廷能够具备抵御外强的勇气和信念，并有警戒君主振兴国家的意味。对于兵临城下、仓皇出逃的君主大为贬低。如《后主》云：

> 一曲庭花景未央，匆匆投井事堪伤。休言王气东南尽，却是君王自促亡。[③]

陈后主在位时期沉溺赋诗和作曲，面对隋军的破城而入，竟然藏于井中以自保性命。徐钧感叹不是陈朝的气数已尽，天要亡陈，而是陈后主自取灭亡。《资治通鉴》卷 176《陈纪十》载，“（陈后主）上每饮酒，使诸妃、嫔及女学士共赋诗，被以新声，其曲有《玉树后庭花》……从宫人十余出堂景阳殿，将自投于井，宪

① ［元］王懋德等：《金华府志》卷 16，台湾学生书局 1965 年版，第 1183 页。
② ［宋］徐钧：《史咏集》序，宛委别藏本，江苏古籍出版社 1988 年版。
③ 杨镰：《全元诗》第 7 册，中华书局 2013 年版，第 304 页。

苦谏不从"[①]。陈后主终日沉溺于赋诗和艳曲。隋军进入陈朝都城建康时，陈叔宝畏惧被俘就要带着宫人跳井。臣子们劝说后主不要跳井，但是陈后主并不认可臣子的建议，坚持藏于井中。最终隋军活捉后主及宫人，陈朝也随即灭亡。

又如《安王》云：

> 名器君司戒妄求，幸门一启国深忧。请看三晋叨后封，便有田齐亦效尤。[②]

周安王姬骄，周威烈王之子，威烈王死后继位，在位26年。在位时封齐国大夫田和为齐侯，姬骄在位期间，齐相田和在公元前391年将齐康公放逐到海上，只留下一城之地作为他的食邑，田和成为齐国实际上的国君，是谓"田氏代齐"。《资治通鉴》卷1《周纪一》"安王十一年"（庚寅，前391年）条载："初，田常生襄子盘，盘生庄子白，白生太公和。是岁，齐田和迁齐康公于海上，使食一城，以奉其先祀。""安王十三年"（壬辰，前389年）条载："齐田和会魏文侯、楚人、卫人于浊泽，求为诸侯。魏文侯为之请于王及诸侯，王许之。""安王十六年"（乙未，前386年）条载："初命齐大夫田和为诸侯。"[③]在徐钧看来，周安王自己启用奸佞之臣，导致国事危急，这是咎由自取，怨不得旁人。对昏庸君主乱政亡国的行为，其批判和贬斥的态度是鲜明的。

《史咏集》中受鞭笞的帝王还有东汉章帝、北魏文宣帝、晋武帝、隋炀帝等，他们抑或在取得一定的功绩后就骄傲自满，未能善终也是必然。"积威仁意渐无成，宽厚真能固本根。只恨涵容伤大过，养成外戚擅权门。"（《章帝》）[④]东汉章帝纵容外戚专政，导致大权旁落。"奸谋远袭父兄基，一醉荒淫自盛衰。"（《文宣洋》）[⑤]文宣帝高洋从父亲高欢那里承袭了基业之后，纵欲酗酒，残暴滥杀，大兴土木，赏费无度，最终饮酒过度而暴毙，令人咋舌。"平吴获竟男戎虑，不悟荒淫有女戎。"（《（晋）武帝》）[⑥]司马炎在灭吴、统一全国之后，变得奢靡惰怠，荒淫无度。晋武帝死后，诸王为争夺中央权力，内讧不已，史称八王之乱。"万里连云屡筑城，辽东三驾重疲民。"（《炀帝》）[⑦]《资治通鉴》卷180《隋纪四》有隋炀帝大兴土木的记录："三月，丁未，诏杨素与纳言杨达、将作大匠宇文恺

---

① [宋]司马光撰，[元]胡三省音注：《资治通鉴》，中华书局1956年版，第5478页。
② 杨镰：《全元诗》第7册，中华书局2013年版，第275页。
③ [宋]司马光撰，[元]胡三省音注：《资治通鉴》，中华书局1956年版，第26、27页。
④ 杨镰：《全元诗》第7册，中华书局2013年版，第288页。
⑤ 同上，第306页。
⑥ 同上，第297页。
⑦ 同上，第307页。

营建东京……敕宇文恺与内史舍人封德彝等营显仁宫……春，正月，乙巳，诏发河北诸军百余万众穿永济渠……敕穿江南河……五月，筑西苑，周二百里。”[①]隋炀帝在位之时，乱用民力，修筑宫殿和运河，百姓怨声载道。

而对那些励精图治、振兴国家的君主大加褒扬，如光武帝刘秀、东汉明帝刘庄等，《光武》云：

> 功成论道息干戈，武将森森学问多。养得文风名节盛，自三代下莫能过。[②]

《资治通鉴》卷43《汉纪三十五》“光武皇帝建武十三年”（丁酉，37年）条载：“帝在兵间久，厌武事，且知天下疲耗，思乐息肩，自陇、蜀平后，非警急，未尝复言军旅。皇太子尝问攻战之事，帝曰：‘昔卫灵公问陈，孔子不对。此非尔所及。’邓禹、贾复知帝偃干戈，修文德，不欲功臣拥众京师，乃去甲兵，敦儒学。帝亦思念，欲完功臣爵土，不令以吏职为过，遂罢左、右将军官。耿弇等亦上大将军、将军印绶，皆以列侯就第，加位特进，奉朝请。邓禹内行淳备，有子十三人，各使守一艺，修整闺门，教养子孙，皆可以为后世法，资用国邑，不修产利。”[③]刘秀在结束王莽专政几十年的军阀混战局面，统一天下之后，大兴儒学并且注重气节，致使当时的社会风化很好。在此徐钧也不禁赞叹刘秀之后的几代继承者都无法超越刘秀，这可以算得上是对刘秀较高的评价了。

又《明帝》诗云：

> 大学师儒多讲论，东平礼乐正修明。不知佛法缘何人，却向斯时教大行。[④]

《资治通鉴》卷45《汉纪三十七》“孝明帝永平八年”（乙丑，65年）条载：“初，大司农耿国上言：‘宜置度辽将军屯五原，以防南匈奴逃亡’，朝廷不从。南匈奴须卜骨都侯等知汉与北虏交使，内怀嫌怨，欲畔，密使人诣北虏，令遣兵迎之。郑众出塞，疑有异；伺候，果得须卜使人。乃上言：‘宜更置大将，以防二虏交通。’由是始置度辽营，以中郎将吴棠行度辽将军事，将黎阳虎牙营士屯五原曼柏。”[⑤]东汉明帝刘庄在位期间效仿父亲刘秀，提倡儒学，修正礼乐，并讲究佛法。加以多次下诏招抚流民，以郡国公田赐贫人、贷种食，并兴修水利。所以，当时民安其业，户口滋殖，出现了历史上有名的“明章之治”。徐钧褒扬汉明帝

---

① [宋]司马光撰，[元]胡三省音注：《资治通鉴》，中华书局1956年版，第5617页。

② 杨镰：《全元诗》第7册，中华书局2013年版，第288页。

③ [宋]司马光撰，[元]胡三省音注：《资治通鉴》，中华书局1956年版，第1381页。

④ 杨镰：《全元诗》第7册，中华书局2013年版，第288页。

⑤ [宋]司马光撰，[元]胡三省音注：《资治通鉴》，中华书局1956年版，第1446页。

在位时吏治清明,国家安定。

二是吟咏诸侯王。现存《史咏集》中有关诸侯王的吟咏只有9首,涉及周、东汉、南朝这三个朝代,分别是《魏文侯》《韩昭侯》《齐威王》《魏惠王》《赵武灵王》《齐宣王》《燕昭王》《昭明太子》以及《太子深》。其中周朝的诸王占了绝大多数的比重,而秦、西汉、三国、晋、南朝(宋)、南朝(齐)这几个朝代中有关"诸王"吟咏的诗篇均未流传下来。徐钧对诸王的态度和对君主的态度类似。简而言之,就是贤则褒,愚则贬。

如《赵武灵王》诗云:

> 宗周削弱列侯强,僭拟谁知有阶堂。独有武灵知大节,称君已足不称王。①

《资治通鉴》卷2《周纪二》"显王四十四年"(丙申,前325年)条载:"夏,四月,戊午,秦初称王。""显王四十六年"(戊戌,前323年)条载:"韩、燕皆称王。赵武灵王独不肯,曰:'无其实,敢处其名乎!'令国人谓己曰君。"②赵武灵王是战国中后期赵国君主。其即位时,赵国国力不强,屡受中原大国欺侮。公元前302年颁布命令,推行"胡服骑射"政策,赵国因而得以强盛。公元前314年,燕国发生内乱,国都被齐国、中山国攻破,赵武灵王扶植燕昭王回国即位。燕昭王发愤图强,筑黄金台,广纳贤士,使燕国走向富强。

又《燕昭王》诗云:

> 尝胆深思报复来,经伦须仗出群才。双齐一扫如风叶,只为黄金早筑台。③

《资治通鉴》卷3《周纪三》"赧王三年"(己酉,前312年)条载:"燕人共立太子平,是为昭王。昭王于破燕之后。吊死问孤,与百姓同甘苦,卑身厚币以招贤者。谓郭隗曰:'齐因孤之国乱而袭破燕,孤极知燕小力少,不足以报;然诚得贤士与共国,以雪先王之耻,孤之愿也。先生视可者,得身事之!'郭隗曰:'古之人君有以千金使涓人求千里马者,马已死,买其首五百金而返。君大怒,涓人曰:死马且买之,况生者乎!马今至矣。不期年,千里之马至者三。今王必欲致士,先从隗始,况贤于隗者,岂远千里哉!'于是昭王为隗改筑宫而师事之。于是士争趣燕:乐毅自魏往,剧辛自赵往。昭王以乐毅为亚卿,任以国政。"④燕

---

① 杨镰:《全元诗》第7册,中华书局2013年版,第276页。

② [宋]司马光撰,[元]胡三省音注:《资治通鉴》,中华书局1956年版,第75、76页。

③ 杨镰:《全元诗》第7册,中华书局2013年版,第277页。

④ [宋]司马光撰,[元]胡三省音注:《资治通鉴》,中华书局1956年版,第93页。

昭襄王，战国时燕国第三十九任君主。燕昭王有卧薪尝胆之决心，想要兴国复仇，采纳臣子郭隗的意见修筑高台放置黄金，诚心诚意地吸引贤才为燕国造福，最终得偿所愿，燕国的确越来越强盛。在位期间燕将秦开大破东胡，占领齐国70多城，造就了燕国盛世。在徐钧看来，贤明的君王应该重视人才，主动招徕人才，给人才以施展才华的平台，只有这样才能富民强国。燕昭王的例子雄辩地证明了这一点。

其他诸侯王，如齐威王、昭明太子等，也在歌颂之列。如《齐威王》："赏罚严明国富强，独能仗义一朝王。"[①]周王室衰微，各诸侯王都没有来朝见，惟独齐威王来朝见。天下人因此特别称赞齐威王的贤明，徐钧对齐威王尊主的这一行为也表示肯定。又《昭明太子》："有德无年亦可矜，腊鹅兴谤竟难明。当时虽不为天子，文选犹传万世名。"[②]徐钧对昭明太子的品德及《昭明文选》的文学地位均给予了非常高的评价。

对那些昏聩无能之辈，作者也表达了自己的斥责。比如《魏惠王》诗云：

> 鞅已归秦膑入齐，有才不用孰持危。后来医国非无药，仁义良方惜不施。[③]

《资治通鉴》卷2《周纪二》"显王八年"（庚申，前361年）条载："公孙鞅者，卫之庶孙也，好刑名之学。事魏相公叔痤，痤知其贤，未及进。会病，魏惠王往问之曰：'公叔病如有不可讳，将奈社稷何？'公叔曰：'痤之中庶子卫鞅，年虽少，有奇才，愿君举国而听之！'王嘿然。公叔曰：'君即不听用鞅，必杀之，无令出境！'王许诺而去。公叔召鞅谢曰：'吾先君而后臣，故先为君谋，后以告子。子必速行矣！'鞅曰：'君不能用子之言任臣，又安能用子之言杀臣乎！'卒不去。王出，谓左右曰：'公叔病甚，悲乎，欲令寡人以国听卫鞅也！既又劝寡人杀之，岂不悖哉！'卫鞅既至秦，因嬖臣景监以求见孝公，说以富国强兵之术；公大悦，与议国事。"[④]魏惠王的臣子中不乏贤能之人，但魏惠王却没能做到知人善用，令人叹惜。又如"鼓钟苑囿乐如何，货色贪淫勇更多。伐国交邻徒屡问，用贤曾不到邹轲"（《齐宣王》）[⑤]。作者对齐宣王的好色和贪淫也给予了严厉的指责。

三是吟咏历代人臣。臣子这一类，在现存《史咏集》文本中数量最多，占比最大，其中又以汉朝和唐朝这两个朝代为甚。褒扬忠臣，表彰他们的历史功

---

① 杨镰：《全元诗》第7册，中华书局2013年版，第276页。
② 同上，第303页。
③ 同上，第276页。
④ [宋]司马光撰，[元]胡三省音注：《资治通鉴》，中华书局1956年版，第45页。
⑤ 杨镰：《全元诗》第7册，中华书局2013年版，第277页。

绩；贬斥佞臣，揭露他们的种种罪行，依然是徐氏此类咏史诗遵循的规则。如属忠臣类的《屈原》诗云：

> 托兴妃嫔疑亵嫚，幻言神怪似荒唐。若无一点精忠节，未必文争日月光。[①]

《史记》卷84《屈原贾生列传第二十四》载："屈平之作离骚，盖自怨生也。国风好色而不淫，小雅怨诽而不乱。若离骚者，可谓兼之矣。上称帝喾，下道齐桓，中述汤武，以刺世事。明道德之广崇，治乱之条贯，靡不毕见。其文约，其辞微，其志洁，其行廉，其称文小而其指极大，举类迩而见义远。其志洁，故其称物芳。其行廉，故死而不容自疏。濯淖污泥之中，蝉蜕于浊秽，以浮游尘埃之外，不获世之滋垢，皭然泥而不滓者也。推此志也，虽与日月争光可也。"[②]虽然徐钧对屈原的文学创作风格不太认可，但对其身上的精忠之节却是非常肯定的。

又如《颜杲卿》诗云：

> 一曲霓裳失太平，渔阳鼙鼓暗风尘。君王只识杨丞相，不识平原老守臣。[③]

《资治通鉴》卷217《唐纪三十三》"玄宗至德元年"（丙申，756年）条载："颜杲卿使其子泉明、贾深、翟万德献李钦凑首及何千年、高邈于京师。张通幽泣请曰：'通幽兄陷贼，乞与泉明偕行，以救宗族。'杲卿哀而许之。至太原，通幽欲自托于王承业，乃教之留泉明等，更其表，多自为功，毁短杲卿，别遣使献之。杲卿起兵才八日，守备未完，史思明、蔡希德引兵皆至城下。杲卿告急于承业，承业既窃其功，利于城陷，遂拥兵不救。杲卿昼夜拒战，粮尽矢竭；壬戌，城陷。贼纵兵杀万余人，执杲卿及袁履谦等送洛阳。王承业使者至京师，玄宗大喜，拜承业羽林大将军，麾下受官爵者以百数。征颜杲卿为卫尉卿。朝命未至，常山已陷。杲卿至洛阳，禄山数之曰：'汝自范阳户曹，我奏汝为判官，不数年超至太守，何负于汝而反邪？'杲卿瞋目骂曰：'汝本营州牧羊羯奴，天子擢汝为三道节度使，恩幸无比，何负于汝而反？我世为唐臣，禄位皆唐有，虽为汝所奏，岂从汝反邪！我为国讨贼，恨不斩汝，何谓反也？臊羯狗，何不速杀我！'禄山大怒，并袁履谦等缚于中桥之柱而剐之。杲卿、履谦比死，骂不虚口。颜氏一门死于刀锯者三十余人。"[④]徐钧在此借指责唐玄宗李隆基只认可佞臣杨国忠，却

---

① 杨镰：《全元诗》第7册，中华书局2013年版，第278页。

② ［西汉］司马迁著：《史记》卷84列传第二十四，中华书局1959年版，第2481页。

③ 杨镰：《全元诗》第7册，中华书局2013年版，第312页。

④ ［宋］司马光撰，［元］胡三省音注：《资治通鉴》，中华书局1956年版，第6951—6952页。

不认可老守臣颜杲卿的口吻，为忠节不屈的颜杲卿鸣不平，并蕴含了深深的惋惜之情。

再如《宋璟》诗云："一片刚方铁石心，梅花冷淡独知音。"①《资治通鉴》卷211《唐纪二十七》中有对玄宗朝宰相宋璟的记载："璟为相，务在择人，随材授任，使百官各称其职。刑赏无私，敢犯言直谏。"②宋璟任宰相时，在选贤举能方面，能够让官员们各司其职。最重要的是宋璟在刑罚和赏赐时都铁面无私，敢于冒犯龙颜、直言进谏。连玄宗也对他十分敬畏，就算不合自己的心意，也要曲意听从他。不过徐钧认为玄宗虽然表面对宋璟尊敬有加，但内心其实还是有些忌恨的。从维护国家社稷的安宁角度言，有这样遵守法规、坚持正道的宰相辅佐，于君于国都是一件幸事。

历史上有关奸佞之臣的记载，可谓史不绝书，《史咏集》列举了大量的人和事表达了对这些佞臣、贪臣、暴臣、奸臣的不满。《赵高》云："阉奴久矣擅秦权，鹿马欺君亦势然。辄向望夷行弑逆，此身不杀是无天。"③赵高"指鹿为马"之举使其欲代二世而立的野心昭然若揭。《资治通鉴》卷8《秦纪三》中有关于"指鹿为马"的记载："初，中丞相赵高欲专秦权，恐群臣不听，乃先设验，持鹿献于二世曰：'马也。'二世笑曰：'丞相误邪，谓鹿为马！'问左右，或默，或言马以阿顺赵高，或言鹿者。高因阴中诸言鹿者以法。后群臣皆畏高，莫敢言其过。"④秦二世在位时期的丞相赵高想要知道当朝臣子中哪些是顺从自己的，而哪些又是反对自己的，于是就设下圈套来考验大臣。回答是马的臣子从此被赵高所信赖，而回答是鹿的臣子则被赵高排挤。赵高从此独断专行，权倾朝野。《吴起》云："兵书司马足齐名，盟母戕妻亦骇闻。"⑤吴起长于用兵之道，可以和齐国大将司马穰苴相齐名，但是他为了求取功名竟然残忍地杀害自己的妻子。《资治通鉴》卷1《周纪一》中对吴起的记载："齐人伐鲁，鲁人欲以为将，起取齐女为妻，鲁人疑之，起杀妻以求将，大破齐师。"⑥可见吴起的贪图功名和狠心薄情。《桓温》云："世有英明善治君，奸雄屈伏作能臣。尽忠于国人臣事，底事甘为跋扈人。"⑦徐钧认为桓温以北伐为借口，实际目的是篡位，将其定义为奸臣，对桓温这样的野心持贬斥的态度。《虞世基》云："沮人言盗纵君骄，蒙蔽终难止绎

① 杨镰：《全元诗》第7册，中华书局2013年版，第309页。
② [宋]司马光撰，[元]胡三省音注：《资治通鉴》，中华书局1956年版，第6724页。
③ 杨镰：《全元诗》第7册，中华书局2013年版，第282页。
④ [宋]司马光撰，[元]胡三省音注：《资治通鉴》，中华书局1956年版，第292页。
⑤ 杨镰：《全元诗》第7册，中华书局2013年版，第279页。
⑥ [宋]司马光撰，[元]胡三省音注：《资治通鉴》，中华书局1956年版，第21页。
⑦ 杨镰：《全元诗》第7册，中华书局2013年版，第299页。

骚。到底国亡身亦死，措心何异相秦高。”[①]虞世基虽然位列九卿，但是不仅不忠于职守，反而卖官鬻爵，像秦朝的臣子赵高一样对君主阿谀奉承。《安禄山》云：“随人畜养宁知父，负主恩私岂有君。逆气终然招逆报，可怜四海乱如云。”[②]徐钧指责安禄山以下犯上，如此不得民心，是自取灭亡，只可惜连累天下百姓遭受战乱之苦。

四是吟咏历代后妃。现存《史咏集》中有关“后妃”这一类，只有7首，具体是《吕后》《孝武陈皇后》《钩弋夫人》《王昭君》《贾后》《觏后》《潘贵妃》。这其中又可以细分为两类：一类是失宠的悲情女子，另一类则是干政乱政的红颜祸水。对于前者，徐钧非常同情和怜悯其在深宫之中的种种不幸遭遇；对于后者，深受儒学正统思想影响的徐钧当然是持否定和批判态度的。

陈阿娇和王昭君算是悲情女子中的两位代表了。如《孝武陈皇后》诗云：

> 阿娇宠极爱还衰，何用黄金买赋为。覆水欲收宁复得，此情唯有谪仙知。[③]

《资治通鉴》卷18《汉纪十》“武帝元光五年”（辛亥，前130年）条载：“女巫楚服等教陈皇后祠祭厌胜，挟妇人媚道；事觉，上使御史张汤穷治之。汤深竟党与，相连及诛者三百余人，楚服枭首于市。乙巳，赐皇后册，收其玺绶，罢退，居长门宫。窦太主惭惧，稽颡谢上。上曰：‘皇后所为不轨于大义，不得不废。主当信道以自慰，勿受妄言以生嫌惧。后虽废，供奉如法，长门无异上宫也。’”[④]《资治通鉴》对阿娇“黄金买赋”一事只字未提。清赵翼《陔余丛考》卷15《薄后陈后不书立》云：“景帝七年，废皇后薄氏。武帝元光五年，皇后陈氏废。不书其立于前，遽书其废于后，斯为脱漏无疑。然考《汉书》诸帝纪，凡即位后必书曰立皇后某氏，而薄陈二后独不书，殊不可解。倘因伉俪不终而略之，则宣帝之霍后，不过五年而见废，何以当其甫立而即大书之也？《纲目》之失书，盖《通鉴》之阙略，而《通鉴》又仍《汉书》之阙略耳。”[⑤]赵翼将“黄金买赋”一事归现于汉书的“阙略”，这种“选择性的遗忘”，增强了悲剧的氛围。在徐钧之前对于阿娇的吟咏之作数不胜数，有“谪仙”之誉的李白也写过几首吟咏陈皇后的诗篇。连李白这般豁达的人都不禁感慨悲叹阿娇的不幸，可见在徐钧眼里陈阿娇皇后命运的悲惨。在笔者看来，徐钧有些夸大了陈皇后命运的悲惨，因为自古以来

① 杨镰：《全元诗》第7册，中华书局2013年版，第307页。
② 同上，第311页。
③ 同上，第283页。
④ [宋]司马光撰，[元]胡三省音注：《资治通鉴》，中华书局1956年版，第591页。
⑤ [清]赵翼：《陔余丛考》卷15，中华书局1963年版，第271页。

嫔妃失宠本是寻常之事，也无须用提及潇洒不羁的大诗人李白来突出强调陈皇后命运的悲情了。而《王昭君》一诗中，徐钧并没有直接评价昭君，只是对画师毛延寿进行了简单的叙述，主要针对的对象是汉元帝。徐钧直接指出汉元帝“用错计”在先，所以才酿成了昭君远嫁和亲的悲剧。又如《钩弋夫人》一诗，徐钧叙述汉武帝为了防止自己死后类似吕后专权的主少母壮之事重演，就残忍地命令钩弋夫人就死。后宫女子独有的苦衷真是令人哀伤和感叹！

而在乱政后妃中，主要有吕后、贾后、觐后和潘贵妃，如《贾后》诗云：

> 弑姑杀子欲何为，伤败彝伦总不知。祸乱晋朝诚在己，灭亡父族咎归谁？[①]

《资治通鉴》卷82《晋纪四》“惠帝元康元年”（辛亥，291年）条载：“春，正月，乙酉朔，改元永平。初，贾后之为太子妃也，尝以妒，手杀数人，又以戟掷孕妾，子随刃堕；武帝大怒，修金墉城，将废之。”[②]徐钧用直白的语言指责贾南风“弑姑杀子”、败坏人伦、扰乱朝纲这一系列的不端行为。

《吕后》一诗中更直截了当地批判了吕后干预朝政的行为，其诗曰：

> 父识英雄婿沛公，家因骄横血兵锋。始知善相元非善，不是兴宗是覆宗。[③]

《资治通鉴》卷7《秦纪二》“二世皇帝元年”（壬辰，前209年）条载：“刘邦，字季，为人隆准、龙颜，左股有七十二黑子。爱人喜施，意豁如也；常有大度，不事家人生产作业。初为泗上亭长，单父人吕公，好相人，见季状貌，奇之，以女妻之。”[④]虽然单父人吕公慧眼识才，但其女吕后不守妇道，干预朝政，其行为不是兴复汉室反而是导致汉室的颠覆。其他如觐后、潘贵妃等“祸乱后宫”之辈，均受到了徐钧的指责：“淫奔何暇择莸薰，牛马相传谶已云”（《觐后》）[⑤]，面对觐后的恶行，作者才用非常恶劣的词语来贬斥，足见其心中的怒火之盛。《潘贵妃》一诗中刻画了南朝齐国皇帝萧宝卷最宠幸的妃子潘玉儿的形象：“宠冠天家十二楼，金莲步步总娇羞。可怜屠沽宫中乐，博得亡齐一段愁。”[⑥]潘玉儿自恃貌美而刻薄任性，擅歌舞，奢华无度。“步金莲”一典即从她而来。萧宝卷挥霍无度，荒唐行径引来造反，城内人人皆想逃亡，萧衍攻进城来，萧宝卷和潘妃等被

① 杨镰：《全元诗》第7册，中华书局2013年版，第297页。
② ［宋］司马光撰，［元］胡三省音注：《资治通鉴》，中华书局1956年版，第2598页。
③ 杨镰：《全元诗》第7册，中华书局2013年版，第283页。
④ ［宋］司马光撰，［元］胡三省音注：《资治通鉴》，中华书局1956年版，第260页。
⑤ 杨镰：《全元诗》第7册，中华书局2013年版，第297页。
⑥ 同上，第302页。

杀。徐钧直白地表达了对潘氏乱政祸国行为的指责。

五是吟咏各朝列女。受理学思想影响,徐钧对贞节列女往往加以毫不吝啬的褒扬。其对东汉班昭的评价极高,如《曹世叔妻班昭》诗云:

有妇谁能似尔贤,文章操行美俱全。一编汉史何须续,女戒人间自可传。①

《资治通鉴》卷48《汉纪四十》"孝和皇帝永元四年"(92)条载:"固尝着汉书,尚未就,诏固女弟曹寿妻昭踵而成之。"②《后汉书》卷84《烈女传第七十四》载:"扶风曹世叔妻者,同郡班彪之女也,名昭,字惠班,一名姬。博学高才。世叔早卒,有节行法度。兄固著汉书,其八表及《天文志》未及竟而卒,和帝诏昭就东观臧书阁踵而成之。帝数召入宫,令皇后诸贵人师事焉,号曰大家……作《女诫》七篇,有助内训。"③徐钧认为天下没有女子能像班昭这般贤能,文章、节操、品行都很好。对班昭编修的《女诫》一书给予了极高的评价。

再如《董祀妻蔡琰》诗云:

此生已分老沙尘,谁把黄金赎得身。十八拍笳休愤切,须知薄命是佳人。④

《后汉书》卷84《烈女传第七十四》载:"陈留董祀妻者,同郡蔡邕之女也,名琰,字文姬。博学有才辩,又妙于音律。适河东卫仲道。夫亡无子,归宁于家。兴平中,天下丧乱,文姬为胡骑所获,没于南匈奴左贤王,在胡中十二年,生二子。曹操素与邕善,痛其无嗣,乃遣使者以金璧赎之,而重嫁于祀。"⑤诗中,徐钧则是可怜她一生三嫁的不幸命运。

现存《史咏集》中除了以上五类历史人物外,还有两首以事件命名的诗,即《三晋》和《坑儒四百六十余人》。"咏史诗中,除了人物以外,历史上发生的一些对历史进程影响较大或在后世容易引发争议和评论的事件亦是重要的中心题材。"⑥《三晋》,顾名思义,描述和议论的是春秋末年三家分晋的故事,其诗云:

二百年余主夏盟,尊攘事业古无伦。若非剖一为三后,未必舆图尽

① 杨镰:《全元诗》第7册,中华书局2013年版,第295页。

② [宋]司马光撰,[元]胡三省音注:《资治通鉴》,中华书局1956年版,第1535页。

③ [南朝]范烨编,[唐]李贤等注:《后汉书》,中华书局1965年版,第2784—2786页。

④ 杨镰:《全元诗》第7册,中华书局2013年版,第295页。

⑤ [南朝]范烨编,[唐]李贤等注:《后汉书》,中华书局1965年版,第2800页。

⑥ 张小丽:《宋代咏史诗研究》,光明日报出版社2009年版,第127页。

入秦。①

诗人借此表达自己的政治见解，认为200多年来华夏诸侯国之间的结盟还算稳定，然而后来却因晋国王室内部的权力斗争，而引发了内乱，最终偌大的晋诸侯国一分为三。如果当时晋国没有一分为三，势力大减，内耗不止，最终为秦所灭，那么整个天下未必都会被归入秦国一国囊中。而且“三家分晋”这一历史事件打破了当时等级森严的宗法制中诸侯和卿大夫之间的界限，卿大夫的势力逐渐超过了诸侯，是中国历史由春秋时代进入战国时代的重要标志之一。正是因为三家分晋在中国历史上具有的重要意义，所以徐钧才单独特别对其吟咏，而不是渗透在对此事件相关的历史人物的吟咏中。

作为一名传统的知识分子，对于秦始皇“焚书坑儒”这一破坏中华典籍、残害知识分子的过激行为当然是极为关注的，所以也特别单独对此事件进行吟咏。而且还将秦皇在咸阳坑杀儒生的人数在诗题中具体地点出，有460余人，如此草菅人命，真是令人发指。《坑儒四百六十余人》诗云：

焚坑相距一年间，何事迟迟未出关。万里冥鸿罗网外，料应祸不到商山。②

焚书坑儒事件到如今整整持续了一年时间，为何迟迟没有结束？处在万里之外的避世隐居之士应该没有被搜罗波及，想来应是这样的祸事没有殃及商山这类隐者居住的地方。徐钧将自己设定为当时之人，以当时之人的口吻抒发焚书坑儒这一祸事持续时间之长的感慨。三、四两句则运用了“冥鸿”和“商山”这两个典故，替那些深居山林没有遭受到坑儒灾祸的隐者感到庆幸，而不是对焚书坑儒事件进行一定的斥责和贬低。《资治通鉴》卷7《秦纪二》载：“诸生传相告引，乃自除犯禁者四百六十余人，皆坑之咸阳，使天下知之，以惩后。”③秦始皇听说儒生们讨论和讥讽自己的暴政，不禁大怒，便以活埋的刑罚惩罚儒生并且警戒后人，天下人为之恐慌。“焚书坑儒”是秦始皇施行文化专制主义的标志性事件，对后代影响甚大。

虽然《史咏集》中只有两首以咏史事件命名的咏史诗，从数量上看是极少的，但这两首诗所描绘的咏史事件都是在中国历史上具有重要影响的事件，值得单独对其进行吟咏。

---

① 杨镰：《全元诗》第7册，中华书局2013年版，第276页。

② 同上，第282页。

③ ［宋］司马光撰，［元］胡三省音注：《资治通鉴》，中华书局1956年版，第246页。

二、《史咏集》的情感特征与价值取向

《史咏集》是一组大型的史论组诗,重在表达对历史人物与事件的评论、反思,折射出作者独特的史学观念。韦春喜在《南宋理学史学观与史论诗》一文中指出:"史论诗是我国古代咏史诗的重要一类,是指对历史事件、人物主要采取议论手法,表达对历史的评论、反思的一种咏史类型。这类诗歌在中晚唐时期开始产生。到了宋代,在宋型文化精神的浸润影响下,史论诗创作蔚为大观。"[①]通过对历史的发掘、诠释与总结,以发挥其对现实政治的垂戒、资治等作用,一部《资治通鉴》出现则将此意识推向顶峰。到南宋时,面对偏安一隅的小朝廷,理学家们很希望从古今盛衰治乱的总结中,找到医治现实政治的"良方",为当局提供借鉴。受此影响,史论诗创作蔚为大观。

《史咏集》正是在这样的社会思潮下登上文坛。徐钧深于理学,意存劝诫,得美刺之旨,又议论高卓,识见深远,体现出深刻的历史洞察力及卓越的史识。作为"文史互参"的典范,《史咏集》体现了文学性与历史意识的完美结合,将咏史组诗的创作推向了新的高度。具体而言,其内容呈现出三大特征:鲜明的情感倾向、深切的劝诫意味和深厚的正统意识。

首先,吟咏历史人物时有鲜明的"情感倾向"。对历史人物的功过是非,不以自己好恶为标准,而以其对国家贡献、历史发展作用、对君道臣道的执守来衡量。以"诸侯王"为例,对贤明的诸侯王大加称赞和褒扬,如《齐威王》中有"赏罚严明国富强,独能仗义一朝王"[②]之句。当时周王朝王室已经越来越不具备威信,唯独齐威王来朝见,天下人因此特别称赞齐威王的贤德。齐威王治理诸侯国时注重朝纲法纪,能做到赏罚分明,这是齐国能够兴旺发达的重要原因。又如《燕昭王》云:"仇齐一扫如风叶,只为黄金早筑台。"[③]燕昭王之父却因听信谗言而将皇位禅让给了相国,导致燕国内乱,此时齐军又趁乱而入。燕昭王带领军民打败齐军、艰难继位之后,怀揣着卧薪尝胆的决心,想要振兴燕国。为了招纳贤才为燕国效力,燕昭王听从臣子郭隗的建议筑台置金。燕昭王在位期间,燕国越来越强盛。其治理国家的能力超群,深受作者的称赞。对于昏庸的诸侯王,徐钧则大加指责和批判,如《齐宣王》。齐宣王在位时,对于苏秦合纵攻秦的策略并不认同,加上未能恰当处理与楚燕两国的关系,致使秦国后来独大。徐钧批判其贪图享乐,贪婪好色,对圣人孟子的意见不屑一顾。最

---

① 韦春喜:《南宋理学史学观与史论诗》,《文史哲》2012 年第 6 期。

② 杨镰:《全元诗》第 7 册,中华书局 2013 年版,第 276 页。

③ 同上,第 277 页。

终齐国灭亡，令人叹惜。又如《魏惠王》，魏惠王即位时期正是魏国鼎盛时期，但在之后的战争中，魏惠王接连败于齐国、秦国和楚国。明明有贤能之人在身边，魏惠王却未能委以重任。也并非没有救国的良方，只可惜君主并没有采纳和施行。

对君王如此，对臣子的评价同样如此。“胡沙不隔汉家天，一节坚持十九年。”（《苏武》）[①]苏武曾被汉武帝授命押送匈奴使臣去匈奴，却不幸被扣留。匈奴多次想要招降苏武，但苏武都坚决拒绝，在匈奴之地滞留了19年。这样坚贞不屈的气节确实令人崇敬，徐钧对其持褒扬的态度。而对于降臣李陵，徐钧的态度非常明确，即贬斥其屈节投降的行为：“名将生降负已知，丧师辱国死犹迟。”（《李陵》）[②]徐钧认为李陵身为名将在有生之年竟然投降敌军，做出这等侮辱国家利益的不义之事，令人不耻。

其次，《史咏集》蕴含了“劝诫意味”。劝人积德向善，安守本分，遵循儒家伦理纲常行事。深受儒家思想熏陶的徐钧，“在文学创作上更注重诗歌的教化作用”[③]。“卧冰得鲤供亲养，至孝诚能上格天”（《王祥》）[④]，作者对王祥卧冰求鲤的至孝之心大加赞赏，也借此教化百姓能够像他一样对父母。“休道君王学苦空，要知积善福无穷”（《（梁）武帝》）[⑤]，梁武帝喜欢佛学，在位时出家的行为不被世人所理解。但徐钧并不这样看，而是劝告后人不要看轻君王出家念佛为百姓积福的行为，可谓标新立异。“万里连云屡筑城，辽东三驾重疲民”（《炀帝》）[⑥]，隋炀帝杨广即位后一直征用民力修筑宫殿和运河，乱用民力，施行暴政，导致亡国，作者意在警戒当世君主要体恤百姓。刘邦之妻吕雉野心勃勃，任人唯亲，把持朝政。“不是兴宗是覆宗”（《吕后》）[⑦]，直白地点明并贬斥了吕后颠覆汉室宗权的行为。“弑姑杀子欲何为，伤败彝伦总不知”（《贾后》）[⑧]，对贾后败坏人伦的残忍之性以及专政行为，给予了尖锐的讽刺，令其恶行暴露无遗。“淫奔何暇择莸薰，牛马相传谶已云。可怪奸遗牛姓种，也来相继马为君。”（《觐后》）[⑨]贬斥觐后的“淫奔”，也是为了劝诫当世及后世女子应该恪守本分，不要妄想牝鸡司晨。

---

① 杨镰：《全元诗》第7册，中华书局2013年版，第286页。
② 同上。
③ 苑迪：《徐钧〈史咏集〉考述》，《绥化学院学报》2011年第5期。
④ 杨镰：《全元诗》第7册，中华书局2013年版，第297页。
⑤ 同上，第303页。
⑥ 同上，第307页。
⑦ 同上，第283页。
⑧ 同上，第297页。
⑨ 同上。

再次，《史咏集》传达出鲜明的"正统意识"。在"臣子"这组诗中，徐钧在《桓温》贬斥桓温名为北伐、实欲篡位的野心；《吕不韦》一诗中，贬斥吕不韦因皇帝年幼而专断朝政的行为；《赵高》一诗中，批判赵高忤逆犯上、惑乱君主的不臣之心；《安禄山》一诗中，贬斥安禄山忘恩负义、谋反叛乱的不义之举。"后妃"这组诗中，在《吕后》中批判吕后垂帘听政多年的干政之举；在《贾后》中，贬斥贾南风逼害储君、陷害嫔妃的残忍行为以及惑乱朝纲的大逆不道；在《觐后》中，用低劣的言辞形容其淫乱后宫的行为；在《潘贵妃》中，批判其放纵恣肆、威风横行的荒唐行径。总之，徐钧认为作为臣子就应安守本分，尽力辅佐君王，而不应该有谋反之心，希望当朝臣子能够以历代臣子为鉴；对于女子，徐钧认为作为女子就应该恪守女子的本分，不应该做出有违人伦的可耻之事，更不应该妄想干预朝政，希望当世及后世女子能够以前人为鉴。总体来说，徐钧通过对历代人物按照君主、臣子、后妃等顺序分类别进行吟咏，使得《史咏集》中"正统意识"这一主题得到了多元和系统的展示。

贯穿《史咏集》的"灵魂"是朱熹理学思想。其形成之因，与作者生存环境、交往活动密切相关。《元史》列传第七十六记载："金履祥，字吉父，婺之兰溪人。……及壮，知向濂洛之学，事同郡王柏，从登何基之门。基则学于黄榦，而榦承朱熹之传者也。"[①]金履祥是朱熹的四传弟子，博览群书，尤精经史。因奸佞当道，不愿入朝为官，但始终忧心国事。金履祥是徐钧的好友，受其影响，《史咏集》对历史人物、事件的评价无不体现出理学的价值取向。朱熹理学之于诗歌，注重扶世教化功能、以诗明理，其传承者金履祥等亦主张诗歌创作以"六经"为宗旨，有益于世道人心，主心性义理。这一点从《史咏集》分类立名、以蜀汉为"正统"和崇周社尚儒学的诗歌内容可见一斑。

受朱熹理学思想影响最直接的表现便是"崇尚礼治"。《史咏集》序言云："见心先生世秉周礼"，"先君世习周礼"[②]。此处的"礼"指礼制，它既是调整统治秩序、巩固等级制度的行为准则，更是封建政权赖以维系的基本原则和指导思想。《周威烈王》诗云："大柄潜移世可忧，朝纲未正况诸侯。时人只咎未分晋，不道东西已破周。"[③]作者指出周威烈王作为周朝的最高统治者，在处理无视君王、三家分晋这些破坏周礼、侵犯礼义之事时的错误之处。身为天子，轻视自己的地位和权威，导致朝纲不正，走向灭亡也是必然的结果。整首诗歌体现了崇尚周礼的思想。《叔孙通》一诗云："秦府藏书熟见闻，三王遗意可追寻。

① [明]宋濂等：《元史》卷189，中华书局1976年版，第4316页。
② [元]徐钧：《史咏集》序，宛委别藏本，江苏古籍出版社1988年版。
③ 杨镰：《全元诗》第7册，中华书局2013年版，第275页。

如何绵蕞因秦陋，古祀沦亡恨到今。”[①]诗中对叔孙通整顿朝仪典章的行为进行了肯定。儒家思想具有教化人心以及规范社会纲常伦理的重要意义。宋末蒙古族对汉族的侵扰，不仅使得宋朝国土沦丧，同时也带来了外来草原文化与中原本土传统文化这两种文化之间的碰撞。草原民族中的很多习俗是中原汉民族难以想象和无法接受的。所以徐钧才会发出“古礼沦亡恨到今”的感慨。《东平宪王苍》诗云：“重修礼佐文明，乐善终能保令名。两汉贤王谁与并，河间以后便东平。”[②]《资治通鉴》卷44《汉纪三十六》显宗孝明皇帝永平元年（戊午，58年）条载：“东平王苍以为中兴三十余年，四方无虞，宜修礼乐，乃与公卿共议定南北郊冠冕、车服制度及光武庙登歌、八佾舞数，上之。”[③]作者对“修订礼乐制度”的王苍大加赞赏，足见其对于礼制的重视，和程朱理学思想对其咏史创作的影响。蒙古族入侵中原初期，对汉民族文化特别是儒家文化认识不足，有轻视儒学的倾向。作为深受儒学传统教育的汉族知识分子，其对儒学的推崇浓缩在一部《史咏集》中。

又次，《史咏集》体现了以史为鉴，“顺应天理”，才能长治久安的观点。这与程朱理学中“存天理”思想的密切相关。《史咏集》有组诗1500余首，从周到唐，所咏历史人物众多、时间漫长，其目的就是要“以古鉴今”。正如张枢后序云：“陈其善恶风刺，昭示法戒而无遗焉，以道前代得失。”[④]这种以史为鉴的史学观，一方面是传统史学的影响，即把历史的经验教训用于当今的参照指导，从而服务于现实；另一方面是与诗人所处的社会环境相关。诗人身处宋元之交，目睹统治者的昏聩腐败、软弱无能，致使国土沦丧，自然会生出责任感，想借历史上治乱史实的吟咏，起到以正视听的效果。

《史咏集》集中展现出深受宋代“以史为鉴”思潮的影响。宋代，随着注重经史、以文治国的国家政治策略的确立，在帝王重臣的带领下，广大的士阶层逐渐认可和接受了史鉴思想和精神。“人是历史活动的主体。从这个角度出发，宋代戒鉴史学思想最重视人在历史活动中的作用与影响……尤其注重从君主角度探寻兴亡之因。”[⑤]徐钧对历代贤君大加称赞，褒奖他们能够礼贤下士、重视文德教化之风，所以国家才得以兴盛。

《史咏集》对昏君如周威烈王、安王、显王、魏惠王、齐宣王、秦始皇、汉武

---

① 杨镰：《全元诗》第7册，中华书局2013年版，第285页。

② 同上，第289页。

③ [宋]司马光撰，[元]胡三省音注：《资治通鉴》，中华书局1956年版，第1432页。

④ [宋]徐钧：《史咏集》序，宛委别藏本，江苏古籍出版社1988年版。

⑤ 韦春喜：《宋代史学精神与史论诗》，《山东大学学报（哲学社会科学版）》2012年第3期。

帝、后汉章帝、陈后主、北齐文宣洋、隋炀帝等种种不义之举均给予了尖锐的揭露和讽刺,同时对魏文侯、韩昭侯、齐威王、赵武灵王、燕昭王、后汉光武帝、后汉明帝等贤明的君主进行了热情的讴歌,褒贬分明,极富警示之意。如《魏文侯》诗云:“闻道西河久服从,陶成国治蔼文风。政缘余泽沾洙泗,比似群侯故不同。”[①]魏文侯治国有方,魏国文治教化之风盛行,德泽百姓,与当时的其他诸侯王确实不同。《资治通鉴》卷1《周纪一》载:“魏文侯以卜子夏、田子方为师,每过段干木之庐必式。四方贤士多归之。”[②]史书记载,魏文侯请卜子夏、田子方为老师,每次乘车经过段干木的住所,总要低头抚轼致敬。各地贤能之士,得知他如此礼贤下士,纷纷投奔魏国。魏国有众多贤才辅政安邦所以政治清明、国泰民安。又如《魏惠王》云:“鞅已归秦膑入齐,有才不用孰持危。后来医国非无药,仁义良方惜不施。”[③]魏惠王的臣子中不乏贤能之人,但他却没能任用他们。徐钧在此揭示了魏惠王误国的原因主要是没能在危难之际任用贤才。再如《炀帝》云:“万里连云屡筑城,辽东三驾重疲民。”[④]隋炀帝杨广即位后一直征用民力修筑宫殿和运河,劳民伤财,最终导致亡国。隋炀帝亡国的原因主要是自己滥用民力,施行暴政,不体恤百姓。徐钧这般褒贤君贬昏君,根本目的主要还是为了警戒当世君主。

《史咏集》通过历史发展的规律提示出了“顺理者昌,逆理者亡”的道理。《安禄山》云:“随人畜养宁知父,负主恩私岂有君。逆气终然招逆报,可怜四海乱如云。”[⑤]指责安禄山为一己私欲,辜负了君主的恩情。认定违背天理的行为终将遭受报应,可惜天下百姓跟着遭殃。《李密》云:“何事昏迷还至此,只因天欲启唐基。”[⑥]指出上天要开启唐代新纪元,而李密的瓦岗寨违背了历史潮流,注定不会有好的结果。元朝代宋而立、入主中原的行为也是有逆天理,下场可以想象。作者借历史人物的吟咏来表达自己的史学观点。

此外,《史咏集》还表达出“尊王为本”的正统意识。徐钧对忠君为国、爱国忠义之士大为褒扬,有为国投江的屈原、誓死不降的苏武、犯颜直谏的韩休和潘好礼、誓死守城的颜杲卿、张巡、许远等历史人物。“始终以尊王为中心,具有鲜明的正统意识,多注重选择忠君为国、为维护民族利益而勇于献身,或篡

① 杨镰:《全元诗》第7册,中华书局2013年版,第276页。

② [宋]司马光撰,[元]胡三省音注:《资治通鉴》,中华书局1956年版,第17页。

③ 杨镰:《全元诗》第7册,中华书局2013年版,第276页。

④ 杨镰:《全元诗》第7册,中华书局2013年版,第307页。

⑤ 同上,第311页。

⑥ 同上,第307页。

位僭越、专权独断、违反君臣大义的人物，进行赞扬贬斥。”[①]“废王立武覆车同，抗疏精忠幸见从。”(《潘好礼》)[②]潘好礼怀揣着忠君爱国之心为官，不阿谀奉承，曾经引用《春秋》中有关利害关系的事例，劝谏唐玄宗令其打消了立最为宠爱的武惠妃为皇后的念头，使玄宗免于重蹈前人的覆辙。“自度才卑乐尚贤，输忠直欲保城全。”(《许远》)[③]许远即使兵败也要护城安全的气节着实令人钦佩。“人生适意在家山，万里封侯老未还。燕颔虎头成底事，但求生入玉门关。”(《班超》)[④]东汉时期，班超被派往西域，在边疆生活了很多年，思念家乡，呈上奏书请辞。《资治通鉴》卷48《汉纪四十》中载：“班超久在绝域，年老思土，上书乞归曰：‘臣不敢望到酒泉郡，但愿生入玉门关。’”[⑤]“慷慨才能立志坚，计谋端可定中原。”(《祖逖》)[⑥]西晋亡后，祖逖想要收复中原，一次当船行至中流之时，想到山河破碎及壮志难酬，不禁感慨万千，敲起船楫发誓：“我若不能收复中原，那我也就不回来了！”《资治通鉴》卷88《晋纪十》对此有详细记载：“范阳祖逖，少有大志……逖将其部曲百余家渡江，中流，击楫而誓曰：‘祖逖不能清中原而复济者，有如大江！’”[⑦]作者以史实为基础再现了历史事件，表达了对历史人物的客观评价，呈现出良史所具有的精神品格。

诗人经过南宋的亡国之痛，深感国土沦丧的悲哀、民族尊严受到的侮辱，故其咏史诗中对持节之人、忠义之士表达了崇高的敬意。《苏武》云：“胡沙不隔汉家天，一节坚持十九年。白首微官甘属国，耻随李卫老戎旃。”[⑧]苏武被匈奴扣留了整整19年，去的时候正当壮年，回来的时候头发和胡须都花白了，其忠君爱国、不辱使命行为令人感动。《资治通鉴》卷23《汉纪十五》中有“武留匈奴凡十九岁，始以强壮出，及还，须发尽白”[⑨]的记载。诗人以凝练平实的陈述，展现了苏武至纯而坚定的信念，传达了诗人的敬仰与钦佩。

“以诗存史”这一创作方法在《史咏集》中得到了广泛的运用。“纪事之诗专采一代本事之诗，即通过诗歌存一代之事实、历史之意，也即‘以诗存史’。”[⑩]其创作动机正如《史咏集》序中所言，据《资治通鉴》所记载的历史展开吟咏，主

---

① 韦春喜：《宋代史学精神与史论》，《山东大学学报(哲学社会科学版)》2012年第3期。
② 杨镰：《全元诗》第7册，中华书局2013年版，第310页。
③ 同上，第312页。
④ 同上，第293页。
⑤ [宋]司马光撰，[元]胡三省音注：《资治通鉴》，中华书局1956年版，第1554页。
⑥ 杨镰：《全元诗》第7册，中华书局2013年版，第298页。
⑦ [宋]司马光撰，[元]胡三省音注：《资治通鉴》，中华书局1956年版，第2801页。
⑧ 杨镰：《全元诗》第7册，中华书局2013年版，第286页。
⑨ [宋]司马光撰，[元]胡三省音注：《资治通鉴》，中华书局1956年版，第759页。
⑩ 周薇：《陈衍“以诗存史”诗史观论析》，《学海》2005年第4期。

要目的是提醒后世统治者以史为鉴,从而避免重蹈历史的覆辙。阮元在《史咏集提要》中盛赞《史咏集》“意存劝戒,隐发奸谀之旨,溢于言表”“犹为士林所重”。[①] 许谦《史咏序》对此阐述得尤为精微:“窃惟《诗》《书》《春秋》皆纪事之文也,二百四十二年之事,权其轻重,笔则笔。削则削,善善恶恶之意白矣。《书》道帝王之政,故独取其善。……然史所以彰善瘅恶,尚论古今人物,苟不能推见,至隐诛奸谀之意,发潜德之光,使是非不谬于道,犹为立言以诏后乎?今观是诗,分类立名,已凛凛乎大义。如孟子、邹衍,《史记》同传,今则别诸子于诸儒,登豫让于节义之首,名曹丕父子无异于诸臣。又如汉高为义发丧而宴乐于彭城,孝文惜露台之百金而不爱铜山之巨万,光武之量不及伯升,昭烈之贤过于光武……若此者皆微显阐幽之意,协于音韵,播之于声歌,殆将使人咏之绎之,自兴起其善善恶恶之意,于《诗》《书》《春秋》之遗法,盖一举而兼得矣。”[②]惩恶扬善,诛奸发德,是《史咏集》最重要的思想价值所在,更是作者借“咏史”实现“资治”目的的重要途径。

① [清]阮元:《四库未收书目提要》,商务印书馆1955年版,第79页。

② [元]徐钧:《史咏集》序,宛委别藏本,江苏古籍出版社1988年版。

第六章　宫廷与市井组诗的文化差异

德国学者约阿希姆·布姆克的《宫廷文化》①是西方一部研究上流社会与贵族生活的社会学著作。其“宫廷”概念指上流社会及其文化氛围，并不仅仅指皇宫和王宫。在我国，“宫廷”是指帝王居住和处理朝政的处所，所谓“宫廷文化”是指以帝王生活、居住、工作环境为中心，并在长期的演变过程中形成了独特的文化形态。包括宫殿建筑文化、宫廷等级制度、宫廷礼仪、宫廷生活文化、宫廷护卫文化、宫廷用品、宫廷中的艺术宝藏、宫廷内的异域文化，等等。其中皇权独尊观念、完备的礼仪制度、皇位的传续、宫廷生活方式，在众多文化中居于统摄地位。

宫廷文化代表着一个时期、一个国家的主流文化。它不是中国独有的历史现象，在一些实行君主立宪制的国家，如今依然保留着宫廷文化。元代实行两都制，在元大都、上都都有宫廷，融合了农耕民族与游牧民族生活方式的宫廷文化，较之单一的文化板块，更显得丰富多彩。我们在研究文化传统的时候，不可忽略这种长期演化的宫廷文化现象所蕴含的文学价值，而加以认真而客观地、历史地甄别。目前，有关宫廷文化的研究已有一些成果②，本书将以此为基础进行探讨。

相对于宫廷文化的“贵族化”，市井民俗更具有“平民化”即“俗化”的特征，二者有着不同的审美趣味。分析市井民俗，对我们认识元代文学的“底色”有着十分重要的意义。查洪德先生认为：“元代文学承宋之后，在文学发展的进程中，作家队伍出现一合一分的变化：所谓合，是指在宋代分裂为道学家和文章家的两大对立的文人群体，到元代合二而一。所谓分，是指元代的作家队伍一分为二，出现雅俗分流，在中国文学史上第一次也是唯一一次出现了雅文学作家队伍和俗文学作家队伍。这一变化趋势，可以概括为文道融合，雅俗分

---

① ［德］约阿希姆·布姆克著，何珊、刘华新译：《宫廷文化》，生活·读书·新知三联书店 2006 年版。

② 参见：龚斌《宫廷文化》，辽宁教育出版社 1993 年版；林永匡《清代宫廷文化通史》，上海文艺出版社 2014 年版；史卫民《元代社会生活史》，中国社会科学出版社 1996 年版。

流。这一分一合，使得元代文坛，呈现出独特的格局与风貌。”[①]陈高华先生也说：“元代文化中还有一个特点，那便是俗文化的发达。俗文化是相对于雅文化而言的，俗、雅之别，主要在于语言文字的不同和面向对象的不同。俗文化主要使用白话文或浅近的语体文，面向下层大众，以及对中原传统文化不太了解的蒙古、色目人。雅文化则使用传统的文言文，主要面向各族士人。”[②]本文所指“雅俗”主要指文学表现宫廷生活与民间生活形态（内容）的不同，及审美趣味上的差异。与传统诗文与新兴戏曲（杂剧或散曲）的文体选用上的差异无关。

宫廷文化与民间文化关系紧密，互相取长补短：一方面，宫廷文化从市井民俗中汲取养料，是实现自我更新和发展重要途径；另一方面，市井民俗在与主流文化的碰撞与交融中寻找着与主流文化都共同认可的交叉地带或重合部分，从而成为为民间所欢迎，又为宫廷所接受的文化形态[③]。

第一节　元代宫词体组诗的演变

“宫词”之称，至唐代方始出现。宋人谓王建《宫词》百首“天下传播，仿此体者虽有数家，而建为之祖”[④]，这是定论。中唐唐代诗人王建创作了《宫词》百首，对后世影响甚大，故而被视作是“宫词之祖”。如佚名《唐王建宫词旧跋》曰：“宫词凡百绝，天下传播，效此体者，虽有数家，而建为之祖耳。”[⑤]自唐以来，宫词之作不绝如缕。五代花蕊夫人、和凝俱有宫词百首。宋代的宫词作者有宋白、王珪、张公庠、岳珂、周彦质、王仲修等，相继有作，均百首，传宋徽宗的《宣和宫词》更是多至 300 首。元代的宫词作者主要有柯九思、萨都剌、张昱、杨维桢等人。明清两代，宫词创作极度繁荣，主要有王世贞《弘治正德西城宫词》、秦征兰《天启宫词》、吴省兰《五代宫词》《十国宫词》、刘芑川《开天宫词》、冯登赢《历代宫词》、赵士喆《辽宫词》、朱棆《元宫词》、徐振《明宫词》、吴养原《东周宫词》、李必恒《前明宫词》、佚名《庚子宫词》、吴士鉴《清宫词》、史梦兰

---

① 查洪德：《元代作家队伍的雅俗分流》，《西南民族大学学报（人文社科版）》2009 年第 12 期。

② 陈高华：《元代文化史》绪论，广东教育出版社 2009 年版。

③ 参见：陈立姮《自然经济下的民间文化》，《新东方》2001 年第 2 期。

④ 佚名：《唐王建宫词旧跋》，胡仔《苕溪渔隐丛话》前集卷 22，人民文学出版社 1962 年版，第 149 页。

⑤ [宋]胡仔：《苕溪渔隐丛话》前集卷 22，人民文学出版社 1962 年版，第 149 页。

《全史宫词》等等。

一、宫词的概念、作者与内容

广义的宫词可以包括一切描绘宫中生活的诗歌作品，狭义的宫词则应该以中唐王建的《宫词一百首》为代表。《宫词一百首》细致入微地描绘了唐中后期宫廷生活，其中许多内容皆其他史传小说所不载，甚至可以补正史之阙。欧阳修在《六一诗话》中说："王建《宫词》一百首，多言唐宫禁事，皆史传小说所不载者，往往见于其诗。"①南宋计有功《唐诗纪事》认为："王建初为渭南尉，值内官王枢密者，尽宗人之分，然彼我不均，复怀轻谤之色。忽过饮，语及汉桓、灵信任中官起党锢兴废之事，枢密深憾其讥。乃曰：'吾弟所有《宫词》，天下皆诵于口，禁掖深邃，何以知之？'建不能对。后为诗以赠之，乃脱其祸。"②这段话可以看出，《宫词一百首》在当时流传非常广，它向人们展示了宫闱内幕，满足了大众的猎奇心理。孙微认为"从体式上来说，宫词自创制之初便基本定格为七言绝句这种短小精干的诗体，并多以连章组诗的形式来表现。从内容来看，宫词集中反映了宫廷生活的方方面面，且富于民歌韵味，极易传播"③。它们各自成篇，但是整体链接起来就是一首整齐划一的长篇叙事诗。

有关宫词概念的界定，学术界尚存在分歧。从一般意义而言，所谓宫词，就是以特殊的诗歌形式描述帝王宫廷生活的一种诗体。王育红认为"宫词是一种专门描写后宫生活的诗歌，由两部分组成，一是核心含义宫词，专述妃嫔宫女之事，从题材上又分宫中行乐词与宫怨诗。二是边缘含义宫词，指那些与宫廷妇女之事无涉，而诗题冠以'宫词''宫中曲'之类的诗歌，其功能在于歌功颂德"④。并指出：那些咏述帝王后宫生活，表述宫廷妇女情感与命运之宫词，是宫词核心含义。而那些以宫阙礼仪、燕朝燕见、祝寿庆诞、召对使节、褒扬将帅、征集图书、除官封诰、登封降禅、耕籍败猎为对象，或铺张宫殿之繁华，或吟咏场面之浩大，或感喟兴亡之更替等宫词，均属于边缘含义。将宫词概念分为"核心含义"与"边缘含义"，且核心含义又有"宫中行乐"与"宫怨"之别，较好地处理了"宫词"与"宫怨诗"的关系，所论令人信服。

丘良任根据作者身份则将宫词分为帝后之词、诗人之词和史家之词三类："帝后之词只有《花蕊夫人宫词》《宣和宫词》《杨皇后宫词》三种，都是当时帝后及宫嫔即兴的作品，亦即自我生活的写照。诗人之词大都是诗人对宫廷中一

---

① ［清］何文焕辑：《历代诗话》上，中华书局 1981 年版，第 268 页。

② ［宋］计有功：《唐诗纪事》，上海古籍出版社 1987 年版，第 677 页。

③ 史梦兰：《〈全史宫词〉考论》，《唐山师范学院学报》2016 年第 4 期。

④ 王育红：《中国古宫词含义考辨》，《唐都学刊》2007 年第 3 期。

些人和事的咏叹,写得较婉曲、隐讳,特别是对失宠的妃嫔及寂寞终生的宫女的幽怨,表现出极大的同情。史家之词则是根据史乘、笔记所载,加以咏述,一般均有详注。”[①]这三类宫词全面反映了宫廷生活的方方面面,具有文学与史料价值。

从宫词作者的身份看,大体有两种:一是外臣写内事。俞国林认为“宫词的创作,不能凭空想象,这也正是宫词与宫怨有着显区别之所在”[②]。杨维桢《李庸宫词序》:“宫掖之事,岂外人所能道哉?……东黄李庸仲常为《宫词》四十首,流布绪绅间,不特风格似建,有言史氏之所弗知。”[③]这里的“外臣”包括诗人,也包括史家。诗人之作,如唐代王建有《宫词》百首,王涯《宫词》30首(实存27首)、明代朱让栩有《拟古宫词》百首。史家之宫词是以史为据,诗皆有注,征引繁富。有写通史者,有写断代者,也有写一朝之事者,大多是后人写前代之事。对宫廷秽闻、帝王失德,敢于揭露,顾忌较少。有写断代的,有专写一朝之事的,如唐代的《开天宫词》,明代的《天启宫词》《崇祯宫词》等。也有写“通史”的,如清末史梦兰的《全史宫词》20卷,上自轩辕黄帝,下迄于明末,多达2000首,书中之诗均详注以史事印证,成为专写宫闱之事的一部通史了,是宫词发展史上的集大成之作。

二是宫中人写宫中事。“大概宫词之作,出于帝王宫女之口吻,务在亲睹其事,则叙事得其真矣。”[④]花蕊夫人生活在宫中,其《宫词百首》,再现了五代前蜀宫廷浮靡奢华的生活场景。宋徽宗有《宋徽宗宫词三百首》,南宋杨太后也有《宫词五十首》传世,均属此类,其作者是当事人。“外臣写内事”与“宫中人写宫中事”,其所述录,皆耳闻目见,这是宫词之正体。

从宫词内容来看,大都就帝王生活发诸吟咏,涉及历史大事、王朝兴衰、宫廷生活、社会习俗、宫廷及苑囿的景色等。如“会景楼高瑞霭浓,香山巡幸后车从”,记叙了位于香山的会景楼和祭星台、护驾松的来历。“日月精华耀国门”,则记载了元宫内门的名称。“丝丝碧柳间红桃,太液波光绿满篙”,形象地描绘了当时太液池的景色。宫词中也保存了元朝的政治、历史和风俗,如“数尺栏干护春草,丹墀留与子孙看”,记叙了元世祖忽必烈营建大内时,命移沙漠草于丹墀,示子孙毋忘草地。“国初海运自朱张,百万楼船渡大洋”,则充分反映了

---

① 丘良任:《论宫词》,《中国文化研究》2000年第8期。

② 俞国林:《宫词的产生及其流变》,《文学遗产》2009年第3期。

③ [元]杨维桢:《东维子文集》卷11,《四部丛刊初编》本,北京商务印书馆1929年影印版。

④ [明]朱权:《宫词》自序,张海鹏《宫词小纂》卷1,《借月山房汇钞》第16集,清嘉庆年间虞山张氏刊本。

元代海运发达的雄伟情景。诸如此类的记述，都有一定的史料价值。

二、元代宫词体组诗的嬗变

有元一代，数十年间涌现了至少 8 位宫词作者，包括虞集、王逢、柯九思、张昱、迺贤、萨都刺、杨维桢等当时一流诗人。其中以张昱的《唐天宝宫词八首》《宫中词二十一首》、杨奂的《录汴梁宫人语十九首》最为突出。张昱《宫中词二十一首》序云："宫中词，唯唐陕西司马王建一百首为得体，盖从内臣出入宫闼，所赋具实见其事。厥后蜀主花蕊夫人效其体，赋诗一百首，亦其身亲见之。宋王安国校官书见其本，序而置之内阁。元初，奉天杨奂录宋宫人语五言诗十八首，颇得其情，足次二家后。大抵宫中词论富有天下，贵为天子，不可以文工拙称。必非想象，必亲见，皆非闾巷之士可拟而赋者。"①杨奂的拟古宫词虽然今存《录汴梁宫人语十九首》，比起"元初，奉天杨奂录宋宫人语五言诗十八首"规模已小，但深得宫词"三昧"。顾嗣立《元诗选》二集上引陶宗仪《南村辍耕录》云："杨文宪公《汴梁宫人语十九首》，虽一时之所寄兴，亦不无有伤感之意。"②正如杨镰先生所评，"在元代'上京纪行诗'与'宫词'，几乎是每个文臣的必修功课"③。元代为宫词之作家不少，但流传作品数量不是很多。从现存宫词体裁看，一般都是七言绝句的连章体，唐宋之际也曾有过五言绝、五言律、七言律、词体等形态。

根据陈高华先生所辑校《辽金元宫词》所录共有七家，180 首。其中柯九思《宫词》二组，25 首（附：王逢《题柯博士宫词后》）；萨都刺《四时宫词四首》，《春词》《秋词》《醉起》《宫词》各一首，共 8 首；杨维桢《宫词二十首（和萨都刺）》；迺贤《宫词八首》；周伯琦《宫词五首》；张昱《宫中词二十一首》《辇下曲一百二首》。除以上六家及偰公远以外，元代宫词作者至少还有一位李庸，共为八家。杨维桢《李庸宫词序》称"东易李庸仲常为宫词四十首"，李庸的《宫词四十首》今不不传。④

天历二年（1329），柯九思被擢为奎章阁鉴书博士，负责鉴定宫廷所藏金石书画。文宗皇帝对柯九思颇信任，特"赐牙章得通籍禁署"，让他能自由出入禁中。其《宫同十五首》《宫词十首》《汉长门词四首》等就创作于此间。如《宫词一十五首》展示了元代宫廷生活的方方面面，诗云：

① 杨镰：《全元诗》第 44 册，中华书局 2013 年版，第 55 页。
② [清]顾嗣立：《元诗选》二集上，中华书局 1987 年版，第 162 页。
③ 杨镰：《元诗史》，人民文学出版社 2003 年版，第 46 页。
④ 参见：陈高华辑校《辽金元宫词》序，北京古籍出版社 1988 年版。

万国贡珍罗玉陛,九宾传赞卷珠帘。大明前殿筵初秩,勋贵先陈祖训严。(一)

黑河万里连沙漠,世祖深思创业难。数尺栏干护春草,丹墀留与子孙看。(二)

亲王上玺宴西宫,圣祚中兴庆会同。争卷珠帘齐仰望,瑞云捧日御天中。(三)

四海升平一事无,常参已散集诸儒。传宣群玉看名画,先进开元纳谏图。(四)

万里名王尽入朝,法宫置酒奏箫韶。千官一色真珠袄,宝带攒装稳称腰。(五)

官家明日庆生辰,准备龙衣熨帖新。奉御进呈先取旨,隋珠错落间奇珍。(六)

传宣太府颁官锦,近侍承恩拜榻前。制得袍成天未晓,着来香殿贺新年。(七)

凤城女乐拥祥烟,梵座春游泱管弦。齐望彩楼呼万岁,祥云只在五云边。(八)

花明昼锦柳摇丝,仙岛陪銮濯禊时。曲水番成飞瀑下,逶迤银汉接清池。(九)

儒臣春直奎章阁,玉陛牙牌报未时。仙仗已回东内去,牡丹花畔得围棋。(十)

玉碗调冰涌雪花,金丝缠扇绣红纱。彩笺御制题端午,敕送皇姑公主家。(十一)

观莲太液泛兰桡,翡翠鸳鸯戏碧茗。说与小娃牢记取,御衫绣作满池娇。(十二)

珠官锡宴庆迎祥,丽日初随彩线长。太史院官新进历,榻前一一赐诸王。(十三)

元戎承命猎郊坰,敕赐新罗白海青。得俊归来如奏凯,天鹅驰送入宫廷。(十四)

玉漏藏机水暗流,真珠射日动灯球。偶人自解开青琐,高拱龙床报晓筹。(十五)①

其一,自注:"凡大宴,世臣掌金匮之书,必陈祖宗大札撒以为训。"诗写元

① [元]顾瑛辑,杨镰等整理:《草堂雅集》上册,中华书局2008年版,第1—3页。下文"自注"出处同此。

廷举行庆功宴会，大臣信制先读祖训。大札撒，即大法典，是蒙古帝国初期的制度法则。每当朝廷举行重要活动，必须要呈报世祖，以谢天恩。

其二，自注："世祖建大内，命移沙漠莎草于丹墀，示子孙毋忘草地也。"写元世祖忽必烈迁都燕京，建国号曰"大元"，改金中京为大都。思创业艰难，取所居之地青草植于大内丹墀之前，便有了誓俭草，目的是叮嘱子孙勿忘创业艰难。

其三，自注："天历元年十二月二十七日，笃怜帖木儿怯薛。第二日，宝房内对速古儿赤、明里董阿、平章月鲁不花、右丞大都赤、哈剌八儿尚书等有来。典瑞院官吉宝儿、同佥答失蛮、经历柯都事奏：'十月二十三日，上都送宝来的时分，兴圣殿御宴，其间有五色祥云捧日。当殿本院官院判郑立、经历张符、都事柯九思等，与众于殿前一同仰观，郁郁纷纷，非雾非烟，委系卿云现。似这般祥瑞应时呵，如今与省家文书，行移国史院，标写入史呵，怎生？'奉圣旨：'您每行文书者。'"诗叙天历元年上都送宝来之际，天现祥瑞之气，大臣要求写入国史，文宗恩准之事。

其四，自注："凡御览法书、名画，群玉内史掌之。"诗写天历年间，文宗每在散朝之后，与诸儒臣观赏御藏书画，"先进开元纳谏图"，意指文宗以唐太宗为榜样，善于纳谏，以成一代盛世。

其五，自注："凡诸侯王及外番来朝，必锡宴以见之。国语谓之'质孙宴'，'质孙'，汉言一色，言其衣服皆一色也。"诗叙诸侯王或外蕃国王来朝，皇帝设盛宴招待，赴宴者都穿白色官服也。此宴又称质孙宴，或诈马宴。

其六，自注："御服多以天珠盘龙形，嵌以奇珍，曰鸦忽曰喇者，出自西域，有直数十万定者。"天历二年(1329)，文宗皇帝盛服庆祝诞辰，诗歌赞美了文宗皇帝的赫赫威仪。

其七，自注："腊前分赐近臣袄材，谓之拜年段子。"指每年的腊祭前天子赏赐大臣做衣的布料。对朝廷所赐宫锦，大臣们承恩而拜，称为拜年段子。

其八，自注："故事：二月十五日，迎帝师游皇城。宫中结彩楼临观之。"诗写上都城内迎帝师做佛事，游皇城的热闹场面。

其九，自注："故事：上巳节，赐宴于万岁山。"写天子在上巳节这一天在万岁山大宴群臣的场景。

其十，自注："上日御奎章，报未时，则还内殿矣。"此诗与第四首一样，写文宗天天到奎章阁听书，或与馆阁文臣诗画交流，到午后未时回内殿事。

其十一，自注："皇姑者，鲁国大长公主，皇后之母也。天历二年端午，上赐甚厚，并御诗送之。"诗写元文宗厚赏皇后之母事。"据《元史·文宗纪》载：天历二年正月，赐鲁国大长公主钞二万锭营第宅；五月复赐钞二万锭，以构居第。

十一月乙卯，立皇后，诏天下。十二月诏谕群臣曰：'皇姑鲁国大长公主，蚤寡守节，不从诸叔继尚，鞠育遗孤，其子袭王爵，女配予一人。朕思庶民若是者犹当旌表，其况在懿亲乎？赵世炎、虞集等可以议封号以闻。'以淮、浙、山东河间四转运司盐引六万，为鲁国大长公主汤沐之资。至顺元年(1330)五月，赐鲁国大长公主钞万锭，九月，以鲁国大长公主邸第未完，复给钞万锭。至顺二年四月，皇姑鲁国大长公主薨。"①

其十二，自注："天历间，御衣多为池塘小景，名曰'满池娇'。"诗写天历年间，御衣起名的趣事。《元氏掖庭记》载："后妃侍从，各有定制。后二百八十人，冠步光泥金帽，衣翻鸿兽刨袍。妃二百人，冠悬梁七曜巾，衣云肩绛缯袍。嫔八十人，冠文縠巾，衣青丝楼金袍，并谓之'控鸾昭仪'。""宫中饮宴不常，名色亦异，碧桃盛开，举杯相赏，名曰'爱娇之宴'。红梅初发，携尊对酌，名曰'浇红之宴'。海棠谓之'暖妆'，瑞香谓之'拨寒'，牡丹谓之'惜香'。至于落花之饮，名为'恋春'。催花之设，名为'夺秀'。"②

其十三，自注："每岁日南至，太史进来岁历日。"诗写元代进历之事，有研究者据此推测"事件发生场合应为蒙元统治集团的某次宴会，或该宴为祝冬至节令，太史院在此时进呈历日，皇帝顺便赐给诸王"③。这样的理解符合元代颁布新历的事实。

其十四，自注："海青者，海东俊鹘也。白者尤贵，有数十金者。"元制，每年冬春之交，一辈子亲临近郊，纵鹰搏击，谓之飞放。大都柳林，为飞放之所。《元史·太宗纪》：六年甲午春，会诸王宴射斡儿寒河(今蒙古人民共和国鄂尔浑河)。④ 蓝天宝赤为放鹰之官，每岁以所养海青获头鹅，赏黄金一锭。头鹅，即天鹅，以首得之，重三十斤，以进御膳，所以称头鹅。海青，为海东俊鹘，白都尤贵。

其十五，自注："大明殿有灯漏，饰以真珠，内为机械，以小木偶人十二捧十二相属，每辰初刻，偶人相代开小门出灯外板上，直御床立，捧辰所属以报时。"《元史·天文志》："太史郭守敬者，出其所创简仪、仰仪及诸仪表，皆臻于精妙。卓见绝识，盖有古人所未识者。"⑤郭守敬是元代著名的科学家，一生中发明了诸多仪器，据史书记载，"七宝灯漏"即为郭守敬所造⑥。

---

① 丘良任：《历代宫词纪事》，暨南大学出版社1995年版，第292页。

② [元]陶宗仪：《元氏掖庭记》，《丛书集成初编》本，中华书局1991年版。

③ 汪小虎：《元代颁历制度述略》，《科学与管理》2012年第5期。

④ [明]宋濂：《元史》卷1本纪第二，中华书局1976年版，第33页。

⑤ [明]宋濂：《元史》卷48志第一，中华书局1976年版，第989页。

⑥ 参见：[元]柯九思等著，陈高华辑《辽金元宫词》，北京古籍出版社1988年版。

又如《宫词十首》其一、二、三、四、六、七、十云：

徽仪阁内制春衣，日长倦绣立彤闱。奚官折送杏花去，笑看玉阶蝴蝶飞。（一）

黄金幄殿载前驱，象背驼峰尽宝珠。三十六宫齐上马，太平清暑幸滦都。（二）

奉常告吉礿初冬，太室精禋一念通。传旨外廷休奏事，今朝天子坐斋宫。（三）

延华阁后春归早，百种花名腊日开。为是君王行不到，国官讲殿进盆梅。（四）

中书已奏新除了，押宝还催内阁开。斜插白麻龙篆湿，近臣当殿谢恩来。（六）

高鼻黄髯款塞胡，殿前引贡尽龙驹。仗移天步临轩看，画出韩生试马图。（七）

小时歌舞擅宫廷，长忆先皇酒半醒。白发如今垂两鬓，佛前学得念心经。（十）①

其一，写宫女整日在宫内绣衣以打发时日。其二，写宫女随从皇帝扈从上都。滦都即上都开平（今内蒙古正蓝旗境内）。元代有两都，皇帝每年到上都度夏。三四月起程，八月始归。其三，写皇帝进斋戒之所，为行祭天祀地典礼做准备。其四，写宫中延华阁周边的早春景色。诗后注云："（萧洵）《故宫遗录》记载元大都宫室时说，'宫后为延华阁，规制高爽，与延春阁相望'。"②其六，"新除"，谓新拜官职。言朝廷加封官爵时，臣子千叩万谢的场景；其七，写元朝皇帝接受番邦纳贡的情形。其十，写宫女从小进宫，曾为先皇歌舞，如今已白发染鬓，坐斋念佛，以度余生。

柯氏以"鉴书博士"的身份自由出入宫廷，有机会接触到宫廷生活的方方面面，为其宫词全方位再现元代的宫廷文化提供了有效的保障。无怪乎其好友顾瑛在《草堂雅集》卷1柯九思小传云："其《宫词》尤为得体，以予爱其词，故多书焉，议者以为不在王建下。"③顾氏"尤为得体"的评价，不仅指其词风与王建相类，更指其内容与元廷生活实际相孚。

萨都剌也是元代宫词组诗重要作家。据龚世俊等考证，萨都剌在任翰林国史院应奉文字时，也写过多篇脍炙人口的《宫词》，并因此而知名，遗憾的是

① 杨镰：《全元诗》第36册，中华书局2013年版，第3—4页。

② 同上，第4页。

③ [元]顾瑛辑，杨镰、祁学明等整理：《草堂雅集》上册，中华书局2008年版，第1页。

如今仅存8首了。“当年杨维桢的和萨《宫词》留存十二章都是七绝体,萨诗今存《宫词》七绝、七律体各占半数,但这四首七绝体也许并非原唱诗。”[①]从存留的宫词看,已非昔日面目,但依然可睹其风采。其《四时宫词四首》诗云:

御沟涨暖绿潺潺,风细时闻响佩环。芳草宫门金锁闭,柳花帘幕玉钩闲。梦回绣枕听黄鸟,困倚雕栏看白鹇。落尽海棠天不管,修眉惭恨锁春山。(一)

日长缝就缕金衣,高柳风清拂翠眉。闲倚小楼题画扇,但闻别院笑弹棋。主家恩爱有时尽,贱妾心情无限思。又向晚凉新浴罢,琵琶自拨断肠词。(二)

宫沟水浅不通潮,凉露瑶街湿翠翘。天晚不闻青玉佩,月明偷弄紫云箫。正宫夜半羊车过,别院秋深鹤驾遥。却把闲情望牛女,银河乌鹊早成桥。(三)

悄悄深宫不见人,倚门惟有石麒麟。芙蓉帐冷愁长夜,翡翠帘垂隔小春。天远难通青鸟信,瓦寒欲动白龙鳞。夜深怕有羊车到,自起笼灯照雪尘。(四)[②]

《四时宫词四首》是一组七律诗,主要描写宫女一年四季百无聊赖的生活,在绮丽的宫内景物描摹之中,隐约地表达了宫女的忧思与怨愤。其一,写宫女春睡未起,精神慵懒之状。“修眉惭恨锁春山”,传达了隐隐的怨恨之情。其二,进一步写宫女夏日以绣衣、题画、打发无聊,听到别院的“嬉笑”声,生出对“主家”的怨恨。“主家恩爱有时尽,贱妾心情无限思”,还有什么比恩爱尽绝更令人“断肠”的呢!虽然萨氏的此类宫怨作品以含蓄蕴藉为主,但此首却很直白,与众不同。其三,写秋天夜深人静之际,宫女寂寞难挨,借箫史弄玉、牛郎织女的爱情佳话来排遣内心的孤独与凄凉。其四,写冬夜雪色凝重,宫女永夜难眠,惟有门旁“石麒麟”相伴,充满着绝望。这首《四时宫词》以一年四季为线索,以宫女生活为中心,抒发了嫔妃的失宠之怨,有民歌“四季调”的韵味。瞿佑评萨都剌宫词云:“其诗清新绮丽,自成一家。”[③]精辟地概括了萨氏宫词审美特征,令人信服。

元代后期,出现了“天宝宫词”创作热潮。张昱《唐天宝宫词十五首》、顾瑛《天宝宫词十二首寓感》和马祖常《拟唐宫词十首》《翰林故事莫盛于唐宋聊述

① 龚世俊、皋于厚:《试论萨都剌的宫词与艳情诗》,《宁夏大学学报(人文社会科学版)》2005年第6期。

② 杨镰:《全元诗》第30册,中华书局2013年版,第189—190页。

③ 转引自:[清]顾嗣立《元诗选》,中华书局1987年版,第1258页。

旧拟宫十首》等，堪为代表。正如涂小丽所言“元代社会后期，政治黑暗，赋税和徭役日益加重，土地高度集中，社会经济衰败，农民起义此起彼伏。与此同时，元朝统治者的骄奢侈靡亦愈演愈烈，各级官吏卖官鬻爵，贿赂成风。虽然元中期恢复了科举取士，在一定程度上给知识阶层提供了传统的从政出路，但是文人在短暂的狂热进取之后，得到的却是对现实的更清醒认识。于是一些作家开始绝意仕进，自觉转入市井生活。在这样一种现实背景下，诗人的处世态度、文学观念，以及作品的题材与美学形式都出现一些新的特征，与前、中期明显不同。元代天宝宫词就是在这一乱世中大量产生的”[①]。与元人写元代宫廷生活相比，这些宫词则是元代写的唐代天宝年间的宫词，具有“拟古抒怀”的色彩。

如顾瑛的《天宝宫词十二首寓感》即是这一时代背景下的产物，其诗云：

天宝鸡坊宠贾昌，不教蝴蝶上钗梁。锦棚昼浴天骄子，绛节朝看王大娘。芍药金栏开内苑，蒲萄玉盏酌西凉。月支十万资胭粉，独有三姨素面妆。（一）

五家第宅近天家，侍女都封系臂纱。池上桃开销恨树，合中香进助情花。风回辇道鸾铃远，日射龙颜雉扇斜。韩虢并骑官厩马，醉挽丞相踏堤沙。（二）

莲花池畔署风凉，玉竹回文宝簟光。贪倚画屏巢翡翠，误开金锁放鸳鸯。轻绡披雾夸新浴，堕髻敧云炫晚妆。笑语女牛私语处，长生殿下月中央。（三）

五色卿云护帝城，春风无处不关情。小花静院渝吹笛，淡月闲房背合筝。凤爪擘柑封钿合，龙头泻酒下瑶罂。后宫学做金钱会，香水兰盆浴化生。（四）

龙旗孔盖拥鸾幢，步辇追随幸曲江。鸟道正通天上路，羊车直到竹间窗。桃花柳叶元无恨。燕子莺儿各有双。中贵向人言近事，风流陈里帝先降。（五）

秘阁香残日影移，灯分青玉刻盘螭。琶琵凤结红文木，弦索蚕缫绿水丝。金屋有花频赌酒，玉枰无子不弹棋。传宣趣发明驼使，南海今年进荔支。（六）

近臣谐谑似枚皋，侍宴承恩得锦袍。扇赐方空描蛱蝶，局看双陆赌樱桃。翰林醉进清平调，光禄新呈五色醪。密奏君王好将息，昨朝马上打围劳。（七）

虢国来朝不动尘，障泥一色绣麒麟。朱衣小队高呵道，粉笔新图遍写

① 涂小丽：《元诗中的一朵奇葩——论元代的天宝宫词》，《民族文学研究》2011 年第 3 期。

真。宝雀玉蝉簪翠髻,银鹅金凤踏文茵。一从羯鼓催春后,不信司花别有神。(八)

十三女子擘箜篌,选作梨园第一流。却道荷花真解语,岂知萱草本忘忧。红鸾不照深宫命,翠凤常看破镜羞。舞得太平并万岁,五年谁赐锦缠头。(九)

五王马上打球归,赢得宫花献贵妃。乐起合门边奏少,祸因台寺谏书稀。侍儿随掌皆颁紫,骰子蒙恩亦赐绯。姊妹相从习歌舞,何人能制柘黄衣。(十)

新制霓裳按舞腰,笑他飞燕怕风飘。玉蚕倒卧蟠条脱,金凤斜飞上步摇。云母屏前齐奏乐,沉香火底并吹箫。只因野鹿衔花去,从此君王罢早朝。(十一)

宫衣窄窄小黄门,蹴蹋初开赐缥盆。夜月不窥鹦鹉冢,春风每忆凤皇园。爱收花露消心渴,怕解金珂见爪痕。只有椒房老宫监,白头一一话开元。(十二)①

《全元诗》在组诗后按道:"组诗后,明万历刻本《玉山名胜集》有注:'廉夫评曰:十诗绵联缛丽,消得锦半臂也。'"顾瑛的《天宝宫词十二首寓感》以唐玄宗李隆基与杨贵妃的爱情故事为基础,借古抒怀。"虽然是将前代史书杂录中有关唐天宝年间故事作了较为全面的描绘,但他们这些元末乱世文人更多的是借天宝故事抒发精神上的压抑与即将亡国的无奈与痛楚"②,这正反映了元末乱世文人惶恐不安的心态。元末社会环境的变故,使他们想到了元代兴盛的李杨题材,只是此时他们的感受已大大不同于宋末元初文人。

马祖常的《拟唐宫词十首》,也是反映天宝宫廷生活的组诗,其诗云:

华清水殿绣芙蓉,金鸭香消宝帐重。竹叶羊车来别院,何人空听景阳钟?(一)

银床井冷露湍湍,半臂熏衣钏辟寒。不恨长门冬夜永,小奴休报袜罗单。(二)

长门月转漏声催,自熨寒衣减带围。休怕官家嫌体弱,细腰曾是楚王妃。(三)

合宫舟泛濯龙池,端午争悬百彩丝。新赐承恩脂粉皅,上阳不敢妒娥眉。(四)

---

① 杨镰:《全元诗》第49册,中华书局2013年版,第39—40页。

② 涂小丽:《元诗中的一朵奇葩——论元代的天宝宫词》,《民族文学研究》2011年第3期。

茧馆缫丝湿翠翘，夫人纤指织龙绡。罗襦双佩清晨响，只恐君王有晏朝。（五）

八姨粉翠赐千缗，脂盝新妆百宝匀。白发上阳宫女老，补衣重拆绣麒麟。（六）

卯酒微微解宿酲，催花羯鼓报新声。君王好赐承恩宴，辛苦边头百将营。（七）

露兰研粉寿阳妆，奁内新烧百刻香。圆舌教成鹦鹉语，偷将玉笛送宁王。（八）

银河七夕渡双星，桐树逢秋叶未零。万岁君王当宁立，妾身不愿命如萍。（九）

花气烝霞淑景明，望仙楼上看弹莺。李暮吹笛宫墙外，学得梨园第几声？（十）[①]

马祖常的《拟唐宫词十首》继承了唐以来的宫词多取宫怨题材的传统，在描绘后宫嫔妃日常生活的同时，又着力书写了她们的深闺怨情。其一，写一位在华清宫中绣花的女子，诗人通过“金鸭香消宝帐重”交代了闺中的环境。第三句化用典故，“竹叶羊车”典出《晋书·胡贵嫔传》：“时帝多内宠，平吴之后复纳孙皓宫人数千，自此掖庭殆将万人。而并宠者甚众，帝莫知所适，常乘羊车，恣其所之，至便宴寝。宫人乃取竹叶插户，以盐汁洒地，而引帝车。”[②]史书中所记为晋武帝司马炎，其后宫佳丽近万人，因不知如何选择，常常任羊车自由行进，根据车停止的方位决定宠幸何人。有聪明的宫人在自己住处插竹叶、洒盐水，以吸引羊车的前来。此处马祖常以“竹叶羊车”来暗指嫔妃渴望得到皇帝宠幸的心情，而“何人空听景阳钟”里的一个“空”字，便道出了失宠宫女的空虚与寂寥。其二、其三亦抒写失宠宫妃的哀怨之情。诗人再次化用典故，“长门”为汉时的宫殿名。《汉书·孝武陈皇后传》载：“擅宠骄贵，十余年而无子，闻卫子夫得幸，几死者数焉。上愈怒。后又挟妇人媚道，颇觉。元光五年，上遂穷治之，女子楚服等坐为皇后巫蛊祠祭祝诅，大逆无道，相连及诛者三百余人。楚服枭首于市。使有司赐皇后策曰：‘皇后失序，惑于巫祝，不可以承天命。其上玺绶，罢退居长门宫。’”[③]陈皇后因施行巫蛊之术被打入长门冷宫，据说还曾掷重金托司马相如作《长门赋》抒发怨情，然其真实性尚有待考证，陈氏最终在长门

---

① 杨镰：《全元诗》第 29 册，中华书局 2013 年版，第 396 页。

② [唐]房玄龄等撰，许嘉璐主编：《二十四史全译·晋书》，汉语大词典出版社 2004 年版，第 754 页。

③ [东汉]班固等撰，许嘉璐主编：《二十四史全译·汉书》，汉语大词典出版社 2004 年版，第 1979 页。

宫内郁郁而亡,自此长门宫便成了冷宫的代名词。在这两首诗中,马祖常借“长门”表现深宫嫔妃的失意,“银床井冷露湍湍,半臂熏衣钏辟寒”,“长门月转漏声催,自熨寒衣减带围”,失去了皇帝的宠幸,漫漫冬夜没有尽头,人也渐渐消瘦下来。诗人借景抒情,不止一次使用“冷”“寒”二字,更显意境之凄凉,烘托了宫娥缠绵悱恻的阴翳心情。其四,可谓是一扫阴霾,“合宫舟泛濯龙池,端午争悬百彩丝”,诗人首先描绘端午时节宫中的热闹繁华之景,渲染了环境,其次以“新赐承恩脂粉皑,上阳不敢妒娥眉”表现了帝王对宠妃的厚爱。与前三首中含蓄的借景写怨相比,其九则更加直接:“万岁君王当宁立,妾身不愿命如萍”,抒发了妃子对命运无常的感慨与自怜。而能容得宠、失宠于一诗的是其六:“八姨粉翠赐千缗,脂盝新妆百宝匀。”前两句描写金闺中的宠妃,皇帝派人送来翡翠、妆具等宝物,并御赐铜钱千贯,可谓是集万千宠爱于其一身。“白发上阳宫女老,补衣重拆绣麒麟。”后两句笔锋一转,刻画了冷宫内失宠多年、容颜已老的女子。上阳宫是唐代离宫之一,《乐府诗集》收录元稹《上阳白发人》,题解曰:“天宝五载以后,杨贵妃专宠,后宫人无复进幸矣。六宫有美色者,辄置别所,上阳是其一也。贞元中尚存焉。”①白居易亦作《上阳白发人》:“上阳人,红颜暗老白发新。绿衣监使守宫门,一闭上阳多少春。玄宗末岁初选入,入时十六今六十。”②足见上阳宫女内心的凄凉悲切,对此马祖常也有所感慨,描绘了她们独守空房,补衣刺绣的寂寞生活。通过对得宠与失宠者的并置对比,后宫的乐与悲被同时包容其中,诗歌的表现力和冲击力因而得到增强。

除了这种带有明显情感倾向的宫词外,组诗还以相对客观的笔触描绘宫廷生活的内容:其五写巧手嫔妃从事纺织,其七写君王赐宴慰劳将士,其八写闺中妃子的闲情乐事,其十写宫中的娱乐活动。通过多方面的刻画,诗人将宫廷生活,尤其是后宫宫女的生活比较全面地展现出来。

马祖常另一组反映唐代天宝年间宫廷生活的组诗是《翰林故事莫盛于唐宋聊述旧拟宫十首》云:

禁钟初动趣传宣,衣袖熏香到御前。渐近官门扶下马,内官分引导金莲。(一)

御笔圆封草相麻,龙笺香透拥金花。仪鸾敕设庭前候,赐酒方终更赐茶。(二)

制草涂鸦未敢删,内珰宣引侍龙颜。已分笔格金蟾滴,更赐端溪紫砚山。(三)

① [宋]郭茂倩编:《乐府诗集》,中华书局1979年版,第1349页。

② 同上,第1346页。

春帖分裁阁分多，宫娥争馈缬绡罗。春丝菜饼银盘送，幡胜新题墨旋磨。（四）

文思如泉涌墨林，屏风院吏不须寻。旧时内相诸孙在，犹有当年扫阁金。（五）

入院听宣席未温，赐金已向按头存。清晨上马还家去，内出黄麻付阁门。（六）

清馥香温酒玉脂，祝文已撰报都知。夜来奉旨传丞相，五朵云浓押省咨。（七）

天孙夜度玉潢清，内托银盘涌化生。秋思未多团扇在，拟题宫怨月分明。（八）

盘雕晕锦是冬衣，鸽炭初生酒力微。闻道边臣风雪苦，口宣腊药布皇威。（九）

赞书眷副节楼前，筐篚盈庭邸吏传。深恨胡芦陶学士，受渠犀玉索金钱。（十）[①]

这组诗以唐宋时期翰林学士的活动为描写对象。翰林院始设于唐代，一些擅长文词的官员被选入其中，负责替皇帝起草诏制。“御笔圆封草相麻，龙笺香透拥金花”“制草涂鸦未敢删，内珰宣引侍龙颜”“文思如泉涌墨林，屏风院吏不须寻”“清馥香温酒玉脂，祝文已撰报都知。夜来奉旨传丞相，五朵云浓押省咨”“赞书眷副节楼前，筐篚盈庭邸吏传”，诸多文件，均须由翰林学士起草，他们于皇帝的重要性不言而喻。身居此般要职，丰厚的赏赐自然是源源不断：“仪鸾敕设庭前候，赐酒方终更赐茶”“已分笔格金蟾滴，更赐端溪紫砚山”“春丝菜饼银盘送，幡胜新题墨旋磨”“入院听宣席未温，赐金已向按头存”，赏赐物不仅数量多，品种也很丰富，既有茶、酒、点心等食品，也有笔架、水盂、端砚等文房用具，有时还直接赏赐黄金，由此也侧面反映出翰林院在国家机构中的显要地位以及皇帝对翰林学士的器重。通过这 10 首诗，诗人较完整地展现了翰林学士的日常工作内容，并凸显了其在辅佐君主完成国家事务过程中所不可或缺的作用。这在元末“天宝宫词”热潮中算是较为“另类”的。

马祖常的宫词组诗各首之间虽相对独立，描写内容不尽相同，却又能够彼此连结起来，形成宫廷生活面面观，具有一定的史料价值。在以后宫嫔妃为描写对象时，祖常继承了唐以来宫词的创作传统，将关注点放在她们的情感上。诗人善用典故，借景抒情，着力书写失宠宫妃的深闺怨情，并以对比的手法表现不同人物的不同命运，凸显后宫生活的喜乐无常，具有伦理学意义。

---

① 杨镰：《全元诗》第 29 册，中华书局 2013 年版，第 393—394 页。

元代延祐之后,文人写宫词已成风气,这是世纪之末沉醉醇酒美人的风气使然。杨维桢说:"宫词,诗家之大香奁也,不许村学究语。为本朝宫词者多矣,或拘于用典故,又或拘于用国语,皆损诗体。天历间,予同年萨天锡善为宫词,且素予和什,通和二十章。今存十二章。"(《宫词十二首》序)序中交待了他如何向唐人韩偓学习"香奁体"及与同年兄萨都剌唱和的状况。《宫词十二首》云:

鸡人报晓五门开,卤簿千官泊帝台。天上驾鹅先有信,九重鸾驾上都回。(一)

开国遗音乐府传,白翎飞上十三弦。大金优谏关卿在,伊尹扶汤进剧编。(二)

海内车书混一时,奎章御笔写乌丝。朝来中贵传宣急,南国宫娥拱凤池。(三)

熏风殿阁日初长,南贡新来荔子香。西邸阿环方病齿,金笼分赐雪衣娘。(四)

宫锦裁衣赐圣恩,朝来金榜揭天门。老娥元是南州女,私喜南人擢殿元。(五)

北幸和林幄殿宽,句丽女侍倢伃官。君王自赋昭君曲,敕赐琵琶上马弹。(六)

后土琼仙属内家,扬州从此绝名花。君王题品容谁并,萼绿宫中萼绿华。(七)

十二琼楼浸月华,桐花移影上窗纱。檐前不插盐枝竹,卧听金羊引小车。(八)

金屋秋深露气凉,宫监久不到西厢。丁宁莫窃宁哥笛,鹦姆无情说短长。(九)

露气夜生鳷鹊楼,井梧叶叶已知秋。君王只禁宫中蛊,不禁流红出御沟。(十)

十三宫女善词章,长立君王玉几傍。阿婉有才还有累,宫中鹦鹉啄条桑。(十一)

蛾眉颦处不胜秋,长带芙蓉小苑愁。肯为君王通一笑,羽书烽火误诸侯。(十二)[①]

组诗全面反映元代大都宫廷生活的诸方面。其一,写元帝每岁由上都南回大

① 杨镰:《全元诗》第39册,中华书局2013年版,第89—90页。

都，例经西路，所谓“东出而西还”也。诗后有注：“每岁此禽见驾往返。”“驾鹅”，候鸟也。中国古代帝王出行时的仪仗，称为“卤簿”。“鸡人”指宫廷中专管更漏之人。其二，写的是元代皇宫中上演关汉卿的杂剧之事。是今天所知的元代宫廷演出杂剧的唯一的直接资料。杨维桢《白翎鹊辞二章》其一云：“白翎雀，西极来，金为冠，玉为衣。百鸟见之不敢飞，雄狐猛虎愁神机。先帝亲自鞲，重尔西方奇。”[①]其三，写奎章阁活动及后南国宫女生活场景。奎章阁乃元文宗所设之学术机关，终文宗一朝，奎章阁学士圣眷极隆。“南国宫娥拱凤池”：指江南女子曰拱凤池，或指顺帝妃子程一宁，即能诗之才女也。黄溍跋曰：“此章借用上官昭容事，美中寓刺。”其四，描述杨贵妃过量食用荔枝造成齿疾，讽刺后宫生活的荒淫腐朽。据《唐国史补》卷上载：“杨贵妃生于蜀，好食荔枝。南海所生，尤胜蜀者，故每岁飞驰以进，然方暑而熟，经宿则败，后人皆不知之。”[②]其五，从一个老宫女的角度写京都科举考试放榜场景，表达出对朝廷民族歧视政策的不满。元代的科举考试，至元仁宗延祐二年(1315)才第一次举行，其制将蒙古色目人分为一科，左榜公布；汉人南人另分一科，右榜公布。朝中的大官除少数例外，一向都是蒙古人与色目人包办。其六，写皇帝御幸和林，自度昭君出塞曲，来自高丽的女侍倢伃周旋左右，弹琵琶以助兴的场面。和林：蒙古窝阔台汗所建都城。元朝皇帝巡狩的是上都开平，不到和林。诗中所说实误。句丽：指高句骊，朝鲜古名。元季宫廷中高丽女子充斥，因高丽女子为贡品也。其七，讽刺君王一意孤行，贪得无厌。《齐东野语》记：“扬州后土祠琼花，天下无二本。绝类聚八仙。色微黄而有香。仁宗庆历中，尝分植禁苑，明年辄枯。遂复载还祠中，敷荣如故。淳熙中，寿王亦尝移植南内，愈年，憔悴无花，乃送还之。”[③]其八，写上京夜晚宁静，月色如洗，时不时有金羊引车的声音传过来。“竹枝”“金羊”之典出自《晋书》，是君王临幸妃子之意。其九，记唐明皇兄宁王与才人之事。此诗讽刺宫中私情。《酉阳杂俎》前集卷十三“宁王”条载：“时上方求极色，王以莫氏衣冠子女，即日表上之，具其所由。上令充才人。”[④]其十，唐代已有“红叶题诗”故事，唐人贾全虚于水中得题诗之红叶，遂成相思，终至与题诗宫人得成眷属的故事。诗写宫女寂寞的生活。其十一，借用唐代上官昭容事，美中寓刺，直指当代。按《元氏掖庭记》则程一宁后

---

① 杨镰：《全元诗》第39册，中华书局2013年版，第63页。

② ［唐］李肇等撰：《唐国史补》卷上，上海古籍出版社1957年版，第19页。

③ ［宋］周密撰，张茂鹏点校：《齐东野语》卷17，中华书局1983年版，第231—232页。

④ ［唐］段成式撰，许逸民注评：《酉阳杂俎》前集卷13，学苑出版社2001年版，第158—159页。

为"七贵"之一，擅长弄权，其情形颇类当年的上官昭容[①]。其十二，诗借用周幽王与褒姒"燃烽戏诸侯"的典故讽刺统治者的荒淫生活，斥责统治者的误国行为。

相对此前的宫词，杨氏的《宫词十二首》虽标"香奁体"，但实际内容却远超"香艳"的范围而涉及更广阔的元代宫廷生活。尽管杨维桢批评萨都剌的宫词"拘于用典故"，其宫词依然大量运用了天宝故事和其他典故。在诗歌的韵味上，相比萨都剌的清丽含蓄，杨维桢的诗显得逊色一些。对于女子情态的描写更可见出他们不同的审美趣味。这也预示着元代宫词的发展由高雅向世俗的转变。

元代宫词在继承唐宋时期宫词传统的基础上，出现了一些新的特征：

首先，题材的范围进一步扩大。宫词本是以描写宫廷生活，特别是宫中女子生活为主的诗歌，是闺怨诗的渊薮。元代宫词中不乏描写宫中女子哀怨盼帝王临幸的作品，如迺贤《宫词八首》首首抒发女子的孤独哀怨之情、萨都剌《四时宫词四首》也是描写宫人的情愫；亦有描写宫中生活的传统宫词，如杨维桢《宫词十二首》描写的是宫中生活，其中不免掺杂女子凄清寂寞的情怀。受当时的政治制度、民族性格的影响，不少宫词中透露出豪爽和洒脱，还出现了许多边塞风物，如张昱的《辇下曲》，这是此前宫词从未有的现象。总之，元代宫词的题材范围较前代有了大的拓展，其记事功能增强了。

其次，宫词中"自注"的现象极为普遍。唐宋宫词大多没有自注，只偶尔于一、二诗下作简单解释，且一般只是解释典故。为每首诗作"自注"，已成为宫词的一部分，这种情况是从元代开始的。如柯九思《宫词十五首》中每首均有较详细的注释，"万国贡珍罗玉陛，九宾传赞捧珠帘。大明前殿筵初秩，勋贵先陈祖训严。"(其一)作者注云："凡大宴，世臣掌金匮之书者，必陈祖宗大札撒(札撒：蒙语音译，义为法令)，以为训。""黑河万里连沙漠，世祖深思创业难。数尺阑干护春草，丹墀留与子孙看。"(其二)作者注云："世祖建大内，命移沙漠莎草于丹墀，示子孙毋忘草地也。""亲王上玺宴西宫，圣祚中兴庆会同。争卷珠帘齐仰望，瑞云捧日御天中。"(其三)自注云："天历元年十二月二十七日，笃怜帖木儿怯薛。(怯薛：蒙语音译，轮流在宫廷值宿守卫之意。分四组，每组由一名贵族带领，称为怯薛长，世代相袭。文中笃怜帖木儿是怯薛长的名字)第二日，宝房内对，速古儿赤明里董阿、平章月鲁不花、右丞大都赤、哈剌八儿尚书等有来。典瑞院官吉宝儿、同佥荅失蛮、经历柯都事奏：'十月二十三日，上都送宝来的时分，兴圣殿御宴其间，有五色祥云捧日。当殿本院官院判郑立、经历张符、都事柯九思等与众于殿前一同仰观，郁郁纷纷，非雾非烟，委系卿云

① [元]陶宗仪:《元氏掖庭记》,《丛书集成初编》本,中华书局1991年版。

现。似这般祥瑞应时呵，如今与省家文书，行移国史院，标写入史呵，怎生？'奉圣旨：'您每行文书者。'"[①]凡此等等，不一而足。

再次，是用"小序"形式对宫词的创作背景作了说明。如张昱《宫中词二十一首》序云："宫中词，唯唐陕西司马王建一百首为得体，盖从内臣出入宫闼，所赋俱实见其事。厥后蜀主花蕊夫人效其体，赋诗一百首，亦其身亲见之。宋王安国校官书见其本，序而置之内阁。元初，奉天杨奂录宋宫人语五言诗十八首，颇得其情，足次二家后。大抵宫中词论富有天下，贵为天子，不可以文章工拙称。必非想象，必亲见，皆非闾巷之士可拟而赋者。后学庐陵张昱光弼志。"[②]再如其《辇下曲一百二首》序云："昱备员宣政院判官，以僧省事简，搜索旧文稿于囊中。曩在京师时有所闻见，辄赋诗，有《宫中词》《塞上谣》共若干首，合而目之曰《辇下曲》。其据事直书，辞句鄙近，虽不足以上继风雅，然一代之典礼存焉。"[③]杨维桢《宫词十二首》序云："宫辞，诗家之大香奁也，不许村学究语。为本朝宫辞者多矣，或拘于用典故，又或拘于用国语，皆损诗体。天历间，余同年萨天锡善于宫辞，且索余和什。通和二十章，今存十二章。"[④]这些小序或交待了宫词的创作背景，或揭示了宫词组诗的内容，或提示了宫词作者的创作方式，为读者的阅读提供了非常方便的切入口。

最后，用宫词相唱和，切磋诗艺，成为文人间交流感情的重要渠道，增强了宫词创作的"竞技性"。如杨维桢和萨都剌、迺贤次韵偰公远等唱和即发生在此种情形之下。"天历间，余同年萨天锡善于宫辞，且索余和什。通和二十章，今存十二章。"（杨维桢《宫词十二首》注）可惜萨天锡的《宫词二十首》今已不传。迺贤《宫词八首》，其题下注云："次偰公远正字韵。"可知有偰公远曾作宫词，但今亦不传。此外，顾瑛、柯九思、张昱、许有壬、迺贤、贡师泰、钱惟善集中也都各有和诗，多少不一。总而言之，元代是宫词的转型期，尤其是自注与唱和，在明、清二代均愈演愈烈，蔚然成风。

第二节　张昱《辇下曲》对宫廷文化的演绎

元代社会后期，人人争相创作"天宝宫词"，形成热潮。这与元代后期的社会现实紧密相连，人们借古讽今，表达了改变现实的强烈愿望。张昱的《唐天

① [元]顾瑛辑，杨镰等整理：《草堂雅集》上册，中华书局2008年版，第1—2页。
② 杨镰：《全元诗》第44册，中华书局2013年版，第55页。
③ 同上，第48页。
④ 杨镰：《全元诗》第39册，中华书局2013年版，第89页。

宝宫词十五首》,是天宝宫词创作中占有举足轻重地位的作品。其诗云:

寿王妃子在青春,赐与黄冠号太真。不是白头高力士,翠华那得远蒙尘?(一)

彻夜宫中按羽衣,明朝册拜太真妃。凤凰园里承恩后,从此君王出内稀。(二)

兴庆池头芍药开,贵妃步辇看花来。可怜三首清平调,不博西凉酒一杯。(三)

清源小殿合凉州,羯鼓琵琶响未休。为是阿瞒供乐籍,八姨多费锦缠头。(四)

蓬莱前殿摘黄柑,一色金盘赐内官。拣得枝头合欢实,画图传与大家看。(五)

玉笛当年是赐谁?可教妃子得偷吹。还家剪下青丝发,持谢君王意可知。(六)

天子楼前百戏陈,大娘竿舞最惊人。贵妃独赏刘郎咏,牙笏罗袍色色新。(七)

舁上儿绷满翠容,黄裙高髻一丛丛。君王入内闻欢笑,赐与金钱满六宫。(八)

四海承平倦万机,只将彩戏悦真妃。不平最是弹双六,骰子公然得赐绯。(九)

小部梨园出教坊,曲名新赐荔枝香。霓裳按舞长生殿,击碎梧桐夜未央。(十)

共指双星出殿迟,并肩私语有谁知?君王未出长安日,肯信人间有别离?(十一)

香囊遗下佛堂阶,不使君王不怆怀。想着当年雪衣女,羽衣犹得苑中埋。(十二)

勤政楼中夜正长,上皇西望转凄凉。侍儿惟有红桃在,一曲凉州泪万行。(十三)

龙女殿勤道姓名,凌波池上乞新声。周公不入君王梦,谁与苍生致太平?(十四)

天宝年间宠贾昌,黄衫年少满鸡坊。绛冠斗罢罗缠项,又得君王笑一场。(十五)①

---

① 杨镰:《全元诗》第44册,中华书局2013年版,第46页。

这组以唐代天宝年间历史事件为素材的宫词，内容与前者所写大同小异。第一、二两首，写了杨贵妃从寿王妃变成尼姑太真，又由太真身份受宠变为皇上妃子的过程。“凤凰园里承恩后，从此君王出内稀”，言唐玄宗自得到贵妃后，便“六宫粉黛无颜色”，一心只与贵妃玩乐，再不宠幸其他妃子。其三，写的是李白奉旨为贵妃写三首清平调的故事。而李白却因此得罪佞臣，虽空有一身才华，却得不到皇帝重用，无法施展。第四、五两首，写杨贵妃在宫廷中歌舞升平的生活。其六，写唐玄宗宠信其他妃子，杨贵妃因妒便回了娘家。贵妃走后，玄宗思念不已。高力士将玄宗的想念告诉杨贵妃，贵妃听后剪下一缕青丝让他转赠玄宗表示自己的思念，玄宗见后将其迎回宫中二人重修旧好。其七，写贵妃陪玄宗在天子楼前观看“百戏”情境。其八，写六宫粉黛，姹紫嫣红，玄宗逍遥自在的荒淫生活。其九，写承平之际，闲极无聊，玄宗以“彩戏”博取贵妃欢心。其十，写玄宗与贵妃一道在长生殿观赏梨园弟子奏乐起舞情景。其十一，写杨贵妃与唐玄宗在长生殿上共指双星、并肩私语的情景，字里行间透漏出绵绵的情谊。“君王未出长安日，肯信人间有别离?”人总是无法预知后事，因此二人此时并无法知晓日后分离的惨状。第十二、十三、十四三首诗则是写了杨贵妃死后，唐玄宗独自思念故人的悲伤之情。看着往日一起游乐居住过的宫殿，眼前仿佛还有杨贵妃在面前着羽衣跳霓裳的婀娜姿态。然而昔人已不在，只留君王“一曲凉州泪万行”独自凄凉。其十五，描述了唐代斗鸡之风气，反映唐玄宗时代的史实。贾昌在七岁因为善于驯养斗鸡，得到了玄宗的宠信，升任五百小儿长。人称之“神鸡童”，时谚“生儿不用识文字，斗鸡走马胜读书”。组诗以“又得君王笑一场”收结，极具讽刺意味。

张昱罗列开元天宝遗事，并非为了追忆开元天宝的奇闻轶事，而是着眼于“谁与苍生致太平”的创作思想。诗中虽然看似描写杨贵妃与唐明皇的真挚爱情，却句句直指唐玄宗因为对杨贵妃的宠爱，沉溺于后宫美色，不理朝政，导致朝中奸佞横行，政治腐坏，最终爆发“安史之乱”。历史往事，娓娓道来，不便议论朝政，却把对人物的评价寓于叙事之中，咏古讽今。“谁与苍生致太平?”也因此成为元末文人与中晚唐文人跨时代的共同诉求。

钟情于唐天宝时期的历史，是张昱的忧国忧民之心与当时社会的腐败相抵触的结果。《四库全书总目》载：“昱字光弼，自号一笑居士，庐陵人。……其诗才气纵逸，往往随笔酬答，或不免于颓唐。然如《五王行春图》《歌风台》诸作，皆苍莽雄肆，有沉郁悲凉之概。《天宝宫词》《辇下曲》《宫中词》诸作，不独咏古之工，且足备史乘所未载。”[①]张昱为何关注唐代天宝时期的历史，其《感事

---

① ［清］永瑢、纪昀等：《四库全书总目》卷168，中华书局1965年版，第1463页。

二首》可以帮助揭示谜底,诗云:

雨过湖楼作晚寒,此心时暂酒边宽。杞人惟恐青天坠,精卫难期碧海干。鸿雁信从天上过,山河影在月中看。洛阳桥上闻鹃处,谁识当时独倚栏?(一)

老至反遭世虑牵,何曾一觉得安眠?家乡尚远浔阳郡,世事犹如天宝年。朝报唯瞻辽海上,羽书不断省门前。长星正在天西北,白水寒沙尽可怜。(二)①

元顺帝至正十六年(1356),江浙行省左丞相杨完者从张士诚手中夺得杭州,聘张昱入幕,官右司员外郎。十八年,张士诚重陷杭州,杨完者被杀,张昱从此不仕,流寓城中。诗歌作于此时,抒发了作者对世事的感慨。第一首写天下大乱,诗人无力回天,忧国忧民之情只能借助酒精宽慰。第二首以"世事犹如天宝年"作比,言诗人晚年遭遇世事变迁,忧心忡忡,未得一夜安眠。"此心"既含有对国事的担忧和无可奈何之情,又有无家可归的感慨和有国难投的悲凉之感,还含有心事无人理解的寂寞怅惘之情。组诗借古讽今,警醒世人,呼唤"谁与苍生致太平"的时代主旋律。

张昱的《辇下曲一百二首》,以"百科全书"式的容量再现了元代的宫廷生活,为我们留下了元代宫廷生活的珍贵史料。《辇下曲》序云:"昱备员宣政院判官,以僧省事简,搜索旧文稿于囊中。曩在京师时,有所闻见,辄赋诗。有《宫中词》《塞上谣》共若干首,合而目之曰《辇下曲》。其据事直书,辞句鄙近,虽不足以上继风雅,然一代之典礼存焉。"②张昱认为,宫词虽"辞句鄙近",但内容可存"一代之典礼"。杨维桢在评李庸的《宫词》序中进一步指出:"宫掖之事,岂外人所能道哉,建虽有春坊才,非其老珰宗氏出入禁闼、知史氏之所不知,则亦不能颛美于是。"③可见杨维桢还要求宫词描写的真实可靠,与记史的功能相同。杨镰在《元诗史》中说:"张昱的《辇下曲》《宫中词》《塞上谣》是他最知名的作品,人们往往以这为他的招牌。"④由于《辇下曲》的"据实直书",具有了文学和史学的双重价值,深受历代研究者的关注。

一、记录大殿朝会活动

在中国古代的风俗中,节令风俗是一个重要的组成部分。在所有节日中,

① 杨镰:《全元诗》第44册,中华书局2013年版,第121页。

② 同上,第48—54页。下文所引同此,不再标出处。

③ [元]杨维桢:《东维子文集》卷11,《四部丛刊初编》本,商务印书馆1929年影印版。

④ 杨镰:《元诗史》,人民文学出版社2003年版,第571页。

最重要的当属元日，又被称为正旦或是元旦，即现在的春节。古人认为，这一天是一年之始，一季之始，一月之始，故而又被称为“三元”或是“三朔”。《元史》志第十八《礼乐一》载：“元之有国，肇兴朔漠，朝会燕飨之礼，多从本俗。太祖元年，大会诸侯王于阿难河，即皇帝位，始建九游白旗。世祖至元八年，命刘秉忠、许衡始制朝仪。自是，皇帝即位、元正、天寿节，及诸王、外国来朝，册立皇后、皇太子，群臣上尊号，进太皇太后、皇太后册宝，暨郊庙礼成、群臣朝贺，皆如朝会之仪。而大飨宗亲、赐宴大臣，犹用本俗之礼为多。”[①]虽然，元朝礼仪中既有“华仪”，也有“本俗”，但制礼作乐“其为用，足以植纲常而厚风俗”[②]。苏天爵《经典经大典序录·朝会》载：“国朝凡大朝会，后妃宗王亲戚大臣，将帅百执事，及四方朝附者咸在。朝会之信，执礼之恭，诰教之严，词令之美，车马服用之别，牲斋歌乐之辨，宽而有制，和而有容，贵有所尚，贱无不逮，固已极盛大于当时矣。”[③]明清时期，这种大朝会的习俗一直沿袭下来。诗人张昱作诗数首，以形容大朝会的壮观场面。其一、二、五、六、七、八，诗云：

黄金大殿万斯年，十二丹楹日月边。伞盖葳蕤当御榻，珠光照耀九重天。（一）

五垓千陛立朝廷，槛首铜雕一丈翎。不待来仪威凤至，日闻韶濩在青冥。（二）

东楼绯服唱鸡人，击到朱鼙第几声？楠寐奉常先告备，驾行三叩紫鞘鸣。（五）

至元典礼当朝会，宗戚前将祖训开。圣子神孙千万世，俾知大业此中来。（六）

二九行分正从班，尽将牙笏注名单。簟铺兽镇丹墀内，鹄立千官绕画阑。（七）

国戚来朝总盛容，左班翘鹖右王封。功臣带砺河山誓，万岁千秋乐未终。（八）[④]

前二诗描述黄金大殿、十二丹楹、九重天等，目的是突显大殿的宏伟壮观与装饰的华丽奢侈。后四首诗中生动形象地描写了百官朝会的景象。其一描绘了百官黎明时等候上殿朝会的景象。其二指凡朝会或大宴之时，掌管金匮之书的大臣必成列祖列宗的大法令朗诵以告诫宗族子孙不要忘记先祖创业的艰

① ［明］宋濂等：《元史》卷67《礼乐一》，中华书局1976年版，第1664页。
② 同上，第1663页。
③ ［元］苏天爵：《经世大典序录》，《元文类》卷41，商务印书馆1958年版，第546页。
④ 杨镰：《全元诗》第44册，中华书局2013年版，第48—54页。下文未标出处者同此。

难。其五,“唱鸡人”指在殿外负责报时的司晨郎。此人立于左楼上等候北面鸡鸣而报时,故有“鸡人”或“唱鸡人”之称。其六、七写满朝文武大臣,按部就班,排立整齐,准备与会。其八写天子对朝会王公贵族、国戚要人均要赐予财物。诗人通过相关场景的描写,向我们展示了大元朝大殿朝会的盛世景象。

元朝建立后,每当新皇帝即位、元旦、天寿节等重大节日,都要举行朝会,王公大臣们都要前来参加。至元元年(1335)二月,忽必烈“诏诸路总管史权等二十三人赴上都大朝会”(《世祖纪》)①。每次举行朝会都有卫宿军护卫,“命大都侍卫军内,复起一万人赴上都,以备围宿”(《兵志·宿卫》)②。每次朝会,元朝政府要支出巨大的经费,其中耗费最大的是对朝会者的赐予。“癸卯,诸王朝会赐与:太祖位,金千两,银七万五千两;世祖位,金各五百两,银二万五千两,余各有差。”(《成宗纪》)③元代朝会礼节繁缛,在上都的政治生活中地位极高。

二、反映宫廷宴飨盛况

元朝皇帝每年巡幸上都,都要举行宴飨(称作“质孙宴”,俗呼“诈马宴”)招待贵族将领和近侍。史称“国有朝会庆典,宗王大臣来朝,岁时行幸,皆有宴飨之礼。亲疏定位,贵贱殊列,其礼乐之盛,恩泽之普,法令之严,有以见祖宗之意深远矣。与宴之服,衣冠同制,谓之质孙,必上赐而后服焉”(《经世大典序录·宴享》)④。出席此种盛宴时,嘉宾皆穿着皇帝赏赐之贵重服装,并依照贵贱亲疏之次序就位。其九云:

> 静瓜约闹殿西东,颁宴宗王礼数隆。酋长巡觞宣上旨,尽教满饮大金钟。

诗写元帝赐宴,有“酋长”传达皇上劝酒的旨意。“大金钟”即是指盛酒的金质高脚杯。“静瓜”即是现在的金瓜。“酋长巡觞宣上旨”是说御前小官宣布皇上劝酒的旨意,烘托了宴会上宾主和乐的氛围。“酋长”应为“直长”笔误。“直长”为赐饮赐宴时宣达皇帝旨意的小官。据《元史》卷87志第三十七《百官三》载:“尚食局,秩正五品。掌供御膳,及出纳油面酥蜜诸物。至元二年置提点,领进纳百色生料。二十年,省并尚药局为尚食局,别置生料库。本局定置提点

① [明]宋濂等:《元史》卷5《世祖二》,中华书局1976年版,第96页。
② [明]宋濂等:《元史》卷99《兵二》,中华书局1976年版,第2532页。
③ [明]宋濂等:《元史》卷19《成宗二》,中华书局1976年版,第407—408页。
④ [元]苏天爵:《经世大典序录》,《元文类》卷41,商务印书馆1958年版,第546页。

一员，从五品；大使一员，正六品；副使二员，正七品；直长一员，正八品。”[①]尚食局直长之设始于隋唐，该局掌供御膳等事，品秩很低，金国尚食局也有正八品直长一员，金元同制。张昱诗中的“酋长”极有可能是“直长”之误。

又其十、十六，诗云：

万方表马贺生辰，班首师臣与相臣。喝赞礼行天乐动，九重宫阙一时新。（十）

黄金酒海赢千石，龙杓梯声给大筵。殿上千官多取醉，君臣胥乐太平年。（十六）

前者描述各方朝臣百官从各地来朝庆贺皇帝生辰。“万方”形容朝臣来自各处。古时帝王、后妃生辰等与岁时节令、宗教节令具有同等重要的地位。百官尤其是附庸国的朝贺更显得尤为重要。有研究者指出，“帝王生辰与岁时节令、宗教节令的不同之处，一是其时间上的不固定性，因为每个帝王的生日是不同的；二是其带有十分明显的政治色彩”[②]。后者描写大朝会之后，帝王设大宴会与百官同庆的情景。“酒赢千石”“千官皆醉”显示元代人嗜酒的习惯，也展示了普天同庆的喜庆祥和。

其十四、三十二云：

只孙官样青红锦，裹肚圆文宝相珠。羽仗执金班控鹤，千人鱼贯振嵩呼。（十四）

祖宗诈马宴滦都，挏酒哼哼载憨车。向晚大安高阁上，红竿雉帚扫珍珠。（三十二）

这两首诗皆言上都质孙宴盛况。从宴飨礼俗的繁琐到餐具礼器的精美以及歌舞娱乐的活动，宴飨时的气派可见一斑。每岁“乘舆北幸上京，岁以六月吉日，命宿卫大臣及近侍服所赐只孙珠翠金宝衣冠腰带，盛饰名马，清晨自城外各持彩仗，列队驰入禁中。于是上盛服御殿临观，乃大张宴为乐。惟宗王、戚里、宿卫大臣前列行酒，余各以所职叙坐合饮。诸坊奏大乐，陈百戏，如是者凡三日而罢”[③]。元制，凡诸侯王及外番来朝，必赐宴以见之，国语谓之质孙宴。元主每年巡幸上都，虽云避暑，实系对蒙古诸王公的控制，故赐宴游乐，以示宠爱。

元宫大宴之典谟，约言之有五：一是与宴者必着质孙衣，戴质孙帽。自尊

---

① [明]宋濂等：《元史》卷87《百官三》，中华书局1976年版，第2203页。

② 王岗：《元明〈宫词〉与清〈竹枝词〉中北京节令风俗考略》，《北京社会科学》2006年第6期。

③ [元]周伯琦：《诈马宴》序，《近光集》，《四库全书》本，武汉大学出版社2004年版。

至卑都是同样的颜色,虽然精粗形制有等级之别,但总称为“质孙”,意为“颜色”。叶子奇《草木子》卷三载:“北方有诈马筵席最具筵之盛也,诸王公贵戚子弟,竞以衣马华侈相高。”①二是宴会初开,必命重臣宣读太祖、世祖之札撒。此札撒一节与基督徒餐前祈祷相类。三是出奇兽珍禽。杨允孚《滦京杂咏》云:“锦衣行处狻猊习,诈马筵开虎豹良。特敕云和罢弦管,君王有意听尧纲。”注云:“诈马筵开,盛陈奇兽,宴享既具,必一二大臣称成吉思皇帝札撒,然后礼有文,饮有节矣。”四是陈列贡品。名藩来朝,其人为一国元首,只孙宴者,来者必有贡献,去时必得赏赐,其舶来之物,必有中土少见者,列于金銮殿厩上,以展览之。此柯九思《宫词》中“万国贡珍陈玉陛”所咏是也。五是列优伶。每大宴,必列优伶,优伶中有百戏在焉,有管弦队,有善歌者,有善舞者,不时演出。杨允孚《滦京杂咏》诗注:“仪凤司,天下乐工隶焉。每宴,教坊美女必花冠锦绣,以备供奉。”②

蒙古统治者重视宴会,其主要目的“在于显示自己对部属的恩惠,加强统治集团内部的凝聚力,在一定意义上也是过去存在的军事民主主义遗留下来的痕迹,但其性质已大不相同”③。

三、记录大驾巡幸盛况

苏天爵《经典经大典序录·行幸》载:“皇朝建国之初,四征不庭,靡暇安处。世祖皇帝,定两都以受朝贡,备万乘以息勤劳,次舍有恒处,车庐有恒治,春秋有恒时,游畋有度,燕享有节,有司以时供具,而法寓焉。”④蒙古自忽必烈建立两都以统治大漠及中原,每岁皆往来两都之间巡幸,通常于二三月出发,八九月回还。每当皇帝巡幸上都,都有大量官员扈从。⑤

于敏中《日下旧闻考》卷四载:“元世祖定大兴府为大都,开平府为上都。每年四月,迤北草青,则驾幸上都以避暑,颁赐于其宗戚,马亦就水草。八月,草将枯,则驾回大都。自后宫里岁以为常。车驾虽每岁往来于两都间,他无巡狩之事,山岳河海,惟遣使致祭,别无封禅繁缛之礼也。”⑥车驾驻跸,赐近臣马奶子宴。成吉思汗时设大斡耳朵(斡耳朵为宫帐)及第二、第三、第四斡耳朵,

---

① [元]叶子奇:《草木子》卷3下,中华书局1959年版,第68页。

② 杨镰:《全元诗》第60册,中华书局2013年版,第405页。

③ 陈高华、史卫民:《元代大都上都研究》,中国人民大学出版社2010年版,第227页。

④ [元]苏天爵:《经世大典序录》,《元文类》卷41,商务印书馆1958年版,第546页。

⑤ 黄溍《上都御史台殿中司题名记》载:“天予时巡上京,则宰执大臣下至百司庶府,各以其职分官扈从。国朝旧典也。”危素《殿中司题名记》载:“皇帝清暑上都,臣僚分次扈从。”

⑥ [清]于敏中等撰:《日下旧闻考》卷4《世纪》,北京古籍出版社2001年版,第61页。

分别由正妻孛儿帖、次妻忽兰也遂及妹也速管领。其余妃妾属四斡耳朵。大汗财富由四斡耳朵分管继承。忽必烈于大都建立宫殿，仍保留斡耳朵旧制。各斡耳朵均有封邑，并设专门机构管理所属户口、钱粮、营建。其二十九云：

当年大驾幸滦京，象背前驮幄殿行。国老手炉先引导，白头联骑出都城。

描述皇帝巡行时乘坐象轿，时称"象辇"，每只大象都有一个引导人。"象辇"，最先来自云南，以后缅甸、占城、交趾、真腊及金齿、大小车里等处不断进贡驯象。象辇这种御用交通工具，给当时人留下了深刻的印象。虽然曾发生踩伤从者事件，但元代皇帝始终没有放弃这种工具。至于皇后、太子、诸王和随行大臣，大多乘马车和牛车，有时骑马。

其三十五、三十六云：

驼装序入日精门，铜鼓牙旗作队喧。一听巡阶铃钹振，满宫俱喜出迎恩。（三十五）

月华门里西角屋，六纛幽藏神所居。大驾起行先戒路，鼓钲次第出储胥。（三十六）

前者描述巡行时随行的驼队，用来驾车或驼装金银，锦缎，珠宝，以备赏赐之用。在巡幸队伍最前面的是皂纛、驼鼓和马鼓。皂纛即黑旗，蒙古语称为"如秃"，"凡行幸，则先驱建纛，夹以马鼓，居则置纛于月华门西之隅室。"[①]驼鼓用双峰骆驼，前峰树黑旗，后峰绑铜鼓。先鸣鼓于驼，以威振远迩。《元史·舆服志仪仗》条："驼鼓，设金装铰具，花罽鞍褥橐篋，前峰树皂纛，或施采旗，后峰树小旗，络脑，当胸……一人乘之，系以毛绳。凡行幸，先鸣鼓于驼，以威振远迩，亦以试桥梁伏水而次象焉。"[②]按元帝北巡，往来所乘皆象舆。驼鼓为象舆之前驱，两者为元诗人之话题，每并咏之。后者再现了皇帝巡幸上都，由扈从军队、随从组成的仪仗队浩浩荡荡前进的场景。扈从皇帝的军队，除一部分始终不离左右担任警卫外，更多的人则充当驻防军和围宿军。在皇帝经行的道路上预先要布置军队守卫，以防不测。《元史》卷34《文宗三》载："每岁大驾幸上都，发各卫军士千五百人扈从，又发诸卫汉军万五千人驻山后，蒙古军三千人驻官山，以守关梁。"[③]官山是蒙古卫军的驻夏地，有时驻军可达万人。

皇帝巡幸时有怯薛守卫。《元史》中这样记载各种不同属类的怯薛："夫属栉鞬，列宫禁，宿卫之事也，而其用非一端。用之于大朝会，则谓之围宿军；用

① ［明］宋濂等：《元史》卷79《志第二十九·舆服二》，中华书局1976年版，第1957页。
② 同上，第1974页。
③ ［明］宋濂等：《元史》卷34，中华书局1976年版，第768页。

之于大祭祀，则谓之仪仗军；车驾巡幸用之，则曰扈从军；守护天子之帑藏，则曰看守军；或夜以之警非常，则为巡逻军；或岁漕至京师用之以弹压，则为镇遏军。今总之为宿卫，而以余者附见焉。”①《辇下曲》其四十一、七十二、九十一，对怯薛的职责多有陈述，其诗云：

鸡人唱罢内门开，千骑前头丞相来。卫士金瓜双引导，百司拥醉早朝回。（四十一）

圆殿仪天十六楹，向前黄道不教行。帐房左右悬弓角，尽是君王宿卫兵。（七十二）

红城万户拱皇居，宿卫亲兵饱有余。苑鹿与人分食惯，朝朝群聚候麋车。（九十一）

前首手持“金瓜”者即怯薛。金瓜既是一种武器，又是一种礼器，象征威严与力量。诗中“鸡人唱罢内门开”，怯薛负责早朝的仪仗活动。主要职责就是宫廷大典上的各种仪式仪仗，站在大臣上朝路上两旁，象征皇家威严。中间一首中的“宿卫兵”指怯薛守卫。皇帝北上巡游，居住在斡尔朵也就是蒙古大帐之中，怯薛守卫在大帐左右。末首的“宿卫”同样指怯薛。作为近侍的怯薛，是皇帝最亲密的人，往往在宫廷中拥有很高的地位。又因为蒙古族的民族习惯，元代皇帝多厚赏，甚至滥赏，故而近侍们经常会得到皇帝的赏赐。

其三十四、三十五、三十七云：

千门万户严扃钥，留守司官莫自闲。仰候秋风驼被等，郊迎大驾向南还。（三十四）

驼装序入日精门，铜鼓牙旗作队喧。一听巡增铃钹振，满宫俱喜出迎恩。（三十五）

华缨孔帽诸番队，前导伶官戏竹高。白伞葳蕤避驼道，帝师辇下进葡萄。（三十七）

前二首写的是皇帝结束上都之行返回大都，受到大臣们的迎接的场面。整个皇城铜鼓响起，热闹非凡，场面无比盛大。“仰候秋风驼被等，郊迎大驾向南还”一句暗写皇帝巡幸上都，往来都有比较固定的迎送仪式。皇帝返至怀来纳钵时，大都留守的部分官员至此地备果酒远迎，开宴庆贺。随着巡幸队伍南还，至龙虎台纳钵，官员到此迎接皇帝、三宫的太子。行至大口纳，皇帝在大口纳过夜，第二天清早与太子和正后由厚载门入宫城。其他皇后嫔妃等宫车次第入城，于凤池坟南从西面入西宫。《析津志辑佚·风俗》载：“九月车驾还都，

① ［明］宋濂等：《元史》卷99《兵志二》，中华书局1976年版，第2523页。

初无定制。或在重九节前，或在节后，或在八月。驾至大内下马，大茶饭者浃旬。……十月，皇城东华门外，朝廷命武官开射圃，常年国典。车驾于某日起，省院台官大聚会于健德门城上，分东西两班，至丽正门聚会，设大茶饭。谓之巡城会。自此后，则刻日计程迎驾。”[①]后一首描述西域番僧随皇帝出巡的盛况。既有帝师辇下前进葡萄美酒，又有伶官在前引导、踩高跷献艺。

四、颂赞元代英豪

每个朝代都有各自的风云人物，诗人纷纷写诗记载他们的英雄事迹或风采。张昱在《辇下曲》中特别写到元世祖忽必烈、吐蕃帝师八思巴、刘秉忠、许衡、全真道教主丘处机、南宋丞相文天祥等人的事迹。其二十二、六十二云：

> 墀左朱栏草满丛，世皇封植意尤浓。艰难大业从兹起，莫忘龙沙汗血功。（二十二）
>
> 八思巴师释之雄，字出天人惭妙工。龙沙仿佛鬼夜哭，蒙古尽归文法中。（六十二）

前者是赞美元世祖忽必烈开创之功的。忽必烈即位迁都燕京，建国号曰“大元”，取《易经》“大哉乾元”之义。改金中京为大都。思创业艰难，取所居之地青草植于大内丹墀之前，曰誓俭草。后者是赞美吐蕃帝师八思巴创造蒙古文字的功绩。八思巴，藏语意为圣童。八思巴为西藏喇嘛都萨迦派首领。忽必烈即位前，即与吐蕃上层建立联系。八思巴经蒙哥推荐，颇受宠信。中统元年(1260)任八思巴为国师，七年任帝师，遂成佛教最高领袖，同时成为西藏地区政治领袖。至元元年(1264)，八思巴根据藏文字母创制蒙古新字(八思巴字)。八思巴字属于梵文系统。“不过梵文与藏文都是横写，而八思巴字为直书，这可能是受到了中国汉字的影响。”[②]

《元史·世祖纪》载，至元六年二月“己丑，诏以新制蒙古字颁行天下”[③]。十二月“辛卯朔，诏天下兴起国字学”[④]，故内廷亦掀起学认学写国字。蒙古新字的产生，进一步加强了蒙古统治者的统治地位。“自今以往，凡有玺书颁降者，并用蒙古新字，仍各以其国字副之。”[⑤]文字的主次之别又可成尊卑贵贱的

---

① [元]熊梦祥撰，北京图书馆善本组辑：《析津志辑佚》，北京古籍出版社 1983 年版，第 205 页。

② 王建军：《元代国子监研究》，暨南大学 2002 年博士学位论文，第 33 页。

③ [明]宋濂等：《元史》卷 6，中华书局 1976 年版，第 121 页。

④ [明]宋濂等：《元史》卷 7，中华书局 1976 年版，第 139 页。

⑤ [明]宋濂等：《元史》卷 202《释老传》，中华书局 1976 年版，第 4518 页。

统治工具,这是蒙古统治者所希望的文治效果。

其六十三、六十四云:

学贯天人刘太保,卜年卜世际昌期。帝王真命自神武,鱼水君臣今见之。(六十三)

许衡天遣至军前,未丧斯文赖此传。大学一编尧舜事,致君中统至元年。(六十四)

前者是赞美刘秉忠辅助帝业,强调其卜相推命之术及君臣间如鱼水之融洽关系。"刘太保"即刘秉忠,邢州人,博学多才艺。曾为刀笔吏,后隐居在武安山中为僧。经海云禅师之荐,入见世祖,应对称旨。原为僧,后还俗,官至太保。忽必烈的亲信谋士,参领帷幄密谋,定社稷大计皆自秉忠。上都开平为其规划。至元四年(1267),又命修建大都,在其指授下,至元十三年建成,卒赠常山王,谥文正。后者是赞美许衡传播儒学功绩的。许衡从姚枢得二程及朱氏之学,为忽必烈讲开国为政之要,儒家道统赖此而传。在蒙元刚入主中原时,许衡提倡儒学,行"汉法",间接地保护了当时较为先进的中原文化,促进了民族融合。

其六十五、六十六云:

运际昌期不偶然,外臣豪杰得神仙。一言不杀感天听,教主长春亿万年。(六十五)

宋亡死节文丞相,不受宣封信国公。祠庙至今松柏在,世皇盛德及孤忠。(六十六)

前一首是赞美丘处机劝谕止杀的。全真道教主丘处机,于雪山三度会晤成吉思汗,劝谕止杀,认为求治之方以敬天爱民为本,由是救活生灵无数。长生之道以清心寡欲为本,颇为成吉思汗所信服,于是下令将其谈话纪录传示子孙,封为国师,号长春真人,总领道教。后一首是歌颂爱国将领文天祥的。南宋丞相文天祥于江西抗元被俘,被囚解至大都,不肯屈降而就义殉国,元主为其建祠崇祀,名垂千古。文天祥死,表现了伟大的民族气节,其《正气歌》至今为人传诵。《南村辍耕录》卷4《挽文翠相诗》云:"宋丞相文公天祥,其事载在史册,虽使三尺之童,亦能言其忠义。翰林学士徐威卿先生世隆有诗挽之曰:'大元不杀文丞相,君义臣忠两得之。义似汉王封齿日,忠如蜀将斫头时。乾坤日月华夷见,岭海风霜草木知。只恐史官编不尽,老夫和泪写新诗。'可谓善讽刺者矣。虞伯生先生集亦有诗曰:'徒把金戈挽落晖,南冠无奈北风吹。子房本为韩仇出,诸葛安知汉祚移。云暗鼎湖龙去远,月明华表鹤归迟。何须更上新亭饮，大不如前洒泪时。'读此二诗而不泣下者几希。"[①]

五、再现宗教活动盛况

蒙古族统治者对宗教的优待和宽容，使得宗教在元朝呈现出多元并存的繁荣局面。不仅有中原传统的汉地佛教、道教和伊斯兰教，还有藏传佛教、也里可温教、摩尼教、犹太教、头陀教、萨满教、白莲教等，这与元代宽容和开放的宗教政策是密不可分的。"蒙古族统治者自成吉思汗伊始，就对宗教实行兼容不拒、免去差税的优待和宽容政策。成吉思汗以后，历代蒙古族统治者虽因其本人对某些宗教的好恶而略微有些差别外，基本上承袭了成吉思汗的优待和宽容的宗教政策。"[②]张昱《辇下曲》中对多元宗教文化均有记录。其六十七、六十八云：

> 太祖雄姿自圣神，一时睿断出天真。要将儒释同尊奉，宣谕黄金铸圣人。（六十七）
>
> 龙虎山中有道家，上清剑履绚晴霞。依然进谒棕毛殿，坐赐金瓶数十茶。（六十八）

前一首记太祖崇信圣神，举凡儒释皆尊奉，显示了元代宽松的文化政策。元太祖铁木真，姓奇渥温氏，生于蒙古孛耳只斤氏族。13世纪初，先后统一蒙古诸部。1206年，群臣诸王大会斡难河上，共上尊号成吉思汗。成吉思，强大之意。汗，皇帝。即位后，多次征伐，声威大振。史称其深沉有大略，用兵如神。灭国四十，遂平西夏、灭金灭宋，也是他的临终遗愿。元朝建立后，追尊他为太祖。太宗时从耶律楚材议，以孔子五十一世孙元楷袭封为衍圣公，敕修孔庙。后一首是写道教主题的。龙虎山在江西贵溪县西南，传汉张道陵修道于此，世称张天师，信徒颇多。元世祖至元十三年（1277）四月召其三十六代孙嗣汉天师张宗演赴阙。十四年正月赐嗣汉天师张宗演道灵应冲和真人，领江南诸路道教。棕毛殿在西内，皆以棕毛代替陶瓦。

元世祖为了巩固其统治地位，在尊信佛教的同时，对道教亦表示信奉。据《元史·世祖纪》载：中统三年"十一月乙酉……敕圣安寺作佛顶金轮会，长春宫设金箓周天醮"[③]，至元元年"三月庚辰，设周天醮于长春宫"[④]。五年九月，

① [元]陶宗仪：《南村辍耕录》卷4，中华书局1959年版，第52页。
② 孙悟湖：《元代宗教文化的特点》，《中央民族大学学报》2001年第6期。
③ [明]宋濂等：《元史》卷5，中华书局1976年版，第88页。
④ [明]宋濂等：《元史》卷7，中华书局1976年版，第96页。

"敕长春宫修设金箓周天大醮七昼夜"[①]。十一年正月"丁酉,长春宫设周天金箓醮七昼夜"[②]。十四年正月,"命嗣汉天师张宗演修周天醮于长春宫,宗演还江南,以其弟子张留孙留京师"[③]。十五年十二月,"庚子,敕长春宫修金箓大醮七昼夜"[④]。十六年五月,"命宗师张留孙即行宫作醮事,奏赤章于天,凡五昼夜"[⑤]。十二月,"敕自明年正月朔日,建醮于长春宫,凡七日,岁以为例"[⑥]。实际上,宗教已成帝王统治人民的工具。丘处机与成吉思汗"雪山论道"一事之后,全真教在元代盛行。

其八十五、九十是描写佛教活动的,诗云:

旃檀佛像身丈六,三十二相俱完全。流传释家亲受记,止于大国来西天。(八十五)

肩垂绿发事康禅,淡扫蛾眉自可怜。出入内门装饰盛,满宫争迓女神仙。(九十)

前者主要描述旃檀佛像的雄伟之姿及传至东土的历史。释迦牟尼旃檀像在汉地佛教中受到特别的重视,在北京建有旃檀寺,专门供奉旃檀佛像。旃檀佛像据说雕刻于元,相传为旃檀香木,其色近于沉碧,明万历中"慈圣太后始傅以金"。程钜夫曾撰《旃檀佛像记》记载了其详细的流传经过。后者皇帝接见"康禅"的场景。"康禅"即"大头陀教徒",皇帝接见"康禅"时,以"肩垂绿发""淡扫蛾眉自可怜"的宫中侍女伺之,可见头陀教的繁盛程度。

其八十、八十八、三十八诗云:

北方九眼大黑杀,幻影梵名麻纥剌。头戴髑髅踏魔女,用人以祭惑中华。(八十)

西方咒师首蜷发,不澡不颒身亦殷。倒垂璎珞披红罽,出入宫闱无靦颜。(八十八)

守内番僧日念吽,御厨酒肉按时供。组铃扇鼓诸天乐,知在龙宫第几重?(三十八)

前两首写的是元代喇嘛教的情况。蒙古贵族出于种种考虑,"将西藏地区的喇

---

① [明]宋濂等:《元史》卷7,中华书局1976年版,第119页。
② [明]宋濂等:《元史》卷8,中华书局1976年版,第153页。
③ [明]宋濂等:《元史》卷9,中华书局1976年版,第188页。
④ [明]宋濂等:《元史》卷10,中华书局1976年版,第207页。
⑤ 同上,第212页。
⑥ 同上,第218页。

嘛教尊为国教，封西藏高僧为帝师，大肆举办佛事活动”[①]。诗中写的头戴骷髅，用人祭祀等等活动，都是藏传佛教中密宗一支的特点，异域色彩浓郁。中者所述是喇嘛教中咒师。咒师，古人迷信鬼神，咒师为念咒治病之人。殷，赤黑色。罽，毛毯。靦颜，面有愧色。喇嘛教为元代帝王所崇信，其僧侣怙势恣睢，气焰熏灼，出入宫闱，无所顾忌，观此可知。后一首所述的对象是藏传佛教。在元代藏传佛教最为得宠，这些来自吐蕃，称为西番密教僧，以秘密金刚经法魅惑大汉取得权势（实为房中术），在禁内出入自如，尽情享受声色，荒淫无度。世祖至元六年十二月“己丑，作佛事于太庙七昼夜”[②]。为太庙佛事之始。又十三年“九月壬辰朔，命国师益怜真作佛事于太庙”[③]。泰定元年冬十月，“命帝师作佛事于延华阁”，十一月“辛丑，造金宝盖，饰以七宝，贮佛舍利”[④]。又泰定四年三月，“命西僧作止风佛事”[⑤]等。又武宗时敕内郡、江南、高丽、四川、云南诸土豪僧诵经，为三宫祈福。

元帝常有饭僧之举，元成宗元贞元年（1295）正月，“壬戌，以国忌，即大圣寿万安寺饭僧七万”[⑥]，泰定元年九月，“昭献元圣皇后忌日，修佛事饭僧万人”[⑦]，不禁酒肉。本诗描述皇帝出巡时留守宫内的番僧，纵情饮食酒色的情况。“御厨酒肉按时供”“组铃扇鼓诸天乐”描述的是僧人极具享乐的景象。

其八十七、八十四云：

花门齐候月生眉，白日不食夜饥之。缠头向西礼圈户，出浴升高叫阿弥。（八十七）

十字寺神呼韩王，身骑白马衣戎装。手弹箜篌仰天日，空中来仪百凤凰。（八十四）

前一首描写了回回人封斋的宗教习俗，“花门”即“回纥”。“齐候月生眉”，是说回回人在斋月前夕一齐等候、眺望新月的出现，即“望月”。新月如眉出现在东方天际，穆斯林便开始封斋。前两句讲的是斋月，后两句讲的是礼拜。它反映出元代大都确有清真寺存在。据北京牛街礼拜寺保存的阿拉伯文石刻记载，有邛尔塔尼和阿礼两人元初来大都传教。第三句写回回人头缠“泰斯他勒”在礼拜堂向西方做礼拜。“圈户”指举行礼拜仪式的处所。“出浴”是指沐浴后。

---

① 王泸生：《元代喇嘛教在汉地的传播与影响》，《社会科学家》2005 年第 3 期。

② [明]宋濂等：《元史》卷 6，中华书局 1976 年版，第 123 页。

③ [明]宋濂等：《元史》卷 9，中华书局 1976 年版，第 185 页。

④ [明]宋濂等：《元史》卷 29，中华书局 1976 年版，第 651 页。

⑤ [明]宋濂等：《元史》卷 30，中华书局 1976 年版，第 677 页。

⑥ [明]宋濂等：《元史》卷 18，中华书局 1976 年版，第 390 页。

⑦ [明]宋濂等：《元史》卷 29，中华书局 1976 年版，第 650 页。

"升高"，其意不详，可能是指登上高高的邦克楼。"阿弥"，阿拉伯语，即赞同您的赞颂之意。在诵读古兰经的过程中或之后，穆斯林齐声念诵"阿弥"。后一首描绘了基督教活动。诗中"十字寺"应该说的是基督教堂。在北京房山，就发现有至正二十五年(1365)的景教(基督教的一支)十字寺碑。景教僧侣称为也里可温，还曾进入宫廷，举行宗教仪式。

其八十三描写的是高昌国原始宗教，其诗云：

> 高昌之神戴羖首，仗剑骑羊气猛烈。十月十三彼国人，萝卜面饼贺神节。(八十三)

古高昌国位于新疆吐鲁番附近，在宗教信仰上，受到佛教、伊斯兰教、摩尼教、道教等的影响。诗中所记高昌之神头戴羊首，仗剑骑羊，十月十三日以萝卜面饼贺节，很可能是高昌古城中原始宗教。

六、描写祭祀与狩猎场景

朝仪礼乐制度在古代政治文化和历代王朝政治统治中起着十分重要的作用。"元代元蒙民族传统礼仪习俗也是影响元代朝仪制度的一个重要因素，体现为将带有民族习俗的郊庙祭祀之礼与中原传统典章制度相融合。"①据《元史》志第二十五《祭祀三》载："其祖宗祭享之礼，割牲、奠马湩，以蒙古巫祝致辞，盖国俗也。"②其二十五、二十六、二十七云：

> 清庙上尊元不罩，爵呈三献礼当终。巫臣马湩望空洒，国语辞神妥法宫。(二十五)
>
> 辽东羞贡入神厨，祭鲔专车一丈余。寝庙岁行春荐礼，有加铏豆杂鲜腒。(二十六)
>
> 国俗祠神主中溜，毡车毡俑挂官灯。神来鼓盏自飞动，妖自人兴如有凭。(二十七)

忽必烈即位的第二年(即中统二年，1261年)四月八日，"祀天于旧桓州西北郊，皇族之外，皆不得预礼也"(王恽《中堂事记》)③。后来，在大都城南建立天坛和太庙，举行祭天和祭祖仪式。"元之五礼，皆以国俗行之，惟祭祀稍稽诸古。其郊庙之仪，礼官所考日益详慎，而旧礼初未尝废，岂亦所谓不忘其初者欤。"④所

---

① 徐文武、韩宁：《元代朝仪礼乐制度略论》，《河北大学学报(哲学社会科学版)》2015年第4期。

② [明]宋濂等：《元史》卷74《祭祀三》，中华书局1976年版，第1831页。

③ [元]王恽：《秋涧先生大全文集》卷81，《四部丛刊初编》本，1929年二次影印本。

④ [明]宋濂等：《元史》卷72，《祭祀一》，中华书局1976年版，第1779页。

谓“古礼”，主要用唐代的制度，每当举行郊礼祭祀时，皇帝都要亲自参加。但在上都则仍然保持了蒙古族传统的祭天祭祀仪式，《元史》卷77《祭祀六》载：“每岁，驾幸上都，以六月二十四日祭祀，谓之洒马奶子。用马一，羯羊八，彩缎练绢各九匹，以白羊毛缠若穗者九，貂鼠皮三，命蒙古古巫觋及蒙古、汉人秀才达官四员领其事，再拜告天。又呼太祖成吉思汗御名而祝之，曰：‘托天皇帝福荫，年年祭赛者。’礼毕，掌祭官四员，各以祭币表里一与之；余币及祭物，则凡与祭者共分之。”[①]祭天之后不久又要举行祭祖仪式。周伯琦《立秋日书事五首》云：“国朝岁以七月七日或九日，天子与后素服望祭北方陵园，奠马酒，执事者皆世臣子弟。是日，择日南行。”[②]上述祭天和祭祖诗，反映了蒙古巫祝、太祝首先是蒙古民族固有的巫祝文化产物，但在国家宗庙大礼中，蒙古巫人的职守设置显然参考了南宋宗庙礼中“荐香灯官”一职，在职官设置方面体现了蒙汉祭祀传统的结合。

元人王恽《吕公神道碑》云：“国朝大事，曰搜伐，曰搜狩，曰宴飨，三者而已。”[③]狩猎对游牧民族而言是一件关乎命运的大事。大蒙古国时期，诸汗都很重视“打围”（狩猎），每次常出动数千人甚至上万人。这既是继承蒙古古代氏族共同狩猎的习惯，用心维系内部的团结，也是锻炼将士作战能力的一项军事活动。每年春天，皇帝亲自挂帅，到大都东南的柳林、上都避暑，进行一系列狩猎活动。此外，在两都巡幸途中，元代皇帝也常常举行畋猎活动。如察罕脑儿设有鹰房，豢养猎鹰，每年巡幸队伍经过此地，“必校猎焉”[④]。其四十三、九十九云：

> 旌旗千骑从储皇，诈柳行春出震方。祖宗马上得天下，弓矢斯张何可忘？（四十三）
>
> 天朝习俗乐从禽，为按名鹰出柳阴。立马万夫齐指望，半空鹅影雪沉沉。（九十九）

元制，每年冬春之交，天子亲临近郊，纵鹰搏击，谓之飞放。《元史·兵志》四《鹰房捕猎》条载：“元制自御位及诸王，皆有昔宝赤，盖鹰人也。是故捕猎有户，使之致鲜食以荐宗庙，供天庖，而齿革羽毛，又皆足以备用，此殆不可阙焉

---

① [明]宋濂等：《元史》卷77，中华书局1976年版，第1294页。

② [元]周伯琦：《近光集》卷2，文渊阁《四库全书》影印本，台湾商务印书馆1986年版，第507页。

③ [元]王恽：《秋涧先生大全文集》卷57，《四部丛刊初编》本，1929年二次影印本。

④ [元]周伯琦：《扈从集》前序，文渊阁《四库全书》影印本，台湾商务印书馆1986年版，第543页。

者也。然地有禁，取有时，而违者则罪之。冬春之交，天子或亲幸近郊，纵鹰隼搏击，以为游豫之度，谓之飞放。"①此种风习乃因袭辽金遗俗。辽帝喜观纵五坊鹰鹘搏击鹅雁以为乐。大都柳林，为飞放之所。柯九思《宫词》其十四云："元戎承命猎郊垌，敕赐新罗白海青。得俊归来如奏凯，天鹅驰送入宫廷。"诗后注道："海青者，海东俊鹘也。白者犹贵，有数十金者。"②《元史·太宗纪》载："六年甲午春，会诸王宴于射斡儿寒河。"③元明之际的陶宗仪《南村辍耕录》卷一"昔宝赤"条载："昔宝赤，鹰房之执役者。每岁以所养海青获得头鹅者，赏黄金一锭。头鹅，天鹅也。以首得之，又重过三十余斤，且以进御膳，故曰头。"④据陶宗仪的解释，头鹅是指首先射得，且又大者(超过三十斤)。叶子奇也说："海东青，鹘(鹰隼)之至俊者也……其物善擒天鹅，放飞时，旋风羊角而上，直入云际。能得头鹅者，元朝官里赏钞五十锭。"(《草木子》卷4)⑤由此可见，元人仍有以海东青擒捉天鹅，用天鹅进御膳，得头鹅者可获重奖等礼俗。

元代宫廷琵琶大曲《海青拿天鹅》即据此而来。乐曲描写海青猎取天鹅，与天鹅展开剧烈搏斗的情景，是反映我国北方少数民族狩猎生活的乐曲。元代杨允孚《滦州杂咏》中有诗云："为爱琵琶调有情，月高未放酒杯停。新腔翻得《凉州曲》，弹出天鹅避海青。"原注："《海青拿天鹅》，新声也。"⑥杨允孚的诗文是此曲最早的文献记载。

七、彰显宫廷教育与人才选拔

每年一次的上都之行都有大量的翰林文臣随往，他们中的大多数在翰林国史院供职。在至元二十年到至元二十二年(1283—1285)，翰林国史院还与管理国家教育的集贤院合并，称为翰林国史集贤院。这是清要之地，荟萃了元代诗坛著名的人物，对元诗发展有着深远的影响。生活此间的文臣，主要工作内容之一便是给皇太子讲学和修史。其四十二、四十六云：

端本堂深绣榻高，满前学士尽风骚。星河骑士知唯马，惯识金笺玉兔毫。(四十二)

儒臣奉诏修三史，丞相衔兼领总裁。学士院官传赐宴，黄羊湩酒满车来。(四十六)

---

① [明]宋濂等：《元史》卷101，中华书局1976年版，第2598页。
② 顾瑛辑，杨镰、祁学明等整理：《草堂雅集》上册，中华书局2008年版，第3页。
③ [明]宋濂等：《元史》卷2，中华书局1976年版，第33页。
④ [元]陶宗仪：《南村辍耕录》卷1，中华书局1959年版，第19页。
⑤ [元]叶子奇：《草林子》卷4下，中华书局1959年版，第85页。
⑥ 杨镰：《全元诗》第60册，中华书局2013年版，第408页。

前者写翰林文臣给皇太子讲学的情形。《南村辍耕录》卷2《本堂》条载："皇太子方在端本堂读书，近侍之尝以飞放者，辄臂鹰至廊庑间，喧呼驰逐，以惑乱之。"[①]端本堂是元代太子受教之所，故端本堂教育，也叫皇太子教育。王风雷认为"它是整个元代教育的一个重要组成部分，也是早期蒙古族学校教育之一"。端本堂教育的目的是"使皇太子掌握了儒家经典和恰国安民之道，同时学习掌握了本民族的传统文化，其结果大大提高了皇太子的能力和素质，为其日后更好地治理国家、安抚百姓打下了良好的基础"[②]。为了保证皇太子接受良好的教育，朝廷往往选择"名儒""鸿儒""端士""孝弟""博文""有才者"辅导皇太子，所谓"学士尽风骚"正指此。后者写国史院奉诏修史的官员，在宰相的统领下修国史，得到皇帝奖赏的情形。翰林学士修撰史书，在宋代以来已成为传统。元世祖即位之初，即设立翰林院。翰林国史院的主要职掌是"纂修国史、典制诰、备顾问"[③]，终元之世不改。赐宴翰林院、装来满车的"黄羊湩酒"，体现了皇帝对清要之臣的关心与厚爱。

经筵进讲是历代侍讲侍读风气在元代的延续，其四十七云：

> 经筵进讲天人喜，宣索金缯赐讲臣。已觉圣躬忘所倦，教将古训更前陈。

诗写天子奖励经筵进讲文臣的情形。元代经筵主要肩负着两种任务：一是给皇帝讲课，主要陈述祖宗遗训，考察经史以揭示治国之道，以培养君德，增强治国能力；二是向皇帝"进谏"，将文武百官的"批评"意见转达给皇帝。集思广益，广开言路，防止偏听偏信。"元代的经筵，是蒙元帝王为研读经传史鉴而特设的御前讲席。它是元代的端本堂教育，即皇太子教育的继续，也是古代蒙古族教育的一种特殊形式。元代的端本堂教育是皇太子登大位之前的教育，也是青少年时期的一神基础教育，而经筵之设是皇帝执政后的教育，也是属于成人的继续教育。"[④]对此，元代苏天爵在《经世大典序录·进讲》中说："国初尝求儒者于兵问，已有问道考治之意。世祖之在潜藩也，尽收亡金诸儒士，及一时豪杰知经术者，而顾问焉。论定大业，厥有成宪。在位三十余年，凡大政令、大谋议，诸儒老人，得以经术进言者，可考而知也。历朝因之，至我钦天统圣至德诚功成大文孝皇帝，始开奎章阁，陈祖宗遗训，考经史之格言，以养德性，以成

① [元]陶宗仪：《南村辍耕录》卷2，中华书局1959年版，第21页。

② 王风雷：《元代的端本堂教育》，《内蒙古大学学报(哲学社会科学版)》1992年第2期。

③ [明]宋濂等：《元史》卷8《世祖纪五》及卷158《窦默传》均记载元代翰林国史院的职掌为"纂修国史、典制诰、备顾问"。

④ 王风雷：《元代的经筵》，《内蒙古大学学报(哲学社会科学版)》1993年第2期。

事功,而文治大兴焉。”[①]从这段话不难看出,元代奉行的经筵进讲活动其根本目的是便于皇帝“问道考治”的。

为了搞好经筵进讲工作,朝廷还专门设置了负责管理经筵进讲工作的“经筵官”。刚开始,这些经筵官主要由翰林国史院、蒙古翰林国史院和集贤院中的学士、侍读学士、侍讲学士、直学士来担任。文宗天历二年(1329),元廷设置了管理经筵讲读的奎章阁学士院。至正元年(1341),元廷罢了学士院,将经筵划归翰林国史院。同时设宣文阁,作为经筵讲读的辅助性管理机构。常设机构和相应级别的官员安排,推动了元代的经筵进讲的兴盛。

在元代科举考试中,翰林文人常常承担着重要的角色,其四十八云:

> 文明天子念孤寒,科举人材两榜宽。别殿下帘亲策试,唱名才了便除官。

诗写仁宗开科考试,皇帝主持廷试的场景。据《元史》卷81《选举一》载:首次廷试于延祐二年乙卯(1315)春三月举行。“科场,每三岁一次开试。”[②]有元一代,共举行廷试16科,共赐进士及第、进士出身、同进士出身有差,凡1129名。元代科举分乡试、会试、廷试三级。乡试时蒙古、色目人仅考二场,而汉人、南人则要考三场。如蒙古、色目愿试汉人、南人科目,中选者加一等注授。中选者次年在大都会试,廷试加策试一道,共录取100人。所有历届廷试,均由翰林国史院负责。廷试地点在翰林国史院。发榜时分为两榜,蒙古人、色目人为右榜,汉人、南人为左榜,表现出民族歧视。汉人、南人参加考试的人比蒙古人、色目人多得多,而录取时人数则相同。“唱名才了便除官”形象展示了科举及第,朝廷给予加官晋爵的场景。

元代国子学、国子监是以培养实际人才为办学宗旨,其四十九则记录国子监掌管儒学教育一事,诗云:

> 胄监诸生盛国容,大官羊膳两厨供。六经尽是君臣事,卿相才多在辟雍。

“胄监”即国子监。“辟雍”亦作“璧雍”,原为西周天子为教育贵族子弟设立的大学。取四周有水,形如璧环为名。其学有五,其中以辟雍为最尊,故统称之。诗歌描绘了元代国之监教育兴盛之事。《元史》志第三十一《选举一》载:“至元六年秋七月,置诸路蒙古字学。十二月,中书省定学制颁行之,命诸路府官子

---

① [元]苏天爵:《经世大典序录》,《元文类》卷41,商务印书馆1958年版,第547—548页。

② [明]宋濂等:《元史》卷81,中华书局1976年版,第2018页。

弟入学。”[①]“世祖至元八年春正月，始下诏立京师蒙古国子学，教习诸生，于随朝蒙古、汉人百官及怯薛歹官员，选子弟俊秀者入学，然未有员数。”[②]至元十三年(1276)，国子生不忽木等人上书忽必烈，希望朝廷加强学校建设，应借鉴历朝之策，在京师设置国子监。“书奏，帝览之喜。”[③]至元十四年，元廷在蒙古翰林院下设置蒙古国子监，置司业一员。至元二十四年，又增设国子监，掌国子学之教令。元二十七年，依汉人国子监例，元廷进一步完善了蒙古国子监的组织机构。国子监承担办学任务，受翰林国史院领导。国子学和国子监的正式设立，使元朝廷开始有了儒学最高学府，这为元廷培养大批治国理政之才奠定了坚实的基础。

八、记录宫廷音乐舞蹈

蒙古民族历来是欢歌乐舞的民族，宴会、婚礼、庆典、体育竞赛无不既歌且舞，而且宗教舞、宫廷舞、民间舞难以截然划分，有着千丝万缕的因缘关系。

为了制礼作乐，元廷下令搜罗前朝“知礼乐旧人”，以供元廷礼乐之用。据《元史》卷68《志第十九・礼乐二》载：“太宗十年十一月，宣圣五十一代孙衍圣公元措来朝，言于帝曰：‘今礼乐散失，燕京、南京等处，亡金太常故臣及礼册、乐器多存者，乞降旨收录。’于是降旨，令各处管民官，如有亡金知礼乐旧人，可并其家属徙赴东平，令元措领之，于本路税课所给其食。十一年，元措奉旨至燕京，得金掌乐许政、掌礼王节及乐工翟刚等九十二人。”[④]为了确保乐人的数量不至因婚嫁而减少，元代颁布了“乐人嫁女禁令”，《元典章》卷18《户部四》“乐人”条载：

> 宣徽院呈：“教坊司申：‘本管乐人户计，俱于随路云游。今即随路一等官豪势要富户之家，舍不痛之资财，买不愿之乐。强将应有成名者、善歌者、能妆粉、年少堪以承应妇人，暗地捏合媒证，娶为妻妾，虑恐失误当番承应，乞禁治’事。得此，于七月十八日闻奏过，奉圣旨：‘是承应乐人呵，一般骨头休成亲。乐人内匹聘者，其余官人富户休强娶，要禁约者。’钦此。除已行下教坊司照会外，呈乞禁约”事，都省仰钦依禁约施行。[⑤]

在元统治者的关照之下，元代的礼乐有了新的发展。蒙古族的音乐舞蹈

---

① [明]宋濂等：《元史》卷81，中华书局1976年版，第2028页。

② 同上，第2027页。

③ [明]宋濂等：《元史》卷130《不忽木传》，中华书局1976年版，第3166页。

④ [明]宋濂等：《元史》卷68，中华书局1976年版，第1691页。

⑤ 陈高华等点校：《元典章》二，中华书局・天津古籍出版社2011年版，第666页。

在吸收了其他民族的优点基础上,在内容形式和艺术风格上有了明显的变化。陈高华在《元朝宫廷乐舞简论》一文认为"大乐署的乐工(宫县、登歌及文武二舞)用于太庙和社稷、郊坛(昊天上帝)、先农坛祭祀。大都和曲阜宣圣庙释奠行礼,亦可用登歌乐","仪凤司和教坊司的乐工,主要用于朝廷重大仪式(元旦、皇帝生辰、册立皇后皇太子等),宴会和皇帝出巡时的仪仗、游皇城等活动。"[①]教坊司的乐工、优人随时还要应召到宫廷中,为皇帝等作各种表演。元朝前期,有以琵琶闻名的李宫人,"先皇金舆时驻跸,李氏琵琶称第一",曾"从驾三十年"[②]。元朝后期,教坊"歌妓顺时秀,姓郭氏,性资聪敏,色艺超绝,教坊之白眉也。翰林学士王公元鼎甚眷之"[③],在京师享有盛名。

元朝宫廷舞蹈的节目繁多,可分文舞、武舞两大类。像"武定文绥之舞""崇德之舞"属于文舞;"内平外成之舞""定功之舞"属于武舞。武舞的内容包括灭王汗,破西夏,灭金国,收西域,定河南,取西蜀,平南诏等。当然,其中也包括佛教音乐舞蹈。如其三十七云:

> 西天法曲曼声长,璎珞垂衣称艳妆。大宴殿中歌舞上,华严海会庆君王。

天魔舞系来自西方者。《元史》卷205《奸臣传》:"初,哈麻尝阴进西天僧以运气术媚帝,帝习为之,号演揲儿法。演揲儿法,华言大喜乐也。哈麻之妹婿集贤学士秃鲁帖木儿,故有宠于帝……秃鲁帖木儿性奸狡,帝爱之,言听计从,亦荐西蕃僧伽璘真于帝。其僧善秘密法……帝又习之,其法亦名双修法。曰演揲儿,曰秘密,皆房中术也。帝乃诏以西天僧为司徒,西蕃僧为大元国师。……于是帝日从事于其法,广取女妇,惟淫戏是乐。又选采女为十六天魔舞。"[④]故此十六天魔乃西天僧或西蕃僧所介绍者,或本为西夏之参佛曲也。对"演揲儿法",权衡《庚申外史》"癸巳"条有解:"至正十三年,脱脱奏用哈麻为宣政院使。哈麻既得幸于上,阴荐西天僧行运气之术者,号'演揲儿法',能使人身之气,或消或胀,或伸或缩,以蛊惑上心。哈麻自是日亲近左右,号'倚纳'。是时,资政院使陇卜亦进西番僧善此术者,号'秘密佛法'。"[⑤]至于十六天魔或为此秘密法之参佛乐队。

其五十六是描述宫廷举行的带有浓郁佛教色彩的皇家舞蹈——"天魔

---

① 陈高华:《元朝宫廷乐舞简论》,《学术探索》2015年第6期。
② [元]袁桷:《李宫人琵琶引》,《清容居士文集》卷8,《四库全书》本。
③ [元]陶宗仪:《南村辍耕录》卷19《妓聪敏》,中华书局1959年版,第287页。
④ [明]宋濂等:《元史》卷205,中华书局1976年版,第4583页。
⑤ [元]权衡撰,任崇丘笺:《庚申外史笺证》,中州古籍出版社1991年版,第70页。

舞”，用于歌舞升平。诗云：

> 西方舞女即天人，玉手昙花满把青。舞唱天魔供奉曲，君王常在月宫听。

据周伯琦《诈马行》序载：“国家之制，乘舆北幸上京，岁以六月吉日，命宿卫大臣及近侍服所赐只孙，珠翠金宝，衣冠腰带，盛饰名马，清晨自城外各持彩杖，列队驰入禁中。于是上盛服御殿临观，乃大张宴为乐。唯宗王戚里、宿卫大臣，前列行酒。余各以所职叙坐合饮。诸坊奏大乐，陈百戏，如是者凡三日而罢。”[①]风靡一时的元朝皇家舞蹈——天魔舞，早在至元十八年(1281)十一月就在宫廷存在，“提点教坊司申，闰八月廿五日，有八哥奉御、秃烈奉御传奉圣旨：道与小李，今后不拣什么人，十六天魔休唱者，杂剧里休做者，休吹弹者，四天王休妆扮者，骷髅头休穿戴者。如有违犯，要罪过者”[②]。元朝末代皇帝顺帝对天魔舞特别着魔，据《元史》卷43《顺帝六》载：“时帝怠于政事，荒于游宴，以宫女三圣奴、妙乐奴、文殊奴等一十六人按舞，名为十六天魔。首垂发数辫，戴象牙佛冠，身披缨珞，大红绡金长短裙，金杂袄，云肩，合袖天衣，绶带鞋袜，各执加巴剌般之器，内一人执铃杵奏乐……遇宫中赞佛，则按舞奏乐。宫官受秘密戒者得入，余不得预。”[③]从使用的乐器上来看，这支乐队很有可能是由少数民族组成的。舞者的服饰与唐代舞女的服饰相似，舞姿中绕圆心翩翩起舞，有人认为是从西夏传入元代蒙古宫廷的舞蹈。“舞心挑转急，一一欲空飞”(张翥《宫中舞队歌词》)，“行殿参差翡翠光，朱衣华帽宴亲王。红帘高卷香风起，十六天魔舞袖长”(萨都剌《上京即事十首》其三)[④]。这些诗句都反映了天魔舞在宫廷中演出，供君主、亲王欣赏的盛况。

除了宫廷乐舞外，宗教乐舞也是元代音乐重要组成部分。1260年，忽必烈即位后，立即把藏传佛教萨迦派，第五代祖师八思巴封为国师，不久赐予大元帝师称号，而忽必烈本人在1264年秋天，正式皈依藏传佛教。随后蒙古王妃、诸王纷纷受戒，遵从佛教逐渐成为元代宫廷风尚，于是诸多蒙古宫廷歌曲就有了佛教内容。藏传佛教音乐作品《白伞盖》(游皇城)，就是元代宫廷中一项大型的佛教艺术活动。元代每年二月在大都、六月在上都举行盛大的迎佛仪式和游行，称为“游皇城”。《元史·祭祀志》“国俗旧礼”载：“世祖至元七年，以帝

---

① 杨镰：《全元诗》第40册，中华书局2013年版，第345页。

② 陈高华等点校：《元典章》卷57《刑部十九·诸禁·禁治妆扮四天王等》，中华书局·天津古籍出版社2011年版，第1939页。

③ [明]宋濂等：《元史》卷43，中华书局1976年版，第918—919页。

④ 杨镰：《全元诗》第30册，中华书局2013年版，第148页。

师八思巴之言，于大明殿御座上置白伞盖一顶，用素缎，泥金书梵字于其上，谓镇伏邪魔护安国刹。自后每岁二月十五日，于大明殿启建白伞盖佛事，用诸色仪仗社直，迎引伞盖，周游皇城内外，云与众生祓除不祥，导迎福祉。”[①]其三十七、五十记录了游皇城盛况，诗云：

> 华缨孔帽诸番队，前导伶官戏竹高。白伞葳蕤避驼道，帝师辇下进葡萄。（三十七）
>
> 炉香夹道涌祥风，梵辇游城女乐从。望拜彩楼呼万岁，柘黄袍在半天中。（五十）

元朝皇帝和后妃公主、贵臣、近侍，均着华丽服装，坐在彩楼之上观看，都城富贾，皆以珠玉、奇玩相夸耀，可见其仪式规模浩大。参与仪式演出的人员，总计4900余人。整个队伍“鲜丽整齐”“珠玉金绣，装束奇巧”，长达30余里。其中，除去500名喇嘛外，还有乐队、舞队及各种杂把戏。游行队伍，以高擎着“戏竹”的伶人为引导，浩浩荡荡从宫中出发，沿街表演，甚是壮观。

元代宫廷音乐机构庞大，宫廷乐舞隶属礼部管辖，其中教坊司专管宫廷俗乐的教习和演出事宜。教坊司原属六部之首的礼部，专门在庆典或迎接贵宾时演奏乐曲。《元史·祭祀志》载：忽必烈至元七年，太子和众官迎佛游皇城，其中有教坊司兴和署掌妓女杂扮队戏150人。教坊司众多乐师和多种历代相传的乐器，蔚为大观。元曲的女演员大多出于教坊司，而且和士君子狎好。对此，元末陶宗仪的《南村辍耕录》多有载录：“京师教坊官妓连枝秀，姓孙氏，盖以色事人者，年四十余……偶至松江，爱其风物秀丽……因作募缘疏……疏曰京师第一部教坊，占排场曾使万人喝彩……一跳身，才离了百戏棚中圈子。”[②]又，“歌妓顺时秀，姓郭氏，性资聪敏，色艺超绝，教坊之白眉也。翰林学士王公元鼎甚眷之”[③]。“歌儿珠帘秀，姓朱氏，姿容姝丽，杂剧当今独步。胡紫山宣慰极钟爱之。”[④]如其八十是描绘教坊女舞蹈场景的，诗云：

> 教坊女乐顺时秀，岂独歌传天下名。意态由来看不足，揭帘半面已倾城。

天魔舞乃秘密性质，惟内庭有之，至于顺时秀则为元代教坊名伶，色艺双绝，可比美唐代之念奴，虽名噪一时，然富贵人家亦可延致，并可交男友多人。《南村

---

① ［明］宋濂等：《元史》卷77，中华书局1976年版，第1926页。
② ［元］陶宗仪：《南村辍耕录》卷12《枝连秀》，中华书局1959年版，第147页。
③ ［元］陶宗仪：《南村辍耕录》卷19《妓聪敏》，中华书局1959年版，第235页。
④ ［元］陶宗仪：《南村辍耕录》卷20《珠帘秀》，中华书局1959年版，第243页。

辍耕录》载："虞邵庵先生集在翰苑时，宴散散学士家，歌儿郭氏顺时秀者，唱今乐府，其折桂令起句云'博山铜，细袅春风'，一句而两韵，名曰短柱，极不易作，先生爱其新奇。"[①]考元代女伶多名某某秀者，见于《青楼集》者有曹蛾秀、顺时秀、连枝秀、珠帘秀、天然秀、赛帘秀、燕山秀等。顺时秀本名则为郭芳卿，其人不但善歌，且极聪明。明大诗人高启生于元明之交，曾歌咏之，极赞芳卿绝艺也。珠帘秀本姓朱，杂剧独步一时，余为后辈，顺时秀姓郭氏，字顺卿，行第二，人称之曰郭二姐。

九、描绘宫廷建筑的雄伟壮观

元代的宫廷建筑也成为张昱《宫词》的描写对象，其中上都、大都城门占有重要的地位。如其六十一云：

> 大都周遭十一门，草苫土筑哪吒城。谶言若以砖石裹，长似天王衣甲兵。

大都城方六十里，十一门。《元史》卷58《地理志一》载："京城右拥太行，左挹沧海，枕居庸，奠朔方。城方六十里，十一门：正南曰丽正，南之右曰顺承，南之左曰文明，北之东曰安贞，北之西曰健德，正东曰崇仁，东之右曰齐化，东之左曰光熙，正西曰和义，西之右曰肃清，西之左曰平则。海子在皇城之北、万寿山之阴，旧名积水潭，聚西北诸泉之水，流入都城而汇于此，汪洋如海，都人因名焉。恣民渔采无禁，拟周之灵沼云。"[②]大都共十一门，东、南、西三面均为三门，北面二门。东三门是光熙门、崇仁门、齐化门，南三门是文明门、丽正门、顺承门，西三门是平则门、和义门、肃清门；北面是建德门、安贞门。"凡诸宫门，皆金铺、朱户、丹楹、藻绘、彤壁、琉璃瓦饰檐脊。"[③]每天都有大量的行人和车马从十一门中出入，诗人迺贤有诗赞曰："神京极高峻，风露恒泠然。憧憧十二门，车马如云烟。紫霞拥宫阙，王气浮山川。峨峨龙虎台，日月开中天。圣祖肇洪业，永保亿万年。"(《京城杂言六首》其一)[④]为何东、南、西三面皆三门，而北面只有二门？元末明初长谷真逸《农田余话》说："燕城系刘太保定制，凡十一门，作哪吒神三头六臂两足。"[⑤]南面三门为三头，东面、西面各三门为六臂，北面两门为两足，故称哪吒城。刘太保即大都设计者刘秉忠，于"天文、地理、律历、三式六

---

① ［元］陶宗仪：《南村辍耕录》卷4《广寒秋》，中华书局1959年版，第52页。

② ［明］宋濂等：《元史》卷58《地理志一》，中华书局1976年版，第1347页。

③ ［元］陶宗仪：《南村辍耕录》卷20《宫阙制度》，中华书局1959年版，第250页。

④ 杨镰：《全元诗》第48册，中华书局2013年版，第23页。

⑤ 陈高华，史卫民：《元代大都上都研究》，中国人民大学出版社2010年版，第42页。

壬遁甲之属，无不精通。论天下事如指诸掌。世祖大爱之……"(《元史·刘秉忠传》)[①]，其设计的理念也是为了取悦统治者。城墙全部用夯土筑成。为防止雨水冲刷，以苇排编，自上砌下，亦即将城墙用芒苇披上一层雨衣。这苇排较为单薄，需勤加修补。当时有人提出以砖石加固，因工程浩大，未能实现。

周伯琦《扈从上京学宫纪事绝句二十首》其一云："东华西华南御天，三门相望凤池连。煌煌大乙临寰宇，殷亳周丰未敢先。"[②]诗中所咏是上都的城门，南门是御天门，东门是东华门，西门是西华门。对照大都的城门，南墙正中是崇天门，东墙是华门，西墙是西华门，可见二者是相对应的。三门之中，南边的御天门最重要，它与皇城的南城门在一条线上，是出入的主要通道。每年巡幸时，"千官至御天门，俱下马徒行。独至尊骑马直入，前有教坊舞女引导，且歌且舞，舞出'天下太平'字样。至玉阶乃止。内门曰御天之门"[③]。皇帝在驻跸上都期间发布的重要政令，也由御天门发往大都，再传向全国。胡助《滦阳杂咏十首》其六云："御天门前闻诏书，驿马如飞到大都。九州岛四海服训诰，万年天子固皇图。"[④]

上都最重要的建筑物当属大安阁。元初三帝世祖、成宗、武宗，及末帝惠宗践祚时，均在此阁中行礼。忽必烈为了在上都建造宫殿，于至元三年(1266)拆迁熙春阁，经由水道陆路，将材料运到上都组建。元代许多诗人都提到过这座雄伟瑰丽的建筑，将其视为上都的象征。王恽《秋涧集》卷38《熙春阁遗制记》曾叙述宋代熙春阁之规模，大安阁即熙春阁之后身，则由熙春阁遗制可推测大安阁之规模矣。元代国家重大的典礼也在大安阁举行，如元成宗铁穆耳，"即皇帝位，受诸王宗亲、文武百官朝于大安阁"(《成宗纪一》)[⑤]。元武宗"即位于上都，受诸王宗亲、文武百官朝于大安阁，大赦天下"[⑥]。大安阁的上层，设有释迦牟尼舍利像，有时就在阁中做佛事[⑦]。《辇下曲》其一百云：

> 大安阁是延春阁，峻宇雕墙古有之。四面珠帘烟树里，驾临长在夏初时。

据朱有燉《元宫词百章》"大安楼"注："大安阁者，上都大内之正衙也。元宪宗时，皇弟忽必烈王府之旧殿也。虞集《道园学古录》卷10《跋大安阁图》：'世祖

---

① [明]宋濂等：《元史》卷157，中华书局1976年版，第3688页。

② 杨镰：《全元诗》第40册，中华书局2013年版，第357页。

③ 杨镰：《全元诗》第60册，中华书局2013年版，第404页。

④ 杨镰：《全元诗》第29册，中华书局2013年版，第110页。

⑤ [明]宋濂等《元史》卷18，中华书局1976年版，第381页。

⑥ [明]宋濂等《元史》卷22，中华书局1976年版，第478页。

⑦ [明]宋濂等《元史》卷28《英宗纪一》，中华书局1976年版，第609页。

皇帝在藩，以开平为分地，即为城郭宫室。取故宋熙春阁材于汴，稍损益之，以为此阁，名曰大安。既登大宝，以开平为上都，宫城之内不作正衙。此阁岿然，遂为前殿矣。规制尊稳秀杰，后世诚无以加也。'是故大安阁乃忽必烈潜邸王府正殿，建于元宪宗时。"[①]元诗人都将大安阁当作大都的象征，纷纷写诗赞美。除上诗外，周伯琦《扈从上京学宫纪事绝句二十首》云："层甍复阁接青冥，金色浮图七宝楹。当日熙春今避暑，滦河不比汉昆明。"（其二）"五色灵芝宝鼎中，珠幢翠盖舞双龙。玉衣高设皆神御，功德巍巍说祖宗。"（其三）诗中有注："右二首咏大安阁，故宋汴熙春阁也，迁建上京。"[②]另一组《次韵王师鲁待制史院题壁二首》其一云："大安御阁势岧亭，华阙中天壮上京。虹绕金堤晴浪细，龙蟠粉堞翠冈平。众星拱北乾坤大，万国朝元日月明。分署玉堂清似水，箫韶时听凤凰声。"[③]无论是大安雄居乾坤、"壮上京"的气势，还是"万国朝元"的威严，都传达出周伯琦的歌颂心态。许有壬《竹枝十首和继学韵》云："大安阁是广寒宫，尺五青天八面风。阁中敢进竹枝曲，万岁千秋文轨同。"（其十）[④]许有壬的"万岁千秋文轨同"的良好祝愿更表达了元人对朝廷"文治"的期盼。

又如其五十九、七十二、七十四、一百一等诗，同样是展现上都城中著名建筑的诗歌，展示了上都的其他建筑之美和积淀之深。

玉窦桥边日月明，金棋界脉直如绳。世皇存此为殷鉴，上刻宣和示废兴。（五十九）

圜殿仪天十六楹，向前黄道不教行。帐房左右悬弓角，尽是君王宿卫兵。（七十二）

玉德殿当清灏西，蹲龙碧瓦接榱题。卫兵学得高丽语，连臂低歌井即梨。（七十四）

棕毛四面拥龙床，殿角凉生紫雾香。上位励精求治切，不曾朝退不抬汤。（一百一）

据陶宗仪《南村辍耕录》卷20《宫阙制度》载："引金水至其后，转机运斢，汲水至出顶，白石龙口，注方池，伏流至仁智殿后，有石刻蟠龙，昂首喷水仰出，然后由东西流入于太液池。由前有白玉石桥，长二百余尺，直仪天殿后。"[⑤]"玉德殿在清灏外，七间，东西一百尺，深四十九尺，高四十尺。饰以白玉，甃以文石，中设

① ［元］张昱等撰，陈高华辑校：《辽金元宫词》，北京古籍出版社1988年版。
② 杨镰：《全元诗》第40册，中华书局2013年版，第357页。
③ 同上，第342页。
④ 杨镰：《全元诗》第34册，中华书局2013年版，第428页。
⑤ ［元］陶宗仪：《南村辍耕录》卷20《宫阙制度》，中华书局1959年版，第252页。

曾像。"[①]"圜殿在山前，圆顶上置涂金宝珠，重檐。后有流杯池，池东西流水圜亭二，自殿有庑以连之。"[②]"棕毛殿在假山东偏，三间，后盝顶殿三间。前启红门，立垣以区分之。"[③]这些诗歌分别描绘了玉窦桥、圜殿、玉德殿、棕毛殿等建筑所处位置及概况，展现了元代宫廷建筑独特风貌、景观特征，又间接记录了期间发生的历史事件。《宫阙制度》条末段引虞集语感叹道："史官虞集曰：'尝观纪籍所载，秦汉隋唐宫阙，其宏丽可怖也，高者七八十丈，广者二三十里。而离宫别馆，绵延联络，弥山跨谷，多或至数百所。嘻！真木妖哉。由余有言，使鬼为之，期劳神矣。使人为之，则苦人矣。'……（虞）集检修经世大典，将作所疏宫阙制度为许，于是知大有径庭于古也。方今幅员之广，户口之夥，贯税之富，当倍秦汉而参隋唐也，顾力有可为而莫为，期则其所乐不在于斯也。"[④]张昱诗中的"殷鉴""废兴""励精求治"等语，寓历史事件于景观描绘中，同样传达出作者的忧患意识。

《辇下曲》中除展示宫廷建筑的雄伟壮观外，对大都城中的著名景观、名胜之地也着墨不少。如其一百二便是描绘海子热闹的景象的，诗云：

> 栏马墙临海子边，红葵高柳碧参天。过人不敢论量数，雨露相将近百年。

海子，《元史》志第十地理一《中书省》"大都路"条载："海子在皇城之北，万寿山之阴，旧名积水潭，聚西北诸泉之水，流入都城而汇于此，汪洋如海，都人因名焉，恣民渔采无禁，拟周之灵沼云。"[⑤]又《元史》志第二十七下《祭祀六》"国俗旧礼"条记游皇城之路线云："起行从西宫门外垣，海子南岸，入厚载红门，由东华门过延春门而西。"[⑥]清乾隆帝有《海子行》，系咏南海子南苑者。然《元史》之海子则在明清皇城之北，为今北海、十刹海之地。

十、反映宫女生活

宫女是古代宫闱之中为皇帝、后妃及其子女服务的女性。元代史书有关这方面的记载不多。明代萧洵《故宫遗录》载："后宫约千余人，掌以阉寺，给以日饭，又何盛也。"[⑦]据陈高华先生考证："元朝宫闱中的后妃以蒙古为主，少数

---

① ［元］陶宗仪：《南村辍耕录》卷20《宫阙制度》，中华书局1959年版，第252页。
② 同上，第257页。
③ 同上。
④ 同上。
⑤ ［明］宋濂等：《元史》卷58，中华书局1976年版，第1347页。
⑥ ［明］宋濂等：《元史》卷77，中华书局1976年版，第1923页。
⑦ ［明］萧洵：《北平考·故宫遗录》，北京古籍出版社1982年版。

是色目人，还有个别高丽人。宫女则来自不同的民族和地区。蒙古女子无疑占有很大的比重，但见于记载的不多。”[①]宫女的来源不外乎战争俘获和民间选女而得。反映宫女生活是宫词的传统题材，其《辇下曲》中多有展现，其九十、九十七云：

肩垂绿发事康禅，淡扫蛾眉自可怜。出入内门装饰盛，满宫争迓女神仙。

绯国官人直女工，衾稠载得内门中。当番女伴能包袱，要学高丽顶入宫。

前者描述了宫女修“糠禅”时的生活场景。“糠禅”又称头陀教，金天眷初（1138年左右）与“瓢禅”同时存在过。“糠禅”实即“修头陀行者”苦修的一派佛教。“头陀”梵文为 Dhuta，译为“杜多”或“抖擞”，意思是抖去一切尘缘，坚忍苦修，定慧自有心得，以达到彼岸，非一般出家的僧尼可比。诗写一修“糠禅”的宫女，缁衣道服，绝意应缘，向往超现实世界解脱自己，或去追求来生。后者描述了元朝征高丽国女子入宫的情形。“宫衣新尚高丽样，方领过肩半臂裁。连夜内家争借看，为曾着过御前来。”（《宫中词》其八）“宫衣新尚高丽样”，指的是宫女们以身着高丽女子服装为时尚，侧面反映了元朝有选高丽女子之制。在元代，高丽贡女制度是蒙元帝国与高丽王国和平相处的重要纽带，“高丽贡女制度从本质上说是一种国家政治行为。在北方游牧民族传统习俗基础上建立起来的婚姻文化价值观，既是蒙古贵族采用贡女制度来体现蒙元帝国对高丽王国控制的重要原因，又是该制度在元代得以不断发展的主要动力源”[②]。“绯国宫人”极有可能是指非洲来的仆人。《草木子》载：“北人女使，必得高丽女孩童；家僮，必得黑厮。不如此，谓之不成仕宦。”[③]汪大渊《岛夷志略》中“加将门里”条云：“从杂回人居之，其土商每兴贩黑囡，往朋加剌，互用银钱之多寡，随其大小高下而议价。”[④]

史料记载，元朝向高丽提出贡女要求有 25 次，高丽主动贡女有 32 次。有

① 陈高华：《元朝的宫女》，《文史知识》2008 年第 8 期。

② 喜蕾、特木尔巴格那：《元代高丽贡女制度与其政治文化背景》，《内蒙古社会科学（汉文版）》2003 年第 5 期。

③ ［明］叶子奇撰：《草木子 · 杂制篇》，《元明史料笔记丛刊》中华书局 1959 年版，第 63 页。

④ ［元］汪大渊：《岛夷志略 · 加将门里条》，文渊阁《四库全书》，第 594 册，台湾商务印书馆 1986 年版，第 95 页。

学者统计,高丽所贡女子达1479人之多[①]。泰定元年(1324)六月,泰定帝遣阔阔等诣朝鲜,取女子30人。赵翼《廿二史札记》“元时选秀女之制”条曰:“文宗以宫中高丽女不颜帖尔赐丞相燕铁木儿,高丽王请割国中田以为资奁。顺帝次皇后奇氏完者忽都本高丽女,选入宫中有宠,遂进后位。而其时选择未已,台臣言‘国初高丽首先效顺,而近年屡遣使往选媵妾,使生女不举,女长不嫁,乞禁止。’从之。”[②]从来高丽女子选入中国只充媵妾,当时仕宦之家必有黑为僮,高丽女为婢,高丽女之身份甚贱。奇氏入宫,并非平步升天立为皇后,而要经过长期奋斗,方进后位。奇氏初事顺帝为司茗宫婢,后得宠。《元史·后妃一》载:“完者忽都皇后奇氏,高丽人,生皇太子爱猷识理达腊,家微,用后贵,三世皆追封王爵。初徽政院使秃满迭儿进为宫女,主供茗饮,以事顺帝。后性颖黠,日见宠幸,后答纳失里皇后方骄妒,数棰辱之。答纳失里既遇害,帝欲立之,丞相伯颜争不可。伯颜罢相,沙剌班遂请立为第二皇后,居兴圣宫,改徽政院为资正院。”[③]

宫女中亦有等级之别,有的照料皇帝、皇后起居及日常生活,地位较高,如上文的高丽女子奇氏,入宫后“主供茗饮,以事顺帝”。有的从事乐舞,如“善琵琶”的李宫人,有的从事缝纫。元后宫“缝纫女库房三间,红门一”《辇下曲》[④]。其八十九、九十再现了宫女接受秘戒及驱鬼活动,诗曰:

> 似将慧日破愚昏,白日如常下钓轩。男女倾城求受戒,法中秘密不能言。(八十九)
>
> 三宫除夜例驱傩,遍洒巫臣马湩多。组烛小儿相哄出,卫兵环视莫如何。(九十)

前一首诗咏宫人之受秘密戒者,以开愚者之智慧。后一首诗写三宫女子除夕夜的驱鬼迎神活动。驱傩有大傩仪、小傩仪之分。盛行于宫中的主要为大傩仪。大傩,意在“逐尽阴气为阳导也,今人腊岁前一日击鼓驱疫,谓之逐除是也”。孟元老《东京梦华录》卷10《大傩仪》载:“至除日,禁中呈大傩仪,并用皇城亲事官。诸班直戴假面,绣画色衣,执金枪龙旗。教坊使孟景初身晶魁伟,贯全副金镀铜甲,装将军;用镇殿将军二人,亦介胄,装门神;教坊南河炭丑恶魁肥,装判官;又装钟馗、小妹、土地、灶神之类,共千余人。自禁中驱祟,出南

---

① 参见:喜蕾《元代高丽贡女制度研究》第二章《元代高丽贡女年表》,民族出版社2003年版。

② [清]赵翼:《廿二史札记》卷30,商务印书馆1958年版,第439页。

③ [明]宋濂等:《元史》卷114《后妃一》,中华书局1976年版,第2880页。

④ [元]陶宗仪:《南村辍耕录》卷20《宫阙制度》,中华书局1959年版,第253页。

薰门外，转龙弯，谓之‘埋祟’而罢。是夜禁中爆竹山呼，声闻于外。士庶之家，围炉团坐，达旦不寐，谓之守岁。”[①]而对比其他史料记载，元代宫廷驱傩仪式也大体如此。

再现宫女生活场景的，除《辇下曲》中相关内容外，张昱还创作了《宫中词二十一首》。这组诗歌是模仿王建、花蕊夫人以写宫中生活。序云：“宫中词唯唐陕西司马王建一百首为得体，盖从内臣出入宫闼，所赋具实见其事。厥后蜀主花蕊夫人效其体，赋诗一百首，亦其身亲见之。宋王安国校官书，见其本序而置之内阁。元初，奉天杨奂录宋宫人语五言诗十八首，颇得其情，足次二家后。大抵宫中词论富有天下，贵为天子，不可以文工拙称。必非想象，必亲见，皆非闾巷之士可拟而赋者。后学庐陵张昱光弼志。”[②]以其序中所言，其“所赋具实见其事”。从“元初，奉天杨奂录宋宫人语五言诗十八首，颇得其情”的表述中可见，此组诗歌是受元初诗人杨奂的《录汴梁宫人语十九首》影响而成。“殿前轮直罢，偷去赌金钗。怕见黄昏月，殷勤上玉阶。”（其三）“翠翘珠掘背，小殿夜藏钩。蓦地羊车至，低头笑不休。”（其四）[③]《元诗纪事》引《南村辍耕录》评云：“杨文宪公奂尝作汴故宫记云云。公又有录汴梁宫人语五言绝句一十九首，虽一时之所寄兴；亦不无伤感之意。云云。”又引《诗薮》评云：“杨焕然录大梁宫人语十九绝，殊得仲初格调。如‘怕见’云云，‘蓦地’云云之类。”[④]选录数首分析如下：

红光满室产皇储，天下千秋与祝釐。侍女后妃颁剩彩，天颜有喜内臣知。（一）

裹头保母性温存，不敢移身出内门。寻得描金龙凤纸，学模国字教皇孙。（二）

颁赐三宫端午节，金丝缠扇绣红纱。谢恩都作男儿跪，拜起深深鶡尾斜。（三）

内人哄动各盈腮，谈自西宫撒雪回。报与内司当有宴，羊车今晚早将来。（四）

网轩凉思早相催，红叶生时雁又来。不用题情付流水，已从步辇过宫回。（五）

樱桃红熟覆黄巾，分赐三宫遣内臣。拜跪酬恩归院后，金盘酪粉试尝

① [宋]孟元老撰，邓之诚注：《东京梦华录》卷10《大傩仪》，中华书局1982年版，第253页。

② 杨镰：《全元诗》第44册，中华书局2013年版，第55页。

③ 杨镰：《全元诗》第1册，中华书局2013年版，第95—97页。

④ [清]陈衍撰，李梦生点校：《元诗纪事》卷3，上海古籍出版社1987年版，第18页。

新。(六)

徽仪殿里不通风,火者添香殿阁中。榻上重重铺设好,君王今夜定移宫。(七)

和好风光四月天,有花飞尽感流年。宫中无以消长日,自擘龙头二十弦。(九)

延华阁下日如年,除是当番到御前。寻出涂金香坠子,安排衣线捻春绵。(十一)

频把香罗拭汗腮,绿云背绾未曾开。相扶相曳还宫去,笑说秋千架下来。(十二)

饮到更深无厌时,并肩侍女与扶持。醉来不问腰肢小,照影灯前舞柘枝。(十七)

残却花间一局棋,为因宣唤赐春衣。近前火者催何急,惟恐君王怪到迟。(十八)

从行火者笑相招,步辇相将过钓桥。鹿顶殿开天乐动,西宫今日赛花朝。(十九)①

这是一组展示宫女生活的"专题"诗集。其一,写宫妃产下皇储,天子非常高兴,后宫内中宫女与宫妃皆得到犒赏。其二,写宫女宫中以"描金龙凤纸"临摹元朝帝师八思巴发明的新文字,以备将来教导皇孙。史载,至元六年(1269)二月,忽必烈以诏书形式下达了"新制蒙古字",至元八年十二月,又诏令天下兴起国字学,故内廷亦兴起学认写国字。其三,言端午节天子御赐宫女,宫女盛装以拜谢的场景。鹖尾,鹖的尾羽,用作冠饰。其四,言冬天宫女赏雪、玩雪归来的热闹场景。内司,为女官之长,掌宫内诸事,地位与外官的尚书令、尚书仆射相当。其五,诗借"红叶题诗"的典故,感叹宫女们在皇宫中凄惨而恓惶的生活。其六,写天子赏赐樱桃、众宫女跪谢后分享的场景。其七,言徽仪阁中宫妃精心铺设好床铺,等待天子御幸的场景。柯九思《宫词十首》云:"徽仪阁内制春衣,日长倦绣立彤闱。奚官折送杏花去,笑看玉阶蝴蝶飞。"(其一)一者制衣,一者叠被,皆为君悦。其九,言宫女在四月里弹琴消遣时光。元宫中弹琵琶之风甚盛,为宫人消闲之一法。迺贤《宫词》云:"绣床倦倚怯深春,窗外飞花落锦茵。抱得琵琶阶下立,试弹一曲斗清新。"其十一,言宫女从内府支取布料,连夜赶制新衣,明天到西内游春赏花。其十二,言宫女在荡秋千的情形。秋千,本名千秋,汉武帝时后庭宫女之戏,历代因之。天宝时,时皇称之为"半仙之戏",于寒食节竞竖秋千。不仅宫中,民间亦风行。此戏或由山戎传来,蒙

① 杨镰:《全元诗》第44册,中华书局2013年版,第55—57页。

古本俗无之，入宫后，从汉人学得。其十七，言宫女饮酒而醉的憨态。其十八，言宫女在花下弈棋，正逢天子宣召，匆忙之间收拾衣装的情形。火者，即宦官，亦泛指受阉的仆役。其十九，鹿顶殿外天乐阵阵型，花团锦簇，笑声如潮。宫妃乘坐步辇，参加宫中一年一度的花神节。《宫中词二十一首》既描绘了宫女们的日常生活，也反映了她们内心的情感，构成了宫廷文化的一道独特景观。

十一、记录颁历及航海盛况

在古代社会，历法对社会产生的影响，很大程度上通过朝廷颁发历书来实现。苏天爵《经世大典序录·历》云："钦天授时，帝典先焉。我世祖皇帝，混一区夏，首征名儒，作授时历。为仰仪、简仪及诸仪表，创物之智有古人未及者。于是测景之所，东极句丽，西极滇池，南逾朱厓，北尽铁靳，凡二十有七，是亦古所未备者也。"[①]在大规模天文观测的基础上，元代著名科学家郭守敬主持修订新历法，定名为"授时历"。这种历法计算方法比较简易，准确度较高，与现在通行的公历（格雷果里历）相同。但后者的使用要比"授时历"晚300年左右。

其十二便是反映向皇帝进呈新历的，诗云：

> 授时历进当冬至，太史舁官近御前。御用粉笺题国字，帕黄封上榻西边。

诗写太史院官向元帝进呈御用历，该历用"粉笺"题写蒙古文字，以黄色丝物封裹，乃从御塌之西进呈。描写同样内容的，柯九思《宫词一十五首》其十三云："珠宫赐宴庆迎祥，丽日初随彩线长。太史院官新进历，榻前一一赐诸王。"[②]该诗之后另有补注曰："每岁日南至，太史进来岁历日。"从注中交待的背景看，此事应发生在蒙元统治集团的某次宴会上，恰逢太史院在此时进呈新历，皇帝顺便赐给诸王，场合甚是热闹。

据汪小虎在《元代颁历制度述略》一文中考证："颁历授时之政，源自汉族政权，辽、金皆沿袭此传统。蒙元由少数民族入主中原，也经历了逐步汉化的过程。在适应对汉族民众统治的过程中，元朝开始颁发历书。"[③]从授历时间上讲，元代冬至授历的传统可上溯至汉代，如《后汉书·百官志》记载太史令职责："掌天时星历，凡岁将终，奏新年历。"[④]朝廷官员获得日历，当由太史院传送。至于民间，时间会更晚一些。据《析津志辑佚》载：太史院进历后，"市中即

---

① ［元］苏天爵：《元文类》卷41《经世大典序录》，商务印书馆1958年版，第547页。

② ［元］顾瑛辑，杨镰、祁学明等整理：《草堂雅集》上册，中华书局2008年版，第3页。

③ 汪小虎：《元代颁历制度述略》，《科学与管理》2012年第5期。

④ ［南朝］范晔：《后汉书》，中华书局1976年版，第276页。

有卖新历者”[1]。可见市面上普通百姓接触到日历要比朝廷官员晚些。《南村辍耕录》卷5《授时历法》条中还专门收录了“授时历要法歌”,其歌曰:“授时历法君要知,但以九年旧历推。月大月小起初一,看其初一天地支。大月天干五支九,小月天四地八耦。月大三十日无差,月小分明只廿九。节气只凭九年历,二十四气真端的。天干三数地支七,熟记心中须历历。定时二十四年取,逢时虑遇八君无虑……”[2]这对授时历的普及起到了很好的推广作用。

反映元代科技发明成果,也是《辇下曲》的内容之一。元代大都的科技水平很高,汇集了不少科技人才,郭守敬就是其中的典型。他在前人的基础上设计制造了简仪、仰仪和高表等天文仪器。其四十五云:

> 仪台铁表冠龙尺,上刻横文晷度真。中国失传求远裔,犹于回纥见斯文。

简仪、仰仪等天文仪器一直保存至清初,康熙五十四年(1715)毁于西方传教士之手[3]。高表是由前代圭表改制的,可以更精确地测定冬至、夏至等节气的时刻,推算一年的日数。“仪台铁表冠龙尺,上刻横文晷度真”[4],可惜的是这一天文仪器也早已损坏了。为了安置天文仪器,经忽必烈批准,郭守敬主持修造了司天台(灵台)。司天台位于大都城东南角,上述各种仪器大都安置在台上,高表则设在司天台的右边。后来,明清两代的观象台也都设置在这里。

元代在前代基础上,大规模整修运河,又大力拓展海运。经过长时间酝酿,最后采取了从长江口的崇明附近出海,向东行败黑水大洋,北趋成山(山东半岛东部),经渤海南部,至界河(海河)口的直沽,再转运大都的路线。顺风时10天左右即可到达[5]。《元史》卷93《食货一·海运》载:“元都于燕,去江南极远,而百司庶府之繁,卫士编民之众,无不仰给于江南。自丞相伯颜献海运之言,而江南之粮分为春夏二运。盖至于京师者一岁多至三百万余石,民无挽输之劳,国有储蓄之富,岂非一代之良法欤。”[6]把江南丰富的物资输送到大都,主要是两条渠道:一是河运,一是海运。这段史料记载可见元代的海运在当时的

---

① [元]熊梦祥著,北京图书馆善本组辑:《析津志辑佚》,北京古籍出版社1983年版,第212页。

② [元]陶宗仪:《南村辍耕录》卷5《授时历法》,中华书局1959年版,第57—60页。

③ 按:明代仿制的简仪,现存于南京紫金山天文台内,已残缺不全。

④ 按:高表“以铜为表,高三十六尺,端挟以二龙,举一横梁,下至圭,共四十尺”(《元史》卷52,《历志一》)。“仪台铁表冠龙尺”,即指二龙举一横梁而言。

⑤ 参见:陈高华、史卫民《元代大都上都研究》,中国人民大学出版社2010年版,第81—82页。

⑥ [明]宋濂等:《元史》卷93《食货一》,中华书局1976年版,第2364页。

经济生活中的重要地位。如其二十三云：

国初海运自朱张，百万楼船渡大洋。有训不教忘险阻，御厨先饭进黄粱。

诗中运用典故，交待海运航线开辟的历史和对大都的作用。朱清、张瑄原为海上亡命者，出没险阻，若风与鬼。伯颜下临安，取南宋库藏，欲运往大都，于是招朱清、张瑄，由海道运往直沽，转至大都。当时大都缺粮，伯颜又命朱清、张瑄造平底船 60 艘，运粮 46000 余石至直沽，以后又数度改变航路，缩短航运日期，缓解大都粮食供应紧张局面。除了粮食，宫廷所须及民间应用各项南方物资，也由海运供给。元初南北海运，也为远洋航运奠定了基础。“视河漕之费，则其所得盖多矣”，然而海运也存在一定的风险，“然风涛不测，粮船漂溺者无岁无之，间亦有船坏而弃其米者”[①]。

元朝定都大都(今北京)后，要从江浙一带运粮到大都。为了避免绕道洛阳，裁弯取直，元朝就修建了济州、会通、通惠等河。据《元史》卷 64《志第十六・河渠一》载：“元有天下，内立都水监，外设各处河渠司，以兴举水利、修理河堤为务。决双塔、白浮诸水为通惠河，以济漕运，而京师无转饷之劳。”[②]“至元二十六年，寿张县尹韩仲晖、太史院令史边源相继建言，开河置闸，引汶水达舟于御河，以便公私漕贩。省遣漕副马之贞与源等按视地热，商度工用，于是图上可开之状……六月辛亥成，凡役工二百五十一万七百四十有八赐名会通河。”[③]这些举措都大大地增强了元代漕运的能力。有关元代海运与漕运研究文章可参考《元代海运与河运研究综述》[④]一文。

十二、呈现宫中游艺活动

宫廷游艺活动是宫廷生活的一个重要组成部分，它不仅有重要的社会活动职能，更能反映一个时代的文艺体育活动的特色与水平。其五十五云：

直从海子望蓬莱，青雀传言日几回？为造龙舟载天姆，院家催造画图来。

此诗记宫中划龙舟之事。元太液池在大内之西，即今三海之地也。蒙古人称湖曰海子。萧洵《故宫遗录》曰：“海(湖)广可五六里，驾飞桥于海中，西渡半起

① ［明］宋濂等：《元史》卷 93《食货志一》，中华书局 1976 年版，第 2366 页。
② ［明］宋濂等：《元史》卷 64《志第十六》，中华书局 1976 年版，第 1589 页。
③ 同上，第 1609 页。
④ 参见：孟繁清《元代海运与河运研究综述》，《中国史研究动态》2009 年第 9 期。

瀛洲圆殿，绕为石城，散作洲岛。”[①]故海中央为仪天殿，如海中岛也。《南村辍耕录》卷21“宫阙制度”条载：“太液池在大内西，周回若干里，植芙蓉。仪天殿在池中圆坻上，当万寿山，十二楹，高三十五尺，围七十尺。”[②]既植芙蓉，则宜荡舟于荷花深处矣。太液秋色为“燕京八景”之一，太液芙蓉则诗人品题之物也。元之仪天殿，即明清之承光殿，惟今非在水中央，东与陆连耳。团城当即《辍耕录》之圆坻，为元宫苑唯一可辨认之地，元代大宴时盛酒湩之大玉瓮今贮于此。

元起朔漠，胡人不善弄舟，元世祖时代宫中不以戏龙舟闻。成宗多病，卧榻有年，皇帝作荡龙舟之戏，未见之史传，惟此时蒙人渐染汉俗，龙舟之物或已传入宫中。及武宗时，则宫中有大规模龙舟之戏，陶宗仪《元氏掖庭记》载：“己酉仲秋，武宗与诸嫔妃泛舟于禁苑太液池中。月色射波，波光映天。绿荷香藻吐秀，游鱼浮鸟竞戏群集。于是画鹢中流，莲舟夹持。舟上各设女军，居左者号曰凤队，居右者号曰鹤团。又彩帛结成采莲采菱之舟，往来如飞。”[③]书中详细地记录了元武宗与诸嫔妃泛舟于禁苑太液池的盛况。

武宗之时既已有戏舟之娱乐，此后元代诸帝皆仍守此俗。《元史·仁宗纪》载，至大四年(1311)“传旨给驿往取杭州所造龙舟，省臣谏曰：‘陛下践祚，诞告天下，凡非宣索，毋得擅进。诚取此舟，有乖前诏。’诏止之”[④]。又，《英宗纪》载，至治二年(1322)十一月“造龙船三艘”[⑤]。又，《元史》卷185《盖苗传》载：“文宗幸护国仁王寺，泛舟玉泉。”[⑥]元顺帝时代，龙舟之构造巧妙，已超越前古。《元史·顺帝纪》载，至正十四年(1354)“帝于内苑造龙船，委内官供奉少监塔思不花监工。帝自制其样。船首尾长一百二十尺，广二十尺，前瓦帘棚、穿廊、两暖阁，后吾殿楼子，龙身并殿宇用五彩金妆，前有两爪。上用水手二十四人，身衣紫衫，金荔枝带，四带头巾，于船两旁下各执篙一。自后宫至前宫山下海子内，往来游戏，行时，其龙首眼口爪尾皆动”[⑦]。马祖常《拟唐宫词十五首》：“合宫舟泛跃龙池，端午争悬百彩丝。新赐承恩脂粉皑，上阳不敢妒蛾眉。”(其四)[⑧]所反映的正是这样的游戏。

元代皇帝在上都期间还要举行各种娱乐活动，如角牴、竞走和歌舞。描写

---

① [明]萧洵：《北平考·故宫遗录》，北京古籍出版社1982年版，第58页。
② [元]陶宗仪：《南村辍耕录》卷21《宫阙制度》，中华书局1959年版，第256页。
③ [元]陶宗仪：《元氏掖庭记》，《丛书集成初编》本，中华书局1991年。
④ [明]宋濂等：《元史》卷24，中华书局1976年版，第546页。
⑤ [明]宋濂等：《元史》卷28，中华书局1976年版，第625页。
⑥ [明]宋濂等：《元史》卷185，中华书局1976年版，第4260页。
⑦ [明]宋濂等：《元史》卷43，中华书局1976年版，第918页。
⑧ 杨镰：《全元诗》第29册，中华书局2013年版，第396页。

角牴(即摔跤)的诗有:“红云霭霭护棕毛,紫凤翩翩下彩条。武士承宣呈角牴,近臣侍宴赐珠袍。”[①]写竞走的诗有:“健步儿郎似尔云,铃衣红帕照青春。一时脚力君休惜,先到金阶定赐银。”(《竹枝十首和继学韵》其五)[②]“官妓平明直禁闱,瑶阶上马月明归。宫花飞落春衫袖,辛苦桑麻入梦稀。”(杨允孚《滦京杂咏》)[③]这里的“官妓”,亦即教坊女乐,她们天明要到宫禁中“供奉”,月明才得离开。

总之,正如张昱在《辇下曲》序中所言:“其据事直书,辞句鄙近,虽不足以上继风雅,然一代之典礼存焉。”[④]对大都城内外的描述包罗万象,举凡宫城、皇城、大城的建筑、景物,皇族的起居、饮食、行旅,以至宗教、文艺活动、风俗娱乐等,全面呈现了宫廷文化的鲜活形态,是后人研究元代大都生活史的重要文献。

第三节　西湖竹枝词与江南民俗

如果说宫词是元代上层宫廷文化的直观呈现,那么流行于民间、“志土风而详习尚”的竹枝词则是元代底层民俗文化的原始记录,二者共构了元代雅俗文化的两极。元末杨维桢发起的西湖竹枝词酬唱活动,成为元末江南文化史上一道独特的景观,再现了江南民俗的特殊魅力。

竹枝词以吟咏风土为主要特色,是社会史料和文化史料的宝库,与地域文化结下了不解之缘。无论通都大邑或穷乡僻壤,举凡山川胜迹,人物风流,百业民情,岁时风俗,皆可抒写。它往往于状摹世态民情中,洋溢着鲜活的文化个性和浓厚的乡土气息。

竹枝词是由古代巴蜀间的民歌演变而来。唐代刘禹锡把民歌变成文人钟情的诗体,对后代影响很大。“竹枝词是民歌与文人诗之间的一座桥梁,把文人从书斋里引出来,面向社会,改变了诗风,成为泛咏风土的新诗体。”[⑤]正是文人的创作,改变了竹枝词沉沦于社会底层的状况,引起了更为广泛的社会关注。向轼《浅析竹枝词的地域风格和文学色彩的流变》一文认为:元代的竹枝词“在传播的地域上和创作的题材上将‘竹枝体’推向了更大的空间。在传播

① [明]姚广孝、解缙等:《永乐大典》卷7702,郑彦昭《上京行幸词》。
② 杨镰:《全元诗》第34册,中华书局2013年版,第428页。
③ 杨镰:《全元诗》第60册,中华书局2013年版,第407页。
④ 杨镰:《全元诗》第44册,中华书局2013年版,第48页。
⑤ 丘良任:《论风土诗》,《暨南学报(哲学社会科学版)》1995年第1期。

的地域上,突破了以三峡为主的地区,南下到江浙地区。在元朝,水路交通的发达,为竹枝词的流传提供了便利,竹枝词也就顺江南下,到了吴地,夹杂着清新的江南味道。在创作题材上则相对较为单纯,描写江南民间爱情生活和吟咏各地风物风习、名胜古迹的作品占了绝对优势,因而也带上了浓浓的江南色彩”①。

元代竹枝词发展的重镇在吴越,这里有着利于其发展的历史和现实的土壤。宋元时期的江南经济发达,都市繁荣,享乐之风兴盛,吸引了大批诗人对吴越的关注。“至如贫者,亦解质借兑,带妻挟子,竟日嬉游,不醉不归。此邦风俗,从古而然,至今亦不改也。”②元代吴越富庶的经济条件和民间文化的发达,给竹枝词的发展奠定了坚实的基础。元末文坛领袖杨维桢的大力倡导,更使得竹枝词达到了前所未有的繁盛。“听我西湖竹枝词”成为一种时尚,影响极大。王士禛《渔洋诗话》曾有“竹枝古称刘梦得、杨廉夫”③之评。翁方纲《石洲诗话》中说:“廉夫自负五言小乐府在七言绝句之上。然七言竹枝诸篇,当与小乐府俱为绝唱。刘梦得以后,罕有伦比,而竹枝尤妙。”④二人均将刘禹锡与杨维桢相提并论,足见他们在竹枝词发展史上的地位不相上下。

吴越竹枝词以“西湖竹枝词”最为发达。明人和维《西湖竹枝集》重刊序云:“其山水之盛,人物之庶,风俗之富,时代之殊,一寓于词,各见其意。”⑤文人竹枝词或歌咏男女爱情,或颂湖山之胜,或描绘民俗风情,或现悠久历史和美丽的传说,集中展现了江南民俗的多姿多彩和深厚的文化底蕴。

一、歌咏爱情的竹枝词

朱熹《诗集传》序说:“凡诗之所谓风者,多出于里巷歌谣之作,所谓男女相与咏歌,各言其情者也。”⑥又,郑樵《通志·乐略·正声序论》云:“《诗》在于声,不在于义,犹今都邑有新声,巷陌竞歌之,岂为其辞义之美哉?直为其声新耳。礼失而求诸野,正为此也。”⑦朱熹是从诗义方面论述的,郑樵则从声调方面进行解释的,将二者结合起来,可认为“风”是一种用地方声调歌唱的表达男女爱情的歌谣。作为元末吴越一带的“风”——西湖竹枝词,其对爱情的吟颂当然

---

① 向轼:《浅析竹枝词的地域风格和文学色彩的流变》,《安康师专学报》2006 年第 2 期。

② [宋]吴自牧编:《梦粱录》,商务印书馆 1939 年版,第 8 页。

③ [清]王夫之等撰:《清诗话》上,中华书局 1963 年版,第 171 页。

④ 郭绍虞选编,富寿荪校点:《清诗话续编》,上海古籍出版社 1983 年版,第 1459 页。

⑤ 王利器等编:《历代竹枝词》,陕西人民出版社 2003 年版,第 66 页。

⑥ [宋]朱熹注:《诗集传序》,《新刊四书五经》,中国书店 1994 年版,第 1 页。

⑦ [宋]郑樵撰,王树民点校:《通志二十略》,中华书局 1995 年版,第 887 页。

成为最重要的主题。现存《西湖竹枝集》中歌咏爱情的诗歌有120首左右，大多为组诗。

江南秀丽的山水和富庶的经济环境，孕育了江南人婉约的性格和细腻的情感，为爱情竹枝词的诞生提供了肥沃的土壤。这其中既有少男少女们热烈的思慕之情，也有身处闺中少妇的相思之苦，更有热恋中情侣的山盟海誓，抒情主人公也由西湖女性替代了传统的男性。具体来说，主要有三种类型：

一是诉说女子守候爱情的艰辛。如陈樵《竹枝词二首》云：

望夫石上望夫时，杜宇朝朝劝妾归。未必望夫身化石，且向征夫屋上啼。(一)

僻亭女儿生可怜，今年同上采莲船。妾心恰是荷心苦，知食么荷不食莲。(二)[1]

相传古代有个女子，因为丈夫离家远行，经久未归，就天天上山远望，盼望丈夫归来。但是许多年过去了，丈夫终未回来，这女子便在山巅化为石头。人们就把此石称作望夫石，此山称作望夫山了。杜宇为传说中的古蜀国国王，曰“望帝”。晚年时，洪水为患，蜀民不得安处，乃使其相鳖灵治水。杜宇感其治水之功，让帝位于鳖灵，号曰“开明”。杜宇退而隐居西山，传说死后化作杜鹃鸟。第一首，借助望夫石、杜鹃典故，表达了对“征夫”的执着的思念。第二首，用“妾心”苦于“荷心”之比，表达“衣带渐宽终不悔，为伊消得人憔悴”的煎熬。

朱庸《西湖竹枝词二首》、郑元祐《竹枝二首》、李元圭《和西湖竹枝词二首》也表达了同样的主题，诗云：

小姑疑郎去不归，为郎打瓦复钻龟。青山尚有飞来日，不信人无想见时。(一)

阿奴采莲湖上舟，阿郎贩豆辽东州。一心愿逐东流水，流送辽东古渡头。(二)

岳王坟西是妾家，望郎不见见栖鸦。孤山若有奢华日，不种梅花种杏花。(一)

青青两点海门山，郎去贩鲜何日还。潮水便如郎信息，江花恰是妾容颜。(二)

郎去远过江上山，望郎江上几时还。只怕郎归不相识，湖边日日照容

[1] 杨镰：《全元诗》第28册，中华书局2013年版，第374页。

颜。(一)

三月湖边花正开,江边望船郎未回。燕子来时春又去,心酸不待吃青梅。(二)[①]

第一组,写言阿奴采莲湖上、阿郎贩豆辽东,潺潺流水,依依惜别。第二组,写女子家居西湖边,思念出海贩卖海鲜的阿郎,以潮水与江花喻相思想恋,生动传神。第三组,写春去春回,往而复来,女子伫立江边,怅望渔船,盼郎归来。这三组竹枝词中的女主人公,无论是“为郎打瓦复钻龟”,还是“望郎不见见栖鸦”“望郎江上几时还”,字里行间流露出的都是无比的哀怨和一如往昔的爱意,惹人怜爱。

二是歌颂爱情的忠贞和对心上人的深切爱意。如杨维桢《西湖竹枝歌九首》云:

苏小门前花满株,苏公堤上女当垆。南官北使须到此,江南西湖天下无。(一)

鹿头湖船唱赧郎,船头不宿野鸳鸯。为郎歌舞为郎死,不惜真珠成斗量。(二)

家住城西新妇矶,劝君不唱缕金衣。琵琶元是韩朋木,弹得鸳鸯一处飞。(三)

劝郎莫上南高峰,劝郎莫上北高峰。南高峰云北高雨,云雨相催愁杀侬。(四)

湖口楼船湖日阴,湖中断桥湖水深。楼船无柁是郎意,断桥有柱是侬心。(五)

病春日日可如何?起向西窗理琵琶。见说枯槽能卜命,柳州巷口问来婆。(六)

小小渡船如缺瓜,船中少妇竹枝歌。歌声唱入箜篌调,不遣狂夫横渡河。(七)

石新妇下水连空,飞来峰前山万重。妾死甘为石新妇,望郎忽似飞来峰。(八)

望郎一朝又一朝,信郎信似浙江潮。床脚支龟有时烂,臂上守宫无日消。(九)[②]

第一首交待组诗写作地点,“苏小门”“苏公堤”“江南西湖”等暗示出为杭州西

① 雷梦水等编:《中华竹枝词》,北京古籍出版社1996年版,第1626、1624、1651页。
② 杨镰:《全元诗》第39册,中华书局2013年版,第79—80页。

湖。后8首以女子口吻，抒发对爱慕之人的坚贞爱情。其二中“为郎歌舞为郎死”写出了女子敢于为爱献身的勇气。其三借用韩朋夫妻不畏强权、以身赴死的典故来表明坚守爱情的心志。其四以劝郎不上南、北高峰起兴，抒发思念郎君的哀愁。末句“云雨相催愁杀侬”，伤感而温婉。其五以湖口楼船、湖中断桥起兴，“楼船无柁”暗喻郎君行踪不定，“断桥有柱”实指己心之坚定。其六以卜命来抒发自己对郎君心思的不可捉摸，对爱情的迷茫，暗含哀怨之意。其七借少妇唱竹枝歌意象，表达挽留郎君的坚定心意。其八中以“妾死甘为石新妇”与“望郎忽似飞来峰”相连，可谓惊心动魄，反映了女子对爱情的坚贞。其九写女子望郎不归而贞守自励。组诗除第一首交待空间背景外，其余诗歌都是歌颂爱情主题的。通过女性的视角，或写少女的绵绵爱意，或抒少妇的无尽相思，风格清丽。胡应麟称之为“俊逸浓爽，如有神助”①。明人杨慎《升庵诗话》则称“一时和者五十余人，诗百十余首”②，足见影响之大。

丁复《次韵西湖竹枝词四首》也是这方面的代表，其诗曰：

> 上塘杨柳下塘阴，阿郎爱人不爱金。塘水西流东入海，水深不似阿侬深。(一)
>
> 柳叶如眉枝似腰，赠郎辄挽最长条。条长即与侬心远，不是为侬春态娇。(二)
>
> 钱塘潮来两岸平，钱塘潮去江月明。钱塘女子新楼阁，夜半吹箫鸾凤鸣。(三)
>
> 郎爱捕鱼侬织蓑，劝郎不必要登科。一家买鱼得食少，一官悬鱼忧患多。(四)③

诗人以女子口吻写出如此柔婉的竹枝词，实属难得。这也体现出与杨维桢等群体唱和《西湖竹枝词》的总体风格，是江南水乡文化的温润底色使然。组诗既有“柳叶如眉枝似腰”的形象展示，也有“水深不似阿侬深”的柔情蜜意，更有“阿郎爱人不爱金”“劝郎不必要登科”展现出的进步的婚恋观。

还有一些诗则是女子对爱人的劝诫，因为男子的多情而感到不安，希望相爱的人能永远忠于对方。例如吴礼《西湖竹枝词二首》诗云：

> 湖上鸳鸯相对飞，春寒著人郎未归。莫卷珠帘看行路，杨花撩乱扑人衣。(一)

---

① ［明］胡应麟：《诗薮·外编》卷6，上海古籍出版社1979年版，第241页。

② ［明］杨慎：《升庵诗话》卷4，丁福保《历代诗话续编本》，中华书局1983年版，第698页。

③ 杨镰：《全元诗》第27册，中华书局2013年版，第422页。

不爱郎君紫绮裘,不爱郎君珊瑚钩。永求同生愿同死,化作莲花长并头。(二)[①]

其一,运用双关手法,希望远行的爱人不要被外面的女子所迷惑。沈右的《西湖竹枝词》:"劝郎莫向花下迷,劝郎莫待醉如泥。临行更有分明语,枝上流莺休乱啼。"[②]写女子在送行时谆谆嘱咐爱人不要沉迷于酒色,情感基调,如出一辙。其二,表达了女子忠贞爱情,可以为爱人牺牲自己。不能求同生,但求共一死,不以物欲满足为前提,但展示出吴越女子刚烈性格和进步的爱情观。

三是写少女的思念和矛盾心境。举例如下:杨庆源的"湖中采菱菱刺长,芡头新剥掌中藏。掌中芡子眼中泪,化作鲛珠来遗郎"(《西湖竹枝词二首》其二);申屠衡的"春去春来愁别离,淡妆浓抹妒西施。只今五斗青螺黛,留待郎归却画眉"(《西湖竹枝词》);陈樵的"吴越相望瘴海深,一十二驿到山阴。朱麟日走一千里,不为传书寄阿心"(《西湖竹枝词二首》其一);贡师泰的"芙蓉叶底双鸳鸯,飞来飞去在横塘。人生多少不如意,水远山长难见郎"(《西湖竹枝词六首》其三);杨维桢的"宝带桥西江水重,寄郎书去未回侬。莫令错送回文锦,不答鸳鸯半字封"(《吴下竹枝歌七首》其三)。[③] 这些诗句均反映了吴中少女对爱情的渴望与羞涩、大胆与怯懦的矛盾冲突。将少女想爱又不敢爱,又不能不爱,割舍不下的心理展现得活灵活现。

有研究者指出,西湖竹枝词中爱情主题特别兴盛的原因,与西湖所代表的"江南诗性精神"[④]密不可分,它从两个方面推动了西湖竹枝词爱情主题的盛行。一是江南人对诗酒美人的诗性境界的追求。二是江南人的诗意生活理想中对"情爱世界"的追求。西湖竹枝词中江南女子对爱情的向往、哀怨或赞美也只是江南士人从男性角度作出的想象和建构。"诗性的江南"孕育了多愁善感的女子,进而成为西湖竹枝词的主旋律也就不足为奇了。正所谓一方水土养一方人,这里的"养"不仅指提供特质资料,更指精神的涵养与熏陶。

二、展现西湖的山光水色

江南风光宜人,小桥流水、桃红柳绿、杏花春雨,无不浸染着浓郁的"水乡的韵味"。在《西湖竹枝集》中,此类展现西湖山水美景的作品约有 200 首。姚文奂《竹枝词四首》云:"冰肌玉骨自清凉,藕花十里锦云香。一朵红衣出脱卸,

① 雷梦水等编:《中华竹枝词》,北京古籍出版社 1996 年版,第 1664 页。
② 杨镰:《全元诗》第 40 册,中华书局 2013 年版,第 319 页。
③ 王利器等编:《历代竹枝词》,陕西人民出版社 2003 年版,第 113、105、41、69、61 页。
④ 参见:刘永《江南文化的诗性精神研究》,上海师范大学 2010 年博士学位论文。

那将莲子打鸳鸯?”(其三)映入眼帘的是满塘亭亭玉立的荷花和扑面而来的荷香。李庸《竹枝词》云:“六桥桥下水流东,桥外荷花弄晚风。郎心似水不肯定,妾颜如花空自红。”[①]则以江南的小桥流水、荷花娇艳的美景起兴,抒发对情郎“心似水不肯定”的担忧和红颜易逝的迟暮之感。

西湖一年四季都可以观赏到不同的应景之花。张其昀《西湖风景史》中云:“苏白二堤,夹道种植桃柳,二三月间,柳叶桃花,游人阗塞。桃花岁月既多,树皆合抱,行其下者,枝叶扶疏,漏下月光,碎如残雪。清人张岱以为向言‘断桥残雪’,或言月影也。六桥桃花,人争艳赏,明钱塘高濂以为桃花妙境,其趣有六:其一在晓烟初破,霞彩映红,微露轻匀,风姿潇洒;若美人初起,娇怯新妆。其二明月浮花,影笼香雾,色态嫣然,夜容芳润;若美人步月,丰至幽闲。”[②]杭州民间向有“钱王祠看桂花”的谚语,据《杭俗遗风》载:“涌金门外,有钱王祠,名表忠观,系吴越王钱镠祠宇也。殿前后均栽古桂,此其一。又吴山大观台,在龙王堂对面,平基砌台,大不及亩。亭院已圮,有古桂十株,千百年物也。……以上数处,每逢桂盛,各有摊场摆设,名曰‘赶市摊’。”[③]

自古以来,西湖景致闻名遐迩。山峰、石头、小桥、流水等等皆可入诗,这些景物不但使文人获得美的享受,有时甚至触动文人怀古情思、人生慨叹。因而在西湖竹枝词中,融景入诗,比比皆是。“双峰插云”是西湖十景之一,两峰对峙。杨维桢的“劝郎莫上南高峰,劝郎莫上北高峰。南高峰云北高雨,云雨相催愁杀侬。”(《西湖竹枝词九首》其四)以双峰云遮雾绕比喻爱情的扑朔迷离。“南北两峰船里看,却比阿侬双髻鬟”(释文信《西湖竹枝词》),坐在船中向南北高峰看去,两峰就宛如女子的双髻鬟,描绘得形象生动。“与郎情重为郎容,南北相看只两峰。请看双峰桥下水,新开双朵玉芙蓉。”(冯士颐《西湖竹枝词》)[④]站上双峰桥上看着水中的双峰倒影犹如并蒂的新莲,想象奇特。南、北高峰,在竹枝词里已不再是纯粹的自然景色,而是象征被分开的恋人,被人们用来寄托不能长相厮守的恋人渴望能够永久厮守的情感。

“桥”是西湖美景之重要组成部分,是元代竹枝词审美意象之核心代表,“断桥残雪”尤为典型。每当瑞雪之际,登宝石山往南俯瞰,白堤皑皑如链。断桥向阳的一面冰消雪化,而背阴的一面却仍有残雪似银,桥身似断非断,故有“断桥残雪”之誉。如缪侃《和醉酒竹枝词》云:

① 雷梦水等编:《中华竹枝词》,北京古籍出版社 1996 年版,第 1668、1637 页。
② 顾希佳:《西湖风俗》,杭州出版社 2004 年版,第 61 页。
③ 王国平:《西湖文献集成》第 19 辑,杭州出版社 2004 年版,第 38 页。
④ 雷梦水等编:《中华竹枝词》,北京古籍出版社 1996 年版,第 1623、1625、1618 页。

初三月子似弯弓,照见花开月月红。月里蟾蜍花上蝶,怜渠不到断桥东。

断桥在西湖诸桥中名气亦最大,承载着白娘子与许仙凄美的爱情。在《西湖竹枝词》里,断桥的意象不似白娘子和许仙的爱情故事那样凄美,而是被带上了美好感情和愿望。此外,"第四桥头第一湾,看鱼直上玉泉湾"(高克礼《西湖竹枝词》),"六桥桥下水流东,桥外荷花弄晚风"(李庸《西湖竹枝词》),"第六桥边寒食雨,催郎白苎作春衣"(张简《西湖竹枝词》)[①]等诗句,也都描绘了西湖上的桥。这些桥因所处位置的不同,姿态各异。

孤山,四面环水,是观赏西湖美景的最佳之地,文人荟萃。提到孤山,不由想到"梅妻鹤子"的佳话,据说林逋种的梅花犹在。梅花似乎成了孤山的象征体。陆仁《和西湖竹枝词二首》云:

山下有湖湖有湾,山上有山郎未还。记得解侬金络索,系郎腰下玉连环。(一)

别郎心绪乱如麻,孤山山角有梅花。折得梅花赠郎别,梅子熟时郎到家。(二)[②]

元人描写孤山时爱用"梅花"意象,借梅花高洁的品格来喻少女清纯的形象。并借孤山之"孤"来表达女子等待夫君归来时的那种孤独、愁绝的心情。以形写神,韵味十足。

在西湖竹枝词中,人们常常选择具有象征性的景观来构建美丽的杭州。西湖畔的七十二峰、钱王陵、岳王祠、大孤山、小孤山这些景观都会引发诗人情不自禁地咏叹。如郭翼的《欸乃歌词》:"道场何山山最雄,弁中形胜闻吴中。七十二峰菡萏绿,四月五月杨梅红。"(其三)如揭傒斯的《女儿浦歌二首》:"女儿浦前湖水流,女儿浦口过湖舟。湖中日日多风浪,湖边人人长白头。"(其一)"大孤山前女儿湾,大孤山下浪如山。山前日日风和雨,山下舟船自往还。"(其二)[③]无不如此。

在反映西湖美景的竹枝词里,也充斥了大量冶游之风和画舫笙歌的主题。元代杭州延续了南宋的繁华,是当时的文化中心。四方文士云集于此,见证着西湖歌舞的华艳丰美。贡师泰的《西湖竹枝词四首》其一云:

---

① 雷梦水等编:《中华竹枝词》,北京古籍出版社 1996 年版,第 1653、1638、1637、1677 页。

② 杨镰:《全元诗》第 47 册,中华书局 2013 年版,第 133 页。

③ 王利器等编:《历代竹枝词》,陕西人民出版社 2003 年版,第 92、86、69、40 页。

柳州寺前湖水平，阿谁湖上唱歌声。画船买得十祥锦，行近荷花须尽听。①

“十祥锦”是西湖游船的雅号之一。吴自牧《梦粱录》卷12载，南宋时期西湖游船“皆精巧创造，雕栏画拱，行如平地。各有其名，曰百花、十祥锦、七宝、戗金、金狮子、何船、劣马儿、罗船、金胜、黄船、董船、刘船，其名甚多”②。周密《武林旧事》卷3载：“西湖天下景，朝昏晴雨，四序总宜。杭人亦无时而不游，而春游特盛焉。承平时头船如大绿、间绿、十祥锦、百花、宝胜、明玉之类，何翅百余，其次则不计其数。皆华丽雅靓，夸奇竞好。”③《杭俗遗风》有载：“春正二月，梅花大放，城中士女，坐船游赏。其船有兰言舫、半湖春等各名目，长可四五丈，内有三舱，有玻璃屏坑，两边玻璃，和合窗棂，大红小呢门帘，其中铺设华丽，点缀精工，身入其境，直拟天上仙宫。船中更包酒菜，另有伙食船只，随旁而行，烹调之美，不可方物。此等船中，亦有吹弹歌唱者，亦有挟妓饮酒者。”④文中所载正是此类生活的写照。

杭州成为各方人士的汇集地，西湖歌妓为了迎合不同地方来客的欣赏习惯，需要学习江南以外的歌舞，郯韶《西湖竹枝词》云：“吴儿生长自吴语，却向船头学楚吟。”⑤连域外的歌妓也到杭州卖唱觅钱，如倪瓒《竹枝词八首》其八云：

辫发儿女湖边住，能唱胡歌舞踏筵。罗绮熏香回纥语，白巾蒙头如白烟。

其序交待了组诗写作的背景：“会稽杨廉夫邀余同赋《西湖竹枝词》。余尝暮春登濒湖诸山而眺览，见其浦溆沿洄，云气出没，慨然有感于中，欲托之音调以申其悲叹，久未能成章也。因睹廉夫之作，为之心动言宣，为词凡八首，皆道眼前，不求工也。”⑥西湖的歌儿，常以船为家。这位“辫发儿女”即住湖边。“能唱胡歌舞踏筵”，“白巾蒙头”“罗绮熏香”的打扮和说着“回纥语”的特征，都表明其域外歌妓的身份。释文信《西湖竹枝词》云：“蹙金麒麟双双髻丫，白银作甲弹琵琶。何曾辛苦事蚕织，水口红船长是家。”张渥《西湖竹枝词》：“长簪高髻

① 杨镰：《全元诗》第40册，中华书局2013年版，第319页。

② ［元］吴自牧：《梦粱录》卷12，孟元老等著：《东京梦华录》，古典文学出版社1957年版，第234页。

③ ［南宋］周密：《武林旧事》卷3，西湖书社1981年版，第38页。

④ 王国平：《西湖文献集成》第19辑，杭州出版社2004年版，第20—21页。

⑤ 雷梦水等编：《中华竹枝词》，北京古籍出版社1996年版，第1630页。

⑥ 杨镰：《全元诗》第43册，中华书局2013年版，第148页。

画双鸦,多少楼船少在家。”宇文公谅《西湖竹枝词》云:“赤栏桥低官柳斜,粉墙短短阿谁家。女郎合抱琵琶出,早有小船来卖花。”[①]都揭示了域外歌妓卖唱的现象。

船上的清歌在文人心中激起美妙的感受,这在黄公望的诗中毕现无遗,其《西湖竹枝词》云:

> 水仙祠前湖水深,越王坟上有猿吟。湖船女子唱歌去,月落沧波远处寻。[②]

黄公望所写未必是实景,很可能是船女唱歌、月落沧波的景象只是诗人的想象,是他心中的意境。但月夜泛舟放歌应该是西湖的常态,这在文人心目中已成为某种诗意美的惯性,所以黄公望即使不是如实地摹画眼前景物,其所写的依然可以被视为西湖实景与作者心象相结合的产物,而在泛舟西湖的文人中,又是极富典型意义的。

三、再现江南民俗风情

竹枝词中本身就是以“咏风尚”为其本质特征的,正如朱熹所谓“风者,民俗歌谣之诗也”[③],所以风土人情所占数量为最。此类竹枝词大概有100首,多用具体江南地域特色的方言词。如顾瑛的《西湖竹枝词二首》其一云:“素云缺月挂秋河,听得临风《白苎》歌。湖水西来流不断,海潮东去是风波。”(其一)[④]强珇的《西湖竹枝词》云:“湖上女儿学琵琶,满头都插闹妆花。自从弹得阳关曲,只在湖船不在家。”[⑤]都反映了江南百姓的日常生活和民俗风情。唐圭璋先生《竹枝纪事诗》序云:“宋元以降,作者寖多,形式与七言绝句无异,内容则以咏风土为主,无论通都大邑或穷乡僻壤,举凡山川胜迹,人物风流,百业民情,岁时风俗,皆可抒写。非仅诗境得以开拓,且保存丰富的社会史料。”[⑥]竹枝词对民俗风情的描摹,其审美价值在于,以通俗形象的诗句展示了底层民众的生活状态,绘就了一幅幅生动美妙的民俗画卷,生动地诠释了吴越民众迥异于北方民族的文化性格。正如陈华文所言:“由于每一个人所生活的文化背景不同,人们的民俗也千差万别。但正是这种千差万别的民俗塑造了每一个具有

---

① 雷梦水等编:《中华竹枝词》,北京古籍出版社1996年版,第1623、1669、1621、1628页。

② 同上,第1617页。

③ [宋]朱熹注:《诗集传·诗经卷之一·国风一》,《新刊四书五经》,中国书店1994年版,第1页。

④ 杨镰:《全元诗》第49册,中华书局2013年版,第131页。

⑤ 雷梦水等编:《中华竹枝词》,北京古籍出版社1996年版,第1633页。

⑥ 丘良任:《竹枝纪事诗》,唐圭璋序,暨南大学出版社1994年版,第1页。

不同文化个性的人。因此，可以这样说，如果文化是从本质上塑造人的话，民俗就是从个性上塑造人。”①

如杨维桢《吴下竹枝歌七首》云：

三箬春深草色齐，花间荡漾胜耶溪。采菱三五唱歌去，五马行春驻大堤。（一）

家住越来溪上头，胭脂塘里木兰舟。木兰风起飞花急，只逐越来溪上流。（二）

宝带桥西江水重，寄郎书去未回侬。莫令错送回文锦，不答鸳鸯字半封。（三）

马上郎君双结椎，百花洲下买花枝。罟罛冠子高一尺，能唱黄莺舞雁儿。（四）

白翎鹊操手双弹，舞罢胡笳十八般。银马杓中劝郎酒，看郎色似赤瑛盘。（五）

骑马当轩鹄觜靴，西风马上鼓琵琶。内家队里新通籍，不是南州百姓家。（六）

小娃十岁唱桑中，尽道吴风似郑风。不信柳娘身不嫁，真珠长络守宫红。（七）②

这七首竹枝词，一般认为写于苏州、湖州一带。其重心不似《西湖竹枝歌》那样刻画对爱情坚贞的女子形象，亦不着意于行发男女之情——除第三首外——而是颇多注重描写吴下的民间生活场景，生活色彩很浓厚。如苦冠、赤琪盘、鹤嘴靴等都是元代江南生活器具，“采菱三五唱歌去”，“能唱黄莺舞雁儿”，“小娃十岁唱桑中”等句可见当时民间娱乐生活之情形，《白翔鹤》乐曲与胡筋舞亦是当时的民间乐舞。其一，写暮春时节，百草丰茂，河岸开满各色鲜花，游春的人们唱《采菱曲》，络绎不绝。“行春”乃石湖边行春桥之谓也。其二，写越溪泛舟。“越溪”是春秋战国时期，越人开凿的一条水道，越国就通过这条水道攻入了吴国都城苏州。其三，写吴中女子与商人间缠绵悱恻的爱情。宝带桥在苏州城西三公里处，由元和年间苏州刺史王仲舒献束身宝带，募集资金修建而成。桥呈“宝带卧波”之长堤型。其四，写青年男女，盛装参加百花洲花会情形。“双结椎”是一种特定的发式，“罟罛”乃是蒙元时代蒙古妇女所特有的头冠。“百花洲”今在苏州城阊门附近。其五，写吴人弹奏《白翎雀》，成群结队地唱着《采菱曲》的场景。“白翎鹊”亦作“白翎雀”，是元代卓有特色的北方乐曲，

① 陈华文：《文化学概论》，上海文艺出版社 2001 年版，第 81 页。

② 杨镰：《全元诗》第 39 册，中华书局 2013 年版，第 80—81 页。

为元世祖所作乐名,杨维桢曾作《白翎鹊词》一诗,“白翎鹊噪手双弹”,说明《白翎雀》这种“雅乐”于元末已在“吴下”广为流行,具有民俗学的价值。其六,写南州贵族新入仕途的春风得意马蹄疾心情。“通籍”,做官。其七,写吴地小娃10岁就会《桑中》爱情曲,足见江南水土各柔,民风浪漫,向往美好的爱情。

《吴下竹枝歌七首》歌咏江南的风土人情,其题材范围较广。既描绘了江南独有的民风民情,又描绘了元代民族融合,民俗相互影响的情景。如其一“三箬春深草色齐,花间荡漾胜耶溪。采菱三五唱歌去,五马行春驻大堤”。描绘江南繁花似锦,草木葱茏,人们三五成群,或唱歌或骑马,优游山水之中。又如其四“马上郎君双结椎,百花洲下买花枝。罟罛冠子高一尺,能唱黄莺舞雁儿”。这对青年男女在“百花洲”下卖花,男子戴着“罟罛冠子高一尺”,女子“能唱黄莺舞雁儿”,反映了元末江南民族融合的状况,无论是装饰打扮或是所唱歌舞,均呈“异族风情”之特色。

西湖竹枝词中反映民族融合的作品比比皆是,如完泽的《西湖竹枝词二首》其二云:“堤边三月柳阴阴,湖上春风似海深。游人来往多如蚁,半是南音半北音。”[①]这里的“南音”“北音”混杂,正反映了少数民族与汉族融合所带来的一种现象。在民族大融合的背景下,各地方言和习俗交汇在一起,构成以“南腔北调皆有意”的文化融合。又如郯韶的《西湖竹枝词》有“吾儿生长自吴语,却向船头学楚吟”句,吴语和楚吟在同一个人身上呈现。再如甘立的《西湖竹枝词》有“手弹琵琶作胡语,记得其中吴大姑”句,这位手弹琵琶说着“胡语”的女子,却是“吴大姑”好友。不同语种语言的混合、不同风格的音乐舞蹈的渗透以及不同的生活习俗的交融,都反映出江南文化对北方文化的融合与吸收,是一个值得注意的文化现象。

苏州女诗人薛兰英、薛惠英姐妹俩的《苏台竹枝词十首》则是另一组反映吴中生活及民俗的组诗。清人徐釚《本事诗》卷一,在杨维桢《西湖竹枝歌九首》后附《苏氏苏台竹枝词》云:“吴郡薛氏二女兰英、蕙英聪慧能诗,见铁崖《西湖竹枝词》,笑曰:‘西湖有《竹枝曲》,东吴独无乎。’乃效其体作《苏台竹枝十章》。杨见其稿,手题二诗于后云:‘锦江只见薛涛笺,吴郡今传兰蕙篇。文采风流知有日,连珠合璧照华筵。’‘难兄难弟并有名,英英端不让琼琼。好将笔底春风句,谱作瑶筝弦上声。’自是名播远迩,咸以为班姬蔡女复出也。”[②]从这段记载中可知,薛氏姐妹因仰慕杨维桢西湖竹枝词之名,以苏州地区民众的生活与习俗为内容创作而成。其诗云:

① 雷梦水等编:《中华竹枝词》,北京古籍出版社1996年版,第1631页。

② [清]徐釚:《续本事诗》卷一前集,清光绪中邵武徐氏刻本。

姑苏台上月团团，姑苏台下水潺潺。月落西边有时出，水流东去几时还？（一）

馆娃宫中麋鹿游，西施去泛五湖舟。香魂玉骨归何处，不及真娘葬虎丘。（二）

虎丘山上塔层层，静夜分明见佛灯。约伴烧香寺中去，自将钗钏施山僧。（三）

门泊东吴万里船，乌啼月落水如烟。寒山寺里钟声早，渔火江风恼客眠。（四）

洞庭余柑三寸黄，笠泽银鱼一尺长。东南佳味人知少，玉食无由进上方。（五）

荻芽抽笋楝花开，不见河豚石首来。早起腥风满城市，郎从海口贩鲜回。（六）

杨柳青青杨柳黄，青黄变色过年光。妾似柳丝易憔悴，郎如柳絮太颠狂。（七）

翡翠双飞不待呼，鸳鸯并宿几曾孤。生憎宝带桥头水，半入吴江半太湖。（八）

一绢凤髻绿如云，八字牙梳白似银，斜倚朱门翘首立，往来多少断肠人？（九）

百尺高楼倚碧天，栏杆曲曲画屏连。侬家自有苏台曲，不去西湖唱采莲。（十）[①]

组诗以姑苏台起笔，点明"苏台竹枝词"属性。姑苏台又名姑胥台，姑苏台遗址即今灵岩山也。公元前492年吴王夫差自战胜越国之后，在吴中称霸，大兴土木，建造宫室、亭台楼阁，作为他享乐、荒淫无度的"蓬莱仙境"。第一首写姑苏台畔月落水流之景。以月落可再升，衬托水流无回，传达了沧桑意识。第二首追忆西施，有怅惋意。将灵岩山上馆娃宫中的西施与虎丘山的杭州名妓"真娘"相对，写出了西施逝后的落寞。第三首写虎丘山及山上之寺及善男信女们烧香拜佛的场景。第四首系从唐诗中来，将几首诗中有关苏州风景的意象集中到一首词中，却也圆融。第五首写吴郡特产余柑、银鱼，慨叹本土风物虽美，却少被人知，实已含创作竹枝词为本土风物张目之意。第六首至第九首，吟咏爱情。"郎从海口贩鲜回""郎如柳絮太颠狂""鸳鸯并宿几曾孤""往来多少断肠人"，这些诗句从男、女双方写起，表达了女子对男子绵绵不断的思念。最后一首作结，对创作《苏台竹枝曲》的动机作了交代："侬家自有苏台曲，不去西湖

① 王利器等编:《历代竹枝词》,陕西人民出版社2003年版,第118页。

唱采莲。”表现出了强烈的乡土意识。组诗不仅描绘了姑苏台、馆娃宫、虎丘山、寒山寺、洞庭湖、宝带桥、吴江等地方景观，且对吴地的“洞庭余柑”“笠泽银鱼”“荻芽”“楝花”“河豚”等特产也有明确的刻画，更有吴地女子“斜倚朱门翘首立，往来多少断肠人”的真情表白。薛氏身为吴人，诗中洋溢着浓郁乡土情怀，作者希望借此弘扬家乡风物的动机明显而强烈。

描写江南美景、西湖地域风貌的竹枝词，还有赵奕的“湖头日日水光波，两两吴娃打桨过。笑隔芙蓉不相识，向人犹自唱吴歌”（《西湖竹枝词》）；柯九思的“浙江春来春水平，洲渚萦回春日明。江头女儿唱歌去，风送杨花迷远情”（《西湖竹枝词》）；宋褧的“江东酒船可拍浮，江东女儿娇且羞。况复春江花月夜，吴依还向个中留”（《竹枝词六首》）；杨维桢的“小小渡船如缺瓜，船中少妇竹枝歌。歌声唱入箜篌调，不遣狂夫横渡河”；“西湖游子那得愁，美人日日狎春游。为人歌舞劝人酒，不信春风能白头”（《西湖竹枝歌九首》）。[①] 吴越一带湖泊星罗棋布，人们泛舟游湖，或唱吴歌，或展示舞姿，故而描写湖水文化的竹枝词特别多。

服饰是民俗生活的产物，也是民俗的载体。反映江南独特的服饰文化，是竹枝词的又一内容。相关的诗句有：“貂帽谁家美少年，黄金耳环月样圆”（福报《和西湖竹枝词》）；“记郎别时风飕飕，银鼠帽子黄鼠袍”（卢浩《西湖竹枝词》）；“淡黄裙子缕金衫，长髻垂肩短凤簪”（蒋克勤《西湖竹枝词》）；“二八女儿双髻丫，黄金条脱银条纱。轻歌一曲放船去，买得新妆茉莉花（屠性《西湖竹枝词》）”；“辫发女儿住湖边，能唱胡歌舞踏筵。罗绮熏香回纥语，白毡蒙头如白烟”（倪瓒《竹枝词》）。无论是戴着“貂帽”“银鼠帽子”，身着“黄鼠袍”的“美少年”，还是穿着“淡黄裙子缕金衫”“黄金条脱银条纱”的“二八女”，甚至是“白毡蒙头”“罗绮熏香”，长着“辫发”回族少女，其身上的服饰不但可以传递江南民俗的信息和郎情妾意，而且这种“混搭”也能反映出民族融合带来的生活习俗杂处并存、相得益彰的时代风貌。

江浙的蚕桑生产和丝织业非常发达，杭城出产的西湖丝绸，品种款式丰富多样，行销各地。为了应付朝廷责成的丝绸上供，丝织、棉纺织业等作坊在杭州一带极为普遍。宋元禧《西湖竹枝》云：“湖上采薪春复春，养蚕常见茧丝新。老蚕不识人间事，犹趁东风了此身。”顾瑛《西湖竹枝词》亦云：“陌上采桑桑叶稀，家中看蚕怕蚕饥。大姑要织回文锦，小姑要织嫁时衣。”诗中描述的是杭州一带民间采桑、养蚕、纺织成衣的生活画面。江南独有的蚕丝面料，融进江南独特的苏绣工艺，无不彰显着江南文化自然典雅的精神气质，有着鲜明的地域

① 王利器等编：《历代竹枝词》，陕西人民出版社 2003 年版，第 45、46、52、59、118 页。

特色。

四、追古述怀，发思古之幽情

这类竹枝词所占数量不多，大概有 30 首。在元代竹枝词的创作中，西湖周围的名胜古迹也让人赞叹不已。一些关乎前朝的历史遗迹如祠堂、寺庙、坟墓等的竹枝词，则又引发出诗人的亡国之思和兴废之感，具有沉重的历史感。

倪瓒在其《竹枝词八首》序中是这样记述的："会稽杨廉夫邀余同赋《西湖竹枝词》。余尝暮春登濒湖诸山而眺览，见其浦溆沿洄，云气出没，慨然有感于中，欲托之音调，以声其悲叹，久未能成章。因睹廉夫之作，为之心动言宣，为词凡八首，皆述眼前，不求工也。"从序中可知，杨维桢曾邀请倪瓒同作《西湖竹枝词》，但久久未成。待倪瓒看到杨维桢所作后，产生了灵感，写下《西湖竹枝词八首》，其诗云：

> 钱王墓田松柏稀，岳王祠堂在湖西。西玲桥边草春绿，飞来峰头乌夜啼。（一）
>
> 湖边儿女十五余，乌纱约发浅妆梳。却怪爹娘作蛮语，能唱新声独当卢。（二）
>
> 湖边女儿红粉妆，不学罗敷春采桑。学成飞燕春风舞，嫁与燕山游冶郎。（三）
>
> 心许嫁郎郎不归，不及江潮不失期。踏尽白莲根无藕，打破蜘蛛网费丝。（四）
>
> 阿翁闻说国兴亡，记得钱王与岳王。日暮狂风吹柳折，满湖烟雨绿茫茫。（五）
>
> 春愁如雪不能消，又见清明插柳条。伤心玉照堂前月，空照钱塘夜夜潮。（六）
>
> 嗈嗈归雁度春江，明月清波雁影双。化作斜行筝上字，长弹幽恨隔纱窗。（七）
>
> 辫发女儿住湖边，能唱胡歌舞踏筵。罗绮薰香回纥语，白氈蒙头如白烟。（八）[①]

这组竹枝词在感情基调上以"悲"为主。正如序中所云"欲托之音调，以声其悲叹"。第一首开头即道"钱王墓田松柏稀，岳王祠堂在湖西"；第五首又云"阿翁闻说国兴亡，记得钱王与岳王"，则是以钱王、岳王的典故隐晦地表达自己的黍

---

① 杨镰：《全元诗》第 43 册，中华书局 2013 年版，第 148—149 页。

离之悲。这里的“钱王”指吴越国开国之君钱镠。唐末五代藩镇割据，战乱频仍之际，钱镠采取保境安民和“休兵息民”的战略方针，深受民众爱戴。“岳王”指南宋爱国将领岳飞。蒙元军队占领杭州以后，将南宋凤凰山皇宫付之一炬，却对西湖上的岳飞庙敬重有加。这让杭州百姓更加思念这位民族英雄。组诗以此为基调，悲哀之句比比皆是：“日暮狂风吹柳折，满湖烟雨绿茫茫”；“春愁如雪不能消”；“伤心玉照堂前月，空照钱塘夜夜潮”；“长弹幽恨隔纱窗”。而“却怪爹娘作蛮语”“嫁与燕山游冶郎”，其中所流露出的是对游牧民族入侵的不满。作者生活在元末明初，作为元代遗民，他始终不能忘记元兵南下、宋朝灭亡那段悲惨的历史。在元政权中终生未仕，隐逸山林，晚年时常追忆旧事，缅怀故国，抒写愁思。

倪瓒的落寞和悲哀情结来自于前朝的覆灭，其竹枝词常以登临古越王台所见故国景色为着力点，发怀古之思，写伤今之情，寄寓了天下兴亡的感慨。诗意含蓄深沉，画面意境清幽。倪瓒在元朝摇摇欲坠的时候散尽家财、四处游历，怀着悲哀的心情记述风土，强化了竹枝词主悲的抒情功能，提高了竹枝词的文学品格。

宇文公谅随父亲迁至湖州，至顺间进士，曾任高邮推官、国史院编修等官职。其《西湖竹枝词八首》其四、其八，以苏小小、贾似道为对象展开吟咏，表达了作者沧桑之感和爱憎之情。其诗云：

> 湖里茭青日日多，苏小门前无客过。今来古往只如此，休说当年贾八哥。（四）
>
> 苏小门前骑马过，相逢白发老宫娥。自言记得前朝事，只说当年贾八哥。（八）①

这里的“苏小”，即指南朝齐时期著名歌妓、钱塘第一名妓苏小小（479—约502）。苏小小自小能书善诗，才华横溢，但不幸幼年时父母双亡，只得寄住在钱塘西泠桥畔的姨母家。她虽身为歌妓，却很知自爱，不随波逐流。苏小小十分喜爱西湖山水，自制了一辆油壁车，遍游湖畔山间。“无客过”“骑马过”，都衬托出此地的荒凉。“贾八哥”，即贾似道，宋理宗时权臣。因其守御无能，导致抗元战争失利，加速了南宋王朝的覆灭。加之培植私党、打击异己，《宋史》中直接将其列为奸臣。据《宋史》卷474《贾似道传》载：“似道既专恣日甚，畏人议己，务以权术驾驭，不爱官爵，牢笼一时名士，又加太学餐钱，宽科场恩例，以小利啖之。由是言路断绝，威福肆行。……自围襄阳以来，每上书请行边，而

① 雷梦水等编：《中华竹枝词》，北京古籍出版社1996年版，第1628—1629页。

阴使台谏上章留己。”“时襄阳围已急，似道日坐葛岭，起楼阁亭榭，取宫人娼尼有美色者为妾，日淫乐其中。”[①]作为历史的见证人，“白发老宫娥”对“当年贾八哥”的所作所为历历在目。作者用“休说”“只说”口吻表达了对这段历史的感叹，以警示后人。

宋室南渡后将汴京的繁华与临安的富庶秀丽相融合，使得杭州城内歌台舞榭、勾栏瓦子，随处可见。朝廷上下耽于享乐，士人庶民争相效仿，游赏之风日炽。熊进德《西湖竹枝词二首》其二云：“销金锅边玛瑙坡，争似侬家春最多。蝴蝶满园飞不去，好花红到剪春罗。”[②]据周密《武林旧事・西湖游幸》载：“西湖天下景，朝昏晴雨，四序总宜。杭人亦无时而不游……日糜金钱，靡有纪极，故杭谚有‘销金锅儿’之号。”[③]这里的“销金锅儿”典故，影射了南宋政权的灭亡之因。

黄公望云：“水仙祠前湖水深，越王坟上有猿声”（《西湖竹枝词》）；郑元祐云：“越王坟西是妾家，望郎不见见栖鸦”（《西湖竹枝词》）；于立云：“侬家住在涌金门，青见高峰白见云。岭上已无丞相宅，湖边犹有岳王坟”（《西湖竹枝词二首》其一）；贡师泰云：“葛岭东家是相门，当年甲第入青云。楼船撑入里湖去，可曾望见岳王坟”（《西湖竹枝词三首》其一）；宋本云：“涌金门外是西湖，堤上垂杨尽姓苏。作得吴歌阿谁唱，小卿坟上露兰枯”（《西湖竹枝词》）；康端云：“苏公六桥柳垂堤，照见郎君鞍马肥。蜻蜓蝴蝶不相识，各自相怜寻伴飞”（《西湖竹枝词四首》其一）；韦珪云：“苏小门前月漾波，牵牛织女挂秋河。恨妾如星圆处少，怨郎如月缺时多”（《竹枝词二首》其二）。[④] 这些诗里提到水仙祠、越王坟、小卿坟、苏公堤等名胜古迹，也是西湖历史文化的见证人。作者寄情于景，传达出浓郁的沧桑之感。

同样，宋褧的“春城客子酒著颜，迢迢秋浦是乡关。江云海月棹歌去，南寻李白何日还”（《竹枝词三首》其一），贝琼的“闻郎南过李陵墓，湖上荷花今又开，那似岳王坟上树，枝枝叶叶尽南回”（《西湖竹枝词》），薛兰英、薛惠英的“馆娃宫中麋鹿游，西施去泛五湖舟。香魂玉骨归何处？不及真娘葬虎丘”[⑤]等诗中，所涉贾似道、李白、李陵墓、岳王坟、钱王墓、西施等历史人物与事迹，带来了厚重的历史感，拓展了竹枝词的表达领域，值得关注。

---

① ［元］脱脱等撰：《宋史》卷 474，中华书局 1997 年版，第 13784 页。
② 雷梦水等编：《中华竹枝词》，北京古籍出版社 1996 年版，第 1663 页。
③ ［宋］周密辑：《武林旧事》，西湖书社 1981 年版，第 38 页。
④ 雷梦水等编：《中华竹枝词》，北京古籍出版社 1996 年版，第 1631 页。
⑤ 王利器等编：《历代竹枝词》，陕西人民出版社 2003 年版，第 52、69、86—87、118 页。

五、反映海民艰辛的生活处境

此类竹枝词数量不多,继承了汉乐府"饥者歌其食,劳者歌其事"的优良传统,反映江浙沿海一带民众生活的艰辛,具有深刻的认识价值。杨维桢的《海乡竹枝歌四首》序云:"《海乡竹枝》非敢以继风人之鼓吹,于以达亭民之疾苦也。观民风者,或有取焉。"①此类竹枝词往往"感于哀乐,缘事而发",具有鲜明的纪实倾向,其诗云:

潮来潮退白洋沙,白洋女儿把锄耙。苦海熬干是何日?免得侬来爬雪沙。(一)

门前海坍到竹篱,阶前腥臊蟛子肥。哑子三岁未识父,郎在海东何日归。(二)

海头风吹杨白花,海头女儿杨白歌。杨花满头作盐舞,不与斤两添铜铊。(三)

颜面似墨双脚赪,当官脱裤受黄荆。生女宁当嫁盘瓠,誓莫近嫁东家亭。(四)②

其一写海乡女儿把锄耙的艰辛。其二写海乡的男人们苦于生计,长年出海捕鱼,难得回家,以致家里的娃儿都不认识。其三写海乡女子不惜风吹日晒晒盐,以维持生活。其四写海乡女子对生活艰辛的抗议与申诉。组诗以海乡的盐户的艰难生活为中心,揭露了统治阶级残酷的压迫与剥削,寄托了对底层民众辛酸生活的同情。诗题中的"海乡",为"海边"之谓,即其所指并非一个具体的地名。杨维桢在40岁左右时,曾于绍兴任过几年钱清场盐司令,以此勘之诗中"白洋儿女""杨花满头作盐舞"等语,似这组《海乡竹枝歌》当写于斯时斯地。而以"竹枝词"的形式关注"海乡"一带"亭民之疾苦"者,杨维桢则为中国文学史上的第一人。《海乡竹枝歌》数量不多,却继承了汉乐府的现实主义传统,描写了海边民众的苦难生活以及在统治者的残酷盘剥下的悲愤,写景叙事中处处饱含着作者的同情,风格与杨维桢古乐府相类。元人吴复《辑录铁崖先生古乐府序》云:"会稽铁崖先生为古杂诗,凡五百余首,自谓乐府遗声。夫乐府出《风》《雅》之变,而悯时病俗,陈善闭邪,将与《风》《雅》并行而不悖,则先生诗旨也。是编一出,使作者之集遏而不行,始知《三百篇》之有余音,而吾元之有诗也。"③

竹枝类乐府,本缘起于唐代刘禹锡、白居易等人的《竹枝词》(含《柳枝词》

① 杨镰:《全元诗》第39册,中华书局2013年版,第85页。

② 同上,第85—86页。

③ 陶秋英:《宋金元文论选》,人民文学出版社1984年版,第586页。

等）之作。杨维桢的“悯时病俗”之作，大大拓展了竹枝词传统题材，成为后人学习的典范。如释良震的“郎去东征苦未归，妾去采桑忍长饥。养蚕成丝不忍卖，留待织郎身上衣”（《西湖竹枝词》），陶孟恺的“河边采菱逢小姑，阿郎捕鱼饥渴无。劝郎高歌白苎舞，为郎沽酒青玉壶”（《西湖竹枝词二首》其二），释元椿的“放船早出湖里边，阿侬唱歌郎踏船。唱得望湖天平曲，共郎长乐太平年”（《西湖竹枝词》）[①]，同样反映了西湖周边耕织、渔樵的艰辛生活，都呈现着杨氏“悯时病俗”的风貌。

第四节　西湖竹枝词酬唱的影响

杨维桢创作《西湖竹枝词九首》后，文人墨客热衷于唱和竹枝词，作品开始出现专题化倾向，导致江南竹枝词同题唱和之风大盛。与宋代江南竹枝词以个人创作为主，分咏不同事件不同，元代江南竹枝词以集体创作为主，专题吟咏西湖，系统性极强。

有关杨维桢编次《西湖竹枝集》的盛况，王辉斌《杨维桢与元末西湖竹枝酬唱》[②]一文有详细介绍。由杨维桢发起的这场“西湖竹枝酬唱”，不仅参与的诗人之多，前所未有，而且名家辈出，在元诗史上有重要地位的萨都剌、杨载、虞集、揭傒斯、李孝光、倪瓒等人，即皆名列其中。杨维桢于顾瑛玉山草堂将当时参与“西湖竹枝词”唱和的诗人及其诗作汇编为一册，并取名为《西湖竹枝集》（一作《西湖竹枝词》），并附有“小序”一篇，介绍酬唱的缘起：

> 余闲居西湖者七八年，与茅山外史张贞居、苕溪郯九成辈为唱和交。水光山色，浸沉胸次，洗一时樽俎粉黛之习，于是乎有《竹枝》之声。好事者流布南北，名人韵士属和者无虑百家。道扬讽谕，古人之教广矣。是风一变，贤妃贞妇，兴国显家，而《烈女传》作矣。采风谣者岂可忽诸。至正八年秋七月，会稽杨维桢书于玉山草堂。[③]

张贞居即张雨，郯九成即郯韶。这一记载表明，由杨维桢发起的“西湖竹枝词”酬唱，主要是因其与张雨、郯韶等人的唱和而始。杨维桢首唱的西湖竹枝词，从其作品来看，虽然言儿女之情，但确乎没有“樽俎粉黛之习”，清新而无脂粉气息，在当时就造成了很大的影响。

---

① 雷梦水等编：《中华竹枝词》，北京古籍出版社 1996 年版，第 1673、1674、1874 页。

② 王辉斌：《杨维桢与元末西湖竹枝酬唱》，《重庆教育学院学报》2011 年第 1 期。

③ 杨镰：《全元诗》第 39 册，中华书局 2013 年版，第 79 页。

杨维桢编《西湖竹枝集》一出,即风行海内。但随着元末战火的燃烧,元本《西湖竹枝集》遭受灭顶之灾,"全集罕见,所存者无几"。其后,明人和维在天顺三年(1459)重刊有序云:

杭为东南大郡,多佳山水。而西湖者,即古之临平湖也。……前元杨维桢氏寓居湖上,日与郯韶辈留连诗酒,乃舍泛语为清唱,赋《西湖竹枝词》。一时从而和者数百家,虽妇人女子之作,亦为收录。其山水之胜,人物之庶,风俗之富,时代之殊,一寓于词,各见其意。集成,维桢既加评点,仍于诸家姓氏之下,注其平昔出处之详,版行海内。而《竹枝》之音,过于瞿塘、东吴远矣。未几元社既屋,版亦随毁,全集罕见,所存者无几。适余佥宪浙,西湖去外台不半里,政事之暇,得与二三僚友升高远望,湖光山色,交接于目。欲访百年遗事,则故者尽矣。对景怀古,徒增慨叹。近从左山刘君邦彦处得此本,披咏连日,喜不释手。呜呼!三百篇之后,代各有作,盖发一时之所遇。诸公《竹枝》之作,亦皆发于一时之所遇者,岂有古今之殊哉!必欲流传于将来,不意埋没岁久,如干将、莫邪在室中,光怪自不可掩耳。遂捐俸绣梓,仍广其传……①

除了现场唱和外,还有慕名唱和者。《历代诗话》卷70"苏台竹枝"记载了这样一则小故事:"《诗话类编》曰:杨廉夫竹枝词,一时和者五十余人,有瞿宗吉《竹枝词》云:'月落西边有时出,水流东去几时还。早起腥风满城市,郎从海口贩鲜回。'尤越出廉夫矣。吴旦生曰:'《剪灯新话》载《联芳楼记》,此非宗吉诗也。'按至正初,吴郡姓薛者有二女,长曰桂英,次曰蕙英,皆能诗赋。建一楼以处之,名曰兰蕙联芳之楼。有诗数百篇,号《联芳集》。时廉夫《竹枝》镂板书肆,二女见之,笑曰:'西湖有竹枝曲,东湖独无竹枝曲乎?'乃制《苏台竹枝曲》十章。廉夫见其稿,手写二诗于后。"②从这段记载中可知,正是杨氏的影响力,促进了苏台竹枝词的出现。

同时,这一酬唱形式及其创作成果,对于明、清两朝的《竹枝词》创作来说,也是意义非凡、影响深远。据不完全统计,明代曾参与创作过《西湖竹枝词》的诗人,乃在100人以上,且出现了如沈明臣《西湖十二月竹枝词十三首》、张遂辰《西湖竹枝词十八首》这样的连章体组诗。清代虽然是《竹枝词》创作的巅峰时期,但其与受"西湖竹枝酬唱"的影响亦甚为密切,如顺治十八年(1661)以钱谦益为首的一批诗人,在西湖画舫中品评《西湖竹枝集》所收录《西湖竹枝词》之优劣者,即为典型的一例。

---

① 王利器等编:《历代竹枝词》,陕西人民出版社2003年版,第66页。

② [清]吴景旭辑:《历代诗话》卷70,《四库全书》本。

杨维桢的竹枝词有着典范作用和深远的影响，最突出处是对竹枝词的题材范围的拓展。从元人开始，表现出了立足本乡本土创作竹枝词的强烈意愿。元代记述风土竹枝词的重心开始偏向江南，江南水乡清新的风景风俗，似乎比其他地方更能激起人的创作欲望。在前人的竹枝词创作中，题材大多为风土描绘，地方色彩浓厚，但是题材相对狭窄单一。杨维桢的竹枝词共有《西湖竹枝歌九首》《吴下竹枝歌七首》《海乡竹枝歌四首》，计 20 首。其内容既有离愁别绪、儿女柔情的抒发，也有湖山之胜、人物之美的描写，更有民生疾苦的反映，拓展了传统竹枝词囿于爱情的题材范围。把原本表现爱情和愁思的竹枝词扩展为揭示社会黑暗的现实层面，这是杨维桢对竹枝词创作的一大贡献。

其次，增强了竹枝词的表现力。杨维桢被誉为刘禹锡之后竹枝词创作的第一人。其深厚的艺术素养和高超艺术表现力，使竹枝词成为表现羁旅哀怨、吟咏山水风物，反映社会现实等重要载体。从本质上继承并发展了汉乐府"感于哀乐，缘事而发"的现实主义精神，增强了竹枝词批判现实的功能。其《海乡竹枝歌四首》与其《铁崖古乐府》相类，为"悯时病俗"之作。既强化了竹枝词主悲的抒情功能，使之不再仅仅局限于表达男女之悲，而是寄托对国家政治的思考与情感，使得竹枝词从儿女之悲情功能上升到国家、政治层面，并与对风土的描写结合在一起，提高了竹枝词的文学品格。

第三，提升了竹枝词的影响力。正是由于杨维桢对竹枝词的提倡和创作实践，尤其是《西湖竹枝歌》等经典作品的问世，掀起了一个竹枝词的创作热潮。陆容《菽园杂记》中也说："'西湖竹枝词'，杨廉夫为倡，南北名士属和者，虞伯生而下凡一百二十人。吴郡士二十六人，而昆山在列者一十一人。其间最有名，时称郭、陆、秦、袁，谓羲仲、良贵、文仲、子英也。"[①]这反映了在杨维桢带动下，创作竹枝词人数的声势浩大。正是凭借他的名望和倡导，掀起了竹枝词创作的热潮，并由此而扩大了竹枝词的影响。以酬唱的形式进行《西湖竹枝词》的创作，这种同题共作规模与创作格局，均堪称诗史上的一大壮观景象。无论是就"西湖竹枝酬唱"这一同题共作活动而言，抑或于《西湖竹枝集》这一活动的硕果以论，其于元末乐府诗的繁荣与发展，都是具有无可替代的作用的。

第四，彰显了文人的个性风采。元末《竹枝词》创作的繁盛，是当时东南沿海区域文化个性化、世俗化特征在文学创作中的反映。元末东南沿海地区已经出现了一大批商业城市，资本主义生产关系已处于萌芽状态之中。对个人利欲的强烈追求，对金钱的强烈欲望，已渐成时人的普遍的共识。"反映在元末文人士子身上，就是他们共同存在的以追求物欲情欲，讴歌人生欲望，肯定

---

① ［明］陆容：《菽园杂记》，中华书局 1997 年版，第 231 页。

自我人格为特征的文化心态。他们极尽耳目口腹的感官享乐，向往轻歌曼舞、美酒佳肴的欢娱生活，且多放浪不羁，不拘礼法。”①杨维桢平时狎妓放纵，为礼法所疾。倪瓒性情狷介，认为“众人皆醉我何醒”(《再用韵呈现诸公》)。顾瑛旷达豪迈，颇任侠清狂。郯韶慷慨任气，奔竞淡然，常以酒自乐。凡此等等，无不折射着文人追求食色享乐，张扬个性的文化心态。

杨维桢个性张扬，与妓女交往甚是频繁。如至正五年(1345)，“挟妓踏青，诗寄班惟志”(《又湖州作四首》)②；“至正六年，二月十六日，挟妓游长兴灵山。酒酣赋诗，言死去俱空，生时当欢”。“冬，抵姑苏。授学于巨富蒋家。日携宾客妓女，放情山水，文酒为乐”；至正八年“正月二十二日，偕顾仲瑛、郯九成、徐师颜宴姑苏路义道舍。与仲瑛以诗咏妓”。“至正戊子(八年)三月十日，偕茅山贞居老仙、玉山才子，雨中游石湖诸山。老仙者为妓者璚英赋《点绛唇》词，已而午霁，登湖上山，歇宝积寺行禅师西轩。老仙题名轩之壁，璚英折碧桃花下山。予为璚英赋《花游曲》，而玉山和之。”③至正九年“三月十六日，以吴江顾逊招，携陆宣、程翼、孙焕、王佐、陆恒、殷奎等游东林。次日，泛舟汾湖。鼓吹交作，酣舞狂欢，女妇逐而观之。分韵赋诗，廉夫序之”④。类似的记载，在《杨维桢年谱》中有很多。

其《璚花珠月二名姬》序于此有生动的描述：“春正月廿有二日，偕昆山顾仲瑛、霅川郯九成、大梁徐师颜燕于吴城路义道家。佐酒者六姝，皆苏台之选。内有璚花与珠月者，选中之绝也。义道起，持觞属客曰：‘今日名姬对名客，不可无作。’座客酒俱酣畅，璚花者捧砚请余题首，仲瑛曰：‘花月一对虽绝，而彼此不无相妒。题品稍偏，当令偏者举主人莲花巨觥连饮之。’余矢口‘月满十分珠有价，花开第一玉无瑕’，两姬大喜，客皆起坐交觥，予就醉矣。”⑤在这段叙述中，不仅时间、地点、人物俱全，而且人物的言语、行动以及事件的整个过程都交代得明明白白，使得后人在数百年之后读之，犹可想象到当时的情形。从这些描绘中我们确实可以看出，晚年的杨维桢生活确实“放荡”。然这种“放荡”之中更多的是一种放纵和缺乏拘检，它是乱世文人在失去机会和前途后的一种沉沦。无疑，这种借酒佯狂是痛苦的，也非其本意。宋濂说他的“任情任性”是“托此以依隐玩世耳，岂其本情哉！”(《杨君墓志铭》)倒是不失为灼见。即使在他耽于声色的 20 年中，他过去那种忧虑时危，匡民济世的雄心也并没有泯灭。

---

① 王忠阁：《元末〈竹枝词〉的繁荣及其文化意蕴》，《中州学刊》1999 年第 4 期。

② 杨镰：《全元诗》第 39 册，中华书局 2013 年版，第 261 页。

③ [清]顾嗣立：《元诗选》初集三，中华书局 1987 年版，第 1894—1895 页。

④ 参见：孙小力《杨维桢年谱》，复旦大学出版社 1997 年版。

⑤ [清]顾嗣立：《元诗选》初集三，中华书局 1987 年版，第 2033 页。

第七章 遗民群体与纪实组诗创作

宋末元初的遗民诗人的“入禅求道”、隐逸田园目的是为了解脱心灵的痛苦。国破家亡的现实，“八倡十丐”之间的卑下地位，导致了他们内心的严重失衡。“边缘化”的政治处境，使他们从传统的“士志于道”精神枷锁中挣扎出来，试着用禅的“净心”“忘世”与道的“出世”“无为”的人生哲学来补偿内心的失落，从佛道中求得心灵的解脱。“此隐逸与以前的身在江湖心存魏阙或走终南捷径不同，它是一种社会性的退避，是文人个性挣脱儒家思想束缚对自由的向往”①。此外，元代的民族政策和科举政策，使得文人失去了优越感和政治前途。不愿屈身异族的民族意识使元代遗民大多数选择了归隐，导致士人隐居数量的急剧膨胀，形成了鲜明的时代特色。

赵宋王朝倾覆后，无论对旧王朝亡国的痛悟，还是对新王朝一统的排斥，渐次凝结成强大的精神力量，支撑起一个以杭州为中心并向四周辐射的遗民群体。明人程敏政《宋遗民录》一书是现存最早辑存宋遗民名号及事迹的著作，共录谢翱、郑思肖等 11 人。其后李长科《广宋遗民录》及朱明德《广宋遗民录》二书虽佚，但据文献可知，前书录宋遗民约 300 人，后书则增至 400 余人，数量可谓众多。元代大儒郝经曾言：“宋有天下，文治三百年，其德泽庞厚，膏于肌肤，藏于骨髓。民知以义为守，不为偷生一时计。其培植也厚，故其持藉也坚。”②这段文字颇能道出宋季遗民鼎盛的缘由。

然而事情的发展往往是复杂的，少数民族政权上台后，出于笼络士子、收买人心的需要，屡屡派遣使者往江南搜访遗逸，许多隐逸之士不得不出山做了新朝的官员。对此，论者往往一概以“贰臣”视之，给予不公正评价。刘静《宋末元初江南遗民群体的崛起、分化及原因寻绎》③一文将宋末元初江南遗民群

---

① 岑岭：《游牧文化与农耕文化冲击及融合中的元诗》，《肇庆学院学报》2006 年第 3 期。

② ［清］顾嗣立：《元诗选》初集，中华书局 1987 年版，第 407 页。

③ 刘静：《宋末元初江南遗民群体的崛起、分化及原因寻绎》，《广西社会科学》2011 年第 5 期。

体分化归纳为三类，颇具借鉴意义：一类属于抵制元廷坚决不仕者，以郑思肖、谢翱、谢枋得等为代表，对于元代宋兴的史实予以理智和情感的双重否定，秉持坚决不合作的态度；一类属于屈身仕于新朝者，以仇远为代表，同时还包括王沂孙、戴表元、白珽等人，对于宋元更迭的事实予以一定程度的接受，在迫于蒙元笼络征辟以及个体生存的双重压力之下，违心出仕；一类是介于二者之间，游走于隐逸、仕宦边缘者，以周密为代表。与遗民故老的联系更为主动密切，却也并不排斥与新朝士绅的交往。对此，方勇认为仅以是否出仕新朝作为衡量遗民的唯一标准是失之偏颇的："我们在界定'南宋遗民诗人'这一特殊概念时，就不应当停留在前人认识水平上，把是否曾出仕新朝作为裁决是非的依据，而应从对象的许多属性中，撇开非本质属性，抽出具有决定意义的本质属性，即主要看他在内心深处是否怀有较强烈的遗民意识，从而概括出一个具有今人认识水准的'南宋遗民诗人'概念。"[①]以"主要看他在内心深处是否怀有较强烈的遗民意识"为标准，将那些虽未出仕而心存干进、献媚新朝者从遗民群体中剔除，这一见解更为客观、公正，本书所论也基于此。

在遗民心中，一直深藏着一股浓郁的"故都情结"。作为皇朝的所在地，故都实质上就是故国的象征，故都的兴衰也就代表了故国的兴衰。谢翱、林景熙、汪元量等遗民，一再地在临安邻近徘徊，正因此故。杭州故宫、西湖、孤山、虎林等成了遗民表达其"故都情结"的载体。或直接借故都的今昔变化来宣泄亡国之恨，倾诉沦为异族阶下囚的苦涩；或在对故国的今昔之变的悲慨与愤怒中，进一步对前朝君王的得失与亡国的原因进行深入的反思与检讨。遗民们借旧京风景的今昔之变，慨叹着繁华的消尽、世事的变迁，其中凝结着他们浓重的黍黎之悲、故国之恨。

第一节　段氏"二妙"组诗的隐逸情怀

段克己、段成己兄弟合称段氏"二妙"，是金遗民中的重要作家。他们身处金末元初丧乱流离的时代中，以大量的组诗记录了那段难忘的历史，成为金末文坛的中流砥柱。

段克己、段成己兄弟出身于文学与仕宦世家，段氏家族六世之内四进士、两教授，前后相属，文脉深厚。克己中举，无意仕途，终日纵酒自娱。成己及第，授宜阳主簿。金亡，成己与兄避居龙门山。金亡后，二人避居龙门山（今山

① 方勇：《南宋遗民诗人群体研究》，人民出版社2006年版，第8页。

西河津黄河边），与朋友遨游山水、结社赋诗，过着与世隔绝隐居生活。礼部尚书赵秉文赏其才，目之曰“二妙”。其诗表达了隐逸的决心：“拟把余生寄沧海，沙头鸥鹭莫相猜”（段成已《雨后漫成二首》），“此身定向山间老，我与山英有旧盟”（段克己《排遣》）。

“二妙”是元初山西“河汾诗派”的重要成员。他们都是晋人，“金末随王室南渡而寓居河南，或隐于山中，或游学京师。金亡后返回晋南，或仍以隐居为乐，或从事乱后文化整理工作，相互诗文酬唱，以平阳（今临汾）为中心形成一个较有影响的诗歌流派。元大同路儒学教授房祺将八人之诗编次成集，题曰《河汾诸老诗集》。”[①]“河汾八老”的创作集中展现了金元之际的遗民心态。

段克己之孙、元吏部侍郎段辅将其两人诗词合刻为《二妙集》。吴澄作序曰：“河东二段先生心广而识超，气盛而才雄，其诗盖陶、杜兼而有之者也。其诗如‘冤血流未尽，白骨如山丘’‘四海疲攻战，何当洗甲兵’盖陶之达，杜之忧，兼而有之者也。”[②]四库馆臣评《二妙集》云：“金段克己、段成已兄弟诗集也。克己字复之，号遁庵，成已字诚之，号菊轩，稷山人。克己金末尝举进士，入元不仕。成已登正大闲进士。授宜阳主簿。元初起为平阳府儒学提举，坚拒不赴。兄弟并以节终。初，克己、成已均早以文章擅名，金尚书赵秉文尝目之曰‘二妙’，故其合编诗集即以为名。泰定间，克己之孙辅，官吏部侍郎，以示吴澄，始序而传之。……集凡诗六卷乐府二卷。大抵骨力坚劲，意致苍凉。值故都倾覆之余，怅怀今昔，流露于不自知。吴澄序言其有感于兴亡之会，故陶之达、杜之忧，其诗兼而有之，所评良允。”[③]以“陶之达”“杜之忧”评价《二妙集》内涵，切中肯綮，反映了作为遗民文人的“二妙”的复杂心态。

一、描绘隐居生活之“逸”

金亡之后，段克己和段成已兄弟二人在隐居龙门山时，和当地的下层文人结成诗社，赋诗唱和酬答，展开了频繁的诗学活动，创作了大量文学作品。诗社成员有封仲坚、张信夫、杨彦衡、周景纯、史仲恭、李湛然、张器之、杨国瑞、仲宣生、卫袭之、卫行之、寻正道、刘润之、陈良臣等，多为布衣之士。这其中有与他们处境类似的文人，有与他们相交很深的医生和僧人，也有跟随他们学习的晚辈等。诗社的成员有着相同的历史经历和内心情感，他们一同经历了朝代的变迁，承受着时代给予他们的强烈冲击，因此诗社成员之间以名节相砥砺。

---

① 索宝祥：《河汾诸老合谱》，《文献》1997 年第 2 期。

② ［清］顾嗣立：《元诗选》二集上，中华书局 1987 年版，第 1 页。

③ ［清］永瑢、纪昀等：《四库全书总目》卷 188，中华书局 1965 年版，第 1706—1707 页。

如段克己有《仲坚见和复用韵以答四首》《野步仍用韵示封张二子二首》《和家弟诚之社燕之作三首》《明日李生湛然见和仍韵答之二首》《杨生彦衡袖初夏三数诗过余征和虽勉强应命格韵枯槁深惭见知十首》;段成己有《余懒日甚,不作诗者二年矣。间者二三子以歌咏相乐,请题于吾兄遁庵,遂以"岁月坐成晚"命之,因事感怀,成五章以自遣。志之所之,不知其言之陋也。览者将有取焉》《辛丑清明后三日诗社诸君燕集于封仲坚别墅,谈笑竟日,宾主乐甚,然以不得吾兄弟数语为不足,既而遁庵兄有诗,余独未也,主人责负不已,因赋以应命云二首》《用韵答谢张二子三首》《再用前韵》《再用渠字韵二首》《和答丹山梦庵张丈二首》《中秋之夕封生仲坚、卫生行之,携酒与诗见过,各依韵以答二首》《翌日二子见和复韵以答四首》《五月朏日书以自二首》《幽怀用梦庵张丈韵四首》《幽居奉借遁庵尊兄严韵呈隐之润之二英弟一粲三首》《和杨彦衡见寄之作六首》《送冯资深归西山五首》《周生景纯赠菊数本因拾旧事依韵答之二首》《秋日牡丹为友人赋病久无佳思姑作俳语三章以应命对觞一呼庐可也》等,这些唱和赠答诗几乎占到了诗歌总数的三分之二,大多是情真意切,真挚感人。

段克己《野步仍用韵示封张二子二首》云:

散策溪头路,溪回路更迂。山随行处好,人似往年无。波静鱼千里,天晴春一壶。龙门何限景,岁晚不相孤。(一)

信步不知晚,归途那计迂。一欢闲里足,万籁静中无。藉草便成席,酌泉聊代壶。娟娟林外树,江月伴人孤。(二)[①]

从诗题看,诗人是野外闲步时有感而发,与"封张二子"(指好友封仲坚、张信夫)进行互动,洋溢着"一欢闲里足"的闲情逸致。龙门山,在今山西省河津县黄河龙门东侧。山水相依,风光秀丽,民风淳朴,成为当时战乱中不可多得的世外桃源。"显祖遁庵君与从祖菊轩君,才名道业推重一世。值金季乱亡,避地龙门山中。"[②]隐居生活虽然清苦,二段却怡然自得。《元史·隐逸列传》序云:"元之隐士亦多矣,如杜瑛遗执政书,暨张特立居官之政,则非徒隐者也,盖其得时则行,可隐而隐,颇有古君子之风。而世主亦不强之使起,可谓两得也已。"[③]这段话是对以二妙为代表的金遗民心态的一种恰当的诠释。克己卒于隐中,完成了自己彻底的遗民人生;成己老年出为学官,乃是由于心态变化作出的合理选择,这就是一种现实与思想的动态调整。

① 杨镰:《全元诗》第2册,中华书局2013年版,第285页。

② [元]段辅:《二妙集跋》,李修生主编《全元文》第31册,凤凰出版社2004年版,第120页。

③ [明]宋濂等:《元史》卷199《隐逸》,中华书局1976年版,第4473页。

再如段克己《杨生彦衡袖初夏三数诗过余征和虽勉强应命格韵枯槁深惭见知十首》云：

枝头梅子半传黄，门巷阴阴午景长。为语儿童休报事，乃翁方且作诗忙。（一）

刁骚短发半垂黄，深觉闲中气味长。买得溪山犹是错，往来杖屦却成忙。（二）

蔷薇经雨陨轻黄，芍药翻阶竹笋长。年少往来长不住，恰如蜂蝶为花忙。（三）

案上新经未入黄，风帘不动篆烟长。须知静里乾坤大，不觉飞空日月忙。（四）

奏赋当年对赭黄，渔樵今日话偏长。青山绿水无穷意，信使人生空自忙。（五）

酒熟江村擘蟹黄，论诗看剑引杯长。闲身散懒无拘束，笑杀君房醉里忙。（六）

老来闭口罢雌黄，书卷慵拈白日长。门掩东风无客过，不知人世有闲忙。（七）

不求纡紫与怀黄，竹杖芒鞋野兴长。信步芹溪溪上路，杨花又是一番忙。（八）

晨兴赏玩抵昏黄，昼短其如夜苦长。秉烛醉归君莫怪，一生能得几回忙。（九）

蟾蜍讵可逐飞黄，云海茫茫去路长。世外仙方无分得，漫劳心力一生忙。（十）①

这也是一组次韵唱和组诗，是应杨彦衡征和而作。描述了隐居龙门山时美景和悠闲自在的生活。“门掩东风无客过，不知人世有闲忙”，将龙门渔樵生活的寂静与尘世的喧嚣作了对比，抒发了“竹杖芒鞋野兴长”诗情，营造出世外桃源的意境之美。其一，写初夏时节，诗人在林荫掩映的家中吟诗作赋。其二，言人生已入老迈，对隐逸生活的舒缓节奏颇为欣赏。其三，写夏初雨后的景象，以“恰如蜂蝶为花忙”为喻，回忆青年时期的奔竞生活。其四，描述隐居环境的静谧，揭示了隐逸生活的品味。其五，对比当年“奏赋”与今朝“渔樵”生活，揭示人生真谛应在于青山绿水之间。其六，写隐居生活的惬意与闲散，与友人拘局的处境形成鲜明对照。其七，写进入老境后内心的平静，不愿卷入是非之

① 杨镰：《全元诗》第 2 册，中华书局 2013 年版，第 297 页。

争，以读书来消遣时光。其八，写其绝意仕途，赞美竹杖芒鞋的隐逸生活，兴味悠长。其九，写终日留恋山中美景，醉后晚归情形。其十，以“蟾蜍”无法追逐“飞黄”为喻，告诫人们要安分守己，劳心费力也改变不了命运的安排。全诗押“黄”“长”“忙”韵，在曼妙悠长的旋律中展示了隐居生活的美好和诗人内心的宁静安详。

段成己《中秋之夕封生仲坚、卫生行之携酒与诗见过各依韵以答二首》是一组答谢封、卫二友携酒造访、共叙友情的诗：

万籁声沉暮霭收，长河泻浪洗清秋。遥天千里淡如水，明月一轮光满楼。随意倾银成胜赏，谁家横玉调新愁。可怜白首蟾宫客，羞对嫦娥说旧游。(一)

夜凉河汉静无声，澄澈天开万里晴。蟾吐寒光呈皎洁，桂排疏影甚分明。良宵方喜故人共，醉语那知邻舍惊。一片诗魂招不得，九霄直与月俱清。(二)①

这是一组即兴赋咏诗，属于即兴拈题而作。这类诗歌大多出现在诗社诸友集会期间，大多有酒助兴，因此不拘礼节，任情吟咏。“遥天千里淡如水，明月一轮光满楼”“蟾吐寒光呈皎洁，桂排疏影甚分明”二句，紧扣诗题“中秋”，铺写月色。“随意倾银成胜赏，谁家横玉调新愁”“良宵方喜故人共，醉语那知邻舍惊”二句，则是写诗人与封仲坚、卫行之对月饮酒的豪情逸兴。末句“一片诗魂招不得，九霄直与月俱清”，既照应中秋赏月之景，又寓情系故国之意。暗用“我有迷魂招不得，雄鸡一声天下白”(李贺《致酒行》)之典。朦胧婉曲，深情绵邈。

又如《用韵答封张二子三首》，这组诗可以看作是诗社成员之间内心的深入交流。在诗社成员共同的交游中，找到了躲避现实世界的手段，以抵抗朝代的变迁，展现出与众不同的道德操守。诗云：

有斤谁斫鼻端泥，借榻聊从地主栖。万事成亏均野马，半生痴黠等醯鸡。文章自笑非时样，道德空期与古齐。老懒正疑闲处著，高名无用不如低。(一)

心如堕絮已沾泥，身似惊禽未得栖。壶缺何烦歌老骥，冠成不复带雄鸡。黄公遁迹终辞汉，范蠡逃名径入齐。回首平生事堪笑，少年豪气北山低。(二)

草鞋不踏禁街泥，一把黄茅足稳栖。赋性可怜如野鹿，惊心未免听朝鸡。是非毕竟何时定，出处从来自不齐。坐断寒更吟未了，炉灰雪积火潜

① 杨镰：《全元诗》第2册，中华书局2013年版，第333页。

低。(三)[1]

女真王朝的覆亡,令不少士人失去了博取功名的机会,造成了心灵上的巨大失落,而蒙古新贵的崛起,又使这些士人无法忘掉过去。“出”与“处”已成为士人解不开的心结。“老懒正疑闲处著,高名无用不如低”“回首平生事堪笑,少年豪气北山低”“坐断寒更吟未了,炉灰雪积火潜低”等诗句,正反映了他们的迷茫与困惑。组诗充满了自嘲的口吻,透露出一种无奈的情绪,这种自嘲自谑实际上是他们对故国灭亡,朝代变迁,却无能为力的一种表现。这样的处境,非亲身经历者无法体验,所幸,他们是一群有着相同的思想情感,这使他们彼此成为志同道合的知己,他们把诗和酒作为心灵的寄托,用来缓解心灵的痛苦。

“二妙”受祖辈影响,儒学观念根深蒂固。段氏兄弟两赴汴京参加科举考试,希望以读书为进身之阶,出仕为官,实现自己的抱负。后来,因遭遇亡国,则选择归隐,然而其内心并未忘怀世事。再如段成己《和杨彦衡见寄之作六首》云:

几年奔走趁槐黄,两脚红尘驿路长。梦破邯郸成独笑,半生回首只空忙。(一)

西风浩浩塞尘黄,白发缘愁若个长。客梦五更惊忽断,打门县吏索租忙。(二)

一裘谁为制玄黄,无可奈何秋夜长。我自忍穷方未暇,不知蛮触战争忙。(三)

一苇初航十里黄,故园归计渺何长。可怜兀兀青灯下,还似当年举子忙。(四)

小园蔬茹待秋黄,不事姜盐味自长。口腹累人良可笑,何能终岁为渠忙。(五)

幽迹无心学绮黄,荒才涉世本非长。年年来往燕然道,却为山林有限忙。(六)[2]

事实上,二段兄弟单纯表现闲适隐居生活的诗歌并不太多,大多数诗歌都渗入了作者各种各样的忧愁与牵挂。这组和杨彦衡的诗歌就表达了作者“情非得已”的隐忧。吴澄在《二妙集》序中说“于时干戈未息,杀气弥漫,贤者避世,苟得一罅隙地聊可娱生,则怡然自适以毕余龄,几若淡然与世相忘者,然行之于

---

① 杨镰:《全元诗》第2册,中华书局2013年版,第332页。
② 同上,第351—352页。

言间亦不能自禁”[1]。《四库全书总目提要》说段氏兄弟诗“大抵骨力坚劲，意致苍凉，值故都倾覆之余，怅怀今昔，流露于不自知”[2]。“梦破邯郸成独笑，半生回首只空忙”“可怜兀兀青灯下，还似当年举子忙”，他们怅怀今昔，流露出了内心的悲愁和对时局的忧患。所谓“不自知”并非不明白，而是一种不知不觉、自然而然的情感流露。

二、揭示隐者心中之“忧”

“二妙”处在金末元初这样一个朝代变化的特殊年代，山河破碎造成了段氏生存状态的改变。儒家思想的根深蒂固以及目睹了天下兴亡和百姓疾苦，使得兄弟二人成为遗民的典型。其诗主题集中于对故国的思念、对隐逸生活的追求、对怀才不遇的慨叹。这些诗歌主要有《方平道中二首》《微雨后偶成二首》《九日山园小宴取五柳公采菊东篱下为韵赋诗侑觞五首》《暮春有感三首》《余懒日甚不作诗者二年矣间者二三子以歌咏相乐请题于吾兄遁庵遂以岁月坐成晚命之因事感怀成五章以自遣志之所之不知其言之陋也览者将有取焉》《漫成二首》《斋居偶成二首》《漫书二首》《五月朏日书以自二首》《独坐有怀往昔次前韵二首》等。

反映故国之思是二段组诗的一个重要的主题，如段克己《微雨后偶成二首》云：

> 孤愤凭谁诉，长歌聊自怡。整衣怜瘦减，扶杖觉衰迟。小饮非愁敌，轻寒与睡宜。今朝春雨好，稚子莫啼饥。（一）
>
> 寂寂春归后，悠悠梦觉时。病添花懊恼，愁耐酒禁持。瓶贮无多粟，囊封有许诗。倚床成独笑，此意几人知。（二）[3]

春天的景色本来应该是妩媚迷人的，但是这首诗里呈现出来的却是另外一种截然相反的让人心酸苦楚的惨景。国家灭亡，良辰不再，实在是令人伤感落泪。“孤愤凭谁诉，长歌聊自怡”二句，表达了对故国深深的思念之情。这样的怀咏作品在《二妙集》中很常见。再有段克己的《五月二十三日夜分雨作凉风飒然木叶萧瑟绝似往年七八月感时物之变不能为怀漫浪成诗聊以自释》中“非木石能无感，唤起悠悠故国愁”，表达了同样的情感。

再如段成己《漫成二首》云：

---

① 转引自：[清]顾嗣立《元诗选》二集上，中华书局 1987 年版，第 1 页。

② [清]永瑢、纪昀等：《四库全书总目》卷 188，中华书局 1965 年版，第 1706—1707 页。

③ 杨镰：《全元诗》第 2 册，中华书局 2013 年版，第 283 页。

一榻了穷冬，吾生喜易供。尽教人笑拙，最苦客妨慵。无寐闲欹枕，忘言醉倚筇。可怜猿与鹤，岁晚肯相从。（一）

时序惊何速，形骸强自持。整冠毛屡脱，束带孔频移。蹭蹬成空老，吟哦不救饥。百年行已久，一笑欲何之。（二）①

这首诗看似感叹岁月流逝，实际寓以了诗人的悠悠故国之思。大金王朝叱咤风云、灭辽克宋的历史，早已成为过去。山河如故，人事已非，“百年行已久”。诗人的心态似乎淡定了，言词也不再充斥愤懑不平之气了。但是，“一笑欲何之”，不能简单地理解为“一笑了之”，似问非问，内涵厚重，表达的故国之思深沉而含蓄。

对隐逸生活的追求是其咏怀言志类组诗的另一突出主题。《二妙集》中，对隐逸生活的体现也占了很大一部分。金末元初是一个“干戈未息，杀气弥漫”②的年代，贤者避世，在当时成为一种普遍的现象。从思想上看，《二妙集》所反映的都不是老生常谈的隐逸情怀，它所体现的隐逸，有着这个时代所特定的背景和现实意义。对于段氏兄弟而言，“修齐治平”本是核心的责任感和使命感，但是残酷的现实下，这种责任感和使命感失去了存活的依托，也就摧毁了段氏兄弟最初“入世”的理想抱负。元蒙的入侵和亡国的伤痛又进一步加剧了他们对现实的厌倦，这就导致了他们最终的人生抉择——隐逸。

正是因为儒家建功立业的追求被打破，二妙又处于生不逢时报国无门的慨叹中，他们才选择了适宜的生活方式：隐于山林，避世取静。龙门一带山风光秀丽，景色宜人。悠游于山林之中，静赏大自然的美景，渗透着他们对山野林泉的倾心热爱与真切依恋。这是段氏兄弟在乱世中能让心灵得到安慰的方法。如段克己的《方平道中二首》云：

沙软新经雨，风轻不起尘。溪山随处好，花柳著行新。放浪聊终日，蹉跎又一春。行年已如此，犹复向来人。（一）

病怯春衫薄，衰怜葛屦轻。平芜迷旧迹，幽鸟变新声。兴与云俱远，心同水共清。胶胶还扰扰，回首笑浮生。（二）③

此诗作于方平道中，其一注重写景，其二意在抒发感受。雨后细沙轻软，经过微雨的洗刷，风过并未卷起一丝灰尘。写出雨后万物清新，一尘不染的洁净无尘之感，仿佛花与柳都披上了鲜亮的新衣。诗人的心情原本并不明朗，当诗人

① 杨镰：《全元诗》第2册，中华书局2013年版，第325页。
② ［清］王弈清：《历代词话》，中华书局1986年版，第378页。
③ 杨镰：《全元诗》第2册，中华书局2013年版，第283页。

还在感慨着“蹉跎又一春”时,眼前这般景物荡涤了诗人的心情,看着眼前云淡风轻、万物如新的景象,诗人的心也随之清澈了起来。最后,诗人决心向世事纷扰弃之脑后,淡然的笑对浮生。

再如《九日山园小宴取五柳公采菊东篱下为韵赋诗侑觞五首》云:

世无李元礼,谁容孔北海。长歌归去来,篱菊无人采。(一)
古来贤哲人,饿死填空谷。清樽幸不空,且醉篱边菊。(二)
风雨山城暮,黄花自满丛。幽怀若为写,正要玉西东。(三)
爱酒陶元亮,持杯对菊枝。醉时催客去,犹复有藩篱。(四)
饥餐秋菊英,采采不盈把。日落四山昏,独坐衡门下。(五)[①]

此组诗以“古今诗人隐逸之宗”陶渊明的“采菊东篱下”诗句为韵赋诗,摹写陶公怡情于田园风光的自得姿态和诗酒自娱忘我情怀。陶渊明抛开纷纭的官场,不为五斗米折腰向乡里小儿,走向宁静的田园。为的是追求内心的宁静,追求遂心适性的生活。“北渡后(克己)与成己避地龙门山中,余甘年而卒,人称为遁庵先生。”[②]诗以宴会为契机,“长歌归去来”,呈现出诗人向往陶公、甘于田园平淡自足的生活态度。

寄情山水、追求宁静的闲逸心态也正是河汾诸老人生共同的选择。他们避居山林,“回归到陶渊明的幽独意识和隐逸情怀,把陶渊明作为精神上的归宿,从他身上寻找到新的人生价值,并借以安慰自己。陶渊明成为他们精神世界的一座堡垒,用以保护自己出处选择的自由”[③]。段克己的《寄张弟器之二首》其一云:

爱酒陶彭泽,映世清节耀。乞食赋新诗,不复事边侥。士生多坎坷,异代或同调。东山不可作,敢望蟠溪钓。壶觞聊自倾,登高一舒啸。但恐污世尘,永为达人笑。(一)[④]

诗中作者赞美了陶渊明随遇而安的生活方式,对陶渊明远离尘俗的高洁情怀给予了赞美。“士生多坎坷,异代或同调”,既是伤悼前人的怀才不遇,又是伤悼自己。他向往着“壶觞聊自倾,登高一舒啸”般自由自在,现出对“恐污世尘”人生的警觉。

---

① 杨镰:《全元诗》第2册,中华书局2013年版,第292页。

② [清]郭元舒:《全金诗·段克己小传》卷56,《文渊阁四库全书》本,台湾商务印书馆1986年版,第1445册,第717页。

③ 贾晓峰:《隐逸与幽独——论河汾诸老的疏世心态》,《大庆师范学院学报》2009年第2期。

④ 杨镰:《全元诗》第2册,中华书局2013年版,第276页。

对怀才不遇的慨叹，是其咏怀诗的一大特色。蒙古灭金的时候，段克己已经38岁，段成己是35岁，这种年龄，本来是大展宏图，为国效力的美好年华，然而世事变迁，能够苟且存活，已经是不幸中的万幸。至于二段从小就满怀的雄心壮志，恐怕是难以实现。《二妙集》中有一篇是《答封仲坚》，这里面有一句是"念昔始读书，志本期王佐"，可以看出段氏兄弟安邦治国的雄心壮志，但是由于金朝灭亡，身处异代，这种理想抱负并不能够实现，于是只能剩下怀才不遇的无奈和叹息"时哉不我与，触事多感轲"。面对生不逢时，不能为国作出自己的贡献，段式兄弟内心充满悲凉，无奈只能剩下愤懑与叹息。段成己《斋居偶成二首》表达了愤世嫉俗的情感，其诗云：

赤子谁能捋虎须，溪山好处扬轻裾。头颅久觉非侯相，颜面从教与世疏。一榻清风尘土外，半轩黄菊雪霜余。明经自为儿孙计，敢与鸿儒论石渠。(一)

湛如古井冷无波，钝若吴钩涩未磨。半纸功名蜗左角，百年身世蚁南柯。天翻地覆亲曾见，暮四朝三多几何。万事转头供一笑，向来事业尽蹉跎。(二)[①]

蒙元军队与金国长达20多年的战争使中原大地饱受摧残，而文人也经常处于朝不保夕的命运之中。"万事转头供一笑，向来事业尽蹉跎"，面对天翻地覆的变化，复国无望，段氏兄弟既不愿以身殉金，又不愿失节事元，再加上儒、道思想的影响，他们最终采取了淡泊名利、超然世外、独善其身、静观其变的处世之道。这样一种稳妥的选择，是由当时特殊的时代背景所决定的，也反映了当时金朝遗民的普遍态度。

二段对"仕"的渴望直到1248年已隐居龙门山中10余年之后犹强烈而真挚。当得知其乡后生李湛然将"有志于四方"，求仕之燕的时候，克己作诗为其壮行，且写了长达五百余字的《序》，大谈"儒者事业"。他不苟同于"高卧于林丘，累征而不起"的行为，认为君子应"适用堪事"，那些不拘于名誉、屈辱而能积极用世者才是"真儒者"，如"自鬻于秦"的百里奚，投靠明君的管仲。继而又直指当下，认为当今之士，"苟有好义强仁，皆将善其价而沽之"(段克己《送李山人之燕并序》)[②]。对仕的渴望而不得，成为二段整整20年的隐痛。

再如段成己《余懒日甚不作诗者二年矣间者二三子以歌咏相乐请题于吾兄遁庵遂以岁月坐成晚命之因事感怀成五章以自遣志之所之不知其言之陋也览者将有取焉》云：

---

① 杨镰：《全元诗》第2册，中华书局2013年版，第331页。

② 同上，第278页。

负暄頫檐下,病骨喜新霁。微风动天宇,木叶陨虚砌。缅怀平生事,奔走愧非计。投身田野间,心迹得少憩。时荣岂不慕,省躬自当逝。薇蕨满春山,犹可以终岁。(一)

罢书掩关卧,窗牖乱清樾。风枝惊宿鸟,札札畏颠越。叶声走前庭,误听雨未歇。不知霜已重,但觉寒切骨。耿耿不能寐,起坐候明发。试问夜如何? 虚檐转残月。(二)

晨起坐高斋,鸟啼幽寂破。小儿具文墨,信手供日课。既无宠辱惊,又不至寒饿。自量亦云幸,到此能几个。更欲希世荣,所望毋乃过。蒲团正温厚,得稳且安坐。(三)

连蹇拙进宦,艰难昧理生。一事且不免,况欲二者并。忍穷分所安,不为世所萦。床头一卷书,净洗胸次平。偶逢会心人,款款话中情。瓶储喜不空,今年赖西成。(四)

青山如有情,向人呈偃蹇。我本山中人,一出偶忘返。崎岖半天下,始觉居山稳。力极势自回,若不费推挽。税驾良自兹,千里岂云远。举手谢山英,应笑归来晚。(五)①

从诗题中可见"余懒日甚"的自责,因朋友"以歌咏相乐请题于吾兄遁庵",遂"因事感怀",以"岁月坐成晚"为韵成诗五首,"志之所之",以便"览者将有取焉"。"时荣岂不慕,省躬自当逝",成己早有济世之志,然朝代的更迭使他豪气尽逝,济世之志已融进绿水青山间。其功名意识和隐逸情结在人生的不同阶段有了一个变化的过程,同时也可看出在这些变化中,段成己内心的痛苦。"缅怀平生事,奔走愧非计。投身田野间,心迹得少憩","崎岖半天下,始觉居山稳",这是诗人认真反思之后的选择,这其中透出些许的无奈。观河汾诸老,我们很容易发现,他们大多数人的隐居并非真隐,就像历代隐士,甚至陶渊明那样的"不能超脱尘世"。组诗用"岁月坐成晚"来押韵、立意,正反映了他们的心态不因为生活的清净而淡然闲适,却是在隐逸和进取的矛盾心态中苦苦挣扎。河汾诸老生逢乱世,沉沦下僚,既有杜甫"穷年忧黎元"般的忧患意识,又有安贫乐道、用行舍藏的处世态度,矛盾异常,真实地再现了金元之际遗民的普遍心态。

三、再现隐居环境之"美"

二段诗中有许多咏物见志组诗,特别是咏菊、咏梅组诗,因其象征着清高脱俗的品格,最能体现诗人的情趣。此类组诗主要有《红梅用诚之弟韵二首》

① 杨镰:《全元诗》第2册,中华书局2013年版,第317—318页。

《仲之初家弟诚之自芹溪得红梅数枝作三诗以见意夜归枕上次韵简中二三子三首》《乘兴杖屦山麓值梅始华徘徊久之因折数枝置几侧灯下漫浪成语简诸友一笑云三首》《龙门八题》《蒲川八咏》，其中《梅花十咏》《花木八咏》是兄弟二人同题唱和之作。

菊花与隐逸生活有密切关系，这与当年陶渊明“采菊东篱下，悠然见南山”相关。段氏兄弟隐逸林泉，持节守志，每每也多以菊为自我人格的映现。克己号“菊庄”，成己号“菊轩”，均可见出其与菊花的情缘。

段克己有《九日山园小宴取五柳公采菊东篱下为韵赋诗侑觞五首》，以陶渊明“采菊东篱下”诗为韵，通过赞美菊花，来传达脱俗的雅韵，把自己的人格理想融入菊的意象之中。以“古来贤哲人，饿死填空谷”勉励自己，传达出坚持操守、“宁死不餐周粟”的信念。以“长歌归去来”来表达对陶渊明隐逸生活的向往，集中展示了隐逸情怀。

梅花以其艳丽的色彩、浓郁的芳香、婀娜多奇的风姿而深受文人士大夫的青睐。人们赋予她美好的名称，或称之“雪中高士”，或与兰、菊、竹并誉为“四君子”，或与松、竹并称为“岁寒三友”。种梅、育梅、赏梅、画梅、爱梅成为文人雅士的一种癖好。《二妙集》咏梅组诗近40首，梅花被二段赋予发超凡脱俗的人格魅力，成为诗人钟情之物。如段成己的《红梅二首》云：

> 谁点冰梢绛雪团，黄昏和月倚栏干。羞随桃李争春意，要伴松筠傲岁寒。冷艳只宜闲处著，浅妆难入俗人看。天心固惜和羹便，空抱枝头一点酸。（一）
>
> 淡扫胭脂碎玉团，天生异物著江干。月边标格娇增韵，雪底精神巧耐寒。春意只应容易见，人情还作等闲看。可怜弃置蓬蒿外，倚杖东风鼻一酸。（二）①

这组咏梅托物言志，借“红梅”的意象，抒写诗人自己的人格追求。“羞随桃李争春意，要伴松筠傲岁寒”，梅花傲霜斗雪，与松竹有同样的坚贞志节。梅花是“天生异物”，有着“月边标格”的娇韵和“雪底精神”，梅花孤高的品格正是诗人独立苍茫的人格象征。梅花不随流俗，不与桃李争春斗艳，虽被“弃置蓬蒿外”，却依然孤高自赏，令人敬佩。

段克己《红梅用诚之弟韵二首》是依韵对段成己的《红梅二首》的唱和，其诗云：

> 梅花香里倚蒲团，万事人间总不干。醉梦每怜春意浅，诗魂长绕夜枝

① 杨镰：《全元诗》第2册，中华书局2013年版，第329—330页。

寒。记曾上苑溪边见，又向前村雪里看。回首青蕤已如豆，齿牙衰朽怯微酸。（一）

小梅初破月团团，戏蝶游蜂未敢干。醉脸不禁经宿雨，芳心似欲诉朝寒。乍惊别后容华换，更与罇前仔细看。便好栽培近东阁，免教风味一生酸。（二）①

除去赞美红梅的品格外，与其兄稍许不同的是成己的红梅诗还将红梅当成知己："乍惊别后容华换，更与罇前仔细看"，其情形一如久别的好友重逢，不甚惊讶。再如《乘兴杖履山路值梅始花裴回久之因折数枝置之几侧灯下漫浪成语简诸友一笑云》咏梅绝句："幽香不许后人知，才是东风第一枝。误认文君新睡起，读书窗下立移时。"克己有和诗："颜色磬香几个知，丛草深处见横枝。孤标只得诗人爱，花样而今不入时。"都以咏梅孤高标格，来表现襟抱志趣，有一种超逸绝尘之美，既有愤世之情，又有持节之志，令人回味无穷。

段氏兄弟对梅非常喜爱，二人分别作有《梅花十咏》，分为《忆》《梦》《寻》《探》《乞》《折》《嗅》《浸》《浴》《惜》，赞美了梅花的孤高品格。如段克己《梅花十咏》云：

姑射仙人冰雪肤，昔年伴我向西湖。别来几度春风换，标格而今似旧无。（《忆》）

天仙邀我醉瑶台，春向飞琼笑里回。为报梨花缘已断，休将云雨下山来。（《梦》）

风流谁似李三郎，不记仙姿委路旁。天上人间无觅处，风来罗幕只闻香。（《寻》）

虢国夫人约素身，不教脂粉涴天真。一班曾向春前见，颜色如今更可人。（《探》）

寄语诗人林隐君，水西千树要平分。玉颜绛领堪娱老，御史何劳觅紫云。（《乞》）

白玉堂深夜色寒，玉儿和月倚蓬山。高情不似章台柳，也许余人取次攀。（《折》）

手捻冰捻蕤步月华，暗香先已透垂瓜。寿阳毕竟无才思，但卧含章拂落花。（《嗅》）

玉骨浑将山麝熏，冰肌得水更精神。凌波微步东风软，羞杀当年洛浦人。（《浸》）

① 杨镰：《全元诗》第2册，中华书局2013年版，第288页。

脉脉晴天翠幕张，玉环月底按霓裳。却嫌尘污香罗袜，故著温泉为洗妆。（《浴》）

窈窕银屏掩画堂，为嫌玉瘦怯昏黄。落英犹可为香爇，不学翾风老退房。（《惜》）①

段成已也写《梅花十咏》，以倡其意，诗云：

初谒琼浆记昔年，迎门一笑想嫣然。夜来雪暗前村路，恨满东风意不传。（《忆》）

神女尘缘久未忘，飘然随月到高唐。欢情未接还惊觉，云雨阳台空断肠。（《梦》）

玉想形容霞想裾，云英自与世姬殊。几年来往蓝桥路，捣尽玄霜得见无。（《寻》）

未尝亲到谢家堂，风韵何由识谢娘。说与选花场上客，须知林下胜闺房。（《探》）

漏泄春光洛水傍，紫云名字袭人香。可能惠我黄昏伴，休笑分司御史狂。（《乞》）

玉骨那堪瘴雾伤，好将经卷伴南荒。坡仙鼻孔清如水，老觉朝云道气长。（《嗅》）

洛浦飘飘信有神，凌波忽睹一枝春。摩挲老眼看微步，旎旎香生罗袜尘。（《浸》）

洗尽铅华见玉环，肌肤冰雪照人寒。临风脉脉娇无力，轻裹香罗半未干。（《浴》）

襟袂翛然风味酸，北人谁识蔡姬贤。可怜抛却清伊月，埋没边沙二十年。（《惜》）②

二段的《梅花十咏》是一组“同题共咏”组诗，二人各咏十章（其中成已《折》一首“有目无辞”），各具风采。以“梅”为对象，分别以“忆”“梦”“寻”“探”“乞”“折”“嗅”“浸”“浴”“惜”十个不同的动作，结合古代历史人物的逸闻趣事或文学作品中的情节人物，拟人化手法来吟咏梅花，集中表达了二人钟情于梅花的情愫。如在《乞》一章中都提到了杜牧和紫云姑娘的典故。唐人孟棨《本事诗》“高逸第三”载：杜牧当时是分司东都的监察御史，官位显赫。因爱慕李司徒家

① 杨镰：《全元诗》第2册，中华书局2013年版，第293—294页。

② 同上，第345—346页。

中歌妓紫云,主动赴宴,并当众索讨名妓。这是文坛上的一段佳话[①]。段氏兄弟对这段故事则是各有所取,兄克己借此表明:其对梅花的喜爱,超过了杜牧对紫云姑娘的爱慕。弟成己则以杜牧对紫云的爱慕和追求为喻,暗写自己对梅花的眷恋。再如"浴"中,兄弟二人具以杨贵妃沐浴后的娇态,以比喻梅花的娇姿。克己写出了梅花的一尘不染,犹如贵妃温泉洗浴后的高贵。成己则直接以贵妃的冰雪肌肤和临风脉脉来比喻描写梅花的娇姿,显现出梅花的高雅和傲然姿态。

二段钟情于梅,与士大夫爱梅与梅的情绪有关,也与其自身独特的处境相关。首先,它反映了段氏兄弟的抗争精神与家国情怀。这是传统文化之内核,是士大夫人格意识之精髓。其精神与那耐寒抗冷、傲雪争春的梅极为相似。其次,它反映了段氏兄弟高洁人格。其咏梅诗中,那些耐寒清高、遗世独立的寒梅形象正是诗人贞洁自持,不趋附权势,独立人格的化身。此外,其咏梅诗中或写梅之孤标逸韵,或写梅之清高脱俗,也透露出诗人隐逸情趣,蕴含着知识分子的"独善其身"的隐士精神。

另一组同题之作为《花木八咏》也是状物组诗,分咏"海棠风""杨柳烟""荷叶露""葵花日""菊花霜""芭蕉雨""梅花月""山茶雪"八种花木。作者抓住每一种花木的一个独特的方面,集中笔下刻画,传神写照,揭示了花的精神气质和高贵灵魂,并以此自喻。写作风格与咏梅诗相似,通篇以拟人化手法,描绘细腻,生动形象。兄克己更是全篇化用了唐明皇和杨贵妃的爱情故事,寓情于物,令人印象深刻。

对自然风光的描写也是二段后期隐逸生活的一个重要内容。历经世事的坎坷,朝代的变迁,段氏兄弟渴望从现实的悲惨中摆脱出来。以亲近山水、登临揽胜之举来排解内心的失意、恨憾和忧伤。从"我爱青山真得归""一酌清泉亦自肥""平芜迷旧迹,幽鸟变新声"等诗句中,可见出段氏兄弟对自然界的热爱和对隐逸生活的留恋。当他们置身于宁静的大自然时,才能获得心灵的愉悦与轻松。

段氏二人在享受、体验田园生活的同时,还经常游山玩水,饱览自然山河的壮丽风景,旖旎风光。这种怡情山水的生活方式同样是由其处世之道决定的,他们在赏玩山水中悟得人生本静的哲理,这种以静制动、冷眼旁观的处世态度又反过来促使他们投进大自然的怀抱,在静谧的山水中求得心灵的平静与和谐。段成己《龙门八题》用组诗形式描绘了河汾一带的自然风光,写出了

① [唐]孟棨:《本事诗》,丁福保辑《历代诗话续编》,中华书局 1983 年版,第 15—16 页。

当地山河景胜的壮观、秀丽。如《龙门八题》云：

峡束洪流起怒涛，乱翻晴雪与云高。徐看行处元无事，小处区区枉用劳。(《禹门雪浪》)

古垒云藏一径微，河山依旧昔人非。贪征往古兴亡事，不觉城头雨湿衣。(《云中暮雨》)

云拖残雨敛前峰，翠色寒光溢几重。虑有诗人偏著眼，时施膏沐为渠容。(《疏属晴岚》)

云外亭亭耸翠环，天荒地老两峰间。若教工部尝经眼，未肯将诗誉玉山。(《双峰竞秀》)

山间草木四时新，一脉清溪不染尘。忽见渔郎惊借问，却疑侬是武陵人。(《神谷藏春》)

月出山头未数竿，仙人掌上玉团圆。瑞光冷射三千丈，绝胜碧莲峰下看。(《仙掌擎月》)

日锁群峰欲下迟，茏葱一片冷胭脂。醉吟著我扁舟尾，画出坡游赤壁时。(《姑山夕照》)

一曲刘郎发棹歌，欢情未已奈悲何。只今回首空陈迹，依旧秋风卷素波。(《汾水秋风》)①

段氏兄弟隐居在龙门山中，其足迹自然踏遍了龙门一带的山山水水。《龙门八题》分别吟咏了龙门山一年四季的风景特征，包括禹门雪浪、云中暮雨、疏属晴岚、双峰竞秀、神谷藏春、仙掌擎月、姑山夕照、汾水秋风八处景观，构成了龙门山地区一组独特的景观——“龙门八景”。诗中既写出了龙门独特的山峰，如“云外亭亭耸翠环，天荒地老两峰间”；又写出了龙门山独特的水势，如“峡束洪流起怒涛，乱翻晴雪与云高”；既有月光的朦胧柔美，如“月出山头未数竿，仙人掌上玉团圆”，也有日光下的明媚秀丽，如“日锁群峰欲下迟，茏葱一片冷胭脂”；既有龙门山的寂静，如“忽见渔郎惊借问，却疑侬是武陵人”；更有刘郎棹歌的悲凉和物是人非的兴亡，如“贪征往古兴亡事，不觉城头雨湿衣”。组诗以比兴手法，将眼前的山林景物赋以灵动之性，色彩斑斓，新奇精巧，气势逼人又不失韵味。早在唐代，刘长卿就写过《龙门八咏》，清人翁方纲在《石洲诗话》称其“体清心远，后之分题园亭诸景者，往往宗之”②。与段成己同时的河汾诸老就很喜欢这种形式，并将此类诗作的写作水平推向新的起点。

再如段成己《蒲州八咏》，它也是一组景观组诗，主要展现蒲州(今山西永

① 杨镰：《全元诗》第2册，中华书局2013年版，第348页。

② 郭绍虞，富寿荪：《清诗话续编》，上海古籍出版社1983年版，第1384页。

济一带)的景观。蒲中在今山西永济县附近,诗歌吟咏了"蒲中八景":蒲津晚渡、虞坂晓行、舜殿熏风、首阳晴雪、东林夜雨、西岩叠巘、妫汭夕阳、王屋飞湍。所有景观都呈现出浓郁的北地情韵。陈赓、陈庾兄弟也都《蒲中八咏》诗,一为五绝,一为七绝,同样以"蒲中八景"为对象展开吟咏。段成己的《龙门八题》《蒲州八咏》是受宋代"潇湘八景"诗创作影响而成。用组诗描述景观,构成景观组图,具有独特的美感意蕴,令人回味无穷。

综上所述,段氏兄弟超然世外、冷眼旁观的处世态度反映在其诗歌创作中,表现为一种理智、冷静和淡然的基调,从而使其诗歌普遍呈现出清冷超旷、恬淡疏朗的风格。元人吴澄在《二妙集序》中说:"河东二段先生者,则未之见也。心广而识超,气盛而才雄。其蕴诸中者,参众德之妙;其发诸外者,综群言之美……则陶之达、杜之忧,盖兼有之。其达也,天固无如人何;其忧也,人亦无如天何。是以达之辞著而能忧之意。微后之善观者,犹可于此而察其衷焉。"①

笔者以为,相对于陶渊明的真心归隐田园,旷达超然,段氏兄弟则更多的是一种怀才不遇和无可奈何。较之于杜甫强烈、执着的心忧国忧民之情,面对家国巨变,段氏兄弟更多的是冷静超然,置身世外,不似南宋遗民诗人那样慷慨激昂。个中原因是金朝在北方的统治时间只有短短的100余年,历史文化的积淀并不深厚。面对金真朝的灭亡,金遗民的心态大多较为平和,既对新朝缺少刻骨铭心的痛恨,也对故国少有深沉之思。段氏兄弟亦如此,其描写故国之思、黍离之悲的诗歌,风格清冷,其闲适之作、山水之作的风格则更加疏朗恬淡。

第二节　赵孟頫组诗的多元主题

赵孟頫(1254—1322),字子昂,号松雪道人,一号水晶宫道人。《元史》本传载:"赵孟頫,字子昂,宋太祖子秦王德芳之后也。五世祖秀安僖王子称,四世祖崇宪靖王伯圭。高宗无子,立子称之子,是为孝宗,伯圭,其兄也,赐第于湖州,故孟頫为湖州人。曾祖师垂,祖希永,父与訔,仕宋,皆至大官;入国朝,以孟頫贵,累赠师垂集贤侍读学士,希永太常礼仪院使,并封吴兴郡公,与訔集贤大学士,封魏国公。"②由于故宋王孙的身份,使其仕元的心态极为复杂。

---

① [清]顾嗣立:《元诗选》二集上,中华书局1987年版,第1页。

② [明]宋濂等:《元史》卷172《赵孟頫传》,中华书局1976年版,第4018页。

至元二十三年(1286),程钜夫向忽必烈建议“乞遣使江南搜访遗逸”,次年,遂“拜侍御史,行御史台事,奉诏求贤于江南”。“钜夫又荐赵孟頫、余恁、万一鹗、张伯淳、胡梦魁、曾晞颜、孔洙、曾冲子、凌时中、包铸等二十余人,帝皆擢置台宪及文学之职。”[①]赵孟頫于是年十一月随程钜夫上大都,从此成为元廷之臣。赵孟頫入元以后身仕五朝皇帝,以仁宗在位期间,最受恩宠,官至一品,社会地位和声望达到了顶峰。

有关赵孟頫仕元的心态的研究,徐子方先生认为,赵孟頫是一个名副其实的“精神贵族”。他的宋王孙身份以及超越常人的才华风度,博得了元统治者的始终优容,使其产生知恩图报、赤心输诚的感恩心态。另一方面,同样是宋王孙身份和过人的文采风流,却使得他身遭猜忌,始终小心翼翼而不得大用,更难摆脱故国之思和失节自责的折磨。[②] 赵维江、张沫在《论赵孟頫仕元的心态历程》一文中也认为,“赵孟頫以故宋王孙的身份出仕蒙元,极其复杂的内心矛盾决定了他的心态历程的曲折多变,其仕元心路大致可分为四个阶段:他怀着将所学‘用之于国’的抱负和改变生存环境的愿望热诚出仕;初入朝廷的失望却很快让他懊悔思归;忽必烈的特别赏识和关照又使他恢复了从政的热情,决心‘忠直报元’;但在忽必烈再次欲‘大用’他时,他则激流勇退,之后心境渐趋于平淡和超然”[③]。比较而言,赵文对赵孟頫心态的多元发展的历程的呈现更加细腻与清晰,但将其“力请外补”,视为主动的激流勇退,则有待商榷。个人认为,“外补”并不足以证明其内心的淡泊,而是针对残酷的朝廷内所作的“缓兵之计”。在元廷的政治势力对比中,汉族儒生被边缘化,一般不敢任要职。这一点从许衡、阎复当年固辞相位不就,即可见出端倪。否则,当仁宗召他回京时,给予更高官职时,他就不会应允前往了。

据笔者根据任道斌编校的《赵孟頫文集》和《全元诗》(以《松雪斋集》为基础)统计,赵孟頫诗歌共 464 首,其中组诗共有 242 首。题材主要分布在酬赠唱和组诗、咏怀组诗、山水景物组诗和题画组诗四大类。

一、朋友间的酬赠唱和

赵孟頫的酬赠唱和组诗所占比例较大,原因有二:一是赵孟頫在朝廷为官,一直是御用文人的角色,免不了有些应景奉和的篇章;二是在朝廷里同朝

---

① [明]宋濂等:《元史》卷 172《赵孟頫传》,中华书局 1976 年版,第 4016 页。

② 徐子方:《从知恩图报到自悔自责——试析赵孟頫的心态历程》,《江海学刊》2001 年第 3 期。

③ 赵维江、张沫:《论赵孟頫仕元的心态历程》,《西北师大学报(社会科学版)》2004 年第 1 期。

为官的官僚群体之间和同乡之间的酬赠之作。这类组诗多以“赠别”“奉酬”“奉和”“次韵”等字样为题,如《赠别夹谷公二首》《和子俊感秋五首》《奉岁暮和刚父杂诗四首》《春后多阴偶成三首用复无逸来赠》《奉酬戴帅初架阁见赠二首》《雪后同子俊游何山次韵四首》《次韵子山登楼有感二首》《次韵冯伯田秋兴三首》《故两浙运使李公挽诗二首》《和姚子敬秋怀五首》《见章得一诗因次其韵二首》《奉和帅初雨中见赠二首》《奉和本斋先生午日绝句二首》《和韩君美二绝句》《偶成绝句二首奉怀宋齐彦学士田思孟省郎》等,都是赵孟頫与友人之间频繁交往,相互唱和的成果。

对故国追思是南宋遗民群体创作中常见的主题。宋代三百年基业,文治之功绝世,知识分子多怀君父之恩。当蒙元政权代宋而立时,士人的“夷夏大防”观念复苏了,强烈的政治热情和儒家传统的道德观念使得宋代士儒于宋末国破家亡之时便纷纷隐居山林,或教书授徒,或躬耕乡里,或吟诗唱和,以不仕二姓的行为彰显其报答故主的知遇之恩。赵孟頫《和姚子敬秋怀五首》便是一组缅怀故国的一组七律组诗,诗曰:

铜爵春深汉苑空,邯郸月冷照秦宫。烟花楼阁西风里,锦绣湖山落照中。河水南来非禹迹,冀方北去有唐风。溪城秋色催迟暮,愁对黄云没断鸿。(一)

落日孤城动鼓鼙,愁中画角不胜吹。山川萧瑟秋云净,草木凋伤暮雨悲。多病马卿聊假日,数奇李广不逢时。卷帘白水青山里,隐几无言有所思。(二)

搔首风尘双短鬓,侧身天地一儒冠。中原人物思王猛,江左功名愧谢安。苜蓿秋高戎马健,江湖日短白鸥寒。金樽绿酒无钱共,安得愁中却暂欢。(三)

吴宫烟冷水空流,惨淡风云暗九秋。禾黍故基曾驻辇,芙蓉高阁迥添愁。绣楹锦柱蛟龙泣,金沓瑶阶鹿豕游。宋玉平生最萧索,欲将《九辩》赋离忧。(四)

野旷天高木叶疏,水清沙白鸟相呼。胡笳处处军麾满,鬼哭村村汉月孤。新亭举目山河异,故国伤神梦寐俱。黄菊欲开人卧病,可怜三径已荒芜。(五)[①]

《和姚子敬秋怀》是赵孟頫为哀悼亡宋而作,共五首。姚式是其同学,曾一起从敖继公学习。从二人诗中所使用的“秦宫”“汉苑”“一儒冠”意象,以及“河陇新

① 杨镰:《全元诗》第17册,中华书局2013年版,第239—240页。

军驻城市，川原故鬼哭秋风”来推断，这两组诗都应该写于南宋灭亡之后不久。此时作者正在原籍湖州隐居自学，尚未被荐出仕元朝。前三首写宋亡前的种种危象和自身的忧患，后二首写宋亡后的种种惨凉和自身的伤悼。“胡笳处处军麾满，鬼哭村村汉月孤”句，再现了当时的社会环境：处处胡笳，军旗满目，村村鬼哭，汉月孤悬。暗示元蒙已取得天下，汉族民众处于水深火热之中。题中的“秋怀”，是仿杜甫《秋兴八首》的命题。“悲哉，秋之为气也”，老杜时唐未亡，故犹能感“兴”，而孟頫时故国已丧，故仅有“怀”思而已。作者身为赵宋王室宗族，其亡国之恸当倍于常人。长歌当哭，怨天尤人，既愧恨自己回天无术，又慨叹朝廷无济世之才，至令国家沦亡，生灵涂炭，只有徒然神伤，隐居避世。诗人将对现实痛苦体验和历史的深刻思考寄托于意象之中，情感强烈而沉痛。组诗中每首均承袭杜句，作者想藉此强调组诗与《秋兴八首》情感的关联。诗的风格“凄婉之中自饶秀润”（陶玉禾《元诗选》评语），又多化用杜甫诗意，亦颇有杜诗沉郁顿挫之意味。

金元之际、宋元之际，遗民诗人对失国的深悲剧痛、无力回天的怨恨，表现得更加强烈。相对而言，赵孟頫的“呜咽之泣”更有震撼人心的力量。“元王朝对汉人的钳制实质和安抚外表的政治策略在赵孟頫身上的体现，亦较其他南方汉人要深刻得多。研究其复杂心态，无论对于作为诗人的赵孟頫，还是对于那个时代的文人群体，皆既具有普遍意义又具有独特之认识价值。”[①]赵孟頫的呜咽之泣之所以更痛于宋金遗民的号啕大哭，原因即在此。赵孟頫学习汉魏晋唐诗歌精神而形成的婉曲深情的诗风，改变了元初诗坛的走向。此后，江南诗人纷纷登上诗坛，追寻着赵孟頫所引导的创作道路。

赵孟頫的《岳鄂王墓》通过凭吊西湖岳飞墓，抒发了沉痛哀切的故国之思。诗云：“鄂王坟上草离离，白日荒凉石兽危。南渡君臣轻社援，中原父老望旌旗。英雄已死嗟何及，天下中分遂不支。莫向西湖歌此曲，水光山色不胜悲！”[②]陶宗仪《南村辍耕录》云：“岳王墓诗，不下数十百篇，其脍炙人口者，莫如赵魏公作。”[③]而另一首《钱塘怀古》虽题为怀古，实为伤今，是借怀古之名，抒写故国之思。全诗抚今追昔，伤心惨目，家国之恸，黍离之悲，哀切动人，应视作《岳鄂王墓》的姊妹篇。再如《次韵冯伯田秋兴三首》云：

摇落故园秋，溪山处处幽。无钱频贯酒，多病倦登楼。文采陶彭泽，

---

① 徐子方：《从知恩图报到自悔自责——试析赵孟頫的心态历程》，《江海学刊》2001年第3期。

② 杨镰：《全元诗》第17册，中华书局2013年版，第241页。

③ [元]陶宗仪：《南村辍耕录》卷3《岳鄂王》，中华书局1959年版，第41页。

丹青顾虎头。谁能混流俗，浩荡一浮沤。（一）

风紧草木变，露寒沙水清。萧兰嗟共悴，鶗鴂忍先鸣。黄阁非吾事，青山不世情。浩歌聊感激，裘马任肥轻。（二）

兴逐秋风发，愁随秋夜长。系书阳鸟远，促织候虫忙。世已无刘表，家徒有孟光。故衣寒未补，发箧动幽香。（三）①

组诗藉秋起兴，抒发故国之思，并传递对朋友深情厚谊。当我们看到"摇落故园秋""萧兰嗟共悴，鶗鴂忍先鸣""多病倦登楼"的意象时，呈现在我们眼前的是杜甫忧国忧民的印象，作者在"黄阁非吾事，青山不世情"的对照中表明了自己的态度。面对着共同的民族灾难，遗民的悲愤之情有着故国之思和黍离之叹。"世已无刘表，家徒有孟光"，赵孟頫不愿与新朝合作的态度与其深埋心底的入世情结相互交织、挣扎，是进是退，是仕是隐，面临人生的重大抉择，其内心充满着矛盾与焦虑。

尽管对南宋的覆灭表现出失望、惋惜与伤感，但元朝一统已是不争的事实，对此赵孟頫的心情是相当复杂的。一方面他作为赵氏宗室、南宋遗民，不愿为新立的元朝效力。另一方面，儒家"入世"思想的强烈熏陶、傲俗自负的性格驱使，又使他不甘于埋没市井、碌碌无为。所以在南宋覆灭后的一段时间内，表面上看他寄情于山水，歌草吟花，自得其乐，而骨子里却非常苦闷。他渴望有机会施展自己的才华与报负，实现"齐家、治国、平天下"的理想。在这一时期的诗中，他用了大量的历史典故，寄托抒发自己怀才不遇的心情，渴望有人提供一个施展身手的舞台。其《赠别夹谷公二首》写道：

驱马原隰间，经时不遑休。昔来日在斗，今去麦已秋。王事有埤益，宴安非所求。翩翩晨风翼，一举逝莫留。谁令匏瓜系，自怀离别忧。（一）

青青蕙兰花，含英在中林。春风不披拂，胡能见幽心？相去千余里，会合大江南。促席谈自古，知我一何深！此别虽非远，怀思渺难任。公其爱体素，尚无金玉音。（二）②

元代立国之初，元世祖多次派人到江南访求逸贤。至元十三年（1276）、十四年两次派人江南搜访遗贤，他均未应召；至元十九年，夹谷公举荐他为翰林国史院编修官，他也辞而未就。然就其本意言，他并非不想出仕。"身为宋宗室子孙，赵孟頫出身虽贵，一是因为生逢宋末动荡，二是因为家道中衰，三是因为幼

① 杨镰：《全元诗》第 17 册，中华书局 2013 年版，第 230 页。

② 同上，第 193—194 页。

失怙翼，即使在宋亡前，他依然是想通过自己的才学实现兼济天下理想的。”[①]据杨载《大元故翰林学士承旨荣禄大夫知制诰兼修国史赵公行状》载：“公，魏公第七子也。魏公薨，公始十一岁。生母丘夫人，董公使为学，曰：‘汝幼孤，不能自强于学问，终无以觊成人，吾世则亦已矣！’语已，泣下沾襟。公由是刻厉，昼夜不休。”[②]然而，面对新朝，他犹豫了，他挣扎在出与处的困境之中，举棋不定。这二首诗表达对夹谷公的感激之情。其一，对夹谷公为国举贤，无时无日，辛勤奔波，令人尊敬。“谁令匏瓜系”的典故中，隐藏着作者期望出仕不甘像匏瓜那样“徒悬”。其二，作者自喻为林中的“蕙兰花”，而喻夹谷公为能见花之“幽心”的“春风”，称夹谷公“知我一何深”，反映了朋友间的相知之情。诗中表露了不甘心才学被埋没，希望被人赏识的心迹。他继承了屈原“香草美人”的象征手法，将自己的心事托之于“香草”之中。“美人思君”和“思美人”是赵孟頫仕元前反复吟咏的诗题，其背后折射出的是赵孟頫急切而焦灼的出仕之心。

至元二十三年十一月，赵孟頫随程钜夫上大都，从此正式成为元朝的臣子。事实证明，在蒙元的政治格局中他并找到归属感。怀抱“食君之禄忠君之事”的信念，却屡遭排斥，这加剧了其内心的孤独，对友情亲情的呼唤成为摆脱孤独的有效方式。《奉和帅初将归见简二首》其一写道：“戴子文章伯，不为时所知。朱弦非众听，白璧易群疑。”盛赞戴表元的文学成就，且为其不为人知而惋惜，借以表明自己的处境微妙。其二写道：“我坐幽忧疾，非君谁与娱？清谈忘日夜，高论到唐虞。”[③]诗中回忆了两人当年高谈阔论的情形，只有思想上的共鸣，才会有“忘日夜”的境界。联系戴表元的生平，其与赵孟頫一样，也是迫于蒙元笼络征辟以及个体生存的双重压力，顺应时势，选择出任信州教授。从情感上言，他尊崇伯夷叔齐的“宁死不餐周粟”的节操；从理智上言，他认为宋元更迭的事实已无法逆转，只能接受现实。相同经历与感受使其与赵孟頫结下了深厚的友谊，赵氏正是借助亲情、友情来消解自己的寂寞之感和痛苦之情的。

其与友人唱和赠答之作，有着浓郁“隐退”色彩，夹杂在思念之情中的是浓烈的回归自然的意趣。如《和周景远见寄二首》云：

> 四海多兄弟，交情子独亲。方将寻舴艋，何意画麒麟。簿领淹豪士，

---

① 叶爱欣：《赵孟頫的生存困境及诗意阐释》，《平顶山学院学报》2005 年第 4 期。

② [元]杨载：《大元故翰林学士承旨荣禄大夫知制诰兼修国史赵公行状》，李修生主编《全元文》第 25 册，江苏古籍出版社 2001 年版，第 579 页。

③ 杨镰：《全元诗》第 17 册，中华书局 2013 年版，第 231 页。

江湖著散人。相看俱老大,喜见二毛新。(一)

止酒陶彭泽,能书王右军。逃禅宁避俗,感旧惜离群。泽国茫茫水,霜空黯黯云。为农投老去,北望隐思君。(二)①

其一是作者晚年在“相看俱老大,喜见二毛新”情境下,回忆了与周景远交往的过程和深厚的友情,并回答了出仕元朝的真实原因。作为南宋旧臣,他无法摆脱国破家亡的悲伤,无法认同异族的统治,同时顾及社会舆论和自己的名节,他不愿为新立的元朝效力。也曾打算吟诗作画,悠游山水,隐居明志,终老林泉。“方将寻舴艋,何意画麒麟”,透露着出仕新朝正有着情非得已的因素。其二是身居南国水乡,过着闲适的生活,想起了北国的友人。“逃禅宁避俗,感旧惜离群”,想起遗民群体的零落与分化,作者内心充满感伤。

二、山水之游的曼妙展示

作为画家兼诗人,赵孟頫笔下的山水诗不同于谢朓的“穷形尽相”,也不同于李白粗笔勾勒,而是以画家特有的眼光观察景物,将画的意境、色彩运用于诗中,使其诗有格外鲜明的色彩美、线条美、构图美,取得了写意水墨画的效果。其山水诗往往能抓住最具代表性的景观加以点染,写出错落有致的纵深感和层次感。此类组诗主要有《天冠山题咏二十八首》《玄洲十咏寄张贞居》《和黄景社雪中即事四首》《和黄景庆雪中即事七首》《重游弁山二首》《题范蠡五湖杜陵浣花二首》等。

在吴兴龙腾兽舞、云蒸霞蔚的丛山之中,最著名的当数弁山和道场山了,这是赵孟頫在家乡最喜欢游赏的地方。在弁山云峰顶上眺望太湖,雄浑苍茫,长风浩荡,风帆远山,如在眼前,东西七十二港逶迤远去,隐约可见。在《重游弁山二首》中,赵孟頫这样描写道:

出郭闻莺语,穿林散马蹄。涧松何郁郁,春草又萋萋。白石那堪煮,丹厓尚可梯。平生爱高兴,只合此幽栖。(一)

竹色迷行径,松声汹座隅。水清花自照,风暖鸟相呼。饮罢思棋局,歌长缺唾壶。重来潇洒地,聊足慰须臾。(二)②

组诗中写了赵孟頫两次游弁山时的所见所闻,每首诗的前两句写景,描写的声色和谐,“莺语”“马蹄”“风和”“松声”“竹色”“涧松”“春草”“水清”“白石”“丹厓”等意象,从视觉、听觉层面着手,绘声绘色地将弁山绚丽的美景一一呈现出

① 杨镰:《全元诗》第17册,中华书局2013年版,第233页。

② 同上,第228—229页。

来。最后一句抒情，“平生爱高兴，只合此幽栖”“重来潇洒地，聊足慰须臾”，画龙点睛般地表达了诗人对于弁山的喜爱之情和故地重游的亲切之感。

延祐二年(1315)，赵孟頫写下《天冠山题咏二十八首》，这是一组景观组诗。据赵孟頫《天冠山诗帖》篇末所记：“道士祝丹阳示余天冠山图，求赋诗将刻石山中，为作此二十八首。”由此可见，他可能并未到天冠山游玩过，这28首诗是赵孟頫看天冠山图，并听祝丹阳描绘景点后所写的。诗人按照游览顺序，分咏“龙口岩”“洗药池”“炼丹井”“长廊岩”“金沙岭”“升仙台”“逍遥台”“灵湫”“寒月泉”“玉帘泉”“长征池”“道人岩”“雷公岩”“学堂岩”“石人峰”“老人峰”“月岩”“凤山”“仙足岩”“鬼谷石”“风洞”“钩台”“硷潭”“一线天”“馨香岭”“三山石”“五面石”“小隐岩”28个景点，一共28首五言绝句。其结构形态一如唐代王维的《辋川集》。试举二首论之：

峭石立四壁，寒泉飞两龙。人间苦炎热，仙山已秋风。(《龙口岩》)

洞中即仙境，洞口是桃源。何舒武陵路，鸡犬自成村。(《五面石》)①

天冠山在江西省贵溪市城南，有三座山峰品峙而立，故称三峰山。又因其巅方正，两隅垂桃如冕，又称天冠山。赵孟頫曾在此立碑，并撰文书丹，留下《天冠山诗帖》。前者开篇先写了天冠山龙口岩处峭壁之间两道悬泉瀑布，把瀑布比作两条飞龙，山间顿时清凉无比，不再似人间那般炎热了；站在龙口岩那儿，能感觉到的是秋风习习。简简单单、看似平常的四句话，却道出了龙口岩最大的特点。后者，让我们很容易联想到陶渊明的《桃花源记》，孟頫在神游天冠山时有如此发现，肯定是十分兴奋的。这也恰恰反映了赵孟頫钦羡陶渊明的归隐生活，想借天冠山寻得自己的那片世外桃源的深衷。

另一组写景组诗是《玄洲十咏寄张贞居》，分咏“茵山”“罗姑山”“霞架海”“桐花源”“鹤台”“玄洲精舍”“紫轩”“火浣坛”“玉像龛”和“隐居松”十大景观，用以表达与道士张雨的深厚情谊。“玄洲”是神话中的地名，是虚构的仙境之地。汉代东方朔《十洲记》(全称《海内十洲记》)载：汉武帝听西王母说大海中有祖洲、瀛洲、玄洲、炎洲、长洲、元洲、流洲、生洲、凤麟洲、聚窟洲十洲。组诗题赠对象更是元代享有鼎鼎大名的道士诗人张雨，表达了对道教生活与审美的共同追求。如：

结茆依菌山，焚香候芝盖。真灵幸悯我，冠佩时来会。(《菌山》)

翩翩十绝旛，飘飘九疑仙。洞口薜萝长，来降是何年。(《罗姑洞》)

上有白鹤翔，下有幽人居。幽人道当成，白鹤来不虚。(《鹤台》)

---

① 杨镰：《全元诗》第17册，中华书局2013年版，第260、263页。

伊谁植斯桐，萋萋满幽谷。鸣凤久不闻，何当一来宿。（《桐花源》）[①]

这些景观与道教生活密切相关。在道教中，鹤是长寿的象征，因此有仙鹤的说法，而道教的先人大都是以仙鹤或者神鹿为座骥。白鹤与幽人相伴，诠释出一种隐逸的生活趣味，令人玩味。从后者不难看出，孟頫的最高理想追求是桃花源般隐逸的生活，天冠山的美景使其饥渴的心灵得到了慰藉。

赵孟頫笔下的山水景观组诗除了以画家的视角展现大自然的美丽外，更寄寓了作者深层的隐逸情怀。《题范蠡五湖杜陵浣花二首》和《渔父词二首》为代表。如《题范蠡五湖杜陵浣花二首》，诗云：

功名自古是危机，谁似先生早拂衣。好向五湖寻一舸，霜黄木叶雁初飞。（一）

春色醺人苦不禁，蹇驴驮醉晚骎骎。江花江草诗千首，老尽平生用世心。（二）[②]

这两首诗是纪游诗。"范蠡泛五湖"这一典故，用来描写功成身退，避祸远难；或用以描写悠闲泛舟，归隐江湖。就作者言，此二者兼有。"虽然赵孟頫出仕元朝后官位不断升迁，但是他也没有被荣耀冲昏头脑。赵孟頫十分清楚，对他赏爱有加的世祖已年迈多病，随时可能驾崩，桑哥余党在朝中势力犹存，而自己作为前朝遗民，一旦进入元人的权力中枢，势必成众矢之的，遭受弹劾甚至诛杀。"[③]"江花江草诗千首，老尽平生用世心"中一个"老"字，与"功名自古是危机，谁似先生早拂衣"中的"早"字，正是勘破玄机的妙语。仕途要知进退，既然政治理想没有实现的可能，就该明智地隐退山林，像范蠡泛五湖一样避祸远难。

《渔父词二首》是受其妻管道升《渔父词》启发而作，其序云："仲姬题云：'人生贵极是王侯，浮利浮名不自由。争得似，一扁舟。弄月吟风归去休。'"仲姬是管道升的字，赵孟頫以宋室后裔而入元为官，受到诸多牵制而不得施展抱负，心情甚是郁闷，其妻管道升曾填《渔父词》数首，劝其归去。其词云：

渺渺烟波一叶舟，西风木落五湖秋。盟鸥鹭，傲王侯，管甚鲈鱼不上钩。（一）

侬住东吴震泽洲，烟波日日钓鱼舟。山似翠，酒如油，醉眼看山百自

---

① 杨镰：《全元诗》第17册，中华书局2013年版，第263—265页。

② 同上，第268页。

③ 黄一斓：《唯馀笔砚情犹在　留与人间作笑谈——从赵孟頫诗歌创作看其仕隐心路历程》，《湖南科技大学学报（社会科学版）》2010年第5期。

由。(二)[1]

独钓在太湖，管它秋风瑟瑟和阴雨绵绵，宠辱皆忘，逍遥自在。小令的作者用寥寥数笔，写出了渔父那轻松自然的生活和心态。赵孟頫身为宋宗室秦王赵德芳的后裔，在宋时他过着江湖放浪的生活，《渔父词》就是这种生活的最好写照。但仕元后期，他同样向往着这种生活。历经仕途风波，他的心情日趋平和，偶有理想幻灭的遗憾和无奈，但更多的是归耕故园的惬意与闲逸。

三、情感历程的多元呈现

赵孟頫的咏怀组诗展示了诗人从亡宋遗民到大元显宦所走过的心路历程，真切地反映了作者矛盾痛苦的内心世界，也突出表现对个体人生价值的追求。此方面的组诗主要有《古风十首》《咏怀六首》《咏逸民十一首》《和子俊感秋五首》《幽独二首》《岁暮和刚父杂诗四首》等。

宋末元初，政权的更迭使得大多数汉族文人从仕途中退却，隐逸田园成为遗民的主要选择。在他们的创作中时时流露出对故国沦丧的惋惜与悲痛，诗中充满着萧瑟凄冷的意象。赵孟頫在宋亡后、仕元前，曾创作多首描写"黍离之悲"的组诗，如《古风十首》即是一组写于南宋亡后五言古诗，其五、七云：

> 绝代有佳人，被服绮与纨。蛾眉秀联娟，吐词馥若兰。清歌启皓齿，瑶琴发哀弹。一弹再三叹，听者涕汍澜。借问谁家子，为言本邯郸。(五)
>
> 山深多悲风，日暮愁我心。玄云降寒雨，松柏自哀吟。人生百年后，奄然闷重阴。念此每不乐，天路何由寻。仙人偓佺辈，消摇在青岑。奈何不尔思，委命重黄金。(七)[2]

其五，是赵孟頫对自己才华的自许。邯郸，旧之赵国也。佳人者，子昂自况也，而今流落至此，一弹而三叹，此非亡国之音哀以思乎！其《罪出》诗有"在山为远志，出山为小草。……平生独往愿，丘壑寄怀抱。图书时自娱，野性期自保"[3]之句，出而言罪，此自知自责也。而自喻笼中鸟、小草，则困苦不堪之状可知矣。其七，是借景抒情，表达对故国的悲愁。"山深多悲风，日暮愁我心"，诗中只写眼前景、心中事，娓娓道来，如对一二知己交谈，但其深情、真诚却令人感动。字里行间流露的是诗人且行且吟的惆怅和难以言说的苦心，诗境之凄苦宛然阮籍的《咏怀》诗。整组诗歌充满萧瑟凄凉的意象，它们由寒风、冷月、

---

① 杨镰:《全元诗》第 17 册，中华书局 2013 年版，第 221—222 页。

② 同上，第 185—186 页。

③ 同上，第 197 页。

断鸿、霜露、草虫、流水、落叶、秋夜、秋声、秋雨等构成,共同传达着宋亡后赵孟頫内心的凄苦愁怨之情。作为宋皇室成员的他,较之其他遗民,其情感中更多了一份宗庙倾覆的深痛。陵谷变迁,江山易主,诗人新亭举目,心头充满茫然:"东南都会帝王州,烟花三月非旧游。"(《钱塘怀古》)回忆昔日"肥马黄金鞍,轻裘华且鲜。去来纵横驰,意气何翩翩"(《岁暮和刚父杂诗四首》)的贵公子生活,诗人对今日之凄苦无依更觉无奈,故国之思、黍离之悲更加痛切。

《咏怀六首》是一组独具有汉末《古诗十九首》的风味,又具《诗经》《离骚》之韵味五言古诗。如其二、三云:

> 美人涉江来,遗我云和琴。朱丝恒玉珍,古意一何深。长歌和清弹,三叹有遗音。逸响随风发,高高不可寻。奈何俚俗耳,折杨悦哀淫。此道弃捐久,沉吟独伤心。(二)
>
> 明明秋夜月,流光照罗帷。隐忧从中来,起视夜何其。草虫催杼轴,扎扎鸣声悲。良人远行役,万里归无期。予发已曲局,膏沐久不施。回身入闺房,愁思当告谁。独有中霄梦,遥遥为君驰。(三)①

其二,运用了象征手法,以"美人"指代君主或自己,以"思美人"或"美人思君"的表现方式隐喻对君臣遇合的向往。其三,诗人借月抒怀,传递了"遥遥为君驰"而不得的愁思。令人联想起《古诗十九首》的"纤纤擢素手,札札弄机杼"之句,意境凄美。整组都是以咏怀为主题,从不同程度、不同形式、不同主题,逐层展示了诗人倾羡先人的隐逸之心,同时也展现了其内心仕与隐的矛盾。

钦羡逸民生活与自述本志构成了赵氏仕元前心态的鲜明特征。《咏怀六首》云:"先民莫不逸,我独怀苦心。"(其四)上句钦羡古逸民,下句正是自述本志,非常精确地揭示了这种叙述结构。再如《和子俊感秋五首》其二、五云:

> 明月照北林,翩翩栖鸟翻。虚室当静夜,幸绝人事喧。念子已独寐,无人相与言。吾生性坦率,与世无竞奔。空怀丘壑志,耿耿固常存。何由持此意,往与严郑论。(二)
>
> 白露泫然坠,草木日以凋。闲居无尘杂,日薄风翛翛。登高写我心,葵扇欲罢摇。感时俯逝水,回睇仰层霄。松乔在何许?高蹈不可招。愿言从之游,怀古一何遥。(五)②

其二"吾生性坦率,与世无竞奔。空怀丘壑志,耿耿固常存",其五"松乔在何许?高蹈不可招。愿言从之游,怀古一何遥"等诗句,鲜明地表达了对古代逸

① 杨镰:《全元诗》第 17 册,中华书局 2013 年版,第 187 页。

② 同上,第 186—187 页。

民或隐士的推崇、羡慕。有学者指出，赵公这些表达“丘壑志”的诗作“在一定程度上与自述本志具有同一性，是通过前者来展现后者，只是对象由古人转到自身。……赵孟𫖯的本性是否真如闲云野鹤一般，并不重要，关键是他的这些说法和陈述的方式，就暗示着一种自我评估和对自我的价值判断……钦羡逸民和自述本志的叙述模式，不自觉地呈现出赵孟𫖯强烈的自我肯定和获取他人肯定的心理愿望”①。

赵孟𫖯所钦羡之古人主要是隐士或逸民，作者对这些人的事迹与品德的赞美，表达了向往之情。《咏逸民十一首》序云：“自古逸民多矣，意之所至，率然成咏，聊与同好时而歌之耳。”由序可知，组诗是作者对历史上逸民事迹即兴点评，借以表达自己的崇尚之情。诗曰：

凤凰览德辉，奋翅翔千仞。矫矫孤竹子，求仁斯得仁。于心有不厌，视世等埃尘。俯仰志不屈，又不辱其身。圣言一以宣，万古无缁磷。谁言首阳山，卓与嵩华邻。采采山中薇，愧尔肉食人。（一）

劳生本非情，禄仕吾不苟。古来畎亩间，亦有沮溺叟。依依耦耕心，千载思尚友。中道世所难，狂狷诚足取。如何绝代下，相知不忠厚。仲尼不复作，斯怀向谁道。（二）

驱车秣驽马，吾将适齐国。闻有鲁连子，俶傥好奇画。一谈秦师走，再说聊城拔。功成不受赏，高举振六翮。布衣终其身，岂复为世役。茫茫千载远，安往访遗迹。踌躇东海上，向风长太息。（三）

四时相代谢，荣耀何足恃。瓜田引新蔓，不见桃与李。知士解其会，遇坎当复止。邵生故秦吏，乃亦睹兹理。贤哉感我怀，三叹不能已。（四）

子真初亦仕，岁晚乃逃之。区区南昌尉，上疏忘其卑。忠言不见用，耿耿当告谁。飘然弃妻子，终身与世辞。抱关甘贫贱，所贵莫我知。至今九江坟，清风激群黎。神仙信茫昧，此士独不疑。孤云无定在，逝水何时归。遐思一矫首，怅望无由期。（五）

悠悠空山云，泱泱长江流。廊庙意不屑，山泽聊淹留。故人在天位，高步追巢由。岂曰子无衣，辛苦被羊裘。东京多节义，之子乃其尤。穷居虽独善，辅世岂不优。（六）

汪汪千顷波，不为人浊清。道周言行表，荡然无得名。谁言牛医儿，乃是人中英。当时无间言，后世流德声。思之不可见，使我鄙吝萌。淳风久已漓，此意岂复存。时无君子者，虽贤宁见称。（七）

① 陶然：《论〈松雪斋文集〉中仕元心理的文学呈现方式》，《浙江大学学报（人文社会科学版）》2006 年第 5 期。

南州有高士,食力事耕稼。优游聊卒岁,不矫亦不隘。大木行欲颠,绋缅岂足赖。何为诸老翁,栖栖不遑舍。斯言非无见,明哲自高迈。谁能悬一榻,待子来税驾。(八)

鹿门何亭亭,下有避世贤。凤雏隐中林,卧龙蟠其渊。一朝起高翔,斯人独深潜。功名不可为,我志久已安。一闻耆旧传,使我心悠然。(九)

黄鹄羽翼长,一举思千里。幼安本中原,乘桴走东海。举世方尚同,远引存吾志。流风渐异俗,敦礼化邻鄙。子鱼平生友,胡乃不相委。(十)

尘事非所便,田园久见招。归来三径中,蔚蔚长蓬蒿。虽有荷锄倦,浊酒且自陶。茫茫大化中,委运将焉逃。唐虞去已远,由来非一朝。粲粲霜中菊,采采忘其劳。(十一)①

这是一组咏史怀人主题的五古组诗,分咏孤竹子、沮溺、鲁仲连、邵平、梅福、严子陵、黄宪、徐孺子、《襄阳耆旧传》所载高士、管宁、陶渊明等11位隐逸人士。这里有"俯仰志不屈,又不辱其身"的孤竹子;有耦耕畎亩、避世全真的长沮桀溺;有"功成不受赏,高举振六翮"的鲁仲连;有"遇坎当复止"的秦朝故吏邵平;有"食力事耕稼"的南州有高士,也有早年出仕,"忠言不见用""岁晚乃逃之",归隐寿春的西汉南昌尉梅福;有世贫贱,父为牛医,"当时无间言,后世流德声",以学行见重于时的东汉名士黄宪;有屡次被朝廷及地方征召,终未出仕的东汉名士、"南州高士"徐孺子;有只谈经典不问世事,朝廷数征不就的管宁;更有"不为五斗米折腰乡里小儿"的陶渊明。除伯夷和鲁连二人与抵御外族、关乎国家兴替的背景外,其余均为避世者,他们心中或有不满,但在行为上却并没有任何的抗争。

从序文"自古逸民多矣,意之所至,率然成咏,聊与同好时而歌之耳"可知,组诗虽以个人吟咏方式命名,但同时兼具与"同好们"交流与酬唱的企图,这也从一个侧面反映出了"吴兴八俊"早期生活状态。在宋元易代之际,选择"逸民"生活道路并对"逸民"的生活进行吟咏当然可以目之为是一种反抗,是一种受挫之后的自然反应。值得注意的是,在这组咏逸民诗中,咏严子陵诗结尾两句特意拈出"穷居"与"辅世",对两者都给予了肯定,呈现出与一般赞咏古逸民的诗文差别,也展示出作者内心的矛盾。

知恩图报是赵孟頫仕元心态中又一个重要的侧面。《元史·赵孟頫传》载:"至元二十三年,行台侍御史程钜夫奉诏搜访遗逸于江南,得孟頫,以之入见。孟頫才气英迈,神采焕发,如神仙中人,世祖顾之喜,使坐右丞叶李上。"②

① 杨镰:《全元诗》第17册,中华书局2013年版,第188—189页。

② [明]宋濂等:《元史》卷172,中华书局1976年版,第4016—4022页。

他明白此次征召在列是实现自己出仕愿望的千载难逢的机遇。热忱参政，忠直报元，便成了他唯一的选择。面对元朝新治，多出之以赞美之辞自然在情理之中。“二人物车书南北混，山川襟带古今同。”（《金陵雨花台遂至故人刘叔亮墓》）“一时人物从天降，万里车书自古无。秦汉纵横多霸略，晋唐虽美乏雄图。”（《钦颂世祖皇帝圣德诗》）这些诗句中固不免颂圣诀时的套语，但也是作者真实心境的表达。元代疆域的辽阔、国家的强盛，使包括赵孟頫在内的所有文人，都有一种自豪感、认同感。“北来风俗犹存古，南渡衣冠不及前。”（《闻捣衣》）这不仅是在政治上对新朝的认同，而且是在文化上的归心。

新的观念，必然带来新的认识。在看待王朝更迭的问题上，将亡国哀痛转化为兴衰有时的感慨便是其中一大变化。其《赵村道中二首》正是此种变化的典型记录：

> 朝出南郭门，遥指西山阴。马蹄与石斗，宛转愁我心。溪谷莽回互，寒风振穹林。黄叶洒我衣，岩泉走哀音。凄凄霜露降，穷思浩难任。人生亦何为，百年成古今。华堂昔燕处，零落归丘岑。况复不得保，悲来泪沾襟。（一）
>
> 昔年干戈动，兵尘暗三吴。长江已无险，智勇亦难图。筑垒依平山，谋国一何愚。桢干群林空，遗址莽丘墟。至今蓬蒿下，犹有白骨枯。天阴万鬼哭，惨惨荒山隅。兴亡自有数，不敢问何如。独怜野菊花，立马为踌躇。（二）①

“华堂昔燕处，零落归丘岑”，面对大宋王朝的覆灭，遗民群体无不“悲来泪沾襟”。亡国哀痛本应极为主观、颇为激烈，而兴衰感受，则是将其推远到历史的长河中，以略显客观的姿态抒慨而已——“兴亡自有数，不敢问何如”。在《钱塘怀古》这样一个最适合追念故国的诗题下，却不过是“千古兴亡尽如此，春风麦秀使人愁”的感叹。名作《岳鄂王墓》一诗亦是感慨之意多，而少刻骨铭心的哀痛。

对元朝皇帝的知遇之恩，赵孟頫是了然于心的，当然也要有所报答。史载，他在为官后不久即提出“至元二百贯赃满者死”的刑法太重，以致当事者“意颇不平”②。且不论其意见正确与否，其“忠直”之态可掬矣。后来他抗衡桑哥，平反济南路民事冤狱，俱可见出其以实际行动报效朝廷的用意。有研究者认为“入朝不久赵孟頫的心境便由热诚积极转向懊悔负疚，其原因是多方面的，并不完全是出于政治上对元廷的抵触和失望，还有官场上的拘束和屈辱，

① 杨镰：《全元诗》第 17 册，中华书局 2013 年版，第 194 页。

② ［明］宋濂等：《元史》卷 172，中华书局 1976 年版，第 4016—4022 页。

生活上的贫困和孤独,江南士人群体的影响,以及气候习惯方面的不适等多种交织在一起的因素"[①]。这种分析很全面,具有说服力。

这种影响很自然会引起作为赵宋宗室的他对自己仕元之举产生一种负罪感。其《罪出》反映了其对官场顿悟和心态的转变,诗云:

在山为远志,出山为小草。古语已云然,见事苦不早。平生独往愿,丘壑寄怀抱。图书时自娱,野性期自保。谁令堕尘网,宛转受缠绕。昔为海上鸥,今为笼中鸟。哀鸣谁复顾?毛羽日摧槁。向非亲友赠,蔬食常不饱。病妻抱弱子,远去万里道。骨肉生别离,丘陇谁为扫。愁深无一语,目断南云杳。恸哭悲风来,何如诉穹昊。[②]

《罪出》一诗写于其携妻管道升赴京任职之前。诗中浸透着悲伤和自悔,作者通过两组意象对比揭示了情感的力度:出仕之前,他是一只"远志",是"飞去飞来百自由"的"水上鸥";出仕之后即被视为饱受束缚的"笼中鸟"和卑贱的"小草"。面对苍天,赵孟頫不禁痛哭失声。"由此并唤起了他曾在很大程度上已经割断的故国之思,特别是在他重返亡宋故都杭州之后。"[③]四库馆臣评"其晚年亦不免于自悔"[④]即指此意。其晚年所作的《自警》一诗说得更加沉重:"齿豁童头六十三,一生事事总堪惭。唯余笔砚情犹在,留与人间作笑谈。"[⑤]可与印证。对一位刚刚入仕不久的诗人言,其心态颇令人玩味。

正由于经历了"自念"顿悟、自悔"罪出"的痛苦反思,其前期的知恩图报、赤心热诚的感激之情开始消退,对家乡山水的思念和对隐逸生活的向往日趋浓烈。其《至元庚辰由集贤出知济南暂还吴兴赋诗书怀二首》云:

五年京国误蒙恩,乍到江南似梦魂。云影时移半山黑,水痕新涨一溪浑。宦途久有曼容志,婚娶终寻尚子言。政为疏慵无补报,非干高尚慕丘园。(一)

多病相如已倦游,思归张翰况逢秋。鲈鱼莼菜俱无恙,鸿雁稻粱非所求。空有丹心依魏阙,又携十口过齐州。闲身却羡沙头鹭,飞去飞来百自由。(二)[⑥]

---

① 赵维江、张沫:《论赵孟頫仕元的心态历程》,《西北师大学报(社会科学版)》2004年第1期。

② 杨镰:《全元诗》第17册,中华书局2013年版,第197页。

③ 徐子方:《从知恩图报到自悔自责——试析赵孟頫的心态历程》,《江海学刊》2001年第3期。

④ [清]永瑢、纪昀等:《四库全书总目》卷166,中华书局1965年版,第1428页。

⑤ 杨镰:《全元诗》第17册,中华书局2013年版,第274页。

⑥ 杨镰:《全元诗》第17册,中华书局2013年版,第248页。

这组诗歌是作者去济南赴任前所写。任职地济南是战国名士鲁仲连的故乡，作者由衷地仰慕其“功以不受赏，高举振六翮”的高义，希望能以先贤为榜样，建立一番功业后，“布衣终其身”。诗中“空有丹心依魏阙，又携十口过齐州。闲身却羡沙头鹭，飞去飞来百自由”等语，表明了赵孟頫因政治上的失望而出现了思想情感上的变化。这种变化既不是“自悔”，也不是“自责”，而是如徐子方先生所说是“自念”式顿悟。从诗中可见，作者对“丹心依魏阙”并无悔意，对于“京国蒙恩”也不以为耻。“宦途久有曼容志”，他素怀壮志，渴望施展才华，却因“丹心”无用、“疏慵无补报”而深感歉疚。一方面，他“仰慕丘园”，另一方面又向往沙头鹭的“百自由”。在赵孟頫的内心，理想的人生境界和归宿，不是陶渊明弃绝功利的避世，而是儒家哲学中的功成身退。赵孟頫外任济南之后虽然对仕元不曾自悔，但毋庸置疑的是，其对仕途经济表现得越来越淡漠和超然了。

晚年的赵孟頫渴望归隐，整部《松雪斋文集》几乎被弃官归隐、逍遥林下的愿望所覆盖。如《幽独二首》云：

> 闲居无与娱，幽独欣有得。松翁善啸歌，花女美颜色。人生亦何为，耳目皆幻适。我今未半百，鬓发早已白。牙齿复动摇，行当为去客。且尽须臾叹，忘言坐苔石。（一）
>
> 独坐不自聊，披草寻微径。夕阳在高林，篱落有余映。依依增远想，历历生晚听。凉蝉轧鸣筝，候虫击清磬。大小皆有从，雄雌各相应。沉吟复踌躇，忽觉西山暝。（二）①

从诗中“鬓发早已白”“牙齿复动摇”句可见，此组诗歌作于其人生后期。诗中描绘了幽居独处时静赏美景的自得和对人生虚幻的反思。诗中呈现的是对隐逸生活的向往，然在仕隐两端，作者依然“沉吟复踌躇”，并未有明确的抉择。

无论是尽忠报元还是罪出思归，赵孟頫心态的变化都与其政治抱负、人生价值的取向不无关联。其《岁晚偶成》诗中所云“致君泽物已无由，梦想田园霅水头”②，才是他真实的内心，“致君泽物”仍是他的追求，只是在“已无由”的状况下，才产生归隐之梦。

赵孟頫一生横跨两朝，其经历和心理足为遗民中的一种典型。其组诗展示了他在政治鼎革时代的哀痛、彷徨、奋励、失望和超逸的心态，真实地记录了他从亡宋遗孑到大元显宦所走过的心路历程，突出地表现了对个体人生价值的追求。在元代诗人中，赵孟頫对元诗“宗唐得古”一代风气的形成起着相当

---

① 杨镰：《全元诗》第17册，中华书局2013年版，第210—211页。
② 同上，第256页。

关键的作用。正如四库馆臣所评:"然论其才艺,则风流文采冠绝当时,不但翰墨为元代第一,即其文章亦揖让于虞、杨、范、揭之间,不出其后也。"①

第三节　汪元量组诗的"诗史"功能

汪元量南宋遗民群体中著名的爱国诗人。其一生以德祐二年(1276)为分界线,之前的汪元量生活悠闲而舒适,在宫廷中过着琴师的生活;此后,南宋降元,汪元量开始了漂泊生涯。他随三军北上燕京,从燕京回到临安,又从临安到燕京,再从燕京到江南,足迹遍布大江南北,亲身经历了宋朝灭亡和元朝兴起的历史巨变的整个过程。其身份也由琴师向诗人转变。

萧启庆先生曾将宋元之际的遗民分为激进、温和与边缘三种类型:激进型是亡国前奋力反抗蒙元的入侵,亡国后也秉持气节、决不屈服的人,这种人是英雄式的遗民,孤臣义士,如文天祥、谢翱、谢枋得等;边缘型是亡国前后虽未有激烈反抗,但对蒙元政权始终不认同,高蹈隐遁,终生隐居不仕的人,著名人物有林景熙、郑思肖、舒岳祥、何梦桂、许月卿、方凤、真山民等;温和型是亡国后虽然对故宋怀有忠恋之情,然出于各方面的原因,在蒙元勉为其难出仕——但职位仅限于学官,如仇远、家铉翁、白珽、戴表元、汪元量等。相对激进型遗民,边缘型遗民"多未曾参加抗元的实际行动。宋亡以后,守节不仕……对宋朝皆心怀忠爱,却无激烈行动";而温和型遗民"政治态度模棱两可,虽然忠于宋室,却不排斥元朝统治,亦不避讳与北人为友。而且政治行为前后不一,或是先归隐山林,而后出仕元朝;或是先归顺元朝,却又罢官归田,并不失遗民情操"(《宋元之际的遗民与贰臣》)②。这种分析很有道理。

汪元量在燕京生活了13年,其所面临的人生选择是多元的:在元世祖忽必烈喜欢听他弹琴的情况下,他可以继续做宫廷琴师;他并非南宋的大臣,完全可以像南宋宰相留梦炎一样选择投降,在北方安度晚年;更可以像任何改朝换代的老百姓一样,心安理得地接受这种改变。然而汪元量却没有这样做,在宋室宫廷主人凋零的情况下,他以宫廷琴师的身份,默默地陪伴在宋室三宫身边,南归后,最终选择了隐遁生活。漂泊生涯是汪元量一生价值形成的契机,正是这种历尽坎坷的漂泊生涯,造就了他对宋室忠贞不渝的人格特质。如果没有南宋灭亡,汪元量则只是一位宫廷琴师,正是这场变故,让汪元量更深切

---

① [清]永瑢、纪昀等:《四库全书总目》卷166,中华书局1965年版,第1428页。

② 萧启庆:《内北国而外中国——蒙元史研究》,中华书局2007年版,第149—151页。

地体会到在宫廷中无法体会到的痛苦，从而实现了由琴师到爱国诗人的转换，其人格特质也就在同其他人的对比中得以凸现出来。

一、汪元量纪实组诗的主题

汪元量著有《水云集》《湖山类稿》等，存诗 400 余首。作者以亡国之臣的亲身经历为基础，再现了宋末元初社会大变动的种种情状，周详恻怆，有"诗史"之誉。汪森《湖山类稿后序》云："先生由杭入燕，道里所经，皆百战之地，黄尘白月，败垣蔽棘，对之而伤心，言之而陨涕。去国千里，留身一纪，叹瀛公之说梵，哀王母之空门。谢后挽章，提刑哀些，金闺之诗卷何存，玉案之道书长在。以至南冠远路，北面全尸，月满通衢，雪平绝塞之作，不待搔首问天、椎心泣血者矣。其他赋情指事，种种悲凉，先生以片言只语，形容略尽，令读者身经目击，当时号曰'诗史'，夫岂吾欺！"[①]《西湖旧梦十首》《醉歌十首》《越州歌二十首》《湖州歌九十八首》等纪实组诗，以独特的视角记录着宋元更替时期的历史事件，构成了宋亡、北上、入燕、南归四大主题，表达出浓郁故国之思和亡国之悲，集中展现了作者的心路历程。

（一）倾吐朝廷降元的悲愤

德祐二年(1276)二三月间，元兵入侵临安城。朝廷百官或遁或降，毫无抵抗。《醉歌十首》则是追叙南宋覆亡的缘由，作者对南宋王朝当权者不战而降、卑躬屈膝的行为表达了强烈的愤慨。对掌握南宋最高权力的谢太后，更是给予了无情地抨击，抒发自己的感慨和遗恨。诗云：

吕将军在守襄阳，十载襄阳铁脊梁。望断援兵无信息，声声骂杀贾平章。(一)

援兵不遣事堪哀，食肉权臣大不才。见说襄樊投拜了，千军万马过江来。(二)

淮襄州郡尽归降，鞞鼓喧天入古杭。国母已无心听政，书生空有泪成行。(三)

六宫宫女泪涟涟，事主谁知不尽年。太后传宣许降国，伯颜丞相到帘前。(四)

乱点连声杀六更，荧荧庭燎待天明。侍臣已写归降表，臣妾签名谢道清。(五)

衣冠不改只如先，关会通行满市廛。北客南人成买卖，京城依旧使铜

---

① ［宋］汪元量撰，孔凡礼辑校：《增订湖山类稿》，中华书局 1984 年版，第 192 页。

钱。（六）

北师要讨撒花银，官府行移逼市民。丞相伯颜犹有语，学中要拣秀才人。（七）

涌金门外雨晴初，多少红船上下趋。龙管凤笙无调韵，却挝战鼓下西湖。（八）

南苑西宫棘露芽，万年枝上乱啼鸦。北人环立栏干曲，手指红梅作杏花。（九）

伯颜丞相吕将军，收了江南不杀人。昨日太皇请茶饭，满朝朱紫尽降臣。（十）[①]

《醉歌十首》题下注云："此十歌，真江南野史。"所谓"野史"当指正史所不载，实乃作者亲身经历或感受。所谓"江南"当指亡宋。组诗系统地叙述南宋灭亡的过程，再现了元军跨过长江灭宋的辛酸往事。以"醉歌"标题，表达了作者"我欲不伤悲不能已"的情感。其一，是讲吕文焕坚守襄阳十年，得不到朝廷的援兵，守城将齐声谴责祸国殃民的平章军国重事贾似道。其二，是讲襄阳无力再支持下去，在得到元军不屠城的保证后投降，元军渡过长江。长江两岸的鄂、黄、蕲、江诸州相继陷落。其三，是讲宋军防线崩溃，元军兵临临安城下，南宋已无力回天。诗中透露出汪元量对朝廷无能腐败的抨击。其四，写谢太后请降场面。以宫女的泪水洗刷着南宋朝的屈辱，传达了作者对"国母"荒政误国，以致葬送万里江山的罪恶行径的极度不满。其五，交待宋宫有忌讳五更的习惯，所以一到四更后就打六更，不打五更。这首诗讲侍臣写好降表，请太皇太后谢道清——宋理宗皇后——签名。其六，诗人的笔触又从宫内伸向宫外，市井安然。允许临安保留南宋衣冠，同时北方商人大量涌入，京师货币依旧流通。其七，讲元军要南宋给撒花银，向南人无理勒索，这分明是一种民族压迫的现象。其八，痛心临安人没有多少亡国之恨，居然还在游玩。诗人由此联想到了昔日朝廷西湖歌舞的日子，实指朝廷的淫乱无能，表达了诗人心中的惋惜和遗恨之情。其九，写元兵入侵临安，烧杀淫掳，九重禁地变为一片荒芜。作者在今昔对比中，传达亡国灭种的痛楚。其十，讽刺南宋的亡国君臣，不知羞耻，耽于口腹之乐。

《醉歌十首》从元兵进逼临安写起，到宋皇室投降为止，清楚地记录下了南宋灭亡的过程，作者愤怒地指出：南宋灭亡的根本原因在于统治者的腐败、懦弱、奸臣小人当道。"襄阳六年之守，一旦而失，军民离散，痛切朕心。"[②]宋度宗

---

① 杨镰：《全元诗》第12册，中华书局2013年版，第5页。

② [元]脱脱：《宋史》卷46《本纪》第四十六，中华书局1985年版，第912页。

心痛，更心痛的却是广大民众。蒙元大军兵临城下，但是群臣却无人出声，束手无策。作为琴师的汪元量只有“以泪洗面”来抒写自己的感慨和遗恨，以诗表达对朝廷腐败无能的深痛的指责。四库馆臣评曰：“以本朝太后，直斥其名，殊为非体。《春秋》责备贤者，于元量不能无讥。然元量以一供奉琴士，不预士大夫之列，而眷怀故主，终始不渝。宋季公卿，实视之有愧，其节概亦不可及。笔墨之间，偶然失检，视无礼于君者，其事固殊，是又当取其大端，恕其一眚者矣。”[①]在宋亡之际，南宋臣僚纷纷降元，而身为“供奉琴士”的汪元量，却仍然“眷怀故主，终始不渝”，二者构成了鲜明的对比，高下立判。

汪元量的诗学杜甫，遵循“走笔成诗聊纪实”的创作原则。他的纪实诗歌对宋亡国前的腐败统治，王室的堕落，奸臣小人的丑恶嘴脸，社会经济的崩溃，广大人民百姓所遭受的苦难，都有一定程度描写，揭露和反映了真实的社会。《西湖旧梦十首》是诗人返回江南后所写的一组诗。南宋都城临安，是一个“销金锅子”。面对国难当头的危急局势，官僚集团仍沉湎于声色歌舞之中。汪元量目睹此状，借此讽刺君臣荒废政事，葬送南宋王朝的罪过。诗曰：

如此湖山正好嬉，游人船上醉如泥。黄莺不入垂杨柳，却立海棠花上啼。（二）

红桡绿舫荡清波，露脚斜飞湿芰荷。回首涌金门外望，里河犹自沸笙歌。（三）

嵯峨云髻簇金钿，血色罗裙湿晓烟。陌上相逢通一笑，第三桥下是奴船。（四）

溶溶漾漾碧粼粼，船去船来不碍人。日午中官传上旨，内家宣赐玉堂春。（五）

月香水影逋梅白，雨色晴光坡柳青。一个销金锅子里，舞裾歌扇不曾停。（六）

帝城官妓出湖边，尽作军装斗画船。夺得锦标权遗喜，金银关会赏禅娟。（七）

芙蓉照人桂香飘，车马纷纷度六桥。锦幔笼船人似玉，隔花相对学吹箫。（九）[②]

组诗集中展现了南宋君臣的荒淫无耻的生活场景。“回首涌金门外望，里河犹自沸笙歌”，这就是南宋灭亡前夕“销金锅子里”君臣奢侈淫逸的生活写照。汪元量将把揭露、批判的矛头指向不可一世的权相贾似道。贾似道是宋理宗贾

① ［清］永瑢、纪昀等：《四库全书总目》卷188，中华书局1965年版，第1413页。
② 杨镰：《全元诗》第12册，中华书局2013年版，第73页。

妃之弟,因贾妃而受宠。当时京城流传两句民谣:“朝中无宰相,湖上有平章。”他独揽朝政,一手遮天,对外继续屈膝求和,对内聚敛受贿,胡作非为,伺时大兴土木,在西湖边拓建集芳园,“如此湖山正好嬉,游人船上醉如泥”,整日玩乐其中,过着荒淫无耻的生活。奸相当道,朝政昏乱,国家焉能不亡?汪元量借军民之口喊出“声声骂杀贾平章”,以宣泄内心的愤怒和无助。

(二)再现江南失陷惨状,表达亡国之痛和故国之思

《越州歌二十首》主要记录的是元军入侵临安后,给百姓等带来的灾难,揭露权臣误国的罪行。同时也回忆了南宋朝廷往事,传达了怀念故国之情。南宋京城临安古为越国之地,所以诗歌以“越州”为题名,展开叙述描写。

直接描写宋亡过程及战争造成的苦难景象。宋恭帝德祐二年(1276),元军南下进攻江南,在越州肆意烧杀抢掠、迫害百姓。诗人以此为背景,真实地揭示了元军的凶残本性。《越州歌二十首》其一、三、五、七,《湖州歌九十八首》其六云:

淮南西畔草离离,万樯千艘水上飞。旗帜蔽江金鼓震,伯颜丞相过江时。(一)

一阵西风满地烟,千军万马浙江边。官司把断西兴渡,要夺渔船作战船。(三)

秋风吹雨暗天涯,越鸟巢翻何以家。岭上万松都斫尽,西湖新路欲排叉。(五)

苍生恸哭入云霄,内苑琼林已作樵。打断六更天未晓,禁庭两桁糁盘烧。(七)

北望燕云不尽头,大江东去水悠悠。夕阳一片寒鸦外,目断东西四百周。(六)[1]

组诗集中展现了战乱给社会经济和人民生活所带来的破坏。《越州歌二十首》其一,从宋元双方着手,突出描写了元军大军压境、威逼宋朝投降的场景。伯颜的一举一动标志着南宋一步步的沦亡。诗歌刻画了战争造成的苦难景象,正面描写了南宋灭亡的过程。其三,指责元军强占西兴渡口,强夺民船作为战船的强盗行为。其五,借“越鸟巢翻何以家”为喻,言国破家亡的悲愤。其七,写南宋宫廷内苑被战火焚毁,触目凄凉。“苍生恸哭”更渲染出包括作者在内的南宋臣民悲痛欲绝的心情。《湖州歌九十八首》其六,写诗人离开杭州,一路

① 杨镰:《全元诗》第12册,中华书局2013年版,第47、41页。

北行，留恋江南之情。全诗突出一个“望”字。“水悠悠”三字，写出了无限的离愁别恨。

反思宋朝灭亡的原因，揭露当权者误国。客观上讲，当时蒙古已灭西夏和金，攻占了大片领土，国力雄厚。南宋疆域狭小，有重文轻武的传统，军力国力都无法和蒙古相比。然而，导致南宋灭亡的根本原因，是宋度宗、太皇太后谢氏的软弱无能和贾似道之流的专权误国。

宋度宗作为南宋朝廷的最高统治者，却不理朝政，耽于享乐。《越州歌》中用大量篇幅来展示宋度宗追求奢华和享乐生活情景。《越州歌二十首》其十六、十七、十八、十九、二十云：

> 昨梦吴山阆苑开，风吹仙乐下瑶台。翠围红阵知多少，半揭珠帘看驾来。（十六）
>
> 鳌山灯月照人嬉，宣德门前万玉姬。记得那年三五夜，快行撵驾倒行归。（十七）
>
> 内湖三月赏新荷，锦缆龙舟缓缓拖。醉里君王宣乐部，隔花教唱采莲歌。（十八）
>
> 年年宫柳好春光，百啭黄鹂绕建章。冶杏夭桃红胜锦，牡丹屏里燕诸王。（十九）
>
> 昔梦吴山列御筵，三千宫女烛金莲。而今莫说梦中梦，梦里吴山只自怜。（二十）[①]

宋度宗喜好声色，喜好大场面，史所共载。“翠围红阵知多少”“宣德门前万玉姬”“三千宫女烛金莲”等句，描绘的正是宫女聚集的壮观场景。“风吹仙乐下瑶台”“内湖三月赏新荷，锦缆龙舟缓缓拖”“醉里君王宣乐部”“牡丹屏里燕诸王”，众宫女的簇拥下，宋度宗赏乐、赏花和饮宴，极尽奢侈淫乐之态。有研究者指出，宋朝诸帝之中，除宋太祖、宋太宗、宋神宗、宋孝宗等帝王外，在对外政策基本上采取守势，乃至于不抵抗。“究其原因，除了体制的问题之外，就是宋朝皇帝大部分昏庸无能，纵情享乐，不管这种享乐是诗画，还是乐舞。因此宋度宗的享乐问题并非罕见，可谓是继承了宋朝的‘君的传统’。”[②]而正是这种荒谬的“君的传统”加剧了南宋的灭亡。

贾似道最大的罪行在于专权误国。《宋史》记载：“时襄阳围已急，似道日

---

① 杨镰：《全元诗》第12册，中华书局2013年版，第48页。

② 周鹏：《汪元量〈醉歌〉、〈湖州歌〉、〈越州歌〉叙事研究分析》，宁夏大学2014年硕士学位论文，第10页。

坐葛岭，起楼阁亭榭，取宫人娼尼有美色者为妾，日淫乐其中。”①《越州歌二十首》六、八、九、十、十二云：

师相平章误我朝，千秋万古恨难消。萧墙祸起非今日，不赏军功在断桥。（六）

鲁港当年傀儡场，六军尽笑贾平章。三声锣响三更后，不见人呼大魏王。（八）

脱却黄袍心莫欺，魏王事业止于斯。孤舟走过扬州去，表奏朝廷乞太师。（九）

贾庙巍巍尽敕封，秦齐两国受恩同。木棉庵下无依鬼，合策麒麟第一功。（十）

群臣上疏纳忠言，国害分明在目前。只论平章行不法，公田之后又私田。（十二）②

《越州歌》其六直斥“师相平章误我朝”，《汪元量集校注》云：“考查理宗、度宗两纪及《宋史纪事本末》与《贾似道传》，均无断桥军功不赏之记载，姑从阙。”③宋人黄震《黄氏日钞古今纪要逸编》中曾述及“断桥”：“初，元舟之偷渡也，贾似道正董师江上，事急，尝约元和。已而，会曹世雄断彼浮桥，蒙哥（宪宗桓肃皇帝）败于合州，愤死军中。寇鄂渚忽必烈急归谋立，解围去。似道因自诡有再造之大功，掩覆和约之事，不复言。元遣使郝经来求如约，似道幽之真州。”④由是，“断桥”及“不赏军功在断桥”之意略已明矣。“断桥”乃指刘整与曹世雄攻断涪州之浮桥，桥址在蔺市。蔺市为巴蜀重要关隘，位于涪州西 60 里。贾似道夺人之功，虚报战功，嫉贤妒能，残害功臣，事迹昭然。其人行径，令人不齿。

对于“鲁港之战”的反思是《越州歌》其八的重要主题。由于贾似道指挥不当，使得宋军战败，诗中予以尖锐地讽刺：“三声锣响三更后，不见人呼大魏王。”贾似道弃众兵将于不顾，“孤身走过扬州去”，临阵逃跑，惹得军民义愤填膺，“尽笑贾平章”。更为可耻的是，他还要“表奏朝廷乞太师”（其九），群臣忍无可忍，上疏弹劾贾似道这个“国害”（十二）。不仅如此，作者还用了反讽手法，如：“合策麒麟第一功”（其十）、“集芳园里策奇功”（十一）、“冻木号风雪满天，平章犹放下湖船。兽炉金帐羔儿美，不念襄阳已六年”（《贾魏公雪中下

① ［元］脱脱等：《宋史》卷 475《奸臣四》，中华书局 1977 年版，第 13784 页。

② 杨镰：《全元诗》第 12 册，中华书局 2013 年版，第 47 页。

③ 胡才甫：《汪元量集校注》，浙江古籍出版社 1999 年版，第 87 页。

④ 《丛书集成初编 · 文学类》，商务印书馆 1939 年版，中华书局 1959 年补印本，第 4 页。

湖》)、"却忆相公游赏日,三千卫士立阶除"(《贾魏公府三首》其三)等,揭露贾似道的专权误国、临阵脱逃、毒害忠臣、公私不分,目无王法,只知享乐等罪行,表现了诗人亡国的悲痛之情和对权臣误国的强烈不满。

表达故国之思、黍离之悲。念君怀国之情在汪元量诗歌中占有重要分量,也是《越州歌二十首》的主题之一。清人汪森《湖山类稿后序》中说:"水云先生遭时改步,随三宫北徙,琐尾流离,冰天沙塞,魂消骨折,九死而不一生。其见诸诗歌,怨而不怒,怜而不激,忧愁摧败,而旧国故都,不忘寤寐,一篇之中,三致意焉,可谓有守不辱之士矣。臣之事君,贵知命而守义。不幸而家国沦丧,委之天运莫回。一旦以荣禄动其心,则殷都《麦秀》、周室《黍离》,不足系行役之感,其为反身事仇,亦复何恨,安有富贵类浮云、忠节贯金石如先生者哉!"①如《越州歌》十五云:

> 月夜湖歌歌正长,船来船去水茫茫。上塘歌了下塘唱,更唱吴王与越王。②

在这首诗歌中,诗人是通过听觉的描写,来写对故国的怀念之情的。湖歌可想而知就是诗人故国的歌曲。诗人听到了湖歌在船中袅袅升起,情不自禁联想到了故国种种画面,表达了诗人对故国的怀念之情。一处"歌了",另一处"更唱",形容多人唱歌的场景,表面上看来是写实,其实质是写意,是作者内心的希望所在。因为这些诗歌唱的是"吴王"与"越王"的故事,是作者家乡美丽的传说,代表了过往的一段历史,故而对这些诗唱极其敏感。加上其宫廷琴师的身份,极易产生情感上的共鸣。

作者表达怀念故国的主题时,常用的意象有"鸟""吴""越"等不同。"越鸟巢翻何以家"(《越州歌二十首》其五),借对失"巢"之鸟的无家可归,表达了对失"国"之人无限同情,以鸟喻人,托物言志,间接地表达了对故国的思念。"巢翻"喻家国剧变。"何以家"体现了国将不国后人们没有了寄托,也暗指随三宫北上,离家乡越来越远。这种"黍离之悲"常常有一明显的特征,即借历史上的"吴""越"来寄托对南宋王朝的眷恋。《醉歌》《越州歌》和《湖州歌》中有时用"吴",有时用"越",有时用"吴越",这些词语可以用来指家乡,也可以用来指南宋这个国家。"燕子楼空恨恨长"(《越州歌二十首》其十四)写人去楼空,仍间接思念故国。汪元量用唐张建造此楼供爱妾关盼盼居住之典,借以来表达远离亲人的"恨长"之情。

---

① [清]汪森:《湖山类稿后序》,引自《增订湖山类稿》附录一,中华书局 1984 年版,第 190 页。

② 杨镰:《全元诗》第 12 册,中华书局 2013 年版,第 48 页。

(三)倾诉亡国过程和北上大都的哀愁

《湖州歌九十八首》是一组描写其随南宋君臣北上大都纪行感怀组诗。作者用七绝联章体形式,依次详细记叙了“杭州万里到幽州”的行程。作者对宋室君臣沦为阶下囚的地位变化及被迫离开南宋都城的愁绪作了重点渲染,同时,对自己行程的艰苦作了如实的描写,是其“诗史”的重要组成部分。

《湖州歌》长达98首,这是宋元史上最长的组诗之一。刘辰翁云:“杭汪水云……凡可喜、可诧、可惊、可痛哭而流涕者,皆收拾于诗。解其囊,南吟北啸,如赋史传。”(《湖山类稿序》)[①]在写亡国过程中,汪元量以“湖州”为主题。《湖州歌》不仅写亡国,还写了诗人自己跟随三宫北上燕京的经历过程。组诗从“甲子正月十有三”到“杭州万里到幽州”。从不同的角度出发,多方面地展现了南宋灭亡的过程和缘由。

《湖州歌九十八首》从第一首到第六首,为第一部分,写了元军的进犯、南宋的投降、三军北迁几件重要事件,主题是写南宋灭亡的过程[②]。德祐二年(1276)正月,元军一举南下,势如破竹。内在的腐败使得宋军已无抵抗之力,宋朝名存实亡。太皇太后已不图抵抗,毅然投降保命。《湖州歌九十八首》其一云:

> 丙子正月十有三,挝鞞伐鼓下江南。皋亭山上青烟起,宰执相看似醉酣。[③]

“甲子正月十有三”明确记录了起止的时期,这是南宋灭亡的第一章。通过“挝鞞伐鼓下江南”与“宰执相看似醉酣”对照描写,记载了南宋王朝灭亡前夕的几个片段,将亡国的原因直指朝廷中的奸臣误国。同年三月,谢太后召伯颜入朝,投交降书。随后元将伯颜押解南宋三宫北上燕京,汪元量也跟随其中,一同北上。

汪元量另一组《送琴师毛敏仲北行三首》,反映离杭前不久,送别毛敏仲琴师,诗云:

> 西塞山前日落处,北关门外雨来天。南人堕泪北人笑,臣甫低头拜杜鹃。(一)
>
> 五里十里亭长短,千帆万帆船去来。请君收泪向前去,要看幽州金筑

---

① [宋]汪元量撰,孔凡礼辑校:《增订湖山类稿》,中华书局1984年版,第1页。

② 参见:方勇《走笔成诗聊纪实——简论南宋遗民汪元量诗歌的特征》,《天中水刊》1999年第4期。

③ 杨镰:《全元诗》第12册,中华书局2013年版,第41页。

台。(二)

苏子瞻吃惠州饭,黄鲁直度鬼门关。今日君行清泪落,他年勋业勒燕山。(三)①

刘辰翁批:"三诗似山谷。""南人堕泪北人笑""请君收泪向前去""今日君行清泪落"中都含有一个"泪"字。表面为友人送行,伤心落泪,其实申诉的却是亡国之悲。友人北行,诗人自己也不知将流落何方,同是天涯沦落人的失去根柢之感使诗人在友人面前慷慨悲歌,一诉衷肠。诗中苏轼、黄庭坚之典,强化了作者对友人遭遇的同情。

汪元量滞北期间,受到元朝统治者的优待,也曾在翰林院任职,奉命降香。但作为一位有着浓郁遗民情结的诗人,当他面对民族的耻辱、国家的危难时,他始终心系旧朝,并渴望着能够早日南归故里。汪元量第一次降香在至元十五年(1278),目标是祀南岳。"以皇帝名义祭祀名山大川,当时习称为'降香。'"②二月壬午日从京城出发,经河北、山西、陕西入川、湘。现存诗作有《南岳道中二首》写道:

南岳阴阴松道凉,又骑站马望荆襄。山中老柏滴寒翠,江上危峰撑夕阳。昔往不堪经滟滪,此行重得看潇湘。三宫万里知安否,何日檀栾把寿觞。(一)

夜来大醉别衡阳,今日长吟下楚湘。翠藻青苹鱼市井,白苹红蓼雁家乡。江云起处濛濛湿,山雨来时阵阵凉。欹枕不禁肝肺热,汪然流涕惜兴亡。(二)③

这是一组反映"代祀"活动的诗,反映了作者受朝廷之命赴南岳"降香"之事。其一,写于降香途中。"站马"此皆为驿传之用,作者赴南岳期间要借助此工具经常出行。诗中集中展现了南岳衡山的美景:夕阳之下,危峰耸立,老柏滴翠,松道阴冷,充满凄凉之感,诗末以"三宫万里知安否",传达了出诗人对宋廷的忠心。其二,诗写于祭祀南岳结束后、准备离开衡阳的途中。"夜来大醉别衡阳,今日长吟下楚湘",诗人为何"大醉""长吟"? 联系时代背景可知,此时亡宋不久,作者睹物生情,"翠藻青苹""白蘋红蓼""江云""山雨"等,无不引起诗人的万端感慨,"汪然流涕惜兴亡",想到宋室的倾覆,作者情不自禁。

《湖州歌》其二、三、四首云:

---

① 杨镰:《全元诗》第12册,中华书局2013年版,第9页。
② 程瑞钊:《汪元量及其诗词之研究》,巴蜀书社1997年版,第26页。
③ 杨镰:《全元诗》第12册,中华书局2013年版,第64页。

万马如云在外间,玉阶仙仗罢趋班。三宫北面议方定,遣使皋亭慰伯颜。(二)

殿上群臣默不言,伯颜丞相趣降笺。三宫共在珠帘下,万骑虬须绕殿前。(三)

谢了天恩出内门,驾前喝道上将军。白旄黄钺分行立,一点猩红是幼君。(四)[①]

诗从德祐二年(1276)正月写起,交待了元丞相伯颜驻军临安东北的皋亭山,朝廷的统治者谢太后遣使到皋亭去慰劳伯颜。接着写伯颜凭着"万骑"兵力,大军逼宫,强索降表并勒令三宫北迁。面对如此的强盗行径,殿上的群臣皆沉默不言,无人抗争。末一首写谢太后的无耻嘴脸。当伯颜受命掳宋帝等去大都朝见元世祖,谢太后竟然还感激涕零地对幼君赵㬎说:"荷天子圣慈活汝,当望阙宣拜谢!"等候着被押解北去。面对南宋君臣的荒唐行径,作者有撕心裂肺之痛,真是哀其不幸,怒其不争。故而借诗展现其可悲、可怜与可恨。

其五、六介绍了被俘北上的经历与感受,诗云:

一匊吴山在眼中,楼台累累间青红。锦帆后夜烟江上,手抱琵琶忆故宫。(五)

北望燕云不尽头,大江东去水悠悠。夕阳一片寒鸦外,目断东西四百州。(六)[②]

其五,前两句写的是被俘北上时,回首故都的景象,表达留恋之情。后两句由眼前景象联想到日后的情景,一个"忆"字进一步升华留恋之意,凸显了诗人深沉的亡国之痛。其六,着重描写了北上途中的自然景物,实际上是描写诗人的感慨万千,前两句以景隐喻国势已然不可挽回,后两句以凄凉的景色反衬诗人丧国之痛,抒发了诗人心情悲痛而又无可奈何的去国之哀。面对如此情景,"宋季公卿,实视之有愧"矣。[③]

《湖州歌九十八首》第七至第六十八首为第二部分,主要内容是描写三宫赴燕的行程遭遇及诗人在途中的见闻,集中展示了北上的哀愁。其二十四、二十九云:

金屋煌煌丽九天,朝歌夜舞艳神仙。寻常只道西湖好,不识淮南是极

---

① 杨镰:《全元诗》第12册,中华书局2013年版,第41页。

② 同上,第41页。

③ 参见:方勇《走笔成诗聊纪实——简论南宋遗民汪元量诗歌的特征》,《天中水刊》1999年第4期。

边。(二十四)

都人不识有干戈，罗绮丛中乐事多。一夜月明天漠漠，汉人歌罢楚人歌。(二十九)[①]

作为亡国的俘虏，统治者们仍然像往常一样整日醉生梦死、寻欢作乐，毫无亡国之痛，诗人心痛欲绝。南宋的灭亡是统治者们一手造成的，他们的腐朽是南宋灭亡的根本原因。诗人在冷静的叙述中，融入了深沉的兴亡之感，展现出忧国忧民的高尚品格和"士志于道"的责任与担当。

《湖州歌》中，有不少作品是描三宫女性生活和精神面貌的。亡国前，汪元量曾以琴师身份侍奉宫廷；亡国后，他也随三宫北迁大都，共生活了十三载，对宋帝王后妃等宫女生活与情感非常了解。其诗记录了她们亡国前后的命运：在太平时期，她们生活在暗无天日的深宫僻院，生活孤独而寂寞。成为俘虏后，她们被元军押解北上，命运更加悲惨。陈邦瞻《宋史纪事本末》卷107载："元人索宫女、内侍及诸乐官，宫女赴水死者以百数。"[②]这一段历史，史传无载，《湖州歌》中相关描述具有极其珍贵的史料价值。如"宫娥抱膝船窗坐，红泪千行湿绣衣"(十六)，"宫女垂头空作愁，暗抛珠泪落船头"(二十八)，"淮南今夜好明月，船上美人空泪垂"(三十一)，"宫女不眠开眼坐，更听人唱哭襄阳"(三十八)，"宫娥不识兴亡事，犹唱宣和御制词"(四十)，"销重帐下忽天明，梦里无情亦有情。何处乱山可埋骨，暂时相对坐调笙"(四十五)。这些宫女在深宫中饱尝孤独之苦之后，现在又被元兵押解北去，其内心痛苦可想而知。"十数年来国事乖"，以至于"三宫今日燕山去"，是"大臣无计逐时挨"(其七)导致今天的下场。诗人通过对宫女们的悲惨境遇及北上途中的艰辛的描写，传达出对宫廷下层女性命运的关注，对她们的不幸遭遇表示了深切的同情。汪元量记录了那个时代女性的悲惨命运，这在南宋以前的文学史上并不多见。

《太皇谢太后挽章二首》是一组伤悼诗，对象是南宋的谢太后。德祐二年(1276)，元将伯颜军队至湖州，截断了首都临安的进出通道，在湖州大营，元将伯颜拿获谢太后手谕降书，并在此解散了政府部门与侍卫军。从此南宋这个国家的象征就不复存在了。从这个意义上讲，这位太皇太后，是令人憎恶的。当其"抛却故家风雨外，夜来归梦绕西湖"(《湖州歌》三十)，其情形也令人扼腕。作为挽歌，组诗表达出对太皇太后的哀悼之情。面对太皇太后"遗书乞骸骨，归葬越山边"时，作为"旧臣"，汪元量依然对这位旧主表现出深切的同情和怜悯。

① 杨镰:《全元诗》第12册，中华书局2013年版，第42页。

② [明]陈邦瞻:《宋史纪事本末》卷107，中华书局1977年版，第1162页。

《湖州歌》中有许多篇幅是描写了战争给国家所带来的巨大创伤，给人民带来的深重灾难。北上的路上，汪元量首次亲眼看到了蒙古贵族所发动的侵略战争给整个社会带来的深重灾难，忠实地记录了沿途所见的一幕幕惨景。如其十四、三十二、四十九云：

铁瓮城头马乱嘶，金陵城下炮如飞。黑风卷地鼓鼙急，昨夜常州又受围。（十四）

芦获飕飕风乱吹，战场白骨暴沙泥。淮南兵后人烟绝，新鬼啾啾旧鬼啼。（三十二）

长淮风定浪涛宽，锦櫂摇摇上下湾。兵后人烟绝稀少，可胜战骨白如山。（四十九）[①]

诗人在被俘北上的过程接触到社会下层人群的生活艰辛，目睹了战争给社会带来的满目疮痍，白骨堆积如山，作者将耳闻目睹记录在诗中。其十四中清楚地描写了战争的疾苦。前两句清楚地记录了战局的情况，元军势如破竹，而宋军溃不成军，形成鲜明对比。后两句写道金陵刚被攻破，常州已受围。其三十二中“战场白骨暴沙泥”“新鬼啾啾旧鬼啼”，其四十九中“兵后人烟绝稀少，可胜战骨白如山”等诗句，形象再现了战争给社会带来的极大灾难。放眼望去，白骨堆积如山，人民流离失所，令人毛骨悚然，然而这一切的罪魁祸首就是残酷的战争，诗中体现了诗人对广大民众的怜悯以及对战争的厌恶。“先生由杭入燕，道里所经，皆百战之地，黄尘白月，败垣蔽棘，对之而伤心，言之而陨涕。去国千里，留身一纪，叹瀛公之说梵，哀王母之空门。谢后挽章，提刑哀些，金闺之诗卷何存，玉案之道书长在。以至南冠远路，北面全尸，月满通衢，雪平绝塞之作，不待搔首问天、椎心泣血者矣。其他赋情指事，种种悲凉，先生以片言只语，形容略尽，令读者身经目击，当时号曰‘诗史’，夫岂吾欺！”[②]汪森所言甚是。

《湖州歌九十八首》第六十九首至第九十八首，是本组诗歌的第三部分，主要是写南宋三宫抵达燕京后的生活记录。宋三宫初至大都，元主尚以礼待宋人，“宠遇优渥”。《湖州歌》第七十首至七十九首，有十首诗歌专门记载元廷为宋三宫所举办的十次大宴，诗云：

皇帝初开第一筵，天颜问劳思绵绵。大元皇后同茶饭，宴罢归来月满天。（七十）

---

① 杨镰：《全元诗》第12册，中华书局2013年版，第42、43、44页。

② [宋]汪元量撰，孔凡礼辑校：《增订湖山类稿》，中华书局1984年版，第192页。

第二筵开入九重，君王把酒劝三宫。驼峰割罢行酥酪，又进雕盘嫩韭葱。（七十一）

第三筵开在蓬莱，丞相行杯不放杯。割马烧羊熬解粥，三宫宴罢谢恩回。（七十二）

第四排筵在广寒，葡萄酒酿色如丹。并刀细割天鸡肉，宴罢归来月满鞍。（七十三）

第五华筵正大宫，辘轳引酒吸长虹。金盘堆起胡羊肉，乐指三千响碧空。（七十四）

第六筵开在禁庭，蒸麋烧鹿荐杯行。三宫满饮天颜喜，月下笙歌入旧城。（七十五）

第七筵排极整齐，三宫游处软舆提。杏浆新沃烧熊肉，更进鹌鹑野雉鸡。（七十六）

第八筵开在北亭，三宫丰燕已恩荣。诸行百戏都呈艺，乐局伶官叫点名。（七十七）

第九筵开尽帝妃，三宫端坐受金卮。须余殿上都酣醉，拍手高歌舞雁儿。（七十八）

第十琼筵敞禁庭，两厢丞相把壶瓶。君王自劝三宫酒，更送天香近玉屏。（七十九）①

诗歌描述了南宋三宫初至燕京的参加元主的十次宴席情景。尽管“天颜问劳思绵绵”，热情有加，充满美意，但汪元量仍然感受到“万里羁人心正孤”（《幽州会同馆》），正所谓“面热心寒”。后一首，明写元军对宋人的友好态度以及以礼待人，但暗写元人意图恶劣，然而南宋统治者却浑然不知，“须余殿上都酣醉，拍手高歌舞雁儿”，沉浸其中。诗人通过以荣境写哀情，表现了诗人去国之哀的悲痛之情。顾实《汪水云集跋》云：“而元帝有待宋君臣之礼数，为秦汉魏晋六朝隋唐五代诸朝亡国时之所仅见。然比其所谓荣，不愈以增其哀也哉。”②清人潘耒认为：“元人以宋为大国，不意其君臣不战而降，喜慰过望。故不戮一人，而遇母后幼君有加礼。”③从诗中可以看出，宋三宫刚到大都，元廷对他们恩遇有加，又是问寒问暖，又是用最丰盛的酒席招待他们。当然，元廷这样做，也是为了做给世人看：他们是优待俘虏的。更重要的是，他们要用这样的方式来庆祝他们灭宋的胜利。组诗反映了这段历史，有裨补正史之阙的史学价值。

---

① 杨镰：《全元诗》第12册，中华书局2013年版，第45—46页。

② 王献唐：《双行精舍校注汪水云集》，齐鲁书社1984年版，第241页。

③ [宋]汪元量撰，孔凡礼辑校：《增订湖山类稿》，中华书局1984年版，第190页。

宋三宫在北地遭受着屈辱的生活，经历"日夕以泪洗面"的痛苦与煎熬。入北后不久，"福王又拜平原郡，幼主新封字瀛国公"（其八十一），"其余宫女千余个，分嫁幽州老斩轮"（八十二）。宋度宗之父赵与芮、宋恭帝赵燕，分别被降封为平原君和流国公，而千余名宫女也被迫嫁给北地的工匠，沦落凡尘。贵为"国母"的全太后出家为尼，恭帝赵显被逼"入西域为僧"，这对南宋君臣而言，不失为奇耻大辱。汪氏的《瀛国公入西域为僧号木波讲师》和《全太后为尼》为我们留下了这段伤心屈辱的历史，令人唏嘘。

南宋三宫初至燕京，元世祖忽必烈对汪元量十分看重。汪元量得到了元世祖忽必烈的赏识，将前朝幼主南宋少皇的教育工作交付于汪元量。其八十八云：

> 万里修途似梦中，天家赐予意无穷。昭仪别馆香云暖，自把诗书授国公。①

从诗歌内容来看，诗中明确提到了"自把诗书授国公"，汪元量能够为宋少帝亲授功业，非同寻常。王国维《书宋旧宫人诗词〈湖山类稿〉〈水云集〉后》说："中间亦为元官，且供奉翰林，其诗俱在，不必讳也。水云在元颇为显贵。……水云本以琴师出入宫禁，乃倡优卜祝之流，与委质为臣者有别。又其仕元，或别有所为。但即其诗与人而论之，有宋近臣中一人而已。"②汪元量诗"君今嫌作吏，我已厌封侯"（《筠溪王奉御寄诗次韵呈崖松卢奉御》）表明了心迹。他一心向宋，忠心耿耿，问心无愧。所以王国维先生给予了汪元量肯定的评价。

汪元量把他的希望寄托到了少帝的身上，然而成年后的少帝并不是想他所想的那样拥有雄心壮志。这使他很失望，这个支撑着他在元入仕的唯一理由也破碎了。在少帝去往西域学佛后，汪元量绝望了，已经没有理由支撑着他在元生活，所以他请求元世祖放他回归。最终，汪元量得以"黄冠"的身份南归。

（四）抒发南归之后的愁思

至元二十五年（1288），全太后入正智寺为尼，其子瀛国公赵显被遣往吐蕃学佛法，宋皇室在大都忍辱偷生10多年后，终于迎来了土崩瓦解、曲终人散之时。作为扈从之臣，汪元量和宋皇室王关系宣告终结。在此情形下，汪元量上书元世祖乞求南归。不久，便遁入空门，成为黄冠客。迺贤《金台集》卷二《读汪水云诗集》和瞿佑《归田诗话》都说汪元量被赐为"黄冠师"。罗绮《题汪水云

① 杨镰：《全元诗》第12册，中华书局2013年版，第46页。

② 王国维：《观堂集林》卷21，中华书局1959年版，第1061页。

诗卷》："南越长淮北眺燕，三书上彻九重天。"[1]这些记载表明：汪元量是戴着"黄冠师"的帽子离燕南归的，而且是经过多次请求后，才被元世祖准的。其诗"一从协策来燕地，几拟陈情乞鉴湖"（《唐律寄呈父凤山提举》其十）中"乞鉴湖"是用贺知章请求归老家乡之典故，来表明自己的南归之志。

汪元量入的是全真道，他带着亦道亦儒的情怀，踏上了南归的旅程。个中原因，正如任继愈先生的《中国道教史·序》所指出："金元时期的全真教把出家修仙和世俗的忠孝仁义相为表里，把道教社会化，实际上是儒教的一个分支。"[2]全真教儒释道兼容的立教思想，满足了汪元量的心理需求，使他在道教信仰中保留儒家的印记。

汪元量以黄冠身份南归后，组织诗社，过着诗酒风流的生活。又游走过潇湘、蜀川，拜亲访旧友，行踪飘忽不定，一副神仙生活派头。至元二十七年（1290），作者先游湘地，再往蜀地。创作了《竹枝歌十首》和《唐律寄呈父凤山提举十首》两组诗歌。

《竹枝歌十首》根据巴蜀民歌改制，多描绘当地风光与人文名胜，具有浓郁的民歌气息。作者此行到过贾谊祠、黄陵庙、定王台、虞帝庙等古迹，欣赏了潇湘大地的暮花、月子、柘枝舞、竹枝歌、湘江秋水、杨柳渡头、遍地蕙花等，却发出"天上人间一梦过，春来秋去奈愁何"感叹。

《唐律寄呈父凤山提举十首》是一组七言律诗，着眼于回忆与反思，记录了宋元之际的沧桑之变、滞留大都的生存体验和故国消亡的眷恋之情，其诗云：

西兴渡口乱啼鸦，锦缆牵江目力赊。六馆衣冠沦道路，三宫珠玉走风砂。山川不尽心难老，岁月忧煎发渐华。行到湘南归不得，倚门应是望天涯。（一）

黄帽催人急放舟，荻花枫叶共飕飕。天公作恶云翻手，河伯为妖风打头。接翅野鸦围古堞，断行孤雁落中州。吴山只隔淮山路，江北江南处处愁。（二）

燕山只在乱云边，过了黄河便豁然。鼠帽蒙头车上坐，貂裘拥鼻草间眠。秋砧捣落千营月，晓寨炊残万灶烟。说与奚奴休笑我，诗人要看好山川。（三）

锦帆浩荡湿龙鸾，乐指三千粉泪寒。万里远行看日近，一人不杀见天

---

① [宋]汪元量撰，孔凡礼辑校：《增订湖山类稿》附录一（三）《诗词之属》，中华书局1984年版，第215页。

② 任继愈：《中国道教史·序》，中国社会科学出版社2001年版。

宽。玉关屡沐军罗拜，金殿时蒙上问安。宴罢御香携满袖，醉归环佩月中看。（四）

昔年去国大苍黄，同舍诸生半死亡。春别浙江花似雾，秋行碛地草如霜。时沽市酒借余景，屡宿官邮悲故乡。满目故人皆厚禄，吾侪添得两奚囊。（五）

抱琴挟策马萧萧，北望燕云道路遥。紫塞晓行闻雁叫，黄河夜渡见鱼跳。周回四蜀愁双剑，浩荡三湘梦六桥。踏遍乾坤犹是客，小山丛桂不能招。（六）

夜来梦里到吾庐，梦破潸然泪似珠。吴女北游簪素柰，湘娥南望泣苍梧。风吹远浦秋鸿杳，月出空山夜鹤孤。忽忆西湖梅与柳，梦随云水度西湖。（七）

南岳诸峰处处嘉，麻鞋竹杖蹑青霞。山前已见九枚□，洞里不逢三朵花。岩瀑垂垂腾晓蜃，野田渺渺落寒鸦。衡阳鼓角风悲咽，游子斯时正忆家。（八）

愁来不可更禁当，望鬼门关断尽肠。无处告诉只欲死，有时颠倒忽成狂。三湘风雨失舟楫，万里路岐多雪霜。遥忆武林社中友，下湖箫鼓醉红装。（九）

自笑儒衣世法疏，穷愁何日得伸舒。一从挟策来燕地，几拟陈情乞鉴湖。风雨凄凄鸿雁瘦，雪霜凛凛鹡鸰孤。湘江楼上无憀甚，不见吴山似画图。（十）[①]

汪元量的父亲曾为宋朝提举（提举为宋宫内之官）。这组诗是至元二十三年（1286）秋，作者在第二次降香途中写给父亲的家书。宋亡后，汪元量在寄给父亲的信都是冠以“提举”官职，其中隐含着忠于南宋之意。程瑞钊认为“此组诗仅见于《诗渊》。《诗渊》乃割裂众多诗集分类拼合而成，未必忠于原序。十诗编次，颇失秩序，今依时间先后调整之，俾南岳前后之行程历历可见”[②]。如“秋行碛地草如霜”“几拟陈情乞鉴湖”“周回四蜀愁双剑，浩荡三湘梦六桥”“燕山只在乱云边，过了黄河便豁然。鼠帽蒙头车上坐，貂裘拥鼻草间眠”等，据此推算，组诗当写于至元十九年到至元二十一年。进而指出“至元二十三年秋降香作。孔先生编之于至元二十八年南归后，与诗中内容不符”[③]。从实际状况看，孔凡礼先生对此诗编年更为合理，《唐律寄呈父凤山提举》作于至元二十八

① 杨镰：《全元诗》第12册，中华书局2013年版，第59—61页。

② 程瑞钊：《汪元量及其诗词之研究》，巴蜀书社1997年版，第362页。

③ 同上，第366页。

年秋。

作为前朝遗民，汪元量在燕京与文天祥以忠贞尽节共勉："誓以守贞节，与君生死同。君当立高节，杀身以为忠"(《妾薄命呈文山道人》)；夜渡黄河，慷慨自誓："狂来拔剑击河水，欲与祖逖争雄鞭"(《七月初七夜渡黄河》)；路过阿房宫，感慨"乾坤反掌间，山河泪如雨"(《阿房宫故基》)；过故都汴梁，感慨两宋之亡"世间兴废奔如电，沧海桑田几回变"，"如此山河落人手"(《夷山醉歌》)；夜宿终南山，悲叹"千古伤心南渡曲，一襟清泪北征诗"(《终南山馆》)；南归之后，孑然一身，当年的旧友大都离开世："昔年去国太苍黄，同舍诸生半死亡"(《凤山提举・自笑儒衣世法疏》)，而那些降元之辈却安享荣华："满目故人皆厚禄，吾侪添得两奚囊。"(《唐律寄呈父凤山提举十首》其五)对比之下，流露出的是时过境迁后的落寞与悲哀。"夜来梦里到吾庐，梦破潸然泪似珠"(《唐律寄呈父凤山提举十首》其八)，组诗或托古谕今，抒写故国之幽情；或写山河壮丽，托物言志，寄托亡国之哀怨，豪宕悲壮，哀怨彷徨，字里行间流溢着的依然是对南宋国的不舍之情。

虽然汪元量北上大都，受到了元世祖的恩遇，故国之思却不曾有片刻忘却，他悲愤于南宋朝廷软弱无能，悲怨于故宋的倾倒令生灵涂炭。

二、汪元量纪实组诗的叙事特征

汪元量善于运用联章体叙写一系列具有因果联系的历史事件，呈现出浓郁的叙事色彩与"诗史"特征。如《醉歌十首》《杭州杂诗和林石田二十三首》《湖州歌九十八首》《浮丘道人招魂歌九首》《唐律寄呈父凤山提举十首》《竹枝十首歌》《西湖旧梦十首》等，都是这样的典型。几十首一组的联章诗，形成庞大的叙述系统，非常有利于复杂多元的历史事实的纪录，达到了系统叙事之最。有学者指出，"《湖州歌》九十八首，较王昌龄、范成大的七绝联体，不仅规模宏大，且内容相联，实为我国诗歌史上所少有"[①]。它打破了联章体用于写景的传统，用以表现重大社会问题，拓展了联章体诗歌的表现领域。集中体现了汪元量"走笔成诗聊纪实"的艺术风格。

用诗纪事本是宋诗的优良传统，汪元量深受影响。周剑之认为，宋诗的纪事呈现出"片段式"特征：

> 从这些所谓"纪事"的宋诗至少可以看出两点，第一，诗歌纪事不要求对事件过程的完整讲述，更多是有选择地截取事件片断；第二，诗歌所纪之事不局限事件本身，而涉及与某一事的相关景物、场景，以至诗人的感

---

① 杨树增：《字字丹心沥青血——水云诗词评述》，《齐鲁学刊》1984 年第 6 期。

受和思考。

宋代诗歌中的纪事在表现形态上主要体现为一种片断式的呈现。……它们未必完整地叙述整个事件的过程,也不见得构成前后连贯的情节,而是有选择地记录事件中的某些重要现象、重要片断或重要场景,并借由这些现象、片断、场景及其组合来反映事件的整体,进而传达诗歌的主旨。从创作实践上看,以诗纪事不限于以"纪事"为题的诗歌,纪事已成为宋代诗人有意识采用的一种叙事手法,并形成了惯用的表现形式和评价体系。①

所谓"片段式呈现",是指诗歌中没有完整的事件过程,往往通过对片段的描写来反映整体,即以局部来反映总体。这里的"局部"并不局限于片段的场景,也包括诗人刹那间的感受和思考。

汪元量的《醉歌》《湖州歌》《越州歌》在叙事上继承了宋诗传统,将这种"片段式"场景连同诗人的感受,写进诗中。较之宋诗的叙事,汪元量更能体现出系统化、整体性。《醉歌》《湖州歌》《越州歌》基本上一首诗写一件事,或几首诗从不同角度写一件事,全面、系统地再现了宋末元初那段历史,呈现出"宋亡、北上、抵燕"三大主题,具有鲜明的纪实风格。

《醉歌》《湖州歌》《越州歌》是按照时间顺序来写的,一般认为,《醉歌》写作时间最早,《湖州歌》次之,《越州歌》写作的时间最晚,排在最后。《醉歌十首》按照时间顺序编排写成:先写吕文焕守襄阳城,与元军激战6年;次写贾似道不遣援兵,守城主帅吕文焕举城投降;再写贾似道领兵抵抗元军,不久听说襄阳投降之后,便败逃过江;紧接着就写宋亡,元军统帅伯颜入城。整组诗歌如同系列历史剧,前后相衔,生动地将元军南下、宋军抵抗、南宋灭亡的过程演绎得淋漓尽致,传达出浓郁的亡国灭种之悲。

《越州歌二十首》是按照回忆的时间顺序来编排先后次序的。先从元军攻宋写起,第二首马上就写到三宫北上。后几首内容不一,较为杂乱。所以呈现出这样的乱象,是因为《越州歌》二十首是在汪元量抵达大都之后,按照回忆的先后组织内容,即按诗歌创作的先后顺序安排先后,打破了历史事件原有的轨迹,因而具有鲜明的"意识流"特征。这种按"心理时空"来组合诗歌,具有一定的主观色彩,往往能体现作者思想的倾向性。对此,郭文仪认为:

时间的空间化是中国文人在消逝中把握永恒的基本方法,将流逝的时间凝聚在具有纪念意义的某一刹那的空间的描述中,这一空间就具有

① 周剑之:《宋诗纪事的发达与宋代诗学的叙事性转向》,《文学遗产》2012年第5期。

了提醒并保留这一段时间的纪念价值。如果说真正的时间面向未来，那么空间化的时间是面向过去的；真正的时间面向新的创造，空间化的时间则面向既定的事实。于是对空间化时间的回忆与雕琢，成为彼时遗民保留过往的一种方式。每当遭遇现实中的苦痛，他们便转而求助于记忆中的原乡，以期回复最初的和平与宁静。①

郭文仪所言，主要是针对遗民群体记录“过往历史”来说的。指出孟元老《东京梦华录》、吴自牧《梦粱录》皆本此意。记录“过往历史”是遗民心态的一种流露方式，面对不愿接受的现实，按照“心理时空”来组合，未尝不是作者心灵的一种体现形式。

《湖州歌九十八首》也是以时间为轴，从元朝侵宋写起，到三宫投降北上，途经苏浙等地，北上到山东、河北境地，再到抵达大都的过程。三宫抵燕后，先写元朝厚待三宫，接着写宫女被迫嫁给“北匠”等，同样是按照时间顺序展开。

除了整组诗歌以时间顺序为经外，汪元量对某些历史事件的记录也体现了系统性。如《湖州歌》中，元主十次宴请三宫都是按时间的进程来安排结构的。这十首诗，每首说的是一次饮宴，即一件事，形成一个系统。如元朝皇帝设十宴宴请南宋君臣一事，组诗以“皇帝初开第一筵”“第二筵开入九重”“第三筵开在蓬莱”“第四排筵在广寒”“第五华筵正大宫”“第六筵开在禁庭”“第七筵排极整齐”“第八筵开在北亭”“第九筵开尽帝妃”“第十琼筵敞禁庭”②标志十次宴饮活动，从“第一筵”到“第十筵”，将不同时间、不同氛围中元皇帝宴请三宫的故事逐一交待，形成一个叙述系统。组诗的上下首之间隐含着叙事线索，不宜调换和颠倒。

《醉歌十首》《湖州歌二十首》和《越州歌九十八首》三组诗歌受杜甫“以事入诗”的影响，有着鲜明的叙事特色。周鹏在《汪元量〈醉歌〉〈湖州歌〉〈越州歌〉叙事研究》一文中，从“对比叙事结构”“承接叙事结构”“联章结构”几方面对汪元题组诗的叙事特点进行了深入分析，指出其叙事结构是“以时间为主轴”“多线索杂糅”，且都“笼罩在灰暗的感情基调之下”③，很有启发意义。

汪元量组诗的纪实性，可用于诗史互证和补充正史，实现了“以诗存史”的目标，使其获得了“诗史”的美誉。李成文认为“这些重大的历史题材给他们的

---

① 郭文仪：《明清之际遗民梦想花园的构建及意义》，中国人民大学 2010 年硕士学位论文，第 31 页。

② 杨镰：《全元诗》第 12 册，中华书局 2013 年版，第 45—46 页。

③ 参见：周鹏《汪元量〈醉歌〉〈湖州歌〉〈越州歌〉叙事研究》，宁夏大学 2014 年硕士学位论文。

诗歌增加了浓厚的历史感,具有极强的诗史性。”[①]孔凡礼先生《增订湖山类稿》的附录中记载了这些赞美:

唐之事纪于草堂,后人以“诗史”目之。水云之诗,亦宋亡之诗史也。(李珏《书汪水云诗后》)[②]

《湖州歌》九十八首、《越州歌》二十首、《醉歌》十首,记国亡北徙之事,周详恻怆,可谓诗史。(钱谦益《书汪水云集后》)[③]

汪水云诗,元名人共相推许,有诗史之目。其咏宋幼主降元后事,皆得之目击,多史传所未载。(潘耒《书汪水云集后》)[④]

其他赋情指事,种种悲凉,先生以片言只语,形容略尽,令读者身经目击,当时号曰“诗史”,夫岂吾欺。(汪森《湖山类稿后序》)[⑤]

诗多纪国亡北徙之事。与文丞相狱中唱和诗,周详恻怆,人谓之“诗史”。(吴之振《水云诗钞小引》)[⑥]

水云若预知国史之不能止喙,于行营之琐事,元主之崇礼,莫不三致意焉。至其痛后君之流离,抚江山之怆怳,口诛笔伐,使丧师败国诸事,历历可数,洵诗史矣。(吴城《知不足斋合刻汪水云诗序》)[⑦]

有《水云诗》一卷,多纪国亡事。亲见苍黄归附,展转北行,元帝后赐三宫燕赉,宋宫人分嫁北匠,有种种悲叹。……故相马廷鸾、章鉴,谢枋得咸序曰诗史。(钱士升《汪元量传》)[⑧]

汪元量的诗歌被评为“诗史”,可理解为是“以诗存史”,或诗史互证,或补充正史。其纪实组诗的“诗史”特征,与其自觉模仿杜甫的“诗史”不无关系。他以杜甫的爱国思想鞭策自己,在诗艺上刻意效法杜诗“三吏”“三别”及《秦州杂诗二十首》等的章法结构,构成连章体组诗形态。其《杭州杂诗和林石田二十三首》中“近法秦州体,篇篇妙入神”(其一),正是此种追求的真情表白。其《杭州杂诗和林石田二十三首》被刘辰翁评价道:“此数诗,老杜《秦州》诗。”

---

① 李成文:《宋元之际诗歌研究》,南京大学 2006 年博士学位论文,第 86 页。
② [宋]汪元量撰,孔凡礼辑校:《增订湖山类稿》,中华书局 1984 年版,第 188 页。
③ 同上,第 189 页。
④ 同上,第 190 页。
⑤ 同上,第 192 页。
⑥ 同上,第 192 页。
⑦ 同上,第 194 页。
⑧ [明]钱士升:《南宋书》卷 62,嘉庆二年(1797)扫叶山房刊本。

先生忘富贵，久客幸平安。发已千茎白，心犹一寸丹。衣冠前进士，家世旧郎官。醉入乌程里，吟登李杜坛。(二)

逃难藏深隐，重逢出近诗。乾坤一反掌，今古两愁眉。我作新亭泣，君生旧国悲。向来行乐地，夜雨走狐狸。(三)

独也吞声哭，潜行到水头。人谁包马革，子独衣羊裘。北面生何益，南冠死则休。百年如过翼，抚掌笑孙刘。(四)

春去雨方歇，水流花自飞。人生蝼蚁梦，世道犬羊衣。日月东西驿，乾坤阖辟扉。斯令无二子，空有首阳薇。(十九)

休休休休休，干戈尽白头。诸公云北去，万事水东流。春雨不知止，晚山相对愁。呼童携斗酒，我欲一登楼。(二十三)[①]

组诗表达出了与杜甫一样的忧国忧民情怀。刘辰翁说："杂老杜诗中不辨"，可见神似程度。杜甫在"安史之乱"后曾写《北征》，用来抒发"穷年忧黎元，叹息肠内热"的沉痛心情。汪元量在赴燕途中，也写出了《湖州歌九十八首》，以表达他的亡国之痛。滞留燕京期间，汪元量时常探视被囚的爱国诗人文天祥，在其壮烈殉国后，又模仿杜甫的《同谷七歌》作了《孚丘道人招魂歌九首》，哀悼其浓烈的爱国之情和坚贞不屈的人格操守。

正如刘静《祖陶与宗杜》一文所言"宋元之际遗民诗歌呈现出祖陶(陶渊明)与宗杜(杜甫)两种鲜明的基本创作形态。这既是特殊历史时期时代精神的体现，也是诗学理念大力弘扬和诗歌实践自觉追步所结出来的硕果"[②]。汪元量学习和借鉴了杜甫的现实主义创作方法，"以联章组诗来全方位多角度多层次地反映社会现实的手法而又有重大的突破……由于作者采用了灵活多变的叙述手法，既使其中的各首诗歌无论在内容或结构上都可以单独成篇，又使各个单篇都无不有机地统摄于这个组诗的整体之中，从而构成了一幅规模宏大、结构严整、叙事精详而内容异常丰富的宋末历史画卷"[③]。其联章体叙事组诗拓展了诗歌题材范围，对后世叙事组诗也带来了深远的影响，如清代龚自珍的《己亥杂诗》，就是受其联章体组诗的启发而成。

---

① 杨镰：《全元诗》第12册，中华书局2013年版，第6、8、9页。

② 刘静：《祖陶与宗杜——宋元之际遗民诗歌创作的两大范式》，《浙江学刊》2011年第5期。

③ 方勇：《走笔成诗聊纪实——简论南宋遗民汪元量诗歌的特征》，《天中学刊》1999年第4期。

第八章　民族融合视阈下的“双语”组诗

蒙元王朝是一个由少数民族统治的封建王朝，为了巩固执政之基，蒙元统治者提倡儒术、推行汉法，建立了以蒙古贵族为主的联合政权。“各民族经过战乱的大迁徙，形成了多民族杂居的状况，各民族原来固有的文化互相交融、互相渗透，使元代文学呈现出前所未有的独特风采。”[①]少数民族文人群体成为文化融合的主要力量，他们与汉人交往，学汉语，写汉诗，取得了不俗的成绩。清人顾嗣立《元诗选》对此评论道：“有元之兴，西北子弟，尽为横经，涵养既深，异才并出。云石海涯、马伯庸以绮丽清新之派振起于前，而天锡继之，清而不佻，丽而不缛，真能于袁、赵、虞、杨之外别开生面者也。于是雅正卿、达兼善、迺易之、余廷心诸人，各逞才华，标奇竞秀。亦可谓极一时之盛者欤！”[②]对少数民族诗人的突出成就及在元诗史上的地位给予了很高的评价。清人王士禛说：“元名臣文士，如移剌楚材，东丹王突欲孙也；廉希宪、贯云石，畏兀人也；赵世延、马祖常，雍古部人也；孛术鲁翀，女直人也；迺贤，葛逻禄人也；萨都剌，色目人也；郝天挺，朵鲁别族也；余阙，唐兀氏也；颜宗道，哈剌鲁氏也；瞻思，大食国人也；辛文房，西域人也。事功、节义、文章，彬彬极盛，虽齐鲁吴越衣冠士胄，何以过之？”[③]他们与汉族士人一道，共构了元代多族士人群体，在元代诗歌史上发挥着独特的功用。

杨镰先生指出：“在元代文学史上，使用汉语写作的蒙古、色目作家出现在本来只属于汉族文人的中原文坛，并成为一道特殊风景线。它是历史的全新内容，也为中华文明史提供了双语作家的成功范例。”[④]门岿先生也说：“元帝国是一个各民族大融合、大统一的王朝，是一个各民族文化大撞击、大交流的时期。元代诗坛上不仅活跃着众多的汉族作家，而且还曾有一支人数众多的、用汉文进行创作的兄弟民族诗人队伍。其中西域各族的诗人创作成就尤为显

---

① 罗斯宁：《民族大融合中的萨都剌》，《中山大学学报（社会科学版）》1993年第1期。

② [清]顾嗣立：《元诗选》初集二，中华书局1987年版，第1185页。

③ [清]王士禛：《池北锁谈》卷7《元人》，中华书局1982年版，第165页。

④ 杨镰：《元代蒙古色目双语诗人新探》，《民族文学研究》2004年2期。

赫。他们从元初到元末递相登上元代诗坛，在具有古老诗歌传统的中原大地，留下了特别光照人目的一页。”[①]特别是元代后期，北方西域少数民族诗人群体“奇材异出”[②]，如云蒸霞蔚，极为壮观。“‘一统多元’的民族共同体构架的长久可持续发展，发展得愈益牢固、壮大、辉煌，就需要调动和发挥边远民族的‘边缘活力’，使其多姿多彩的充满野性强力的创造，反馈回赠于中原，在碰撞中激活已经开始懈怠、陈旧、老化、衰颓的中原文化。”[③]杨义先生从“边缘活力”角度，从大文化层面，高度赞扬了民族融合对中原传统文化转型升级的功用。

在少数民族诗人群体中，其民族的组成也是多元的。云峰先生在《民族文化交融与元代诗歌研究》一书中指出：“元诗坛诗人的民族成分和职业构成应该说是最繁富和多样化的。考查今有诗作流传的诗人，从民族成分看，除汉族诗人外，尚有蒙古、回回、畏吾儿、契丹、女真、葛罗禄（突厥）、唐兀（党项）、僰（白）等十几个少数民族，涵盖了当时的所谓蒙古、色目、南人、汉人全部四个种群。……从职业构成来看，除传统的文人、官员外，多种宗教人士的参与是其突出的特点。宗教人士能诗者史不绝书，但传统上释（佛）、道人士居多。但元代僧人、道士、也里可温、答失蛮四种宗教人士俱全。这是元代诗坛的一大突破，在中国诗歌史上也是绝无仅有的事情。”[④]云峰先生从民族融合背景立言，纠正了前人的错误观点[⑤]，认为“事实上，蒙古族是非常乐于学习汉民族及其中原农业文化的”，这与“蒙古族的文化传统在其中起了重要的作用”有关：“由于政治历史地位的变化、统治的需要，统治者提倡向汉人学习是蒙古族学习汉文化的关键因素。”[⑥]从这个意义上言，元代大量少数民族诗人的崛起与时代环境有着密切的关系。查洪德先生在《“华夷一体”：元代文坛特征》一文中也认为“元代有数量众多的蒙古、色目文士，他们之所以成为士人，乃师从中原大儒。元代多族士人有着广泛的交游，共同参与文化文学活动，在活动中彼此深度融

① 门岿：《元代西域诗人及其创作》，《中央民族学院学报》1987 年第 6 期。

② [元]戴良：《九灵山房集》附补编，中华书局 1984 年版，第 65 页。

③ 杨义：《文学地理学的信条：使文学连通“地气”》，《江苏师范大学学报（哲学社会科学版）》2013 年第 2 期。

④ 云峰：《民族文化交融与元代诗歌研究》，内蒙古大学出版社 2015 年版，第 6 页。

⑤ 认为元朝蒙古统治者不能或甚少学习与接纳汉文化者古已有之。如明代学者王世禛在《读书后》一书中指出，元朝统治者在入主中原后，想以自己的文化改变中原习俗，对中原文化没有一点认同感并加以抑制。清代乾嘉时期史学大师赵翼在《廿二史札记》之《元诸帝多不习汉文》一节中指出：“（元代）不惟帝王不习汉文，即大臣中习汉文者亦少也。”王、赵二人观点流传甚广，影响颇大。

⑥ 云峰：《民族文化交融与元代诗歌研究》，内蒙古大学出版社 2015 年版，第 30—31 页。

合,达到心灵的契合。蒙古、色目士人与汉族文人,在大元治下,具有相同的国家观念与文化观念,有着共同的国家认同与文化认同。在车书大同的元代,不同民族文人书同文、文同趣,体现了元代文学精神风貌深层次的一体性"①。查先生站在"国家认同与文化认同"层面,分析西北弟子热衷"双语"诗歌创作,具有高屋建瓴的指导意义。

元代西域少数民族诗人的诗作不仅数量多,而且诗作数量也十分可观。据陈垣先生《元西域人华化考》统计,元代有作品流传到今天的西域少数民族诗人,接近 200 人②。著名诗人如马祖常、萨都剌、高克恭、贯云石、聂古柏、成廷圭、雅琥、丁野夫、伯颜子中、伯笃鲁丁、哲马鲁丁、吉雅谟丁、爱里沙、掌机沙、别里沙、沙班、阿里、孟防、沐仲易、买闾、马时宪、余阙、泰不华、辛文房、楔逊、迺贤、丁鹤年等,大多都出身于贵族之家,底蕴深厚,长期与汉族文人交往唱和,其汉诗水平有的甚至还高出同代的汉族诗人。元人戴良曾极力褒扬西域诗人萨都剌、马祖常、余阙、泰不华等"以诗名世",其《丁鹤年诗集序》云:"我元受命,由西北而兴。若回回、吐蕃、康里、畏吾儿、也里可温、唐兀之属,往往率先臣顺,奉职称藩。其沐浴休光,霑被宠泽,与京国内臣无异。积之既久,文轨日昌,而子若孙遂皆舍弓马而事诗书。至其以诗名世,则贯公云石、马公伯庸、萨公天锡、余公廷心其人也。论者以马公之诗似商隐,贯公、萨公之诗似长吉,而余公之诗则与阴铿、何逊齐驱而并驾。他如高公彦敬、夔公子山、达公兼善、雅公正卿、聂公古柏、斡公克庄、鲁公至道、三公廷圭辈,亦皆清新俊拔,成一家之言。"③除了家族文化影响和个人的努力外,与汉族文人频繁的接触、诗歌唱也是他们提升诗歌水平的重要渠道,对此,萧启庆在《元朝多族文士圈的形成初探》一文中分析道:"蒙古、色目文士经由姻戚、师生、座主与同年、同僚的关系与汉族士大夫形成一个超越族群的社会网络。在文化生活方面,蒙古、色目文士则透过唱酬、雅集、游宴、书画品题而参与汉族士人文化活动的主流。"④

他们努力学习汉语,钻研汉文化,将其与所属的文化进行融合,从中汲取丰富的营养,不断提升"双语"诗歌写作水平,最终形成自己独特的艺术风格。张晶在《辽金元诗歌史论》中评论道:

> 在"延祐"之后,元代诗坛也发生了很大变化,开始改变了以"雅正"的审美观念为"一统天下"的格局,而是产生了更加多样化的风格,萨都剌、

① 查洪德:《"华夷一体":元代文坛特征》,《民族文学研究》2017 年第 4 期。

② 陈垣:《元西域人华化考》,上海古籍出版社 2000 年版,第 29 页。

③ [元]萨都剌:《雁门集》附录三,上海古籍出版社 1982 年版,第 434 页。

④ 萧启庆:《元朝多族文士圈的形成初探》,《第二届宋史学术研讨会论文集》,台湾文化大学 1986 年版,第 165—190 页。

马祖常、迺贤、丁鹤年、泰不华等色目和蒙古诗人的绚烂多彩的创作，使元代诗史更为丰富厚重。这些少数民族诗人没有那么多根深蒂固的传统儒家诗教观念，而是从自己的性情出发，充分发挥他们的创造才能，因而他们的创作能够异彩纷呈，使中华的诗史长河多了一些奇美的浪花。在元代后期诗坛上，这些少数民族诗人的地位是很重要的，是我们认识元诗时所不应忽略的。[①]

迁徙流动是消除民族间地域界限，造成多民族杂居的基本途径，进而成为民族融合的先决条件。随着元朝的统一，大量的少数民族诗人跟随祖辈、父辈进入汉人居住地，长期的汉地为官、生活使他们同样接受了汉文化传统的熏陶，不少人甚至完全“汉化”了。然而这样的进程并未改变其内心对“身份”的反思，他们常常通过不同的方式和途径来实现自己的民族身份认同和文化认同。“每一文化的发展和维护都需要一种与其相异质，并且与其相竞争的另一个自我的存在。自我身份的建构——因为在我看来，身份，不管东方的还是西方的，法国的还是英国的，不仅显然是独特的集体经验之汇集，最终都是一种建构——牵涉到与自己相反的‘他者’身份的建构，而且总是牵涉到对与‘我们’不同的特质的不断阐释和再阐释。每一时代和社会都重新创造自己的‘他者’。”[②]少数民族诗人长期生活汉地，且不约而同地在寻找着自己文化之“根”，从这个意义上讲，“寻根”既不是对主流汉文化反抗和颠覆，也不是对其祖辈生存方式的批判与反省，而是一种根植于自我的生存体验和民族信仰的一种表达，是对自我民族文化的认同、理解和关怀。

蒙汉文化的融合，“原乡”意识与“本土化”思潮的齐头并进，促进了“双语”组诗的繁荣。萨都剌思想中既受到草原文化的影响，也有伊斯兰文化的痕迹，其诗中的“江南之恋”更呈现出明显的汉文化特征。马祖常毕生追求“崇汉尚儒”，其组诗中的“河西情结”亦传达出深深的思乡之情。迺贤所受教育及参与的社会活动，都呈现着“本土化”特征，其上京纪行组诗却染上了浓厚的“原乡”色彩。

第一节　萨都剌组诗中的“江南之恋”

元朝时期，蒙古族入主中原建立政权，统一全国，蒙汉文化之间的交流碰

① 张晶：《辽金元诗歌史论》，吉林教育出版社 1995 年版，第 339 页。

② （美）爱德华・W・萨义德：《东方学》，生活・读书・新知三联书店 1999 年版，第 426—427 页。

撞使原有的文化具有了兼容性的特征。李炳海先生说:“中华民族是由多民族组成的大家庭,各民族成员在相互融汇过程中,形成了彼此间的认同心理。这种认同心理产生民族亲和力,也是中国古代文学的重要表现对象。如果按认同对象加以划分,中国古代各民族之间的心理认同主要有四类,即血缘认同、功业认同和人格认同、命运认同。”[①]对血缘认同、功业认同、人格认同和命运认同而形成的“共同价值观”,是民族融合前提,也是跨文化交流得以顺利进行的重要保障,民族融合的进程对诗坛格局的形成、演变起着不可估量的作用。

一、萨都剌的家世、仕宦与多元文化心态

萨都剌,字天锡,号直斋,其祖先为答失蛮氏,祖父思兰不花、父亲阿鲁赤均为武臣,受命于元世祖,后以世勋留镇云、代。萨都剌生于代州(今山西代县),代州古时称为雁门,遂为雁门人,回族。《新元史》卷238《列传第一百三十五》载:“萨都剌,字天锡,答失蛮氏,后徙居河间。萨都剌本朱氏子,其父养为己出。弱冠,成泰定四年进士,授应奉翰林文字。擢御史于南台,以弹劾权贵,左迁镇江隶事司达鲁花赤。历淮西廉访司经历。至正三年,擢江浙行省郎中。迁江南行台侍御史。明年,左迁淮西江北道经历。诗才清丽,名冠一时,虞集雅重之。”[②]独特的家族背景及长期的汉族生活使其思想呈现出多元化的特征,既有蒙古草原文化的影响,也有汉文化特征,更有伊斯兰文化的痕迹。这一切使其诗歌内容蕴涵丰富,呈现出多元文化的色调。杨镰先生在《元西域诗人群体研究》说:“西域诗人萨都剌是元诗的冠冕,是最有成就的元代诗人之一。萨都剌诗是元诗的热点,也是元诗难点。”[③]所谓“难点”正是指此。因此要想真正理解萨都剌诗中的情愫,就必须了解其思想的形成及影响。

作为一个少数民族诗人,要实现跨文化交流必须跨越地域、种族以及语言的界限。丹纳《艺术哲学》一书中也指出,影响文学的因素主要有三个:种族、时代和环境。所以,要了解萨都剌诗歌的内涵,首先要了解其思想的构成形态,而与此相关的便是他的种族属性问题。

关于萨都剌的族属,存在着不同的说法[④]。俞希鲁的《至顺镇江志》卷16“达鲁花赤”条载:“萨都剌,字天锡,回回人,泰定四年登进士第,将士郎。天历

---

① 李炳海:《民族融合与中国古代文学》,东北师范大学出版社1997年版,第48页。

② [清]柯劭忞、屠寄:《新元史》卷238,上海古籍出版社2012年版,第919页。

③ 杨镰:《元西域诗人群体研究》,新疆人民出版社1998年版,第241页。

④ 参见:张迎胜《萨都剌族籍诸说刍议》,《宁夏大学学报(人文社会科学版)》2004年第1期。

元年七月至。”[①]陶宗仪的《书史会要》则称萨为“回纥人”，杨维桢谓萨都剌为“答失蛮氏”(《西湖竹枝词》序)，孔齐《至正直记》却认为萨都剌“本朱氏子，冒为西域回回人”[②]。后人则有说其为蒙古人。陈垣先生在《元西域人华化考》一文中经过详细考证，“此不过证明萨都剌为回回人而已”[③]。学界多持此论。

萨都剌生长在民族大融合的时代，民族融合带来的结果就是融合各方或多或少地受到异族文化的影响。对少数民族诗人来说，他们要承受着来自先进的汉文化的挑战，更要以极大的包容心和适应力接受这种外来文化的洗礼，并在其创作中表现出来。作为回族诗人，萨都剌自然而然地在生活和创作中流露出伊斯兰文化的痕迹；作为蒙古族将领的后裔，其身上又继承了草原文化特有的思想观念和行为习惯；而作为长期生活在汉地的“新汉人”，他从小又接受了汉族传统文化的浸染，并走上了汉诗创作的道路。三种文化形态相生并存，通过创作主体道德行为的融合，在其诗中展现出多元文化心理特征。

伊斯兰文化是萨都剌多元文化心理的底色。回族是成吉思汗率军西征，随蒙古军东来，吸收当地各族人而形成的民族，“其文化与阿拉伯-伊斯兰文化有着血缘关系。伊斯兰文化是中世纪阿拉伯帝国的各族人民在吸收世界上古代优秀文化的基础上共同创造的，既以阿拉伯民族文化为主，又具有多民族性”[④]。阿拉伯人崇尚游牧的生产方式，具有爱好自由，善于吸收外来文化、长于经商、正直好义等民族性格。罗斯宁在《民族大融合中的萨都剌》一文中对其所受伊斯兰文化的影响有较详细的分析。“汉族向来有‘重农轻商’的传统，宋代甚至不许商人参加科举考试，考试之前还要检查应试者是否有‘隐匿工商异类’(《宋史·选举二》)。文人的出路不外是两个：出仕和归隐。即便在元代，士人在科举无望或拒绝出仕、生计艰难之际，也不过如吴澄草庐授徒，王冕隐居务农等，少有从商之人。而回回人却多以经商为生。”[⑤]这些都反映了阿拉伯-伊斯兰文化对人们价值观念的影响。回族诗人中，也多有从商的经历，如出身于巨商世家的丁鹤年，其本人也曾卖药为生。可能是回族人太会做生意了，干扰了市场，故而有元政府出面下令阻止，“禁西北边回回诸人越境为商”[⑥]。对此种“重商文化”，萨都剌在诗中也多有涉及，其《客中九日二首》云：

---

① [元]俞希鲁：《至顺镇江志》卷16，江苏古籍出版社1999年版，第631页。
② [元]孔齐：《至正直记》卷1，上海古籍出版社1987年版，第23页。
③ 陈垣、陈智超：《元西域人华化考》，中华书局2016年版，第72页。
④ 罗斯宁：《民族大融合中的萨都剌》，《中山大学学报(社会科学版)》1993年第1期。
⑤ 同上。
⑥ [明]宋濂等：《元史》卷11，中华书局1976年版，第231页。

寥落天涯岁月赊，每逢佳节每思家。无钱沽得邻家酒，不敢开窗看菊花。（一）

佳节相逢作远商，菊花不异故人乡。无钱沽得邻家酒，一度孤吟一断肠。（二）①

诗中表达了远商的诗人对故乡的思念之情及被迫经商的无奈。“无钱沽得邻家酒”一句，反映了科举停止后士人生活的清贫。清人萨龙光在《雁门集》中案：“元自科举法废，士或习刀笔以为胥吏，或执仆役以事官僚，或作技巧鬻贩以为工匠商贾，此见于王鹗等所奏者。今观公诗，亦不免服贾以为孝养之资。《溪行中秋玩月》诗序云：‘家列田，囊无储。’《醉歌行》诗云：‘家口相煎百忧集。’然则远商之计，夫岂得已哉！”②萨龙光从萨都剌诗中找出相关佐证，说明其远商确有家族生活所迫之意。其诗对此经历并不讳言，《醉歌行》云：“嗟余识字事转多，家口相煎百忧集。”诗后案语云：“一时经商之计，其为百忧所迫，已见于此。”③另一首《崔镇阴风有感》后萨龙光案道：“此下数篇缘赴吴、楚经商时作。《客中九日》诗云：‘佳节相逢作远商’，公已自言之矣。凌迪知《万姓统谱》及《明一统志》谓公幼时侨寓孝感，此诗及下数诗又皆称少年云云，且曹克明为镇江淮海书院山长在大德五年。合数者证之，知公出游当在辛丑、壬寅之间。是时公未释褐，而走吴奔楚，皆经商之故也。”④诗人笔下的商人形象有自己的影子，儒雅多情，与元杂剧汉族作家笔下的“村沙”“乔才”那副粗蠢的德性有很大的反差，从而显示出萨都剌受阿拉伯-伊斯兰文化影响，不避讳经商的独特心态。陈垣先生《元西域人华化考·回回教世家之中国诗人》一文中也有“萨都剌曾为商，远商亦波斯、大食人本俗”⑤的记载。

萨都剌进入仕途后，同样受阿拉伯-伊斯兰文化影响。其宦游之处不但挈妇将雏，带着老母亲同游，甚至还带着妹妹与妹夫，其习俗与汉人迥异。其《溪行中秋玩月》诗云：“子为母寿妇寿姑，阿妹次进偕婿夫。”⑥这种情形在汉文化中绝少见到，它直观呈现出游牧民族集体迁徙的遗风。阿拉伯人以游牧、经商为主的生活方式，有别于汉人农耕生活方式与安土重迁的乡土观念。

萨都剌身为回族诗人，尽管在他的诗词中没有涉及回族和伊斯兰教的题材，但穆斯林的世界观，在他的作品中还是有所反映。《古兰经》认为，个体生

① 杨镰：《全元诗》第 30 册，中华书局 2013 年版，第 160 页。

② [元]萨都剌：《雁门集》，上海古籍出版社 1982 年版，第 11 页。

③ 同上，第 4—5 页。

④ 同上。

⑤ 陈垣、陈智超：《元西域人华化考》，中华书局 2016 年版，第 72 页。

⑥ 杨镰：《全元诗》第 30 册，中华书局 2013 年版，第 245 页。

命的荣辱都是由真主决定的，每个人都要摆正自己的位置。其《安分》诗写道：“心求安乐少思钱，无辱无荣本自然。春日赏花惟贳酒，冬天踏雪旋添绵。频将棋局消长日，时爇香熏篆细烟。万事皆由天理顺，何愁衣禄不周全。”[①]诗中表达的宠辱不惊、随遇而安、旷达自恰、知足者常乐、凡事顺乎天理、不要怨天尤人的思想感情，正与一般穆斯林“信前定”的思想相吻合。

在中国传统文化中，对于“夷夏之辨”防之甚严。然随着北方少数民族的崛起，汉族中心主义的观点受到了空前的挑战。在蒙元王朝，汉族作为“正统”代表的优势已荡然无存。作为色目人的萨都剌，其社会地位比南人、汉人尊贵，但这并未让其充满着民族优越感，相反他对汉人并无丝毫的歧视，这与元统治者对汉族的歧视和压迫不同。他不仅与汉族诗人交往频繁、诗歌唱和，甚至还写下大量以汉族历史为题材的咏史诗，足见其开放的民族观和包容的心态。中华民族的历史是各民族共同创造的，如何看待各民族在历史上所起的作用，是古代各族文人经常遇到的课题。从总体上看，多数文人都能超越单一民族的界限，用历史发展的观点审视王朝的迭兴，歌颂那些在历史上起过进步作用的王朝和民族，而不过多计较王朝和人物所属的民族，这种历史认同可称为功业认同。其祖辈生活方式和文化传统造就了萨都剌开阔的胸襟、包容的心态。

蒙古文化是萨都剌多元文化心理中又一重要组成部分。元朝是由蒙古族进入中原建立起的国家，草原民族逐水草而居，长期与自然搏斗，经受各种考验，因而形成他们不怕困难、不惧艰险、勇于战天斗地的英勇顽强，而又乐观向上的民族情怀。据罗斯宁考证，“萨都剌的祖父、父亲就是在随蒙古军征战的过程中，被迫改变了不喝酒、做礼拜的回回族风俗，而变为与蒙古习俗近似的军人，故《四库全书总目提要》有‘实蒙古人’之说”[②]。蒙元王朝是其父母之邦，其祖父辈均以军功“受知于世祖”，因而对蒙古文化怀有一种基于血缘的“天然的情感”。特别是在其考中进士那一刻，对元朝的“皇恩浩荡”深怀感激之情。他以欣赏的眼光看待着蒙古族文化，赞美草原文化的开拓进取、阳刚豪放、积极乐观、自然和谐、鲜活灵动和多元包容，并深感自豪。“各民族之间的血缘认同，指的是他们承认具有共同的血统，出自同一祖先，最初是同一氏族的成员。”[③]元代少数民族作家，受文化传统与生活方式的影响，崇尚勇武，对英雄豪杰充满仰慕和神往。作为蒙古族后裔的萨都剌，其祖先又累世行武，草原的文

---

① 杨镰：《全元诗》第30册，中华书局2013年版，第178页。

② 罗斯宁：《民族大融合中的萨都剌》，《中山大学学报(社会科学版)》1993年第1期。

③ 邓绍基：《元代文学史》，人民文学出版社1991年版，第477页。

化与生活方式对他的影响可以想见。虽然他自幼“舍弓马而事诗书”,但草原文化的品格依然内化为诗歌精神,从而使其作品烙上游牧民族的烙印,融化为一种雄浑、豪放、刚健的气势。

汉文化是萨都剌文化心理的核心部分。虽然萨都剌是色目贵族,但年少时家道中落,“家无田,囊无储”,被迫到吴、楚经商谋生,长期居住在汉人生活圈中,深受汉文化浸染。“泰定四年(1327)考中进士,授镇江录事司达鲁花赤,秩满,入翰林国史院(官职不明),出为江南诸道行御史台掾,又除燕南河北道廉访司经历。他的同年进士杨维桢记他卒于燕南经历任上。但据萨龙光考订,萨都剌并未赴燕南经历任,而是改除河南江北道经历,擢翰林国史院应奉文字,复改江南诸道行御台侍御史,以弹劾权贵,左迁淮西江北道廉访司经历。晚年寓居杭州,以战乱曾避走绍兴、安庆等地,不知所终。”[①]萨都剌深受儒家思想影响,与其长期生活在汉族聚居之地有关。陈垣《元西域人华化考》中指出:“儒学为中国唯一产物,言华化者应首言儒学。”[②]正如陈先生所言,西域人久居汉地,归化于中国,对汉族文化价值观不可能不耳濡目染,并体现在日常生活的言行举止及诗文创作之中。

萨都剌是在汉文化包围的环境下成长的,接触到的多是汉人的生活习惯和行为方式。从小时起,萨都剌就习读汉文书籍,欣赏并接受汉族文化的熏陶。如《醉歌行》:“草生金谷韩信饿,古来不独诗人穷。今朝有酒且共醉,明日一饮由天公。红楼弟子年二十,饮酒食肉书不识。嗟余识字事转多,家口相煎百忧集。乃知聪明能误身,不如愚鲁全天真。百年简宪曾何畏,一日礼法能杀人。贤愚千载同一朽,我为君歌君拍手。流芳遗兴不必论,且尽樽前一壶酒。”[③]此诗是作者中举前所作。清人萨龙光案道:“元废科学四十余年。世祖至元初,丞相史天泽奏,不果行。四年,翰林学士承旨王鹗等又奏,又不果行。二十一年,丞相和礼霍孙与留梦炎及许衡等俱奏,又不果行。至仁宗皇庆二年,准中书省臣之奏,始行之。科举既废,士无入仕之阶,公故借红楼弟子发之。杜诗云‘纨绔不饿死,儒冠多误身’,同此一叹也。一时经商之计,其为百忧所迫,已见于此。”[④]诗中暗用杜诗“纨绔不饿死,儒冠多误身”之意,并以韩信微时穷饿之典,描写中举前穷困潦倒的生活和愤世嫉俗的情怀,充满着怀才不遇之感。

作为汉文化的灵魂,儒家思想对萨都剌影响甚深。陈垣先生在《元西域人

① 邓绍基:《元代文学史》,人民文学出版社 1991 年版,第 477 页。

② 陈垣、陈智超:《元西域人华化考》,中华书局 2016 年版,第 9 页。

③ [元]萨都剌:《雁门集》,上海古籍出版社 1982 年版,第 4 页。

④ 同上,第 4—5 页。

华化考》中说：“儒学为中国特有产物，言华化者应首言儒学。元初不重儒术，故南宋人有九儒十丐之谣，然其后能知尊孔子，用儒生，卒以文致太平，西域诸儒，实与有力。”[①]在大一统的局面下，大批过去被隔绝的外国人以及西北少数民族，来到了中国，来到了中国的中原地区，接触了中华文化，更深受传统的儒家文化所洗礼。“元以前西域人仕中国者多武人，以文事著者绝少。”[②]由于“元军先定西域，后下中原，西域人之从军者、被虏者、贸易者，接踵而至，平昔所想望之声明文物，尽触于目前，元制色目人又自由杂居，故一传再传，遂多敦诗书而说礼乐”[③]。从陈垣先生的考证来看，西域人“多敦诗书而说礼乐”，当在入中原一二世以后，民族的杂居、文化的交融，使西域人慢慢接受并吸纳了中原文化。历史的经验与教训，让蒙元王朝统治者意识到，推行汉法、重用汉人官僚，才是长治久安之策，这为儒学的发展提供了重要的前提条件。[④]

萨都剌的“孝”也是有目共睹，这是其受儒家思想影响的重要标记。《溪行中秋玩月》诗序云：“余乃萨氏子，家无田，囊无储。始以进士入官，为京口录事长，南行台辟为掾，继而御史台奏为燕南架阁官。岁余，迁闽海廉访知事。又岁余，诏进河北廉访经历。皆奉其母而行，以禄养也。后至元三年八月望，泊舟延平津。是夕星河灿烂，天无翳云，月如白日，溪声潺湲若奏乐，四山环抱，如拱如立，如侍左右奔走执事者。萨氏子奉母坐船上，与其妇具酒脩盘馔，奉觞上寿。继而若妹、若婿、若婢、若仆，以次而进。和而不亵，谨而怡怡，月色荡酒而溪韵杂笑谈。母欢甚，至舟人醉饮，亦相与鼓枻作南歌而乐。今夕何夕，不知奉亲之在异乡也。嗟夫！昔人所谓宦游之乐不如奉亲之乐，实天乐也。萨氏子于是命妇盥爵满以酒，再拜为母寿，而作歌。”诗云：“龙津秋水涵太虚，今夕何夕光景殊。皓月当镜星贯珠，河汉倒影垂平芜。微波洋洋风徐徐，新凉拂拂飘裙裾。阿母今年八十余，清晨理发云满梳，起居俨重天人如，有子在官名在儒。奉母禄养南北区，晨昏不忍离斯须。”[⑤]在诗中，萨都剌称自己是“有子在官名在儒”，人在仕途，并以儒自居，可见儒家思想在萨都剌心目中的地位。“惟期母寿庄椿榆，有子愿效返哺乌”，以乌鸦反哺来表对母尽孝之美德，堪称典范。儒家思想中对个人道德修养的规范是相当严格的，“忠孝节义”是儒家重要的价值观，指导并制约每位信徒的思想与行为。“忠臣孝子千年意，永刻丰碑不敢忘”（《上内台治书阿鲁图立先茔石》），此诗将萨都剌对儒家忠孝思想

---

① 陈垣、陈智超：《元西域人华化考》，中华书局 2016 年版，第 9 页。

② 同上，第 4 页。

③ 同上，第 3 页。

④ 赵琦：《金元之际的儒士与汉文化》，人民出版社 2004 年版，第 296 页。

⑤ 杨镰：《全元诗》第 30 册，中华书局 2013 年版，第 245 页。

的执着展现得淋漓尽致。

出于对儒家思想的坚守和信赖，他对身边违背儒家思想伦理道德的种种行为进行了尖锐的揭露与斥责，哪怕这个人是他效忠的皇帝。当他目睹蒙元统治者为了争夺帝位，不以孝悌为怀，屠杀亲兄时，其内心充满了义愤。史载，元文宗曾用毒药毒死其兄明宗和皇后八不沙，面对这段历史公案史家或避而不谈，或语焉不详。《元史》本纪第三十三文宗二载："庚寅，明宗崩，帝入临哭尽哀。燕铁木儿以明宗后之命，奉皇帝宝授于帝，遂还。"[①]萨都剌则果敢地采用了史家笔法，以《纪事》一诗直接揭露了君臣不信，兄弟不睦，以臣弑君，争位自立的不义之举："当年铁马游沙漠，万里归来会二龙。周氏君臣空守信，汉家兄弟不相容。只知奉玺传三让，岂料游魂隔九重。天上武皇亦洒泪，世间骨肉可相逢。"[②]元成宗铁穆尔上台以来，朝廷内部争斗不断，兴废频繁。短短的二十五年来，就先后更换了八位皇帝，且每一次的更替都伴随着阴谋和残杀，弄得朝野上下人心惶惶。萨都剌以犀利眼光、客观深刻地揭露了皇族成员间争权夺利的丑恶嘴脸，诗的末尾，以"世间骨肉可相逢"的问句作结，其斥责当朝皇帝的用意十分明显。"萨都剌由古及今以手足相残的'玄武门之变'暗喻旺忽察都之变，把讽刺的锋芒直指文宗。"[③]据萨龙光案："此诗从瞿佑《归田诗话》补收。考武宗传位仁宗，以兄弟相及，约继世迭居大位。而仁宗惑于三宝奴之言，不守宿诺，传位其子英宗，乃使武宗二子周王和世瑓、怀王图帖睦耳出居于外。及英宗驻跸南坡，为铁失所弑，而周王在漠北，怀王在江陵，泰定帝以晋藩入承正统，立子阿速吉八为太子。致和元年，帝崩于上都，太子继立，改元天顺。而燕铁木儿怀武宗旧恩，迎立其第二子于江陵先发入京师，治兵相攻，据位，陷上都，是为文宗。太子不知所终，乃走使漠北，迎立大兄周王。下诏四方云：谨俟大兄之至，以遂固让之心。于是即位和宁之北，是为明宗。立文宗为太子，行在将次于旺忽察都。文宗入见，明宗暴崩。燕铁木儿闻哭声奔入帐中，取宝玺，扶文宗上马南驰，遂即真，改元天历。夫以武宗之让，而其子文宗弑兄篡立，视仁宗之背约更已甚矣。瞿宗吉《诗话》谓《纪事》一首直言时事不讳，谅哉！"[④]清顾嗣立《读元史诗八首》之一评此诗云："史家多忌讳，纪事只大氐。独有萨经历，讽刺中肯綮。"[⑤]高度评价了萨氏的仗义执言和公正无私。萨氏诗歌能有如此气魄，其根源在于对儒家传统"忠孝观"的执着。

① [明]宋濂等：《元史》卷33，中华书局1976年版，第736页。

② 杨镰：《全元诗》第30册，中华书局2013年版，第295页。

③ 马志福、马卫平：《论萨都剌怀古诗中的忧患意识》，《民族文学研究》1990年第4期。

④ [元]萨都剌：《雁门集》，上海古籍出版社1982年版，第64页。

⑤ 同上，第433页。

儒家的“仁爱”和“民本”思想对萨氏影响甚深，在长期的仕宦生涯中坚持不懈，努力将“仁者，爱人”理念落实在实际行动之中。在《雁门集》中，他站在民众的立场上对统治者的贪婪给予了尖锐地揭露，希望民众过上太平、富足的好日子，将儒家“仁民爱物”的思想展现得淋漓尽致。他亲匾其堂为“善教”，表达出“教化”之义，即通过儒学教育，使人能为怀仁、循礼、取义之人，可见萨氏对儒学的理解已相当深刻，丝毫不亚于中原儒者。

从文化角度而言，元代“农业文化的地理环境主要是指今黄河流域及江淮流域地区，游牧文化的地理环境历史上主要是指今东起嫩江流域西至天山，南起长城至贝加尔湖这一片广大的草原地区”①。生活在农耕文化区域的汉族人，习惯“日出而作，日落而息”的生活节奏，过着一种耕织并重、田园牧歌般的生活。其文化的特性决定了人们固守土地，起居有定，耕作有时，“安土重迁”的思想根深蒂固。游牧文化区处在草原和荒漠，逐水草而居是游牧人最真实的生活写照。游牧民族无固定的城池、耕地，经常迁徙，善于骑射，勇猛、剽悍，基本生活方式为畜牧、狩猎，掠夺是其民族天性。“正是由于这地理环境和生产方式的不同，地理环境经由物质生产方式这一中介，给生活于其间的各民族文化类型的铸造奠定了物质基石，使其文化若明若暗地熏染了地理环境提供的色调，影响到了其生活方式与思维方式。如大河农业文化的稳定持重，与江河灌溉造成两岸居民农耕生活的稳定有关；草原游牧文化的粗犷彪悍、向外扩张，与来自草原多变的恶劣气候提供的‘射生饮血’的游牧生活方式有关。”②干燥恶劣的自然环境锻炼出游牧民族刚健的体魄和尚武的性格，由于生产资料的匮乏，及在很大程度上羡慕农业地区的富庶生活，于是才有了屡屡对外的扩张与掠夺。

蒙古族游牧文化是萨都剌祖辈留下的文化遗产，汉族农耕文化又是萨都剌长期耳濡目染的文化形态。两者在其心中交融、碰撞与渗透，兼容并蓄、互相生发。由于两种文化的经济基础不同，从而也造就了蒙汉民族不同的价值观念和道德标准。如在男女婚姻爱情上，南方地区受封建礼教束缚严重，讲究“男女授受不亲”，婚姻也当有父母之命、媒妁之言；而在北方游牧民族，男女交往自由开放，在婚姻上实行多妻制，并且有继婚的风俗。当两种文化经过一定时期的冲突之后，慢慢地出现了融合。男女自由交往在汉族中间也慢慢流行起来，而汉族的一些清规戒律，例如妇女贞洁观，也为北方人民所接受，有些妇女在丈夫死后守志不嫁，以反抗本民族的继婚风俗。

---

① 云峰：《元代蒙汉文学关系研究》，民族文学出版社 2005 年版，第 5 页。

② 同上。

萨都剌正是生活在两种文化冲突与融合最为剧烈的时期，游牧民族的本性使之有着豪爽刚健的民族性格；汉文化的基本价值观又支配了他的行为与创作。随着蒙汉民族融合的加深，萨都剌将阿拉伯-伊斯兰文化、蒙古文化、汉文化融为一体，形成了一种“你中有我，我中有你”多元化的文化心理结构。这种“拼图”式的文化形态和价值观念，使其诗歌创作主题呈现出多元化趋势，它们相反相成，并行不悖，展现出萨氏的博大胸怀和与众不同的心理特征。

二、萨都剌组诗主题的多元化

总体而言，“元代蒙古族汉文诗歌创作以元仁宗为界分为前后两个时期，前期作品具有鲜明的蒙古民族特色，描写漠北气象、草原风光”，展示入主中原的自信与豪迈，抒写文治武功，鞍马战事，“字里行间洋溢着北方民族的粗犷与豪迈，散发着草原文化的浓郁气息”。后期，随着“越来越多的蒙古族诗人居留汉地，学习汉语，深谙儒家诗书礼乐，诗歌创作有了明显变化，诗歌创作的题材明显拓宽了，既有流连山水、摹景写意之作，也有时事感发的篇章，更有友人唱和、送行、题画等日常点滴的叙写”[①]。然而萨都剌的诗歌创作并未按此轨迹发展，处在阿拉伯-伊斯兰文化、蒙古文化与汉文化的交融与冲突中的他，其创作呈现着平面铺开、多元展示的格局。

（一）游牧情怀与江南之恋

元朝是由少数民族建立的大一统的封建政权，“北逾阴山，西极流沙，东尽辽左，南越海表”[②]，疆域极其辽阔。它结束了五代以来数百年的分裂局面，促进了民族文化的融合。随着南人北上，北人南下，文坛创作风气也在不停地改变。查洪德先生指出：“在元代中叶，那个‘南人求名赴北都，北人徇利多南趋’（萨都剌《芒鞋》）的时代风潮中，代表着元代中叶南北精英的奎章阁文人群体，贡献了以北方游牧民族聚居地——上都为吟咏主题的‘上京纪行’和以南方江南意象为表达主题的‘江南书写’两个南北文人共咏联唱的创作主题。”[③]元朝海内统一的大格局，带来了文学创作母题的多元化。

萨都剌青、中年时代曾因家境贫寒而远到吴、梦经商，50 岁中进士后行迹主要是在南中国的大片地区，对于西北却很少涉足，边塞的风物人情常令诗人

① 毕兆明：《从民族文化融合视域看元代蒙古族汉文诗创作的演变》，《内蒙古民族大学学报（社会科学版）》2013 年第 6 期。

② ［明］宋濂等：《元史》卷 58，中华书局 1976 年版，第 1345 页。

③ 查洪德：《值得大力探究的元代诗文世界——兼评〈奎章阁文人群体与元代中期文学研究〉》，《陕西理工学院学报（社会科学版）》2015 年第 2 期。

梦牵魂萦。当诗人阔别多年，重新踏上这片祖先世代生息的热土时，他那种激动万分的情感是无法言传的。面对塞北的山川大野，牛羊青草，诗人感情的洪水犹如万马奔腾，不可阻遏。至顺四年(1333)，诗人前往上京参加新皇即位大典，其间写的《上京即事十首》[①]便是其对蒙古文化的深深景仰之情的流露。诗人以雄健的笔调描写了上京周围的壮丽风光和草原民族的生活画面，其五、七、八、九云：

大野连山沙作堆，白沙平处见楼台。行人禁地避芳草，尽向曲栏斜路来。(五)

祭天马酒洒平野，沙际风来草亦香。白马如云向西北，紫驼银瓮赐诸王。(七)

牛羊散漫落日下，野草生香乳酪酣。卷地朔风沙似雪，家家行帐下毡帘。(八)

紫塞风高弓力强，王孙走马猎沙场。呼鹰腰箭归来晚，马上倒悬双白狼。(九)[②]

其五，写了上京及其周围的自然风光。起首“大野”句很有气势，诗人摄取最能代表边塞自然风貌的旷野、群山、沙丘作为描写对象；其所具有的平展开阔、挺拔高峻的特征经过作者的审美观照，巧妙组合，构造成了雄浑、高远诗歌的意境。次句以自然物来衬托人的劳动创造——楼台。白沙的辽远平阔和楼台的壮观、华美互相对比、烘托，再加上第三、四句对于行人活动的映照，共同营造出雄浑的意境美。也有人对此提出不同见解：“诗描述了上京皇城禁地植草之举。明初叶子奇的《草木子》载：‘元世祖思创业艰难，移沙漠莎草于丹墀，示子孙无忘草地，谓之誓俭草。’诗句中称之‘芳草’，表明诗人作为北地民族的一员，对此举的认同。”[③]其七，写了蒙古族古老的“祭天”仪式。这与蒙古族信仰萨满教崇拜至高无上的“长生天”有密切联系。以平野、风沙、马群等富有地域色彩的事物为意象，通过视觉与嗅觉、静态与动态的有机组合，创造出一种高远的境界。萨都剌笔下的这种雄浑、高远的意境，更多地带有草原民族所特有

---

① 据杨光辉《萨都剌生平及其余实证研究》一文考证，此组诗应作《上京即事十首》。元代描绘上都的十首组诗有很多，如袁桷的《上京杂咏十首》《上京杂咏再次韵十首》，胡助的《滦阳述怀十首》，其他如张翥、吴师道、王继学、许有壬等不少诗人有“上京十咏”为题的诗作。将此分成《上京杂韵五首》与《上京即事五首》，始于顾嗣立的《元诗选》。本文依此。高等教育出版社 2005 年版，第 183—184 页。

② 杨镰：《全元诗》第 30 册，中华书局 2013 年版，第 149 页。

③ 龚世俊：《试论萨都剌的边塞诗歌》，《宁夏大学学报(人文社会科学版)》2000 年第 3 期。

的粗犷、雄健色彩。其八,写蒙古族的生活场面。写景,突出猛烈、强劲、浑莽;写人,重在豪放、洒脱,表现人物飞扬的气度,突出其英勇气魄和刚健的风格。其九,通过打猎场面的渲染和满载而归的场面描写,赞美了蒙古勇士剽悍、勇武的英雄气概和高超的骑射技术,字里行间洋溢着豪迈的气概。作为色目人的萨都剌,处处受到优待,这种"与京国内臣无异"①的优宠地位,使他没有汉族知识分子的那种自卑感和屈辱感,而是充满了民族的自豪感和优越感,反映在诗歌中是他对英雄气的赞美和对野性美的歌咏②。

萨都剌好友干文传在《雁门集·序》中说:"我元之有天下,拓基启祚始于西北,其去周之邠、镐益远。然而大山崇林、长河旷壤钟于两间,而为风气所凝结;况祖宗深仁厚泽浸灌陶煦,有加而无已。是以人生其间,多质直端重,才丰而气昌,岂比规规占毕,尖新剽掠以为言哉!"③"大山崇林,长河旷壤"的生活土壤,"祖宗深仁厚泽"的"浸灌陶煦",形成了他独特的审美取向和情感表达方式。他不是以儒家"温柔敦厚"的诗教传统或理学的陈规陋矩来观物、来抒发情感,而是以草原人的眼光来看事物,用草原人的习惯表达方式来言情。自然、真切,没有丝毫的矫揉造作之态。

《上京即事十首》是一组记录上京生活的作品。诗人以"水晶殿""玉屏风""朱衣""华帽"等带有华贵色彩的词语,描写了上京皇城的气派。这里有"诸王拜舞千官贺,齐捧葡萄寿两宫"(其一)的皇帝、皇后接受诸位亲王与大臣祝寿的情景,也有"内家宴罢无人到,面面珠帘夜不收"(其二)的皇宫宴会盛大场面的铺陈,更有"院院翻经有咒僧,垂廉白昼点酥灯(其六)"的僧侣生活的生动再现,字里行间洋溢着受朝廷重用后的欣喜和对草原生活的新奇之感。

萨都剌的游牧情怀还表现在对北国风物、游猎活动的赞赏上,其《赠答来复上人四首》是这样描述北国风物的,其一、二云:

> 北口雪深毡帐暖,紫驼声切夜思盐。上人起饮黄封酒,可胜醍醐酪乳酣。(一)
>
> 燕山风起急如箭,驰马萧萧苜蓿枯。今日吾师应不念,毳袍冲雪过中都。(二)④

北地苦寒,用野兽的毛皮制成的御寒袍衣毳袍是必备之物。风大雪猛的苦寒

---

① [元]萨都剌:《雁门集》附录三,上海古籍出版社 1982 年版,第 434 页。

② 参见:马小平《从〈上京即事五首〉看萨都剌诗歌的民族性特征》,《甘肃教育学院学报(社会科学版)》1998 年第 2 期。

③ [元]萨都剌:《雁门集》附录一,上海古籍出版社 1982 年版,第 401 页。

④ 杨镰:《全元诗》第 30 册,中华书局 2013 年版,第 281 页。

之地，在萨氏的笔下却呈现诗样的境界：深雪之夜，帐外传来紫驼声声，上人坐在暖和的毡帐中，品尝着香黄封酒。燕山急风之日，上人身着御寒的毳袍，驰骋在苜蓿枯萎的无垠雪原上，其精神风貌与草原民族的骁勇豪迈不分上下。诗中既表达了对来复上人的思念之情，也流露出对乡土风物的亲切感和对草原民族骁勇豪迈的民族性格的赞美之情。

“马背上的民族”生产和生活中一项重要的活动就是打猎，游猎也最能见出游牧民族的勇武与豪迈。如《观驾春游二首》云：

> 萧韶风细入清虚，日暖旌旗卷复舒。双凤晓开金翅扇，六龙春驾紫云车。将军斜插黄金虎，丞相低悬碧带鱼。遥想宫盘霞珠滑，江南渴杀病相如。（一）
>
> 日奏云间紫凤韶，春随天上柘黄袍。仗前虎将千金斧，马上鹰儿五色绦。猎士开弓黄犬壮，宫官击鼓紫驼高。侍游亦有中书令，七宝雕笼看绿毛。（二）[①]

《雁门集》卷二中此诗题作《忆观驾春蒐》。原诗序云：“天历元年，京口录事参军某以事留京，观驾春蒐，盛事也，得诗一联聊委之。其年三月还京，岁莫非卧病，寒食拥炉，追思前联，足成一律。时天历二年三月也。”[②]春蒐就是春天打猎。天历元年(1328)春天，萨都剌被任命为镇江录事司达鲁花赤，他尚未离开京城，有幸观睹了皇家春猎的场景。那时皇帝还是泰定帝，将军与丞相还未集于燕铁木儿一身，中书令应是由皇太子兼任，君臣排场盛大，浩浩荡荡。诗中的猎士开弓、呼鹰走狗、紫驼巍峨、宝雕夜鸣、击鼓赐酒等意象，集中反映了游牧民族特有的生活方式。作为北方少数民族的后裔，萨氏血脉中流淌着的是祖辈豪放和粗犷，诗中洋溢作为蒙古族后裔的自豪感。正如龚世俊所言，“这些闪耀着民族色彩的诗歌，在语言符号的深层结构上，也反映了诗人对‘北人’的民族认同感”[③]。

萨都剌与元朝统治者同根同祖，加之其祖父辈都“受知于世祖”，享世勋，自己的仕途也有不错的开局，这一切都使他对元朝廷心怀感激。《丁卯及第谢恩崇天门》中这样说道：“禁柳青青白玉桥，无端春色上宫袍。卿云五彩中天见，圣泽千年此日遭。虎榜姓名书勅纸，羽林冠盖竖旌旄。承恩朝罢频回首，

---

① 杨镰：《全元诗》第30册，中华书局2013年版，第194页。

② [元]萨都剌：《雁门集》，上海古籍出版社1982年版，第39—40页。

③ 龚世俊：《试论萨都剌的边塞诗歌》，《宁夏大学学报(人文社会科学版)》2000年第3期。

午漏花深紫殿高。"[①]《雁门集》卷五作《丁卯及第谢恩奉天门》。丁卯及第,即是指泰定四年丁卯(1327)萨都剌考取进士。在殿试公布名次之日,皇帝到殿宣布,进士们到殿门承受皇帝到恩赐并予以谢恩。这实际上是一首感恩戴德之作。全诗描绘了祥云中天、杨柳青青、春色满袍、羽林冠盖竖旌旄的喜庆热烈的场面,抒发了诗人内心难以抑制的激动与喜悦心情。在元初废科举四十年来,像他这样的读书人失去了入仕的阶梯,无比彷徨及怨懑。直到泰定四年参加廷试,最后及第,终于如愿以偿。诗中谢恩以及表忠心,无不显示着其对元朝廷的忠心与认同。

萨都剌的后半生生活在山水明丽的江南,江南文化的浸染使内心深处烙上汉文化印记,其作品中时时呈现出的"江南之恋"便是一个突出的标志。"在远离祖居地后,萨都剌身上西域少数民族的特性发生了改变,将其概括为'华化'似更合适。"[②]长期的江南生活使他"华化"了,故每当他离开江南之际,其内心深处便会升腾起难以抑制的江南之思。据统计,《雁门集》中描写江南景物、风俗人情的约占五分之一。陈昌云在《元后期西域诗人的江南情怀》一文中指出,"元后期西域诗人多有或仕或隐江南的生活经历,江南的秀丽风光、悠久历史、丰富物产以及雅逸文化带给异族文人强烈的人生感受,他们用诗歌书写江南,传承文化"[③]。作为一个西域诗人,萨都剌具有一种特别的江南情怀。江南的青山绿水、"吴带当风"的歌舞,都给诗人留下了终生难忘的美好回忆。

再现江南美景,是其"江南之恋"的重要内容。他虽生长于燕地,但后半生旅居江南,江南文化滋养了他的江南气质,其诗集中有许多描写南国胜景之作,如《题淮安王氏小楼四绝》可为代表。原诗序云:"䍐山王氏小楼,独占淮安一胜。予尝以迎饯至此,登斯楼漫成四绝,模写其概。后之来者,其兴无穷。"诗云:

江水粼粼鸭绿新,江头日日送行人。南来北去年年事,岸草汀花自在春。(一)

拂晓楼窗一半开,楼前昨夜浪如雷。满江梅雨风吹散,无数青山渡水来。(二)

江月满楼江水澄,胡床据坐忆吾曾。解吟如练澄江句,未信玄晖独擅能。(三)

雪满寒江厌酒旗,江南无处不堪题。小舟载得梅花去,渡岭春风过水

① 杨镰:《全元诗》第30册,中华书局2013年版,第179页。

② 段海蓉:《萨都剌传》,兰州大学出版社2014年版,第11页。

③ 陈昌云:《元后期西域诗人的江南情怀》,《北方论丛》2016年第6期。

西。(四)[1]

雨过天晴的早晨，推窗一瞥，但见青山碧浪扑入眼帘，空气新鲜，景色迷人。其一，描写了淮安王氏小楼前美景和送别的情形。王氏小楼位于江头，阅尽粼粼江水和自在的岸草汀花，也阅尽南北行人的匆匆脚步。其二，写王氏小楼的夜来风雨及拂晓之景。“满江梅雨风吹散，无数青山渡水来”，犹如一幅水墨画，展现了淮安江头春雨过后的美景。其三，写诗人登楼望，俯视澄江，兴来如潮，想起六朝诗人谢朓《晚登三山还望京邑》中的名句，也想起李白“解道澄江静如练，令人长忆谢玄晖”(《金陵城西楼月下吟》)。其四，写雪后寒江，洁白一片，沿江的两岸飘荡着酒旗，江中小舟载着踏雪寻梅的人们，春寒料峭的画面充满着浓浓的春意。“江南无处不堪题”，在萨都剌的眼中，江南的秀美与西北的壮美相比，别有异趣且更富诗情画意。

再如《次韵三首》，这组诗写在中进士之前，诗人外出经商来到江南，南国风光触动了诗人的诗性。诗歌描写了沧浪亭的美景，再现了与友人唱和的兴致。诗云：

之子殷勤何处来，清谈煮茗不论杯。五更门外过风雨，四月街头买杏梅。喜客有情窗动竹，吟诗无兴砚生苔。君家白酒何时熟，病起应须去不回。(一)

池塘过雨水生漪，倚槛观鱼自悦怡。长日似添诗有趣，故人因为病相知。凉风忽过帘钩动，午箭初长刻漏移。何处榴花照人面，隔墙红过三二枝。(二)

江南三月踏残芳，白苎衣轻树影凉。曲巷银灯先马去，谁家翠袖隔帘香。细歌金镂鸣牙板，新酒檀槽出玉浆。卧病日长思往事，买舟乘兴过沧浪。(三)[2]

沧浪亭为宋代诗人苏子美所筑，是江南名园。凭栏依岸，临水山石嶙峋，复廊蜿蜒如带，水上有曲桥斜渡，桥头有“沧浪胜迹”坊耸立。萨龙光案：“《江南通志》：沧浪亭在长洲县郡学东南，叶梦得《石林诗话》云：钱氏广陵王元璙之别圃也。宋庆历间，苏舜卿得之，作亭曰‘沧浪’。后为章惇家所有，绍兴后归韩蕲王世忠，俗名韩王园。苏舜卿有《沧浪亭记》。”[3]此段文字交待了沧浪亭的名称来历及历代承传。其一写仲春四月，江南烟雨弥漫之际，朋友远道而来探望自

① 杨镰：《全元诗》第 30 册，中华书局 2013 年版，第 158 页。

② 同上，第 197—198 页。

③ [元]萨都剌：《雁门集》卷 2，上海古籍出版社 1982 年版，第 45 页。

己,虽在病中,但二人煮茗清谈、饮酒赋诗,相谈甚欢。其二写二人凭栏,欣赏沧浪亭美景,赋诗添趣。“何处榴花照人面,隔墙红过三二枝”,通过石榴花与人面相映红描写细节,取景独特,色彩协调,以凝练含蓄的语言生动准确地再现了写江南春色。其三写江南三月,诗人白苎衣轻,行进在曲巷银灯之间,品尝美酒,观赏吴姬细歌金缕,好不惬意。回忆当年的踏春之行,诗人竟忍不住“买舟乘兴过沧浪”,表达出对江南强烈的向往之情。诗人长期生活于江南,诗礼传家的江南文化传统孕育了他们文学家的禀赋和气质,身感江南文化的儒雅精致,目睹秀美的江南自然风光。

江南风景秀美,古迹众多,人文底蕴深厚。诗礼之乡的民风习俗,迥异于中原塞外。对此,诗人有着深刻的体会。最能反映萨都剌对江南深情的作品,当属《西湖绝句六首》,其诗云:

> 涌金门外上潮船,狂客风流忆少年。十八女儿摇艇子,隔船笑掷买花钱。(一)
>
> 少年豪饮醉忘归,不觉湖船渐渐移。水面夜凉银烛小,越娘低唱月生眉。(二)
>
> 紫骝骄踏落花泥,二月江城雨过时。拂晓市河春水满,小船多半载吴姬。(三)
>
> 惜春曾向湖船宿,酒渴吴姬夜破橙。蓦听郎君呼小字,转头含笑背银灯。(四)
>
> 待得郎君半醉时,笑将纨扇索题诗。小红帘卷春波绿,渡水杨花入砚池。(五)
>
> 垂柳阴阴苏小家,满湖飞燕趁杨花。繁华一去风流减,今日横堤几树鸦。(六)①

萨都剌因仕途不顺,遂寓居杭州,《西湖绝句六首》即写于此时。其一,“狂客风流忆往年”的作用是启下,接下来的几章是对当年西湖生活的追忆;其六的“繁华一去风流减,今日横堤几树鸦”是承上的总结,今昔对比。此诗虽题作“游西湖”,但并不着重写景,着重描写西湖女子的爱情生活,是一组色彩清丽而情感浓烈的艳诗。虽然组诗以“繁华一去风流减,今日横堤几树鸦”传递出深层的历史感,但其对江南秀美的风光,吴姬、越娘浅吟低唱的诗酒风流生活却是无限神往。明人田汝成指出“天锡《西湖六绝句》天然逸志,不堕纤尖一路”(《西湖游览志余》)②,道出萨诗作中“天然逸致”的风格特征。萨氏虽说生在北方的

① 杨镰:《全元诗》第30册,中华书局2013年版,第298—299页。

② [元]萨都剌:《雁门集》附录三,上海古籍出版社1982年版,第437页。

雁门，但其吴楚经商、大部分时间在南方任职，晚年又寓居杭州的经历，令其深受江南文化的洗礼，其诗歌风格颇类南士，呈现出轻灵、清丽的个性特征。

长期的南方生活，让他对这片热土充满着深深眷恋，当他因宦游滞留北方时竟对南方生出浓浓的思归之情。如《宿长安驿二绝》云：

坝北坝南河水平，客船争缆水云腥。乡音吴越不可辨，灯火黄昏如乱星。（一）

水面微风动杨柳，客船吹笛月明中。远人江海多归思，卧看流星度水东。（二）[①]

诗以长安城东的灞河为背景，借吴越客商的思归之情来刻画、衬托自己对江南的思念。“乡音吴越不可辨”既可指诗人对吴越的“乡音”分辨不清，亦可指触景生情，在“客船吹笛月明中”想起了南方，萌生了归思。此种情愫在其他诗中也有流露，《上京即事十首》中有“门外日高晴不得，满城湿露似江南”（之十）之句，我们不难看出，在作者内心深处，他的“家”在江南。用“似江南”来表达其对草原气候的印象，足见其对江南的眷恋之深。

江南的青山绿水及与方外之友的交往，熨平了其仕途中极度失意的伤痕。诗人不时回望故乡，赋予“江南”以惬意、自在的文化内涵。即便身处北地，也常常情不自禁地思念江南。《江南乐》云：“江南乐，春水虹桥满城郭。出门不用金马络，门前花船如画阁。绿纱虚窗锁春雾，隔窗蛾眉秋水活。翡翠冠高罗袖阔，楚舞吴歌劝郎酌。紫竹瑶丝相间作，船头柳花如雪落。船尾彩旗风绰绰，秉烛夜游随意足，人生无如江南乐。”[②]江南的风光秀美、人文风流安顿了萨氏在仕途的伤痕，他主动融入江南，将江南视作自己的第二故乡，充分享受江南文化的风情韵致，其性情呈现出秀美散逸的特征。有研究者指出“作为汉文化的精华，江南文化对西域诗人有着同化心灵、转化性情之效，江南在促进民族同化过程中扮演着不可或缺的角色”[③]。斯言信然。

（二）感时伤世与仁民爱物

《孟子·尽心上》：“君子之于物也，爱人而弗仁；于民也，仁之而弗亲，亲亲而仁民，仁民而爱物。”[④]受儒家“仁民爱物”思想影响，萨都剌有着强烈的使命感和社会责任感。其诗关注现实，讽喻时政，反映战争给百姓带来的痛苦和灾

① 杨镰：《全元诗》第30册，中华书局2013年版，第155页。

② 同上，第215页。

③ 陈昌云：《元后期西域诗人的江南情怀》，《北方论丛》2016年第6期。

④ ［宋］朱熹：《四书章句集注》，中华书局1983年版，第363页。

难，揭发统治阶级荒淫腐化的罪行，表达出对下层民众的极大同情。有研究者指出萨诗"有刺时政之得失，忧民生之多艰；反战争之残民，哀农民之不幸，号为诗史，当之无愧"①。这种评价很是中肯。其《百禽歌》《征妇怨》《织女图》《雨伞》《女谣》等，揭露了社会的黑暗，抒发了作者"哀民生之多艰"的诚挚感情，反映了作者高度的社会责任感。

《至顺镇江志》卷13载："屋凡四十三楹，南向为堂，东西为吏舍。堂之左为别署，典史治之。直堂为屏，屏之外为台门，门之西为架阁库，海陵陈膺为记。至顺元年，始匾其堂，曰'善教'。"②这块"善教"匾，正是萨都剌在任期间"书立"的。于此可窥知萨都剌的施政方针、为官准则、勉己励人的目标都重在"善教"，即强调风化感染的作用。

虽然萨都剌身上流淌着蒙古族的血液，但他早已对自己汉人身份表示了认同，并认真践行着儒家仁民爱物的思想。他同情劳动人民苦难的生活，谴责封建统治者对人民的暴虐，揭露蒙古皇族争权夺利的丑恶面貌，充满着斗争精神。据《元史・文宗本纪二》记载："陕西大饥，行省乞粮三十万石、钞三十万锭，诏赐钞十四万锭，遣使往给之。大同路言，去年旱且遭兵，民多流殍，命以本路及东胜州粮万三千石，减时值十之三赈粜之。"③萨都剌当时在镇江做官，遭遇严重灾荒。他将惨重的灾情向太守如实报告，竭力主张打开官府仓库，救济灾民，使八十多万居民能够渡过灾荒。诗人对那些只顾自己奢逸不管他人死活的昏官给予了尖锐的抨击，对民众疾苦表现了深切的同情。

《漷河莫术者祷雨验甚二首》是一组求雨诗，歌颂莫月鼎祷雨救灾之事，诗云：

田叟病怜稿稼，仙卿力斡丰年。怒召魃罡霎至，万里云霄肃然。（一）

灵雨溥沾原野，神龙倏返天阍。瞠启道人双目，吸干浊醪数尊。（二）④

据史书记载，元代天历二年（1329），大名、河间、真定、广平等四州四十一县普遭旱灾，粮食颗粒无收，成千上万的饥民处于水深火热之中。作为基层官员，他目睹了百姓的凄苦，忧民之忧，为抗旱设法求雨。其一，描绘田间干旱以及

---

① 周双利：《萨都剌》，中华书局1993年版，第42页。

② ［元］俞希鲁编撰，杨积庆等校点：《至顺镇江志》卷13，江苏古籍出版社1999年版，第532—533页。

③ ［明］宋濂等：《元史・文宗纪二》卷33，中华书局1976年版，第729页。

④ 杨镰：《全元诗》第30册，中华书局2013年版，第290页。

莫月鼎施法祷雨情景。其二，描写降雨以及莫月鼎完成祷雨后饮酒的状态。据杨光辉考证，此诗作于元天历二年左右，萨都剌时任镇江录事司达鲁花赤，镇江亢旱不雨，萨都剌曾“意气恳激”地为饥民请命。据《至顺镇江志》卷20《陈策以廪》载：“天历己巳，郡民饥役。知事沈德华陈救荒之计，略曰……（本郡）今岁五月以来，亢旱不雨，高低禾苗，尽为焦土。至八月初，已称阙食。”①因而，萨都剌面对当时严重的旱情，怀念能呼风唤雨的莫月鼎，挥笔创作此诗。元俞希鲁《送录事司达鲁花赤萨都剌序》云：“……达鲁花赤燕山萨都剌君天赐之始至也，设格阛阓而制权衡焉，俾市物者各得其平。天历己巳，岁大侵，民嗷嗷饥甚，官出粟损值以粜。君慨然曰：‘民命如缕，纵斗米三钱，钱从何出?’乃为辞白大府，意气恳激，于是尽发仓廪以济焉。既又劝分巨室。饥者食，病者药，死者殣，流离者转移，以口计者八十余万，多赖以生。”②诗人通过为民抗旱求雨场景的描绘，表达了对苦难百姓的深切同情，反映出作者关心民众，乐民之乐，忧民之忧的良吏胸怀与仁爱精神。

《鬻女谣》为沦为流离失所、卖儿鬻女的广大灾民而作，反映旱灾肆虐时饥民卖儿卖女，背井离乡，饿殍遍野的悲惨状况。诗人运用对比手法，将县官郡守们只知道声色犬马、纸醉金迷的生活，与灾民们饥肠辘辘、四处逃荒的窘迫相对照，谴责了当权者骄奢淫逸，不关心民生疾苦，表达了对灾民苦难的无限同情。《早发黄河即事》一诗写河水泛滥，朝廷对于治河方略，却久拖不定，导致民众“饥饿半欲死”的惨状，读来令人心酸。诗人对这些难民表达了深切同情的同时，也批判了当权者朝欢暮乐、纸醉金迷的腐朽生活。

作者曾经在京城为官，对深居宫中，饱受生命凋零之苦的宫女不幸的命运表现出极大的同情。七律组诗《四时宫词》，以宫女百无聊赖的生活为题材，写出了她们的怨恨之情。其诗云：

> 御沟涨暖绿潺潺，风细时闻响佩环。芳草宫门金锁闭，柳花帘幕玉钩闲。梦回绣枕闻黄鸟，闲倚雕栏看白鹇。落尽海棠天不管，修眉凝恨锁春山。（一）
>
> 日长缝就缕金衣，高柳风清拂翠眉。闲倚小楼题画扇，但闻别院笑弹棋。主家恩爱有时尽，贱妾心情无限思。又向晚凉新浴罢，琵琶自拨断肠词。（二）
>
> 宫沟水浅不通潮，凉露瑶街湿翠翘。天晚不闻青玉佩，月明偷弄紫云

---

① [元]俞希鲁编撰，杨积庆等校点：《至顺镇江志》卷13，江苏古籍出版社1999年版，第844页。

② 李修生：《全元文》第33册，凤凰出版社2004年版，第50页。

箫。正宫夜半羊车过,别院秋深鹤驾遥。却把闲情望牛女,银河乌鹊早成桥。(三)

悄悄深宫不见人,倚门惟有石麒麟。芙蓉帐冷愁长夜,翡翠帘垂隔小春。天远难通青鸟信,瓦寒欲动白龙鳞。夜深怕有羊车到,自起灯笼照雪纹。(四)①

组诗作于至顺元年(1330),萨都剌在翰林国史院任应奉文字。标题为"四时宫词",即写一年四季的宫怨。在绮丽的宫内景物描摹之中,或隐或显地再现了宫女们的忧思与怨恨。其一言春怨。写繁花似锦、绿柳成荫的美好时节,而宫女们却闭锁深宫,紧皱双眉,无限哀愁。其二言夏怨。写昼长夜短的夏季,白天缝缕金衣,题画扇,晚上自拨断肠词,以排遣冷落孤独和无限凄凉。其三言秋怨。宫女们望眼欲穿,却得不到宠幸。每年七夕,牛郎织女借助鹊桥相会,而宫女们却只能独守空房,遥望银河哀叹。其四言冬怨。写天冷夜长,宫女提着灯笼渴望羊车的到来。然而,寂静的深宫不见人影,惟有冰冷的石麒麟、玉龙麟无声地待在那里。诗人以丰富的想象,细腻的笔触,描绘了深宫中妇女的形象,揭示了她们孤独寂寞的痛苦心情。萨氏对宫女们痛苦的同情,有着进步的民主倾向。正如有研究指出的那样:"他们感叹身为女子的不幸,感叹世道对她们的不公,感叹女子的卑屈、服从地位,当然他们并没有想到也不会希望扭转乾坤、男女平等,不过,他们总算是把女子当作与自己同等的人去看待而寄予了深深的同情,而不是把她们视为天生该受磨难的贱类。对于一千年前的士大夫们,我们还能要求些什么呢?这种认识应该是那个时代的光彩,在谈论妇女史时,是不应该忘记这些曾为女子的不幸发出过痛切呼声的有识之士的。"②另一组诗歌《题宫人四时图》,虽是题画诗,但所表达的内容与此无异。

萨都剌虽是色目人,但家庭早已衰微,自幼过着贫穷的日子,前半生没有机会入仕,50多岁中进士后也没有任职显要,终生郁郁不得志。这种坎坷经历,使他对元代统治者也心存不满。当他意识到战争导致千千万万士卒的死亡,却成为将帅邀功取宠的资本,其对蒙古统治者充满了仇恨与不满。致和元年(1328),泰定帝死于上都,其子阿速吉八以储君身份即将正式登基。但燕铁木儿在大都发难,宣言迎立武宗子,两都争夺帝位的斗争很快演变为遍及北中国的内战。其《伤思曲哀燕将军十首》饱含着诗人对蒙元皇室争夺帝位之内战的深沉忧愤,诗曰:

---

① 杨镰:《全元诗》第30册,中华书局2013年版,第189—190页。

② 高士瑜:《唐代妇女》,三秦出版社1988年版,第174—175页。

芙蓉花，为谁好，洞房昨夜将军老。将军老去空铁衣，漆灯照坟人未归。(一)

宫锦袍，毡帐高，将军夜酌凉葡萄。葡萄力重醉不醒，美人犹在珊瑚枕。(二)

海子头，谁家楼？绣帘半卷风悠悠。行人谓是将军府，将军不来罢歌舞。(三)

将军容，丹砂红，威风凛凛盖世雄。出门千骑塞行路，今日萧萧去何处？(四)

平村曲，春水绿，将军猎回曾此宿。将军一去成荒丘，依旧平村春水流。(五)

皂雕鹰，紫骝马，将军围猎平沙野。朔风萧萧吹野寒，将军战马游不还。(六)

将军功，世莫比，皇都甲第连云起。将军一去空锁门，上马台边无一人。(七)

皓齿歌，细腰舞，绿窗朱户将军府。将军老去无少年，为野草兮为荒田。(八)

如花人，樱桃唇，旁人近前丞相嗔。繁华日日笙歌动，世事悠悠总如梦。(九)

朝作乐，暮作乐，朝暮杯盘金错落。日出欲尽东方明，欢乐未已悲哀生。(十)①

组诗第一、二首写将军之死及死因：纵酒行欲，荒淫无度，死于洞房之中；第三首写将军府第：生前是歌舞升平、醉生梦死之地，死后则冷落寂寞；第四首写将军生前的威风与排场，和死后的萧索及悄无声息；第五、六首写将军生活奢华，园林别墅、宝马良驹、雕鹰猎犬，应有尽有，富比皇族；第七首写将军之功无与伦比，赏赐无以复加，而死后甲第连云紧锁，空无一人；第八、九首穷奢极欲，乐极生悲。写将军生前欲占有天下美色为之献媚，而死后同样埋没荒田野草之中，人生如梦幻；第十首写将军朝朝暮暮，纸醉金迷，终因荒淫过度而死。虽然组诗名为“伤思曲”，但通篇并无丝毫“哀”“伤”之意，反而处处可见辛辣的嘲讽，通过对荒淫腐朽的生活场景的描写，将以“燕将军”为代表的蒙古贵族的腐朽灵魂暴露在光天化日之下。对那些嗜好战争与掠夺的人来说，诗中以征战起家的“燕将军”比比皆是，从这个意义上讲，诗中所谴责的社会现实无疑具有典型性。萨都剌“父祖都任武职，却能写出许多谴责战乱兵燹和武将腐化的诗

① 杨镰：《全元诗》第30册，中华书局2013年版，第213页。

歌来”[①],精神可敬,勇气可嘉。组诗所反映的将帅腐化题旨,与盛唐边塞诗中揭露的“战士军前半死生,美人帐下犹歌舞”的军中苦乐悬殊现象,有异曲同工之妙。同时,也从另一侧面表现了诗人对不义之战的深刻反省。

揭露元代统治者的文化政策,表达自己“不平之鸣”,彰显出汉族知识分子的共同愤懑。元代取消科举,士人没有了出路,士人地位十分低下,生活极其困难。其《醉歌行》,就以自身的遭遇嘲弄了统治者轻视知识的荒唐政策。《题黄赞府斋中十咏》,是一组咏物诗,分咏了黄赞府斋中的十件物品:蠹简、焦桐、破砚、残画、败裘、旧剑、尘镜、废檠、断碑、卧钟,这些物品被批冠以“蠹”“破”“败”“旧”“废”“断”“尘”之类表示衰败的词,以见作者的悲悯之心,更见作者托物言志的用意。组诗正是通过这一系列意象,讽刺了朝廷的文化政策的堕落与荒谬。如《蠹简》云:

> 六籍灰寒久,名山依旧藏。漆痕微有字,芸草欲无香。后死嗟犹及,斯文岂遽亡。世方珍贝叶,掩卷一凄凉。[②]

诗后萨龙光案道:“元世崇尚佛教,以故杨琏真伽肆恶于前,伽怜真导淫于后。《元史》为立《释老传》,踵《北魏书》而再见者也。公诗‘世方珍贝叶’二句,寄喟深矣。”统治者佞奉佛教,在诸种佛事上浪费了大量的民脂民膏,“世方珍贝叶”,正是对这种宗教狂热的深沉感慨。元初停止了科举,讲求经济之道的六经却久受冷落,诗书经籍,灰蒙虫蠹。“掩卷一凄凉”,正道出了作者的满腹牢骚,也写出了整整一代知识分子共同的失望。再如《焦桐》云:

> 怜尔抱奇质,无香已自焚。材高初偶得,音古更谁闻。天海空遗操,冰霜见裂纹。中官方煮鹤,终得舍夫君。[③]

这里的“焦桐”,乃琴之意。《后汉书·蔡邕传》载:“吴人有烧桐以爨者,邕闻火烈之声,知其良木,因请而裁为琴,果有美音,而其尾犹焦,故时人名曰‘焦尾琴’焉。”[④]后称琴为焦桐,典出于此。“怜尔抱奇质”,一个“怜”字已将内心的叹息之意表露出来,可惜空有一腔抱负。“材高初偶得,音古更谁闻”,更是表现出世无知音的遗憾。“天海空遗操,冰霜见裂纹”的“空”字,意即徒然、白白的,这是诗人对朝廷扼杀人才的一种控诉。

---

① 殷孟伦:《萨都剌》,《中国历代著名文学家评传》四,山东教育出版社 1985 年版,第 78 页。

② [元]萨都剌:《雁门集》卷 1,上海古籍出版社 1982 年版,第 20 页。

③ 同上。

④ [宋]范晔撰,[唐]李贤等注:《后汉书》卷 60 下,中华书局 1965 年版,第 2004 页。

又如《尘镜》云：

古镜色如墨，千年独此留。玉台虫网暗，珠匣土花浮。莫笑尘埃满，曾令鬼魅愁。蟠龙今已化，云雨梦悠悠。[①]

即便是古镜蒙尘，却也曾使鬼魅发愁。蟠龙已化，但云雨仍在。以古镜蒙尘自喻，表达怀才不遇之感。希望统治者能够独具慧眼，不拘一格，给予像他一样的士人一个报国的机会。诗歌寓情于物，比喻贴切，言辞恳切，令人动容。

（三）登临怀古与兴亡之感

元代的杨载《诗法家数》说：“登临之诗，不过感今怀古，写景叹时，思国怀乡，潇洒游适，或讥刺归美，有一定之法律也。”[②]怀古必有登临，借历史故事来针砭时事，抒发兴亡感慨，这是作者对现实政治的曲折反映。

萨都剌深谙汉文化传统，其行踪所到之处，往往凭吊古迹发为诗章。身为少数民族的诗人，其思想血脉中流淌着与汉人同样的精神感情。借古讽今，以寄托对现实政治的深刻反思。陈昌云在《元后期西域诗人的江南情怀》中指出：“江南文化底蕴深厚，历史上许多封建王朝曾定都于此，历代英雄豪杰辈出，由此留下许多名胜古迹和英雄传奇。……每逢封建王朝革故鼎新之际，江南都饱受战争蹂躏，一些昔日繁华秀美的江南名城多毁于战火，只剩残垣断壁，加之异族统治者常对江南实行抑制剥削政策，江南经济发展变缓，屡遭战争浩劫的江南名胜古迹更是伤痕累累。西域诗人游览江南历史古迹，有感于王朝更替和民族入侵对江南文化的破坏，历史兴亡、英雄不再之叹油然而生。”[③]进谒吴国季札庙，有思周代文化之幽情；登临歌风台，感叹汉高祖《大风歌》；路经采石矶，缅怀楚王项羽“乌江之败”；登上北固楼，追念孙权、刘备当年抗曹的伟业。凡此等等，无不体现着作者深沉的历史意识，传达着对现实问题的思考。

《彭城杂咏呈廉公亮佥事七首》是作者经过徐州所作的一组怀古诗，诗云：

亚父塚前春草齐，楚王城上夕阳低。黄莺不解兴亡事，飞过海棠枝上啼。（一）

城下黄河去不回，四山依旧画屏开。无人念得登临意，独上将军戏马台。（二）

雪白杨花拍马头，行人春尽过徐州。夜深一片城头月，曾照张良案上

---

① ［元］萨都剌：《雁门集》卷1，上海古籍出版社1982年版，第22页。

② ［清］何文焕：《历代诗话》下，中华书局1981年版，第102页。

③ 陈昌云：《元后期西域诗人的江南情怀》，《北方论丛》2016年第6期。

筹。(三)

何处春风燕子楼,断碑落日古城头。画眉人远繁华歇,无数远山生暮愁。(四)

歌扇摇风噀酒香,舞裙今日动鹅黄。柳边今夜孤舟发,水远山遥空断肠。(五)

英雄去尽山河在,城郭荒芜草树迷。过客无心吊千古,落花风雨听莺啼。(六)

黄河三面绕孤城,独倚桅栏眼倍明。柳絮飞飞三月暮,楼头犹有卖花声。(七)①

廉惠山,字公亮。据《元史》列传第三十二《廉惠山海牙传》载:“字公亮,布鲁海牙之孙,希宪之从子也。父阿鲁浑海牙,广德路达鲁花赤。……至治元年,登进士第,授承事郎、同知顺州事……寻拜监察御史”,历秘书丞,佥淮东廉访司事,既而历佥河东、河南、江西廉访司事。至正朝,“拜翰林学士承旨、知制诰,兼修国史”②。元代的徐州隶属河南江北道,时廉公亮佥河南廉访司事。组诗借缅怀古迹,抒发兴亡感慨,同时,表达了对好友思念之情。

据《江南通志》载,彭城在徐州府东南,春秋战国时期为宋地,后属楚,谓之西楚,项羽建都于此。诗人途经徐州,自然忆及史书所载发生在这里的历史往事。其一,咏范增坟前的荒凉景象。范增是秦末农民战争中项羽的主要谋士,被尊为“亚父”。作者感慨范增为了项羽的霸主事业鞠躬尽瘁,却得不到项羽的信任,导致功业未竟的悲剧命运。其二,凭吊戏马台古遗址。公元前206年,项羽灭秦后自立为西楚霸王,定都彭城。于城南的南山上为台,以观戏马、演武等,故名戏马台。戏马台仍在,而当年在台上踌躇满志、不可一世的西楚霸王却早已消失在历史的深处。其三,咏叹刘邦的谋士张良。张良身居乱世,为刘邦击败项羽以及汉朝的建立立下了不可磨灭的功劳。如今叱咤风云的英雄人物消失在历史的深处,唯有一轮明月映照古今,成为历史的见证之人。其四,咏燕子楼的沧桑之变。燕子楼为唐朝廷重臣武宁军节度使张愔镇守徐州时为爱妾关盼盼所建,如今“画眉人远繁华歇”,只落得人去楼存。其五,通过歌舞场面的描写,渲染离开徐州时的离别情怀。徐州是通衢之地,行人别离更是多见,历史与现实如出一辙,唯一不变的是离人的眼泪与不尽的相思。其六,通过描写城郭的荒芜,表达对“英雄去尽”的凭吊。其七,写暮春三月,面对

① 杨镰:《全元诗》第30册,中华书局2013年版,第159页。《全元诗》缺第六、七首,据《雁门集》卷5补齐。

② [明]宋濂等:《元史》卷145,中华书局1976年版,第3447—3448页。

黄河绕城的美景，作者凭栏远眺，遥想古今，顿生惆怅。在这组怀古杂咏诗中，充斥着历史的沧桑感，足以引起后人对兴废存亡之道的哲学思考。

《登姑苏台二首》是一组凭吊苏州古迹的怀古诗，其诗云：

阊门杨柳自春风，水殿幽花泣露红。飞絮年年满城郭，行人不见馆娃宫。(一)

野水满城飞燕子，谁家小船载吴姬。姑苏台上一樽酒，落日昏鸦无限悲。(二)①

此诗作于元顺帝至元二年(1336)。姑苏台，一名姑胥台，又名胥台，在今江苏苏州西姑苏山上。据《江南通志》载：台在吴县西三十里姑苏山上，一名姑胥台。春秋时期吴王就山起台，《史记》卷31《吴太伯世家》引《越绝书》云：“阖庐起姑苏台，三年聚材，五年乃成，高见三百里。”②吴王夫差复加高而崇饰，“台上别立春宵宫，为长夜之饮”。吴王夫差十四年(前482)，越国伐吴，败吴太子友，遂焚其台。馆娃宫，吴王夫差作宫于砚石山上以馆西施，前临姑苏台。这两首诗是萨都剌登姑苏台的吊古伤今之作。站在台上，春风依旧，柳絮纷飞，燕子戏水，吴姬摇艇。遥想当年两代吴王苦心营造的姑苏台、馆娃宫早已荡然无存。仿佛水殿幽花在哭泣，落日昏鸦也在哀鸣。诗人抒发了对世代兴衰的无限感伤。也许是吴王夫差终因西施丢了国家的教训太沉重，站在姑苏台上，诗人顿感物是人非，充满感伤。

金陵是六朝古都，国祚极短，王权更替频繁，其中蕴含着极其深刻的历史教训，往往成为人们关注的题材。西域诗人对它的感慨也最多，萨都剌在南京任职时间较长，留下了包括《登凤凰台二首》在内的九首登临怀古诗。《登凤凰台二首》云：

凤凰台上望长安，五色宫袍照水寒。彩笔千年留翰墨，银河半夜挂栏干。三山飞鸟江天暮，六代离宫草树残。始信人生如一梦，壮怀莫使酒杯干。(一)

梧桐叶落秋风老，人去台空凤不来。梁武台城芳草合，吴王宫殿野花开。石头城下春生水，燕子堂前雨长苔。莫问人间兴废事，百年相遇且衔杯。(二)③

---

① 杨镰：《全元诗》第30册，中华书局2013年版，第155页。

② [西汉]司马迁撰：《史记》卷31，中华书局1963年版，第1468页。

③ 杨镰：《全元诗》第30册，中华书局2013年版，第271—272页。《全元诗》未收第二首，据《雁门集》卷5补齐。

凤凰台,古台名。《江南通志》载:"台(凤凰)在江宁县保宁寺后,南宋元嘉十六年,秣陵王风三异鸟,文彩五色,众鸟附翼群集,时谓之凰,乃置凤凰里,起台于山,因名。"①《至正金陵新志》载:"凤凰里,在今保宁寺后。宋(南朝)元嘉十四年(437),大鸟二集秣陵民王觊园中李窠上,大如孔雀,头小足高,毛羽鲜明,文彩五色,声音谐和,从众鸟如山鸡者,行三十步,顷东南飞去。扬州刺史彭城王义康以闻,改鸟所集永昌里为凤凰里,后于寺筑台建楼。"②历代诗人墨客登台必借题发挥。此二诗是萨都剌与友人李孝光同登凤凰台即兴唱和之作。李孝光有《同萨天锡饮凤凰台》诗云:"凤凰高飞横四海,锦袍犹赋凤凰游。天随没鹘低淮树,江学巴蛇入楚流。勋业向女足饮名酒,衣冠未省识神州。天涯芳草萋萋绿,王粲归来更倚楼。"萨诗的第一首,由登临凤凰台而忆李白在凤凰台留下的不朽诗篇,再联想到六代离宫的巨变,感到人生无常,如同梦幻,不要为什么远大抱负而四处奔波,而应及时开怀畅饮。第二首,写凤凰一去不回,六代的兴衰变化,感慨万端。两首诗的结尾,都表露出一种消极的人生态度。这是因为自己虽有远大抱负,但生不逢时的愤疾之语,二诗情调抑郁低沉。萨龙光案:"李孝光《五峰集》有《同萨天锡饮凤凰台》诗,此云'壮怀莫使酒杯干',又云'百年相遇且衔杯',是与季和饮台上之作也。"③江山永恒,而建都金陵的吴国、东晋已不复存在。古往今来,人事代谢,苍凉豪迈,感慨万千,但青山常在,绿水永存。作为一个北方少数民族诗人,在面对如此的景色,心中想起历史,想起那些诗篇,在如此浓厚的历史文化氛围之中,怎能不触景生情,感怀凭吊?"儒官犹破帽,礼服尚垂绅","自笑天涯倦游客,十年未有一廛居"。萨都剌一生仕途坎坷,位卑穷窘,理想和现实产生了强烈的冲突。"凭高一登眺,不尽古今愁",想起六朝的繁华与风流,面对金陵衰败的景象,引发了诗人的无穷感和悲凉落寞的情怀。

萨都剌的记游诗中,有不少是凭吊古迹、追怀往事的内容。诗人以史为鉴,表现出深沉的"忧患意识"。至正期间,萨都剌曾多次游历镇江,登多景楼,赋诗即休(即休住金山),如《登北固城楼二首》(又名《春日登北固多景楼奉即休长老二首》)云:

醉拍阑干起白鸥,登临不忍古今愁。六朝人物空流水,三国江山独倚楼。短发凉风吹木叶,孤城落日下帘钩。海门不管兴亡事,犹送寒潮打石

① [清]王新命、薛柱斗、张九征、陈焯编撰:(近卫本)《(康熙)江南通志》第35卷,第6页。

② [元]张铉撰:《至正金陵新志》卷12上,《四库全书》本,第5736页。

③ [元]萨都剌:《雁门集》,上海古籍出版社1982年版,第138页。

头。（一）

东风吹树散晴岚，独上层楼酒半酣。拍岸潮声来海外，满江山色入淮南。当时霸主分三国，此日吴禅老一龛。唯有楼前旧时柳，年年三月色如蓝。（二）[①]

多景楼台，在北固山甘露寺内。宋太守陈天麟建，唐临江亭故址。《大明一统志》卷11《镇江府·宫室》云：“多景楼，在甘露寺。”[②]同上《寺观》云：“甘露寺，在北固山上。”[③]又《至顺镇江志》卷9《僧寺》云：“多景楼，在山之绝顶，元符因焚荡再建，然非旧址。”[④]诗云“短发凉风吹木叶”，当是萨都剌中年后作。宋曾巩诗：“欲收佳景此楼中，徒倚栏干四望通。云乱水光浮紫翠，天含山气入青红。”（《多景楼》）米芾诗：“两州城郭青烟起，千里江山白鹭飞。海近云涛惊夜梦，天低月露湿秋衣。”（《甘露寺》）萨氏的这两首诗作于文宗天历三年（1330），登临北固山甘露寺内多景楼，想起历代兴盛衰亡之事，便感慨系之。“海门不管兴亡事，犹送春潮打石头”，格调慷慨悲凉，抒发了人世沧桑的无限愁思。

再如《宿延陵昌国寺书于上人房二首》云：

旧日延陵客子家，只今门巷满桑麻。姑苏回首神游处，无限春风野荠花。（一）

东风吹水碧粼粼，雨过村村野色新。小艇延陵庙前去，荇花开尽野塘春。（二）[⑤]

此诗作于元文宗至顺元年庚午（1330）。据《江南通志》载：“（延陵昌国寺）在丹阳县南三十里延陵镇，西晋太康间建”[⑥]，有开元时钟。延陵客子，指春秋时吴国公子季札，其封邑在延陵镇（旧址在今江苏常州），他让国后避居于此。这两首诗是萨都剌到延陵镇寻访前贤遗迹时的怀古之作，诗中描绘了延陵春天原野的景色，桑麻茂盛，生机勃发。在“旧日延陵客子家，只今门巷满桑麻”的对照中，抒发了作者的沧桑之感。

除对江南古迹的凭吊外，作者的塞北之行也留下了许多咏史怀古诗，如《过居庸关》《过李陵墓》《拟李陵送苏武》等。《过居庸关》真实地表现出当年战

---

① ［元］萨都剌：《雁门集》，上海古籍出版社1982年版，第73页。

② ［明］李贤、彭时等纂：《大明一统志》卷11，天顺五年内府刻本，第804页。

③ 同上，807页。

④ ［元］俞希鲁撰，杨积庆等校点：《至顺镇江志》卷9，江苏古籍出版社1999年版，第358页。

⑤ ［元］萨都剌：《雁门集》，上海古籍出版社1982年版，第81页。

⑥ ［清］王新命、薛柱斗、张九征、陈焯编撰：（近卫本）《（康熙）江南通志》第35卷，第515页。

事的惨烈,表达了诗人渴望天下和平,反对战争的思想。《过李陵墓》分咏李陵和苏武,一个是"空筑望乡台",一个是"有节毛皆落",将批判的矛头直接指向汉主的寡恩。《拟李陵送苏武》拟写李陵送别苏武的生离死别场景,充满浓重的悲剧氛围。

历史的遗迹固然成为作者吟咏的对象,当朝的事件也可成为作者抒发感慨的契机。奎章阁是元代著名的文化机构,是馆阁文臣的集聚之所,曾经风光无限。《元史》本纪第三十五《文宗本纪》载:"至顺二年春二月,御制《奎章阁记》成。"[①]然而,时过境迁,奎章阁风光不再,变得萧条了。《奎章阁感兴二首》云:

> 奎章三月文书静,花落春深锁阁门。玉座不移天步远,石碑空有御书存。(一)
>
> 花落春深似去年,无人再到阁门前。当时济济夸多士,争进文章乞赐钱。(二)[②]

据《元史·谢端传》载:"文宗建奎章阁,搜罗中外才俊置其中。"[③]元顺帝至元六年庚辰(1340)春,萨都剌为翰林应奉,眼见昔日欣欣向荣的奎章阁,已变得冷落萧条,因而触景思人,挥毫赋诗,以抒胸臆。文宗至顺三年(1332)春,他曾作《奎章阁观进皇朝经世大典》,诗中有"文章天子大一统,馆阁史臣日纂修。万丈奎章悬凤阙,九重春色满龙楼"之句,那是诗人发自肺腑的激动与欢欣。如今"花落春深锁阁门""无人再到阁门前"的萧条,让他油然产生怨恨之情。萨龙光案:"顺帝荒于游宴,溺于佛事,赖子山之言奎章阁不变,盖亦仅有存者。其临御亦罕矣。读二诗,公实伤今思古,感慨系之。"[④]

萨都剌的怀古诗,呈现出强烈的社会责任感和忧患意识。既有深沉的历史感,也有强烈的现实感。作者通过缅怀历史事件与人物,达到以古讽今的目的。有研究者指出,"诗人以史为鉴,对元朝统治者发出忠告,对国家、人民的命运表现出深深的忧虑,蕴含着诗人的理想和寄托,表现出深沉的'忧患意识'"[⑤]。其登临怀古组诗意蕴丰富而深远,令人回味无穷。

(四)山水纪行与林泉之趣

萨都剌是一位旅行家,正如明人徐象梅在《两浙名贤录》卷54《寓贤》所描

---

① [明]宋濂等:《元史》卷35,中华书局1976年版,第773页。

② 杨镰:《全元诗》第30册,中华书局2013年版,第160页。

③ [明]宋濂等:《元史》卷69《谢端传》,中华书局1976年版,第4207页。

④ [元]萨都剌:《雁门集》附录一《原序跋》,上海古籍出版社1982年版,第311页。

⑤ 马志福、马卫平:《论萨都剌怀古诗中的忧患意识》,《民族文学研究》2010年第2期。

绘的那样：“萨都剌天锡，雁门人，寓居武林。博雅工诗文，风流俊逸，而性好游。每风日晴美，辄肩一杖挂瓢笠，脚踏双不借，遍走两山间。凡深岩邃壑人迹所不到者，无不穷其幽胜。至得意处，辄席草坐，徘徊终日不能去，兴至则发为诗歌，经题品之。”①《杭州府志》亦载：“性好游，瓢笠芒跷遍走两山间。至得意处辄为诗歌以题咏之，今两山间多有遗墨。”②每到一处，他必定胜游一番，或登山临水，或穿林寻鸟，或赏月观花，或周览名胜。共留下了 190 首记游诗。

萨都剌的山水纪行记录了自己一生的人生轨迹。从青年时代经商起，足迹所到，随时题咏。后登上仕途之后，凡走马上任之时，沿途流连山水无不摄入笔端。仕宦期间，常于公事闲暇之余，寄情山水之间。加上晚年遁迹山林，更是同山水为伴了。其所题咏的山水，北方出塞外至上京，中原地区则燕赵吴越与楚地，到处都有他的题诗。既有对北国风光的浓烈展示，也有对江南民风民俗的一往情深。除了少数纪行诗是对远古遗风的缅怀外，绝大多数的纪行诗都展现了南北风光与风俗风情。诗中没有羁旅之恨，只有山水之乐，他像一位旅行家，享受着旅途带来的乐趣，其心态正源于阿拉伯人喜欢迁徙的民族性格。

上京位于蒙古草原，是成为元代扈从文学集中表达的对象。曾经的京城生活，让他留下了描绘上京景色的经典作品——《上京即事十首》。诗人以组诗的形式，描绘了上京那种迥异于中原的边塞之景：原野广阔、沙丘连绵、楼台高耸、芳草茵茵、马奶酒芳香、马群如云、牛羊遍野、乳酪香甜、朔风卷地、帐篷毡帘等，展现出一派旷远、浑朴的草原风光和雄浑壮阔的意境。

萨都剌的山水纪行诗随着其仕宦的踪迹而不断延续，长期在江南生活的经历，使南方山水成为纪行诗的主体。元顺帝至元三年（1337）秋天，萨都剌途经宝应射阳湖，写下了脍炙人口的《过高邮射阳湖杂咏九首》组诗，诗云：

飘萧树梢风，淅沥湖上雨。不见打鱼人，菰蒲雁相语。（一）
秋风吹白波，秋雨鸣败荷。平湖三十里，过客感秋多。（二）
野鹤如人长，迎风理毛羽。独立秋雨凉，人来忽飞去。（三）
雨湿鼓声重，风匀湖面平。官船南北去，帆影挂新晴。（四）
白鹭爱秋水，独立仍自行。得鱼固偶尔，惊飞亦常情。（五）
秋水落红衣，秋波日潇洒。不见采莲人，惟逢捕鱼者。（六）
霜落大湖浅，渔家悬破罾。此时生计别，小艇卖秋菱。（七）
捕鱼湖水中，卖鱼城市里。夫妇一叶舟，白头共生死。（八）

① ［明］徐象梅：《两浙名贤录》卷 54《寓贤》，浙江古籍出版社 2012 年影印本。
② ［元］萨都剌：《雁门集》附录三，上海古籍出版社 1982 年版，第 429 页。

大罾一丈阔,小舟一叶轻。相传子与孙,终古无人争。(九)[①]

题目中的"高邮"实指高邮府。王文濡《历代诗评注读本》注此题云:"今江苏淮安县东南七十里,与盐城阜宁宝应分界,即古射陂。春秋时吴城邗沟、东北通射阳湖。"[②]据《元史》卷59《地理志二》记载,"(至元)二十年,废安宜府为宝应县来属,又并录事司,改高邮路为府,属扬州路"[③]。所以,题目中的"高邮射阳湖"实际上是指隶属于高邮府宝应县的射阳湖。第一、二首,写湖面景物:秋风吹波,秋雨绵绵,菰蒲掩映,败荷连连,一群南归的大雁发出阵阵哀鸣。凄凉的环境、衰飒的景象,呈现了江南水乡的凄清之美,也奠定了组诗惆怅的基调。清人王文濡云:"眼前景物,拈出皆成妙句"[④],以景写情,确实非常精妙。第三、五首,写湖面上的动物:秋雨淅沥,野鹤悠闲自在,临风理羽,见着生人起而复落;白鹭静静落在湖面,时而顾影自怜,时而湖中觅食。"人来忽飞去""惊飞亦常情"二句点出了仙鹤与白鹭的敏感、多疑。第四、六、七、八、九首,写湖中的人物活动。第四首,写帆船在细雨中穿梭,湖面上回荡着行船的鼓声。秋雨过后,一抹夕阳挂在帆头,驱散了行人心中的阴霾。第六、七首,写湖上的渔民们捕鱼、卖菱的场景。一个"浅"字,点明了秋天湖波的清冷明澈。"破罾"则写出了农家生活的艰辛。第八、九首,写渔家夫妇湖中"捕鱼",城里"卖鱼"的简单生活。末一首,以"大罾一丈阔,小舟一叶轻"来概括渔家飘摇不定的生活。在这里,我们读到的不是"满把青铜钱"的喜悦,也不是"买鱼厌烹"的满足,而是"昨日入城市,归来泪满巾"的辛酸。作者通过射阳湖所见,既再现了江南水乡的景物之美,也揭示了渔家生活的简陋朴拙,令人印象深刻。

南京是萨都剌诗中提到最多的地方之一,也是令他印象深刻的地方。早年所作《金陵道中遇雨寄功父光国五首》道出初到江南的喜悦之情,其诗云:

出城便喜风景好,淡水穿沙生细粼。多谢山云飞白雨,应教行客洗红尘。(一)

平生梦想金陵道,此日偶然身自来。应是山云喜诗客,野花满路雨中开。(二)

夹道长松风聒聒,满满乱石水泠泠。断云衔雨溪南去,失却长山一半青。(三)

骑马何人冲白雨,乘兴有客看青山。出城自谓身无事,冲雨看山未是

---

① 杨镰:《全元诗》第30册,中华书局2013年版,第109页。

② [清]王文濡:《历代诗评注读本》上,北京书店1983年版,第465页。

③ [明]宋濂等:《元史》卷59,中华书局1976年版,第1417页。

④ [清]王文濡:《历代诗评注读本》上,北京书店1983年版,第465页。

闲。(四)

梦想江南今日到，肩舆过处落花风，行人五月金陵道，石竹花开白雨中。(五)[①]

虽然萨都剌后来写到南京更多的是以山川、古迹为题，但在生平第一次进入梦想的江南古都，令其印象深刻的是五月江南的水和草木。诗中所选取的意象除雨水、溪水外，还有石竹花、野花和落花，诗中情绪充满着轻松、愉快和欣喜。展现了南国水乡的淡雅与明媚。自然万物对于萨都剌来说，并不是一种冷漠的存在，而仿佛是亲切的知己。从诗中内容看，这组诗应是萨都剌首次到南京所作，时间应在至大年间(1308—1312)，诗人不到 30 岁，尚未步入仕途。

《常山纪行五首》也是一组展现江南山水之美和渔家生活之足的诗歌。“山溜涓涓山雨晴，村南村北鹁鸠声。行人五月不知倦，喜听农家打麦声。”(其二)“蚕妇携筐入桑柘，野猿抱子挂松萝。绿荫门外客呼酒，黄犊山村人唱歌。”(其五)[②]这是作者理想生活的缩影：鹁鸠声声，溪水淙淙，夹杂着此起彼伏的打麦声和农家热情的招呼声、时断时续的牧歌声，真是美丽富饶，有儒家“大同”之风。

至顺三年(1332)至元惠宗元统二年(1334)，萨都剌在建康为江南诸道行御史台掾。期间所作《钟山遇风雨二首》，记述陪张御史游南京钟山遇雨的情景。诗云：

城市多骢马，清游有几人？山灵飞白雨，朝士说红尘。云起钟楼暝，桃开野寺春。上人归太晚，谁主复谁宾。(一)

游乐有深处，岂知行路难。山风吹马倒，松雨滴花寒。丘壑蓝舆转，花台石磴盘。吾皇千万寿，曾此驻金銮。(二)[③]

诗题又作《三月八日偕张御史游钟山值雨》，写于元统二年。“吾皇千万寿，曾此驻金銮”，甚至连皇帝都来过，可见此地不凡。萨氏曾作《酹江月 · 游钟山紫薇观赠道士其地乃文宗驻跸升龙之处》一词，写的是图帖睦耳就藩金陵时“驻跸”紫薇观之事。其一，写到山上游览的，都是朝中显贵，山神突降白雨是为了把他们身上的红尘洗净。诗人描绘了在“山风吹马倒，松雨滴花寒”之中，盘桓登山，行路艰难的情景，曲折地反映了作者对黑暗现实的不满，以及对贪赃枉法者的讽刺和批判。其二，写一次富有情趣的游乐而登钟山，谁知天公并不作

---

① 杨镰：《全元诗》第 30 册，中华书局 2013 年版，第 279 页。

② 同上，第 289 页。

③ 同上，第 122 页。

美,突然狂风大作、暴雨倾盆,行路艰难。

元统二年(1334)八月,江南行台掾任期已满,将赴燕南河北道廉访司任职。行前他约了几个好友一道登金山,游瓜州,留下《寄朱舜咨王伯循了即休五首》云:

木落淮南秋,兰桡泊江渚。把酒三人同,江亭看飞雨。雨过江色净,妙景发天趣。历历江南山,一一青可数。(一)

大江涌金山,稳若青莲座。山下有龙宫,见水不敢唾。江山万古同,日月片帆过。把酒妙高台,狂歌醉相和。(二)

飘飘鹤林僧,布袜青鞋双。长江飞钵渡,碧海鱼龙橦。远来作偈别,楚雨鸣秋窗。振锡独归去,天花飞满江。(三)

微茫扬子桥,细雨湿秋色。小艇载吴姬,榣榣语相接。风起布帆高,一往不可得。夜宿广陵城,吹箫照明月。(四)

霜高木叶空,江清水花净。离怀江水深,楚女晚妆靓。按拍听歌声,点箸行酒令。白露滴衣裳,迥野垂斗柄。(五)①

这既是一组游览写景诗,也是一组朋友寄赠唱和诗。诗序交待了创作背景:"元统二年秋八月,仆与淮东宪副朱舜咨、广东佥宪王伯循,会于瓜洲江风山月亭上。过金山,登妙高台,饮酒赋诗。京口鹤林寺僧了即休,风雨渡江,赠别《少年游》词。即休既城去,舜咨、伯循留广陵,仆独涉淮过河北。人生聚散,信如浮萍,倒指岁余,旧游如梦。向时咨舜有'雨过江色净'五字,天趣妙发,未克竟篇。兹以一字为一韵,赋诗寄上舜咨、伯循二前辈、鹤林主者了上人。"萨氏与王理(伯循)同在南台任职,任职期满又将起新职,于是他们登金山、泊瓜州,饮酒赋诗互相送别。就连老友京口鹤林寺长老了即休,也冒雨从镇江渡江而来,专门参加聚会。其一,写金山妙高台上眺望江面的景致:一场秋雨过后,碧空如洗,船儿静静地依偎在港湾,远处青山点点,令人心旷神怡。其二,写同游者在妙高台上把酒狂歌,评点金山历史,一句"江山万古同,日月片帆过",传达出不尽的沧桑。其三,咏赞鹤林寺主持了即休,风雨渡江而来,赠别《少年游》词辞去。其四,写了江面白帆点点,吴姬隔船传语的景致,也暗写了他与友人的别离。"夜宿广陵城,吹箫照明月",是诗人的想象之词。其五,写诗人与朋友离别饯行的情景。"点箸行酒令"点出了酒会场面的热闹,"离怀江水深"则点出了朋友之间的深情厚谊。末句"白露滴衣裳,迥野垂斗柄",既写出夜深之景,也点出了别离后的寂静、凄惶。

---

① 杨镰:《全元诗》第30册,中华书局2013年版,第134—135页。《雁门集》中作"既而即休辞去"。《全元诗》中作"即休既城去",据此改。

至元二至三年(1336—1337),萨都剌入福建,为闽海福建道肃政廉访知事。其所供职的闽海道肃政廉访司,隶属于江南行台管辖,治所在福州。萨都剌在福建任职,前后共两年时间。喜爱山水的他,在任职期间游览了不少山水胜景。《度闽关二首》以夸张的笔触,描绘了闽关的高耸入云,雄伟壮观。身在云雾之中,手扣天门,脚踏虚空。迎雷公,招祝融,气象万千,充满浪漫色彩。再如《到闽二首》诗云:

朔雪蛮烟总备尝,白头才到荔枝乡。浮云不阻怀贤意,得扫寒芜拜紫阳。(一)

潮水通城蚬蛤肥,万株红荔艳晴晖。守臣只恐山飞去,高筑闉阇锁翠微。(二)[①]

紫阳,即紫阳书室,指朱熹故宅。旧址在今福建建瓯。据《建宁府志》卷28《理学》载:朱熹宅在崇安县内五夫里潭溪之上,熹父松以后事属刘子羽,子羽为筑室于里之旁,熹奉母迁居焉,扁曰“紫阳书室”[②]。以新安(今江西婺源)有紫阳山,示不忘故土也。元顺帝至元二年丙子冬,萨都剌由燕南廉访司照磨,迁闽海道廉访知事,心情是愉悦的,且急于赴任。从其赋谢许可用诗中可见。《元统乙亥余除闽宪知事未行立春十日参政许可用惠茶寄诗以谢》云:“春到人间才十日,东风先过玉川家。紫微书寄斜封印,黄阁香分上赐茶。秋露有声浮薤叶,夜窗无梦到梅花。清风两腋归何处,直上三山看海霞。”[③]次年四月,他自大都赴福州就任。沿途或登山临水,或瞻仰古迹,或拜谒寺观,留下许多篇章。此二诗,是他到福州后作所。其一,写他备尝朔雪蛮烟的艰辛,“白头才到荔枝乡”的喜悦;其二,写福州的形胜与风物。全诗抒发了诗人对闽越梦恋已久,只恨姗姗来迟的喜悦。运用了最能体现闽南和福州特色的词语,景色鲜丽,令人神往。

至元三年八月十五日中秋节,萨都剌与家人在延平津船中度过了一个愉快的中秋。其《溪行中秋玩月》序曰:“余乃萨氏子,家无田,囊无储。始以进士入官,为京口录事长,南行台辟为掾,继而御史台奏为燕南架阁官。岁余,迁闽海道廉访知事。又岁余,诏进河北廉访经历。皆奉其母而行,以禄养也。后至元三年八月望,舟泊延平津。”[④]并作《过延平津三首》云:

---

① 杨镰:《全元诗》第30册,中华书局2013年版,第290页。

② [清]张琦修,邹山等纂:《康熙建宁府志》卷28,上海书店·巴蜀书社·江苏古籍出版社,第420—423页。

③ 杨镰:《全元诗》第30册,中华书局2013年版,第174页。

④ 同上,第245页。

神物在天地,变化须有时。踊跃一入水,风云波浪随。志士昔未遇,常人安得知。一朝忽奋迅,儿女惊且疑。(一)

万山二水合,汇之为深渊。剑化亦已矣,过者犹凛然。神物岂常处,入地忽上天。所以磊落士,岂为愚者怜。(二)

当时二龙剑,乃是山川精。埋没于狱础,异气腾丰城。神光射霄汉,牛斗为不明。一入壮士手,长鸣除不平。(三)[①]

延平津,在今福建省南平市东南,晋时属延平县,故称。据《晋书》卷36《张华传》载,丰城令雷焕得龙泉、太阿两剑,以其一与张华。后华被诛,剑即失其所在。雷焕死,其子持剑行经延平津,剑忽跃出堕水。使人入水取之,但见两龙蟠萦,波浪惊沸,剑亦从此亡去。[②] 唐黄滔《浙幕李端公泛建溪》诗:"更爱延平津上过,一双神剑是龙鳞。"金元好问《换得云台帖喜而赋诗》:"世间曾有华陀帖,神物已化延平津。"组诗以延平津的传说为主体,既刻画了延平津的神奇:"踊跃一入水,风云波浪随","神物岂常处,入地忽上天","埋没于狱础,异气腾丰城";也寄寓了作者怀才不遇之感:"志士昔未遇,常人安得知","一入壮士手,长鸣除不平","所以磊落士,岂为愚者怜",作者移情入景,达到了物我交融的境界。这也为其晚年山水纪游诗中萌生隐退思想埋下伏笔。

至正十年至十二年(1350—1352),萨氏降职为淮西江北道廉访司经历。淮西江北道肃政廉访司,治所在庐州,并设有淮西总管府,辖庐州路(领合肥、梁县、舒城三县与和州、无为州、六安州)、安丰路(领寿春、安丰、霍邱、下蔡、蒙城五县与濠州)以及安庆路(领太湖、桐城等六县)。期间写下了《宿青阳云松台二首》云:

九老排云独擅尊,众山拱戴似儿孙。石房仙去神光现,洞府龙归雨气昏。上古几年埋地轴,至今九柱插天根。何时身在层峰顶,用把丹书扣帝阍。(一)

县门遥接九华山,日日天开图画看。云气晓连铜篆湿,翠光晴锁砚池寒。人间官府红尘马,天上神仙白玉盘。高卧云松定何日,仰攀北斗夜阑干。(二)[③]

据《元史·地理志五》"池州路"条载:"池州路领县六:贵池、青阳、建德、铜陵、石埭、东流。"[④]《一统志》载:"青阳县在池州府城东八十里,以其地在青山之阳,

---

① 杨镰:《全元诗》第30册,中华书局2013年版,第143页。

② [唐]房玄龄:《晋书》卷36,中华书局1987年版,第1075—1076页。

③ 杨镰:《全元诗》第30册,中华书局2013年版,第200页。

④ [明]宋濂:《元史》卷62,中华书局1976年版,第1503页。

故名。”[①]云松台，在九华山上。其山上有九峰，千仞壁立，周围百里，高一千丈，出碧鸡之类。唐刘禹锡《九华山歌》引云：“九华山在池州青阳县西南，九峰竞秀，神采奇异。”此二诗是萨都剌夜宿青阳云松台有感而作。全诗立意高远，联想丰富，用语夸张，将这座天造地设的九华奇异景象，生动地进行了描绘。抒发了意欲摆脱红尘羁绊，期望他日也能过上“高卧云松”“仰攀北斗”的自由生活，传达出对现实的不满。

萨都剌的山水纪行诗中多有与僧道交往的记录，表现出浓郁的林泉之思。“在蒙元时期，由于战乱频仍、民不聊生和元廷所奉行的民族政策、选官制度，加之道教进一步吸收儒、释思想等诸多因素，而形成了道教与文士阶层密切结合的互动关系：一方面，儒士中颇多遁入道教之门者，或避难道观之内；另一方面，为数不少的道教领袖人物均具备较高的文化修养，与名士交往甚密。”[②]萨氏《雁门集》中留下了大量游访道观寺庙，与道士僧人交游唱和的组诗，正是此种态势的写照。这与元代末期士人的隐逸之风是一脉相承的。如《雪霁过青溪题道士江野舟南馆二绝》云：

孤舟横野水，门外雪晴初。白日莫放鹤，青溪闲钓鱼。(一)
江南正月半，犹自有梅花。踏雪去何处，青溪道士家。(二)[③]

诗题又名《过青溪题道士江野舟》。青溪，水名，或为清溪。据《明一统志》载，青溪在江宁(今江苏南京)府治。吴凿东渠名青溪，溪有九曲，连绵数十里，通潮沟，泄玄武湖水，发源中山，接于秦淮。道士江野舟，不详。此诗作于元帝元统二年(1334)，是萨都剌到江南行御史台任掾吏时。农历正月中旬，作者踏雪游春，访求道士江野舟。其一写道士悠游自在的生活。白日放鹤，在青溪上清闲地垂钓。其二交待了出访的时间。正月中旬，腊梅俏丽开放，作者踏雪访友。全诗即事叙怀，寓情于景，令人联想不绝。

禅僧乐于与大自然打交道，在静谧的山林中建立寺院，大自然的朝晖夕阴与花开花落，为他们的“妙悟”提供了禅机。倾心于禅的士大夫也乐于栖息山林，暂时获得一份心灵的宁静。于是乎二者之间建立了交流平台，留下了大量的交往唱和组诗。前文所论《答来复上人四首》即是此方面代表。《游茅山二首》是作者到镇江句容游览道教圣地而作，诗中对“方外神仙乐”详尽的描绘，洋溢超越尘俗的“清气”。诗云：

---

① ［明］李贤等撰：《明一统志》卷 16，《四库全书》本，第 016—2a 页。

② 龚世俊：《萨都剌与僧道的交游酬唱述论》，《南京师范大学文学院学报》2012 年第 3 期。

③ 杨镰：《全元诗》第 30 册，中华书局 2013 年版，第 109 页。

句曲道人门不出,几时杖屦接殷勤。春晴洗药分泉去,午睡烹茶隔竹闻。山脚客行惊犬吠,树皮苔老结龙文。三层台上月如水,半夜吹箫入紫云。(一)

天际三峰翠欲流,更于何处觅瀛洲。也知方外神仙乐,不识人间儿女愁。白犬吠云惊夜梦,朱帘卷雨入明楼。挂冠何日寻高隐,竹杖棕鞋绝顶游。(二)[①]

诗题又作《次韵寄茅山张伯雨二首》。这两首诗是作者山水之游同慕道的结合,结尾处表达了异日"挂冠高隐"的幻想。顾奎光《元诗选》序中说:"天锡诗有清气,不是一味秾丽,故佳。"[②]他没有说出萨都剌诗的清气,其根源便是"慕道参禅"与"挂冠高隐",怀抱淡泊于红尘,必然向往于大自然的清幽之气。他的清气,某种程度是他追慕的仙气而已。在风景如画的茅山三峰间,出现了高隐云间的道人张伯雨,秀美山水与禅机道心融汇,形成了萨都剌山水游历诗歌的一个特色。但这里的"仙气"只存在于"幻想"的世界中,不管在哪个朝代,做隐士也都有"本钱"。居无田,家无米,想做隐士而不得,追仙慕道也不可能。这就是摆在萨都剌面前的现实,故而只能想想而已。

其题画诗同样塑造了"世外桃源"式的意境之美,如《题画二首》云:

绿树荫藏野寺,白云影落溪船。遮却青山一半,只疑僧舍茶烟。(一)

百重树湿飞瀑,千朵峰檠断霞。漫著青鞋布袜,来寻石髓胡麻。(二)[③]

这两首六言绝句题画组诗,作于元成宗元贞元年(1295)。诗中运用淡抹与点染相结合的手法,将野寺所在风光及道者的形象,描绘得有声有色。诗人兼画家的萨都剌,善于以诗入画,使诗情画意凝结融汇,达到诗中见画、画中有诗、意境幽深、耐人寻味的胜境。

萨都剌山水纪游诗歌风格是明快开朗的,也是超逸的。他生动地描绘各地的山川景色、风俗人情。诗中有牛羊肥美的边塞草原风光,体现出"塞外江南"的豪放与甜美。虞集《清江集序》评其诗云:"进士萨天锡最长于情,流丽清婉,作者皆爱之。"[④]其山水纪行诗,像一幅幅风格各异的山水风情画,将祖国大

---

① [元]萨都剌:《雁门集》,上海古籍出版社 1982 年版,第 198 页。

② 转引自:[元]萨都剌《雁门集》附录三《雁门集别录》,上海古籍出版社 1982 年版,第 432 页。

③ 杨镰:《全元诗》第 30 册,中华书局 2013 年版,第 291 页。

④ 转引自:[元]萨都剌《雁门集》附录三《雁门集别录》,上海古籍出版社 1982 年版,第 433 页。

好河山，江南美景尽现于读者眼前。在这方面的成就，同时代的汉族文人中也罕有比肩者。

（五）交游唱和与感怀身世

与萨都剌酬唱的文士很多，有研究者统计，现存萨都剌与儒士交往的诗作约 200 首，约占全部诗作的四分之一，涉及 130 余人。① 这些儒士中，有身居高位的虞集、马祖常、许有壬等，有声名显赫的张翥、杨维桢、杜本等，亦有许多名不见经传的小人物如沛尉蒋景山、沛簿赵伯颜等。与他们的交往唱和，不仅增强了彼此间的深情厚谊，拓展了诗人的视野，也加深了蒙汉文化融合的进程。正如罗斯宁所分析的那样：“与汉族文人、僧侣的交往，使萨都剌置身于汉文化的氛围之中，潜移默化地接受了汉族的历史意识、哲学思想、文学传统，他现存的诗作均以汉诗的形式出现，不能不说与这种文化氛围有密切的关系。”②

萨都剌唱和诗中，与释、道教徒唱和赠答者数量不少。这与元代多元、包容的宗教文化密切相关，也与萨都剌家庭出身相关。他生于答失蛮之家，穆斯林家庭的熏陶使他对宗教有特殊的感情，并或多或少地受到禅学与道家思想的影响。其“唱和诗章不仅是宗教人士与文士阶层之间交往互动结成密切友谊的颂歌，也是释道二教历史和文化的艺术反映。与此同时，萨都剌在亲密接触僧道的过程中不免受到浸染，其人生志趣和诗歌创作也表现出禅思和道趣”③。

萨都剌的诗集中留下了许多与“上人”“真人”的唱和之作，涉及僧侣的诗约 40 首，20 余人，其中最著名的僧笑隐、来复、即休翁等，其中与僧即休交往唱和最为频繁。契了，字即休，鹤林寺僧，虎岩净伏弟子，后住持金山寺。萨都剌于泰定四年（1327）秋，任京口录事司达鲁花赤之职，直到至顺元年（1330）五月，授翰林国史院应奉文字，在京口任职长达三年。与京口鹤林寺长老了即休禅师交往密切，谈禅论诗，结下深厚的友谊。了上人有竹笋之馈：“棕鞋桐帽走风雨，正是山僧送笋时”（《谢休师惠笋》）；诗人则报以胡桃与香茶：“胡桃壳坚乳肉肥，香茶雀舌细叶奇。枯肠无物不可用，寄与说法谈禅师。”（《送鹤林长老胡桃并茶》）礼品往来，频相问候，体现了彼此的深情厚谊。尤为重要的是双方的志趣相投和引为同道，在《寄鹤林上人》诗中，萨都剌对了上人的“才思”和

---

① 杨光辉：《萨都剌生平及著作实证研究》，高等教育出版社 2005 年版，第 207—208 页。

② 罗斯宁：《民族大融合中的萨都剌》，《中山大学学报（社会科学版）》1993 年第 1 期。

③ 龚世俊：《萨都剌与僧道的交游酬唱述论》，《南京师范大学文学院学报》2012 年第 3 期。

“奇气”充满着赞誉。与禅师交游，特别是亲耳聆听了休上人的“说法谈禅”，对诗人的思想及生活方式有着深远的影响。

公务之暇，他常与了即休寄诗唱和，连病中也不忘，如《病中寄了上人二首》云：

鹤林四月路，佳景集芳辰。花落石桥水，鸟啼江树春。吟归山似画，醉卧草如茵。衲子清游处，何妨问病人。（一）

日长草木茂，古寺乐芳辰。野衲归时晚，山泉滴滴春。清吟联石鼎，病酒吐车茵。不是天涯客，林泉一故人。（二）①

这是一组病中寄友诗。即休翁对萨都剌十分关心，曾多次登门看望他的病情。除了嘘寒问暖外，期间也少不了诗歌交流，这让病中诗人感到无比温暖。诗中描写了鹤林寺清幽的环境和二人切磋诗艺的场景，字里行间流露出对“故人”的深情厚谊。

如果多日不见，萨氏就会想念即休翁，忍不住作诗寄怀。又如《寄即休翁三首》云：

苔老应无屐齿痕，旧游历历眼中存。秋深南国行人少，落叶萧萧满寺门。（一）

北窗终日对竹坐，老却参军不入城。秋径山风多落叶，隔竹疑似马蹄声。（二）

鹤林老子久不见，应是山门长绿苔。几日城南风雨过，村村无处不黄梅。（三）②

“秋深南国行人少，落叶萧萧满寺门”，写出了鹤林寺的清幽。“北窗终日对竹坐，老却参军不入城”，则道出萨氏的出世情怀。一句“几日城南风雨过，村村无处不黄梅”则点出了江南水乡的气候特征，淅淅沥沥的黄梅雨，如约而至，将整个江南点染成一幅水墨画般的意境。由于故人“久不见”，听到林径中的落叶，便以为是朋友来访的“马蹄声”。这细致的心理描写，突现了诗人的思念之深。

《宿因胜庄二首》是作者将从京口离任北上，在因胜寺写给了即休翁的留别之作，诗曰：

薄暮雨初作，客愁行路难。长风吹短发，平地走惊湍。云气千山暝，松声五月寒。小窗僧话久，亦学坐蒲团。（一）

---

① 杨镰：《全元诗》第30册，中华书局2013年版，第263页。

② 同上，第283页。

竹院亦幽雅，参禅愧未能。梦回僧枕雨，花落佛龛灯。风响过墙竹，窗摇挂树藤。裁诗题素壁，聊尔记吾曾。（二）[①]

因胜庄，在镇江。据《嘉定镇江志》卷8“丹徒县”条云：“因胜报亲院在府治之南三里，唐大中六年建，曰妙喜寺。南唐曰慈云，宋朝改因胜。元祐中苏颂拜尚书左丞，请为功德院，乞以因胜报亲禅院为额，壁间有集贤学士黄庭坚《开堂疏》石刻云：因胜得名旧矣，报亲自天锡之。又云：瓶水香炉，终惜松楸之润。晓猿夜鹤，将从杖屦之游。礼部郎米芾跋。”[②]又《江南通志》卷45载：寺在镇江府城西25里五州山，梁武帝常游此。宋熙宁中为显慈寺，元祐中为因胜报亲院，后废。萨龙光案：“因胜庄即寺中之庄也。‘裁诗题素壁’二句盖惓惓有留别意。又鹤林主人了即休住鹤林寺，当亦兼住因胜寺……此诗当时公将赴都，与鹤林主人留别之作。”[③]诗写于至顺元年（1330），是年五月，诗人在镇江录事司达鲁花赤满职，授翰林国史院应奉文字，到因胜庄与友人道别。在镇江期间，他与僧人即休等来往甚密，唱和颇多。其一，写傍晚去因胜庄的情景；其二，写夜不能寐，素壁题诗。从“学坐蒲团”到“参禅”，诗歌回顾了跟鹤林主人习禅的经历，抒发了对友人的留恋不舍之情。

萨氏与道士交往的诗60余首涉及道士30余人，其中与张雨唱和最多。萨氏与其相交始于萨氏任职镇江录事司达鲁花赤时。如《宿玄洲精舍芝菌阁别张伯雨二首》云：

一到茆山三日留，满山风雨过中秋。云行松柏高低见，日落涧水东西流。外史相邀登菌阁，此身只合往瀛洲。它年丛桂结招隐，野服愿随麋鹿游。（一）

竹树忽闻乾鹤鸣，明朝归计候新晴。小楼无处着秋意，暗雨空山如海声。叶落窗虚闻鹤步，峰回路合断人行。谁知昨夜玄洲客，剪烛题诗过二更。（二）[④]

《茅山志》载：“玄洲精舍，至元间玉海蒋宗师斋室。盖景行乎玄洲真人也。《句曲外史集·玄洲唱和诗十绝句》序云：‘茅山玄洲精舍左右真仙古迹曰菌山、罗姑洞、霞架海、鹤台、桐华源、玄洲精舍、紫轩、火浣坛、隐居松、玉像龛。至治二

① 杨镰：《全元诗》第30册，中华书局2013年版，第260页。

② ［宋］史弥坚修：《嘉定镇江志》卷8，宛陵别藏本，江苏古籍出版社1988年版，第204—205页。

③ 龙德寿：《元好问萨都剌集》，凤凰出版社2010年版，第204页。

④ 杨镰：《全元诗》第30册，中华书局2013年版，第270页。

年壬戌岁,过吴兴溪上,与松雪学士唱和十绝,以记其处,仍书刻石山中。'"[①]其一,诗的开头即表达了游茅山时流连忘返之情;"它年丛桂结招隐,楚服愿随麋鹿游"一句,表明萨氏对官场的厌倦和对林泉生活的向往。其二,则回忆了其与张雨彻夜长谈的情形。龚世俊认为"鹤的意象具备了道教修道成仙、养生长寿、安身养气等诸多象征意义。在萨都剌的涉道诗中,'鹤'这一语词的使用频率之高仅次于上述的'云',总共有41次,约占到43%。其中有'白鹤''黄鹤''老鹤''孤鹤''瘦鹤',也有'鹤梦''鹤书''鹤步'鹤背'鹤氅''鹤巢'等"[②]。诗人赋予鹤以修道高士的身份,其自身也成为真正的"鹤侣"了。

张雨有七绝组诗《八月十四夜风雨宿菌阁七首》与之相应,当是同时赠酬之作[③]。萨都剌作七绝《偶成三首》,张雨则以《次韵萨天锡见寄》诗相和,表现了二人志同道合的情趣及深厚的友谊。

《游梅仙山和唐人韵四首》是与道友唱和游览的诗。唐人,道士,未详其名。诗中表达了对林泉之趣的向往,颇有几分仙风道骨。其三、四云:

> 仙人不可见,借鹤过仙家。夜卧千峰月,朝餐五色霞。祠空风扫叶,人去鹿衔花。归隐知何日,分炉学炼砂。(三)
>
> 洞天何处是,休日谩寻真。老鹤来迎客,隔松长似人。茶炉敲火急,丹井汲泉新。风景秋过半,烟霞晚更亲。(四)[④]

此组诗歌是作者任职福建时游梅仙山所作,又作《梅仙山和唐人韵四首》。《建宁府志》载:"梅仙山在府城南二里。汉南昌尉梅福炼丹于此,丹成,骖鸾而去。是日有甘露降,又所乘马及鞭至空而坠。今山中有甘露源、坠马洲、骖鸾渡、遗鞭岐,皆因是而得名。"[⑤]其三,写诗人在与道友交游中,受到道教文化的浸染,从内心深处接受并认同了道教。首联借"鹤"寄意,"借鹤过仙家"则带有归隐山中的暗示意义。颔联紧承上联写山中修道生活的。颈联则描述了梅仙山道观寂静清幽的环境。尾联诉说了对林泉生活的向往,呼应了首联第二句。其四,首联言寻仙的迫切与辛劳。"何处是"暗示出长期的追寻之意。颔联写"鹤侣"迎客,以"长似人"状鹤,充满着亲切。颈联言道士汲水煮茶招待远来的客人。既点出道士物质生活的简单清淡,又渲染出其精神生活的无限自在。尾

---

① [元]萨都剌:《雁门集》,上海古籍出版社1982年版,第207页。

② 龚世俊:《萨都剌与僧道的交游酬唱述论》,《南京师范大学文学院学报》2012年第3期。

③ [元]萨都剌:《雁门集·附录》,上海古籍出版社1982年版,第421—422页。

④ 杨镰:《全元诗》第30册,中华书局2013年版,第128页。

⑤ [明]夏玉麟、汪佃纂、吴端甫、许友泉、蔡伟缵点校:《建宁府志》卷3《山川》,厦门大学出版社2009年版,第88页。

联写秋天梅仙山烟霞满天的景色，令人倍感亲和，引起诗人无尽的遐想。二首诗都由景入情，借景言情，既写出梅仙山环境的优美，更道出诗人对道士生活的向往。

杜本(1276—1350)，字伯原，号清碧，清江(今属江西)人，隐居在武夷山。至正三年(1344)因荐入为翰林待制，行至杭州以疾止，终不赴任。《会杜清碧二首》是作者在福建为宦时游武夷山而作。诗云：

> 夜宿武夷山，乃是杜清叟。浅谈道人同，险路山鬼走。出门视河汉，危梯挂星斗。白露满芙蓉，清寒夜深久。(一)
>
> 我识杜清碧，深居武夷山。采药紫芝岭，行歌白云间。天根深可蹑，月窟高可攀。天子召不起，道人闲往返。(二)①

诗又题《武夷山会杜聘君》。诗中描绘了武夷的高险：“出门视河汉，危梯挂星斗”，“天根深可蹑，月窟高可攀”；更颂赞了杜本辞官不做的高洁：“天子召不起，道人闲往返。”“天子召不起”是指杜本曾在元武宗时因上《救荒策》被朝廷召至京师，不久辞归，再如不就一事。如果说萨都剌在江南诗中曾提起归隐，那是说在其至仕之后。福建远离中央政权，消息闭塞。他体验了无法融入地方权力集团之中的经历后，对仕途的艰险，有了更深入的体验。在武夷胜景中，他想要超脱人世有限时空，投身自然无限空间的想法越来越强烈。“便欲此地觅真隐，何必商山求绮园”(《武夷馆方池》)，思念林泉便成为其晚年思想的主导面。

除了与方外人士的唱和外，与萨都剌交游较为密切，《元史》中又有传的官员还有张有、王守诚、赵世延、干文传、苏天爵、韩墉、揭傒斯、观音奴等人。《去吴留别干寿道陈子平诸友二首》是一组与好友干文传道别的诗歌，写于至正八年戊子(1348)，诗云：

> 吴堤杨柳雨霏霏，四月犹寒总夹衣。此去孤舟无好伴，空江惟见白鸥飞。(一)
>
> 一尊判袂阖闾城，莫指青山管送行。芳草绿波千万里，不闻杜宇也伤情。(二)②

干文传，字寿道，平江人。据《元史·干文传》载，文传少嗜学，10岁能属文，未冠，已有声誉，用举者为吴及金坛两县学教谕、饶州慈湖书院山长。仁宗诏举进士，文传首登延祐二年(1315)乙科，授同知昌国州事，累迁长洲、乌程两县

① 杨镰：《全元诗》第30册，中华书局2013年版，第142页。
② 同上，第288页。

尹，升婺源知州，又知吴江州。文传长于治剧，所至俱有善政。长洲为文传乡邑，文传徒步榻公署，无事未尝辄出，而亲政莫敢通私谒，“至正三年，召赴阙，承诏预修《宋史》，书成，赏赉优渥，仍有旨四品以下各进一官”[①]。据《姑苏志》载，陈谦，字子平，吴人。屏除世好，潜心六艺，旁览百家而守之，以约为文，驰骋上下，尤善诗歌。虞集、黄溍、张翥皆论荐，力辞乃止。所著述甚富。此二诗是赠别之作。至正八年(1348)四月，萨都剌由苏州返金陵，干寿道、陈子平等好友送行到渡口，依依惜别，赋诗答谢。其一，写吴堤细雨纷飞，四月犹寒，孤舟无伴，只见白鸥翻飞，倍感孤寂冷清；其二，写于阖闾城举杯送别，唯见两岸青山，芳草绿波，虽不闻杜宇哀鸣，却暗自伤怀。用词平淡，情景真切，令人慨叹。“孤舟”“伤情”成为诗人行踪与心情的象征与写照。

观音奴，字志能，与萨都剌同属色目人。至顺三年(1332)两人同任南台史令。一次云北方出差，两人分别乘船沿运河行至梁山泊，突然风雨交加，两人所乘之船也互相不见了踪影。萨都剌于是扯下一片苇叶，为观志能题诗。办完公事返回途中，萨都剌又到梁山泊，写下《再过梁山泊有怀观志能二绝》，诗云：

故人同出不同归，云水微茫入梦思。记得题诗向芦叶，满湖风雨似来时。(一)

灯火官船夜睡迟，满湖风露袭人衣。无端惊起沙头雁，明月芦花各自飞。(二)[②]

《明一统志》载：“积水湖在东平州西北一十五里，会通河之南，周围百余里，四面有堤。”[③]相思本是没有行迹的，却惊起了沙头雁，明月芦花本是不能移动的，却各自分飞。原来英雄聚义、充满杀气的梁山泊，在诗人的笔下借助想象和拟人，还能有如此凄美之情。

《端居书事答翟志道知事见寄韵二首》作于元文宗至顺元年，诗中写道：

短褐诗人瘦十分，平生不作送穷文。几时结屋孤山下，为觅梅花种白云。(一)

瘦马春城曙色分，长年奔走愧移文。几时黄鹤山房下，松火茶铛煮白云。(二)[④]

---

① [明]宋濂：《元史》卷185，中华书局1976年版，第4253—4255页。

② 杨镰：《全元诗》第30册，中华书局2013年版，第149—150页。

③ 转引自：[元]萨都剌《雁门集》，上海古籍出版社1982年版，第132页。

④ 杨镰：《全元诗》第30册，中华书局2013年版，第283页。

翟志道，翟思忠，下邳人。解《易玄》浅书，进于朝，得授学官。泰定元年(1324)为镇江路知事，移常州。至正四年(1344)迁太平路(今安徽当涂)推官。《送穷文》，是唐代韩愈所作。旧时迷信，把农历正月最后一天作为送穷神的日子。孤山，山名，杭州西湖畔。白云，喻指隐居之所。《移文》指南朝齐孔稚圭所作的《北山移文》，用以嘲讽先隐后宦的人物。诗人化用其意，自讽忙于宦游而未能归隐感到惭愧。其一写自己虽然十分清贫，但从不迷信送穷神荒唐事；其二写自己长年四处宦游奔波而感到惭愧。二诗都向友人吐露了欲进不得、欲退不能的苦闷心情，只能心向往之。诗人善于用典，表意含蓄，让读者有更多的想象空间。

除唱和外，感怀身世也是萨氏组诗创作的一个重要主题。萨都剌一生官场失意，终生任低级官吏，他在无数的诗中都写出了自己的郁郁不得志，故在其抒情组诗中“叹病”“乡思”“归隐”成为其坎坷人生中较为突出的三大主题。

萨都剌一生都是在贫困中挣扎的，一生多病，诗中时时流露病苦之状，“叹病”便成为诗中一大主题。早年贫苦，45 岁登第之后，南北漂泊，同病魔做了伴侣。《寄山岩台郎》中云：“俸薄无余积，家贫有病妻。”生活的艰辛不言而喻。元文宗天历二年(1329)，他在《忆观驾春蒐》诗中就说自己“遥想宫盘珠露滑，江南渴杀病相如”，序中记载“其年十二月还京，岁暮卧病，寒食拥炉”[1]，据《雁门集》中萨龙光案，诗人前后卧病将近一年。例如《病中书怀二首》写道：

半月闭门坐，萧然远俗氛。病中心似水，门外马如云。练杵捣寒月，香炉生昼薰。兴来览明镜，太瘦小参军。(一)

欲向江边去，何时理钓蓑？城山入楼近，邻竹过墙多。春瓮浮红酒，晴池戏白鹤。闲门聊卧病，俗吏莫相过。(二)[2]

这两首诗都写的是诗人病中的情怀。前一首，写闭门养病，心静如水，远离世俗喧嚣，唯有练杵捣药、香炉生薰。兴来览镜，顿觉生活宁静美好。诗人虽然想要远离俗气，然而构画出来的，却仍然是平淡俗气的生活。后一首，言闭门而卧的诗人向往独立江边，独钓寒江，周围是“城山入楼沂，邻竹出墙多。春瓮浮红酒，晴池戏白鹅”。诗人便是在凄苦而平凡的生活中寻求美的景境。

再如《病中杂咏七首》咏道：

十日九风雨，深秋独闭门。积阴须自散，倚杖望朝暾。(一)

为客家千里，思归月满楼。木犀开欲尽，病里过中秋。(二)

---

① 杨镰：《全元诗》第 30 册，中华书局 2013 年版，第 194 页。

② 同上，第 126 页。

门系青骢马,多应问病人。小官好疏散,莫讶懒布衣。(三)
病形如瘦鹤,照影向清池。自有冲霄志,游鱼莫见疑。(四)
风叶高下落,秋砧远近闻。天涯多病客,倚杖看孤云。(五)
陶令贫无酒,郎官菊也无。家僮烧柿叶,邻舍送茱萸。(六)
多病东厅客,深秋出幕迟。芙蓉开也未,叶上好题诗。(七)①

诗作于文宗至顺三年(1332)秋,萨都剌在寓所养病期间,不能出门到十里飘香的桂花丛中,更不能登高赏菊,却又不甘寂寞,便提笔赋诗,将其间的情状记录下来。其一,写积阴多雨,无力外出,唯独靠手杖的帮助,才能看到太阳初升的景象。其二,写中秋本为亲人团聚的日子,而自己却远病他乡,更加思念故土。其三,写来慰问的官员很多,自己却生性疏散,不拘小节,衣冠不整,希望朋友们见谅。其四,言自己久病形体消瘦,却不曾泯灭远大志向,只是不被理解而充满愤懑。其五,写秋风扫落叶,寒气渐近,远近传来捣衣之声,自己却只能倚杖看孤云,表达对远方亲人的思念。其六,言为官清廉,家境贫寒,既无钱买酒,又无菊可供赏玩,比陶潜更尝苦味。其七,写自己长时闭门养病,全然不知外界情形,也不知荷花开了没有,想用荷叶题诗,以表芳香之意。

作者对自己的病容、病貌也有诸多描写,如"病形如瘦鹤,照影向清池"(《病中杂咏七首》其四),把自己比作瘦鹤;又如《病起戏笔奉答御史王文林》有"江南倦客好清齐,炼得身形瘦似梅"②的描述,把自己比作梅树。所有这些描述都集中在一个"瘦"字上。"鹤"的体形精瘦,"梅"清秀遒劲,生动形象地描绘了诗人久病后消瘦的体形容貌;而"鹤""梅"也象征着诗人清高、高洁的精神品质;同时又不乏诗人对"鹤"之长寿、"梅"之顽强的一种向往和寄托。

"思乡念土"之情也是其感怀身世的重要组成部分,它联系着祖先的历史与个人走过的人生道路,成为贯穿《雁门集》的一根"红线"。萨都剌早年经商之时,每遇清明或重九日,作者思乡之情尤为迫切,留下了诸多诗句:"虽云少年惯作客,便觉此日难为情"(《崔镇阻风有感》);"寥落天涯岁月赊,每逢佳节每思家"(《客中九日》);"故人如问讯,为我道乡情"(《寄舍弟天与》),这些诗句将作者浓浓的思乡之情展现得淋漓尽致。如《寓栖云四首》云:

一尊未尽有余兴,二子不来无可人。满地凤仙落红雨,江南八月似残春。(一)

盆池万点浮萍草,秋雨欲来无定踪。好是诗人漂泊态,丹阳郭里夜闻钟。(二)

---

① 杨镰:《全元诗》第30册,中华书局2013年版,第110页。

② [元]萨都剌:《雁门集》,上海古籍出版社1982年版,第133页。

潇潇风雨客心孤，且尽樽前酒一壶。夜半酒醒愁又到，一声白雁下平湖。（三）

白面道人门不出，晚凉倚树听秋风。最怜八月好江南，老雁叫云霜叶红。（四）①

栖云，即栖云阁。阁在通州（今江苏南通）狼山西，宋咸宁中建。阁后即望仙桥，宋王觌记谓仙人吕洞宾卧于云中腾空而去，州人翘望之，阁名以此。萨都剌于泰定丁卯（1327）中进士后，于秋天赴镇江路录事司任达鲁花赤，他的二弟萨天与送他前往，到通州后天与留下。诗人独往镇江，虽为暂别，他心里却感到迟暮孤寂，便提笔赋诗，抒发对兄弟的思念。其一，写自己独酌未能尽兴，因无知己同饮。眼见凤仙飘落，禁不住有所伤感；其二，以浮萍喻自己四处奔波、漂泊无定的生活；其三，写自己的孤独感受，夜里借酒消愁而愁更愁；其四，写江南风光虽好，却无心观赏，有“孤雁不成行”的孤单感受。全诗真实书写了孤寂漂泊的伤感，情与境合，比喻贴切。

但每遇岁暮，漂泊他乡的乡思便按捺不住地喷发出来，如《岁云暮矣三首》写道：

岁云暮矣，子将焉之。江南木落鸿雁飞，娟娟美人淮水涯。淮水去不止，相思日千里。（一）

岁云暮矣，子将焉往。燕山雪花大如掌，娟娟美人淮水上。淮水日夜流，相思人白头。（二）

岁云暮矣，子将焉行。江南木落天雨霜，娟娟美人淮水傍。淮水不回头，行人上小舟。（三）②

这是一组杂言体诗，每首均以“岁云暮矣”始，反复吟唱。作者将故乡比作“娟娟美人”，以水流不止的动态意象，来表现诗人对故乡不停地追寻的脚步。

随着仕途的颠簸，萨都剌的思乡之情同身世的感伤结合起来，使得思乡之情染上浓厚的感伤色彩了，如《寒夜独酌三首》其三云：

江风吹浪十丈强，孤舟远客愁夜长。何如岁晚在家者，拥炉酌酒天昏黄。蔡州鹅鸣持元济，滹沱马渡悲王郎。杯中有物且须尽，勋业满镜秋生霜。（三）③

诗中铁将军勋业已空，镜添霜鬓与孤客远行相结合，当然会更添凄凉之情了。

---

① 杨镰：《全元诗》第30册，中华书局2013年版，第286页。

② 同上，第219—220页。

③ 同上，第221页。

一唏“孤舟远客愁夜长”，凝结了天涯游子化不开的思乡浓愁，令人揪心。

为了乡思与念亲，诗人泣继之以血，朔客情惨，更能动人心魄。归乡无路，官身不能自主。“何日挂冠寻旧隐，山中应有故人招”（《宿经山寺二首》其一），“归日乡人问何往，云从海上觅神仙”（《南安道中》）。待到老母辞世，诗人心中归隐之念越发强烈，甚至将归乡之情直接升华至归隐了。

与思乡念土相关的是“归隐诉求”。萨都剌写过很多隐居主题的诗歌，借此表达他的人生追求。元代末期，形成了隐逸主题的创作热潮，透过文人的山水田园的吟咏，我们能清晰地感觉到其内心的忧伤与寂寞，及山水田园背后的生命意识和沉重的历史感。

从有据可考的萨氏前后十几年的仕宦生涯看，道路并不平坦顺畅，他不过是个官卑职微的低级官员。“始以进士入官，为京口录事长”时，是正八品，十年后“诏进河北廉访经历”，也不过是从七品，自始至终都是个寒酸的小官。即以在廉访司所任各职为例，论官秩，照磨是正九品，知事是正八品，经历是从七品，讲月俸，按中统钞计，照磨二十贯，知事十五贯，经历二十贯[①]（《元史·食贸志四》）。因此，萨诗中曾“自叹天涯倦游客，十年未有一尘居”（《题刘焕中司空山隐居图》），他也饱尝过“小官便欲赋《归来》，何处买山钱可借”（《皂林寺中》）的苦辣辛酸，打算仿效陶渊明隐退归田，过起隐士生活。

《过淮南畅曾伯都事幽居二首》，是一组过访淮阴好友畅笃的诗，清晰地表达了诗人渴望归隐的心情。诗云：

> 万事归来好，淮阴二亩园。教儿书满架，遇客酒盈樽。野水到门外，渔船系树根。除书下宵汉，坐席恐难温。（一）
>
> 幽居真有趣，何必在山村。楚竹深藏屋，淮河直到门。钓丝渔浪细，书帙燕泥昏。吟笑坐终日，佳期谁与言。（二）[②]

畅笃，一名堆音，字曾伯、师文，河南人。至正《金陵新志》卷6“南台都事”云：“畅笃，河南人。朝散，至顺二年上。”[③]可见，畅笃任都事在至顺二年（1331），次年即退。后相继任浙省员外郎，金山东道廉访司事，入为监察御史，除江东廉访副使，顺帝至元六年（1340）调浙东。故此诗应作于至顺三年前后，时畅笃暂时隐退在家。组诗描写了畅笃赋闲隐居的环境之美和生活之乐。“万事归来好”“幽居真有趣”等诗句无不突出了幽居生活的闲适自在，也寄寓了自己的钦羡之情。

---

① ［明］宋濂：《元史》卷96，中华书局1976年版，第2452—2466页。

② 杨镰：《全元诗》第30册，中华书局2013年版，第120页。

③ 至正《金陵新志》卷6，元至正四年（1344）刻本，第43页。

萨都剌在晚年任职福建时，曾居住在武夷山九曲的一曲之上。溪北就是著名的冲佑观，其《平川幽居二首》描写的就是一位居九曲溪下平川的隐者，诗歌对修道者炼丹读书的隐士生活多有描绘，流露出诗人无限的仰慕。诗写道：

深隐云林静，何须负郭田。图书从寒屋，鸡犬亦登仙。酿酒寻仙术，修琴借药钱。闲过武陵洞，来上钓鱼船。（一）

九曲溪行尽，平川隐者居。看家留白鹤，度竹借篮舆。架上多丹药，床头有古书。汉廷论封禅，应问马相如。（二）①

其一，借陶渊明桃花源和严子陵钓台典故，渲染出隐士生活方式：酿酒、读书、抚琴、炼丹，虽然贫寒却不失惬意，令人神往；其二，交待隐者居住环境之美和隐士的心态之平和：悠悠白云，茫茫竹林，闲鹤信步，古书静开，生活其间的人们不再为世间的俗事劳神费力，整个地超然世外。全诗即景会心，就事抒情，既感慨隐士生活的美好，也表达了“坐观垂钓者，徒有羡渔情”的无奈。

至正十一年（1351）爆发了红巾军起义，为避战乱，萨都剌曾先后转徙杭州、绍兴、安庆、淮安等地。据《安庆府志》卷 13《流寓》记载：“萨天锡，泰定进士，为燕南廉访司照磨。登司空山太白台，叹曰：‘此老真山水精也。’遂结庐其下，避世终焉。”②此说后又收入康熙《江南通志》卷 57《安庆府・流寓》及乾隆《江南通志》。

萨都剌梦想归隐不假，这在他的唱和诗、山水纪游诗中均有流露。但是否真的成行，却不得而知。有关萨都剌最终去处认定，较早且有名是萨氏后人萨龙光，他认为萨都剌最终隐居在安庆司空山。但也有人不同意。明代徐象梅《两浙名贤录》卷 14《寓贤》中认为“竟不知其所终”③，认为无从考证。今人杨光辉考证“萨都剌任燕南道廉访司照磨后，先迁福建闽海廉访知事，后任燕南河北道廉访使经历等职务，康熙《安庆府志》显然不知萨都剌任燕南道廉访司照磨后的经历。所以，所谓‘遂结庐其下，避世终焉’是靠不住的”④。所论也不无道理。看来要真正解开谜底，尚需时日和相关史料的支撑。

作为蒙汉文化交流的使者，萨都剌组诗创作的多元化主题，加速了游牧文化与农耕文化融合的进程，拓展了文化融合的维度，“标志着蒙古及色目人接

① 杨镰：《全元诗》第 30 册，中华书局 2013 年版，第 128 页。

② ［清］陈廷焯：《安庆府志》，影印清康熙十四年（1675）刻本，成文出版社 1985 年版，第 2334 页。

③ ［元］萨都剌：《雁门集》附录三，上海古籍出版社 1982 年版，第 429 页。

④ 杨光辉：《萨都剌生平及著作实证研究》，高等教育出版社 2005 年版，第 30 页。

受汉文化的深度与高度,实际上,也标志着元代社会文化进程"①。

第二节 马祖常组诗中的"河西情节"

蒙元王朝"多元一体"的格局,是境内各民族迁徙、融合的必然结果,也是不同文明冲突的结果。历史的发展证明,不同文明冲突有两种结果:一是先进文明在付出了昂贵的历史代价后,吸收了新鲜的血液,成长得更繁茂,落后的文明被同化其中;一是落后文明打垮了先进的文明,虽然被征服的先进文明最终会征服征服者,但历史的发展往往因此产生歧形和迂回。元朝的草原文明与农耕文明的融合属于后者。

有研究者指出:"人类文化发展进程表明,在历史上通过战争手段所发生的王朝更替,作为被占领土地上原有土著民族,其文化习俗、宗教信仰、生活方式不会因政权的更迭而在一夜之间发生根本性的变化。因为任何一个民族的文化都是经过长期历史发展进程才逐渐形成的,并为祖祖辈辈所沿袭。它有强烈的顽固性和保守性,也是维系一个人类族群团结的纽带。当然,一个被占领民族的文化必然会受到占领民族文化的影响,即使这种影响还带着国家政权的强制性,但是这种影响只能是渐进的,更多的是潜移默化式的;同时,这种文化影响也是相互的,占领民族文化也会受到被占领民族文化的影响。"②蒙元少数民族的"华化"趋势鲜明地印证了这一点。

许有壬《西域使者哈只哈心碑》云:"予非敢变予俗,而取摈于同类也,其戾于道者变焉。居是土也,服食是土也,是土之人与居也。予非乐于异吾俗,而求合于是也,居是而有见也,亦惟择其是者而从焉。自吾祖为使而入中国,委骨于是,若诗书礼乐,吾其可不从乎?"③碑文中这段话写哈只哈心的孙子凯霖认同儒学文化、学习读书礼乐的过程,极富典型性,很有普遍意义。

西域雍古马氏家族的"华化",就是这种不同文明融合的典型范例。据何兆吉根据《马氏世谱》考证,"马氏祖先迁开封,继居凤翔,后辗转于长江下游,而夔州、而扬州、而仪真等,最后定居于河南光州。这些地区为汉民族聚居地,以农耕为主体。作为移民,生于斯,长于斯,耳听汉语,目接汉人,生活习俗也

---

① 张晶:《辽金元诗歌史论》,吉林教育出版社1995年版,第349页。

② 杨宝成:《试论遗民文化》,《武汉大学学报(人文科学版)》2004年第6期。

③ [元]许有壬:《西域使者哈只哈心碑》,李修生主编《全元文》第38册,凤凰出版社2004年版,第390页。

随之改变”[①]。马氏家族的“华化”进程，清晰地展示出民族融合的基本规律，即通过迁徙流动，实现了与汉族杂居，为民族融合奠定了基础。长时期生活在汉地，使马氏家族学会了汉语，这又为民族融合提供了必要条件。马氏家族成员认同并接受了汉文化，以儒家学说安身立命，最终带来了意识形态的趋同，完成了“华化”的历史进程。

蒙汉文化的融合使民族文化的表层结构——物质文化的边界如民族服装、语言、饮食、居住都已经发生或正在发生巨大的变化，但作为民族文化的深层结构——精神文化，尤其是心理积淀中较深层的一部分，并未随融合的深入而弱化、消失，反而因时间的推移而得到了加强。这是人们的“精神家园”，这也是导致少数民族诗人创作中频繁出现“原乡意识”的根本原因。“原乡”与“华化”两股思潮齐头并进，相互交融，共构民族融合背景下少数民族诗人的心态，并影响着他们的创作。

一、马祖常的“河西情结”与“崇汉尚儒”

马祖常(1279—1338)，字伯庸，号石田，谥文贞。其《故礼部尚书马公神道碑铭》中交待了家族渊源：“世本属雍古部族，居静州之天山。”[②]《元史》卷 143《马祖常传》载：“世为雍古部，居净州天山。”[③]马祖常在雍古，现亦称汪古，是长期为金守护边壕的北方部族。在历史上，“雍古”“汪古”曾代表起源不同的种族，后融为一体。

雍古马氏家族是金元之际的名门望族。马氏之先和禄罙思是聂思脱里派贵族，于辽道宗咸雍年间来到中国，徙居甘肃临洮(今甘肃省临洮县)。再世帖穆南越歌，“以军功累官马步军指挥使。为政廉平而有威望，人不敢斥其名，惟称之曰马元帅，因以为氏”[④]。三世伯索麻也里束居净州天山，乐善好施，与贤士大夫为友，金熙宗多次派人征之为官而不得。四世马庆祥，擅长骑射，知书达理，通晓各国语言文字，于泰和中年间试尚书省译史，金宣宗贞祐末擢开封府判官，后迁凤翔兵马都统管判官。五世月合乃为马祖常之曾祖，年少时好学负气，入仕后任人唯贤，曾随元世祖忽必烈征宋，终仕礼部尚书。六世马世昌

① 何兆吉：《论雍古马氏家族的华化》，《西北第二民族学院学报(哲学社会科学版)》1999 年第 2 期。

② [元]马祖常著，李叔毅点校：《石田先生文集》，中州古籍出版社 1991 年版，第 236 页。

③ [明]宋濂等：《元史》卷 143《马祖常传》，中华书局 1976 年版，第 3411 页。

④ [元]黄溍：《马氏世谱》，李修生主编《全元文》第 30 册，凤凰出版社 2004 年版，第 36 页。

乃马祖常之祖父，“行尚书省左右司郎中，赠吏部尚书”[①]。祖常之父马润，“同知漳州路总管府事，赠河南行中书省参知政事”[②]，大德年间又出任光州知府，心系黎民百姓，深受爱戴。马氏家族显赫过往有目共睹，良好的家族背景造就了马祖常非同寻常的业绩。

作为色目诗人，马祖常的内心深处有着浓郁的“西域情结”。杨镰先生在《元西域诗人群体研究》中说：“贯云石一生从未回到过西域故土。但我们可以肯定，作为鲁克沁绿洲一个幸运的自耕农的后裔，他同样从未忘记自己在玉门关外的根。从他的作品里能够体会到，在诗人心中有一根敏感的心弦，一旦触动了，就会发出使人心灵震颤的呻吟，只不过诗人有意按住了它，不让它轻易发出声响罢了。”[③]这段话虽然说的是贯云石，其实也可指代马祖常、萨都剌、余阙等一批色目诗人，他们身上都存在着共同的“西域情结”。如果说贯云石从未到过西域故土，其对西域“祖根”的思念尚且可控，那么马祖常亲临河西，目睹了故乡的山山水水和民风民俗，感受了祖辈自西域到中原的辛苦，其内心蛰伏的“原乡”意识被唤醒，表现在诗里就呈现出浓厚而深挚的“河西情结”。

临洮是马祖常“河西情结”的所在。甘肃临洮县，是史料记载的马氏“始来华”后驻留的第一站，亦是马氏开创功业的新王国。延祐四年(1317)，马祖常以监察御史出使河西。虽然这次出使时间不长，从孟春正月出京，到六月回京，前后半年时间，却留下了他一生中最美妙的回忆。如《河湟书事二首》记录下了这次怀乡之旅。诗云：

阴山铁骑角弓长，闲日原头射白狼。青海无波春雁下，草生碛里见牛羊。(一)

波斯老贾度流沙，夜听驼铃识路赊。采玉河边青石子，收来东国易桑麻。(二)[④]

河湟，指河州与湟州及其附近地区[⑤]，马氏先祖曾牧马的狄道即在河湟间。诗人咏歌河湟之地，实际是在咏歌自己的“故园”。杨镰先生指出：“马祖常祖上定居的‘狄道’(即今甘肃临洮)，就在河湟。诗咏河湟，实是咏故土根基。”[⑥]这

① [明]宋濂等：《元史》卷134，中华书局1976年版，第3245页。

② [元]黄溍：《马氏世谱》，李修生主编《全元文》第30册，凤凰出版社2004年版，第38页。

③ 杨镰：《元西域诗人群体研究》，新疆人民出版社1998年版，第139页。

④ 杨镰：《全元诗》第29册，中华书局2013年版，第364页。

⑤ 参见：金勇强《“河湟”地理概念变迁考》，《北方民族大学学报(哲学社会科学版)》2014年第6期。

⑥ 杨镰：《元诗史》，人民文学出版社2003年版，第107页。

组诗记录了马祖常以监察御史身份出使河西安抚流民时所见。作者以瑰丽奇特的语言，描绘了西北地区的自然风光和生活习俗。其一，描绘了两幅场景：一是写出了河湟牧民风驰电掣、射杀白狼的剽悍勇武的形象，充满着动感；二是再现了青海湖波平雁落，牛羊遍野的美丽景色，以静景为主。诗人将猎人勇武剽悍的形象，置于茫茫原野之中，尤显得雄浑壮观。其二，描绘了一位远来中土、从事商贸活动的“波斯老贾”形象。他把在和田河边捡到的玉石带来中原，以骆驼为运载工具穿越过茫茫的丝绸古道，以便换取中原的物产。诗人从正面刻画了一位商人，而且是异域商人的形象[①]，与回族人重商的文化密切相关。

马祖常这次出使河西，有两重“身份”：一是朝廷命官，作为元朝使臣巡视河西地、安抚河西民；二是以首科进士身份迎着祖辈自西域迁徙中原的路径荣归故里。当他骑在马背上，穿行在故乡的土地上，耳畔回荡着阵阵驼铃声，其激动的心情是不言而喻的。只有像他这样的“西北子弟”，才会有如此情怀。“‘原乡’是指超越了特定地理位置的一种对原始故乡的亲情、血缘以及习俗、文化的认同与回归，是建立在民族文化心理基础之上的民族故土、文化故乡、精神家园。对少数民族诗人而言，‘原乡’更多的是一种习俗、精神与文化的继承，并已经成为多元文化差异中的一种符号、一种隐喻、一种象征。”[②]对“原乡”的追寻，正是诗人创作取之不尽、用之不竭的激情之源。马祖常对故土狄道的眷恋及思念，转变为对整片土地的热爱，传达着深深的思乡情。马祖常如此，其他“西北弟子”如贯云石、余阙等同样如此。

萧启庆指出：“蒙元时代蒙古、色目自塞北徙入中原，而后又往往屡迁各地，地域流动性高于汉族，而其乡土认同亦较汉族复杂。”[③]蒙古、色目士人与其本乡——现居住地——的关系往往不同，有的定居已数世，有的则出生于他地而成年后始徙居地本乡，因此他们乡土情怀的深浅、与同乡间情谊疏密也颇有差异。马氏家族东迁光州后，光州便成了他的第二故乡，其“原乡”情结又有了新的内涵，《洛中二首》对此有深情的表白，诗曰：

龙门三月洛波清，正是花时过故京。樽酒不来芳树远，碧云初合暮山横。（一）

东望梁园是故乡，怀归夜夜梦池塘。春城碧树淮南路，饮酒当年是漫

---

① 参见：宋晓云《马祖常丝绸之路诗歌创作谫论》，《西域研究》2008年第1期。

② 李卫华：《论少数民族诗人的原乡意识》，《贵州社会科学》2004年第2期。

③ 萧启庆：《九州岛四海风雅同——元代多族士人圈的形成与发展》，联经出版公司2012年版，第38页。

郎。(二)[①]

元代光州属河南江北行省,领有定城、固始、光山三县。其父马润在大德五年(1301)出守光州,皇庆二年(1313)去世后也葬于光州,从此马氏便以光州为自己的籍贯。诗中的“故京”“故乡”“淮南路”,均指向光州。虽然此种乡土观可作多重解读:一是其曾祖月合乃为近世祖先,尝留驻汴梁为伐宋蒙军输送粮秣,终仕元礼部尚书。人习贵近疏远,故自认汴梁人;二是月合乃为马氏臣事蒙元之始祖,伯庸亦为元朝治下之臣,故特重之;三是月合乃的汉学造诣出众,华化甚是彻底,此点于伯庸尤为重要。[②] 在马祖常的心目中,“河西”是他祖辈的故乡,也是他的“精神家园”;光州则是他的第二故乡,是他赖以生存的物质环境。杨镰先生在《元诗史》中所指出,“作为西域‘贵种’的马氏,先是依辽迁居临洮;再为金守北边而驻扎净州天山;最后入元落脚于光州,成为光州马氏的肇始”[③]。马祖常在光州长久居住的经历,包括其青年未仕及后来在官场被排挤而辞官归隐时。对“第二故乡”的眷恋,使马祖常留下了大量的描写故乡生活与风俗的组诗,如《淮南渔歌十首》《淮南樵歌十首》等。

色目人接受并认同中原文明,主动“华化”,符合落后文明终为先进文明所同化的一般规律。然而元代的政治格局也使得色目人拥有汉人、南人所不能拥有政治待遇。就家居中原而言,马祖常等色目子弟会把融入中原文化作为自己努力的目标,但社会的、政治的种种原因,这些色目子弟是不会、也不可能走出自己的家世背景的。“这种根深蒂固的西域情结,实际上成了永久漂泊者的精神家园。因此,色目诗人们的西北情结,不独存在于他们诗歌潜在的气韵情感中,也存在于作为永久漂泊者有意识的寻根行为中。无论潜在的或者有意识的,情动于中,发而为诗,这发自内心的吟唱就会把祖根赋予的精神、异于中原传统诗教的另类因子彰显得自然、执着而真诚。”[④]据陈垣《元也里可温教考》一文分析,终元一世,也里可温世家可享有免除军籍、租税、赋役的特殊优待[⑤]。于此可见,色目人对自己“故园”的眷恋与其族群提供的政治待遇不无关系。

在民族融合的进程中,马祖常是一名“华化”得十分彻底的雍古部人。马

---

① 杨镰:《全元诗》第29册,中华书局2013年版,第363—364页。

② 参见:张文澍《论马祖常之诗文与虞集等人之唱答诗——兼论元代中期文风》,《民族文学研究》2007年第4期。

③ 杨镰:《元诗史》,人民文学出版社2003年版,第104页。

④ 叶爱欣:《马祖常的超逸诗风与河西情结》,《民族文学研究》2005年第3期。

⑤ 陈垣:《元也里可温教考》,《陈垣学术论文集》第一集,中华书局1980年版,第1—56页。

祖常并非出自中国，其本人也不以为讳，其《马公神道碑》云：“我曾祖尚书世非出于中国，而学问文献，过于邹鲁之士，俾其子孙百年之间，革其旧俗。”①其祖厌恶旧俗而倾慕华俗的行为及深厚的汉学功底，令其深感自豪。《饮酒六首》其五云：

> 昔我七世上，养马洮河西。六世徙天山，日日闻鼓鼙。金室狩河表，我祖先群黎。诗书百年泽，濡翼岂梁鹈。尝观汉建国，再世有日磾。后来兴唐臣，胤裔多羌氐。《春秋》圣人法，诸侯乱冠笄。夷礼即夷之，毫发各有稽。吾生赖陶化，孔阶力攀跻。敷文佐时运，烂烂应壁奎。②

诗中交待了其祖辈来自河西的经历和自己对汉文化的欣赏与接受。“昔我七世上，养马洮河西”云云，意在追溯祖先的功绩。作者以金日磾、羌氏自拟，以夷狄进于中国自慰，以得受孔孟之道陶化为庆幸，以努力攀跻孔阶自矢，磊落光明，莫有伦比。

长期的汉文化熏陶使其思想和价值观较原先有了很大的改变，这一点可从其舍基督而归儒学中见出。马氏家族本雍古族属，信仰基督教聂思脱里教派，黄溍《马氏世谱》载：“马氏之先，出西域聂思脱里贵族。始来中国者和禄罙思，生而英迈有识量，慨然以功业自期。”③陈垣先生《元西域人华化考》指出：“元时典籍无基督教之名，其称也里可温者，即指基督教各派也。”④“聂思脱里”便是也里可温中的一派。那么，马祖常于何时弃基督归儒学？陈垣先生在《基督世家之儒学》中也有此问：“惟马氏既世奉基督，至何时始舍基督而归儒，在祖常本身乎？抑祖常之先已有开其端者乎？是亦吾人所亟欲闻者也。”⑤许有壬《马文贞公神道碑》云：“公先世已事华学。”⑥袁桷《开封郡伯马公神道碑铭》云：“礼部尚书讳月合……植德秉志，赎世人之为孥者，后皆为达官，而子孙更业儒术，卒致光显焉。”⑦据此，陈垣先生得出结论：“马氏之儒学，肇自祖常曾祖月合乃。”⑧

何兆吉在《论雍古马氏家族的华化》一文中认为，马氏家族的“华化”历史

---

① 陈垣：《元西域人华化考》卷2，中华书局2016年版，第22页。

② 杨镰：《全元诗》第29册，中华书局2013年版，第290页。

③ ［元］黄溍：《马氏世谱》，李修生主编《全元文》第30册，凤凰出版社2004年版，第36页。

④ 陈垣：《元西域人华化考》卷2，中华书局2016年版，第20页。

⑤ 同上，第23页。

⑥ ［元］许有壬：《圭塘小稿》卷8，《四库全书》本。

⑦ ［元］袁桷：《清容居士文集》卷26，《四部丛刊》本。

⑧ 陈垣：《元西域人华化考》卷2，中华书局2016年版，第23页。

大体可分为三个阶段：一是马庆祥时期，二是马润时间，三是马祖常时期①。有关马氏家族“华化”的原因，何兆吉认为，或是“地理环境的变更，除了华化，马氏家族没有选择”，或是“出仕朝廷带来的必然后果”，或是“经济困顿催发了华化”，相关论述可帮助我们了解马氏家族华化的内因和外因。马庆祥为马氏家族四世祖，生活于金章宗及卫绍王时期，其华化的作用在定姓命名、立庙祭祀上。马润是马祖常父亲，生活于元至元、大德年间。其华化的作用是对基督教教规的破坏及对儒学的皈依上。马祖常时期为舍基督而华化时期。此观点较有说服力，本文据此进行论述。

马氏家族之儒化始于曾祖月合乃，其《故礼部尚书马公神道碑铭》中说：“世非出于中国，而学问文献过于邹鲁之士；时方遇于草昧，而赞襄制度则几于承平。俾其子孙百年之间革其旧俗，而衣冠之传，实肇于我曾祖也。”②月合乃任职燕京行尚书省时，尤重儒术，据《元史·月合乃传》记载：“岁壬子，料民丁于中原，凡业儒者试通一经，即不同编户，著为令甲。儒人免丁者，实月合乃始之也。性好施予，常建言立常平仓。举海内贤士杨春卿、张孝纯辈，分布诸郡，号称得人。又罗致名士敬鼎臣，授业馆下，荐引马文玉、牛应之辈为参佐，后皆位至卿相。”③不过这只能算作马氏儒化之端倪，正如陈垣先生在《元西域人华化考》中所说：“其曾祖虽好儒术，尚未至于背基督，其父行则不然，其季父名节者，且入王屋山为道士，是背基督当自其父行始，即《马氏世谱》之七世也。八世至祖常，且特为儒张目矣。”④祖父马世昌，“为尚书省左右司郎中，倾赀粟结隽彦，家日困落，子孙益用儒自振”（袁桷《开封郡伯马公神道碑铭》）⑤。父马润，“谓司马公实生是邦，家而奉祠，示之德行，规以革其顽鄙”（虞集《桐乡阡碑》）⑥。对此袁桷在《开封郡伯马公神道碑铭》中亦有提及：“光久用而武地，司马丞相生于光，公岁率诸生以祠，民始知为儒以自重。”基督教反对这种敬拜偶像的祀鬼活动，而马润率诸生公开祭祀司马光，可谓是破了基督教的大戒。另，据苏天爵《元故奉训大夫昭功万户府知事马君墓碣铭》记载：“（祖常）母杨

---

① 何兆吉：《论雍古马氏家族的华化》，《西北第十民族学院学报（哲学社会科学版）》1999 年第 2 期。

② ［元］马祖常著，李叔毅点校：《石田先生文集》，中州古籍出版社 1991 年版，第 238 页。

③ ［明］宋濂等：《元史》卷 134，中华书局 1976 年版，第 3245 页。

④ 陈垣：《元西域人华化考》卷 2，中华书局 2016 年版，第 23 页。

⑤ ［元］袁桷：《清容居士文集》卷 26，《四部丛刊》本。

⑥ ［元］虞集：《道园学古录》，商务印书馆 1937 年版，第 263 页。

氏，封梁郡夫人。生母李氏，封开封郡夫人。”[①]马润娶有二妻，而基督教崇尚的是一夫一妻制，违背了宗教规定。陈垣先生感慨道：“二妻子为基督教人所大戒务，祀鬼亦为基督教律所不容，而马润既有二妻，复率诸生祀司马光之鬼，其悍然不守基督教律可知也。”[②]虞集《桐乡阡碑》评马润从政时道：“独闻在郡时，有请岁税光亩，出粟十万者，公力持之，卒不征。光人撷茶山中以为饮，运司行茶法，江南岁有吏索光人，胁重贿，山谷之民尤病，公卒惩之，使不敢复至。”[③]以上材料，足以证明其父马润已彻底背离了基督教转而归儒学。

相对其祖、其父，马祖常的“华化”最为彻底，最突出的表现是其意识形态的“儒学化”。他服膺儒学，承认孔夫子为大成至圣先师的精神王国地位：“孔子道大，天地日月，不可象也”(《安丰路孔子庙碑》)[④]；“兴教必于学，学必有所师。师莫若圣，圣莫若孔子”(《光州孔子新庙碑》)[⑤]。从小就习读孔孟等圣贤之书，“浸渍乎六经，汪秽乎百家，蔚然而为儒者”。其诗文中屡屡表达出对儒学的崇敬之情，如“三年不窥园，自谓五经笥”(《壮游八十韵》)[⑥]，“舍诗书六艺之文，吾不敢它求焉”(《卧雪斋文集序》)[⑦]等，都足以说明马祖常对儒学崇拜的程度。苏天爵在《元故资德大夫御史中丞赠摅忠宣宪协正功臣魏郡马文贞公墓志铭》云：“公少慕古学，非三代两汉之书弗好也。”[⑧]同父亲一样，祖常亦取二妻：“公娶党氏，常州录事判官某之女。次怯烈氏，河南镇守千户和尚之女。”[⑨](《元故资德大夫御史中丞赠摅忠宣宪协正功臣魏郡马文贞公墓志铭马文贞公墓志铭》)对于祠祭，“更随俗浮沉而无所忌，《石田集》有《陪可用中议祠星天宝宫诗》，其他类此者不一而足，盖已荡尽基督之藩篱矣”[⑩]。可以说，他以自己的实际行动宣告与基督教的决裂。

纵观马祖常家世的“华化”历史可知，这个由西域东迁的基督世家，在历经辽金元三朝后“于信仰、习俗、语言、文化以大变，至祖常成为中原之硕儒，能与

---

① [元]苏天爵：《滋溪文稿》卷19，《四库全书》本，第1214册，中华书局1997年版，第233—234页。

② 陈垣：《元西域人华化考》卷2，中华书局2016年版，第23页。

③ [元]虞集：《道园学古录》，商务印书馆1937年版，第263页。

④ [元]马祖常：《石田文集》卷10，《四库全书》本，第5b页。

⑤ 同上，第9b页。

⑥ [元]马祖常：《石田文集》卷1，《四库全书》本，第6b页。

⑦ [元]马祖常：《石田文集》卷9，《四库全书》本，第13b页。

⑧ [元]苏天爵：《滋溪文稿》卷9，《四库全书》本，第1214册，中华书局1997年版，第108—113页。

⑨ 同上。

⑩ 陈垣：《元西域人华化考》卷2，中华书局2016年版，第23页。

帝王论孔孟，敢与古人比风骚”[①]，并在马祖常身上彻底地“华化”。这一点，从马祖常被仁宗皇帝誉为“中原硕儒”可知。

“崇汉尚儒”是马祖常的毕生追求。步入仕途后，马祖常恪尽职守，勤政爱民，主张以儒学治理国家：“本朝及诸国人既肄业国学，讲诵孔孟遗书，当革易故俗。”(苏天爵《元故资德大夫御史中丞赠摅忠宣宪协正功臣魏郡马文贞公墓志铭》)[②]处处表露出对儒学的尊崇。如《大兴府学孔子庙碑》云：“夫儒者之学，诗、书、六艺之文，以致施之天下之道，无有二也。”[③]《光州孔子新庙碑》云：“夫天下既富而教兴焉。兴教必于学，学必有所师。师莫若圣，圣莫若孔子。”[④]也曾直陈仁宗兴礼乐，纳儒臣，为太子选良师：“前国子司业吴澄，知经博古，学术淳深，求之海内，可谓名儒”(《举翰林待制袁桷等》)[⑤]，凡此等等。

儒家的“仁民爱物”精神，赋予了马祖常强烈的政治责任感与社会使命感，他始终视儒学为济世安邦之道，“秩秩叙天经，哺此万齿饥”(《新岁丁卯二首》其一)，将儒家思想的重要功用吐露无遗，而这也是诗人一生坚守的信条。元朝末期，社会走向了下坡路，皇位争夺之战不断，统治阶级内部腐朽，奢侈无度，官府不能任人唯贤，横征暴敛，加上自然灾害连年侵袭，百姓生活陷入极端痛苦的深渊。身为朝廷要员的马祖常目睹了统治阶级内部的争斗以及底层人民的疾苦，加之内心富国安民的理想抱负得不到实现，于是他诉诸笔端，用诗歌记录了那个荒唐年代下的残酷图景，揭露了日趋尖锐的社会矛盾，如《拟古二首》云：

> 长安青云士，任侠日娱游。千金为人寿，万金买名讴。小舅拜郎官，友婿恩泽侯。出入意气盛，欢乐不知忧。银柈荐海品，羊酪乞苍头。生逢承平世，死葬昆仑丘。(一)
>
> 早嫁金闺彦，翡翠冠步摇。缠臂七宝钿，绣袿袭鲛绡。江南茉莉粉，涂颊发年娇。专房妒夫婿，奁钱媚神祆。最恨蚕缫贱，却恐锁香销。(二)[⑥]

组诗揭示了元代统治阶层极度奢靡享乐的生活状况。其一，讽刺了朝廷命官终日游手好闲，在寿宴上挥洒千金，纵情声色犬马，享受山珍海味。他利用自

---

① 申晓亭：《马祖常与〈石田先生文集〉》，《北京图书馆馆刊》1996年第3期。

② [元]苏天爵：《滋溪文稿》卷9，《四库全书》本，第1214册，中华书局1997年版，第108—113页。

③ [元]马祖常：《石田文集》卷10，《四库全书》本，第3a页。

④ 同上，第9b页。

⑤ [元]马祖常：《石田文集》卷7，《四库全书》本，第14b页。

⑥ 杨镰：《全元诗》第29册，中华书局2013年版，第295—296页。

己的权势为亲朋好友加官封爵，一生荣华富贵，死后还要葬在神山之上。其二，讽刺的是攀龙附凤的女子，她穿金戴银，涂脂抹粉，为了争夺丈夫的宠爱，将大把的金钱挥霍于衣着打扮上，从不知何为生活疾苦。

在动荡的时局之下，劳动人民无疑是最大的受害者。对于人民的苦难，马祖常诗常给予关注，如“织素鸣机曙未分，寒风吹裂嫁时裙。官家莫去催租赋，孀女无心刺绣纹”（《节妇马氏》其一），“长年为渔郎，税鱼与盐官。谁云无乡县？兵籍在邯郸”（《淮南渔歌》其六）。特别是元朝中后期，统治阶级横征暴敛，处于封建社会最底层的劳动人民叫苦不迭，这更加深了马祖常心中的痛苦。“愿神锡茂祉，农功相蕃庶。贱臣捐俸稍，牵犊耕鸡曙”（《斋宿太社署》其二），“天涂日宣光，泮水涣文波。岂乐具春服？农祥愿无讹”（《新岁丁卯》其二）[①]等诗，表达了对人民的同情及为民除忧的心情。

元朝自然灾害频发，洪涝、干旱以及长期的严寒导致农业减产，人民生活颠沛流离，这也牵动着马祖常一颗忧世忧民的心：“甲子人愁雨，河田麦已丹。岁凶捐瘠众，天远祷祠难。贾客还沽酒，王孙自饱餐。更怜黧面黑，征戍出桑干。”（《石田山居八首》其一）“无麦夫何极？吾忧陇亩空。岂能驱盗贼，得忍鬻儿童。荼蓼充肠熟，樵苏救口穷。无端县小吏，召役到疲癃。”（《石田山居八首》其五）[②]干涸的土地，颗粒无收的麦田，衣食难保的人民有的沦为盗贼，有的甚至卖儿鬻女，他们不得不靠柴草勉强充饥。偏偏此时县吏又下令征召，更添差役之苦，许多人更是因此染上了恶疾，生存再也无法维持。然而此时的官员和富商却对人民的疾苦视而不见，依旧过着酒足饭饱的潇洒日子。诗人通过这种对比的手法，凸显了民生之多艰，并将矛头直指当朝统治阶级。

马祖常在儒学思想指导下的诗歌创作，反映了当时劳动人民的悲惨生活，揭示出统治阶级内部的腐朽以及封建社会的尖锐矛盾，具有极强的现实意义，这与儒家“仁民爱物”的思想分不开。儒学的价值观在马祖常的政治理念中根深蒂固，促使他以天下兴亡为己任，以人民安乐为追求。在那个动荡不安的年代，当一些文人迫于统治者压力，选择消极避世，不敢讽喻时政、反映民瘼时，马祖常能始终关注百姓命运，直抒民瘼，尤为可贵。即便是辞官隐退后，也依然记挂着汉族百姓的安危，这对一位少数民族诗人来说实属难得。

二、马祖常组诗的主题与题材

据《全元诗》统计，马祖常共创作组诗 386 首，其中五言绝句共 79 首，五言

① 杨镰：《全元诗》第 29 册，中华书局 2013 年版，第 361、389、285、289 页。

② 同上，第 326 页。

律诗53首,五言古诗26首;七言绝句179首,七言律诗46首。按题材分类则有边塞、山水田园、咏史怀古、咏物写人、唱和赠答、宫词、即事感怀等。有关马祖常宫词组诗,本书第六章"宫廷文化与市井民俗组诗"有论述,兹不赘述。

（一）"原乡"意识与边塞组诗

元朝是我国历史上疆域最为辽阔的朝代。据《元史·地理志》载:"自封建变为郡县,有天下者,汉、隋、唐、宋为盛,然幅员之广,咸不逮元……其地北逾阴山,西极流沙,东尽辽左,南越海表……有难以里数限者矣。"[①]疆域的扩大拓展了元代边塞诗的表达范围,也为边塞诗内容的多元化提供了新的元素。

马氏家族为西域雍古部世家,虽然马祖常出生在江陵,人生大部分时间都在中原,但他的血统却不会改变,少数民族游牧部落特有的奔放与豪爽形成了诗人的内在气质性格。俄国美学家普列汉诺夫说:"任何一个民族的艺术都是由它的心理所决定的,它的心理是由它的境况所造成的。"[②]马祖常身为色目人的一员,享有优越的政治地位,加之出身衣冠望族的荣耀感,使他的边塞组诗充满了雄浑饱满的进取精神,而不像遗民诗人沉浸在感时伤事的低落情绪中。

马祖常的边塞诗主要有反映西北边塞之行和北方扈从之行的两类题材。西北边塞诗多写于其出任监察御史之时,主要有《河湟书事二首》《河西歌效长吉体》《灵州》等,约30首,数量虽不庞大,却是元代边塞诗最出色的作品之一。史载,延祐四年(1317)春正月庚子,"帝谓左右曰:'中书比奏百姓乏食,宜加赈恤'"[③](《元史·仁宗纪三》)。时西北战乱,民不聊生,仁宗皇帝派马祖常以监察御史出使河陇,安抚流民。值得注意的是,此行也是马祖常以元朝首科进士的身份荣归故里,踏上祖辈生活的土地,其内心有着异常深刻和特别的感情。如《灵州》云:"乍入西河地,归心见梦余。葡萄怜美酒,苜蓿趁田居。少妇能骑马,高年未识书。清明重农谷,稍稍把犁锄。"[④]"灵州"即诗中的"西河地",元代属甘肃行省宁夏府路,为少数民族居留地。时当地民众过着半农半牧的生活,民风淳朴可爱。诗歌描写了灵武地区民俗亦农亦牧的生活习俗和生产情况。首二句,写诗人刚刚踏入灵州故土时激动的心情。"归心见梦余",写的是面对祖辈生活的故土,作者归心似箭,恍如梦中。接着介绍了灵州的生产特色:除了种苜蓿这种牧草外,还种葡萄酿酒。元代葡萄种植面积之大,地域之广,酿

① [明]宋濂等:《元史》卷58,中华书局1976年版,第1345页。

② [俄]普列汉诺夫著,曹葆华译:《论艺术》,生活·读书·新知三联书店1964年版,第57页。

③ [明]宋濂等:《元史》卷26,中华书局1975年版,第595页。

④ 杨镰:《全元诗》第29册,中华书局2013年版,第309页。

酒数量之巨，都是前所未有的。郝经在《甲子岁后园秋色四首》（其三）《葡萄》诗云：“忽忆河陇秋，满地无歇空。支离半空架，串草十里洞。拇乳积成岸，颎瀌接梁栋。一派玛瑙浆，倾注百千瓮。”[①]从诗中知，当时的河西走廊有如一望数十里的葡萄园，到了秋天，酿成的葡萄酒达“千百瓮”的规模，就在今天，也是个大葡萄酒厂的规模。耶律楚材则在《西域河中十咏之一》中也有类似的描述。末二句，描述了北方因天气恶劣，清明之后才能开始从事农事劳动。“少妇能骑马”“稍稍把犁锄”[②]句，写出了西河女子既能上马打仗，还能下地干活，揭示边塞地区百姓亦农亦牧的生活习俗和生产情况。马祖常的《河西歌效长吉体》中有“贺兰山下河西地，女郎十八梳高髻。茜根染衣光如霞，却召瞿昙作夫婿”[③]，别开生面地记述了河西地区的女子招赘僧侣为婿的奇异风俗，极富民族特色和地域风情。正如邱江宁所言，“对于南下的西北子弟来说，他乡为客、南北文化差距，更兼元末北都朝廷的衰颓、南方豪强势力的壮大以及对西北回回的忌恶，不能归去的西北子弟不免在他们的江南书写中寄予北归乡愁”[④]。

另一类边塞诗多作于扈驾上都消暑巡边时，又称上京纪行诗。在元代边塞组诗中，上京纪行组诗尤为引人瞩目。虞集《贺忠贞公墓志铭》云：“世祖皇帝建上都于滦水之阳，控引西北，东际辽海，南面而临制天下，形势尤重于大都。大驾岁巡幸，中外百官咸从，而宗王藩戚之期会朝集，冠盖相望。”[⑤]可以说，上都实际是元王朝的精神家园与政治文化基地。王祎《上京大宴诗序》中也有类似记载：“盖自世祖皇帝统一区夏，定都于燕，复采古者两京之制度，关而北即滦阳为上都。每岁大驾巡幸，后宫诸闱、宗藩戚畹、宰执从寮、百司庶府，皆扈从以行。”[⑥]如此庞大的扈行队伍几乎将当时全部的馆阁文士容纳在内，边塞的奇观异景与皇帝巡幸的壮观场面成了他们笔下不可或缺的题材。

据《马祖常年谱》记载，马祖常仕宦期间曾多次扈从上都。延祐二年（1315）四月，扈从仁宗到上都，八月，还大都。延祐三年八月，扈从仁宗至上都。至治二年（1322），奸相铁木迭儿去世，马祖常得以复官，任翰林待制。上任第二年三月，便随英宗至上都。泰定元年（1324）四月，扈从上都。泰定四年秋，巡赴上都。在这期间，他共留下了 20 多首扈从诗歌，其中大部分是组诗。

---

① 杨镰：《全元诗》第 4 册，中华书局 2013 年版，第 194 页。

② 杨镰：《全元诗》第 1 册，中华书局 2013 年版，第 245—246 页。

③ 杨镰：《全元诗》第 29 册，中华书局 2013 年版，第 387 页。

④ 邱江宁：《元代多民族文化交融背景中的江南书写》，《文学评论》2016 年第 3 期。

⑤ [元]虞集：《贺忠贞公墓志铭》，李修生主编《全元文》第 27 册，凤凰出版社 2005 年版，第 510 页。

⑥ [元]王祎：《上京大宴诗序》，《全元文》第 55 册，凤凰出版社 2005 年版，第 292—293 页。

这些扈从诗依写作地点可分为两类:一类是写于上京的上京风情诗,这类诗或名杂诗,或题杂咏,或称即事。代表作品主要有《上京翰苑忆怀三首》《丁卯上京四绝》等,内容集中于描写上京及周围地区的自然人文景观,记述皇帝巡幸活动等方面;另一类是途中纪行诗,主要有《龙门》《北歌行》《龙虎台应制》等,多以描写驿路风光景物为主,对大都至上京之间的昌平、榆林、龙门、赤城、独石、李陵台、桓州等驿站及自然景观都作了具体细腻的刻画描绘。

至治二年(1322)八月,马祖常任翰林待制。次年,随英宗至上都,重归翰林院,面对曾经翰林生活和仕途上的失意,马祖常心情复杂,写下《上京翰苑书怀三首》。诗云:

沙草山低叫白翎,松林春雨树青青。土房通火为长炕,毡屋疏凉启小棂。六月椒香驼贡乳,九秋雷隐菌收钉。谁知重见鳌峰客,飒飒临风鬓已星。(一)

门外春桥漾绿波,因寻红药过南坡。已知积水皆为海,不信疏星又隔河。酒市杯陈金错落,人家冠簇翠盘陀。薰风到面无蒸暑,去鸟长云奈客何!(二)

万里云沙碣石西,高楼一望夕阳低。谷量牛马烟霞错,天险山河海岱齐。贡篚银貂金作藉,官窑磁盏玉为泥。未央殿下长生树,还许寻巢彩凤栖。(三)①

此诗是诗人第三次扈从上京所作。生动地再现了大漠草原的气息,抒发了诗人再次踏上翰林院的深刻感受。其一,诗人抓住蘑菇、地椒、白翎、驼乳等当地特产及土房、毡屋等特殊建筑,展示了上京周围的草原风光以及人文景观。其二,写上京富贵人家的奢华生活、酒市的繁华及"薰风到面无蒸暑"的气候特点。其三,夸饰上京的重要地理位置,感慨自己复官扈从之遇。值得注意的是,这组诗每首的前六句都是致力于再现当地图景,而每首的最后两句却意在抒情。马祖常复官不久,之前被奸臣逼退的失意与如今重归翰林院的欣喜让他心情复杂,百感交集,虽然上京的独特风光吸引了他,但仕途坎坷带来的困惑还是让他伤感不已:"谁知重见鳌峰客,飒飒临风鬓已星"表达了诗人对年华逝去的感叹;"薰风到面无蒸暑,去鸟长云奈客何"体现出诗人身在异乡的疏离感;"未央殿下长生树,还许寻巢彩凤栖"是诗人对自己还能否实现心中抱负理想的疑问与担忧。马祖常将写景与抒情结合起来,既生动地再现了上京独一无二的边塞风光和人文特色,又抒发了自己难以排遣的失落情怀。

---

① 杨镰:《全元诗》第29册,中华书局2013年版,第334页。

《丁卯上京四绝》是一组记录皇帝巡幸活动的组诗，写于元泰定帝四年(1327)，马祖常随泰定帝游幸上都行宫时所见。诗人从戒备森严的宿卫、场面壮观的田猎仪式、气势非凡的猎鹰场景、歌颂民族归顺等多方面，赞美蒙元天子的威风。诗云：

山雨晴时已是秋，苑中行殿日华浮。长杨十万旌旗宿，不使飞霜入画楼。(一)

离宫秋早仗频移，天子长扬羽猎时。白雁水寒霜露满，骑奴犹唱踏歌词。(二)

海国名鹰岂鹘胎，渥洼天马是龙媒。明时不惜黄金赐，只欲番王万里来。(三)

持橐词垣已赐金，对衣传拜更恩深。何如坐索长安米，只有歌词满翰林。(四)[①]

诗中主要描写了泰定帝打猎游幸时的豪华、威严、壮观场面。其一，以秦汉长杨宫为喻，展现初秋时节，上京殿苑阳光普照，旌旗招展的热烈氛围。其二，描写皇帝上都打猎的情景。皇帝羽猎，行宫仪仗随猎转移，随从骑卫还踏歌助兴。其三，通过猎鹰品种的刻画，揭示皇帝巡幸上京的又一目的是绥靖番王。其四，抒写扈从皇帝巡幸的自豪感。对于用诗文来记录这豪华场面的翰林院，皇帝不惜重金赏赐。

马祖常上京纪行类的边塞组诗还有《次韵继学三首》《和王左司竹枝词十首》《驾发上京》《李陵台二首》等。在描绘了当地风光的同时还表达了对皇威与大元盛状的赞颂。如《驾发上京》云：“苍龙对阙夹天阍，秋驾凌晨出国门。十里貔貅骑騕袅，一双日月绣旗幡。讲蒐猎较黄羊圃，赐宴恩沾白兽樽。赫奕汉家人物盛，马卿有赋在文园。”[②]“苍龙对阙夹天阍，秋驾凌晨出国门”，交待了上京之行的时间与出发地。中间描绘了扈跸途中的行军场景和天子围猎的壮观场面。诗的最后两句点题，借司马相如和汉室的典故，讴歌了元室对文人的浩浩皇恩。

作为馆阁文臣，马祖常在上京之行中，喜欢和馆阁同僚吟诗联句唱和。至治三年(1323)八月十五，他和袁桷、虞集一同行走在两都途中，路过枪杆岭，他们停了下来，持笔联诗，其中马祖常作诗名为《至治癸亥八月望同袁伯长虞伯生过枪杆岭马上联句》。马祖常和馆阁文人王士熙关系也很密切，其上京纪行诗有不少是和王士熙的，如《和王左司竹枝词十首》云：

---

① 杨镰：《全元诗》第29册，中华书局2013年版，第373页。

② 同上，第354页。

翠华宴镐承恩多,羽林似飞尽沙陀。从臣乞赐官法酒,千石银瓮来滦河。(一)

绿绣檐颂翠流苏,属橐舍人金仆姑。宫中云门教坊奏,歌遍竹枝并鹧鸪。(二)

玉绳双阙回苍龙,御沟石甃金水春。螭坳词臣紫橐在,千年河清今日逢。(三)

竹枝婉转贯珠匀,袜罗凌波那有尘。书生好酒恨不醉,丞相莫惜车中茵。(四)

日边宝书开紫泥,内臣珠帽辇步齐。君王视朝天未旦,铜龙漏转鸡人啼。(五)

金炉宝熏留篆云,花间百舌鸣早春。五方戏马赛争道,传声催赐十流银。(六)

红蓝染裙似榴花,盘蔬饤饾芍药芽。太官汤羊厌肥腻,玉瓯初进江南茶。(七)

天孙支机织流黄,杂花浮帘宫昼长。忽见琅玕种石上,却忆羊车来尚方。(八)

太微前陈中天居,万年树影高扶疏。汉家诸臣经术士,殿中劝讲三王书。(九)

流杯池边是镐宫,金舆翠幰逗微风。妫川玉液清如水,湛露承恩乐大同。(十)①

这组诗对上京的都市风光、民俗生活诸方面都进行了描绘。这里有描绘上京诈马宴盛况,也有宫中教坊的仙乐歌声;既有扈从文臣歌颂盛世,也有饮宴场合的豪情满怀;既有蒙古民族赛马的豪迈与热闹,也有达官显贵品茗消遣的悠闲;既有宫中讲经侍读场面的描绘,也有民间纺织技艺的展示;既有对"君王视朝天未旦"勤政的讴歌,也有对"湛露承恩乐大同"盛世的赞美。针对上都之行的奢靡,作者笔下暗含讽刺之意,如其一,前二句着重描绘了皇帝仪仗之豪华与气势之威武,后二句侧重于宴饮时奢华场面进行渲染。据《元史·志第四十七·兵二》载:"世祖至元二十六年七月,命大都侍卫军内,复起一万人赴上都,以备围宿。"②从元世祖起,历代帝王的上都之行都兴师动众,耗资甚众。其五,描述了一斗葡萄酒可换得刺史官衔的现实,让诗人感慨万分。其六,对皇宫内的奢靡生活进行描述,揭露了皇帝为宠幸取乐而挥金如土的表现。其七,再现

① 杨镰:《全元诗》第29册,中华书局2013年版,第390—391页。

② [明]宋濂等:《元史》卷99,中华书局1976年版,第2532页。

了宫廷显贵们穿新尝鲜、饱食酒肉、饮用新茶的奢华生活。

王士熙的“竹枝体”纪行诗，在文人中间引起很大反响，或仿效，或唱和，蔚然成风。除马祖常的《和王左司竹枝词》外，许有壬的《竹枝词十首和继学韵》，胡奎的《次韵王继学滦河竹枝词》是这方面的佳作。据吴当言，王士熙曾把自己所作的《柳枝词十首》书写在馆阁的墙壁上，至正十三年(1353)，左司诸公扈跸滦阳，大家争先恐后“追次”其韵，吴当也做了十首《王继学赋柳枝词十首书于省壁至正十有三年扈跸滦阳左司诸公同追次其韵》。

马祖常笔下的边塞组诗是一幅壮丽雄浑的逼真画卷，是造物者的神来之笔。这些组诗，在描绘塞外自然风光的同时还注重对当地人情风俗的描摹，并能结合对皇帝巡幸活动的再现，突破了晚唐及南北宋以来在边塞诗中描写战争的藩篱，更显质朴而亲切。此外，在这些组诗中，我们能深刻感受到马祖常身体里流淌着的西域热血和他少数民族诗人与生俱来的豪放不羁。虽然他会把走出家世背景、融入中原文化作为自己努力的目标，但基于现实政治的原因，至少有元一代，这些色目子弟是不会、也不可能完全走出自己的家世背景的。其边塞诗中所流露出的对故乡深情回眸，足以说明一切。

（二）林泉之趣与山水田园组诗

中国传统文化历来推崇“天人合一”的思想，自然之广博令人敬畏，给予人心灵上的快乐。王国维认为“古今之大文学，无不以自然胜”[①]，一语道尽山水田园诗在文学史上的重要地位。

马祖常年少时居无定所，因父亲移官而频繁迁居。入仕期间，他多次扈从皇帝出游，还曾出任地方官员，足迹遍及大江南北。元统二年(1334)，辞官归隐于光州，徜徉于淮南秀色，安居于石田山。诗人醉心天地之间，留下了不少寄情山水之作。既有对山水风光的描绘，又有对田园生活的讴吟，展示了马祖常恬淡旷远的襟怀及对任情适意生活的追求。

马祖常自考取进士得授官职后，便在大都定居，任职于翰林国史院。翰林国史院，位于钟楼之西海子之东，环境幽美。马祖常每日乘马往返史馆，公退以后，则沿着河岸信马游玩，留下了不少反映此间风情与景观的组诗。如《御沟春日偶成四首》云：

御沟流水晓潺潺，直似长虹曲似环。流出宫墙才一尺，便分天上与人间。（一）

拍拍春波满御沟，酒浓花艳柳枝柔。江淹空有文如锦，不得千金买莫

① 王国维：《宋元戏曲考》，百花文艺出版社2002年版，第98页。

愁。(二)

春波十顷碧琉璃,白日楼台照影时。好着画船都载酒,半酣西望碧参差。(三)

水南沙路雨清尘,桃李花开蛱蝶春。三月京华寒食近,东风十里酒旗新。(四)[①]

这是一组描写宫外御沟春色的写景诗。其一,写御沟及两岸风光,揭示宫墙内外的不同生活。御沟即金水河,直虹曲环,蜿蜒而去。一墙之隔隔开了天上与人间,也将庄严与华丽凝聚成一派令人肃然起敬的皇家气象。其二,写金水河春波荡漾,夹岸煦风拂柳,春光怡人。借用江淹之典,抒发宫女的幽怨之情。其三,进下写御沟碧波荡漾,清澈如镜,亭台楼阁倒影其中。水上画船穿梭,歌声不绝,一派繁华热闹景象。其四,写三月的御沟,桃李花争奇斗艳,莺歌蝶舞,京城中的酒幌迎见招展,充满着浓郁的生活气息。整组诗歌以御沟为中心,以春天的景色为背景,写景抒情,状物叙事,将一个初到京城的翰林对京城生活的新奇感悟生动地展现出来。

据肖超宇考证,公事余暇,"马祖常喜欢与友人结伴出行,踏访京华山水名胜。适逢天朗气清,百花争艳,他就去好友的家中做客,去欣赏园子里盛开的鲜花:'翰林王学士,宅里好花开。白纻裁春服,青钱唤酒杯。终知老子兴,尝望美人来。笑我如椎钝,敲门一百回。'"[②]诗中的王修撰即王士熙,与马祖常相交甚善。久叩宅门无人应答,当马祖常正欲离去时,值王士熙乘马而归,王士熙调侃道:"词臣应自贵,深院闭莓苔"(《春思调王修撰袁待制二首》其二)。从二人的赠答唱和中,可见彼此之间相得之乐。

在元代,自大都新城建成后,原有的南城便渐趋荒落,出现了"北城繁华拨不开,南城尽是废池台"(宋褧《寒食拜扫盘桓南城亲友家书所闻见俚歌十首》)的局面。正为人迹罕至,反而使得故城宫阙烟草迷离,既有自然的清新,更有人文的厚重,成为游览的绝好去处。据《日下旧闻考》卷147《风俗》载:"是月也北城官员、士庶、妇人、女子多游南城,爱其风日清美而往之,名曰踏青斗草。"[③]马祖常也曾携诸文友,如翰林待制贡奎、翰林修撰文矩等,往南城赏牡丹,以诗相和,畅叙情怀。其《南城二首》便是此游赏所作,诗云:

城南牡丹一百本,翰林学士走马来。渡水杨花逐飞燕,蓟中芳草送春

① 杨镰:《全元诗》第29册,中华书局2013年版,第375页。

② 肖超宇:《马祖常京都生活》,《寻根》2015年第5期。

③ [清]于敏中等编纂:《日下旧闻考》卷147《风俗》,北京古籍出版社2001年版,第2353页。

回。（一）

粟侯亭前花一园，客来日日费金钱。明朝碧树春城合，恨不江东问酒船。（二）[1]

《南城二首》是一组游记诗。其一，交待了春日到来，南城牡丹盛开，诗人与朋友一道踏春赏花。“渡水杨花逐飞燕，蓟中芳草送春回”，将杨花与飞燕共舞，芳草与游人共醉的春光展现得淋漓尽致。其二，写诗人与朋友在粟侯亭饮酒赏花。粟侯亭是马祖常与友人们常到之处，亭前的花园“约占地五亩，不仅栽种名花，亦植有香草修竹，亭临池而建，祖常与友人于其间具酒相酌，直至次日晌午方才酒醒，舍不得轻易离去”[2]。二诗写出了诗人游春赏景的兴致，抒发了春光易老的伤春之情。

极写山水田园之美，是马祖常此类作品的重要主题。庄子《知北游》云：“山林与，皋壤与，使我欣欣然而乐与！”[3]优美的山水风光和惬意的田园生活常令其流连忘返，描绘山川之秀、展示田园之美，成为贯穿马祖常的一生永恒主题。他少年时随父亲到任所，曾经躬耕田园，“初余居田亩，铫铸每亲荷”（《录囚大兴府公厅书事》）。36岁参加科举，出仕前的生活就是漫游、读书、农耕，对农事生活与大自然有着一种近乎天然的亲近感。进入仕途后，目睹了官场的黑暗与欺诈，当他有机会再次回归自然，直面对山水田园美景时，其喜悦之情却一发不可收拾。如《六言五首》云：

借马出城移竹，取钱与客收书。洞口蜂房割蜜，江头艇子求鱼。（一）

南塘雨晴草满，西林春早花疏。道士烧丹借灶，山翁种树求书。（二）

白鸟飞来何许？青山闲对谁家？日暮一樽浊酒，不知风帽攲斜。（三）

绝涧花迎暮竹，回塘水媚春云。欲赋淮南招隐，山中桂树留人。（四）

竹下茶瓯晚步，花间酒榼春行。谁访青山白发？道人留我题名。（五）[4]

在这组无题诗中，诗人为我们描绘了一幅清新幽静的自然画卷：雨后的池塘绿草茵茵、云影徘徊，早春的山林花苞吐蕊、飞鸟振翅，桂树满载春晖，翠竹挺拔修长。自然之景，赏心悦目。“道士烧丹借社，山翁种树求书”，道士、老翁以及诗人寻访的隐士，都生活在山中，他们无欲无求，过着返璞归真的惬意生活。作者虽不能长居于此，仍乐于享受当下的清净安宁。在这里品茗饮酒，舒展胸

---

① 杨镰：《全元诗》第29册，中华书局2013年版，第362页。

② 肖超宇：《马祖常京都生活》，《寻根》2015年第5期。

③ [清]王先谦：《庄子集解》，中华书局1987年版，第194—195页。

④ 杨镰：《全元诗》第29册，中华书局2013年版，第398—399页。

怀,忘却了尘世的烦恼。《世说新语》中载简文帝入华林园时,感慨道:"会心处不必在远,翳然林水,便自有濠、濮间想也,觉鸟兽禽鱼自来亲人。"[①]马祖常以自然放松的心态和欣赏的眼光关注山川草木,既再现了自然景观之美,也将自己的情感投射其中,达到了物我合一的境界。

《天冠山二十八咏》是一组五绝景观组诗,是作者在游览江西贵溪时所作。当时由赵孟頫、王士熙和虞集等,同来天冠山游览观赏,借着与祝丹阳等诸学士唱和的机会,以诗往返,留下了数组"同题共和"天冠山景观诗。赵孟頫有《天冠山题咏二十八首》、王士熙有《天冠山二十八首》、林传有《天冠山二十八咏》、虞集有《天冠山诗》、杜本有《天冠山二十八首同诸学士为祝丹阳赋》、郑芳叔有《天冠山二十八咏》、王奎有《天冠山二十八咏》等。组诗分咏龙口岩、洗药池、炼丹井、长廊岩、金沙岭、飞升台、雷公岩、石人峰、堂岩、老人峰、月岩、风山、逍遥岩、灵湫、寒月泉、玉帘洞、长生池、道人岩、仙足岩、鬼谷岩、风洞、钓台、礤潭、馨香岩、三山石、五面石、小隐岩、一线天等景观,构成了一组气势磅礴的山水景观序列。下面选其中几首分析。

> 步上飞升台,飘然隔万尘。天低星辰近,云气常逼人。(《飞升台》)
> 朝看碧桃花,夕谱洞箫曲。大年驻清景,逍遥本无欲。(《逍遥岩》)
> 仙迹本无踪,凌云逐黄鹄。忽见山中人,来言有灵躅。(《仙足岩》)
> 洞口风泠泠,日吹松桂寒。泉声夜相和,環珮玉珊珊。(《风洞》)[②]

天冠山在江西省贵溪市城南一公里处,有三座山峰品峙而立,故称三峰山。又因其巅方正,两隅垂桃如冕,又称天冠山。赵孟頫曾在此立碑,并撰文书丹,即为天冠山二十四景撰写的诗帖,遍写贵溪风光。《天冠山二十八咏》所写既包括"老人峰"等自然景观,也包括"仙足岩"等道教胜迹。每首诗均紧扣题目展开,写景寓意,表达作者的审美体验与向往之情。如《飞升台》诗就突出了飞升台的高峻和远离尘俗,"星辰""云气",言其高,"隔万尘",喻其超凡脱俗,紧扣一"升"字。《逍遥岩》则突出早间桃花烂漫及晚间的悠然箫声,紧扣一"逍遥"主题。《仙足岩》突出了仙人的腾云驾鹤,来无影去无踪。直到"山中人"的出现,逗出"灵躅(足迹)"主题。《风洞》一景则突出了"风声"和"泉声","松桂寒",言风之威;"玉珊珊",喻泉之美。诉之于听觉;松桂、環珮意象冰清玉洁,超脱尘俗,诉之于视角。目接耳闻,无不令人赏心悦目。天冠山的景观之美,因道教的仙话传说更增添了一份神秘色彩,令人心驰神往。

从历史上看,马祖常在朝为官的期间,正是元廷宫斗最激烈的阶段。皇位

---

① [宋]刘义庆著,徐震堮校笺:《世说新语校笺》上,中华书局1984年版,第67页。

② 杨镰:《全元诗》第29册,中华书局2013年版,第404—406页。

更迭频繁，馆阁文臣经常卷入政治斗争的漩涡。据《马祖常年谱》记载，其仕宦期间，曾一次被迫退居，两次以疾不赴，三次辞归乡里。“嗟余生之多忧兮，几颠踬而数穷”（《伤己赋》），成为马祖常一生宦旅生涯的真实写照。游走在政治风浪中间，给他带来了极大的精神压力。每当此时，马祖常总是回到光州，流露出渴望归隐的心愿。如《田居二诗寄元参议》云：

积潦被原田，潴水满陂塘。具我钱镈器，刬秸饲牛肠。周垣无不完，南东植柔桑。欣欣条枝发，向日欲奋张。众草还芊芊，朝雉鸣阳冈。始旦荷畚去，取粪城邑旁。敢辞作劳苦，但愿筋力强。（一）

上马作将军，下马作博士。服贾真无良，蓐食勤穑事。王朝列公卿，田税岂十二？同里相劳勉，牛种更贷贳。虽无冻馁忧，未可悦亲志。亲志在光荣，禄养乃始贵。为诗献儒宗，秋获见稔岁。（二）[①]

这组诗写于马氏因弹劾铁木迭儿而遭遇报复后归隐光州之时。其一，描绘了乡村恬淡的景致。大雨后的积水没过了田野和池塘，树木的枝条发了新芽，向着阳光不断生长。草地翠绿茂密，早起的鸟儿歌喉婉转，动听异常。在这样美妙的秋光里，诗人每日晨起，亲耕于此，饲牛肠，植柔桑。哪怕是荷畚取粪的累活脏活，他也能乐在其中，而当地乡亲的勉励与帮助更是给了他莫大的精神安慰。“敢辞作劳苦，但愿筋力强”，他深知劳动的艰辛，更意识到农耕可以使身体更强壮健康，这样的劳动生活在前代的诗中是很难见到的。然而仕途的初次遇挫不可能轻易摧毁马祖常参与政治、辅佐君王的信念。其二，他向元参议表露心声：“虽无冻馁忧，未可悦亲志。亲志在光荣，禄养乃始贵”，道出了自己身上肩负着的家族厚望，而“上马作将军，下马作博士。服贾真无良，蓐食勤穑事”和“为诗献儒宗，秋获见稔岁”则表露出希望得到元参议的支持和举荐之意。在他看来，这一辈子无论作将军、博士还是农夫他都可以胜任，唯独不擅于经商（自谦之辞，并非真不会，早年曾长时间在吴楚经商），他熟悉田间劳作，并且“自觉是农师”（《石田山居八首》其四），可以称得上是行家里手。马祖常衣食无忧，他参加劳动完全是出于自身的热爱。这里有诗人的汗水，有诗人的喜乐，有真诚的情感，田园生活是其精神生活一个不可或缺的内容。

作为雍古部贵族后裔，马祖常身上寄托着祖辈的期望，心中满是对国家和百姓沉甸甸的责任，对他来说，归隐田园实在是无奈之举。时奸相铁木迭儿势焰熏天，马祖常不畏强权，正义凛然，以七品监察御史的小官上书朝廷，尽疏其恶，弹右丞相铁木迭儿，峥峥风骨，令人敬佩。此后，元仁宗病死，元英宗新继

① 杨镰：《全元诗》第 29 册，中华书局 2013 年版，第 293 页。

位,权相铁木迭儿滥杀无辜,马祖常被迫退居光州,隐居田园。借山水田园之景述志,表达渴望施展抱负的豪情,如《杂咏三首》其二云:

濠梁无客更观鱼,游子行过莫问书。潮落沙痕鸥泛少,风回云影雁行疏。归帆夜宿山前寺,从橐秋辞仗外车。俯仰此身天地内,沧洲重去带经锄。(二)[①]

一方面,借用庄子与惠施"濠梁"之典,暗指逍遥闲适的生活。另一方面,诗人感慨人生短暂,要以儒家之"经"为锄,实现"兼济天下"的理想。前者是超然世外,闲适自在;后者是济世救民,千辛万苦。如何选择?其《宿兴化县界》中"白发山中抱孔经,会见青藜下天乙",以商汤的情怀自勉,救苍生于水火的行为告诉了我们一切。然而,面对仕途之艰险、政治理想不能实现,他悲恸欲绝,陷于请缨无路、报国无门的艰难境地。

醉心于田园生活,忘情于山水美景,对闲适心境的追求,表达出的正是对现实的不满。如《独石》云:"秋濑喧石梁,临流不肯渡。与客坐忘归,山寒日将暮。"[②]诗人与友人临流而坐,面对暮色中的青山,听水流拍打着石桥,画面静谧而安详。一个"忘"字,体现了诗人与友人沉浸在"神与物游"、物我两忘境界里,审美主体与客体达到高度契合的精神状态。令人想起李白的"相看两不厌,唯有敬亭山"(《独坐敬亭山》)。正所谓仁者爱山,智者乐水。诗人游山玩水,不仅在于欣赏山水之美,还在于领悟山水的品格,寻觅知音。李白如此,祖常亦然。马祖常的隐逸情怀正是在"兼济天下"的责任与"不肯学仕宦,慷慨负高义"的个性矛盾斗争中形成的。经过了"几仕""几隐"的反复后,辞官归田是他唯一能做的选择。

在光州,作者怀着深深的热爱之情,鉴赏的心境,品味着乡村的原始和质朴;以细腻的笔触,呈现了田园的单纯与缤纷。把抒情与写景融合起来,寄深情于平淡之中,创作出灵动、淡远的田园组诗,如《石田山居八首》《淮南田歌十首》《淮南渔歌十首》等。《石田山居八首》诗云:

甲子人愁雨,河田麦已丹。岁凶捐瘠众,天远祷祠难。贾客还沽酒,王孙自饱餐。更怜黎面黑,征戍出桑干。(一)

积雨衣裳湿,愁人是麦田。泥将深没马,雾欲坠飞鸢。爨火劳薪尽,家居老屋穿。墙根杂蛙蚓,拟买系篱船。(二)

光山枫制锦,潢浦荻飞绵。秫熟何论酒,鱼来不计钱。卜邻多野老,

---

① 杨镰:《全元诗》第29册,中华书局2013年版,第344页。

② 同上,第361页。

求药有神仙。为客留羹笋，清晨步石田。（三）

四月淮天雨，清林荫碧池。笋香邻瓮酒，禽响客窗棋。田鼓春迎社，乡巫夜赛祠。渐知飘泊久，自觉是农师。（四）

无麦夫何极，吾忧陇亩空。岂能驱盗贼，得忍鬻儿童。荼蓼充肠热，樵苏救口穷。无端县小吏，召役到疲癃。（五）

作客何多意，淮南即是家。自牵萝屋小，不正葛巾斜。书懒眠尤熟，诗来酒更赊。春天云妩媚，相对坐鸥沙。（六）

竟日无宾主，山房一秃翁。竹光浮昼碧，花蕊飐春红。田父分鸡桀，邻僧乞鹤笼。时行亲杖履，未觉坐书空。（七）

淮南穷僻地，先世有林庐。花曙鸣山鸟，芹春跃岸鱼。鼓琴仙度曲，种杏客传书。朋旧如相觅，休嗔礼法疏。（八）①

该组诗写于至元二年(1336)，即祖常彻底告别政坛后不久，诗中记录了他在光州的乡居生活。其一，写光州百姓遭遇干旱，生存艰难，即便如此，他们还要“征戍出桑干”。但商人和官员们却依旧过着“还沽酒”“自饱餐”的奢侈生活。在“穷年忧黎元”的使命感驱使下，他表达了对百姓命运的同情与对朝廷救灾不力的不满。其二，写淫雨不断，百姓忧愁。沤烂了地里的麦子，路途泥泞难行。“爨火劳薪尽，家居老屋穿”句，真实地反映了光州百姓生活的艰辛。其三，写作者漫步在秋天的景致里，欣赏着鲜艳如锦的枫林，感受着空中飘扬的芦花，与村民们一道饮酒作乐，享受着乡村的富足与安宁。其四，写淮南的人情之美。当地人民的热情招待使祖常，让他有宾至如归之感。到邻居家品尝醇香的美酒，与朋友一起在窗边下棋，白天观看迎春的天鼓表演，夜晚参加乡里的祭祀活动。诗人仿佛由朝廷官员，变成了与农民休戚与共的“农师”了。其五，诗人满怀深情，进一步表达了对光州百姓生活的担忧。他不仅担心地里庄稼长势不好，也担心土匪强盗的抢劫，更担心官方毫无节制的劳役与兵役，间接地表达了对朝廷政策的不满。其六，写作者虽然来自遥远的河西，但早已把光州作了自己的第二故乡了。“作客何多意，淮南即是家”，身处石田的原野里，感受着乡亲们无微不至的关怀，祖常的归属感日盛，最后发“作客何多意，淮南即是家”这样的感叹了。其七，再现隐居光州的优美风光和惬意生活。“竟日无宾主，山房一秃翁”，言居处的偏僻冷清，孤独自在。周边翠竹青青，花蕊艳艳，美景怡人。诗人“杖履”行走在村里，碰到分鸡栅的田父，乞鹤笼的邻僧，周围的一切洋溢着的宁静与美好。其八，表明自己终老田园、不再出世的志向。“淮南穷僻地，先世有林庐”，穷而有节，不仅是光州既有的古老传统，也

① 杨镰:《全元诗》第29册，中华书局2013年版，第325—326页。

是受儒家思想影响甚深的马祖常的人生哲学。“花曙鸣山鸟,芹春跃岸鱼。鼓琴仙度曲,种杏客传书”,所呈现出的悠闲自在,是官场无法给予的。作者以“休嗔礼法疏”回应了那些曾经的同道或朋友,表明不再出世的态度非常坚定。如其说是因为他对朝廷绝望了,不如说是他恋上了这里的田园生活。其隐居后屡受朝廷征召,但坚辞不受,便表明了一切。整组诗写了光州优美山水、纯朴的民风和诗人厕身其间的闲适与自得。

再如《淮南田歌十首》《淮南渔歌十首》,这两组诗歌分别以光州百姓的种田、捕鱼生活为对象,描写了他们生活、劳作的环境,再现了农村优美的田园风光、纯朴的民风民俗和作者置身其间的怡乐心境。如《淮南田歌十首》诗云:

东塘水初满,西塘泉又生。春风两塘侧,多少路人行。(一)
老翁白发短,放牛田间卧。记得南朝事,怕临淮水过。(二)
西庄竹笋长,生过东家墙。东家吃竹笋,日日笑西庄。(三)
鱼儿随水上,到我屋前溪。更怨溪水小,随雨过南堤。(四)
蒲生亦有笋,菰生亦有米。可怜芙蓉花,照影秋塘里。(五)
鹭鸶白如雪,鸬鹚嘴复长。双立田塍头,知是鱼满肠。(六)
牛饱早耕田,田中水湔湔。春晚苹草生,牛力更可怜。(七)
借钱买盐茶,倩人莳早秧。日望秋田熟,仍防野鸭伤。(八)
江东木棉树,移向淮南去。秋生紫萼花,结绵暖如絮。(九)
锄头莫用懒,夏日背上炎。秋税入官仓,雀鼠嘴尖尖。(十)[①]

再如《淮南渔歌十首》云:

棹船淮水上,晒网赤岸南。船中捕来鱼,卖钱买鱼篮。(一)
小艇如凫鹥,湘东紫杉木。载家复捕鱼,夜夜系江竹。(二)
市中买蚕丝,新结横江网。江中鱼已尽,又结网十丈。(三)
白云渡深竹,野水过斜桥。鸣榔下淮浦,笭箵带朝朝。(四)
船过蒹葭浦,人家唤买鱼。回船泊柳岸,却问种树书。(五)
长年为渔郎,税鱼与盐官。谁云无乡县?兵籍在邯郸。(六)
渡江问鱼价,人来索酒钱。妇姑亦不恶,便煮缩项鳊。(七)
桃花水初涨,矶头好下罾。取得金鲤鱼,去换缚船藤。(八)
卖鱼向城市,陌上遇王孙。争买双银鲫,将去赠红裙。(九)
乌鬼项细细,吞鱼不下咽。海鸥嘴亦短,衔鱼入野烟。(十)[②]

---

① 杨镰:《全元诗》第29册,中华书局2013年版,第387—388页。
② 同上,第388—389页。

这两组诗所反映的光州(淮南)景色清幽美好,作者生活的宁静闲适。诗中涵盖了大量的田园物象:竹笋、菰米、芙蓉、木棉、紫衫、蒹葭、鲤鱼、鹭鸶、鸬鹚、海鸥……各种动植物汇集在诗人的笔下,连成一幅幅优美自然又生机勃勃的乡村季节图。看秋塘,嫩绿的笋、洁白的菰,清香四溢;鲜艳的芙蓉,投影在碧绿的池塘里,妩媚动人;再看田里,似雪的鹭鸶,悠闲地转动着它长长的颈项,似炭的鸬鹚偶尔动一下它那长嘴,想来它们已是鲜鱼满腹,真是好不自在;再向高处看,自江东移来的木棉已经长大成树,灿烂的紫花,犹如天边一片霞彩。何其壮丽！同时,当地人的农事、渔事以及民生苦乐也被描绘出来,是白首老翁放牛田间的悠闲,是西庄种笋、东庄吃笋的乐趣,是面朝黄土、背向青天的辛劳,是水上捕鱼、岸边结网的忙碌,是赋税沉重、兵役连年的疾苦……通过一系列生动形象的描写,作者赞美了劳动人民的敦厚善良、勤劳质朴,同时又揭露了统治阶级的剥削与压迫,内涵丰富,意义深刻,完整地记录了当地的田园生活。

马祖常的山水田园组诗清新自然,质朴灵动,寄情于景,情景交融,表达了诗人对大自然的欣赏与热爱。其中,以描写田居光州的内容尤为出色。诗人选用口语化的字词和白描的手法,令诗歌读来通俗易懂,生动活泼。其中既有对田园景致的描绘,也有对风土人情的赞颂,同时还记录了统治阶级压迫下的民生疾苦,无形中已将出世与入世的思想结合起来。马祖常虽然出生西域家庭,但他入仕前十多年一直随父亲定居光州,并在此生活学习,中年隐退后,光州又给予了他无数的生活乐趣和心灵慰藉,于是这个地方渐渐成为故乡的代名词,假使没有这份深厚的感情,诗人是无法写出如此优秀的诗作的。

(三) 兴亡之叹与咏史怀古组诗

元代是民族大矛盾又大融合的时代,汉族诗人遭受到蒙古统治者的歧视与压迫,因而常常借咏史怀古来抒发心中的郁结。梁启超说:“史者何？记述人类社会赓续活动之体相,校其总成绩,求得其因果关系,以为现代一般人活动之资鉴者。”[①]马祖常虽因色目人的身份享有较好的待遇,但他“见古迹,思古人”(方回《瀛奎律髓·怀古类》小序)[②]时亦会触景生情,继而表达政治态度,感叹人生境遇。

步入仕途之前,马祖常就曾游历四方,入仕后又多次寻访历史文化遗址。

---

① 梁启超:《中国历史研究法》,上海古籍出版社 1998 年版,第 1 页。

② [元]方回选评,李庆甲集评校点:《瀛奎律髓汇评》上,上海古籍出版社 1986 年版,第 78 页。

当这些满覆尘埃的遗迹承载着时间的重量出现在诗人的眼前,无疑激发了他的创作热情。其咏史怀古组诗继承了前人的传统,多为咏叹历史人物或事件,表达独到见解;更有借古讽今之作,成为社会现实的投影与诗人心灵的折射。《骊山三首》写道:

绣岭春来绿树圆,东风吹影入温泉。华清梦断飞尘起,玉雁御香堕野田。(一)

玉女泉边翠藻多,石池涵影媚宫娥。可怜绣岭啼春鸟,犹似梨园弟子歌。(二)

华阴道士长松下,留我煎茶看古碑。衣上征尘都莫洗,天风一夜为君吹。(三)[①]

骊山是自古以来的风景胜地,因其风光锦绣,故又名“绣岭”,曾经吸引过历代文人亲至游览。三千多年前,古代帝王便开始在此营建离宫,以资游幸。“华清”即“华清宫”,为唐玄宗命人所建,因位于温泉之上,又称“华清池”。其一,诗人先是描绘了骊山春日的景色,绿树环绕,春风送暖,池水清澈,随后通过“飞尘起”,“堕野田”,揭示出当年的马嵬兵变,杨贵妃被唐玄宗赐死的悲剧,营造出一种历史的沧桑之感。其二,诗人由水面的倒影联想起当年在池边玩耍的宫女,从啼春的鸟鸣声中又仿佛听到了梨园弟子的歌声,再现了唐玄宗耽于享乐,沉迷杨贵妃的美色而不思政务,最终诱发安史之乱的历史,鞭挞了唐玄宗的只爱美人不爱江山,间接地对元朝君主提出警示,体现了诗人忧国忧民的政治热忱与责任感。其三,诗记录了诗人在游历途中偶遇华山道士,并一同品茶、观看古碑之事,有“白头宫女在,闲坐说玄宗”的意味。整组诗融写景、记事、咏史怀古为一体,慨叹由骄奢淫逸到国破人亡的悲剧,遣词含蓄蕴藉,哀婉感伤。

《李陵台二首》是作者扈从上京路途经过李陵台遗迹感怀而作,诗云:

故国关河远,高台日月荒。颇闻苏属国,海上牧羝羊。(一)

蹛林闻野祭,汉室议门诛。辛苦楼兰将,凄凉太史书。(二)[②]

李陵台是李陵被困匈奴期间所筑的“望乡台”,在今内蒙古正蓝旗境内。李陵是历史上著名的悲剧人物,汉武帝时,他率兵北抗匈奴,由于兵力悬殊,最终战败投降匈奴,连累其家人遭受灭顶之灾。汉王朝已与之恩断义绝,然而李陵在异国他乡却饱尝思乡之苦,直到去世也未能归汉。历史上对李陵的评价一直

---

① 杨镰:《全元诗》第29册,中华书局2013年版,第363页。

② 同上,第359页。

存在争议，有人认为他叛国弃亲，是咎由自取；也有人认为他投降匈奴是为了伺机报国，并非苟且偷生。作为名将李广之孙，李陵不论其最后投降匈奴究竟是出于何种考虑，可以肯定的是他并非一个十恶不赦的坏人，因而其经历还是相当令人扼腕的。组诗生动地再现了李陵身在异国的凄凉：既有思乡的愁苦，又有失去亲人的切肤之痛。其一，写李陵投降匈奴后，长期漂泊异乡，困居匈奴二十余载，常思汉地、怀念故乡，于是筑台南望。其二，写李陵兵败投降后，全家惨遭杀害，此事又牵连司马迁遭受刑罚。“辛苦”与“凄凉”为诗歌笼上一层悲慨的色彩。创作该组诗时，马祖常是第二次登上李陵台，诗人此时已遭遇了仕途坎坷，官场的黑暗让他抑郁寡欢，而李陵的身世经历带来的感伤恰恰与这种思绪不谋而合，即世事无常、物是人非的苍凉感，因而这组诗并不仅仅是对历史人物的追忆，更多的则是诗人借古之事，抒今之情。

《过故相宅二首》也是一组凭吊古迹抒发兴亡之感的怀古诗，其诗云：

> 故相门闲草自春，宅基一半属他人。可怜掉臂当时客，尽似风吹路上尘。（一）
>
> 瓦坠当檐燕不来，白头老妾卖花栽。旧时小吏今身贵，羞近门西上马台。（二）[①]

这组诗是马祖常经过故相宅前的感慨之作，诗中虽未交待“故相”的身份，然而结合历史让人联想起铁木迭儿。铁木迭儿身历元朝五代君主，数度拜相。此贪财有术，行贿有方，敛财聚货，中饱私囊，避害忠良，最后身败名裂。其一，写故相门前的绿草却一如往常，年复一年，自顾自迎接着春光的滋润。故相豪宅府邸有了新主人，可怜当年叱咤风云的丞相，一如路上尘土，风吹过后消失殆尽。其二，故相雄伟富丽的府第时光的冲刷下也逐渐破败，屋檐上的瓦片摇摇欲坠，连燕子也不愿再来此栖居。曾经的美貌妾妇如今已是两鬓斑白，失去了依靠的她只得卖花维持生计。当年名不见经传的小吏现在官至高位，令人感叹世事变化之巨。这是一首怀古诗，诗人在对故相府第的凭吊中，流露出对物是人非的沧桑之感，更表达出作者对元代政治腐败的不满。

除了登临古迹的即景兴怀，马祖常还在题画组诗中咏史怀古。如《题四皓图二首》写道：

> 不听高皇召，还来太子宫。阿婆人彘祸，吾恨紫芝翁。（其一）
>
> 鸿鹄歌虽壮，长门事可忧。间名紫芝客，终不似巢由。（其二）[②]

---

① 杨镰：《全元诗》第29册，中华书局2013年版，第365页。

② 同上，第357页。

“商山四皓”是秦末汉初的四位学者,指东园公、绮里季、夏黄公、角里先生四人,他们都年过80,须眉白发,因不满秦朝暴政而隐居商山,世称为“商山四皓”。刘邦曾请“商山四皓”出山为官,而“四皓”加以拒绝,并写了《紫芝曲》表明志向。后来,为帮助太子刘盈而复出。历代以来人们都在赞美四皓遗世独立、安贫乐道的高风亮节。马祖常别出心裁,一反历代文人对“商山四皓”的褒扬,指责其阻止刘邦废太子刘盈,致使戚夫人被吕后施以惨绝人寰的“人彘”酷刑,最终引发政局动荡的行径。元代社会,皇位频繁更迭,宫廷惨剧不断。马祖常写该诗的目的便是借古讽今,批判了那些动摇君心、扰乱政治的后妃谋士。

马祖常的咏史怀古诗以缅怀、咏叹历史人物及事件为主,其中常常饱含诗人自身的历史见解或主观情思,增强了咏史怀古诗的形象性及抒情性。在咏史怀古的题画组诗中,马祖常尤其关注历史上的女性形象,着意凸显人物的内在心理与性格,使得画中的历史人物形象丰满,令人回味。如《蔡琰图二首》诗云:

胡月还如汉月圆,龙堆沙水咽哀弦。文姬此夕穹庐梦,应到春闺旧镜前。(一)

蹋歌谁唱木肠儿,颇念中郎哭女时。卫霍不生陵不死,望乡台畔尽相思。(二)①

组诗以东汉末年的蔡文姬画像为对象,展开联想。由于社会的动荡,蔡文姬被强掳至南匈奴,嫁给了匈奴左贤王,直到12年后,才被曹操用重金赎回。12年的异族生活中,她饱受思乡之苦。“胡月还如汉月圆”,西域之月与家乡之月一样圆满,然而意义却不相同。凄苦之情无法排遣,只有梦中才能回到家乡。“望乡台畔尽相思”,背井离乡的这些年里,蔡文姬常常想起父亲伤悲的面庞,想起“卫霍不生陵不死”的乱局,内心悲愤难平。在这组诗中,马祖常没有描写蔡文姬的外貌,而是以史实为基础展开想象和议论,注重刻画人物心理和情感诉求,这样的处理方式使画作中原本单薄的形象变得饱满,使得作为历史人物的她,被塑造得有血有肉,性格鲜明,令人印象深刻。

再如《西施怨三首》,诗曰:

吴王水殿看芙蓉,十二帘栊罨画重。新得西施颜似玉,不教宫漏滴铜龙。(一)

妾家本在苎罗山,一入吴宫便不还。自是夫差心未醒,枉将亡国怨朱

① 杨镰:《全元诗》第29册,中华书局2013年版,第374页。

颜。(二)

为妾轻身作馆娃,妾心刺血报夫差。范生事主还无策,教妾倾人亦可嗟。(三)[①]

春秋末年,越王勾践为复国,将西施献给吴王夫差,吴王对西施宠爱有加,将大部分的精力投注在这位貌美如花的妃子身上,因而无心于国事,最终被勾践夺回了政权,而西施也因此被世人冠上了“红颜祸水”的名号。马祖常以史实为基础,对西施之“倾身”遭遇给予同情,指出吴王身死国亡的根本原因是“心未醒”,对范蠡无能也提出了批评,因其“事主还无策”,直接导致了西施的悲惨命运。组诗在对西施不同寻常的评价中,显现出独特的史识。

纵观马祖常的咏史怀古组诗,其内容涉及不同年代的历史事件与人物,多聚焦于悲剧性题材。既有亲临古迹的即景兴怀,也有题画时的缅怀、感慨之作。既包含着对历史的评价,亦表达了对当下的思考,具有较高的思想内涵。

(四)托物言志与状物组诗

咏物题材是中华民族传统诗歌中起源较早、数量较多也颇受文人欢迎的一种。诗人们有时仅仅是以一种单纯的心态来表现所咏之物的特点与自己对其的喜爱,然而更多时候他们则是通过咏物来寄托思想感情,表达人生态度,正如刘勰《文心雕龙·明诗》所言:“人禀七情,应物斯感,感物吟志,莫非自然。”[②]这种状物、缘情、言志的抒情方式也深受马祖常的青睐。如《赵中丞折枝图四首》写道:

洛阳春雨湿芳菲,万斛胭脂染舞衣。帐底金盘承蜜露,东家蝴蝶不须飞。(《牡丹》)

乘槎使者海西来,移得珊瑚汉苑栽。只待绿荫芳树合,蕊珠如火一时开。(《石榴》)

馆娃宫里醉西施,不觉秋生水殿时。酒病却嫌丹粉恶,洗妆天上影蛾池。(《芙蓉》)

火齐珠红拂翠翘,石家步障晓寒消。千枝腊炬烧春夜,羯鼓催花打六么。(《山茶》)[③]

这是一组题画诗,其一,描写了春雨滋润后的牡丹娇艳欲滴之态,犹如一位红

① 杨镰:《全元诗》第29册,中华书局2013年版,第392页。

② [梁]刘勰著,范文澜注:《文心雕龙注》,人民文学出版社1962年版,第65页。

③ 杨镰:《全元诗》第29册,中华书局2013年版,第376页。

裙少女在翩然起舞，那花蕊上满载的香甜花蜜，引得蝴蝶驻足其间。诗歌着重描写洛阳牡丹，凸现了洛阳牡丹的"甲天下"的英姿。其二，写的是西域特产石榴。在诗人的笔下，它不单是一种水果，而更像是一件美丽的艺术品，一句"蕊珠如火一时开"将石榴那晶莹剔透又鲜艳似火的特性展现得淋漓尽致。从"海西来"到"汉苑栽"，越发显得石榴的珍贵。其三，赞美芙蓉的"出淤泥而不染"的品性。将芙蓉拟人化，"酒病却嫌丹粉恶，洗妆天上影蛾池"凸显了芙蓉那不落艳俗、出落天然的清高本性，仿佛连西施也要逊其三分。其四，用"火齐"与"翠翘"两种饰品来比拟山茶，揭示其超凡脱俗的美。纵观整组诗，马祖常尤其注重对颜色的描写，并用比喻和拟人的手法表达了喜爱之情，其中第三首借芙蓉表露了自己崇尚高洁的品格。

《四爱图》是另外一组以花卉为歌咏对象的题画诗，诗写道：

湘累能楚辞，猗兰为之佩。千载得涪翁，幽姿未憔悴。（《兰》）
莹肤中含滋，鲜彩外发藻。晚红咏池酣，画铅欹岸袅。（《莲》）
的历黄金华，秋日媚阶径。南山种秋翁，饮酒不得尽。（《菊》）
铁色僵万木，江南梅有花。枯藓缬古锦，明英冠春葩。（《梅》）①

虞集在《四爱题咏序》中有言："所谓四爱者，陶渊明爱菊，周茂叔爱莲，又附益以林逋仙之梅，黄鲁直之兰者也。"②马祖常这组《四爱图》的特别之处正在于用新鲜的笔调呼应与充实了上述四位诗人笔下对他们各自最有意义的花卉的形象。尤其值得注意的是《兰》诗与《菊》诗。《兰》诗用"湘累能楚辞，猗兰为之佩"暗示了楚国诗人屈原，《离骚》是其最伟大的作品，"纫秋兰以为佩"则代表了屈原的高尚情操与美好品行。另外，《兰》诗中"涪翁"即黄庭坚，他同样是一位爱兰的诗人。《菊》诗中"南山种秋翁，饮酒不得尽"，很明显是意指陶渊明，意指其《饮酒》诗中"采菊东篱下，悠然见南山"的超然洒脱。马祖常用这种方式咏兰、咏菊，使诗中颇增了一层文化意味。而《莲》诗中盈盈一水间的莲花、《梅》诗中凌寒独自开的梅花，同样诠释了周敦颐之爱、林逋之爱。同这四位诗人一样，马祖常也借咏物来抒发个人情志，对花品的描写，正是诗人内心的写照。

在各种花卉之中，梅花因其傲视严寒，清香脱俗，与众芳无争等品质受到历代诗人的钟爱，被赋予了人格化的含义。元代之前，咏梅诗不管是体物，还是抒情，托物言志之义无非三意：一是以梅花的负霜之姿喻高洁之人格；二是傲霜斗雪、暗香浮动，喻人志节不屈；三是以花姿幽独，不媚东风，不与百花争

① 杨镰：《全元诗》第 29 册，中华书局 2013 年版，第 361 页。
② ［元］蒋易辑：《皇元风雅》卷 4，《四部丛刊》集部，第 76 页。

艳，喻志士幽人不与世推移，与时浮沉。马祖常的咏花诗，将花之色、之韵描写得清新淡雅、栩栩如生，并融入其的情感体验和审美体验。既表现了他对自然美的热爱，也寄予了他高洁人格与独立品格的追求。如《移梅四首》诗曰：

> 幽屏逐鱼鸟，沉迹侍隐沦。所欣在林薮，嘉植日以亲。眷言江介品，纷葩号南珍。遇我好奇服，移根得良因。井井十亩园，菁茆荫涧滨。缟裳擢玉质，宜此空山春。（一）
>
> 始逃爨下厄，复服燎原焚。结根园亩间，炯炯临水渍。疏华照岁暮，绿萼栖宝熏。春阳桃李繁，鼎实独已先。遐情惬真赏，来置我石田。北枝散余霞，苔光生碧鲜。（二）
>
> 玄冬阳已复，仙葩缀疏星。隔浦映碧竹，随风坠寒灯。我来刈新烝，弛檐南山陉。攀茎嗅清馥，撷英嚼芳馨。樛结灌木丛，颜色无光荧。彷徨未忍弃，洗濯归林亭。（三）
>
> 植尔当庭隅，岂复资鼎味。迁尔自谷中，岂复相妩媚。冽冽玄冥候，众植各浮脆。高标自凌寒，孤尚独冠岁。幺禽何处来？飞下双羽翠。（四）①

组诗介绍了其将梅花从深山之中移植庭中，并邀友赏梅的种种场景。其一，交待了梅花生长深谷之中，埋没于林薮，与鱼鸟相伴。诗人因“好奇服”将其“移根”于“菁茆荫涧滨”的“十亩园”中。诗人因被山谷梅花“缟裳擢玉质”的气质吸引，才将其移栽到自己的院中。梅花有“玉质”之美，有“空山春”强大的气场，是志节不亏的象征，也是诗人爱梅进而移梅的根本原因。其二，写自己与梅有缘，邀请好友前来观梅、赏梅，分享那份清幽与高洁。“疏华照岁暮，绿萼栖宝熏”“北枝散余霞”，极写岁暮中梅花之姿与色，花姿幽独，不媚东风，展示出梅花傲霜斗雪、暗香浮动的高贵品质。当“春阳桃李繁”时，她却“鼎实独已先”，不与众芳争艳。其三，写冬去春来，南山寻梅的经历。“仙葩缀疏星”“隔浦映碧竹”，写腊月寒梅的姿态，低调谦卑，与江畔翠竹遥相响应。诗人醉心于梅花，忍不住“攀茎嗅清馥，撷英嚼芳馨”，甚至动了“洗濯归林亭”之念，表达出对高洁品格的向往。其四，写庭中梅花“高标自凌寒，孤尚独冠岁”，独立寒冬，在凛冽的寒风中顽强地绽放，引来了鸟儿的欢唱，给萧条的寒冬增添了几份生机与活力。“植尔当庭隅，岂复资鼎味。迁尔自谷中，岂复相妩媚”，作者连用两个否定句，揭示出其爱梅非世俗的口腹之欲，也不是一般赏玩，而是基于对梅花品格的高度认可。梅花傲霜斗雪、独自开放与诗人不迎合世俗、不畏强权

① 杨镰：《全元诗》第29册，中华书局2013年版，第293页。

的精神高度契合,因而深得作者喜爱。整组五言古诗,围绕着梅花的生长环境、移梅原因、梅花的姿态与品质及作者对梅花的喜爱着手,写出了梅花之美、之质、之奇,寄寓了作者对梅花的无限敬仰之情。

除梅花外,还有吟咏牡丹、松树的组诗,如《吴宗师送牡丹二首》《礼部合化堂前后栽小松三首》等。《吴宗师送牡丹二首》由今日"浅白深红间色匀"的牡丹联想到15年前的满枝瑶花,赏的依旧是娇艳盎然的花朵,无奈赏花人的心境已发生了改变,诗人借此抒发了对时光流逝的感叹。又如《礼部合化堂前后栽小松三首》诗云:

买松栽两阶,绿发已可梳。恐是女元君,截鬓生地腴。迟尔千尺长,下产黄琥珀。服以安心神,飞身作仙客。(一)

树色绿透户,昼影如岁长。微风吹几帷,砚池麝墨香。分曹寡职业,糜廪充鼠肠。多因文史间,陶然肆其狂。(二)

有屋山之陉,有田水之漘。如何又苟禄,屈伸随世人。纳履斯遄征,骋心斯丧真。兴言每自悔,愿为耕凿民。(三)[①]

诗人一反赞美青松不畏严寒的品性的主题,而表达着宗教情感体验。其一,诗人将松树比作仙女,想象小松是长着可梳绿发的女道士,生机盎然。松下生长的黄琥珀可以入药,吃了可以成仙,补充了琥珀的药用功能。作者表面咏松、赞松,实则借松抒情,表达了诗人的道教情怀。其二,写小松身影修长,翠绿满堂。作者将描写的重点转向合化堂内的环境与活动,展示了诗人虽然从事着"糜廪充鼠肠"的清贫职业,但青松的傲岸不屈,在"文史间""陶然肆其狂",恪尽职守,充满着励志的内涵。其三,交待小松生长在山水之滨的环境与自由生长,衬托自己的身不由己。在反思"如何又苟禄,屈伸随世人。纳履期遄征,骋心斯丧真"仕宦历程后,作者顿生悔意,想要辞官归隐,小松意象中隐含着诗人超然世外的隐逸情怀。整组诗歌从堂前小松的形、实、意展开描写,揭示出作者对松喜爱的原因及与众不同的见识。

元代的咏物诗有两种形态,一是直接咏物,诗人面对动物、植物,绘形传神,托物言志;二是间接咏物,通常是借助画卷进行,即题画诗,通过画面题材、内容,营造一种意境,传达出一种价值观念。马祖常的很多咏物诗就是以题画诗形态出现的,如《上都翰林院两壁图二首》云:

欲卖韩家旧石淙,钓鱼竿底是寒江。淮南十月蒹葭岸,曾见冰花到小窗。(《寒江钓雪》)

---

① 杨镰:《全元诗》第29册,中华书局2013年版,第291页。

突兀秋云不可耕，槎牙老树半枯荣。上京玉署清凉镜，闲伴鳌峰作弟兄。(《秋谷耕云》)[①]

在上都翰林院里，有两幅非常有名的壁图：一是《寒江钓雪》，另一是《秋谷耕云》，这两幅图画均为著名画家赵孟頫所绘，引来无数翰林苑文人的题咏。如胡助《题黄清夫耕云钓月图》所言：“秋谷耕云者，相国李韩公也；秋江钓月者，处士黄清夫也。韩公为天子之宰，有大勋劳忠于君者也；清夫山林之士，以耕钓养母为悦孝于亲者也。昔者见知于相国，长揖而去，不以功名富贵介心。相国既赠以诗，且欲友之，而不可得，其志节之高，可见矣。然则相国之于处士，其贵贱虽不同，而忠孝之道一也。”[②]把这种表达忠孝的画作为“院画”绘在翰林院，并品评题诗以大肆宣扬，其实质是对儒学的推崇，正是翰林文人为配合元廷所作的盛世赞歌。

马祖常后期所作的咏物诗，不再像前期那样仅仅是对所咏之物作如实的刻画，而是突出“以物喻人”或“托意于物”，物我交融，借以表现对社会、人生的关注和思考。如《画牛二首》中便赞美了人性之美和对美好生活的向往之情，诗云：

龙具春来挂屋廒，清泥过腹雨耕劳。田间独仰听风鼻，不信空山野兕号。(一)

江岸骑牛袯襫翁，夕归对妇诧田功。世间无客曾相识，惟见惊飞几雁鸿。(二)[③]

这是一组题画诗。其一，描写了一头在雨中的泥地里耕作的老牛，它踏实肯干，任劳任怨，形单影只，丝毫不受外界的影响。其二，转而咏人，刻画了一位骑牛老翁的形象，白天他在田里完成了许多农事，傍晚时回到家向妻子得意地说起自己一天的功劳。诗中的老翁、老牛，虽然一个为人一个为物，却具有相似的精神——单纯朴实、勤勤恳恳。诗人别具匠心地将咏物和咏人结合起来，从而赞颂了那些通过自己的辛勤劳动换取美好生活的人们，更好地传达了作者的情感指向。

当然，除了在咏物诗中表达赞美之情外，马祖常也咏物之作中表达出批评的态度，如《诮燕二首》云：

万户千门取意过，衔泥葺补旧时窠。飞鸣上下浑无事，会引新雏避雀

---

① 杨镰：《全元诗》第 29 册，中华书局 2013 年版，第 368 页。

② [元]胡助：《纯白斋类稿》卷 19，《丛书集成初编》本，第 176 页。

③ 杨镰：《全元诗》第 29 册，中华书局 2013 年版，第 373 页。

罗。(一)

风雨池塘斗颉颃,春来秋去一生忙。世间多少宽闲境,辛苦营巢傍屋梁。(二)①

这组咏物诗与其他几组的不同之处在于,马祖常对吟咏对象燕子所表达的感情并非喜爱与赞美,而是辛辣的讽刺。诗人由燕子"飞鸣上下浑无事,会引新雏避雀罗"联想到游手好闲、趋炎附势的小人,其"春来秋去一生忙"的追名逐利和"辛苦营巢傍屋梁"的投机钻营都让作者不齿。在中国古代文坛上,燕子向来被人们看作春之使者,常以轻盈、辛勤等正面形象出现在历代诗人的咏物诗中:"衔泥旧燕垒新巢,来往如辞曲折劳"(刘秉忠《留燕》),"无心与物竞,鹰隼莫相猜"(张九龄《咏燕》),"辛勤三十日,母瘦雏渐肥"(白居易《燕诗示刘叟》)……然而马祖常却逆潮流而动,借燕子的形象嘲讽了那些阿谀奉承、攀高结贵的市井之徒,其见识非同寻常。

马祖常吟咏动物的组诗还有《淮上初见吴牛二首》《春风御马图二首》。前者对吴牛的外形做了描写,一句"仰鸣知我是耕人"道出诗人与牛之间的默契;后者赞美了御马的富贵奢华与身姿矫健,流露出对君王的一片赤诚。

另外,马祖常也歌咏一些日常生活中的物品与景观,如《初日诗八首》中咏了我树、我墙、我屋、我书、我田、我车、我池、我衣八件物品,展现了诗人热爱生活、知足常乐的平和心态。《海子桥二首》描绘了海子桥上之所见,其中既有水、云、鸟、鱼、银河、芙蕖、狎鸥、秋叶等自然物象,又有石栈、庙宇、围墙、江船、石梁这些人造之景,意象颇为丰富。《两头纤纤诗五首》,则分别咏赞了沙罗子、小儿绷、千亩栀、北斗杓、猬上毛五物,这是一种独特的古诗体,四句七言。每句前四字描绘事物特点,后三字描绘事物名称。这些状物组诗由形而神,写得自然朴实,又蕴含着无穷生机与乐趣,反映了作者对它们的喜爱。

总之,马祖常咏物组诗中的对象既包括动、植物,也有非天然之物,诗人善用拟人手法来突出所咏之物的特征,将咏物与赞人结合,有褒扬,亦有讽喻,使得咏物组诗状物、言志、抒情的功能到了很好的体现。

(五) 赞美友谊与唱和赠答组诗

马祖常身为当时的朝廷要员,又在元中后期主持文坛数十年,与馆阁同僚之间来往甚密,加之他一生云游四海,交友广泛,有同乡、同年座主及门生、同僚、诗文儒道及方外之士等,其诗中唱和赠答者众多。正如杨镰先生所言"与

---

① 杨镰:《全元诗》第29册,中华书局2013年版,第369页。

马祖常唱和,是文坛的时尚”[1]。有研究者统计,《石田先生文集》中所囊括与之交游唱和人士达 200 余人,现存唱和赠答诗有 150 余首,反映着其在元代文坛的崇高地位。

从马祖常的唱和赠答组诗中,我们可以清晰地感受到仕途的顺舛给诗人创作带来的影响。马祖常曾任御史中丞等职,作《贡院次曹子贞尚书韵四首》,以元代的科举考试为对象,再现了科举考试的种种情形,对曹元用尚书勇夺第一表达了敬意。其诗云:

> 汉家束帛聘诸儒,狗监何须奏子虚!大比南宫谁第一?白袍当殿赐银鱼。(一)
>
> 龙门雷鼓响丰隆,百箭穿杨技不同。大上河鱼还击水,退飞宋鹢岂搏风?(二)
>
> 杏园三月换银袍,燕子西飞背伯劳。赋罢长杨传唱急,天门金榜日华高。(三)
>
> 红绫饼啖出宫闱,赐宴恩荣玉殿西。白发词臣曾射策,榜名欣见武都泥。(四)[2]

贡院,指元代科举考试的考试院。曹子真即曹元用,是作者之朋友。作者步曹尚书之诗韵,写了这两首和诗酬答朋友,再现了元代会试、廷试中的规制习俗。其一,借汉喻元,赞美元代开科考试,为青年才俊进入仕途提供了通道。曹子真殿试“第一”,皇帝亲赐“银鱼袋”给予了赞美。其二,对贡院考试的情景作了描绘。在考试之日,击钟为节。第一次击钟,院官以下人等都得起床盥漱。第二次击钟,监门官开启门钥,举人进入试院,待搜检完毕,即将解据呈纳。第三次击钟,颁示题目,就坐应试。“龙门雷鼓响丰隆”,喻考试院的第三次钟声。“百箭穿杨技不同”,喻举人们奋笔疾书,各显神通。其三,着重写了传胪唱名和放榜的情景。在古代科举制度中,上传语告下称为胪。殿试以后由皇帝宣布登第进士名次的典礼叫传胪即唱名。“赋罢长杨传唱急,天门金榜日华高”,则再现了发榜时的热闹场面。其四,着重渲染了发榜后的“赐宴荣恩”场景。元代中期的统治者重视擢用人才,皇庆初年,仁宗开科取士,马祖常正是由此踏入仕途,从而有机会实现自己的政治理想,因此他心怀感激,在该组诗中流露溢美之情,使整组诗读来逸兴遄飞、慷慨激昂,充满了积极的感情色彩。

延祐三年(1316),马祖常扈从仁宗至上都,王继学(士熙)同往。一路之

---

① 杨镰:《元诗史》,人民文学出版社 2003 年版,第 106 页。

② 同上,第 370—371 页。

上,二人诗歌往返,唱和不断。《次韵继学三首》《次韵王参议寄上京诸公四首》和《送王参议上京奏选二首》,这三组诗都为唱和王继学而作。通过描写上京路上声势浩大的场面以及塞外瑰丽风光来赞美大元王朝的繁盛,彰显对君主的赤诚之心。如《次韵继学三首》云:

金爵层霄外,银猊曲槛边。含香俱国士,持橐半神仙。岂有遮尘手,应无见曲涎。池清天似水,席暖罽如绵。客送蒲萄酒,人分苜蓿田。书思趋豹省,掞藻赋龙船。谁念冯唐老,为郎白首年。(一)

鸡塞西宁外,龙沙北极边。有天皆入贡,无地不生仙。鹊玉光含水,骊珠湿带涎。香清堪闭合,衣薄岂胜绵。珥笔游鳌禁,扶犂占鹤田。酒来扬子宅,人上剡溪船。自信篇章贵,能歌击壤年。(二)

丞相晨趋漏,元戎夜拓边。碧鸡崇汉畤,丹药监秦仙。敢谓鳌头选,初逃虎口涎。柳词方濯锦,雪赋已抽绵。艳艳金为屋,辉辉玉满田。客衣随楚制,乡梦逐吴船。所赖三阶正,螭坳记有年。(三)①

这是一组上京纪行题材组诗,赞美了时代与友人。其一,写翰林国史院中人才济济,意干云霄。"含香俱国士,持橐半神仙","谁念冯唐老,为郎白首年",意指翰林文臣个个神通广大,借以说明王士熙的身份和自己对朝廷的耿耿忠心。其二,描写塞外风光和翰林院的馆阁生活。"鸡塞西宁外,龙沙北极边",再现了鸡鹿塞周边环境。鸡塞,即鸡鹿塞,是古代贯通阴山南北的交通要冲。"有天皆入贡",意指元朝君临天下,周围民族皆入贡臣服。前四名歌颂了元朝帝国的声威,洋溢着无比的自豪感。"珥笔游鳌禁,扶犂占鹤田。酒来扬子宅,人上剡溪船",言翰林文士的社会地位清要、生活悠闲。"珥笔",古时官吏、谏官入朝,或近臣侍从,把笔插在帽子上,以便随时记录、撰述。"鳌禁",翰林院的别称。其三,歌颂元朝将士开疆拓边的辛劳,"丞相晨趋漏,元戎夜拓边",上至丞相,下至士兵,夙兴夜寐,勤奋操劳。"所赖三阶正,螭坳记有年",指王士熙长期的翰林生涯。螭坳,宫殿螭阶前坳处,朝会时为殿下值班史官所站的地方。"客衣随楚制,乡梦逐吴船",则写出了对故乡的思念。这组诗歌作于翰林国史院任职期间,王继学也同为翰林。借与好友的唱和,再现了扈从上都的生活体验,表达了诗人之间的深厚情感。

王继学(士熙)是马祖常在好友中唱酬交往最多的一位,长期与马祖常为同僚,经常共同执行公务。二人常常雅集聚会,参与者还有"东平曹子贞甫(曹元用),中山王仪伯甫(王结),蜀郡虞伯生甫(虞集),相下许可用甫(虞集),宜

---

① 杨镰:《全元诗》第29册,中华书局2013年版,第314—315页。

城贡仲章甫(贡奎),讲求其说,而犹以质实为难,而不得一变,斯文为叹也”[①]。在同供职翰林院期间,日以文章相淬砺。王士熙每迁新职,马祖常均赠诗以贺。即使遥隔千里,两人往来频仍,以诗赠答唱和,《石田集》中记述与王士熙交往及酬唱之作不下几十首,如若《次韵继学三首》《再用韵奉继学二首》《次韵王继学二首(继学前身乃楚州僧)》等,在整个文集中,占有较大比例。

马祖常入仕后,与袁桷同官翰林,都属词臣之列,二人惺惺相惜,配合尤为默契,私交甚厚。“在同僚网络中,与祖常交往最密切的主要是那些在任职领域、政治见解或诗文才艺方面与他近似者。”[②]袁桷,字伯长,起为丽泽书院山长。后入翰林国史院,朝廷制册、勋臣碑铭,多出其手。其《春思调王修撰袁侍制二首》便写了他与王士熙、袁桷的诗酒人生。至治三年(1323)八月,“南坡之变”爆发,袁桷在心念英宗的同时,感觉到危险来临,便以身体健康为由,请辞归故里。马祖常作《送袁伯长归浙东三首》为之送行,诗云:

> 龙角不如犀,常不生马厩。麟趾不如牛,终当在君囿。我行泰山阿,日观望潮候。见子被云服,家居夹灵鹫。揖之不得近,跂慕尘光后。(一)
>
> 玄图详鸟官,丹经谱黄银。义娲凿崆峒,罗列大法陈。蔚矣夫子胸,如天悬星辰。英声发为辞,商盘袭周鬴。王官岂不众,虚席需儒臣。安车行有召,无弄越水春。(二)
>
> 鸡鸣戒仆御,具食起就涂。仅取资给周,岂谓车骑都。行过青齐野,忍见人逃逋。翁姑累带索,跟胫无完肤。即欲与盘餐,但可饱一夫。迟迟去国旌,能得不疾驱。(三)[③]

这是一组送别诗,写袁桷辞官司归隐江南之际。其一,“龙角不如犀,常不生马厩。麟趾不如牛,终当在君囿”,作者用反讽的手法,揭示了黑白颠倒的社会现实。“揖之不得近,跂慕尘光后”,借袁桷回归故里一事,表达了绝意仕途之意。其二,赞美袁桷的为人。以“如天悬星辰”来称赞其胸怀坦荡,以“商盘袭周鬴”来形容其才学绝伦。这样的人才归隐故里确是朝廷的一大损失。末句是展望未来,相信朝廷肯定会再次“安车”征召,恐怕“弄越水春”的闲暇时光不会久有,字里行间表达出对袁桷的祝福。其三,嘱咐袁桷备足行资,早回归故里。刻画了山东一带民不聊生的困苦状况,流露出对官府的不满。整组诗歌既有对友人离别的留念,也有对其离开官场、摆脱黑暗的支持,更有对动荡时代的

---

① [元]马祖常:《石田文集》卷 9,《四库全书》本,第 15a—15b 页。

② 张沛之:《元代中后期汪古马氏的社会关系网络——以马祖常为例》,《青岛大学师范学院学报》2003 年第 4 期。

③ 杨镰:《全元诗》第 29 册,中华书局 2013 年版,第 284 页。

不满。

在赠行、送别诗中,有一类较为特别,那就是为代祀文官作品。据《元史》卷76《志第二十七上·祭祀五》"名山大川忠臣义士之祠"条载:"凡名山大川、忠臣义士在祀典者,所在有司主之。惟南海女神灵惠夫人,至元中,以护海运有奇应,加封天妃神号,积至十字,庙早灵慈。直沽、平江、周泾、泉、福、兴化等处,皆有庙。皇庆以来,岁遣使斋香遍祭。"①所谓"遣使",便是朝廷派遣使者代替皇帝祭祀。邱江宁在《奎章阁文人群体与元代中期文学研究》一书中指出:"作为草原游牧民族,蒙古族先民所居地域处于亚欧大陆深处,是大片的草原而非中原农耕民族那样是居于山川、河海周围,所以元蒙统治者作为萨满教信徒他们会宽容中原儒家祭祀山川河渎的行为,也能在汉儒们的建议下推行祭祀行动,但统治者本人不会像中原封建帝王一样为表诚意而亲自参与祭祀,而且元代幅员广阔,就便统治者愿意亲自祭祀,恐怕也难以实现,所以这种祭祀山川河渎的行为往往由朝中较有地位的翰林、集贤去代祀。"②在早期,这种代祀起先多以道士为主,元中后期的代祀使臣大多是翰林院、集贤院官。如焦养直、虞集、朱思本、周仁荣、揭傒斯、张起岩、周伯琦等都曾代祀。延祐三年(1316),虞集代祀成都,柳贯有《奉同伯庸奉韵送伯生博士行祠西岳因入蜀望祭河源二首》,袁桷有《送虞伯生降香还蜀省墓二首》《再次韵二首》《三次韵二首》,马祖常有《和袁伯长待制送虞伯生博士祠祭岳镇江河后土二首》等。马诗云:

> 芙蓉仙掌坐中低,后土霄光□可齐。栈路蹴云山有阁,蜀天常漏石无泥。岐阳过马应闻凤,陈宝停辀莫信鸡。使者才华似扬马,题诗应近草堂西。(一)
>
> 房闼歌儿翠黛摧,不禁夫婿陟崔嵬。一春花好人相别,四月梅黄雨又来。酒酌玉缸酣脸晕,香消银叶蠹炉灰。祠官好致君王意,蚤奉神休马首回。(二)③

马祖常步入仕途后,与虞集曾供职于翰林院、礼部及担任过科举考官并参与经筵进讲,多次于公务上合作,可谓名副其实。这是一组唱和袁桷送虞集赴外地代祀的组诗,表达了作者对友人的关注和祝福。其一,交待虞集入蜀代祀的行程和作者对虞公的赞美。"栈路蹴云山有阁,蜀天常漏石无泥",刻画了入蜀之

① [明]宋濂等:《元史》卷76,中华书局1976年版,第1904页。

② 邱江宁:《奎章阁文人群体与元代中期文学研究》,人民出版社2013年版,第249页。

③ 杨镰:《全元诗》第29册,中华书局2013年版,第354页。

路艰险难行。“使者才华似扬马，题诗应近草堂西”，是作者对虞集才华的赞美，以扬雄、司马相如和杜甫的文才来比喻虞集，可见对他的推崇。据文允中《代祀中镇崇德应灵王记》载：“圣元定都幽燕，道里阔远，銮舆莫及，故分五岳五镇四海四渎暨后土为五道，每岁首春函香遣使代祀。而后土、西岳、江渎、河渎、西海、中镇、西镇为一道。”[①]可见，虞集此行走的是第三道，主要祭祀中镇，后土，河渎，西海、西岳、西镇、江渎等山川之神。其二，表达了与虞集分别难舍之情，祝愿好友“祠官好致君王意，蚤奉神休马首回”，早日完成君王的使命，顺利返回京都。诗中既有“一春花好人相别，四月梅黄雨又来”的景色描写，也有“酒酌玉缸酣脸晕，香消银叶蠹炉灰”饯别场面的渲染，传达了彼此间的深情厚谊。

然而好景不长，国力的强盛与社会的太平并没有持续多久，诗人心目中国泰民安的美好构想很快就因政治腐败与皇位的频繁更迭化为泡影。饱尝了仕途之艰辛，祖常的唱和赠答诗中开始充斥失望与感伤的情绪，且看《送胡古愚还越四首》，其诗云：

越江秋水得霜清，夜夜天南婺女明。客子布衣风又急，世间无用是才名。（一）

北风吹雁不成行，扬子江边上夜航。刿纸题诗三百首，人来为我说钱塘。（二）

秋树红时客欲归，江寒潮小鹭空飞。东阳有酒赊来饮，莫问桐庐借钓矶。（三）

送客归山天正霜，吴江蟹美橘初黄。上林千树樱桃熟，莫恋金华是故乡。（四）[②]

写作这组送别诗时马祖常已退隐光州，此后不再出仕。得知友人胡助（古愚）仕途不顺即将归乡，早已对政治不抱希望的他非常理解友人心中的郁结。“北风吹雁不成行，扬子江边上夜航”“秋树红时客欲归，江寒潮小鹭空飞”四句所描绘出的萧瑟之景，正是诗人内心情感的投射。面对难以改变的现状，他能给予友人的只有安慰：“客子布衣风又急，世间无用是才名”，在规劝胡助看淡名利的同时也是开导自己。“送客归山天正霜，吴江蟹美橘初黄。上林千树樱桃熟，莫恋金华是故乡”，诗中对美好事物的描绘，为友人展开一幅充满生机和希望的画卷，以其消减其内心的愁苦。另一组《送胡古愚归东阳二首》，同样表达

---

① [元]文允中：《代祀中镇崇德心灵王记》（至正十三年），《霍山志》，山西人民出版社1986年版，第71页。

② 杨镰：《全元诗》第29册，中华书局2013年版，第365页。

了对黑暗官场的不满。

除了与馆阁友人唱和赠答外,马祖常还曾寄诗神仙道士,以排遣心中的苦恼。“理想与现实的矛盾使马祖常陷入极度的孤独苦闷之中,为了摆脱心情之苦闷,他开始在儒家学派以外的其他教派中寻找精神之寄托与慰藉,与神仙道士广泛交游,诗文唱和。”[①]政治上的失意使其身心俱疲,他开始向往归隐田园的淡泊生活,而与道士的交往自然成了一剂获取心灵安慰的良药,如《寄吴真人二首》曰:

弹琴峡北翠华游,仙子翩翩夹御辀。日观占云垂颢气,星坛回斗酌河流。菊花香晚思三楚,桂子秋高下十洲。应忆南都旧狂客,青田归鹤作书邮。(一)

竹宫日近凤凰游,龙辂秋清白玉辀。羽服侍严天帝子,鹖冠书读道家流。云高塞岭松生石,霜入江乡橘满洲。仙客通灵尘虑尽,南风日日作诗邮。(二)[②]

吴真人即元代著名玄教道士吴全节,他虽崇尚道教,却在儒学方面颇有造诣。鸿儒吴澄在《题吴真人封赠祖父诰词后》中对其称赞有加:“吴真人全节寄迹道家,游意儒术,明粹开豁,超出流俗。”[③]道家清静无为、返璞归真的思想在他身上表现得淋漓尽致,因而成为那些仕途失意之人寻求慰藉的所在。马祖常一生笃信儒学,并积极实践儒家的入世精神,然而残酷的现实无情地打击了他,在一次次的宦海沉浮后,马祖常开始在“仕”与“隐”之间徘徊。与道士的交流唱和为他带来了心灵的慰藉。诗中所描绘的吴真人抚琴观书、仙游四海、日观天象、夜嗅菊香的闲适生活,正是他所期待的,由此不难看出祖常内心深处对归隐的渴望。

除上述所论外,马祖常的唱和赠答的组诗还有《田居二诗寄元参议》《再用韵奉继学二首》《和张彦清司农喜雪二首》《治书宠和误用光字仍再次韵二首》《次前韵四首》《次韵送上官伯䇓二首》《次韵李行斋集贤二首》《和王左司韵三首》《赠王左司二首》《送焦德元二首》《赠温迪罕平章致仕二首》《次王参政延福宫韵八首》《舟中送于同知朱县丞南归二首》《再答薛玄卿并谢墨二首》《挽道士危功远二首》《送牟景阳三首》《和李彦方七首》等,反映着广泛的交友圈。

马祖常的赠答组诗中多送别友人之作,情感深厚,主题多元。有的寄托了

---

① 杜泳林:《马祖常及其诗文研究》,西北师范大学2011年硕士学位论文,第66页。

② 杨镰:《全元诗》第29册,中华书局2013年版,第328—329页。

③ [元]吴澄:《题吴真人封赠祖父诰词后》,李修生《全元文》第14册,江苏古籍出版社1999年版,第531页。

对馆阁同僚的殷切期望，如“翰林多故事，君莫弃书囊”（《送邵从圣官临淮四首》其三）；有的抒发了与友人之间的深情厚谊，如“祠官好致君王意，蚤奉神休马首回”（《送虞伯生博士》其二）、“四海同年几兄弟，知兄日有寄来诗”（《舟中送于同知朱县丞南归二首》其二）；有的则是对友人的安慰与勉励，如“客子布衣风又急，世间无用是才名”（《送胡古愚还越》其一）；也有对农事的关注，如“今年宿麦深何许，使者行田看几回”（《送奥屯遂素副河南宪》其二）。他将言情、记事、写景融入自己的唱和赠答组诗中，寄情于景，缘事而发，不但联络了朋友之间的感情，切磋了诗艺，也抒发了仕途得意的自信昂扬和怀才不遇的感慨。

（六）人生际遇与即事感怀组诗

梁钟嵘《诗品序》云：“气之动物，物之感人，故摇荡性情，形诸舞咏……若乃春风春鸟，秋月秋蝉，夏云暑雨，冬月祁寒，斯四侯之感诸诗者也。嘉会寄诗以亲，离群托诗以怨，至于楚臣去境，汉妾辞宫；或骨横朔野，或魂逐飞蓬；或负戈外戍，杀气雄边；塞客衣单，孀闺泪尽；或士有解佩出朝，一去忘返；女有扬蛾入宠，再盼倾国。凡斯种种，感荡心灵，非陈诗何以展义，非长歌你何以骋其情？”[1]苏轼在《南行前集叙》中说：“凡耳目之所接者，杂然有触于中，而发于咏叹。”[2]道出了因事生情，因情成诗的过程。

现实生活是文学创作的土壤，马祖常的大部分组诗都是因受某事触动而作，如上京组诗、田居组诗、送别组诗等均属此类。此处所论是独立于上文所述五类题材之外的即事感怀组诗。

延祐元年（1314）举行的乡试中，马祖常名列第一。延祐二年的会试，又是第一，据元明善《送马翰林南归序》载：“英翘之士，被乡荐而会试南宫者，百三十五人。雍古士马君伯庸，巍然在一科之首。”[3]廷试第二（因右榜第一甲须是蒙古人），声震京师，被授予应奉翰林文字，从此踏上仕途。在为官中，结识了同年登第者，许有壬、黄溍、欧阳玄、杨载、范梈，他们朝野相煽，交往密切，诗文唱和，共同酿就大元文学之盛世气象。其《史馆闲题二首》诗云：

> 骑马到书省，冠佩趋几筵。岂但文字美，所乐长官贤。京国足府寺，金谷相百千。飞书日杂沓，奔命惧不先。肃肃馆阁严，操瓢绩简编。上有

---

① ［清］何文焕：《历代诗话》上，中华书局 1981 年版，第 2—3 页。

② ［宋］苏轼著，孔凡礼点校：《苏轼文集》，中华书局 1986 年版，第 323 页。

③ ［元］元明善：《送马翰林南归序》，李修生主编《全元文》第 24 册，江苏古籍出版社 2001 年版，第 288 页。

日月光,下有草木妍。森罗大象列,俟此言语宣。蹇予昧儒学,群髦辱官联。遭逢赖明世,益喜身悠然。(一)

画省真仙居,华屋映丹树。青石倚栏干,松发沐云雾。绮疏刻连钱,承尘画翔鹭。中有河汉文,夜深宝光聚。玉函黄金钥,太史自侍御。河上一竖儒,伊吾诵章句。偶趋彤庭诏,词林迩天路。虽乐文雅懿,终惭紬绎误。(二)①

马祖常《上都翰林分院记》载:"惟词臣独无它,为从容载笔,给轺传,道路续食,持书数囊。吏空牍,旬日不一署文书。夙夜虽欲求细劳微勤以自效,而亦无有。然后知上之人不欲役其心,使之精研于思虑,而专以文字为职业,非如众有司,务以集事为贤者也。"②史馆,指翰林国史院。组诗记载了他在翰林国史院任职期间的生活与工作状况,一个"闲"字道尽其中"三味"。其一,写馆阁清闲的生活。元代翰林国史院是号称"储材之地",实则是清要之所,文人儒士跻身清贵,多以讴歌太平,嘲风弄月为事,闲暇无聊。其二,写馆阁的工作内容。偶尔皇帝宣诏讲筵,翰林们便急赴"彤庭",向皇帝讲解"章句"。元代翰林国史院的职能主要为"纂修国史,典制诰,备顾问"③三项,终元不改。特别是"讲筵",既宣讲儒家经典,又能充顾问之职,故尔为"词林迩天路",深得翰林们重视。另一组诗歌《大明殿进讲毕侍宴得诗二首》中"劝讲京闱咫尺天,圣恩留侍大明筵"(其一),"汉殿千门饰宝瑶,直郎先奏进经朝。诸儒泥古言虽固,明主思贤道已昭"(其二)④,便是记录了讲筵后皇帝留翰林侍宴的场景。

《锁院独坐书事口号七首》也是一组反映翰林生活的感事诗,其一、二、三云:

松间行屋无人到,恰似篷船泊浪中。午夜风声敲雨点,梦回错认是渔翁。(一)

玉署之西松几树,那知当日是谁栽。若在山中濯云雾,更有鹤巢无数来。(二)

蜀相功业少陵知,万古千秋更有谁。泸水东流奏呜咽,褒中春亦草离离。(三)⑤

锁院是翰林院的别称,元代翰林院处理如起草诏书等重大事机时,锁闭院门,

① 杨镰:《全元诗》第29册,中华书局2013年版,第295页。

② [元]马祖常:《石田集》,《四库全书》本,第1206册,第580页。

③ [明]宋濂等:《元史》卷8,《世祖本纪》,中华书局1997年版,第165页。

④ 杨镰:《全元诗》第29册,中华书局2013年版,第351页。

⑤ 同上,第362页。

断绝往来，以防泄密。“锁院”制度始于宋太宗，为了防止科举考试徇私舞弊，规定考试官自受命之日起，到放榜之日止，一直锁宿于贡院。这样，就隔绝了考试官与其他臣僚的联系，使请托难以得逞。其一，写午夜风雨中的翰林院，充满飘摇之感，诗人伫立窗前，仿佛置身于浪中的篷船之上。其二，咏翰林院西侧的小松，如果更换环境，将会引来无数仙鹤筑巢。作者借松喻人，表明翰林院生活只会埋没人才。其三，借杜甫《蜀相》典故，表明兴衰成败只是短暂的瞬间，英雄总消逝在历史深处。组诗反映了作者在翰林院生活的清闲与无聊。

天历元年（1328），马祖常入礼部任职，两次知贡举，一次读卷官，当时人称马祖常选拔得当，为国家挑选出大量人才。《试院杂题十首》记录了他考试院的生活，其一、二、五、十云：

> 小雨霏微不作泥，棘闱鱼钥待晨鸡。银袍影近花灯立，彩户光连粉署题。霡霂已沾文运庆，细缊犹觉化钧齐。端门三月黄金榜，应有商霖应上奎。（一）
>
> 莲炬银台堕蜡泥，氍毹重席织文鸡。计偕万里人交趾，骨买千金马月题。省树春回珠蕊亚，御沟冰泮缬波齐。胪传名上多龙虎，昨夕官占已报奎。（二）
>
> 春闱新雨透花泥，学士联诗拟斗鸡。騕褭龙媒来大宛，狻猊狮子出雕题。宫花压帽牌金小，官锦裁袍绶彩齐。奏牍三千方朔健，天章烂熳象西奎。（五）
>
> 游客春来醉若泥，摄官一月伏雌鸡。连茵夜听同年语，写纸朝分举子题。画阁熏香金篆郁，银台烧烛玉虫齐。太官已具恩荣宴，列宿重辉想次奎。（十）①

读卷官，是科举考试中殿试阅卷官员之称，由皇帝钦点大臣充任。马祖常两次知贡举，一次读卷官所担任的官职均与朝廷科举考试相关。其一，写阳春三月端门外张贴黄金榜，公告考试结果，一批国家栋梁之材应运而生。其二，写传胪唱名和放榜的情景。唱名赐第均在皇宫大殿举行，其仪式非常隆重。其五，写会试其间士子们联诗情形。元代的京城会试，均在春季举行，五日三场，故称春闱。其十，写放榜后“赐恩荣宴”的狂欢。根据元朝的科举考试制度，发榜后，元代皇帝要在翰林国史院赐恩荣宴。然后，新科进士们要编登科录，还要陛见皇帝，并到孔庙行礼，到国子监刻石题名，最后才能授官任职。整组诗歌以贡院殿试生活为题材，从殿试到传胪唱名、设宴庆贺、编登科录、刻碑题名、

① 杨镰：《全元诗》第29册，中华书局2013年版，第346—347页。

授官任职等,全面展示知贡举期间的所见所闻。

从延祐元年(1314)至元统二年(1334),前后近21年,马祖常历官中外,两主贡举,选贤多士。三任台臣,正色立朝,掊奸击恶,无所畏惮。铁木迭儿,身历世祖、成宗、武宗、仁宗、英宗五朝,数度拜相,势焰熏天。伯庸敢于众臣俯顺之时,抗颜论劾逆臣,其品德勇气可嘉。同时,他双心忧黎民,力主简法省刑,呈现出儒者的"仁民爱物"胸怀。

马祖常的即事感怀组诗中有不少是因恶劣天气而作,表面上看纯属个人体验,作者却以儒家的仁爱精神同情起天下的百姓。先看《苦寒五首》,其诗云:

肃肃岁已晏,冽冽冰霰集。寒云光不流,槁木鸣日夕。挟纩处南户,严稜坐相袭。端然成离居,企念稚阳复。(一)

蹇裳居重户,惊飚蹈书帷。穴地篝石火,持须得冰澌。杲杲日出光,万物待被施。岂无阳和节,岁序非尔私。(二)

纳履非遄征,墐户岂寡交?今兹祁寒候,火井凝冰泡。离人叹无衣,原兽淫弓弰。忧端坐耿耿,鸡鸣动嘐嘐。(三)

南户日颇暄,居独意亦适。观物契妙道,含情想真识。静嚣理虽殊,造定趣乃一。古人不可求,兹焉寄游息。(四)

日精赫重光,午景延冬暄。真见煦物功,始觉阳道尊。玄冥敛时肃,衣被元气温。鼻端有消息,守此观化原。(五)①

前三首着力描写了严寒下的肃杀之景:冰霰冽冽,寒云沉沉,枯木萧瑟,火井冻结。诗人披着棉衣在内室避寒,时遇狂风大作掀起书斋的帷帐。"离人叹无衣,原兽淫弓弰",人与动物都遭受了巨大的痛苦。面对如此恶劣的天气,诗人"忧端坐耿耿",不止一次抒发了对春日的企盼:"端然成离居,企念稚阳复","杲杲日出光,万物待被施","岂无阳和节,岁序非尔私"。由后两首中内容可知天气的回温,和煦的阳光重回大地,洒进门窗,鼻端已有暖意,在这般"居独意亦适"的环境下,诗人"观物契妙道,含情想真识",从观物悟出"静嚣理虽殊,造定趣乃一"的道理,颇具哲学意味。诗同样记录了低温天气给人们带来的不便,尤其是对农业的摧残,表达了诗人对民生的关注。

冬有严寒之疾,夏亦有酷暑之苦。每当此时,马祖常常与友人一道出行避暑纳凉,如《葆真观纳凉二首》云:

虐旱炽初暑,烦嚣不可涤。城隅有琳馆,松竹荫午日。呼我良朋来,

① 杨镰:《全元诗》第29册,中华书局2013年版,第285—286页。

啸咏各岸帻。萧然忘世虑，相对坐盘石。（一）

沦茗涤尘襟，烦暑亦可忘。团团箧中扇，复开明月光。况此太清居，林樾天风凉。谁凿河汉冰，为我雨八方？（二）[①]

初夏时节干旱肆虐，午后酷热难耐，令人烦躁不已，祖常与朋友来到葆真观，这里松竹成林，荫蔽庙宇，诗人逐渐忘却了尘世的烦恼，夜晚则挥扇祛暑，品茶赏月，顿觉风凉。然而在个人利益得到满足后，祖常并未忘记干旱给人民带来的痛苦，在组诗的末尾，他不禁发出感叹：“谁凿河汉冰，为我雨八方?”体现了诗人对民生的关注。

马祖常深受儒家思想的熏陶，具备着“以道自任”的强烈意识和“天下兴亡，匹夫有责”的使命感，其诗歌有着浓厚的民本思想和鲜明的揭露时弊特征。“东平西郭外，船尾到篱根。共叹原田没，兼愁邑屋翻。秋寒云亦雨，天晚日初暄。野市饥无米，流离惜子孙。”（《西方泺二首》其二）[②]描写了农民遭受水灾的惨状，为了生存而不得不四处逃难的场景。“冰梁阻沃溉，龟拆横大畤。穑事忽愆时，谁与饥饿谋。得见吹律衍，吾将迎道周。”（《春寒二首》其一）[③]描写春寒料峭，土地贫瘠干裂，农民播种困难的情形，悯农之情溢于言表。“洛阳酒价斗十千，高楼青旗真可怜。牡丹芍药趁时节，王孙买笑掷金钱。”（《锁院独坐书事口号七首》其六）[④]批评了洛阳富贵人家一掷千金的奢华生活，感慨社会不公。“西江画舸贩盐郎，白纻轻衫两袖长。不肯一钱遗贫士，却拼双玉买歌娼。”（《绝句十六首》其三）[⑤]揭露了盐商花天酒地、荒淫奢华的生活和对贫苦百姓吝啬、无情的丑恶嘴脸。“长年为渔郎，税鱼与盐官。谁云无乡县？兵籍在邯郸。”（《淮南渔歌十首》其六）[⑥]再现了老百姓不但将辛苦所全都交了赋税，而且还会随时被征兵役的生存窘境。“锄头莫用懒，夏日背上炎。秋税入官仓，雀鼠觜尖尖”（《淮南田歌十首》其十），“借钱买盐茶，倩人莳早秧。日望秋田熟，仍防野鸭伤”（《淮南田歌十首》其八）[⑦]，诗中将统治者比喻为“雀鼠”和“野鸭”，对其寄生虫本性给予了辛辣得讽刺和严辞斥责。

《斋宿太社署五首》一是组反映祭祀活动的诗，表达祈求神灵赐福、除灾的思想，同样体现出儒者的胸怀。其诗云：

---

① 杨镰：《全元诗》第29册，中华书局2013年版，第292页。

② 同上，第283页。

③ 同上，第287页。

④ 同上，第362页。

⑤ 同上，第381页。

⑥ 同上，第388—389页。

⑦ 同上，第387—388页。

朱门屹南起,金水经北流。缭垣外旁达,周屋内广修。圭玉承缫藉,碧镂饰衣篝。中坛土五色,夏松露浮浮。改容事明神,岂谓兹淹留?(一)

明世容谫薄,依光秩散署。束带揖上官,摄衣奉神御。泉冽器每涤,刍香牲亦茹。循坛习登降,趋位就表著。翼翼清祀修,济济百辟助。愿神赐茂祉,农功相蕃庶。贱臣捐俸稍,牵犊耕鸡曙。(二)

元宰职天工,太史绎帝载。庶官服攸司,同寅承圣代。赫奕旂常华,议礼出藻绘。斋官熏沐居,衣裳步鸣佩。鞭榜吏胰急,投足有弹劾。乃知容台贵,终日俎豆内。(三)

斋官蔚清华,前荣画方壶。古础石夫容,日影射铜铺。嘉木荫长夏,阶草宜露濡。丘卫限嚣杂,檐网悬蜘蛛。署书督粢盛,设吏视茅苴。端居见博士,布武循庭除。(四)

乐工奏宫悬,登歌布获功。祠官侍瘗瘗,灵耕下玄穹。祝辞求善岁,侑我稑与穜。稑穜及人饥,报祀百礼隆。琐琐大社令,乐职朝上公。(五)①

古代官员在祭祀前常常斋戒独宿,以示虔诚。这组诗记录了马祖常斋宿太社署时的见闻与所感。其一,描写了太社署的内外环境。为了求得神灵的庇佑,统治者下令整修斋宫,对房屋建构和自然景观均颇为讲究,祭祀的器具与供品也都选用最高规格。其二,描写了祭祀时百官们恭敬的神态。官吏们按职位高低沿着祭边台阶快步落位,祭器要用清泉洗涤,牺牲要用香草来喂,表达对神灵的敬畏。祭祀场面庄严肃穆,与祀者以"捐俸"的方式,将牛、鸡等贡品送到太社署,表达虔诚之情。其三,写祭拜时对不称职的官员进行"鞭榜"与"弹劾"。祭祀之时,斋官用香料涂身、洗发,衣上佩带的玉佩随着脚步碰撞鸣响。丞相职掌天命的职司,史官记载帝王的事业,百官在各个部门工作,各司其职,共同为朝廷尽力。对那些渎职官员,进行鞭挞弹劾。最后作者感慨道,"乃知容台贵,终日俎豆内",对百官的处境给予了嘲讽。其四,写主祭官进行祭祀活动,描写了太社庄严肃穆的环境。其五,写祠官祈求神灵风调雨顺,五谷丰登,保佑百姓过上富庶的日子。"愿神锡茂祉,农功相蕃庶。贱臣捐俸稍,牵犊耕鸡曙","祝辞求善岁,侑我稑与穜。稑穜及人饥,报祀百礼隆"等诗句,将诗人对祭祀的虔诚、对农事的关注和对人民的体恤之情展示得淋漓尽致。

马祖常还有一类是抒发路途中的感伤的诗歌,感叹人生之路艰难的主题。如《再从浙入闽二首》诗云:

① 杨镰:《全元诗》第29册,中华书局2013年版,第284—285页。

江外淹留久，那堪去复回。水生客星濑，日出偃王台。炷灶茶瓯至，筠笼橘颗来。春云又成雨，著意落寒梅。（一）

积雨关河湿，今朝日始晴。浮船下夜濑，觅酒近春城。鹅鸭将雏出，牛羊傍母行。独怜无似客，万里又南征。（二）[①]

这是一组纪行诗，记录了由浙赴闽的见闻。其一，别出心裁，开篇便直抒胸臆：“江外淹留久，那堪去复回”，道出了诗人旅途奔波的疲惫，并用“那堪”二字加重了语气，其后才是对行程中所见所闻的描绘。其二，开头两句“积雨关河湿，今朝日始晴”与第一首结尾“春云又成雨，著意落寒梅”对应，体现了时间与事件的推移。将“鹅鸭将雏出，牛羊傍母行”的相互依偎与自己“独怜无似客”的形影相吊进行比较，更显出其心中的寂寞与漂泊不定的无归属感，结尾一句“万里又南征”则表达了诗人对当前现状的无能为力。

面对仕途之艰险，政治理想不能实现，马祖常悲恸欲绝，喊出了“嗟余生之多忧兮，几颠踣而数穷”（马祖常《伤己赋》）的悲世之音。但他并未妥协，而改变了斗争的策略，选择了“柔性”的斗争——回归田园，独善其身。他敬重陶渊明不为五斗米折腰的孤高气节，对其甘于淡泊，隐居修身的生活给予了高度的认可。陶公《饮酒》组诗，借酒来抒发人生的感慨，历代以来不断被诗人们接受仿效。受其启发，马祖常也写下了《饮酒六首》，对自己的现实遭遇，自己祖先的荣光，自己的理想进行感慨。如《饮酒六首》其一、二云：

进仕当盛明，自谓非时才。狂斐学文字，无圣为我裁。二者俱寡合，终令智士咍。斯旦已阳春，对我聊持杯。祖母在堂上，小孙方稚孩。俯仰见五世，吾生岂悠哉。（一）

简编有重讹，折衷无权衡。黎庶有重闲，救药无持平。昔者贤圣出，屯蹇踬其身。踬身不踬道，龙蛇果能神。弃置姑饮酒，陶然会天真。万物各遂性，杂沓向我陈。（二）[②]

这是一组寄酒为迹的抒情诗。其一，回忆了初入仕途时情形。作者欣逢盛世，以得受孔孟之道陶化为庆幸，以努力攀跻孔阶自矢，自视甚高。渴望有机会“敷文佐时运，烂烂应壁奎”（其六），一展鸿图。谁知君臣不合，理想难以实现。目睹年迈的祖母和稚气未脱的孙儿，压力倍增，难以“悠哉”。其二，进入仕途后，他秉公处事，面对黑暗势力，刚正不阿，正义凛然。虽然自己也知道“昔者贤圣出，屯蹇踬其身”，面对屡遭打击报复，面对无法实现的理想和无法改变的

① 杨镰：《全元诗》第 29 册，中华书局 2013 年版，第 313 页。
② 同上，第 289 页。

现实，马祖常只能像陶公一样回归田园，过起“弃置姑饮酒，陶然会天真”的悠闲生活。名为《饮酒》，实乃借酒寄意，其宗旨步陶公《饮酒》后尘。诗中“酒”的意象频频出现，与其对自身才能的自信、对人生豪情的抒发密切相关。

除上述所论外，马祖常的感事咏怀组诗还有《新岁丁卯二首》《五言九首》《无题四首》《绝句十六首》和《闲题二首》等。生活的跌宕起伏为其即事感怀组诗提供了丰富的素材，这些组诗中既有对重大政治事件的记录，也有诗人宦游生涯的感慨，是后人了解其思想、情感以及生活状态的重要资料。

参考文献

古籍文献类：

《遗山集》，元好问撰，《四库全书》本。

《庄靖先生遗集》，李俊民撰，明正德三年刻本。

《陵川集》，郝经撰，《四库全书》本。

《桐江集》，方回撰，台湾商务印书馆影印宛委别藏本。

《剡源集》，戴表元撰，《四库全书》本。

《水云村稿》，刘壎撰，《四库全书》本。

《紫山大全集》，胡祗遹撰，《四库全书》本。

《松雪斋文集》，赵孟頫撰，《四部丛刊》本。

《秋涧集》，王恽撰，《四库全书》本。

《陈刚中诗集》，陈孚撰，《四库全书》本。

《霞外诗集》，马臻撰，《四库全书》本。

《石田集》，马祖常撰，《四库全书》本。

《可闲老人集》，张昱撰，《四库全书》本。

《天目中峰和尚广录》，释明本撰，明云林寺刻本。

《梅花百咏》，冯子振撰，明嘉靖三十二年合刊《梅花百咏》本。

《圭塘欸乃集》，许有壬撰，《四库全书》本。

《西湖竹枝集》，杨维桢等撰，上海书店《丛书集成续编》本。

《道园学古录》，虞集撰，《四部丛刊》本。

《范德机诗》，范梈撰，《四库全书》本。

《揭文安公全集》，揭傒斯撰，《四部丛刊》本。

《黄金华集》，黄溍撰，《四部丛刊》本。

《待制集》，柳贯撰，《四库全书》本。

《雁门集》，萨都剌撰，《四库全书》本。

《扈从诗》，周伯琦撰，《四库全书》本。

《纯白斋类稿》，胡助撰，《丛书集成初编》本。

《金台集》,迺贤撰,《四库全书》本。
《丹丘生集》,柯九思撰,续修四库全书本。
《滦京杂咏》,杨允孚撰,《四库全书》本。
《玉山璞稿》,顾瑛撰,《四库全书》本。
《句曲外史集》,张雨撰,《四库全书》本。
《铁崖古乐府》,杨维桢撰,《四库全书》本。
《复古诗集》,杨维桢撰,《四库全书》本。
《湛然居士集》,耶律楚材撰,中华书局1986年版。
《二妙集》,段成己、段克己撰,《四库全书》本,上海古籍出版社2003年版。
《燕石集》,宋褧撰,上海古籍出版社2005年版。
《清容居士集》,袁桷撰,上海古籍出版社2005年版。
《静修先生文集》,刘因撰,《四部丛刊》影元至顺间刊本,中华书局1985年版。
《月泉吟社诗》,吴渭编,《丛书集成初编》本,中华书局1985年版。
《忠义集》,刘麟瑞撰,《四库全书》本,上海古籍出版社1987年版。
《近光集》,周伯琦撰,《四库全书》本,武汉大学出版社2004年版。
《静安八咏诗集一卷附事迹一卷》,释寿宁辑,钱鼒撰,齐鲁书社1997年版。
《史咏集》,徐钧撰,宛委别藏本,江苏古籍出版社1988年版。
《草堂雅集》,顾瑛辑,杨镰、叶爱欣整理,中华书局2008年版。
《玉山名胜集》,顾瑛辑,杨镰、叶爱欣整理,中华书局2008年版。
《滋溪文稿》,苏天爵撰,陈高华、孟繁清点校,中华书局1997年版。
《增订湖山类稿》,汪元量撰,孔凡礼辑校,中华书局1986年版。
《农书译注》,王桢撰,缪启愉、缪桂龙译注,齐鲁书社2009年版。
《元朝名臣事略》,苏天爵辑,中华书局1985年版。
《元典章》,陈高华、张帆等点校,中华书局·天津古籍出版社2011年版。
《至顺镇江志》,俞希鲁辑,江苏古籍出版社1999年版。
《金华府志》,王懋德等辑,台湾学生书局1965年版。
《安庆府志》,陈廷焯辑,影印清康熙十四年刻本,成文出版社1985年版。
《鄜州志校注》,张北琳校注,三秦出版社2009年版。
《康熙丹徒县志》,清康熙二十二年刻本。
《吴地记》,陆广微撰,中华书局1985年版。
《方舆胜览》,祝穆撰,中华书局2003年版。
《至正直记》,孔齐撰,上海古籍出版社1987年版。

《霍山志》，文允中辑撰，山西人民出版社1986年版。
《大元混一方舆胜览》，刘应李编撰，詹有谅改编，郭声波整理，四川大学出版社2003年版。
《析津志辑佚》，熊梦祥撰，北京古籍出版社1983年版。
《陔余丛考》，赵翼撰，中华书局1963年版。
《钦定日下旧闻考》，英廉辑撰，北京古籍出版社1981年版。
《南村辍耕录》，陶宗仪撰，中华书局1959年版。
《西游录·异域记》，耶律楚材、周致中撰，中华书局1981年版。
《岛夷志略校释》，汪大顺撰，中华书局1981年版。
《真腊风土记校注》，周达观撰，中华书局2004年版。
《草木子》，叶子奇撰，中华书局1959年版。
《归潜志》，刘祁撰，中华书局1983年版。
《西湖游览志余》，田汝成撰，上海古籍出版社1980年版。
《池北偶谈》，王士禛撰，中华书局1982年版。
《云溪友议》，范摅撰，古典文学出版社1958年版。
《赵氏铁网珊瑚》，朱存理、赵琦美编，《四库全书》本。
《书史会要》，陶宗仪撰，上海书店1984年版。
《封氏闻见记校注》，封演撰，赵贞信校注，中华书局2005年版。
《宋代传记资料丛刊·昭忠录》，北京图书馆出版社2006年版。
《宋季三朝政要笺注》，佚名撰，王瑞来笺证，中华书局2010年版。
《武林旧事》，周密撰，中华书局2004年版。
《借月山房汇钞》，张海鹏撰，清嘉庆年间虞山张氏刊本。
《菽园杂记》，陆容撰，中华书局1997年版。
《皕宋楼藏书志》，陆心源撰，中华书局1991年版。
《书林清话》，叶德辉著，李庆西标校，复旦大学出版社2008年版。
《四库全书总目提要》，永瑢等撰，中华书局1965年版。
《丛书集成初编》，商务印书馆1939年版，中华书局1959年补印本。
《辽金元艺文志》，黄虞稷等撰，商务印书馆1958年版。
《元诗纪事本末》，陈邦瞻撰，中华书局1955年版。
《国朝文类》，苏天爵撰，《四部丛刊》本。
《辽金元宫词》，柯九思等撰，陈高华辑校，北京古籍出版社1988年版。
《元诗选》，顾嗣立编，中华书局1987年版。
《元风雅》，孙存吾、虞集编，《四库全书》本。
《皇元风雅》，蒋易辑，《四部丛刊》集部。

《宋元诗会》,陈焯撰,《四库全书》本。

《元诗别裁集》,张景星等编,上海古籍出版社 1979 年版。

《元诗纪事》,陈衍辑,李梦生校点,上海古籍出版社 1987 年版。

《元明事类抄》,姚之骃撰,《四库全书》本。

《资治通鉴》,司马光编著,胡三省音注,中华书局 1956 年版。

《元书》,曾廉清撰,宣统层漪堂刻本。

《元史》,宋濂等撰,中华书局 1976 年版。

《元史续编》,胡粹中编撰,《四库全书》本。

《新元史》,柯劭忞撰,上海古籍出版社 1989 年版。

《金史》,脱脱等撰,中华书局 1975 年版。

《诗薮》,胡应麟撰,中华书局 1958 年版。

《瀛奎律髓汇评》,方回选评,李庆甲集评校点,上海古籍出版社 1986 年版。

《文章辩体序说・文体明辩序说》,吴讷、徐师曾撰,于北山等校点,人民文学出版社 1962 年版。

《带经堂诗话》,王士禛著,戴鸿森校点,人民文学出版社 1982 年版。

《苕溪渔隐丛话》,胡仔撰,人民文学出版社 1962 年版。

《清诗话》,王夫之等撰,丁福保辑,上海古籍出版社 2015 年版。

《原诗・一瓢诗话・说诗晬语》,沈德潜等撰,霍松林等校注,人民文学出版社 2005 年版。

《历代诗话》,何文焕辑,中华书局 1981 年版。

《历代诗话续编本》,丁福保辑,中华书局 1983 年版。

《本事诗》,徐釚撰辑,清光绪中邵武徐氏刻本。

今人著作类:

《蒙兀儿史记》,屠寄著,上海古籍出版社・上海书店 1989 年版。

《蒙古王朝征战录》,陈西进编著,昆仑出版社 2007 年版。

《元代史新探》,萧启庆著,文丰出版社 1983 年版。

《道教与中国文化》,葛兆光著,上海人民出版社 1987 年版。

《金元时期道教文学研究》,左洪涛著,人民文学出版社 2008 年版。

《禅宗全书》,蓝吉富主编,北京图书馆出版社 2004 年版。

《中国禅宗与诗歌》,周裕锴著,上海人民出版社 1992 年版。

《理学与元代社会》,徐远和著,人民出版社 1992 年版。

《元代的士人与政治》,王明荪著,台湾学生书局 1992 年版。

《游牧文化与农耕文化》,郑杭生、李亦园著,黑龙江人民出版社 2010

年版。
《中国园林文化史》，王毅著，上海人民出版社 2014 年版。
《透视元代文人精神文化》，赵其钧著，安徽大学出版社 2011 年版。
《元代刻书述略》，李致忠著，书目文献出版社 1981 年版。
《元代书院研究》，徐梓著，社会科学文献出版社 2000 年版。
《元代馆阁文人活动系年》，邱江宁著，人民出版社 2015 年版。
《元代文人心态》，么书仪著，文化艺术出版社 1993 年版。
《挑战与抉择——元代文人心态史》，徐子方著，河北教育出版社 2001 年版。
《文人雅集与诗歌风尚研究初探——从玉山雅集看元末诗风的衍变》，曾莹著，广东高等教育出版社 2011 年版。
《玉山雅集与文士独立品格之形成——金元文士雅集的典型解析》，牛贵琥著，人民出版社 2014 年版。
《奎章阁文人群体与元代中期文学研究》，邱江宁著，人民出版社 2013 年版。
《元代多族士人圈的文学活动与元诗风貌》，刘嘉伟著，人民出版社 2016 年版。
《宋元诗社研究丛稿》，欧阳光著，广东高等教育出版社 2011 年版。
《元代社会生活史》，史卫民著，中国社会科学出版社 1996 年版。
《元大都上都研究》，陈高华、史卫民著，中国人民大学出版社 2010 年版。
《元代文化史》，陈高华、张帆、刘晓著，广东教育出版社 2009 年版。
《元代政治制度研究》，李治安著，人民出版社 2003 年版。
《元代史学思想研究》，周少川著，社会科学文献出版社 2001 年版。
《元代民族史》，罗贤佑著，四川民族出版社 1996 年版。
《中国西南边疆变迁史》，尤中著，云南教育出版社 1987 年版。
《中国海疆通史》，张炜、方堃著，中州古籍出版社 2003 年版。
《西湖文献集成》，王国平主编，杭州出版社 2004 年版。
《浙江民俗史》，陈华文等著，杭州出版社 2008 年版。
《内北国而外中国——蒙元史研究》，萧启庆著，中华书局 2007 年版。
《元代的族群文化与科举》，萧启庆著，联经出版公司 2008 年版。
《九州岛四海风雅同：元代多族士人圈的形成与发展》，萧启庆著，联经出版公司 2008 年版。
《元代回族文学家研究》，张迎胜著，人民出版社 2004 年版。
《元代蒙汉文学关系研究》，云峰著，民族出版社 2005 年版。

《元西域人华化考》,陈垣著,陈智超导读,中华书局2016年版。

《元西域诗人群体研究》,杨镰著,新疆人民出版社1998年版。

《元代江南民族重组与文化交融》,潘清著,凤凰出版社2006年版。

《金元之际的儒士与汉文化》,赵琦著,人民出版社2004年版。

《民族文化交融与元代诗歌研究》,云峰著,内蒙古大学出版社2013年版。

《南宋遗民诗人群体研究》,方勇著,人民出版社2000年版。

《元代文学史》,邓绍基著,人民文学出版社1991年版。

《辽金元文学研究》,李修生、查洪德著,北京出版社2001年版。

《全金诗》,薛瑞兆、郭志明编,南开大学出版社1995年版。

《全元文》,李修生等编,凤凰出版社2004年版。

《全元诗》,杨镰主编,中华书局2013年版。

《元诗史》,杨镰著,人民文学出版社2003年版。

《历代竹枝词》,王利器等编,陕西人民出版社2003年版。

《中华竹枝词》,雷梦水等编,北京古籍出版社1996年版。

《竹枝词发展史》,孙杰著,上海人民出版社2014年版。

《元史艺文志辑本》,雒竹筠著,燕山出版社1999年版。

《元代文学编年史》,杨镰著,山西教育出版社2005年版。

《宋金元诗通论》,王辉斌著,黄山书社2011年版。

《辽金元诗歌史论》,张晶著,吉林教育出版社2005年版。

《中国古代文体学研究》,吴承学著,人民出版社2011年版。

《元诗研究》,包根弟著,台湾幼狮文化事业公司1978年版。

《元代文学文献学》,查洪德、李军著,中国社会科学出版社2002年版。

《元代诗学通论》,查洪德著,北京大学出版社2014年版。

《理学背景下的元代文论与诗文》,查洪德著,中华书局2005年版。

《古代咏史诗通论》,赵望秦、张焕玲著,中国社会科学出版社2010年版。

《唱和诗词研究》,巩本栋著,中华书局2013年版。

《元代题画诗研究》,王韶华著,中国传媒大学出版社2010年版。

《元代宫词百章笺注》,傅乐淑笺注,书目文献出版社1995年版。

《历代宫词纪事》,丘良任著,暨南大学出版社1995年版。

《杨维桢与元末明初文学思想研究》,黄仁生著,中国出版集团2005年版。

论文类:

查洪德:《元诗发展述论》,《江淮论坛》2018年第1期。

袁行霈:《论和陶诗及其文化意蕴》,《中国社会科学》2003年第6期。

李军:《论元代的上京纪行诗》,《民族文学研究》2005年第2期。

徐子方:《元代文化转型与古典文学》,《文艺研究》2007 年第 2 期。
扎拉嘎:《游牧文化影响下中国文学在元代的历史变迁——兼论接受群体之结构变化与文学发展的关系》,《文学遗产》2002 年第 5 期。
云峰:《俗文学成为元代文坛主流论》,《中央民族大学学报》2011 年第 1 期。
袁行霈:《论和陶诗及其文化意蕴》,《中国社会科学》2003 年第 6 期。
汪桂海:《元版元人别集》(上、下),《文献》季刊 2007 年第 2、3 期。
汪桂海:《元刻总集提要》,《文献》季刊 2007 年第 4 期。
王兆鹏:《中国古代文学传播方式研究的思考》,《文学遗产》2006 年第 2 期。
查洪德:《元代文人的赏曲之风》,《武汉大学学报(人文科学版)》2016 年第 3 期。
邓绍基:《元代僧诗现象平议》,《中国社会科学院研究生院学报》2005 年第 3 期。
孙昌武:《元代的僧诗:中峰明本的僧风与诗作》,《中华文史论丛》2012 年第 4 期。
查洪德:《元代诗坛的雅集之风》,《安徽师范大学学报(人文社会科学版)》2013 年第 6 期。
左东岭:《玉山雅集与元明之际文人生命方式及其诗学意义》,《文学遗产》2009 年第 3 期。
张帆:《元代翰林国史院与汉族儒士》,《北京大学学报(哲学社会科学版)》1988 年第 5 期。
邱江宁:《奎章阁文人与元代文坛》,《文学评论》2009 年第 1 期。
邱江宁:《元代上京纪行诗论》,《文学评论》2011 年第 2 期。
罗祖基:《我国古代扈从制度初探》,《史学集刊》1987 年第 3 期。
丘良任:《论风土诗》,《暨南学报》1995 年第 1 期。
冯天瑜:《中华元典重史传统论略》,《江汉论坛》1993 年第 8 期。
周裕锴:《典范与传统:惠洪与中日禅林的"潇湘八景"书写》,《四川大学学报(哲学社会科学版)》2014 年第 1 期。
杨镰:《元代蒙古色目双语诗人新探》,《民族文学研究》2004 年第 2 期。
杨镰:《论元诗的叙事性特征》,《文学评论》2012 年第 2 期。
门岿:《元代西域诗人及其创作》,《中央民族学院学报》1987 年第 6 期。
邱江宁:《元代多民族文化交融背景中的江南书写》,《文学评论》2016 年第 3 期。

后 记

《元代组诗论稿:以历史文化为视角的考察》是我继《唐代组诗研究》(凤凰出版社 2011 年版)后的又一个断代组诗史研究成果。对历代组诗创作与传播的研究,是一个值得关注的研究领域。8 年前在完成唐代组诗研究后就萌生了一个想法,想做一个历代组诗研究系列。这些年来我的学术研究也几乎都聚焦于此。2013 年江苏省哲学社会科学项目"历代组诗创作与传播研究"获批后,开始了这项系统研究的准备工作。然而当真正进入相关研究领域时才发现,这是一项工程浩大、耗时费力的工作,举步维艰。作为深受历代文人青睐的诗歌体裁,组诗在唐之后随着文人社团的兴盛、文人雅集活动的频繁,特别是重大历史活动的洗礼,日趋繁盛,留下了不计其数的组诗作品。要想系统研究历代组诗发展阶段特征及演变规律,就必须对历代组诗现状进行深入细致的爬梳剔抉,夯实研究基础。然仅傅璇琮、倪其心、孙钦善、陈新、许逸民等先生主编的《全宋诗》(北京大学出版社 1991 年版)就有 72 册,杨镰先生主编的《全元诗》(中华书局 2013 年版)也达 68 册,卷帙浩瀚,体量巨大,整理难度超越预期。更重要的是明清两代的诗歌总集尚未完成,这给相关研究带来一定的困难。目前,全明诗整理方面,由章培恒先生所主编的《全明诗》才出版了 3 册,《全清诗》的整理工作尚在酝酿当中(《清代诗文集汇编》共 800 册,规模更是空前)。这样的体量和现状,给组诗系统的研究带来了巨大的压力,也带来了不可预测性。三思之后,决定选择《全元诗》《全宋诗》作为突破口(《宋代组诗研究》已在准备之中),通过研究宋元两代组诗的阶段特征和演变规律,为将来的明清两代组诗研究积累经验。俟时机成熟后,着手明清组诗整体研究,并最终完成《中国组诗发展史》的写作。

元朝是中国历史上的一个重要朝代,文化艺术高度发达,出现了诸多新变化,呈现出开放包容、多元一体的特征。作为元代文化的一种特定形态,对元代组诗的解析和价值定位当然不能离开文化学的视野和角度。同样,对元代组诗评价,也不能脱离历史意识的参与。通过梳理大量的元代历史文献,再现组诗创作与传播的"现场感",这对准确分析、评价元代组诗在中国组诗发展史上的独特地位不无帮助。这也是本书写作的逻辑起点。

对元代组诗的研究亟待加强，需要更多的同行的关注。“著书岂为稻粱谋，诗艺传承是杞忧”，恩师徐于先生的教诲铭刻于心。从这个意义上说，拙作的出现，有筚路蓝缕之艰辛，但未有登临峰顶、别开一面之境界。将多年来对元代组诗的梳理探赜，芹献同好，旨在抛砖引玉，期待学术界同仁的教正，进一步推动组诗研究的深入。

受老友何清馆长与特藏室吴丽华老师的鼎力相助，得以分册借阅《全元诗》，从头到尾逐一梳理，历时一年半，完成基础材料的整理工作。建立了一套共 68.76 万字的《元代组诗研究数据库》，为元代组诗研究提供了翔实的数据支撑。期间先后有《论马祖常的题赠道士诗》《元代农耕文明的诗性阐释——论王祯的农具组诗》《论唐代景观组诗对宋代八景诗定型化的影响》《传统文化视阈下的元代扈从文人心态》《论明本禅师的组诗创作及影响》《论元代扈从文人的多元化心理》《宋无〈啽呓集〉继承以诗存史传统》等组诗研究的单篇论文在专业杂志上发表，以个案研究的形式，深化了元代组诗的研究。由于天资愚钝，寒来暑往，数易其稿，历时 9 年的《元代组诗论稿：以历史文化为视角的考察》总算成型。这里要特别感谢爱人马晓燕的大力支持和默默付出，使我在繁忙的教学工作之余能专心写作，实现了人生中又一个阶段目标。

感谢业师罗时进先生的精心指导，先生拨冗为本书作序，这为本书增重不少。感谢同窗好友、江苏文艺出版社的总编汪修荣先生的牵线，使我得以与凤凰出版社再度携手。凤凰出版社常宁文主任和尤丹丹编辑，在本书的出版过程中仔细审订，敬业负责，令人感佩。

本书的写作过程中参考并借鉴了学术前辈和同仁的相关成果，陈予里、蔡晓兰、王齐慧等学棣也为本书作了资料收集与整理工作，在此一并致谢。

元代组诗文化内涵博大精深，限于学力和眼界，管窥蠡测，难免谬误，再次恳请专家、同仁批评指正。

李正春

2019 年 7 月